मोयान

कथा र उपन्यासिका

अनुवाद: डा. सर्वोत्तम श्रेष्ठ

nepa~laya

प्रकाशक : पब्लिकेसन नेपा~लय,
कालिकास्थान, काठमाडौँ
फोन : ०१-४५३९७८६
इमेल : publication@nepalaya.com.np
www.publicationnepalaya.com

डा. सर्वोत्तम श्रेष्ठद्वारा चिनियाँ भाषाबाट नेपालीमा अनूदित

लेखक मो यान र अनुवादकसँगको
सम्झौताअनुसार पब्लिकेसन नेपा~लयद्वारा प्रकाशित

संस्करण : पहिलो, सन् २०२५
१

आवरण : INCS

ISBN : 978-9937-9842-3-2

Katha ra Upanyasika, fiction by Mo Yan

खण्ड १ : कथा

खण्ड २ : उपन्यासिका

खण्ड १ : कथा

पहिलो प्रेम

म ३ कक्षामा पढ्थेँ। हामी सहपाठीको उमेरमा धेरै अन्तर थियो। सबैभन्दा सानो म तेह्र वर्षको थिएँ। सबैभन्दा ठुलो तु फङ्ग्वी सोह्र वर्षे भइसकेको थियो। ऊ हाम्रो कक्षा शिक्षकभन्दा पनि अग्लो थियो। उसको अनुहारमा शिक्षकको अनुहारमा भन्दा बढी डन्डीफोर थिए। ऊ स्वाभाविक रूपमा हाम्रो कक्षाको छोटे दादा बनेको थियो।

ऊ अत्यन्त गरिब किसान परिवारको थियो। तीन पुस्तादेखि उसको परिवार मागेर जीवन धान्थ्यो। उसकी आमालाई दुःखी जीवनबारे बताउन बारम्बार हाम्रो विद्यालय डाकिन्थ्यो।

उसकी आमा जमिनदारको घरको जाँतो राखिएको कोठामा तु फङ्ग्वीलाई जन्माएको कथा सुनाउँथिन्। चाहे हुरीबतास, चाहे हिमपात, सबै सहेर माग्दै हिँड्नुपर्ने बाध्यता सुनाउँथिन्।

हाम्रो कक्षा शिक्षक धनी भन्न मिल्ने मध्यमवर्गीय किसान परिवारका थिए। उनको पारिवारिक, राजनीतिक पृष्ठभूमि चाहिँ बलियो थिएन। उनी क्रान्तिकारी पारिवारिक पृष्ठभूमि भएका, रिसाहा, अनुहारभरि डन्डीफोर भएका। सर्वहारा विद्यार्थीले जे जति गल्ती गरे पनि केही भन्न सक्दैनथे।

हाम्रो कक्षाकोठा गाउँमा भेडा हुल्ने टहराजस्तो थियो। पानी परेको बेला भेडाकै गन्ध आउँथ्यो। हाम्रो टहराबाट उत्तरपट्टिका तीनवटा कोठा गाउँको टेलिफोन नियन्त्रण कोठा थिए। झ्यालबाट निस्केका तारहरू बिजुलीको लट्ठामा बाँधिएका थिए।

टेलिफोन कोठा हेर्नलाई बाहिरी ठाउँको बोली बोल्ने एक तरुनी थिइन्। उनी गोरी र मोटीमोटी थिइन्।

सोफा भनेको के हो ? पाउरोटी भनेको के हो ? त्यति बेला मलाई केही थाहा थिएन। तर गाउँको एउटा बुढो गुन्डाले मलाई भन्यो- 'ती तरुनीको स्तन पाउरोटीजस्तो छ, पेटचाहिँ सोफाजस्तो।'

ती तरुनीका दुई छोरी थिए। तर उनीहरूको अनुहार आपसमा मिल्दैनथ्यो।

गाउँको एउटा अविवाहित केटाले तिनीहरूलाई देख्दा भन्थ्यो, 'ताफिङ, सियाउफिङ, म तिमीहरूको बाबु हुँ।'

सुरु-सुरुमा उनीहरू पनि त्यस केटालाई बुबा भनेर बोलाउँथे। पछि भन्न छाडे। पछि त बाबु हुँ भन्नेलाई भन्थे, 'मर्न नसक्या पातकी बुढो!'

टेलिफोन नियन्त्रक तरुनीको घरमा गाउँका धेरै सरकारी कर्मचारीको आवतजावत भइरहन्थ्यो। हामी कक्षाकोठामा हुँदा टेलिफोन कोठाबाट जिस्किँदै हाँसेको आवाज आइरहन्थ्यो। मलाई लाग्थ्यो, त्यहाँभित्र धेरै सुन्दर काम-कुरा हुँदा हुन्।

एक साँझ म सहपाठी साथीको घरमा बिरालो हेर्न जाँदै थिएँ। टेलिफोन कोठा बाटैमा पर्थ्यो। मैले झ्यालबाहिर एक जना मानिस उभिएको देखेँ। नजिक पुगेपछि थाहा पाएँ, उनी हाम्रा कक्षा शिक्षक थिए।

अनुहारभरि डन्डीफोर भएका ती शिक्षकलाई म फिटिक्कै मन पराउँदिनथेँ। उनी मलाई बिनाकारण कक्षाबाट निकाल्थे। अनि टेलिफोन कोठाबाहिर रहेको बिजुलीको लट्ठानिर उभ्याएर सजाय दिन्थे। यति कडा कि उनी मलाई गर्मीमा पनि घण्टौँ उभ्याउँथे। मलाई रिङ्गटा लागोस् वा म ढलूँ, उनलाई मतलब थिएन।

हाम्रो कक्षामा केटी दुइटी मात्र थिए। एउटी मेरो काकाकी छोरी। अर्कीको नाम बिर्सें, थरचाहिँ तु थियो। उसका दुवै खुट्टामा छ-छवटा औँला थिए। यस्तो लाग्थ्यो, पैतालाका ती औँला पङ्खा हुन्।

हामी उसलाई छऔंले भनेर बोलाउँथ्यौं।

छऔंले राम्री पनि लाग्थेन। ऊ सिसाकलम, इरेजर चोर्थी। सायद, उसको पारिवारिक पृष्ठभूमि पनि राम्रो थिएन।

उसलाई कक्षामा सबैले हेप्नु हेप्थे। मलाई लाग्छ, कक्षा शिक्षक उसलाई र मलाई बरोबर घृणा गर्थे। त्यसैले हो, मास्टरले हामी दुईलाई एकै बेन्चमा बसाउँथे। हामी कक्षामा सबैभन्दा होचा भए पनि सबैभन्दा पछाडि बस्न बाध्य थियौं।

छऔंलेसँग एउटै बेन्चमा बस्नुपर्दा मलाई मर्नु हुन्थ्यो। मनमा यति असह्य पीडा हुन्थ्यो कि म बयान गरूँ कसरी? छऔंलेलाई म घृणा गर्थें तर त्यो मुला तु फङ्ग्वीचाहिँ हामीलाई जोईपोइ भन्थ्यो।

हामी दम्पती बन्ने कुराले त मेरो ज्यानै गएजस्तो हुन्थ्यो। मेरा आँखाबाट बरबरी आँसु झर्न थाल्थ्यो। म रुन्चे स्वरमा तु फङ्ग्वीलाई सराप्थें। एक दिन त तु फङ्ग्वीले मुड्की उठाएर मेरो टाउकामा बजाऱ्यो। म भुइँमा थच्चारिएँ।

त्यस बेला मलाई थाहा थिएन, म छऔंलेभन्दा पनि नराम्रो छु भनेर। म एक दिन भुइँमा बसेर रुँदै थिएँ। कक्षा लाग्ने घण्टी बजेको पनि सुनिनँ। कक्षा शिक्षक रातो चेक बुट्टाको कमिज र पाइन्ट लगाएकी केटीलाई डोऱ्याउँदै आएको देखें। उसको कपालमा प्लास्टिकको रातो पुतली आकारको क्लिप थियो।

कक्षा शिक्षक एक बट्टा रङ्गीन चक र एउटा छडी च्यापेर सरासर कक्षाकोठातिर लागे। उनले सायद मेरो त्यो रूप पनि देखेनन् र मेरो रुवाइ पनि सुनेनन्। उनले हात समातेर डोऱ्याएकी अप्सराले भने मलाई एकपटक ध्यान दिएर हेरी।

उसका आँखा आकर्षक थिए। ती आँखा त मलाई पानी भरिएका ताजा अङ्गुरजस्ता लागे। उसका आँखाले रोइरहेका मेरा आँखाका आँसु थामिदिए, अनायासै। म उसको सुन्दरतामा लट्ठ भएँ।

कक्षा शिक्षक त्यस केटीलाई डोऱ्याएर कक्षाकोठाभित्र पसे । मैले टोलाएर एकछिन सोचेँ । अनि उठेर कमिजको बाहुलाले सिँगान र आँसु पुछेँ । त्यसपछि डराई-डराई कक्षाकोठाभित्र पसेँ । विद्यार्थी अघिपछिजस्तो नभई एकदम होसियारीपूर्वक बसिरहेका थिए । उनीहरू सबै कालोपाटी अगाडिका कक्षा शिक्षक र त्यस केटीलाई हेरिरहेका थिए ।

कक्षा शिक्षकले डरलाग्दा आँखाले मलाई हेरेको देखेँ । त्यस केटीका सुन्दर आँखाले भने उत्सुकतापूर्वक मलाई हेरिरहेजस्तो लाग्यो ।

कक्षा शिक्षकले भने, 'यी हाम्रो कक्षामा आएकी नयाँ विद्यार्थी हुन् । यिनको नाम चाङ रोलान हो । चाङ क्रान्तिकारी परिवारकी हुन् । मलाई आशा छ, तिमीहरू यिनका धेरै राम्रा बानी सिक्नेछौ ।'

हामीले ताली बजाएर सुन्दरीलाई स्वागत गऱ्यौँ ।

शिक्षकले भने, 'चाङको पढाइ राम्रो छ । अब यिनी हाम्रो कक्षाको खास प्रतिनिधि बन्नेछिन् ।'

हामीले फेरि ताली बजायौँ ।

शिक्षकले भने, 'चाङ गीत पनि असाध्यै राम्रो गाउँछिन् । हामी उनलाई एउटा गीत गाउन अनुरोध गरौँ ।'

हामीले पुनः ताली बजायौँ ।

चाङ निडर भई गीत गाउन थालिन्-

निलो आकाशमा सेतो बादल

बादलमुनि दौडिरहेछ घोडा...

मेरी आम्मै ! चाङ त असाधारण । स्वर अद्भुत, महभन्दा नि मिठो । हामी दङ्ग पऱ्यौँ । यस्ती छोरी जन्माउने आमाबाबु खत्रै हुन् गाँठे !

हामीले जोडजोडले ताली बजायौँ ।

शिक्षकले भने, 'चाङ हाम्रो कक्षाको सांस्कृतिक र खेलकुद प्रतिनिधि पनि बन्छिन् अब ।'

हामीले ताली बजाउन थालेका मात्र के थियौं, तु फङ्य्वी बाघजस्तो गरी जुरुक्क उठ्यो। कक्षा शिक्षकलाई सोध्यो, 'तपाईंले उनलाई सांस्कृतिक र खेलकुद प्रतिनिधि बनाउनुभयो भने मचाहिँ के बन्ने नि ?'

शिक्षकले एकछिन सोचेर भने, 'तिमी श्रम प्रतिनिधि बन्नू।'

तु फङ्य्वी मुख बिगारेर बस्न के लागेको थियो, शिक्षकले भने, 'तिमी त्यहाँ नबसे हुन्छ अब। तिमी पछाडि गएर बस र आफ्नो ठाउँ चाङलाई छाड्देऊ।'

तु फङ्य्वी फुत्रे झोला च्यापेर फतफताउँदै लास्टमा गएर बस्यो।

तु फङ्य्वीले छाडेर गएको ठाउँमा चाङ बसिन्। उनी अब मेरो काकाकी छोरी दिदीसँगै एउटै बेन्चमा परिन्।

तु फङ्य्वीलाई लास्ट बेन्चमा पठाइएकामा म मनमनै खुसी भएँ। चाङ आउनासाथ तु फङ्य्वीको दुर्दशा सुरु भइहाल्यो नि।

चाङ रोलान साँच्चिकै असल थिइन्। मैले मनमा असीमित तृष्णा लिएर उनलाई हेरिरहेँ। रसिलो अङ्गुरजस्ता आँखा, पाकेको स्याउजस्तो अनुहार, महजस्तो मुस्कान, पैयूँजस्ता ओठ, कौडाजस्ता दाँत, सानो मृगको जस्तो हिँडाइ, अरे वाह ! म हेर्दै रहेँ।

आफ्नो ठाउँमा बस्नुअघि उनी मेरी दिदी कुआनअरतिर हेरेर एकपटक मुस्कुराइन्। त्यो देखेर के कारणले हो कुन्नि, मेरा आँखामा आँसु भरियो। उनी सावधानीपूर्वक बसिन्। मेरा आँखा अरू सहपाठीको ढाड छाडेर चाङको ढाडमा गएर अडिए। ढाड अर्थात् रातो चेक भएको कमिज।

त्यस घण्टीमा मास्टरले के-के भने, मलाई केही थाहा भएन।

चाङको आगमनले हाम्रो अन्धकारमय नीरस विद्यालय जीवनलाई अनायासै रसमय बनाइदियो। चाङ आउनुअघि म विद्यालयसँग डराउँथें। विद्यालयको रिस गर्थें। विद्यालयलाई घृणा गर्थें। आमाबाबुलाई धेरैपटक रोईकराई भनेको थिएँ- मलाई विद्यालय नपठाउनुस्, बरु मलाई भेडाबाख्रा चराउन पठाउनुस्।

चाङ आएदेखि मलाई शनिबारसँग, अरु शनिबारको अपराह्न मन पर्न छाड्यो। किनकि त्यस बेला उनी छालाको झोला भिरेर, चेक सर्ट लगाएर, टाउकामा पुतली क्लिप लगाएर, उफ्री-उफ्री पुल तरेर ग्राम सरकारको भवनभित्रको आफ्नो घर जान्थिन्। म उनलाई देख्न पाउँदिनथेँ।

हरेक आइतबार म झोक्राएर बस्थेँ। खाने-पिउनेतिर मन पनि हुँदैनथ्यो।

घरबाट मलाई भेडा चराउन नपठाए पनि म आफैँ भेडा चराउन जान्थेँ। म भेडाहरूलाई लिई नदी तरेर ग्राम सरकारको भवनअगाडि ओहोरदोहोर गरिरहन्थेँ। ग्राम सरकारको भवनअगाडि खाली ठाउँमा उम्रिएको घाँस मेरा दुई भेडाले खाएर सखाप पारिसकेका हुन्थे। भेडाहरू भोकाएर 'भ्याभ्या' गरी कराए पनि म तिनीहरूलाई हरियो घाँस धेरै भएको अरू ठाउँमा लाँदिनथेँ। म तिनीहरूलाई ग्राम सरकारको ढोकाअगाडि रुखमा बाँधेर त्यसको बोक्रा खान लाउँथेँ। अनि म नि ?

मचाहिँ रुखनिरको खाली ठाउँमा बसेर याचक मुद्रामा ग्राम सरकारको भवनको ठुलो ढोका हेरिरहन्थेँ। भित्रबाहिर गर्ने मान्छे हेरिरहन्थेँ। चाङ देखिऊन् भनेर आस गरिरहन्थेँ। म आफूलाई ढाडस दिँदै बस्थेँ- एकैछिन, एकैछिन, एकैछिन... ।

मेरा बाजेले भेडाको फुस्रो पेटबाट मेरो रहस्य पत्ता लगाउनुभयो। तर परिवारका अरूलाई म किन ग्राम सरकारको भवनको ढोकाअगाडि जान्छु भन्ने थाहा थिएन।

घरमा गाली र पिटाइ खाएपछि म ढोकाबाहिर गएर रुन थालेँ। मेरी दिदी एउटा तातो सखरखण्ड लिएर मलाई खोज्न आइन्। सखरखण्ड दिँदै भनिन्, 'तिमी त्यहाँ गएर किन भेडा चराउँछौ भन्ने मलाई थाहा छ। म तिम्रो रहस्य लुकाइराख्न सक्छु। तर तिमीले मलाई 'देवताहरूको कथा' किताब पढ्न दिनुपर्छ।'

मैले पल्लो गाउँको केटाबाट दुईवटा पटाकासँग साटेर कमिक्स किताब 'देवताहरूको कथा' ल्याएको थिएँ। किताबका पाना फिक्का पहेँला थिए।

आकार अरू कमिक्स किताबभन्दा ठुलो थियो ।

त्यस किताबमा नाकबाट आगो निकालेर तर्साउने चङ लुन, आँखामा हात र हातमा आँखा भएको याङ रेन, बाघमाथि चढेर हिँड्ने शेन कुङ्पाउ, जमिनमुनिबाट भाग्न सक्ने थु सिङ्सुन, दुईवटा ठुला पखेटा भएको लेई चन्च, ड्रागनको नसा र कत्ला निकाल्ने न:चा आदिका चित्र थिए ।

त्यो लम्बु तु फङय्वीले मुड्की देखाएर तर्साउँदा पनि मैले उसलाई त्यो किताब दिएको थिइनँ । तर आज मैले भित्ताको खोपामा लुकाइराखेको त्यो अमूल्य किताब बिना कुनै हिचकिचाहट दिदीलाई दिएँ ।

चाङ आएको महिना दिन जति भएको हुँदो हो । कक्षामा एउटा ठुलै काण्ड भयो । कक्षा शिक्षकले भने, 'केटाकेटी हो, टेलिफोन नियन्त्रकको घरको छानामुनि सुकाएर राखिएका दस-बाह्रवटा सखरखण्ड कसैले चोरेर खाएछ । कसले चोरेको हो आफैँ भन्नू । अरूले पत्ता लगाएर भन्यो भने राम्रो हुनेछैन ।'

कक्षा शिक्षकले अर्कै आँखाले मलाई हेरेजस्तो लाग्यो । मनमा डर पस्यो । तर मैले सखरखण्ड चोरेको थिइनँ । तैपनि आफैँले चोरेजस्तो भयभीत भएँ ।

म बेन्चमा स्थिर बस्न सकिनँ । मेरा गोडाहरूबाट आवाज आउन थाल्यो । म त्यसरी चल्दा छऔँलेलाई रिस उठेछ । ठुलो स्वरले भन्यो, 'के घुमाएको यस्तो, पेच कस्न लागेजस्तो !'

शिक्षक र सबै साथीहरूका आँखा ममा केन्द्रित भए । सबैले मलाई 'चोर नै हो यो त' जसरी हेरे ।

मेरो नाक पिरो भयो । म 'हुँहुँ' गरी रुन थालेँ । तु फङय्वीले मतिर फर्केर भन्यो, 'सखरखण्ड यसैले चोरेको हो । हिजो मैले आफ्नै आँखाले देख्या हुँ । शौचालयनिर टुक्रुक्क बसेर सखरखण्ड खाइरहेको थियो यसले । मलाई अलिकति दे न भन्दा यसले इत्ति पनि दिएन ।'

म प्रतिवाद गर्न चाहन्थेँ । तर मेरो बक फुटेन ।

कक्षा शिक्षक मतिर आए । चरम घृणा र हेलायुक्त आँखाले मलाई हेरे । चिसो स्वरमा भने, 'हेर त, तेरो मरेको भालुको जुनी । तँ यहाँबाट तुरुन्त निस्केलास् । बाहिरै रोलास्, निस्किहाल् ।'

कक्षा शिक्षकको आदेश पालन गराउन त्यो साले तु फङ्य्वी मनिर आयो । कपाल कुइँकुइँ पारेर मलाई टेलिफोन नियन्त्रण कोठाबाहिर बिजुलीको लट्ठासम्म पुऱ्यायो। कोठातिर हेरेर ठुलो स्वरले भन्यो, 'तपाईंहरूको सखरखण्ड खाने चोर पक्रियो । छिटो हेर्न आउनुस् ।'

टाउकामा एयरफोन राखेकी ती मोटी गोरीले अग्लो झ्यालबाट टाउको निकालेर हेरिन् । अर्कै गाउँको लबजमा भनिन्, 'यति सानैमा चार्ने यो पछि गएर त पक्कै डाँका बन्छ होला ।'

म अपमानको प्याला पिउँदै बिजुलीको लट्ठामुनि उभिइराखेँ । घामले टाउको पोल्न थाल्यो । टेलिफोन नियन्त्रकका दुई साना छोरी दौडिँदै बाहिर आए । भुइँबाट इँटाका टुक्रा टिपेर मलाई हान्दै भन्न थाले, 'चोर चोर, फुच्चे चोर...'

म आफू रोएरै मर्छु जस्तो लागेको बेला अकस्मात् आँखाअगाडि रातो प्रकाश देखेजस्तो लाग्यो । चाङ रोलान रहिछन् ।

मेरो टाउको त्यतिकै अगाडितिर निहुरिन गयो ।

चाङले आफ्ना स्वच्छ, निर्मल, कोमल औँलाले मेरो लुगाको एकछेउ तानिन् । अनि भनिन्, 'हे रुन्चे, तिम्रो रुन पुग्यो ? मलाई थाहा छ, सखरखण्ड तिमीले चोरेकै होइनौ ।'

चाङले मलाई कक्षाकोठामा लिएर गइन् । आफ्नो झोलाबाट एउटा सखरखण्ड निकालिन् र हात उठाएर भनिन्, 'सर यो अन्याय भयो, सखरखण्ड तु फङ्य्वीले चोरेको हो ।'

सबैका आँखा चाङको हातबाट तु फङ्य्वीको अनुहारमा सरे । तु फङ्य्वी गर्ज्यो, 'झुट, सरासर झुट !'

चाङले भनिन्, 'यो सखरखण्ड तु फङय्वीले मलाई लिन्नँ भन्दा पनि दिएको हो। उसको झोलामा अझै धेरै सखरखण्ड छ, लिए हुन्छ। नपत्याए झोला खोलेर हेरे पनि भो।'

तु फङय्वी जस्तो दादाको झोला खोलेर हेर्ने साहस कसको? चाङ दौडेर गइन् अनि उसको झोला थुतिन्। झोला घोप्टाएर हल्लाइन्। सखरखण्ड, वाङ सङको हराएको डट पेन, ली लिफुको इरेजर, वाङको काँचको खेलौना, सबै उसको झोलाबाट झरे।

तु फङय्वी पो साँच्चैको चोर रहेछ! हामीले त यी सबै चोर्ने छऔँले नै हो भन्ठानेका नि!

छऔँले रिसले उफ्री, 'तेरिमा तु फङय्वी। तेरो थर तु, मेरो पनि तु। नातामा म तेरो फुपू। तैँले चोरेर मलाई चोर बनाउने? तँलाई छाड्दिनँ अब!'

कक्षा शिक्षकले तु फङय्वीलाई उठाए। ऊ टाउको एकातिर फर्काएर फोहोरी नङले भित्ता कोतर्न लाग्यो। शिक्षकले डराएजसरी बिस्तारै सोधे, 'तिमीले चोऱ्या हो?'

तु फङय्वीले दुवै आँखा दलिनतिर सोझ्यायो अनि नाकबाट आवाज आउने गरी हावा निकाल्यो।

'तिमी निस्क यहाँबाट,' शिक्षकले भने।

तु फङय्वीले मोटो स्वरमा भन्यो, 'हस्!'

झुत्रो भइसकेका दुईचारवटा किताब झोलामा कोच्यो। कक्षा शिक्षकको नाम काढ्दै भन्यो, 'कुनै दिन मेरो हातमा अधिकार त आउला नि, अनि जान्या छु मैले, तिमीहरूजस्ता धनी किसानलाई नमारी कहाँ छाड्छु र!'

बाहिरिँदै गर्दा तु फङय्वीले थोत्रो टेबल ठेलेर पल्टाइदियो।

कक्षा शिक्षकको अनुहार पहेँलो रातो भयो। उनी निहुरेर एकछिन उभिइरहे। उनका ओठ कामे। धेरै बेरपछि जिउ सीधा पार्दै भने, 'ल, आजलाई यत्ति।'

उनले खोके। अनुहार सुनको धुलो टाँसेजस्तो पहेँलो भयो। मुख खोल्दा अलिकति रगत पनि निस्कियो।

चाङ रोलानले मेरो उपकार गरिदिइन्। मेरो मन उनीप्रतिको असीम कृतज्ञताले भिज्यो।

उसो त देखेदेखि नै म उनीप्रति पागल थिएँ। आज त मेरो पागलपनले हद नै पार गऱ्यो।

मलाई अब फेरि ग्राम सरकारको ढोकाबाहिर भेडा चराउन जाने आँट भएन। ग्राम सरकारको कम्पाउन्डभित्र गएर उनलाई भेट्ने आँट त झनै भएन। उनको अगाडि उभिने र केही बोल्ने हिम्मतसमेत भएन। म उनको माया र सद्भावले मूर्तिवत् भएँ।

एक दिन हाम्रो घरमा एक नातेदार चार दाना स्याउ कोसेली लिएर आए। एकछिनमा नातेदार निस्के। मलाई लाग्यो, यी स्याउ र चाङ रोलानको अनुहार उस्तै छन्- रातो-रातो, कडा बास्नादार।

म ती स्याउलाई एकनासले ताकेर बसिरहेको थिएँ। बज्यै आई दुईवटा स्याउ लिएर जानुभयो। मेरी आमा र काकीलाई भन्नुभयो, 'तिमीहरू पनि एउटा-एउटा स्याउ बच्चाहरूसित बाँडेर खाओ।'

आमा एउटा रातो स्याउ लिएर हाम्रो कोठामा आउनुभयो। उहाँको हातमा तरकारी काट्ने चक्कु पनि थियो। उहाँले हामी दाजुभाइ, दिदीबहिनीलाई बाँडेर खुवाउन भन्दै काट्न लाग्नुभयो।

मलाई खै के भयो भयो! ममा एक किसिमको अनौठो साहस उर्लियो। आमाको नाडी समाएर भकभकाउँदै बोलेँ, 'आमा, यो स्याउ नकाट्नुस्, बिन्ती।'

'यो हतपती पाइँदैन। सबैले मिलेर खानुपर्छ,' आमाले भन्नुभयो, 'नकाटी सिङ्गै-सिङ्गै खान पुग्दैन त बाबु।'

'मैले पूरै खान्छु भनेको होइन आमा, मैले त...' मेरो बक रोकियो।

आमाले लामो सास तानेर भन्नुभयो, 'तिमीले नखाने भए के गर्ने हो त?'

मैले आँखा चिम्लेर साहस बटुलेर भनेँ, 'आमा मेरो कक्षामा साथी छे चाङ रोलान...'

आमा एकछिन ट्वाँ पर्नुभयो ।

भन्नुभयो, 'हैन, के भन्छ यो ? स्याउ अनि साथी...'

'त्यो मेरी केटी साथी हो आमा ।'

'तिमी यो स्याउ उनलाई दिन चाहन्छौ ?'

मैले 'अँ' भन्ने भावमा टाउको हल्लाएँ ।

आमाले चक्कु थन्क्याउनुभो । अनि लगाइरहेको कपडाले स्याउ पुछ्नुभयो । स्याउ मलाई दिँदै भन्नुभयो, 'ल लगेर तिम्रो झोलामा लुकाइराख ।'

म रातभर सुत्न सकिनँ । उज्यालो हुनासाथ झोला बोकेर घरबाट निस्केँ । पछाडिबाट आमाले मलाई डाक्दै हुनुहुन्थ्यो ।

बोलिनँ ।

म एउटा हातले झोलाभित्रको स्याउ थिचेर बिहानी कुहिरो लागेको गल्लीमा वायुवेगले दौड्न थालेँ । सिमीका लहराहरू झाँगिएको पर्खाल नाघेर, नदीको अग्लो डिलमा चढेर, नदीको बहावको उल्टो दिशातिर दौडेर म त्यो कालो ढुङ्गाको सानो पुलनिर पुगेँ ।

पुलनिरको बरफजस्तो चिसो ढुङ्गे पिलरलाई हातले समाएर म मिठो प्रतीक्षामा बसेँ । पानी बोक्ने युवकहरू मेरो नजिकबाट जाँदै थिए । मैले उनीहरूको शरीरबाट निस्केको तातो अनुभव गरेँ । उनीहरू सबै विस्मययुक्त आँखाले मलाई हेर्दै जान्थे । उनीहरूलाई लागेको हुँदो हो- जिङ्रिङ्ग कपाल भएको, लुगा पनि राम्ररी नलगाएको, मुखभरि फोहोर लागेको केटो यहाँ एक्लै के गरिरहेको होला ?

सूर्योदय भयो । पूरै नदी सुनौलो देखिन थाल्यो ।

युवकहरू पुलको बीचमा गोडा फटाई अगाडितिर निहुरिएर नदीबाट

बाल्टिन भरिभरि पानी तान्न थाले । त्यसरी बाल्टिन तान्दा पानी छ्चल्किएर सयौं चम्किला थोपाहरू झरेर नदीमै बिलाउँथे ।

एउटा चिल्लो कालो कुकुर नदीको डिलमा अल्छी मानेर हिँड्दै थियो । एउटा भाले कुखुरो घाँसको थुप्रोमाथि उभिएर टोलाउँदै थियो । वरपरका घरका प्वालबाट धुवाँ माथितिर उड्दै थियो ।

म धेरै चाँडो आएछु । तर मलाई पछुताउ भएन । किनकि मलाई थाहा थियो, मैले व्याकुल भएर एक मिनेट पार गर्नु भनेको रातभरि मेरो मनमस्तिष्कमा घुमिरहेको परिदृश्यबाट एक मिनेट नजिक हुनु हो ।

मैले कल्पना गर्न थालें, उनी रातो लुगा लगाएर पुलको अर्को छेउमा देखापरिन् भने म पुलको यस छेउबाट दौडेर जान्छु र बीचभागमा उनलाई भेट्छु । अनि अचम्म मानेर उनले मलाई हेर्नेछिन् । म दुवै हातले यो रातो स्याउ समाएर उनको अगाडि उभिनेछु ।

अनि भन्नेछु, 'ओइ मेरी पियारी साथी चाङ रोलान, तिमीले मलाई सङ्कटको चाङबाट बचायौ । यो तिमीलाई ।'

अनि म उनको हातमा स्याउ राखेर फरक्क फर्किनेछु र सानो चरा जसरी गीत गाउँदै बाटो लाग्नेछु ।

म यस्तै-यस्तै तर्कनाबीच उभिइरहें । लामो प्रतीक्षापछि चाङ पुलको अर्को छेउमा देखापरिन् । उनी पूरै सेतो लुगामा थिइन् । ठुलो जिउडालको प्रौढ मान्छेले हिँड्दै उनको कपाल मुसारिरहेको थियो ।

एकै छिनमा मेरो साहस कहाँ हरायो कहाँ ! चाङले देख्लिन् कि भनेर म ढुङ्गे पिलरबाट एकातिर भागेर नजिकको झाडीभित्र पुगें ।

चाङले भन्दै गरेको सुनें, 'बुबा, अब तपाईं फर्केर जानुहोस् । तपाईंले गाली गरिदिनुभएपछि त्यो तु फङय्वीले अब मलाई दुःख दिने आँट गर्दैन ।'

चाङका बा हात हल्लाएर बिदाबारी भए । चाङ गीत गुनगुनाउँदै मेरै अगाडिबाट हिँडेर गइन् । म झोलाभित्रको स्याउलाई एक हातले समाउँदै

निहुरिएर दौडन थालें। मैले चाङलाई बाटामा रोकेर यो स्याउ दिनैपर्छ भन्ने सोच्दै।

म विद्यालयनजिक थुपारिएको स्याउलाको थुप्रो पछाडिबाट उफ्रेर निस्कें। म स्याँस्याँ गर्दै थिएँ। चाङले तर्सेर 'हैट्' भनिन्। अनि तुरुन्तै सम्हालिइन्। कडा स्वरमा भनिन्, 'चिन्तउ:, तिमीले यो के गर्न खोजेको?'

मेरो मुटु ढुकढुक गरिरहेको थियो। मैले चाङलाई सुनाउन भनी सयौं पटक घोकेका वाक्य मेरो मुखबाट केही गरी पनि निस्किँदै निस्किएनन्। न त स्याउ दिनलाई मेरा हात नै चले।

चाङले भुइँमा बनेको मेरो लामो छायातिर हेरिन्। अनि मेरी मायाले मेरो त्यही छायामाथि पिच्च थुकिन्। अनि टाउको उठाएर छाती फुलाउँदै मेरै अगाडिबाट फुर्तीसाथ हिँडेर गइन्।

अद्‌भुत जम्काभेट

सन् १९८२ को शरद् याम।

म पाओतिङबाट काउमी तुङ्पेइसियाङ गाउँतिर जाँदै थिएँ, जहाँ मेरो परिवार थियो।

रेल आउन ढिलो भइदियो। अनि त म साँझको ९ बजे मात्रै काउमी पुगेँ। गाउँमा त ९ बजे पनि के साँझ हो र, खासमा रातिको ९ बजे भनौँ न।

म राति रेलबाट ओर्लिएँ। टाउको उठाएर माथितिर हेरेँ। आकाशमा आधा चन्द्रमा झुन्डिरहेको थियो। आकाश खुल्ला र हावा शीतल थियो।

मैले काउन्टी सदरमुकाममा नबस्ने विचार गरेँ। राति उज्यालो चाँदनीमा हिँड्दै घरै पुग्छु भन्ने सोचेँ।

आजै आमाबाबुसित भेट हुन्छ, गाउँको सफा हावा पनि खान पाइन्छ। त्यसैले म बाटो लाग्छु भनेर एक्लै हिँड्न थालेँ।

सानो झोला बोकेको थिएँ। फटाफट हिँडेँ।

रेल चल्ने पुलमुनिको भाग पार गरिसकेपछि म पिच गरिएको बाटामा गइनँ। पिच बाटो धेरै लामो थियो। धेरै वर्षदेखि मानिस हिँड्न छाडेको बाटो कच्ची थियो तर छोटो थियो। म त्यही बाटो हिँड्न थालेँ।

बाटोमा धेरै घाँसपात, बोटबिरुवा उम्रिएका थिए। यसैबाट थाहा हुन्थ्यो, बटुवाले यो बाटो माया मारेछन्।

बाटाको दुवैतिर फापर, मकै, सखरखण्ड रोपिएका खेत। पातहरूबाट मधुरो किसिमले चाँदनी परावर्तित भइरहेको दृश्य। कति सुन्दर।

हावा पटक्कै चलेको थिएन। पातहरू स्थिर थिए। खेतबाट कीरा कराएको आवाज आइरहेको थियो। आवाज मेरो हड्डीभित्रै पस्लाजस्तो गरी ठुलो थियो। त्यस आवाजले त्यो चाँदनी रात विशेष रूपले सुनसान भएजस्तो लाग्यो।

मेरो बाटो जति अघि बढ्यो, बालीबिरुवा उति नै घना हुँदै गए। काउन्टी सदरमुकामका बत्तीहरू अघि नै नदेखिने भइसकेका थिए। सदरमुकामबाट हाम्रो गाउँ त्यस्तै २० किलोमिटर टाढा थियो।

कहिलेकाहीँ चरा अथवा अरू केही सानो जीवजन्तु कराएको आवाज पनि सुनिन्थ्यो।

मलाई अकस्मात् मेरो गर्दनपछाडि केही चिसो भएजस्तो भयो। आफ्नै पाइलाको आवाज पनि एकदमै ठुलो र भारी जस्तो भयो। मलाई एक्लै राति यसरी हिँडेकामा अलि पछुतो हुन थाल्यो।

बाटाका दुईतिर खेतमा असङ्ख्य रहस्य लुकिरहेको, असङ्ख्य आँखाले मलाई निगरानी गरिरहेको र मेरो पछाडिबाट केही वस्तुले मलाई पिछा गरिरहेजस्तो लाग्न थाल्यो। चाँदनी पनि अचानक मलिन भएजस्तो लाग्यो। नजानिँदो किसिमले मेरा पाइला छिटो-छिटो चल्न थाले। जति छिटो हिँड्यो, आफू पछाडि त्यति नै असुरक्षित अनुभव हुन थाल्यो।

पछाडिबाट मलाई केहीले पछ्याएजस्तो, केहीले समाएजस्तो भइरह्यो। केही सीप नलागेपछि फरक्क फर्केर हेरेँ। तर पछाडि केही पनि थिएन।

म अगाडि बढ्दै गएँ। हिँड्दै मनमनै आफैँसित बोल्न थालेँ, 'के तँ जनमुक्ति सेनाको अधिकृत होस्? के तँ कम्युनिस्ट पार्टीको सदस्य होस्? के त मार्क्सवाद लेनिनवादको प्रशिक्षक होस्? के तँ भौतिकवादी होस्? कट्टर भौतिकवादी भयरहित हुन्छ। कम्युनिस्ट पार्टीको सदस्य मर्न त डराउँदैन भने अरू केसँग डराउँछ? के भूतप्रेत छ? छैन! के जङ्गली

जनावर छ ? छैन ! संसारमा त्यस्तो केही छँदै छैन, खालि मान्छेले आफैँले आफैँलाई तर्साइरहेको छ ।'

तर मेरो शरीर अझै कसियो । दाँत बज्न थाले । बच्चा बेलामा गाउँघरमा सुनेका भूतप्रेतका कथा एकपछि अर्को गर्दै मनमस्तिष्कमा घुम्न थाले-

एक जना मान्छेले बाटामा हिँडिरहँदा अकस्मात् खर्पनको 'काच्याक्' आवाज सुन्यो। ध्यान दिएर हेर्दा दुई खर्पन र दुई खुट्टा चलिरहेको देख्यो। तर उसको माथिको जिउ थिएन ।

अर्को कथा...

एक जना मान्छेले राति बाटामा हिँड्दा कोही 'हिहि' गरेर हाँसेको सुनेछ । ध्यान दिएर हेर्दा एउटी स्वास्नीमान्छे रहिछ । उसको मुख रातो थियो । त्यसलाई 'मुखे भूत' भन्थे ।

अर्को कथा...

एक जना मान्छे राति बाटामा हिँड्दा सेतो दाह्रीजुँगा भएको बुढो मान्छेले घाँस खाँदै गरेको देख्यो ।

मैले पछि मात्र थाहा पाएँ। मेरो जिउबाट पसिना पो बगिरहेको रहेछ। लुगा निथ्रुक्क भिजिसकेको थियो ।

म अब ठुलो स्वरमा गाउन थालेँ- 'अघि बढ, अघि बढ, अघि बढ... ।'

बाटामा त्यस्तो अप्रिय घटना केही घटेन। गाउँनिर पुग्ने बेला उज्यालो हुन थालिसकेको थियो । घाम उदाउन लागेको तर उदाइनसकेको बेला पूर्वतिर एक चक्का रातो देखियो ।

भाले बासेको आवाज आयो । वातावरण शान्त थियो ।

म आफू आएको बाटोतिर फर्केँ। उही बाटो, उही खेत। अरू त केही छैन । मलाई आफू पटमूर्ख भएछु भन्ने लाग्यो ।

म गाउँनजिक पुग्नै लागेँ । रुखनजिक एक जना बुढो मान्छे देखेँ । नियालेर हेरेको त- छिमेकी साहिँला बाजे हुनुहुँदो रहेछ ।

उहाँ चाउ बाजे आकर्षक पोसाकमा हुनुहुन्थ्यो। उहाँ मबाट चारपाँच पाइला टाढा मात्र उभिइरहनुभएको थियो।

'ओहो साहिँला बाजे, कति चाँडो आउनुभएको नि?' मैले सोधेँ।

'छिटो उठेर सहर जान खोजेको थिएँ। तिमी फर्क्यौ रे भन्ने सुनेर यहाँ तिमीलाई कुरिरहेको।'

मैले उहाँसँग घरपरिवारको कुरा गरेँ। फिल्टर भएको एउटा चुरोट उहाँलाई दिएँ।

चुरोट सल्काएर उहाँले भन्नुभयो, 'मैले तिम्रो बाबुलाई पाँच युआन दिन बाँकी छ। अहिले मेरो पैसा सकिएको छ। तिमीले यो मुखनली लगेर उहाँलाई दिनू। पैसा नभएर यो दिएको भन्नू है।'

'साहिँला बाजे, त्यस्तो किन गरिरहनुपर्‍यो र?' मैले भनेँ।

'तिमी छिटो घर फर्क अब, आमाबाबु तिमीलाई कुरेर बस्नुभएको छ,' उहाँले भन्नुभयो।

मैले साहिँला बाजेले दिएको बहुमूल्य पत्थरको चिसो मुखनली हातमा लिएँ। हतार-हतार उहाँसँग बिदाबारी भएर छिटो-छिटो गाउँ पसेँ।

घर पुगिसकेपछि आमाबाबुले मलाई यताउताका धेरै कुरा सोध्नुभयो। 'त्यसरी राति एक्लै नहिँड्नुपर्ने, केही भयो भने के गर्ने?' भन्नुभयो।

'म त भूतप्रेतलाई भेट्नै चाहन्थेँ,' मैले भनेँ, 'तर भूतप्रेतले मलाई भेट्न आउने आँटै गरेन।'

आमाले भन्नुभयो, 'बाबु, त्यसरी जथाभावी बोल्नुहुन्न।'

मैले खल्तीबाट त्यो बहुमूल्य पत्थरको मुखनली निकालेँ। बाबुले चुरोट निकाल्नुभयो। मैले भनेँ, 'बुबा, अहिले भर्खर गाउँ पस्ने ठाउँमा चाउ साहिँला बाजे भेटेको थिएँ। उहाँले पाँच युआन दिन बाँकी थियो रे। यो मुखनली तपाईंलाई दिनू भन्नुभएको थियो।'

बाबु छक्क पर्नुभयो, 'के रे, के भन्छ यो बज्जे?'

मैले सामान्य हुँदै भनेँ, 'चाउ बाजे क्या !'

'तैँले मान्छे चिनिनस् केटा !'

'किन नचिन्नु हौ, उहाँसित एकछिन कुरा गरेँ। एउटा चुरोट दिएँ। यो मुखनली उहाँले त देको।'

मैले मुखनली बाबुलाई दिन खोजेँ। उहाँ मौन तर्किनुभयो।

'चाउ बाजे त चार दिनअघि बिहानै मरिसके !' आमाले भन्नुभयो।

चुल्ठो

थोङ्सिन्हु तालको दक्षिण किनारमा हु होङ्पो बसिरहेको थियो। जहाँ कोइरालोको जङ्गल नै थियो। दुई हातभन्दा लामो मोटो चुल्ठो थियो उसको छेउमा। उदास अनुहारमा ऊ चुरोट तान्दै थियो।

जङ्गलमा सबैतिर पानी नै पानी थियो। कर्मचारीलाई गाउँ जाँदा लगाउने भनी दिइएको दुईपत्रे प्लास्टिकको बर्साती ओढेर ऊ बसिरहेको थियो। तैपनि उसलाई तलबाट आएको ओसले असजिलो भइरहेको थियो।

त्यो शनिबारको साँझ। ठुलो पानी परेर भर्खरै रोकिएको थियो। गुलाफी रङको आकाशमा उडिरहेका खुर्पानी रङका बादलका टुक्रा तालको पानीमा नाचिरहेका थिए। तालको अर्कातिर टायलको छाना भएका ३०-४० वटा दुईतले घर चिटिक्क देखिएका थिए। ताल नजिकको एउटा अपार्टमेन्ट प्रचारप्रसार विभाग उपप्रमुख मा:को हो।

हु ३०-३२ वर्षको। डिप्लोमासम्म पढेको। लेखरचना राम्रो लेख्न सक्ने। दुब्लो पातलो। अर्थात् केटीहरूले बिहे गर्न मन पराउनेजस्तो लोग्नेमानिस। यस्तासित बिहे गरे एक प्रकारको शान्ति र न्यानोपन पाइन्छ। कलात्मक भावयुक्त जीवनयापन गर्न पाइन्छ। यस्तै सोच्दा हुन् सायद केटीहरू।

यस प्रकारका लोग्नेमान्छे सरकारी कार्यालयमा आठदस वर्ष काम गरेपछि कुनै ठुलो-सानो पदमा पुग्छन् नै। यिनीहरूको परिवारमा प्राय:

एउटी राम्री छोरी हुन्छे। अनि त्यो छोरी प्राय: चलाख, मिठो बोलीवचन भएकी र टाउकामा रातो रिबन बाँध्ने हुन्छे।

यस्ता केटीहरूले किबोर्डमा दुईचारवटा गीत राम्ररी बजाउन जानेका हुन्छन्। नभए दुईचारवटा राम्रा चित्र बनाउन जान्ने अथवा दुईचारवटा जटिल नाच नाच्न जान्ने अवश्य हुन्छन्। कम्तीमा थाङ राजवंशका केही कविता कण्ठ पारेर सुनाउन सक्ने हुन्छन्। श्रोताबाट प्रशंसा पाउने हुन्छन् उनीहरू।

यस प्रकारको परिवारका गृहस्थी महिला साधारणतया नराम्री हुँदैनन्। उनीहरू फरासिला, स्वच्छ, मानमिजास राख्न जान्ने, अरूलाई खुसी तुल्याउने खालका हुन्छन्। यस्ता महिला धेरैजसो दुईचार परिकार राम्ररी पकाउन जान्ने हुन्छन्। घरमा पाहुना आउँदा पकाएर आफ्नो पाककला प्रदर्शन गर्छन्।

यस्ता महिला प्राय: आधा ग्लासजति रक्सी पिउन सक्ने हुन्छन्। घरमा हुँदै गरेको भतेर सकिने बेला कम्मरमा सेतो एप्रोन बेरेर भान्छाकोठाबाट बाहिर आउँछन् अनि गृहस्थी र मूल भान्छेको दोहोरो भूमिकाअन्तर्गत पाहुनालाई रक्सी थप्न अनुरोध गर्छन्।

मदिरा सेवनका लागि यसरी गरिएको अनुरोध पाहुनाहरू प्राय: टार्न सक्दैनन्। यस प्रकारका महिला ताल नजिकका १२-१५ भवनका आत्मा हुन्। सारांशमा भन्ने हो भने यस प्रकारका महिला, बच्चा र पुरुष एउटै अपार्टमेन्टमा बस्दा त्यहाँ एक प्रकारको उमङ्ग प्रवाह हुन थाल्छ। अक्सर मान्छे सुखी जीवन यस्तैलाई भन्छन् क्यार।

हु सुखी जीवन जिइरहेको थियो। पत्नी कुओ य्वीय्इङ सिन्ह्वा पुस्तक पसलको बालपुस्तक विभागमा कमिक्स बेच्थी।

सानो बेलादेखि बाट्दै आएको चुल्ठो उसको उस्तै थियो। दुई हातभन्दा लामो। माथिदेखि तलसम्म त्यत्तिकै मोटो, कालो र चम्किलो। चुल्ठोमै ऊ सबैभन्दा आकर्षक देखिन्थी।

काउन्टी सदरमुकामका सबैलाई सिन्ह्वा पुस्तक पसलमा कमिक्स बेच्ने 'कुओ चुल्ठे' छे भन्ने थाहा थियो। सरकारी कार्यालयका सबैलाई 'कुओ चुल्ठे' प्रचारप्रसार विभाग रिपोर्टिङ फाँटको 'हु लेखक'की पत्नी भनेर थाहा थियो।

साँच्चै भन्ने हो भने कुओको अनुहार अति सामान्य खालको थियो। दुब्लो, लामो, मुख चुच्चो परेको, कता-कता बाँदरको जस्तो। चुल्ठो भने काउन्टी सदरमुकामभरिमै सबैभन्दा राम्रो।

पहिले प्रेम परिरहँदा कुओको अनुहारलाई लिएर हु दिक्क मान्थ्यो। तर जब कुओले आफ्नो कम्मर पछाडिबाट ठुलो चुल्ठो अगाडि सारेर उसको घाँटीमा बेरिदिन्थी नि, ऊ त्यसैमा बेरिन्थ्यो। मनमनै गाउँथ्यो- आखिर तिम्रो चुल्ठोमा नै अल्झैं!

छोरी चियाउचियाउ जन्मिएपछि घरको काम बढ्न थाल्यो। मोटो, लामो चुल्ठो कोर्न, बाट्न धेरै समय लाग्ने भएकाले लोग्नेचाहिँ कपाल छोटो पार्न भन्थ्यो।

कुओले आँखा ठुलठुला पारेर, अनुहार रातो पारेर भन्थी, 'भाग्ने विचार छ कि क्या हो?'

हुले तुरुन्तै सुहागरातको त्यो घटना सम्झ्यो-

पत्नी आफ्नो जिउमा अडेस लगाएर बसेकी थिई। चुल्ठो घाँटीमा बेरिदिँदै कानमा बिस्तारै टोक्दै भनेकी थिई, 'जबसम्म मेरो यो चुल्ठो रहन्छ, मबाट भाग्ने विचार नगरे हुन्छ।'

हुले छोरी चियाउचियाउतिर देखाउँदै भन्यो, 'छोरीले मलाई बाँधिराखेकी छ। तिमीले चिल्लै हुने गरी कपाल मुडे पनि अब म भाग्न पाउँदिनँ।'

कुओले कपाल फिँजाई। आँखाभरि आँसु पारेर फतफत गरी। हु रिपोर्ट लेखेको नमिलेर दिक्क भइरहेको थियो। श्रीमतीले कचकच गरिरहेको देखेर हुले टेबलमाथिको सिसामा ठटाउँदै भन्यो, 'पागल कहींकी!'

कुओ 'ह्वाह्वा' गरेर रुन थाली ।

हु डरायो- कुओको घाँटी सुक्ला भनेर होइन, छिमेकीले सुन्लान् भनेर।

हु सामान्य कर्मचारी मात्र थियो। यही अपार्टमेन्टको माथिल्लो तलामा हाकिम प्रचारप्रसार विभाग उपप्रमुख मा: बस्थ्यो ।

स्वास्नीको पिठ्युँमा धाप दिँदै सरी भन्न थाल्यो। ऊ रुन् ठुलो स्वरले ह्वाँ गरी ।

हुले आत्तिएर श्रीमतीको मुख थुन्यो । मुख छाड्नासाथ फेरि ह्वाँह्वाँ गरी । उसको मुख पानी चुहिने पाइपजस्तो । छोप्यो कि रोकिने । छाड्नासाथ फेरि 'ह्वाँ' हुने ।

एकैछिनमा हु थाकेर पसिना-पसिना भयो । त्यही रुवाइको आवाजले छोरी चियाउचियाउ पनि ब्युँझिई र हातगोडा नचाउँदै रुन थाली ।

आत्तिएको हुको मनमा अचानक एउटा जुक्ति आयो। दौडेर भान्छाकोठामा पुग्यो। त्यहाँबाट एउटा सानो भान्टा उठाएर ल्यायो। अनि त्यसैले कुओको बाइरहेको मुख टालिदियो ।

यो जुक्ति एकदम प्रभावकारी भए पनि हेर्दा अति डरलाग्दो देखिन्थ्यो। कुओको अनुहार माथि फर्केको थियो। मुखमा भान्टा। आँखा ठुलो ।

दुब्लो अनुहार अझै लामो देखियो ।

हु पनि बहुसङ्ख्यक पुरुषजस्तै विवाहपछि श्रीमतीको अनुहार देखे पनि नदेखे जस्तो हुने भइसकेको थियो। अझ भन्ने हो भने उसको अनुहारको स्वरूपसमेत बिर्सेर अस्पष्ट आकार मात्र अवचेतन मनमा रहिरहेको थियो।

उसले धेरै दु:खसाथ बल्लबल्ल छोरीलाई फकाएर सुतायो । एकचोटि फेरि नियालेर कुओको अनुहार हेऱ्यो । अनायास उसलाई कुओ एकदम कुरूप आइमाई लाग्यो । अचल आँखा, पातला आँखीभौँ, साँघुरो निधार, गोलो नाक, चुच्चो च्युँडो। यी सबैले उसमा एक प्रकारको घृणा उत्पन्न गराए ।

हात अघि बढाएर मुखबाट भान्टा निकाल्न खोज्यो। तर फेरि ह्वाँह्वाँ गर्ली कि भन्ने डर पनि लाग्यो। फेरि सोच्यो- यो भान्टा ननिकालेर सधैँ यसरी नै राखिरहने त ?

उसलाई अनायास केही गडबड भएजस्तो लाग्यो, कुओ किन यसरी चलमल नगरी बसिरही त ?

उसले बिस्तारै भान्टा बाहिर तान्न खोज्यो तर निस्केन। उसले फेरि बल गऱ्यो, भान्टा अझै बाहिर निस्केन। ऊ अब अलि आत्तियो। देब्रे हातले कुओको च्युँडो समात्यो र दायाँ हातले भान्टा समाती बल गरेर बाहिर तान्यो।

भान्टा बाहिर त निक्स्यो तर कुओ एकातिर ढल्न पुगी।

हुले हतार-हतार बोकेर खाटमा सुतायो। मुटु छाम्यो। मुट चलिरहेको थियो। नाकको प्वालनिर औँला राख्यो। त्यहाँबाट हावा निस्किरहेको थियो। ऊ मरेकी छैन भन्ने पक्का भएपछि उसलाई मनमा हलुका अनुभव भयो।

फेरि कुओलाई हेऱ्यो। उसको मुख ठुलो हुने गरी खुलेको थियो। हुले कुओको अनुहारमा मालिस गर्न थाल्यो। च्युँडोलाई माथितिर तान्यो। नभन्दै उसको मुख बन्द भयो। मुख मात्र बन्द भएको होइन, आँखा पनि बन्द भए। नाकबाट घुरेको आवाज आउन थाल्यो।

'धन्य प्रभु' भन्दै मेचमा गएर बस्यो। जिउभरि गन्हाउने पसिना बग्न थाल्यो। जोर्नीहरू दुख्न थाले।

भोलिपल्ट बिहानै उठेर हुले सबै काम आफैँ गर्न थाल्यो। बिहान सबेरै गएर दूध ल्यायो। तताएर छोरीलाई खुवायो। त्यसपछि चाउचाउ पकायो, अन्डा उसिन्यो।

कुओको अनुहार काठजस्तो थियो। कुनै भाव थिएन। समय नै सबै प्रकारका दुःखको असल औषधी हो भन्नेमा हुलाई पूरा विश्वास थियो।

स्वास्नीमान्छेको अनुहार काठजस्तो हुँदा सबैभन्दा राम्रो केही समय त्यहाँबाट पर हट्नु नै हुन्छ भन्ने सोचेर उसले साइकल निकाल्यो । छोरीलाई किन्डरगार्टेन पुऱ्यायो ।

कार्यालय गएर थर्मसबाट तातो पानी पिउन थाल्यो । भुइँमा कुचो लगायो । भिजेको कपडाले पुछ्यो । टेबल पनि पुछ्यो । हुलाई त्यति बेलासम्म त्यो सुखी जीवन भन्ने वस्तुले छाडेर गइसकेको थियो भन्ने थाहा थिएन ।

पछि उसले विचार गर्न पुगेको थियो, सुखी जीवन भन्ने वस्तु गौँथली चरीजस्तै सीमित सङ्ख्यामा मात्र हुने रहेछ । त्यसले एउटा घरमा गुँड बनायो भने फेरि अर्को घरमा गएर बास गर्दैन । त्यस कारण सुखी जीवन चाहने हो भने सबैभन्दा पहिले गौँथलीको गुँड बनाउन मिल्ने घर नै बनाउनुपर्छ ।

काम सकिएपछि हुले कार्यालयको टेबलअगाडि बसेर चुरोटको एक सर्को के तानेको थियो, उपप्रमुख माः आइपुग्यो । हु हतारिएर उठ्यो र टाउको निहुऱ्याएर अभिवादन गऱ्यो। उपप्रमुख मा:ले गम्भीर भएर सोध्यो, 'हु, हिजो राति श्रीमतीसँग झगडा परेको थियो ?'

हुले अनुहार रातो पारेर भन्यो, 'अलि-अलि भनाभन भएको थियो, खास गरी मेरो कारणले ।'

उपप्रमुख मा:ले भारी मनले भन्यो, 'हु, सुन, अहिले पुँजीपति वर्गीय स्वतन्त्रताको हावा लागिरहेको छ, जसको कारण धेरै लोग्नेले स्वास्नी मन पराउन छाडेका छन्। हामी काउन्टीका पदाधिकारी यसबारे गम्भीर हुनुपर्छ है ।'

हुलाई पूरै जिउ चिसो भएजस्तो लाग्यो। मन पनि एकदम आत्तिएजस्तो भयो। आफू साँच्चै पुँजीपति वर्गीय स्वतन्त्रताको हावा लागेको लोग्नेमध्ये एक भएजस्तो उसलाई लाग्न थाल्यो। उसले हतारिएर भन्यो, 'हस्, हस्, हस्, म अवश्य ध्यान दिनेछु ।'

त्यति नै बेला टेलिफोनको घण्टी बज्यो । फोन उठाउन भनी हु उठ्यो । तर नजिकै रहेको उपप्रमुख मा:ले फोन उठायो र लामो स्वर निकालेर भन्यो, 'हेलो, कसलाई खोज्नुभएको ? हो, यो प्रचारप्रसार विभाग हो । कसलाई खोज्नुभएको ? हु होङ्पोलाई ? अनि हजुर कहाँबाट ? ए, कुओ ? हुले तिमीलाई सताएका रहेछन्, म उनैलाई गाली गर्दै बसेको थिएँ अहिले ।'

उपप्रमुख मा:ले हुलाई टेलिफोन दियो । अनुहारभरि त्रासपूर्ण मुस्कान राखेर काम्दै हुले फोन हातमा लियो र 'हेलो' मात्र भन्न के भ्याएको थियो, उताबाट कुओ दाह्रा किटेर बोलेको आवाज सुनियो, 'जबसम्म मेरो यो चुल्ठो रहन्छ, मबाट भाग्ने विचार नगरे हुन्छ ।'

हुले केही भन्न लागेको थियो । कुओले फोन राखिदिई ।

हुको अनुहार डर र लाजले रातो भएको थियो। आत्तिएर ऊ टेलिफोन भएको ठाउँदेखि आफ्नो टेबलसम्म पनि हिँड्न नसक्ने भयो । कुओको स्वर एकदम चर्को थियो, उसको सरापजस्तो त्यो वाक्य कोठामा भएका सबैले स्पष्ट सुने ।

उपप्रमुख मा:ले हाँसेर भन्यो, 'कुओले फेरि आफ्नो दिव्य चुल्ठोको धाक लगाउन थालिछन् ।'

कोठामा भएका सबै हाँस्न थाले । उनीहरू सबैले 'कुओको चुल्ठो' ले हुलाई घाँटीमा बेर्ने गरेको सुनेका थिए ।

हुले 'खासमा हाम्रो त्यस्तो नराम्रो केही होइन' भने पनि अनुहारको दिक्दारी स्पष्ट देखियो । उसले सोच्यो- मेरो गल्ती ठुलै भए पनि यसरी अफिसमै फोन गरेर सबैको अगाडि बेइज्जत गर्नु त अति भएन र ?

घर गएर कुओलाई यसरी यसरी गाली गर्ने भनेर योजना बनाइरह्यो। गालीका शब्दहरू उसको मनमा धाराप्रवाह आइरहे ।

ऊ रिसले चुर हुँदै साइकल चढेर घर फर्क्यो । साइकल अडाएपछि एक लात्ती हानेर ढोका खोल्यो ।

कोठाभित्र उसले कुओको भावरहित अनुहार देख्यो । ऊ पिठ्यूँ उदाङ्गो पारेर, जुत्तामोजा नलगाईकन दुवै हातले ठुलो चुल्ठो समातेर, मुख आधा खोलेर च्युँडो तल पारेर बसेकी थिई । त्यत्तिकै रिसाएर भन्न थाली, 'जबसम्म मेरो चुल्ठो रहन्छ, मबाट भाग्ने विचार नगरे हुन्छ ।'

हु काँचो रिसायो, 'कुओ, तिमी यसरी अरूलाई सताउने काम नगर । मैले तिमीलाई चुल्ठो काट्न भनेको अरू कुनै कारणले होइन, तिमीलाई मन लागे काट, मन नलागे राखिराख । ल भैगो, यस्तो भन्नुमा मेरो गल्ती नै भएको भए पनि मैले तिमीसँग माफी मागिसकें । मलाई माफ गरिदेऊ । मैले बिराएँ । तर तिमी यसरी हल्ला गरेर समस्या नबढाऊ । कि मसित नबस्ने विचार हो ?'

रिसाएर यति बोलिसकेपछि उसलाई मनमा एक किसिमको आत्मसन्तोषको अनुभव भयो । भन्नुपर्ने कुरा तार्किक, भावपूर्ण एवं कडा शब्दमा भनेजस्तो लाग्यो ।

ऊ श्रीमतीसँग जिस्किँदै चुल्ठोले आफूलाई हान्ने अनि उसलाई बोकेर खाटमा पुऱ्याएर चुम्बन गरेर सम्बन्ध सामान्यीकरण गर्ने तयारी गर्दै थियो । तर कुओले हुको भनाइप्रति कुनै प्रतिक्रिया जनाइन । बरु आँखा तर्दै भनी, 'जबसम्म मेरो चुल्ठो रहन्छ, मबाट भाग्ने नसोचे हुन्छ ।'

अबचाहिँ हुलाई समस्या जटिल भइसकेको छ भन्ने लाग्यो ।

स्वास्नीलाई नियालेर हेऱ्यो । आँखा उदास टोलाइरहेका । मानसिक रोगीजस्ती देखिई ।

अब भने ऊ यो तितो यथार्थसित तर्सियो । ठुलो स्वरले भन्यो, 'कुओ, छोरी आई ।'

तर उसका आँखा चलेनन् । दाह्रा किटेर फेरि त्यही वाक्य दोहोऱ्याई, 'जबसम्म मेरो चुल्ठो रहन्छ, मबाट भाग्छु भन्ने नसोचे हुन्छ ।'

अब दिन अस्तव्यस्त हुन थाले । हुले सबैभन्दा पहिले उपप्रमुख मा:लाई भेटेर सबै सुनायो । बोल्दाबोल्दै उसका आँखाबाट आँसु झर्न थाल्यो । तर उपप्रमुख मा:का आँखामा अझै धेरै प्रश्नचिह्न लुकेर रहेको देख्यो ।

छाती पिट्दै कसम खाँदै भन्यो, 'मैले अलिकति पनि झुटो बोलेको भए मेरो टाउकामा चट्याङ परोस् ।'

उपप्रमुख मा:ले चिसो स्वरमा भन्यो, 'तिमीले भनेका सबै कुरा झुटा भए पनि तिम्रो टाउकामा चट्याङ पर्नेछैन । हामी कम्युनिस्ट पार्टीका सदस्यहरू यस्ता कसम खाने कुरा गर्दैनौं ।'

हुले भन्यो, 'म पार्टीको शपथ लिएर भन्छु, मैले झुटो बोलेको छैन ।'

मा:ले भन्यो, 'पहिले कुओलाई अस्पताल पुऱ्याएर उपचार गराउनू । अरू कुरा सङ्गठनले खोजीनिती गरेर पत्ता लगाउनेछ ।'

हुले कुओलाई मानसिक अस्पताल लग्यो । अस्पतालमा उसलाई फेरि एकचोटि कुओको रोगबारे भन्न लगाइयो । उसले सबै सुनायो । चिकित्सकहरू सबैले भन्न थाले, 'यति सानो कुराले नै मानसिक रोग लाग्यो होला त ?'

त्यसको अर्थ हुले कतिपय महत्त्वपूर्ण कुरा लुकायो होला भन्ने नै थियो । हुले फेरि पार्टी, मानवता र छोरीका नाममा कसम खाँदै आफूले कुनै पनि कुरा नलुकाएको, कुनै पनि झुटो कुरा नगरेको भन्यो । तर उसले ती चिकित्सकहरूको अनुहार काठजस्तै भावहीन देख्यो ।

त्यसपछि उसले अरू बोल्न छाड्यो ।

कुओ आफैँ होसमा फर्केर मलाई रक्षा गरिदेऊ न भन्ने कामना गर्न थाली ।

हुले छोरीलाई आमाबाबुको घर पठाइदियो। ऊ आफू दिनमा कार्यालय जान्थ्यो। साँझ मानसिक अस्पताल आउँथ्यो। यस्तै गरी आधा वर्ष बित्यो। हुको जिउ कुप्रो पर्न थाल्यो। कपाल फुल्न थाल्यो।

तर कुओमा कुनै सुधार आएन। मुखसम्म खाना पुऱ्याइदियो, खान्थी। ओठसम्म पानी पुऱ्याइदियो, पिउँथी। हाँस्ने रुने पनि होइन। दौड्ने उफ्रिने पनि होइन। एउटै रोग भन्नु हुलाई देख्यो कि दुवै हातले चुल्ठो

समातेर मन्त्र पढेजस्तो गर्न थाल्थी, 'जबसम्म मेरो चुल्ठो रहन्छ, मबाट भाग्ने विचार नगरे हुन्छ।'

मानसिक अस्पतालका चिकित्सक पनि यो वाक्य सुन्दा हाँस्न थाल्थे। सबै भन्थे, 'हु, अब तिमी कुनै हालतमा पनि भाग्न सक्दैनौ। कुओको चुल्ठोले तिमीलाई सधैँ बाँधेर राख्छ।'

मानसिक अस्पतालले सबै प्रकारका उपचार प्रयोग गरिहेऱ्यो। कुओको अवस्थामा कुनै सुधार भएन। त्योभन्दा खराब पनि भएन।

तर उपचार खर्च बढ्दै गयो। प्रत्येक वर्ष घाटामा गइरहेको सिन्ह्वा पुस्तक पसलको प्रमुख काउन्टी प्रचारप्रसार विभागमा आएर आफ्नो दुःख बिसाउन थाल्यो, 'कुओ यसरी नै अस्पतालमा भर्ना भएर बसिराख्ने हो भने कर्मचारीहरू असन्तुष्ट हुनेछन्।'

उपप्रमुख माः आफैँ बिरामीको अवस्था बुझ्न मानसिक अस्पताल गयो। अस्पतालले पनि बिरामीलाई यहाँ राखिराख्नु बेकार हो भन्यो। हुले शरद् ऋतुको एक दिन अपराह्न एउटा तीनपाङ्ग्रेमा राखेर कुओलाई घर ल्यायो।

कुओकी आमा कुनै प्राथमिक विद्यालयकी अवकाशप्राप्त शिक्षिका थिइन्। हुले सासूलाई छोरीको स्याहारसुसार गर्न डाक्यो।

केही समय नबित्दै मुटुको रोग लागेर उपप्रमुख माःको अचानक मृत्यु भयो। प्रचारप्रसार विभागमा उपप्रमुखको पद खाली हुन गयो। त्यो पद पाउन भित्र-भित्र धेरै चलखेल भयो। तर प्रचारप्रसार विभागकी महिला प्रमुखले हुलाई उपप्रमुख पदमा नियुक्ति गरी।

उसको तर्क थियो- हुको शैक्षिक योग्यता छ। प्रतिभाशाली छ। इमानदार छ। साथै दयालु पनि छ।

कुओको सेवा गरेर बसेको आधा वर्ष भइसक्यो। तर उसको मुखबाट असन्तोषको आधा वाक्य पनि निस्केको छैन। आफ्नै छोराले पनि नगर्ने खालको सेवा श्रीमतीलाई गरिरहेको छ। यस्तो नवयुवकलाई पदोन्नति नगरे कस्तोलाई गर्ने ?

हु उपप्रमुखमा पदोन्नति भयो। पहिलेको उपप्रमुख मा:को टेबलअगाडि बस्दा उसको मनको दु:ख केही कम त भयो। तर प्रत्येकपल्ट घरभित्र पस्दा कुओको त्यो वाक्य सुनेपछि उसलाई लाग्थ्यो, घरमा बहुलाएकी स्वास्नी भएसम्म काउन्टीको होइन, ठुलो सहरकै प्रचारप्रसार विभागको प्रमुख भए पनि के अर्थ भयो र ?

केही समय उसको मनमा स्वास्नीसँग सम्बन्धविच्छेद गर्ने विचार पनि नआएको होइन। तर मानसिक रोगीसँग सम्बन्धविच्छेद गर्नु साह्रै झन्झटिलो हुन्छ रे भन्ने सुन्यो। फेरि मानिसले कुरा पनि काट्ने। कुओको चुल्ठो पनि छँदै थियो। उसको यो उपप्रमुख पदै पनि त्यही चुल्ठोको सेवा गरेकै कारण प्राप्त भएको थियो। त्यसैले उसले एकपटक लामो सास छाडेर भन्यो, 'भइहाल्यो।'

ऊ अब टाउको निहुऱ्याएर दिन काट्न थाल्यो।

सन् १९९० को अन्तमा पुग्दा हु उपप्रमुख बनेको आधा वर्ष पुग्यो। उसलाई काउन्टी रेडियो टेलिभिजन शाखाको प्रशंसापत्र वितरण कार्यक्रममा प्रमुख अतिथि बन्ने निम्तो आयो। ऊ गएर भाषण गऱ्यो। ताली बजायो, त्यसपछि उत्कृष्ट कर्मचारीहरूलाई प्रशंसापत्र वितरण गर्न थाल्यो।

उसको पुरानो साथी, रेडियो टेलिभिजन शाखाको प्रमुख वान नियान्छिङले प्रशंसापत्र प्राप्त गर्ने कर्मचारीको नाम पढ्न थाल्यो। वानले एउटा नाम बोलाएपछि एक जना मान्छे आउँथ्यो। हुले प्रशंसापत्र राखिएको सिसासहितको फ्रेम दुवै हातले दिन्थ्यो। त्यस मान्छेले दुवै हातले आदरपूर्वक फ्रेम लिन्थ्यो अनि एकै छिनमा दुवै जनाले फ्रेमबाट हटाएर दाहिने हात मिलाउँथे र फोटो खिचाउँथे। त्यसपछि त्यो मान्छे फ्रेम बोकेर मञ्चबाट तल जान्थ्यो।

प्रशंसापत्र लिनेहरूमा हुले चिनेका-नचिनेका मान्छे थिए। नचिनेको भए पनि सबैलाई हेरेर ऊ मुस्कुराउँथ्यो। वानले एउटा नाम पढ्यो- य्वी थियानथियान।

हुले प्रशंसापत्र हातमा लियो। टाउको निहुर्‍याएर हेर्दा ब्रसले लेखेको 'य्वी थियानथियान' अक्षर देख्यो। टाउको उठाएर हेर्दा य्वी टाउको सीधा पारेर छाती फुलाएर मञ्चमाथि आइरहेको देख्यो।

हुले उसलाई चिनिहाल्यो। ऊ काउन्टी टेलिभिजनकी सञ्चालिका थिई। टेलिभिजनको स्क्रिनमा भन्दा पनि बढी आकर्षकजस्तो लाग्यो। य्वीजस्ती युवती पक्कै पनि लाज मानेर बस्दिन। ऊ सरासर हिँडेर हुको अगाडिसम्म आइपुगी। एकपटक हाँसी, फ्रेम लिई र हात मिलाई। उसको हात सानो र तातो कुनै पोथी पशुको पञ्जाजस्तो अनुभव भयो। फोटोग्राफरले अगाडितिर निहुरेर एकदम मेहनती पारामा फोटो खिच्यो।

य्वी प्रशंसापत्रको फ्रेम बोकेर मञ्चबाट तल जाने बेला चुल्ठोले हावामा उडेर आवाज निस्किने गरी टाउको हल्लाई। हुलाई कुनै केटीले आफ्नो अनुहारमा हिर्काएको अनुभव भयो। त्यस बेला उसको मनमा विभिन्न प्रकारका भाव उत्पन्न भए।

डर लागेजस्तो तर डर लागेको पनि होइन। सुखजस्तो तर सुख पनि होइन। आत्तिएजस्तो तर आत्तिएको पनि होइन। अलिकति रक्सी लागेर झुम्म भएजस्तो अनुभव भयो।

वानले गोडाले बिस्तारै उसको गोडामा हान्यो र सानो स्वरले भन्यो, 'साथी सावधान।'

कार्यक्रमपछि वानले चिन्छियाउ होटेलमा पार्टी आयोजना गर्‍यो। टेबलमा साथ दिन य्वी आई। हु नजानिँदो किसिमले पिउँदै रक्सीले मात्तिन पुग्यो। उसलाई रुन मन लाग्यो। हाँस्न मन लाग्यो।

उसको मनमा एक किसिमको अनुभव भइरहेको थियो, जसलाई 'वास्तविकता आफूले सोचेजस्तो नभएर लागेको दुःख' भनी वर्णन गर्न सकिन्छ।

वानले उसलाई एउटा गीत गाउन प्रस्ताव गर्‍यो। उसले पनि खुसी भएर स्वीकार गर्‍यो। पहिले काउन्टीको सांस्कृतिक टोलीमा काम

गरिसकेको मान्छे, गला राम्रै थियो । ऊ उठ्यो, एकछिन सोचेर एउटा लोकगीत गाउन थाल्यो-

टाढा-टाढा कुनै ठाउँमा

थिई एउटी तरुनी त्यहाँ

चन्द्रमाजस्तो उसको अनुहार

आहा कति सुन्दर सुन्दर

म चाहन्छु, ऊसितै बस्न

भएर एउटा सानो भेडा...

गाउँदागाउँदै उसले 'म उनलाई कोर्राले बिस्तारै मेरो ढाडमा हिर्काउन लगाउन चाहन्छु' भन्यो। गाउँदा आफ्ना दुई थोपा आँसु गालामा बगिरहेको अनुभव गर्‍यो ।

उसले टाउको उठाएर य्वीलाई हेर्ने आँट गरेन। वानले सोधेको उसले सुन्यो, 'साथी, कोर्राले हिर्काउने कि चुल्ठोले ?'

सोध्यो, 'के भनेको तिमीले ?'

वानले हाँसेर भन्यो, 'ढाडमा हिर्काउने क्या ।'

सँगै बसिरहेका मानिस सबै हाँस्न थाले । हु पनि उनीहरूसँगै हाँस्न थाल्यो । उसलाई न्यानो अनुभव भयो । मानिस-मानिसबीचको सम्बन्ध कहिलेकाहीँ अति सुन्दर हुन्छ जस्तो लाग्यो ।

वानले भन्यो, 'पुग्यो अब, उपप्रमुख हु थाक्नुभयो, हामी पनि बिदा होऔँ ।'

हु उभियो। उसलाई आफ्नो गोडाले बादलमा टेकेजस्तो अनुभव भयो।

वानले अह्रायो, 'य्वी, उपप्रमुख हुलाई आराम गर्न होटेल सेविकालाई भनेर एउटा कोठा मिलाइदेऊ ।'

वान उसको पाखुरा समातेर पार्टी हलबाट बाहिर निस्क्यो र फाइबरको रातो कार्पेट ओछ्याएको करिडोरमा हिँड्न थाल्यो । उसले य्वी त्यहाँ

अघिल्तिर दौडेको देख्यो। उसको टाउको पछाडि एउटा कोर्राजस्तो मोटो चुल्ठो दायाँ-बायाँ हल्लिरहेको थियो।

वानले उसको कानमा मुख राखेर भन्यो, 'साथी, मोटो चुल्ठो फेरेर हेर्ने हो ?'

रक्सीको मातबाट ब्युँझेपछि उसलाई आफ्ना कर्तुत विचित्रको भएको अनुभव भयो। उसलाई अरूले कुरा काट्लान् भन्ने डर भयो। केही दिन बित्यो तर त्यस्तो केही सुनिएन। अनि ऊ ढुक्क भयो।

एक साँझ ऊ साइकल चढेर यहाँबाट गइरहेको थियो। एउटी युवती कोइरालोका रुखहरूबीचबाट फुत्त निस्की। उसले ह्यान्डब्रेक समात्यो। तैपनि साइकलको अगाडिको पाङ्ग्राले त्यस युवतीको पिडुँलामा लागिहाल्यो।

युवती रिसाइन। किनकि ऊ य्वी थिई। अनुहार रातै भएकी य्वीलाई हुले हेरिरह्यो। एकछिन त उसलाई के भन्ने, के गर्ने पनि थाहा भएन। केही बेरपछि सम्हालिएर बनावटी ढङ्गमा सोध्यो, 'चोट त लागेन तिमीलाई ?'

य्वीले जवाफ दिइन। टाउको घुमाएर मोटो चुल्ठो छातीअगाडि पुऱ्याई। दुवै हातले चुल्ठो समात्दै दाह्रा किटेर भन्न थाली, 'जबसम्म मेरो चुल्ठो रहन्छ, मबाट भाग्ने विचार नगरे हुन्छ।'

हुलाई आफ्नो कानमा बादल गर्जेजस्तो लाग्यो। आँखाअगाडि पूरै कालो देखियो। केही छिनमा उसको दृष्टि फर्केपछि हेर्दा य्वीको त्यहाँ अत्तोपत्तो थिएन।

हुलाई आफूले सपना देखेको हो कि भन्ने शङ्का भयो। बेलुकी टीभी खोल्यो। त्यहाँ य्वीले सभ्य भएर समाचार पढिरहेको देख्यो। उसलाई बिस्तारै रिस उठ्न थाल्यो। युवतीले आफूलाई अघोर उपेक्षायुक्त व्यङ्ग्य गरेजस्तो लाग्यो। फेरि अर्कातिरबाट विचार गर्दा होइन जस्तो पनि लाग्यो।

भोलिपल्ट साँझ साइकल चढेर ती रुखहरूको अगाडिबाट जाँदा ऊ

साइकलको गति कम नगरे पनि सावधान बन्यो । य्वी रुखहरूबीचबाट दौडेर आउँदा ऊ साइकलबाट उफ्रेर झरिसकेको थियो ।

उसले य्वीले केही बोल्नुअघि नै चिसो स्वरमा भन्यो, 'मिस य्वी, कृपया अर्काको दुःखको हँसी नउडाउनुस् ।'

य्वी एकैछिन हच्किई । त्यसपछि अकस्मात् ठुलो स्वरले 'हुँ हुँ' गरेर रुन थाली । हुले आत्तिएर चारैतिर हेर्न थाल्यो र सानो स्वरले भन्न थाल्यो, 'नरोऊ, नरोऊ, अरूले देखे भने के भन्लान् ?'

'जे मन लाग्छ भनून्, मलाई डर छैन, म तपाईंलाई प्रेम गर्छु, कुनै हालतमा तपाईंलाई छोड्नेछैन,' यति भन्न सकिएपछि फेरि रुन थाली ।

रुँदै टाउको हल्लाएर चुल्ठोलाई अगाडि पारी । दुवै हातले समात्न थाली । उसले कुओले आविष्कार गरेको त्यो मन्त्र बोल्न नपाउँदै हु आफूलाई नियन्त्रणमा राख्न नसकी चिच्याउन थाल्यो, 'भयो भयो, मेरी बज्यै मलाई प्राण दान देऊ, ठुलो चुल्ठो भएकी आइमाईले मेरो सातो खाइसकी ।'

पर्सिपल्ट साँझ। घनघोर वर्षा भर्खरै रोकिएको थियो। तिनै रुखहरूअगाडि पानीमा निथ्रुक्क भिजेकी य्वीले अगाडि आएर हुलाई बाटामा रोकी ।

कम्मरबाट एउटा ठुलो कैंची निकाली र टाउको पछाडि लगेर 'च्वाइँ-च्वाइँ' आवाज निस्किने गरी चलाई र पानीमा भिजेको त्यो मोटो चुल्ठो काटेर हुको जिउतिर फाली ।

भनी, 'अब म ठुलो चुल्ठो भएकी आइमाई होइन ।'

ठुलो गह्रुँगो चुल्ठो नभएपछि उसको टाउको हलुका र बनावटी खालको देखियो । य्वी आफ्नो गर्दन सुमसुम्याउन थाली । उसका आँखामा आँसु देखा पर्न थाल्यो । वर्षापछिको सूर्यको किरणमा उसको कलिलो अनुहार अत्यन्त आकर्षक देखियो । हुले ऊ अति सुन्दरी भएको कुरा नमानी सुखै थिएन । य्वीसँग तुलना गर्दा कुओ १८ तह तल परेजस्तो लाग्यो उसलाई ।

दुवै हातले य्वीको चुल्ठो समाती उसको हृष्टपुष्ट शरीर हेरेर सम्पूर्ण

जिउ कमाउँदै हुले भन्यो, 'तिमी आखिर के चाहन्छ्यौ ?'

'म तपाईंकी भइसकेँ, तपाईं मलाई जे गर्न भन्नुहुन्छ, म त्यही गर्छु,' य्वी बोल्दै एक-एक पाइला गर्दै अगाडि आई ।

'कसले भन्यो ? तिमी कसरी मेरी भइसक्यौ ?' ऊ आत्तिएर बोल्दै पछाडि हट्न थाल्यो ।

'मैले आफ्नो चुल्ठो नै काटेर तपाईंलाई दिइसकेँ । म कसरी तपाईंको नहुनु ?' य्वीले ठुलो स्वर निकालेर रुँदै भनी ।

रात पर्दै गयो । तालमाथि कुहिरो देखिन थाल्यो । हुले य्वीको चुल्ठो आफ्नो लुगाभित्र छिरायो । साइकल डोऱ्याउँदै ढलमलाउँदै घरको ढोकाभित्र गयो ।

कुओले उसलाई हेर्दै त्यही मन्त्र दोहोऱ्याई, 'जबसम्म मेरो चुल्ठो रहन्छ, मबाट भाग्ने विचार नगरे हुन्छ ।'

अचानक उसलाई आफ्नो लुगाभित्र लुकाएको य्वीको चुल्ठो काम्न लागेजस्तो अनुभव भयो । एक प्रकारको कडा बास्ना उसको नाकभित्र पुग्यो । ऊ अनायास य्वीको सुन्दरतासँग मरेको भूतजस्तो लाग्ने कुओको तुलना गर्न पुग्यो ।

उसको मनमा रिसको आगो दन्किन थाल्यो । एक अश्लील वाक्य मुखबाट निस्क्यो । उसले लुगाभित्रबाट य्वीको चुल्ठो निकाल्यो र कुओको अनुहार ताकेर त्यसले एकचोटि बेस्सरी हिर्कायो । 'ड्याङ्ग' आवाजसहित कुओ भुइँमा ढल्न पुगी । आवाज सुनेर उसकी सासू भान्छाकोठाबाट दौडेर आएर ठुलो स्वरले कराई, 'हे ज्वाइँ, तपाईंले यो के गर्न लाग्नुभएको ?'

'चुल्ठो, चुल्ठो, अलच्छिन चुल्ठो !' उसले आँखा रातो पारेर ठुलो स्वरले भन्यो ।

'तपाईंले मेरी छोरीको चुल्ठो काटेको ? कस्तो पशुजस्तो मान्छे ।'

त्यही चुल्ठोले हिँडाइ नै ढलमल हुने गरी सासूलाई हिर्काउँदै ठुलो

स्वरले भन्यो, 'हो, म तपाईंकी छोरीको चुल्ठो काटिदिन्छु अब ।'

हुले त्यहाँ भएका सबै दराज, बाकस घोप्ट्याएर कैंची खोज्यो । भेटिएन । त्यसपछि ऊ दौडेर भान्छाकोठाभित्र पस्यो र त्यहाँ भएको तरकारी काट्ने ठुलो चक्कु लिएर निस्क्यो । छोरी बचाउन आएकी सासूलाई फेरि चुल्ठोले हिर्काएर एकातिर पुऱ्यायो। त्यसपछि चुल्ठो घाँटीमा बेऱ्यो । देब्रे हातले सानो स्टुल तान्यो ।

हुले दाहिने खुट्टाले कुओको टाउकामा हलुकासँग टेक्यो । देब्रे खुट्टामा आफ्नो जिउको भार राख्यो। देब्रे हातले कुओको चुल्ठो तन्कायो। गर्दनमा य्वीको चुल्ठो बेरेर, दाहिने हातले तरकारी काट्ने ठुलो चक्कु माथिसम्म उठाएर 'कुकुर्नी' भन्दै चक्कु तल झाऱ्यो र कुओको चुल्ठो एकै पटकमा पूरै काटिदियो ।

हु भुइँमा बसेर स्वाँस्वाँ गर्दै सास फेर्दै थियो ।

कुओ उठी र रुँदै भन्न थाली, 'कस्तो निर्दयी, चुल्ठो काट्नु थियो त काटे भइहाल्यो नि, किन त्यस्तो बल गर्नुपरेको ?'

दिव्यौषधि

अघिल्लो दिन अपराह्न सशस्त्र कार्यदलले सडकमै पर्ने मा: खोइसानको घरको सेतो रङ पोतिएको भित्तामा ठुलठुला अक्षरले लेखिएको सूचना टाँस्यो। त्यसमा गाउँलेलाई भोलि बिहान गोली हानेर मृत्युदण्ड दिइँदै छ भन्ने लेखिएको थियो।

स्थान पहिलेजस्तै चियाउह नदीको ढुङ्गे पुलको दक्षिणपट्टि। सूचनामा हिँडडुल गर्न सक्ने सबै मानिसलाई हेर्न जान र शिक्षा पाउन पनि भनिएको थियो। ती वर्षहरूमा गोली हानेर मृत्युदण्ड धेरै पटक दिइएको थियो। हेर्दा-हेर्दा मानिसलाई वाक्क लागिसकेको थियो। विवश नपारेसम्म मानिस हेर्न चाहँदैनथे।

कोठाभित्र एकदम अँध्यारो थियो। बाबु उठ्नुभयो र सलाई कोरेर तेलको टुकी बाल्नुभयो। बाबुले बाक्लो कपास राखी सिलाइएको ठुलो लुगा लगाउनुभयो अनि मलाई उठाउनुभयो। कोठाभित्रको हावा चिसो थियो। म अल्छी मान्दै सिरकभित्रै खुम्चिएर बसिरहेको थिएँ। बाबुले मेरो सिरक तानेर भन्नुभयो, 'उठ, सशस्त्र कार्यदल बिहान छिटो काम गर्न मन पराउँछ। जान ढिलो भयो भने चिसो भइसक्छ।'

म बाबुसँगै घरबाट निस्किएँ। पूर्वपट्टि अलिअलि उज्यालो हुँदै थियो। सडक सुनसान थियो। त्यहाँ कोही पनि हिँडिरहेको भेटिएन। रातभरिको उत्तरपश्चिमी हुरीले धुलो सबै उडाएर लगेको हुँदा भुइँमा वास्तविक खैरो रङ देखिएको थियो। चिसोले गर्दा हातगोडा बिरालोले टोकेर दुख्दा जस्तो

भइरहेको थियो । सशस्त्र कार्यदल बसिरहेको मा: परिवारको ठुलो घर अगाडिबाट हिँडेर जाँदा ग्यालमा बत्तीको प्रकाश देखिइसकेको थियो । कोठाभित्रबाट खलाँतीको आवाज आइरहेको थियो ।

बाबुले सानो स्वरमा भन्नुभयो, 'छिटो हिँड, सशस्त्र कार्यदलकाहरू उठेर खाना पकाउन थालिसके ।'

बाबुले मलाई नदीको डिलमा चढाउनुभयो । हामीले कालो ढुङ्गे पुल र नदीको उबडखाबड ठाउँमा जमेको सेतो बरफ देख्यौं । मैले सोधेँ, 'बुबा, हामी लुक्ने हो ?'

बाबुले भन्नुभयो, 'पुलमुनिको अँध्यारो ठाउँमा लुक्नुपर्ला ।'

पुलमुनिको गुफाजस्तो ठाउँ सुनसान र अँध्यारो थियो । हाडभित्र पुग्ने खालको चिसो थियो । मेरो टाउकाको छालामा केही चुच्चो वस्तुले घोचेजस्तो भइरह्यो । बाबुलाई सोधेँ, 'बुबा, मेरो टाउकामा केले घोचेजस्तो भइरहेको छ ।'

बाबुले भन्नुभयो, 'मेरो टाउकामा पनि त्यस्तै भइरहेको छ । यहाँ धेरै मान्छेलाई गोली हानेर मारिएको थियो । त्यसैले उनीहरूकै अतृप्त आत्मा जम्मा भइरहेको होला ।'

अन्धकारमा दुईचारवटा रौँ भएका वस्तुहरू गुफाजस्तो त्यस ठाउँमा ओहोरदोहोर गरिरहेका थिए, मैले भनेँ, 'भूत !'

बाबुले भन्नुभयो, 'केको भूत हुनु ? तिनीहरू त मुर्दा खाने भुस्याहा कुकुर हुन् ।'

म खुम्चिएर पुलको बरफजस्तो चिसो ढुङ्गामा अडेस लागेँ अनि बज्यैका ती मोतीविन्दु भएर दृष्टि गुमाइसकेका आँखा सम्झँदै बसिरहेँ । पश्चिमतिर पुगेका तीनताराको चिसो प्रकाश पुलमुनिको गुफाजस्तो ठाउँमा पस्न थाल्यो, अब छिटै उज्यालो हुन्छ ।

बाबुले सलाई कोरेर चुरोट सल्काउनुभयो । पुलमुनिको गुफा सुर्तीको सुगन्धले तुरुन्तै भरियो ।

मैले दाँत बजाउँदै, ओठ कमाउँदै भनें, 'बुबा, तपाईं मलाई पुलमाथि दौडन दिनुस् न, म त यहाँ जमेर मर्न लागें ।'

बाबुले भन्नुभयो, 'एकछिन सहिराख, सशस्त्र कार्यदलले सूर्य उदाउनासाथ गोली हान्छन् ।'

'आज बिहान कसलाई गोली हान्ने हो नि बुबा ?'

'मलाई पनि थाहा छैन,' बाबुले भन्नुभयो, 'एकैछिनमा थाहा हुन्छ । दुईचार जना कम उमेरकालाई हाने हुन्थ्यो ।'

'किन कम उमेरकालाई ?'

'कम उमेरकाहरूको सबै अङ्ग कमै उमेरको हुन्छ ।'

म अझै केही सोध्दै थिएँ, बाबुले दिक्क मानेजस्तो गरी भन्नुभयो, 'अरू नसोध, कुरा गरेको पुलमाथि सुनिन्छ ।'

कुरा गर्दागर्दै पूर्वतिर उज्यालो भयो । कुकुरहरू एकसाथ भुक्न थाले । कुकुरको भुकाइबीच स्वास्नीमान्छेहरूको रुवाइ पनि अलि-अलि सुनिन्थ्यो । बाबु कम्मर निहुर्‍याएर पुलमुनिको गुफाबाट निस्किनुभयो अनि नदीको पिँधमा उभिएर गाउँतिर कान लगाएर ध्यानपूर्वक सुन्न थाल्नुभयो ।

मलाई एकदम डर लाग्यो । पुलमुनिको गुफामा घुमिरहेका कुकुरहरूले निला आँखाले मलाई हेरिरहेका थिए । मानौँ, कुनै पनि बखत तिनीहरूले मलाई झम्टेर टुक्रा-टुक्रा हुने गरी टोक्न सक्छन् । म दौडेर पुलमुनिको गुफाबाट निस्कन लागेकै बेला बाबु त्यसरी नै कम्मर निहुर्‍याएर फर्कनुभयो । मन्द प्रकाशमा उहाँको ओठमुख कामिरहेको देखें । चिसोले हो अथवा डरले हो, थाहा भएन ।

'केही सुन्नुभयो ?' मैले सोधें ।

बाबुले सानो स्वरमा भन्नुभयो, 'अब नबोल, उनीहरू आउनै लागे, आवाज सुन्दा मान्छेलाई बाँधेर ल्याइसके ।'

म बाबुलाई समाई एक थुप्रो घाँसमाथि कान ठाडो गरेर बसिरहेको

थिएँ । गाउँमा ग्याली पिटेको आवाज सुनियो । सँगै लोग्नेमान्छेको एउटा धोत्रो स्वर पनि, 'गाउँलेहरू, पुलको दक्षिणतिर मृत्युदण्ड दिएको हेर्न जाऔँ, दुष्ट जमिनदार मा: खोइसान र उसकी स्वास्नीलाई मृत्युदण्ड दिइँदै छ । नक्कली गाउँ मुखिया लुवान फङ्सान र उसकी स्वास्नीलाई मृत्युदण्ड दिइँदै छ... सशस्त्र कार्यदलका चाङ प्रमुखले भन्नुभएको छ, हेर्न नआउनेलाई शत्रुसँग मिलेको सरह कारबाही गरिनेछ ।'

मैले बाबु गनगनाएको सुनेँ, 'किन मा: खोइसानलाई मृत्युदण्ड दिने होला ? जसलाई मृत्युदण्ड दिए पनि मा: खोइसानलाई मृत्युदण्ड दिनै नपर्ने... ।'

मा: खोइसानलाई किन मृत्युदण्ड नदिनुपर्ने भनेर म बाबुलाई सोध्ने विचार गर्दै थिएँ । मुख खोल्न भ्याएको थिइनँ, गाउँबाट बन्दुक पड्केको आवाज आयो । सिटी फुक्दा निस्किनेजस्तो आवाजसहित गोली धेरै माथि धेरै टाढा पुग्यो । त्यसको तुरुन्तै पछि घोडाको टापको आवाज नजिक आयो र पुलसम्म आइपुग्यो । घोडाको टापले पुलमा 'टकटक' आवाज निस्किने गरी ठोक्दै गऱ्यो । एकैचोटि धेरै टापले ठोकेको आवाज हाम्रो टाउकामाथिबाट बहेको बतासजस्तो लाग्थ्यो । बाबु र म जिउ खुम्च्याई टाउको माथि फर्काएर पुलका ढुङ्गाहरूबीचबाट देखिने धागाजस्तो आकाश हेर्दै बस्यौँ, हामीलाई उदेक लागेको थियो, डर पनि लागेको थियो ।

१०-१२ मिनेटपछि एक हुल मानिस दौडेर पुलसम्म आइपुगेको आवाज सुनियो । त्यहाँ पुगेर सायद उनीहरू रोकिए । भाले हाँसको जस्तो आवाज भएको लोग्नेमान्छेले ठुलो स्वरमा भन्यो, 'अब उसको पिछा नगर, भागेर कहाँ पुगिसक्यो ।'

कसैले घोडा दौडेको दिशातिर दुईचारपटक गोली चलायो । गोली हानेको आवाज पुलमुनि थर्किन थाल्यो । मेरो कानमा 'ह्वाइँ-ह्वाइँ' आवाज गुन्जिरह्यो । नाकमा बारुदको धुवाँको कडा गन्ध पर्न थाल्यो । भाले हाँसको जस्तो आवाज भएकाले फेरि भन्यो, 'गोली हानेर सलामी दिएको ? यति बेलासम्म त भागेर दुईवटा काउन्टी काटिसक्यो होला ।'

'त्यसले यस्तो गर्ला भनेर सोचेको पनि थिइनँ,' कसैले भन्यो, 'चाङ खचाङ, उसको पारिवारिक पृष्ठभूमि हेर्ने हो भने ऊ वास्तवमा कामदार किसान हो ।'

भाले हाँसको आवाज हुनेले भन्यो, 'ऊ जमिनदारले किनेको जमिनदार वर्गका लागि मर्न तयार हुने कुकुर हो ।'

त्यस बेला कसैले पुलमा मुतेछ, गन्हाउने मुत तपतप झर्न थाल्यो ।

भाले हाँसको आवाज हुनेले भन्यो, 'फर्कौं, फर्कौं, गोली ठोक्न ढिलो हुन लाग्यो ।'

बाबुले मलाई भन्नुभयो, 'त्यो भाले हाँसको आवाज हुने मान्छे नै सशस्त्र कार्यदलका नाइके हुन्। उनले क्षेत्रीय सरकारको गुन्डागर्दी नियन्त्रण शाखाको प्रमुख पद पनि पाएका थिए । त्यसैले मानिस उनलाई चाङ खचाङ (शाखा प्रमुख) भनेर बोलाउँछन् ।'

पूर्वतिर बिस्तारै रातो हुँदै गयो। सबैभन्दा पूर्वतिरको खेतमाथि पातलो बादल थियो। पछि त्यो बादल पनि रातो भयो। त्यस बेला मैले बल्ल देखें, पुलमुनिको गुफाजस्तो त्यस ठाउँमा चिसोले जमेको कुकुरको दिसा, झुत्रो लुगाफाटा, कपालका डल्ला र कुकुरले चपाएर बीभत्स देखिने मान्छेको टाउको। मलाई एकदम घिन लाग्यो र म नदीतिर हेर्न थालें। नदी सुकिसकेको थियो। कतै-कतै खाल्डाखाल्डीमा बरफ जमेको थियो। नदीको बगरमा पहेँला सुकेका केही अग्ला घाँस थिए। घाँसको पातमा तुसारो परेको थियो। उत्तरी हावा पूरै रोकिएकाले होला, नदीको डिलका रुखहरू ठिङ्ग उभिएका थिए। साँच्चै अति चिसो थियो।

म मेरा स्थिर आँखाले बाबुको मुखबाट पटक-पटक गरी निस्किएको बाफ हेरेर बसिरहें। एक मिनेट बित्दा पनि १८ घण्टा बितेजस्तो लाग्यो। मैले बाबुले भन्नुभएको सुनें, 'आयो ।'

मृत्युदण्ड दिने टोली पुलनिर पुग्न लाग्यो। ग्यालीको 'ग्याइँ-ग्याइँ' आवाज आइरहेको थियो। मानिस हिँडेको आवाज पनि आइरहेको थियो।

एउटा मोटो ठुलो स्वरले रुँदै भनेको सुनियो, 'चाङ खचाङ, हजुर चाङ खचाङ, मैले जीवनभर कुनै खराब काम गरेको छैन... ।'

बाबुले बिस्तारै भन्नुभयो, 'मा: खोइसान हुन् ।'

अर्को सुकेको स्वरले रुँदै भन्न थाल्यो, 'चाङ खचाङ, मलाई दया गर्नुस्, त्यस गाउँको मुखिया पद मैले चिट्ठामा पाएको हो । कोही पनि मुखिया बन्न चाहँदैनथे । चिट्ठा हाल्न भने, मेरो दुर्भाग्य, चिट्ठा मलाई पऱ्यो । मलाई दया गर्नुस्, म कुकुरलाई प्राणदान दिनुस् । मेरो घरमा ८० वर्षकी आमा हुनुहुन्छ, हेरविचार गर्ने कोही छैनन् ।'

बाबुले भन्नुभयो, 'यी लुवान फङ्सान हुन् ।'

एउटा तिखो आवाजले भन्यो, 'चाङ खचाङ, तिमी हाम्रो घरमा आएर बस्नदेखि हामीले सधैँ तिमीलाई राम्रो खान पिउन दिएका छौँ, हाम्री १८ वर्षकी छोरी तिमीसँग बसिरहेकी छ । चाङ खचाङ, तिमी यसरी हाम्रो गुणको बदला तिर्दै छौ, तिम्रो मुटु ढुङ्गाको हो कि के हो ?'

बाबुले भन्नुभयो, 'यी मा: खोइसानकी स्वास्नी... ।'

अर्की स्वास्नीमान्छे पनि रिसाएर चिच्याउन थालिन्, 'उ... बा... आ... या...'

बाबुले भन्नुभयो, 'यिनीचाहिँ लुवान फङ्सानकी लाटी स्वास्नी हुन् ।'

चाङ खचाङले शान्त भएर भन्यो, 'अब कोही पनि हल्ला नगर, हल्ला गरे पनि एकै गोली, हल्ला नगरे पनि एकै गोली । सय वर्ष बाँचे पनि मर्नैपर्छ, बरु अहिले नै मरे छिटो तरेर गइन्छ ।'

मा: खोइसानले कराएर भन्यो, 'गाउँले दाजुभाइ दिदीबहिनीहरू, म मा: खोइसानले जीवनभर तपाईंहरूलाई दु:ख हुने काम गरेको छैन । मेरा लागि एकचोटि दयाको भिख मागिदिनुहोला ।'

धेरै मानिसले घुँडा टेकेको आवाज आयो । अनेक आवाज सुनिन थाल्यो, 'खचाङ, दया गर्नुस्, उनीहरूलाई प्राणदान दिनुस्, उनीहरू सोझा मान्छे हुन्... ।'

एउटा लोग्नेमान्छेले ठुलो स्वरमा भन्यो, 'चाङ खचाङ, मेरो एउटा सुझाव, यी चारवटा कुकुरलाई पुलमा घुँडा टेकाई गाउँले दाजुभाइलाई सयचोटि ढोगाएर नमारीकन छाडिदिऔँ, कसो होला ?'

'काउ रेन्सान, क्या गजब छ तेरो सुझाव !' चाङ खचाङले चिसो स्वरमा भन्यो, 'तँलाई के म मान्छे मार्न पल्केको राक्षस चाङ च्यवित: जस्तो लाग्छ ? तँलाई मिलिसियाको नाइके बन्न पुगेको जस्तो छ । गाउँले दाजुभाइ दिदीबहिनीहरू, सबै उठ्नुस् । यति जाडो बेला यहाँ किन घुँडा टेकेर बस्नुभएको ? उनीहरूलाई मृत्युदण्ड दिने निर्णय माथिबाट गरिएको हो । अब कसैले पनि उनीहरूलाई बचाउन सक्दैन, उठ्नुस्, उठ्नुस् ।'

'दाजुभाइ दिदीबहिनीहरू, तपाईंहरू केही राम्रा कुरा गरिदिनुहोला...,' मा: खोइसानले रुँदै भन्यो ।

'अलमल नगर...,' चाङ खचाङले भन्यो, 'सुरु गर ।'

'हट, हट, यहाँबाट ।'

पुलमाथि केही लोग्नेमान्छे कराएको सुनियो । पक्कै पनि सशस्त्र कार्यदलका जवानहरूले घुँडा टेकेर दयाको भिख माग्दै गरेका गाउँले धपाएका होलान् ।

तुरुन्तै मा: खोइसान बेस्सरी चिच्च्याएको सुनियो, 'हे दैव, तेरो पनि आँखा फुट्यो कि क्या हो ? मैले जीवनभर केही नराम्रो काम गरिनँ । अहिले आएर मलाई गोली ठोकेर मार्ने ? चाङ च्यवित:, तँ पशु, तँ कालले मर्ने छैनस्, पशु, तँ कालले मर्ने छैनस् ।'

हाम्रो टाउकामाथि मानिस छिटो-छिटो हिँडेको आवाज आयो । मैले पुलका ढुङ्गाहरूबीचबाट मानिसका गोडा चलिरहेको देखेँ ।

'घुँडा टेक्,' पुलको दक्षिणतिर कसैले कडा आवाजमा भनेको सुनियो ।

'दुईतिरका हट्,' पुलको उत्तरतिर अर्काले कडा आवाजमा भन्यो ।

ढ्याङ... ढ्याङ... ढ्याङ... तीनपटक गोली चलेको आवाज आयो ।

बन्दुकको तिखो आवाज मेरो कानमा पस्यो, मेरो कानको जाली नै फुट्लाजस्तो भयो । मेरो श्रवणशक्ति नै हरायो । त्यस बेला पूर्वतिरको क्षितिजमा सूर्यको रगतजस्तो रातो किनारा देखा पऱ्यो। देवदारका रुखजस्ता लामा बादल पनि राता देखिए। एउटा ठुलो मोटो शरीर पुलबाट बिस्तारै एक टुक्रा बादलजस्तो गरी गुड्दै खस्यो। पुलमुनिको सेतो कडा बरफमा परेपछि बल्ल त्यसको वजनले गर्दा एउटा भारी आवाज आयो अनि टाउकाबाट चम्किलो रगतको फोहोरा निस्कियो।

पुलको उत्तरतिर दौडादौड भयो । आवाज सुन्दा मृत्युदण्ड दिएको हेर्नलाई ल्याइएका गाउँले भागेजस्तो लाग्थ्यो। फेरि आवाज सुन्दा सशस्त्र कार्यदलका जवानहरूले ती भाग्ने गाउँलेलाई फर्काउन खेदेजस्तो लागेन।

'टकटक' गरेर हाम्रो टाउकामाथि फेरि मानिस हिँडेको आवाज आयो। त्यसपछि दक्षिणतिर 'घुँडा टेक्' र उत्तरतिर 'हट्' भनेर कराएको सुनियो। त्यसको तुरुन्तै तीनपटक गोली चलेको आवाज आयो । फाटेको कपास राखेर सिलाइएको झुत्रो लुगा लगाएको मुडुलो टाउको भएको लुवान फङ्सानको शरीर पुलबाट गुडेर झऱ्यो र पहिले माः खोइसानको कम्मरमा ठक्कर खायो। त्यसपछि फेरि गुडेर एकातिर पुग्यो।

त्यसपछिको घटना सरलीकृत भएजस्तो लाग्यो। एकैछिन गोली चलेको आवाज आएपछि कपाल जिङ्रिङ्ग परेका दुई स्वास्नीमान्छे हातगोडा नचाउँदै आफ्ना लोग्नेहरूको शरीरमा ठोक्किन आए।

मैले बाबुको पाखुरा बेस्सरी समातेँ। मलाई मेरो सुरुवालमा तातो तरल पदार्थ झरेजस्तो अनुभव भयो।

कम्तीमा पाँचछ मानिस हाम्रो टाउकामाथि उभिएका थिए । मलाई उनीहरूको शरीरको भारले त्यो ठुलो फराकिलो ढुङ्गे पुल नै बाङ्गिएजस्तो लाग्यो । उनीहरूको आवाज पनि बादल गर्जेजस्तो कानै खाने खालको थियो।

'खचाङ, तल गएर लास जाँचेर हेर्ने कि ?'

‘भुत्रो जाँच्ने ! टाउकोसमेत फुटेर निस्किसक्यो, अब त स्वर्गबाट देउतै आए पनि उनीहरूलाई बचाउन सक्दैन ।’

‘जाऔँ, लाओ कुओकी स्वास्नीको पसलमा गएर बिहानको खाजा खाऔँ ।’

उनीहरू पहाडजस्तो गह्रुँगो पाइला चाल्दै पुलको उत्तरतिर गए । उनीहरूका पैतालामुनि पुलका ढुङ्गाहरू कामिरहेका थिए, बाङ्गिरहेका थिए । मलाई लाग्यो, त्यो पुल कुनै पनि समयमा खस्न सक्छ ।

त्यहाँ सबै होहल्ला हटेर शान्ति छायो । गाडीको पाङ्ग्राजत्रो रातो सूर्य टाढाको नदीमा जमेको सेतो बरफमाथि चम्किरहेको थियो । लाखौँकरोडौँ राता किरण निस्किरहेका थिए । बरफ, घाँसमा जमेको तुसारो, भुइँमा परेको तुसारोबाट प्रकाश परावर्तित भइरहेका थियो । मलाई सूर्यको किरण ढुङ्गे पुलमा ठोक्किएर निस्केको आवाज पनि सुनेजस्तो लाग्यो, त्यो आवाज हिउँका साना टुक्रा ज्यालमा टाँसिएको सेतो कागजमा पर्दा निस्किने आवाजजस्तो थियो । बाबुले मलाई धकेल्दै भन्नुभयो, ‘त्यसरी टोलाएर नबस, छिटो गर ।’

मलाई मेरा आँखाअगाडि घटिरहेका घटना सबै विस्मयकारी लागिरहेका थिए । आफ्नै बाबु पनि पहिले कहीँ देखेजस्तो मात्र लाग्ने अपरिचित मान्छेजस्तो लाग्यो ।

‘के गर्ने ?’ मैले पक्कै पनि अचम्म मानेर सोधेँ, ‘के गर्ने ?’

बाबुले भन्नुभयो, ‘तिमीले बिर्स्यौ ? तिम्री बज्यैका लागि औषधी चोर्न आएको होइन ? छिटो गर, नभए एकैछिनमा लास उठाउनेहरू आइपुग्छन् ।’

बुट्टेदार रौँ भएका छसातवटा भुस्याहा कुकुर लामो रङ्गीन छाया लिएर सुकेको नदीबाट स्वाँस्वाँ गर्दै दौडँदै आए । भर्खरै बन्दुक पड्किँदा तिनीहरू डराएर कराउँदै भागेको दृश्य मैले सम्झिएँ ।

बाबुले पुलमुनि जमिरहेका हरिया इँटा खुट्टाले हानेर केही टुक्रा निकाल्नुभयो अनि ती कुकुरलाई ताकेर हिर्काउनुभयो । तर ती कुकुरले

उफ्रेर छले । बाबुले छातीबाट एउटा चुच्चो चक्कु निकालेर कुकुरतिर चलाउनुभयो । कालो रङको बाबुको शरीरवरपर चाँदी रङको प्रकाश चमक-चमक गरेको देखिन्थ्यो । त्यो बाबुले चक्कु चलाउँदा परावर्तित भएको प्रकाश थियो । भुस्याहा कुकुर केही बेरका लागि त्यहाँबाट भागेर गए । बाबुले कम्मरमा बाँधिराखेको डोरी कस्नुभयो । हातका बाहुलाहरू पट्याएर ठूलो स्वरमा भन्नुभयो, 'कोही आउला, हेरिराख ।'

बाबु भोकाएको चिलजस्तो झम्टेर जानुभयो । पहिले स्वास्नीमान्छेका दुइटै लास तानेर एकातिर पुऱ्याउनुभयो अनि घोप्टो परेर पल्टिरहेका मा: खोइसानलाई मुख आकाशतिर फर्किने गरी उत्तानो पार्नुभयो । बाबुले घुँडा टेकेर ढोग्नुभयो र सानो स्वरमा भन्नुभयो, 'मा: माहिला हजुर, मैले हजुरप्रतिको बफादारी र मातृभक्ति दुवैलाई एकसाथ पूरा गर्न सकिनँ, मलाई क्षमा गर्नुस् ।'

मैले मा: खोइसानले एउटा हात निकालेर आफ्नो अनुहारमा लागेको रगत पुछ्दै गरेको देखें, उनले मुस्कुराउँदै भने, 'चाङ च्यवित, तँ पनि कालले मर्ने छैनस् ।'

बाबुले एक हातले मा: खोइसानको छालाको लुगाको टाँक खोल्न लाग्नुभयो तर सक्नुभएन । मैले बाबुले भन्नुभएको सुनें, 'आर कउच, यो चक्कु लिइराख ।'

मलाई सम्झना छ, उहाँले दिएको चक्कु मैले हातमा लिएको थिएँ तर हेर्दा बाबुले मुखले चक्कु च्यापिरहनुभएको थियो । उहाँका दुवै हात मा: खोइसानको छाती अगाडिका ती पित्तलका टाँक खोल्न व्यस्त थिए ।

ती टाँक गोला, पहेँला चमकदार थिए । केराउका दानाजत्रा ती टाँक कपडाले बनाइएका गोला आँखामा लगाइएका थिए, टाँक खोल्न एकदम अप्ठ्यारो थियो । बाबु अत्तालिनुभयो । उहाँले बल गरेर टाँक चुँडाउनुभयो । छालाको लुगा माथि सारेपछि नाइटोका दुईतिर सेतो कमलो छाला देखियो । त्यसभन्दा माथि एउटा रेसमी कपडाको लुगा देखियो । त्यसमा पनि त्यस्तै पित्तलका टाँक थिए । बाबुले हात अगाडि बढाएर तिनीहरू पनि

चुँडाउनुभयो। रेसमी कपडाको लुगा खोलेर दुईतिर पुऱ्याउँदा त्यहाँ फेरि एउटा रातो रेसमी कपडाको भोटो देखियो। बाबुले एकपटक लामो सास छाड्नुभएको सुनें।

५० वर्ष नाघेका मोटा बुढाले बच्चालाई भूतप्रेतबाट बचाउन लगाइदिने भोटो लगाइराखेको देखेर मलाई एकदम आश्चर्य लाग्यो। बाबुले अकस्मात् रिसाउँदै त्यो भोटो च्यातेर एकातिर मिल्काइदिनुभयो । तुरुन्तै मा: खोइसानको गोलो ठुलो भुँडी र सम्म परेको छाती आँखाअगाडि देखा पऱ्यो। बाबुले हात अगाडि लानुभयो अनि अकस्मात् उभिनुभयो, उहाँको अनुहार सुनजस्तो पहेँलो थियो।

उहाँले मलाई भन्नुभयो, 'आर काउच, तिमीले एकचोटि हेर त, उनको मुटु अझै चलिरहेको छ।'

मलाई सम्झना छ। मैले निहुरेर उनको छाती छामेको थिएँ। नभन्दै त्यहाँ एउटा सानो खरायोजस्तो वस्तु उफ्रिरहेको थियो।

बाबुले भन्नुभयो, 'मा: माहिला हजुर, तपाईंको टाउको फुटेर भित्रको गिदी सबै निस्किसक्यो। अब त स्वर्गबाट देउतै आए पनि हजुरलाई बचाउन सक्दैन। बरु हजुरले मेरो मातृसेवाको इच्छा पूरा गरिदिनुस्।'

बाबुले मुखबाट चक्कु निकालेर हातले कसिने गरी समात्नुभयो। चक्कु घुसार्ने ठाउँ खोज्दै मा: खोइसानको छातीभित्र कोतेरेको देखें तर त्यो चक्कु हावा बेस्सरी भरिएको गाडीको पाङ्ग्राको टायरमा घोप्दा जसरी फर्केर आयो। उहाँले चक्कुले फेरि एकचोटि कोतर्नुभयो, चक्कु फेरि फर्क्यो। बाबु त्यहीं भुइँमा घुँडा टेकेर बस्नुभयो र निधारले भुइँ ढोक्दै भन्नुभयो, 'मा: माहिला हजुर, मलाई थाहा छ, हजुर अन्यायमा पर्नुभएको छ, तपाईंलाई परेको अन्यायको बदला चाङ खचाङलाई लिनुहोला। म एक मातृसेवकलाई यस्तो चमत्कार नदेखाउनुस्।'

मैले देखें, चक्कुलाई दुईचोटि कोतर्दा नै बाबुको अनुहारमा पसिना बग्न थालिसकेको थियो। जुँगामा जमेको सेतो तुसारो पनि पग्लेर शीत बनिसकेको थियो। टाढा पुगेका ती भुस्याहा कुकुर पनि बिस्तारै नजिक

आउन थालेका थिए। ती कुकुरका आँखा फिलिङ्गोजस्ता थिए। गर्दनको रौँ दुम्सीको काँडाजस्तो थियो। तिनीहरूले धारिला दाँत देखाइरहेका थिए। मैले भनेँ, 'बुबा, छिटो केही गरिहाल्नुस्, ती कुकुर नजिकै आइपुगिसके।'

बाबु उठ्नुभयो, हातमा चक्कु हल्लाउँदै बहुलाएजस्तो गरी कुकुरलाई खेदेर टाढा पुऱ्याउनुभयो। अनि स्वाँस्वाँ हुने गरी दौडेर फर्किनुभयो र ठूलो स्वरमा भन्नुभयो, 'मा: माहिला हजुर, मैले हजुरलाई नकाटे पनि यी कुकुरले हजुरलाई टोकेर टुक्रा-टुक्रा पार्छन्। कुकुरलाई टोकाउनुभन्दा मलाई नै काट्न दिनुस्।'

बाबुले दाह्रा किटेर आँखा ठुलठुला पार्दै बलपूर्वक नाडी हल्लाउँदै मा: खोइसानको छातीमा चक्कु घोप्नुभयो। चक्कुको बिँडसम्मै भित्र पस्यो। बाबुले चक्कु बाहिर तान्दा त्यहाँबाट कालो रगत बग्न लाग्यो। बाबुले चक्कु घुमाउन खोज्नुभयो तर करङका हाडले गर्दा सक्नुभएन। बाबुले भन्नुभयो, 'मानिस आत्तिएपछि उसको बुद्धि विवेक रहन्न।'

उहाँले चक्कु पूरै निकाल्नुभयो र मा: खोइसानको छालाको लुगामा पुछ्नुभयो, फेरि हात दह्रो पारेर मा: खोइसानको छाती र पेटबीच काटेर खोल्नुभयो।

मैले एकपटक 'घुटुङ' आवाज आएको सुनेँ। पहिले चक्कुले काटेको ठाउँमा बोसो निस्केको देखेँ। त्यसपछि सेतो अर्धपारदर्शी आन्द्रा बाहिरतिर निस्कन लागेको देखेँ। एक झुन्ड सर्पजस्तो देखिने आन्द्राबाट काँचो मासुको दुर्गन्ध आइरहेको थियो।

बाबुले आन्द्रालाई बाहिरतिर तान्नुभयो। उहाँ धेरै हडबडाएजस्तो देखिनुहुन्थ्यो। उहाँ हातले आवश्यकभन्दा बढी बल प्रयोग गरिरहनुभएको थियो। मुखबाट पनि केही अश्लील शब्द निकालिरहनुभएको थियो। सबै आन्द्रा निकाल्न सकियो। मा: खोइसानको खाली भुँडी देखियो।

'बुबा, तपाईंले आखिर के गर्न खोज्नुभएको हो?' मलाई सम्झना छ, मैले आत्तिएका बाबुलाई सोधेको थिएँ।

बाबुले मा: खोइसानको डायफ्राम छेड्नुभयो। तानेर मुठीजत्रो रातो मुटु निकाल्नुभयो। फेरि कलेजोको केही भाग निकाल्नुभयो। अन्तमा कलेजोको भित्री भागमा सानो कुखुराको फुलजस्तो पित्तथैली भेट्टाउनुभयो। बाबुले होसियारीपूर्वक धारिलो चक्कुले काटेर कलेजोबाट पित्तथैली छुट्याउनुभयो। त्यसलाई उठाएर केही बेर ध्यानपूर्वक हेर्नुभयो। मैले देखेँ, त्यो वस्तु बैजनी रङको सुन्दर जेडजस्तो चहकिलो थियो। बाबुले पित्तथैली मलाई दिँदै भन्नुभयो, 'राम्ररी राखिराख्नू, म गएर लुवान फङ्सानको पित्तथैली पनि निकालेर ल्याउँछु।'

बाबु त्यस बेला हात सफा भएका दक्ष शल्य चिकित्सकजस्तो भइसक्नुभएको थियो। उहाँले चक्कुले गरिब मगन्ते लुवान फङ्सानलाई बाँधिएको डोरी चुँडाउनुभयो। फुत्रो लुगा पनि हटाउनुभयो। दुब्लो भएर छातीमा हाड उठेको ठाउँ मिलाएपछि उहाँले खुट्टाले बल गरेर हिर्काउनुभयो। चारपाँचपटक चक्कु चलाएर करङ हटाउनुभयो र पातहरूमुनि रहेको आरु टिपेजस्तै हात भित्र घुसारेर लुआनको पित्तथैली निकाल्नुभयो।

'भागौँ,' बाबुले भन्नुभयो।

हामी नदीको डिलमा चढ्यौँ। एक बथान कुकुरले आन्द्रा तानातान गरिहेको देख्यौँ। त्यस बेला सूर्यको रातो किरण हराएर आँखा खाने सेतो प्रकाशले संसारका सबै वस्तुलाई प्रकाशित गरिरहेको थियो।

बज्यैको आँखामा मोतीविन्दु रोग लाग्यो। जान्ने वैद्य लुओलाई डाकियो। लुओ वैद्यले भन्नुभयो, 'यो सानचियाउ भन्ने अङ्गमा गर्मी वायु चढेर लागेको रोग हो, अति सर्दी खालको औषधी नभई यसको उपचार हुन सक्दैन।'

त्यति भनेपछि उहाँ झोला बोकेर उठ्नुभयो। बाबुले उहाँलाई औषधीको नाम लेखिदिन बिन्ती गर्नुभयो।

लुओले भन्नुभयो, 'त्यसो भए एउटै औषधी भए पुग्ने उपाय बताउँछु।

बङ्गुरको पित्तथैली ल्याएर त्यसबाट केही थोपा पित्त आमालाई ख्वाउनू। कतै आधा आँखाले भए पनि देखिहाल्नुहुन्छ कि।'

बाबुले सोध्नुभयो, 'बोकाको पित्त हुन्छ कि हुँदैन ?'

'बोकाको पित्त, भालुको पित्त जे पनि हुन्छ, मानिसको पित्त ल्याउन सकियो भने...,' वैद्यले हाहा गरी हाँसेर भन्नुभयो, 'तपाईंकी आमाले पक्कै फेरि देख्न सक्नुहुन्छ।'

बाबुले मा: खोइसान र लुवान फङ्सानका पित्तथैली निचोरेर पित्त एउटा कचौरामा राख्नुभयो र दुवै हातले कचौरा उठाएर बज्यैलाई दिनुभयो। बज्यैले कचौरा मुखनिर पुऱ्याउनुभयो, जिब्रो निकालेर टुप्पाले चाख्नुभयो र भन्नुभयो, 'कउचका बाबु, यो के हो यस्तो गन्हाउने तितो ?'

बाबुले भन्नुभयो, 'आमा, यो मा:को र लुवानको पित्त हो।'

बज्यैले सोध्नुभयो, 'मा:को पित्त, लुवानको पित्त भनेको के हो ? मा: (घोडा) को पित्त मलाई थाहा छ, लुवानको पित्त भनेको के हो ?'

म बैचेन हुन पुगेँ, आफूलाई रोक्न नसकी ठुलो स्वरमा भनेँ, 'बज्यै, यो मानिसको पित्त हो। मा: भनेका मा: खोइसान हुन्, लुवान भनेका लुवान फङ्सान। हाम्रा बाबुले उनीहरू दुवैको पित्तथैली निकालेर ल्याउनुभएको हो।'

बज्यै विचित्रको आवाज निकालेर एकचोटि कराउनुभयो। खाटमा उत्तानो परेर पल्टिनुभयो। तुरुन्तै उहाँको सास बन्द भयो।

अन्न

सुन्निएका दुई गोडा घिसार्दै ई मध्याह्नतिर घर आइपुगिन्। घरको कुहिँदै गरेको काठको सँघारमा बस्दा उनलाई रिँगटा लागिरहेको थियो। उनलाई जाँतो घुमिरहेजस्तो भइरहेको थियो। अन्न पिँधेको आवाज कानमा गुन्जिरहेको थियो।

ईका दुई बच्चा दौडेर आए। अलि ठुलो चाहिँले भोक लाग्यो भन्दै आमाको खल्ती छाम्न थाल्यो। अलि सानोचाहिँ तीन वर्ष पूरा भइसकेको भए पनि राम्ररी हिँड्न जानेको थिएन। पूरा वाक्य बोल्न पनि जानेको थिएन। ऊ रुँदै कराउँदै ईको ब्लाउज माथि तानेर दूध चुस्न थाल्यो।

ठुलोको नाम फुशङ थियो। आमाको खल्तीमा केही नपाएपछि ऊ निराश भएर रुन थाल्यो। सानोको नाम शौशङ थियो। उसले पनि दूधको मुन्टाबाट केही पाउन नसकेपछि मुख हटायो। भुइँमा बसेर रुन थाल्यो।

ईको मनमा नैराश्य भरियो। लामो सास छाडिन् अनि ढोका समाएर बिस्तारै उठिन्। ईकी सासू पुरानो छाताको बिँड टेक्दै कम्मर निहुर्‍याएर कोठाबाट बाहिर निस्किइन्। सासूको कपाल जिङ्रिङ्ग थियो। उनी दुवै आँखा चिम्लेर त्यही छाताले टेक्दै बाटो पत्ता लगाउँदै हिँडिरहेकी थिइन्। उनी कराइन्, 'त्यहाँ के लुकाएर खाँदै छौ तिमीहरू ?'

ई पनि कराइदिइन्, 'सासूज्यू, तपाईं ८० वर्ष भइसक्नुभयो, कस्तो नचाहिने कुरा गर्नुहुन्छ ? घरमा केही खानेकुरा भए पहिले तपाईंलाई खुवाउँदैनथ्यौँ ? जति बुढी, उति सुद्धीबुद्धि गायब।'

सासू मुख प्याकप्याक गर्दै सानो बच्चाजस्तो हुँ हुँ गरी रुन थालिन्। रुँदै छाताको डन्डीले खिया लागेको भाँडामा हान्न थालिन्, 'तिमीहरूले म बुढीलाई हेपेका, म अन्धी भएँ भनी हेपेर घरमा भएका सबै लुकाई-लुकाई खायौ। मलाई भोकभोकै मार्न खोजेका। संसारमा यो के भएको ! हे दैव, मलाई रक्षा गर। म भोकले मर्नै लागेँ... ।'

ईले सासूलाई केही जवाफ फर्काइनन्। उनलाई दृष्टिविहीन सासूको सुद्धीबुद्धि धेरै पहिलेदेखि नै हराएको राम्ररी थाहा थियो। त्यसैले कुरा बुझाउन खोजेर पनि केही काम थिएन। ईले बल जम्मा गरेर रुँदै गरेका दुई छोरालाई गाली गर्न थालिन्, 'रोऊ, अरू रोऊ, यसरी रोएरै सबै जना मरेको भए हुन्थ्यो... ।'

मुखले त्यसरी गाली गरे पनि दुई थोपा चिसा आँसु उनका आँखाबाट झरे।

'आमा, भोकले मर्न लागेँ...' फुशङले ईको लुगा तानेर रुँदै भन्यो।

'आमा, भोक...' शौशङ ईको गोडा च्यापेर रोयो।

ईले टाउको निहुर्‍याइन्। दुब्लाएर बाँदरजस्ता देखिने छोरा हेरिन्। घाँटी कस्सिएजस्तो भयो। फनफनी रिँगटा लागेर उभिन नसक्ने भइन्। ईले ढोका समाएर आँखा पुछ्दै फुशङलाई सोधिन्, 'तिम्री दिदी खोइ, किन अहिलेसम्म नफर्केकी ?'

ई ढोकाबाहिर पुगेर गल्लीतिर हेर्न थालिन्। बोक्रा निकालिएका पाँचसात रुख पर जङ्गली सागले भरिएको ठुलो टोकरी पिठ्युँमा बोकेकी केटी बाङ्गोटिङ्गो हिँड्दै आइरहेको देखिन्। ईको मन अलि न्यानो भयो। छिटो पाइला चालेर अगाडि पुगिन्। टोकरीलाई समातेर छोरीको पिठ्युँबाट ती जङ्गली साग झारिन्।

केटीले बिस्तारै आफ्नो मसिनो कम्मर सीधा बनाइन्। सानो स्वरले एकचोटि 'आमा' भनेर बोलाइन्।

ईले सोधिन्, 'मेइशङ, किन यस्तो ढिलो गरेकी, घरमा तिमीले ल्याउने साग कुरेर बसेका छन् भन्ने थाहा थिएन ?'

केटी मुख चुच्चो बनाएर रुन थालिन् । उनका आँखामा आँसु भरिए । ईले टोकरीमा भएका जङ्गली साग केलाएर हेरिन्, 'आ, के झारपात हुन् यी ? यस्तो पनि खान हुन्छ ?'

ईले टोकरीबाट एक मुठा साग नाकतिर लगेर सुँघिन् । केटीलाई पनि सुँघाइन् । उनले असन्तुष्ट हुँदै भनिन्, 'तँ आफैँ सुँघेर हेर्, कस्तो गन्ध रहेछ ? यस्तो कसरी खाने ?'

केटी हिक्क-हिक्क गरेर रुन थालिन् । रुँदै हँसिया समातेको हातले आँसु पुछ्न थालिन् ।

'१४ वर्षकी भइसकिस् । एक टोकरी जङ्गली सागसमेत टिपेर ल्याउन नसक्ने तँलाई पालेको के काम ? तँलाई खान मिल्ने जङ्गली साग टिपेर ल्याउनू भनेको होइन ? अझै आफैँ रुने, लाज लाग्दैन तँलाई ?'

ईले एउटा औँलाले केटीको निधारमा घोचिन् । केटी 'ह्वाँ' गरी ठुलो स्वरले रुन थालिन् । ईलाई झन् रिस उठ्यो । उनले रुँदै गोडाले केटीलाई हानिन् । केटी मुख छोपेर रुँदै बसिन् । हलचल गरिनन् ।

छिमेकी चाउ आर बज्यैले बाहिर निस्केर सम्झाउन लाग्नुभयो, 'मेइशङकी आमा, मध्याह्नको समय, बच्चालाई कुटेर के गर्न थालेकी ?'

ईले रिसाएर भनिन्, 'मर्न जा, सबै मरे आनन्दै हुन्थ्यो ।' मुखबाट यस्तो शब्द निस्के पनि उनका आँखाबाट आँसु बग्न थाल्यो ।

चाउ आर बज्यैले भन्नुभयो, 'फर्क जाऊ, फर्क । मेइशङ अल्छी गर्ने केटी होइन, टोकरीभरि टिपेर ल्याइन्, होइन र ?'

'आर बज्यै, आएर हेर्नुस् त उसले के टिपेर ल्याएकी छ ?'

चाउ आर बज्यैले टोकरीबाट एक मुठा टिपेर हेरिन् । र भनिन्, 'मेइशङकी आमा, यो पनि तिम्रै गल्ती भयो । तिमी मिलमा महिनौँ काम गरेर बस्यौ । खेतबारीबारे तिमीलाई थाहा छैन । यी जङ्गली सागभन्दा हामीले पहिले खाने गरेका जङ्गली साग मिठो हुन्छ तर कहाँ गएर टिप्ने ? पूरै चीनमा अनिकाल छ । यस्तै हुने हो भने केही दिनपछि यी

जङ्गली साग पनि खान पाइँदैन ।'

ईले आफ्नी छोरीप्रति अन्याय भयो भन्ने तुरुन्तै बुझिन् र लामो सास छाडिन् । अनि टोकरी उठाएर भनिन्, 'अब नरोऊ, घर फर्कौं ।'

मेइशङ हिक्कहिक्क गर्दै ईसँगै आँगनमा पुगिन् ।

ईले मेइशङ दौडेर पानीको घ्याम्पोनिर गएको देखिन् । त्यहाँबाट आधा भाँडो पानी निकालेर घुटुघुटु पिइन् । ईले छोरीलाई सात्वना दिने केही कुरा गर्न खोजिन् तर सकिनन् ।

सासू पनि छ्यामछुम गर्दै आँगनमा आइपुगिन् । गाली गर्दागर्दै बुढी थाकेकी थिइन् । त्यसैले एकछिन चुप लागेकी थिइन् । उनले दुवै हातले छाताको बिँड टेकेर अनुहार आकाशमा भएको उज्ज्वल सूर्यतिर फर्काएकी थिइन् । उनको सुनौलो पहेँलो अनुहार घामले चम्केको थियो । अनुहारबाट फिक्का हरियो प्रकाश परावर्तित भइरहेको थियो ।

ईले गन्हाउने जङ्गली साग आँगनको ढुङ्गामाथि राखेर काठको डन्डाले हिर्काउन थालिन् । त्यसबाट निस्केको हरियो रङको झोल पदार्थ सेतो ढुङ्गाबाट तलतिर बग्दै जान थाल्यो । तितो पिरो गन्ध आँगनभरि फैलियो ।

छोरीले पानी पिइसकेपछि ईलाई भनिन्, 'आमा, तपाईं एकछिन आराम गर्नुहोस्, म हिर्काउँछु ।'

छोरीको खस्रो सानो पहेँलो अनुहार देखेर ईलाई रुन मन लाग्यो तर आँखाबाट आँसु झरेन । ईले भनिन्, 'म जङ्गली झार पिट्छु, तिमी सेतो कुवानयिन माटो छान्न जाऊ ।'

मेइशङले 'हुन्छ' भनिन् र घरबाहिर सानो बाटाको किनारबाट सेतो खैरो कुवानयिन माटाको एक टुक्रा बोकेर ल्याइन् । बाटाकै बीचमा राखेर काठको हथौडाले एकछिन हिर्काइन् । अनि त्यसका साना टुक्राटुक्री उठाएर चाल्नोमा राखिन् र चलाउन थालिन् । पिठोजस्तो मिहिन सेतो माटो उनको अगाडि झर्न थाल्यो ।

ईले छानेर झरेको मिहिन माटो ल्याउन मेइशङलाई अह्राइन् । त्यसलाई जङ्गली सागसँग मुछेर मुठीजत्रा डल्ला बनाइन् र एउटा काठको फल्याकमाथि राखिन् ।

आमा-छोरीले जङ्गली सागको डल्ला राखिएको काठको फल्याक उठाएर कोठाभित्र लगे । अनि ईले ती डल्ला भाँडामा राखेर बिर्कोले छोपिन् । ईले मेइशङलाई भाँडामुनि आगो सल्काउन लगाइन् अनि आफू एक कुनामा गएर पहेँलो पानी बान्ता गर्न थालिन् ।

दुईवटा केटा चुलोमा बल्दै गरेको आगो हेर्दै केही चमत्कारको प्रतीक्षा गर्दै थिए ।

पहेँलो पानी बान्ता गरेर ई फर्कंदा भाँडाबाट सेतो बाफ निस्कन लागेको देखेपछि मेइशङलाई आगो निभाउन भनिन् । ईले भाँडाको बिर्को खोलेर हेरिन् । अद्भुत सामग्रीबाट बनाइएका ती चम्किला डल्ला हेर्दा खच्चरको मलजस्ता देखिन्थे । एक किसिमको अवर्णनीय नमिठो गन्ध ईको नाकभित्र पस्यो ।

ईको पूरा परिवारले कुनै देवतालाई पुज्न लागेजस्तो गरी वरिपरि बसेर भाँडो भित्रको वस्तुलाई हेरिरह्यो । दुईवटा केटाले हतारिएर हात अगाडि बढाए । ईले गाली गरेर उनीहरूलाई पछाडि हटाइन् । ईले चपस्टिकले डल्लामा घोचिन् र पहिले आफूले एक टुक्रा चाखिन् । उनलाई आफ्नो मुखमा विषालु गन्ध फैलिएजस्तो लाग्यो । पेटभित्रको पहेँलो पानी माथितिर आउन खोज्यो । ईले जबर्जस्ती बान्ता रोकिन् । मुखभित्रको वस्तु र खाद्यनलीभरिको पहेँलो पानी एकसाथ निलेर पेटमा पुऱ्याइन् ।

ईले भनिन्, 'खाओ ।'

दिउँसो ईलाई जिउमा स्फूर्ति आएजस्तो लाग्यो । विचित्रको खानेकुराको स्वाद नमिठो भए पनि त्यसले खाली पेट र आन्द्रा भरिएको अनुमान गरायो । पेट भरिएपछि ईलाई आफ्ना गोडा पनि पहिलेजसरी हावामा उड्न लागेका जस्ता नभई मजबुत अनुभव भयो ।

ई र अरू सात स्वास्नीमान्छे ठुलो ढुङ्गाका दुईवटा जाँतो भएको ठाउँमा काम गर्थे। एउटा जाँतोमा चार जना। स्वास्नीमान्छे सबैका गोडा साना थिए। उनीहरूलाई हिँड्न अति कठिन थियो। तर गोडा सानो भएकै कारण उनीहरूलाई पानी ट्याङ्क बनाउने ठाउँमा पठाइएको थिएन।

कारखानाको जिम्मेवारी लिएका वाङ अपाङ्गता भएका भूतपूर्व सैनिक थिए। उनको एउटा खुट्टा सानो थियो। आधा अनुहारमा रहेको घाउको दाग हेर्दै डरलाग्दो देखिन्थ्यो। ई हिँडेर आएको देखेपछि वाङले मेचबाट उठेर ठुलो स्वरमा भन्यो, 'तिमी के खाएर बसेकी? अरू सबै आइसके। सबै जना तिमीलाई नै कुरेर बसिरहेका छन्। काम गर्ने ठाउँमा पिठोका लागि हतार भइरहेको छ भन्ने पनि थाहा छैन कि के हो?'

ईले टाउको निहुर्‍याएर गल्ती स्वीकार गरिन्।

ई कारखानाभित्र पस्दा सुन ठुलीआमा, मा: काकी, ली भाउजू तीनै जना आआफ्नो काँधमा डोरी राखी गर्दन तन्काएर बल गर्दै थिए। जाँतोको फग्लेँटो आवाज निकालेर घुम्दै थियो र सुक्खा हिउँजस्तो कैलो सेतो गहुँको पिठो जाँतोको किनारबाट बिस्तारै तल झर्दै थियो। ईले लाजले छिटो-छिटो गएर काँधमा डोरी राखिन् अनि हातो समातेर बेस्सरी बल गर्न थालिन्।

सुन ठुलीआमाले पछाडिबाट सानो स्वरले भनिन्, 'मेइशङकी आमा, अलि बिस्तारै बल लगाउनू। यसरी काम गर्न थाल्यौ भने साँझसम्म के हुन्छौ?'

अरू दुई जनाले पनि पछाडिबाट यस्तै कुरा गरे। ईको मन न्यानो मायाले भरियो। उनी अझै बढी बल गर्न लागिन्।

सुन ठुलीआमाले हाँसेर भनिन्, 'मेइशङकी आमा, दिउँसो माछामासु धेरै खायौ कि के हो? जवान गधाको जस्तो बल छ त आज।'

ईले मुख बिगार्दै भनिन्, 'माछामासु खान त अर्को जुनी कुर्नुपर्ला। आज दिउँसो सेतो कुवानयिन माटामा जङ्गली झार मिसाएर पकाएकी थिएँ।'

'के रे?' मा: काकीले अचम्म मानेर सोधिन्, 'के तिमीले साँच्चै सेतो माटो खाएकी हो?'

ली भाउजूले भनिन्, 'मैले घरका बुढाबुढीबाट सुनेको, त्यो खायो भने ढिलो-छिटो पेट दुखेर मान्छे मर्छ रे।'

ईले भनिन्, 'यस्तो समयमा त जति छिटो मऱ्यो, उति भाग्यमानी भन्नुपर्छ।'

सुन ठुलीआमाले सम्झाउँदै भनिन्, 'मेइशङकी आमा, तिमी बल्ल ३० वर्ष नाघेकी मान्छे यस्तो अशुभ नबोल। अहिले जसरी भए पनि बच्चा हुर्काउन सक्यौ भने तिम्रा दुःखका दिन सकिन्छन्।'

ई केही बोलिनन्। टाउको मात्र हल्लाइन्।

ली भाउजूले भनिन्, 'मलाई विश्वास लाग्दैन, वाङ दाजुजस्तो असल मान्छेले कसरी गोरुलाई विष खुवाएर माऱ्यो होला!'

सुन ठुलीआमाले भनिन्, 'तिमी चुप लाग, यी दिनहरूमा अन्यायमा मर्नेहरू हजारौँ छन्।'

मा: काकीले दबेको स्वरमा भनिन्, 'मेइशङकी आमा, तिमी पनि साह्रै सोझी छ्यौ। अन्न पिँध्ने कारखानामा काम गर्ने गधा पनि खान नपाएर मर्छ? तिम्रै स्वभावले गर्दा हो।'

त्यसै बेला कारखानाको पाले वाङ सुर्ती सल्काएर तान्ने लामो नली हातमा लिई भित्र पस्यो। आँखा डरलाग्दा पारेर त्यहाँ काम गर्ने आठ आइमाईलाई एक-एक गरी हेऱ्यो। अनि भन्यो, 'सबै जनाले ध्यान दिएर सुन्नू, काँचो अन्न खाएर पचाउन सकिन्न।'

ली भाउजूले 'हि हि' गर्दै हाँस्दै भनिन्, 'वाङ दाजुलाई विश्वास नभए एउटा मेच ल्याएर यहीँ बसिराख्नुस् न त।'

वाङ पालेले भन्यो, 'आठवटी गन्हाउने आइमाईको गन्ध म कसरी सहन सकूँला?'

ली भाउजूले फेरि भनिन्, 'तपाईं हामीलाई गन्हाउने भन्नुहुन्छ, हाम्रा लोग्नेहरू त हामीलाई कस्तो बास्ना आउने भन्नुहुन्छ त!'

वाङ पालेले एकचोटि थुक्यो अनि गोडा खोच्याउँदै गयो ।

दिउँसो केराउ पिँध्ने काम भयो । अँध्यारो ओसिलो कारखानामा केराउ खन्याएको आवाजका साथै केराउको हलुका सुगन्ध पनि फैलियो । केराउको पिठोको सुगन्धले ईको पेट पटक-पटक बाउँडेर दुख्न थाल्यो । ईले केही नभनी दाह्रा किटेर सहिन् । तर चिसो पसिनाले उनको काँध, पिठ्युँ सबै भिज्यो ।

ई मर्न लागेको राजहंसजस्तो गर्दन तन्काई-तन्काई हिँडिरहेकी थिइन् । कारखानाभित्र आइरहेको आवाज उडिरहेको बादलजस्तै बिस्तारै सानो हुँदै गयो । ईले अस्पष्ट रूपमा देखिन्, सुन ठुलीआमाले हात तन्काएर जाँतोमाथि पुऱ्याइन् र एक मुठी केराउ टिपेर मुखभित्र हालिन् । मा: काकी र ली भाउजूले पनि फुर्सद हुनासाथ त्यसरी नै केराउ मुखमा हालिरहेका थिए । ईले अर्को जाँतोका स्वास्नीमान्छेले पनि त्यस्तै गरिरहेको देखिन् । चाङ भाउजूले फेरि केराउ टिपेर मुखमा हाल्न लाग्दा ईलाई हेरेर आँखाले 'खाऊ' भन्ने सङ्केत गरिन् । मा: काकीले पनि पछाडिबाट सानो स्वरले ईलाई भनिन्, 'खाऊ न, कस्ती लाटी !'

केराउको सुगन्धले ईलाई नलोभ्याएको होइन । ईले कति पटक हात बढाएर जाँतोको फग्लेंटोमाथि पुऱ्याउन खोजिन् तर हरेक पटक डराएर फर्काइन् ।

ईलाई थाहा थियो, उही काम सुन ठुलीआमाले गरे केही हुन्न, मा: काकी र ली भाउजूले गरे पनि केही हुन्न । तर आफूले चाहिँ गर्नु हुन्न ।

ईका लोग्ने धनी किसान थिए । केही समयअघि कम्युनको गोरुलाई विष खुवाएको अभियोगमा श्रम शिविरमा पुऱ्याइएका थिए । आफ्ना लोग्नेले किन गोरुलाई विष खुवाएर मारे, ईले बुझ्न सकेकी थिइनन् । लोग्नेलाई पक्राउ गरेको घटना सम्झ्यो भने उनको मन चिसो हुन्थ्यो ।

मा: काकीले पछाडिबाट ईको कम्मरमा कोतरिन् तर ईले टाउको हल्लाइन् । मा: काकीले भनिन्, 'यस्तै तालले तिम्रो मर्नुबाहेक अरू उपाय हुँदैन ।'

ईको पेट बेस्सरी बाउँडेर दुख्न थाल्यो । अनुहारबाट पसिना बग्न थाल्यो। सुरुमा ई बलपूर्वक सहेर बसिरहेकी थिइन् तर पछि सहन नसकेर ढल्न पुगिन् । बेहोसी अवस्थामा ईले स्वास्नीमान्छेहरू ठुलठुलो स्वरमा कराएको सुनिन् र एकैछिनमा आफ्नो शरीरलाई कसैले उठाएको अनुभव भयो। केही स्वास्नीमान्छेका हातले आफ्नो पेटमा मालिस गरिरहेको अनुभव भयो । उनले आफ्नो वरपर लामो सास छाडेको आवाज पनि सुनिन् । एकैछिनपछि ईले बान्ता गरिन्, बाक्लो च्यापच्याप लाग्ने वस्तु मुखबाट निस्केपछि उनले एकैचोटि दुखाइ कम भएको महसुस गरिन् ।

ईले आफ्नो अनुहार र मुख पुछिन्। वरपरका स्वास्नीमान्छेलाई सानो स्वरमा धन्यवाद भनिन् । स्वास्नीमान्छेहरू फेरि गनगनाउन थाले । वाङ पाले आएर भन्न थाल्यो, 'यहाँ के गरिरहेका, छिटो काममा फर्क ।'

मा: काकीले भनिन्, 'तँ पनि, मुटु भनेको ढुङ्गाभन्दा पनि कडा !'

वाङले भन्यो, 'वर्ग सङ्घर्षमा मुटु कडा नभई हुन्छ ?'

मा: काकीले भनिन्, 'तँ वाङ सुनिराख्, मेरो परिवार गरिब कामदार किसान हो ।'

वाङले भन्यो, 'गरिब कामदार किसान पनि विश्वासघात गर्ने हुन्छन् नि ।'

सबै स्वास्नीमान्छेले विभिन्न कुरा गरेर वाङ पालेलाई आक्रमण गरिरहे। उसले चाहिँ अनुहार रातो बनाएर उनीहरूलाई काममा फर्कन भनिरह्यो।

स्वास्नीमान्छेहरूले ईलाई घर फर्केर आराम गर्न भने तर ईले टाउको हल्लाइन् । बलपूर्वक उठेर काम गर्ने ठाउँमा पुगिन् ।

मा: काकीले सानो स्वरले सम्झाइन्, 'मेइशङकी आमा, यी वर्षहरूमा मान्छे मान्छेजस्ता छैनन्। कसैलाई लाज पनि छैन, इज्जतको मतलब पनि छैन, लुटेर लिन मिल्ने लुटेर लिन्छन्, लुट्न नमिल्ने चोरेर लिन्छन्, हामी अन्नको नजिक भएर भोकै मर्नु त भएन नि ।'

त्यति भनेर उनले एक मुठी केराउ ईको मुखमा हालिदिइन् । ईको मुटु ढुकढुक हुन थाल्यो। उनले चारैतिर हेर्दा सबै स्वास्नीमान्छेले मजासँग

खाइरहेको देखिन् । अनि उनले बिस्तारै दाँत-बङ्गरालाई व्यायाम गराउँदै चपाउन थालिन् ।

केराउ चपाउँदा निस्केको ठुलो आवाज सुनेर ईलाई डर लाग्यो तर त्यसको स्वादले छिटै त्यो डर छोपिदियो । ईले बल्ल आफैँ हात बढाएर एक मुठी केराउ टिपेर मुखभित्र हालिन् ।

काम सकिनुअघि कारखानाभित्र एकदम अँध्यारो भइसकेको थियो । दलिनमा झुन्डिरहेका चमेराहरू झ्यालबाट उडेर भित्र-बाहिर गर्दै उडिरहेका कीरा खाइरहेका थिए । ईको पेट फुलेको थियो तर त्यो सुखद अनुभव थियो । ईले स्वास्नीमान्छेहरूले अँध्यारामा मुठीका मुठी केराउ सुरुवालको खल्तीमा हालिरहेको देखिन् । ई टोलाएर बसिन् ।

माः काकीले ईलाई कोतरेर भनिन्, 'ए लाटी, तिमी पनि राख भनेको, तिम्रो पो पेट भरियो, बच्चाहरूको के गर्ने ?'

ईले अरू विचार नगरी एक मुठी केराउ सुरुवालभित्र हालिन् । केराउका ती चिल्ला गेडाहरू तिघ्रा हुँदै तल खसेर गोलीगाँठोतिर जम्मा भए । ईले अरू दुई मुठी टिपिन् तर उनलाई एकदम डर लाग्यो । बाहिरबाट वाङ पालेको आवाज आयो, 'काम सकियो ।'

अरू स्वास्नीमान्छेहरू केही नभएजस्तो गरी हात हल्लाउँदै कारखानाबाट निस्के । बाहिरको उज्यालो देखेर ईलाई अचम्म लाग्यो । ईलाई आफ्ना गोडाहरू कमजोर भएजस्तो लाग्यो । छातीभित्र नगरा बजाएजस्तो अनुभव भयो । उनले टाउको निहुर्‍याइरहिन् । अगाडि बढ्ने आँट गर्न सकिनन् ।

वाङ पाले व्यङ्ग्यात्मक हाँसो हाँस्दै अगाडि आयो, 'अँ, अन्तमा पत्ता लागिहाल्यो ।'

माः काकीले ईलाई बचाउँदै भनिन्, 'वाङ, म तिमीलाई भोलि एउटी स्वास्नी खोजिदिऊँला ।'

वाङले सुर्तीको धुवाँ तान्ने नलीले माः काकीलाई एकातिर हटाउँदै भन्यो, 'अनि फेरि मैले के गर्‍यो नभन्नुहोला ।'

ई डरले बोल्न सकिनन्, चल्न पनि सकिनन् ।

वाङले नली कम्मरभित्र घुसाऱ्यो अनि दुवै हात अगाडि बढाउँदै ईको जिउ छाम्दै तल पुऱ्याउन थाल्यो ।

मा: काकीले भनिन्, 'पापी, लाजसरम छैन तेरो ?'

वाङका दुवै हात ईका पिडुँलामा पुगेर रोकिए, अनि उभिएर आदेश दियो, 'गोलीगाँठो निरको फित्ता खोल ।'

ईले रुँदै घुँडा टेकिन् र क्षमा मागिन् ।

अरू स्वास्नीमान्छे केही भन्दै थिए, वाङले रिसाएर भन्यो, 'दुष्ट आइमाईहरू, तिमीहरू त खानेकुरा चोर्ने एक बथान गधी हौ । तिमीहरूले गरेको काम मलाई थाहा छैन भन्ठानेका छौ ? सबैले गोलीगाँठोको फित्ता खोल ।'

स्वास्नीमान्छेहरू अवस्था ठिक नदेखेर साना खुट्टा लतार्दै हाँसजसरी त्यहाँबाट भागे ।

आँगनमा ई र वाङ मात्र बाँकी भए । वाङले ईको गोलीगाँठोनिरको फित्ता खोल्यो र ईलाई उठ्न लगायो । केराउका सयभन्दा बढी दाना जमिनमा खसे ।

वाङ पालेले भन्यो, 'तिमी आफैँ भन, अब के गर्ने ?'

ई फर्केर घर पुग्दा कोठामा पूरै अँध्यारो भइसकेको थियो, मेइशङ भुइँमा बसेर निदाउन खोजिरहेकी थिइन्, फुशाङ र शौशङ छ्वालीको ओछ्यानमा घोप्टो पल्टेर सुतिरहेका थिए । सासूचाहिँ अन्धकारमा कुनै रहस्यमय मन्त्र पढेजस्तो गरी गनगनाइरहेकी थिइन् ।

मेइशङले सोधिन्, 'आमा, तपाईं किन यति ढिलो फर्कनुभएको ?'

ईले केही जवाफ फर्काइनन् ।

मेइशङले ईको पाखुरा समाएर फेरि सोधिन्, 'आमा, किन नबोल्नुभएको ?'

ईले छोरीको अनुहार मुसार्दै भनिन्, 'मेइशङ, तिमी सुत्न जाऊ।'

मेइशङले भनिन्, 'भाँडामा जङ्गली सागको डल्ला अरू बाँकी छ, तपाईं खानुहोला।'

ईले भनिन्, 'आज मैले पेटभरि खाइसकें।'

मेइशङ छ्वालीमा पल्टेर निदाइन्।

ईले बच्चाहरूलाई एक-एक गरी सुमसुम्याइन् अनि उठेर घरबाहिर गइन् र छानामुनिबाट एउटा डोरी निकालिन्। डोरीको एकछेउलाई रुखको हाँगामा अड्काइन् र अर्को छेउको पासो बनाइन्। गर्दनमा डोरी कस्सिदै जाँदा ईको शरीर अनियन्त्रित रूपमा चल्न थाल्यो। उनलाई असह्य पीडा भयो र मनमा ठुलो पछुतो भयो।

डोरी चुँडियो।

ईले घाँटीको डोरी फुकाएर लामो-लामो सास फेर्न थालिन्। एकैछिनमा उनले वाकवाक गर्दै बान्ता गरिन्। आकाशबाट पानी पर्न थालेपछि उनी कोठाभित्र पसेर सुतिन्।

भोलिपल्ट बिहान सबेरै ईले आफूले बान्ता गरेर निकालेका वस्तु वर्षात्को पानीले पखालिएर बाँकी रहेका ४०-५० वटा फुलेका मोतीजस्ता केराउका गेडा देखिन्।

मेइशङले आएर सोधिन्, 'आमा तपाईंले के खोज्नुभएको ?'

मेइशङले त्यसै बेला भुइँमा छरिएका रत्न देखिन् र ठुलो स्वरले कराइन्, 'केराउ !'

उनी त्यहीं घुँडा टेकेर कुखुराले चामल टिपेजस्तो गरी केराउका गेडा टिप्न थालिन्। फुशङ, शौशङ र सासू आवाज सुनेर दौडँदै आए।

केटाकेटीले केराउ बाँडेर खाए। उनीहरू अझै पनि भुइँमा घुँडा टेकी आँखा ठुलो पारेर केराउ खोजिरहेका थिए।

सासूले चाहिँ रुँदै दुवै हातले छामछुम गर्न थालिन्। ईले लामो सास छाडिन् र कारखानातिर लागिन्।

कारखानाको ढोकामा वाङले सानो स्वरले भन्यो, 'म तिमीलाई प्रत्येक दिन दुई मुठी केराउ घर लैजान दिन्छु तर तिमीले पनि मलाई दिनुपर्छ।'

ईले गम्भीर भएर भनिन्, 'मैले एक गेडा पनि केराउ घर लगिनँ भने नि ?'

वाङले भन्यो, 'त्यस्तो भए त कुरै भएन नि।'

साँझको समयमा स्वास्नीमान्छेहरू फेरि पुरानै घटना दोहोऱ्याउन थाले। आफ्नो सुरुवालमा मुठीका मुठी केराउ हाल्न थाले। उनीहरूलाई सायद हिजो साँझ घटेको घटनाबारे थाहा थियो। ईले भने केराउ आफ्नो मुखमा हालिन् अनि चपाउँदै नचपाई निलिन्। केराउका गेडाहरू घाँटीसम्म भरिएजस्तो लागेपछि मात्र ई रोकिइन्।

वाङ पहिले नै ढोकामा कुरिराखेको थियो। ईले फुर्तीसाथ हिँडेर भनिन्, 'ल तलासी लेऊ।'

वाङले पूरै एक मिनेट उनलाई नियालेर हेऱ्यो अनि जान दियो।

ईले घर फर्केपछि एउटा माटाको भाँडो खोजेर ल्याइन् र त्यसमा सफा पानी राखिन्। अनि टाउको निहुऱ्याएर चपस्टिकले घाँटीभित्र बल गरेर चलाइन्, केराउका सयौँ गेडा मुखबाट पेटको पित्तसँगै झरेर भाँडामा जम्मा भए। केराउ बान्ता गरिसकेपछि ई मरेको सर्पजस्तै छ्र्वालीमा पल्टिइन् अनि आफ्ना बच्चाहरू र सासूले त्यो भाँडोवरपर बसी खानेकुरा तानातान गरिहेको सुखपूर्वक हेरिरहिन्।

केही दिनपछि ईको सीपमा अझ विकास हुँदै गयो। बान्ता गर्न चपस्टिकले घाँटी चलाउनै नपर्ने भयो। माटाको भाँडोअगाडि घुँडा टेकेर टाउको अलिकति निहुऱ्याउनासाथ सबै अन्न त्यत्तिकै मुखबाट निकाल्न सक्ने भइन्। त्यति मात्र होइन, अन्नका धेरै गेडा पेटको पित्तसमेत नटाँसिएका सुक्खा पनि हुन्थे।

पछि-पछि अन्न झन्-झन् कम हुँदै गयो। कारखानामा काम गर्ने स्वास्नीमान्छेले अन्न चोरेर खाएको नियन्त्रण गर्न वाङले कारखानाको

ढोकामा आठवटा कचौरा र एक बाल्टिन पानी राख्न थाल्यो । प्रत्येक स्वास्नीमान्छेले घर फर्किने बेला पानीले मुख कुल्ला गरेर कचौरामा थुक्नुपर्थ्यो । त्यसमा अन्नका टुक्राटुक्री भए/नभएको वाङले जाँच्थ्यो । यस जुक्तिले अन्न चोरेर खाने प्रवृत्ति नियन्त्रण गर्‍यो तर ईलाई केही फरक परेन, किनकि उनी सिङ्गै गेडा निल्थिन् । उनको मुखमा अन्नका टुक्राटुक्री हुने कुरै भएन ।

ईले यसै गरी पानी राखिएको माटाको भाँडोअगाडि घुँडा र दुवै हात भुइँमा टेकी दुवै काँध माथितिर उठाएपछि मुख ठुलो खोलेर 'ह्वार्र-ह्वार्र' गर्दै केराउ, मकै, गहुँ, फापर बान्ता गर्दै रहिन् ।

यही उपायद्वारा ईले तीन छोराछोरी र सासूलाई आवश्यक प्रोटिन र भिटामिन पुऱ्याइन् । सासू लामो आयुसम्म बाँचिन् र बच्चाहरूको शारीरिक वृद्धि पनि राम्रो रह्‍यो ।

यो बिसौँ शताब्दीको साठीको दशकको प्रारम्भतिर काउमी तुङ्पेइसियाङ गाउँमा घटेको सत्य घटना हो ।

यस कथाबाट मलाई प्राप्त भएको ज्ञान हो- 'माता महान् छिन्, अन्न अनमोल छ ।'

सुनौलो कार्प माछा

चन्द्रमा उदाउन थाल्यो। छिङ्ङ्छाओ ताल चाँदी रङको प्रकाश चमक-चमक गर्ने एउटा ठुलो ऐना बन्यो। समय-समयमा माछा उफ्रेर पानीको सतहबाहिर आउँथे। त्यस बेला त्यहाँ चाँदी रङको ऐना फुटेर गोलाकार तरङ्ग बन्न थाल्थ्यो।

तालनिर एउटा बुढो बैंसको रुखमुनि बाजे र नाति शान्तपूर्वक बसिरहेका थिए।

बाजे सुक्खा सुर्ती पिइरहेका थिए। चिलिमको आगो कहिले चहकिलो, कहिले अँध्यारो हुन्थ्यो र त्यही प्रकाशले उनको दयालु अनुहार अस्पष्ट रूपमा प्रकाशित भइरहेको थियो।

'बाजे, जाली उठाउनुपर्‍यो।'

'अँ, उठाउँछु।'

बाजे उठे र फलामको किलामा बाँधिराखेको जालीको डोरी फुस्काए। जाली भारी वजन उठाउने यन्त्रजस्तो थियो। त्यसबाट एउटा लामो लठ्ठी निस्केको थियो। लठ्ठीको अर्को छेउबाट झोलाजस्तो जाली झुन्डिएको थियो। जाली एकदम गह्रुँगो थियो। बुढो माझीले त्यसलाई बिस्तारै ताने। पानीमुनि डुबेको जाली बिस्तारै माथि उठ्न थाल्यो। अचानक केही चलेजस्तो आवाज आउन थाल्यो।

'बाजे, ठुलो माछा परेजस्तो छ।'

बाजेले जाली पानीबाहिर निकाले। जालीमा चाँदनी लागिरहेको थियो। त्यसभित्र सुनौलो कार्प माछा पल्टिरहेको थियो। उनले जालीलाई किनारमा पुऱ्याए। सानो नातिले उफ्रेर कार्प माछा छातीमा टाँस्यो र पानी भरिएको बाल्टिनभित्र राख्यो।

बाल्टिनभित्र माछा दुईचारपटक उफ्र्यो, त्यसपछि शान्त भयो। बाजेले जाली फेरि पानीमा फ्याँके र फर्केर बाल्टिनभित्रको माछा हेर्न लागे।

'बाजे, यो माछा चार किलोको त होला है?'

'त्यस्तै होला।'

'यो के माछा हो बाजे?'

बाजेले सलाईको काँटी बाले। त्यसैको प्रकाशमा बाल्टिनभित्र हेरे। सुनौलो कार्प माछाका पखेटा र पुच्छर हिउँदको मेपलको पातजस्ता राता थिए।

'सुनौलो कार्प माछा रहेछ,' बाजेले भने।

'यो माछा खान हुन्न?' नातिले सोध्यो।

'अँ,' बाजेले मतलब नराखेजस्तो गरी जवाफ दिए।

'बाजे, यत्रो ठुलो राम्रो माछा मारेर तपाईं खुसी हुनुहुन्न?'

'अचम्म भयो, यो माछा किन यति शान्त भयो?'

'बाजे, तपाईंले के भन्नुभयो?'

'बाबु, यो माछा साह्रै ज्ञानी रहेछ। जाली पानीबाट निकाल्दा ऊ एकचोटि मात्र उफ्रेको भए हाम्रो जाली नै च्यातिन्थ्यो। हाम्रो जाली त सानो माछा मार्नलाई हो।'

'त्यो माछा सायद निदाइरहेको थियो होला।'

बाजे गम्भीर भएर सोच्न थाले। चिलिमको आगो एकछिन चहकिलो, एकछिन अँध्यारो भइरह्यो।

अनायास वातावरण एकदम शान्त हुन थाल्यो । तालको सतहमाथि पातलो कुहिरो देखिन थाल्यो । कमलका केही फूल पानीको सतहमा कोरिएका चित्रजस्ता देखिन्थे । तालको किनारमा भएका बोटबिरुवाबाट साना कीरा कराएको आवाज आइरहेको थियो ।

'बाजे, तपाईं के सोचेर बस्नुभएको हो ? यो माछा मारेर तपाईं उल्टो दु:खी पो हुनुभयो जस्तो छ ।'

'होइन, त्यस्तो केही होइन बाबु । आऊ, फेरि एकचोटि जाली तानौं ।'

यसपटक जाली खाली थियो । जालीलाई फेरि पानीमुनि पुऱ्याइयो । त्यहाँ पुन: शान्ति छाउन थाल्यो ।

'बाजे, एउटा कथा भन्नुस् न ।'

'हुन्छ, म तिमीलाई सुनौला कार्प माछाको कथा सुनाउँछु ।'

'फेरि कार्प माछा स्वास्नी बन्ने कथा, तपाईंले कतिचोटि सुनाइसक्नुभयो...' सानो नातिले ठुस्स परेर भन्यो ।

'माछा मान्छे बन्ने कथा होइन, मान्छे माछा बन्ने कथा ।'

'मान्छे पनि माछा बन्न सक्छ ?'

'सक्छ ।'

नाति अलिकति अगाडितिर सऱ्यो । बाजेले हात अगाडि बढाए । नातिलाई काखमा राखे ।

'केही वर्ष पहिले...'

'कति वर्ष ?'

'बच्चाहरूले यसरी बीचैमा कुरा काट्न हुन्न । ध्यान दिएर सुन । केही वर्ष पहिले हाम्रो यो छिङ्छाओ तालतिर चिन्चर नामक केटी देखिई ।

केटी राम्री थिई । मुन्द्री परेका ठुला आँखा । सुलुत्त परेको नाक । सानो मुख । दुईवटा चुल्ठो बाटेकी । जसले पनि उसलाई मन पराउँथे ।

त्यो वर्ष एक लेखिका सहरबाट हाम्रो गाउँ आएकी थिइन्। ती लेखिकाले एउटा किताब लेखेकी थिइन् रे भन्ने सुनेका थियौं।

किताबको नामै 'छिङ्छाओ ताल' थियो। तिम्रा बाबुले पनि त्यो किताब पढेका थिए।

लेखिका उनै चिन्चर केटीको घरमा बस्थिन्। पछि महान् क्रान्ति सुरु भयो। लेखिकालाई दिनदिनै लगेर गाली गर्दै सताउने गरियो। कहिलेकाहीं कुटाइ पनि खान्थिन्।

एक दिन राति लेखिकालाई डरलाग्दै तरिकाले गाली गरिएछ। कुटिएछ। अर्धमृत अवस्थामा उनलाई उठाएर चिन्चरको घर पुऱ्याइएछ।

चिन्चरले आँखाबाट आँसु बगाउँदै लेखिकाको जिउमा लागेको रगत पुछ्न थालिछन्। गाउँका चिकित्सकले लेखिकाको उपचारका लागि त्यहाँ आउने आँट गरेनछन्।

चिन्चरले अचानक सम्झी- छिङ्छाओ तालको अर्को किनारमा सानाबाबु हुनुहुन्छ। उहाँ धेरै पहिले गाउँ छाडेर जानुभएको थियो। उहाँको घरमा घाउमा दल्ने एकदम प्रभावकारी औषधी थियो।

उपचारमा अलमल गर्नुहुन्न भन्ने सोचेर चिन्चर छिमेकी घरकी एक महिलालाई लेखिकाको हेरचाहमा छाडेर छिङ्छाओ तालको किनार पुगी।

छिङ्छाओ ताल ठूलो थियो। सुन्दर थियो।

धेरै-धेरै वर्षपहिले आकाशकी केटीले कपडा बुन्न प्रयोग गरिने बियो पृथ्वीमा फ्याँकेकी थिइन्। त्यो बियो जमिनमा बज्रेर एउटा खाडल बन्यो। त्यही नै हाम्रो यो छिङ्छाओ ताल हो।

चिन्चरका सानाबाबुको घर तालको अर्को किनारको वाङच्वाङमा थियो। डुङ्गामा बसेर गए एक-डेढ घण्टामा पुगिने। हिँडेर जानुपऱ्यो भने दुई दिन लाग्ने। त्यो समय वर्गशत्रुहरूले बिगार्लान् भन्ने डरले साना डुङ्गाहरूमा ताला लगाइएको थियो।

चिन्चर तालको किनारमा पुगी । लुगा फुकाली एक डल्लो बनाएर जिउमा बाँधी । अनि पानीभित्र पसी ।

राति पनि चन्द्रमा राम्रो देखिएको थियो । चिन्चर यही ठुलो बैँसको रुखमुनिबाट पानीमा पसेकी थिई । चिन्चरलाई पौडी खेल्न राम्रै आउँथ्यो ।

ऊ एउटा सेतो ठुलो माछ्राजस्तो भएर पानीमा रमाउन थाली । पानीमा पौडिँदै गई । पानीबाट ह्वारह्वार आवाज आइरह्यो । चन्द्रमाको किरण उसको जिउमा परिरह्यो ।

आधा रातमा ऊ तालको अर्को किनार पुगी । लुगा लगाएर सानीआमाको घरको ढोका ढकढकाई । सानाबाबुले माया गरेर त्यो बहुमूल्य औषधी उसलाई दिए ।

सानीआमाले चिन्ता गरेर भनिन्, 'चिन्चर, आधा रातमा तिमी एक्ली केटी तालमा पौडेर जाँदा केही भयो भने के गर्ने ? भइहाल्यो, आज नजाऊ, भोलि बिहान अङ्कलले तिमीलाई पुऱ्याइदिनुहुन्छ ।'

'सानीआमा, त्यस्तो केही हुन्न । पानीमा मलाई केही डर छैन ।'

चिन्चर फेरि तालभित्र पसी । तर सानी केटीको कति नै बल हुन्छ र ! तालको बीचसम्म पुगेपछि ऊ पौडिन सकिन । उसलाई जिउमा दसवटा ढक झुन्ड्याएजस्तो अनुभव हुन थाल्यो ।

आकाशमा उडेर आएको एक टुक्रा सेतो बादलले चन्द्रमालाई छेक्यो । तालको सतहमा ठुला सिक्का जत्रा पानीका सेता थोपा बर्सिन थाले ।

एकैदिनपछि फेरि चन्द्रमा उदायो । चन्द्रमा बिस्तारै तलतिर लाग्यो । बिस्तारै ठुलो हुँदै आयो । अन्तमा ताल किनारको बैँसको रुखमा झुन्डिएर चमकचमक गरी प्रकाश फालिरहेको ठुलो ऐनाजस्तो छिङ्छाओ ताललाई हेरिरह्यो ।

'अनि चिन्चर नि ?' सानो नातिले आत्तिएर सोध्यो ।

चन्द्रमाको प्रकाशमा बाजेका दुई आँखा चम्किरहेका थिए ।

'बाजे, तपाईं रुनुभएको हो ?'

'हे केटा, बाजेको दाह्रीजुँगासमेत सेता भइसके । कहाँ रुनु ? बाजेको कथा भन्नै सकिएको छैन । भोलिपल्ट राति छिमेकी घरकी महिलाको साथ लिएर लेखिका तालको किनारमा आइन् । तालमा शान्ति छाएको थियो । घाँसका पातबाट झरेका शीत पानीमा पर्दाको आवाजसमेत स्पष्ट सुनिन्थ्यो । लेखिकाले मसिनो स्वरमा भनिन्, 'हे असल नानी, तिमीलाई मन पर्ने किताब 'छिङ्छाओ ताल' लिएर म आएँ ।'

उनले कागजको खरानी राखिएको एउटा बट्टा निकालिन् । अनि तालको पानीमा खरानी छर्किइन् ।

तालमा अचानक तरङ्ग उत्पन्न भयो । ताल फाटेर बीचमा एउटा रेखा देखापऱ्यो । रातो प्रकाशसँगै त्यहाँ सुनौलो कार्प माछो देखापऱ्यो । त्यसको पखेटा र पुच्छर आगोको ज्वालाजस्तो रातो थियो ।

त्यो सुनौलो कार्प माछा पौडिँदै तालको किनारसम्म आइपुग्यो । त्यसको टाउकाले लुगाको पोको उठाएर ल्याएको थियो । त्यसपछि माछाले आफ्नो पुच्छरले पानीमा तीनपटक ढ्यापढ्याप हिर्कायो र बिस्तारै पौडेर तालको बीचमा पुग्यो ।

त्यो रातो प्रकाश पनि हरायो । तालमाथि फेरि चाँदनी पऱ्यो । लेखिकाले त्यो लुगाको पोको तानेर लिइन् । त्यसभित्र घाउचोटमा लगाउने एक सिसी सेतो औषधी थियो... ।'

'बाजे, कथा सिद्धियो ?'

'सिद्धियो !'

'चिन्चर केटी नै त्यो सुनौला कार्प माछा बनेकी थिइन् त ?'

'होला, सायद ।'

पानीमाथि उड्ने चरो ताल किनारको हरियो झारबाट उडेर आयो । उड्दाउड्दै तालको बीचमा रहेको बरुवाको झाडीमा खस्यो ।

केही भ्यागुता साना ढुङ्गा पानीमा फाल्दा निस्किनेजस्तो आवाज निकाली पानीमा हाम्फाले ।

पानीको बाल्टिन एकातिर पल्टेर पानी बगेको ह्वाल्ल आवाज आयो । पानीमा एकछिन तरङ्ग देखापर्‍यो ।

'हे बाबु, के गरेको तिमीले ?'

'मैले चिन्चर केटीलाई घर फर्काइदिएँ ।'

'हत्तेरिका, तिमी पनि !'

लौह बालक

देशभरि स्टिल उत्पादन बढाउन प्रयास भइरहेको वर्ष सरकारले दुई लाख सर्वसाधारणलाई साढे दुई महिनासम्म मजदुरी गराएर ४० किलोमिटर लामो रेलमार्ग निर्माण गर्‍यो। रेलमार्गको एक छेउ चियाउची रेलमार्गको काउमी स्टेसनमा थियो भने अर्को छेउ काउमी तुङ्पेइसियाङको १५ किलोमिटर फराकिलो उजाड घाँसे मैदानमा थियो।

त्यस बेला हामी चारपाँच वर्षका मात्र थियौँ। सार्वजनिक भोजनालयसँगै निर्माण गरिएको पूर्वप्राथमिक विद्यालयमा बस्थ्यौँ। पूर्वप्राथमिक विद्यालयमा माटोको भित्ता र छ्वालीको छाना भएका लहरै पाँचवटा कोठा थिए। कोठावरपर फलामे सिक्रीले जोडिएका दुई मिटर अग्ला रुखका डाँठहरूले बनेको बार थियो। तीनचार वर्षका बच्चाहरूको त कुरै छाडौँ, बलियो जवान कुकुर पनि त्यसलाई नाघेर जान सक्दैनथ्यो।

हाम्रा आमा, बाबु, दाजु, दिदी आदि साबेलले माटो उठाउन सक्ने सबै मजदुर बनाएर लगिनुभयो। उहाँहरू रेलमार्ग निर्माणस्थलमा नै खानुहुन्थ्यो। त्यहीँ सुत्नुहुन्थ्यो।

हामीले उहाँहरूलाई नभेटेको धेरै समय भइसकेको थियो। हामीचाहिँ पूर्वप्राथमिक विद्यालयभित्र राखिएका थियौँ। एकदम दुब्ला तीन जना बुढीमान्छेले हाम्रो हेरविचार गर्नुहुन्थ्यो।

उहाँहरूको नाक चिलको चुच्चोजस्तो भित्रतिर घुमेको। आँखा भित्र पसेका। हामीलाई उहाँहरू तीनै जनाको अनुहार उस्तै लाग्थ्यो। उहाँहरू

ठूलो भाँडामा जङ्गली सागको खोले पकाएर बिहान, दिउँसो र साँझ हामीलाई खुवाउनुहुन्थ्यो । खोले खाइसकेपछि हाम्रो पेट बेलुनजसरी फुल्थ्यो ।

खोले खाएपछि हामी हातले काठको बारमा टेकेर बाहिरको संसार हेर्न थाल्थ्यौं । बार्न प्रयोग गरिएका काठबाट केही कलिला हाँगा पनि निस्केका थिए । बैंस र पोपलारका कलिला हाँगा थिए ती । कुनै रुखको डाँठ कुहिसकेको थियो । त्यस्ता रुखबाट हाँगा निस्केका थिएनन् । बरु त्यसमा पहेँला अथवा सेता च्याउ उम्रेका थिए ।

हामीले खोले खाइसकेपछि सानो च्याउ टिपेर खाँदै गर्दा काठको बारबाहिर सडकमा (बाहिरी गाउँको बोली बोल्ने मान्छेहरू) आवतजावत गर्दै गरेको देख्यौं । उनीहरू सबै थकित देखिन्थे । सबैको अनुहार मैलो अनि कपाल जिङ्रिङ्ग परेको । हामी ती मजदुरहरूबीच आफ्ना नातेदार खोज्थ्यौं ।

हामीले रोएर सोध्यौं, 'काका बा, तपाईंले हाम्रा बाबु देख्नुभयो ?'

'काका बा, तपाईंले हाम्री आमा देख्नुभयो ?'

'हाम्रा दाजु देख्नुभयो ?'

'हाम्री दिदी देख्नुभयो ?'

ती मजदुरहरूले हामीलाई पटक्कै वास्ता गरेनन् । कसैले टाउको घुमाएर हामीलाई एकपटक हेरे पनि थाहा छैन भन्ने भावमा टाउको हल्लाए । कोहीचाहिँ हामीलाई नराम्ररी गाली गरेर गए, 'कुकुरका छाउराहरू, त्यहाँबाट निस्की ।'

ती तीन बुढीमान्छे ढोकामा बसिराख्नुभयो । हामीलाई केही वास्ता गर्नुभएन । काठको बार दुई मिटर अग्लो थियो । हामी त्यसलाई नाघेर जान सक्दैनथ्यौं । काठको बारमा धेरै मसिना खाली ठाउँ मात्र थिए । त्यसबाट छिरेर बाहिर जान पनि सक्दैनथ्यौं ।

हामीले गाउँ बाहिरको खेतमा बिस्तारै एउटा माटोको ड्रागन बन्न लागेको देख्यौँ। हुलका हुल काला रङका मानिस त्यस ड्रागनमा काम गर्न कमिलाजस्तै व्यस्त थिए। काठको बार बाहिरका मजदुरहरूले भनेको सुनेर हामीले त्यो रेलमार्गको जग हो भन्ने थाहा पायौँ।

हाम्रा नातेदार त्यहीं कमिलाको झुन्डजस्तो देखिने मानिसको हुलमै छन्। कुनै समय माटोको ड्रागनमा अचानक हजारौँ राता झन्डा गाडिएका देखिन्थे, कुनै समय फेरि त्यहाँ अचानक हजारौँ सेता झन्डा गाडिएका हुन्थे। तर धेरैजसो समय कुनै पनि झन्डा गाडिँदैनथ्यो। पछि माटोको ड्रागनमा धेरैवटा चम्किला वस्तु चम्किरहेको देख्यौँ। बार बाहिरका मजदुरहरूले भने, 'अब रेलको लिक जडान गर्ने बेला भयो।'

एक दिन काठको बारबाहिर कपाल पहेँलो भएको एक युवक आयो। ऊ धेरै अग्लो थियो। उसले हात उठायो भने काठको बारको माथिको भाग पनि छुन सक्छ जस्तो लाग्यो। हामीले ऊसँग हाम्रा नातेदारबारे सोध्न थाल्यौँ। ऊ काठको बारसम्म हिँडेर आयो। त्यहाँ टुक्रुक्क बस्यो। धेरै माया गरेर हाम्रो नाक समात्यो। पेटमा घोच्यो। मुतुनो समातेर घुमायो। ऊ हामीले डाकेको सुनेर आएको पहिलो मान्छे थियो।

उसले हाँसेर हामीलाई सोध्यो, 'तिम्रो बाबुको नाम के हो?'

'मेरो बुबाको नाम वाङ फुक्वै हो।'

'ओ, वाङ फुक्वै,' उसले हातले च्युँडो छुँदै भन्यो, 'वाङ फुक्वैलाई म चिन्छु।'

'उहाँ कहिले मलाई लिन आउनुहुन्छ, तपाईंलाई थाहा छ?'

'उहाँ आउन सक्नुहुन्न, अस्ति स्टिलको लिक उठाउँदा त्यसैले किचेर उहाँ बित्नुभयो।'

'ह्वाँ...,' एउटा केटो रोयो।

'तपाईंले मेरी आमालाई देख्नुभएको छ?'

'तिम्री आमाको नाम के हो?'

'मेरी आमाको नाम वान सिउलिङ हो ।'

'ओ, वान सिउलिङ,' उसले च्युँडोमा हात राखेर भन्यो, 'वान सिउलिङलाई म चिन्छु ।'

'उहाँ मलाई लिन कहिले आउनुहुन्छ, तपाईंलाई थाहा छ ?

'उहाँ अब आउन सक्नुहुन्न, अस्ति काठ ओसार्दा त्यसैले किचेर उहाँ बित्नुभयो ।'

'ह्वाँ...,' अर्को केटो रोयो ।

अन्तमा सबै बच्चा रोए । पहेँलो कपाल भएको युवक त्यहाँबाट उठेर सिटी बजाउँदै गयो ।

हामी साँझसम्म रोइरह्यौँ । बुढीमान्छेहरूले हामीलाई खोले खानलाई भन्नुभयो, हामी रोई नै राख्यौँ । उहाँहरूले रिसाएर भन्नुभयो, 'नरोओ, फेरि रोयौ भने तिमीहरूलाई वानरेनखडमा लगी त्यहीँ छाडेर आउँछौँ ।'

वानरेनखड भन्ने ठाउँ कहाँ छ, हामीलाई थाहा थिएन । तर, हामी सबैलाई त्यो अति डरलाग्दो ठाउँ हो भन्नेचाहिँ थाहा थियो । त्यसैले हामीले रुन बन्द गर्‍यौँ ।

भोलिपल्ट हामी फेरि बारमा टेकेर बाहिरतिर हेर्न थाल्यौँ । बिहान १०-११ बजेतिर चारपाँच जना मानिस एउटा ढोकाको खापा बोकेर हतारिएर हिँड्दै आए । ढोकाको खापामाथि रगतमा लतपतिएका एक जना मानिस थिए । लोग्नेमान्छे हुन् वा स्वास्नीमान्छे, स्पष्ट देखिएन । ढोकाको खापाको छेउबाट तपतप कालो रगत भुइँमा तप्किरहेको थियो ।

कसले रुन सुरु गर्‍यो थाहा भएन । हामी सबै एकसाथ रुन थाल्यौँ । हामीलाई त्यस ढोकाको खापामा पल्टिरहेको मान्छे हाम्रै नातेदार भएजस्तो लाग्यो ।

दिउँसो खोले खाइसकेपछि हामी फेरि काठको बारमा टेकेर हेरिरहेको थियौँ । त्यही बेला बन्दुक बोकेका दुई जना काला मान्छेले पहेँलो कपाल

भएको त्यही युवकलाई पक्रेर ल्याइरहेको देख्यौँ। त्यसका दुवै हात पछाडि लगेर डोरीले बाँधिएको थियो। नाक र आँखा निलो र सुन्निएको थियो। ओठमुखबाट रगत बगिरहेको थियो । हाम्रो अगाडि आइपुग्दा उसले टाउको फर्काएर हामीतिर हेऱ्यो र मनभित्र धेरै खुसी भएजस्तो गरी आँखा झिम्क्यायो, नाक चलायो ।

हामी सबैले एकसाथ उसलाई बोलायौँ । एक जना कालो मान्छेले बन्दुकको नालले उसको ढाडमा घोच्दै ठुलो स्वरमा भन्यो, ‘छिटो हिँड् ।’

अर्को एक बिहान हामीले बारमा टेकेर हेर्दा टाढाको रेलमार्गमा फेरि अनायास पूरै रातो झन्डा गाडिएको देख्यौँ । त्यतातिरबाट बाजा बजेको आवाज आएको पनि सुन्यौँ । अनगन्ती मानिस रेलमार्गमा बसेर गीत गाइरहेका थिए। उनीहरू किन त्यति खुसी थिए, हामीलाई थाहा भएन ।

दिउँसो खोले खाने बेला बुढीमान्छेहरूले हामी सबैलाई कुखुराको फुल एक-एकवटा दिनुभयो । अनि भन्नुभयो, ‘बच्चाहरू, रेलमार्ग बनाइसकियो, दिउँसो रेल चल्ने भएको छ । तिमीहरूका आमाबाबु आएर तिमीहरूलाई लिएर घर जानुहुन्छ। हामीलाई पनि अबदेखि तिमीहरूको सेवा गर्न पुग्यो। आज रेल चल्ने खुसियालीमा एक जनालाई एउटा फुल दिइएको हो ।’

हामी खुसी भयौँ। हाम्रा आमाबाबु बित्नुभएको रहेनछ। त्यो पहेँलो कपाल हुनेले हामी सबैलाई ढाँटेको रहेछ । त्यसैले पो उसलाई बाँधेर लगिएको रहेछ ।

हामीले पहिले कुखुराको फुल खाएका थिएनौँ भने हुन्छ। बुढीमान्छेहरूले बोक्रा छोडाएर खानुपर्छ भने। हामीले अप्ठ्यारो पाराले बोक्रा छोडायौँ। फुलभित्र रौँ भएको सानो कुखुरा रहेछ, त्यसलाई टोक्दा चिँचिँ आवाज निस्कन्थ्यो । अलिकति रगत पनि आयो । हामीले त्यो खान सकेनौँ । बुढीमान्छेहरूले हामीलाई लठ्ठीले पिटेर खान बाध्य पार्नुभयो। हामी सबैले खायौँ ।

भोलिपल्ट बिहान काठको बारमा टेकेर हेर्दा रेलमार्गमा झन् बढी राता झन्डा गाडिएको देख्यौँ । मध्याह्नको समयमा रेलमार्गका दुईतिर मानिस

'वाह-वाह' कराउन थाले। टाउको माथिबाट कालो धुवाँ फाल्दै गरेको लामो, ठुलो कालो वस्तु 'ऊ-ऊ' आवाज निकाल्दै दक्षिणपश्चिम दिशाबाट दौडेर आयो। त्यो घोडाभन्दा पनि छिटो दौडन्थ्यो। त्यो हामीले देखेको सबैभन्दा छिटो दौडने वस्तु थियो। हामीलाई हाम्रो पैतालामुनिको जमिन हल्लिएजस्तो भयो। धेरै डर लाग्यो। सेतो लुगा र सेतो टोपी लगाएका चारपाँच जना स्वास्नीमान्छेले कताबाट हो कुन्नि, त्यहाँ आएर ताली पिट्दै भन्न थाले, 'रेलगाडी आयो, रेलगाडी आयो !'

रेलगाडी ठुलो आवाज निकालेर उत्तरपूर्व दिशातिर गयो। हाम्रा आँखाले त्यसको पुच्छर भागलाई पछ्याइरहे। नदेखिने भइसकेपछि पनि हेरिरह्यौँ।

रेलगाडी गइसकेपछि साँच्चै नै केही ठुला मान्छे बच्चा लिन आए। कउलाई लिएर गए, याङलाई लिएर गए, चुलाई पनि लिएर गए। तौलाई पनि लिएर गए। अन्तमा म मात्र बाँकी भएँ।

तीनवटी बुढीमान्छेले मलाई काठको बारबाहिर लिएर जानुभयो अनि 'तिमी घर फर्क' भन्नुभयो।

मैले आफ्नो घर जाने बाटो बिर्सिसकेको थिएँ। उहाँहरूलाई घरसम्म पुऱ्याइदिन भनेँ। बुढीमान्छेहरूले मलाई धकेलेर एकातिर पुऱ्याउनुभयो। अनि काठको बारभित्र जाने मूलढोका हतार-हतार बन्द गर्नुभयो। ढोकामा भित्रबाट ठुलो पहेँलो पित्तलको ताला लगाउनुभयो। म काठको बारबाहिर बसेर रोएँ। कराएँ। बिन्ती गरेँ। तर, उहाँहरूले मलाई वास्ता गर्नुभएन।

मैले ढोकाको प्वालबाट भित्रतिर हेर्दा एकसमान देखिने बुढीमान्छेहरू चुलोमाथि कराही राखेर दाउरा बाल्दै हुनुहुन्थ्यो। उहाँहरूले फिका हरियो तेल अलिकति राख्नुभयो। आगो बल्न थालेपछि कराहीको किनाराबाट धुवाँ निस्कियो। बुढीमान्छेहरूले कुखुराका फुल फुटाउनुभयो र काठको सानो लट्ठीले भित्रको रौँ भएको चल्ला तेल भएको भाँडामा खसाल्नुभयो। भाँडाबाट तेलमा भुटेको आवाज र मिठो गन्ध आयो। उहाँहरूले फेरि त्यही सानो लट्ठीले चल्ला निकाल्नुभयो अनि दुईचारपटक फुकेर मुखमा हाल्नुभयो।

उहाँहरूको गाला कहिले दायाँतिर फुलेर आउँथ्यो, कहिले बायाँतिर। मुखबाट चपाएको आवाज आइरहेको थियो। कुखुराको चल्ला खाँदा उहाँहरूले आँखा चिम्लिरहनुभएको थियो। उहाँहरूका आँखाबाट आँसु तपतप तप्किरहेको थियो। बाहिर बसेर म जति रोए पनि उहाँहरूले ढोका खोल्दै खोल्नुभएन। मेरो आँसु सुक्यो। घाँटी पनि बस्यो।

मैले एउटा कालो चिल्लो रुखनिर अलिकति धमिलो पानी जमेको देखेँ। म पानी पिउन त्यतातिर गएँ। मैले पानी पिउन लाग्दा नजिकै एउटा पहेँलो खस्रो भ्यागुतो र ढाडमा सेतो बुट्टा भएको एउटा कालो सर्प पनि देखेँ। खस्रे भ्यागुतो र सर्प आपसमा लडिरहेका थिए। मलाई धेरै डर लाग्यो।

म धेरै तिर्खाएको थिएँ। डरलाई सहँदै घुँडा टेकेर एक अँजुली पानी उघाएर पिउन खोजेँ। मेरा औँलाहरूबीचबाट पानी बगेर तल खस्यो। सर्पले खस्रे भ्यागुताको खुट्टा टोक्यो। खस्रे भ्यागुताको टाउकामा अलिकति सेतो पानी देखा पऱ्यो। मलाई पानी एकदम गन्हाएजस्तो लाग्यो। बान्ता होला जस्तो भयो। म उठेँ। कहाँ जानुपर्ला भन्ने मलाई नै थाहा थिएन। रुन मन लाग्यो। म रोएँ। तर, आँसु निस्के पो !

रुख, पानी, पहेँलो खस्रो भ्यागुतो, कालो सर्प, लड्नु, डर, तिर्खाउनु, घुँडाले टेक्नु, अँजुलीमा पानी उठाउनु, पानी गन्हाउनु, बान्ता होला जस्तो हुनु, रुनु तर आँसु नआउनु, मैले यी सबै देखेँ।

'ए, तिमी किन रोएको ? के तिम्रो बाउ मऱ्यो ? के तिम्री आमा मरिन् ? तिम्रो परिवारका सबै मरे ?'

मैले टाउको फर्काएँ। मलाई सोध्ने बच्चा देखेँ। ऊ पनि मजत्रै अग्लो थियो। उसले लुगा लगाएको थिएन। उसको छालामा खिया लागेको थियो। मलाई ऊ एक 'लौह बालक' भएजस्तो लाग्यो। उसको आँखा कालो थियो। ऊ पनि मजस्तै केटो थियो।

उसले भन्यो, 'तिमी किन रोएको काठ ?'

मैले भनेँ, 'म काठ होइन।'

उसले मलाई काठै भनेर बोलाउँछु भन्यो। उसले भन्यो, 'काठ, तिमी मसँग रेलमार्गमा खेल्न हिँड। त्यहाँ हेर्ने, खाने र रमाइलो गर्ने धेरै वस्तु छन्।'

मैले भनेँ, 'सर्पले खस्रे भ्यागुतालाई निल्नै लाग्यो।'

उसले भन्यो, 'त्यसलाई निल्न देऊ, नचलाऊ। त्यसले बच्चाहरूको हाडभित्रको मासी सोस्छ।'

उसले मलाई लिएर गयो। म उसको पछि लागेर रेलमार्गतिर गएँ। रेलमार्ग हेर्दा हामीबाट नजिक देखिन्थ्यो तर जति हिँडे पनि पुगिएन। हिँड्यो, हिँड्यो। हेर्दा रेलमार्ग त्यत्तिकै टाढा देखिन्थ्यो। हामी जति हिँड्यो, त्यो पनि त्यति टाढा हिँडेजस्तो लाग्यो। हामी बल्लबल्ल रेलमार्गनिर पुग्यौँ। मेरो गोडा बेस्सरी दुख्यो।

मैले उसको नाम के हो भनेर सोधेँ। उसले तिमीलाई जे नाम लिएर बोलाउन मन लाग्छ, त्यही नामले बोलाऊ भन्यो।

मैले भनेँ, 'मैले हेर्दा त तिमी खिया लागेको एक डल्लो फलामजस्तो देखिन्छौ।'

उसले भन्यो, 'तिमीले मलाई फलाम भन्यौ, म फलाम नै हुँ।'

मैले भनेँ, 'ए फलामको बच्चा !'

उसले 'हजुर' भन्यो र दाँत देखाएर हाँस्यो। म फलामको बच्चासँग रेलमार्गतिर चढ्न गएँ। रेलमार्गको जग तल जमिनबाट धेरै अग्लो थियो र त्यहाँ जान ठाडो भिरालो थियो। मैले देखेँ, दुईवटा एकदम ठुला र लामा लिक। पक्कै पनि ती धेरै टाढादेखि आएको हुनुपर्छ। मलाई लाग्यो, मैले त्यसमा टेकेँ भने त्यो जुरमुराएर उठ्नेछ र त्यसको टाउको नभएको काठको पुच्छरले मलाई बाँध्नेछ।

मैले बिस्तारै एकचोटि टेकेर हेरेँ। फलाम एकदम चिसो थियो तर त्यो जुरमुराएर उठेन, पुच्छरले पनि मलाई बाँधेन।

मैले सूर्य पहाडमाथि पुग्न लागेको देखेँ। सूर्य धेरै ठुलो र रातो थियो। केही बकुल्ला पानीनिर बसिरहेका थिए। मैले अचम्मको आवाज सुनेँ। फलामको बच्चाले 'रेलगाडी आयो' भन्यो।

मैले देखेँ, रेलगाडीको फलामे पाङ्ग्रा रातो थियो। फलामका पाँचसातवटा पाखुराले बल गरेर त्यसलाई घुमाइरहेका थिए। मलाई पाङ्ग्रामुनि मान्छे तान्ने हावा भएजस्तो लाग्यो। फलामको बच्चाले रेलगाडी आफ्नो साथी भएजस्तो गरी हेरेर हात हल्लायो।

बेलुकी मलाई धेरै भोक लाग्यो। फलामको बच्चाले रातो खिया लागेको फलामको एउटा डन्डी ल्याएर मलाई खान दियो।

मैले भनेँ, 'म त मान्छे हुँ, फलाम कसरी खान सक्छु र?'

फलामको बच्चाले भन्यो, 'मान्छेले किन फलाम खान सक्दैन? म पनि मान्छे नै हुँ, म त फलाम खान सक्छु। नपत्याए म तिमीलाई फलाम खाएर देखाउँछु।'

नभन्दै उसले त्यो फलामको डन्डी चपाउन थाल्यो। उसले खाएको देख्दा फलामको डन्डी एकदम कुरुम-कुरुम भएजस्तो लाग्यो। उसले एकदम मिठो मानेर खाएको देखेर मलाई पनि खाऊँ-खाऊँ लाग्यो। उसले कसरी फलाम खान सिक्यो भनेर सोधेँ।

उसले भन्यो, 'फलाम खान पनि सिक्नुपर्छ र?'

'मैले त फलाम खान जानेको छैन।'

'जानेको छैन भन्ने पनि हुन्छ? नपत्याए एकचोटि आफैँ खाएर हेर।' आफूले खाएर बचेको फलामको डन्डीको आधा भाग मलाई दिँदै उसले खाइहेर्न भन्यो।

'मेरा दाँत भाँचिएलान् भनेर डर लाग्छ।'

'कहाँ त्यस्तो हुनु! मानिसको दाँतजस्तो कडा वस्तु केही पनि छैन, आफैँ चपाएर हेर्नू अनि थाहा पाउँछौ।'

मैले डराई-डराई फलामको डन्डी मुखमा राखेँ । पहिले जिब्रोले एकपटक चाटेँ र स्वाद लिएँ । अलि-अलि नुनिलो, अलि-अलि अमिलो, अलि-अलि नुन राखेर साँधेको काँचो माछाको जस्तो स्वाद थियो ।

उसले मलाई 'चपाऊ न' भन्यो । मैले बिस्तारै एकचोटि टोकेँ । मैले सोचेकै थिइनँ । खास बल नगरी टोक्दा पनि फलाम टुक्रिएर आयो । मैले चपाउन थालेँ । जति चपायो उति मिठो लाग्दै आयो । जति खायो उति मिठो । उति नै खाऊँ-खाऊँ लाग्दै आयो । एकैछिनमा मैले आधा डन्डी खाएर भ्याएँ ।

'कस्तो लाग्यो ? मैले ढाँटेको त होइन नि ?' उसले सोध्यो ।

'तिमीले ढाँटेका छैनौ, तिमी असल मान्छे हौ । तिमीले मलाई फलाम खान सिकायौ । अबदेखि मैले त्यो जङ्गली झारको खोले नखाए पनि भयो ।'

'सबैले फलाम खान सक्छन् तर उनीहरूलाई थाहा छैन ।'

'उनीहरूलाई थाहा भयो भने फेरि खेतमा काम गर्न को जान्छ ?'

'के तिमीले फलाम निकाल्ने काम खेती गर्नुभन्दा सजिलो भन्ठानेका छौ ? फलाम निकाल्न झन् गाह्रो छ । तिमीले फलाम मिठो छ भनेर कसैलाई पनि नबताउनू । उनीहरूले थाहा पाए भने सबै आएर खान थाल्छन् अनि हामी दुईले के खाने ?'

'तिमीले यस्तो कुरा मलाई चाहिँ किन बताएको त ?'

'म एक्लै खाँदा के रमाइलो, एक जना साथी भए हुन्थ्यो भनेर ।'

म ऊसँगै फलामको लिकमा टेकेर उत्तरपूर्व दिशातिर हिँड्न थालेँ । फलाम खान सिकिसकेकाले मलाई फलामको लिकसँग पटक्कै डर लागेन ।

मैले मनमनै भनेँ, 'फलामको लिक, अलि होस गरेर बस्नू । केही गडबड गऱ्यौ भने म तिमीलाई खाइदिन्छु ।'

भर्खरै फलामको डन्डी आधा खाएकाले मलाई पटक्कै भोक लागेजस्तो भएन । गोडाहरू पनि बलिया भएजस्तो लाग्यो । म र फलामको बच्चा

अलग-अलग फलामे लिकमा टेकेर हिँडिरहेका थियौँ। हामी एकदम छिटो हिँड्यौँ। एकछिनमा हामी आधा आकाशै रातो भइरहेको ठाउँमा पुग्यौँ। त्यहाँ सातआठवटा ठुला अँगेनाबाट आगोका फिल्का निस्किरहेको थियो। मैले त्यहाँ एकदम ताजा फलामको मिठो बास्ना सुँघ्न पुगेँ।

'यो फलाम निकाल्ने ठाउँ हो, तिम्रा आमाबाबु सायद यहीँ हुनुहुन्छ।'

मैले भनेँ, 'अहिले मलाई उहाँहरूबारे सोच्न पनि मन लाग्दैन।'

हामी हिँड्दाहिँड्दै अनायास रेलमार्ग हरायो। चारैतिर हामीभन्दा पनि अग्लो घाँस उम्रिएको थियो। त्यस उजाड ठाउँमा खिया लागेका, काम नलाग्ने फलामका थुप्रा थिए। रेलगाडीका धेरै डिब्बा पनि पल्टिरहेका थिए। ती डिब्बा कुच्चिइसकेका थिए। त्यसभित्र राखिएका काम नलाग्ने फलामका टुक्रा बाहिर निस्केका थिए।

हामी अझै केही अगाडि गयौँ। त्यहाँ धेरै मानिस फलामको थुप्रोमाथि टुक्रुक्क बसेर खाना खाँदै थिए। अँगेनाको आगोको प्रकाशले उनीहरूको अनुहार रातो भएको थियो। उनीहरू खाना खाइरहेका थिए, के खाइरहेका थिए त ? बङ्गुरको ठुलो मःम र सक्खरखण्ड।

उनीहरू एकदम मिठो मानेर खाइरहेका थिए। उनीहरूका गाला हाँडे लाग्दा जस्तो गरी फुलेका थिए। तर मलाई ती मःम र सक्खरखण्डबाट आएको गन्ध एकदम नमिठो लाग्यो। बान्तै होला जस्तो भयो। म दौडेर हावा चलिरहेको ठाउँतिर गएँ।

त्यस बेला मानिसहरूको हुलबाट एक जना लोग्नेमान्छे र एक जना स्वास्नीमान्छे जुरुक्क उठेर ठुलो स्वरले बोलाए, 'कउ सङ।'

म झसङ्ग भएँ। मैले उहाँहरू मेरा बाबु र आमा भनेर चिनेँ। उहाँहरू हतार-हतार मतिर दौडेर आउनुभयो। मलाई अनायास उहाँहरू पूर्वप्राथमिक विद्यालयका तीनवटी बुढीमान्छेजस्तै डरलाग्दो लाग्यो। उहाँहरूको जिउबाट कुकुरको दिसाभन्दा पनि गन्हाउने दुर्गन्ध आइरहेजस्तो लाग्यो। उहाँहरूले हात बढाएर मलाई समात्न सक्ने भएपछि म अर्कोतिर फर्केर भाग्न थालेँ।

म दौडिएँ, उहाँहरूले पछाडिबाट मलाई लखेट्नुभयो । मलाई पछाडि फर्केर हेर्ने आँट भएन तर उहाँहरूको औँलाले मेरो टाउकामा कोतरेको जस्तो लाग्यो । त्यस बेला मैले मेरो असल साथी फलामको बच्चाले अगाडि बसेर कराएको सुनेँ, 'काठ, काठ, उता फलामको थुप्रोतिर भाग ।'

उसको गाढा रातो रङको शरीर एकैछिनमा फलामको थुप्रोबीच हरायो । म फलामले बनेका टुटेफुटेका भाँडाकुँडा, साबेल, हलो, बन्दुक, तोप आदि टेक्दै काम नलाग्ने फलामको थुप्रोतिर दौडँदै गएँ । फलामको बच्चाले एउटा गोलो फलामको पाइपभित्रबाट मतिर हेरेर हात हल्लायो । म एकातिरको काँध झुकाएर स्वाट्ट पाइपभित्र पसेँ ।

फलामको पाइपभित्र निष्पट्ट अँध्यारो थियो । खिया लागेको फलामको सुगन्ध व्याप्त थियो । मैले आँखाले केही पनि देखिनँ । एउटा चिसो सानो हातले मेरो हात समाइराखेको थियो । फलामको बच्चाले बिस्तारै भन्यो, 'नडराऊ, मसँग हिँड । उनीहरूले हामीलाई देख्न सक्दैनन् ।'

म ऊसँगै अगाडि बढ्दै गएँ । फलामको पाइप बाङ्गोटिङ्गो घुमाउरो थियो । त्यहाँबाट कहाँ पुगिन्छ भन्ने पनि थाहा थिएन । 'हामी चार हातखुट्टा टेकेर गइरह्यौँ । अन्तमा प्रकाश देखिन थाल्यो । म फलामको बच्चासँग पाइपबाट निस्केर बाहिर गएँ । फलामको बच्चाले मलाई लिएर युद्धमा प्रयोग गरिने थोत्रो ट्याङ्कमा पाङ्ग्राको सिक्री टेक्दै चढ्यो । ट्याङ्कमा सेतो रङका पाँचकुने तारा लेखिएका थिए । खिया लागेर बिग्रिसकेको एउटा बारुदनालीले तेर्सो परेर आकाश ताकिरहेको थियो । फलामको बच्चाले ट्याङ्कभित्र पस्छु भन्यो । ट्याङ्कका पेचहरू सबै खिया लागेर बिग्रिसकेका थिए । फलामको बच्चाले भन्यो, 'टोकेर खोलौँ ।'

हामी ट्याङ्कमाथि घुँडा टेकेर बस्यौँ । खिया लागेका ती पेच चारैतिर चपाउन लाग्यौँ । हामीले चपाउँदै खाँदै गरेर एकैछिनमा पेच खोल्न सक्यौँ । ट्याङ्कको बिर्को हटाएर एकातिर पुऱ्यायौँ । ट्याङ्कमा भएको फलाम पाकेको आरुजस्तो गिलो र नरम थियो । हामी ट्याङ्कको पेटभित्र गयौँ र ती नरम फलाममाथि बस्यौँ ।

फलामको बच्चाले एउटा प्वाल खोजेर मलाई मेरा आमाबाबुलाई हेर्न भन्यो । मैले उहाँहरू धेरै टाढा फलामको थुप्रोमा चढिरहनुभएको देखें । उहाँहरू त्यहाँ भएका थोत्रा फलामका सामान पल्टाउँदै रुँदै हुनुहुन्थ्यो, 'कउ सङ, कउ सङ । छोरा, बाहिर निस्क, बाहिर निस्केर म:म र सक्खरखण्ड खान आऊ... ।'

मैले उहाँहरूलाई कुनै अपरिचित मानिस हेरेजस्तो गरी हेरिरहें । उहाँहरूले मलाई म:म र सक्खरखण्ड खान डाक्नुभएको सुन्दा म मुख बिगारेर हाँसें ।

उहाँहरू मलाई भेट्टाउन नसकेपछि फर्केर जानुभयो ।

हामी ट्याङ्कको पेटबाट निस्क्यौं । अनि बारुदनालीमा चढेर नजिक र टाढा रहेका ती आगो निकाल्दै गरेका अँगेना र अँगेनावरपर दौडादौड गरिरहेका मानिस हेर्न थाल्यौं। उनीहरू दुईचारवटा फलामका भाँडा उठाएर 'एक... दुई... तीन...' भन्दै कराएर आकाशतिर फाल्थे। त्यो भुइँमा खसेर फुट्थ्यो अनि हथौडाले हानेर टुक्रा-टुक्रा पार्थे ।

फलामका भाँडाका टुक्राटुक्रीको डढेको गन्ध मेरो नाकमा पऱ्यो। मेरो पेट भोकले कराउन थाल्यो। फलामको बच्चाले मेरो मनको कुरा चाल पाएजस्तो गरी भन्यो, 'काठ, हिँड। एउटा भाँडा ल्याएर खाऔं, फलामको भाँडा मिठो हुन्छ ।'

हामी लुक्दै-लुक्दै आगोको प्रकाश भएको ठाउँमा पुग्यौं । एउटा ठुलो भाँडो उठाएर भाग्यौं । केही लोग्नेमान्छेले हामीलाई देख्दा डराएर हातमा भएको हथौडासमेत खसाले। कोही दौडेर भागे। भाग्दाभाग्दै 'फलामे भूत आयो, फलामे भूत आयो' भनेर कराउँदै गए।

त्यस बेला हामी दौडेर फलामको थुप्राको सबैभन्दा माथिल्लो भागमा पुगिसकेका थियौं । हामीले फलामको भाँडा हातले टुक्र्याएर छिटो-छिटो खान थाल्यौं । फलामको भाँडाको स्वाद फलामको डन्डीभन्दा धेरै मिठो थियो ।

हामीले फलामको भाँडा खाइरहेको बेला कम्मरमा पेस्तोल भिरेको एक जना मानिस खोच्याउँदै आएको देख्यौँ। उसले कम्मरपेटीले 'फलामे भूत आयो' भनेर कराउने ती लोग्नेमान्छेलाई पिट्दै गाली गरिरहेको थियो, 'उल्लुहरू, तिमीहरूले हल्ला मच्चाएर विनाश गर्न खोजेका ? फ्याउरीको भूत बन्यो भन्ने थाहा छ, ठुलो रुखको भूत बन्यो भन्ने थाहा छ, फलामबाट भूत बनेको कसले देखेको छ ?'

ती लोग्नेमान्छे सबैले एकै स्वरमा भने, 'निर्देशकज्यू, हामीले झुट बोलेको होइन। हामी फलामका भाँडा फुटाउँदै थियौँ। छायाबाट दुईवटा साना फलामका मान्छे निस्के। उनीहरूको जिउमा खिया लागेको थियो। उनीहरू एउटा भाँडा लिएर भागे। एकैछिनमा उनीहरूको अत्तोपत्तो भएन।'

उसले सोध्यो, 'भागेर कहाँ गए त ?'

ती लोग्नेमान्छेहरूले भने, 'उता फलामको थुप्रोनिर गए।'

'अरू झुटो हल्ला मच्चाउन खोज्छ,' उसले भन्यो, 'यस्तो उजाड अनकन्टार ठाउँमा कहाँबाट आउँछ बच्चा ?'

'त्यसै कारणले त हामीलाई डर लागेको नि।'

उसले पेस्तोल निकाल्यो र फलामको थुप्रोतिर फर्काएर तीनचोटि गोली हान्यो। गोली लागेको फलामबाट आगोको झिल्का निस्कियो।

फलामको बच्चाले भन्यो, 'काठ, हामी उसको पेस्तोल लुटेर खाऔँ, हुन्न ?'

'लुटेर ल्याउन सकिन्न कि ?'

फलामको बच्चाले भन्यो, 'तिमी यहीँ बसिराख, म लुटेर ल्याउँछु।'

फलामको बच्चा बिस्तारै तल झ्र्यो। घाँसमा चार हातखुट्टा टेकेर बिस्तारै अगाडि बढ्दै गयो। उज्यालोमा बसेकाहरूले उसलाई देख्न सक्दैनथे तर म देख्न सक्थेँ। खोच्याउने मान्छेको पछाडि पुगेर फलामको थुप्रोबाट फलामको छडी टिप्यो अनि फलामको भाँडामा हानेर आवाज निकाल्न थाल्यो।

ती लोग्नेमान्छेले भने, 'सुन, सुन, फलामे भूत त्यहाँ छ ।'

उसले पेस्तोल उठाएर गोली हान्न मात्र लागेको थियो, फलामको बच्चाले पछाडिबाट उफ्रेर उसको पेस्तोल लुट्यो ।

लोग्नेमान्छेहरू ठुलो स्वरमा कराए, 'फलामे भूत !'

खुट्टा सानो भएको ऊ भुइँमा थ्याच्च बस्न पुग्यो, मुखबाट अनायास निस्क्यो, 'बचाऊ... कमान्डोलाई पक्र ।'

फलामको बच्चा पेस्तोल लिएर मकहाँ आइपुग्यो र भन्यो, 'कस्तो लाग्यो ?'

मैले भनें, 'तिमी त साँच्चै खत्रै मान्छे रहेछौ ।'

ऊ एकदम खुसी भयो । उसले पेस्तोलको नाली टोकेर निकाल्यो र मलाई दिँदै भन्यो, 'खाऊ ।'

मैले एकचोटि टोकें । बारुद गन्धकको गन्ध मुखमा पऱ्यो । मैले थुक्दै भनें, 'नमिठो रहेछ ।'

उसले पेस्तोलको नालीसँग जोडिएको भागको एक टुक्रा खाँदै भन्यो, 'साँच्चै नमिठो रहेछ, उसैकहाँ लगेर फालिदिऔं ।'

उसले पेस्तोल लगेर खोच्याइहिँड्ने उही मान्छेनिर फालिदियो । मैले पनि पेस्तोलको नाली त्यही मान्छेनिर फालिदिएँ ।

पेस्तोलको मुख्य भाग र नाली दुवै हातमा उठाएर उसले हेऱ्यो । 'आह आह' भन्दै चिच्याउँदै पेस्तोल त्यहीं फालेर भाग्यो । ऊ ख्वान्च्याङ-ख्वान्च्याङ गरी दौडेको देखेर हामी हाँस्यौं ।

आधारातको समयमा दक्षिणपश्चिम दिशाबाट आँखा खाने प्रकाश आउन थाल्यो । एकैछिनमा 'क्वान्टाङ-क्वान्टाङ' गरी ठुलो आवाज पनि आयो । रेलगाडी फेरि आयो ।

रेलगाडी दौडेर रेलमार्गको अन्तिम भागसम्म पुगी अर्को रेलगाडीमा ठोकिन गयो । पछाडिका रेलका डिब्बा उठ्न थाले । डिब्बाभित्र राखिएको फलाम ह्वालाला गरी लिकबाहिर खस्न थाल्यो ।

त्यस दिनपछि रेलगाडी फेरि आएन । मैले उसलाई रेलगाडीमा कुनै एकदम मिठो भाग हुन्छ कि भनेर सोधेँ, उसले 'रेलगाडीको पाङ्ग्रा सबैभन्दा मिठो हुन्छ' भन्यो । पछि हामीले रेलगाडीको पाङ्ग्रा पनि एकपटक खायौँ तर आधा जति खाइसकेपछि अरू खान मन लागेन ।

हामीले फलाम पगाली निकाल्ने अँगेनातिर गएर नयाँ फलाम पनि खायौँ तर त्यो खिया लागेको फलामजस्तो मिठो थिएन ।

हामी दिउँसो फलामको थुप्रोमा सुत्थ्यौँ। बेलुकी भएपछि निस्केर फलाम पगाल्नेहरूलाई दुःख दिन्थ्यौँ । उनीहरू डराएर भाग्थे ।

एक दिन बेलुकी हामी फेरि ती फलाम पगाल्नेहरूलाई तर्साउन गयौँ। हामीले उज्यालो बत्तीनिर खिया लागेर रातै भएको फलामको ठुलो भाँडो राखिएको देख्यौँ । हामी दुवै त्यो भाँडा भएतिर गयौँ । हाम्रो हातले भाँडो छोएको मात्र के थियो, 'हुत्त' आवाज आयो। जुटको डोरीले बुनेको जालीले हामीलाई छोप्यो ।

हामीले दाँतले डोरी टोक्न थाल्यौँ तर जति ठुलो बल लगाए पनि डोरी चुँडाउन सकेनौँ ।

उनीहरू खुसी भएर कराउन थाले, 'पक्र्यौँ, पक्र्यौँ ।'

पछि उनीहरूले हाम्रा जिउमा लागेको खियामाथि खाक्सी दल्न थाले । हामीलाई कस्तो दुख्यो, कस्तो दुख्यो !

हवाई उडान

विवाहको कर्मकाण्ड पूरा भयो। कालो छाला र भुसतिघ्रे ज्यान परेका दुलाहा होङ सी केही अधीर बन्न पुगे। दुलहीको अनुहार नदेखे पनि लामा सुलुक्क परेका पाखुरा र पातलो कम्मर नियाल्दा उनी चियाउचाउ पेइसियाङका अरू सामान्य युवतीभन्दा धेरै सुन्दरी छिन् भनेर अन्दाज गर्न सकिन्थ्यो।

होङ सी काउमी तुङ्पेइसियाङका नाम चलेका ४० वर्षीय ब्रह्मचारी थिए। बिफर बिग्रिएर अनुहार छ्याकटे भएकाले उनको विवाह हुन सकेको थिएन। भर्खरै होङ सीकी आमाले छोरी याङ हुवासँग साटी यी यान्यान नामकी युवतीलाई बुहारी बनाएर भित्र्याएकी थिइन्।

याङ हुवा काउमी तुङ्पेइसियाङका राम्री केटीहरूमध्येमा पहिलो-दोस्रोमै पर्ने बिछट्टै सुन्दरी थिइन्। छ्याकटे दाजुको बिहेका लागि उनले यान्यानका लाटो दाजुसँग विवाह गरेकी थिइन्। बहिनीले आफ्ना लागि गरेको त्यत्रो बलिदान सम्झेर होङ सीको मन अमिलो हुन्थ्यो।

अझ बहिनीले लाटोसँग विवाह गरेर घर बसाउँछिन्। उनैको छोराछोरी पाउँछिन् भनेर सोच्दा उनको मनमा विभित्र खाले विचार आउँथ्यो। आफ्नो अगाडि भएकी युवतीप्रति रिस र बदलाको भावना पनि उत्पन्न हुन्थ्यो। उनको मनले बेला-बेला सोच्थ्यो, 'लाटो, तैंले मेरी बहिनीलाई बर्बाद पारिस्। पख, अब म पनि तेरी बहिनीलाई छाँड्दिनँ।'

नयाँ दुलही विवाह कोठामा पस्दा मध्याह्न भइसकेको थियो। चकचके बच्चाहरूको एक हुल झ्यालमा टाँसिएका राता कागज औंलाले कोतर्दै प्वाल पारेर भित्र कोठाको खाटमा बसिरहेकी दुलहीलाई चियाउँदै थिए। एक जना ठुली भाउजूले होङ सीलाई धाप मारेर हाँस्दै भनिन्, 'छ्याकटे, तँ साँच्चै भाग्यमानी रहिछस्। फूलजस्ती दुलही पाइस्। अब अलि कोमल हुन सिक् है।'

होङ सी हातले सुरुवालमा चलाउँदै 'हि हि' गरेर हाँसे। लाजले रगत सोहोरिएर उनको छ्याकटे अनुहारमा राता दानाहरू देखा परे।

अल्छी घाम आकाशमाथि स्थिर बनेर बसेको थियो। होङ सी भने कहिले रात पर्ला भन्ने सोच्दै आँगनमा यताउता घुमिरहेका थिए। उनकी बुढी आमा लौरो टेक्दै आइन् र छोरालाई डाकेर भनिन्, 'यसो विचार गर्दा यी बुहारीको चालामाला ठिक छैन। यी भाग्लिन् जस्तो लाग्या छ मलाई। अलि होसियार भएर बस्नू, भाग्न नदिनू है।'

होङ सीले भने, 'डराउनुपर्दैन, आमा। बहिनी याङ हुवाले उताबाट यिनलाई बाँधेर राख्या छिन्। यिनीहरू एउटा धागोले बाँधिएका दुई कमिला हुन्। उता बहिनी हुन्जेल यताकी भाग्न सक्दिन।'

आमा-छोरा कुरा गर्दै थिए। नयाँ दुलही दुईवटी केटीसँग नारिएर आँगनमा आइन्। होङ सीकी आमालाई बुहारीको पारा यसै चित्त बुझेको थिएन। त्यसमाथि बिहेकै दिन ठमठम हिँडेर बाहिर निस्केको देखेपछि बुढीमाउ रिसाएर गनगन गर्न थालिन्, 'साँझै नपरी दुलही खाटबाट उठेर हिँड्नु हुन्छ? यस्तो तालले यिनले लोग्ने रिझाएर घर गरी खान्नन् जस्तो छ। यिनलाई यो बिहे चित्त बुझेकै छैन जस्तो लाग्यो मलाई।'

आमाको गनगन चलिरहँदा होङ सी अगाडि उभिएकी दुलहीको सुन्दर रूप देखेर दङ्ग परे। लाम्चो अनुहारमा टुपुक्क टाँसिएको सुलुत्त परेको

नाक, फिनिक्स चराको जस्तो लामो रहस्यमयी आँखामाथि अक्षरमा डिको दिएझैं मसिनो आँखीभौं थियो ।

उता नयाँ दुलही भने आँगनको डिलमा उभिएको आफ्नो दुलाहा होङ सीको कुरूप छ्याकटे अनुहार देखेर एकाएक झस्किइन् । पृथ्वी नै घुम्न छाडेर थामिएजसरी स्तब्धतामा दुईचार मिनेट थामिएपछि अकस्मात् उनले 'खुइय्य' गरेर सुस्केरा छाडिन् ।

त्यसपछि आँखै नहेरी बाहिरतिर बेतोडले दौडिइन् । माइतबाट उनीसँगै आएका दुइटी सँगीले रोक्न खोजे । तिनीहरूले उनको पाखुरा समातेर ताने । ध्वार्र गरेर उनको रातो चोलीको बहुला उध्रियो । उनका हिउँजस्ता पाखुरा, लामो मसिनो गर्दन र छातीमा लगाएको रेसमी कपडाको भित्री लुगा बाहिर देखिए । उनी फुत्किइन् ।

अप्रत्याशित यस घटनालाई होङ सीले जिल्ल परेर हेरिरहे । उनकी आमाले लौराले टाउकामा ट्वाक्क हानेर गाली गरिन्, 'ए मूर्ख, के ट्वाल्ल परेर हेरिरा, अझ समात्न जाँदैनस् तेरी स्वास्नीलाई ?'

लौराको एक ठ्याकले होङ सीको जमेको मगज पग्लियो । होस फर्केपछि बल्ल उनी हतार-हतार दौडेर स्वास्नी लखेट्न गए । उता यान्यान भने सडकमा हावाको वेगसरी दौडिरहेकी थिइन् । उनको शरीरको रफ्तारले गर्दा कपाल उडान भर्न लागेको चराको पुच्छरजसरी फिँजिएको थियो ।

होङ सी 'उसलाई समात, उसलाई समात' भन्दै कराउँदै सडकमा दौडिरहेका थिए ।

उनको आवाज सुनेर गाउँले घर-घरबाट निस्के । एकैछिनमा हुलका हुल मान्छे सडकमा जम्मा भए । १०-१५ वटा डरलाग्दा कुकुर पनि गर्दन तन्काउँदै भुक्दै आए ।

यान्यान मूलबाटो छाडेर सानो गल्ली हुँदै दक्षिणतिर दौडिन थालिन् । उनी दौडेर खेतमा पुगिन् । फूल लागेको गहुँको बोटबाट पराग उड्ने समय थियो । मन्द-मन्द हावा चलिरहेको थियो । गाढा हरियो रङका

गहुँका बोट पानीमा उठ्ने तरङ्गजसरी चलिरहेका थिए । यान्यान गहुँबारीको बीचमा पुगिन् । हुर्किन लागेका गहुँका गाँज उनको कम्मरसम्म पुग्थ्यो । उनको रातो लुगा र सेतो पाखुरा गहुँबारीको पृष्ठभूमिमा एक सुन्दर चित्र बनेर बस्यो ।

नयाँ दुलही भाग्नु भनेको पूरै काउमी तुङ्पेइसियाङ गाउँको बेइज्जती थियो । गाउँको इज्जत जोगाउन जोस्सिएका लोग्नेमान्छे नयाँ दुलहीलाई चारैतिरबाट घेर्दै गहुँबारीमा पुगे । कुकुरहरू पनि भिडको पछि लागेर गहुँबारी पुगे । बेला-बेला उफ्रिँदा गहुँबारीको तरङ्गबीच तिनीहरूको शरीर देखिन्थ्यो ।

गाउँलेले घेरा बिस्तारै सानो बनाउँदै लगे । यान्यान आफूलाई समाउन आएको भिड देखेर अकस्मात् अगाडितिर घोप्टो परिन् । उनी एकाएक गहुँबारीको तरङ्गमा हराइन् ।

होङ सीले लामो सास छाडे । दौडिएर आएका मानिसले पनि आफ्नो गति घटाए । स्वाँ-स्वाँ गर्दै एकले अर्काको हात समाते । उनीहरू जालीमा परेको माछा पक्रन लागेजसरी होसियारीपूर्वक अगाडि बढ्दै गए ।

होङ सी मनमनै मुरमुरिएका थिए । यान्यानलाई पक्रेपछि त्यसलाई यसरी ठटाउँछु भन्ने कल्पना उनको मनमा आइरहेको थियो ।

गहुँको तरङ्गबाट अकस्मात् रातो प्रकाश निस्केर माथि उड्न लाग्यो । त्यो चहकिलो प्रकाशले सबैका आँखा तिरमिराए । सबै जना उडिरहेको त्यो रातो उज्यालोलाई मुन्टो ठाडो पारेर हेर्न लागे । उनीहरूले एउटा अचम्मको दृश्य देखे ।

अघि भर्खर गहुँबारीको तरङ्गमा हराएकी यान्यान एक्कासि ठुलो सुन्दर पुतलीजस्ती भएर निस्किएकी थिइन् । आफ्ना दुवै पाखुरा चलाउँदै उनी बिस्तारै उडेर मानिसको घेराबाट बाहिर पुगिन् ।

काठको मूर्तिजस्तो स्तब्ध बनेका मानिसहरू पाखुरा हल्लाउँदै उडेर गइरहेकी यान्यानलाई हेरिरहे । उनको उडानको गति त्यति छिटो थिएन ।

मानिसहरू छिटो-छिटो हिँडेर जमिनमा परेको उनको छाया भेट्टाउन सक्थे। यान्यान धेरै माथि पनि उडेकी थिइनन्। जमिनबाट छसात मिटर मात्र माथि थिइन् होला। तर उनको त्यो उडान अति सुन्दर थियो। काउमी तुङ्पेइसियाङमा पहिले पनि अनगन्ती अद्भुत घटना घटिसकेको भए पनि कुनै युवती आकाशमा उडेको चाहिँ यो पहिलो पटक थियो।

होस फर्केपछि मानिसले पछि-पछि दौडेर उनलाई खेद्न थाले। घर फर्की साइकल ल्याएर त्यसमा चढ्दै उनको पछि लाग्ने पनि थिए। ती सबै उनी जमिनमा झर्नासाथ पक्राउ गर्ने ध्याउन्नमा पछि लागेका थिए।

आकाशमा उडिरहेकी केटी र खेतमा दौडिरहेको भिडका बीचमा एउटा रमाइलो खेल सुरु भयो। खेतमा चारैतिर मानिसको खैलाबैला सुनिन्थ्यो। बटुवा, अरू ठाउँबाट आएका मानिस, सबैले टाउको माथि फर्काएर त्यस अद्भुत दृश्य हेर्न थाले।

यान्यान आकाशमा आनन्दसँग उडिरहेकी थिइन्। जमिनमा दौडिँदा टाउको उठाएर उनलाई पनि हेरिरहनुपर्ने हुनाले केही मानिस उबडखाबडमा परेर लडे। उनीहरूको अवस्था माथितिरबाट तोपगोला झर्छ कि भनी हेर्दै लडाइँ हारेर भागेका सिपाहीको जस्तो थियो।

उड्दै-उड्दै गएर यान्यान गाउँको पूर्वमा चिहान भएको सल्लाको जङ्गलमा अवतरण गरिन्। दिउँसै अन्धकार हुने त्यो सल्लाको जङ्गल करिब एकड जमिनमा फैलिएको थियो। जङ्गल तल माटाका सयौँ चिहानभित्र तुङ्पेइसियाङका पूर्वजका लास थिए। सल्लाका रुख धेरै थिए, ती पुराना थिए। सबै कलमजस्तै सीधा उभिएर बादलसम्म छुन पुगेका थिए। पुरानो चिहान र कालो अँध्यारो सल्लाको जङ्गल तुङ्पेइसियाङको सबैभन्दा डरलाग्दो थियो नै सबैभन्दा पवित्र ठाउँ पनि थियो। पितृहरू गाडिएकाले यो पवित्र थियो भने यहाँ धेरै अद्भुत घटना घटिसकेको हुनाले निकै डरलाग्दो थियो।

यान्यान चिहानघारीको बीचमा रहेको सबैभन्दा अग्लो र ठुलो बुढो सल्लाको रुखमा बसिन्। दौडेर गएका मानिस मुन्टो ठाडो पारेर उनलाई

हेर्न थाले। यान्यान सल्लाको सबैभन्दा माथिल्लो मसिनो हाँगामा बसिरहेकी थिइन्। उनको शरीर हाँगासँगै लहराएर तलमाथि हल्लिरहेको थियो। ती युवती ५० किलोकी त पक्कै थिइन्। त्यति मसिनो हाँगाले उनको शरीर कसरी धान्न सक्यो होला! यो सोचेरै मानिस छक्क थिए।

१२-१५ वटा कुकुर माथि फर्केर यान्यानलाई हेर्दै भुकिरहेका थिए। हस्याङफस्याङ गर्दै आइपुगेका होङ सी ठुलो स्वरले कराउँदै थिए, 'तल आइज, छिटो तल झर्।'

कुकुरको भुकाइ र होङ सीको आदेशमा यान्यानले कुनै प्रतिक्रिया जनाइनन्। उनी आफ्नै सुरले आनन्दसँग बसिरहिन्। हावासँगै रुखको हाँगामा बसेर तलमाथि गरिरहिन्।

मानिसहरू केही उपाय नलागेपछि थकित देखिन थाले। केही चकचके केटाकेटीले 'दुलही, दुलही, फेरि एकचोटि उडेर देखाउनुस् न' भन्न लागे।

यान्यानले पाखुरा फिँजाइन्। बच्चाहरू खुसी भएर कराउन थाले, 'उड्नुस् न, ऊ हेर त दुलही उड्न लाग्नुभो।' तर उनी उडिनन्। उनी चराहरूले टाउको फर्काएर आफ्नो प्वाँख मिलाएजसरी आफ्ना मसिना औँलाहरूले कपाल मिलाउन थालिन्।

होङ सी भुइँमा घुँडा टेकेर रुँदै भन्न थाले, 'ए मेरा गाउँले दाजुभाइ हो, यिनलाई तल झार्ने केही उपाय गरिदिनुस्, बिन्ती। म बुढो ब्रह्मचारीले बल्ल-बल्ल भित्र्याएको यिनलाई। मलाई फेरि अर्की दुलही ल्याउन सजिलो छैन क्या...।'

होङ सीकी आमालाई गाउँकै कसैले गधामा चढाएर त्यहाँ ल्याइपुऱ्यायो। गधाको पिठ्युँबाट उत्रिन खोज्दा हडबडाएर बुढीमाउ लड्न पुगिन्। कम्मर समाएर उठ्न खोज्दै उनले 'ऐया हो, मरेँ नि हो' भनिन्।

'कहाँ छे खोइ, तेरी स्वास्नी कहाँ छे?' बुढीले उठेर लुगा टकटकाउँदै होङ सीलाई सोधिन्। होङ सीले सल्लाको रुखको टुप्पोतिर देखाउँदै भने, 'त्यहाँ।'

बुढीमाउले निधारमा हत्केलाको छानो बनाएर घाम छेकिन् । रुखको टुप्पामा बसेकी बुहारीलाई देखेपछि सराप्न थालिन्, 'तँलाई किचकन्नी, थुइक्क ।'

छेउमै उभिएका गाउँकै वयोवृद्ध थिएसान बाजेले भने, 'यी नानी मान्छे, किचकन्नी जोसुकै भए पनि कुनै उपाय गरेर तलचाहिँ ल्याउनुपऱ्यो है, कुराको टुङ्गो निकाल्नुपऱ्यो ।'

बुढीले भनिन्, 'बाजे, बुढोपाको भन्या हजुर नै हुनुहुन्छ । लौ न यो काम अब हजुरले नै गरिदिनुपऱ्यो ।'

थिएसान बाजेले एकछिन गमेर भने, 'यसो गरौँ, कसैलाई तुरुन्त चियाउचउ पेइसियाङ पठाएर यिनका आमा, दाजु र याङ हुवालाई यहाँ ल्याऔँ । यिनी रुखबाट झरिनन् भने हामी पनि याङ हुवालाई उता जान दिँदैनौँ । अनि दोस्रो कुराचाहिँ, केहीले धनुष वाण र लामा लट्ठीहरू लिएर आउनू । उपाय नै नलागे बल प्रयोग गर्नुपर्ने हुन्छ । तेस्रो कुरा, गएर गाउँपालिकामा पनि उजुरी गर्नू । यिनी र हाम्रो होङ सी औपचारिक रूपमै बिहे गरेका लोग्नेस्वास्नी हुन् । सरकारले पनि यसमा केही सहयोग त गर्ला नि । यसै गर्नुपर्ला, होङ सी । तिमी रुखमुनि बसिराख्नू । एकछिनमा तिमीलाई एउटा ढ्याङ्ग्रो ल्याएर दिन्छौँ । यहाँ नयाँ केही भइहाल्यो भने ढ्याङ्ग्रो ठटाएर सबैलाई बोलाउनू है । यी नानीको लक्षण हेर्दा पक्कै पनि भूत लागेजस्तो मान्छु मचाहिँ । घर फर्केपछि एउटा कुकुर मारेर कुकुरको रगत अलिकति तयार गरी राख्नू, भुत मन्छाउनुपर्छ ।'

बाजेको योजनाअनुसार रमितेहरू हतार-हतार तयारी गर्न गए । होङ सीकी आमाले छोरासँगै त्यहीँ बसिरहने जिद्दी गर्न थालिन् ।

थिएसान बाजेले भने, 'भाउजू, तपाईं जिद्दी नगर्नुस्, तपाईं यहाँ बसेर के फाइदा छ भन्नुस् त ? कथम्कदाचित् त्यस्तै केही दुर्घटना भए तपाईं भाग्नसमेत सक्नुहुन्न । जाऔँ फर्केर ।'

थिएसान बाजेले भनेपछि पनि बुढी अटेर गर्दै थिइन् तर कसैले जबर्जस्ती उचालेर गधाको पिठ्युँमा चढाइदिएपछि उनी रुँदै-रुँदै घर गइन्।

अघि भर्खरसम्म हल्लाखल्ला भइरहेको सल्लाको जङ्गलमा अनायास शान्ति छायो। अघिपछि सुरो भनी काउमी तुङ्पेइसियाङमा नाम कहलिएका होङ सी त्यहाँको सन्नाटामा छटपटिन थाले। दिन ढल्दै जाँदा पाक्दै गएको रातो सूर्य पश्चिमतिरको क्षितिजमा पुग्यो । बतास सल्लाको जङ्गलमा 'हुँ हुँ' आवाज निकालेर घुमिरहेको थियो। होङ सीले टाउको निहुर्याए। थाकेको कडा गर्दन मुसार्दै बस्न मिल्ने ढुङ्गा खोजेर टुसुक्क बसे । खल्तीबाट चुरोट निकालेर सल्काउनै लागेको बेला टाउको माथिबाट कोही खिस्याउँदै हाँसेको आवाज आयो। उनका कपालका रौँ ठाडा भए। पूरै शरीर चिसो भएजस्तो लाग्यो । उनले आत्तिएर आगो निभाए । दुईचार पाइला पछाडि सरे अनि अनुहार माथि फर्काएर ठुलो स्वरले भने, 'मलाई तर्साउने काम नगर्, तँलाई तह नलगाई कहाँ छाड्छु र म ?'

पश्चिम पुगेको सूर्यको किरणले यान्यानको लुगा आगोको मुस्लोजस्तो भएको उनले देखे । यान्यानको अनुहार सुनका साना पत्रहरू टाँसिएझैँ टिमटिम गरेर चम्किरहेको थियो। भर्खरको व्यङ्ग्यात्मक हाँसो यान्यानले नै निकालेकी थिइन् भन्ने कुनै आधार देखिएन । बथानका बथान काग बास बस्न गुँड सम्झेर फर्किरहेका थिए। कागहरूको खैरो सेतो सुली वर्षात् भएजसरी तल झरिरहेको थियो। होङ सीको टाउकामा पनि सुली पर्यो। उनी घिनाएर थुक्दै बस्न थाले। उनलाई सबैतिर दुर्भाग्यको अनुभव भयो।

सल्लाको जङ्गलमा अन्धकार छाइसकेको थियो । चमेराहरू रुखको वरपर उड्दै थिए। फ्याउराहरू चिहाननिर बसेर कराइरहेका थिए। होङ सीलाई फेरि एकचोटि गहिरो डरको अनुभव भयो।

सल्लाको जङ्गलमा असङ्ख्य भूतप्रेत घुमिरहेजस्तो लाग्थ्यो। किसिम-किसिमका आवाज उनको कानमा परिरहेका थिए । टाउको माथिबाट

पटक-पटक व्यङ्ग्यात्मक हाँसोको आवाज आइरहेको थियो। हरेक पटकको व्यङ्ग्यात्मक हाँसोले उनको सम्पूर्ण शरीरमा चिसो पसिना निकाल्थ्यो।

उनलाई माझीऔँला टोक्यो भने भूत लाग्नबाट बच्न सकिन्छ भन्ने भनाइ सम्झना भयो। उनले त्यति नै खेर आफ्नो माझीऔँला टोके। तिखो दुखाइले उनको झुम्म भइरहेको टाउको सतर्क भयो। त्यस बेला उनलाई सल्लाको जङ्गल भर्खर देखेजस्तो पूरै अँध्यारो कालो नभएको लाग्यो। चिहान र शिलास्तम्भहरू एक-एक गरी छुट्याउन सकिने गरी स्पष्ट देखिन्थे। सल्लाको रुखको फेदको एकातिर अस्ताइसकेको सूर्यको किरण अलि-अलि परिरहेको थियो। केही साना फ्याउरा चिहानवरपर दौडेर खेलिरहेका थिए भने एउटा बुढो स्याल घाँसभित्रबाट साना फ्याउराहरूलाई हेरेर बारम्बार दाँत देखाउँदै मुस्कुराइरहेको थियो। होङ सीले अनुहार माथि फर्काएर हेरे। यान्यान रुखको हाँगामा होसियारीपूर्वक बसिरहेकी थिइन्। एउटा काग उनको वरपर घुम्दै थियो।

रुखको फेदका बीचबाट एउटा गोरो, सफासुग्घर केटो निस्कियो। केटाले होङ सीलाई एउटा ढ्याङ्ग्रो, एउटा गजो, एउटा बन्चरो र एउटा ठुलो रोटी दियो। केटाले भन्यो, 'थिएसान बाजे अहिले धनुष वाण बनाउन लगाउँदै हुनुहुन्छ। चियाउचउ पेइसियाङ जाने मान्छेहरू गइसके। गाउँपालिकाले पनि यस घटनालाई महत्त्व दिएर हेरेको छ। छिटै मान्छे पठाउँछ होला। अहिले तपाईं रोटी खाएर धैर्यपूर्वक बसिरहनुहोला। केही नौलो कुरा भयो भने ढ्याङ्ग्रो ठटाउनुहोला।'

सानो केटो तुरुन्तै त्यहाँबाट बेपत्ता भयो। होङ सीले ढ्याङ्ग्रो पितृ पुज्ने ढुङ्गामाथि राखे। बन्चरो आफ्नो कम्मरमा घुसाए र छिटो-छिटो रोटी खान थाले। रोटी खाइसकेपछि उनले बन्चरो उठाएर ठुलो स्वरमा भने, 'तँ तल आउँछेस् कि आउँदिनस्? आइनस् भने म यो रुखै काटिदिन्छु।'

यान्यान केही बोलिनन्।

होङ सीले बन्चरो उठाएर रुखको फेदमा बेस्सरी हाने। सल्लाको रुख

थरर हल्लियो। यान्यानले केही प्रतिक्रिया देखाइनन्। होङ सीले रुखमा गाडिएको बन्चरो निकाल्न सकेनन्। उनले सोचे- केटी मरी कि क्या हो?

उनले पेटी कसे। जुत्ता फुकालेर सल्लाको रुखमा चढ्न थाले। रुखको बोक्रा मोटो र खस्रो भएकाले चढ्न गाह्रो थिएन। आधा रुख चढिसकेपछि उनले अनुहार माथि फर्काएर हेर्दा यान्यानका लामा गोडा र रुखमा टेकिरहेको नितम्ब मात्र देखे। उनले रिसाएर सोच्न थाले, 'अहिले म तँसँग सुतिराखेको हुनुपर्ने बेला मलाई यसरी बाँदरजसरी रुख चढाइस् हैन, नकचरी?'

रिसले उत्पन्न भएको जोसले होङ सी माथि-माथि गए। जति माथि पुग्यो, रुख उति नै सुरिलो र सानो हुँदै गयो। धेरै हाँगा भएको रुखको एउटा हाँगो समातेर उनी सबैभन्दा टुप्पामा पुगे। रुखको हाँगामा खुट्टा अड्याई यान्यानलाई हेरेर बिस्तारै उनले हात लम्काए।

उनको हातले यान्यानको गोडाको औंला छुनासाथ लामो नि:श्वास छाडेको आवाज सुनियो। टाउको माथिको हाँगा एकपटक हल्लियो। हरियो पानीको छालबाट सुनौलो माछा उफ्रेजस्तो प्रकाशका हजारौं विन्दु उडे। यान्यान पाखुरा हल्लाएर रुखको माथिल्लो भागबाट उडिन् अनि चारै हातगोडा फिँजाएर कपाल उडाउँदै सल्लाको अर्को रुखमाथि पुगिन्। होङ सीले यान्यानको उडानकलामा गहुँको खेतमा उड्न सुरु गर्दाभन्दा धेरै प्रगति भइसकेको देखे।

यान्यान पहिलेकै जस्तो गरी अर्को रुखको हाँगामा बसिन्। उनको अनुहार पश्चिमतिर फर्किएको थियो। साँझको सूर्यको किरण उनको अनुहारमा परेर चिनियाँ गुलाफजस्तो देखिएको थियो। होङ सीले रुँदै भने, 'यान्यान, मेरी ज्ञानी स्वास्नी फर्केर आऊ न, बिन्ती। हामी राम्ररी जीवन बिताऔंला नि। तिमी मसँगै गइनौ भने म पनि हाम्री याङ हुवालाई तिम्रो दाइसँग सुत्न दिन्नँ।'

वाक्य पूरा हुन पाएको थिएन। उनको पैतालामुनिको हाँगा भाँचिएको आवाज आयो। होङ सी मासुको थुप्रोजसरी भुइँमा पछारिन पुगे। धेरै

बेरपछि सल्लाका कुहिएका पात हातले टेकेर उनी उठे। सल्लाको फेद समाएर दुई पाइला हिँडे। जिउ दुखे पनि धन्न हड्डीचाहिँ भाँच्चिएनछ भनेर उनले सन्तोष माने।

उनले मुन्टो फर्काएर माथि यान्यानलाई खोजे। आकाशमा एउटा उज्यालो चन्द्रमा झुन्डिइरहेको देखे। चन्द्रमाको पानीजस्तो शीतल किरण रुखहरूका बीचबाट झरेर चिहानको एउटा पाटो, शिलास्तम्भको एउटा कुनो र छिरलिएको झारपातमा पोखिइरहेको थियो। यान्यान चाँदनीमा नुहाइरहेकी सुन्दर चरीजस्ती देखिन्थिन्।

सल्लाको जङ्गलबाहिरबाट होङ सीको नाम लिएर कसैले बोलाएको ठुलो आवाज सुनियो। उनले पनि ठुलै स्वरले जवाफ फर्काए। उनलाई ढुङ्गामाथि राखेको ढ्याङ्ग्रोको सम्झना आयो। हात बढाउँदा ढ्याङ्ग्रो त भेटियो तर गजो कसै गरी भेटिएन।

मानिसको गाइँगुइँ आवाज जङ्गलभित्र सुनिन थाल्यो। लालटिन, राँको, टर्चलाइट आदिको प्रकाश जङ्गलमा प्रवेश गरेर चन्द्रमाको चाँदनीलाई त्यहाँबाट लखेट्यो।

आउने मान्छे धेरै थिए। होङ सीले यान्यानकी बुढी आमा, यान्यानका दाइ र आफ्नी बहिनी याङ हुवालाई चिने। उनले धनुष वाण भिरेका थिएसान बाजे र सातआठ जना बलिया गाउँले ठिटा पनि देखे। तिनीहरूमध्ये कसैले लामो लठ्ठी, कसैले चरा मार्ने बन्दुक र कसैले चरा पक्रिने जाली बोकेका थिए। त्यहाँ हरियो रङको युनिफर्म, छालाको पेटी लगाएर हातमा प्रहरीको पेस्तोल बोकेको सुन्दर केटो पनि थियो। उनले त्यो सुन्दर केटो गाउँको थानाको प्रहरी भनेर ठम्याए।

थिएसान बाजेले होङ सीको नाकमुख पूरै निलो हुने गरी सुन्निएको देखेर सोधे, 'कसरी भयो ?'

होङ सीले भने, 'त्यत्तिकै।'

यान्यानकी आमाले ठुलो स्वरमा चिच्याएर सोधिन्, 'कहाँ छिन् उनी ?'

कसैले टर्चलाइट रुखतिर फर्काएर बाल्यो र त्यसको प्रकाश यान्यानको अनुहारमा पऱ्यो। तलका मानिसले रुखबाट 'ह्वार्र' आवाज आएको सुने र एउटा अँध्यारो कालो छाया निःशब्द उडेर अर्को रुखमाथि पुगेको देखे।

यान्यानकी आमाले रिसाएर सराप्न थालिन्, 'पापीहरू, पक्कै पनि तिमीहरू सब मिलेर मेरी छोरीलाई दुःख दिइरहेका छौ। मेरी छोरी मान्छे हो, कसरी लाटोकोसेरोजस्तो उड्ने भई ?'

थिएसान बाजेले भने, 'बुढी भाउजू, तपाईं नअतालिनुस्। आफ्नै आँखाले नदेखेको भए कसैले पनि यो कुरा पत्याउने थिएन। म तपाईंलाई एउटा कुरा सोध्छु है, तपाईंकी छोरीले घरमा हुँदा कसैलाई गुरु थापेर विद्या सिकेकी थिइन् ? कुनै बोक्सी, झाँक्रीसँग उनको हिमचिम थियो ?'

यान्यानकी आमाले भनिन्, 'मेरी छोरीले कुनै गुरु थापेर विद्या सिकेकी छैन। कुनै बोक्सी, झाँक्रीसँग उसको आउजाउ पनि थिएन। मेरै आँखाअगाडि हुर्केकी मेरी ज्ञानी छोरी, भनेको कुरा खुरुखुरु मान्ने मान्छे हो। छिमेकमा उनलाई मन नपराउने कोही थिएनन्। यस्ती सोझी छोरी तिमीहरूकहाँ पुग्नासाथ कसरी चिलजस्तो उडेर रुखमा पुगी ? तिमीहरूले सबै कुरा खुलस्त पारेनौ भने म छाड्नेवाला छैन। तिमीहरूले मलाई मेरी यान्यान फर्काएनौ भने म पनि याङ हुवालाई फर्काउँदिनँ।'

प्रहरीले भन्यो, 'बुढीआमै, अहिले नबाऱ्नुस्, माथि रुखमा ध्यान दिएर हेर्नुस् त।'

प्रहरीले टर्चलाइट उठाएर रुखमाथिको कालो छायातिर फर्कायो। प्रकाशको किरण ठ्याक्कै यान्यानको अनुहारमा पऱ्यो। उनी हत्तपत्त आफ्ना हातपाखुरा चलाउँदै भुर्र उडेर अर्को रुखमाथि पुगिन्।

प्रहरीले सोध्यो, 'आमै, राम्ररी देख्नुभो ?'

यान्यानकी आमाले भनिन्, 'देखें, बाबु।'

'तपाईंकै छोरी हो त ?'

'मेरै छोरी हो ।'

प्रहरीले भन्यो, 'हेर्नुस् आमै, हामी बल प्रयोग गर्न चाहँदैनौँ । छोरीले सबैभन्दा बढी आमाकै कुरा सुन्छिन् । छोरीलाई आफैँ तल बोलाउनुस् त ।'

त्यस बेला यान्यानका दाजु उत्तेजित भएर 'आँ आँ' कराउन थाले र आफ्नी बहिनी उड्दा पाखुरा चलाएजस्तो गरी हात चलाएको नक्कल पार्न थाले ।

यान्यानकी आमाले रुँदै भनिन्, 'हरे, पूर्वजन्ममा मैले के पाप गरेकी थिएँ होला, यस्तो कसैलाई नपर्ने विपत् मैलाई आइलाग्यो... ।'

प्रहरीले भन्यो, 'आमै, तपाईं अहिले नरुनुस्, पहिले छोरीलाई तल झार्नुपर्‍यो ।'

'यो छोरी सानैदेखि जिद्दी थिई । मैले बोलाउँदा पनि नआउने हो कि ?' यान्यानकी आमाले अप्ठ्यारो मान्दै भनिन् ।

प्रहरीले भन्यो, 'बुढीआमै, तपाईं अहिल्यै त्यस्तो नभन्नुस्, पहिले बोलाउनुस् त ।'

यान्यानकी आमा सानो गोडाका पाइला अगाडि सार्दै छोरी बसिरहेको रुखमुनि पुगिन् । मुन्टो ठाडो पारेर रुँदै भन्न लागिन्, 'यान्यान, मेरी ज्ञानी छोरी, बिन्ती आमाको कुरा सुन । रुखबाट तल आऊ... आमालाई थाहा छ, तिमीलाई कत्ति दु:ख भाको छ तर अरू कुनै उपाय पनि त छैन नि नानी... तिमी तल आइनौ भने हामीले याङ हुवालाई पनि राखिराख्न सक्दैनौँ । हाम्रो परिवारको बिजोग हुन्छ, सोच त... ।'

उनी ठुलो स्वरले रुन थालिन् । रुँदारुँदै टाउको त्यही रुखको फेदमा ठोक्न थालिन् । रुखमाथिबाट कुनै चराले प्वाँख घस्रिराखेको जस्तो आवाज आयो ।

आमाको बिलौनाले प्रभाव पार्ला भन्ठानेर प्रहरीले उक्साउँदै भन्यो, 'भन्दै गर्नुस्, भन्दै गर्नुस्... ।'

उता यान्यानका दाइ पनि हात पाखुरा चलाएर रुखमाथि बसेकी बहिनीतिर हेर्दै ठुलो स्वरले चिच्याउन थाले ।

होङ सी पनि ठुलो स्वरले कराए, 'यान्यान, तिमी साँच्चै मान्छे हौ भने यी सबै मान्छेका कुरा बुझेर छिटो तल आऊ ।'

याङ हुवाले रुँदै भनिन्, 'भाउजू, तल आउनुस् । हामी दुवै अभागी हौँ... मेरो दाजु जति नै कुरूप भए पनि बोल्न त सक्नुहुन्छ तर तपाईंको दाजु... भाउजू तल आउनुस् । आफ्नो दुर्भाग्य स्विकार्नुस्... ।' यति भनिसकेर उनी सुँक्क-सुँक्क गर्न थालिन् ।

यान्यान त्यस रुखबाट पनि उडिन् र मानिसको टाउकामाथि फन्का मार्न थालिन् । उनका आँखाबाट चिसा शीतजस्ता आँसुका ढिका झर्न थाले ।

'सबै जना हट, सबै जना हट, नानीलाई तल झर्न देऊ,' थिएसान बाजेले ठुलो स्वरमा भने ।

सबै जना पछाडि हट्दै गए । बीचमा बुढीमान्छे र याङ हुवा मात्र बाँकी भए ।

तर थिएसान बाजेले सोचेजस्तो भएन । यान्यान धेरै बेरसम्म उडिरहिन् । अन्तमा फेरि रुखमै गएर थपक्क बसिन् ।

चन्द्रमा पश्चिमतिर पुग्न लागिसकेको थियो । मध्यरात नाघिसकेको थियो । मानिसलाई निद्रा, थकाइ र चिसोले असह्य बनाइसकेको थियो । प्रहरीले भन्यो, 'अब बल प्रयोग नगरी उपाय छैन ।'

थिएसान बाजेले भने, 'उनी अत्तालिएर जङ्गलबाट बाहिर उडेर जालिन् भन्ने डर छ । आज पक्रिन सकिएन भने भोलि त झनै गाह्रो हुन्छ ।'

प्रहरीले भन्यो, 'मेरो विचारमा उनी लामो दूरी उड्न सक्ने अवस्थामा छैनन्। जङ्गलबाहिर गइन् भने पक्रिन झन् सजिलो हुन्छ।'

थिएसान बाजेले भने, 'उनको माइतीले नमान्लान्।'

प्रहरीले भन्यो, 'त्यो म मिलाउँछु।'

प्रहरीले अगाडि बढेर केही केटाहरूलाई यान्यानका दाजु र आमालाई जङ्गलबाहिर लैजान अह्रायो। बुढीमान्छे रोएर बेहाल थिइन्। उनले केही प्रतिरोध गरिनन्। यान्यानका दाइ 'आ आ' गरी कराउँदै थिए। प्रहरीले पेस्तोल उनको थुतुनोअगाडि नचाएपछि उनी पनि चुप लागेर गए। अब जङ्गलमा प्रहरी, थिएसान बाजे, होङ सी, लामो लठ्ठी बोकेको केटो र चरा समात्ने जाली बोकेको केटो मात्र बाँकी भए।

प्रहरीले भन्यो, 'पेस्तोलको आवाजले गाउँले डराउलान्। त्यसैले धनुष वाण नै प्रयोग गर्नुपर्ला।'

थिएसान बाजेले भने, 'मेरो बुढो आँखा धमिलो छ, राम्ररी देख्दिनँ। केही गरी मर्मस्थानहरूमा पऱ्यो भने बर्बाद हुन्छ। त्यसैले होङ सीले नै हाने हुन्छ।'

बुढाले ठुलो बाँस बङ्ग्याएर बनाइएको धनुष होङ सीलाई दिए। चराको प्वाँख बाँधिएको एउटा चुच्चो वाण पनि दिए।

होङ सीले धनुष लिएपछि एकछिन गम्भीर भएर सोचे अनि अनायासै होसमा आएजस्तो गरी भने, 'म हान्दिनँ। म हान्नै सक्दिनँ। मेरी स्वास्नीलाई म कसरी हान्न सक्छु!'

थिएसान बाजेले भने, 'होङ सी, तिमी त गजबका रहेछौ। तिम्रो अँगालोमा भए पो तिम्री स्वास्नी। रुखमा बसेको त ठुलो चरोसरह हो।'

प्रहरीले भन्यो, 'तिमीहरू त बडो अलमलका मानिस रहेछौ। यसरी केही काम हुन्न। खै त्यो धनुष वाण मलाई देऊ।'

उसले पेस्तोल कम्मरमा घुसायो। धनुष वाण हातमा लिएर देब्रे हातले धनुष समात्यो अनि दाहिने हातले वाण अड्कायो। एउटा आँखा चिम्म

गरी रुखमाथिको छाया ताकेर वाण छाड्यो । एकपटक ‘छस्स’ आवाज आयो । त्यो पक्कै पनि वाणले छाला घोचेर मासुभित्र पसेको आवाज थियो। रुखमाथिको आकृति एकछिन छटपटाएर चलेको देखियो। एकैछिनमा उनीहरूले पेट छेडेको वाणसहित यान्यान चाँदनीमा उडेर नजिकको अर्को होचो रुखमा ठोक्किन गएको देखे । उनको शरीरको सन्तुलन हराएको स्पष्ट देखिन्थ्यो ।

प्रहरीले फेरि अर्को वाण चढाएर होचो सल्लाको रुखमा पल्टिएकी यान्यानलाई ताक्दै करायो, ‘तल आइज ।’

उसको मुखबाट शब्द निस्कनु र धनुषबाट वाण निस्कनु एकसाथ भयो। रुखमाथिबाट दर्दनाक चीत्कार सुनियो। यान्यान टाउको तल, गोडा माथि पारेर झरिन् ।

होङ सीले रुँदै प्रहरीलाई गाली गर्न थाले, ‘तँलाई नमारी छाड्दिनँ । तैँले मेरी स्वास्नीलाई वाणले हानेर मारिस्... ।’

जङ्गलबाहिर लुकेर बसेका मानिस लालटिन बोकेर घेर्न आए। सबैले एकैसाथ आत्तिएर सोधे, ‘वाणले हानेर मारियो ? उनको जिउमा प्वाँख उम्रिएको थियो ?’

थिएसान बाजेले एक शब्द नबोलीकन एक बाल्टिन कुकुरको रगत यान्यानको शरीरमा खन्याइदिए।

रातमा माछा मार्न जाँदा

यो सन् १९६५ तिरको कथा हो।

हाम्रो गाउँबाट एक किमि जति पर सिमसार थियो।

मैले लामो समयसम्म पिरेपछि काकाले बल्ल मलाई राति गँगटा समात्न जाँदा सँगै लैजाने हुनुभयो।

बेलुकीको खाना खाइसकेपछि काका मलाई लिएर गाउँबाट निस्कनुभयो। जाने बेला आमाले मलाई बारम्बार काकाको कुरा सुन्नू, यताउता नदौडनू भन्नुभयो। काकालाई पनि मलाई राम्ररी हेरविचार गर्न भन्नुभयो।

काकाले भन्नुभयो, 'ढुक्क हुनुस् भाउजू, केटोको जिम्मा मेरो।'

आमाले मलाई भोक लाग्यो भने खानू भनेर प्याज मिसाएर पकाएको दुइटा रोटी पनि दिनुभयो।

हामी काका-भतिजले चोयाले बुनेको बर्साती ओढ्यौँ। छ्वालीको टोपी लगायौँ। मैले दुइटा बोरा बोकेँ। काकाले हावा-पानीले पनि ननिभ्ने एउटा लालटिन समाउनुभयो। अनि काँधमा फलामे साबेल।

अलि पर पुगेपछि बाटो सकियो। सबैतिर हिलेपानी र यताउता फर्केर उम्रिएका फापरका बोट। हामीले जुत्ता र कमिज लगाएका थिएनौँ। त्यसैले भिज्ला भन्ने डर थिएन।

चिनियाँ पात्रोअनुसार आठौँ महिनाको पूर्णिमाको रात। चन्द्रमा चमचम चम्केको थियो। शरद् ऋतुको मध्यान्तर। बेलुकीको हावा चिसो। स्वच्छ

चाँदनी फापरको खेत बीचको पानीमा परेर चाँदी रङको प्रकाश परावर्तित भइरहेको ।

वर्षा ऋतुभरि कराएर थाकेका भ्यागुता शीतनिद्रामा थिए । त्यसैले वातावरण यति शान्त थियो कि हामी हिलेपानीमा हिँडेको आवाज पनि ठुलै सुनिन्थ्यो । धेरै बेर हिँडेपछि हामी फापरको खेतबाट बाहिर निस्कन सक्यौँ । हामी एउटा डिलमा चढ्यौँ । काकाले गँगटो समात्ने नदीको डिल यही हो भन्नुभयो ।

काकाले बर्सादी फुकाल्नुभयो । छ्वालीको टोपी पनि निकाल्नुभयो । कट्टु पनि फुकालेर निर्वस्त्र भई फलामको साबेल काँधमा बोकेर १२-१५ मिटर फराकिलो नदीको किनारतिर जानुभयो । घाँसको जरा भएको हिलो खनेर नदीको बहाव रोक्नुभयो ।

किनारको नहरजस्तो भागमा बिस्तारै बग्दै गरेको पानी थियो। एकैछिनको परिश्रमपछि काकाले नदीको पानीमा एउटा कालो बाँध बनाउनुभयो । नदीको डिलतिर करिब दुई मिटरको एउटा प्वाल बनाउनुभयो । फापरको छ्वालीबाट बनाएको दुईपत्रे जाली घुसाउनुभयो । काकाले लालटिन जालीनजिकै झुन्ड्याउनुभयो र मलाई बत्तीको प्रकाशभन्दा पर बस्नू भनेर आफू गँगटो कुर्न लाग्नुभयो ।

सोधेँ, 'गँगटो समात्न यति सजिलो छ र ?'

'तिमी हेर्दै बस, आज राति उत्तरपश्चिमबाट हावा चल्नेछ । उत्तरबाट हावा चल्यो भने गँगटोको खुट्टा चिलाउन थाल्छ । गहिरो हिलोमा बसिरहेका गँगटाहरू आत्तिँदै मोसुओई नदीतिर जान खोज्छन् । हेर्दै गर, उज्यालो हुने बेलासम्म हामीले दुइटा बोरामा पनि नअट्ने गँगटा आफ्नो बनाउनेछौँ ।'

नदीको डिल एकदम ओसिलो थियो । काकाले बर्सादी ओछ्याउनुभयो र मलाई बसाउनुभयो ।

उहाँको शरीरबाट चाँदी रङको प्रकाश परावर्तित भइरहेको थियो । मैले उहाँलाई तपाईं फुर्तिलो हुनुहुन्छ भनेँ । उहाँ खुसी भएर उठ्नुभयो । हातपाखुरा तन्काउने, गोडाले हावामा हान्ने गर्न थाल्नुभयो ।

काका भर्खर १८ वर्ष मात्र पुग्नुभएको थियो। उहाँको विवाह भएको थिएन। उहाँलाई रमाइलो गर्न मन पर्थ्यो। माछा मार्ने, चरा समात्ने, फलफूल चोर्ने काम राम्रैसँग जान्नुहुन्थ्यो उहाँ। हामी भुराभुरी उहाँसँग खेल्न खुबै मन पराउँथ्यौं।

एकछिनपछि उहाँले कट्टु लगाउनुभयो। मलाई चुप लागेर बस्न भन्नुभयो। गँगटाहरू एकदम चलाख हुन्छन्, आवाज आएको सुने भने हिलोमा गाडिएर बस्छन्, निस्कँदैनन् भन्नुभयो।

हामी शान्त भएर त्यो पहेँलो न्यानो प्रकाश फाल्ने लालटिनछेउ बस्यौं। छ्वालीको जालीले बनाएको मृत्युकोष्ठ हेरेर बस्यौं। काकाले भन्नुभयो, 'गँगटो आएर जालीभित्र पऱ्यो भने भाग्न सक्दैन। समातेर ल्याए पुग्छ।'

नदीको पानी चहकिलो थियो। पानी बगिरहेजस्तो लाग्दैनथ्यो। जाली भएको ठाउँमा उठेका साना तरङ्गले मात्र पानी बगिरहेको हो कि भन्ने लाग्थ्यो।

गँगटो देखा परेन। मैले आत्तिएर काकालाई सोधेँ। उहाँले नआत्तिनू, मन आत्तियो भने कुरा बिग्रेला भन्नुभयो।

जमिनबाट ओसिलो बाफ उठ्न थाल्यो। चन्द्रमा पनि धेरै अग्लो ठाउँमा पुगेर सानो देखिन थाल्यो। चन्द्रमाको प्रकाश भने पहिलेभन्दा अझ बढी चहकिलो भयो। कहिले धेरै, कहिले कम हुने गरी कुहिरो जम्मा हुन थाल्यो। दृश्य मलाई रमाइलो पनि लाग्यो।

कीराको किरिङमिरिङ आवाज आइरहेको थियो, जुन मलाई सुन्दर धून लाग्यो। कीराको आवाजले त्यो रात अझै सुन्दर र शान्त बन्यो।

कोही मान्छे ठुलठुलो पाइला चालेर पानीमा हिँडेजस्तो आवाज आउँथ्यो। नदी माथिको कुहिरो पनि एकनासको थिएन। कहिले कुहिरोले नदीको चहकिलो पानीलाई पूरै छोप्थ्यो भने कहिले फेरि कुहिरो हटेर पानी देखिन थाल्थ्यो।

गँगटो अझै देखा नपरेपछि म साँच्चै आत्तिन थालेँ । काका उठेर जालीनिर हेर्न जानुभयो ।

'अचम्म भो, आजको रात त गँगटाहरू बथानका बथान आउनुपर्ने,' फर्केर आएर उहाँले भन्नुभयो, 'उत्तरबाट हावा चल्यो भने गँगटाको खुट्टा चिलाउन थाल्छ, गँगटाहरू निस्केनन्, यही नै भयो आश्चर्य !'

काकाले नदीनिरको झाडीबाट एउटा चिल्लो पात टिप्नुभयो । त्यसलाई दुवै ओठले च्याप्दै फुकेर अचम्मको आवाज निकाल्नुभयो ।

त्यो आवाजले मलाई जिउमा चिसो चढायो ।

'काका तपाईं त्यसरी नफुक्नुस्, आमाले भन्नुभएको- अँध्यारो रातमा यसरी फुकेर आवाज निकाल्यो भने भूतप्रेत आउँछ रे,' मैले भनेँ ।

काकाले पात फुक्दै यसो टाउको फर्काएर मलाई हेर्नुभयो । उहाँको नजर अजीबको हरियो-हरियोजस्तो लाग्यो । मेरो मुटु ढुकढुक भयो । अचानक मलाई आफ्नै काका अपरिचितजस्तो लाग्न थाल्यो । म जाडोले पूरै शरीर कमाउँदै चोयाको बर्सातीभित्र खुम्चिन पुगेँ ।

उहाँ मेरो अन्तरे काका हुनुहुन्थ्यो ।

काका एकचित्त भएर पात फुक्दै रहनुभयो । झन्-झन् चहकिलो हुँदै आएको चन्द्रमाको किरणमा उहाँको शरीर बरफले बनाएको मूर्तिजस्तो देखियो । मेरो मनमा कुरा खेलिरह्यो- काकाले भर्खरैसम्म मलाई चुप लागेर बस्नू, आवाज ननिकाल्नू, गँगटाहरू तर्सेलान् भन्नुहुन्थ्यो, अहिले फेरि उहाँ आफैँ पात फुकेर बस्नुभएको छ, के यो गँगटाहरूलाई डाक्ने सङ्केत होला त ?

मैले दबेको स्वरमा 'काका, काका' भनेर बोलाएँ । उहाँले बिल्कुलै कुनै प्रतिक्रिया जनाउनुभएन । उहाँ त्यही पात फुकेर अनेक अनेक डरलाग्दा आवाज निकाल्दै बस्नुभयो । आत्तिएर मैले आफ्नो औँला टोकेर हेरेँ, एकदम दुख्यो ।

मैले हात अगाडि बढाएर औँलाले काकाको ढाडमा एकचोटि कोतरेँ । उहाँको ढाड एकदम चिसो थियो । मलाई साँच्चै डर लाग्यो । म कसरी

भागूँ भनेर सोच्न थालेँ। तर रातको समय, हिलेपानी, फापरको खेत, कसरी घर फर्किने होला !

मलाई बेक्कार आएछु भन्ने भयो।

मलाई आफ्नै काका कछुवा वा माछाबाट बनेको राक्षस पो हो कि जस्तो लाग्यो। यो सम्झेपछि मेरा रौँ ठाडा-ठाडा भए। आज त घर फर्किन सक्दिनँ होला भन्ने विचार आउन थाल्यो।

कति बेला हो कुन्नि, आकाशमा एक टुक्रा पहेँलो बादल देखा पऱ्यो र चन्द्रमा त्यसभित्र छिऱ्यो। मलाई यो देखेर एकदम अचम्म लाग्यो- यत्रो आकाश छ, चन्द्रमालाई किन त्यही बादलभित्र छिर्नुपरेको होला ?

शीतल प्रकाश हराउँदै गयो। नदी, खेत, मैदान अस्पष्ट हुँदै गए। बत्तीको प्रकाश पहिलेभन्दा धेरै चहकिलो देखिन थाल्यो। त्यसै बेला कुनै हल्का मिठो गन्ध आएको मैले चाल पाएँ। त्यो मिठो गन्ध नदीछेउको खाडलबाट आइरहेको थियो। मैले त्यो गन्ध आएतिर हेरेँ। त्यहाँ पानीको सतहमाथि कमलको फूल फुलिरहेको देखेँ।

बत्तीको प्रकाश त्यहाँसम्म पुगेको थियो। हाम्रो घर अगाडिको पोखरीमा पनि कमल फूल फुल्थे। तर आँखा अगाडिको त्यो फूल यति अलौकिक एवं पवित्र थियो कि हाम्रो घरअगाडिको कुनै पनि कलमको फूल तुलना गर्न योग्य थिएन।

कमलको फूल देखेपछि मेरो डर भाग्यो। म पहिले कहिल्यै अनुभव नगरेको स्वच्छ शीतल मनस्थितिमा मग्न रहेँ। म चालै नपाईकन उठेँ। बर्साती फुकालेर कमलको फूलतिर हिँड्न थालेँ।

मनतातो पानीमा डुबेका मेरा गोडामा बिस्तारै बग्दै गरेको पानीले हल्का मालिस गरिरहेको अनुभव अत्यन्तै आनन्ददायी लाग्यो। कमलको फूलबाट केही पाइला मात्र टाढा थिएँ तर हिँड्न थालेपछि धेरै टाढाजस्तो लाग्यो।

म र कमलको फूलबीचको दूरी सदा त्यति नै रहिरहेजस्तो लाग्यो। म एक पाइलाअघि बढ्दा कमलको फूल एक पाइला पछाडि सरेजस्तो

लाग्यो। म एक प्रकारको मुग्ध अर्धचेत अवस्थामा पुगेको थिएँ।

म त्यो कमलको फूल टिप्न चाहन्नथैं। म त केवल म हिँड्दा कमलको फूल पनि हिँड्ने अवस्थामा सधैं रहिरहन चाहन्थैं। यस प्रकारको मन्द गतिको, सुन्दरतातर्फ बढ्दै गएको अवस्थामा मनतातो पानीको स्पर्शले मलाई जीवनमा अविस्मरणीय सुखको अनुभव गरायो।

पछि पूरै नदी चन्द्रमाको उज्ज्वल किरणले भरियो। एकैछिनमा मैले कमलको फूल दुईपटक हल्लिएको देखैं। त्यसबाट बिजुली चम्केको भन्दा पनि बढी उज्यालो प्रकाश निस्कियो। त्यसपछि त्यसको जडमा कुँदेर बनाइएका जस्ता फूलका दलहरू झर्न थाले।

ती दलहरू पानीमा परेपछि साना-साना गोलाकार टुक्राहरू घुम्दै चहकिलो नदीको पानीमा हराउँदै गए। दलहरू झरिसकेपछि फूलको डाँठ पनि सुकेर गयो। पानीको सतहमा दुईचारपटक हल्लिएर तरङ्ग बनेर बिलायो।

नजानिँदो किसिमले मेरा आँखामा आँसु भरियो। मेरो मनमा एक किसिमको वेदना भरियो। त्यो साँच्चैको दुःख थिएन, केवल खिन्नता थियो।

मेरा आँखाअगाडि देखिएका सबै दृश्य सुन्दर सपनाजस्ता मात्र लाग्थे। म पानीमा निर्वस्त्र उभिइरहेको थिएँ। पानी मेरो मुटुसम्म पुग्थ्यो। मेरो मुटुको प्रत्येक धड्कनले नदीको पानीमा सानो तरङ्ग उत्पन्न गर्थ्यो। कमलको फूल त्यहाँबाट बिलाइसकेको भए पनि त्यसको हलुका सुगन्ध अझै बाँकी थियो। त्यो सुगन्ध त्यहाँको चाँदनी र कीरा कराएको आवाजसँग मिलेर त्यस वातावरणको अभिन्न अङ्ग बन्न पुगेको थियो।

एउटा बलिष्ठ हातले मेरो गर्दन समातेर मलाई पानीबाट माथि निकाल्यो। पानीका थोपा मोतीका दानाजस्तै मेरो छाती, पेट र रेसमकीराको प्युपाजत्रो चराबाट तप्केर पानीको सतहमा झरे। मैले नदीबाट दुई बलिष्ठ तिघ्राहरू पानीबीच हिँडेर निस्केको आवाज सुनैं। त्यसपछि कसैले मलाई माथि फाल्यो। म हावामा एक बल्ड्याङ खाएर बर्सातीमा खस्न पुगैं।

पक्कै पनि मेरो काकाले मलाई नदीबाट निकालेको हुनुपर्छ जस्तो मलाई लाग्यो। तर ध्यान दिएर हेरेको त काका त्यही डिलमा त्यस्तै एकचित्त भएर पात फुक्दै बसिरहनुभएको थियो। उहाँ बिल्कुलै चल्नुभएको थिएन।

मैले 'काका' भनेर चिच्याएँ।

काकाले ओठमा पात च्यापिरहनुभएको थियो। उहाँले टाउको फर्काएर मलाई हेर्नुभयो। तर उहाँको हेराइ अपरिचित व्यक्तिको जस्तो थियो। त्यसमा मैले उहाँलाई बोलाएर राम्ररी पात फुक्न नदिएकाले उठेको रिसको भाव पनि मिसिएको थियो। नदीमा झरेर कमलको फूलतिर हिँडेको अनुभव भइसकेपछि मलाई डर लाग्न छाडेको थियो। त्यसैले काका अहिले पनि मान्छे नै हुनुहुन्छ या भूत बनिसक्नुभयो, मलाई त्यति वास्ता हुन छाड्यो।

उहाँ मलाई विचित्रको संसारमा पुऱ्याउने मान्छे मात्र हुनुभयो। म विचित्र संसारमा पुगिसकेपछि उहाँको अस्तित्वको खासै अर्थ रहेन। मैले यसरी सोच्न थालेपछि उहाँले पात फुकेर निकालिरहेको आवाज पनि भूत कराएको आवाजबाट सुमधुर सङ्गीतमा परिणत भएजस्तो लाग्यो।

बत्तीको पहेँलो प्रकाशले हामी गँगटो समात्न आएका हौँ भन्ने आभास गराइरहेको थियो। मैले तल-माथि हेरेँ। बथानका बथान गँगटाहरू छ्वालीको जालीबाट माथितिर चढिरहेका थिए। गँगटाहरू प्रायः एकै आकारप्रकारका थिए। घोडाको टापजत्रो जिउ। हरियो रङको चहकिलो ढक्कन। लामा-लामा आँखा। हरियो झुस भएका खुट्टाहरू माथि उचालेका गँगटाहरू फुर्तिला र डरलाग्दा पनि देखिन्थे।

मैले जीवनभर त्यतिका सङ्ख्यामा त्यति ठुला गँगटा एकै ठाउँमा जम्मा भएको देखेको थिइनँ। म उत्तेजित पनि भएँ। तर मनमा एक किसिमको डर पनि लाग्यो। काकालाई कोट्याएँ। उहाँ चल्नुभएन। मलाई अलि-अलि रिस उठ्न थाल्यो।

'गँगटा आएनन्, तपाईं आत्तिनुहुन्छ, अहिले गँगटाहरू आए, तपाईं त्यही पात फुकेर बस्नुहुन्छ। पातै मात्र फुक्नु थियो भने किन आधा रातमा यहाँ आएर फुक्नुपऱ्यो ?' मैले सोचेँ।

मलाई फेरि एकपटक काका अहिले काका नै होइन जस्तो लाग्यो ।

कसैको नरम हातले मेरो टाउको मुसाऱ्यो। मैले टाउको उठाएर हेरेँ। चाँदी रङको अनुहार भएकी तरुनी रहिछिन्। बाक्लो, लामो कपाल भएकी। काननिर कुखुराको फुलजस्तो सेतो फूल घुसारेकी। फूलको बास्ना मेरो नाकमा पुग्यो। तर त्यो कमलको फूल थियो वा थिएन भन्न सकिनँ। उनी मुस्कुराइरहेकी थिइन्। निधारको बीचमा कोठी थियो। ठुलो खुकुलो गाउन लगाएकी थिइन्। चन्द्रमाको किरणमा उभिँदा परी कथाहरूमा भनिने परीजस्तै थिइन्।

'बाबु, तिमी यहाँ के गरिरहेको नि ?' मधुर वाणीमा उनले सोधिन्।

'म गँगटा समात्न आएको हुँ,' डराउँदै बिस्तारै भनेँ।

उनी खितखित हाँसिन् र भनिन्, 'यति सानो बच्चालाई पनि गँगटा समात्ने भनेको थाहा रहेछ !'

'म मेरो अन्तरे काकासँगै आएको। उहाँ हाम्रो गाउँमा गँगटा समात्न सबैभन्दा जान्ने मान्छे हुनुहुन्छ।'

'खुब होला, तिम्रो त्यो काका संसारभरको सबैभन्दा मूर्ख मान्छे हो,' उनले हाँसेर भनिन्।

मैले भनेँ, 'तिमी पो मूर्ख मान्छे हौ।'

'फुच्चे, म तिमीलाई देखाउँछु म मूर्ख मान्छे हो कि होइन ?'

उनले हात पछाडि पठाएर क्रुस भएको फापरको छ्वालीको मुठा तानेर ल्याइन्। नदीको नहरको दुईपत्रे जालीबीच एकचोटि बल गरेर झट्काइन्। हरियो रङका गँगटा त्यही छ्वालीको मुठाबाट वायुवेगले चढेर आउन थाले। उनले छ्वालीको मुठाको अर्कोछेउ बोराभित्र घुसाइन्। ती गँगटा एकपछि अर्को गरी बोराभित्र पस्न थाले।

ती बोराहरू छिटै भरिएर फुल्न थाले। त्यसभित्रबाट गँगटाहरूको खुट्टा चलेको, मुखबाट फिँज निस्केको आवाज आउन थाल्यो। एउटा बोरा भरिएको देखेर उनले खुट्टा अगाडिबाट एउटा घाँसको लहरा टिपिन् र

बोराको मुखमा बाँध्न थालिन् । अर्को बोरा पनि भरिन लागेपछि उनले फेरि त्यसै गरी बोराको मुख बाँधिन् ।

'कस्तो लाग्यो ?' उनले फुर्ती गरेर सोधिन् ।

'तपाईं पक्कै पनि कुनै देवी हुनुपर्छ ।'

टाउको हल्लाउँदै भनिन्, 'म देवी होइन ।'

'त्यसो भए तपाईं पक्कै पनि फ्याउरी हुनुपर्छ ।'

बेस्सरी हाँस्दै भनिन्, 'फ्याउरी त झनै होइन । फ्याउरी, कति नराम्री जन्तु । लामो दुब्लो अनुहार, लामो पुच्छर, जिउभरि फोहोर रौँ, त्यो दुर्गन्ध !'

शरीर मेरो नजिकै ल्याएर भनिन्, 'तिमीले सुँघेर हेर त, मेरो जिउमा त्यो दुर्गन्ध छ ?'

मेरो अनुहार उनको शरीरको सुगन्धमा डुब्यो । मलाई अलि-अलि रिँगटा लागेजस्तो भयो । उनको लुगाले मेरो अनुहार छोइरहेको थियो । शीतल, चिप्लो खालको, मलाई एकदम आनन्द अनुभव भइरहेको थियो ।

मैले ठुला मान्छेहरूले फ्याउरीहरू सुन्दरी केटी बन्न सक्छन् तर तिनीहरूको पुच्छर लुकाएर लुकाउन सकिन्न भनेको सम्झेँ । अनि भनेँ, 'मलाई तपाईंको पुच्छर छ कि छैन, छाम्न दिन सक्नुहुन्छ ? तपाईंको पुच्छर नभए मात्र म तपाईं फ्याउरी होइन भनेर पत्याउँछु ।'

'ऐ फुच्चे, तेरी बज्यैलाई झुक्याएर नाजायज फाइदा उठाउन खोज्छस् ?'

'फ्याउरी भएर छाम्न दिन डराउनुभएको होला,' मैले आफ्नो अड्डी छाडिनँ ।

'ल हुन्छ, त्यसो भए,' उनले भनिन्, 'ल छामेर हेर तर तिम्रो हात यताउता चल्यो भने म तिमीलाई नदीमा फालिदिन्छु ।'

उनले आफ्नो लुगा उठाइन् र मेरो हात छिर्न दिइन् । उनको छाला चिप्लो थियो । छामेर हेरेँ, कहाँको हुनु पुच्छर !

'छ त पुच्छर ?'

मैले लजाएर भनें, 'भेटिनँ ।'

'फेरि फ्याउरी भन्छौ ?'

'अब भन्दिनँ ।'

मेरो कन्चटनिर कोट्याउँदै भनिन्, 'तँ बाठो फुच्चे !'

मैले सोधेँ, 'तपाईं फ्याउरी पनि होइन, देवी पनि होइन रे, त्यसो भए तपाईं को हो त ?'

'म मान्छे हुँ,' भनिन्, 'हे फुच्चे, तिमीलाई बताए पनि तिमी बुझ्दैनौ। २५ वर्षपछि दक्षिणपूर्व दिशाको एउटा ठुलो टापुमा तिमी र म फेरि एकचोटि भेट्नेछौँ। बल्ल त्यस बेला तिमी बुझ्नेछौ।'

कन्चटनिर घुसारिराखेको फूल निकालेर सुँघाइन्। हातले मेरो टाउकामा थपथपाइन्। अनि भनिन्, 'तिमी ज्ञानी, चलाख बच्चा रहेछौ। म तिमीलाई चारवटा कुरा भन्छु। तिमी राम्ररी सम्झिराख, पछि काम लाग्नेछ। हँसिया, बन्चरो, बन्दुक, प्याज, लसुन, मुला, अदुवा चाहिएको बेला माया मार्नैपर्छ। रुखकटहरको बोटमा सुपारी फल्नेछ।'

उनी भन्दै थिइन्। म त भुसुक्कै निदाएछु।

म ब्युँझिँदा आकाशमा सूर्य उदाइरहेको थियो। नदी र खेतबारी सबै सूर्यको प्रकाशले रातै देखिएका थिए। नजिकबाट र टाढाबाट धेरै जनाले मेरो नाम लिएर बोलाइरहेको सुनेँ। मैले ठुलो स्वरले 'म यहाँ छु' भनेँ।

एकैछिनमा आमा, काकाकाकी, दाइभाउजू आउनुभयो । त्यसरी आउनेहरूमा अन्तरे काका पनि हुनुहुन्थ्यो। उहाँले मलाई समातेर रिसाउँदै सोध्नुभयो, 'तँ भागेर कहाँ गएको थिइस् ?'

काकाको भनाइअनुसार म उहाँसँगै गाउँबाट निस्केर आएको थिएँ रे। फापरको खेतभित्र पसेपछि उहाँ एकचोटि लड्नुभयो रे। उहाँले उठेर हेर्दा म त्यहाँ थिइनँ रे। लालटिन पनि देखिएन रे। उहाँले ठुलो स्वरले बोलाउनुभएछ। कतैबाट जवाफ नसुनेपछि उहाँ हेर्न घर फर्कनुभएछ। घरमा म हुने कुरै भएन, घरका सबै जना आत्तिई बत्ती बोकेर मलाई रातभर खोज्नुभएछ।

मैले भनें, 'म तपाईंसँगै त थिएँ नि।'

'अऊ फुट बोल्छस्,' उही काकाले भन्नुभयो।

'यी दुइटा बोरामा के हो ?' दाजुले सोध्नुभयो।

'गँगटा,' मैले भनें।

काकाले बोराको मुखमा बाँधिएको घाँसको लहरा खोल्नुभयो। ठुला गँगटाहरू हतारिएर निस्कन थाले।

'यी तिमीले समातेको ?' काकाले छक्क पर्दै सोध्नुभयो।

म बोलिनँ।

यस वर्षको ग्रीष्म ऋतुमा म सिङ्गापुरको एउटा ठुलो पसलमा साथीहरूको पछि लागेर छोरीका लागि लुगा किन्न यताउता चहार्दै हिँडिरहेको थिएँ। अचानक एक प्रकारको सुगन्ध मेरो नाकमा पर्‍यो। टाउको उठाएर हेरेँ- ट्रायल रुमभित्रबाट पर्दा हटाउँदै एक युवती निस्किइन्।

उनको अनुहार शरद् ऋतुको चन्द्रमाजस्तो उज्यालो, आँखीभौँ गाढा कालो, आँखाहरू चम्किला ताराजस्ता, हिँडाइ मन्द गतिको नृत्यजस्तो थियो। मैले केही बेर उनलाई हेरिरहेँ। उनी मतिर हेरेर एकचोटि हाँसिन्। अनि फरक्क फर्केर मानिसको भिडमा हराइन्। उनको मुस्कान तीरको वाणजस्तो गरी मेरो छातीमा रोपियो।

करिडोरको एउटा खम्बामा अडेस लागेँ। मेरो मुटु बेस्सरी धड्किन थाल्यो। रिँगटा लागेजस्तो भयो। धेरै बेरपछि बल्ल सामान्य भएँ। साथीले मलाई के भयो भनी सोध्नुभयो। मैले केही भएको छैन भनी टाउको हल्लाएँ मात्रै।

होटेलमा फर्केपछि मैले अनायास गँगटा समातिदिने युवती सम्झेँ। औँला गनेर हेरेँ- ठ्याक्कै २५ वर्ष भएको रहेछ।

सिङ्गापुर पनि ठ्याक्कै दक्षिणपूर्व दिशामा रहेको एउटा टापु नै हो।

भूकम्प

चियाङ स्थिङले सुकेका खरबुजाका डाँठ मुठा पारेर बाँध्यो। अनि जिउ सीधा पारेर एकपटक आकाशतिर हेऱ्यो।

शरद्को प्रारम्भ। मध्याह्न प्रचण्ड घाम। आकाश ग्रीष्म ऋतुमा भन्दा धेरै माथि देखिन्थ्यो। बादलका टुक्राटाक्री छिटो-छिटो चलिरहेका थिए। तिनको छाया झन् छिटो चलिरहे जस्तो देखिन्थ्यो।

खरबुजा फल्ने रमाइलो ऋतु बित्यो अब। किसानको खल्तीमा पुराना गन्हाउने नोट केही जम्मा भए। उनीहरूको कम्मर पनि वसन्त ऋतुमा भन्दा केही सीधा देखिन्थ्यो।

चियाङ स्थिङको कम्मर भने सीधा हुन सकेको थिएन। आधा मुठी पारेको हातले भारी भएर दुख्दै गरेको आफ्नो कम्मरमा हान्दै थियो ऊ। एकचोटि लामो सास तानेर सबैभन्दा पछि फलेको एउटा खरबुजा बोक्यो। भारी मन लिएर आफ्नो घरतिर गयो।

गाउँ पस्ने ठाउँमा 'बुट्टेदार बङ्गुर' भनिने एउटा अधबैंसेले उसलाई सोध्यो, 'चियाङ काका, ताच्र भाइको अनुसन्धानबारे पत्रिकामा कहिले छापिन्छ ?'

'बुट्टेदार बङ्गुर' को चिल्लो अनुहारमा उसले केही व्यङ्ग्य भाव देख्यो। केही रिसाएजस्तो गरी भन्यो, 'त्यस्तो दिन पक्कै आउनेछ र तिमीलाई आज बोलेको कुराको पछुताउ हुनेछ।'

'बुट्टेदार बङ्गुर' ले भन्यो, 'काका, मैले ताच्र भाइलाई व्यङ्ग्य गर्न भनेको होइन । ऊ र म सानैदेखि सँगै पढेको, उसको प्रतिभाबारे मलाई थाहा छ ।'

चियाङ स्थिङले भन्यो, 'तिमीले के गर्नलाई भनेको हो, कसलाई के थाहा ?'

उसले 'बुट्टेदार बङ्गुर' सँग बोल्न बन्द गऱ्यो । त्यो हरियो चिल्लो सानो खरबुजा बोकेर आफ्नो घरतिर लाग्यो ।

उसले पछाडि 'बुट्टेदार बङ्गुर' ले भन्दै गरेको सुन्यो, 'यी बाबुछोरा दुवै बहुलाएजस्तो छ ।'

चियाङ स्थिङकी बुढीले चिन्तित हुँदै भनी, 'मलाई लाग्दै छ, हाम्रो बच्चालाई केही भएजस्तो छ । दिनभर कोठामै बसिरहन्छ, के-के बर्बराइरहन्छ । केही बुझिने होइन, मान्छेले ऊ बहुलायो भन्न थालेका छन् ।'

'नचाहिने कुरा,' चियाङ स्थिङले खरबुजालाई भुइँमा राखेर सानो स्वरले स्वास्नीलाई हपाऱ्यो, 'हाम्रो छोराले ठुलो केही काम गर्ला भन्ने डाहाले उनीहरूले ताच्रलाई बिगार्न त्यस्तो भनेका हुन्, हामी आफैँ पनि त्यस्तै भनेर हिँड्ने ?'

'यो बुढो पनि...,' स्वास्नीले भनी, 'म आफ्नो छोराको नराम्रो कुरा भनूँला त ? मैले त अरूले त्यस्तो भन्छन् पो भनेकी ।'

'अरूले के भन्छन्, हामी गएर अर्काको मुख थुन्न सक्दैनौँ,' चियाङ स्थिङले भन्यो, 'मुख्य कुरा त हाम्रै हो, हामीले छोरालाई शङ्का गर्नु हुन्न ।'

'मैले शङ्का गरेकी छैन,' स्वास्नीले भनी, 'पाँच सय केजी जति खरबुजा उसले काटेर फाल्यो । मैले केही पनि भनिनँ नि, हैन ?'

'केही नभनेको भए राम्रो, केही त्याग नगरी कहाँ ठुलो कुरा

पाइन्छ ? ती केही खरबुजाको त झन् के कुरा गर्नु ! हाम्रो छोराको काम सफल भएपछि हामीले खेतबारीको काम गर्नु नपर्ने हुन्छ, त्यस बेला ती नचाहिँदो कुरा गर्दै हिँड्नेहरूलाई मुखभरिको जवाफ हुन्छ ।'

चियाङ ताच्र कोठाबाट बाहिर निस्कियो। उसको अनुहार फुस्रो, कपाल जिङ्ग्रिङ्ग परेको थियो । जिउमा लगाएको लुगा पनि मिलेको थिएन । आँगनमा आइपुगेको प्रकाशले उसलाई आँखा खोल्न गाह्रो भइरहेको थियो। उसले हातले घाम छेकेर आकाशतिर हेऱ्यो। त्यसपछि हतारिएर बङ्गुरको खोरपछाडि भित्तानिर गएर पिसाब गऱ्यो। फर्केर आएर आमाबुबासँग बोल्दै नबोली कोठाभित्र जान खोज्यो । चियाङ स्थिङले भन्यो, 'ताच्र, एकछिन पख, तिमीसँग केही कुरा गर्नु छ ।'

ताच्रले पाइला रोक्दै सोध्यो, 'बुबा, छिटो भन्नुस्, म अलि व्यस्त छु ।'

स्थिङले भन्यो, 'जति व्यस्त भए पनि मेरो केही कुरा सुन ।' अनि हरियो सानो खरबुजालाई देखाउँदै भन्यो, 'यो हाम्रो खेतमा फलेको अन्तिम फल हो, मैले तिमीलाई अनुसन्धानका लागि ल्याइदिएको छु ।'

ताच्र एक पाइला अगाडि बढ्यो अनि माझीऔँला बङ्ग्याएर खरबुजामा दुईचारपटक ठोक्यो। अनि आफैँसँग बोलेजस्तो गरी भन्न थाल्यो, 'मसँग भनेजति लामो उत्तोलक हुने हो भने म यस पृथ्वीलाई नै हल्लाइदिन सक्छु ।'

'किन उत्तोलक चाहियो ? मैले त एउटै हातले खेतबाट बोकेर ल्याएको हुँ ।'

'बुबा, तपाईंले नजानिँदो ढङ्गले अवधारणा परिवर्तन गर्ने तार्किक गल्ती गर्नुभयो ।'

'छोरा, तिमी मसँग यस्तो दार्शनिक कुरा नगर, म बुझ्दिनँ । मैले तिमीसँग भन्न खोजेको के हो त भन्दा, तिमीले त्यो वस्तु काटेर फालेको पनि धेरै भइसक्यो। अब केही कुरा निकालेर संसारलाई देखाउनुपऱ्यो। ती बाहिरका मान्छेको मुख टाल्नुपऱ्यो। तिमी दिनभर घरमै हुन्छौ, बाहिरको हावा सुन्दैनौ। तर बाहिर कुरा काट्नेहरू कम छैनन् ।'

'बाहिर कुरा काट्नेहरू नभए पो अचम्म भयो बुबा। उनीहरूले ताच्र बहुलायो, मानसिक रोग लाग्यो, खत्तम भयो भने होलान्, हो कि होइन ? बुबा, तपाईं विचार गर्नुस्, एक सय वर्षअघि कसैले हवाईजहाजमा बसेर चन्द्रमामा जाने भनेको भए कसले पत्याउँथ्यो तर अहिले मान्छे साँच्चै चन्द्रमामा पुगिसके। त्यस बखत बुढो ग्यालिलियोले पृथ्वी सूर्यको वरपर घुम्छ भन्दा चर्चले उनलाई जिउँदै जलाउन खोज्यो। बुबा, विज्ञानको इतिहासमा हरेकपटक क्रान्ति तिनै बहुला भनिएका मानिसले गरेका हुन्। कतिपयले त आफ्नो जीवन बलिदानसमेत गरे। बुबा, आमा, तपाईंहरू ती महान् वैज्ञानिकहरू सम्झनुस्, मैले अहिले गर्दै गरेको महान् अनुसन्धान सम्झनुस्। ती पाँचसातवटा खरबुजा भनेका त के हुन् र! अरूले कुरा काटेको भन्नु पनि के नै हो र!'

ताच्रको कुरा सुनेर चियाङ स्थिङका आँखामा आँसु भरियो।

केही बेरमा उसले उत्तेजित हुँदै भन्यो, 'बाबु, एउटा भनाइ छ नि, पिताले नै सबैभन्दा राम्ररी पुत्रलाई बुझ्छ। अरूले तिमीलाई विश्वास नगर्लान्, कुकुरको आँखाले मान्छे चिन्नु कसरी! तर म तिमीलाई विश्वास गर्छु, तिमीले आफ्नो कुरा मात्र निकाल्न सक्ने हो भने ती खरबुजाको त के कुरा घरै बेच्नुपरे पनि, खेतै बेच्नुपरे पनि म हिचकिचाउनेछैन।'

ताच्रकी आमा पनि ती दुई जनाको कुरा सुनेर जोसिन पुगी। दुवै हातले त्यो खरबुजा बोकेर भनी, 'छोरा, यसरी कुरा गरेर समय खेर नफाल, यो हाम्रो खेतमा फलेको अन्तिम फल हो। तिमी छिटो यो बोकेर जाऊ र अनुसन्धान गर।'

ताच्र पनि उत्तेजित भयो। फुस्रो अनुहारमा रगतको रङ देखिन थाल्यो। भन्यो, 'आमा, बुबा, तपाईंहरू हाम्रो देशका किसानहरूमा सबैभन्दा बुद्धिमान्, आत्मविश्वासी र महान् तथा दूरदर्शी हुनुहुन्छ, तपाईंहरूको छोरा हुन पाउनु मेरो अहोभाग्य हो। भविष्यमा कुनै दिन तपाईंहरूको नाम विशाल स्मारकमा अङ्कित हुनेछ।'

'बाबु, अनुसन्धान गर्दै गर्नू। अहिले हाम्रो घरको खरबुजा त

सकियो। तर म खोरमा भएको बङ्गुर बेचेर खरबुजा किन्छु र तिमीलाई अनुसन्धानका लागि दिन्छु। बङ्गुर बेचेको पैसा सकिएपछि गाई बेच्छु। गाई बेचिसकेपछि कुखुरा बेच्छु। सबै बेचेर पनि पुगेन भने म मेरो रगत बेच्छु।'

ताचको ओठमुख फर्फराइरहेको थियो। ऊ खरबुजा बोकेर कोठाभित्र गयो।

चियाङ स्थिङलाई भोक लाग्यो। स्वास्नीलाई खानेकुरा ल्याउन भन्यो। स्वास्नीले रोटी र साँधेको मुलाको अचार ल्याई।

चियाङले रोटी टोक्यो। उसलाई त्यो रोटी खस्रो, नमिठो भएर निल्नै गाह्रो भयो। केही असन्तुष्ट भावले स्वास्नीलाई हेऱ्यो। स्वास्नीले पनि उस्तै असन्तुष्ट भावले उसलाई हेरी। त्यस बेला उसले छोराले काटेर फालेका हजारौँ खरबुजा सम्झ्यो।

उसलाई ती सोचाइ र छोराले आफूलाई प्रयोग गरेको विशेषणहरूबीच ठुलो अन्तर भएजस्तो अनुभव भयो। त्यसैले उसले छिटो-छिटो रोटी र मुलाको अचार खाएर मनमा उत्पन्न भएको निकृष्ट विचार हटाई महानतातर्फ बढ्ने प्रयास गर्न थाल्यो।

'आमा, बुबा, तपाईंहरू यता आउनुस्,' घाँटी तन्काएर पिठोको रोटी खाँदै गरेका आमाबुबालाई हातले सङ्केत गरी चियाङ ताचले रहस्यमय एवं गम्भीर पारामा भन्यो।

चियाङ स्थिङले हातमा भएको रोटी मिल्कायो। मुख खोलेर केही सोध्न लागेकी स्वास्नीलाई तानेर छोराको 'प्रयोगशाला' भित्र लग्यो।

'प्रयोगशाला' अगाडिको झ्यालमा सिरकको एउटा फुत्रो खोल झुन्ड्याइएको थियो। पछाडिको झ्यालमा केही तह पुराना पत्रपत्रिका टाँसिएको थियो। मट्टीतेलबाट बल्ने एउटा लम्फाबाट पहेँलो धमिलो प्रकाश आइरहेको थियो। कोठामा एक किसिमको ढुसीको दुर्गन्ध फैलिएको थियो। चियाङ स्थिङलाई दन्त्यकथामा उल्लिखित यमराजको दरबारभित्र पसेजस्तो लाग्यो। उसले छोराको कोठाको भित्तामा केही अस्पष्ट रेखाचित्र कोरिएको देख्यो।

ताच्र लम्फा राखिएको टेबलनिर उभियो र लामखुट्टेबाट बच्न लगाइने झुल अड्काउने लट्ठीले भित्तामा कोरिएका चित्र देखाउँदै भन्यो, 'बुबा, तपाईंले बुझ्नुभएन होला, हगि ?'

बुढो चियाङले टाउको हल्लाउँदै भन्यो, 'बुझिनँ बाबु, बुझिनँ ।'

'आमा, तपाईंले बुझ्नुभयो ?' ताच्रले सोध्यो ।

आँखा सानो पारेर एकछिन हेर्दै केही डराएजस्तो गरी आमाले भनी, 'छोरा, मलाई लाग्छ, तिमीले कोरेको खरबुजाको खेत पो हो कि ?'

ताच्रले भन्यो, 'त्यसो भन्दा पनि हुन्छ ।'

बुढो चियाङले भन्यो, 'मलाई खरबुजाको खेत हो कि जस्तो त लागेको थियो । ती गोला सबै खरबुजा होलान् । अनि त्यो लामो लहराजस्तो देखिन्छ । ती बाङ्गाटिङ्गा रेखाहरू झुस होलान् । तर मैले यो खरबुजाको खेत नहुनुपर्ने भनी अनुमान गरें । तिमी के काम नपाएर खरबुजाको खेतको चित्र कोरेर बस्छौ र ?'

ताच्रले भन्यो, 'बुबा, यो हेर्दा खरबुजाको खेतजस्तो देखिन्छ तर यो खरबुजाको खेत होइन । यो मैले बनाएको सौर्यमण्डलको संरचनात्मक चित्र हो । हेर्नुस् त, यो हामी बस्दै आएको पृथ्वी ग्रह हो । यो बुध ग्रह, यो शुक्र ग्रह । ग्रहहरू बीचको लहरा वास्तवमा तिनीहरूलाई सन्तुलनमा राख्ने आकर्षण शक्ति हो । खरबुजाको आकार र आकृति लहरामा रहेको त्यसको स्थानले निर्धारण गर्छ । त्यस्तै गरी ग्रहहरूको आकार, आकृति, परिक्रमाको गति, भूकम्प, ज्वालामुखी, ज्वारभाटा आदि कुरा सबै ग्रहलाई जोडिराख्ने लहरा अर्थात् आकर्षण शक्तिले निर्धारण गर्छ । तर वास्तविक कुरा मैले अहिले बताएको भन्दा लाख गुना जटिल छ । मैले सबै बताएर पनि तपाईंहरू बुझ्नुहुन्न ।'

बुढो चियाङले डराई-डराई सोध्यो, 'बाबु, त्यो हेर्दा खरबुजाको पातजस्तो देखिने वस्तुचाहिँ के हो नि ?'

'तिनीहरू अहिले बन्दै गरेका नयाँ ग्रह हुन् ।'

'बाबु, खरबुजाको पातबाट खरबुजा बन्छ भन्ने त सुनेको थिइनँ नि ।'

'बुबा, तपाईंले एकदम राम्रो प्रश्न गर्नुभयो । तपाईंलाई थाहा छ ? धेरै वनस्पतिको फल सबै पातबाट विकास भएर बनेको हो । खरबुजा काट्दा त्यसभित्र जालीजस्ता धेरैवटा संरचना देख्नुभएको होला नि । ती वास्तवमा पातमा हुने जालीजस्ता संरचना हुन् ।'

बुढो चियाङले अचम्म मानेर टाउको हल्लायो ।

ताच्रले भन्यो, 'बुबा, यो चित्र हेर्नुस् त ।'

बुढो चियाङले छोराले टाँगेको चित्र हेर्‍यो र उसले भन्दै गरेको सुन्न थाल्यो, 'बुबा, यो उपग्रहले खिचेको पृथ्वीको चित्र हो, हेर्नुस् त खरबुजाजस्तो छ कि छैन ?'

बुढो चियाङलाई बोल्ने साहस भएन । छोराले त्यही बाँसको लट्ठीले देखाउँदै भन्न थाल्यो, 'यो उत्तरी ध्रुव हो, बाहिरतिर निस्केको छ, यो खरबुजा लहरामा जोडिने ठाउँ हो । योचाहिँ दक्षिणी ध्रुव हो, अलिकति भित्रपट्टि गएको छ । योचाहिँ फूल झरेर फल लाग्ने ठाउँ हो ।'

बुढो चियाङले भन्यो, 'मैले बुझेँ ।'

ताच्रले लट्ठी तल राखेर टेबलमुनि राखिएको खरबुजालाई हातले दबाउँदै गम्भीर भएर भन्यो, 'आमा, बुबा, तपाईंहरूलाई यहाँ डाक्नुको मुख्य कारण एउटा ठूलो कुरा बताउन हो ।'

'बाबु, के ठूलो कुरा त्यस्तो ?' बुढाबुढीले एकैसाथ सोधे ।

ताच्रले खरबुजालाई अगाडितिर सार्‍यो, अनि चुच्चो तिखो हुने गरी ताछेको सिसाकलम उठाएर खरबुजाको एक विन्दु देखाउँदै भन्यो, 'आमा, बुबा, हेर्नुस्, यो विन्दु हाम्रो गाउँ रहेको ठाउँ हो । हाम्रो गाउँ र पृथ्वीको अनुपात निकाल्ने हो भने हाम्रो गाउँ यो विन्दुभन्दा पनि धेरै सानो मात्र हुनेछ । मेरो अनुभवअनुसार... ।'

उसले टेबलमा राखिएका कागजको थुप्रोलाई देखाउँदै भन्यो, 'फलसँग जोडिएको सूर्यको मूल लहरा र तीव्र गतिले विकास भइरहेको चन्द्रमाको

लहराको आपसी प्रतिक्रियाले पृथ्वीको एक विन्दुमा ठुलो परिवर्तन आउन लागेको छ। त्यो परिवर्तन भनेको नै एउटा महाभूकम्प हो, त्यसको समय अक्टोबर १ तिर हुनेछ।'

'बाबु, अब के गर्ने ?' बुढी अत्तालिएर कराई।

बुढो चियाङले भन्यो, 'नअत्तालिनू अहिले, पहिले छोराको कुरा सुन।'

छोराले भन्यो, 'मेरो गणनाअनुसार यसपटकको भूकम्पको केन्द्रविन्दु हाम्रो गाउँवरपर २५ किलोमिटर क्षेत्र हो। भूकम्पपछि यहाँका सबै घर भत्किनेछन्। जमिन फाटेर पाँच सय मिटर फराकिलो खाडल बन्नेछ। त्यो अति गहिरो खाडलबाट तेल मिसिएको गन्धकको गन्ध भएको कालो पानी बग्न थाल्नेछ।'

'छोरा, त्यसो भए छिटो भागौँ यहाँबाट,' बुढीले भनी।

'नअत्तालिनू, छोराको कुरा सुन।'

ताच्रले भन्यो, 'आमा, बुबा, हामी छिटै गाउँले दाजुभाइलाई यसबारे सूचित गरौँ। उनीहरूलाई सुरक्षित ठाउँमा पुऱ्याऔँ। आज सेप्टेम्बर १० भयो। अझै आधा महिना बाँकी छ, भ्याइन्छ।'

बुढो चियाङले भन्यो, 'तिनीहरूलाई बताउनु हुन्न। खास गरी हामीलाई हँसीमा उडाउने, व्यङ्ग्य गर्नेहरूलाई त झन् भन्नै हुन्न। उनीहरू यहीँ किचिएर मरून् न।'

ताच्रले भन्यो, 'बुबा, तपाईंले त्यसो भन्नुचाहिँ ठिक भएन। गाउँले दाजुभाइले हामीलाई गरेको व्यवहार सानो कुरा हो, भूकम्पबाट बचेर ज्यान जोगाउनु ठुलो कुरा हो। गाउँले सबै किचिएर मरे, हामी तीन जना मात्र बच्यौँ भने त्यसको के अर्थ भयो र !'

बुढो चियाङले भन्यो, 'बाबु, तिमीले भनेको ठिक हो, अघि मैले भनेको त रिसाएर गरेको कुरा हो। दुईचार सय जनाको ज्यान भनेको कहाँ ख्यालठट्टाको कुरा हो र !'

'बुबा, यसमा ढिलाइ नगर्नुस्, तपाईं र आमा गएर गाउँलेलाई खबर

गरिदिनुस्, जानुस् । उनीहरूलाई पाँच दिनभित्र गाउँ छाडेर जान भन्नुस् । दक्षिणपश्चिम दिशामा जति टाढा जान सकियो, त्यति नै सुरक्षित भइन्छ ।'

बुढो चियाङले भन्यो, 'ताव्र, मैले भन्दा-भन्दा मेरो ओठमुख नै सुकिसक्यो तर कसैले तिम्रो कुरा सुन्दैन ।

बुढीले भनी, 'बाबु, हामीले गर्नुपर्ने गऱ्यौं । उनीहरू जान मान्दैनन् भने हामी भए पनि जाऔँ ।'

'आमा, बुबा, यसो गरौँ, तपाईंहरू घरमा भएका बहुमूल्य सामान मिलाउनुस् र बैलगाडामा राख्नुस् र तुरुन्तै प्रस्थान गर्न तयार हुनुस् । गाउँले दाजुभाइलाई सम्झाउन म आफैँ जान्छु ।'

साँझको बेला चियाङ परिवारको घरआँगनमा ठुलो आगलागी भयो । हामी बाल्टिनमा पानी लिएर आगो निभाउन गयौँ । त्यहाँ पुगेर हेर्दा हाम्रो प्रतिभाशाली पुरानो सहपाठी चियाङ ताव्र आगोको नजिक उभिइरहेको थियो । आगोको प्रकाशमा उसको सम्पूर्ण शरीर पारदर्शीजस्तै बनेको थियो ।

उसले ठुलो स्वरले भन्यो, 'गाउँले दाजुभाइ, मेरा पुराना सहपाठीहरू ! यो आगो मैले लगाएको हुँ, निभाउनुपर्दैन ।'

उसले आफ्नै घरको छ्वालीको थुप्रोमा आगो लगाएको रहेछ । बल्दै गरेको छ्वालीबाट दसौँ पटाका एकसाथ पड्काएजस्तो आवाज आइरहेको थियो । दन्केको आगोले गर्दा त्यहाँ हुरी चल्न थालेको थियो । उसको लुगा र कपाल त्यही हुरीले उड्न थाल्यो र पूरै मान्छे नै उड्लाजस्तो देखिन थाल्यो ।

'ताव्र, तिमीले यो के गरेको ?' हामीले अचम्म मानेर सोध्यौँ ।

ऊ दुवै पाखुरा हल्लाउँदै रह्यो । पोल्ने हावा उसको पारदर्शी शरीरतिर बहँदै रह्यो । उसको फिका पहेँलो शरीर कुनै पनि बेला सल्केला, कुनै पनि बेला पग्लेला जस्तो देखियो । उसको अनुहारमा चम्किलो तरल पदार्थ बग्दै थियो ।

ऊ कराउँदै थियो, 'मेरो कुरा सुन्नुस्, छिटो सामान मिलाइहाल्नुस्, दक्षिणपश्चिमतिर भागेर ज्यान जोगाउनुस् । १० दिनपछि यहाँ खण्डहर बन्नेछ । जमिन फाटेर कालो पानी निस्कनेछ ।'

हामीले अनायास प्राथमिक कक्षामा पढेको मङ्गोल सिकारी हालिपको कथा सम्झिन पुग्यौं । हालिपले गाउँले दाजुभाइलाई खतरामुक्त ठाउँबाट भगाउन आफू अन्तमा ढुङ्गा बनेको थियो । ताच्रको के हालत होला, उसले आगोमै हाम्फाल्ने विचार गरेको हो कि !

'ताच्र, यसरी घरै छाडेर जानु भनेको सामान्य कुरा होइन ?' हामीले सोध्यौं, 'के तिमीलाई आफ्नो कुरामा पूर्ण विश्वास छ ?'

उसले भन्यो, 'मलाई पूर्ण विश्वास छ । दाजुभाइहरू, अलि टाढाबारे सोच्नुस् । जबसम्म यो ज्यान रहन्छ, तबसम्म सबै उपाय निस्कन्छ । छिटो गएर आफ्नो घरको सामान मिलाइहाल्नुस्, हामी सँगै जाऔं ।'

हामी अँध्यारोले छोप्दै ल्याएको घरआँगन हेर्दै रह्यौं । मनमा बिछोडको दु:ख उर्लेर आउन थाल्यो ।

'ताच्र, ती दिनहरूमा हामी उता खेततिर गएर बसे हुन्न र ?' हामीले सोध्यौं ।

उसले दु:खी भएर टाउको निहुऱ्यायो, एकछिन रोकियो र आँसुले लटपटिएको अनुहार उठाउँदै भन्यो, 'दाजुभाइहरू, पुराना साथीहरू, के मैले आगोमा हाम्फालेर देखाएपछि मात्र तपाईंहरू मलाई पत्याउनुहुन्छ ?'

'तिमीले कुनै हालतमा त्यस्तो नसोच्नू,' हामीले भावुक भएर भन्यौं, 'तिम्रो कुरा हामीले नबुझेको होइन । तर यो भूकम्प जाने, जमिन फाट्ने प्रकृतिको कुरा हाम्रो देशका ठुला वैज्ञानिकहरूले समेत अनुमान गर्न सकेका छैनन् । केही गरी... तिमीलाई अविश्वास गरेको चाहिँ होइन है ।'

'दाजुभाइहरू, साथीहरू,' उसले दु:खी भएर भन्यो, 'त्यस्तो भए तपाईंहरू आफैँ हेरेर गर्नुहोला । याद गर्नुस् अक्टोबर १ अघिपछिका तीन दिन, कुनै हालतमा आफ्नो घरमा बसिनराख्नुस् । दैवले साँचे पछि भेटौंला ।'

ऊ बेस्सरी रोएर त्यहाँबाट गयो ।

हाम्रा आँखा पनि आँसुले भरिए ।

त्यही दिन राति चियाङ परिवार बैलगाडामा चढेर बिदाबारी भयो । हामीले बाटामा जम्मा भएर उनीहरूलाई बिदाइ गऱ्यौं । राति अँध्यारोमा हिँड्ने बानी नभएको बुढो गोरु जँड्याहाजस्तै दायाँबायाँ ढल्केर हिँड्न थाल्यो । उबडखाबड बाटामा त्यस बैलगाडीबाट किसिम-किसिमका आवाज आउन थाले ।

चियाङ बुढाबुढी ओछ्यान, सिरक अनि कुखुरा च्यापेर गाडीमा बसेका थिए । चियाङ ताच्र लालटिन बोकेर गोरुलाई तान्दै गइरहेको थियो । बिस्तारै उनीहरू गाउँबाहिर पुगे । हामी त्यो बत्तीको प्रकाश हेर्दै रह्यौं । गाडीको आवाज सुन्दै रह्यौं । बत्ती झन्-झन् मधुरो हुँदै गयो । गाडीको आवाज झन्-झन् सानो हुँदै गयो । अन्तमा पूर्ण रूपले बिलायो । हामी चुपचाप अँध्यारो सडकमा उभिराख्यौं । हाम्रो मनमा एक प्रकारको शून्यताको अनुभव भयो ।

१२-१५ दिनपछि हामी भूकम्पको प्रकोपबाट बच्न खेतमा बस्न गयौं । शरद् ऋतुको चिसो हावा र शीतले गाउँका आधाभन्दा बढीलाई रुघाखोकी लाग्यो । सुरुमा कसैले केही भनेन । पछि हुँदै गएपछि सबैले चियाङ ताच्र साँच्चै पूर्ण रूपले बहुलाएको रहेछ भन्न थाले र उसको कुरा सुनेर घरबार छाडेर नहिँडेकामा आफूहरूलाई बुद्धिमान् सम्झन थाले ।

अक्टोबर २ पछि धेरैजसो मान्छे आआफ्नो घर फर्के । हामी केही पुराना सहपाठी अझैं स्वास्नी, बालबच्चासहित खेतमा बसिरह्यौं । स्वास्नी, बालबच्चाले समेत हामीलाई चियाङ ताच्रजस्तै बहुलाए भनेर हँसी उडाउन थाले ।

हामी एकसाथ बसेर चुरोट पिउँदै आकाशमा चम्किरहेका तारा हेर्दा, शरद् ऋतुको हावाले खेतबारीबाट आइरहेको आवाज सुन्दै बस्दा हामीलाई पनि बिस्तारै हाम्रो सोचाइ हास्यास्पद भएको अनुभव हुँदै आयो । हामीले तुरुन्तै घर फर्किने, त्यहाँ बसेर दुःख भोगिनरहने निर्णय गऱ्यौं । हामी गाईगोरु तान्दै, कुकुर डोऱ्याउँदै, बच्चाहरू बोकी अचम्मको मनस्थिति बनाएर गाउँतिर लाग्यौं ।

गाउँ पस्न लाग्दा 'बुट्टेदार बङ्गुर' ले भन्यो, 'भूकम्प !'

हामीले हाम्रा पाइला रोक्यौँ। भूकम्पको अनुभव गर्न थाल्यौँ। टाढाबाट रेलगाडीको हर्नको आवाज आयो। एकछिनपछि त्यहाँ मुर्दा शान्ति छायो, दक्षिणतिर चम्किलो प्रकाश देखियो, 'बुट्टेदार बङ्गुर' ले भन्यो, 'भूमि प्रकाश !'

'बुट्टेदार बङ्गुर' ले कसम खाएर साँच्चै जमिन केहीपटक हल्लिएको बतायो। सबै जनाले उसको हँसी उडाए र उसले पनि चियाङ ताव्रको भूकम्प पूर्वसूचनासम्बन्धी अनुसन्धानमा साथ दिन्छ भन्न थाले।

चियाङ ताव्रको परिवार आज राति कहाँ बस्यो ?

'ताव्र,' बुढो चियाङले अधीर भएर भन्यो, 'अक्टोबर १ बितेको तीन दिन भइसक्यो, किन भूकम्प गएन ? भूकम्प गएन भने हामी कुन मुखले घर फर्किने ?'

बाटामा चिसो लागेकाले चियाङ ताव्रकी आमा गाडीमा पल्टेर खोक्दै थिई, स्वाँस्वाँ गर्दै थिई। बुढो चियाङले उसको पिठ्युँमा थपथपाइरहेको थियो। उसले थुकेर दम निकाल्दै भनी, 'घर फर्कौं, घर फर्कौं।'

चियाङ ताव्र बत्तीको पहेँलो प्रकाशमा निहुरेर हिसाब गर्दै बस्यो। केही दिनको परिश्रमले ऊ अझै दुब्लाएको थियो। आमाबुबाको असन्तोषपूर्ण भनाइबीच उसले टाउको उठायो र अत्यन्त दुःखी भएर भन्यो, 'गल्ती भयो, मेरो गणनामा गल्ती भएको रहेछ।'

'बुट्टेदार बङ्गुर' एउटा ट्रान्जिस्टर बोकेर दौडँदै आयो र ठुलो स्वरले भन्यो, 'रेडियो सुन्नुभयो ? पेरुमा छ म्याग्निच्युडको भूकम्प गएछ। हिजो राति मैले भूकम्प अनुभव गरेकै समयमा। भनेपछि त्यो चियाङ ताव्र बहुलाले भनेको पनि पूरै आधारहीन होइन रहेछ।'

असाधारण प्रतिभा

चियाङ ताच्र सानो छँदा गाउँका मुखिया र विद्यालयका अध्यापकहरूले सबैभन्दा चलाख मानेको बच्चा थियो । उसको टाउको गोलो र ठुलो थियो । आँखा चम्किला र काला थिए । ऊ हेर्दैमा असाधारण प्रतिभाशाली बालकजस्तो देखिन्थ्यो ।

अध्यापकहरू उसको प्रशंसा गर्थे । केटी सहपाठी उसलाई मन पराउँथे । अनि हामी केटाहरूलाई ऊ अजीबको लाग्थ्यो । हामी अकारणै उसलाई घृणा गर्थ्यौं । अहिले पो हामीलाई थाहा भयो, त्यो अस्वस्थ भावनालाई डाहा भनिँदो रहेछ ।

हाम्रो दिमाग बन्चरोले पनि फोड्न नसकिने रुखमा भएका गाँठाहरूजस्तै छ भनेर हामीलाई अध्यापकहरू गाली गरिरहन्थे । हामीलाई चियाङ ताच्रसँग केही कुरा सिक्नू भन्थे ।

हामीमध्ये 'बुट्टेदार बङ्गुर' उपनाम भएको सहपाठीले अध्यापकलाई जवाफ फर्काउँदै भन्यो, 'चियाङ ताच्रको दिमाग नै हाम्रो दिमागभन्दा फरक छ भने हामीले कसरी उसबाट सिक्ने? के हाम्रा आमाबुबालाई गएर मलाई फेरि एकपटक जन्माइदिनुस् भन्ने ?'

'बुट्टेदार बङ्गुर' को कुरा सुनेर 'स्याल' उपनाम भएका अध्यापक हाँसे ।

'स्याल' ले चियाङको असाधारण टाउको हेरे अनि लामो सास छाडेर भने, 'हो, तिमीहरूले सिकेर सक्दैनौ, भट्टाबाट निस्केका इँटाहरूजस्तै

तिमीहरूको आकारप्रकार निर्धारित भइसक्यो, अब उपाय नै छैन ।'

हामीले घर फर्केर 'स्याल' को कुरा अभिभावकलाई सुनायौँ। उनीहरूले लामो सास ताने ।

त्यस दिनबाट 'स्याल' ले आफ्नो समय र शक्ति चियाङ ताच्रमाथि केन्द्रित गरे । हामीजस्ता मूर्ख विद्यार्थीलाई उनले जे मन लाग्छ, त्यही गर्न छाडिदिए ।

चियाङ ताच्रले पनि 'स्याल' को परिश्रमलाई बेकार हुन दिएन। पहिले उसले क्षेत्रीय प्राथमिक विद्यालयमा विद्यार्थीको लेखरचना प्रतियोगितामा प्रथम श्रेणीको पुरस्कार पायो । त्यसपछि 'पृथ्वी एक ठुलो खरबुजा हो' भन्ने विज्ञानकथा लेख्यो अनि विद्यार्थीले निकाल्ने विज्ञान प्रविधि पत्रिकामा छाप्यो ।

त्यस घटनाले ठुलो हलचल ल्यायो । यो कुरा आधा महिनासम्म गाउँलेको छलफलको विषय बनिरह्यो ।

चियाङ ताच्रका बाबु चियाङ स्थिङ पनि अति नै उत्साही बनेका थिए। जसलाई भेटे पनि आफ्नो छोराबारे कुरा गर्न थालिहाल्थे। उनीहरू सोध्थे, 'चियाङ, तिमीले यो छोरा कसरी पायौ ? के रहस्य छ, भन न। हामी पनि असाधारण प्रतिभा भएको बच्चा पाउँथ्यौँ नि ।'

बुढो चियाङ उनीहरूको भनाइमा रहेको व्यङ्ग्य नबुझी एकदम गम्भीर भएर भन्थ्यो, 'कहाँ हुनु रहस्य ? अरू बच्चा पाएजस्तै हो, फरक केही छ भने यस बच्चाले जन्मिँदा नै आँखा खोलेको थियो । अलि राम्रो पोषण पाएको भए चियाङ ताच्र अझै चलाख हुन्थ्यो ।'

कुरा सुनिराख्नेहरू भन्थे, 'चियाङ, अब तिम्रो छोरालाई योभन्दा बढी चलाख हुन नदिनू ल ।'

चियाङ ताच्र घनटाउके भएकाले चलाख भएको हो भन्ने हामीलाई लाग्यो । अनि हामीले षड्यन्त्र बुन्न थाल्यौँ । 'बुट्टेदार बङ्गुर' त्यस षड्यन्त्रको मुख्य योजनाकार थियो। हाम्रो लक्ष्य 'स्याल' ले थाहा नपाउने गरी चियाङ ताच्रको दिमाग बिगार्नु थियो ।

कसैले भन्यो, कुनै रात उसलाई कुनै उपायले घरबाहिर ल्याउने अनि लट्ठीले टाउकोपछाडि हान्ने ।

कसैले भन्यो, विद्यालयबाट फर्किने बेला गल्लीमा लुकिराख्ने, ऊ आएपछि इँटाले टाउकामा हान्ने ।

'बुट्टेदार बङ्गुर' ले यी सबै सोचाइलाई नकार्दै भन्यो, 'यस्तो गर्दा हामी पनि खत्तम हुन्छौँ ।'

उसले एउटा उपाय निकाल्यो, चियाङ ताच्रलाई तानेर बास्केटबल खेल खेल्ने ठाउँमा ल्याउने अनि बास्केटबलले उसको टाउकोपछाडि हान्ने । यस्तो गर्दा घाउ पनि हुँदैन, रगत पनि बग्दैन, स्यालले पनि हामीलाई दोषी भन्न सक्दैन । हामी पनि त्यो खेल खेल्दा भएको दुर्घटना भनेर बच्न सक्छौँ ।'

उसको यो उपाय हामी सबैलाई चित्त बुझ्यो । हामीले भन्यौँ, 'बुट्टेदार बङ्गुर, तिमी पो वास्तविक चलाख रहेछौ त । त्यो चियाङ ताच्र दुईचारवटा लेख लेख्दैमा चलाख कसरी हुन्छ यार !'

एक दिन हाम्रो खेलकुद कक्षाको बेला 'स्याल' ले हामीलाई अघिपछि जस्तै एउटा बास्केटबल दिए । अनि हामीलाई खेलमैदानमा पठाए । मैदान के भन्नु, उबडखाबड । जतासुकै इँटा टायलका टुक्राटाक्री ।

मैदानमा एउटा रुख थियो । त्यसमा एउटा फलामको रिङ बाँधिएको थियो । त्यसलाई नै बास्केट सम्झन्थ्यौँ ।

केटी साथीहरू डोरी उफ्रिने, भुइँमा कोठा कोरेर उफ्रिने खेल खेलिरहेका थिए । हामी केटाहरू दौडादौड गरेर बास्केटबल खोसाखोस गर्दै एकछिन खेल्यौँ ।

'बट्टेदार बङ्गुर' ले आँखा झिम्क्याएर सङ्केत गऱ्यो । हामी एकै ठाउँमा जम्मा भएर चियाङ ताच्रलाई रिँगटा लागुन्जेल यताबाट उता, उताबाट यता धकेल्यौँ । त्यसपछि कसले हो कुन्नि बम पड्क्यो भन्दै भुइँको धुलो टिपेर फाल्यो ।

धेरै जनाको आँखामा धुलो पस्यो। पक्कै पनि चियाङ ताच्रको आँखामा सबैभन्दा बढी धुलो पस्यो होला। मैले बास्केटबल 'बुट्टेदार बङ्गुर' को हातमा पुगेको देखें। उसले दुवै हातले बललाई टाउकामाथि पुऱ्यायो अनि पूरा बल लगाएर चियाङ ताच्रको टाउको पछाडिपट्टि हान्यो। बास्केटबल ठोकिएर फर्क्यो। चियाङ ताच्र त्यहीं फनफनी घुम्न थाल्यो। हामी हल्ला गर्दै बल समात्नतिर लाग्यौं। चियाङ ताच्र मात्र त्यहाँ एक्लै उभिएर रुन थाल्यो।

चियाङ ताच्रले 'स्याल' सँग यसबारे भन्ला भनेर चिन्ता लागेको थियो हामीलाई। 'बुट्टेदार बङ्गुर' ले हामी केही टाठाबाठा केटालाई गोप्यता भङ्ग नगर्ने कसम खुवाएको थियो।

हरेक दिन कक्षाकोठामा बस्दा डर लागिरहन्थ्यो। तर त्यस्तो केही भएन। हामी पहिलेजस्तै मूर्ख बनिरह्यौं। चियाङ ताच्र पहिलेजस्तै चलाख बनिरह्यो।

केही वर्षपछि हामी प्राथमिक विद्यालय पास भयौं। हामी सबै घर फर्केर किसान बन्यौं। चियाङ ताच्र एक जना मात्र काउन्टीको एक नम्बर माध्यमिक विद्यालयमा पढ्न थाल्यो। हामी र चियाङ ताच्रबीच दूरी बढ्न थाल्यो। हाम्रो मनमा रहेको उसप्रतिको अचम्मको घृणा पनि बिलाउँदै गयो।

हामी बिहान सबेरै नदीमा पानी बोक्न जाँदा प्रायः पिठ्युँमा किताब र खानेकुरा राखिएको झोला बोकेर हतार-हतार विद्यालयतिर गइरहेको चियाङ ताच्रसँग भेट हुन्थ्यो। हामी आदरपूर्वक उसलाई अभिवादन गर्थ्यौं। उसले पनि विनम्र भएर जवाफ फर्काउँथ्यो। मलाई याद छ, त्यस बेला उसको अनुहार फुस्रो, सेतो र निराश देखिन्थ्यो। हिँड्दाखेरि पैताला स्थिर नभएर हावामा उड्न लागेको जस्तो देखिन्थ्यो।

फेरि अरू केही वर्ष बिते। ऊ अध्ययन गर्न विश्वविद्यालय गयो भन्ने सुन्यौं। त्यति मात्र होइन, ऊ अध्ययन गर्न गएको विश्वविद्यालय धेरै नाम चलेको थियो भन्ने पनि सुन्यौं। यो खबर सुनेर हामीलाई पटक्कै

आश्चर्य लागेन। हामीलाई त त्यो हुनैपर्ने कुराजस्तो लाग्यो। चियाङ ताच्रको टाउको त्यत्रो ठुलो, त्यत्रो गोलो थियो, ऊ विश्वविद्यालय पढ्न नगए कस्तो मान्छे विश्वविद्यालय पढ्न योग्य होला त?

एकपटक गर्मी याममा लगातार पानी परिरहेको थियो। म र 'बुट्टेदार बङ्गुर' नदीको डिल सुरक्षा गर्न बसिरहेका थियौँ। नदीमा पानी धेरै बढेर पुल डुबायो। डिलबाट पानी बग्ने खतरा भने थिएन। त्यसैले हामी नदीको डिलमाथि बसेर बाघचाल खेल्न थाल्यौँ।

चियाङ ताच्रका बाबु त्यहाँ आए र भने, 'ताच्र गर्मीको बिदामा घर फर्केको थियो। नदीको पानी बढेर अर्को किनारमा अड्किरहेको छ। भर्खरै ग्राम सरकारबाट फोन आयो। उसलाई नदी तार्न कसैले मद्दत गर्छ कि?'

हामीले 'हुन्छ' भन्यौँ।

नदी तारिसकेपछि ऊ नदीको डिलमा एउटा सानो कट्टु मात्र लगाएर काम्दै उभियो। उसको शरीरको छाला फुस्रो पहेँलो थियो। जिउमा हाडखोर मात्र बाँकी थियो। उसको टाउको झनै ठुलो देखिएको थियो।

त्यस बेला हामीले त्यो दिन बास्केटबल मैदानमा उसलाई दुःख दिएको सम्झ्यौँ। हामी सबै पछुतायौँ। 'बुट्टेदार बङ्गुर' ले भन्यो, 'साथी, त्यस बेला मैले बलले तिम्रो टाउकामा हानेर तिम्रो दिमाग बिगार्न खोजेको थिएँ।'

उसले हाँसेर भन्यो, 'तिमीले त्यसरी बलले हानेपछि बल्ल मेरो दिमाग ठिक ठाउँमा आएको थियो। तिमीलाई धन्यवाद ल साथी।'

'बुट्टेदार बङ्गुर' ले भन्यो, 'कहाँ हुनु त्यस्तो?'

'नपत्याए हेरिराख न,' उसले टाउको देखायो।

मैले सोधेँ, 'साथी, तिमी विश्वविद्यालयमा चाहिँ के पढ्दै छौ?'

'विश्वविद्यालयमा पढेर केही जानिँदैन, म त पढाइ छाडेर फर्किन पो लागेको त।'

'साथी, त्यस्तो कुरा नगर । तिमी हाम्रो गाउँको धेरै वर्षपछिको विश्वविद्यालयको विद्यार्थी। तिमी पढाइ पूरा गरेर ठुलो मान्छे बन्छौ भन्ने आस गरेर हामी सबै बसेका छौँ। तिमी ठुलो मान्छे बन्यौ भने हामी पनि तिम्रा पहिलेका सहपाठी भएका कारण गौरवान्वित हुनेछौँ ।'

पक्कै अरू नै केही सोच्न थालेकाले होला, उसले टाउको हल्लाउन थाल्यो ।

'कति मानिस चाहेर पनि पढ्न जान पाउँदैनन्। हामीजस्ता पटमूर्खहरू त हिलोमाटोमै दिन बिताउन जन्मेका हौँ, हिलोमाटोमै रमाएर जीवन बित्छ, केही ठुलो कुरो भएन। तर चियाङ ताच्र तिम्रो त त्यत्रो ठुलो टाउको छ, तिमीले पनि हामीजस्तै हिलोमाटोमै जीवन बिताउन लाग्यौ भने आफ्नै विनाश गर्ने भएनौ त ?'

जब चियाङ ताच्र विश्वविद्यालयको पढाइ छाडेर घर फर्कियो भन्ने खबर सुन्यौँ, हामी सबै छक्क अनि बक्क पऱ्यौँ।

मैले चियाङ ताच्रलाई पहिले घात गर्ने, षडयन्त्र गर्ने साथीहरू लगेर उसलाई राम्ररी सम्झाउने विचार गरेँ।

हामीले सोच्यौँ, धेरै पढेका मानिस पनि कहिलेकाहीँ कतिपय कुरामा चुक्छन्, उनीहरूलाई गाउँघरको हिलोमाटोको जीवन कस्तो हुन्छ भन्ने के थाहा ? साँच्चै १८ तहको नर्क यो विश्व ब्रह्माण्डमा हुने हो भने हिलोमाटोको जीवन नै साँच्चैको अठारौँ तहको नर्क हो । हुनेखाने परिवारको घरको कुकुरको जीवन पनि हाम्रो जीवनभन्दा सुखमय हुन्छ।

हामीले धकेलेर उसको घरको तगारो खोल्यौँ। चुच्चो कान भएको एउटा पहेँलो कुकुर पुच्छर हल्लाउँदै हाम्रो स्वागत गर्न आइपुग्यो। टायल छाएको चारकोठे उसको घर चौडा र उज्यालो थियो। आँगनभरि सूर्यमुखी फुलेका थिए। उसका बाबु बाहिर निस्किए र दबेको स्वरमा भने, 'केही काम थियो कि ?'

'बुट्टेदार बङ्गुर' ले भन्यो, 'साथी ताच्र विश्वविद्यालयको पढाइ छाडेर आयो भन्ने सुनेर हामी उसलाई सम्झाउन आएका हौँ ।'

'उसकी आमा र मैले उसलाई सम्झाउँदा-सम्झाउँदा हाम्रा ओठमुख सुकिसके। यो केटो सानैदेखि मनमौजी भयो। बुझाउनै सकिएन।'

'हामीले सम्झाउँदा मान्छ कि त ?'

'भतिजहरू हो, हामीले त हार खाइसक्यौं। दुःख नगरे हुन्छ, छाड्देऊ उसलाई।'

'बुट्टेदार बङ्गुर' ले भन्यो, 'हामी ऊ त्यसरी आफ्नो भविष्य बर्बाद गरेको हेरेर बस्न सक्दैनौं। हाम्रो यो गरिब गाउँमा पाँच पुस्तापछि बल्ल एउटा विश्वविद्यालय पढ्ने मान्छे जन्मेको छ।'

हामी आँगनमा हल्ला गरेर बसिरहेको बेला चियाङ ताच्र कोठाबाट बाहिर निस्कियो। अनुहार फुस्रो पहेँलो थियो। लामो समयदेखि बिरामी भएजस्तो गरी कम्मर निहुर्‍याइरहेको थियो। चस्मा निकाल्यो र लुगाले पुछेर फेरि लगायो। हामीतिर हेरेर भन्न थाल्यो, 'साथीहरू मैले तिमीहरूको कुरा सबै सुनें।'

एउटा हात उचालेर हल्लाउँदै भन्न थाल्यो, 'साथीहरू, तिमीहरूलाई थाङसानको भूकम्पबारे थाहा छ ?'

'बुट्टेदार बङ्गुर' ले भन्यो, 'कहाँ थाहा नहुनु, थाङसान भूकम्पको बेला हाम्रो घरको दलिन नै कस्तो आवाज निस्किने गरी चलेको थियो।'

'थाङसान भूकम्पको बेला कति मानिस मरेका थिए, थाहा छ ?'

हामीलाई थाहा थिएन।

'थाङसान भूकम्पले गर्दा दुई लाख ४० हजार मानिस मरेका थिए। त्यो अरू धेरै भन्न मिल्दैन, १५५६ सालको शान्सी महाभूकम्पमा आठ लाख ३० हजार मानिस मरेका थिए। जापानको महाभूकम्प, चिलेको महाभूकम्पमा त १० लाखभन्दा बढी मानिस मरेका थिए।'

'हामी तिमीलाई फेरि विश्वविद्यालय फर्केर अध्ययनलाई निरन्तरता देऊ भनेर सम्झाउन आएका। किन हामीसँग भूकम्पको कुरा निकालेको ?'

'साथीहरू, तिमीहरूलाई थाहा छैन, हाम्रो यो ठाउँ भूकम्प जाने क्षेत्रमा पर्छ, यहाँ कुनै पनि समयमा भूकम्प जान सक्छ ।'

'बुट्टेदार बङ्गुर' ले भन्यो, 'त्यसो भए त झन् तिमी यहाँ फर्केर आउनै भएन । साँच्चै भूकम्प आउँदा हामीजस्ता मर्‍यौँ भने देशका लागि फाइदा नै हुन्छ, जनसङ्ख्या घट्छ, देशको अन्न जोगिन्छ, तिमी मर्‍यौ भने बरबाद हुन्छ, तिमी त काम लाग्ने मान्छे, मर्न हुन्न ।'

'साथी, गाउँघरका सबै भूकम्पमा मरे भने म देशको राष्ट्रपति नै भए पनि के अर्थ भयो ? म विश्वविद्यालयको पढाइ छाडेर फर्केको यही भूकम्पसम्बन्धी अनुसन्धान गर्न हो ।'

मैले भनेँ, 'यो काम त सरकारले गर्न सक्दैन र ?'

उसले टाउको हल्लाउँदै भन्यो, 'म उनीहरूको उपकरण हेर्न गएको थिएँ, ती कामका छैनन् । उपकरणभन्दा खत्तम उनीहरूको विचार रहेछ । उनीहरूको भूकम्पसम्बन्धी सिद्धान्तको आधार नै एकदम गलत छ । उनीहरूको अनुसन्धान जति विकसित हुँदै जान्छ, उनीहरू यथार्थबाट उति नै पर पुग्दै जान्छन् ।'

हामीले ट्वाल्ल परेर उसलाई हेरिरह्यौँ ।

'मेरा कुरा तिमीहरूले पत्याएका छैनौ, बुझेका पनि छैनौ,' टाउकामा हात राखेर भन्यो, 'तिमीहरूले मलाई विश्वास नगरे पनि यो मेरो टाउकालाई त विश्वास गर्छौ नि !'

उसको लुगामा मसीका दाग थिए । उसको टाउकाबाट बाफजस्तो सेतो वायु निस्किरहेको थियो । त्यो 'अद्भुत वायु' नभई अरू के हुन सक्छ र ! अनायास ऊप्रति श्रद्धा जाग्न थाल्यो हामीलाई । हामीले बरबराएको जस्तो गरी भन्यौँ, 'साथी, हामी तिमीलाई विश्वास गर्छौं, तिमी आफ्नो अनुसन्धान सुरु गर, हामीले गर्न सक्ने कामको भए नहिच्किचाई भन ।'

हामी बिस्तारै पछि हट्दै उसको घरबाट बाहिर आयौँ ।

'नदी किनारको बलौटे माटामा आँखाले भ्याउने ठाउँसम्म गाढा हरियो

खरबुजा रोपिएको थियो,' यो लु स्यविन महोदयले प्रयोग गरेको वाक्य हो, जुन हामीले प्राथमिक तहमा भाषासाहित्यको किताबमा पढेका थियौं ।

हाम्रो गाउँमा सबै परिवारको खरबुजा उम्रिएको एक-एक टुक्रा खेत थियो । हामीकहाँको माटो खरबुजा रोप्न सबैभन्दा उपयुक्त थियो । ती खरबुजा ठुला हुन्थे । गुदी चिनीदार हुन्थ्यो । बोक्रा औंलाले प्याट्ट हिर्काए पनि फुट्ने खालको हुन्थ्यो ।

हरेक परिवारको खरबुजा खेतमा एउटा टहरा हुन्थ्यो । टाढाबाट हेर्दा त्यो घरको बुर्जाजस्तो देखिन्थ्यो ।

विश्वविद्यालयबाट पढाइ छाडेर फर्केपछि एक हिउँदभर चियाङ ताच्र कतै निस्केन । हामीले पनि गएर उसलाई भेट्ने आँट गरेनौं ।

उसका बाबुले भने, 'ऊ दिनरात लेखेर, चित्र कोरेर बस्छ । विदेशी भाषाका गोलो-गोलो अक्षर लेख्छ, अचम्मलाग्दा आकृतिका वैज्ञानिक चित्र कोर्छ । त्यसले गर्न नसक्ने कुनै काम छैन जस्तो लाग्न थाल्यो मलाई । कुनै दिन त सुनकै फुल पार्ला जस्तो लाग्छ ।'

वसन्त ऋतु लागेपछि हाम्रो आधा समय खेतमा खरबुजाको लहरा लागेको, फूल फुलेको, फल लागेको हेरेर बित्न थाल्यो । खरबुजाको झुसिलो फल मुठीभरको भएको बेला चियाङ ताच्र खेतमा देखा पर्‍यो ।

ऊ एकदम टिठलाग्दो देखियो । अनुहार फुङ्ग उडेको । आँखा पनि झन् भित्र छिरेजस्ता । पातलो शरीरले टाउकाको भार कसरी थामेको होला जस्तो ।

हामीले ऊ मन बहलाउन आएको होला भन्ठानेको त अनुसन्धानका लागि पो आएको रहेछ ।

उसले हातमा एउटा आइग्लास लियो । खरबुजा खेतमा घुँडाले टेक्यो । खरबुजाको लहरा र फललाई दोहोर्‍याई तेहेर्‍याई हेर्न थाल्यो । एकपटक हेर्दा नै एक बिहान जाने गर्थ्यो ।

छेउको नदीको पानी चम्किलो थियो । उसको टाउको पनि टल्केको थियो । हामीले सोच्यौं, उसले भूकम्पको अनुसन्धान गर्न छाडेर खरबुजाको

अनुसन्धान पो सुरु गरेको हो कि ! उसको अनुसन्धानको विषय परिवर्तन भएको देखेर हामीलाई खुसी पनि लाग्यो ।

उसले अनुसन्धान गरेर खरबुजाको नयाँ प्रजाति निकाल्न सके अथवा खरबुजा रोप्ने उमार्ने नयाँ प्रविधि विकास गर्न सके त्यसबाट हामीलाई ठुलो फाइदा हुन सक्थ्यो । उसलाई सीधै सोध्ने साहस हामीमा भएन । उसका बाबुलाई घुमाउरो पाराले सोध्यौँ । उनले पनि थाहा नभएको बताए । तर उनी आनन्दित देखिन्थे ।

मौसम केही सुक्खा भएको थियो । यस्तो मौसममा खरबुजा राम्ररी फल्छ । खरबुजा फल्दै गरेको खेतमा निकट भविष्यमै विश्व हल्लाउने छोराको पनि विकास हुँदै थियो, यस्तो अवस्थामा बुढा आनन्दित नहोऊन् पनि कसरी ?

कहिलेकाहीँ उसकी आमा दिउँसोको खाना खेतसम्मै ल्याइदिन्थिन् । छोराको टाउकामा पसिनाका दाना र शरीरभर धुलो माटो देखेर बुढी आमा भन्थिन्, 'हेर, एकछिन त आराम गर, तिम्रो त्यो ठुलो टाउकालाई त एकछिन आराम गर्न देऊ ।'

उसको कठिन परिश्रम देखेर हामी प्रभावित भयौँ । वैज्ञानिक बन्नु त किसान बन्नुभन्दा पनि कठिन भएको अनुभव भयो । किसानहरू काम सकिएपछि नदीमा हाम्फालेर नुहाउन सक्छन् । चारैतिरबाट हावा चल्ने खेतको टहरामा पल्टेर एक निद्रा सुत्न सक्छन् । तर वैज्ञानिक त टहरामा पल्टेर सुत्दा पनि खेतमा घुँडा टेकेर एकचित्त भएजस्तो केही सोचिरहन्छन् ।

खरबुजा ठुलो हुँदै गयो, ताम्र भने सानो हुँदै गयो, धेरै दुब्लायो । उसको शरीर मसिनो हुँदै खरबुजाको लहराजस्तो बन्न थाल्यो । टाउको भने सानो भएन, उल्टो ठुलो खरबुजाजस्तो बन्न थाल्यो ।

उसका बाबुलाई सोध्यौँ, 'काका, ताम्रलाई आराम गर भन्नुस् न, उसको घुँडामा किला नै छ कि के हो, गाडिएपछि निस्किँदै ननिस्किने ? यसरी त तपाईंको छोरा नै एउटा खरबुजा बन्न जाला ।'

कोइली चरी यताउता उड्न थाले । कोइरालोका फूल ढकमक्क फुलेर झरे । गहुँ पाक्यो । खरबुजा बढेर चियाङ ताञ्चको टाउकोभन्दा पनि ठुलो भयो । गर्मी बढ्न थाल्यो । एक दिन अचानक आकाशमा बिजुली चम्कियो । मेघ गर्जेको आवाज आयो । एकैछिनमा वर्षा भयो । वर्षाको पानीसँगै बदामका दानाजत्रा असिना पनि झरे ।

हामी सबै पानीबाट बच्न टहराभित्र लुक्यौँ । वैज्ञानिकचाहिँ अझै पनि खरबुजा खेतमै टाउको उठाएर आँखा टोलाउँदै प्रकृतिको कुनै रहस्यबारे सोच्दै थियो । बतासले गर्दा समय-समयमा खरबुजाका पातहरूको सेतो झुस भएको पछाडिको भाग देखिन्थ्यो । बिजुली चम्किँदा खेतभरिका चिल्ला खरबुजामा चमक देखिन्थ्यो । असिनाले खरबुजाका केही पातमा प्वाल पाऱ्यो । केही खरबुजामा चोट पाऱ्यो । त्यो देखेर हामीलाई दुःख पनि लाग्यो ।

हामीलाई त्योभन्दा पनि बढी दुःख त्यो हुरीबतास, असिनापानीमा उभिएको वैज्ञानिकको टाउकाको लाग्यो । उसको पातलो कपाल पानीले भिजेर टाउकामा टाँसिँदा झनै खरबुजाजस्तो देखिएको थियो । सेता चम्किला असिना उसको टाउकामा हानेपछि फर्केर एकातिर खस्थे । मेरो टहरो उसको बाबुको टहराबाट नजिकै थियो । म चिच्याएँ, 'चियाङ काका, के तपाईंलाई आफ्नो छोरा चाहिएन अब ?'

उनी हुरीबतास पानीमा रुज्दै मेरो टहरामा आए र जिउ कमाउँदै आँखाभरि आँसु पारेर भन्न थाले, 'अब के गरूँ ? उसले भनेको थियो, आकाशबाट ढुङ्गै झरे पनि वास्ता नगर्नू रे । उसले सोच्दै आएको समस्याको समाधान निकाल्ने आज सबैभन्दा महत्त्वपूर्ण क्षण हो रे ।'

'जे भए पनि उसलाई झरीमा भिजेर मर्न दिनु त भएन नि ।'

हामी चोयाले बुनेको बर्साती, छ्वालीको टोपी लिएर वैज्ञानिकको नजिक पुग्यौँ । उसको टाउको भित्रबाट केही आवाज आइरहेको जस्तो लाग्यो । त्यो एक महान् विचार गर्ने यन्त्र चल्दा निस्केको आवाज थियो । मैले चोरऔँलाले उसको काँधमा कोतरेर हेरेँ । ऊ त चिसिएर कडा भइसकेको रहेछ ।

मैले भन्नैपऱ्यो, 'फसाद भयो काका, यो त चिसोले जमिसकेछ।'

हामीले उसको मुखभित्र अदुवापानीको सुप हालिदियौँ। रक्सी तताएर जिउभरि दलिदियौँ। उसको फुस्रो सेतो शरीरमा बिस्तारै फिका गुलाफी रङ देखिँदै आयो। उसका स्थिर आँखा पनि बिस्तारै यताउता चल्न थाले।

उसले उभिन कोसिस गऱ्यो तर सकेन। आकाशमा उड्दै गरेका चराहरू देखेपछि बल्ल ऊ केही उत्तेजित भयो। ओठहरू कमाउँदै भन्यो, 'साथीहरू, मैले पत्ता लगाएँ।'

यो वाक्य मुखबाट निकाल्नेबित्तिकै वैज्ञानिकको टाउको एकातिर ढल्न गयो। मैले हातले उसको निधार छामेँ। हे दैव ! बलेको कोइलाजस्तो तातो निधार।

टहराबाट ढोकाको खापा निकाल्यौँ। त्यसैमा वैज्ञानिकलाई सुताएपछि नदी तरेर स्वास्थ्य चौकी पुऱ्यायौँ।

सबैभन्दा पहिले पाकेको खरबुजा टिप्ने समयमा वैज्ञानिक स्वास्थ्य चौकीबाट डिस्चार्ज भयो। हामी उसका बाबुको खरबुजा खेतमा जम्मा भएर उसको वैज्ञानिक उपलब्धिबारे सुन्न बस्यौँ।

उसले दुवै हातले एउटा ठुलो खरबुजा उठाएर दम आएजस्तो गरी भन्न थाल्यो, 'गाउँले दाजुभाइ, पुराना सहपाठी साथीहरू ! मलाई थाहा छ, यो कुरा अत्यन्त जटिल र रहस्यमय छ। एकै दिनमा सबै कुरा बुझाउन सकिँदैन। तर म यसलाई सकेसम्म सरल र बुझ्न सजिलो बनाउने प्रयास गर्छु। लामो समयको अवलोकन र अनुसन्धानबाट मैले खरबुजाको विकासको प्रक्रिया र हाम्रो पृथ्वीको विकासको प्रक्रिया पूर्ण रूपले एकै प्रकारको रहेको पत्ता लगाएँ। खरबुजा सानो आकारको पृथ्वी रहेछ। अथवा भनूँ, म अहिले दुई हातले वास्तविक पृथ्वीभन्दा धेरै गुणा सानो पृथ्वी बोकिरहेको छु। खरबुजालाई काटेर त्यसको भित्र हेर्नु पनि पृथ्वीको भित्री भाग हेरेजस्तै हो। मैले अहिले भूकम्प आउनुको कारण राम्ररी बुझिसकेँ। अहिले सही रूपमा भूकम्पको भविष्यवाणी गर्न सक्ने भएको छु।'

उसले खरबुजालाई काठको फल्याकमाथि राख्यो। ठुलो चक्कु निकालेर

खरबुजालाई दुई टुक्रा बनायो। अनि खरबुजाको रातो गुदी, कालो बियाँ र रेसा देखाउँदै हामीलाई भन्न थाल्यो, 'हेर्नुस् यो पृथ्वीको सतह हो, यो पृथ्वीको भित्री भाग, अनि योचाहिँ पृथ्वीको केन्द्रीय भाग, यो आगोजस्तो रातो म्याग्मा, अनि यीचाहिँ महादेशहरू।'

हामीले ट्वाल्ल परेर उसलाई हेरिराख्यौँ। ऊ प्रसन्न भएर हाँस्यो। त्यसपछि पाकेको खरबुजालाई मनपरी काटेर धेरै टुक्रा बनायो र हामीलाई बाँड्दै भन्यो, 'तपाईंले मनमा सोचिरहनुभएको होला, यो बेबकुफ कतै बहुलाएको त छैन ? म तपाईंहरूलाई केही दोष दिन्नँ। खरबुजा खानुस्, मेरो बाबुको परिश्रमको फल चाख्नुस्।'

हामी खरबुजाको टुक्रा हातमा लिएर भारी मनले सोच्न थाल्यौँ, यो पृथ्वीको एक टुक्रा हो, सायद खरबुजाको यही टुक्रामा आधा चीन रहेको छ। यही टुक्रामा ठुला सहर छन्। ठुला वनजङ्गल, मरुभूमि, महासागर, पहाड छन्...।

हामीले डराई-डराई रातो गुदी टोक्यौँ। यो म्याग्मा हो, हामीलाई लाग्यो, यस वर्षको पृथ्वीको रङ अति राम्रो छ, चिसो म्याग्मामा पानीको मात्रा पनि प्रशस्त छ, गुलियो पनि छ, मुखभित्र पुग्नासाथ पग्लिएर जान्छ।

उसले भन्यो, 'तपाईं किन मेरो प्रतिरोध गर्नुहुन्न ? तपाईंहरूले मलाई सोध्नुपर्ने, चियाङ ताञ्र, खरबुजा नै सानो पृथ्वी हो भने पृथ्वीमा भएको समुद्र खरबुजामा कहाँ छ ? छाङचियाङ नदी कहाँ छ ? ह्वाङ्ह नदी कहाँ छ ? हिमालय पहाड कहाँ छ ? पेइचिङ कहाँ छ ? वासिङ्टन कहाँ छ ? खरबुजा लहरामा फल्छ, पृथ्वी पनि त्यसरी नै कतैबाट झुन्डिएको छ कि ? सौर्यमण्डल एक टुक्रा खरबुजा हो कि अझै झन् ठुलो खरबुजा हो ? यो ब्रह्माण्डभरि नै खरबुजाको लहरा फैलिएको छ ? अनि यस ठाउँमा एउटा सूर्य फलेको छ, त्यस ठाउँमा एउटा चन्द्रमा फलेको छ, हो ? तपाईंहरू किन सोध्नुहुन्न ?'

हामी हातमा पृथ्वीको बाहिरी पत्र लिएर झन् टोलाउन पुग्यौँ। सबैले आफ्नो टाउको भारी भएको अनुभव गर्न थाले। त्यतिका तारा हाम्रो

टाउकोभित्र खरबुजाजस्तै गुड्दै ठोक्किँदै गरेजस्तो अनुभव हुन थाल्यो । हाम्रो टाउको दुखेर पड्केलाजस्तो भयो । मस्तिष्क उम्लिँदै गरेको म्याग्मा बन्न पुग्यो ।

ऊ दुःखी भएर हामीलाई हेर्दै रह्यो । उसले एकपटक म्याग्मा टोक्यो । पृथ्वीको एक टुक्रा भित्री भाग थुक्यो र हातमा बाँकी भएको पृथ्वीको बाहिरी भाग मिल्काउँदै भन्यो, 'मलाई थाहा छ, ती प्रश्नको जवाफ मैले दिनुपर्दैन । तर दाजुभाइ, दिदीबहिनी, काका, हजुरबुबा, पूरै मानवजाति । म तपाईंहरूलाई प्रेम गर्ने मानिस हुँ ।'

त्यस दिनदेखि हाम्रो मनमा कहिल्यै शान्ति भएन । खास गरी राति टहरामा खरबुजा हेर्न गएको बेला टाउको उठाएर आकाशतिर हेर्दा आकाशैभरि तारा देखिन्थे । टाउको निहुर्‍याएर तलतिर हेर्दा असीमित भय उत्पन्न हुन्थ्यो । असङ्ख्य प्रश्न हाम्रो मनमा उब्जिन थाल्थे- खरबुजा पृथ्वी हो, खरबुजाको पात के हो ? खरबुजाको फूल के हो ? खरबुजाका बियाँ के हो ? मकै के हो ? भटमास के हो ? फल खाने जनावर के हो ? बलौटे माटो के हो ? युरिया मल के हो ? अनि मानिस के हो ?

उड्ने चरो

शनिबार अपराह्न हामी नदी किनारमा भेडा चराउन गएका थियौँ। भेडाहरू नदीको डिलनेर पाखामा घाँस खाँदै थिए। हामी नदीको डिलमा घाँस लडाएर खेल्न थाल्यौँ।

एकैछिन खेलेपछि वाक्क लाग्यो। बाघचाल खेल्न थाल्यौँ। त्यो पनि एकैछिनमा वाक्क लाग्यो। त्यसपछि हामी सूर्य हेर्न थाल्यौँ। बादल हेर्न थाल्यौँ।

स्यवी पाओको भेडाले फाङ छाङको भेडीको चाक सुँघेको हेर्न थाल्यौँ। हेर्दाहेर्दै भेडा भेडीको ढाडमा चढ्यो। रातो-रातो एउटा 'खुर्सानी' निकाल्यो। एकैछिन भेडा तल झर्‍यो। भेडी एकचोटि कराई। भेडा पनि एकचोटि करायो। त्यसपछि घाँस खान थाल्यो।

नदीमा अलि-अलि मात्र पानी थियो। केही गौँथली पानीको सतह नजिकबाट उडिरहेका थिए। हामीलाई एकदम नरमाइलो लागिरहेको थियो। स्यवी पाओले नरमाइलोबाट मुक्त हुने उपाय निकाल्यो। उसले विद्यालयमा गई शाङ सिउसानलाई निकालेर 'राजनीतिक आलोचना गोष्ठी' गरौँ भन्यो।

फाङ छाङले विरोध गर्दै भन्यो, '३०-४० पटक गरिसक्यौँ। जहिले पनि त्यही कुरा। मान्छेले खाने मान्थउ खरायोलाई खुवाएको, मुख धुने पानी विद्यार्थीको जिउमा पर्ने गरी फालेको, त्यस्तै कुरा मात्र, केको रमाइलो हुनु... ?'

फाङ छाङले टाउको हल्लाउँदै भन्यो। उसको टाउको लामो थियो। आँखादेखि च्युँडोसम्मका अङ्ग टाँसिएका जस्ता देखिन्थे। निधार एकदम चौडा थियो।

स्यवी पाओले ठुला पहेँला आँखा घुमाउँदै रहस्यमय ढङ्गले भन्यो, 'मैले शाङ सिउसानको एउटा गोप्य कुरा पत्ता लगाएको छु, आजको राजनीतिक आलोचना गोष्ठी धेरै रमाइलो हुनेछ।'

'के त्यस्तो ?' हामीले सोध्यौँ।

स्यवी पाओले चारैतिर हेऱ्यो अनि गला दबाएर सानो स्वरले भन्यो, '... ।'

'त्यो कसरी सम्भव होला ?'

हामीले शङ्काको दृष्टिले स्यवी पाओलाई हेरिरह्यौँ। उसको अनुहार अकस्मात् रातो भयो। पहेँला आँखा पनि चम्किन थाले। ठुलो स्वरले हामीलाई हकार्न लाग्यो, 'तिमीहरूलाई विश्वास लागेन, होइन ? तिमीहरू यहाँ पनि शङ्का गर्छौ ? यो त मेरी आमाले आफ्नै मुखले मलाई सुनाउनुभएको हो।'

स्यवी पाओकी आमा हाम्रो गाउँमा ५० वर्ष नाघेकी एक मात्र महिला थिइन्। उनको गौरवशाली इतिहास थियो। गाउँको पुरानो पार्टी सचिवलाई विरोध गरेर हटाई उनी 'क्रान्तिकारी परिषद्' को प्रमुख बनेकी थिइन्। ठुलो स्वर, अग्लो मोटो शरीर। मर्न नडराउने स्वभाव भएकी स्वास्नीमान्छेको कुरामा अवश्य पनि शङ्का गर्न हुँदैनथ्यो।

'यो त साँच्चै रिस उठ्ने कुरा भयो,' दुब्ले चाङ थोङ्यीले ठुलो स्वरमा भन्यो, 'यो त भ्यागुताको छाला काढे पनि आशाचाहिँ रहिरहन्छ भनेजस्तो पो भयो, जाऔँ-जाऔँ छिटो गएर उनलाई विद्यालयबाट बाहिर निकालौँ, सत्य कुरा भन्न लगाऔँ।'

स्यवी पाओले फाङ छाङलाई हाम्रो भेडा हेरिराख्न अह्रायो। फाङ छाङ मानिरहेको थिएन। ऊ पनि शाङ सिउसानलाई दुःख दिएको हेर्न चाहन्थ्यो। स्यवी पाओले उसलाई आदेश मान्न भन्यो। नभए पिट्छु

भन्यो। फाङ छ्याङले फेरि केही भन्ने आँट गरेन। ऊ भेडा हेर्न गयो। स्यवी पाओ म, चाङ थोङ्यी, तु तापिङ्च, निए पी, काउ पालाई लिएर फुर्तीसाथ गल्लीको बाटो हुँदै विद्यालयतिर लम्क्यो।

विद्यालयको मूलढोकामा पस्नासाथ काउ पाकी दिदी काउ होङयिङसँग जम्काभेट भयो। उहाँ पहिले १ कक्षाको अध्यापिका हुनुहुन्थ्यो। पछि विद्यालयको 'क्रान्तिकारी परिषद्' को उपप्रमुख हुनुभएको थियो।

उहाँ परिषद् प्रमुखको कोठाबाट निस्कनुभएको थियो। भर्खरै रोएजस्ता उहाँका आँखा राता थिए। हामीलाई देख्नासाथ उहाँको अनुहारको मांसपेशी कस्सिन थाल्यो। रिसाएर सोध्नुभयो, 'तिमीहरू के खान ह्याँ ?'

फेरि आफ्नो भाइलाई हप्काउन थाल्नुभयो, 'सियाओ पा, शनिबारको दिन, तिमी भेडा चराउन नगई यहाँ किन आएको ?'

काउ पाले भन्यो, 'म भेडा चराउन गइनँ भनेर तपाईंलाई कसरी थाहा भयो ? भेडाहरू नदी किनारमा घाँस खाइरहेका छन्।'

स्यवी पाओले एक पाइला अगाडि बढ्दै भन्यो, 'काउ उपप्रमुख, हामी शाङ सिउसानलाई लगेर एकछिन आलोचना गोष्ठी गरौँ भनेर आएका।'

काउ होङयिङले रिसाएर भन्नुभयो, 'भुत्रो गोष्ठी गर्छौं ? सबै जना यहाँबाट निस्केर भेडा चराउन गइहाल।'

स्यवी पाओले आफ्नी आमाको पदको फुर्ती निकालेर भन्यो, 'अँ, तपाईं हामी क्रान्तिकारी बालनायकको क्रान्तिकारी कारबाहीलाई दमन गर्न खोज्नुहुन्छ। तपाईंको राजनीतिक धरातल के हो ?'

'क्रान्ति ? तँ भुरालाई क्रान्ति भनेको के थाहा छ ? क्रान्तिको कुरा निकालेर मलाई दबाउन खोज्ने ?' काउ होङयिङले अनुहार रातो पार्दै भन्नुभयो, 'तेरी बज्यैले क्रान्ति गर्दा तँ तेरी आमाको पेटबाट निस्केको पनि थिइनस्।'

हल्ला भइरहेको बेला विद्यालय क्रान्तिकारी परिषद्का प्रमुख वाङ तापिचले कोठाबाट बाहिर निस्केर सोध्नुभयो, 'केको हल्ला भइरहेको छ यहाँ ?'

स्यवी पाओले भन्यो, 'वाङ प्रमुख, तपाईंले न्याय गरिदिनुपर्‍यो। हामीले सिउसानलाई नदी किनारमा लगेर एकछिन आलोचना गोष्ठी गरौं भनेका थियौँ। काउ उपप्रमुखले अनुमति नदिनुभएको मात्र होइन, हामीलाई समेत व्यङ्ग्य गरेर कस्तो... ।'

वाङ तापिचले काउ होङपिङलाई यसो हेर्नुभयो । अनि हामीलाई भन्नुभयो, 'काउ उपप्रमुख त तिमीहरूसँग जिस्किनुभएको नि। लालरक्षक बालनायकको क्रान्तिकारी कारबाही जसले दबाउँछ, ऊ प्रतिक्रान्तिकारी हो । लैजाओ, आलोचना गोष्ठीमा वर्ग शत्रुलाई सास फेर्ने अवसर पनि दिनु हुन्न ।'

वाङ प्रमुखले काउ होङपिङको काँध थपथपाउनुभयो । काउ होङपिङ उहाँसँगै कोठाभित्र पस्नुभयो ।

शाङ सिउसानको परिवार विद्यालयको पश्चिमपट्टिको सानो कोठामा बस्थ्यो । हामी त्यतातिर गयौँ । त्यहाँ पूरै झ्यालढोकामा ठुलो अक्षर लेखिएका कागज टाँसिएका थिए। कोठा एकदम शान्त थियो। मेरो मनमा अलिकति चिसो पस्यो। मैले आफ्ना साथी हेरेँ। उनीहरूको अनुहारमा पनि डरको भाव झल्केको थियो ।

हामी ढोकाअगाडि उभिँदा छानामुनिबाट भँगेराले निकालेको अचम्मको आवाज सुन्यौँ । टाउको उठाएर हेर्दा दुईवटा भँगेरा संसर्ग गरिरहेका रहेछन्। भाले भँगेरा तल झरेपछि पोथी भँगेराले आफ्ना प्वाँख ठाडो-ठाडो पारी । जिउ अघिपछिको भन्दा धेरै ठुलो देखियो । दुई चारपटक जिउ हल्लाएपछि प्वाँखहरू पहिलेकै अवस्थामा आयो ।

चाङ थोङ्यीले बिस्तारै गुलेली निकाल्यो । मट्याङ्ग्रो राखेर हान्नै लागेको बेला भँगेराहरू उडेर गए। तिनीहरू धेरै टाढाको रुखमा गएर बसे। हामीलाई सरापेजस्तो गरी कराइरहे ।

'तिमी ढोका ढकढक्याऊ,' स्यवी पाओले चाङ थोङ्यीलाई कुहिनाले घोच्दै भन्यो । चाङ थोङ्यीले काउ पालाई घोच्यो र भन्यो, 'तिमी ढकढक्याऊ ।'

काउ पाले मलाई घोचेर भन्यो, 'तिमी ढकढक्याऊ ।'

मैले कुहिनाले स्यवी पाओलाई घोचेर भनें, 'तिमी ढकढक्याऊ ।'

स्यवी पाओले हामीलाई गाली गर्दै भन्यो, 'ढोका ढकढक्याउने आँटसमेत छैन, यी काँतरहरूले अहिले कसरी आलोचना गर्ने ?'

काउ पाले भन्यो, 'यो कुरा निकाल्ने तिमी, तिमी आफैँ ढोका ढकढक्याउँदैनौ, हामीले ढकढक्याउने ?'

स्यवी पाओले भन्यो, 'म ढकढक्याउँछु, तिमीहरू साथ आओ ।'

उसले हात मुट्ठी पारेर ढोकाको खापामा एकचोटि हान्यो । खापाबाट एकचोटि ढ्वाङ आवाज आयो, मेरो मुटु एकचोटि बेस्सरी ढुकढुक गऱ्यो ।

कोठाभित्रबाट कुनै जवाफ आएन । स्यवी पाओले मुड्कीले ढोकाको खापामा फेरि हान्यो । हामीले पनि केही मुड्की हान्यौँ ।

कोठाभित्रबाट एकपटक खोकेको आवाज आयो । त्यसका साथै स्वर सुकेको पुरुष आवाज सुनियो, 'को हो ?'

हामी सबै वाल्ल पऱ्यौँ, 'एकअर्कालाई हेर्न थाल्यौँ । कसैलाई पनि ओठ खोल्ने आँट भएन । मलाई केही डर पनि लाग्यो । त्यहाँबाट भाग्न मन लाग्यो । स्यवी पाओ नै आँटिलो देखियो । उसले स्वर धोत्रो बनाउँदै भन्यो, 'हामी लाल क्रान्तिकारी बाल सैन्य हौँ ।'

कोठाभित्र लामो समय शान्ति छायो । त्यसपछि सानो स्वरमा कुरा गरेको आवाज सुनियो । हाम्रो साहस बिस्तारै बढ्दै आयो । हामीले मुड्की र लात्तीले ढोकाको खापामा हान्दै कराएर भन्यौँ, 'छिटो ढोका खोल, ढोका खोल, हामी लाल क्रान्तिकारी बाल सैन्य हौँ ।'

कोठाको ढोका बिस्तारै अलिकति खुल्यो । त्यहाँ एउटा फुस्रो सेतो सुन्निएको ठुलो अनुहार देखा पऱ्यो । हामीले त्यो हाम्रो प्रधानाध्यापकको अनुहार भनेर चिनिहाल्यौँ । पहिले उहाँ धेरै दुब्लो हुनुहुन्थ्यो, 'क्रान्ति' सुरु भएपछि उहाँ सुन्निन थाल्नुभयो ।

पहिलेको ठुलो कालो आँखा पनि सानो बन्न गयो । उहाँको आँखाबाट

निस्केको प्रकाश धमिलो थियो । म फेरि डराउन थालेँ र मभन्दा धेरै अग्लो तु तापिङ्चको शरीर पछाडि लुक्न पुगेँ ।

'विद्यार्थीहरू, तिमीहरूको के काम छ ?' प्रधानाध्यापकले सोध्नुभयो ।

हामी जमिनदार वर्गकी शाङ सिउसानलाई आलोचना गोष्ठीमा लैजान चाहन्छौँ,' स्यवी पाओले भन्यो ।

प्रधानाध्यापकले निराश भएर भन्नुभयो, 'उनी बिरामी छिन् ।'

'बिरामी छिन् ?' स्यवी पाओले ठुलो स्वरले भन्यो, 'कसले भन्यो बिरामी छिन् भनेर ?'

प्रधानाध्यापकले भन्नुभयो, 'उनी साँच्चै बिरामी छिन् ।'

'हुन्न, हामी गएर हेर्छौं,' स्यवी पाओले भन्यो ।

'विद्यार्थीहरू, तिमीहरूको मसँग कुनै रिसइबी छैन... ।'

प्रधानाध्यापकले कमजोर स्वरमा भन्नुभयो, 'उनी साँच्चै बिरामी छिन्, तिमीहरू अलिकति मानवतावादी भएर सहानुभूति त देखाओ ।'

'त्यस्तो भनेको के ?' हाम्रो पछाडिबाट रिसाएर गर्जेको आवाज आयो । वाङ प्रमुख र काउ उपप्रमुख एकसाथ हाम्रो पछाडि उभिइरहेका थिए । वाङ प्रमुखको कुरालाई निरन्तरता दिँदै काउ उपप्रमुखले ठुलो स्वरले भनिन्, 'कुनै रिसइबी छैन भनेको के हो ? रिसइबी त ठुलै छ नि । मानवतावादी सहानुभूति भनेको के हो ? तिमीहरूजस्ता वर्ग शत्रुप्रति केको मानवतावादी सहानुभूति ?'

वाङ र काउको ढाडस पाएपछि हाम्रो साहस असामान्य रूपले बढ्न थाल्यो । हामी एक हुल हान्निएर कोठाभित्र गयौँ । कोठाभित्र एकदम अँध्यारो थियो । त्यहाँ ढुसी र मुसाको मुतको दुर्गन्ध व्याप्त थियो ।

मैले शरीर खुम्च्याएँ । मेरो अनुमानमा मेरा साथीहरूले पनि आफ्नो शरीर खुम्च्याए होलान् । सांस्कृतिक क्रान्ति सुरु हुनुअघि हामी विद्यालयको मूलढोकाबाट पस्दा यस कोठाबाट प्रायः हाँसेको, कुरा गरेको आवाज आइरहेको हुन्थ्यो ।

कहिलेकाहीँ शाङ सिउसानकी छोरी शाङ ह्वैमिनले सुरिलो स्वरमा गीत गाएको पनि सुनिन्थ्यो । त्यस बखत हामी कोठाभित्र आएर हेर्न कति चाहन्थ्यौँ भनेर साध्यै थिएन । त्यस बेला म सोच्थेँ, यस कोठामा रहेकाहरू स्वर्गमा जसरी बसिरहेका छन्, दिनदिनै पिठो र बोसो भएको बङ्गुरको मासु खान्छन् । पक्कै पनि अति सुखी होलान् । त्यस बेला मलाई यस कोठाभित्र आई स्वर्गको जीवन भनेको कस्तो होला भनेर हेर्ने कत्रो चाहना थियो !

पछि मेरो त्यो चाहना पूरा भयो । पेइचिङको विश्वविद्यालयमा चिनियाँ भाषा साहित्य पढ्ने मेरा दाजु हिउँदे बिदामा घर आउनुभयो । अरू जाने ठाउँ नभएर उहाँ हरेक दिन विद्यालयमा घुम्न-खेल्न जानुहुन्थ्यो ।

हिउँदे बिदामा प्रधानाध्यापकको कोठामा मात्र मान्छे हुन्थे । मेरा दाजु दिनभर त्यहाँ बसिरहनुहुन्थ्यो । मलाई थाहा थियो, म साथ लागेर गएको दाजुलाई मन पर्दैनथ्यो । तैपनि म उहाँसँगै त्यस अलौकिक कोठाभित्र पसेँ । प्रधानाध्यापकको परिवारका तीनै जना एउटा होचो टेबलको वरपर बसेर खाँदै हुनुहुन्थ्यो ।

टेबलमा एक रिकापी बदाम । एक रिकापी सुकाइएको तोफु र लसुनका केही पोटी थिए । त्यसबाहेक पिठोको मान्थउ (बफाएर पकाएको रोटी) पनि दुईचारवटा थिए । मान्थउबाट अति मिठो बास्ना आइरहेको थियो । साँच्चै भन्ने हो भने मलाई एकदमै खाऊँ-खाऊँ लागेको थियो ।

प्रधानाध्यापक र शाङ गुरुमा शिष्टाचारपूर्वक उठ्नुभयो । मेरो दाजुलाई सँगै खान भन्नुभयो । दाजुले 'खाइसकेँ' भन्नुभयो । शाङ गुरुमा मेरी कक्षा शिक्षिका हुनुहुन्थ्यो । उहाँले नै मलाई अक्षर चिनाउनुभएको थियो ।

उहाँले 'तिम्रो दाजुले नखाने भन्नुभयो, तिमी खाऊ' भन्नुभयो । मैले 'खान्नँ' भनेँ । शाङ ह्वैमिनले हाँसेर 'घाटा पर्ला है' भन्नुभयो अनि एउटा मान्थउ उठाएर फाल्दै 'समाऊ' भन्नुभयो ।

मान्थउ उडेर मेरो आँखाअगाडि आइपुग्यो, मैले दुवै हातले पक्रेँ र एकपटक टोकेँ । आँखा उठाएर दाजुलाई हेरेँ । दाजु नखानका लागि

आँखाले सङ्केत गर्दै हुनुहुन्थ्यो। मलाई एकदम लाज लाग्यो। मान्थउ त्यहीं राखेर म भागेँ।

मैले उहाँहरू हाँसेको आवाज सुनेँ। पछि म कसैलाई केही नभनी फर्केर त्यहीं गएँ। मेरा दाजु र उच्च माध्यमिक विद्यालयमा पढ्दै गरेकी ह्वैमिन चिनियाँ शास्त्रीय उपन्यास 'राता महलको सपना' बारे कुरा गरिरहनुभएको सुनेँ।

शाङ गुरुमा र प्रधानाध्यापकले मलाई धेरै माया गर्नुभयो। शाङ ह्वैमिनले मलाई एउटा भँगेरा उपहार दिनुभयो। उहाँले त्यो भँगेरा कसरी पक्रनुभयो, त्योचाहिँ मलाई थाहा भएन। शाङ ह्वैमिन शाङ गुरुमा र उहाँका पूर्वपतिकी छोरी हुनुहुन्थ्यो। त्यसैले उहाँको थर प्रधानाध्यापकको थर 'वाङ' राखिएको थिएन।

अँध्यारोमा हाम्रा आँखा बानी पर्न थाले। प्रधानाध्यापक टाउको निहुऱ्याएर कुनामा उभिरहनुभएको देख्यौँ। शाङ सिउसान रातो कट्टु लगाएर खाटमा पल्टिरहनुभएको देखेँ। कोठा तातो ओसिलो र गुम्सिएको थियो। बैँसको काठको खाटका खुट्टाबाट कलिला हरिया हाँगा निस्केका थिए। उपियाँहरू यताउता उफ्रिरहेका थिए। शाङ सिउसानको सेतो छाला देखेर मेरो मनमा उकुसमुकुस भयो। रिँगटा लागेजस्तो भयो। त्यहाँबाट भाग्न मन लाग्यो।

स्यवी पाओले दाह्रा किटेर कडाइसाथ भन्यो, 'जमिनदार्नी, मरेको अभिनय नगर, छिटो उठिहाल, हामी तिमीलाई आलोचना गोष्ठीमा लैजान चाहन्छौँ।'

शाङ सिउसान खाटबाट उठ्न खोज्नुभयो, नसकेर फेरि त्यहीं ढल्नुभयो। उहाँले रुँदै भन्नुभयो, 'विद्यार्थीहरू, मलाई छाडिदिनू, म बिरामी छु।'

चाङ थोङ्यीले भन्यो, 'को तेरो विद्यार्थी ?'

उहाँले तुरुन्तै भन्नुभयो, 'बाल सैनिकहरू, मलाई छाडिदिनू ।'

स्यवी पाओले भन्यो, 'मरेको अभिनय नगर, राजनीतिक आलोचना गोष्ठी छल्न खोज्नु कत्रो अपराध हो थाहा छ ?'

प्रधानाध्यापकले भन्नुभयो, 'उनको सट्टा म जान्छु ।'

स्यवी पाओले भन्यो, 'हुँदैन, ऊ जमिनदारकी स्वास्नी भइसकेकी मान्छे, अरू गएर हुन्छ ?'

शाङ सिउसानले भन्नुभयो, 'हुन्छ, मै जान्छु... ।'

हामी शाङ सिउसानलाई लिएर गल्ली हुँदै नदीको किनारतिर लाग्यौं । उहाँ विद्यालयको पर्खालमा हातले टेक्दै एक-एक पाइला सार्दै हिँड्नुभयो । कम्मर र गोडा एकदम दुखेको जस्तो देखिन्थ्यो । गल्लीमा भएका सर्वसाधारण त्यस्तो देखेर शाङ सिउसानप्रति सहानुभूति प्रकट गर्दै निःश्वास छाड्थे । आँसु बगाउँथे । मानिसले जति हेर्‍यो, शाङ सिउसान उति नै हिँड्न गाह्रो भएजस्तो गर्नुहुन्थ्यो । र, मुखबाट 'हुँ हुँ' गरी रोएको आवाज निकाल्नुहुन्थ्यो । मलाई उहाँले अलि-अलि अभिनय पनि गर्नुभएको जस्तो लाग्यो ।

कसैले पनि उहाँलाई पिटेको थिएन । दुईचारपटकको राजनीतिक आलोचना गोष्ठीकै कारणले त यस्तो अवस्था नहुनुपर्ने। तर पछि मैले मेरी दिदीबाट सुनेको थिएँ। दिदीलाई चाहिँ ह्वैमिनले भन्नुभएको थियो रे- शाङ सिउसानले अभिनय गरेको होइन। उहाँलाई चरम यातना दिइएको थियो। अनि उहाँलाई यातना दिने अरू कोही नभई धेरै 'क्रान्तिकारी पुरुष' सँग अनैतिक सम्बन्ध भएकी काउ होङयिङ थिइन्। सुनेअनुसार काउ होङयिङले खुर्सानीको धुलो छर्केको काँक्रो शाङ सिउसानको गुप्ताङ्गमा घुसारिदिएकी थिइन् । अत्याचार हदै थियो ।

शाङ सिउसानको पहिलेको लोग्नेको थर सायद 'चाङ' थियो । सुनेअनुसार उनी फङ्तु नगरको ठुलो धनी परिवारका थिए। उनी मरेपछि शाङले छोरी लिएर हाम्रा प्रधानाध्यापकसँग दोस्रो विवाह गर्नुभएको थियो। शाङका पूर्वपति कसरी मरेका थिए, हामीलाई थाहा थिएन। सुनेअनुसार

कम्युनिस्ट पार्टीले गोली हानेर मारेको थियो रे। योभन्दा खराब अरू हुन सक्दैनथ्यो । त्यसैले हामीले उहाँका पूर्वपतिलाई कम्युनिस्ट पार्टीले गोली हानेर मारेको भन्ने गर्थ्यौं ।

हामीले शाङ सिउसानलाई नदीको बगरमा सूर्यमुखी फूल रोपिएको ठाउँतिर पुऱ्यायौं । हामी सूर्यमुखीका ठुला पातमुनिको शीतलमा बस्यौं । शाङ सिउसानलाई पश्चिम फर्काएर कडा घाममा राखिराख्यौं। फाङ छ्वाङ दौडेर आयो । उसको टाउकोभरि पसिना थियो । हामीलाई देखेर रिसाउँदै भन्यो, 'तिमीहरू किन यति ढिलो फर्केका, आफूलाई यहाँ कस्तो भइसक्यो !'

स्यवी पाओले भन्यो, 'के कराउँछौ तिमी ? जमिनदार्नीलाई यहाँ ल्याउन सजिलो थियो भन्ठानेका छौ ? धन्न म पनि गएको थिएँ, तिमीहरू मात्र गएका भए उनलाई यहाँ ल्याउन केही गरे पनि सक्दैनथ्यौ ।

हामी सबैलाई थाहा थियो, स्यवी पाओले भनेको कुरा एकदम सत्य थियो । उसले नेतृत्व गरेर हामीलाई नलगेको भए, हामी पहिले नै हार मानेर फर्किसकेका हुन्थ्यौं ।

अहिले हाम्रा आँखा स्यवी पाओको अनुहारमा गडेको थियो । हामी उसको नेतृत्वमा जमिनदार्नीको आलोचना गर्ने प्रतीक्षामा थियौं । उसले आँखा सानो पाऱ्यो। अनुहारमा सन्तोषको भाव देखा पऱ्यो। उसले भन्यो, 'हतार नगरौं, यी जमिनदार्नीको जिउ ढुसी गन्हाउँछ । एकछिन घाममा सुकाएर मात्र आलोचना गोष्ठी सुरु गरौं ।'

उसले हामीलाई सूर्यमुखी रोपेको खेतभित्र लग्यो। हामी त्यहाँ एकदम ओसिलो ठाउँमा बस्यौं र सूर्यमुखीका डाँठहरूबीचबाट एकैछिन नदी डिलमा दौडादौड गरिरहेका भेडा हेर्न थाल्यौं । एकैछिनपछि सूर्यतिर फर्केका सूर्यमुखीहरू हेर्न थाल्यौं ।

स्यवी पाओले भन्यो, 'हुन्न, उनलाई यसरी घाममा आरामसँग उभिइराख्न दिनु हुन्न । चिन तौच, तिमी उनको कम्मर निहुऱ्याएर आऊ ।'

'चिन तौच' भन्ने मै थिएँ । स्यवी पाओको आदेश सुनेर एकैचोटि मेरो अनुहारमा पसिना आयो। आफ्नै कपालको बासी अमिलो दुर्गन्ध मेरो

नाकमा पर्न थाल्यो। मैले सूर्यमुखीको कलिलो डाँठ हातले निमोठेँ। मेरो अनुहार फुलेजस्तो भयो, भकभकाउँदै भनेँ, 'म... म।'

'तिमीलाई के भयो?' स्यवी पाओले असन्तुष्ट हुँदै भन्यो, 'मध्यमवर्गीय कृषकका सन्तान, क्रान्तिकारी सोचाइ कहाँ हुनु? यो पनि डराउने, त्यो पनि डराउने, तिम्रो बाबुभन्दा केही फरक छैनौ।'

म आँट गरेर सूर्यमुखी फूलको खेतबाट निस्केँ। बिस्तारै शाङ सिउसानको नजिक पुगेँ। जमिनको हरियो घाँस बलिरहेको आगोजस्तो थियो। त्यसबाट परावर्तित प्रकाशले मेरो आँखा दुख्यो। शाङ सिउसानको शरीरबाट कपुरको कडा गन्ध आइराखेको थियो। मैले भनेँ, 'तपाईं टाउको निहुर्‍याएर अपराध स्वीकार गर्नुस्।'

उहाँले कर्के आँखाले मलाई हेर्नुभयो। उहाँको हेराइले मेरो मनमा नगरा बजेजस्तो अनुभव भयो। केही वर्षअघि उहाँको घरमा मान्थउ खाएको दृश्य आँखाअगाडि घुम्न थाल्यो। उहाँ मभन्दा एक टाउको अग्लो हुनुहुन्थ्यो। उहाँको कपाल एकदम कालो र छाला एकदम सेतो थियो। बुढी भए पनि राम्री हुनुहुन्थ्यो। उहाँकी छोरी ह्वैमिन झन् राम्री हुनुहुन्थ्यो। मेरा दाजु र ह्वैमिनबीच अलिकति त्यस्तो सम्बन्ध थियो भन्ने सुन्नमा आएको थियो। ह्वैमिनले दिएको भँगेरा मैले राम्ररी पक्रिन नसक्दा उडेर गएको थियो।

मैले भनेँ, 'जमिनदार्नी, टाउको निहुर्‍याउनुस्।'

उहाँले कठोर आँखाले मलाई यसो हेर्नुभयो र मुखबाट के एक वाक्य निकाल्नुभयो। मैले टाउको फर्काएर सूर्यमुखी फूल रोपिएको ठाउँनिर हेरेर उनीहरूसँग सहयोगको याचना गरेँ। अचानक सूर्यमुखीको खेतबाट नारा लगाएको आवाज आउन थाल्यो। स्यवी पाओ सबैभन्दा पहिले चिच्याउँथ्यो, अरूहरू पछि कराउँथे।

'शाङ सिउसान मुर्दावाद ! शाङ सिउसानले शिर नझुकाए ध्वस्त गर।'

मैले दाह्रा किटेर आँखा ठुलो पारेँ अनि एकचोटि उफ्रेर उहाँको कपाल समातेँ। बल गरेर तलतिर तानेँ। एकैचोटि उहाँको टाउको तलतिर झुक्यो। कम्मर पनि निहुरियो। मैले उहाँको मुखबाट भ्यागुतो कराउँदा

जस्तो ट्यारट्यार आवाज सुनें। पूरै शरीर चिसो भएको अनुभव भयो। मुखभरि तितो टर्रो पानी जम्मा भयो। म सूर्यमुखीनेर पुगेर भनें, 'दुष्टहरू, मैले उनको शिर झुकाएँ।'

साथीहरूले अचम्म मान्दै मलाई हेरिरहे। मेरा दुवै गोडा कमजोर हुँदै गए। म एउटा बोटको डाँठ समातेर बसें। मैले उहाँको कपाल तान्दाको अनुभव बिर्सिन सकिनँ। उहाँको कपाल चिल्लो, च्यापच्याप लाग्ने र चिसो थियो। एउटा बिखालु सर्प समातेको जस्तो अनुभव भयो।

स्यवी पाओले भन्यो, 'चिन तौचको प्रगति भएको छ, म घर फर्केर आमालाई यसबारे बताउँछु।'

फाङ छाङ सूर्यमुखी फूलको खेतबाट बाहिर निस्कियो। शाङ सिउसानको टाउको थिचेर अझ तल पुऱ्यायो। उहाँको कपाल लत्रेर भुइँसम्म पुग्यो। उहाँको गर्दन मसिनो र लामो देखियो। त्यो कपालमुनिबाट सानो बच्चा रोए जस्तो 'हुँ हुँ' आवाज आउन थाल्यो। फाङ छाङले उहाँका फाटेका गोडा जोड्न लगाएर दुवै हातले उहाँको गर्दन दबाएर भन्यो, 'राम्ररी विचार गर्नू, आफ्ना अपराध हामीलाई बताउनू।'

शाङको रुवाइको आवाज भुइँबाट आए जस्तो सुनिन्थ्यो, 'विद्यार्थीहरू, मैले आफ्ना अपराध पहिले नै बताइसकें... ।'

स्यवी पाओले अलिकति हिलोमाटो उठाएर हान्दै चिच्याएर भन्यो, 'हे फ्याउरी! तेरो एउटा ठुलो अपराध अहिलेसम्म बताएकी छैनस्।'

त्यो हिलोमाटो ठ्याक्कै शाङ सिउसानको टाउकामै लाग्यो। त्यसपछि टुक्रा-टुक्रा भएर भुइँतिर झ‍ऱ्यो। त्यसपछि सूर्यमुखी फूलको खेतबाट उडेर आएका हिलोमाटोका टुक्राहरूको वर्षा हुन थाल्यो। कुनै उहाँको टाउकामा लाग्यो। कुनै उहाँको ढाड र पिठ्युँमा। तुरुन्तै उहाँको अनुहारको रङ परिवर्तन भयो।

'तँलाई १० मिनेट समय दिन्छौं, राम्ररी सोच्नू,' स्यवी पाओले भन्यो र हाम्रो नेतृत्व गर्दै ठुलो आवाज निकालेर नारा लगाएजस्तो गरी भन्न

थाल्यो, 'खुरुखुरु भन्नेलाई कम सजाय, विरोध गर्नेलाई कडा सजाय। भन्दै नभन्नेलाई मरणको बाटो मात्रै एक उपाय !'

'एकछिन आराम गरौँ,' स्यवी पाओले भन्यो, 'आज साथीहरू सबैले राम्रो गरेका छौ, वर्ग शत्रुलाई यस्तै कडाइ गर्नुपर्छ। कुनै हालतमा दयामाया गर्नु हुँदैन।'

उसले सूर्यमुखीको एउटा बोट ढाल्यो। फूलका दलहरू हातमा दलेर झाऱ्यो। फूललाई च्यातेर केही कलिला बिउ निकाल्यो। अनि मुखमा हालेर चपाउन थाल्यो। उसको हातका औँलाहरूमा र ओठमुखमा सुनौलो पहेँलो फूलको पराग लाग्यो।

भेडाहरू टाढा कराइरहेका थिए। नदीको डिलबाट बाहिरपट्टि रहेको गाउँबाट फलाम ठोकेको आवाज आइरहेको थियो। सूर्यमुखी फूल रोपिएको खेतमा एक प्रकारको शान्ति थियो। केही मोटा पहेँला माहुरीहरू सूर्यमुखी फूलमा जिउभरि परागकण पर्ने गरी लडीबुडी गरिरहेका थिए।

अकस्मात् स्यवी पाओले बहुलाएजस्तो गरी चारैतिरका सूर्यमुखीका बोट हल्लाउन थाल्यो। सूर्यमुखीका गाढा हरिया पात आपसमा घस्रिएर खस्राकखुस्रुक आवाज आउन थाल्यो। भारी सूर्यमुखीहरू सुस्त मनस्थितिको मानिसको टाउकोजस्तै मनपरी हल्लिन थाले। हामीले पनि स्यवी पाओको नक्कल गर्न थाल्यौँ। त्यहाँ भएका प्रायः सबै बोट हल्लिन थाले। हामी ती बोट हल्लाउँदै मुखबाट अचम्मको आवाज निकालेर चिच्याउन लाग्यौँ। हाम्रो चिच्याहटसँगै सूर्यमुखीका बोट भाँच्चिन थाले।

हामीले केही बेरका लागि शाङ सिउसानलाई पनि बिर्स्यौँ।

उहाँ बलौटो माटामा टाउको गाडेर पल्टेको देखेपछि हामी सूर्यमुखी फूलको खेतबाट निस्क्यौँ।

'मऱ्यो कि के हो ?' चाङ थोङ्यीले भन्यो।

स्यवी पाओको उमेर बढी थियो। बल र अनुभव पनि हाम्रोभन्दा बढी थियो। उसले शाङ सिउसानलाई तानेर सूर्यमुखी फूलको खेतनिर शीतल

ठाउँमा पुऱ्यायो । अनि नाकनिर औंला राखेर भन्यो, 'सास फेरिरहेको छ, मरेको छैन ।'

'मलाई त कस्तो डर लाग्यो,' तु तापिङ्चले भन्यो ।

'उसलाई फर्काइदिऔं, भइहाल्यो,' काउ पाले भन्यो, 'मऱ्यो भने त फेरि फसाद हुन्छ ।'

स्यवी पाओले भन्यो, 'आलोचना गोष्ठी सुरु त भएको छैन, कहाँ फर्काउने ?'

फाङ छाङले भन्यो, 'अब कसरी आलोचना गर्ने ?'

स्यवी पाओले भन्यो, 'सूर्यमुखी फूलको पात पानीमा चोपेर उसलाई छर्क, जाऊ ।'

सूर्यमुखी फूलको पात चुँडाल्यौं । त्यसलाई मोडेर सोली बनायौं । नदीमा गई पानी राखेर ल्यायौं । त्यही पानी उहाँको अनुहार र जिउमा छर्क्यौं । उहाँले 'हँ हँ' गरेर आवाज निकाल्नुभयो र साँच्चै आँखा खोल्नुभयो ।

स्यवी पाओले सोध्यो, 'विचार गरियो त ?'

शाङ सिउसानले आँखा चिम्लेर भन्नुभयो, 'तिमीहरूले मलाई मार बरु... ।'

स्यवी पाओले भन्यो, 'हामी तँलाई मार्दैनौं । हामी तँलाई बलात्कार गर्छौं ।'

शाङ सिउसान एकपटक बेस्सरी कराउनुभयो। लडीबुडी गर्दै उठ्नुभयो। दुई पाइला दौडनुभयो । फेरि लड्नुभयो । त्यसपछि चार हातखुट्टा टेकेर बामे सर्दै जानुभयो ।

स्यवी पाओ दौडेर गयो । अनि उहाँको कपाल तानेर अनुहार माथितिर फर्कायो। उहाँले दुवै घुँडाले भुइँमा टेकी दुवै हात भुइँमा राखेर अनुहार माथि फर्काउनुभयो । अनि आँखा फुस्रो पल्टाएर भावहीन हुँदै भन्नुभयो, 'मलाई छाडिदिनुस्, मलाई छाडिदिनुस् ।'

स्यवी पाओले टाउको निहुऱ्याउँदा आफ्नो कम्मरमुनि अग्लो हुने गरी उठेको देखेर अनुहार रातो बनायो अनि शाङ सिउसानलाई छाडेर एकातिर गयो र भन्यो, 'तँजस्ती बुढी कसलाई चाहिएको थियो र ! तँलाई त तर्साएको मात्र। तैँले आफ्नो अपराध भनिन् भने हामी तँलाई छाडिदिन्छौँ ।'

'म भन्छु भन्छु... ।'

'तेरो लोग्नेलाई गोली ठोकेर मारेपछि तैँले उसको चरो काटी हावामा सुकाएर लुकाइराखेकी छस् रे ? प्रतिक्रान्तिको तयारी गर्दै छेस् रे, हो कि होइन ? तैँले त्यो लुकाएर कहाँ राखेकी छस्, भन् ।'

'मैले भित्ताको कापमा लुकाएर राखेकी छु ।'

'चरो सुकाएर भित्ताको कापमा लुकाएर राखेकी ?' स्यवी पाओ हातगोडा फाल्दै सूर्यमुखी फूलतिर हेरेर अट्टहास गर्न थाल्यो ।

'चरो भित्तामा घुसारेको रे ? हा हा... सिलिह्वाला फाफाफा,' हामी ठुलो स्वरले चिच्याइराख्यौँ, 'भित्तामा घुसारेको रे, हा हा हा ।'

सूर्यमुखीका बोटहरू बिगार्दै करायौँ, 'सिलिह्वाला फाफाफा ।'

नदीको डिलबाट तलतिर हेर्दा हामी सूर्यमुखी फूलको जङ्गलमा उफ्रिरहेका एक बथान बाँदरजस्ता देखिन्थ्यौँ ।

साँझ हुँदै गयो । रातो सूर्य आकाशबाट हरायो । शीतल हावा चल्न थाल्यो । म भेडालाई तान्दै घर फर्कें । आँगन सफा गरिएको थियो । बुढो नास्पातीको रुखमुनि खाना खाने टेबल राखिएको थियो । बाबु, आमा, दिदी, काका, काकी सबै रुखमुनि बसिरहनुभएको थियो । सबै चुपचाप हुनुहुन्थ्यो ।

ठुलै दुर्घटना हुन लाग्यो भनेर मैले थाहा पाएँ । भेडालाई बाँधेर ढोकाबाट बाहिर भाग्ने विचार मात्र गरेको थिएँ, दिदी दौडेर आउनुभयो र मेरो कान निमोठेर मलाई नास्पातीको रुखमुनिसम्म पुऱ्याउनुभयो ।

आमाले मलाई गालामा एक चड्कन हान्नुभयो र रुँदै भन्नुभयो, 'कुलङ्गार, यस्तै पाप गर्दै हिँड् तँ ।'

दिदीले बङ्गुरको खोरनिरबाट एउटा धारिलो साबेल ल्याएर बाबुलाई दिँदै भन्नुभयो, 'बुबा, यही साबेलले मारिदिनुस् उसलाई ।'

बाबुले साबेल हातमा लिएर त्यसको धार मेरो घाँटीमा राख्नुभयो । चिसो धारिलो फलामले मेरो घाँटी छुनासाथ मेरो सातोपुत्लो उड्यो । सुरुवालमै दिसापिसाब निस्कियो ।

मैले भनें, 'बुबा, मलाई छाडिदिनुहोस्, स्यवी पाओले हामीलाई लगेको थियो... ।'

बाबुको हात कामिरहेको थियो, मेरो ज्यान ।

त्यसै बेला बज्यै लट्ठी टेक्दै आँगनमा आउनुभयो ।

बज्यैलाई देख्नासाथ मैले रोएर पुकारें, 'बज्यै, मलाई बचाउनुस् ।'

बज्यैले काम्दै लट्ठी उठाएर बाबुको हातको साबेल एकातिर पन्छाउनुभयो र भन्नुभयो, 'के पऱ्यो त्यस्तो उसको टाउकै छिनाउनुपर्ने ?'

'आमा, हजुरलाई थाहा छैन, यसले कत्रो पाप गरेर आएको छ !' बाबुले भन्नुभयो ।

बज्यैले भन्नुभयो, 'मलाई थाहा छ, सबै जना खान बस ।'

एक घुट्को खोले पिएर बज्यैले हाँसेर भन्नुभयो, 'म तिमीहरूलाई एउटा कथा सुनाउँछु, राम्ररी सुन-

पहिले-पहिले एक जोडी बुढाबुढी थिए । एकदम मायापिरती भएका । एक दिन बुढी मरिन् । बुढो र एउटा छोरो मात्र बाँकी भए । बुढो धेरै बेरसम्म रोइरह्यो । त्यसपछि फुर्सदमा दाह्री काट्ने चक्कु खोजेर ल्यायो । त्यसमा बेस्सरी धार लगायो । अनि बुढीको अङ्ग काटेर छानामुनि राखेर सुकायो ।

पछि एउटा काठको सानो बाकसमा राख्यो । बुढालाई फुर्सद भयो कि त्यो निकालेर हेर्ने गर्थ्यो । त्यसरी हेर्दा आफ्नी मरेकी बुढी देखेजस्तो लाग्थ्यो । पछि बुढाको छोरो ठुलो भयो । बिहे गरेर बुहारी ल्यायो । बुढो

फुर्सद भयो कि एक्लै कोठामा बसेर त्यो सानो काठको बाकस च्यापेर हेरिरहन्थ्यो ।

धेरै समय बितेपछि बुहारीलाई शङ्का लाग्यो- काठको बाकसमा पक्कै पनि बहुमूल्य कुरा हुनुपर्छ । एक दिन बुढो र छोरा खेतमा काम गर्न गएको बेला पारेर बुहारी खाटमा चढिन् अनि दलिनमा लुकाइराखेको काठको बाकस निकालेर हेरिन्, त्यहाँ त रौँ भएको एउटा डल्लो थियो ।

त्यो के वस्तु हो, उनले चिन्न सकिनन् । ओल्टाईपल्टाई धेरै बेर हेरेपछि बल्ल के हो भन्ने थाहा पाइन्। ती बुहारी पनि चकचके स्वभावको थिइन् । उनले त्यो वस्तु बिरालोलाई ख्वाइन् । अनि घरको छानामुनिबाट एउटा भँगेरा समातेर त्यो बाकसभित्र हालिन् । अनि बाकसलाई दलिनमा राखिन् ।

बुढो खेतमा काम गरेर घर फर्क्यो । पानी पिएर आफ्नो कोठामा फर्क्यो । दलिनबाट काठको बाकस निकाल्यो । बिर्को खोलेर हेर्न मात्र लागेको थियो । भित्र केही चलेको आवाज सुन्यो । बाकसभित्रबाट नरम प्वाँख भएको एउटा वस्तु उडेर झ्यालबाहिर गयो। बुढो दौडेर आँगनसम्म पुग्यो र ठुलो स्वरले 'बुहारी यता आऊ !' भनेर डाक्यो ।

बुहारी केही थाहा नभएजस्तो गरी दौडेर आइन् र सोधिन्, 'बुबा, के भयो ?'

बुढाले भन्यो, 'छिटो लट्ठी-कुचो लिएर आऊ, छिटो हिर्काऊ, छिटो हिर्काऊ ।'

बुहारीले सोधिन्, 'बुबा, केलाई हिर्काउने ? केलाई हिर्काउने ?'

बुढाले रुँदै भन्यो, 'धेरै वर्षकी मेरी बुढी उडेर आकाशमा पुगिन् ।'

कथा सुनाइसकेपछि बज्यैले भनिन्, 'तिमीहरू किन कोही पनि नहाँसेका ?'

वेश्यागमन

प्रजातान्त्रिक गणतन्त्र चीन स्थापना भएको सुरुको वर्ष ।

काउमी तुङ्पेइसियाङमा एक जना आनन्दी व्यक्ति देखा परे । उनको घर वाङ र नाम पो:, औपचारिक उपनाम 'चिफान' । पछिका मानिसले उनलाई प्राय: चिफान महाशय भन्थे ।

मेरो मावलीपट्टिका बाजे १५ वर्षको छँदा चिफान महाशयको घरमा काम गर्न बस्नुभएको थियो । त्यसैले चिफान महाशयबारे धेरै कथा हाम्रो घरपरिवारमा सुन्ने सुनाउने गरिन्थ्यो ।

मेरा ठुलाबाजे जब हामीलाई चिफान महाशयको कथा सुनाउन थाल्नुहुन्थ्यो, उहाँमा एक किसिमको स्फूर्ति देखा पर्थ्यो। उहाँ आत्मगौरवान्वित अनुभव गर्नुहुन्थ्यो । हरेकपटक चिफान महाशयको कथा सुनाउँदा पहिलो वाक्य 'त्यस बखत तिमीहरूका बाजे चिफान महाशयको घरमा काम गर्नुहुन्थ्यो' हुने गर्थ्यो ।

"वसन्त ऋतुको घाम लागेको दिन । चिफान महाशयले बाहिर डुल्न जाने मन गरेर घोडा तयार गर्न भन्नुभयो । सेवकले तबेलाबाट मैन दलेर टल्काएजस्तो देखिने मोटो ठुलो रातो घोडा ल्याएर सरसफाइ गर्‍यो अनि काठी र पाउदान राख्यो । त्यसपछि मूलढोकानिर लगेर बाँध्यो ।

चिफान महाशयले फिका निलो रङको विशेष खालको कपडाको

घुँडामुनिसम्म पुग्ने लुगा र त्यही कपडाको सुरुवाल, बाक्लो तलुवा भएको कपडाको जुत्ता लगाउनुभयो अनि ओठमा हात्तीको दाँतले बनाइएको चुरोट अड्काएर पिउने छोटो मुखनली च्याप्दै बिस्तारै बाहिर निस्कनुभयो ।

तिमीहरूका बाजेले उहाँलाई घोडामा चढाउनुभयो । उहाँले 'जानू' भन्नुभएपछि बाजे घोडाको लगाम तानेर अगाडि जानुभयो । चिफान महाशय बाहिर डुल्न निस्कनुभयो भन्ने सुनेर सडकका मानिस सबै जम्मा भएर हेर्न थाले ।

उली छियाओ पुलमुनिका माग्नेहरूले त्यो खबर क्वान्ती मन्दिरनिरको झुपडीमा बस्ने उनीहरूका नाइके ली चस्यवीकहाँ वायुवेगमा पुऱ्याए। बाजे घोडा तानेर क्वान्ती मन्दिरअगाडि पुग्दा ली चस्यवीले नाङ्गो पिठ्युँ र नाङ्गो खुट्टा बनाई बीचबाटामा घुँडा टेकेर छेक्यो ।

'चिफान महाशय, ममाथि दया गर्नुस्,' माग्ने नाइकेले भन्यो ।

'के भयो ?' चिफान महाशयले बाजेलाई सोध्नुभयो ।

'माग्नेले बाटो रोक्यो,' बाजेले भन्नुभयो ।

'उनलाई भनिदिनू- मैले साथमा पैसा ल्याएको छैन ।'

'मालिकले पैसा ल्याउनुभएको छैन रे,' बाजेले ठुलो स्वरमा भन्नुभयो ।

'चिफान महाशय, हजुरले लगाइरहेको लुगा मलाई दिइबक्स्योस् न ।'

'माग्नेले हजुरको लुगा मागेको छ,' बाजेले कुरा पुऱ्याउनुभयो ।

चिफान महाशयले भन्नुभयो, 'मेरो यो लुगा कसैलाई मन परेछ, अब मैले लगाइराखेँ भने मलाई पाप लाग्छ, हो कि होइन, हानसान ?'

बाजेको उपनाम हानसान थियो, उहाँले हतार-हतार 'हो हो हो' भनी जवाफ फर्काउनुभयो ।

चिफान महाशयले तुरुन्तै आफ्नो लुगा फुकालेर माग्नेतिर फालिदिनुभयो, 'ऐ बर्कत नभएका मान्छे, के गर्दै आइरहेका छौ लगाउनलाई एउटा लुगासमेत नहुने गरी ?'

'चिफान महाशय, मेरो खुट्टामा जुत्ता पनि छैन।'

चिफान महाशयले जुत्ता फुकालेर माग्नेतिर फालिदिनुभयो।

बाजे घोडा तानेर गइरहनुभएको थियो। भर्खरै श्रच्वाननिर मात्र के पुग्नुभएको थियो, फेरि एक हुल माग्ने देखा परे।

पछि चिफान महाशय एउटा कट्टुमा मात्र हृष्टपुष्ट रातो घोडामाथि चढेर हिँड्न थाल्नुभयो। उहाँ टाउको हल्लाउँदै मुखमा केही जप्दै नगरको पूर्वतिर रहेको कोइरालोको सानो वनतिर लाग्नुभयो। लुगा र टोपी लगाएको बेला उहाँको सान अर्कै थियो। लुगा फुकालेर घोडामाथि बस्दा उहाँको दुब्लो शरीर बाँदरको शरीरजस्तो देखिन्थ्यो।

हुलका हुल बच्चा हाँस्दै कराउँदै घोडाको पछाडिबाट रमिता हेर्दै थिए। चिफान महाशयलाई त्यसको केही वास्ता थिएन। आँखा आधा चिम्लिएर हातले लामो दाह्री मुसार्दै आफैं मस्त हुँदै गइरहनुभएको थियो।

बाजेलाई चिफान महाशयको स्वभाव थाहा थियो। त्यसैले घोडा तानेर घना वनतिर लानुभयो। एकछिनमा हाँस्दै कराउँदै आइरहेका ती बच्चाबाट छुटकारा मिल्यो। कोइरालोको रुखको पात गाढा हरियो थियो। रुखमा फुलेका फूलहरूबीच ती पात हराएका थिए। नगरबस्तीको पूर्वमा रहेको घना वन केही बिघा जमिनमा फैलिएको थियो। जङ्गल फूलकै समुद्रजस्तो देखिन्थ्यो। कोइरालोका फूलहरू दुई रङका थिए। एउटा हिउँजस्तो, अर्को फिका गुलाफी।

हजारौँ फूल कोचाकोच हुने गरी फुलिरहेका थिए। बथानका बथान माहुरी भुनभुनाउँदै फूलहरूमाथि उडिरहेका थिए। नगरका माहुरीपालकहरू केही दिनमा एकपटक मह काढ्थे, फिका हरियो रङको मह १२-१५ पुराना सिक्कामा आधा केजी किन्न पाइन्थ्यो। बाजेले चिफान महाशय चढेको घोडा फूलको समुद्रभित्र लिएर जानुभयो। त्यहाँ छिटो हिँड्न सकिँदैनथ्यो। बिस्तारै एक-एक पाइला गरेर अगाडि बढ्नुपर्थ्यो। फूलको बास्नाले मानिसलाई झुम्म पारेर निद्रा लगाइदिन्थ्यो। रातो घोडाले हिँड्दाहिँड्दै थुतुनो चुच्चो पारेर दायाँबायाँ रहेका रुखका साना पात खाइदिन्थ्यो।

त्यस बेला बाजे सानो हुनुहुन्थ्यो। उभिँदा उहाँ घोडाको तिघ्रासम्म मात्र पुग्नुहुन्थ्यो। होचो भएकाले रुखहरूका बीचमा हिँड्दा उहाँलाई सजिलो थियो। घोडाको पेटमाथिको भाग उहाँ पूरा देख्न सक्नुहुन्थेन।

चिफान महाशय बादलबीच हिँडेजस्तो गरी फूलहरूमाझ गइराख्नुभयो। बाजेले फूलहरूको बीचबाट चिफान महाशयले मुखमा फूल च्यापेको सुन्दर अनुहार देख्नुभयो।"

ठुलाबाजेले भन्नुभयो, "प्रत्येक वर्ष कोइरालोको फूल फुल्ने ऋतुमा बाजे र चिफान महाशय वनमा घुम्न धेरै दिनसम्म आउनुहुन्थ्यो। कहिलेकाहीँ त राति पनि फर्किनुहुन्थेन। घरमा मान्छेलाई चिफान महाशयको बानी थाहा थियो। उहाँलाई रोक्ने साहस कसैलाई थिएन। चिफान महाशय गरिबगुरुवालाई दान गर्नेमा नामी हुनुहुन्थ्यो।"

बाजे भन्नुहुन्थ्यो, "चन्द्रमा उदाएपछि फूलको बास्ना अरु बढी आउँथ्यो। शीतल बतास हरेकपटक बास्नायुक्त हावा लिएर आउँथ्यो। बतास रोकिएपछि बास्ना अरु धेरै आउँथ्यो। चाँदी रङको प्रकाशमा ती कोइरालोका फूल संसर्गका लागि लालायित पखेटा चलाइरहेका लाखौँ पुतलीजस्तै जीवन्त देखिन्थे। बादल फुकेर ठुलो भएजस्तो गरी चाँदनीमा फूल फुल्थे। सपनासरह कहिले यता, कहिले उता आफ्नो स्वरूप बदलिरहन्थे। जमिनबाट कुनै अनमोल वस्तु निस्केर त्यसबाट प्रकाश निस्केजस्तो गरी फूलहरूबीच रातो घोडाको रौँयुक्त छाला कहिलेकाहीँ देखा पर्थ्यो। चाँदनीमा माहुरीहरू साना चम्किला ताराहरूजस्तै एक फूलबाट अर्को फूलसम्म उडेर मह सङ्कलन गर्थे।"

बाजे भन्नुहुन्थ्यो, "सिचुवान, हनान आदि प्रान्तका मानिस पनि त्यहाँ माहुरी चराउन आउँथे। उनीहरू जङ्गलको बीचमा खाली ठाउँ खोजेर पाल टाङ्थे। राति बाँसको लट्ठीमा एउटा लालटिन झुन्ड्याउँथे। त्यसबाट आउने प्रकाश राँकेभूतजस्तो देखिन्थ्यो।"

मेरा ठुलाबाजे भन्नुहुन्थ्यो, "वरपर मानिस देखा पर्नासाथ बाजे छिटो-छिटो घोडा तानेर अर्केतिर लैजानुहुन्थ्यो। नभए चिफान महाशय

रिसाउनुहुन्थ्यो । आधा रातपछि अलि-अलि शीत पर्न थाल्थ्यो । फूलका दलहरू अझ चम्किला देखिन्थे। रुखहरूका बीचबाट सानो चन्द्रमा देखिन्थ्यो, जमिनभरि रुखको पातबाट झरेका चाँदीजस्ता थोपा हुन्थे ।"

बाजेले भन्नुभएको थियो, "कोइरालोको रुखको काँडाले घोचेर चिफान महाशयको जिउको केही ठाउँमा रगत पनि आएको थियो। रुखको फूलको सागरमा केही दिन घुमेपछि उहाँ धेरै दिनसम्म मुग्ध हुनुहुन्थ्यो। त्यसलाई उहाँ 'मदिराले जस्तै फूलले मात लागेको' भन्नुहुन्थ्यो ।"

ठुलाबाजेले भन्नुभयो, "यस विश्व ब्रह्माण्डमा भएका सबै वस्तुमा चैतन्य हुन्छ। विशेष सिद्धि प्राप्त गरेका व्यक्तिले यस विश्व ब्रह्माण्डका सबै पदार्थसँग सम्बन्ध स्थापना गर्न सक्छन्। चिफान महाशय निःसन्देह त्यस्तो सिद्धि प्राप्त व्यक्ति हुनुहुन्छ ।"

बाजे भन्नुहुन्थ्यो, "चिफान महाशयको घरमा चार जना सूचीकार हुन्थे। एकले जाडोको लुगा मात्र सिलाउँथ्यो, अर्कोले गर्मीको लुगा। तेस्रोले वसन्त र शरद् ऋतुको लुगा सिलाउँथ्यो र अर्कोले जुत्तामोजा मात्र। ती सूचीकार बाह्रै महिना व्यस्त हुन्थे। तैपनि चिफान महाशयलाई लगाउने लुगा हुँदैनथ्यो ।"

ठुलाबाजेले भन्नुभयो, "चिफान महाशयको युगमा काउमी नगरमा सबैभन्दा राम्रो लुगा लगाउनेहरू भनेका माग्नेहरू नै हुन्थे। त्यो परम्परा आजसम्म पनि टुटेको छैन। बाहिरबाट माग्नेहरू थोत्रोझुत्रो लुगा लगाएर आउँथे। कुकुरले उनीहरूलाई देखे भने टोक्थे। काउमी काउन्टीबाट बाहिर जाने माग्नेहरू रगतै बेचेर भए पनि भोज जाने बेलाजस्तो एक जोर नयाँ लुगा लगाएका हुन्थे। उनीहरूलाई देखेर कुकुरले पनि पुच्छर हल्लाउँथ्यो।

मान्छेहरू भन्ने गर्थे, यति राम्रो लुगा भएपछि अझै माग्न जानुपर्ने ? माग्नेहरू भन्थे, 'चिफान महाशयले दिएर यस्तो भएको, अब त नियमै जस्तो बनिसक्यो, यसलाई फेर्न सकिँदैन ।'

छिङ्चउ, चियाउचउ, लाइचउ आदि ठाउँका मानिस पैसा नभए पनि अनेक खर्च गर्नुपर्ने मानिसलाई 'काउमीको मगन्ते' भनेर व्यङ्ग्य गर्थे ।

अहिले मानिसले रोप्न छाडिसकेको बोक्रा रङ्गीन चहकिलो हुने तर गुदीचाहिँ अमिलो हुने खरबुजाजस्तो फललाई पनि 'काउमीको मगन्ते' भनिन्थ्यो ।"

बाजे भन्नुहुन्थ्यो, "चिफान महाशय सधैँ राम्रो लुगा लगाएर बाहिर जानुहुन्थ्यो । फर्किने बेला उहाँको शरीरमा प्राय: लुगा बचेको हुँदैनथ्यो । हिउँदको समयमा समेत त्यस्तै हुने गर्थ्यो ।

चिफान महाशयलाई जुवा खेल्ने खेलाउने ठुलो रहर थियो । उहाँ सधैँ जुवा खेल्ने खेलाउने गर्नुहुन्थ्यो । बैठककोठामा आठ-दस जना बस्न मिल्ने टेबल राखिन्थ्यो । नगरभरका ठुला मान्छे सबै जम्मा हुन्थे । प्रत्येक टेबलमा खाल जम्थ्यो । ठुला सिक्काहरू समय-समयमा चम्किरहन्थे ।

चिफान महाशयको घरमा जुवा खेल्नेहरू भुइँमा खसेको सिक्का निहुरेर टिप्नसमेत अप्ठ्यारो मान्ने खालका हुन्थे । त्यतिका मानिस रातभर जुवा खेल्दा जस्तै भने पनि आठ-दसवटा सिक्का टेबलबाट तल खसेकै हुन्थ्यो । ती सिक्कामा उहाँहरूलाई चियापानी खुवाएर सेवा गर्ने मेरा बाजेको अधिकार हुन्थ्यो । चिफान महाशयलाई छाडेर बाहिर आउनासाथ बाजेले नगरभित्र एउटा घर र नगरबाहिर जग्गा किन्नुभएको थियो । त्यस बेला उहाँले निकालेका सिक्का तिनै जुवाका टेबलमुनिबाट टिपिएका थिए ।

चिफान महाशय कहिल्यै पनि खेतीबारीको वास्ता गर्नुहुन्थेन । उहाँ पूर्ण रूपले मस्तीमा रहेको जमिनदार हुनुहुन्थ्यो । उहाँको घरका नोकरहरू भने असाध्य परिश्रमी थिए । उनीहरू चिफान महाशयका लागि काम गर्दै थकित हुन्थे, कुप्रो पर्थे ।"

बाजेले भन्नुभएको थियो, "कुनै वर्ष गहुँ भित्र्याउने समयमा घरको एउटा नोकरले गधालाई बोकाएर एक भारी गहुँ सुटुक्क आफ्नो घर पुऱ्यायो । अर्को नोकरले त्यसको उजुरी गर्न आउँदा चिफान महाशयले गाली गर्दै भन्नुभएछ, 'मूर्ख, पटमूर्ख, उसले गधालाई बोकाएर लग्यो, तिमीले चाहिँ किन गाडीमा राखेर नलगेको नि ?'

त्यस नोकरले पनि इख लिएर साँच्चै नै एक गाडी गहुँ लिएर गयो ।

चिफान महाशयले थाहा पाएपछि भन्नुभएछ, 'मेरो घरको नोकर यस्तो पो हुनुपर्छ ।'

चिफान महाशयको घरमा एउटी पत्नी र छवटी ल्याइते स्वास्नी थिए। पत्नीको मुख छ्याकटे थियो तर छ जना ल्याइते सबै सुन्दरी थिए।"

ठुलाबाजेले हामीलाई भन्नुभयो, "तिमीहरूका बाजेले भन्नुहुन्थ्यो, ती ल्याइतेहरू जवान थिए। आफैँ सम्हालिन नसकेर पैसा, गरगहना बोक्दै अरू लोग्नेमान्छेसँग भाग्ने पनि थिए। घरकै नोकरसँग संसर्ग गरी बच्चा पाउने पनि थिए। चिफान महाशयलाई यसको केही वास्ता थिएन। ती बच्चा घरआँगनमा दौडिबस्थे। चिफान महाशयलाई देखेपछि 'बुबा' भनेर बोलाउँथे। चिफान महाशय मुस्कुराउनु मात्र हुन्थ्यो। केही बोल्नुहुन्थेन। तिमीहरूका बाजे भन्नुहुन्थ्यो- ती छ्याकटी पत्नीले जन्माएको सुस्त मनस्थितिको छोरो मात्र चिफान महाशयको आफ्नै सन्तान थियो।"

ठुलाबाजेले भन्नुभयो, "एकपटक वसन्त ऋतुको समय चिनियाँ नयाँ वर्षको पहिलो दिन चिफान महाशयले वेश्यागमन गर्ने कुरा गर्नुभयो। सुन्नेहरू सबै आकाशै खसेजस्तो गरी आश्चर्यचकित भए। घर हेर्नेले केही दिनपछि मात्र वेश्यागमन गरे हुन्छ नि भन्यो। चिफान महाशयले केही दिनपछि म वेश्यागमनै गर्दिनँ भन्नुभयो।

घर हेर्नेले भन्यो, 'यो काम अहिले मबाट हुन सक्दैन ।'

चिफान महाशयले बोलाउनुभयो, 'हानसान !'

१७ वर्ष उमेर पुग्नुभएका बाजेले 'हजुर, म यहाँ छु' भनेर जवाफ फर्काउनुभयो ।

चिफान महाशयले भन्नुभयो, 'तिनीहरू सबै अबुरु मानिस हुन्, यो काम हामी दुई जना मिलेर गर्नुपर्ला ।'

बाजेले सोध्नुभयो, 'हजुर वेश्यालय सवारी हुन्छ कि केटीहरूलाई यहाँ डाकूँ ?'

'घरमा डाक्ने नि ।'

'कुनचाहिँ डाकेर ल्याऊँ, सियाओ पाइयाङ कि यी चियान्सु ?'

'काउमी नगरभित्रका सबै वेश्यालाई डाकेर ल्याउनू ।'

हाम्रा बाजेले जिब्रो काढ्नुभयो । तर केही भन्न सोध्न पनि अप्ठ्यारो थियो । उहाँ मनमा अनेक शङ्का उपशङ्का गर्दै वेश्या डाक्न जानुभयो ।"

ठुलाबाजेले भन्नुभयो, "त्यस समयमा काउमी नगरको पश्चिम भागमा रहेको सियाओखाङ नदीका दुई किनारमा वेश्यालय भएका दुई गल्ली थिए। नदीको पूर्वपट्टि रहेको गल्लीको नाम 'च्वाङ य्वीयान (परीक्षामा प्रथम)' थियो भने नदीको पश्चिमपट्टि रहेको गल्लीको नाम 'कार्प माछा' ।

त्यस बखत वेश्यालय जानुलाई 'परीक्षा दिनु', 'माछा खानु' भन्ने गरिन्थ्यो । प्रत्येक गल्लीमा पाँचछवटा वेश्यालय थिए। प्रत्येकमा चारपाँच केटी रहन्थे । त्यसबाहेक अरू केही 'अर्धवेश्यालय' पनि थिए । दिनमा त्यहाँ सानोतिनो व्यापार हुन्थ्यो। रात परेपछि त्यहाँ ग्राहक सुत्न आउँथे।"

ठुलाबाजेले भन्नुभयो, "वेश्यालयमा थरी-थरीका मानिस जाने गर्थे । कोही वेश्यागमनकै लागि जान्थे भने कोही आमाबाबुको पैसा चोरेर केही शिल्पकला सिक्न जानेहरू पनि हुन्थे ।

बाजे त्यस बेला १७ वर्षको हुनुहुन्थ्यो । हेर्दा केही शिल्पकला सिक्ने युवकजस्तो देखिनुहुन्थ्यो । चिनियाँ नयाँ वर्षको पहिलो दिन सबैको घरमा पुर्खा पुज्ने काम हुन्छ । जस्तोसुकै वेश्याप्रेमी पनि त्यो दिन त्यहाँ आउँदैनथ्यो । काउमी नगरका वेश्यालयहरूमा चिनियाँ नयाँ वर्षको बेला बिदा हुन्थ्यो । केटीहरू सिँगारपटार गरी कोठामा सूर्यमुखी फूलका बियाँ खाँदै सानोतिनो जुवा खेलेर बस्थे। घाम राम्रो लागेको बेला बाहिर पनि घुम्न जान्थे। मानिसको भिडमा मिसिन जान्थे। वेश्यालयका मालिक्नीहरू ती केटीलाई घरमा आमाबाबु भेट्न पनि पठाउँथे। तर १० वेश्यामध्ये नौ त आमाबाबुबाटै बेचिएका हुन्थे। उनीहरू किन घर फर्कन चाहन्थे र ! वेश्यालयभित्र ग्राहकको अन्य सेवा गर्ने, सुरक्षा प्रदान गर्नेहरूको पनि बिदा थियो । त्यसैले बाजे वेश्यालयभित्र पस्नासाथ 'गुरुआमा' बन्न केटीहरूले उहाँलाई घेर्न थाले ।"

बाजेले कसैलाई गुरुआमा बनाउनुभयो कि भएन, त्यो ठुलाबाजेले भन्ने कुरा भएन ।

ठुलाबाजेले भन्नुभयो, "हाम्रा बाजे चिफान महाशयको घोडा तानेर निस्कनुभएको हुनाले केही वेश्याले उहाँलाई चिने अनि हाँसेर भन्न थाले, 'ऊ त्यो चिफान महाशयको घोडा तान्ने केटो होइन ? तिम्रो मालिकको घरमा त्यतिका रखौटी त्यतिकै बसिरहेका छन् । हामीलाई किन भेट्न आउनुभयो ?'

बाजेले भन्नुभयो, 'म आफैँ आएको होइन, चिफान महाशयले तिमीहरूलाई भेट्न चाहनुभएको हो ।'

बाजेको कुरा सुनेर ती केटी हाँसेर अनियन्त्रित हुन पुगे। उनीहरू भन्न थाले, 'यो त बाढी आउने कुरो भयो, चिफान महाशय पानी बगाएजस्तै गरी पैसा खर्च गर्नुहुन्छ । त्यहाँ एक जनाको राम्ररी सेवा गर्न सकियो भने वर्षभरिको खर्चको चिन्ता हुँदैन ।'

वेश्यालयकी मालिक्नीले भनिन्, 'नयाँ वर्षको दिन यहाँ बिदा हुन्छ, केटीहरू वर्षभरि काम गरेर थाकेका छन् । उनीहरूलाई आराम गर्न दिनुपर्छ ।'

बाजेले भन्नुभयो, 'चिफान महाशयले एकपटक यस्तो रहर गर्नुभएको छ । तिमीहरू मूर्ख नबन्नू । पछि फेरि यस्तो अवसर आउँदैन ।'

मालिक्नीले हँसिलो मुख बनाएर भनिन्, 'चिफान महाशयको सेवा गर्न नाइँ भन्न सक्छौ र ? नानीहरू, म आमाको मनै कालो नभन्नू ।'

केटीहरूले हतार-हतार भन्न थाले, 'आमा, देवताजस्ता चिफान महाशयको सेवा गर्न पाउनु हाम्रो पनि भाग्य हो ।'

मालिक्नीले हाम्रा बाजेलाई सोधिन्, 'सानो महाशय, मकहाँ यहाँ पाँच केटी छन् । चिफानलाई मन पर्ने कुनचाहिँ हो ? थाहा भएन ।'

'सबै लैजाने, अहिले उनीहरूलाई सिँगारपटार गराएर राख्नुहोला, एकछिनपछि उनीहरूलाई लैजान बग्गी आइपुग्छ,' बाजेले भन्नुभयो ।"

ठुलाबाजेले भन्नुभयो, "बाजेले एकै दिनमा दुवै गल्लीका सबै वेश्यालय घुमेर भ्याउनुभएछ र जम्मा २८ केटी भेट्टाउनुभएछ। उहाँले फेरि सडकमा गएर १२-१५ वटा पर्दा भएका बग्गीलाई भाडामा ल्याउनुभयो। दुई वा तीनवटीलाई एउटा बग्गीमा बसाउनुभयो। १२-१५ वटा खच्चर, १२-१५ जना बग्गीचालक नगर सरकार अगाडिको ठुलो सडकमा एक लहर भएर स्फूर्तिका साथ गइरहेका थिए। रमिता हेर्ने मान्छे सडकका दुईतिर जम्मा भएर सडकै साँघुरो बन्न पुगेको थियो। बग्गीचालकहरू यस्तो दृश्य देखेर र बग्गीमा पनि त्यस्ता ग्राहक राखेकाले अघिपछिभन्दा बढी फुर्तिला देखिएका थिए। उनीहरू फ्याट-फ्याट आवाज आउने गरी कोर्रा फट्कारेर मुखबाट 'त: च्या' शब्द निकाल्दै बग्गीलाई वायुवेगमा कुदाइरहेका थिए। ती केटीहरू बारम्बार बग्गीको पर्दा उठाउँदै बाहिरका रमितेतिर हेरेर मुस्कुराउँथे।'

कसैले ठुलो स्वरले सोध्यो, 'ए मैयाँहरू, कहाँ जान लागेको ?'

केटीहरूले पनि ठुलै स्वरले भने, 'चिफान महाशयको घरमा नयाँ वर्ष मनाउन जान लागेका।'

ठुलो रातो घोडा चढेका बाजेले बग्गीहरूलाई चिफान महाशयको ठुलो हवेलीको द्वारअगाडि पुऱ्याउनुभयो। त्यसपछि उहाँ केटीहरूलाई बाहिर कुर्न लगाएर खबर गर्न जानुभयो।"

ठुलाबाजेले भन्नुभयो, "२८ वेश्यालाई डाकेर ल्याएको थाहा पाएर चिफान महाशयले खुसीले ताली पिट्दै भन्नुभयो, 'अति राम्रो, अति राम्रो, पृथ्वीमा २८ नक्षत्रको अवतरण भयो। हानसान, तिमी साँच्चै नै काम गर्न जान्ने मान्छे हौ। पछि तिमीलाई राम्रो पुरस्कार दिऊँला। अहिले छिटो जाऊ, देवीहरूलाई भित्र निमन्त्रणा गरी लिएर आऊ।'

चिफान महाशयको घरमा एक सय जना बसेर खान मिल्ने ठुलो कोठा थियो। देवी भेला अवश्य पनि त्यही कोठामै हुने भयो। त्यस बेलासम्म बिजुली बत्ती थिएन। चिफान महाशयले बाजेलाई मान्छेको पाखुराजत्रो

मोटो ठूलो मैनबत्ती दुईचार सयवटा किन्न पठाउनुभयो। अँध्यारो नहुँदै बालेर बैठककोठाका सबै कुनामा राख्न लगाउनुभयो। कोठामा आगलागी भएजस्तो उज्यालो भयो। मैनबत्ती जलेर अलि-अलि धुवाँ पनि आयो। चिफान महाशयले फेरि बाजेलाई नगरभरिका पदाधिकारी, भद्रभलादमीलाई देवी भेलामा सहभागी हुन निमन्त्रणापत्र बाँड्न मान्छे पठाउन भन्नुभयो।

चिफान महाशयले २८ वेश्यालाई घरमा लगेको खबर नगरको कुना-कुनासम्म पुगिसकेको थियो। ती पदाधिकारी, भद्रभलादमीले चिफान महाशयले यो के गर्न लाग्नुभएको होला भनेर सोचिरहेका मात्र थिए। निमन्त्रणापत्र पुग्नासाथ त उनीहरू उडेरै त्यहाँ पुग्न चाहे। कसैले चाहिँ नयाँ वर्षको पहिलो दिन त्यहाँ जाँदा पुर्खा रिसाउने पो हुन् कि भनेर पनि सोचे। तर फेरि चिफान महाशयले निमन्त्रणा गर्ने साहस गर्नुभयो भने हामी जान डराउने किन भनेर पनि सोचे। त्यसैले उनीहरूले पनि निमन्त्रणा गरिएको ठाउँमा जाने नै विचार गरे।

राति चिफान महाशयको ठूलो बैठककोठामा उज्यालो हुने गरी बत्ती बलेको थियो। नगरभरिका भद्रभलादमी पदाधिकारी एकत्रित भएका थिए। २८ वेश्या विभिन्न चर्तिकला देखाएर, अश्लील शब्द बोलेर त्यहाँ भएका लोग्नेमान्छेलाई हँसाइरहेका थिए। सबैको अभद्र रूप प्रकट भइसकेको थियो। उनीहरूले आफ्ना पुर्खा, देवदेवी बिर्सिसकेका थिए।

रात गहिरिँदै गयो। मैनबत्तीको प्रकाश अझ उज्यालो र चलायमान हुन थाल्यो। केटीहरूलाई रक्सीको मात लाग्न थाल्यो। उनीहरूको अनुहार आरुको फूलजस्तो देखिन थाल्यो। आँखा लोलाउन थाले। उनीहरू एकटकले चिफान महाशयलाई हेर्दै बस्न थाले। कोही त आएर उहाँलाई अँगालो हाल्न थाले। चिफान महाशयले बाजेलाई सबै मैनबत्तीको जलेको लामो भएको धागो काट्न लगाउनुभयो। फेरि नोकरहरूलाई बैठककोठाको मध्यभागमा ठूला गलैँचाहरू ओछ्याउन लगाउनुभयो।

चिफान महाशयले वेश्याहरूलाई भन्नुभयो, 'मैयाहरू, तिमीहरू लुगा फुकालेर गलैँचामा पल्टिराख।'

२८ वेश्या हिहि गर्दै हाँस्दै आफूले लगाएका लुगा फुकाल्न थाले। निर्वस्त्र २८ शरीर गलैँचामा लहरै उत्तानो पल्टेर चिफान महाशय नाम गरेको 'बुढो माहुरी' को प्रतीक्षा गर्न थाले।"

हिउँदको लामो रातमा हामी अँगेनावरिपरि जम्मा भएर ठुलाबाजेले भनेको चिफान महाशयको कथा सुनेर बसेका थियौँ।

"उहाँको दिमाग ठिक थिएन कि, के हो?" मैले सोधेँ।

"होइन, होइन," ठुलाबाजेले भन्नुभयो, "तिमीहरूका बाजेले भन्नुभएको- चिफान महाशय एकदम ज्ञानी मान्छे हुनुहुन्थ्यो। चीनका प्राचीन शास्त्रहरू, रणनीति, कृषि, चिकित्सा, ज्योतिष, गणित आदि उहाँले नजान्ने कुनै पनि विधा थिएन, त्यस्तो मान्छेको दिमाग ठिक थिएन कसरी भन्ने?"

"उहाँको दिमाग ठिक थियो भने त्यस्तो अचम्मको काम किन गर्नुहुन्थ्यो त?"

ठुलाबाजेले भन्नुभयो, "चिफान महाशय किताबहरूको थुप्रोबाट निस्केका व्यक्ति हुनुहुन्थ्यो। यस विश्व ब्रह्माण्डका सबै रहस्य उहाँले बुझ्नुभएको थियो। सिद्ध महापुरुष भनेका कस्ता मानिस हुन्? चिफान महाशयजस्ता मानिस नै सिद्ध महापुरुष हुन्।"

वास्तवमा चिफान महाशयको कथा हामीले धेरैपटक सुनिसकेका थियौँ। तैपनि हामी हरेकपटक धेरै उत्साहित भएर ठुलाबाजेलाई उहाँको कथा भन्न लगाउँथ्यौँ।

"ठुलाबाजे, तपाईं हामीलाई चिफान महाशयले हाम्रा बाजेलाई उपदेश दिएको कथा सुनाउनुस् न?" मेरा माहिला दाइले भन्नुभयो।

केही थकित देखिइसकेका ठुलाबाजेका आँखा फेरि तेजिला देखिए। उहाँले भन्नुभयो, "तिमीहरूका बाजे २० वर्ष पुगेको बेला एक दिन चिफान महाशयलाई साथ दिँदै बाटो हिँड्दै हुनुहुन्थ्यो, चिफान महाशयले भन्नुभयो, 'हानसान, तिमी २० वर्षका भयौ, अब मलाई छाडेर जाऊ अनि आफ्नै काम सुरु गर।'

तिम्रा बाजेले आँखाभरि आँसु राखेर भन्नुभयो, 'अरू केही वर्ष मलाई आफ्नो साथमा राख्नुस् ।'

चिफान महाशयले फेरि भन्नुभयो, 'जति नै ठुलो जमघट भए पनि एक दिन अवश्य सकिन्छ ।'

उहाँहरू हिँडेर एउटा ठुलो कोइरालोको रुखमुनि पुग्नुभएछ । त्यहाँ दुई बथान कमिला हरियो कीरा तानातान गरिरहेका थिए । कहिले एउटा बथानले तानेर आफूतिर पुऱ्याउँथ्यो, एकैछिनमा अर्को बथानले फेरि फर्काएर लैजान्थ्यो । चिफान महाशयले सोध्नुभयो, 'हानसान, कुरा बुझ्यौ ?' तिमीहरूका बाजेले टाउको हल्लाएर 'बुझिनँ' भन्नुभयो ।

चिफान महाशयले एउटा खुट्टा उचाल्नुभयो अनि ती कमिलालाई टेकेर खुट्टा चलाउनुभयो । अनि फेरि सोध्नुभयो, 'हानसान, अझै बुझेनौ ?' तिमीहरूका बाजेले 'बुझेँ' भन्नुभयो ।

'भइहाल्यो, वास्तवमा तिमीले कुरा बुझेका छैनौ, साँच्चै बुझेका छैनौ,' चिफान महाशयले भन्नुभयो ।"

"हाम्रा बाजेले के साँच्चै चिफान महाशयको सङ्केतको अर्थ नबुझ्नुभएकै हो त ?" मैले सोधेँ ।

ठुलाबाजेले मेरो प्रश्नको जवाफ नदिई भन्न थाल्नुभयो, "कसैलाई साँच्चै कुरा बुझ्नु छ भने पुस्तक नपढी हुन्न । संसारका सबै पुस्तक नपढी हुन्न । तिमीहरू त अहिले सानै छौ ।"

माहिला दाजुले फेरि सोध्नुभयो, "ठुलाबाजे, तपाईंले के साँच्चै नै चिफान महाशयले एकपटक पढेको कुरा बिर्सेको देख्नुभएको छ ?"

ठुलाबाजेले भन्नुभयो, "त्यसमा शङ्का गर्नुपर्ने कुरा नै के छ ? त्यस बेला हाम्रो परिवारको पतन भएको थिएन । नगरभित्र घर थियो । एक दिन म 'काठमा लेखिएका पुस्तकहरू' भन्ने पुस्तक पढ्दै थिएँ । तिम्रा बाजे चिफान महाशयलाई लिएर आउनुभयो । उहाँले मलाई के पुस्तक पढेको

भनेर सोध्नुभयो। मैले पुस्तक उहाँलाई दिएँ। उहाँले पुस्तक हातमा लिएर यताउता पल्टाएर हेर्नुभयो, त्यसपछि मलाई फर्काउनुभयो।

मैले भनें, 'हजुर, मैले मेरा पिताबाट सुनेको- हजुर एकपटक पढेको कहिल्यै बिर्सनुहुन्न रे!' चिफान महाशयले हाँसेर भन्नुभयो, 'मलाई जाँच गर्ने तिम्रो विचार छ जस्तो छ।' म पनि लाज मानेर हाँसें। उहाँले त्यही पुस्तक फेरि माग्नुभयो, एक-एक पृष्ठ गरी पल्टाएर हेर्नुभयो। सकिएपछि पुस्तक मलाई फर्काउनुभयो र भन्नुभयो, 'तिमी पुस्तक हेर्दै रहनू, म तिमीलाई कण्ठ गरेको सुनाउँछु।'

म पुस्तक हेर्दै रहें, उहाँले घोकेकामा एउटा अक्षर पनि तलमाथि भएन। बीचमा कतै रोकिनुसमेत भएन। तिम्रा बाजेले मलाई गाली गरेर भन्नुभयो, 'कत्रो आँट तेरो, ए, अरू क्षमा नमागीकन!' मैले हतार-हतार घुँडा टेकें। चिफान महाशयले मलाई उठाउनुभयो र 'हाहा' गरी ठुलो स्वरले हाँसेर 'बुढो भएँ, नसक्ने भइसकें' भन्नुभयो।"

हामीले एकैचोटि भन्यो, "असाधारण प्रतिभावान्!"

प्रत्येकपल्ट यो कथा सुनेपछि हामी सधैं यस्तै भन्ने गर्थ्यौं।

ठुलाबाजेले कहिले पनि चिफान महाशयको वेश्यागमनको कथा पूरा सुनाउनुभएन। जहिले पनि त्यही ठाउँमा पुगेपछि रोकिनुहुन्थ्यो। हामीले पनि त्यसपछिको कुरा बताउन कर गरेनौं। वास्तवमा त्यसपछि के भएको थियो भन्ने हामीलाई थाहा थियो।

हाम्रा बाजेले सुनाएअनुसार २८ वटी केटी निर्वस्त्र गलैंचामा पल्टिरहेको देखेर ती भद्रभलादमी, पदाधिकारी विमूढ भए। डराई-डराई चिफान महाशयलाई हेरिराखे।

चिफान महाशयले जुत्तामोजा खोलेर नाङ्गो खुट्टाले ती केटीहरूको पेट-पेटमा टेकेर एकपटक ओहोरदोहोर गर्नुभएछ। त्यसपछि भन्नुभएछ, "हानसान, उनीहरू हरेकलाई सय-सयवटा सिक्का दिनू अनि बग्गी डाकेर फर्काइदिनू।"

असल वैद्य

त्यो बखत काउमी तुङ्पेइसियाङ गाउँमा १५-१८ परिवार बस्थे। त्यहाँ नदीको डिलमाथि १५-१८ घर थिए। त्यही नै 'सानफेन गाउँ' थियो। गाउँको नाम किन 'सानफेन' रहन गयो भन्नेबारे धेर मत थिए। तर यहाँ रोगीको उपचारको कथा लेख्न लागेको हुँदा गाउँको नामबारे व्याख्या गर्नु परोइन।

हाम्रो सानफेन गाउँमा दयालु र भलादमी किसान थिए। उनको नाम वाङ ताछ्ङ थियो। वाङ ताछ्ङ बुढाबुढी मात्र बस्थे। उनीहरूको बच्चा थिएन।

यस वर्षको शरद् ऋतुमा धेरै पानी परेपछि नदीको बाँध भत्कियो। खेतभरि पानी जमेर पोखरी बन्यो। बोटबिरुवा सबै पानीमुनि डुबेर मरे। केवल फापरका बोट पानीमाथि देखिए। केही राता दाना पानीमाथि तैरिरहेका थिए।

पानी बिस्तारै घट्दै गयो। पुन: जमिन देखिन थाल्यो। कालो जमिनमाथि दुई औँला बाक्लो पहेँलो हिलो जमेको थियो। त्यो हिलो एकदम उर्बर हुन्छ। त्यसमा गहुँ राम्रो फल्छ।

शरद् ऋतुमा बाली भित्र्याउन नपाइए पनि गाउँले साह्रै दु:खी भएनन्, किनकि अर्को वर्षको वसन्त ऋतुमा हुरीबतास, असिनापानी, खडेरी या अतिवृष्टि जस्ता प्राकृतिक प्रकोप आइपरेनन् भने गहुँको अति राम्रो उत्पादन हुनेछ।

त्यस बखत जमिन धेरै थियो, मानिस थोरै थिए। धेरै क्षेत्रफलमा बाली लगाए पनि कम मात्र उत्पादन हुन्थ्यो। खेतीको काम पनि अहिलेभन्दा धेरै सजिलो थियो।

गहुँ रोप्न त झनै सजिलो थियो- एक जनाले खेतमा पछाडितिर हिँडेर आफ्ना पाइलाका डोबहरूमा गहुँको बिउ छर्ने। त्यसपछि ऊसँगै आउने मान्छेले सानो फलामे कुटोले अलिकति माटो खनेर बिउ छोपिदिने।

वाङ ताछ्छङ र उसकी स्वास्नी एकसाथ गहुँ छर्किन गए। उसकी स्वास्नी खेतमा खुट्टाले टेक्दै बिउ छर्थी। ताछ्छङ उसको पछाडि माटाले बिउ छोप्थ्यो। स्वास्नीको खुट्टा सानो थियो। उसको खुट्टाले टेकेर बनेको डोब गधाको खुट्टाले टेक्दा बनेको जस्तै गोलो थियो। ताछ्छङले हाँस्दै स्वास्नीलाई 'सानी गधा' भन्यो। स्वास्नीले पनि हाँसेर 'तिमी ठुलो गधा' भनी। दुवै आनन्दित भएर हाँसे।

यस संसारिक जीवनमा राम्रा-नराम्रा घटना सुखदुःख एकपछि अर्को गरी आइरहन्छन्। 'अति सुखबाटै दुःख उत्पन्न हुन्छ' भन्ने भनाइले इङ्गित गरेको पनि यही हो।

ताछ्छङ र उसकी स्वास्नी एकअर्कालाई व्यङ्ग्य गर्दै हाँसिरहेका थिए। त्यति नै बेला ताछ्छङलाई पैतालामा केही वस्तुले घोचेको अनुभव भयो। किसानहरू वर्षको आठ महिना खाली खुट्टा नै खेतमा काम गर्छन्। त्यसैले पैतालामा घोच्नु भनेको अत्यन्त सामान्य थियो। ताछ्छङले खासै वास्ता गरेन र स्वास्नीसँगै गहुँको बिउ छरिरह्यो।

राति खुट्टा धोएर खाटमा चढेपछि उसलाई पैतालामा अलिकति चिलाएको अनुभव भयो। खुट्टा मोडेर हेर्दा पैतालाको बीचमा मोटो सियोले घोचेको जत्रो प्वाल थियो। त्यसबाट पहेँलो पानी बगिरहेको थियो। ताछ्छङले स्वास्नीलाई भनेर अलिकति रक्सी मगायो र घाउमा लगाएर सुत्यो। दिनमा स्वास्नीसँग ख्यालठट्टा गरेकाले मनमा कामवासना अलि जागेको थियो। राति फेरि उसले पैतालामा रक्सी लगाइदिएकी हुँदा बत्ती निभाइसकेपछि उनीहरू सम्भोगमा व्यस्त भए।

उज्यालो हुने बेलातिर ताछ्छङले सपना देख्यो। सपनामा उसले चुल्हामा आफ्नै गोडा बालेर मुङको दाल उमालिरहेको थियो। ब्युँझँदा एउटा गोडा बेस्सरी पोलेको अनुभव भयो। हतारिएर स्वास्नीलाई आगो सल्काएर बत्ती बाल्न लगायो र बत्तीको प्रकाशमा हेऱ्यो। उसको त्यो गोडा घुँडासम्म सुन्निएको थियो। छालामासुभित्र हावा भरिएजस्तो, पानी भरिएजस्तो गोडा सुन्निएको थियो।

उज्यालो भएपछि उसले गोडा टेक्नै सकेन। स्वास्नीले उसलाई 'हेइथियान छउ' गाउँका वैद्यकहाँ लैजान खोजी। ताछ्छङले भन्यो, 'म आफैँ बिस्तारै जाऊँला नि।'

सानफेनदेखि हेइथियान छउ गाउँसम्म डेढ किलोमिटर लामो बाटामा दुवैपट्टि एकपछि अर्को पानी जमेको खाडल थियो। ताछ्छङको गोडा दुख्दैनथ्यो। बेस्सरी सुन्निएकाले हिँड्दा अलि अप्ठ्यारो मात्र थियो। गोडा घिसार्दै हेइथियान छउका वैद्यकहाँ पुग्यो।

वैद्यको नाम छेन पाउछ्व्वीय थियो। चिनियाँ परम्परागत चिकित्सा पद्धतिको शल्यचिकित्सक उसको औषधी प्रयोग गर्ने र शल्यक्रिया गर्ने तरिका डरलाग्दो थियो। त्यसैले रोगीहरूले उसलाई 'डरलाग्दो वैद्य' उपनाम दिएका थिए।

ताछ्छङ पुग्दा वैद्य सुतिरहेको थियो। ताछ्छङ घरको ढोकामा बसी चिलिम सल्काएर धुवाँ तान्दै पर्खियो। सूर्य आकाशको तीन बित्तामाथि पुगेपछि मात्र वैद्य उठ्यो। ताछ्छङले भित्र गएर आफ्नो गोडा हेरिदिन भन्यो।

वैद्यले आँखीभौँ खुम्च्यायो। तीनवटा औँला उठाएर ताछ्छङको नाडी परीक्षण गरेर भन्यो, 'घर फर्केर स्वास्नीलाई केही मिठो पकाएर ख्वाउन भन्नुहोला। कात्रो पनि तयार गर्न भन्नुहोला।'

ताछ्छङले सोध्यो, 'अब म बाँच्दिनँ हो?'

वैद्यले भन्यो, 'अब तीन दिनभन्दा बढी बाँच्न सक्नुहुन्न।'

यो सुनेर ताछ्छङको मनमा केही दुःख लाग्यो। तर घर फर्केर मृत्यु कुर्नुबाहेक अरू उपाय पनि भएन।

ताछ्ङ वैद्यसँग बिदाबारी भएर दुःखसाथ निःश्वास छाड्दै घरतिर लाग्यो ।

बाटाको दुईतिर जमेको हरियो पानी । पानीमाथि जमेका कलिला पहेँला झार । राता साना पात देखेर एकछिन ऊ उदास भयो । उसको आँखामा आँसु टलपलाउन थाल्यो ।

उसलाई त्यसरी रोग लागेर मर्नुभन्दा पानीमा डुबेर मर्नु जातीजस्तो लाग्न थाल्यो । यस्तो सोच्दै ऊ जमेको पानीनिर पुग्यो । त्यहाँ घुँडासम्म पुग्ने झार उम्रिएको थियो । उसले त्यतैतिर पाइला बढायो । उसले त्यहाँ गोडाले के टेकेको थियो, पानीमुनिबाट केहीपटक तिखो आवाज आयो । उसको सुन्निएको गोडामा एकैछिन झमझमाएको जस्तो अनुभव भयो । उसले टाउको निहुर्‍याएर तलतिर हेर्दा पो बल्ल देख्यो- उसले त सम्भोगरत दुम्सीको जिउमा पो टेकेको रहेछ ।

ताछ्ङको गोडाबाट पिप बग्न थाल्यो । केही बेरपछि उसलाई सन्चो अनुभव हुन थाल्यो । उसलाई अब मर्न मन लागेन । उसले आफ्नो गोडा पानीमा डुबाइराख्यो । पिप पूरै बगिसकेपछि बल्ल घर फर्कियो ।

भोलिपल्ट बिहान उठेर हेर्दा उसको सुन्निएको गोडा पूरै ठिक भइसकेको थियो । तीन दिनपछि पहिलेजस्तै पूर्ण स्वस्थ भएको ताछ्ङ फेरि वैद्य भेट्न गयो । बाटामा वैद्यलाई कसरी व्यङ्ग्य गर्ने भनेर सोच्दै गयो । भित्र छिर्नासाथ वैद्यले सोध्यो, ‘कसरी अहिलेसम्म नमरेको ?’

ताछ्ङले गोडा अगाडि सारेर वैद्यलाई देखायो र भन्यो, ‘तपाईंले भन्नुभएपछि म घरमा मृत्यु कुरेर बसेको थिएँ, तीन दिन कुर्दा पनि नमरेकाले फेरि सोध्न आएको हुँ ।’

वैद्यले बिस्तारै भन्यो, ‘के उल्का भएछ फेरि ?’

ताछ्ङले सोध्यो, ‘के रे ?’

‘तपाईंको गोडामा सम्भोगरत दुम्सीले टोकेको थियो । अनि त्यो भाले दुम्सीको काँडाले घोचेको थियो । राति फेरि स्वास्नीसँग सुत्नुभयो । त्यसैले त्यसको विष एकैचोटि मुटु र मिर्गौलामा पुग्यो । यस्तो रोग निको पार्न

सम्भोगरत दुम्सीमध्ये भाले दुम्सीकै काँडाले त्यही गोडामा घोचेर पिप बगाएपछि पहेँलो रातो क्षार भएको पानीमा एक घण्टा डुबाइराख्यो भने मात्र सम्भव हुन्छ ।'

ताछ्ङ छक्क भयो, उसले 'वैद्य त साँच्चै नै देउताजस्तो रहेछ' भन्यो र त्यो दिन दिउँसोको घटना सुनायो ।

'तपाईंको काल आइनसकेको रहेछ । तपाईंलाई थाहा छ होला, दुम्सीहरू वसन्त ऋतुमा मात्र सम्भोग गर्छन्,' वैद्यले भन्यो ।

मेरा पिता भन्नुहुन्थ्यो, "छेन पाउछ्र्यवीय जस्ता वैद्य वास्तवमा प्रधानमन्त्री बन्न लायक हुन् । तर विभिन्न कारणले वैद्य बने । यस्ता मान्छे सबै महात्मा हुन् । उनीहरूलाई प्रकृति र समाजका सम्पूर्ण परिवर्तनको नियम थाहा हुन्छ । उनीहरूले सबै प्रकारका पुस्तक पढेका हुन्छन् । सयौँ वर्षमा बल्ल एकदुई जना त्यस्ता महान् मान्छे जन्मिन्छन् । त्यस्ता मान्छेको देहान्त ज्ञानी भिक्षुको जस्तै सहज तरिकाले हुन्छ । हेर्दा मरेको जस्तो देखिन्छन्, वास्तवमा उनीहरू सिद्ध बनेका हुन्छन् ।"

पिताले थप्नुभयो, "छेन पाउछ्र्यवीयले जीवनभर विवाह गरेनन् । उनले बुढेसकालमा च्युँडोमा सेता दाह्री पालेका थिए । अनुहार रातोपिरो थियो । दुई आँखा तेजिला थिए । हरेक बिहान उनी इनारमा पानी लिन जान्थे । त्यस बेला युवामा अलिकति शिष्टता बाँकी थियो । वयोवृद्धको सम्मान गर्नुपर्छ भन्ने ज्ञान थियो उनीहरूलाई । उनलाई इनारबाट पानी तान्न गाह्रो भएको देखेर युवाले पानी तानिदिन्थे । उनी 'पर्दैन' भन्थेनन्, धन्यवाद पनि दिन्थेनन् । उनलाई पानी तानिदिनेहरू त्यहाँबाट गएपछि उनी पानी इनारमा खन्याएर फेरि आफैँ इनारबाट पानी तान्थे । अनि पानी बोकेर घर फर्किन्थे ।"

पिताले अझ भन्नुभयो, "आधुनिक कालमा आएर जान्ने वैद्यहरू झन्-झन् कम हुँदै गए । अब त झनै कम भए । जापानी आक्रमणकारीहरू आउनुअघिसम्म दुईचार जना राम्रा वैद्य थिए । छेन पाउछ्र्यवीय जति जान्ने नभए पनि अहिलेका वैद्यहरूभन्दा राम्रा थिए, दैवी वैद्य नभए

पनि असल वैद्य थिए ।"

पिताले भन्नुभयो, "मेरो बाजे ३० वर्षको छँदा उहाँलाई एकपटक असाध्य रोग लागेको थियो । अहिले त्यस रोगको उपचार गर्नुपरेको भए पाँच हजार युआनभन्दा बढी खर्च लाग्थ्यो होला । आजीवन अपाङ्गता पनि खेप्नुपर्ने हुन सक्थ्यो ।"

पिताले भन्नुभयो, "एक दिन बाजे निहुरिएर काठमा रङ लगाउँदै हुनुहुन्थ्यो । महिला काका र साहिँला काका जिस्किँदै खेल्दै हुनुहुन्थ्यो । उहाँहरूले एउटा काठ ढाल्नुभएछ । त्यो काठ गएर बाजेको ढाडको तल्लो भागमा बज्रिएछ । बाजे दुखेर बुरुक्क उफ्रिनुभएछ । जिउबाट पसिना आएछ । त्यो दिन राति उहाँ दुखेर खाटमा समेत चढ्न सक्नुभएनछ । पछि गएर दुखाइ सबै दाहिने गोडामा केन्द्रित भएछ, त्यो गोडा हेर्दा रातो पनि थिएन, सुन्निएको पनि थिएन । तर अचम्मसँग सहनै नसकिने गरी दुखिरहन्थ्यो । बाजे दुखेर दिनरात कराइरहनुहुन्थ्यो ।

मेरा ठुला बाजे पनि ग्रामीण वैद्य हुनुहुन्थ्यो । उहाँले धेरैवटा जडीबुटी औषधी मिलाएर बाजेलाई खुवाउनुभयो । तर दुखाइ दिनप्रतिदिन बढ्दै गयो । ठुला बाजेले केही शल्यक्रिया पनि जान्ने ली इपा:लाई डाक्न पठाउनुभयो । लीले नाडी परीक्षण गरेर पित्तसम्बन्धी रोग हो भने । एउटा पहेँलो कुखुरो ल्याई त्यसलाई दुखेको गोडामा राख्ने सल्लाह दिए । लीले भने, 'पित्तसम्बन्धी रोग हो भने त्यो पहेँलो कुखुरो गोडामा बसिरहन्छ, यताउता चल्दैन । पित्तसम्बन्धी रोग होइन रहेछ भने कुखुरो त्यहाँ बसिरहँदैन, भाग्छ ।'

एउटा पहेँलो कुखुरा ल्याइयो । बाजेको दुखेको गोडामा राख्दाराख्दै कुखुरा साँच्चै कराउन थालेछ । यताउता नगरी त्यहीँ दुई घण्टासम्म बसिराख्यो । लीले भने, 'कुखुराले सबै विष सोसेर लग्यो ।'

लीले फेरि बिच्छी, माहुरीको चाका आदि विष लाग्ने वस्तुबाट कालो औषधीको गोली बनाएछन् । त्यसको नाम 'हाते औषधी' थियो । रोगीका दुवै हातमा राखेर समाइरहनुपर्ने । उनले त्यस औषधीले मानिसको मुटु वरपरको विषलाई सोसेर लिन्छ भने । बाजेको गोडामा पहेँलो कुखुरा पनि

बसाइसकियो, विषालु औषधी हातमा राखेर समाइराख्ने काम पनि गरिसक्यो तर रोग झन्-झन् बढ्दै गयो। हेर्दाहेर्दै बाजे सिकिस्तै हुनुभयो। ठुला बाजेले आँखाभरि आँसु राखेर मेरी बज्यैलाई बाजेको अन्त्येष्टिका लागि तयारी गर्न भन्नुभयो। त्यसै बेला 'उल्वान्च' भनिने डाँका त्यहाँ आएछ। ऊ काउमी तुङ्पेइसियाङ गाउँमा डकैती गर्दै हिँड्थ्यो। ऊसँग नडराउने कोही थिएन। मेरा बाजेले कुनै बखत उसलाई सहयोग गर्नुभएको थियो। अहिले बाजे सिकिस्त हुनुहुन्छ भन्ने सुनेर ऊ हेर्न आएको थियो।"

पिताले भन्नुभयो, "उल्वान्च अलमल गर्ने खालको मान्छे थिएन। बाजेको रोग देखेपछि उसले भन्यो, 'अहिलेसम्म किन तायाओरेनलाई नडाक्नुभएको?' ठुला बाजेले 'तायाओरेनलाई डाकेर ल्याउन गाह्रो छ, फेरि अरूले हेरिसकेको रोगीलाई उनले उपचार गर्दैनन्' भन्नुभयो। उल्वान्चले 'त्यसो भए म गएर डाकेर ल्याउँछु' भन्यो।"

पिताले भन्नुभयो, "उल्वान्च जुरुक्क उठेर गइहाल्यो। भोलिपल्ट चार जना मान्छेले बोक्ने डोलीमा तायाओरेनलाई बोकेर ल्याइपुऱ्याए। तायाओरेन बाहिर रोगी हेर्नुपऱ्यो भने सधैँ त्यस्तै चार जना मान्छेले बोक्ने डोलीमा बसेर जान्थे।"

पिताले भन्नुभयो, "तायाओरेन मोटो अग्लो शरीर भएका बुढा थिए। कालो रङको रेसमको चिनियाँ कोट र सुरुवाल लगाएका थिए। टाउकामा रातो भुवादार कपडाले बनाइएको सानो टोपी थियो। डोलीबाट निस्केपछि उनले पहिले तमाखु पिउन चाहे। उल्वान्चले हुक्का, नली, चिलिम मगाएर उनलाई धीत मर्ने गरी तमाखु पिउन दियो।

तमाखु पिइसकेपछि तायाओरेनको अनुहार उज्यालो भयो। उल्वान्चले आफ्नो लुगा माथि तानेर एउटा पेस्तोल निकाल्यो। कम्मरमा अर्को पेस्तोल पनि थियो। त्यतिकैमा एकपटक गोली हानेर छानामुनि जाल बुन्दै गरेको माकुरालाई उडायो। त्यसपछि निलो धुवाँ निस्कँदै गरेको पेस्तोलको नाली तायाओरेनको कन्चटमा राख्दै भन्यो, 'तायाओरेनलाई डोलीमा बसेर निस्कनुपर्थ्यो। मैले डोली लिएर आएँ। तमाखु पिउनु थियो। त्यो पनि मैले ल्याइदिएँ। पैसा चाहिएला, त्यो पनि तयार गरेर राखेको छु। यी

रोगी मेरो ज्यान बनाउने व्यक्ति हुन्, त्यसैले अलि राम्ररी हेरेर उपचार गर्नुहोला, तपाईंले अरू मान्छेलाई हेर्न सक्नुहोला, पेस्तोललाई पनि हेर्न सक्नुहुन्छ ?'

तायाओरेनको अनुहार डरले फुस्रो भयो । उनले फरक पर्दैन भन्दै निहुरेर बाजेको गोडामा एकछिन हेरे अनि भने, 'यो अस्थिनिकट व्रणायाम (हड्डीनजिक पिप आउने खटिरा) हो, दुईचार दिन ढिलो भएको भए त म पनि यसको उपचार गर्न सक्दिनथेँ ।'

उल्वान्चले सोध्यो, 'तपाईंलाई त्यही हो भन्ने पक्का छ ?'

तायाओरेनले भने, 'पक्का त्यही हो ।'

औँलाले बाजेको गोडामा कोतरेर तायाओरेनले भने, 'यहाँभित्र पिप जमेको छ, पिप बाहिर निकाल्नुपर्छ ।'

उल्वान्चले भन्यो, 'जे गर्नुपर्ने हो, ढुक्क भएर गर्नुस् ।'

तायाओरेनले एउटा फलामको किला मगाए । त्यसको टुप्पालाई अरू चुच्चो हुने गरी घोट्न लगाए । त्यसपछि भित्रपट्टि खाली भएको छ्वाली पनि मगाए । उनले आफ्नो बाहुला पट्याएर माथि सारे अनि फलामको किलाले बाजेको गोडामा प्वाल पारे । त्यही प्वालबाट छ्वाली भित्र छिराए । हरियो रङको गन्हाउने पिप ह्वाल्ल बग्न थाल्यो ।

पिताले फेरि भन्नुभयो, "बाजेको तिघ्राको माथिल्लो भागबाट धेरै पिप निस्केको थियो । एउटा बाटा भरिएको थियो । पिप बग्न रोकिएपछि बाजेको गोडा डरलाग्दो किसिमले मसिनो देखियो । एउटा हाडमा छालाले बेरिएजस्तो, मांसपेशी सबै पिप बनिसकेको थियो ।

पिप सबै बगिसकेपछि तायाओरेनले तीनचारवटा अति साधारण खालका जडीबुटी लेखिदिए अनि भने, 'यो तीन मात्रा औषधी खाए पुग्छ अब ।'

उल्वान्चले सोध्यो, 'तपाईंलाई कति पैसा चाहिन्छ ?'

तायाओरेनले जवाफ दिए, 'साथीको रक्षाका लागि उपचार गरेको के पैसा लिनु ! एक पैसा पनि चाहिँदैन ।'

उल्वान्चले कम्मरको खल्तीबाट मुठीजत्रो कालो गाँजाको डल्लो निकालेर दियो । त्यो गाँजाको डल्लो कम्तीमा पनि ५० युआन पर्थ्यो ।"

पिताले भन्नुभयो, "तायाओरेनले गाँजा हातमा लिएर भने, 'सबैले मलाई तायाओरेन भन्छन्, मैले कसलाई टोकेको छु ? सानो बेलाको मेरो उपनाम 'कुकुर' थियो । त्यसैले मलाई 'याओरेन' (मान्छे टोकुवा) भन्न थालेका थिए ।'

उल्वान्चले हाँसेर भन्यो, 'तपाईं साँच्चै एउटा असल कुकुर हुनुहुन्छ ।'

बाजेले तायाओरेनले लेखिदिएका तीनवटा औषधी खानुभयो । त्यसपछि उहाँको गोडा दुख्न छाड्यो। दुईतीन महिना आराम गरेपछि खाटबाट ऊरेर हिँड्न सक्नुभयो, आधा वर्षपछि पहिलेजस्तै डेढ सय केजीको भारी बोकेर पनि हिँड्न सक्ने हुनुभयो ।"

पिताले भन्नुभयो, "वास्तवमा तायाओरेनको शल्यक्रियाको ज्ञान छेन पाउछ्य्वीयको भन्दा कता हो कता कम थियो। छेन पाउछ्य्वीयले रोगीको रोग सार्न सक्थे । जस्तै- जिउको खतरनाक संवेदनशील ठाउँमा भएको घाउखटिरा उनको औषधी सेवन गरेपछि खतरामुक्त ठाउँमा सर्थ्यो ।"

पिताले भन्नुभयो, "साँच्चै सक्षम मानिस सबै निश्छल, निष्कपट हुन्छन्। उनीहरू प्राय: सदा रोगीको उपचारमा लागिपर्छन्। तर कहिलेकाहीं रोगीको वास्तै नगर्ने पनि हुन्छन् । जति बढी जान्ने वैद्य हुन्छन्, उति नै भाग्यमा विश्वास गर्छन् । उति नै सांसारिक कुराबाट टाढा रहन्छन् । त्यस कारण छेन पाउछ्य्वीय जस्ता त सिद्धि प्राप्त गरिसकेका अलौकिक वैद्य हुन् ।"

तायाओरेनजस्ता वैद्यले सिद्धि प्राप्त गर्न अझ धेरै साधना गर्नुपर्ने हुन्छ । सामान्य वैद्य भनेका चाहिँ नाडी परीक्षण गरेर कुन प्रकारको नाडी हो छुट्याउन सक्ने, जडीबुटी औषधीमा सर्दी-गर्मी छुट्याउन सक्ने मात्र हुन्, उनीहरूले यिन्याङ, पाँच पदार्थ, वायु, रक्त, प्राणशक्ति, शरीरमा व्याप्त चिङ्लो (अक्युपङ्क्चर मेडिसिन) आदिको रहस्य पूरा बुझेका हुँदैनन् ।

सुरुङ

उज्यालो हुन हुन लागेको थियो। कुकुरहरू एकसाथ भुक्न थाले।

फाङ शान सावधान भएर खाटबाट झर्‍यो। बिस्तारै ढोका खोल्यो। घरको आँगनमा उभिएर कान ठाडा पार्दै सडकबाट आइरहेको आवाज सुन्न थाल्यो। उसले सडकको पश्चिमतिर लोग्नेमान्छेहरू कराइरहेको र स्वास्नीमान्छेहरू रुँदै गरेको आवाज सुन्यो।

हतारिएर कोठामा फर्क्यो। मस्त सुतिरहेकी भुँडीवाल स्वास्नीलाई तानेर उठाउन थाल्यो।

'उनीहरू आए ?' स्वास्नीले सोधी।

'आएकै जस्तो छ,' उत्तेजित भएर भन्यो, 'केही परिहाल्न सक्छ, जाऔँ, लुकौँ।'

'मेरो विचारमा एकदुई दिनकै कुरा न हो,' स्वास्नीले भनी, 'उनीहरू आइहाले पनि के नै होला र !'

'कस्ती लाटी भनेको !' फाङ शानले भन्यो, 'यसपटक पहिलेभन्दा धेरै कडा गरेको छ। पेटबाट ननिस्किसकेको बच्चा नै होइन रे। ८ बजे पाउन लागेको बच्चा एक मिनेट मात्र अघि भेट्टाए पनि इन्जेक्सन लगाएर बच्चा झार्छन् रे।'

'झारे झारून्,' स्वास्नीले भनी।

'तिमीले के बुझेकी छ्यौ,' फाङ शानले भन्यो, 'इन्जेक्सन लगाएर झारेको बच्चा तीन दिनभन्दा बढी बाँच्दैन रे ।'

पहिले नै मिलाइराखेको पोको बोकेर बाहिरतिर जाँदै स्वास्नीले भनी, 'मलाई त्यो तपाईंको मुसाको दुलामा पस्न पटक्कै मन छैन ।'

'श्रीमतीजी, त्यहाँभित्र कति सुबिस्ता छ भनेर हजुरलाई थाहा नै छैन,' फाङ शानले भन्यो ।

सातआठ वर्षकी केटीले खाटबाट उठेर अर्धनिद्रामै सोधी, 'बुवा, आमा, तपाईंहरू कहाँ जान लाग्नुभएको ?'

फाङ शानले साउतीको स्वरमा भन्यो, 'हल्ला नगर, फान्ती । घरमा बसेर बहिनीहरूको हेरविचार गर । म तिम्री आमालाई लिएर लुक्न जाँदै छु, छिटै फर्किन्छु ।'

केटीले कुरा बुझेजस्तो गरेर टाउको हल्लाई । केटी दुब्ली थिई । कपाल चराको गुँडजस्तो जिङ्ग्रिङ्ग थियो ।

फाङ शानले भन्यो, 'रोटी छ, बाल्टिनमा पानी छ । भोकप्यास लागे खानू ल । कसैले आएर हाम्रोबारे सोधे हजुरआमाको घर गएका छन् भन्नू ल ।'

केटीले टाउको हल्लाई ।

मस्त सुतिरहेका दुई बच्चीलाई हेरेपछि फाङ शानको मनमा अलिकति चिन्ता पलायो । बाहिरतिर कुकुर कराएको आवाज अरू ठुलो सुनिन थाल्यो । एक प्रकारको हतास र उत्तेजना मिसिएको भावनाले उसलाई ग्रस्त पाऱ्यो ।

स्वास्नीलाई डोऱ्याउँदै ऊ आँगनमा पुग्यो । पर्खालको एक कुनामा घोप्ट्याएर राखिएको फुत्रो फलामको कराही उठायो । त्यहाँ वरपर रगडेर चिल्लो भइसकेको सुरुङको मुख देखा पऱ्यो । स्वास्नीलाई भन्यो, 'तल जाम् ।'

'म कसरी तल जान सक्छु ? निस्सासिएर मरिँदैन ?'

'ढुक्क होऊ, तिमी निस्सासिएर मरौली भन्ने चिन्ता छैन मलाई। मेरो छोरो निस्सासिएर मर्ला भन्ने मात्र चिन्ता छ।'

फाङ शानले स्वास्नीलाई पाखुरामा समाएर बिस्तारै सुरुङको तल पुऱ्यायो। अनि भित्तामा भएको सिँढीमा टेकेर त्यही फलामको कराहीले सुरुङको मुख थुन्यो।

स्वास्नीले सुरुङको पिँधमा पुगेपछि नाक चलाउन थाली। गन्धले उसको फोक्सो भरियो। स्वास्नीको सुस्केरा सुनेपछि फाङ शानले सोध्यो, 'के भयो ?'

'सुरुङमा पस्ने बेला जिउ अलि तन्कियो।'

'बच्चा पाउने बेला हुनै लागिसक्यो, तन्किए तन्कियोस्।'

स्वास्नीले बोकेको पोकोबाट फाङ शानले सानो टर्चलाइट निकालेर बाल्यो। टर्चलाइटबाट मसिनो पहेँलो प्रकाश निस्किएर सुरुङको बाटो उज्यालो भयो। स्वास्नीले अचम्म मानेर सोधी, 'यत्रो लामो ?'

'अनि के, तिमीले यो आधा वर्ष त्यत्तिकै काटेको भन्ठानेकी छौ ? यो सुरुङ उता नदीछेउसम्म पुग्छ। अगाडि बढ्दै जाम्।'

टर्चलाइटले त्यो बाङ्गोटिङ्गो सुरुङको बाटो उज्यालो पार्दै गयो। लोग्नेस्वास्नी अघिपछि गर्दै अगाडि बढे। स्वास्नी स्वाँस्वाँ गर्दै भन्थी, 'पेट यत्रो ठुलो भएको छ, तिमीलाई जस्तो कहाँ सजिलो छ र !'

फाङ शानले हाँस्दै भन्यो, 'त्यसो भए बिस्तारै-बिस्तारै।'

३० मिटर जति अघि बढेपछि सुरुङ फराकिलो हुन थाल्यो। उनीहरू बिस्तारै सीधा उभिन सक्ने भए। फाङ शानले सुरुङको भित्तामा सलाई भेट्टाएर बाल्यो र भित्ताको प्वालमा राखिएको टुकी सल्कायो। त्यसबाट न्यानो र उज्यालो प्रकाश निस्कन थाल्यो र वरिपरिका सबै वस्तु प्रकाशित भए।

गुफाको एक कुनामा न्यानो खाटजस्तो देखिने गरी सुनौलो पहेँलो छ्वाली थुपारिएको थियो। त्यहाँ पानी राख्ने माटाको भाँडो र सुक्खा अन्न

राख्ने चोयाले बुनेको टोकरी पनि थियो । हेर्दा न्यानो घरको कोठाजस्तो देखिन्थ्यो । स्वास्नीले खुसी हुँदै भनी, 'छोरीका बाबु, तपाईंको त यहीं जीवन बिताउने विचारजस्तो पो छ ।'

फाङ शानले कागजमा सुर्ती बेरेर चुरोट बनायो । आगोमा सल्काएर एक सर्को तान्यो । सुकेको ओखरजस्तो उसको अनुहारमा कुटिल मुस्कान देखियो । उसको जिउडाल सानो थियो, हातगोडा छोटा थिए । दुई हात भने जतासुकै समाउँदै हिँड्ने अन्धो मुसाका जस्ता मजबुत थिए ।

स्वास्नीले लोग्नेका चिम्सा आँखा, जिङ्ग्रिङ्ग कपालबीच उम्रिएका दुईवटा ठुला र पारदर्शी नै होलान् जस्ता पातला कान हेर्दै हाँसेर भनी, 'त्यसैले अरूले तपाईंलाई न्याउरी मुसा भनेका होलान् ।'

फाङ शानले भन्यो, 'पहिले मेरा बाबुलाई त्यस्तो भन्थे, अब बुवा बित्नुभएपछि मलाई भन्न थालेका छन् ।'

'बाबु न्याउरी मुसा भएपछि छोरो न्याउरी मुसा हुँदैन त ?' स्वास्नीले जिस्क्याउँदै भनी, 'मेरो पेटमा पनि सानो न्याउरी मुसा नै होला भन्ने चिन्ता लाग्छ ।'

'न्याउरी मुसा होस् वा बिरालो, जे भए पनि एउटा भाले पाउनुपर्‍यो ।'

'त्यो त कसले जिम्मा लिन सक्छ, बाहिर निस्केपछि बल्ल थाहा हुन्छ ।'

'फेरि पनि पोथी पायौ भने तिम्रो घाँटी निमोठेर मारिदिन्छु म त ।'

'निर्दयी हेर न । पोथी जन्माउन कसले चाहेको थियो र ! पहिलोपटक नै भाले जन्मेको भए मैले यो दुःख पाउनुपर्थ्यो ? पहिलो, दोस्रो, तेस्रो र चौथो गर्दै सधैं डराएर भागेर हिँड्नुपर्ने, मान्छे हो कि भूत हो ! यसपटक पनि पोथी नै पाएँ भने त गएर परिवार नियोजन गर्छु, पुग्यो मलाई अब दुःख पाउन ।'

'मेरो वंशविस्तार रोक्ने कत्रो आँट तिम्रो ?'

'वंशविस्तार रोकिए के भयो, कुनै राम्रो वंश त हुँदै होइन ।'

‘राम्रो वंश होइन रे, हाम्रो परिवार आठ पुस्तादेखिको गरिब किसान, सक्कली क्रान्तिकारी परिवार ।’

‘फेरि उही पुरानो खाता पल्टाउन लाग्नुभयो । त्यो गरिब सबै क्रान्तिकारी हुने जमाना गयो, अहिले त जति धनी भयो, उति गौरवशाली हुने जमाना हो ।’

फाङ शानले लामो सास तानेर भन्यो, ‘अध्यक्ष माओ हुँदा नै राम्रो थियो ।’

उसले टर्चलाइटको पहेँलो प्रकाश गुफाको भित्तामा झुन्ड्याइएको अध्यक्ष माओको तस्बिरमा पुऱ्यायो ।

‘ओहो, मैले त देखेकै थिइनँ । के साँच्चै यहीँ दिन काट्ने भनेको ?’

‘तस्बिर झुन्ड्यायो भने खराब शक्तिहरूले दुःख दिँदैनन् ।’

‘के साँच्चै नै यहीँ दिन काट्ने भनेको ?’

‘यहाँ यस्तो ठाउँ भए ढुक्क हुन्छ, यसपटक पनि केही गरी छोरी नै पाए हामी फेरि अर्को जन्माऔँला ।’

‘यो त ‘सुरुङ युद्ध’ भन्ने सिनेमामा जस्तो हुने भयो ।’

‘मैले त्यही सिनेमा सम्झेपछि यो सुरुङ खन्न थालेको हुँ ।’

‘मान्छेहरूले सुरुङको मुख भेट्टाए भने त्यसभित्र पानी खन्याउलान् अनि हामी न्याउरी मुसाजस्तै हुँदैनौँ त ?’

‘पानी त बहुमूल्य हुन्छ, इनारबाट आउँछ, नदीमा जान्छ ।’

‘मान्छेहरूले सुरुङभित्र बिखालु ग्यास हाले के गर्ने नि ?’

‘कसले हाल्ने ? कार्यटोली भनेको जापानी आक्रमणकारी त होइन नि, कहाँबाट आउँछ उनीहरूसँग बिखालु ग्यास ?’

‘तपाईंले सुरुङ खन्न सक्नुहुन्छ भने उनीहरूसँग बिखालु ग्यास नहोला भन्न सकिन्छ र ! ‘सुरुङ युद्ध’ सिनेमा आठ सयपटक देखाइसक्यो, कसले नहेरेको होला ।’

'सबैले हेरेको होला तर कसैले सुरुङ खन्ने विचार गरेनन्, बुझ्नेले मात्र कुरा बुझ्छ भनेको यही हो ।'

'मुसाले त जन्मेदेखि सुरुङ खन्न जानेको हुन्छ ।'

'म भाले मुसा, तिमी पोथी मुसा ।'

दुवै जना हाँस्दै हिस्करिए । बाहिरबाट प्रकाशको किरण सुरुङभित्र आयो । उनीहरू चुप लागे । भ्यागुतो कराएको सुनियो ।

'बाहिरपट्टि नै नदी हो ?' स्वास्नीले सोधी ।

'बाहिरपट्टि झाडी छ, बैंसका रुखहरू छन् । अलि तल मात्र नदी छ ।'

'उज्यालो भयो ?'

'म माथि हेरेर आउँछु । तिमी यहीँ बसिराख, यताउता नचल ।'

चार हातखुट्टा टेकेर फाङ शान अगाडि बढ्यो । नदीको डिलको आधा उचाइनिर पर्ने बैंसको रुखमुनि घना झाडीबीच रहेको सुरुङको अर्को मुखसम्म पुग्यो । सुरुङको मुखमुनि नदी बगिरहेको थियो । बैंसका हरिया पातहरूबीच नदीको पानीको सतहमा टाँसिएको रातो सूर्य उसले देख्यो । नदीको सतहमा एउटा लामो रातो छाया परिरहेको थियो । बैंसका पातहरू झोलिएर सुरुङको मुखनिर बाहिर देखिएको रुखको जरासम्म पुगेका थिए । नदीको पानी निर्मल थियो ।

सुरुङ खन्दा निस्केको माटो सुरुङको मुखमुनि फाल्दा त्यहीँ जम्मा भएर पानीको सतह माथिसम्म पुगेको फाङ शानले देख्यो । आफ्नो बुद्धिविवेक र पुरुषार्थको अभिमान हुन थाल्यो । सानो जिउडालको मान्छेका लागि विशाल परियोजना भन्न मिल्ने काम उसले कसैले थाहा नपाउने गरी अहोरात्र खटेर छ महिनामा पूरा गरेको थियो ।

नदीको डिलमाथि सुनसान थियो तर डिलपारिको गाउँमा ठुलै हल्लीखल्ली भइरहेको थियो । बैंसका पातहरू र झाडी पन्छाएर ऊ सुरुङबाट फुत्त बाहिर निस्कियो । नदीको डिलमा चढ्यो र जिउ रुखपछाडि लुकाएर गाउँतिर हेर्न थाल्यो । नचिनेका केही मान्छे हतारिएर दौडिरहेको देख्यो ।

रातो ट्र्याक्टर पहिलो गियरमा गुडिरहेको थियो। त्यसका पाङ्ग्राहरू बाक्लो माटो भएको सडकमा गाडिँदै घुम्दै थिए। ट्र्याक्टरका अगाडिका बत्तीबाट सूर्यको किरणभन्दा पनि उज्यालो प्रकाश निस्किरहेको थियो। ट्र्याक्टरको पछाडि एक हुल मान्छे बिस्तारै दौडिरहेका थिए।

सबैभन्दा अगाडिको मान्छे खासै अग्लो थिएन। उसले तामाको टाँक भएको हरियो युनिफर्म र ठुलो टोपी लगाएको थियो। हातमा रातो लाउडस्पिकर थियो। अरू सबै बिस्तारै दौडिरहेका थिए। ऊ एक जनाचाहिँ बेस्सरी दौडिरहेको थियो।

उसका दुई छोटा गोडाले ड्रम बजाउने लट्ठीले जस्तै जमिनमा छिटो-छिटो हानिरहेका थिए। फाङ शानले त्यो पुड्को मान्छे चिन्यो। ऊ ग्राम सरकार परिवार नियोजन कार्यालयको प्रख्यात कुओ प्रमुख थियो, जसको उपनाम 'भ्रूण हत्यारा' राखिएको थियो।

उसलाई देखेपछि बच्चा पाउने उमेरका महिलाको भागाभाग पर्थ्यो।

फाङ शान चाहिँ मनमनै रमाइरहेको थियो। कुओको पछाडि १२-१५ जना फिक्का पहेँलो युनिफर्म लगाएका नवयुवक गइरहेका थिए। उनीहरू सबै कुनै युद्धमा ट्याङ्कको पछि-पछि दौडिरहेका सिपाहीजस्तै साना-साना पाइला गरी अगाडितिर निहुरिएर बिस्तारै दौडिरहेका थिए।

ट्र्याक्टर टायलको छाना भएको नयाँ घरअगाडि रोकियो। त्यो तोकिएकोभन्दा बढी बच्चा पाउने ग्वीयान ताथउको घर थियो। ग्वीयान सुँगुर काटी सेकुवा बनाएर बेच्थ्यो। बढी बच्चा जन्माएका कारण धेरैपटक जरिवाना तिराइएको भए पनि उसको परिवार धनी नै थियो।

कुओले आफ्ना मातहतका मान्छेलाई निर्देशन दिन थाल्यो, उनीहरूले फलामको डोरीले बनेको जालीले ग्वीयान ताथउको नयाँ घरलाई बाँधे र जालीको डोरी लगेर ट्र्याक्टरको पछाडिको डन्डीमा बाँधे।

कुओले लाउडस्पिकर खोल्यो र ठुलो स्वरले बोल्न थाल्यो, 'गाउँले दाजुभाइहरू सुन, जतिपटक भने पनि नटेर्ने, बढी बच्चा पाउने परिवारहरू सुन, माथिबाट नयाँ निर्देशन आएको छ। बरु परिवार नष्ट होस्, देशको

विनाश नहोस् । झुन्डिन खोजे डोरी नथुत्नू, बिख खान खोजे सिसी नखोस्नू । आज म तिमीहरूलाई उदाहरण बनाएर देखाइदिन्छु । ग्वीयान ताथउ, तिम्री स्वास्नीलाई बाहिर बोलाऊ, तुरुन्त एबोर्सन गर्न पठाइहाल ।'

ग्वीयान ताथउको घरबाट केही आवाज आएन ।

कुओ हात हल्लाउँदै गर्ज्यो, 'ट्र्याक्टर चलाऊ ।'

ट्र्याक्टरबाट तिखो आवाज आउन थाल्यो । त्यसको चिम्नीबाट धुवाँ गोलो भई निस्कन थाल्यो । ट्र्याक्टर चलाउनेले आँखामा कालो चस्मा र मुखमा कालै कपडाको पट्टी बाँधेको फाङ शानले देख्यो । तर मान्छे भने चिन्न सकेन ।

ट्र्याक्टर बिस्तारै अगाडि बढ्न थाल्यो । फलामको डोरीले बनेको जाली कस्सिँदै गयो । ग्वीयान ताथउको टायलवाला घर सुरुमा त पटक्कै चलेन । तर ट्र्याक्टरले बढी बल लगाएपछि त्यो घर हल्लिन थाल्यो । ग्वीयान ताथउको घरआँगनबाट रोएकराएको आवाज आयो । घरको मूलढोका खुल्यो । ग्वीयान ताथउ हातमा सुँगुर काट्ने चक्कु लिएर सबैभन्दा अगाडि आयो । उसको पछाडि पेट ठुलो भएकी उसकी स्वास्नी, असमान उचाइका तीन छोरी, सबैभन्दा पछाडि लट्ठी टेक्दै आएकी एक जना बुढी मान्छे थिए ।

ग्वीयान ताथउले चिच्याएर भन्यो, 'भ्रूण हत्यारा ! तँलाई म नमारी छाड्दिनँ ।'

कुओले नडराएजस्तो गरी भन्न थाल्यो, 'आऊ आऊ, मलाई मार, मान्छे मार्‍यो भने ज्यान सजाय हुन्छ ।'

ग्वीयान ताथउले भन्यो, 'ज्यान सजाय होस् कि नहोस् के मतलब ?' हातमा भएको चम्किलो चक्कु उठाई छड्के पारेर हान्यो, कुओले छल्नलाई टाउको निहुर्‍यायो, उसको ठुलो टोपी भुइँमा झर्‍यो ।

कुओले हातले टाउको छोप्दै कराएर भन्यो, 'पक्र उसलाई, छिटो पक्र ।'

१२-१५ युवक एकसाथ अगाडि गए र ग्वीयान ताथउलाई भुइँमा पछारेर डोरीले बाँधे । आफ्नो अवस्था सामान्य भएपछि कुओले आदेश दियो, 'त्यसकी स्वास्नीलाई पनि पक्रेर हेल्थ पोस्ट पठाइदिनू। साले, बेवकुफ कहीँको, ट्र्याक्टर चलाऊ, तान, तिमीहरूको दुर्दशा बनाएर छाड्छु ।'

ट्र्याक्टरले कान खाने तिखो आवाज निकाल्न थाल्यो । ग्वीयान ताथउको नयाँ घर बिस्तारै ढल्न थाल्यो। त्यहाँबाट निस्केको धुलो उडेर आकाशमा गयो ।

कुओ लाउडस्पिकर उठाएर बोल्न थाल्यो, 'आफैँ लुप निकाल्नेहरू, अवैध रूपमा पेट बोक्नेहरू, सबै निस्क ।'

उसले हातमा एउटा कागज नचाउँदै भन्यो, 'कसैले लुकाऊँला, भागूँला भनेर नसोचे हुन्छ, यहाँ छ नामसूची ।'

मैलो अनुहार जिङ्ग्रिङ्ग कपाल भएका केही महिला रुँदै कुओको वरपर जम्मा भए। कुओले नामसूची हेरेर पढ्न थाल्यो, 'याङ ताछडकी बुढी ।'

एउटी महिलाले रुँदै हात उठाई ।

'ली चिन्काङकी बुढी ।'

एउटी महिला अनुहार निलो पारेर उठी ।

'फाङ शानकी बुढी ।'

कोही पनि निस्केन ।

'फाङ शानकी बुढी ।'

कुओ प्रमुखले भन्यो, 'अहिले त भाग्ला, पछि कहाँ जाला ! हेरूँ, हिँड ।'

फाङ शान नदीको डिलबाट तल झरेर सुरुङको मुखभित्र पस्यो र स्वास्नीलाई भन्यो, 'आज त साँच्चै कारबाही गर्‍यो ।'

स्वास्नीले सोधी, 'भर्खरै केको ठुलो आवाज आएको हो ?'

'ट्र्याक्टरले तानेर ग्वीयान ताथउको घर ढालिदियो ।'

'अनि हाम्रो घर नि ?'

'त्यो पनि रहन्न होला ।'

'अनि के गर्ने त ?'

'घाँसपरालका थोत्रा तीनवटा कोठा न हुन्, ढाले ढालून् ।'

'घर भनेको थोत्रो भए पनि लाख हो, घर ढालेपछि हामी कहाँ बस्ने त ?'

'यो सुरुङ गुफा पनि ठिकै छ नि, जाडोमा न्यानो हुन्छ, गर्मीमा शीतल ।'

स्वास्नीले लामो सास तानेर भनी, 'साँच्चै नै न्याउरी मुसा बन्ने भइयो ।'

'तिमी अलमल नगर, म छोरीहरूलाई सुरुङभित्र लिएर आउँछु ।'

'मलाई बेथा लाग्न थाल्यो, छिटै जन्मिन लागेजस्तो छ ।'

फाङ शानले बल्ल स्वास्नीको अनुहारभरि पसिना र दुई तिघ्राबीच आलो रगत बगेको देख्यो । उसले उत्तेजित हुँदै भन्यो, 'तिमी, तिमी, तिमी, अलि छिटो, एउटा छोरा जन्माऊ, उनीहरूलाई एक भारी प्रहार गरेर देखाऊ ।'

'छोरीको बाबु, मलाई केही होला भन्ने डर पो लाग्न थाल्यो, पहिले उनीहरू जन्माउँदा यतिका रगत बग्दैनथ्यो... ।'

'त्यसो भए पक्कै छोरै हो ।'

'तपाईं यहाँबाट नजानुस्, मलाई मद्दत गर्नुस् ।'

'स्वास्नीमान्छेले बच्चा पाउने भनेको पाकेको फल रुखबाट खस्नु जस्तै प्राकृतिक कुरा हो, के मद्दत गर्नुपर्ने छ र !'

फाङ शानले मुखले मद्दत गर्नुपर्दैन भने पनि स्वास्नीलाई लगेर छ्वालीमाथि सुताइदियो । स्वास्नीको सुरुवाल खोलिदियो । स्वास्नीको गोलो हुने गरी फुलेको पेटको गाढा रङको छालामा दुईवटा ठुला राता अक्षर देख्यो, 'छोरा ।'

ऊ आफूलाई सम्हाल्न नसकेर हाँस्न थाल्यो ।

स्वास्नीले स्वाँस्वाँ गर्दै गाली गर्न थाली, 'मेरो यस्तो हालत भइरहेको छ, तपाईंचाहिँ हाँस्ने ?'

फाङ शानले स्वास्नीको पेटमा लेखिएका अक्षर देखाएर भन्यो, 'छोरा देखेपछि कसरी नहाँस्ने त ?'

स्वास्नी छटपटाउन थाली । फाङ शानको हात तानेर आफ्नो मुखसम्म पुऱ्याई र एकपटक बेस्सरी टोकिदिई ।

फाङ शान 'आइया, आइया' भनेर कराउन थाल्यो । रगत बग्दै गरेको घाउलाई छोपेर भन्यो, 'साँच्चै टोकेकी ?'

'हरेकपल्ट मैले मात्र रगत बगाउने ? यसपटक तपाईं पनि अलिकति रगत बगाउनुस् ।'

'तिमी छिटो छोरा जन्माइहाल । म छोरीहरूलाई लिएर आउँछु । ती डाँकाहरूले घर ढाल्दा छोरीहरूलाई केही होला फेरि ।'

स्वास्नीले रुँदै भनी, 'फाङ शान, अहिले नजानुस्, मलाई केही खराब भएजस्तो छ । सायद तपाईंले अस्ति मेरो लुप निकाल्दा पाठेघरमै ठुलो घाउ भएजस्तो छ... ।'

'तिमी यस्तो नचाहिँदो कुरा सोचेर नबस, केही भएको छैन त्यस्तो ।'

स्वास्नीले दुखेर निकाल्दै गरेको आवाजलाई वास्ता नगरी फाङ शान आफ्नो घरआँगन पुग्ने सुरुङको मुखतिर लाग्यो ।

सुरुङभित्रको माटाको गन्धले ऊ मुग्ध हुन थाल्यो । उसलाई मन पर्ने यस्तै गन्धको कारणले राति पागलसरह सुरुङ खनेर पूरा गरेको थियो । सुरुमा स्वास्नीका लागि सुरुङ खन्न थालेको भए पनि पछि आफ्नै लागि खनेको थियो । ती दिनमा ऊ दिनभर खेतमा काम गरी अति थाकेर आउँथ्यो । कतै ढलिहाले त्यहीं मर्लाजस्तो अवस्थामा हुन्थ्यो । तर जब ऊ सुरुङ खन्ने ठाउँमा पुग्थ्यो, उसको शरीर पुनः ताजा हुन थाल्थ्यो । उसको शरीरमा पहिलेको भन्दा धेरै गुणा बल भएजस्तो अनुभव हुन्थ्यो ।

उसले छोटो बिँड भएका दुइटा कुटोले सुरुङ खनेको थियो। कुटोले माटामा घोप्थ्यो र ताजा माटो आफ्नो टाउको, मुख र नाङ्गो शरीरमा खस्न दिन्थ्यो। अँध्यारो सुरुङभित्र पनि उसको आँखा चम्केको हुन्थ्यो र त्यो पहेँलो माटो खसेको सजिलै देख्न सक्थ्यो। माटामा औजारले खोपेको चिप्लो खोट देख्न सक्थ्यो।

पछि स्वास्नीलाई आवश्यक नपर्ने भए उसले सुरुङको बाटामा टुकी राख्ने थिएन। त्यतिका युआन पैसा खर्च गरेर टर्चलाइट झनै किन्ने थिएन। सुरुङ खन्दा निस्केको ताजा घाँसको जरा उसको स्वादिष्ट परिकार बनेको थियो। ताजा घाँसको जरा खोज्नु पनि पछि गएर सुरुङ खन्नुको एक उद्देश्य बन्न गएको थियो। सुरुङको बाटो हिँड्दा उसका हातगोडा छिटो चल्थे। टाउकामा पानी बगेको अनुभव हुन्थ्यो।

सुरुङको मुखमा उभिएर थोत्रो फलामको कराहीमा भएको प्वालबाट उसले गुलाफजस्तो एक टुक्रा सुन्दर आकाश देख्यो। सुरुङमा हुँदा उसका ज्ञानेन्द्रियहरू अघिपछिभन्दा बढी संवेदनशील हुन्थे। उसले पहिले आफू पूर्वजन्ममा साँच्चै न्याउरी मुसा नै थिएँ कि भनेर नसोचेको पनि होइन।

कुओले छोरीलाई हप्काउँदै सोध्दै गरेको सुन्यो। छोरीले आफूले सिकाएजस्तै दृढतापूर्वक जवाफ फर्काई।

तीन छोरीलाई घरबाट बाहिर बोकेर ल्याउन कुओले कसैलाई अह्राएको सुन्यो। छोरीहरूले एकसाथ तिखा दाँतहरूले मान्छेहरूको हात टोकेको पनि सुन्यो।

फाङ शान प्रसन्न भएर हाँस्न थाल्यो।

कुओले सराप्दै गरेको सुन्यो, 'साँच्चै घरभरि न्याउरी मुसा रहेछन्। ट्र्याक्टर तान। आज जसरी भए पनि न्याउरी मुसाको घर भत्काउनै पर्छ।'

उसले रुँदै गरेका छोरीहरूलाई बोकेर लगेको सुन्यो। ट्र्याक्टरको आवाज सुन्यो। फलामे डोरीको जालीले घर छोपेको पनि सुन्यो। कुओको आदेश सुन्यो। एकैछिनपछि एउटा ठुलो आवाज सुन्यो।

भत्केर लडेको भित्ताले लागेर उसको टाउकामाथि रहेको फलामको कराही फुट्यो। इँटाका टुक्रा र माटो ह्वारर खस्न थाले। ऊ हतारिएर सुरुङभित्र पस्यो।

उसको मनमा एक किसिमको आनन्द अनुभव भयो।

फाङ शान फर्केर सुरुङ गुफामा पुग्यो। त्यहाँ उसले स्वास्नीको गोडा बीचमा चल्दै गरेको मासुको डल्लो देख्यो। ऊ दौडेर गयो अनि त्यस मासुको डल्लाको दुई गोडाबीच बदामको गेडाजस्तो अङ्ग देख्यो।

'छोरा ! छोरा !' फाङ शान दुईपटक करायो।

अनायास उसलाई दाँत चिलाएको अनुभव भयो। दाँतले सुरुङको भित्ताको कडा माटो टोक्न थाल्यो। दाँतमा केही भएजस्तो लागेन। उसलाई माटो त घिउजस्तो अनुभव भयो। उसले स्वास्नीको पोकोबाट कैँची खोजेर निकाल्यो र शिशुको सालनाल काट्यो।

स्वास्नीको अनुहार थपथाउँदै भन्यो, 'साँच्चैकी असल स्वास्नी।'

स्वास्नीले फुस्रो पल्टेका आँखाले उसलाई हेरी। फाङ शानले शिशुको अनुहारमा लागेको रगत एउटा खस्रो कागजले पुछिदियो र त्यो सानो मान्छे पनि आफूजस्तै चुच्चो मुख र ठुलो कान भएको देख्यो।

एक टुक्रा कपडाले शिशुलाई बेर्‍यो र भन्यो, 'बुढी, हाम्रो जित भयो।'

माछा बजार

सूर्योदयभन्दा पहिले य्वी सियाङ रेस्टुराँकी मालिक्नी फङ्चुले सडकतिरको झ्याल खोलिन् । बाहिरको दृश्य हेर्न थालिन् । राति पानी परेकाले गाढा निला ढुङ्गा बिछ्याइएको सडकमा पानी र माछाको चाँदी रङको कत्ला जमेको थियो । पानी नजमेको ठाउँमा पनि कत्ला चम्किरहेको थियो ।

सडकमा कुहिरो उडिरहेको थियो। कुहिरो घरी पातलिने, घरी बाक्लिने भइरहेको थियो । उज्यालो-अँध्यारोको लुकामारी चलिरहेझैँ लाग्थ्यो । यो काउमीको तुङ्पेइसियाङको नाम कहलिएको माछा बजारको सडक हो ।

सडकभरि माछाको कडा गन्ध थियो । कहिले उत्तरी सागरको त कहिले दक्षिणी सागरको हावाले माछे-गन्ध बोकिहिँडेको हुन्थ्यो । सडकमा माछाको सिँगान, गँगटोको न्याल, अनि झिँगेमाछाको शरीरको च्याप-च्याप लाग्ने तरल वस्तु प्रशस्तै देखिन्थे ।

सूर्यको किरणले कुहिरो नै रातो देखियो । अगाडिपट्टिका केही पसलेले पसल खोल्दै थिए। किराना पसलका मालिक य्वी पायानले ढोकामा उभिएर सडकको बीचतिर थुके । केही केटाले इनारबाट पानी ल्याएर रेस्टुराँ अगाडिको सिँढी पखाल्न लागे । काँचो माछाको गन्ध अर्काको घरतिर पठाउन खोजेजस्तो गरी पानी छ्याप्न थाले ।

'त:शङ अब नछ्याप,' मालिक्नी फङ्चुले ठुलो स्वरमा भनिन् ।

त:शङ २२-२३ वर्षका जवान थिए। उनले काउन्टीको पार्टी कार्यालयमा

भान्छे बनेर काम गरिसकेका थिए। अहिले ग्वी सियाङ रेस्टुराँको प्रमुख भान्छे बनेका थिए।

रेस्टुराँ ठुलो थिएन। मुस्किलले चारवटा टेबल अटाउँथ्यो। एकपटकमा १२-१५ जना बसेर खान सक्थे। त:शङ फङ्चुको नजिकको भदा नाता पर्थे।

त:शङ कम्मरमा बाँधेको एप्रोनमा हात पुछ्दै माछा बजारको सडकमा जमेको पानीमा टेक्दै हतार-हतार गइरहेको मालिक्नीले देखिन्। त:शङ बहिनीलाई बोलाउन गएका थिए। बहिनी स्वस्थ केटी थिइन्। स्याउजस्तो उनको अनुहारमा कतै चाँदी रङको माछाको कत्ला टाँसिएकै हुन्थ्यो। उनी गाउँको पूर्वतिर बस्थिन्। माछालाई सुकुटी बनाएर बेच्थिन्। रेस्टुराँतिर आएको बेला सधैँ फङ्चुलाई मिठो पाराले फुपू भनेर बोलाउँथिन्।

बिस्तारै कुहिरो हट्दै जाँदा सूर्य लजालु युवतीको अनुहारजस्तो देखियो। 'तेरी...' धेरै टाढा आवाज सुक्न लागेको कुनै आइमाईले सराप्दै गरेको मालिक्नीले सुनिन्।

पसलअगाडितिर छानामाथिको खम्बामा चारपाटे रातो झन्डा थियो।

त्यो लेउ थर भएका च्विरेन (ऐतिहासिक कालमा चीनको मध्यमस्तरीय सरकारी परीक्षा उत्तीर्ण गरेका व्यक्ति) को घरको मूलढोका थियो। मिन्कुओ अवधि (चीनमा प्रजातान्त्रिक क्रान्तिपछि कम्युनिस्ट क्रान्ति सफल हुनुअघिको समयावधि) मा लेउ परिवारले रातो झन्डालाई गौरवको चिह्न सम्झी धेरैपटक रङ लगाउँथ्यो।

'लेउ परिवारको झन्डा भएको खम्बा, वेश्याको फूल, एउटा वर्षैपिच्छे रङ लगाउनुपर्ने, एउटा दिनैपिच्छे धुनुपर्ने।' समय-समयमा यस्तै व्यङ्ग्यात्मक भनाइको प्रचारप्रसार भइरहन्छ। तर कसले भनेको भन्ने थाहा हुँदैन।

लेउ टोली प्रमुखले ग्वी सियाङ रेस्टुराँमा यस व्यङ्ग्यात्मक भनाइका रचयिता पत्ता लगाइछाड्ने कसम खाए।

'त्यो मान्छे पत्ता त लागोस् न...,' उनले टेबल जोडले ठटाउँदै ठुलो स्वरमा भने, 'म त्यसको ढुकुर काटेर कुकुरलाई ख्वाउँछु।'

उनले आफ्नो पहेँलो सैनिक पोसाकको टाँक खोले। कम्मरमा बाँधेको छालाको पेटीमा झुन्ड्याइएको पेस्तोलको बट्टा देखियो।

सुरुमा टोलीमा २२-२५ जना थिए। उनीहरू माछाबजार सडकको पश्चिमी छेउमा रहेको मन्दिरमा बस्थे। उनीहरूको काम, कर्तव्य त्यस ठाउँमा शान्ति सुरक्षा कायम गर्नु थियो। उनीहरूले चोर-डाँका पक्रेको कसैले कहिल्यै देखेनन्। तर बजार लाग्ने दिन बिहान उनीहरू कवाज खेल्थे। आकाश थर्किने गरी नारा लगाउँथे।

उनीहरू ढुङ्गा बिछ्याइएको सडकमा दौडेर आए। १८ जना मान्छे दुई लाइनमा विभाजित थिए। लेउ टोली प्रमुख त्यो बथानभन्दा अलग थिए। मुखमा एउटा सिटी च्यापेर बजाउँदै आएका थिए। सिटीको आवाज र टोलीको दौडबीच कुनै सामञ्जस्य थिएन।

सुरक्षा टोलीका सबैले पहेँलो पोसाक लगाएका थिए। कम्मरमा छालाको पेटी भिरेका थिए। उनीहरूको अनुहार कैलो। ओठमुख निलो, कालो। हेराइ अनियन्त्रित। हेर्दैमा विरक्तलाग्दो अनुहार!

ढुङ्गे सडकमा खाल्टैखाल्टा थिए, जहाँ पानी जमेको थियो। उनीहरू उफ्रेर ती खाल्टाबाट बच्दै आइरहेका थिए। झ्याल अगाडिबाट पार हुने बेला उनीहरूले टाउको मोडेर सैनिक सम्मान प्रदान गरेजस्तै गरी कर्के आँखाले झ्यालतिर हेर्न थाले। झ्याल कवाज हेर्ने मञ्च बन्न गयो।

तिसौँ गोडाहरू भुइँमा जमेको पानीलाई वास्ता नगरी ख्वाच्चाक-ख्वाच्चाक आवाज निकाल्दै गइरहेका थिए। उनीहरूको खुट्टामा किसानले किन्न नसक्ने महँगो गमबुट थियो। ती सिपाहीमा यान सियाओचियउ मात्र त्यहाँ पहिले आएका थिएनन्। बाँकी एउटा पनि ठिक खालका थिएनन्।

'सबैले अगाडि हेर,' लेउ टोली प्रमुखले टाउको घुमाएर भने, 'साहुनी, तपाईंको त कत्रो शक्ति, सिपाही भाइहरूको घाँटी नै बङ्ग्याइदिनुभयो।'

'तपाईंको घाँटी पनि त बाङ्गियो नि, होइन र?'

उनले हाँस्दै, सिटी फुक्दै दुइटै हातका औँलाले एउटा प्रतीकात्मक आकृति बनाए अनि अगाडितिर दौडिए।

माछाको बजार लाग्न थाल्यो। माछा बेच्नेहरू सबैजसोको अनुहार रातो, गर्दन मोटो, स्वर धोत्रो। हातमा माछाको कत्ला लागेका।

उनीहरू कोही पनि अर्काको ठाउँ ओगट्दैनथे। सबैको पसल थाप्ने निश्चित ठाउँ थियो। माछा बेच्नेहरू प्रायः सबै फटाफट हिँड्न सक्नेहरू, बलिष्ठ। हरेकले एउटा लामो र फराकिलो काठको फल्याक र दुईवटा माछा राख्ने टोकरी बोकेको देखिने।

दक्षिण सागरसम्म ७५ किलोमिटर। उत्तर सागरसम्म ८० किलोमिटर। दक्षिण सागर गए पनि उत्तर सागर गए पनि सय केजी माछा बोकेर ओहोरदोहोर गर्न दुई दिन लाग्थ्यो। दक्षिण सागरको माछा मार्ने ठाउँ र उत्तर सागरको माछा मार्ने ठाउँमा यी माछा व्यापारीका आफ्ना मान्छे थिए।

फङ्चुको रेस्टुराँको झ्याल नजिकको ठाउँचाहिँ अर्को माछा व्यापारी लाओकङ बाबुछोराको थियो।

पहिले आउने माछा व्यापारीहरूले काठको फल्याक तेर्स्याएर माछा भएको टोकरी राखे र माछाको नमुना बाहिरतिर राखे। त्यसपछि भुरा राखेर बसे। अनि चुरोट तान्न थाले।

यो मिर्मिरे उज्यालोमा ग्राहकहरू नै आएका छैनन्।

एकैछिनपछि सडकमा भिड लाग्न थाल्यो। माछा बेच्नेहरू हुलका हुल आउन थाले। माछाको टोकरीमाथिको छालाको टाँक र बोक्ने काठ रगेडिएर मधुर कर्णप्रिय स्वर निस्किन थाल्यो। माछा बेच्नेहरूको कोलाहलले आधा सडक गुञ्जायमान भयो।

सडकको दुवै किनारमा अनेक जातका रङ्गीविरङ्गी माछा देखिए। कछुवा, ठुलो झिँगेमाछाले भरिन थाल्यो सडक। काँचो माछाको कडा गन्ध सडकको हावामा व्याप्त भयो।

'पियान्तान लेउ' आए। 'वाङ्लाओ उ' आए। 'ता हेइल्य्वी' आए। 'छ्याङ स्युछ्याई' आए। 'लाओ फाहाई' आए। 'हउच्माउ' पनि आए। सडकमा परिचित अनुहार ओहोरदोहोर गरिरहे।

खालि परिचित दुई अनुहार लाओकङ र उनका छोरा सियाओकङको भने त्यहाँ नाकमुख देखिएन।

झ्यालअगाडि सडकमा दुई पाइलाको ठाउँ खाली छ। त्यो लाओकङ र सियाओकङको पसल थाप्ने ठाउँ थियो। अघिपछि हुँदो हो त ती बाबुछोरा सबैभन्दा पहिले आएर त्यहाँ उभिइसक्थे। सबैभन्दा चाँडो आउनेहरू आज सबैभन्दा ढिलो भएका थिए।

मालिक्नीको मनमा एक किसिमको खालीपनको अनुभूति भयो, पछि उनलाई केही अनिष्टको शङ्काले घेर्न थाल्यो।

के बाटामा डाँका लाग्यो ? अथवा केही रोग लाग्यो ?

कवाज खेलेर फर्केका सुरक्षा टोलीका जवानहरू दुई-तीन जनाको समूहमा फेरि घुम्दै आउन थाले। कालो रङका माछा व्यापारीबीच पहेँला पोसाक लगाएका उनीहरू काला माछा बीचका पहेँला छिरबिरे माछाजस्ता देखिन्थे।

सिपाहीहरू सबै भोकाएका बिराला हुन्। उनीहरू नहुने हो भने माछा बजारमा पनि केही रमाइलो हुने थिएन होला। तिनीहरूमध्ये प्रायः सबैको लत थियो, चुरोटको, रक्सीको, जुवाको, तरुनीको।

त्यसबाहेक अर्को एउटा लत पनि थियो, माछाको। ती १२-१५ सिपाही माछा बजारका परजीवी जुका हुन्। उनीहरू भएर मानिसलाई अप्ठ्यारो अनुभव हुन्थ्यो तर उनीहरू नहुने हो भने मानिसलाई झन् अप्ठ्यारो हुन्थ्यो होला।

सिपाहीहरूले माछा 'किन्ने' बेला मुखले त किन्ने नै भन्थे तर पैसा निकालेर दिँदैनथे। खालि एउटा ठुलो माछा टिपेर हिँड्थे।

'हिजो भाग्यले साथ दिएन, जुवामा हारियो, साहुजी मेरो खातामा लेखिराख्नुस्, अहिलेलाई,' यस्तो भन्थे।

'हजुर पनि के मर्जी हुन्छ, माछा एउटा पनि, त्यो त हामीले हजुरलाई त्यसै टक्र्याउनुपर्ने हो नि ।'

सिपाहीहरू माछा बोकेर प्रसन्न मुद्रामा फर्कन्थे ।

ती सिपाही कोही पनि य्वी सियाङ रेस्टुराँ आउँदैनथे । त्यहाँ आउन उनीहरूको दर्जा पुग्दैनथ्यो। य्वी सियाङ रेस्टुराँमा माछा खान, रक्सी पिउन आउने लेउ टोली प्रमुख मात्र हुन्थे । उनी गाउँमा सैन्य बल भएका, ती २२-२५ जना बन्दुकधारी सिपाही परिचालन गर्न सक्ने मान्छे थिए । उनकै भनाइअनुसार उनी जापानको सैनिक विद्यालयबाट पास भएका रे । यो भनाइ झुटो भनेर प्रमाणित गर्न कसैलाई इच्छा थिएन । मानिसलाई लाग्थ्यो, सानो ठाउँमा योग्यता भएका दुईचार मानिस हुनु राम्रो कुरा हो।

लेउ टोली प्रमुख एउटा रातो कार्प माछा बोकेर रेस्टुराँभित्र पसे । त्यो माछा तीन केजी जति होला। फङ्चुले पहिले नै देखिहालिन् । रातो कार्प गजबको माछा हो । दुर्लभ छ, समात्न पनि गाह्रो छ । त्यसको मासु सेतो, लसुनको पोटीजस्तो हुन्छ र काँचो गन्हाउँदैन । हाडको सुप पनि मिठो बन्छ ।

लेउ टोली प्रमुखको फुर्ती आज बेग्लै थियो। उनले एकैचोटि टोकरीको सबैभन्दा मुनिबाट यो माछा निकालेका थए । हउच्माउले चित्त दुखाएर आँखा छिटो-छिटो चिम्लिन थालेका थिए । तैपनि रुन्चे मुखमा हाँसोको रेखा निकाल्दै भनेका थिए, 'लेउ टोली प्रमुख ! यो माछा मैले य्वी बाजेलाई राखेको थिएँ, उहाँ... ।'

'थुक्क ! य्वी बाजेले खान हुने, मैलेचाहिँ खान नहुने ? तैंले त्यस य्वीको नाम नलिएको भए म सायद तेरो माछा लिन्नथेँ । तैंले नाम लिइहालिस् अब म यो माछा नलगी छाड्दिनँ ।' यति भन्दै उनले कम्मरमा बाँधेको पेस्तोलको बट्टामा हात पुऱ्याएका थिए । अनि बट्टा थपथपाउँदै आफूलाई कसैले ठुलो अपमान गरेजस्तो अनुहार रातो पारेका थिए ।

हउच्माउले भनेका थिए, 'मेरो बाजे, तपाईं माछा लिएर जानुभए भइहाल्यो नि। सधैं त्यसलाई नथपथपाउनुस्, हामीलाई एकदम डर लाग्छ के।'

'डर भन्ने चीज रहेसम्म जे पनि काम गर्न सजिलै हुन्छ, जब तिमीहरू डरसँग पनि डराउँदैनौ, त्यो बेलाचाहिँ ठूलो समस्या पर्छ।' यसो भन्दै उनले हउच्माउलाई त्यान्द्राले माछाको गाला छेड्न लगाएका थिए। अनि माछा उठाउँदै खुसी भएर हेर्दै भनेका थिए, 'केही भने य्वी बुढालाई मसँग भेट्न भनिदिनू।'

हउच्माउको जवाफ थियो, 'भन्दिनँ भन्दिनँ, प्रभु ! हजुर माछा लिएर जानुभए हुन्छ।'

'त:शङ !' रेस्टुराँभित्र पस्नेबित्तिकै लेउ टोली प्रमुख गर्जिए, 'यो रातो कार्प माछा लैजानू। आज चौथो महिनाको अष्टमी यमराजको जन्मदिन। आज म र तिम्री फुपू सँगै बसेर रक्सी पिउनुपर्छ।'

त:शङ फर्केका थिएनन्। लेउ टोली प्रमुखको चर्को आवाज सुनेर फङ्चुले रेस्टुराँको ठूलो कोठामा जाने ढोका आधा खोलिदिइन् र अल्छी मान्दै ग्याल छाडेर उतातिर लागिन्।

'साहुनी, फेरि छाती दुख्यो तिमीलाई ?' लेउ टोली प्रमुखले निधार खुम्चाउँदै भने, 'मलाई देख्यो कि सधैं यस्तै बिरामीको रूप तर लाओकङ, सियाओकङलाई देख्यो कि अनुहारमा लालिमा चढ्छ, के मैले तिमीलाई दिएको उपहार अझै पुगेन? कुनै न कुनै दिन म पक्कै यी दुईवटा ढुङ्गा सारेर ती दुईवटा झार उखेलेरै छोड्छु।'

फङ्चुले फेरि एकचोटि खोक्दै भनिन्, 'आफ्नो मुख तुरुन्त बन्द गर, के म तिमी एक जनाको पेवा हुँ ?'

रेस्टुराँमा अरू कोही पनि नभएको देखेर लेउ ग्याल चुहाउँदै अगाडि बढे र माछाको कत्ला लागेको आफ्नो हातले उनको छाती समाते र भने,

'त्यो तेल बेच्नेले जस्तै म पनि तिमीलाई एक्लैको बनाउँछु ।'

फङ्चुले भावहीन आँखाले लेउ र आफ्नो छातीमा मनपरी चल्दै गरेका उनका औँलाहरू हेरिरहिन् । एउटा प्रेतात्माजस्तो पुरुष निःशब्द भित्री कोठाबाट निस्किए र लेउपछाडि पुगे । उनले काँप्दै गरेका दुई हातले लेउको टाउको समाते र बरबराउँदै भने, 'खोइ खोइ, एकचोटि छामेर हेर्छु को रहेछौ तिमी !'

उनका १० औँला अक्टोपसका खुट्टाहरूजस्तै लामा र रक्तहीन थिए । उनको हातमा परेपछि लेउ टोली प्रमुखको टाउको सानो हुन थाल्यो । अनुहारको रङ बदलिन थाल्यो । फङ्चुको छातीमा घुम्दै गरेका हातहरू शक्तिहीन भएर तल झर्न थाले ।

तिनको हातले कुनै अलौकिक शक्ति भएजस्तो गरी लेउलाई हलचल गर्न नसक्ने बनायो । लेउ काम्दै त्यहाँ उठिरहे । तिनका हातहरूले उनलाई सुमसुम्याइरहे ।

अन्धाले हात लेउको रुद्रघण्टीमा पुर्‍याएर भने, 'लेउ टोली प्रमुख ।'

त्यसपछि अनायास हात छाडिदिए । खोक्दै छामेर एउटा टेबलनजिक पुगेर बसे । अनि ठुलो स्वरले भने, 'तःशङ, मलाई चिया लिएर आऊ ।'

फङ्चुले पनि ठुलो स्वरले भनिन्, 'तःशङ तःसिउलाई डाक्न गएको छ, एकछिन कुर्नुहोला ।'

उनले सोधे, 'तिम्रो छाती अझै दुख्छ ?'

'दुख्छ ।'

उनले भने, 'अब तिमी पनि मजस्तै कडा चिया पिउने गर । तिमीलाई माछाको विष लागेको हो, जिन्दगीभर कतिवटा माछा खायौ ?'

तःसिउलाई लिएर तःशङ आइपुगे । पेटभरि फुल भएकी हेरिङ माछाजस्तै तःसिउ हृष्टपुष्ट देखिन्थिन् । उनले एकचोटि ठुलो स्वरले 'फुपू' भनेर बोलाइन् ।

अन्धाले त:शङलाई बोलाएर चिया मागे । बिस्तारै सामान्य हुँदै आएपछि लेउ टोली प्रमुखले भने, 'ए जेठा, तिम्रो त्यो अलच्छिना हात त साँच्चै बलियो रहेछ, हरेकपटक तिमीले मलाई सुमसुम्याएपछि म त आधा वर्षसम्म बेकम्मा बन्छु ।'

त:शङले माटाको चियादानी बोकेर ल्याए। न्यानो राख्नलाई बनाइराखेको कपडाको खोलभित्र हाले अनि अन्धाको अगाडि राख्न लागेर भने, 'फुपाजु, चिया आइपुग्यो ।'

'राम्रो चिया। त:शङ, आफ्नो काम गर जाऊ। तिम्रो फुपाजुलाई यही चिया भए पुग्यो,' अन्धाले नाक कोट्याउँदै भने, 'चिया नखाने हो भने यो माछा बजारमा ५० वर्ष पनि बाँचिन्न। माछाको विषले मुटुमै हान्छ ।'

अन्धाले चिया खाँदै ध्यान गरेजस्तो गर्न थाले र आत्मविस्मृतिको अवस्थामा पुगे। फङ्चुले त्यो रातो कार्प माछा उठाएर हेरिन् अनि बाटामा फ्याँकिन् र भनिन्, 'त:शङ, यो लेउ टोली प्रमुखले ल्याएको माछा हो, उनलाई कसरी पकाएर खान मन लागेको छ, सोध्नू ।'

लेउ टोली प्रमुखले कर्के आँखाले त:सिउलाई हेरेर भने, 'तिमीले बनाइदेऊ ।'

त:सिउले भनिन्, 'भइहाल्छ नि, लेउ टोली प्रमुखले भनेको कुरा हेइसानजस्तै गुन्डाले पनि नाइँ भन्न सक्दैन ।'

लेउ टोली प्रमुखले एकपटक जिउ तन्काए। केही नभएजस्तै गरी कुरा गरिरहेकी त:सिउलाई एक चोटि हेरे। औँलाले नाक चलाए र अप्राकृतिक रूपमा दुईचारपटक खोके ।

फङ्चु छातीमा हात राखेर ओठमुख निलो पार्दै फेरि झ्यालमा फर्किइन् । माछा बजारको परिचित दृश्य उनको आँखामा पर्न थाल्यो ।

छङ सिउछाईले एक टोकरी सर्पजस्तो माछा बेच्न अगाडि राखे । च्यापच्याप लाग्ने ती माछा घाममा टल्किरहेको देखेर उनलाई वाकवाकी लाग्ला जस्तो भयो। उनी धेरै अगाडिको एक बिहान एउटा लोग्नेमान्छेले

त्यस्तै माछ्राले एउटी स्वास्नीमान्छेको मुखमा कोट्याएको घटना सम्झिन पुगिन्। उनले आफैँ नदेखे पनि आफ्नो अनुहार मरेको माछ्राको भुँडीजस्तो भएझैँ लाग्यो। ओठमुख हेरिङ माछ्राको आँखाजस्तो रातो भएको होला! झ्यालअगाडि अझै पनि खाली नै थियो। लाओकङ बाबुछोरा अझै देखा परेनन्।

लेउ टोली प्रमुख पछाडि बसेर हातले सुमसुम्याउँदै भन्न थाले, 'फङ्चु मैया, तिमी पनि कति निर्दयी, मलाई त वास्तै नगर्ने! त्यो जिउभरि माछ्रा गन्हाउने माछ्रा व्यापारी लाओकङमा के छ त्यस्तो? कुन दिन मलाई रिस उठ्छ अनि गएर उसको माछ्रा टोकरी फुटाइदिन्छु। बोक्ने फल्याक भाँचिदिन्छु।'

फङ्चुले टाउको फर्काइनन्। जिउमा चल्दै गरेका हातलाई पनि केही गरिनन्। भन्न थालिन्, 'लेउ टोली प्रमुख, तपाईं यो पद र हैसियत भएको मान्छेले जस्ती केटी पनि पाउन सक्नुहुन्छ, किन मजस्ती जिउभरि काँचो माछ्रा गन्हाउने आइमाईलाई दु:ख दिनुहुन्छ? म कस्ती आइमाई हुँ भन्ने तपाईंलाई थाहा नभएको पनि होइन, मलाई छाडिदिनुस्।'

लेउ टोली प्रमुखले भने, 'कहाँकी सती सावित्री निस्किन्, लाओकङका लागि सती जान खोजेकी? तिम्रो दुलामा सबै प्रकारका माछ्रा पसिसकेका छन्। अहिले के स्वाङ पार्न खोजेकी?'

'सबै प्रकारका माछ्राको अनुभव भएकाले त टुना माछ्रा सबैभन्दा बहुमूल्य हुन्छ भन्ने थाहा भयो नि।'

'अब के गर्ने विचार छ त तिम्रो? यो पसल बन्द गरेर, अन्धालाई त्यत्तिकै फालेर लाओकङसँग भाग्ने विचार हो?'

'मैले यो पसल बन्द किन गर्ने? किन अन्धालाई फाल्ने? म कतै पनि जान्नँ, यहीँ ओछ्यान तातो पारेर लाओकङलाई कुर्दै बस्छु।'

'हुन्छ हुन्छ हुन्छ, त्यही गन्हाउने बुढाकै बन्नू।'

सडकमा भएका माछ्रामाथि असङ्ख्य माखा भन्किन थाले। माछ्रा बेच्नेहरू पङ्खा हम्केर माखा धपाउन थाले।

देब्रे हातमा ऊनको थोत्रो टोपी, दाहिने हातमा कपाल खौरने चक्कु बोकेको एउटा माग्ने माछा बजारमा देखा परे । उनले माछा बेच्न बसेकाको अगाडि थोत्रो टोपी फैलाएर आँखीभौँ खुम्च्याउँदै भने, 'पैसा निकाल ।'

यस्ता माग्नेहरू हरियो टाउको भएका झिँगाभन्दा पनि निहुँ खोज्ने हुनाले माछा पसलेहरूले हतारेर एउटा काँचो माछा गन्हाउने नोट दिएर पठाइदिन्थे ।

हउच्माउलाई के दशा लाग्यो कुन्नि, तिखो स्वर निकालेर कराउन थाले, 'अब यो व्यापार कसरी गर्ने हो कुन्नि ? आधा दिन बितिसक्यो, माछाको एउटा कत्ला पनि बिकेको होइन, दुइटा रातो कार्प माछा घाटा लागिसक्यो । सिपाहीले लुटेर लग्यो । भुस्याहा कुकुरजस्तो तैँले पनि हामीलाई थर्काउने, पूर्वजन्ममा तेरो ऋण खाएजस्तो ?'

माग्नेले आफ्नो टोपी हउच्माउको नाकसम्म पुऱ्याएर ठुलो स्वरमा थर्काए, 'पैसा निकाल् ।'

हउच्माउले भने, 'छैन पैसा, जाऊ तिमी ।'

माग्नेले कपाल खौरने चक्कु उठाउँदै धम्क्याए, 'पैसा निकालिनस् भने तेरो टाउको छिनाइदिन्छु ।'

हउच्माउले भने, 'छिना न त, छैन पैसा ।'

वरपरकाले सम्झाउँदै भन्ने थाले, 'लाओ सुन, उसलाई केही पैसा दिएर पठाए भइहाल्यो नि, किन आफ्नो व्यापारमा अलमल गर्ने ?'

हउच्माउले भने, 'यो व्यापार त कसै गरी पनि होला जस्तो छैन । उसलाई काट्ने मन भए काट्न दिन्छु बरु ।'

माग्ने व्यक्ति के-के भन्दै कराउन थाले, 'यो संसार के भएको यस्तो, मान्छेलाई बाँच्ने नदिने भए अब ।'

त्यसपछि चक्कु उठाएर हउच्माउको निधारमा राखे। छाला काटिनासाथ रगत बग्न थाल्यो। फेरि हातले अनुहार धकेलिदिए। एकैछिनमा अनुहारभरि रगत लागेर हेर्दैमा डरलाग्दो भयो ।

माछा बजारमा रमितेहरूको रमिता सुरु भयो अब। मौकाको फाइदा उठाउँदै सियाओ उलाईले टाङमुनिबाट हउच्माउको माछा चोरे।

लेउ टोली प्रमुख पेस्तोलको बट्टा उठाए। पेस्तोलको टुप्पाले मान्छेहरूको जिउ, कम्मरमा घोच्दै हटाउँदै बाटो निकाले। माग्नेको अगाडि पुगेर पेस्तोल उनको च्युँडोमा अड्याए अनि हिहि गर्दै भने, 'वाङ आकउ, तैँले कहिलेदेखि चक्कु चलाउन सिकेको नि? यो माछा बजार के तेरो मागेर खाने ठाउँ हो? टाउको काट्ने होइन? हुन्छ काट्, अझै काट्, त्यति सानो घाउ गरेर मान्छेलाई तर्साउन सकिन्छ? ल काट्, ५० चोटि काटिस् भने तँलाई म दुइटा चाँदीको पैसा इनाम दिन्छु।'

माग्ने वाङ आकउले चक्कु फालेर भुइँमा घुँडा टेकेर भन्न थाले, 'लेउ टोली प्रमुख, मलाई छाडिदिनुस्, मेरो घरमा ८० वर्षकी बुढी आमा हुनुहुन्छ, मैले नै पाल्नुपर्ने...।'

'तेरी आमा त पहिले नै मरिसकी, अझ आएर मलाई ढाँट्ने?' लेउले गाली गरे र सिटी निकालेर बेस्सरी फुके।

सडकमा डुल्दै गरेका केही सिपाही दौडेर आए। लेउ टोली प्रमुखले भने, 'यो शान्ति अमनचैन भङ्ग गर्ने बेबकुफलाई नदीको किनारमा लगेर सिद्ध्याइदेऊ।'

दुईचार जना सिपाहीले खाऊँलाजस्तो गरी आएर माग्नेलाई तुरुन्तै तान्दै घिसार्दै लगे। भुइँमा टुक्रुक्क बस्दै बेसुरमा माग्ने कराउँदै थिए, 'लेउ टोली प्रमुख, आकउले अबदेखि फेरि यस्तो गर्ने छैन...।'

लेउ टोली प्रमुखले फिस्स हाँसेर हउच्माउलाई हेरे। हउच्माउ काम्दै जिउभरि पसिना निकाल्दै थिए।

'हउच्माउ, के मसँग पैसा नभएर तिम्रो रातो कार्प माछा खाएको भन्ठानेका छौ? तिमीलाई आफ्नो मान्छे सम्झेर तिम्रो एउटा माछा खाएको हुँ।' लेउले कम्मरमा थपथपाउँदै भने, 'यहाँ छ पैसा, कति चाहियो भन। बाटोभरि मलाई सराप्दै गाली गर्दै हिँड्ने?'

हउच्माउले आफ्नै हत्केलाले आफ्नै गालामा पिट्दै भन्न थाले, 'पिट्, पिट्, मर्ने गरी पिट् यो काम नलाग्ने पशुलाई ।'

लेउ टोली प्रमुख छाडा बोल्दै ज्यालतिर पुगेर भन्न थाले, 'हामीलाई त यहाँ केही कामै नगर्ने भन्ठान्ने पो रहेछ । हामी यहाँ भएर त हो ती गुन्डाहरूले केही गर्न नसकेको, हामी नभएको भए यहाँ एक दिन पनि शान्ति हुँदैनथ्यो ।'

'खुब फुर्ती निस्केको छ अहिले । तागत भए हेइसानलाई ठिक पार न,' फङ्चुले ज्यालमा टेकेर भनिन् ।

'के म उसलाई ठिक पार्न सक्दिनँ जस्तो लाग्छ तिमीलाई ?' लेउ टोली प्रमुखले भने, 'यस्तो कुरा तिमी आइमाईहरूले बुझ्दैनौ के !'

फङ्चुले मुख बिगारिन् । त्यसै बेला तःसिउले पसलबाहिर निस्केर भनिन्, 'लेउ टोली प्रमुख, तपाईंको माछा तयार भयो, दाजुले भन्नुभएको-तातै खाँदा मिठो हुन्छ रे, चिसो भयो भने फेरि काँचो गन्हाउँछ रे ।'

'साहुनी, सँगै खाऔँ, जाऔँ ।'

'मेरो भाग्य छैन, त्यस्तो माछा खाने ।'

लेउ टोली प्रमुख अलि अप्ठ्यारो मानेजस्तो गरी रेस्टुराँभित्र पसे । माछाको कत्लाबाट निस्केको चमकले उनका आँखा तिर्मिराए । एउटा भुस्याहा कुकुर मुखमा ठुलो स्पेनिस माकरेल माछा च्यापेर सडकमा दौडन थाल्यो । दुवैतिरका माछा बेच्नेहरू कराउन थाले तर उठ्न भने कोही पनि उठेनन् । भुस्याहा कुकुर मुखमा माछा च्यापेरै भाग्यो । ज्यालअगाडि खाली थियो, त्योभन्दा पनि खाली फङ्चुको मन थियो । उनले वाङ लाओउलाई सोधिन्, 'लाओकङ र सियाओकङलाई बाटामा केही दुर्घटना त भएन ?'

वाङ लाओउले भने, 'पक्कै पनि उत्तर सागर सियाइङ नगरको गोरी फ्याउरीको वशमा पऱ्यो होला ।'

उनले भनिन्, 'मर्न नसकेको, मैले साँच्चै सोधेकी ।'

वाङ लाओउले भने, 'मैले भनेको पनि साँच्चिकै हो । तिमीलाई थाहा छैन, संसारमा दुई किसिमका लोग्नेमान्छेको सङ्गत गर्नु हुन्न ।'

'कुन दुई किसिमका ?'

'एउटा सिपाही, अर्को माछा व्यापारी । त्यो गोरी फ्याउरीको पोटिलो मासु एकचोटि खाए फेरि खाऊँजस्तो लाग्ने, अझ तलतिर त झन् चिल्लै... कङ दाजुलाई पनि मन पर्ने नै होला... ।'

नजिक बसिरहेका सियाओ य्वीयानले बीचमा कुरा काट्दै भने, 'कङ दाजुलाई के मन पर्छ के मन पर्दैन, साहुनीलाई मात्र थाहा होला ।'

फङ्चुले गाली गर्दै भनिन्, 'सियाओ य्वीयान कहाँको कुरा भइरहेको छ, तँ बीचमा बोल्ने किन ?'

सियाओ य्वीयानले हिहि हाँस्दै भने, 'मेरी परी, हामीलाई पनि यसो स्वाद चखाउनुस् न, ३०-३२ वर्षको भइसकेँ, अहिलेसम्म आइमाईको स्वादै थाहा छैन ।'

उनले सियाओ य्वीयानको मुखभरि थुकेर भनिन्, 'त्यस्ता कुरा गरेर तेरी आमालाई ठग्न जा, तिमी माछा बेच्नेहरू आइमाईसँग नसुतेको कुन रात छ ?'

सियाओ य्वीयानले भने, 'अनि लाओकङ नि ?'

'तिमीहरूको बथानमा लाओकङजस्तो सोझो मान्छे पनि निस्क्यो ।'

वाङ लाओउले भने, 'सोझो मान्छे ? लाओकङ त्यो मान्छे, हाय ! ए, त्यो सियाओकङको गधा होइन ?'

उनी झ्यालबाट आधा जिउ निकालेर पूर्वतिर हेर्न थालिन् । सूर्य उदाउने दिशाबाट चम्किलो प्रकाशले घेरिएको सानो गधा आयो । माछा बेच्नेहरूमध्ये सानो गधालाई माछा बोकाउने एकै जना १४ वर्षको दुब्लो केटो सियाओकङ थिए ।

पहिले-पहिले बजार लाग्ने दिन एकाबिहानै लाओकङ काठको फल्याकले दुई टोकरी काँधमा बोकेर ठुलो चरा आकाशमा उडेजस्तो गरी आउँथे। सियाओकङचाहिँ दुई टोकरी बोकेको सानो गधालाई धपाउँदै बाङ्गोटिङ्गो गरी वायुवेगमा आउँथे। सानो गधाको खुरले गाढा निलो ढुङ्गामा टेकेर ट्वाक्क-ट्वाक्क गरी एकनासको आवाज आइरहेको हुन्थ्यो। त्यस बेला उनको मन लामो प्रतीक्षापछि लोग्ने र छोराको आगमन भएजस्तै अशान्त हुन पुग्थ्यो।

सानो गधा थकित भएजस्तो गरी माछा बजारको सडकमा हिँड्न थाल्यो। उनको झ्यालअगाडि पुगेर रोकियो। गधा हलचल नगरी टाउको निहुर्‍याएर त्यहीँ उभियो। माछा बेच्नेहरूले आश्चर्यचकित आँखाले हेर्न थाले।

उनी झ्यालबाट उफ्रेर आइन् र गधाले बोकेको टोकरीको बिर्को खोलिन्।

उनी एक चीत्कारसहित गधाकै जिउमा ढल्न पुगिन्।

गधाले बोकेका टोकरीमा माछा थिएनन्। देब्रेपट्टिको टोकरीमा लाओकङको टाउको थियो भने दाहिनेपट्टिको टोकरीमा सियाओकङको।

फुपूको बहुमूल्य चक्कु

आमा, मेरी आमा...
हजुरले मलाई अरू जोसित बिहे गरिदिनुभए पनि हुन्छ
तर कुनै हालतमा पनि फलामको काम गर्नेलाई नदिनुहोला
उसको नङ्को कापमा धुलो छ
उसको आँखाभरि आँसु छ (लोकगीत)

लोकगीतमा लुकेको अर्थ मैले अहिलेसम्म बुझ्न सकेको छैन। 'हजुरले मलाई अरू जोसित विवाह गरिदिनुभए पनि हुन्छ' को मतलब किसानसित विवाह गरिदिए हुन्छ। मागनेसित विवाह गरिदिए पनि हुन्छ। ज्यान मार्ने, सामान लुट्ने डाँकासित विवाह गरिदिए पनि हुन्छ भन्ने हो जस्तो लाग्छ।

फलामको काम गर्नेसित चाहिँ किन हुँदैन ? ग्रामीण अर्थतन्त्रमा फलामको काम गर्ने मान्छेको सामाजिक स्थान साधारण किसानको भन्दा उँचो हुनुपर्छ। हातको सीपका कारण उनीहरूको आय अरू साधारण किसानको भन्दा बढी हुने गर्छ। उनीहरू किसानबाट पनि सम्मान पाउन सक्षम हुन्छन्।

यो गीत गाउनेलाई किन फलामको काम गर्नेप्रति त्यस्तो डर (त्यो साँच्चैको डर नै पनि नहुन सक्छ) लाग्यो होला ?

'उसको नङको कापमा धुलो छ' ले भन्न खोजेको सायद फलामको काम गर्नेहरू सरसफाइमा ध्यान दिँदैनन् भन्ने हो कि ?

'उसको आँखाभरि आँसु छ' भन्ने लाइन बुझ्न सजिलो छैन। सामान्य रूपमा भन्दा फलामको काम गर्ने पुरुषको आँखामा आँसु छ भन्नु एक साहित्यिक अभिव्यक्ति हो। यसले हाम्रो मनमा धेरै प्रकारका सोचविचार उत्पन्न गराउँछ।

आँखामा आँसु भएका पुरुष युवतीहरूको दया र अरू मायासमेत प्राप्त गर्न सफल हुन्छन्। तर गायिका यसलाई फलामको काम गर्नेसित विवाह नगर्ने कारण बनाउँछिन्। त्यस कारण मलाई लाग्छ, यस लोकगीतको पछाडि पक्कै पनि कुनै अति साहसिक र रोमान्टिक कथा हुनुपर्छ।

म कुनै उद्देश्यबिना कल्पनाका आधारमा यो कथा लेख्दै छु।

म यो कुनै उद्देश्य नभएको, मुखमा जे आयो त्यही भनिएको, अलिकति लयात्मक भए पुग्ने बालबालिकालाई भनेर लेखिएको रचना मात्र होस् भन्ने चाहन्छु।

मैले छिमेकी सुन फुपूको मुखबाट यो लोकगीत सुनेको थिएँ। यसलाई बालकविता भने पनि केही फरक पर्दैन। मेरो सम्झनामा सुन फुपू पूरै कपाल फुलेकी हुनुहुन्थ्यो।

हामी गाउँघरमा बज्यैलाई 'माँ' भन्थ्यौँ। माँलाई चाहिँ 'आमा' भन्थ्यौँ। सुन फुपू पनि 'फुपू माँ' हुनुभएकाले वास्तवमा बज्यैको पुस्ताकी हुनुहुन्थ्यो।

मेरा आमाबाबु उहाँलाई 'फुपू' भनेर सम्बोधन गर्नुहुन्थ्यो। उहाँको परिवार र मेरो परिवारबीच कति पुस्तादेखि के सम्बन्ध थियो, त्यो मलाई थाहा छैन तर सुन फुपू मेरो बाल्यकालीन स्मृतिको एक महत्त्वपूर्ण व्यक्ति हुनुहुन्थ्यो।

मैले उहाँको लोग्नेलाई कहिल्यै देखेको थिइनँ। उहाँको पक्कै पनि लोग्ने थियो होला, किनकि उहाँका दुई छोरा थिए। मैले उहाँका दुई छोरा पनि कहिल्यै देखिनँ। उहाँको ठुलो छोराका दुई छोरी र सानो छोराकी

एउटी छोरी मात्र देखेको छु । तीनवटी नातिनीको उमेरमा धेरै फरक थिएन । उनीहरू सबै मेरी माहिली दिदीसँग खेल्ने साथी थिए ।

सुन फुपूको घरमा छ्वालीबाट बनाइएका तीनवटा कोठा थिए । मूलढोका थिएन । आँगनको पर्खाल होचो थियो र पर्खालमाथि घाँस उम्रिएको थियो। उहाँको घरपछाडि कोइरालोका १२-१५ रुख थिए। फूल फुल्ने ऋतुमा त्यसको सुगन्ध हाम्रो घरसम्म आइपुग्थ्यो। फूल झर्ने ऋतुमा घरको छानाभरि सेतो हुने गर्थ्यो। मैले त्यहाँका कोइरालोको फूल खाएको छु। गुलियो-गुलियो स्वादको हुन्थ्यो। धेरै खायो भने अलि टर्रो हुन्थ्यो। कुनै वर्ष फुपूले हामीलाई फापरको पिठोसँग कोइरालोको फूल पकाएर खुवाउनु पनि भएको थियो। त्यो च्यापच्याप लाग्ने चिप्लो खालको थियो।

उहाँको आँगनमा अनारको एउटा रुख पनि थियो। फूल फुल्ने बेला आगोजस्तो देखिन्थ्यो । त्यसले हामीलाई गहिरो छाप छाडेको थियो । अनारको रुखमा फूल मात्र फुल्थ्यो, फल लाग्दैनथ्यो। आँगनको पर्खालको ढुङ्गानिर ३०-४० बोट 'मा:लियान' घाँस पनि उम्रिएको हुन्थ्यो । त्यो लाम्चो पात भएको बैजनी सेतो फूल फुल्ने एक किसिमको बहुवर्षीय वनस्पति थियो । त्यसको पात एकदम बलियो थियो । त्यसलाई काटेर सुकाएर मासुपसलेलाई बेच्न लग्नुहुन्थ्यो। मासुपसलेले त्यसले मासु बाँधेर बेच्थे ।

सुन फुपू धूमपान गर्नुहुन्थ्यो। उहाँको हुक्कामा पित्तलको भाँडो, बुट्टेदार बाँसको नली र जेडको मुखनली थियो। हामीले सुनेअनुसार उहाँको जेडको मुखनली धेरै महँगो थियो रे।

उहाँ भन्नुहुन्थ्यो, 'जेडले मानिसको रक्षा गर्न सक्छ।' जस्तै- कोही मानिस अग्लो ठाउँबाट खस्दा उसको जिउमा जेड छ भने हाड भाँच्चिँदैन तर जेडमा एउटा रेखा कोरिन्छ रे । त्यसैले जेडले एकपटक मात्र मानिसलाई बचाउन सक्छ रे । सुन फुपूले कुरा गर्दा दाँतले जेडको मुखनली टोकिरहनुहुन्थ्यो । उहाँबाट मैले जेड बहुमूल्य हुनुको कारण थाहा पाएँ।

उहाँका तीन नातिनीमध्ये एउटीको नाम तालान, अर्कीको नाम आर्लान र तेस्रीको नाम सान्लान थियो। अहिले उनीहरू सबै आमा भइसके।

त्यस बखत म र माहिली दिदी उनीहरू तीन 'लान' सँगै छिमेकी गाउँमा नाटक हेर्न जान्थ्यौँ। सुन फुपू उनीहरूलाई खुसीसाथ हामीसँग पठाउनुहुन्थ्यो।

मलाई सम्झना छ, उहाँको घरभित्र एकदम अँध्यारो थियो। खाटमाथि र भुइँमा कालो रङका केही बाकस राखिएका थिए। बाकसभित्र के थियो, मलाई थाहा थिएन। त्यस बेला ती बाकसभित्र के राखिएको होला भनेर मैले सोचेको पनि थिइनँ।

एक दिन हामी छिमेकी गाउँमा एउटा नाटक हेर्न गयौँ। नाटकको नाम मलाई राम्ररी सम्झना छैन। फर्केर आएपछि सुन फुपूले हामीलाई नाटकमा के-के भनिएको थियो भनेर सोध्नुभयो। हामीले आआफ्नो ढङ्गले भन्यौँ तर स्पष्ट हुने गरी भन्न सकेनौँ।

मुखमा मुखनली च्यापेर शान्तपूर्वक हामीले भनेको सुनिरहनुभयो। पछि उहाँले हामीलाई अरू सायद आफैँलाई सुनाउन त्यो 'फलामको काम गर्नेसित विवाह नगराइदिनू' भन्ने गीत गुनगुनाउनुभयो। उहाँले गाइसकेपछि हामी सबै हाँस्यौँ। मलाई सम्झना छ, मेरी माहिली दिदीले 'तपाईंको स्वर एकदम मिठो छ' भन्नुभएको थियो। फुपू हाँस्नुभयो।

मलाई त्यस बेला गाउँका केटाकेटीबीच चलेको एउटा बालगीतको सम्झना आयो-

उत्तरदेखि दक्षिणसम्म

सुन घरका तीन 'लान'

तालान रुन्चे स्वभावकी

आर्लान भने खन्चुवा

सान्लानचाहिँ बोल्नै नपर्ने

यसलाई बालगीतको एउटा नमुना मान्न सकिन्छ । तर यो बालगीत कुनै बालक अथवा बालिकाको रचना हो भन्नचाहिँ सकिँदैन । किनकि त्यसमा तीनवटी लानको विशेषतालाई एकदम सही ढङ्गले प्रस्तुत गरिएको छ । बच्चाहरूमा कुनै व्यक्तिको विशेषतालाई सूक्ष्म अध्ययन गरी सारांश निकाल्ने क्षमता होला त ?

तीनवटी लानमध्ये एउटी (चीनको परम्परागत) घोडा वर्षमा जन्मिएकी थिइन् । अर्की भेडा वर्ष र तेस्री बाँदर वर्षमा ।

१२-१५ वर्षका छँदा उनीहरू कुन ठुली, कुन सानी नछुट्टिने भइसकेका थिए । तीन्टै राम्री थिए । सान्लान अझ बढी राम्री थिइन् तर उनी लाटी थिइन् । आर्लान खन्चुवा थिइन्, अघिपछि पनि जिब्रोले ओठ चाटिरहन्थिन् । तालान उमेरमा सबैभन्दा ठुली भए पनि दुईवटी बहिनीले उनलाई सानी बच्चीलाई जस्तै गरी रुवाइरहन्थे । त्यसैले उनी सबैभन्दा सानी बहिनीजस्ती लाग्थिन् ।

तीनवटी केटीमध्ये मलाई रुन्चे तालान सबैभन्दा मन पर्थ्यो । सायद म पनि रुन्चे नै भएकाले होला । मलाई सबैभन्दा मन नपर्ने सान्लान थिइन् तर उनी लाटी भएर होइन । ठुला मान्छेहरू उनको र मेरा सम्बन्ध जोडेर उडाउँथे, सान्लानसँग मेरो विवाह गराउनुपर्छ भन्थे । मचाहिँ 'मलाई सान्लान मनै पर्दैन, म लाटीसँग पनि विवाह गर्छु र ?' भन्थेँ । त्यसअघि मलाई सान्लान मन पर्थ्यो, त्यस बेला मलाई विवाह गर्नु भनेको एकदम नराम्रो कुरा भएजस्तो लाग्थ्यो । सायद हुर्केर ठुलो हुन डराउने एक प्रकारको मनोविज्ञानले यस्तो भएको हुन सक्छ ।

१७-१८ वर्षका छँदा अनायास हामी टाढा भयौँ । मेरी माहिली दिदी कहिलेकाहीँ उनीहरूको घरमा जानुहुन्थ्यो, मचाहिँ जान छाडेँ । एकपटक सुन फुपू हाम्रो आँगनमा आएर मेरा बाबुसँग कुरा गर्नुभयो । मेरो मुटु असामान्य रूपले धड्कन थाल्यो । मैले सोचेँ- पक्कै पनि सुन फुपूले तीन लानमध्ये एउटी मसित विवाह गरिदिनका लागि भन्न आउनुभएको होला । तीन लान आआफ्नो विशेषतायुक्त थिए तर सान्लान जे भने पनि यो एउटा

ठुलो कमजोरी थियो, त्यसैले सान्लानचाहिँ हुँदै हुन्न ।

आर्लानको बोलीवचन नराम्रो थियो। कसैलाई गाली गर्न नपाए उनको बोली छुरीभन्दा पनि घोच्ने खालको हुन्थ्यो । त्यसैले उनी पनि हुन्न । तालान नै ठिक होला। तालानको चुल्ठो धेरै लामो थियो। स्वभाव शान्त थियो, सबैभन्दा बेस थिइन् ।

त्यो दिन मेरा बाबुले करौँतीले काठ काट्दै सुन फुपूसँग कुरा गर्नुभएको थियो । न्यानो मौसम थियो । काठको धुलो सुनौलो पहेँलो थियो । बाबुको अनुहारमा पसिना बगिरहेको थियो । म बाहिर निस्कँदा बाबुले मलाई एकदम बेग्लै आँखाले हेर्नुभएजस्तो लाग्यो ।

भोलिपल्ट मेरो अनुहारमा केही डन्डीफोर देखा परे। बाबुले शान्त भएर भन्नुभयो, 'तिमी यताउताको नचाहिने कुरा नसोच ।'

बाबुको कुराले मेरो मनमा एक बाल्टिन चिसो पानी खन्याएजस्तो भयो। मलाई अति लज्जा र हीनताको अनुभव भयो ।

केही वर्षपछि तालानको विवाह भयो। त्यसको केही समयपछि आर्लान र सान्लानको पनि विवाह भयो ।

अहिले फेरि फलामको काम गर्नेहरूको कथा मेरो आँखाअगाडि देखा पर्न थाल्यो ।

हरेक वर्ष गहुँ भित्र्याउने समयभन्दा केही दिनअगाडि हाम्रो काउमी तुङ्पेइसियाङमा सबैभन्दा राम्रो मौसम हुने गर्छ । त्यो भनेको वसन्त ऋतुको अन्त्य भएर ग्रीष्म ऋतुको प्रारम्भ हुने समय हो। त्यस बेला हावामा कोइरालोको फूल र गहुँको फूलको सुगन्ध मिसिएको हुन्छ ।

शीतल दक्षिणी वायु र उज्यालो सूर्यको किरण एकसाथ हुन्छन्। खस्रो भ्यागुताको आवाज र चराहरूको आवाज सँगसँगै सुनिन्छ। यो पशुहरूको संसर्गको ऋतु हो। जवान केटाहरू सडकमा घुम्ने ऋतु पनि हो। हरेक वर्ष यस समयमा फलामको काम गर्ने तीन जना हाम्रो गाउँको सडकमा देखा पर्थे। उनीहरू चाङ्छिउ काउन्टीका थिए ।

उनीहरूको लबज हाम्रोभन्दा फरक थियो। लबज समान नभए पनि आपसमा कुरा गर्न समस्या पर्दैनथ्यो। फलामको काम गर्नेहरूले लाओ वानको घरबाहिर आरन बनाउँथे। त्यहाँ अलिकति खाली ठाउँ थियो। त्यो पहिलो उत्पादन टोलीको अन्न भण्डारण आदि काम गर्ने ठाउँ थियो। त्यस ठाउँमा ढुङ्गाको जाँतो राखिएको थियो। त्यसमा गाउँले किसानको मुख्य उत्पादन सुकाइएको सक्खरखण्ड पिँध्ने काम दिनभर नै भइरहन्थ्यो।

पर्खालनिर बैँसको रुख थियो, त्यसको हाँगामा फलामको घण्टी झुन्ड्याइएको थियो। धेरै सानो त्यस घण्टीबाट निस्किने आवाजले पहिलो उत्पादन टोलीका मानिसलाई कुनै पनि समयमा एकचित्त पार्न सक्थ्यो। फलामको काम गर्नेहरूको आरन त्यस ठाउँमा राख्नु सबैभन्दा उपयुक्त थियो।

फलामको काम गर्ने तीन जनामध्ये मुख्य चाहिँको थर हान थियो। मानिसले उनलाई 'लाओ हान' भनेर बोलाउँथे। हथौडाले हान्नेको थर पनि हान नै थियो। ऊ लाओ हानको भतिज थियो। मानिसहरू उनलाई 'सियाओ हान' भनेर बोलाउँथे। अर्को एक जना खलाँती चलाउने र हथौडाले हान्ने पुड्को मोटेलाई चाहिँ मानिसहरू 'लाओ सान (साहिँला)' भनेर बोलाउँथे। उसको थर के थियो, थाहा थिएन।

लाओ हान दुब्लो अग्लो थियो। गर्दन लामो थियो। आँखाहरूमा सधैँ आँसु भरिएको हुन्थ्यो। सियाओ हान पनि अग्लो थियो तर ऊ आफ्नो काकाभन्दा धेरै मोटो पनि थियो। मैले उनीहरूबारे एउटा कथा लेखिरहँदा मनमा धेरै पटक सियाओ हानको सम्झना आएको थियो। त्यसैले त्यस कथामा फलामको काम गर्ने युवक चरित्रको सिर्जना सियाओ हानलाई आधार बनाएर गरिएको हो भन्न सकिन्छ।

वास्तविक कुरा गर्ने हो भने त्यस बेला गाउँले जीवन भौतिक रूपमा धेरै गरिब थियो। तर अहिले सोच्दा त्यस बेला मानसिक रूपमा म अहिलेभन्दा धेरै खुसी र सुखी थिएँ। अहिलेको पड्केलाजस्तो मस्तिष्क भरिएको पेट र भद्दा देखिने गरी लगाइने लुगाको तुलनामा त्यस बेलाको

पेटभर खान, आङभर लगाउन नपाइने जीवन नै बढी स्वादिलो र दमदार भएजस्तो अनुभव हुन्छ ।

अहिले त म साँच्चै खत्तम भएको छु, जीवनप्रति पूर्ण रूपले निराश । रोग नहुँदा पनि स्वस्थ हुन नसक्ने बेकारको मान्छे बन्न पुगेको छु । पहिलेको कुरा सम्झनु एउटा रमाइलो काम हो, जुन जिउमा लागेको बोसो घटाउने कुनै औषधी पनि बन्न सक्छ ।

त्यस बेला केही सक्खरखण्ड, साँधेको गाजर दुई टुक्रा खाएर हामी घण्टीमुनि तीन जनाले फलाम पिट्दै गरेको हेर्न जान्थ्यौँ । उनीहरू बिहान ढिलो उठ्थे । हामी प्रायः मध्याह्नमा फलाम पिटेको हेर्न जान्थ्यौँ । कहिलेकाहीँ बेलुकी पनि जान्थ्यौँ । त्यस समयको मध्याह्न धेरै न्यानो हुन्थ्यो । घाममा बसेर हामी आफ्नो लुगाबाट कपास झिक्थ्यौँ । त्यसले हामीलाई धेरै हलुका महसुस हुन्थ्यो ।

कुकुरहरू गल्लीमा सम्भोग गर्थे । चाङ लाओसानको घरमा पालिएका माहुरीहरू कोइरालोको फूलबाट पराग बटुलेर मह बनाउन व्यस्त हुन्थे । चाङ लाओसानकी स्वास्नीलाई कुष्ठरोग लागेको थियो । उनी धेरै वर्षदेखि कोठामै बसिरहन्थिन्, बाहिर आउँदिनथिन् । उनी हामीलाई एकदम रहस्यमय र डरलाग्दी लाग्थिन् ।

पहिले उत्पादन टोलीका पशुपालक चाङ लाओसान मान्छेलाई कुरा सुनाएर पेट मिचीमिची हाँस्नुपर्ने बनाउन सक्ने दुब्ला बुढा थिए । उनका छोरा चाङ ताली मेरा माहिला दाजुका साथी थिए । उनको शरीर मोटो अग्लो थियो । छाला कालो थियो । हेर्दै कालो खम्बाजस्तो देखिन्थ्यो । म उनलाई एकदम मान्थेँ । एउटी कुष्ठरोगी स्वास्नीमान्छेले कसरी त्यस्तो बलियो छोरा जन्माउन सकिन् होला । म कल्पना गर्न सक्दिनथेँ ।

चाङ ताली आफ्नो बाबुजस्तै कुरा गरेर अरूलाई हँसाउन सक्थे । गाउँका धेरैजसो केटा उनीसँग गाई चराउन, घाँस काट्न जान मन पराउँथे । उनी हामीलाई पछि लगाएर फलफूल चोर्ने, माछा मार्ने, पौडी खेल्ने, कुटपिट गर्ने र अरूलाई दुःख दिने गर्थे । जस्तै- बाटामा खाडल

खनेर छाड्ने, कपास लगाएको बारीमा मानिसको दिसा गाड्ने, प्राथमिक विद्यालयमा गएर गडबड गर्ने, लामो कपाल पालेकी शिक्षिकालाई बाहिर ल्याएर सुरुवाल तल तान्ने आदि ।

मेरा बाबुले माहिला दाइ र मलाई चाङ तालीसँग नहिँड्न चेतावनी दिँदै बेस्सरी हपार्नुभएको थियो । बाबुले भन्नुभएको थियो, 'तिमीहरूलाई कुष्ठरोग सर्ने डर त भएन भनौँ ल, उसको पछि लागेर त्यस्ता काम गर्दै हिँड्दा जेल परिएला भन्ने डर पनि भएन ?'

बाबुको कुरा सुनेर हामीलाई खुबै डर लाग्थ्यो तर हामी चाङ तालीसँगै रहने गर्थ्यौं । चाङ तालीले हामीलाई घाँस काट्न लैजाँदा जहिले पनि पहिले 'यन्त्र तताउने' गर्थे । आगोमा गहुँको बाला पोलेर हातले मल्दै भुस निकाल्दा गहुँका दानाहरू आधा पाकेका हुन्थे । भित्र रसिलो हुन्थ्यो । स्वाद एकदम मिठो हुन्थ्यो । गहुँका दाना खाइसकेपछि मकै, सक्खरखण्ड, सिमीबोडी पोलेर खान्थ्यौँ । ती सबै उत्पादन टोलीका थिए । नखाए आफैँलाई घाटा पर्ने, पेटभर खायो भने घरको अन्न बच्ने ।

खेतबारीमा खान मिल्ने केही पनि नफल्ने बेला हामी फट्याङ्ग्रा पोलेर खान्थ्यौँ। माछा मारी पोलेर खान्थ्यौँ। जे होस्, चाङ तालीसँग घाँस काट्न जाँदा सधैँ केही खानेकुरा खाएर आफ्नो भोकाएको पेटलाई सान्त्वना दिन सकिन्थ्यो। चाङ तालीको कम्मरमा जहिले पनि चिल्लो कागजले बेरिएको सलाईको बट्टा हुन्थ्यो। एकपटक उनको सलाईका काँटीहरू पानीले भिजेछ। जुत्ताको तलुवाले सुकेको घाँस घोटेर आगो निकाले र त्यसमा भटमासको कोसा पोलेर खायौँ ।

मलाई लाग्छ, हामी यसरी राम्ररी हुर्कन, बढ्न सकेको एउटा कारण चाङ तालीले धेरैपटक धेरै मात्रामा 'वनभोज' खुवाएकाले पनि हो ।

चाङ तालीले हरेक दिन केही कथा सुनाउँथे- भूतप्रेतको कथा, बहादुर हरूको कथा, देवताहरूको कथा। उनी सबै कुरा आफ्नै आँखाले देखेजस्तो गरी कथा भन्थे र हामीमा गहिरो प्रभाव पार्थे । चाङ ताली अरूलाई सहयोग गर्न मन पराउँथे ।

म सानैदेखि शारीरिक रूपमा कमजोर थिएँ। एक पटक आफैँले काटेको घाँस पनि बोक्न नसकी मुख बिगार्दै बल गरिरहेको थिएँ। त्यो देखेर चाङ तालीले भने, 'यो त भएन, यति घाँस पनि बोक्न नसक्ने ! यति त मेरो चरोले पनि बोक्न सक्छ।'

चाङ तालीले मलाई बहुमूल्य चक्कुको कथा सुनाएका थिए, जसले मेरो मनमा एकदम गहिरो प्रभाव पारेको थियो। उनले भने, 'साँच्चैको बहुमूल्य चक्कु चाउचाउजस्तो नरम हुन्छ र पेटीजस्तो गरी कम्मरमा बाँधिराख्न सकिन्छ। त्यस्तो चक्कुले मान्छे काट्दा त्यसमा रगत पनि लाग्दैन। त्यसको धारमा रौँ राखेर फुक्यो भने काटिन्छ, चक्कुको धार डुन्डुको पातजस्तो हुन्छ।'

चाङ तालीको सबैभन्दा गौरवशाली घडी भनेको त्यस वर्षको 'मे डे' को खेलकुद प्रतियोगिता थियो। त्यस बेला म विद्यालय जान थालेको थिएँ। हाम्रो गाउँको पूर्वप्राथमिक विद्यालयमा खेलकुद राम्ररी खेल्ने दुईचार जना शिक्षक थिए। उनीहरू प्रत्येक वर्ष 'मे डे' मा खेलकुद प्रतियोगिता आयोजना गर्थे। त्यसमा भाग लिन वरपरका गाउँबाट पनि शिक्षक र विद्यार्थी आउँथे।

बास्केटबल, टेबलटेनिस, दौड, हाइजम्प, लङजम्प आदि धेरै प्रतियोगिता चल्थ्यो। हाइजम्प प्रतियोगिताको दिन धेरै गाउँले रमिता हेर्न विद्यालयको खेलमैदानमा जम्मा भएका थिए। चाङ ताली र मेरा माहिला दाजु सँगै उभिएका थिए। एकसाथ हल्ला गरेर अलमल गरिरहेका थिए। मेरा माहिला दाजुले त्यस बेला विद्यालय छाडिसकेका थिए।

केही शिक्षकले एक मिटर ५० सेन्टिमिटर उचाइमा राखिएको बार नाघिसकेपछि त्योभन्दा अग्लो बारमा प्रयास गरे। तर जति गरे पनि नाघ्न सकेनन्। चाङ लाओसर (शिक्षक) दौडेर उफ्रिए तर त्यो बार नै उड्यो, उनी बालुवामा पछारिए। छेन लाओसरले फेरि एकचोटि प्रयास गरे तर बारलाई दुई गोडाबीच च्यापेर बालुवामा पछारिन पुगे। ली लाओसरले भने, 'भइहाल्यो, हदैसम्म पुग्यो। हाम्रो विद्यालयको रेकर्ड तोडियो।'

छेन लाओसरलाई चित्त बुझेन। उनले बार एक मिटर ६० सेन्टिमिटरको उचाइमा राख्दै भने, 'मलाई फेरि एकचोटि उफ्रन दिनुस् ।'

उनी त्यहाँ बसेर गम्भीरतापूर्वक जिउ तन्काउन थाले । त्यसै बेला चाङ ताली मानिसको भिडबाट निस्किए। छिटो-छिटो पाइला चाल्दै 'आई यौ-यौ' भन्दै बारतिर लम्किए अनि बारअगाडि पुगेर एकपटक उफ्रिए । बारलाई माथिबाट नाघेर बालुवामा लड्न पुगे तर लगत्तै उफ्रेर उठे । जिउमा लागेको धुलो झारे र ती शिक्षकहरूलाई हेरेर भने, 'तपाईंहरूले सानो मान्थउ खाएको बेकार भयो, म सक्खरखण्ड खाने जति पनि उफ्रन सक्नुभएन ।'

रमिता हेर्दै बसेका गाउँले गलल हाँसे । विद्यार्थी पनि हाँसे । हाम्रा शिक्षकहरूलाई साह्रै लाज लाग्यो । उनीहरूले अनुहार रातो बनाए । मेरा कक्षा शिक्षक 'चाङ अग्ले' काउन्टी मार्सल आर्टमा प्रशिक्षण पाएका, हरेक बिहान सबेरै नदी किनार गई मार्सल आर्ट अभ्यास गर्ने मान्छे थिए । उनी मुठी कसेर चाङ तालीनजिक पुगे । त्यहाँको अवस्था ठिक नहोला जस्तो देखेर केही प्रौढ गाउँले हतारिएर चाङ लाओसरलाई रोक्न गएर भने, 'चाङ लाओसर, चाङ लाओसर, तपाईं त्यो हुल्याहा केटोसँग आफूलाई दाँज्नुहुन्छ ?'

चाङ लाओसरले दुवै पाखुराले बल गरेर ती प्रौढलाई एकातिर ठेले । चाङ तालीलाई केही होला भनेर म डराएँ । मेरा माहिला दाजुलाई पनि केही होला भन्ने डर लाग्यो, किनकि माइला दाजुलाई विद्यालयबाट निकाल्ने यिनै चाङ लाओसर नै थिए। दाजु चाङ तालीकै दलको जस्तो देखिने गरी सँगै उभिइरहेका थिए ।

चाङ ताली अलि अतालिएजस्तो देखिए। अनुहार रातो बनाए। चाङ लाओसरले उनको छातीमा एक मुक्का हाने। उनले टाउको निहुऱ्याए र एकपटक 'हु' गरे । चाङ लाओसरले दोस्रो मुक्का हान्न नपाउँदै चाङ तालीले उनलाई दुवै हातले समाएर जुरुक्कै उठाए अनि एक फन्को घुमाएर आफ्नो काँध माथिबाट पछाडितिर पुऱ्याइदिए । चाङ लाओसर भुइँमा

उत्तानो परे। उनी धेरै दुख्ने गरी लडेजस्तो देखिन्थ्यो। गाउँले गएर चाङ तालीलाई तान्दै पर पुऱ्याए।

यस घटनाले पूरै गाउँमा हलचल मच्चायो। गाउँमा चाङ तालीको इज्जत धेरै बढ्यो। त्यसै बेलादेखि उनी गाउँका बलियो श्रमिकमा गनिन थाले। त्यसपछि उनले हामी बच्चासँग खेल्न छाडे। उनीप्रतिको मेरो मित्रता र श्रद्धा भने झन्-झन् बढ्दै गयो। अहिलेसम्म पनि त्यस्तै छ।

चाङ तालीका कथामा लेख्न मिल्ने कुरा अझै धेरै छन्। जस्तै- उनी उत्पादन टोलीको सानो टोली प्रमुख बन्दाखेरिका रमाइला कुरा, उनको विवाह पछिका रमाइला कुरा आदि।

हामी पहिले उत्पादन टोलीको फलामे घण्टीमुनि बसेर चाङ लाओसानको कथा सुन्दै फलाम पिटेको हेर्थ्यौं। मलाई सम्झना छ, एक दिन चाङ लाओसानले लाओ वानकी बुढी एकदम कन्जुस छिन् भने। उनकै अगाडि 'तिमीहरू दिसामा समेत पानी राखेर त्यसमा केही अन्नका गेडा छन् कि भनी हेर्छौं' भनिदिए।

लाओ वानकी बुढीले सराप्दै भनिन्, 'चाङ लाओसान, तँ कालले मर्दैनस्।'

चाङ लाओसानले भने, 'के म मरेपछि तिमीलाई घोच्ने मान्छे कोही हुँदैन भनेर ?'

चाङ लाओसान भन्थे, 'अहिलेका मानिसको बल भन्ने नै छैन।' ३०-४० वर्षअघि उनले आफ्नै आँखाले एक जना मान्छेले दुई सय केजी भएको ढुङ्गाको जाँतो बोकेर रुखमाथि राखेको देखेका थिए रे।

त्यस बेला एउटा टोलीको नाइके वाङ खः थिए। उनी आफैं पहिले स्वयंसेवक सैनिक बनेका थिए रे। केही भयो कि छालाको पेटी खोलेर पिट्न थाल्थे। एक पटक आर्लानले टोलीको मुला चोरी भनेर उनले पिट्दै

थिए। सुन फुपू आफ्ना सानो खुट्टाले ढलमल गर्दै टेक्दै वाङ ख:को अगाडि पुग्नुभयो र भन्नुभयो, 'वाङ ख: टोलीनाइके ! होस पुऱ्याउनू, हात मर्केला !'

फेरि फलामको काम गर्नेहरूकै बारेमा भनौँ । आरनमा आगो दन्किरहेको थियो । लाओसान र सियाओ हानले कम्मरमाथि केही लुगा लगाएका थिएनन् । खालि छातीअगाडि कपडा फुन्ड्याएका थिए । त्यस कपडामा फलामका छेस्काहरूले पारेका कालो रङका धेरै प्वाल थिए । लाओसान र सियाओ हानका पाखुरामा मांसपेशीका रेसा स्पष्ट देखिन्थे । हेर्दा एकदम बलिया थिए। लाओ हानले खस्रो मोटो कालो कपडाको लुगा लगाएको थियो। उसको ढाड बाङ्गो थियो। बारम्बार खोक्ने गर्थ्यो।

हेर्दाहेर्दै गहुँ पाक्न लाग्यो। किसानले मर्मत गर्न अथवा नयाँ बनाउन ल्याउने औजार मुख्य गरी हँसिया नै हुन्थ्यो। त्यसबाहेक साबेल र कोदाली पनि ल्याउँथे । नयाँ औजार बनाउन घरबाट फलाम लिएर जानुपर्थ्यो । पुराना औजार मर्मत गर्न पनि घरबाट फलाम लानुपर्थ्यो। मलाई सम्झना छ, एकपटक गाउँका ठुला मान्छे पुरानो बन्चरोमा धार लगाउन आउँदा लाओ हानले निलो रङको एक टुक्रा फलाम ल्याएर भनेको थियो, 'ठुलदाइ, म सयौँ पटक पगालेको यो फलाम तपाईंको बन्चरोमा हालेर धार लगाइदिन्छु, तपाईंको बन्चरो पहिलेभन्दा धेरै धारिलो हुन्छ ।'

चाङ लाओसानले पालेसँग अलिकति फलाम मागे। ल्याएपछि फलामको काम गर्नेहरूलाई दिएर दुवैतिर समाउन मिल्ने भटमासको पिठोको रोटी काट्ने चक्कु बनाउन दिए। भटमासको पिठोको रोटी लाम्चो हुने गरी काट्नुपर्छ, जसले गर्दा पानीमा भिजाउन सजिलो हुन्छ । त्यस्तो रोटी भिजाएको पानी घोडा, खच्चरलाई पिउन दिँदा तिनीहरूमा मासु लाग्छ । गोलो रोटी दुई गोडाले च्यापी दुवै हातले चक्कु समातेर तलतिर काट्दै जान सजिलो हुन्छ ।

दिउँसोभन्दा बेलुकी फलाम पिटेको हेर्नु बढी रमाइलो हुन्छ। आरनको आगोको प्रकाशले फलामको काम गर्नेहरूको अनुहार मन्दिरमा राखिएको सुनको जलप लगाइएको देवताको अनुहारजस्तै धपक्क बलेको हुन्छ ।

लाओ हान चिम्टाले च्याप्दै आरनमा भएको फलाम ओल्टाइपल्टाइ गरिरहेको हुन्थ्यो। फलाम तातेर नरम र सेतो हुन्थ्यो। त्यसको तुलनामा कोइलाको आगो बढी रातो देखिन्थ्यो । लाओ सान 'हुइँ-हुइँ' आवाज निस्कने गरी खलाँती तानिरहेको हुन्थ्यो । फलाम पूरै तातो भएपछि ऊ त्यसलाई बाहिर निकाल्थ्यो र अचानोमाथि राखी पहिले सानो घनले ठोकेर बाहिरको एक पत्र निलो फलाम झार्थ्यो ।

सियाओ हान १८ पाउन्डको ठुलो फलामको घन हातमा लिएर एकातिर कुरिरहेको हुन्थ्यो । त्यो ठुलो घन मैले हातले उठाएको थिएँ । साँच्चै गह्रुँगो थियो । त्यसको बिँड भने नरम काठको थियो । उठाउँदा काठ बाङ्गिएजस्तो हुन्थ्यो। यस्तो नरम बिँड भएको घन चलाउन विशेष सीप हुनुपर्थ्यो ।

आफ्नो काकाको सङ्केत पाएपछि सियाओ हान दुई खुट्टा फटाउँथ्यो अनि घनलाई टाउकोभन्दा माथि पुऱ्याएर फलाममा बजार्थ्यो। त्यसो गर्दा हावा चलेको आवाजसमेत सुनिन्थ्यो, फलामचाहिँ पिठोको डल्लोजस्तो गरी लामो र पातलो हुँदै जान्थ्यो। सियाओ हान घन हान्न सिपालु थियो। आँखा चिम्लेर पनि हान्न सक्थ्यो जस्तो लाग्थ्यो । फलाममा हानेको ढ्याङ-ढ्याङ आवाजचाहिँ मनलाई अलिकति अत्याइदिने खालको हुन्थ्यो।

'फलाममा हान्न आफ्नो जिउ नै पहिले बलियो हुनुपर्छ, फलामको काम एकदम कठिन हुन्छ तर काम गर्नेहरूको जिउमा अति कम मात्र पसिना आउँछ,' 'सर्वज्ञ' चाङ लाओसान भन्ने गर्थे, 'पसिना बगाउने लौहकर्मी असल लौहकर्मी होइन।' लाओ सान पनि कहिलेकाहीँ खलाँतीमा हावा फुक्न छाडेर दुईपटक घनले फलाम हान्न पुग्थ्यो तर सियाओ हानको तुलनामा ऊ धेरै कमजोर लाग्थ्यो ।

तातो फलामलाई पानीमा डुबाएर चिस्याउने काम एकदम रहस्यमय देखिन्थ्यो । मैले 'पारदर्शी गाजर' भन्ने कथामा यसबारे लेखेको छु । आगोसँग आधा जीवन बिताउनुभएका समालोचक ली थुओको भनाइमा मैले कथामा लेखेको कुरा गलत छ। मैले फलाम चिस्याउन पानीको तापक्रम

एकदम महत्त्वपूर्ण छ भन्ने लेखेको थिएँ- युवा लौहकर्मीले सीप चोर्न गुरुले मिलाएको पानीमा हात घुसार्दा गुरुले रातो हुने गरी तताएको फलामको अचानोले उसको हात डामिदियो रे, त्यसपछि युवा लौहकर्मीको सीप सिक्ने अवधि पनि पूरा भयो रे, बुढो लौहकर्मीले उसलाई निकालिदियो रे। 'तर यस्तो रहस्यमय कुरा केही थिएन,' ली थुओले भन्नुभयो।

चाङ लाओसानले हामीलाई सुनाएको कथा त त्योभन्दा पनि रहस्यमय थियो। उनले भनेका थिए, 'पहिले एक चिनियाँ युवक लौहकर्मी एक बुढो जापानी लौहकर्मीसँग लामो चक्कु बनाउने तरिका सिक्दै थियो। त्यही तातो फलामलाई पानीमा डुबाउने एउटा मात्र सीप सिक्न बाँकी थियो। उसले बनाएको चक्कु जापानी गुरुले कमाएको चक्कुजस्तो धारिलो कहिल्यै पनि बनेन। एकपटक जापानी गुरुले फलाम पानीमा डुबाउँदाखेरि चिनियाँ युवक लौहकर्मीले हात पानीभित्र छिराएर पानीको तापक्रम थाहा पाउन खोज्यो रे। त्यो बुढो जापानी दुष्टले चक्कुले हानेर चिनियाँ युवकको हातै छिनालिदियो रे।' मैले यो कथा ली थुओलाई सुनाएँ, उहाँले भन्नुभयो, 'त्यो त अनुश्रुति मात्रै हो।'

तातो फलाम चिस्याउँदा 'सिरररर' आवाजसँगै पानीको तापक्रम बढ्छ। तरकारी काट्ने चक्कु बनाउने हो भने फलाम चिस्याइसकेपछि ढुङ्गामा घोटेर धार लगाउनुपर्छ। ढुङ्गामा घोट्ने काम पनि सियाओ हानले नै गर्थ्यो। ठूलो लाम्चो ढुङ्गा मोटो काठको मुढामा राखेपछि सियाओ हान चक्कुलाई काठको चिम्टाले च्याप्थ्यो अनि खुट्टा फटाई निहुरेर एक हातले ढुङ्गामा पानी हाल्दै घोट्न थाल्थ्यो। एकैछिनमा चक्कुमा चम्किलो धार लाग्थ्यो।

एकपटक कसैले 'धारिलो भयो ?' भनेर सोध्यो। सियाओ हानले केही नबोली नाडीजत्रो मोटो काठको लट्ठी खोजेर ल्यायो। त्यसलाई मुढामा राखेर चक्कुले एकचोटि हान्दा दुई टुक्रा भयो। 'तपाईं आफैं भन्नुस् अब, धारिलो भयो कि भएन ?' सियाओ हानले उल्टो उसैलाई सोध्यो।

मेरा बाजेको भनाइअनुसार उनीहरूले बनाएको चक्कु त्यति धारिलो

थिएन, साधारण खालको मात्रै थियो। त्यसले काठलाई दुई टुक्रा हुने गरी काट्न सकेको सियाओ हानको बलले गर्दा मात्र हो।

त्यो दिन सियाओ हानले आरननजिकै पिठो मुछेर खानेकुरा बनायो। पिठो मकैको थियो। सियाओ हान फलाम पिट्न जान्ने थियो तर रोटी पकाउन जान्दैनथ्यो। सानो बनाउनुपर्ने रोटी गोबरको थुप्रोजस्तो आकारको बन्न पुग्यो।

उनीहरू हरेक दिन दुई छाक मात्र खान्थे। तीन जनाका लागि हरेक छाकमा पाँच चिनको पिठो चाहिन्थ्यो। उनीहरूलाई धेरै खानुपर्थ्यो। कहिलेकाहीँ उनीहरू बोसो भएको बङ्गुरको मासु एक दुई सय केजी किनेर ल्याउँथे अनि उमालेर पकाउँथे। रातो सेतो मासु कोइलाको आगोमा पकाएपछि एकदम नरम हुन्थ्यो। त्यसको गन्ध र स्वाद पनि अति मिठो हुन्थ्यो। हामीलाई खाऊँ-खाऊँ लाग्थ्यो।

आर्लानले भनेकी थिइन्, 'ठुलो भएपछि फलामको काम गर्नेसँग विवाह गर्छु, मकैको पिठोको रोटी र बोसो भएको मासु खान्छु।'

हामीले भन्यौँ, 'तिम्री बज्यैले अरू जोसित बिहे गरे पनि फलामको काम गर्नेसँग नगराइदिनू भनेर गीत गाउनुभएको होइन ?'

आर्लानले भनिन्, 'गाउने भनेको गाउने मात्र हो, गाउँदैमा विवाह गर्न नहुने भन्ने हुन्छ र ?'

केही समयसम्म सुन परिवारका तालान र आर्लान फलाम पिटेको हेर्न रोक्नै नसक्ने भए। म र माहिली दिदी त्यहाँ नजाँदा पनि उनीहरू पुग्थे। पछि तालानले मलाई भनिन्, सुन फुपूले उनीहरूलाई तिनीहरूको काम कस्तो छ भनेर हेर्नलाई पठाउनुभएको हो रे।

तालान र आर्लान फर्किनासाथ फलामको काम गर्नेहरूले पकाएको रोटी एकदम मिठो छ भन्न आउँथे। उनीहरू तिनीहरूसँग मागेर खान्थे। देख्नेहरूले यिनीहरूलाई कस्तो मन परेको होला भन्थे। सियाओ हानले एउटा हात पोल्ने रोटी सूर्यमुखी फूलको पातमा राखेर आर्लानको हातमा

दिएछ । आर्लानले सियाओ हानको छातीमा रौँ उम्रिएको रहेछ भनेर हामीलाई सुनाइन् अनि हिहि हाँसिन् ।

चिनियाँ पात्रोको चौथो महिनाको आठौँ दिन एउटा रमाइलो घटना घट्यो । हाटबजार लाग्ने दिन थियो । हाटबजार पनि हाम्रो घर रहेको सडकमै लागेको थियो । मानिस धेरै थिए, आरनवरिपरि अघिपछिभन्दा धेरै भिड लागेको थियो ।

सुन फुपू कुप्रो परेर आउनुभयो। उहाँले एकदम सेतो स्कर्ट लगाउनुभएको थियो । सेतो कपाल पनि चिप्लो हुने गरी कोर्नुभएको थियो । टाउको पछाडिको जुरोमा एउटा बैजनी फूल घुसार्नुभएको थियो। उहाँ एउटी बुढी किचकन्नीजस्तो पनि, देउतीमाता जस्तो पनि देखिनुहुन्थ्यो। उहाँलाई देखेर मानिस हाँस्न थाले । उहाँ भने हाँस्नुभएन, गम्भीर मुद्रा बनाइराख्नुभयो । तीनवटी लान उहाँको पछाडि रक्षकहरूजस्तै गरी आइरहेका थिए । तीनै जनाले नयाँ लुगा लगाएका थिए ।

चाङ लाओसानले भने, 'सुन भाउजू, आज तपाईंलाई यो के भयो ? भूत चढ्यो कि बोक्सी लाग्यो ?'

मैले सोधेँ, 'तालान, आर्लान, सान्लान, तिमीहरूले के गर्न आँटेका ?'

उनीहरूले मलाई वास्तै गरेनन् । सान्लान त सुन्न र बोल्न नसक्ने थिइन्। मलाई वास्ता गरिनन्, ठिकै छ। आर्लानको मसँग सम्बन्ध राम्रो थिएन । मलाई वास्ता गरिनन्, भइहाल्यो । तर तालानले चाहिँ मलाई किन वास्ता नगरेकी ? अघिल्लो बेलुकी मैले एउटा चकलेट दिएपछि उनले मलाई आफ्नो जिउमा मुसार्न दिएकी थिइन् ।

मलाई धेरै रिस उठ्यो ।

आरनअगाडि पुगेपछि फलामको काम गर्नेहरूले हातको काम रोके । खलाँतीबाट हावा आउन छाडेपछि आगोको ज्वाला सानो भयो। कालो धुवाँ धेरै आउन थाल्यो । आरन नै हटाउन खोजेजस्तो देखियो ।

सुन फुपूले गम्भीर भएर सोध्नुभयो, 'गुरुजी, एउटा चक्कु बनाइदिन सक्नुहुन्छ ?'

लाओ हानले सोध्यो, 'तपाईंलाई कस्तो चक्कु बनाउनुपर्ने होला ?'

सुन फुपूले लुगाभित्रबाट एक टुक्रा लामो चाँदी रङको फलाम निकालेर दिनुभयो । लाओ हानले हातमा लिएर पल्टाई-पल्टाई ध्यानपूर्वक हेऱ्यो । अनुहार गम्भीर बनाएर फेरि सोध्यो, 'तपाईंलाई कस्तो चक्कु बनाउनुपर्ने हो ?'

सुन फुपूले कम्मरबाट रेसमको पेटी निकालेजस्तो गरी चाँदी रङको चम्किलो चक्कु निकालेर लाओ हानलाई दिनुभयो । लाओ हानले चक्कु लिने आँट गरेन । दुवै हातले त्यो फलामको टुक्रा उठायो अनि मान गरेर सुन फुपूको अनुहारअगाडि पुऱ्यायो । कम्मर र टाउको झुकाउँदै भन्यो, 'हजुर, हामी कच्चा लौहकर्मी पऱ्यौं । कुटोकोदाली बनाई अलिकति पैसा कमाएर खाने खालको, हजुरले अरू नै जान्ने मान्छे खोज्नुहोला ।'

सुन फुपूले चक्कु मोडेर कम्मरमा बेर्नुभयो । त्यसपछि हात बढाएर फलाम लिनुभयो र त्यसलाई पनि लुगामा घुसार्दै भन्नुभयो, 'जान्ने लौहकर्मी भन्ने सबै मरिसके कि के हो ?'

अनि फरक्क फर्केर हिँड्नुभयो, तीन जना लान पनि साथै गए ।

सुन फुपूको ढाड कुप्रो परेको थियो। खुट्टा पनि साना थिए। दायाँबायाँ ढल्केर हिँड्नुहुन्थ्यो । अलिकति हावा चल्दा नै ढल्नुहोला जस्तो लाग्थ्यो । उहाँका तीनवटी नातिनी त्यो दिन घाममा साँच्चै नै सुनाखरीको फूलजस्तो गरी सुगन्ध फैलाउँदै सीधा परेर हिँडिरहेका थिए ।

फलामको काम गर्नेहरू त्यही दिन बेलुकी आफ्ना झिटीझाम्टी बोकेर त्यहाँबाट हिँडे । त्यसपछि फर्केर आएनन् ।

केही वर्षपछि सुन फुपू बित्नुभयो। तीनवटी लानको पनि विवाह भयो। लाटी सान्लानको चाङ तालीसँग विवाह भयो । उनीहरूको उमेरमा धेरै फरक थियो। त्यो नरम चक्कु पछि कहाँ पुग्यो, थाहा भएन ।

चाङ लाओसान भन्थे, 'त्यो सयौँ पटक पगालेको फलामको चक्कु थियो । मान्छे काट्दा रगत नलाग्ने, फुकेरै रौँ काट्न सक्ने । साधारण फलामको काम गर्नेहरूले कहाँ बनाउन सक्थे !'

मैले अरूले भनेको सुनेको थिएँ- त्यो चक्कु सान्लानले दाइजोका रूपमा लिएर गइन् रे। केही वर्ष बहुमूल्य रत्नजस्तो साँचेर राखिन् रे। त्यसपछि निकालेर भान्छामा तरकारी, मासु काट्न प्रयोग गर्न थालिन् रे। सान्लान र चाङ तालीको छोराले भनेअनुसार त्यो चक्कु धारिलो भए पनि साह्रै हलुका र नरम भएकाले प्रयोग गर्न दुई युआन मात्र पर्ने चक्कु जति पनि सजिलो थिएन रे ।

खण्ड २ : उपन्यासिका

सेतो कुकुर र पिङ

पहिले-पहिले काउमीको तुङ्पेई गाउँमा ठुलठुला सेता कुकुर धेरै देखिन्थे। तर बिस्तारै ती निक्खर सेता कुकुर दुर्लभ हुँदै गए। तिनका जिउमा सेतो होइन, अर्कै-अर्कै रङका रौँ उम्रिन थाले। भनौँ न, तिनीहरूको आदिवासी श्वेत पहिचानमा गडबड देखिन थाल्यो। सेता भुत्ला कम र अरू नै भुत्ला बढी भए पनि तिनलाई बोलाउने नाम भने 'सेते कुकुर' नै थियो।

एक दिन म पुलमुनिको ढुङ्गे सिँढीमा बसी खोलाको निर्मल पानी अँजुलीमा लिएर मुख धुँदै थिएँ। त्यति नै बेला जिउ सेतो र अगाडिका दुई खुट्टाका पन्जा कालो भएको उही 'सेते' सामुन्ने देखा पऱ्यो। त्यो थोकेको जस्तो देखिन्थ्यो।

हाम्रो काउमीको तुङ्पेई गाउँ गर्मीले हप्प थियो। म काउन्टीको सदरमुकामबाट गाउँ आउने सार्वजनिक गाडीबाट निस्केर मुख धुन लागेको थिएँ। म पसिनाले छ्याप्पै थिएँ। मेरो घाँटी र मुखमा धुलोको पत्र जमेको थियो।

मलाई सबै लुगा खोलेर खोलामा हाम्फालूँ-फालूँ भएको थियो। तर नजिकै खेतमा मान्छे हिँडेको देखेपछि नाङ्गिन सकिनँ। मायालुले दिएका धेरै रुमालमध्ये एउटाले मुख र घाँटी पुछेँ।

सूर्य केही पश्चिमतिर पुगिसकेको थियो। दक्षिण-पूर्वबाट शीतल हावा चल्न थाल्यो। त्यसले एकछिन आनन्द आयो। फापरका बोट अलि-अलि आवाज आउने गरी हल्लिन थाले। सेतेका भुत्ला ठाडा भए। ऊ पुच्छर हल्लाउँदै मतिर सऱ्यो।

सेते पुलसम्म पुग्यो। एकछिन रोकियो अनि आफू आएको कच्ची बाटो फर्केर हेऱ्यो। टाउको उठाएर धमिला आँखाले मलाई हेऱ्यो। मैले उसका आँखामा गहिरो उदासी देखें। मेरो मन एकतमासको भयो।

अध्ययनका लागि मैले गाउँघर छाडेपछि आमाबाबु पनि मेरा दाजुसँग बस्न भनेर अर्कै प्रान्त सर्नुभयो। परिवारजन नभएपछि म पनि गाउँघर गइनँ। त्यतिकैमा १० वर्ष बित्यो। दूरी धेरै लामो थिएन तर छोटो पनि थिएन।

गर्मीको बिदा सुरु हुनुअघि बुबा मलाई भेट्न मैले अध्यापन गराउँदै गरेको महाविद्यालयमा आउनुभयो। घरगाउँको कुरा चलेपछि उहाँ भावुक बन्नुभयो। उहाँले मलाई गाउँघर फर्केर हेर्न जान भन्नुभयो। मैले आफू धेरै व्यस्त भएकाले फर्केर जान समय नै पाउँदिनँ भनें।

बुबाले नपत्याएजस्तो गरी टाउको हल्लाउनुभयो। बुबा फर्किनुभयो, मेरो मनमा शान्ति भएन। अन्तमा मनको दुविधा हटाएर बाटो लागें।

सेतो कुकुरले फेरि फर्केर कैलो रङको कच्ची बाटो हेऱ्यो। अनि फेरि टाउको माथि फर्काएर मलाई हेऱ्यो। म उसका दुईवटा काला पन्जा हेरेर आश्चर्य मानी केही सम्झँदै थिएँ, उसले आफ्नो रातो जिब्रो मुखभित्र लग्यो अनि मलाई हेरेर दुईचोटि भुक्यो।

त्यसपछि पुलको ढुङ्गे खम्बानिर गएर पछाडिको एउटा खुट्टा उठाई मुत्न थाल्यो। मुतिसकेपछि मसँगै उभिन आयो। पुच्छर टाङमुनि घुसारी जिब्रो निकालेर पानी चाट्न थाल्यो।

ऊ कसैलाई कुरिरहेजस्तो देखिन्थ्यो। उसले प्यास लागेर पानी चाटेको नभई फुर्सद भएर त्यसो गरेजस्तो भाव प्रकट गऱ्यो। खोलाको

पानीमा कुकुरको अनुहारको केही मतलब नभएको भाव परावर्तित भयो। पानीमुनिका माछाहरू उसको अनुहारबाट पौडेर गइरहेका थिए। कुकुर र माछा मसँग डराएनन्। मैले कुकुर र माछाको दुर्गन्ध चाल पाएँ।

त्यस बेला मलाई त्यस कुकुरलाई एक लात्ती दिई पानीमा माछा समात्न पठाउने खराब सोचाइसमेत आएको थियो। फेरि सोचेँ, अलि 'कुकुरवादी' नै हुनुपर्ला !

कुकुरले पुच्छर उठायो। टाउको उठाएर भावहीन आँखाले एकपटक मलाई हेऱ्यो। त्यसपछि एक-एक पाइला गर्दै पुलमाथि गयो। मैले देखेँ, ऊ गर्दनका रौँ ठाडो पारेर आफू जताबाट आएको थियो, उतैतिर दौडियो।

कच्ची बाटाका दुईतिर फिका हरियो झुस भएका चिनियाँ फापरका ठुला खेत थिए। यो मैदानमाथि निलो आकाशमा बादलका ससाना आकृति उडिरहेका थिए।

म पुलमाथि हिँड्न थालेँ। झोला बोकेर हतार-हतार पुल पार गर्ने सोच्दै थिएँ। त्यहाँबाट मेरो गाउँ अझै ६ किलोमिटर जति टाढा थियो। आउनुअघि मैले गाउँमा कसैलाई खबर गरेको थिइनँ। छिटै गाउँ पुग्दा गाउँले दाजुभाइलाई मेरा लागि खानेबस्ने बन्दोबस्त गर्न सजिलो पर्ने थियो। यस्तै सोच्दै थिएँ, त्यो सेतो कुकुर मेरो अगाडिबाट दौडेर गयो अनि केही बेरमै बाटो छेउको चिनियाँ फापरको खेतबाट ठुलो मुठा फापरको पात बोकेको मान्छे लिएर निस्कियो।

म गाउँमा २० वर्ष बिताएको मान्छे। फापरको पात गाईभैँसी, घोडाको आहारका लागि उत्तम हुन्छ भन्ने थाहा नपाउने त कुरै भएन। फापर पाक्ने बेला फापरको बोटमा पुराना पात हटाए पनि उत्पादन घट्दैन भन्ने थाहा थियो।

फापरको पातको एउटा ठुलो मुठा ढलमल गर्दै आइरहेको टाढाबाट देख्दा मनै गह्रुँगो भयो। गर्मी महिनामा हावा नछिर्ने फापरको खेतमा पसी पात झार्दा कस्तो अनुभव हुन्छ भन्ने मलाई राम्ररी थाहा थियो। जिउभरि पसिनाको धारा बग्नु, छाती भारी हुनु त भन्नै परेन। सबैभन्दा बढी

पीडा त पातमा भएको फुसले पसिनाले भिजेको छालामा छुँदा हुने गर्छ। मैले आफ्नै लागि एक निःश्वास छाडें।

फापरको पातको मुठा बोकेर ढलमल गर्दै आइरहेको त्यो मान्छे स्पष्ट देख्न थालें। निलो लुगा, कालो पाइन्ट, पहेँलो गमबुट। लामो कपाल तल झरेको नदेखिएको भए उनी मबाट धेरै नजिक हुँदा पनि स्वास्नीमान्छे हुन् भन्न सक्दिनथें होला।

उनको टाउको जमिनसँग समानान्तर भएर अघि बढ्दै थियो। गर्दन लामो हुने गरी तानिएको थियो। काँधको बोझ घटाउन होला, उनले एउटा हात त्यस मुठाको तलतिर राखेकी थिइन्। अर्को हात गर्दन पछाडिबाट लगेर मुठाको माथि राखेकी थिइन्।

घाँटी र टाउकामा भएको पसिना सूर्यको किरणले टल्किरहेको थियो। फापरका पात फिक्का हरिया ताजा थिए। उनी एक-एक पाइला बढ्दै गइन् र अन्तमा पुलमा चढिन्। पुलको चौडाइ र उनले बोकेको पालको मुठा उत्रै थियो। म फर्केर भर्खरै सेतो कुकुरले मुतेको पुल नजिकको ढुङ्गानिर उभिएँ अनि उनीहरू पुल पार गरेको हेर्न थालें।

मलाई अनायास सेतो कुकुर र उनीबीच एउटा अदृश्य धागो भएजस्तो अनुभव भयो। सेतो कुकुर कहिले छिटो, कहिले ढिलो हिँड्दै थियो। त्यो धागो पनि कहिले खुकुलो त कहिले कसिएको जस्तो लाग्थ्यो। मेरो अगाडि आइपुगेपछि सेतो कुकुरले आफ्ना ती उदास आँखाले मलाई फेरि एकचोटि हेर्‍यो। कुकुरका आँखामा लुकेको अस्पष्ट सङ्केत तत्क्षण अत्यन्त स्पष्ट भएजस्तो लाग्यो। उसका ती दुई काला पन्जाले एकैचोटि मेरो मनको भ्रम हटाइदिए। म तुरुन्तै उनलाई सम्झन पुगें।

उनको निहुरिएको टाउको मेरो नजिकबाट सर्केर गयो। बढेको सासको आवाज र पसिनाको अमिलो गन्ध मेरो मनमा सधैं रहिरह्यो। उनले फापरको पातको मुठा बलपूर्वक जमिनमा बजारिन् र बिस्तारै आफ्नो जिउ तन्काउन थालिन्। पातको मुठा उनको छातीको हाराहारीसम्म पुग्थ्यो।

मैले देखें, पातको मुठाले थिचेको उनको शरीरको भाग बाहिरबाट देखिने गरी दबेको थियो। र, धेरै बल पर्ने ठाउँमा पसिनाले भिजेका पात

थिचिएर बिग्रिएका थिए। मलाई थाहा छ, उनको शरीरका ती भागहरूमा अहिले अत्यन्त आराम भइरहेको होला।

सङ्लो पानीको शीतलता भएको पुलनिर उभिएर हावा खाँदै गर्दा उनलाई अवश्य पनि स्फूर्ति आइरहेको होला। भारहीनता र सन्तुष्टि सुखका प्रमुख कारक तत्त्व हुन्। विगतमा मलाई पनि यस्तो प्रत्यक्ष अनुभव भएको थियो।

कम्मर सीधा पारेपछि उनी केही छिन कतै हराइन्। अनुहारमा धुलो र पसिना बगेका रेखा स्पष्ट हुन थाले। मुख आँ गरेर लामो-लामो सास लिइन्। उनको नाक प्याजको डाँठजस्तो सीधा सुलुत्त परेको थियो। अनुहार घामले डढेको थियो भने दाँत चम्किला थिए।

मेरो गाउँ सुन्दरीहरू जन्मिने ठाउँ हो। पहिले-पहिले यहाँका सुन्दरीहरू दरबारमा लगिन्थे। अहिले पनि राजधानी सहरमा चलचित्रमा अभिनेत्री हुनेहरू छन्। ती अभिनेत्रीहरूलाई मैले देखेको छु। उनीहरू पनि यस्तै हुन्। उनीभन्दा खासै राम्रा छैनन्। उनको अहिलेको यो गति नहुँदो हो त उनी पनि ठुलै अभिनेत्री बनिसक्थिन् होला।

दसौँ वर्षपहिले-

उनी फूलजस्ती सुन्दरी थिइन्

ताराजस्ता थिए उनका आँखा।

'नुआन,' मैले बोलाएँ।

देब्रे आँखाले नियालेर मलाई हेरिन्। उनका आँखाभरि राता धर्सा थिए। हेर्दा अति नराम्रो देखिने।

'नुआन, सियाओ कू,' मैले स्पष्ट पार्ने विचारले फेरि बोलाएँ।

अहिले म २८ वर्षको भएँ। उनी मभन्दा दुई वर्ष सानी थिइन्। नभेटेको १० वर्ष भइसकेको थियो। ठुलो परिवर्तन आइसकेको थियो।

पिङ खेल्दाखेरिको दुर्घटनाको खत उनमा नभएको भए सायद म उनलाई चिन्दिनथेँ ।

सेतो कुकुर पनि एकटक लगाएर मलाई हेर्न थाल्यो । मैले मनमनै गनेँ, त्यो त १० वर्षको भइसकेछ । अहिले त बुढो कुकुरमै गनिने भइसक्यो । ऊ बाँचिरहेको होला भनेर सोचेकै थिइनँ । अहिले हेर्दा पनि स्वस्थै देखिन्छ । त्यस वर्षको 'दुआन्वु' चाड (चिनियाँ प्राचीन कवि छ्यू युआनको सम्झनामा चिनियाँ पात्रोअनुसार पाँचौँ महिनाको पाँचौँ दिन, प्राय: जुन महिनामा पर्ने चाड) को समय त्यो बास्केटबलजत्रो मात्र थियो ।

बुबाले काउन्टी सदरमुकामको आफ्नो मामाको घरबाट त्यसलाई ल्याउनुभएको थियो । त्यति बेला निक्खर सेतो कुकुर प्राय: लोप भइसकेको थियो । जिउमा अरू रङको रौँ अलि-अलि भएर पनि सेतो कुकुर भन्न लायक कुकुर पनि दुर्लभ भइसकेको थियो ।

मेरा बुढामामा कुकुर पाल्ने व्यवसाय गर्नुहुन्थ्यो । आफ्ना मामाले भान्जालाई यस्तो कुरामा केही गर्न नसक्ने विवशताको फाइदा उठाई बुबाले त्यहाँबाट कुकुर लिएर आउनुभएको थियो । गाउँ विभिन्न रङबिरङका कुकुरले भरिएको समयमा बुबाले त्यसलाई ल्याउँदा वरपरकाहरूले प्रशंसा गरेका थिए । कसैले ३० युआनको महँगो मूल्य तिरेर किन्छु पनि भने । तर त्यो कुकुर बेच्ने त कुरै भएन ।

हाम्रो काउमीको तुङ्पेई गाउँजस्तो दुर्गम ठाउँमा त्यस बेला पनि धेरै रमाइला कुरा थिए । कुकुर पाल्ने सोख पनि त्यसमध्ये एक थियो । ठूलो प्राकृतिक प्रकोप परेको बेलाबाहेक खानेकुरा प्रशस्त हुन्थ्यो । त्यसैले कुकुरको वंशवृद्धि पनि छिटो र धेरै हुने गर्थ्यो ।

म १९ वर्ष, नुआन १७ वर्ष भएको त्यो वर्ष । सेतो कुकुर चार महिना पुगेको बखत जनमुक्ति सेना एक-एक टोली गरेर, सैनिक गाडी एउटा-एउटा गरेर उत्तरतिरबाट आए अनि एकपछि अर्को गरी ढुङ्गे पुल पार गर्न थाले । हाम्रो माध्यमिक विद्यालयले पुलनिर बाँसको कप्टेराको छाप्रो बनाएर जनमुक्ति सेनाका लागि चिया पकाउने बन्दोबस्त गरेको थियो ।

विद्यार्थीको प्रचारप्रसार टोलीले छाप्रोनिर बाजा बजाएर नाच्न गाउन थाल्यो। पुल धेरै साँघुरो थियो। पहिलो ठुलो ट्रक गाडीको आधा पाङ्ग्रा पुलबाहिर पुगिसकेको थियो। तैपनि चालकले होसियारीपूर्वक त्यसलाई पुल पार गरायो। दोस्रो गाडीको पछाडिको पाङ्ग्राले पुलको एउटा ढुङ्गा भाँचियो। गाडी पल्टेर खोलामा पुग्यो। गाडीमा भएका भाँडाकुँडा आदि धेरै फुटे। एकैछिनमा खोलाभरि तेल तैरिरहेको देखियो। एक हुल सैनिक जवानहरूले खोलामा हाम्फालेर गाडीबाट चालकलाई निकाले र जिउबाट पानी झरिरहेको अवस्थामा उठाएर खोलाकिनार पुऱ्याए।

एप्रोन लगाएका केही सैनिक उनलाई घेर्न पुगे। सेतो पन्जा लगाएको मान्छे हातमा एयरफोन उठाउँदै ठुलो स्वरले कराउन थाल्यो। म र नुआन प्रचारप्रसार टोलीका मुख्य सदस्य थियौँ।

हामी गीत गाउन, बाजा बजाउन बिर्सेर रमिता हेर्न व्यस्त भयौँ। त्यसपछि धेरै ठुला पदाधिकारीहरू पाँचसात जना आउनुभयो अनि हाम्रो विद्यालयको गरिब र मध्यमस्तरीय कृषक प्रतिनिधि कुओ मा:च बाजेसँग हात मिलाउनुभयो। हाम्रो विद्यालयका क्रान्तिकारी परिषद्का प्रमुख लेउसँग पनि हात मिलाउनुभयो। अनि पन्जा लगाएर हामीतिर हेर्दै हात हल्लाउनुभयो।

उनीहरू सबै एकै लहर त्यहीँ उभिएर जनमुक्ति सेनाका जवानहरूले खोला तरेको हेर्न थाले। कुओ मा:च बाजेले मलाई बाँसुरी बजाउन भन्नुभयो। लेउले नुआनलाई गीत गाउन भन्नुभयो। नुआनले के गीत गाऊँ भनेर सोधिन्। उहाँले 'तपाईंलाई देखेर अत्यन्त आत्मीय अनुभव भयो' भन्ने गीत गाउन भन्नुभयो।

हामीले बाजा बजाउन सुरु गऱ्यौँ। सैनिक जवानहरू एक-एक लाइन गरेर पुलबाट खोला पार गर्न थाले। गाडीहरूचाहिँ एउटा-एउटा गरी खोलाको पानी माथिबाटै आउन थाले। (खोलामा पानी सङ्लो थियो, खोलाको डिलमा पनि बाली लाइएको थियो।) गाडीको अगाडि स्वच्छ पानीको तरङ्ग देखिन्थ्यो भने गाडीको पछाडि पहेँलो धमिलो धार उत्पन्न

हुन्थ्यो । (जनमुक्ति सेना पहाडमा आएर हामीलाई शरद् ऋतुमा बाली भित्र्याउन मद्दत गर्दै छन् ।)

ठुला ट्रकले खोला तरिसकेपछि दुईवटा साना जिप पनि विचारै नगरी खोलातिर गए । एउटा गाडीले अत्यन्त वेगका साथ पछाडि पाँचछ मिटर अग्लो तरङ्ग निकालेर खोला तरिहाल्यो । अर्को गाडी पानीमा पस्नासाथ अनौठो आवाज निकालेर डुब्यो । खोलाको पानीबाट निलो धुवाँ निस्कन थाल्यो । (कुरै कुरामा कति पुराना कुरा याद आउन थाले ।)

'बर्बाद भयो,' एक पदाधिकारीले भन्नुभयो ।

अर्का पदाधिकारीले 'कस्तो बेबकुफ रहेछ, छिटो वाङ हउचलाई मान्छे पठाई गाडी बोकेर निकाल्न भन्नू' भन्नुभयो । (हामी एउटै भाँडामा पकाएको खाना खान्छौँ, एउटै टुकीको वरपर बस्छौँ ।)

एकै छिनमा ३०-४० सैनिक खोलामा गए र धुवाँ निस्केको जिपलाई धकेल्न थाले । उनीहरू सैन्य पोसाक नै लगाएर खोलामा पसेका थिए । खोलाको पानी त घुँडासम्म मात्र पुग्थ्यो तर उनीहरूको छातीसम्म भिज्यो ।

गाढा रङ भएको सैन्य पोसाक जिउमा टाँसिएर उनीहरूका मोटा वा पातला खुट्टाको आकार देखिन थाल्यो । (तपाईंहरू हाम्रा आफन्त हुनुहुन्छ, तपाईंहरू हाम्रो मन मिल्ने मानिस हुनुहुन्छ ।) सेतो एप्रोन लगाएका केही मानिसले पानीमा निथ्रुक्क भिजेका गाडीचालकलाई उठाएर रेडक्रसको चिह्न भएको गाडीमा राखे । (पार्टीको गुणगान गरेर सकिन्न, तपाईंहरूलाई देखेर अत्यन्त आत्मीय अनुभव भयो ।) पदाधिकारीहरू पछिल्तिर फर्किनुभयो । सायद उहाँहरू पुलपारि जान लाग्नुभएजस्तो लाग्यो । म हातमा बाँसुरी बोकेर, नुआनचाहिँ मुख खोलेर डराउँदै पदाधिकारीलाई हेर्न थाल्यौँ ।

कालो फ्रेम भएको चस्मा लगाउने एक पदाधिकारीले हामीलाई हेरेर टाउको तलमाथि हल्लाउँदै भन्नुभयो, 'राम्रो गाउने रहेछौ, बाँसुरी बजाएको पनि राम्रो छ ।'

कुओ मा:च बाजेले भन्नुभयो, 'हजुरलाई दु:ख भयो, बच्चाहरूले गाउन, बजाउन राम्रो जानेका छैनन्, क्षमा गर्नुहोला ।'

उहाँले एक बट्टा चुरोट निकाल्नुभयो। बट्टा खोलेर आदरपूर्वक दिन खोज्नुभयो तर पदाधिकारीहरूले लिन मान्नुभएन। धेरैवटा पाङ्ग्रा भएको एउटा गाडी खोलाको अर्कोपट्टि रोकिइराखेको थियो। केही सैनिक उफ्रेर त्यसमाथि चढे अनि त्यहाँबाट मोटो फलामे डोरी र सेतो काठका केही डन्डा तल फाले।

कालो फ्रेम भएको चस्मा लाउने पदाधिकारीले आफूनजिक रहेका सुन्दर जवान सैन्य अधिकृतलाई भन्नुभयो, 'छ्याई टोली प्रमुख, तपाईंहरूको प्रचारप्रसार टोलीबाट उनीहरूलाई केही बाजा दिलाइदिनुस् है।'

खोला तरेपछि सैन्य टोली छरिएर विभिन्न गाउँ पुगे। डिभिजन अफिस हाम्रो गाउँमा बसेको थियो। ती दिनमा हामीलाई ठुलो चाड मनाएजस्तो लाग्थ्यो।

गाउँका सबै उत्तेजित थिए। मेरो घरको कोठाबाट टेलिफोनका तिसौं-चालिसौं तार निकालेर सबैतिर पुऱ्याइए। सुन्दर छ्याई टोली प्रमुख गाउन, बजाउन जान्ने सांस्कृतिक सेनाको एक टोलीसहित नुआनको घरमा बसेका थिए। म हरेक दिन त्यहाँ जान्थेँ। त्यसैले छिट्टै छ्याई टोली प्रमुखसँग राम्ररी घुलमिल भएँ। उनी अग्लो, ठुलो जिउडालका युवक थिए। उनको कपाल बाक्लो थियो र फिँजिएको आँखीभौं माथि फर्केको थियो।

छ्याईले नुआनलाई गीत गाएर सुनाउन भने। नुआनले गीत गाउँदा उनी टाउको तल फर्काएर चुरोट पिइरहन्थे। त्यस बेला मैले उनको कान अलि-अलि काँपिरहेको देखेँ। उनले भने, 'नुआन एकदम प्रतिभाशाली छिन्। तर दुःखको कुरो, उनलाई निर्देशन दिने कोही गुरु भएनन्।'

मैले पनि सङ्गीतमा धेरै प्रगति गर्न सक्ने उनले बताए।

उनलाई हाम्रो घरको कालो पन्जा भएको सेतो कुकुर धेरै मन पर्‍यो। बुबाले थाहा पाएपछि उनलाई तुरुन्तै उपहार दिन चाहनुभयो। तर उनले लिन मानेनन्। सैन्य टोली प्रस्थान गर्ने दिन मेरा बुबा र नुआनका बुबा सँगै आउनुभयो र छ्याई टोली प्रमुखसँग हामीलाई पनि सँगै लिएर जान अनुरोध गर्नुभयो। छ्याईले 'फर्केर हाकिमसँग कुरा राख्छु, वर्षको अन्ततिर

सेनामा भर्ती खुल्ने बेला तिमीहरूलाई भर्ती गरेर लैजान्छु' भने ।

बिदा हुने बेला छाई टोली प्रमुखले मलाई 'बाँसुरी बजाउने तरिका' भन्ने पुस्तक र नुआनलाई 'कसरी क्रान्तिकारी गीतहरू गाउने' भन्ने पुस्तक उपहार दिए ।

मैले निस्सासिएजस्तो अनुभव गरेर भनैं, 'तिमीले मलाई चिनेनौ ?'

हाम्रो गाउँमा धेरै घर थिए। त्यहाँ चाङ, वाङ, ली, तु थरका मानिस विभिन्न ठाउँबाट आएर बसेका थिए। गाउँलेको नातागोतामा पनि समस्या थियो। गाउँघरमा यदाकदा नातामा फुपू-भदा पर्ने, काका-भतिजी पर्ने बीच पनि विवाह हुने गर्थ्यो।

उमेरमा धेरै फरक नपरे गाउँलेले पनि खासै वास्ता गर्दैनथे। मैले नुआनलाई सियाओ कू (सानी फुपू) भनेर बोलाउने गरेको सानैदेखिको बानी मात्रै हो। हामीबीच रगतको सम्बन्ध थिएन। १२-१५ वर्षअघि 'नुआन' र 'सियाओ कू' दुवै एकैचोटि मिसाएर बोलाउँदा मनमा अर्कै महसुस हुन्थ्यो। तर अहिले १० वर्षपछि त्यसरी नै बोलाउँदा मनमा त्यस्तो महसुस भएन।

'सियाओ कू, के तिमीले साँच्चै नै मलाई चिनेनौ ?' मैले यति भन्नासाथ मलाई आफू असंवेदनशील भएकामा पछुतो लाग्न थाल्यो।

उनको अनुहारमा पहिले नै गम्भीरता छाइसकेको रहेछ। पहिलेजस्तै नै पसिना बगिरहेको थियो। केही कपाल पसिनाले गर्दा कानमुनि टाँसिएका थिए। घामले डढेर कालो भएको अनुहार पहिले कैलो सेतो थियो भन्ने थाहा हुन्थ्यो। देब्रे आँखामा चम्किलो पानी देखिन्थ्यो। दाहिनेपट्टि आँखा थिएन। आँसु पनि थिएन। गहिरो हुने गरी गडेको ठाउँमा एक लहर कालो परेला उम्रिएको थियो। मेरो मनमा गाँठो पर्न थालेको थियो।

मलाई उनको त्यो गडेको भाग हेर्ने आँट भएन। त्यसैले आफ्नो दृष्टि अरूतिर सारेँ। उनको घुमेको आँखीभौँ र पसिनाका कारण अपराह्नको घाममा चम्किरहेको कपाल हेर्न थालेँ। उनको कानमुनिको मांसपेशीले

आँखीभौँ र परेला सँगै अलि-अलि चलेर अनुहारमा गम्भीर एवं असामान्य खालको भाव उत्पन्न गरिरहेका थिए। उनलाई देखेर अरूहरू आकर्षित हुँदैनन्, म पनि पटक्कै आकर्षित हुन सकिनँ... ।

१२-१५ वर्षअघिको त्यो साँझ म तिम्रो घरमा पुगी तिमीलाई भनेको थिएँ, 'सियाओ कू, पिङ खेल्ने मान्छे सबै गइसके, हामी पनि धीत मर्ने गरी खेलेर आऔँ ।'

तिमीले भन्यौ, 'म त यसो सुत्न पो लागेकी त ।'

मैले भनेँ, 'अहिले नसुत, जाऔँ ।'

शीतान्न पर्व (मे महिनामा पर्ने चिनियाँ चाड) बितेको आठ दिन भइसक्यो । टोलीले भोलि नै पिङ हटाउने भनिसकेको छ । आज बिहान गाडीचालकले टोली प्रमुखलाई पिङमा प्रयोग गरिएको गाडीको डोरी चुँडिन लागिसक्यो भन्दै थियो ।

तिमीले हाइ काढ्दै भन्यौ, 'त्यसो भए जाऔँ ।'

सेतो कुकुर बढेर ठुलो कुकुरको आधा जत्रो भएको थियो । हेर्दा पहिलेभन्दा नराम्रो देखिन्थ्यो । ऊ हाम्रो पछ्याडि आउन थाल्यो । चाँदनीमा उसको रौँ टल्केर चाँदीजस्तो देखिएको थियो । खेलमैदानको एक छेउमा पिङ ठडिएको थियो । जमिनमा गाडिएका दुईवटा काठ, तिनीहरू जोड्ने अर्को काठ, दुईवटा फलामे रिङ, दुईवटा मोटा डोरी, एउटा काठको फल्याक । चाँदनीमा त्यो पिङ मौन थियो, हेर्दा अलि डरलाग्दो देखिने भूत निस्कने ढोकाजस्तो । पिङपछ्याडि नजिकै खाडल थियो । खाडलमा काँडादार बोटहरू उम्रिएका थिए । चुच्चा कडा काँडाहरू चाँदनीमा फिका हरिया देखिएका थिए ।

'म बस्छु, तिमीले पिङ मच्चाइदेऊ,' तिमीले भन्यौ ।

'हुन्छ, म तिमीलाई आकाशमा पुऱ्याइदिन्छु ।'

'सेतो कुकुरलाई बसाउँछु ।'

'तिमी अरू अलमल नगर अब ।'

तिमीले सेतो कुकुरलाई डाक्यौ र भन्यौ, 'सेतो कुकुर, म तँलाई पनि डुलाउन लैजान्छु, हिँड् ।'

तिमीले एउटा हातले डोरी समायौ । अर्को हातले कुकुरलाई बोक्यौ ।

कुकुर डराउँदै खुम्चेर बस्यो । म त्यस काठको फल्याकमा उभिएँ । दुवै गोडाले तिमीलाई र कुकुरलाई च्यापेँ अनि बल गरेर पिङ मच्चाउन थालेँ । बिस्तारै पिङ मच्चिँदै गयो । मलाई चाँदनीमा पौडन थालेको अनुभव हुन थाल्यो । कानमा हावाको आवाज सुन्न थालेँ । अलि-अलि रिँगटा लाग्न थाल्यो । तिमी आवाज निकाल्दै हाँस्न थाल्यौ । सेतो कुकुर पनि वाउँ-वाउँ आवाज निकाल्दै कराउन थाल्यो । अन्तमा पिङ मच्चिएर माथिको काठको हाराहारीसम्म पुग्न थाल्यो । खेतबारी, खोला, घर र चिहानहरू एकपछि अर्को गरी देखिन थाले । शीतल हावा अनुहारमा पर्न थाल्यो । मैले टाउको निहुर्‍याई तिम्रो आँखामा हेरेर सोधेँ, 'सियाओ कू, रमाइलो छ ?'

तिमीले भन्यौ, 'रमाइलो छ । आकाशमाथि पुगियो नि ।'

त्यति नै बेला डोरी चुँडियो । म पिङमुनि पछारिएँ । तिमी र सेतो कुकुर उडेर त्यो काँडादार झाडीमा पुग्यौ । एउटा ठुलो काँडाले तिम्रो दाहिने आँखा छेड्यो । सेतो कुकुर झाडीबाट निस्केर आयो । रक्सीले मातेजस्तो गरी पिङमुनि फनफनी घुम्न थाल्यो । पिङले गर्दा उसलाई रिँगटा लगाइदिएको थियो ।

'अचेल तिमीलाई ठिकै छ नि ?' मैले अनकनाएर सोधेँ ।

मैले उठेको काँध तल झरेको देखेँ । अनुहारको तानिएको मांसपेशी पनि एकैचोटि शिथिल भएको पाएँ । एउटा आँखा गुमेको कारणले अर्को आँखामा मात्र बढी बल पर्न गएर होला, विशेष रूपमा ठुलो देखिने उनको देब्रे आँखाबाट अनायास बरफजस्तो चिसो किरण निस्कन थाल्यो । म असहज महसुस गर्न थालेँ ।

'कसरी बेठिक हुनु ? खानलाई पुगेकै छ, लाउनलाई पुगेकै छ, लोग्ने छ, बच्चा छ। यही एउटा आँखाबाहेक नपुगेको के छ र ! ठिकै भनेको यही नै होइन ?' उनले रिसाएजस्तो गरी आफ्नै सुरमा भनिन्।

एकैछिन त मेरो बोली नै रोकियो। केही बेर सोचेर बोलें, 'मैले आफैं पढेको विश्वविद्यालयमै पढाउन थालेको छु। छिट्टै लेक्चररमा मेरो बढुवा हुनेवाला छु। मलाई आफ्नो गाउँघरको धेरै याद आउँछ। यहाँका गाउँले मात्र होइन, यहाँको सानो खोला, ढुङ्गे पुल, खेतबारी, खेतमा उम्रिएको फापर, शुद्ध हावा, चराको आवाज... । त्यसैले अहिले गर्मीको बिदामा म फर्केर आएँ।'

'के सम्झनलायक छ यहाँको ? त्यही भत्केको पुल ? फापर खेतमा के छ ? मान्छे उसिन्ने भाँडाजस्तो ! मान्छे नै उसिनेर पाक्लाजस्तो भइसक्यो...,' उनी पुलमुनि पुग्ने भिरालो ठाउँमा हिँड्दै बोल्दै रहिन्। त्यहाँ उभिएर उनले धेरै ठाउँमा सेतो दाग लागेको जिन्सको निलो एप्रोन फुकालेर नजिकैको ढुङ्गामाथि फालिन्।

निहुरेर अनुहार र गर्धन धुन थालिन्। उनको जिउमा ठुलो गोलो घाँटी भएको टिसर्ट मात्र थियो। टिसर्टमा पनि धेरैवटा सानातिना प्वाल थिए। त्यो पहिले सेतो थियो होला, अहिले कैलो भएको थियो। टिसर्टको तल्लो भाग सुरुवालको कम्मरभित्र घुसारिएको थियो। ब्यान्डेज गर्ने सेतो कपडाले बाँधेर सुरुवाल कम्मरमा अड्याइएको थियो।

अब उनले मलाई हेर्न छाडिन्। अँजुलीमा पानी लिँदै अनुहार, गर्धन र पाखुरा धोइन्। त्यसपछि वरपर कोही नभएजस्तो गरी टिसर्ट माथि तानेर छाती धुन थालिन्। टिसर्ट तुरुन्तै भिज्यो र झोलिएको स्तनमा टाँसियो। उनका ती दुई स्तन देखेर मैले एकदुई कुरा सम्झिएँ। गाउँका बच्चाहरूले गाउने एउटा गीत छ, 'विवाह नगर्दा सुनको दूध, विवाह गरेपछि चाँदीको दूध, बच्चा पाएपछि कुकुर्नीको दूध।'

मैले सोधें, 'तिम्रा कतिवटा बच्चा भए ?'

'तीनवटा,' उनले कपाल मुठा पार्दै टिसर्ट तानेर टकटक्याइन् र फेरि

सुरुवालभित्र घुसारिन् ।

'एकपटक मात्र बच्चा पाउन मिल्छ भन्छन्, होइन र ?'

'मैले पनि दोस्रो पटक पाएकी छैन ।'

मैले नबुझेको देखेर उनले मन नलागेजस्तो गरी भनिन्, 'एकैपटकमा तीनवटा पाएकी, कुकुर्नीले जस्तै ।'

म नपत्याएजस्तो गरी हाँसिरहें । उनले निलो लुगा उठाइन् । घुँडामा दुईचारपटक मुड्की हानिन् र लुगा लगाइन् । अनि तलदेखि माथितिर टाँक लगाउन थालिन् । पातको मुठानिर लडेर बसेको सेतो कुकुर पनि उठ्यो । जिउ हल्लाएर रौं मिलायो र कम्मर तन्काउन थाल्यो ।

मैले भनें, 'तिमी त सामर्थ्यवान् रहिछ्यौ ।'

'नभएर पनि के उपाय छ त ? जति दुःख पाउनुपर्ने हो नपाई छाडिँदैन, भागेर सकिने होइन ।'

'छोराछोरी सबै छन् नि होइन ?'

'सबै भाले हुन् ।'

'तिमी त भाग्यमानी रहिछ्यौ, तीनवटा छोरा भएकी ।'

'भुत्रोको हुनु !'

'यो पहिलेकै कुकुर हो नि !'

'मर्ने बेला भयो यसको ।'

'एकैचोटि दसौं वर्ष बित्यो... ।'

'अब एकैचोटिमा मर्ने बेला पनि हुन्छ ।'

'त्यसै भन्नुपर्ला... ।'

मलाई पनि बिस्तारै रिस उठ्दै आउन थालेको थियो । पातको मुठानिर बसेको सेतो कुकुरलाई हेर्दै भनें, 'यो बुढो कुकुर साँच्चै नै बाँच्न सक्ने रहेछ ।'

'ओ, तिमीहरू मात्र बाँच्न पाउने, हामीचाहिँ बाँच्न नपाउने ? भात खानेले बाँच्नुपर्छ । ढिडो खानेले पनि बाँच्नुपर्छ । ठुला मान्छे बाँच्नुपर्छ, साना मान्छे पनि बाँच्नुपर्छ ।'

'तिमी कसरी यस्ती भएकी ?' मैले भनें, 'को ठुलो मान्छे, को सानो मान्छे ?'

'तिमी नै धेरै ठुलो मान्छे भइसक्यौ नि । विश्वविद्यालयको लेक्चरर ।'

मेरो अनुहार रातो हुन थाल्यो । यस्तो व्यङ्ग्य सहन मलाई गाह्रो भएको थियो । उनलाई पनि यस्तै तिखो वचन जवाफ फर्काउने विचार गर्दै थिएँ, फेरि सोचेँ, भइहाल्यो । मैले आफ्नो झोला उठाएँ । बलजफ्ती मुस्काएर भनें, 'म सायद खन्तरे काकाको घरमा बस्छु होला, फुर्सद भए यसो भेट्न आऊ है ।'

'म विवाह गरेर वाङ्चिया छिउच गएकी छु, तिमीलाई थाहा छ ।'

'तिमीले नभनेकी भए थाहा थिएन ।'

'थाहा भए नि नभए नि केही फरक छैन,' उनले शान्त भएर भनिन्, 'तिम्री सियाओ कूको मान्छेको आकार, कुकुरको रूपसँग घिन नलाग्ने भए फुर्सदमा भेट्न आऊ । गाउँ पुगेर एउटा आँखा भएकी नुआनको घर भनेर सोध्नू, थाहा नपाउने कोही छैनन् ।'

'सियाओ कू, तिमी यस्ती भयौ होली भनेर कल्पनै गरेको थिइनँ ।'

'भाग्य भनेको यही हो । मान्छेको भाग्य, विधाताले लेखेको, यताउता सोचेर केही काम छैन ।'

उनी बिस्तारै हिँड्दै पुलमुनिबाट माथि आइन् । पातको मुठाअगाडि उभिएर भन्न थालिन्, 'अब एकचोटि मद्दत गरिदेऊ, त्यो मुठा मेरो काँधमा राखिदेऊ ।'

मेरो मन फेरि पग्लिन थाल्यो । साहस गरेर भन्न थालें, 'हिँड, म बोकेर पुऱ्याइदिन्छु ।'

'ओहो, पर्दैन पर्दैन' भन्दै उनी मुठानिर घुँडा टेकेर बसिन्। बोक्ने लट्ठी काँधमा राखिन् र भनिन्, 'उठाइदेऊ।'

म उनको पछाडि पुगेँ। मुठा बाँधेको डोरी समाएर माथितिर तानेँ, त्यसै बलले उनी उठिन्।

उनले शरीर फेरि निहुऱ्याइन्। अनि आनन्दसँग बोक्न मिल्ने गरी पिठ्युँमा बोकेको मुठालाई यताउता चलाइन्। फापरका पातहरूबाट खस्याकखुसुक आवाज आउँदै गऱ्यो।

धेरै तलतिरको ठाउँबाट उनको स्वर सुनियो, 'भेट्न आऊ है।'

सेतो कुकुरले मतिर हेरेर दुईचारपटक भुक्यो। त्यसपछि दौडेर अगाडि पुग्यो। म पुलनिर उभिएर लामो समयसम्म त्यो ठुलो मुठा फापरको पात बिस्तारै उत्तरतिर लाग्दै गरेको हेरिरहेँ। बिस्तारै सेतो कुकुर एउटा सेतो विन्दु बन्न गयो। मान्छे र पातको मुठा पनि त्यो सेतो विन्दुभन्दा केही ठुलो कालो विन्दु बनेपछि मात्र म फर्केर दक्षिणतिर हिँडेँ।

त्यस पुलबाट वाङ्चिया छिउच साढे तीन किलोमिटर थियो। हाम्रो गाउँ ६ किलोमिटर थियो।

हाम्रो गाउँबाट वाङ्चिया छिउच ९ किलोमिटर टाढा थियो। खन्तरे काकाले मलाई साइकल चढेर जानू भन्नुभयो। मैले भनेँ, 'भइहाल्यो, ९ किलोमिटर बाटो त हिँडेरै गए भइहाल्छ नि।'

खन्तरे काकाले भन्नुभयो, 'अहिले धनी भइसके सबै। सबैको घरमा साइकल छ। केही वर्षपहिले पो गाउँमा एकदुईवटा मात्र साइकल हुन्थे। त्यस बेला अरूलाई माग्न पनि सजिलो थिएन। दुर्लभ वस्तु कसले चलाउन दिन्थ्यो ?'

मैले भनेँ, 'धनी भएको कुरा थाहा पाएँ। बाटोभरि साइकल कुदेको देखिसकेँ तर मलाई साइकल चढ्न मन लागेको छैन। केही वर्ष बुद्धिजीवी

भएर बसेको, पाइल्सले दु:ख दिइसक्यो। हिँडेरै जान्छु म।'

खन्तरे काकाले भन्नुभयो, 'यसो विचार गर्दा धेरै पढ्नु भनेको पनि राम्रो कुरा होइन रहेछ। किसिम-किसिमको रोग लाग्ने त छँदै छ, अलि-अलि हावा पनि बिग्रिने रहेछ। तिमी भन त, तिमी उनको घरमा केका लागि जान चाहेको ? अन्धोको अन्धो, लाटोको लाटो, गाउँलेले हँसी उडाउला भन्ने डर पनि छैन तिमीलाई ? भेडा भेडासँग, बाख्रा बाख्रासँग, आफ्नो हैसियत नघटाउनू है।'

मैले भनेँ, 'खन्तरे काका, म तपाईंसँग विवाद गर्दिनँ। म पनि ३० वर्ष लाग्न आँटेको मान्छे, म कुरा बुझिहाल्छु नि।'

बल्ल काका मलाई त्यतिकै छाडेर आफ्नो काममा लाग्नुभयो।

म त्यही पुलमा उनलाई र सेतो कुकुरलाई भेट्टाउन सकूँ भन्ने चाहन्थेँ। त्यस बेला ठुलो मुठा फापरको पात भए म जसरी पनि बोकेर उनको घरसम्म पुऱ्याइदिन्थेँ। सेतो कुकुर र उनी मेरो पथप्रदर्शक भई मलाई उनको घरसम्म लैजान्थेँ।

सहरमा सबै फेसनदार पहिरन रुचाउने भइसकेका थिए। मेरो गाउँघरका मानिसले भने मेरो काउब्वाय जिन्सको पाइन्टलाई एकदम हेय दृष्टिले हेरे। मलाई एकदम अप्ठ्यारो लाग्यो। मैले भन्न थालेँ, 'सस्तोमा पाएको थिएँ, तीन युआन ६० फेनमा एउटा पाइन्थ्यो, त्यसैले लिएको थिएँ।' सस्तो भएको बताएपछि गाउँलेले मलाई क्षमा गरिदिए। तर त्यो मैले २५ युआन तिरेर किनेको थिएँ।

वाङ्चिया छिउचका गाउँलेलाई मेरो पाइन्ट सस्तो भन्ने थाहा थिएन। बाटामा उनलाई र कुकुरलाई नभेटेकाले गाउँ पसिसकेपछि बाटो सोध्नै पऱ्यो। मानिसको ध्यान त्यतै तानिने भयो। यस्तो सोचाइ मनमा आउनासाथ उनलाई अथवा सेतो कुकुरलाई भेट्न पाए हुन्थ्यो भन्ने झन् बढी लाग्न थाल्यो। तर त्यस्तो केही भएन।

ढुङ्गे पुल पार गर्नासाथ फापर खेतबाट एकदम रातो सूर्य निस्केको देखेँ। खोलामा एउटा ठुलो मोटो रातो किरण फिँजिएको थियो। खोलाको

पानी रङ्गीन देखिन्थ्यो। सूर्यको रातो रङ अलि बेग्लै खालको थियो। त्यसको वरपर केही कालो बादलजस्तो वस्तु घुमिरहेको थियो। सायद पानी पर्न लागेको होला।

म हल्का सिमसिमे पानीमा भाँच्न मिल्ने छाता ओढेर गाउँभित्र पसेँ। बुढी मान्छे बाटो काट्दै थिइन्। हावाले उनको लुगा फरफराइरहेको थियो। हावाले गर्दा उनी पनि ढलमल गर्दै थिइन्। मैले छाता बन्द गरेँ र बुढी मान्छे नजिक पुगेर बाटो सोधेँ, 'आमै, नुआनको घर कहाँ हो?'

उनी बाङ्गो उभिएर स्थिर हुन खोजिन् र अलमलमा परेजस्तो गरी धमिला आँखा घुमाउन थालिन्। उनको आधा सेतो हुने गरी फुलेको कपाल, फरफराइरहेको लुगा र कलिला बोटबिरुवामा हावा चलेको स्पष्ट रूपमा प्रकट भइरहेको थियो। पानीका थोपा ठुला भए। तर, कम मात्रै परिरहेको थियो। त्यसैबीच एक थोपा पानी उनको अनुहारमा झऱ्यो।

'नुआनको घर कुन हो?' मैले फेरि सोधेँ।

'कुनचाहिँ नुआनको घर?' उनले सोधिन्।

मैले 'एउटा आँखा भएकी नुआनको घर' भन्नैपर्ने अवस्था आयो। बुढी मान्छेले उदास भएर मलाई यसो हेरिन् अनि हात उठाएर सडकको छेउमा एक लहर निलो टायलको छाना भएका घर देखाइन्।

गल्लीमा उभिएर मैले ठुलो स्वरमा कराएँ, 'नुआन सियाओ कू घरमा हुनुहुन्छ?'

सबैभन्दा पहिले प्रतिक्रिया जनाउने त्यो कालो पन्जा भएको सेतो कुकुर थियो। ऊ घर आउने पाहुनालाई वरपरबाट घेरेर भुक्दै उफ्रेर हैरान पार्ने अथवा आफ्नो मालिकको फुर्ती गर्दै टोकिनहाले पनि सातो खाने खालको कुकुर थिएन। ऊ छ्वालीले बनाएको घरमा लडिरह्यो। आफ्ना आँखा सानो हुने गरी उघारेर 'प्रतीकात्मक रूपमा' मात्रै भुक्दै बस्यो। उसको यस्तो व्यवहारमा असल जातको सेतो कुकुरको गुण स्पष्ट प्रकट भएको थियो।

मैले फेरि डाकेँ। घरभित्रबाट नुआनको तिखो आवाज सुनियो। तर ढोका खोलेर मेरो स्वागत गर्नेचाहिँ गालाभरि पहेँलो दाह्री र दुईवटा पहेँला आँखा भएको हेर्दा बलियो देखिने लोग्नेमान्छे थिए। उनले पहेँला आँखाले मलाई खाऊँलाजस्तो गरी हेरे। उनका आँखा मेरो त्यो काउब्वाय जिन्स पाइन्टमा अडिए। मुख बाङ्गो हुने गरी चलाउँदै उनले अनुहारमा बहुलट्ठीपनाको भाव प्रकट गर्न थाले। उनी एक पाइला अगाडि बढे। म हतारिएर एक पाइला पछाडि हटेँ। दायाँ हातको कान्छी औँला उठाएर मेरो आँखाअगाडि बेस्सरी हल्लाउँदै मुखबाट रोकी-रोकी धेरै किसिमका आवाज निकाले।

मैले खन्तरे काकाको मुखबाट नुआनको लोग्ने लाटो भएको सुनिसकेको भए पनि उनको यो रूप देखेर मेरो मन अत्यन्त भारी हुन थाल्यो। कानोको विवाह लाटोसँग भन्दाखेरि कसैलाई ठुलो मर्का परेको जस्तो लाग्दैन। तैपनि मेरो मन तुरुन्तै भारी भयो।

नुआन सियाओ कू, त्यस बेला हामीले कति सुन्दर कल्पना गरेका थियौँ! छ्वाई टोली प्रमुख त्यहाँबाट गएपछि हाम्रा सुन्दर कल्पना हामीसँगै रहे। उनी प्रस्थान गर्ने दिन तिमीले उनलाई हेरिरह्यौ। तिम्रा आँखाबाट बगेको आँसु सबै उनैका लागि थियो। छ्वाईको अनुहार फुस्रो भयो। उनले गोरुको सिङबाट बनाइएको सानो काँगियो खल्तीबाट निकालेर तिमीलाई दिए। म पनि रोएँ। मैले भनेँ, 'छ्वाई टोली प्रमुख, तपाईंले हामीलाई भर्ती गर्ने दिन कुरेर बस्छौँ।'

छ्वाईले भने, 'हुन्छ, कुरेर बस्नू।'

फापर रातो हुने गरी फल्ने शरद् ऋतुको अन्ततिर जनमुक्ति सेनामा भर्ती गर्न सैनिकहरू काउन्टी सदरमुकाममा आएका छन् रे भन्ने सुनेर हामी खुसीले राति राम्ररी सुत्न सकेनौँ। विद्यालयका एक अध्यापक काउन्टी सदरमुकाममा काम परेर जाँदै हुनुहुन्थ्यो। हामीले उहाँलाई सेना भर्ती विभाग गएर छ्वाई टोली प्रमुख आए कि आएनन् बुझ्न भन्यौँ।

अध्यापक जानुभयो र फर्केर पनि आउनुभयो। अध्यापकले हामीलाई भन्नुभयो, 'यो वर्ष सेना भर्ती पहेँलो लुगा, निलो पाइन्ट लगाउने वायुसेना र ग्राउन्ड क्रु मात्र रहेछ। छाई टोली प्रमुखको विभागको होइन रहेछ।'

म निराश भएँ तर तिमीले आत्मविश्वाससाथ भन्यौ, 'छाई टोली प्रमुखले हामीलाई पक्कै ठग्नुहुन्न।'

मैले भनेँ, 'उहाँले यो कुरा पहिले नै बिर्सिसक्नुभयो होला।'

तिम्रा बाबुले पनि भन्नुभयो, 'तिमीहरूलाई रमाइलो कुरा के गरेको थियो, तिमीहरूले साँच्चै नै भन्ठान्यौ। उसले त तिमीहरूलाई बच्चा सम्झेर फकाएको पो त। असल मान्छे सिपाही बन्दैनन्। राम्रो फलामको किला बनाइँदैन। अब जसोतसो पास गरी फर्केर घरमै काम गर्नू, त्यस्ता कुरा बिर्सिदिनू।'

तिमीले भन्यौ, 'उहाँले मलाई बच्चा सम्झनुभएको छैन। उहाँले मलाई बच्चा ठान्नै सक्नुहुन्न।'

यसो भन्दाभन्दै तिम्रो अनुहारमा लालिमा चढ्यो।

तिम्रा बाबुले भन्नुभयो, 'तिम्रै कुरा सही।'

म अचम्म मानेर तिम्रो लालिमा चढेको अनुहारमा हेर्न थालेँ। तिम्रो अनुहारमा विशेष भाव प्रकट भएको थियो। त्यतिकै भन्न थालेँ, 'सायद उनी यो वर्ष आउँदैनन्, दुई वर्षपछि आउँछन् होला। दुई वर्षपछि नआए तीन वर्षपछि आउँछन् होला।'

छाई टोली प्रमुख साँच्चै सुन्दर भलादमी मान्छे थिए। उनका हातगोडा लामा थिए। अनुहार सुलुत्त मिलेको थियो। दाह्रीजुँगा सधैँ सफाचट हुने गरी खौरिएको हुन्थ्यो। पछि तिमीले मलाई कुरा नलुकाईकन भन्यौ। उनी प्रस्थान गर्ने दिनको अघिल्लो साँझ उनले अँगालो हालेर तिम्रो टाउकामा बिस्तारै चुमेका थिए। चुमिसकेपछि उनले सानो स्वरले भनेका थिए, 'सानी बहिनी, तिमी साँच्चै चोखो रहिछ्यौ।'

यो सुनेर मेरो मनमा एक किसिमको रिस उठेको थियो। तिमीले भन्यौ,

'सेनामा भर्ती भएपछि उनैसित विवाह गर्छु ।'

मैले भनें, 'अहिले नै सुन्दर सपना नदेख्नू ! ठुलै दाइजो लिएर गए पनि छाईं टोली प्रमुखले तिमीलाई चाहनेछैन ।'

'उनले नचाहे म तिमीसँग विवाह गर्छु ।'

'हुन्न, हुन्न,' मैले ठुलो स्वरमा कराएर भनें ।

तिमीले मलाई कर्के आँखाले हेरेर भन्यौ, 'रोग त तिमीलाई पनि सानो लागेको छैन ।'

अहिले विचार गरी हेर्दा त्यही बेला नै तिम्रो सुन्दर स्वरूप देखा परिसकेको थियो । तिम्रो त्यो कोपिलाजस्तो छाती देखेर मेरो मुटुको धड्कन बढ्थ्यो ।

लाटाले स्पष्ट रूपमा मलाई हेपेको देखियो । उनले कान्छी औँला उठाएर मप्रतिको घृणा र हेयभाव प्रकट गरिरहेका थिए । म आफ्नो अनुहार सकेसम्म हँसिलो बनाएर उनीबाट मैत्री व्यवहार पाउने भरमग्दुर प्रयास गर्दै थिएँ । तर, उनले दुई हातका औँला आपसमा मिसाई अचम्मको मुद्रा बनाएर मेरो अनुहारअगाडि पुऱ्याउन थाले ।

मैले बाल्यकालदेखि गर्दै आएको उपद्रवले जम्मा गरेको ज्ञानबाट मैले त्यस्तो हस्तमुद्राको अश्लील अर्थ भेट्टाएँ । मनमा हातले खस्रो भ्यागुतो समातेको जस्तो अनुभव भयो । मलाई तुरुन्तै निस्केर जाऊँ जस्तो समेत लाग्यो । तर त्यस बेला अनुहार पनि मिल्ने, एउटै खालका लुगा लगाएका, कपाल मुडेका तीनवटा बच्चा कोठाबाट निस्केर ढोकामा उभिइरहेको देखें ।

उनीहरूले पनि त्यसरी नै पहेँला आँखाले मलाई हेरिरहेका थिए । तीनैवटाको टाउको दायाँतिर ढल्केको थियो । हेर्दा तिनीहरू प्वाँख धेरै उम्रिन नपाएका आक्रामक साना भाले कुखुराजस्ता देखिन्थे । बच्चाहरूको अनुहार धेरै बुढो देखिन्थ्यो । निधारमा चाउरी परेका रेखा स्पष्ट देखिन्थे ।

अनुहारको तल्लो भाग चौडा र मजबुत थियो। त्यो अलि-अलि कामिरहेको थियो। मैले हतारिएर खल्तीबाट चकलेट झिकेँ र उनीहरूलाई भनेँ, 'ल यो चकलेट खाओ।'

लाटाले तुरुन्तै उनीहरूतिर हातले सङ्केत गरे र मुखबाट केही अस्पष्ट आवाज निकाल्न थाले। केटाहरू मायालाग्दो आँखाले मेरो हातमा भएका रङ्गीचङ्गी चकलेट हेर्दै बस्न थाले। कसैले पनि चल्ने आँट गर्न सकेनन्। म अगाडि बढ्न खोजेँ तर लाटा मलाई छेक्न आए र आफ्ना पाखुराहरू चलाउन थाले। मुखबाट जिउ नै सिरिङ्ङ हुने खालको आवाज पनि निकाले।

नुआन दुवै हात तल्लो पेटमाथि राखेर घरबाट निस्किइन्। उनको हिँडाइ अस्थिर थियो। उनी यतिका बेर घरबाट ननिस्कनुको कारण बुझिहालेँ। सफा इन्ड्यान्थ्रिन निलो कपडाको कमिज, टेरिलिनको क्रिज सीधा देखिने खरानी रङको पाइन्ट, भर्खरै फेरेको जस्तो देखिन्थ्यो। इन्ड्यान्थ्रिन निलो कपडा र त्यसबाट बनाइएको 'ली थिएनेई' स्टाइलको कमिज नदेखेको धेरै भइसकेको थियो।

त्यहाँ अनायास देख्दा मनमा पुरानो समय याद आउन थाल्यो। त्यस्तो खालको कमिज लगाउँदा छाती भरिएको देखिने महिला बेग्लै किसिमले हिसी परेका देखिन्छन्। नुआनको घाँटी लामो सीधा थियो। अनुहार पनि लाम्चो राम्रो थियो। उनले दायाँपट्टि नक्कली आँखा राखेकी थिइन्। यसले गर्दा अनुहार सन्तुलित हुन गएको थियो। उनले राम्री बन्न गरेको प्रयास देखेर मेरो मनमा एक प्रकारको दुःख अनुभव हुन थाल्यो।

म पूर्ण रूपले अहङ्कारविहीन भएर मानव जीवनलाई अवलोकन गर्ने मान्छे, मेरो मन अति कोमल छ र सूक्ष्म रूपले संसारको निरीक्षण गर्छु र प्राकृतिक रूपमा डराउँछु पनि। उनको त्यस आँखालाई नियालेर हेर्न म डराउँछु। त्यसमा कुनै जीवन छैन, त्यसबाट धमिलो प्रकाश निस्किरहेको छ। मैले नियालेर हेरिरहेको छु भन्ने थाहा पाएर उनले टाउको निहुर्‍याइन् र लाटालाई घुमेर मेरो अगाडि आइपुगिन्। मेरो काँधको ब्याग निकाल्दै भनिन्, 'घरभित्र जाऔँ न।'

लाटाले बलपूर्वक उनलाई एकातिर धकेले। उनी एकदम रिसाएजस्तो देखिन थाले। उनका आँखाबाट बिजुली नै निस्केलाजस्तो भयो। उनले मेरो पाइन्टतिर देखाउँदै फेरि कान्छी औँला उठाएर हल्लाउन थाले र मुखबाट 'आउ-आउ' आवाज निकाले। उनको अनुहारका सबै अङ्ग एकसाथ चल्न थाले। कहिले सबै अङ्ग जोडिएर एक ढिक्काजस्तो बन्थ्यो भने कहिले तिनीहरूबीच ठुला-साना प्वाल देखिन्थे। अन्तमा उनले भुइँमा थुके र ठुलो खुट्टाले त्यसलाई कुल्चिए। उनको मप्रतिको घृणा मेरो काउब्वाय जिन्स पाइन्टसँग सम्बन्धित रहेछ भन्ने मैले बुझेँ। मलाई त्यो पाइन्ट लगाएर गाउँ फर्केकामा पछुतो भयो। फर्केर गाउँ पुगेपछि खन्तरे काकासँग एउटा खुकुलो पाइन्ट मागेर फेर्नुपर्ला भन्ने विचार गरेँ।

'सियाआ कू, हेर न, ठुलदाइले मलाई चिन्नुभएन,' मैले अप्ठेरो मानेर भनेँ।

उनले लाटालाई बलले ठेलिन् र मलाई देखाउँदै बुढीऔँला ठड्याइन्। फेरि हाम्रो गाउँतिर देखाइन्। मेरो हात देखाइन्। मेरो खल्तीभित्रको फाउन्टेनपेन र मेरो कमिजमा लगाएको विश्वविद्यालयको ब्याज देखाइन्। हातले लेखेको जस्तो मुद्रा बनाइन्। फेरि हातले किताबको आकार बनाइन्। अनि फेरि बुढीऔँला ठड्याइन् र आकाशतिर देखाइन्। उनको अनुहारमा जीवन्त भाव देखिए। लाटा एकछिन टोलाए। उनको शरीरभरिको तनाव तुरुन्तै बिलायो। उनको नजर एउटा ठुलो अबोध बालकको जस्तो देखिन थाल्यो।

कुकुरले भुकेजस्तो गरी हाँस्दै थिए। मुख ठुलो हुने गरी खोलेर पहेँला दाँत देखाउँदै थिए। उनले हत्केलाले मेरो छातीमा थपथपाए। त्यसपछि खुट्टा भुइँमा बजार्दै ठुलो स्वरले कराउन थाले। अनुहार पूरै रातो भयो। उनको मनका भाव सबै मैले बुझेँ। लाटा दाइको विश्वास जित्न सकेर मलाई पूरै जिउ नै हलुका भएको अनुभव भयो। ती तीन केटा लुकीछिपी फेरि अगाडि आउन थाले। उनीहरूका आँखा मेरो हातका चकलेटमा गडिएका थिए।

मैले भनेँ, 'आओ, आओ।'

केटाहरूले टाउको उठाएर आफ्ना बाबुलाई हेरे। उनीहरूका बाबु 'हिहि' गरेर हाँसे। केटाहरूले छिटो-छिटो आएर मेरो हातमा रहेको चकलेट थुतेर लगे। भुइँमा खसेको एउटा चकलेट टिप्न तीनवटा मुडेका टाउका आपसमा ठोकिँदै गरेको देखियो। लाटा उनीहरूलाई देखेर हाँसे। नुआनले निःश्वास फाल्दै भनिन्, 'तिमीले सबै देखिसक्यौ, अब मेरो अवस्था देखेर कति हँसी उडाउन मन लाग्छ, उडाऊ।'

'सियाओ कू, म किन हँसी उडाउँथेँ र, उनीहरू कति मायालाग्दा छन्... ।'

लाटाले संवेदनशील भएर मलाई हेरे। फेरि हाँस्दै गएर एकै ठाउँमा गुजुल्टिएका तीन केटालाई आफ्नो ठुलो खुट्टाले छुटाए। केटाहरू लामो-लामो सास फेर्दै एकअर्कालाई खाऊँला जस्तो गरी हेर्दै थिए।

मैले आफूसँग भएका सबै चकलेट निकालेँ र तीन भागमा बाँडेर उनीहरूको हातमा दिएँ। लाटा 'आउ-आउ' गरी कराउँदै थिए। उनले केटाहरूतिर हेरेर हातले सङ्केत गरे।

केटाहरू हात पछाडितिर लुकाएर एक-एक पाइला गर्दै पछाडितिर सर्न थाले। लाटाले अझ ठुलो स्वर निकाल्न थाले। केटाहरूको अनुहार कामेको जस्तो देखिन थाल्यो। उनीहरूले एक-एकवटा चकलेट निकालेर आफ्ना बाबुको ठुलो जोर्नी भएको हातमा राखिदिए अनि 'हेइ' आवाज निकालेर त्यहाँबाट बेपत्ता भए। लाटाले तीनवटा चकलेट हातमा राखेर एकछिन हेरिरहे। अनि त्यसपछि मतिर हेर्न थाले। हात हल्लाउँदै मुखबाट 'आआ' आवाज निकाल्न थाले।

मैले नबुझेर सहयोगका लागि नुआनतिर हेर्न थालेँ। नुआनले भनिन्, 'तिम्रो नाम उनलाई पहिले नै थाहा थियो रे, तिमीले पेइचिङबाट ल्याएको उच्च स्तरको चकलेट उनलाई पनि चाख्न मन लाग्यो रे।'

मैले खानेकुरा मुखमा हाल्ने सङ्केत गरेँ। उनी हाँसे र बिस्तारै होसियारीपूर्वक चकलेट बेरेको कागज हटाउन थाले। अनि चकलेट निकालेर मुखमा हाले। चपाउँदै केही कुरा सुन्नलाई जस्तो गरी टाउको

ढल्काउन थाले। उनले फेरि एकपटक बुढीऔँला उठाए। यसपटक भने उनले चकलेट उच्च स्तरको छ भनी प्रशंसा गरेको हो भनेर मैले पूरै बुझेँ। छिट्टै उनले दोस्रो चकलेट पनि खाए।

मैले नुआनलाई भनेँ, 'अर्कोपटक फर्केर आउँदा म साँच्चैको उच्च स्तरको चकलेट ल्याएर ठुलदाइलाई खुवाउँछु।'

नुआनले भनिन्, 'तिमी के फेरि पनि आउँछौ र ?'

मैले 'अवश्य आउँछु' भनेँ।

लाटाले दोस्रो चकलेट खाइसकेपछि यसो सोचे। अनि हातमा बाँकी रहेको चकलेट नुआनको मुखअगाडि पुऱ्याए। नुआनले आँखा चिम्लिन्। 'आऊ...' लाटा एकपटक गर्जिए।

मेरो मन काँप्न थाल्यो। उनले आफ्नो हात नुआनको आँखाअगाडि पुऱ्याएको देखेँ। नुआनले आँखा चिम्लेर टाउको हल्लाइन्। 'आऊ... आऊ...,' लाटा रिसाएर गर्जंदै थिए।

उनले देब्रे हातले नुआनको कपाल समातेर पछाडितिर ताने, जसले गर्दा उनको अनुहार माथितिर फर्क्यो। दाहिने हातले त्यो चकलेट आफ्नो मुखसम्म पुऱ्याए। दाँतले चकलेट बाहिरको कागज च्याते। उनको मुखको र्‍याल लागेको त्यो चकलेट दुई औँलाले बलपूर्वक नुआनको मुखभित्र घुसारिदिए।

नुआनको मुख सानो थिएन तर लाटाका काँक्राजत्रा मोटा औँलाहरूसँग दाँज्दा धेरै सानो देखिन्थ्यो। लाटाका मैला काला मोटा औँलाहरूले गर्दा उनका दुई ओठ कोमल देखिए। अनुहार पनि सानो एवं कलिलो देखियो।

नुआनले चकलेट मुखभित्र राखिरहिन्, थुक्न पनि थुकिनन्, चपाउन पनि चपाइनन्। उनको अनुहारको भाव जमेको पानीजस्तो स्थिर थियो। आफ्नो विजय भएको उपलक्ष्यमा लाटा सन्तोषपूर्वक मतिर फर्केर हाँसे।

नुआनले केही नभएजस्तो गरी भनिन्, 'कोठाभित्र जाऔँ, हामी पनि कस्ता मूर्ख, बाहिर बतास चलेको ठाउँमा उभिरहेका !'

मैले उनको घरको चारैतिर नजर घुमाएँ । उनले भनिन्, 'तिमी के हेर्दै छौ ? त्यो ठुलो गधा हो, लात्ती हान्ने टोक्ने जे पनि गर्छ । अरू मान्छे त्यसको अगाडि पुग्ने आँट गर्दैनन् तर उनीसँग डराउँछ । अस्ति वसन्त ऋतुमा उनले त्यो गाई किनेर ल्याएका हुन् । एक महिनाअगाडि मात्र एउटा बाच्छो ब्यायो ।'

आँगनमा एउटा गोठ थियो । त्यहाँ गधा र गाई पालिएका थिए । गाई अति दुब्लो थियो । त्यसको खुट्टानिर मोटो बाच्छो दूध खाँदै थियो, त्यसले पछाडिका खुट्टा उठाएर पुच्छर हल्लाउँदै थियो । समय-समयमा आफ्नो टाउको गाईको थुनमा ठोक्काउँथ्यो । गाईले दुखेर आफ्नो ढाड माथि उठाउँथ्यो र आँखाबाट निलो प्रकाश निस्कन्थ्यो ।

लाटा धेरै रक्सी पिउन सक्थे। एक सिसी कडा रक्सी 'चुछङ पाइकान' को १० भागको नौ भाग उनले पिए । मैले एक भाग पिएँ । उनको अनुहारमा केही परिवर्तन आएन । मलाई भने रिँगटा लाग्न थालिसकेको थियो । उनले फेरि रक्सीको अर्को सिसी खोले र मेरो ग्लासमा खन्याए । त्यसपछि दुवै हातले ग्लास उठाएर आदरपूर्वक मलाई पिउन दिए । मलाई साथीको मन दुख्ला, जे पर्ला-पर्ला भन्ने सोची ग्लास हातमा लिएँ अनि पिएर सकाएँ ।

उनले फेरि ग्लासमा रक्सी भरिदेलान् भन्ने डरले आफू सीधा उभिन नसकेको अभिनय गर्न थालेँ । उत्तेजनाले उनको अनुहार पूरै रातो भएको थियो । उनले नुआनलाई हातको इसारा गरेर केही भन्न थाले । नुआन र उनले हातको इसारामा केही बेर 'संवाद' गरे । त्यसपछि नुआनले सानो स्वरले मलाई भनिन्, 'रक्सी पिउने काममा तिमी उनीसँग दाँज्न नजाऊ, तिमीजस्तो १० जनाले पनि उनलाई भ्याउँदैनन्, तिमीले मात्तिने गरी कुनै पनि हालतमा नपिउनू है ।'

मैले बुढीऔँला उठाएर लाटालाई सङ्केत गरेँ । त्यसपछि कान्छीऔँला उठाएर आफैँतिर सङ्केत गरेँ । अनि बल्ल रक्सी पिउने काम सकियो । म:म आइपुग्यो । मैले भनेँ, 'सियाओ कू, सँगै खाए हुन्थ्यो नि ।'

नुआनले लाटासँग अनुमति लिइसकेपछि तीनवटा केटा काठको ठुलो खाटमा चढे र एकले अर्कोलाई ठेल्दै, लुटालुट गर्दै खान थाले। (चिसो हुने चीनको उत्तरी ठाउँमा चुलोको तातोबाट तताउन मिल्ने गरी काठको ठुलो खाट बनाइएको हुन्छ, मानिस त्यसमै बसेर खान्छन्, कुराकानी गर्छन्।) नुआन ठुलो खाटको मुनि उभिएर खाना ल्याउने, पानी राखिदिने गर्दै थिइन्।

नुआनले 'पेट दुखेको छ, खान मन छैन' भनिन्।

खाना खाइसकेपछि बतास रोकियो। बादल पनि फाट्यो। दक्षिणतिर पोल्ने सूर्य फेरि देखिन थाल्यो। नुआनले दराजबाट पहेँलो रङको कपडा निकालिन् र तीनवटा बच्चातिर सङ्केत गरिन्, लाटालाई उत्तरपूर्व दिशातिर सङ्केत गरिन्। लाटाले बुझेजस्तो गरी टाउको हल्लाए। नुआनले मलाई भनिन्, 'तिमी एकछिन आराम गर्नू, म बजार गई बच्चाहरूलाई केही लुगा सिलाएर आउँछु। मलाई कुर्नुपर्दैन, तिमीलाई बेर भयो भने गए हुन्छ।'

उनले मलाई एकचोटि आँखा तरेर हेरिन्। अनि पोको च्यापेर हावाको वेगमा घरबाट निस्केर गइन्। सेतो कुकुर जिब्रो निकालेर उनको पछि लाग्यो।

लाटो र म आमुन्नेसामुन्ने बसिरह्यौँ। आँखा जुध्नासाथ उनी दाँत देखाएर हाँस्थे। तीनवटा केटा केही समय चकचकी गर्दै रहे। त्यसपछि त्यही खाटमै कोल्टे परेर सुते। तीनै जना एकै समय निदाए। सूर्य देखिनासाथ गर्मी हुन थाल्यो। बाहिरको रूखमा ग्याउँकीरी कराउन थाल्यो। शरीरको मांसपेशी उदाङ्गो देखिने गरी लाटाले आफ्नो कमिज फुकाले। उनको शरीरबाट निस्केको जङ्गली जनावरको जस्तो दुर्गन्धसँग मलाई डर लाग्न थाल्यो। तर म विवश थिएँ। उनी छिटो-छिटो आँखा खोल्ने चिम्लिने गर्दै थिए। दुवै हातले आफ्नो छाती माडेर मुसाको सुलीजत्रा फोहोर पनि निकाल्दै थिए।

उनी बारम्बार लामो जिब्रो निकालेर आफ्नो मोटो ओठ चाट्थे। त्यो देखेर मलाई वाकवाकी लाग्थ्यो। गर्मीले छटपटाएजस्तो हुन्थ्यो अनि

पुलमुनिको सङ्लो हरियो पानी सम्झिन पुग्थेँ। झ्यालबाट घाम छिरेर मेरो गोडामा पऱ्यो। मैले नाडी उठाएर घडी हेरेँ।

'ओ ओ ओ' आवाज निकाल्दै उनी खाटबाट उफ्रेर झरे। त्यसपछि ड्रयरबाट एउटा इलेक्ट्रोनिक घडी निकालेर मलाई देखाए। मैले उनको अनुहारको भाव देखेर खुसी बनाउन मात्र आफ्नो कान्छीऔँलाले मेरो नाडीको घडीतिर सङ्केत गरेँ र बुढीऔँलाले उनको इलेक्ट्रोनिक घडी देखाएँ। नभन्दै उनी एकदम खुसी भए र इलेक्ट्रोनिक घडी दाहिने नाडीमा बाँधे। मैले उनको देब्रे नाडीतिर सङ्केत गरेँ, उनले कुरा नबुझेर टाउको हल्लाए, म बिस्तारै एकचोटि हाँसे।

'कस्तो गर्मी दिन! यो वर्ष बाली राम्रो उम्रेको छ। यसपालि शरद् ऋतुमा अलि ढिला मात्रै बाली भित्र्याउनुपर्छ होला। तिमीले पालेको त्यो गधा फुर्तिलो देखिन्छ। देशमा सुधारको नीति लागु भएपछि किसानको जीवनस्तरमा धेरै सुधार भएको छ। ठुलदाइ पनि धनी भइसक्नुभयो, अब एउटा टीभी किन्नुपऱ्यो।'

'चुछ्ङ पाइकान त पुरानो ब्रान्डेड रक्सी हो नि, एकदम कडा छ।'

'आउ, आउ, आउआउ।' उनको अनुहार सुखको भावले भरिएको थियो। उनले दुई हात जोडेर टाउको सुमसुम्याउन थाले। गर्दन, घाँटी समाउन थाले। म अचम्म मानेर सोच्न थालेँ, 'के उनी कसैको गर्धन छिनाल्न चाहन्छन् र!'

मैले नबुझेको देखेर उनी छटपटाउन थाले। हात कमाउन थाले। 'आओ आओ आआँ, आउ.. आउ... आउ...,' उनले औँलाले आफ्नो दायाँ आँखा देखाए, फेरि टाउको सुमसुम्याए। हात टाउकाबाट बिस्तारै सारेर गर्दनसम्म पुऱ्याएर रोके। मैले बुझेँ, उनले नुआनबारे केही बताउन चाहिरहेका थिए। मैले कुरा बुझेजस्तो गरी टाउको हल्लाएँ। उनले हातले आफ्ना काला दूधका मुन्टाहरू सुमसुम्याए, बच्चाहरूतिर देखाए, फेरि पेट सुमसुम्याए। मैले राम्ररी बुझिनँ, नबुझेजस्तो गरी फेरि टाउको हल्लाएँ। उनी छटपटाएर

टुक्रुक्क बसे र शरीरका सम्पूर्ण अङ्गहरू प्रयोग गरी मलाई बुझाउने प्रयास गर्न थाले। मैले बुझेजस्तो गरी बलपूर्वक टाउको हल्लाउन थालेँ। मैले पनि लाटाको भाषा सिक्नुपर्ला भनी सोच्न थालेँ। अन्तमा अनुहारभरि पसिना बगाउँदै मैले उनीसँग बिदा मागेँ। यो बुझ्न गाह्रो केही थिएन।

उनको अनुहारमा बालसुलभ निश्छल भावहरू देखा परे। उनले मेरो छातीमा थपथपाए अनि आफ्नो छातीमा थपथपाए। मैले चाहिँ केही नगरी ठूलो स्वरले 'ठुलदाइ, हामी दाजुभाइ भयौँ' भनेँ। उनले झापड हान्दै सुतिरहेका तीनवटा बच्चा उठाए। बच्चाहरूले चिप्रा भरिएका आँखाले मलाई बिदाइ गरे।

ढोकामा पुगेर मैले झोलाबाट सानो बनाउन मिल्ने स्प्रिङदार छाता निकालेर उनलाई उपहार दिएँ र छाता प्रयोग गर्ने तरिका सिकाएँ। उनी कुनै बहुमूल्य वस्तु पाएजस्तो गरी रमाउँदै छाता उठाएर खोल्ने, फेरि बन्द गर्ने, फेरि खोल्ने, फेरि बन्द गर्ने गर्दै रहे। तीनवटा केटा टाउको उठाएर कहिले खुल्ला, कहिले बन्द हुँदै गरेको छाता हेर्दै रहे। उनीहरूको च्युँडो अलि-अलि गर्दै काम्न थाल्यो।

मैले औँलाले उनलाई एकचोटि कोट्याएँ र दक्षिणतिर जाने बाटो देखाएँ। 'आउ आउ' कराउँदै, हात हल्लाउँदै दौडेर उनी घरभित्र पसे। एक भित्ताजति लामो चक्कु लिएर आए, चक्कु बाहिरको सिङको दाप हटाए र मेरो अगाडि ल्याएर देखाए। चक्कुको धार चमक-चमक गरी चम्किरहेको थियो। पक्कै पनि धारिलो थियो। उनले कुर्कुच्चा उठाएर ढोकैनिरको रूखको बुढीऔँला जति मोटो एउटा हाँगो तलतिर ताने र त्यसलाई खुर्कन थाले। त्यसका हाँगाबिंगा भुइँमा झर्न थाले। उनले त्यो चक्कु मेरो झोलामा हालिदिए।

बाटामा हिँड्दै म सोच्न थालेँ, उनी लाटै भए पनि एउटा स्वाभिमानी मान्छे हुन्। नुआनले उनीसँग विवाह गरेर धेरै दुःख त झेल्नुपरेन होला। बोल्न सक्दैनन् तर लामो समयपछि हातको सङ्केत, आँखाको भावबाट पनि आपसमा कुरा बुझाउन सकिहालिन्छ। सायद मेरो यो चिन्ता बिल्कुलै

अनावश्यक पनि हुन सक्छ। पुलससम्म पुग्दा उनका बारेमा सोच्न छाडिसकेको थिएँ, मनमा खालि खोलामा पसेर एकपटक नुहाउने विचार आइरहेको थियो।

बाटामा कोही पनि थिएन, सुनसान थियो। बिहान अलि-अलि परेको पानी उहिल्यै उडेर गइसकेको थियो। बाटामा एकपत्र पहेँलो धुलो मात्र थियो। दुवैपट्टि फापरका चिल्ला पातहरू हल्लिरहेका थिए। सलह कीरा बोटहरूको बीचबाट उड्दै थिए। तिनीहरूको गुलाफी रङका भित्री पखेटा चम्किरहेको देखिन्थ्यो। पखेटाको 'खटखट' आवाज आइरहेको थियो। पुलमुनिबाट पानीको आवाज आइरहेको थियो।

सेतो कुकुर पुलनिर बसिरहेको देखेँ। मलाई देखेर त्यो कुकुर भुक्न थाल्यो, सेता दाँतहरू पनि देखाउन थाल्यो। मलाई कुनै रहस्यमय कुराको आभास भयो। सेतो कुकुर उठ्यो र फापर रोपेको खेततिर हिँड्न थाल्यो। एकछिन हिँडेपछि बारम्बार पछाडि फर्केर मलाई डाकेजस्तो गरी भुक्ने गर्न थाल्यो। दिमागमा जासुसी उपन्यासका घटनाहरू घुम्न थाले। तैपनि मन दह्रो गरी कुकुरसँगै हिँड्न थालेँ। मैले आफ्नो हात झोलाभित्र घुसारेँ र लाटाले मलाई उपहार दिएको चक्कु बल गरेर समातेँ। फापरका बोटहरूलाई पन्छाउँदै खेतभित्र पुगेँ। त्यहाँ उनी बसिरहेकी देखेँ, सानो पोका साथै राखिएको थियो। उनले फापरका बोटहरू एकातिर ढालेर सानो ठाउँ बनाएकी थिइन्। चारैतिरका फापरका बोटहरूले भित्ताको जस्तो काम गरिरहेको थियो। म भित्र पसेको देखेर उनले पोकाबाट पहेँलो कपडा निकालिन् र ती ढलेका फापरका बोटहरूमाथि फिँजाइन्। उनको अनुहारमा छिरबिरे छाया परिरहेको थियो। सेतो कुकुर एकातिर घोप्टिन पुग्यो र अगाडि फिँजाएका आफ्ना खुट्टामाथि टाउको राख्यो र 'हा हा' गरी लामो लामो सास फेर्दै बस्यो।

मेरो पूरै शरीर चिसिएर कस्सिएजस्तो भयो। दाँतहरू बज्न थाले, तल्लो बङ्गारा कडा भयो, मुखबाट भकभकाएको स्वर निस्क्यो, 'तिमी... उता बजार गएकी होइन ? कहाँबाट यहाँ आएर बसेकी छ्यौ ?'

उनको गालामा एक धारो आँसु बगिरहेको थियो । उनले भनिन्, 'मैले यो सेतो कुकुरलाई भनें- हे कुकुर, तिमी मेरो मनको कुरा बुझ, गएर पुलबाट उनलाई मकहाँ लिएर आउनू, ऊ आयो भने हाम्रो सम्बन्ध अझै छुटिसकेको छैन भन्ने सम्झन्छु । उसले तिमीलाई यहाँसम्म ल्याइपुर्‍यायो ।'

'तिमी छिटो घर फर्किहाल अब,' मैले झोलाबाट चक्कु निकालेर भनें, 'उनले यो चक्कु मलाई उपहार दिए ।'

'तिमी गाउँ छाडेर गएको १० वर्ष भयो, म त अब यो जीवनभर तिमीलाई भेट्दिनँ होला भनी सोचेर बसेकी थिएँ। तिमीले अझ विवाह गरेका छैनौ ? अझै गरेका छैनौ ? तिमीले उसलाई देखिहाल्यौ, त्यस्तै छ । माया गर्‍यो भने माया गरेरै पनि मार्न सक्छ। रिस उठ्यो भने कुटेरै पनि मार्न सक्छ। मैले कुनै केटासँग कुरा गर्‍यो भने उसले अनेक शङ्का गरिहाल्छ, डोरीले बाँधूँ जस्तो गर्छ ।

उकुसमुकुस भएर म सधैँ सेतो कुकुरसँग कुरा गर्छु- हे कुकुर, मेरो आँखा फुटेको दिनदेखि तिमी मसँगै छौ, तिमी मभन्दा पनि छिटो बुढो हुँदै छौ । ऊसँग विवाह गरेको दोस्रो वर्ष म गर्भवती भएँ, मेरो पेट हावा भरेको बेलुनजस्तो गरी फुल्न थाल्यो । बच्चा पाउने बेलातिर हिँड्नै नसक्ने भएँ, उभिएर आफ्नो गोडाको औँलासमेत देख्न नसक्ने भएँ। एकैपटकमा तीनवटा छोरा पाएँ, एउटा दुई किलो जति थियो । हेर्दा दुब्ला बिरालाहरूजस्ता देखिन्थे । रोए भने सबै एकैचोटि रुने, खाए भने एकैचोटि खानुपर्ने तर दूध त दुइटा मात्रै छ, पालो-पालो गरी खुवाउनुपर्ने, खान नपाउने तुरुन्तै रोइहाल्थ्यो । ती दुई वर्ष त म चल्नै नसक्ने भएकी थिएँ। बच्चाहरू जन्मेपछि मनमा एक किसिमको चिन्ता भइरहेको थियो । हे दैव, यी बच्चाहरू उनीहरूका बाबुजस्तो नहोऊन्, हरेकले बोल्न सकोस् । उनीहरू सातआठ महिनाको हुँदा मेरो मनै चिसो भयो । उनीहरूको अवस्था ठिक थिएन, तीनैवटा लाटो पनि बहिरो पनि निस्के। रुन मात्र जान्ने, बोल्न नजान्ने । म प्रार्थना गरिरहन्थेँ- दैव, हे दैव ! हाम्रो घरैभरि लाटो नहोस्, एउटै मात्र भए पनि बोल्ने होस्, मसँग कुरा गर्ने होस् तर सबैका सबै नै लाटा निस्के ।'

मैले टाउको निहुर्‍याएर बरबराउँदै भनैं, 'सियाओ कू, सबै मैले गर्दा भएको हो, त्यो वर्ष मैले तिमीलाई पिङ खेल्न कर गरेर नलगेको भए... ।'

'तिम्रो केही दोष छैन । मैले धेरै सोचें, दोष मेरै थियो । त्यो वर्ष मैले तिमीलाई भनेकी थिएँ, छाई टोली प्रमुखले मेरो टाउको चुमेका थिए । मेरो अलि बढी साहस भएको भए म जसरी पनि सेनामा गएर उनलाई खोज्थें । उनले मलाई पक्कै कतै मिलाएर राख्थे । उनी मलाई भित्री मनदेखि चाहन्थे । पछि पिङ खेल्दा दुर्घटना भयो । तिमीले विश्वविद्यालय पढ्न गएपछि मलाई चिठी पठायौ । मैले जानाजानी जवाफ दिइनँ । मैले मनमा सोचें । म कुरूप भइहालें, तिमीलाई सुहाउँदिनँ, एक जनाको दुःख किन अरूलाई बाँड्ने ! अहिले सोच्दा आफू कति मूर्खजस्तो लाग्छ । तिमी मलाई साँचो बताऊ, मैले त्यस बेला तिमीसँग विवाह गर्छु भनेकी भए के तिमी मान्थ्यौ ?'

मैले उनको कुरा भावाकुल अनुहार हेर्दै भावुक हुँदै भनैं, 'पक्कै मान्थें, अवश्य मान्थें ।'

'त्यसो भए... तिमीले पनि बुझिहाल्यौ होला, तिमीले घृणा गर्लाऊ भनेर मैले नक्कली आँखा पनि लगाएँ । म अहिले ठिक अवधिमा छु, मलाई एउटा बोल्ने बच्चा चाहिन्छ । तिमीले मान्यौ भने मेरो रक्षा गरेसरह भयो, तिमीले मानेनौ भने मलाई मारेसरह हुन्छ । तिमीसँग हजारौं कारण, लाखौं बहाना भए पनि मलाई नबताउनू ।'

फूल बोक्ने युवती

१

समुद्री सेनाका लप्टन वाङ स विवाह गर्न घर फर्किंदै थिए। उनकी हुनेवाली दुलही काउन्टी सदरमुकामस्थित सुपरमार्केटमा रहेको घडी पसलकी बिक्रेता कर्मचारी थिइन्।

उनीहरूको घर काउन्टी सदरमुकामबाट २० किलोमिटर टाढा मा:च्वाङसियाङमा थियो। वाङ सको घर ली चियाच्वाङ गाउँमा थियो भने हुनेवाली दुलहीको घर छियाओथउपाओ गाउँमा थियो।

पहिले दुलही सेनाको ब्यारेकमा गई वाङ ससँग विवाह गर्ने कुरा भएको थियो तर पछि वाङ सलाई घर फर्केर विवाह गर्न भनियो। त्यसको कारण उमेर धेरै भइसकेका बुबाआमालाई घरमा विवाहको रमझम गरी खुसी बनाउनु थियो।

वाङ स रेलबाट ओर्लिएर सीधै सुपरमार्केटतिर लागे र घडी पसलमा पुगेर सोध्न थाले। त्यहाँका मानिसले उनी बिदा लिएर घर फर्किसकेको बताए। त्यहाँ भएका दुईचारवटी महिला कर्मचारीले कानेखुसी गर्दै हाँसेर उनलाई सोधे, 'तपाईं नै यानफिङको हुनेवाला होला, होइन ?'

उनले जवाफ दिए, 'हुनेवाला नै भन्नुपर्ला।'

वाङ स सुपरमार्केटबाट निस्केर बसस्टपतिर हिँड्न थाले। आधा बाटो पार गरेपछि पानी पर्न थाल्यो। पहिले त पानी सानै थियो। पछि ठूलो

हुँदै आयो। बसस्टप अझै टाढै थियो। उनलाई झोलाभित्रको सामान पानीले भिज्ला भन्ने चिन्ता हुन थाल्यो। उनी ओत लाग्ने ठाउँ खोज्न थाले।

टाउको उठाएर हेर्दा रेलमार्गको पुल देखे। हतार-हतार पाइला सारेर पुलमुनि छिरे। पानी बेसरी दर्किन थाल्यो। अघिपछि सवारी साधनले अति व्यस्त रहने यो पुलमनिको ठाउँ सुनसान थियो। यो सवारी साधन र पैदलयात्रु हिँड्ने ठाउँ मात्र थिएन, वर्षाको पानी बाढी भएर बग्ने ठाउँ पनि थियो। सडकको पानी सबै त्यतातिर बगेर आउँदै थियो। पुलमुनि पानी जम्न सुरु भइसकेको थियो।

वाङ स पानीमा उभिएर अलि सुक्खा ठाउँ खोज्दै थिए। अन्ततः उनी पुल थामिरहेका र पुलमुनिको ठाउँलाई दुई भागमा विभाजित गरिरहेका ठुला मोटा कङ्क्रिट पिलरहरूका बीचमा उभिन पुगे। झोला भुइँमा राखे अनि खल्तीबाट रुमाल निकालेर अनुहार र घाँटीमा लागेको पानी पुछ्न थाले।

वाङ सले चुरोट र लाइटर निकाले। लाइटर बाल्दा पछाडिबाट एउटा कुकुर एकदम डराएर भुकेको आवाज आयो। लाइटरबाट निस्केको ज्वाला देखेर कुकुर डराएको हुनुपर्छ तर कुकुरको भुकाइ सुनेर उनी तर्सिए। उनले त्यो कुकुर खोज्न आँखा उठाउँदा अगाडिपट्टिको पिलरनिर गाढा हरियो लामो स्कर्ट लगाएकी एउटी युवती उभिइरहेको देखे। उनले फेरि एकचोटि लाइटर बाले र पछाडिको कुकुर भुकेको बेला आफूबाट करिब तीन मिटर मात्र टाढा रहेकी युवतीलाई नियालेर हेरे।

ती युवतीले स्मार्ट देखिने स्कर्ट लगाएकी थिइन्। काँधमा जालीदार सेतो सल ओढेकी थिइन्। सल एकदम मैलो थियो। खैरो जुत्ता लगाएकी थिइन्। जुत्ताभरि मैलो लागेको भए पनि त्यो जुत्ता रुसी लेखक तोल्स्तोयले वर्णन गरेका कुलीन महिलाले लगाउने जस्तो महँगो देखिन्थ्यो। हेर्दा उनी धेरै कम उमेरकी देखिन्थिन्। बढीमा २५ वर्ष। उनको अनुहार दुब्लो, लामो र सुलुत्त परेको फुस्रो थियो।

कैला ठुला आँखा दुःखी एवं गहिराइयुक्त थिए। नाक अग्लो र मसिनो थियो। नाकको टुप्पोचाहिँ केही चारपाटे थियो। नाक र ओठ बीचको

ठाउँ एकदम सानो थियो। नाकमुनि कोमल रातो लामो मुख थियो। उनको कपाल फिका निलो थियो। अलि-अलि भिजेको र काँधमा फिँजिएको थियो।

लाइटरको मलिन प्रकाशमा वाङ सको नजरमा सबैभन्दा पहिले परेको र उनलाई अनायास उत्तेजित बनाउने वस्तु ती युवतीले छातीअगाडि बोकिराखेको फूलको गुच्छा थियो।

फूलका पात गाढा हरियो थिए। फूल गाढा रातो थियो। फूल र पात दुवैमा पानीका थोपा थिए। मानौँ, बिहानीको शीत लागेका फूल भर्खरै काटेर ल्याइएका हुन्। वाङ सलाई बागवानीसम्बन्धी धेरै ज्ञान थिएन। फूलको डाँठमा गुलाफी कडा काँडा देखेर उनले ती चिनियाँ गुलाफका फूल होलान् भनी अनुमान गरे।

गुच्छामा १० वटाभन्दा बढी बोट थिए। त्यसमध्ये ठुलो मान्छेको मुठीजत्रा फूल सातआठवटा थिए। चारपाँचवटा भने कुखुराको फुलजत्रा कोपिला र आधा फुलेका थिए। युवतीले दुवै हातले फूलको गुच्छा समाएकी थिइन्। बाहुला ठुलो भएर देखिएका उनका सेता पाखुरामा केही राता धर्सा थिए। ती पक्कै पनि फूलका काँडाहरूले घोचेर बनेका थिए।

गुच्चमुच्च परेका फूलहरूले उनको च्युँडो छोएको थियो। फूलका दलहरू कोमल थिए मानौँ, तिनीहरूको जीवन भर्खरै प्रारम्भ भएको छ; गाढा राता थिए, मानौँ चञ्चलताले भरिपूर्ण छन्। त्यो फूलको गुच्छा कुनै वनस्पति होइन, साक्षात् जीवनशक्तिजस्तो लाग्थ्यो।

आगोको प्रकाश ती फूलहरूमा मात्र होइन, उनको अनुहारमा पनि परेको थियो। उनका आँखाबाट कोमल तथा दयालु प्रकाश परावर्तित भयो। फूल बिस्तारै फुलेजस्तै उनको अनुहारमा बिस्तारै मनमोहक मुस्कान खुल्न थाल्यो। चम्किला पोर्सिलिनजस्ता दुई लहर दाँत देखिए। उनका दाँत एकदम सफा, विकाररहित र सेतोमा अलिकति फिक्का निलो देखिन्थे।

वाङ सको मनमा गाँठो पर्न थाल्यो। एकनासले बालिराखेको लाइटरले अकस्मात् उनको हात पोल्यो। उनले हतारिएर लाइटर निभाए। उनलाई

एकैछिन होसै हराएजस्तो अनुभव भयो ।

पुलमुनिको गुफाजस्तो ठाउँमा अन्धकार थियो भने बाहिरपट्टि पानी दर्किरहेको थियो। गुफाको ढोकानिर वर्षाको पानी झरेर हरियो पर्दाजस्तो बनेको थियो। उनको पैतालामुनिबाट आवाज निकालेर पानी बगिरहेको थियो। उनलाई डरको अनुभव भएन। खालि आफूले छिटो सोच्न र निर्णय गर्न नसकेको जस्तो भान भयो। ताजा फूलहरूबीच ती युवतीको मुस्कान आगोको फिलिङ्गोजस्तो उनको मनमस्तिष्कमा जलिरह्यो।

वाङ सले केही नसोची फेरि एकचोटि लाइटर बाले। निलो ज्वाला देखा पर्‍यो। युवती पहिलेजस्तै त्यहीँ थिइन्। अलिकति पनि चलेकी थिइनन्। वाङ सको हातको प्रकाशमा उनी फेरि एकचोटि मनमोहक रूपमा मुस्काइन्। फूलहरूबीच मुस्कुराइरहेको त्यस अनुहारले आफ्नो मनमस्तिष्क पूर्ण रूपले कब्जा गरेको अनुभूत उनलाई भयो। उनले हातमा भएको लाइटर कहिल्यै निभाउन चाहेनन्। लाइटर निभाएपछि उनलाई सुन्दर सपनाबाट झस्केर ब्युँझनुपरेको अनुभव हुन्थ्यो। तर ग्यास सकिँदै गएपछि लाइटर निर्ममतापूर्वक आफैँ निभ्यो।

वाङ सले लाइटरको पाङ्ग्रालाई कटक-कटक गर्दै घुमाएर फेरि बाल्ने कोसिस गरे तर लाइटरबाट सानातिना झिल्का मात्र निस्कियो। पहिलेजस्तो ज्वाला देखा पर्दै परेन। उनले दिक्क मानेर लाइटर पानीमा फालिदिए। लाइटरको तातो पोल्ने धातु चिसो पानीमा पर्दा निस्केको आवाज पनि उनले सुने।

युवतीको आवाजहीन मुस्कान लाइटरको आगो निभेपछि बिजुलीको चमक एकचोटि चम्केर हराएजसरी गायब भयो। त्यसै बेला ठुलो र गम्भीर आवाजको मेघगर्जन सुनियो। पर आकाशमा चम्केको बिजुलीको कमजोर निलो प्रकाश पुलमुनिसम्म आइपुग्यो। त्यस प्रकाशले ती युवतीको फिक्का निलो कपाललाई प्रज्वलित गरिदिएजस्तो देखिन्थ्यो।

निलो रहस्यमय प्रकाशले अस्पष्ट रूपमा उनको त्यो फुस्रो सेतो अनुहार र ती गाढा राता फूललाई प्रकाशित गर्‍यो। घनघोर वर्षाबीच एउटा

रेलगाडी पुलमाथिबाट गुडेर गयो। रेलगाडीको पाङ्ग्राले फलामे लिक थिचेको आवाज, आर्द्रता बढी भएको हावा चिर्दै आएको प्रेसर हर्नको आवाज पुलमुनिको त्यस गुफाजस्तो कोठामा ठुलो स्वरले प्रतिध्वनित भयो, लाग्थ्यो उत्तिखेरै धर्ती र आकाश फाट्नेवाला छ।

त्यो विशाल ध्वनिपछि वाङ सको होस फर्कियो। उनलाई अकस्मात् पानीले भिजेको बरफजस्तो चिसो लुगा आफ्नो जिउमा टाँसिएको महसुस भयो। शरीरका भित्री अङ्गहरूमै जाडो लाग्न थाल्यो। त्यो अनुभव शरीरको सम्पूर्ण सतह र चारै हातगोडामा फैलिएजस्तो लाग्यो। त्यसै बेला बदली बर्सादमा घोडा-खच्चरले मुखबाट निकाल्ने पच्दै गरेको घाँसको कडा गन्ध उनको नाकमुखमा पऱ्यो। त्यो तातो गन्ध त्यो फूल बोकेकी युवतीको शरीरबाट निस्किरहेको थियो। त्यस बेला ढलबाट बगिरहेको पानीको दुर्गन्ध र उनले बोकेका फूलको गुच्छाको बास्ना पनि आइरहेको थियो। तर, तिनीहरूले पनि युवतीको शरीरबाट निस्किरहेको गन्ध दबाउन सकिरहेका थिएनन्।

वाङ सका बाबु पहिले उत्पादन टोलीमा पशुपालन गर्थे। गोठभित्र मुनितिरबाट तताउन सकिने काठको ठुलो खाट थियो। वाङ स उच्च माध्यमिक विद्यालय जानुअघि बाबुसँग त्यहीँ सुत्थे। बदली बर्सादको बेला पशुहरूको शरीरबाट निस्किने पच्दै गरेको घाँसको गन्धले उनलाई न्यानो फ्लुलना र मिठो धुनले जस्तै गहिरो निद्रा लगाउँथ्यो। अहिले त्यही गन्ध सुँघ्न पुग्दा उनलाई आफू र त्यस अपरिचित युवतीबीच आत्मीय सम्बन्ध बनेको अनुभव भयो। उनलाई ती युवतीसँग कुराकानी गर्ने चाहना हुन थाल्यो।

'तपाईं बाहिर पानी परेर यहाँ पस्नुभएको हो ?' उनको मुखबाट यो वाक्य के निस्केको थियो, उनलाई नै यो नीरस र हास्यास्पद प्रश्न लाग्यो तर त्योभन्दा राम्रो कुनै कुरा पनि उनको मनमा आइरहेको थिएन।

अन्धकारमा रहेकी युवती केही पनि बोलिनन्। उनलाई आँखाको माध्यमबाट होइन, मनको माध्यमबाट अनौठो अनुभव भयो। उनलाई त्यस

युवतीको अनुहारमा फेरि एकचोटि त्यही उज्यालो मुस्कान देखा परेको अनुभूति भयो ।

युवती केही पनि बोलिनन् । पिलरको पछाडि लुकेर बसिरहेको कुकुर भने युवतीको प्रवक्ताजस्तो गरी ह्वाउ-ह्वाउ गर्न थाल्यो । वाङ सलाई त्यस बेला त्यो कुकुर नभए हुन्थ्यो जस्तो लाग्यो । तर, फेरि एकैछिनमा कुकुर हुँदा ठीकै छ नि त जस्तो लाग्यो ।

‘तपाईं यस ठाउँको मान्छे होइन नि ?’ वाङ सले भने, ‘तपाईं पक्कै पनि यस ठाउँको होइन जस्तो लाग्छ ।’

युवती सायद अलिकति चलिन्, वाङ सले फूल र पातहरूको खस्राकखुस्रुक आवाज सुने ।

वाङ सले बोल्नासाथ कुकुर फेरि भुक्न थाल्यो ।

‘तपाईंलाई केही समस्या भए भन्नुहोला है !’ वाङ सले भने, ‘तपाईं नडराउनुहोला, म जनमुक्ति सेनाको सैनिक हुँ ।’

उनलाई लाग्यो युवती अँध्यारोमै मुस्कुराइरहेकी छन् । अँध्यारोमा भुकिरहेको कुकुरको आवाज फेरि सुनियो ।

उनलाई कुकुरसँग रिस उठ्न थाल्यो तर पिलरपछाडि पुगेर त्यसलाई धपाउने विचार आएन ।

त्यस बेला भरिभराउ ट्रक बत्ती बालेर आयो । त्यसको बत्तीको सेतो प्रकाश धुवाँले कालो भएको गुफाको सिलिङ र भित्तामा उम्रेका कलिला पहेँला घाँसहरूमा पऱ्यो । गाडीको पाङ्ग्राले उछिट्याएका पानीका छिटाहरू बत्तीको प्रकाशमा लामा-लामा दल भएका गोदावरी फूलजस्ता देखिन्थे । गाडीमा सायद फलामका पिँजडाहरू राखिएका थिए र तिनमा थुनिएका जीवचाहिँ हाँस थिए, वाङ सले हाँस ‘क्व्याँक-क्व्याँक’ कराएको सुने । गाडीको बत्तीको प्रकाशमा अगाडिकी युवतीलाई हेर्न भने भुलेनन् । वाङ सलाई उनी सधैँ आफूतिर हेरेर मुस्कुराइरहेजस्तो लाग्यो । ती युवतीको नजर भने एकैतिर केन्द्रित थियो । उनले गाडीतिर पनि हेरिनन् । त्यस गुफाजस्तो ठाउँको भित्तामा पनि हेरिनन् ।

वर्षाको आवाज सानो हुँदै गयो। गुफा पस्ने ठाउँमा बनेको पानीको पर्दा पनि अब मात्र पानीका केही धार बन्न गयो। एकैछिनपछि ती धार पनि पानीका थोपाहरूमा परिणत भए। घामको किरण भित्र आयो, वाङ सले त्यस गुफाबाटै दक्षिणपूर्व दिशाको आकाशमा इन्द्रेणी लागेको देखे।

उनले त्यस युवतीलाई फेरि दुईचारवटा बेकामका कुरा सोधे। त्यस बेला पनि त्यही कुकुरले मात्र जवाफ फर्कायो। अब त्यहाँ बसिरहनुको केही बहाना बाँकी रहेन। उनले आफ्नो झोला उठाए र गोलीगाँठोसम्म आउने पानीमा पाइला सार्दै पुलमुनिबाट बाहिर निस्किए। त्यही बेला पिलरपछाडि बसेर भुकिरहने त्यो कुकुर पछाडिबाट बिजुलीको गतिमा फुत्त निस्केर आयो अनि उनको पिडुँलामा एकपटक टोक्यो।

वाङ सलाई गोडामा अकस्मात् बेसरी दुखेको अनुभव भयो। उनले 'आइया' भन्दै हातको झोला एकातिर मिल्काए अनि टाउको पछाडि फर्काएर हेरे।

त्यो कालो दुब्लो कुकुर बिजुलीकै गतिमा दौडेर रेलमार्गको पुलमुनि गुफाजस्तो ठाउँमा पसेको देखियो। कुनै माछा पानीको गहिराइमा हराएजस्तै त्यो कुकुर पनि पूर्ण रूपले बेपत्ता भयो। पुलमुनिको गुफातिरबाट बहेर आएको शीतल हावाले वाङ सको लुगाको केही भाग हल्लिरहेको थियो। उनले निहुरेर आफ्नो पिँडुलातिर हेरे। त्यहाँ कुकुरको दाँतका गाढा रङका दुईवटा दाग मात्र थिए। घाउ भएको थिएन, रगत बगेको थिएन। उनलाई भने दुखाइ अचम्म गरी असह्य भएजस्तो लाग्यो। उनले फेरि त्यही गुफाजस्तो ठाउँमा पस्ने निर्णय गर्नुअघि एकछिन हिचकिचाए।

उनलाई थाहा थियो, आगोले डढेर गोलजस्तो कालो भएको त्यो कुकुर फेरि टोक्न आयो भने आत्मरक्षा गर्न सक्दैनन्। कुकुरले टोकेको छालामा सङ्क्रमण भएर रेबिज लाग्ने सम्भावना रहन्छ। उनले सुनेका थिए, काउन्टी सदरमुकामस्थित सुपरमार्केटको घडी पसलमा अलार्म घडी बेच्ने केटो रेबिज लागेर मरेको थियो। ऊ मरेर खाली भएको ठाउँमा उसकी हुनेवाली श्रीमती नियुक्त भएकी थिइन्।

वाङ स बिस्तारै होसियारीपूर्वक फेरि त्यहाँभित्र पस्यो ।

त्यो कुकुर पिलरपछाडि लुकेर भुकिरह्यो । तर उसको भुकाइ खासै डरलाग्दो थिएन । कुकुरको 'मैत्रीपूर्ण' भुकाइ टेबलटेनिस खेलमा बलहरूबाट आएको आवाजजस्तै गरी गुफाको भिजेको गारोमा प्रतिध्वनित भइरह्यो ।

त्यो गुफाजस्तो ठाउँमा प्रकाश पहिलेभन्दा धेरै गुणा बढेको थियो । त्यहाँ जमेको पानीमा इन्द्रेणीको केही अंश परावर्तित भएर वातावरण केही रमणीय बनेको थियो । वाङ सलाई राम्ररी थाहा थियो । उनी कुकुरलाई कुटेर बदला लिन गुफामा फेरि पसेका होइनन् ।

ती युवती पहिलेकै ठाउँमा उभिइरहेकी थिइन् । लाग्थ्यो, उनी एक मिलिमिटर पनि चलेकी थिइनन् । लाइटर नबालीकनै वाङ सले उनको सम्पूर्ण स्वरूप देख्न सके । उनको जुत्ता, उनको स्कर्ट, उनको फूल र उनको अनुहार । यसबाहेक पच्दै गरेको घाँसको कडा गन्धले उनलाई फेरि घेरेजसो अनुभव भयो ।

वाङ सले सोधे, 'मैया, यो तपाईंले पालेको कुकुर हो ?' उनले कुकुरको भुकाइ आएको दिशातिर देखाएर भन्न थाले, 'त्यसले मेरो गोडामा टोक्यो ।'

युवतीले दायाँ हातले फूलको गुच्छा समातिन् । देब्रे हात त्यहाँबाट निकाली मुख छापेर हाँस्न थालिन् । उनको हाँसोको आवाज ठुलो थिएन तर शरीर बेसरी चल्न थाल्यो । उनको शरीर अगाडि-पछाडि चल्दा मैलो सल बादलको टुक्राजस्तै काँधबाट झरेर भुइँमा पुग्यो ।

स्फटिकजस्तो उनको स्वच्छ सेतो कुमले अकस्मात् वाङ सको मुटुमै घोचेजस्तो भयो । वाङ सको सास बढ्न थाल्यो । उनका दुई आँखा दुई गौँथली चराजस्तै उडेर उनको कुममा गएर बसे । उनको घाँटी र काँधबीच एक जोडी गौँथली अटाउलान् जस्ता निला र गहिरा गुँड आकारका खाल्टा थिए ।

वाङ सको मुटुमा पहेँलो ज्वालायुक्त आगो दन्केर आउन थाल्यो । उनले उत्तेजित हुँदै केही कामेको स्वरमा भने, 'अँ ठिक छ, चकचके केटी,

तिम्रो कुकुरले मलाई टोक्यो भन्दा अझ हाँसेर बस्ने, हेर न म तिमीलाई कसरी ठिक पार्छु... !'

उनलाई आफ्नो मनमा दूषित विचार उत्पन्न भइरहेको छ भन्ने थाहा भयो तर उनी एक प्रकारको निश्छल चञ्चलताको माध्यमबाट त्यसलाई ढाकछोप गर्ने प्रयास गर्दै रहे ।

उनी आफैँलाई थाहा भएन, आफू कसरी ती युवतीको नजिक पुगेर आफ्ना ताता ओठहरूले उनका चिल्ला कुम अनि घाँटी र काँधबीचको त्यो गहिरो नरम भागमा चुम्न थाले । उनको छाला चिसो र हल्का हरियो घाँसको गन्धयुक्त थियो । त्यसबाट वाङ सको ओठ र नाकलाई ठुलो आनन्द मिल्यो । उनले काँधमा चुम्दा युवती त्यही भाग आफ्नो जिउको सबैभन्दा संवेदनशील अङ्ग भएजसरी जिउ नै थर्किने गरी हाँस्न थालिन् ।

'अझै हाँस्दै छ्यौ ? ल म तिमीलाई अझ हँसाउने भएँ,' वाङ सले उत्साहित हुँदै उनको घाँटी र गालामा चुम्न थाले ।

अनायास उनलाई फूलको काँडाले लुगा छेडेर छातीमा दुख्ने गरी घोचेको अनुभव भयो । फूलमा भएको पानीका थोपाहरूले उनको च्युँडो भिज्यो । तर जब उनको मुख युवतीको मुखमा बलपूर्वक टाँसिन गयो, त्यस बेला फूल र त्यसमा भएका काँडा सबै अस्तित्वहीन बन्न गए । युवतीका ओठ नरम एवं बाक्ला थिए । उनको मुखबाट निस्केको घाँस र भुटेको गेडागुडीबाट बनाइएको घोडा-खच्चरको आहारजस्तो तातो गन्धले वाङ सको शरीरमा पसेर सबै अङ्ग-प्रत्यङ्ग नियन्त्रण गरेजस्तो लाग्यो ।

वाङ स अर्धबेहोसी अवस्थामा पुगे । उत्पादन टोली पशुपालकको कोठाको तातो न्यानो खाटमा आफू भएको अनि बदली भएर पानी परिरहेको दिन बाहिर किरा कराइरहेको, घोडा र खच्चरले घाँस चपाइरहेको, सिक्री र घाँस राख्ने ढुङ्गाको भाँडा ठोक्किएर आएको आवाज सुनेजस्तो अनुभव उनलाई हुन थाल्यो ।

युवतीको मुखबाट निस्केको गन्ध लाइटरमा ग्यास भरेजस्तै उनको शरीरभित्र पस्दै रह्यो र उनको शरीरका सबै रिक्त स्थान भरिन थाले ।

पछि वाङ सले सम्झिँदै ल्याउँदा उनलाई आफ्नो मुख उनको मुखमा टाँसिन गएको भन्नुभन्दा उनको मुख आफ्नो मुखमा जोडिन आएजस्तो लाग्यो।

उनीहरूको चुम्बन पक्कै पनि लामै समयसम्म चल्यो।

पछि वाङ सलाई आफ्नो हातगोडा फतक्कै गलेजस्तो भयो। पेट पनि बाउँडेर दुख्न थाल्यो। ती युवतीको हँसाइ पहिलेभन्दा उच्छृङ्खल हुन थाल्यो। पर्दापछाडि लुकेको जस्तो लाग्ने सुन्दर रहस्यलाई उनको मुखले च्यातेर खोलिदियो। वाङ सलाई अकस्मात् ती युवतीसँगको दूरी अत्यन्त कम भएको अनुभव भयो। सुरुमा उनी बाटामा हिँड्ने एक बटुवाजस्तै मात्र थिइन्। वाङ ससँग कुनै सम्बन्ध थिएन। वाङ सले उनीसित बोल्न नचाहे नबोलीकन त्यसै हिँड्ने अवस्था थियो। तर चुम्बनपछि उनलाई त्यस युवतीको धेरै ऋण लागेको जस्तो अनुभव भयो। त्यस बेला पनि उनी फरक्क फर्केर टाढा जान सक्थे तर त्यसो गर्दा मनमा अशान्ति होला जस्तो लाग्न थाल्यो।

पुलमुनिबाट गुड्ने गाडी बढ्न थाले। उनलाई ती गाडीका चालकहरूले आफूलाई उत्सुकतापूर्वक हेरिरहेजस्तो लाग्यो। त्यसैले उनले जसरी भए पनि त्यहाँबाट जाने निर्णय गरे। उनले सकेसम्म त्यस युवतीसँगको सम्बन्धलाई टाढा पुऱ्याउने सोच्न थाले। 'उनको कुकुरले मलाई टोक्यो, मैले पनि उनको अनुहार बिस्तारै एकपटक टोकेँ, त्यसमा मेरो के दोष छ त? हो नि, केही पनि दोष छैन,' उनले भने, 'अझै चकचक गर्छ्यौ ए सानी केटी, जाऊ घर फर्क।'

त्यति भनेर उनी आफूलाई केही नभएजस्तो गरी पुलमुनिको गुफाजस्तो ठाउँबाट निस्किए। किनारामा फालिराखेको झोला उठाए र बिस्तारै हिँडेर मोडसम्म गए। त्यसपछि प्रहरीको पिछाबाट बच्न दौडेको अपराधीजस्तो बसस्टेसन जाने सानो बाटोतिर लम्किए। हिँडेको १०-१२ मिनेट भएको थियो होला, उनलाई दुवै पाखुरा भारी भई दुखेको अनुभव भयो। काखीबाट पसिना बग्न थाल्यो। वर्षापछि लागेको कडा घामले भिजेको भुइँ तात्न थाल्यो। धातुले बनेका सामान बेच्ने एउटा पसलको बाहिरतिर फलामे डन्डी थुपारिएको ठाउँमा चिनारको रुखमुनि उनले हातको सामान बिसाए।

डन्डी सबै खिया लागेका थिए। चिनारको रूख धेरै मोटो, ठुलो थिएन। रूखको माथिल्लो भाग आगोको मसालजस्तो देखिने गरी फिँजिएको थियो। भुइँमा त्यसको कालो छाया परेको थियो। रूखको डाँठमा चक्कुले अचम्म लाग्ने चार शब्द कुँदिएका थिए- शुद्ध मूल स्नान विधि।

वाङ सले हेरे तर त्यसको अर्थ बुझेनन्। बाटामा केही कुकुर अल्छी मानेजस्तो गरी ओहोरदोहोर गर्दै थिए। हेर्दैमा सयौँ वर्षका जस्ता देखिने केही बुढा मान्छे कडा घाममा एकसाथ एउटा ठुलो चटाई बुन्दै थिए। वाङ सले भारी बिसाएर आराम भएजस्तो गरी लामो सास फेरे।

लप्टनले पुलमुनि गुफाजस्तो ठाउँमा घटेको घटना दोस्रोपटक राम्ररी सोच्न पनि भ्याएका थिएनन्। पछाडिबाट त्यही युवतीको मुखबाट निस्केको गन्ध आएको चाल पाए। उनी अचम्म मानेर उफ्रिए। हतार-हतार टाउको फर्काएर हेर्दा त्यही युवती पछाडि उभिइरहेकी थिइन्। उनीहरूका बीचमा त्यही फलामको डन्डीको थुप्रो मात्र थियो। त्यो कालो चिल्लो कुकुर उनको पछाडिपट्टि आँखा चिम्लेर बसिरहेको थियो।

एकै मिनेटमा वाङ सको अनुहारभरि पसिना आउन थाल्यो। पसिना आँखामा पस्यो। उनले हात उठाएर बाहुलाले आँखा पुछे। सायद अघिदेखि नै आफ्नो पछाडि उभिइरहेकी ती युवती र उनले पालेको हो/होइन, थाहा नभएको त्यस कालो कुकुरलाई देखेर लप्टनको बोली नै फुटेन, दिमाग खाली भएजस्तो भयो।

अन्तमा उनी त्यस दयनीय अवस्थाबाट होसमा आए। उनको मनमा आगो बलिरहेको थियो। तर उनले अनुहार सकेसम्म शान्त देखाउन प्रयास गरे। उज्यालो घाममा उभिइरहेकी युवतीलाई नियालेर हेर्न थाले। त्यस बेला उनको मनमा सङ्कट आइपरेको जस्तो अनुभव कम हुँदै गयो। ती युवती पक्कै पनि साधारण खालकी थिइन्। घाममा उनको गाढा हरियो लामो स्कर्ट अलि-अलि रातो मिसिएको पहेँलो देखिएको थियो। उनका जुत्ता, कपाल, घाँटीनिरको खोपिल्टो, छाती आदि सबैले वाङ सको ध्यानाकर्षण गरिरहेका थिए।

युवतीले बोकिरहेको गाढा रातो फूलको गुच्छा त झन् उनको शरीरको सबैभन्दा महत्वपूर्ण भागजस्तो लाग्थ्यो। फूलको गुच्छा नहुँदो हो त सबैको अस्तित्व हराउने हो कि जस्तो लाग्यो। उनले फूलको ताजा हल्का सुगन्ध पनि चाल पाए। ती फूलका दलहरूमा पातलो शीतको एक पत्र पनि देखिन्थ्यो।

युवती लप्टनलाई हेरेर मुस्कुराइरहिन्। उनको मुख आधा खुलेको थियो र त्यसबाट घाँसको गन्ध निस्किरहेको थियो। दाँतहरू आधा देखिएका थिए। त्यसबाट मोतीको जस्ता प्रकाश निस्किरहेको थियो। ओठ कामिरहेका थिए। सायद चुम्बनका लागि लालायित थिए। लप्टन झन्डै फेरि बेकाबु हुनै लागिसकेका थिए तर पश्चिमतिरबाट आएको सूर्यको किरणले उनलाई चेतावनी दिएजस्तो लाग्यो- 'दुई दिनपछि नै त्यो घडी बेच्ने केटीसँग तिम्रो विवाह हुँदै छ।'

उनले पाकेको आरुको फल आफ्नो मुखैभित्र पसिसकेको भए पनि मुख चलाउने आँट गर्न सकेनन्।

धातुको सामान बेच्ने पसलको झ्यालको सिसामा केही सम्म परेको अनुहार टाँसिएको जस्तो देखियो। चटाई बुन्दै गरेका बुढा मान्छेहरूको टाउको पनि त्यतैतिर घुम्न थाल्यो। लप्टनले टाउको निहुर्‍याएर आफ्नो सैनिक पोसाक हेरे। फेरि ती युवती, उनले बोकेको फूलको गुच्छा र कालो कुकुर हेरे।

अनायास उनलाई आफू कुनै चित्रको एक अंश बन्न गएको अनुभव भयो। कुनै चित्र भएपछि अरूलाई देखाउँदिनँ भन्ने कुरा पनि भएन। त्यस कारण उनी हतारिएर त्यस चित्रबाट निस्केर टाढा जान खोजे।

वाङ सले खल्तीबाट ५० युआनको नोट निकाले। उनलाई थाहा थियो, त्यस्तो गर्नु अति ठुलो अनादर हो। उनले दुईवटा औँलाले च्यापेर स्वास्नीमान्छेको अगाडिसम्म नोट पुर्‍याए र भने, 'माफ गर्नुस्, मेरो गल्ती नै भए पनि तपाईंको कुकुरले मलाई नटोकेको भए म कुनै हालतमा फेरि

त्यो गुफाजस्तो ठाउँमा फर्केर जाने थिइनँ र तपाईंसँग त्यस्तो ठट्टा गर्ने थिइनँ। यो लिनुस् मैले गरेको गल्तीको प्रायश्चित ।'

युवतीका आँखा एकनासले लप्टनको अनुहारमा अडिएका थिए। उनले दुवै हातले फूलको गुच्छा च्यापिरहेकी थिइन्। अनुहारमा त्यही अनन्त मुस्कान छाइरहेको थियो। लप्टनलाई मनमा कता-कता ती युवतीले आफ्नो जीवनमा ठुलो समस्या ल्याउँदै छिन् भन्ने लाग्न थाल्यो। उनले त्यो ५० युआनको नोटलाई बेवास्ता गर्नु स्वाभाविक थियो। उनले मनमा अलिकति आशा जगाउँदै दु:खका साथ ५० युआनको अर्को नोट निकालेर दुवै दिँदै भने, 'अरू ५० पनि थपेपछि त हुन्छ होला नि ?'

वाङ सलाई लाग्यो, पैसा त्यस युवतीको अगाडि पुऱ्याउनु र कुनै गाईको अगाडि पुऱ्याउनुभन्दा केही फरक थिएन। गाई त कसैले एक मुठा ताजा कमलो घाँस अगाडि पुऱ्याइदिओस् भन्ने चाहन्छ होला। उनीचाहिँ के चाहन्छिन् त ?

लप्टनलाई केही रिस उठ्न थाल्यो। उनी कराए, 'होइन, के गर्ने विचार छ ? तिमीजस्ती आइमाई मैले धेरै देखेको छु, एकचोटि सुतेकै भए पनि त ५० युआनभन्दा बढी पर्दैन। मानेँ लौ तिमी कुलीन छ्यौ तर एक सय युआन भए त पुग्यो नि !'

मुखबाट यस्तो के निस्केको थियो, लप्टनलाई एकदम पछुतो भयो। उनलाई लाग्यो, यस्तो अश्लील कुरा बोलेर ती युवतीको मात्र होइन, आफ्नो पनि बेइज्जत भयो। उनले बन्दरगाहवरपर ओहोरदोहोर गर्ने त्यस्ता आइमाई देखेको भए पनि देखेकै मात्र थिए। एकचोटि सुतेको ५० युआन पर्छ भन्ने त अरूबाट सुनेका हुन्।

'म तपाईंसँग भित्रैदेखि क्षमा माग्छु,' उनले युवतीतिर फर्की निहुरेर प्रणाम गर्दै भने, 'तपाईं मजस्तो निम्न कोटीको मान्छेसँग नलाग्नुस्, मलाई छाडेर आफ्नो बाटो लाग्नुस्।'

उनलाई आफ्नो नाक पिरो भएजस्तो लाग्यो। आँखाबाट आँसु नै निस्कन थाल्यो। उनले डन्डीको थुप्रोमा राखेको झोला उठाए। अनि,

ती युवती र कालो कुकुरलाई हेर्ने साहस नगरी टाउको निहुऱ्याउँदै डराई-डराई अगाडि बढे ।

लप्टन चाहन्थे- फूलको गुच्छा बोक्ने युवतीले आफूलाई छाडिदिऊन्, त्यो कालो कुकुरलाई लिएर उनी फेरि पुलमुनिको गुफामा अथवा अरू कतै फर्कून्, कुनै प्रेतात्माले जस्तो पिछा नगरून् । तर वास्तविकता उनको आशाविपरीत बन्यो । उनलाई ती युवतीको गन्धले घेरिरह्यो । उनी जति नै छिटो हिँडे पनि युवतीको गन्धको पिछाबाट टाढा भाग्न सकेनन् । युवतीको पाइला हलुका र त्यसबाट निस्केको आवाज मसिनो थियो । त्यो कालो कुकुर त झन् भुइँमा तेल पोखिएर बगेजसरी कुनै आवाज ननिकाली हिँडिरहेको थियो ।

वाङ सले टाउको पछाडि नफर्काईकनै ती युवतीले बोकेको फूलको रातो प्रकाश देखे । युवती उनको एक पाइला मात्र पछाडि थिइन् । सानो पोखरीको छेउबाट हिँड्दा उनले त्यो झार उम्रेको हरियो पानीमा आफ्नो, ती युवती र कालो कुकुरको कलात्मकताले भरिपूर्ण छाया देखे । उनलाई थाहा छ, बाटो अब एकचोटि मोडेपछि सार्वजनिक बसपार्क उनको अगाडि देखा पर्नेछ । त्यहाँ सायद उनले चिनेका मान्छे भेटिनेछन् । त्यसैले त्यहाँ पुग्नुअघि जसरी भए पनि ती युवती र उनको कुकुरबाट उनले छुटकारा पाउनैपर्छ ।

लप्टन सीधा उभिए । झोला भुइँमा फाले र दाह्रा किटेर आफूलाई डरलाग्दो बनाउने कोसिस गर्दै दबिएको स्वरमा भन्न थाले, 'यसरी नै मेरो पिछा गर्दै आउन थाल्यौ भने म अहिले नै तिमीलाई पोखरीमा डुबाएर मारिदिन्छु ।'

यस्तो भनेपछि युवतीले पक्कै प्रतिक्रिया जनाउनेछिन् भन्ने उनलाई लागेको थियो । डराइनहाले पनि पक्कै रिसाउलिन् भन्ने सोचेका थिए । त्यस बेला उनलाई सबैभन्दा डर लाग्ने भनेको उनको त्यो मनमोहक रहस्यमय मुस्कान थियो ।

युवती मुस्कुराउँदै थिइन् ।

लप्टनले रिसाएर भने, 'मैले त्यसै तर्साएको मात्रै होला भनी नठान्नू, अहिले म एकदुई गरेर गन्न थाल्छु, तीनसम्म गन्दा पनि तिमी फर्केर गइनौ भने पहिले यो चक्कुले घोपेर तिमीलाई मार्छु अनि त्यही पोखरीमा फालिदिन्छु ।'

वाङ सले कम्मरपेटीबाट फलफूल काट्ने ठुलो चक्कु निकाले । चक्कु उनको छातीअगाडि हल्लाउँदै गन्न थाले, 'एक... दुई... तीन... ।' युवती पहिलेजस्तै मुस्कुराइरहिन् ।

पोखरीमा तीनवटा सेता हाँस देखा परे । ती क्व्याँक-क्व्याँक गरी कराउँदै बिस्तारै पौडिरहे । तिनीहरूका गुलाफी रङका खुट्टा सङ्लो पानीमा चलिरहेका देखिन्थे । पानीमा तैरिरहेका झार तिनीहरूका कारण यताउता चल्न थालेका थिए । उनीहरूको छाया पनि चल्न थाल्यो ।

लप्टन साँच्चिकै रिसाउन थाले । तर अनुहारमा मधुर मैत्रीपूर्ण मुस्कान भएकी युवतीप्रति उनी आक्रामक बन्न सकेनन् । त्यस बेला उनले सबै समस्याको जडका रूपमा कालो कुकुरलाई देखे । लप्टनले रिस पोख्ने ठाउँ पाइहाले । हातमा भएको चक्कु हल्लाउँदै कुकुरलाई आक्रमण गर्न गए ।

कालो कुकुरले डरलाग्दो हुने गरी दाँत देखाएन । स्वाँस्वाँ पनि गरेन । बरु फुत्त उफ्रेर अर्को ठाउँमा गयो । रिसाएर असन्तुलित भइसकेका लप्टनले हानेको चक्कु हावामा पऱ्यो । उनी झन्डै लडेर पोखरीमा खसे ।

वाङ सको छालाको स्यान्डलमा बैजनी रङको हिलो लाग्यो । उनले टाउको फर्काएर हेर्दा कालो कुकुर आफू भर्खरै उभिएको ठाउँमा बसिरहेको थियो । उनी अहिले उभिएको ठाउँ भर्खरै कुकुर बसिरहेको ठाउँ थियो । लप्टनको बलपूर्ण आक्रमणले मान्छे र कुकुरको स्थान परिवर्तनको मात्र काम गऱ्यो । युवती पनि नब्बे डिग्री घुम्न पुगिन् ।

युवतीको अनुहारमा त्यही डरलाग्दो मुस्कान अझै छाइरहेको थियो । लप्टन फेरि कालो कुकुरलाई प्रहार गर्न गए । कुकुर पहिलेजस्तै कुनै आवाज ननिकालीकन उफ्रेर अर्को ठाउँ पुग्यो । युवती पनि फेरि नब्बे डिग्री घुमिन् । मान्छे र कुकुरको स्थान फेरि एकपटक परिवर्तन भयो ।

त्यसपछि पनि लप्टनले १०-१२ पटक प्रहार गरे तर परिणाम सधैं त्यस्तै रह्यो। उनी स्वाँ-स्वाँ गर्दै लामो सास फेरेर उभिए। युवती र कुकुर भने शान्तपूर्वक सास फेरिरहेका थिए। उनीहरूमा डरको लेस मात्र पनि थिएन।

चक्कु समाएका लप्टनको हात कसिएर बाउँडिन थाल्यो। अहिले भने ती युवतीको मुस्कान उनका लागि अमृत होइन, प्राणघातक विषजस्तो लाग्न थाल्यो। उनले युवतीको मुस्कानबाट बनेको रातो आगोको ज्वाला मात्र देख्न थाले। ती १२-१५ वटा फूलचाहिँ ज्वालाको बीचको सबैभन्दा पोल्ने भागजस्तो लाग्यो। युवतीको जिउको हरियो स्कर्ट पनि हरियो आगो बनेर चलिरहेको जस्तो लाग्यो। वाङ सलाई आफूले प्रहार गर्न अगाडि सारेको हात र चक्कु त्यही आगोमा परेर पग्लिन लागेको अनुभव भयो।

लप्टनले रुँदै ठुलो स्वरमा भने, 'देवी, म तपाईंलाई बिन्ती गर्छु, मलाई छाडिदिनुस् अब! आजदेखि म सुधिन्छु। म वचन दिन्छु, अबदेखि म कुनै ठाउँ, कुनै समयमा पनि त्यस्तो हर्कत गर्नेछैन।'

लप्टनको गालाबाट आँसु बगेर मुखमा पुग्यो। उनले आफ्नै आँसुमा पनि त्यही पच्दै गरेको घाँसको गन्ध मिसिएको पाए।

ती युवती मुस्कुराइरहेकी थिइन्।

बाटामा १५-२० मानिस उभिएर रमिता हेर्दै आपसमा कुरा गर्दै थिए।

लप्टन आफ्नो झोला उठाएर छिटो-छिटो पाइला सार्दै बसपार्कतिर लम्किए। युवती र कुकुरले पिछा गर्दै छन् भन्ने उनलाई थाहा थियो तर उनीहरूसँगको दूरी पाँचछ माइल बन्न पुग्यो।

बसपार्कको ढोकामा पुग्ने बाटाका दुईतिर बदाम, सूर्यमुखी फूलको बिउ, फलफूल, केक आदि बेच्ने साना पसल लहरै थिए। बसपार्कको टिकट बेच्ने ठाउँ र गाडी चढ्ने ठाउँसम्म पुग्न ती पसलबीचको साँघुरो बाटो भएरै जानुपर्थ्यो।

लप्टन त्यही साँघुरो बाटामा छिरे। एउटी चेप्टो अनुहार भएकी महिला व्यापारीले हात बढाएर उनको देब्रे पाखुरा समातिन् र केही सामान

उनलाई नबेची नछाड्ने भन्न थालिन्। वाङ स त्यहाँबाट बलपूर्वक उम्केर भाग्न चाहन्थे तर ती महिलाले उनलाई छाड्दै छाडिनन्। लप्टनलाई खाली रहेको दायाँ हातले त्यस महिलाको अनुहारमा एक मुक्का हानूँजस्तो लाग्यो तर उनले केही गर्न नपाउँदै दायाँतिरकी महिला व्यापारीले उनको दायाँ पाखुरा बेसरी समातिन्। दायाँतिरकी महिला व्यापारीको ओठमा एक पत्र खटिरा थियो, जसले गर्दा बोल्दा नाक पनि थर्किन्थ्यो।

लप्टनले त्यहाँबाट फुत्किन बल गरिरहे तर ती महिलाका हात फलामजस्तै मजबुत थिए। उनी वास्तवमा ती महिला व्यापारीबाट मात्र फुत्किन खोजेका थिएनन्, साँच्चैको खतरा त पछाडि आउँदै थियो। वाङ स सानो चरोजस्तो छटपटाउँदै चलमलाउँदै गरे। अन्तमा केही नलागेर ठुलो स्वरले कराउन, सराप्न थाले।

वरपरका पसले मुखामुख गरी हाँस्न थाले।

त्यस बेला घोडा र खच्चरको आहारको गन्ध भएको न्यानो वायुको धार पछाडिबाट उनको कानमा पर्न थाल्यो।

लप्टनले कराएर बोलेको स्वर रुवाइमा परिणत भयो, 'मलाई छाडिदेऊ, मलाई छाडिदेऊ, म किन्छु, अब त भयो।'

त्यो कालो कुकुरले बिजुलीको गतिमा उफ्रेर देब्रेपट्टिकी महिला व्यापारीको नाडीनिर टोक्यो। तुरुन्तै फेरि अर्को चोटि उफ्रेर दायाँपट्टिकी महिला व्यापारीको औँलामा टोक्यो। बाटामा रोकेर लुट्ने लुटेराभन्दा पनि डरलाग्दा ती व्यापारीहरूले आत्तिएर हात छाडिदिए।

लप्टनले झोला उठाए। फर्केर अथवा दायाँबायाँ हेर्ने साहस गरेनन्। कानै खालाजस्तो हल्लाबीच उनले पसलबीचको साँघुरो बाटो पार गरे। त्यसपछि १८ सिँढी हाम्फालेर बसपार्कको टिकट बेच्ने र गाडी कुर्ने ठाउँ सँगै भएको भवनको स्प्रिङवाला ठुलो ढोकाभित्र छिरे।

उनले पछाडि ठुलो आवाजसहित ढोका बन्द भएको सुने। उनको मनमा केही हलुका अनुभव भयो। टिकट बेच्ने हलमा कमिलासरह मानिस

ठेलमठेल भित्र-बाहिर गरिरहेका थिए। लप्टन जङ्गली पारा निकालेर मानिसलाई झोलाले ठेल्दै अगाडि बढ्न थाले। वरपरका मानिसले गाली गरिरहेको सुने। उनलाई थाहा छ, ती गाली एकदम सत्य छन्। गल्ती छ भने त्यो लप्टनको मात्र छ। तर अहिले उनी त्यसको वास्ता नगर्ने अवस्थामा पुगेका छन्।

लप्टन भिडलाई ठेल्दै सबैभन्दा बढी मानिस जम्मा भएको ठाउँको एक कुनामा गएर टुक्रुक्क बसे। त्यहाँ एक थुप्रो फोहोर थियो। त्यहीँ असाध्यै मैला पुराना भुइँ पुछ्ने दुईवटा कपडा पनि थिए। अघिपछि सरसफाइमा खुबै ध्यान दिने लप्टनलाई आज त्यहाँ बस्न कुनै हिचकिचाहट भएन। उनी भित्ताको एक कुनामा ढाड अडाएर बसे। अब उनको पछाडि त्यस युवतीको मुस्कान हुनेछैन। उनको अगाडि चलिरहेका अथवा स्थिर असङ्ख्य खुट्टा थिए। उनले होसियारीपूर्वक टोपी फुकाले। टोपीभित्रबाट सर्पको छालाको रिङ निकाले अनि टोपी र रिङलाई झोलाभित्र राखे। त्यसपछि कमिज फुकालेर झोलाभित्र कोचे। झोला टन्न भरिएकाले उनले झोलाबाट दुई बट्टा चकलेट निकाले र आफ्नो सैनिक पोसाक त्यस ठाउँमा कोचे।

लप्टनले नि:श्वास छाडे। उनलाई मनमा धेरै हलुका अनुभव भयो। त्यसपछि आफ्नो शरीरका हाड र जोर्नीहरू छुट्टिँदै गएर शरीर नै नरम हुँदै डल्लो पर्दै गएजस्तो लाग्यो।

उनले आफ्नो अगाडि धेरै खालका खुट्टा चलिरहेको देखे। मोटो, मसिनो, रौँ उम्रिएको, रौँ नउम्रिएको, काला रौँ भएको, पहेँलो रौँ भएको, चिल्लो, खस्रो, सेतो, कालो, हिलो लागेको, गोबर टाँसिएको, खुट्टाभरि दाग भएको, रगतको नली फुलेको, निलो पाइन्ट, कालो पाइन्ट, पहेँलो पाइन्ट, हरियो पाइन्ट, रातो पाइन्ट विभिन्न रङका स्कर्ट।

तर, गाढा हरियो स्कर्ट थिएन। उनले फेरि एकचोटि नि:श्वास छाडे। थरी-थरीका खुट्टाका पन्जाहरू, किसिम-किसिमका जुत्ता-मोजा तर उच्च कोटीको खैरो छालाको हाफहिल जुत्ता त्यहाँ देखिएन। उनले फेरि नि:श्वास छाडे।

वरपरबाट विभिन्न खालका गन्ध आइरहेका थिए। तर घोडा-खच्चरको आहार घाँसको जस्तो गन्ध त्यहाँ थिएन। उनले फेरि निःश्वास छाडे।

लामो समय त्यसरी टुक्रुक्क बसिसकेपछि लप्टनका गोडा आफैँ काम्न थाले। उनले दाह्रा किटेर सहे र भिजेको च्यापच्याप लाग्ने भुइँ पुछ्ने कपडामाथि बसे। तुरुन्तै जिउभरि रक्त सञ्चालन भएजस्तो लाग्यो। उनलाई पहिले कहिल्यै नभएको आनन्द अनुभव भयो। मानौँ, उनी पानीको छालसँगै तलमाथि गरिरहेको जहाजको सबैभन्दा माथिल्लो भागमा उत्तानो पल्टेर सौर्यस्नान गरिरहेका छन्। अथवा आकाशका चन्द्रमा र तारा हेरिरहेका छन्। उनले दृष्टिरेखा अलि माथि उठाए। अब यताउता गरिरहेका मानिसहरूको नितम्बमुनिको भाग देखिन थाल्यो।

मानिसको नितम्बमुनिको भाग अवलोकन गरेर कुनै मानिसको पारिवारिक पृष्ठभूमि, सामाजिक स्तर, स्वभाव र अनुहारको भावसमेत थाहा पाउन सकिन्छ भन्ने उनले पत्ता लगाए। त्यो पिडुँलामा रगतका नलीहरू फुलेको, गोबर लागेको झुत्रो जुत्ता लगाउने मानिस पक्कै पनि ५० वर्ष जतिको किसान हुनुपर्छ।

त्यो सेतो तर भारी, विकसित मांसपेशीयुक्त पिँडुला भएको खुट्टाकी मालिक पक्कै पनि कुनै टेक्सटायल कारखानाकी अधबैँसे महिला मजदुर हुनुपर्छ।

टाइट हिप जिन्स र नक्कली ब्रान्डको स्पोर्ट्स सु लगाउने २३ वर्ष ननाघेकी केटी पक्कै पनि बाँदरभन्दा पनि छिटो बिजुलीको लट्ठा चढ्न सक्ने इलेक्ट्रिसियन हुनुपर्छ।

काठको बेन्चमा बढी बसेर पाइन्टको हिपनिर टल्किने भएको रसफा कपडाको जुत्ता लगाएको पुरुष पक्कै पनि कुनै कारखानाको अधबैँसे एकाउन्टेन्ट हुनुपर्छ।

त्यो डिजेल लागेको हरियो सैनिक पाइन्टको मालिक पक्कै पनि ट्र्याक्टर चलाउने भूतपूर्व सैनिक हुनुपर्छ।

हिप खुकुलो, ठुलो भएको उलन पाइन्ट लगाउने व्यक्ति पक्कै पनि ग्रामीण क्षेत्रका साना कार्यकर्ता हुन्, ग्रामीण क्षेत्रका प्रमुख नेता हुनै सक्दैनन् ।

रातो स्कर्टभित्र बिस्तारै चलमलाउने सेतो खुट्टा, फूलबुट्टे मोजा र हाइहिल स्यान्डल पक्कै पनि ग्रामीण क्षेत्रमा सामान बेच्ने छाती सम्म परेकी महिला कर्मचारी हुन् ।

सुरुवालमुनि कालो कपडाको जुत्तामा घुसारिएका चुच्चो परेका खुट्टाचाहिँ कुनै गाउँकी बुढी बज्यैको हो । उनकी एउटी छोरी विवाह गरेर काउन्टी सदरमुकाम गएकी हुनुपर्छ ।

त्यो पाइन्टको तल्लो भाग माथि पट्याएर दुब्लो सुकेको नलीहाड देखाउँदै गाडीको टायर हाली बनाएको सामान्य स्यान्डल लगाउने, खुट्टाका औँलाका नङहरूमा कालो जम्मा भएकाचाहिँ मेरा बाबुजस्तै गाउँका वृद्ध किसान हुन् ।

लप्टन मन भारी बनाउँदै सोच्दै बसे । उनलाई मानिसको विचार, उमेर आदि खुट्टामा प्रकट हुन्छ जस्तो लाग्यो । हिपमा देखिने भाव पनि अनुहारमा देखिनेजस्तै हुन्छ भन्ने पनि लाग्यो ।

अकस्मात् लप्टनले मा:च्वाङ जाने गाडीको टिकट किन्नुपर्ने सम्झिए । आफ्नो नाडीमा बाँधेको घडी हेरे । दिउँसोको ४ बजिसकेको रहेछ । ठिकै भयो, अब ५ बजे गुड्ने गाडी बाँकी छ ।

उनको अगाडिबाट सयौँ मुजा भएको सेतो स्कर्ट पार भयो । त्यो अग्लो फुर्तिलो देखिने सेतो प्लास्टिकको स्यान्डलले उनी बोल्नै नसकिने आइमाई हुनुपर्छ भन्ने बताइरहेको थियो ।

वाङ सले आफ्नो अगाडिबाट जाने टेरिलिनको पाइन्ट लगाएको, पाइन्टको क्रिस धारिलो भएको, हेर्दै घमण्डी देखिने सानो कर्मचारी खालको मान्छेलाई पनि केही भनेनन् । उनले ब्लुब्ल्याक रङको मसी लागेको पाइन्ट लगाउनेलाई पक्रिए र १० युआनको नोट दिँदै बिन्तीभाव गरेजस्तो भन्न

थाले, 'महाशय, मेरो खुट्टामा समस्या भएको छ, मेरा लागि एउटा टिकट किनिदिनुस् न, मा:च्वाङ जाने, ५ बजेको ।'

त्यति भनिसकेर उनले राम्रो प्याकिङ भएको दुई बट्टा चकलेट दिँदै भने, 'यी चकलेट तपाईंका बच्चाहरूलाई... ।'

'कहाँ ? कुन मुखले लिनु लौ...,' लाज मानेजस्तो गरी भनेको सुनियो ।

'लिनुस् न ।'

'त्यसो भए म एउटा लिन्छु ।'

'हैन, साँच्चै, लाज मान्नुपर्ने के छ ?'

'त्यो... लाजै हुने भयो, केही गाह्रो काम थिएन' भन्दै हातले चकलेटका दुवै बट्टा लाँदै गर्दा तिनले भनेको सुनियो, 'तपाईं यहाँ एकछिन कुर्नुहोला । म अहिले नै लाइन बस्न जान्छु ।'

मसी लागेको पाइन्ट तुरुन्तै खुट्टाहरूको जङ्गलमा बेपत्ता भयो । लप्टनलाई त्यो मसी लागेको पाइन्ट आफ्नो पैसा लिएर भाग्ला भन्ने पटक्कै चिन्ता थिएन । उनले टाउको उठाएर त्यस मान्छेको अनुहारसम्म हेरेका थिएनन् । मानिसहरूको हल्लाको आवाजबीच दर्जनौं झिँगा उनको वरपर उडिरहेका थिए । लप्टनका आँखा भारी पिरो हुँदै आए, उनलाई निद्रा लागेजस्तो भयो, नभन्दै उनी त्यहीं निदाउन पुगे ।

'कमरेड, कमरेड !' मसी लागेको पाइन्ट लगाउनेले चोरऔंलाले उनको काँधमा घोच्दै भन्यो, 'कमरेड, तपाईंको टिकट, मा:च्वाङ जाने, एउटा, एक युआन ४० फेन पर्ने रहेछ । यो बचेको आठ युआन ६० फेन गनेर लिनुस् ।'

लप्टनले टिकट लिए अनि धेरैपटक धन्यवाद दिए ।

मसी लागेको पाइन्ट लगाउनेले नियालेर हेर्दै सोध्यो, 'कमरेड, तपाईंको अनुहार अर्कै देखिन्छ, बिरामी पर्नुभएको हो ?'

लप्टनले हतारिएर भने, 'होइन होइन, मलाई ठिकै छ, धन्यवाद ।'

मसी लागेको पाइन्ट लगाउने मान्छे मैत्रीपूर्ण भावमा केही भनेर खुट्टाहरूको जङ्गलमा पस्यो ।

लप्टनले टिकटमा बस चढ्न टिकट जाँच्ने समय २० मिनेट मात्र बाँकी रहेको देखे । उनले आफ्नो खुट्टालाई एकचोटि नियालेर हेरे । अब पटक्कै खतरा छैन भन्ने लागेपछि झोला मिलाउन थाले र त्यहाँबाट उठेर गाडी प्रतीक्षालयमा जाने विचार गरे । तर त्यसै क्षण उनले त्यो चकचके कालो कुकुर खुट्टाहरूबीचको खाली ठाउँबाट गड्यौलाजस्तो गरी छिर्दै आइरहेको देखे ।

लप्टनले दुःखी भएर आफ्नो जिउ खुम्च्याएर डल्लो पारे र टाउकोलाई दुई घुँडाबीच लुकाए । तर उनलाई त्यसै बेला लाग्यो, उनी त्यो फोहोरको थुप्रोभित्रै पसे पनि कालो कुकुरको पिछाबाट उम्किन सक्नेछैनन् । त्यो कुकुरबाट बच्न सक्नेछैनन्, ती युवतीबाट बच्न सक्नेछैनन् । त्यसैले उनले टाउको उठाए । हात कसेर मुठी बनाए अनि कटकट आवाज आउने गरी दाह्रा किट्न थाले । गोडा खुम्च्याएर आक्रामक आसनमा उभिए ।

उनले सोच्न थाले, जब त्यो कालो कुकुर अगाडि देखा पर्छ, उनले सिकारी कुकुरले जस्तै त्यसलाई आक्रमण गरी एकैचोटि त्यसको घाँटी निमोठ्नेछन् र घाँटीको मुख्य नली नै टोकेर टुक्र्याइदिनेछन् ।

तर हरियो स्कर्टले आकाशबाट झरेजस्तो गरी उनको दृष्टिरेखा छेकिदियो । त्यो कालो कुकुर स्वाभाविक रूपमा उनको पछाडितिर बस्यो । उनको गन्धले अरू सबै गन्ध दबाउँदै लप्टनलाई घेर्न थाल्यो । उनले टाउको उठाएर युवतीको अनुहारको मुस्कान हेर्ने साहस गर्न सकेनन् । उनको हरियो स्कर्ट झरनाजस्तो लाग्थ्यो, जुन उनको पिँडुलाको बीच भागसम्म पुगेर अचानक हराउँथ्यो । त्यसको मुनि छाला रङको रेसमी मोजा र त्योभन्दा पनि तल तोल्स्तोयका नायिकाहरूले लगाउने खालको उच्च कोटीको छालाको जुत्ता थियो । लप्टन ती युवतीका लामा दुई गोडा नदेखी बस्न सकेनन् । उनका ती गोडा मानिसहरूको मनमा आकर्षण जगाउने खालका थिए तर

लप्टनको मनमा ती दुई गोडाप्रति भय व्याप्त थियो ।

लप्टनले विभिन्न सिनेमामा हेरेका, देखेका अरूको पिछ्छाबाट छुटकारा पाउने जुक्तिबारे सोच्न थाले । तर तिनीहरूमध्ये कुनै पनि प्रयोग गर्न सकिने पाइएन । उनले फेरि सोचे, त्यहाँ त्यसरी मर्न कुरेर बस्नुभन्दा केही गर्नु बेस, केही गर्दा नै मात्र उपयुक्त अवसर आउन सक्छ ।

उनी झोला बोकेर सिधा उभिए। उनको अनुहारले युवतीले समाइरहेको फूल छुन पुग्यो । युवतीको मुस्कान र तृष्णा यथावत् थियो । उनले त्यहाँ धेरैलाई ध्यानाकर्षण गरिन्। किनकि उनी टिकट बेच्ने त्यस फोहोर हलमा उभिनु भनेको घरपालुवा कुखुराहरूबीच मयूर उभिनुजस्तो देखिन्थ्यो ।

ती अनगिन्ती अनुहारमा कतिपय चिनेजानेका पनि भएजस्तो लाग्यो । लप्टन जिउ छड्के बनाई ती युवतीलाई एकातिर पारेर अघि बढे । उनले आफ्नो अगाडि एउटा साँघुरो बाटो बनेको देखे । उनले तुरुन्तै ती युवती र कुकुर सँगसँगै आइरहेका छन् भन्ने चाल पाए ।

लप्टनलाई आफूले 'बाघको छालामा ब्वाँसो' भन्ने कथाको ब्वाँसोको अभिनय गरिरहेजस्तो लाग्यो। घटनाक्रम एकै खालको तर मनको भावनामा भने ठुलो अन्तर। टिकट बेच्ने हल र प्रतीक्षालयबीच एउटा करिडोर थियो । करिडोरका दुईतिर दुईवटा किराना पसल थिए र दुईवटा शौचालय पनि थिए । लप्टनले आँखीभौँ खुम्चाए, मनमा कुनै जुक्ति सुझेजस्तो भयो । उनी छिटो-छिटो पाइला चालेर पुरुष शौचालयभित्र पसे ।

त्यसपछि झोला हातमा बोकेर भित्ता, झ्याल, सिलिङतिर नियाल्न थाले । भित्तामा अर्को ढोका थिएन । सिलिङमा कुनै प्वाल थिएन । झ्यालमा बुढीऔँलाभन्दा मोटा डन्डीबाट बनेको रेलिङ लगाइएको थियो । शौचालयमा भएका मानिसले उनलाई अचम्म मानेर हेर्न थाले । त्यसै बेला ढोका खुलेको आवाज आयो, ती युवती हरियो रङको एक टुक्रा बादलसरि भित्र पसिन् ।

युवतीले आफ्नो अगाडि केही पनि नभएको जस्तो गरिन् । वास्तवमा उनले केही पनि हेरिनन् । उनी लप्टनको अनुहार खोज्दै थिइन्, उनको

दृष्टिरेखा र अनुहारको भाव स्थिर हुन पुग्यो । कुनै पुरुष महिला शौचालयभित्र पस्नु ठुलो गम्भीर विषय बन्छ तर त्यहाँ फूलको गुच्छा बोकेकी सुन्दरी पुरुष शौचालयभित्र पस्दा कसैले केही बोलेनन् ।

लप्टन पुरुष शौचालयबाट दौडेर बाहिर निस्किए । भित्रका केही लोग्नेमान्छेले युवतीलाई हातपात गरेको आवाज उनले सुने तर कालो कुकुरको कुनै आवाज सुनिएन ।

लप्टनले कालो कुकुर पनि शौचालयभित्र पसेको देखेका थिए । उनलाई ती युवतीको पिछ्छाबाट भाग्ने यो राम्रो अवसरजस्तो लाग्यो । उनी हतार-हतार केही पाइला दौडिए। त्यसपछि असहनीय पीडाका कारण अर्को आधा पाइला पनि चाल्न सकेनन् । ती युवतीको उज्ज्वल मुस्कान, सेतो कुम, कोमल मुख, भरिएका स्तन, हरियो स्कर्ट, ताजा फूलको गुच्छा, लामा दुई गोडा, शरीरबाट निस्केको मुग्ध पार्ने गन्ध, यी सबै अनायास लप्टनको मनमस्तिष्कमा प्रवेश गरे ।

लप्टनले शौचालयभित्रबाट आएको हातपातको आवाज फेरि सुने । उनले झोला एकातिर मिल्काई पुरुष शौचालयको ढोका धक्का दिएर खोले । त्यहाँका केही लोग्नेमान्छेले युवतीलाई धकेलाधकेल गरी पिसाब लागेको भुइँमा सुताउनै लागेका रहेछन् । लप्टन लम्केर अगाडि जानै लागेका थिए, त्यो कालो कुकुरले जिउका रौँ ठाडो पार्दै बिजुली चम्केको गतिमा उफ्री दुईचार जना लोग्नेमान्छेलाई टोकेर जमिनमा पछारिदियो ।

युवतीको अनुहारमा केही थोपा आँसु टाँसिएको थियो । लप्टनलाई देखेर उनको रुवाइ तुरुन्तै मुस्कानमा परिणत भयो र उनी लप्टनतिर लम्केर आइन् । लप्टन तुरुन्तै शान्त भए । उनले युवतीको नाडी समाते र उनलाई आफ्नो अँगालोमा आउन दिएनन् ।

यस दुःखद घटनापछि लप्टनलाई त्यस युवतीसँग टाढिइसकेको भावनात्मक सम्बन्ध फेरि अकस्मात् नजिकिएजस्तो लाग्यो । उनले युवतीको आँसु देखे, उनले मुस्कुराउन मात्र जानेकी होइनन् रहेछ भन्ने थाहा पाए । उनी रुन र हाँस्न दुवै जान्ने युवती हुन्, किचकन्नी होइनन् । लप्टन

आफ्नो बहादुरीप्रति सन्तुष्ट थिए। अब उनको मनमा ती युवतीप्रति ऋणी भएको भन्ने लाग्न छाड्यो।

अहिले उनलाई आफू एक विशाल हृदय भएको दाजु र ती युवती एक लाटी बहिनी भएको जस्तो अनुभव भयो। उनले औँलाहरूले युवतीको लामो कपाल मिलाइदिए। फूलहरूलाई ठिक ठाउँमा राखिदिए। स्कर्ट सीधा पारिदिए। यसो गरिरहँदा उनको मनमा कता-कता अलि-अलि दुःखको अनुभव भएजस्तो लाग्यो। युवती मुस्कुराइरहिन्। परेलामा अझै केही थोपा पानी टाँसिएको थियो।

लप्टनले किंकर्तव्यविमूढ भएर लामो सास फेरेर भने, 'हेर बहिनी, अब तिमी मेरो पछि नलाग। पर्सि नै मेरो विवाह हुँदै छ। तिमी यसरी मेरो पछि लागिरह्यौ भने मलाई ठुलो समस्या आइपर्नेछ। मेरो कुरो बुझ्यौ तिमीले ?'

युवतीले बिस्तारै सकारात्मक रूपमा टाउको हल्लाइन्। अनुहारमा फेरि त्यही मुस्कान देखा पर्‍यो।

लप्टनले भने, 'तिमी आफ्नो कुकुर लिएर घर फर्क। संसारमा खराब मान्छे धेरै छन्।'

कुकुरको नाम लिएपछि लप्टनको मनमा एउटा शङ्का उत्पन्न भयो- किन त्यस कुकुरले म फर्केर शौचालयभित्र पसेपछि मात्र आफ्नी मालिक्नीमाथि हातपात गर्ने लोग्नेमान्छेलाई आक्रमण गर्‍यो होला ! त्यसअघि त ऊ त्यहाँ मूकदर्शक भएर बसिरहेको थियो। उसले मलाई नै देखाउनका लागि आक्रमण गरेजस्तो छ। अथवा ऊ आफ्नी मालिक्नीलाई छटपटाएको आवाज निकाल्न दिएर भित्र पस्न लगाएको हो ?

यसरी सोच्दै जाँदा लप्टनको मन फेरि व्याकुल हुन थाल्यो। त्यो कुकुर साँच्चिकै षड्यन्त्रकारी रहेछ। युवतीको पछाडि आँखा सानो हुने गरी चिम्लेर बसिरहँदा त्यो साधारण कालो कुकुरजस्तो मात्र देखिन्थ्यो। कुनै प्रकारले अरू कुकुरभन्दा फरक देखिँदैनथ्यो।

भित्तामा झुन्ड्याइएको लाउडस्पिकरले माःच्वाङ जाने यात्रुलाई छिटो

टिकट जँचाएर गाडी चढ्न भन्न थाल्यो- गाडी छिट्टै प्रस्थान गर्न लाग्यो। लप्टनले युवतीको नाडी एकचोटि समाएर भने, 'बिन्ती गर्छु बहिनी, छिटो आफ्नो घर फर्क, जाऊ।'

वाङ स झोला उठाएर हतार-हतार मा:च्वाङ जाने गाडीको टिकट जाँच्ने ठाउँतिर लागे। खल्तीबाट गाडीको टिकट निकाल्दा उनले मनमा ठुलो आनन्द अनुभव गरे- ती युवती र उनको कुकुरसँग गाडीको टिकट पक्कै छैन, टिकट जाँच्ने मानिसले उनीहरूलाई त्यहीँ रोक्नेछ। चालमाल हेर्दा उनीसँग टिकट किन्ने पैसा पनि होलाजस्तो छैन। कुनै अवस्थामा पनि उनको कालो कुकुरलाई गाडीमा चढ्न दिइने छैन। त्यस बेला म गाडीमा बसिसकेको हुन्छु र वायुवेगले त्यस स्वास्नीमान्छेबाट टाढा र त्यही वायुवेगले घडी बेच्ने केटीको नजिक पुग्नेछु।

टिकट जाँच्ने ठाउँमा यात्रु कोही बाँकी थिएन। निलो युनिफर्म लगाएकी, मुखभरि खैरो कालो दाग भएकी, हेर्दैमा धेरै थाकेकी जस्तो लाग्ने टिकट जाँच्ने आइमाई मात्र ढोकानिर उभिएकी थिइन्।

लप्टनले टिकट दिए। उनले यसो एकचोटि हेरेर त्यसमा पेन्चिसजस्तो औजारले प्वाल पारिन् र भनिन्, 'मा: च्वाङको गाडी जानै लागिसक्यो, छिटो।'

त्यस बेला त्यो कालो कुकुर त्यो टिकट जाँच्ने आइमाईको पाइन्ट छोएर भित्र पस्यो। उनलाई केही थाहै भएन।

लप्टनले टिकट जाँच्ने आइमाईको अनुहारमा आश्चर्यको भाव प्रकट भएको देखे। उनलाई थाहा छ, त्यो भाव उनका लागि थियो, आफ्ना लागि थिएन। उनी केही भन्न चाहन्थे। टिकट जाँच्ने आइमाईले उनको पिठ्युँमा धकेलिन्। उनी बस स्टेसनभित्र पुगिसकेका थिए।

लप्टन खाली गाडीमा चढे अनि एउटा सिट छानेर बसे। ड्राइभर स्टेयरिङमा घोप्टो परेर सुतिरहेको उनले देखे। त्यो कालो कुकुरको अत्तोपत्तो थिएन। तर उनलाई थाहा थियो, त्यो कुकुर पक्कै पनि गाडीभित्र छ। उनले सोचे, टिकट जाँच्ने आइमाईले युवतीलाई त्यहीँ रोकिन् र त्यो

कुकुर मात्र मा:च्वाङ पुग्यो भने राम्रो हुनेछ, त्यहाँ पुगेर उनले त्यस कुकुरलाई मारी त्यसको छाला काढेर मासु खानेछन् ।

लप्टनले टाउको फर्काएर गाडीको पछाडिको सिसाबाट टिकट जाँच्ने ठाउँ हेरिरहे । फूलको गुच्छा बोकेकी युवती अनुहारमा मुस्कानसहित हिँडेर गाडीभित्र पसिन् । क्या गजब ! सुन्दरीहरूले कहिले पनि टिकट किन्नुपर्दैन ।

उनी गाडीमा एउटा सिट छानेर बसिन् । उनी छड्के परिन् अनि आफ्नो मुस्कान र ती ताजा फूल लप्टनलाई अर्पण गरिन् ।

लाउडस्पिकरबाट गाडी प्रस्थान गर्दा बजाइने सङ्गीत प्रसारण हुन थाल्यो । ड्राइभरले टाउको उठाए । गाडीभित्र बसेका यात्रुलाई यसो एकचोटि हेरे, खुट्टाले थिचेर गाडी स्टार्ट गरे । गाडीको ढोका बन्द गर्ने स्विच थिचे, कटक आवाज निकालेर ढोका बन्द भयो । गाडी बिस्तारै गुड्न थाल्यो, लप्टनले आँखा चिम्लिए ।

२

सार्वजनिक गाडी मा:च्वाङ आइपुग्यो । रातो सूर्य पश्चिमतिर डुबिसकेको थियो । वाङ स गाडीबाट ओर्लिए, युवती पनि गाडीबाट ओर्लिइन् । त्यो कालो कुकुर पनि उफ्रेर तल झर्‍यो ।

वाङ सको घर अझै डेढ किलोमिटर टाढा थियो । गाडीबाट ओर्लिनासाथ वाङ सले प्राथमिक विद्यालयका सहपाठी मा: खाइकुओलाई भेटे । मा: खाइकुओ अहिले ग्रामीण बिक्री भण्डारका व्यवस्थापक थिए । मा: खाइकुओले देखेर 'वाङ स होइन ?' भनेर सोधे । वाङ सले 'हो' भने ।

मा: खाइकुओले भने, 'तिमीलाई के भयो यस्तो ? फोहोरको थुप्रोबाट भर्खर निस्केर आएको जस्तो पो देखिन्छौ त ।'

वाङ सले भने, 'साथी, बताइनसक्नु छ ।'

माः खाइकुओको नजर वाङ सको पछाडि उभिएकी स्वास्नीमान्छेले आकर्षित गरिसकेको थियो । वाङ सले 'माः खाइकुओ, माः खाइकुओ' भनेर बोलाए । माः खाइकुओले ईर्ष्या गरेजस्तो गरी भने, 'वाङ स साथी, उहाँ भाउजू हैन त ?'

वाङ सले भने, 'यही कुराका लागि त तनाव भइरहेको छ नि, साथी ।'

माः खाइकुओले भने, 'हाम्रा साथी त क्या दमदार रहेछन्, विदेशी भाउजू ल्याउने । अब हामीलाई कहिले बिहेको भोज ख्वाउने हो ? गजबका छौ, हामीलाई यसो परिचय पनि गरिदिने होइन ?'

वाङ सले रिसाएर भने, 'चुप लाग तिमी, मेरो कुरा त सुन, म उनलाई पटक्कै चिन्दिनँ ।'

माः खाइकुओले भने, 'कस्तो वाहियात कुरा गर्दै छौ ?'

'म उनलाई साँच्चै चिन्दिनँ,' वाङ सले भने, 'उनी त्यसै मेरो पछि लागेर आइरहेकी छन् ।'

माः खाइकुओ 'हा..हा..हा..' गरी ठुलो स्वर निकालेर हाँसे, 'भयो, भयो, तिम्रो कुरा । हेर उता भाउजूसमेत हाँस्न लाग्नुभयो !'

वाङ सले टाउको फर्काए । युवती अघिपछि जस्तै मुस्कुराइरहेकी थिइन् ।

माः खाइकुओले भने, 'स दाजु, स भाउजू, फेरि भेटौँला ।'

वाङ सले उनलाई रोके । हात जोड्दै भने, 'साथी माः, मलाई मद्दत गर । उनलाई लगेर तिमीहरूको बिक्री भण्डारको लजमा एक रात राखिदेऊ ।'

माः खाइकुओले भने, 'अब बढी सज्जन बन्ने कोसिस नगर, पछि म भेट्न आऊँला बरु । भाउजू, गएँ है ।'

'माः खाइकुओ, तिमी जान पाउँदैनौ,' वाङ सले कराएर भने ।

मा: खाइकुओ खुट्टा फटाएर साइकल चढे । साइकलमा टाउको फर्काएर हाँस्दै भने, 'स, तिमी पनि कमको छैनौ ।'

वाङ स निराश भएर साँझको घामले रातो भएको मा: खाइकुओको पिठ्युँ एउटा सानो गल्लीमा हराउँदै गरेको हेरिरहे । बाटामा धेरै मानिस हिँड्डुल गरिरहेका थिए । परचित मानिस भेटिएलान् भनेर उनी ठुलो बाटो छाडी नदीको डिलमा चढे अनि आफ्नो पुर्ख्यौली घर भएको लिचियाच्वाङ र त्यसैसँग जोडिएको उनकी हुनेवाली दुलहीको घर छियाओथउपाओतिर हेरे ।

वाङ स अरूको ध्यानाकर्षण हुने गरी त्यहाँ उभिइराख्न चाहेनन् । उनी नदीको डिलबाट ओर्लिए अनि हिलो भएको नदीको बगरमा हिँड्न थाले । बगरमा चिनियाँ फापरका बोट थिए । त्यहाँ बाक्लो घाँस पनि थियो । त्यसभन्दा भित्रतिर नदीको पानीसँगै जोडिएको बरुवाको घना झाडी भएको फाँट थियो । युवती सँगसँगै आइरहेकी थिइन् । उनको स्कर्टको तल्लो भागले त्यहाँ उम्रिएको घाँस हल्लाइरहेको थियो । कालो कुकुर त्यही घाँसमा उफ्री-उफ्री गइरहेको थियो ।

वाङ स बिस्तारै झाडीभित्र पसे । बरुवाको नरम लहराले उनको शरीर र हातमा बोकेको झोलामा छोएर खस्राकखुस्रुक आवाज निस्किरहेको थियो । बरुवाको पातमा भएका करौँतीजस्ता कडा काँडाले घोचेर उनको अनुहार र कानमा रगत देखिने प्वाल परे । उनलाई काँडाले घोचेर भएका ती घाउमा खुर्सानीले पोलेको जस्तो भयो तर त्यसबाट दु:ख केही अनुभव भएन ।

रक्तवर्णको घाम झाडीका केही पात र डाँठमा परिरहेको थियो, जसबाट एक विराट एवं दु:खद् दृश्य सिर्जना भएको थियो । वाङ सलाई आफू मनपरी हिँडिरहेको भुस्याहा कुकुरजस्तो लाग्दै थियो । टाउको फर्काएर पछाडि हेर्दा झाडीको रङसँग एकै देखिएको गाढा हरियो रङको स्कर्ट, झन् रङ्गीन देखिएका फूलको गुच्छा अनुहारभर उज्ज्वल मुस्कान भएकी युवती र झाडीका बोटहरूबीच गड्यौलासरी गइरहेको कालो कुकुर देखे ।

उनले तुरुन्तै विचार बदले अनि आफूलाई सिकारी र सिकारीको

कुकुरले लखेट्दै गरेको ब्वाँसो सम्झन थाले। हतारिएर टाउको फर्काउँदा बरुवाको चुच्चो पातले उनको आँखामा घोच्यो। त्यो असह्य दुखाइले उनको टाउको अकस्मात् फुलेर पड्केलाजस्तो भयो। आँखामा च्यापच्याप लाग्ने तातो आँसु आयो।

उनी अनियन्त्रित भएर दुःखको आवाज निकाल्न थाले। हातमा बोकेको झोला भुइँमा खस्यो। उनी दुवै हातले आँखा छोप्न थाले। त्यो दुखाइ आँखाबाट पसेर नाकमा र दुवै कानमा पुगेजस्तो लाग्यो। उनलाई दुःखी भएर रुनुपर्दाको भन्दा धेरै गुणा बढी दुखाइको अनुभव भइरहेको थियो। त्यो च्यापच्याप लाग्ने तरल पदार्थ उनको हातभरि लाग्यो। उनले भयभीत भएर सोचे, 'बरबाद भयो, आँखै फुट्यो मेरो त।'

वाङ सको मनमा कालो बादल मडारिन थाल्यो। उनलाई आफू एकदम दयनीय एवं दुःखी भएको लाग्यो। उनले आँखा छोप्दै गरेको हात तल झारे र गाह्रो मानी-मानी आँखा खोल्ने प्रयास गरे। परेलाहरू असामान्य रूपमा भारी थिए। तैपनि ठुलो चिन्ताबीच अलिकति आँखा खोल्न सके।

तुरुन्तै चम्किलो प्रकाश वाणजस्तो गरी उनको आँखामा पस्यो, आँखाहरू फेरि तुरुन्तै बन्द भए। बररर आँसु बग्न थाल्यो। प्रकाश देख्न सकियो भनेपछि आँखा अन्धो भएको रहेनछ। त्यस सुखद् विचारले उनको मनको अन्धकार हटाइदियो। आँखामा लागेको चोटले ती युवतीको सबै ऋण तिरिसकेको जस्तो आनन्ददायी अनुभव पनि उनको मनमा गरायो।

उनी बल गरेर पछाडि फर्किए, शरीरले बल गरेर झाडीलाई ठेल्दै सुन्निएको रातो आँखा खोलेर ठुलो स्वरमा चिच्याए, 'मेरो आँखा फुट्यो, म अन्धो भएँ। अब त तिमीलाई सन्तोष भयो होला नि ?'

सुन्तला रङको घामले अझै पनि चोट लागेको आँखामा घोचेजस्तो दुःख दिइरहेको थियो। आँसु बगिरहेको थियो। पिरो, पोलेको, झमझमाएको अनुभव भई नै रहेको थियो। उनलाई आफ्नो आँखा फुटेको छैन, आफू अन्धो भइएको छैन भन्ने राम्ररी थाहा थियो तर एकपटक फेरि विशेष जोड दिएर बेसरी कराए, 'मेरो आँखा फुट्यो।'

उनको आँखा अन्धो त भएन तर दृष्टि अस्पष्ट थियो। सीमाहीन विशाल झाडी उनलाई एउटा निलो भित्ताजस्तो लाग्यो । ती युवतीचाहिँ त्यस भित्तामा टाँगिएको मूर्तिजस्तो । कालो कुकुर उनको शरीरको दायाँपट्टि बसिरहेको थियो तर स्पष्ट देखिएन। खालि त्यसका दुई राता आँखा देखिए। हरियो भित्तामा टाँसिएका दुईवटा राता प्रकाशविन्दुजस्ता।

पछि उनको आँखाअगाडिको निलो पर्खाल बिस्तारै हट्दै गयो। सुन्तला रङको घाम पारदर्शी कुहिरोजस्तो बरुवाको झाडीमा व्याप्त हुने गरी लागिरहेको थियो। बरुवाका बोटहरू आपसमा छोइएर सीधा उम्रिएका थिए। मानौं, अव्यवस्थित रूपमा उभिएका एक-एक झुन्ड सिपाही हुन्।

युवतीको अनुहारमा दुई लहर आँसु बगिरहेको थियो। फूलहरू अझै ताजा देखिन्थे। फूलका बोट र पात पनि ताजा देखिन्थे, मानौं तिनीहरू सुनचाँदीका पातमा कौडीहरू टाँसेर बनाइएका हुन्। कुकुरचाहिँ चिसो काँचको जस्तो देखिन्थ्यो।

युवतीको ओठ अलिअलि चलिरहेको थियो। केही बोल्न खोजेजस्तो देखिन्थ्यो तर उनले मुख खोल्दै खोलिनन्। वाङ सलाई लाग्यो, त्यस युवतीलाई बोल्न लगाउनु आकाशमा उड्नुभन्दा पनि गाह्रो काम हो। उनले भने, 'हेर म फेरि चेतावनी दिँदै छु। तिमीले मेरो पिछा गरिरह्यौ भने म तिमीलाई साँच्चै मारिदिन्छु, मैले त्यसै तर्साएको भनेर नसोच्नू।'

अगाडिपछाडि, दायाँबायाँतिर देखाउँदै भन्दै गए, 'यहाँ नजिकै न गाउँ छ न पसल, तिमीलाई मारेर नदीमा फालिदिए कसैलाई थाहा हुने छैन।'

युवतीले मन्त्रमुग्ध भएर उनको ओठमुख हेरिरहिन्। अनुहारमा मुस्कान देखा पर्‍यो, शरीरबाट निस्केको गन्धले वाङ सको मुख टालिदियो। उनलाई स्पष्ट रूपमा थाहा छ, आफू स्वास्नीमान्छेमाथि हात उठाउन सक्ने मान्छे होइन, खास गरी सामुन्नेकी स्वास्नीमान्छेमाथि।

उनले केही उपाय नपाएर वरपरको बरुवाको झाडी हेर्न थाले- साँझ पर्दै आउँदा आकाशमा आएको परिवर्तन, बरुवाको बोटले गर्दा केही बिस्तारै बग्दै गरेको नदीको पानी, पानीमा भएको माछाको गन्ध। बरुवाको बोटको

हलुका गन्ध साँझमा धेरै कडा भएको थियो ।

त्यस बेला उनले ती युवती र कुकुरको पछिल्तिर झाडीको बीचमा गाढा रातो एक डल्लो अलि-अलि चलिरहेको देखे । त्यो फ्याउरो हो भन्ने चाल पाए र त्यसै बेला फ्याउरोको शरीरको गन्ध पनि उनको नाकमा पऱ्यो । उनले स्वाभाविक रूपमा फ्याउरो र स्वास्नीमान्छेबीच अनि दन्त्यकथा र वास्तविकताबीच सम्बन्ध स्थापना गर्न पुगे- स्वास्नीमान्छेबारे बुझिनसकिने सबै कुराको जवाफ स्वास्नीमान्छेलाई फ्याउरीसँग जोडेर सोचेपछि पत्ता लाग्छ । यी स्वास्नीमान्छे रूप फेरेर आएकी फ्याउरी हुन् । उनी फ्याउरी नै हुन् ।

वाङ सले आफू पहिले पौडीबाज छँदा ढुङ्गाको ओसिलो कोठाको त्यो साँघुरो फलामे खाटमा पल्टेर यताउता हल्लिने गरी 'लियाउचाई चर्यी' भन्ने चिनियाँ दन्त्यकथाको पुस्तक पढेको सम्झिए । त्यो बेला उनलाई कुनै फ्याउरी एउटी सुन्दरी मायालु स्वास्नीमान्छेका रूपमा आफ्नो नजिक आइदिए कति राम्रो हुन्थ्यो भन्ने लाग्ने गर्थ्यो । अहिले फ्याउरीबाट बनेकी स्वास्नीमान्छे आफ्नै नजिक छिन् । उनले छायाले जस्तो पिछा गरिरहेकी छन् । कल्पना यथार्थमा बदलिएको छ तर त्यसको परिणामचाहिँ यस्तो पीडादायक !

वाङ सले आफैँलाई व्यङ्ग्य गर्दै सोच्न थाले, 'म पनि साँच्चिकै अजीबको रहेछु । त्यस बेला फ्याउरी सुन्दरी भएर आओस् भनी सोच्ने, अहिले आउँदा फेरि तर्सिएर भाग्ने !'

उनलाई अलिकति अप्ठ्यारो लागेको मात्र हो, साँच्चै डराएको होइन, अझ भनौँ भने अलिकति हलुकै अनुभव भएको थियो । वाङ सलाई कुनै आइमाईले पिछा गरी भन्दा बदनामको कुरा होला तर वाङ सलाई फ्याउरी सुन्दरीले पिछा छाडिन भन्नु फेरि अर्को कुरा हुन जान्छ । त्यसलाई ढाकछोप गर्नुपर्दैन । अझ त्यसको फुर्ती लगाउँदै हिँडे हुन्छ । फ्याउरी सुन्दरीले पिछा गर्ने, मन पराउने पुरुष अलौकिक शक्तिको हुन्छ । त्यस्तो पुरुषलाई कसैले खराब भन्न सक्दैन । त्यस्तो पुरुषलाई अनुशासन पनि लाग्दैन ।

वाङ सलाई भारी बिसाएजस्तो हलुका अनुभव भयो। मनमा आनन्द महसुस हुनासाथ आँखा पनि तुरुन्तै तेजिला भए। उनले फ्याउरोको शरीरका सुन्दर वक्ररेखा स्पष्ट देखे। फ्याउरोको लामो साँघुरो नाक, घुमेको ठुलो पुच्छर। उनलाई फ्याउरोको आँखाको भाव र त्यस युवतीको आँखाको भाव पनि ठ्याक्कै उस्तै लाग्यो। उनलाई आज दिनभरको त्यो दर्दनाक कहानी बेकार भोगेजस्तो लाग्यो। सुरुमै यसरी सोच्न सकेको भए कति जाती हुन्थ्यो !

उनले झोलाबाट एउटा चिकेन ससेज निकाले। त्यसको बाहिरको प्लास्टिक च्यातेर फाले अनि ती युवतीको अगाडि दुईचारपटक हल्लाउँदै हाँसेर भने, 'अब बल्ल मैले तिमी किन मेरो पछि लागेर आइरहेकी छ्यौ भन्ने थाहा पाएँ, मलाई थाहा छ तिमी फ्याउरी हौ तर म तिमीसँग डराउँदिनँ, ल खाऊ।'

यति भनेर उनले ससेज फ्याउरोको अगाडि फालिदिए। फ्याउरो तर्सेर उफ्रियो अनि सानो निलो नाकले सुँघ्दै ससेज खोज्न थाल्यो। वाङ सलाई मनमा ठुलो सन्तोष अनुभव भयो। तर त्यसपछि तुरुन्तै घटेको घटनाले उनको सन्तोषलाई कता पुऱ्यायो कता।

ती युवतीको एकातिर बसिरहेको कालो कुकरले अकस्मात् उफ्रिई फ्याउरोलाई टोकेर लडाइदियो। कुकुरले टाउको यताउता हल्लाइराख्यो। त्यसको गर्दनका रौँ ठाडा भएका थिए, घाँटीबाट धोत्रो आवाज निस्किरहेको थियो। फ्याउरोले डराएको तिखो आवाज निकालिरहेको थियो। कुकुरको मुखको मुनि एउटा रातो धागोको डल्लो बसिरहेको थियो। अकस्मात् त्यहाँ एक किसिमको कडा दुर्गन्ध फैलियो, जसले गर्दा वाङ सलाई बान्ता आउलाजस्तो भयो। कालो कुकर मुख खोलेर फनफनी घुम्यो, फ्याउरो मुखले ससेज च्यापेर झाडीभित्र बेपत्ता भयो।

ओसिलो भुइँमा फ्याउरोका सुनौला पहेँला रौँका केही झुप्पा थिए। युवती पहिलेजस्तै उभिएकी थिइन्, मानौँ भर्खर घटेको घटना उनले देख्दै देखिनन्। वाङ सले दुःखी भएर सोच्न थाले- फ्याउरो फ्याउरै रहेछ,

युवती युवती नै रहिछिन्। भूतप्रेत, फ्याउरीका कथाद्वारा आफ्नो समस्याको समाधान निकाल्ने उनको कल्पना पूरै भङ्ग भयो।

आकाश अँध्यारो हुँदै आयो। पानीमाथि उड्ने चराहरू झाडीमा बसेर कराउन थाले। वाङ सले टाउको उठाएर साँझको हावामा तरङ्गजस्तै चल्दै गरेका बरुवाका बोटहरू हेरे। त्यस बेला उनले जनमुक्ति सेनाको 'आठौँ पथ सेना' ले जापानसँग प्रतिरोधात्मक गुरिल्ला युद्ध लड्दाका केही कथा सम्झे।

झाडीका अग्ला बोटहरूपछाडि लुकेर ती युवतीबाट टाढिन सक्छु भन्ने आत्मविश्वास उनमा पैदा भयो। मनमनै विचार गरिसकेपछि उनले युवतीको अनुहारमा हेरिरहे अनि बिस्तारै जिउ तल झारेर टुक्रुक्क बसे। भुइँबाट दुई मुठी हिलो टिपेर बिस्तारै उठे। 'होसियार !' उनी ठुलो स्वरमा कराए अनि अकस्मात् दुवै हात उठाएर युवतीको अनुहारमा हिलो छ्यापिदिए।

वाङ स जिउ निहुर्‍याएर औँला फटाएका हातले आँखा छोप्दै, टाउकाले झाडीका बोट पन्छाउँदै दौडन थाले। बरुवाका बोटहरूले आफ्नो शरीरनजिक पुग्नासाथ एकातिर ढल्केर बाटो बनाइदिएजस्तो उनलाई लाग्यो। उनी त्यहाँबाट पार हुनासाथ तिनीहरू फेरि सीधा भइहाल्थे। उनलाई पैतालामुनिको हिलोमाटो झन्-झन् च्यापच्याप लाग्ने हुँदै आएजस्तो लाग्यो। जुत्ताको फित्ता कसिने गरी नबाँधेको भए जुत्ता अघि नै हिलोमा गाडिएर निकाल्न नहुने भइसक्थ्यो होला।

वाङ सले नदीको पानीमा हेरे। त्यसमा साँझको रातो आकाशको छाया परेको देखे। स्वाँस्वाँ गरी दौडँदादौडँदै उनलाई ती युवतीको अनुहारमा हिलो माटो लागेको दृश्य याद आउन थाल्यो। उनलाई पानी बरफजस्तो चिसो भएको अनुभव हुन थाल्यो र आफ्नो निर्दयी कामप्रति पछुतो लाग्न थाल्यो। तर त्यस्तो पछुतो पनि उनको मनमा एकै छिनका लागि मात्र रह्यो, किनकि उनको पछाडि झाडीबाट आउँदै गरेको खस्राकखुस्रुक आवाजले ती युवती र कुकुर आइपुग्नै लागे भन्ने उनलाई थाहा भयो।

टाउको फर्काएर पछाडि हेर्न डर लाग्यो तर नहेरीकन पनि बस्न सकेनन्। युवतीको अनुहारभरि हिलो लागेको थियो। हेर्दैमा दयालाग्दो पनि, रिसउठ्दो पनि। वाङ सको मनमा एक किसिमको विध्वंशात्मक बल उत्पन्न भयो। उनका हातहरू कडा हुँदै बाउँडिएजस्ता हुन थाले। युवती मुस्कुराउन थाल्नासाथ उनको अनुहारमा लागेको हिलोमाटो तल झर्न थाल्यो। वाङ सले दाह्रा किटेर भने, 'म तँलाई घाँटी थिचेर मार्छु, कुकुर्नी।'

वाङ स लम्केर गए अनि दुवै हातले यताउता नपर्ने गरी ठ्याक्कै उनको घाँटीमा पक्रिए। युवतीले निलो खाडलजस्तो देखिने गरी मुख खोलिन् र भ्यागुतो कराएजस्तो आवाज एकपटक निकालिन्।

त्यसपछि उनको मुखबाट घाँसको कडा गन्ध निस्केर वाङ सको अनुहारसम्म आइपुग्यो। कडा गन्धले उनको आँखा पिरो हुन थाल्यो र आँसु आउन थाल्यो। त्यसै बेला उनको हातका चोरऔँला र बुढीऔँलाबीचको भागले विशेष संवेदनशील रूपमा ती युवतीको घाँटीको कोमलता र न्यानोपना चाल पाउन थाल्यो। वाङ सलाई आफ्ना हातहरूले भर्खर जन्मेको सानो चराको प्वाँख समाइरहेजस्तो लाग्यो। न्यानो, निर्दोष, करुणा, न्याय, नैतिकता, यस्ता हजारौँ अनुभव उनको मनमा एकसाथ देखा परे।

वाङ सले हात खुकुलो पारे। ती युवतीको घाँटीमा रातो दाग देखेपछि उनलाई आफ्नो जिउ पछाडिको नदीको पानीबाट चिसो शीतलहर उठेजस्तो अनुभव भयो। उनले एकचोटि लामो सास ताने, फरक्क फर्केर माछाजसरी नदीभित्र छिरे।

वाङ स आत्महत्या गर्ने विचारले नदीमा हाम्फालेका थिए। उनले शरीर डुब्दै गर्दा हातगोडा जोडिरहे। आफूलाई तैरेर बचाउने कुनै प्रयास गरेनन्। बिस्तारै-बिस्तारै बग्दै गरेको नदीको पानीले उनको शरीरमा हलुका दबाब दिँदै गयो। उनलाई आनन्द अनुभव भयो। त्यस प्रकारको दबाब कुनै खालको सुमसुम्याइजस्तो लागिरहेको थियो। डुब्दै जाने क्रममा उनका आँखाबाट आँसु अविरल बग्दै थिए।

जति तल पुग्दै गयो, उति नै चिसो हुँदै गयो । नदीको पिँधमा पुग्दा उनको भारी भइरहेको टाउको चिसो पानीका कारण फेरि ताजा भयो । जब उनले आँखा खोले, पहिले सुन्तला रङको धमिलो एक पत्र देखे, कानमा 'हुनुनु' आवाज आइरहेको थियो । एकैछिनपछि धमिलो निलो पानीको भित्री रङ देखिन थाल्यो ।

समुद्री सेनामा १५ वर्ष बिताएकाले उनमा पानीभित्र नआत्तिईकन बस्ने, पानी मुनिका रङहरू अवलोकन गर्ने, दिशा छुट्याउने शक्ति विकास भइसकेको थियो । उनले पानीभित्र उम्रिएका झारहरूबीच केही ठुला माछा पौडिरहेको देखे । ती माछाले मुखबाट हावाका फोका निकालिरहेका थिए ।

उनी नदीको पिँधमा घोप्टो परेर पल्टिए र आफ्ना दुवै हात नदीको पिँधको बलौटे माटामा घुसारे । उनलाई पानी माथिको जीवनको सम्झना आउन थाल्यो र आफू त्यसरी पानीमा डुबेर आत्महत्या गर्न खोज्नु ठुलो मूर्खता भएजस्तो लाग्न थाल्यो । संसारमा उपाय नै नहुने भन्ने कुरा केही हुँदैन, जब मर्नै समेत डर लाग्दैन भने अरू डराउनुपर्ने कुरा के होला ? उनलाई छाती भारी भएको अनुभव हुँदै आयो । रगतमा अक्सिजनको मात्रा कम भइसक्यो भन्ने उनले बुझे । टाउकामाथि एउटा घुमाउरो सर्प दौडिरहेको थियो ।

वाङ सले पानीबाट बाहिर निस्किने निर्णय गरे । उनले बलौटे माटामा गाडिएका औँला निकाले । पानीसँग बग्न थालेपछि उनको शरीर तैरिँदै आयो । त्यसै बेला उनको मनमा एउटा जुक्ति सुझ्यो- अपराधीहरू बेपत्ता हुने गरी भाग्न नसक्नुको एउटा मुख्य कारण शरीरको गन्ध हो, तालिमप्राप्त कुकुरले तिनीहरूको शरीरको गन्ध सुँघ्दै खोज्न सक्छ । चलाख अपराधीहरू नदीको पानीको मद्दतले आफ्नो गन्ध हटाउँछन् र कुकुरको पिछाबाट मुक्ति पाउँछन् । वाङ सले ती युवतीको पिछाबाट जोगिन नसकेको एउटा मुख्य कारण त्यो कालो कुकुर पनि हो ।

उनले पानीमा हाम्फाल्दा यसरी कालो कुकुरको पिछाबाट पनि छुटकारा पाउन सकिन्छ भनेर सोचेका थिएनन्, क्या गजब भएछ !

वाङ सले नदीको गन्हाउने पानी दुई घुट्का पिए। त्यसपछि सास रोकेर पानीभित्रको आफ्नो विशेष क्षमता प्रयोग गरी वाणजसरी पानी बग्दै गरेको दिशातिर हान्निएर गए। पानी बग्दै गरेको दिशातिर गएको हुनाले उनको आफ्नो शक्ति पटक्कै खर्च भएन। पिछ्बाबाट छुटकारा पाउने प्रबल आशाले उनी सकेसम्म टाढा नदीको बीचतिर पौडन खोजिरहेका थिए। सकेसम्म लामो समय पानीभित्र रहन चाहिरहेका थिए। छाती भारी भएर, कानमा बढी चाप भएर दुख्न थालेपछि मात्र उनी किनारातिर लागे र बरुवाका दुई बोटलाई हातले समातेर टाउको बिस्तारै नदीको सतहबाट बाहिर निकाले।

यति गर्दा केही आवाज निस्केन। स्वच्छ, सुगन्धित, बहुमूल्य हावा नाक र मुख हुँदै उनको शरीरभित्र प्रवेश गऱ्यो। एकैछिनमा उनलाई सन्चो अनुभव भयो।

वाङ सले आँखामा लागेको पानी पुछे र उत्सुकताका साथ सुनौलो नदीको सतहवरपर हेर्न थाले। उनी पानीको सतह शान्त भएको देख्न चाहन्थे। नभन्दै पानीको सतह ऐनाजस्तै शान्त थियो। उनलाई पिछा छुटाउन गरेको आफ्नो क्रियाकलाप सिनेमाजत्तिकै सुन्दर लाग्यो। उनी सोच्न थाले- जलसेनामा १५ वर्ष काम गरेको खेर गएन।

नदीमा ससाना तरङहरू उठ्न थाले। कुकुर झाडीबाट भुक्न थाल्यो। वाङ स होसियार भए। आफ्नो शरीरलाई सकेसम्म तल पुऱ्याउन खोजे। पानीभित्रका केही झार चुँडाएर टाउकामाथि राखे। आँखा पानीबाहिर निकालेर वरपर हेर्न थाले। नाक पनि पानीबाहिर निकालेर सास तान्न थाले। उनलाई नदीको पानी न्यानो लाग्यो। शरीरमुनि बग्दै गरेको हिलो पानी चिप्लो लाग्यो। त्यसरी नदीको पानीमुनि लुक्दै गरेकामा उनलाई एक किसिमको आनन्द अनुभव भयो।

वाङ सको आनन्द आउन पनि छिट्टै आउने, जान पनि छिट्टै जाने खालको थियो। उनी जुन कुरा नहोस् भनी चाहन्थे, त्यही कुरा उनकै आँखासामु भयो।

नदीको माथिको भाग, अहिले भर्खरै नदीमा हाम्फालेको ठाउँनिर त्यही युवती अकस्मात् उनको दृष्टिरेखामा परिन् । हरियो स्कर्ट लगाएकी, ताजा फूलको गुच्छा बोकेकी युवती सीधा नदीको बीचतिर हिँड्दै गइरहेकी थिइन् ।

साँझको सुनौलो आकाशमुनि उनको शरीर गम्भीर एवं भव्य देखिएको थियो । नदीको पानी उनको घुँडासम्म पुगेपछि स्कर्ट पानीको सतहमा तैरिन थाल्यो, कालो कुकुर पनि ठुलो स्वर निकालेर भुक्न थाल्यो ।

बरुवाको झाडीमुनि लुकिराखेको हुँदा वाङ सले त्यसको आवाज मात्र सुन्यो, देख्न सकेन । जति नदीको बीचतिर हिँड्दै गयो, हरियो स्कर्ट उति नै बढी तैरिँदै गएर एउटा ठुलो कमलको पातजस्तो देखिन थाल्यो । पानी उनको कम्मरसम्म पुग्यो । स्कर्ट उनको देब्रेतिर पुग्यो र पानीको बहाउसँगै एक किसिमको फराकिलो समुद्री वनस्पतिजस्तो देखिन थाल्यो । बिस्तारै पानी उनको छातीसम्म आइपुग्यो ।

वाङ सको मनमा चिसो पस्न थाल्यो । फूलको गुच्छा युवतीको छातीमै उम्रिएको जस्तो देखिन थाल्यो । माथितिर सरेको पनि होइन, तलतिर झरेको पनि होइन । पानीले तिनीहरूको आकार परिवर्तन गर्न सकेको थिएन । नदीमा सुनौलो पानी बगिरहेको थियो । गाढा हरियो रङकी युवतीको आधा जिउ, ताजा फूलको एक गुच्छा, कुहिरो लागेजस्तो अस्पष्ट त्यस ठाउँमा अति सुन्दर तैलचित्रजस्तो देखिएको थियो ।

युवती अगाडि बढ्दै गइन् । नदीको पानीले उनको शरीर हल्लिरहेको थियो । उनको सल पानीमा तैरिन थाल्यो । कुकुरको भुकाइ पहिलेभन्दा चर्को हुन थाल्यो । हेर्दाहेर्दै युवतीको टाउको पानीभित्र डुब्यो ।

वाङ सले फेरि एकचोटि आँसु बगाए । उनलाई थाहा भयो, त्यसरी लुकेर बस्नुको अब कुनै अर्थ छैन । युवती नदीमा बग्दै आइरहेकी थिइन् । कहिले पानीको सतहमाथि एउटा फूल देखिन्थ्यो त कहिले एउटा हात उठेको ।

वाङ स झाडी र नदीको पानीको सिमानामा पुगी टोलाएर हेर्न थाले ।

सबै समस्या समाधान भएजस्तो लाग्यो उनलाई। युवती र नदीको पानी एकसाथ बग्दै थिए, अलि-अलि गरी बग्दै आफ्नो अगाडि आइपुगे। कुकुर भुकेको आवाज पनि आफ्नो अगाडि सुनिन थाल्यो। उनी अकस्मात् ठुलो स्वरले रुन थाले किनकि उनले युवतीलाई आफ्नो अगाडिबाट बग्दै जान दिने निर्णय गरिसकेका थिए। उनले मनमनै भने, 'हेर्दा उनी आफैँ नदीबीचसम्म हिँडेर गएकी थिइन् तर वास्तवमा मैले उनलाई नदीको बीच ल्याएको हुँ।'

युवती पानीमा चलमल गर्दै थिइन्, जीवन र मृत्युको दोसाँधमा डुब्ने, तैरिने गर्दै थिइन्। संसारमा अरू मर्दै गरेको देख्दा पनि नबचाउने जस्तो नीच कुरा अरू के होला ? अहिलेको परिस्थिति फेरि मर्दै गरेकालाई नबचाउने जस्तो सरल पनि होइन। वाङ सको मन विचलित हुन थाल्यो। उनलाई ती युवतीको आत्मबलिदानको भावना दुर्लभ र उच्च कोटीको लाग्न थाल्यो। 'मेरा लागि उनले मर्नेसम्मको साहस गरिन्। कि म पनि आत्महत्या गर्छु कि उनलाई बचाउँछु,' वाङ सले मनमनै भने।

युवती बग्दै वाङ सको अगाडि आइपुगिन्। कुकुर उनको शरीरको एकातिर उभिई नदीतिर हेरेर भुक्दै थियो। कुकुरको आँखामा चम्किलो पानी भरिएको थियो। त्यसबाट कुकुरसमेत रोयो भन्ने स्पष्ट थाहा हुन्थ्यो। कुकुरको भुकाइलाई जवाफ दिनका लागि जस्तो गरी अकस्मात् युवतीको एउटा हात पानीको सतहबाहिर देखियो।

उनका हात सुनाखरी फूलजस्तो देखिन्थे। उनको हातका औँलाहरूबीचमा पातलो पारदर्शी झिल्ली भएजस्तो देखिन्थ्यो।

वाङ स हिचकिचाउन छाडे। बल गरेर अगाडि बढे। लामो समयको अभ्यासले सुन्दर एवं फुर्तिलो बनेको शरीर रेसमको रिबनजस्तो सुन्दर प्रकाशपुञ्ज बोकेर पानीभित्र छिऱ्यो। त्यो नदी त्यति फराकिलो थिएन। चारपाँच पटक बल गरेपछि उनी नदीको बीच भागमा पुगे।

युवतीको त्यो हात फेरि उठ्न थाल्यो। वाङ सले उनको हत्केलाको पछाडिको भाग समाते, जसले गर्दा उनले औँलाहरूले वाङ सलाई समात्न

सकिन् । त्यस्तै अवस्थामा बल गरेर युवतीको शरीरलाई एउटा ठुलो माछाजस्तो गरी ठेलेर पानीको सतहबाहिर पुऱ्याए । युवतीको अर्को हातले आफूलाई समाउला भनी वाङ स सावधान थिए । किनकि डुब्दै गरेको मान्छेले बचाउन आएको मान्छेलाई समाउनु या समाउन खोज्नु सामान्य कुरा थियो । तर त्यसै कारण बचाउन जाने मान्छे पनि उसैसँग डुबेर मर्ने अवस्था आउँछ ।

युवतीले आफूलाई समाउन खोजे उनको कन्चटमा मुक्का हानेर केही छिनका लागि बेहोस बनाउने र कपाल तानेर नदीको किनारा लगाउने विचार गर्दै थिए, वाङ स ।

तर युवतीको अर्को हातले फूलको गुच्छा पक्रिराखेको थियो । उनले गुच्छालाई कुनै अवस्थामा पनि छाड्लिन् जस्तो देखिएन । वाङ सले कसिसकेको मुठी बिस्तारै फुकाए र फेरि एकचोटि लामो सास ताने ।

उनलाई युवतीको कपाल तान्न अप्ठ्यारो लाग्यो । हात मात्रै समाती बल गरेर पानीको धारकै दिशा बग्दै किनारातिर बढ्दै गए । पानीभित्र उनका हातगोडा राम्ररी चल्थे । दिमागले पनि राम्रो काम गर्थ्यो । उनलाई पानीभित्रको वीर भन्दा फरक पर्दैन । उनलाई आफू एक सिपाही भएकामा पुनः गौरव अनुभव भयो । अघिदेखि आत्तिएर एकनासले झाडीभित्र भुक्ने कुकुर बल्ल बहादुरीपूर्वक नदीभित्र हाम्फाल्यो र उनीहरू भएतिर पौडँदै आयो । वाङ सले हेरिरहेका थिए, कुकुर पानीमा हाम्फालेको तरिका राम्रो थियो । तर पौडने ढङ्ग पटक्कै ठिक थिएन । कुकुरको पौडने ढङ्ग त्यस्तै हुने भएर नै भर्खर सिकारुले पौडँदा हेपेर 'कुकुर पौडेजस्तो' भन्ने गरिएको होला ।

यस्तो सोच्दासोच्दै उनलाई हाँसो छुट्लाजस्तो भयो । कुकुरको नाक र आँखा मात्र पानीबाहिर थियो । पूरै जिउ सीधा रेखाले बनेको एउटा सरल चित्रजस्तो देखिन्थ्यो । पुच्छर पानीभित्रै थियो । वाङ स कुकुरलाई सराप्दै बरबराउन थाले । 'म हाम्फालेर नआउँदा तँ पनि नआउने, म हाम्फालेर आएको देखेपछि तँ पनि हाम्फालेर आउने ? बहादुरीको नक्कल गर्ने तेरो तरिका त भएन नि ।'

कुकुर दौडेर आइपुग्यो। मुख खोलेर युवतीको स्कर्टमा झम्ट्यो तर त्यसको घाँटीभित्र पानी पसेर सर्किन थाल्यो। त्यसले स्कर्टबाट मुख हटायो तैपनि नाकबाट ठूलो आवाज निस्कँदै गऱ्यो।

वाङ सले खिज्याएका आँखाले कुकुरको अनुहार हेर्दै लामो सास निकाले। उनले छिटो-छिटो हातगोडा चलाएर चारपाँचचोटि बल गर्दा खुट्टाले नदीको पिँधमा रहेको हिलो पानी छुन सक्यो। उनी सीधा उभिए, एक हातले युवतीको गर्दन, अर्को हातले गोडा उठाएर नदीको किनारा बगरमा पुऱ्याए। उनलाई आफ्ना गोडा नदीको हिलोमा धेरै गहिरो हुने गरी गाडिएकाले आफैँ निकाल्न नसक्ने भएको अनुभव भयो।

अलि सुक्खा ठाउँसम्म हिँडेर गई उनले युवतीलाई भुइँमा बिसाए। उनलाई आफ्नो कम्मर र गोडा दुखेको अनुभव भयो। उनले युवतीको नाकतिर हात राखेर हेरे। सास बिस्तारै चलिरहेको थियो। उनी निश्चिन्त बने। युवती अझै बेहोस थिइन्।

हरियो स्कर्ट, लामो कपाल, फूलहरू भुइँमा छरपष्ट थिए। उनको पेट फुलेको थियो। वाङ सलाई त्यसको कारण थाहा थियो। कालो कुकुर पनि त्यतैतिर आयो। त्यसको रौँ जिउमा टाँसिएको थियो। पुच्छर लत्रिएको थियो। हेर्दा दयालाग्दो पनि, रिसउठ्दो पनि।

वाङ सले कुकुरलाई एकचोटि खुट्टाले हाने। कालो कुकुरले आफूलाई बचाउन सकेन। एक बल्ड्याङ खायो। कराउन थाल्यो। पल्टिँदै अलि पर पुगेर उभियो। जिउ बेसरी हल्लाएर सयौँ थोपा पानी झाऱ्यो। त्यस बेला वाङ सलाई आफू नैतिकतामा सबैभन्दा अगाडि परेको अनुभव भयो। उनले ती युवतीलाई पछाडि पार्न सफल भए। त्यस कुकुरलाई त झन् भन्नै परेन।

वाङ सले युवतीलाई उनको पेट आफ्नो काँधमा थिचिने गरी बोके र दायाँबायाँ हल्लिँदै अगाडि बढ्न थाले। १५-२० पाइला हिँडेपछि उनको मुखबाट सङ्लो पानीको फोहोरा निस्कियो। उनको टाउको, छाती अगाडि झुन्डिएको हुँदा उनको कपाल केही गर्दनमा बेरिएको थियो भने केहीचाहिँ

घुँडासम्म पुगेको थियो। त्यसैले उनको मुखबाट निस्केको पानी केही उनको पेटमा पऱ्यो भने केहीचाहिँ आफ्नै कपालमा, बिस्तारै उनका दुवै खुट्टामा झर्न थाल्यो।

युवतीलाई काँधमा बोकेर वाङ स १० मिनेट हिँडे। त्यसबीच युवतीले तीनचोटि बान्ता गरिन्। उनको पेट खाली हुँदै गएको वाङ सले थाहा पाए। युवतीको शरीर हृष्टपुष्ट थियो।

वाङ स दिनभर हिँडिरहेका र अहिले युवतीलाई बोकेका कारण धेरै थाकेका थिए। उनको सास बढेको थियो। उभिइराख्न पनि गाह्रो भएको थियो।

उनले युवतीलाई बरुवाका बोटहरूका बीचमा उत्तानो पारेर सुताए र आफू पनि नजिकै बसे। युवतीले अप्ठ्यारो भएजस्तो गरी केही पटक आवाज निकालिन्। आँखा खोलिन्। अघिपछि जस्तै गरी मनमोहक र कहिलेकाहीँ भयभीत पनि पार्ने किसिमको मुस्कान उनको अनुहारमा देखा पऱ्यो। वाङ सलाई न्यानो अनुभव भयो।

साँझ परिसकेको थियो। सुनौलो पहेँलो बनेको थियो संसार। युवतीको स्कर्ट उनको मासुमा टाँसिएको थियो। स्कर्ट अस्तव्यस्त थियो, हिउँजस्तो एउटा तिघ्रा र अर्को तिघ्राको भित्री भाग बाहिर देखिएको थियो। अचानक उनलाई तातो रगत आफ्नो टाउकोतिर जोडले बग्न थालेको जस्तो लाग्यो।

उनलाई आफू पानी उम्लेपछि बज्ने कित्लीले जस्तै पोल्ने बाफ निकाल्दै बज्न थालेको अनुभव भयो। वाङ सले आफूलाई नियन्त्रण गर्न नसकी उनको शरीर हेर्न थाले र आफ्ना सबै दुःख बिर्सन थाले। उनले काँपेको हातले युवतीको चिप्लो तिघ्रा छोए। त्यतिखेर त्यो कालो कुकुरले फेरि एकचोटि पूरै जिउ हल्लाएर झारेको पानी उनको ज्वरो आएको अनुहारमा नपरेको भए वाङ स ठूलो गल्ती गर्न पुग्थे होला।

कुनै पोल्ने वस्तु छुन पुगेजस्तो गरी झट्कारेर युवतीको तिघ्राबाट हात हटाए। उनले भिजेर निथ्रुक्क भएको कालो कुकुरलाई एकचोटि हेरे र स्कर्ट तानेर उनको गोडा छोपिदिए।

वाङ स ढलमल गर्दै उठे। उनलाई अत्यन्त थाकेको अनुभव भइरहेको थियो। रिँगटा लागेर वाकवाकी पनि लागिरहेको थियो। छाती र पेटमा पटक-पटक बाउँडेको अनुभव भइरहेको थियो।

उनलाई चुरोटको तलतल लाग्यो। हुनेवाला जेठानलाई कोसेली दिन भनी ल्याएको सुनौलो रङको चम्किलो, हावा चल्दा पनि ननिभ्ने लाइटर झोलाको सबैभन्दा मुनितिरबाट निकाले। त्यसपछि मार्लबोरो चुरोटको बट्टा खोलेर एक खिली निकाले। लाइटर बालेर त्यसको निलो ज्वालामा त्यसलाई सल्काएर बेसरी तान्न थाले। उनको मन बिस्तारै शान्त हुँदै आयो।

वाङ सले झाडीतिर हेरेर दुःखी हुँदै भने, 'असल बहिनी, हाम्रो पूर्वजन्ममा कुनै रिसइबी थिएन। मैले नै सबै समस्या निकालेको हुँ तर तिमीलाई पनि दुईपटक बचाइसकेँ। अब त मलाई माफ गरेर छाडिदेऊ।'

वाङ स आफ्नो झोला मिलाएर उठे। अगाडि बढे। उनको दिमागमा हरियो स्कर्टभित्रको सुन्दर दृश्य घुमिरहेको थियो। मन दोधारे भइरहेको थियो। टाउको फर्काएर हेर्न सकेनन्। झाडीबाट निस्केपछि टाउको फर्काएर हेर्दा कुकुर र युवती पनि झाडीबाट निस्कँदै गरेको देखे।

३

वाङ स लिचियाच्वाङ गाउँ जाने कालो रङको ढुङ्गे पुलनिर उभिए। पश्चिमतिर अस्ताउँदै गरेको सूर्य रगतजस्तो रातो देखिन्थ्यो। शोकाकुल लाग्ने नदीको पानी पनि रातै देखिन्थ्यो। चिनियाँ फापरका लामा मसिना पात पनि चिन्तित भएजस्तै तलतिर निहुरिएका थिए। ग्याउँकीरीहरू कारुणिक आवाज निकालेर कराइरहेका थिए।

लप्टनलाई अवर्णनीय दुःखद अनुभव हुन थाल्यो। आँखाबाट आँसु बगेर गालामा पुग्यो। उनले युवतीको बरफजस्तो चिसो कुम हातले समातेर

उनको जिउ हल्लाउँदै भने, 'के तिमी लाटी हौ, बहिरी हौ ? तिमी लाटी, बहिरी होइनौ भने मलाई आफ्नो नाम बताऊ । तिम्रो घर कहाँ हो, बताऊ । तिमी किन एक्लै त्यो पुलमुनिको गुफाजस्तो ठाउँमा बसिरहेकी थियौ ? तिमी किन यसरी मरी-मरी मेरो पिछा गर्दै छ्यौ ? आखिर तिमी के चाहन्छ्यौ मबाट ? मलाई बताऊ ।'

लप्टनले बलपूर्वक उनलाई हल्लाए । ठुलो स्वरले कराए । युवतीको ओठ काम्न थाल्यो । आँखाभरि आँसु भरिन थाल्यो । उनको त्यो दयनीय र मायालाग्दो रूप देखेर लप्टनको मन फेरि पग्लिन थाल्यो । उनले समाइरहेको कुम छाडिदिएर भने, 'मलाई थाहा छ, सायद तिमी असल मानिस हौ तर तिमीलाई थाहा छ ? पर्सि नै मेरो बिहे हुँदै छ । मैले तिमीजस्तै नचिनेकी युवतीलाई घर लिएर गएँ भने त्यसको परिणाम के हुन्छ ? म तिमीसँग बिन्ती गर्छु, हजारपटक बिन्ती गर्छु, तिमी आफ्नो कुकुर लिएर जाऊ ।'

युवतीको आँसु बरबर बगेर फूलहरूमा पर्‍यो । लप्टनले भने, 'बिन्ती छ, तिमीलाई !' त्यसपछि उनी फरक्क फर्केर पुलतिर लागे ।

नदीको पानीमा गाढा रातो प्रकाश परावर्तित भइरहेको थियो । उनले नदीको पानीमा आफ्नो शरीरको लामो छाया देखे । तर त्यहाँ युवतीको छाया थिएन, कालो कुकुरको छाया पनि थिएन । एक किसिमको एक्लोपन अनुभव हुन थाल्यो उनलाई । उनले आफूले आफैँलाई सराप्दै भन्न थाले, 'बेबकुफ, अब फेरि उनलाई खोज्न जाने होइन । तैँले उनका लागि जीवनकै सबैभन्दा दुःखद दिन बिताइसकिस् ।'

लामो समयदेखि मर्मत नगरिएको पुरानो पुल उनको पैतालामुनि हल्लिन थाल्यो । प्रत्येकपटक पाइला सर्दा आफ्नो मनको दुःख बढ्दै गएको अनुभव भयो । पुलको अर्को छेउमा पुगेपछि उनले आफूलाई नियन्त्रण गर्न सकेनन्, टाउको फर्काएर हेरे ।

युवती पुलको उतापट्टि छेउमा उभिइरहेकी थिइन् । उनको नजिक फिका पहेँलो बादलजस्तो देखिने चिनियाँ फापरको खेत थियो । ती फूलहरू, ती

युवती, त्यो कुकुर, सबै नै एक पत्र इनामेल लगाएजसरी चम्किरहेका थिए ।

नदीमाथि कुहिरो जम्मा हुन थालेको थियो। रगतजस्तो रातो ठुलो चन्द्रमा एउटा रातो घोडाजस्तो विस्तृत क्षितिजबाट उफ्रेर निस्किरहेको थियो। नदीको पानीमा तुरुन्तै चन्द्रमाको लामो रातो छाया देखा पऱ्यो।

लप्टनको मनमा त्यो न्यानो भाव फेरि जोखिमपूर्ण ढङ्गले बढ्न थाल्यो। युवतीको त्यो मानवीय भाषाद्वारा व्यक्त गर्न नसकिने लावण्यले फेरि एकचोटि उनको मनमस्तिष्कलाई कब्जा गऱ्यो। उनलाई आफू एक बेइमान, निर्लज्ज, मन पर्नेलाई मन परेको, मन नपर्नेलाई मन नपरेको समेत भन्न नसक्ने मान्छेजस्तो लाग्न थाल्यो।

त्यति नै बेला उनको दिमागमा कतिपय रोमान्टिक कथा देखा पर्न थाले । उनको मनमा फेरि साहस जाग्न थाल्यो । उनी पुलतिर बढ्न थाले ।

लप्टनले दुई पाइला मात्र के सारेका थिए। शान्तपूर्वक बसिरहेको त्यो कालो कुकुर खुसी भएर उफ्रन थाल्यो। कुकुर अघि-अघि, युवती पछि-पछि गर्दै हावाको गतिमा उनीहरू ढुङ्गे पुलमाथि पुगे।

युवतीको हरियो स्कर्ट जिउपछाडि उड्न थाल्यो। उनको त्यो फिका निलो कपाल पनि हावामा उड्न थाल्यो। त्यो वाङ सको दृष्टिभ्रम मात्र थियो। यथार्थमा उनको कपाल गर्दन र काँधमा टाँसिएको थियो। उनको स्कर्ट दुई गोडामा बेरिएको थियो।

उनी दुवै हातले फूललाई माथितिर उठाई वायुवेगमा उडेर लप्टनतिर आइन्। एकैछिनमा लप्टनको रगत उम्लिन थाल्यो । उनी धर्म-अधर्म, कर्तव्य-अकर्तव्यलाई एकातिर पन्छाएर आफ्ना दुवै बाहु फैलाएर युवतीतिर बढे। उनीहरू पुलको बीचमा भेटिए। चार बाहु आपसमा बेरिए, दुवैका ओठमुख आपसमा जोडिए।

वाङ सलाई युवतीको शरीरमा सयवटा मुटु भएजस्तो, सबैतिर धड्किरहेजस्तो लाग्यो। उनको मुख डरलाग्दो गरी लोभी थियो ।

लप्टनलाई आफ्नो मुखमा हल्का रगतको स्वाद आएजस्तो लाग्यो । एक किसिमको भय उनको मनमा फैलिँदै गयो र भर्खर उम्लेको रगत बिस्तारै सेलाउँदै गएजस्तो लाग्यो ।

वाङ स छुट्टिने प्रयास गर्न थाले । तर युवती उनको शरीरमा टाँसिएकी थिइन् । उनी फेरि पछुताए । चन्द्रमा नदीको पानीबाट हटेर फापरको झुसमा झुन्डिन थालेको थियो । चाँदी रङको प्रकाश नदी र उनीहरूको जिउमा परिरहेको थियो । लप्टनलाई जिउ चिसो भएजस्तो लाग्यो ।

उनले बल गरेर युवतीलाई पर धकेल्दै भने, 'ल पुग्यो अब, हेर यो हाम्रो परिचय शत्रुहरूको भेटघाट भएसरह मानौँ । हाम्रो सम्बन्धलाई यहीँसम्म मात्र सीमित राखौँ । पर्सि नै मेरो विवाह हुँदै छ, आज राति तिमी मा:च्वाङ गाउँको लजमा गएर बस । भोलि तिमीलाई जहाँ फर्किनु छ, फर्क ।'

युवती मन्त्रमुग्ध भई उभिइरहेकी थिइन् । छातीमा च्यापेका फूलका पत्रदलहरू स्फटिकबाट बनेका जस्ता देखिन्थे । कालो कुकुर मूर्तिजस्तो गतिहीन भएर बसिरहेको थियो ।

लप्टन दौडेर पुलको छेउतिर लागे अनि झोला बोकेर गाउँ पसे । बाटो सुनसान थियो । गाउँको प्रत्येक घरमा बत्ती बलिरहेको थियो । कहिलेकाहीँ कुनै घरमा बच्चा रोएको र कुकुर भुकेको आवाज सुनिन्थ्यो ।

लप्टनको दिमागमा एउटा चित्र झुन्डिएको अनुभव भयो- शून्य आकाशमा एउटा उज्ज्वल चन्द्रमा, चन्द्रमामुनि सानो ढुङ्गे पुल, पुलमा फूलको गुच्छा च्यापेकी एउटी युवती र कालो कुकुर ।

उनले मनमनै आफैँलाई सराप्दै थिए- तँ एक बेइमान होस्, काँतर ! कुकुरभन्दा पनि नीच !

जति घरनजिक पुग्दै गए, उनको मनमा आफूप्रतिको घृणा र त्यस युवती र कालो कुकुरप्रतिको चिन्ता बढ्दै गयो ।

लप्टन आफ्नो घरभित्र पसे ।

त्यहाँ उनका बाबुले झापडले स्वागत गरे।

झापडले रन्थनिएका लप्टनले आफूलाई बाहिरबाट बलियो देखाउँदै ठुलो स्वरमा भने, 'मलाई किन पिट्नुभएको ?'

बाबुले अनुहार निलोकालो बनाउँदै भने, 'बदमास, खुब राम्रो काम गरिस् तैँले !'

त्यो कुरा सायद फैलिइसक्यो भन्ने त उनले सोचेका थिए तर यति छिटो होला भनेर कल्पना गरेका थिएनन्।

४

वाङ सले जति बोले पनि बाबु-आमालाई सम्झाउन सकेनन्। भर्खरै भित्तामा रङ पोतेर, कलात्मक रूपमा काटिएका कागजहरू टाँसेर, चारवटा अलार्म घडी टाँगेर र छवटा इलेक्ट्रोनिक घडी झुन्ड्याएर विवाहका लागि तयार पारिएको कोठामा उनलाई जाडो र भोकले सताउन थाल्यो। उनलाई रिँगटा लाग्यो।

उनका आँखा तिरमिराउन थाले। उनका बाबु अझै गाली गर्दै थिए, 'पार्टीले तँलाई शिक्षा दिएको पूरै बेकार भयो। केही नगरी भूत पछि लाग्छ ? तैँले उसलाई केही नगरेको भए त्यसरी तेरो पछि लागेर आउँथी ? हाम्रो जिल्लामा तँभन्दा राम्रा युवकहरू हजारौँ छन्। ऊ तिनका पछि नलागी तेरो पछि लागेर किन आउँथी ?'

फोक्सोको रोग भएकी उनकी आमा दम आएको स्वरमा फतफताउन थालिन्, 'कुलङ्गार, ठिक/बेठिक छुट्याउन नसक्ने कुजात ! राम्रो कुरा घरबाट बाहिर पुग्दैन, नराम्रो कुरा हजार माइल पर पुग्छ। कुराको गोडा नभएर के, घोडाभन्दा छिटो कुद्छ। दिउँसै मान्छेले यहाँ कुरा पुऱ्याइसक्यो। बसपार्कमा तैँले एउटी किचकन्नी र त्यसको कालो कुकुरलाई फकाएर ल्याएको छस् रे। के गरेर मर्न खोजेको ए तँ ?'

बाबुले भने, 'छ्रियाओथउपाओमा पनि सायद थाहा पाइसके। अहिले मानिस बिग्रिसके, रमिता हेर्न नचाहने को छ अहिले ? उनीहरूले थाहा पाए भने यो विवाह पनि अब नगरे भयो। यो सम्बन्ध पनि नबन्ने भयो।'

'नबने नबनोस्,' वाङ सले आकुल भएर भने।

'दिमाग त ठिक छ तेरो ?' बाबुले रिसाउँदै भने, 'खुब सजिलो कुरा गरिस्। अहिलेसम्म कति खर्च भइसक्यो त्यो छाडिदे। यो तेरो बदनाम कति जन्मसम्म भोग्नुपर्ने हो ? जहाँ गए पनि अरूले कुरा काटेको सुन्दै हिँड्नुपर्छ, कसरी बाँच्ने हो त्यसरी !'

'भयो भयो, मलाई छाडिदिनुस् अब,' वाङ सले मुड्कीले आफ्नै निधारमा बेसरी हान्दै भने, 'ल मैले ज्यान सजाय हुने नै अपराध गरेको भए पनि एकै गोली त खाने हो, अब तपाईंहरू मलाई यसरी नसताउनुस्।'

आमा हुँहुँ गरी रुन थालिन्।

बाबु आँगनमा गएर खोक्दै खकार थुके।

वाङ स सम्म परेर काठको ठुलो खाटमाथि पल्टिए। उनलाई घर पूरै फनफनी घुमिरहेजस्तो लाग्यो। त्यहाँ भएका १० वटा घडी अघिपछि गरी चलिरहेका थिए। शीतल चिसो चाँदनी झ्यालबाट भित्र पसिरहेको थियो। वाङ सले सिरक तानेर आफ्नो टाउको छोपे, उनलाई आफू कुनै पिँध नभएको कालो गहिराइमा खस्दै गरेको अनुभव भयो।

५

आकाश उज्यालो हुँदै गरेको समय थियो। अर्धनिद्रामा रहेका लप्टन एकछिनको घनघोर वर्षाजस्तो लट्ठीको हिर्काइले ब्युँझन पुगे। उनले आँखा खोल्दा हातमा लट्ठी बोकेका बाबु र दम बढेर एक डल्लो परेकी आमालाई देखे।

'बाबु, छिटो उठ्। बरबाद भयो। त्यो किचकन्नी हाम्रो घरको ढोका छेकेर बसेकी छ,' आमाले काम्दै निस्सासिएजस्तो गरी भनिन्।

बाबुले फेरि एकचोटि लट्ठी उठाए र उनको टाउकामा बजारे। लट्ठी ठ्याक्कै लप्टनको नाकको डाँडीमा पऱ्यो। उनलाई नाकमा बेसरी दुखेको अनुभव भयो। उनका आँखाबाट दुई धारा आँसु र नाकबाट दुई धारा रगत समानान्तर हुने गरी बग्न थाले।

लप्टन खाटबाट उफ्रेर भुइँमा पुगे र आफ्ना बाबुको हातबाट लट्ठी थुतेर लिए अनि रिसाउँदै भुइँमा फालेर भने, 'मलाई यसरी पिट्ने अधिकार तपाईंमा छैन। म यस देशको सरकारी कर्मचारी हुँ। मैले अपराध गरेको भए मलाई सजाय दिने कानुन छ। गोली ठोकेर मार्ने भए पनि तपाईंले हात चलाइराख्नुपर्दैन, बुझ्नुभयो ?'

बाबुको अनुहार फुस्रो भयो। उनी भुइँमा थचक्क बसे।

लप्टन हातले नाक छोपेर आँगनको ठुलो ढोकासम्म गए।

युवती छातीमा त्यही फूलको गुच्छा च्यापेर ठुलो ढोकानिर कोइरालोको रुखमुनि उभिएकी थिइन्। कालो कुकुर उनीसँगै बसिरहेको थियो। बिहानी सूर्यको किरण बादलमा पर्न थालेको थियो। ढोका बाहिरको पानीको नहरमा र नहरबाहिर खेतमा पनि सेतो कुहिरो जमेको थियो। युवतीको पूरै शरीर शीतले भिजेको थियो। फूल र कालो कुकुर पनि उस्तै गरी भिजेका थिए।

लप्टनको मनबाट डर हटेको थियो। ती युवतीको नदब्ने, नहट्ने व्यवहारले उनलाई असीमित दुःख दिएको भए पनि अहिले साँच्चिकै उनको मन जित्न थालेको थियो। उनले नाकबाट आफ्नो हात हटाउनासाथ रगत ह्वाल्ल बग्न थाल्यो।

युवतीका आँखामा निर्मल आँसुका दाना देखा परे। उनी दौडेर आइन्। जिब्रो निकालेर लप्टनको नाकबाट निस्केको रगत चाट्न थालिन्। वाङ सलाई उनको मसिना काँडा उम्रेको जस्तो लाग्ने न्यानो जिब्रो र चिसो

ओठमुखको स्पर्शको अनुभव भयो। स्वाभाविक रूपमा उनको मुखबाट निस्केको घोडा र खच्चरको आहार घाँसको गन्ध पनि उनको नाकमा पऱ्यो।

कालो कुकुरले कुनै सानो बच्चा रोएजस्तो गरी आवाज निकालिरहेको थियो।

बाबुको पिटाइले लप्टनको मनमा एक किसिमको घृणा उत्पन्न भएको थियो। युवतीको मुखबाट निस्केको गन्धको प्रभावमा परेर त्यो घृणा साहसमा बदलियो। उनले युवतीको नाडी समातेर विवाहका लागि तयार गरिएको कोठामा पुऱ्याए। कालो कुकुर पनि साथसाथै आयो।

वाङ सलाई युवतीको हात बरफको टुक्राजस्तो लाग्यो।

आमाले आँखाबाट आँसु बगाउँदै भनिन्, 'नानी, तिमी यहाँबाट गइहाल, तिमीले त हाम्रो पूरै परिवार बरबाद गर्न लाग्यौ।'

लप्टनले भने, 'त्यस्तो ठुलो कुरा केही भएको छैन !'

उनले फेरि युवतीलाई भने, 'तिमी बसिराख, म केही खानेकुरा लिएर आउँछु।'

उनले भान्छाकोठाको दराजबाट केही नुडल्स खोजेर ल्याए र भाँडा राख्ने ठाउँनिर राखे। गाग्रीबाट दुई कचौरा पानी भाँडामा खन्याए। अनि पानी उमाल्न थाले।

आमाले भनिन्, 'असल नानी, खाना खाएर तिमी यहाँबाट छिटो गइहाल। हाम्रो छोराको भोलि बिहे हुँदै छ। हुनेवाली बुहारी एकैछिनमा उनलाई भेट्न आउँदै छिन्। तिमी गइनौ भने हामी सबै बरबाद हुन्छौँ।'

बाबुले रिसाएर भने, 'तिमी उनीसँग के गनगन गरिराख्या छ्यौ ? असल घरकी छोरी यस्ता हुन्छन् ? रन्डी, वेश्या मात्र यस्ता हुन्छन्।'

लप्टन चुल्हो अगाडिबाट जुरुक्क उठे। अनुहार रिसले निलोकालो पारेर भने, 'बुबा, तपाईं जथाभावी नबोल्नुस्।'

'मैले जथाभावी बोलेँ ?' बाबुले व्यङ्ग्यात्मक हाँसो हाँसेर भने, 'कस्तो कुलङ्गारलाई हुर्काउन पुगेछु !'

लप्टनले भने, 'सबै कुरा मैले गरेको हुँ, मारे पनि काटे पनि म एक्लै सहन्छु ।'

बाबु रिसले फतफताउँदै घरबाहिर गए ।

युवती र कुकुर चुल्होनिर गएर टुक्रुक्क बसे । युवती कहिले चुल्हामा दन्किँदै गरेको आगो हेर्थिन्, कहिले नाकबाट निस्केको रगत लागेको लप्टनको अनुहार हेर्थिन् । कहिले मुस्कुराउँथिन् त, कहिले आँसु बगाउँथिन् । कुकुर पनि त्यस्तै गरिरहेको थियो । युवती लगातार कामिरहेकी थिइन् । कुकुर पनि त्यसरी नै कामिरहेको थियो ।

आमाले दु:खी भएर भन्न थालिन्, 'छोरा, छिटो पानी उमाल्, नुडल्स पकाएर उनलाई छिटो खुवाएर यहाँबाट पठाइहाल्, नभए आपत् पर्ला । तेरी दुलही आइपुगिन् भने आकाश खस्छ, पृथ्वी भासिन्छ ।'

लप्टनले भने, 'आमा, तपाईं चिन्ता नगर्नुस्, ज्यान गए मेरै जाने हो ।'

आमाले भनिन्, 'तेरो मात्र ज्यान जाने भए केही थिएन । यसले ठुलो बदनामी हुने भयो । तेरी दुलहीको काका तेरो दाइको हाकिम हो, केही गरी यही कारणले तेरो उनीसँग विवाह हुन पाएन भने दाइको के हालत होला ? नानी, यो कुरा मैले तिमीलाई पनि सुनाउन भनेकी हुँ, तिमी किन बोल्दिनौ ? कतै लाटी त होइनौ ? छोरा, तँ त साँच्चै बहुलाउन थालिस् कि के हो ? बोल्ने चलाख दुलही छाडेर यस्ती लाटीसँग सम्बन्ध राख्दै छस् ?'

लप्टनको मनमा लाग्यो, आमाले भनेको पनि ठिकै हो । उनले भने, 'आमा, यससँग मेरो त्यस्तो केही सम्बन्ध छैन । उनी मेरी असल साथी मात्र हुन् । यानफिङ आउँदा म उनलाई सब कुरा बुझाइदिन्छु ।'

आमाले भनिन्, 'मूर्ख, तेरो जिउभरि मुखैमुख भए पनि बुझाउन सक्दैनस् ।'

लप्टनले युवतीलाई हेर्दै गर्दा वाङ सको मनमा दुबिधा हुन थाल्यो ।

त्यति नै बेला बाबु प्रहरीको बर्दी लगाएको एक जना मान्छे लिएर घरभित्र पसे ।

त्यो ठुलो जिउडालको युवक थियो । बाघका जस्ता आँखा र कालो बाक्लो आँखीभौँ भएको हेर्दैमा गम्भीर डरलाग्दो देखिन्थ्यो । लप्टनले ऊ गाउँको प्रहरी थानामा उपप्रमुख रहेको आफ्नै काकाको छोरा भाइ पर्ने भनेर चिन्यो ।

लप्टन उभिए, युवती र कुकुर पनि उभिए ।

काकाको छोराले व्यङ्ग्यात्मक हाँसो हाँसेर भन्यो, 'क्या गजब छ लप्टन दाजु, एउटी भाउजू भएर पुगेन तपाईंलाई, दोस्री लिएर आउनुभयो ।'

लप्टनले रिसाएर भने, 'के नचाहिँदो कुरा गर्दै छौ ?'

काकाको छोराले भन्यो, 'तपाईं नरिसाउनुस्, हाम्रा ठुलाबाले मलाई सबै बताइसक्नुभयो । तपाईं के विवाह गर्नुहुन्छ ? यही नै होइन त्यो नकचरी ?' काकाको छोराले कम्मरबाट चम्किलो हत्कडी निकाल्यो र युवतीतिर अगाडि बढ्यो ।

लप्टनले युवतीलाई छेक्दै भने, 'तिमीले के गर्न खोजेको ?'

लप्टन झम्टेर अगाडि गए र काकाको छोराको हात समाते । दुई जना थाकेर स्वाँस्वाँ नहुन्जेल धकेलाधकेल गर्दै बसे ।

काकाको छोराले भन्यो, 'दाइ, हात छाड्नुस् ।'

लप्टनले भने, 'तिमी हत्कडी भित्र राख ।'

काकाको छोराले भन्यो, 'हुन्छ, म भित्र राख्छु ।'

हत्कडी भित्र राखिकेपछि उसले भन्यो, 'दाइ, तपाईंलाई के रोग लाग्यो यस्तो ? तपाईं जलसेनाको लप्टन मान्छे । कसरी यस्तो बदनाम हुने काम गर्नुभयो ? हेर्नुस् त ती स्वास्नीमान्छेलाई ? के असल स्वास्नीमान्छेजस्ती देखिन्छिन् ? सके कहीँबाट जिउ बेच्न आएकी होलिन् ।'

लप्टनले भने, 'तँ यहाँबाट निस्किहाल् ।'

काकाको छोराले भन्यो, 'ठुलोबा, हाम्रा दाइले उनलाई छुनै दिएनन्, मेरो पनि केही लागेन ।'

बाबु 'आह आह' आवाज निकालेर रुन थाले ।

बुढो बाबुको टाउकोभरि सेतो कपाल देखेर लप्टनलाई धेरै दुःख लाग्यो ।

काकाको छोराले भन्यो, 'दाइ, तपाईं त साँच्चैको बेबकुफ मान्छे हुनुहुन्छ, तपाईं मभन्दा जेठो नभएको भए म आज तपाईंको गालामा नचड्काई छाड्दिनथेँ ।'

लप्टनले भने, 'बुबा तपाईं नरुनुस्, उनीसँग मेरो त्यस्तो केही सम्बन्ध छैन, एकछिनपछि उनलाई पठाइदिन्छु, सकिहाल्यो नि ।'

काकाको छोराले भन्यो, 'दाइ, तपाईंको मन साह्रै करुणायुक्त भयो । यस्ती जिउ बेच्ने आइमाईलाई यत्रो दयामाया केका लागि देखाउनुपर्‍यो ?'

काकाको छोराले खाऊँलाजस्तो गरी ती युवतीलाई हेरेर ठुलो स्वरमा सोध्यो, 'तिम्रो नाम के हो ? कहाँबाट निस्केर आएकी होस् ।'

युवती काम्दै पछाडितिर सर्दै गइन् र सर्दै कोठाको एक कुनासम्म पुगिन् ।

काकाको छोराले आफ्नो कम्मरमा झुन्ड्याएको हत्कडी थपथपाएर भन्यो, 'छिटो भन, भनिनौ भने म तिमीलाई हत्कडी लगाएर लैजान्छु ।'

युवतीले दुवै हातले फूलको गुच्छा च्यापिरहेकी थिइन् । डराएर बचाइदिनका लागि लप्टनलाई हेर्न थालिन् । त्यो कालो कुकुर पनि डरले युवतीको स्कर्टमुनि लुकेर कामिरहेको थियो ।

लप्टनलाई मुटुमा चक्कुले छेडेजस्तै भयो । अगाडि बढेर काकाको छोराको हात समाते र भने, 'तिमी उनलाई त्यसरी नतर्साऊ, उनको केही अपराध छैन ।'

'दाइ !' काकाको छोराले झट्का दिएर लप्टनको हात हटायो र भन्यो,

'तपाईं उनीसँग विवाह गर्ने सोच्दै हुनुहुन्छ हो ? साँच्चै त्यस्तै हो भने मेरो भन्नु केही छैन, मैले पनि हुनेवाली भाउजूलाई दु:ख दिने कुरो भएन ।'

'मेरो काममा हात हाल्न नखोज्नू तिमी,' लप्टनले युवतीलाई छेक्दै दुवै हात फैलाएर भने, 'अब कृपया गइहाल्नू यहाँबाट ।'

काकाको छोराले भन्यो, 'ठुलाबा, ठुलीआमा, तपाईंहरूलाई बधाई छ, एकैचोटि दुईवटा बिहेबारी, साथमा एउटा कालो कुकुर उपहार पनि !'

काकाको छोरा व्यङ्ग्यपूर्ण हाँसो हाँस्दै निस्कियो ।

लप्टन टुक्रुक्क बसेर पानी तताउन थाले, युवती र कुकुर उनको नजिक पुगे । लप्टनले दु:खी हाँसो हाँसेर भने, 'खाना खाइसकेपछि तिमी यहाँबाट जानैपर्छ ।'

युवतीको आँखा फेरि आँसुले भरिन थाल्यो ।

बाबु हातमा एउटा पिक बोकेर भित्र पसे । भाँडाको बिर्को हटाए अनि पिकलाई माथिसम्म उठाएर भाँडामा हाने, फलामको भाँडो फुट्यो । आधा उम्लेको पानी निस्केर लप्टनको हात र अनुहारमा पोल्यो । त्यही निस्केको पानीले चुल्हाको आगो निभ्यो, सेतो बाफ र खरानी माथितिर उड्न थाल्यो ।

आमा ती युवतीको अगाडि घुँडा टेकेर बसिन् र रुँदै भन्न थालिन्, 'बिन्ती गर्छु, तिमी यहाँबाट जाऊ, गइहाल, बिन्ती छ ।'

लप्टनले युवतीलाई हात समातेर उठाए र भने, 'तिमी जानैपर्छ अब ।'

युवतीले उनको अनुहार हेरिरहिन् र पहिलेजस्तै गरी मुस्कुराउन थालिन् ।

लप्टनले भने, 'तिमीले सबै देखिहाल्यौ, तिमीले गर्दा म बरबाद भइसकें, तिमी अहिले पनि गइनौ भने ठुलो समस्या पर्छ ।'

युवती मुस्कुराइरहिन्, कुकुर उनको नजिक बसिरह्यो ।

६

मध्याह्न भइसकेको थियो। रमिता हेर्नेहरू एक-एक हुल गरी आउँदै जाँदै गरिरहेका थिए। बच्चाहरू आँगनमा एकले अर्कालाई ठेल्दै बसिरहेका थिए। ती युवती लप्टनलाई एक इन्च पनि नछाड्ने भइन्, त्यो कुकुर युवतीलाई एक इन्च पनि नछाड्ने भयो। लप्टन हिँड्दा उनी पनि सँगसँगै हिँड्थिन्। लप्टन रोकिँदा उनी लप्टनलाई हेरेर मुस्कुराउँथिन्। कुकुर कि त युवतीसँगै हिँड्थ्यो कि उनीनजिक बस्थ्यो।

लप्टनका बाबु घरबाट निस्केर गइसकेका थिए। लप्टनकी आमा बेहोस भएर भुइँमा लडिरहेकी थिइन्। लप्टनले आमालाई बोकेर खाटमा सुताए। युवती लप्टनको पछाडि उभिइरहिन्। कुकुर उनको खुट्टानिर बसिराख्यो।

लप्टन हिँडेर आँगनमा गए। युवती पनि सँगै गइन्। कुकुरले पनि पछ्यायो। लप्टनले रमिता हेर्न आउने गाउँलेतिर हेरेर रिसाउँदै भने, 'तिमीहरू सबै जाओ, सबै जाओ। वाङ सले एउटी किचकन्नी ल्याएको छ, त्यही हेर्न आएका तिमीहरू? जाओ।'

गाउँले आपसमा कानेखुसी गर्न थाले। तर कोही पनि त्यहाँबाट निस्केर गएनन्। उनीहरूलाई लप्टन, युवती र कुकुर फलामे पिँजडाभित्रका जनावरजस्तो लागिरहेको थियो। पिँजडाभित्र जति कराए पनि उनीहरूले बाहिरका मान्छेलाई घात गर्न सक्ने अवस्था थिएन। लप्टन ती चकचके बच्चालाई लखेट्न गए। युवती उनीसँगै दौडिइन्, कुकुर उनीसँगै दौडियो। ती बच्चाहरू बाँदरजस्तै चलाख थिए। यताउता उफ्री-उफ्री उनलाई जिस्क्याइरहेका थिए। आँगनमा गाउँले हाँसेको आवाज भरिएको थियो।

लप्टन विवाहका लागि तयार गरिएको कोठामा फर्किए। युवती पनि सँगै आइन्, कुकुर पनि आयो। चकचके बच्चाहरू पनि कोठाभित्र छिरे। एउटा केटाले काठको लट्ठीले कालो कुकुरलाई घोच्यो, कुकुरले आइँआइँ कराएर युवतीको स्कर्टभित्र टाउको लुकायो।

लप्टनलाई युवतीप्रति दयामाया बिस्तारै घट्दै गएजस्तो भयो। लप्टनले बितेका २०-२२ घण्टाका कुरा सम्झिन थाले। त्यो आफ्नो जीवनको सबैभन्दा दु:खद क्षण भएको अनुभव भयो। मानिसले भन्ने गरेको नर्क पनि योभन्दा के बढी होला र !

यस्तो नर्कमा पुगेजस्तो दु:खद घटनाको मूल कारण आफ्नै बेबकुफी थियो। उनले सोच्न थाले- उनले गएर युवतीलाई चुम्बन नगर्नुपर्थ्यो। शौचालयमा पसेर उनलाई नबचाउनुपर्थ्यो। उनलाई नदीबाट बचाएर निकाले पनि पुलमा फेरि अनियन्त्रित भएर फर्केर नहेर्नुपर्थ्यो। अझ आफूलाई बचाउन आएको काकाको छोरालाई त्यसरी नधपाउनुपर्थ्यो। अहिले आँखा चिम्ली अर्कैतिर हेरेर उनले युवतीलाई भने, 'हेर, तिमीले हाम्रो पूरै परिवारको सत्यानाश गरिसक्यौ। एउटा लोग्नेमान्छेका लागि योभन्दा ठुलो सजाय अरू के हुन सक्छ? अब तिमी तिम्रो त्यो मर्न नसकेको कुकुरलाई लिएर गए हुन्छ।'

युवतीले त झन् आफ्नो अनुहार उनको अनुहारअगाडि ल्याइन् अनि जिब्रो निकालेर उनको मुख चाट्न थालिन्।

लप्टनले उनको मुखबाट निस्किने घाँसको गन्धले आफू मुग्ध हुनुअघि नै टाउको अर्कातिर फर्काए र छिटो हात उठाएर युवतीको गालामा एक चड्कन हाने।

कालो कुकुर युवतीको स्कर्टमुनि लुकेर दु:खलाग्दो आवाज निकाल्न थाल्यो।

युवतीले पनि एकचोटि भारी आवाज निकालिन्। उनका आँखामा आँसु भरियो। तर अनुहारमा त्यही मुस्कान थियो।

लप्टनको मनमा फेरि उनीप्रति दया जाग्यो। उनको सेतो गालामा चार औंलाका राता डाम देखिए। युवतीको अनुहारमा चड्काएको भए पनि दुखाइचाहिँ लप्टनलाई आफ्नो मुटुमा अनुभव भयो। उनले युवतीको सुन्निएको गाला मुसार्न जानै लागेको आफ्नो हातलाई जबर्जस्ती रोके र ठुलो स्वरले भन्न थाले, 'निस्की, निस्की, निस्की। यहाँबाट निस्किहाल्।'

७

साँझको समयमा घडी बेच्ने केटी दुई जवान बलवान युवकको सुरक्षासहित लप्टनको घर आइन्। उनको अनुहार फलामजस्तो देखिन्थ्यो। एक शब्द नबोली उनी सरासर विवाहका लागि तयार गरिएको कोठामा पसिन्। त्यहाँका १० वटा घडी एउटा झोलामा राखिन्, त्यसपछि लप्टन, युवती र कुकुरतिर हेरी एकपटक बल गरेर थुकिन् अनि फरक्क फर्केर गइन्। दुई युवकले दायाँबायाँबाट उनलाई सुरक्षा दिँदै लगे।

घडीहरू नभएपछि त्यो कोठा अचानक अति शान्त बन्न पुग्यो। शीतल चाँदनीले फेरि एकपटक कोठाको झ्याल प्रकाशित भएको लप्टनले देखे।

केही युवकले कुन्नि कताबाट अन्तिम सास फेर्दै गरेका बाबुलाई उठाएर ल्याए अनि चुल्हो नजिकको घाँसमाथि राखे। त्यसपछि उनीहरू फर्किए।

रमिते पनि सबै गइसकेका थिए। आँगन सुनसान थियो। ग्रीष्म ऋतु सकिएर शरद् ऋतु सुरु हुने बेलातिरको शीतल हावा खेतपारिबाट निरन्तर बहेर आइरहेको थियो। आँगनमा भएको बकुलाको लहराबाट कीरा कराएको आवाज आइरहेको थियो।

थकित भइसकेका लप्टनले खाटको छेउमा बसेर चाँदनीको प्रकाशमा ती युवतीलाई ध्यानपूर्वक हेरे। युवती पनि उनलाई नै हेरिरहेकी थिइन्। लप्टनलाई उनका आँखाबाट न्यानो मायालु प्रकाश निस्केजस्तो लाग्यो, फेरि एकैछिनमा चम्किलो नर्कको आगो निस्केजस्तो लाग्यो। त्यो अचम्मको फूलको गुच्छा कहिले हो कुन्नि, ओइलाएर सुकिसकेको थियो। तर ती युवती त्यसलाई अझै बल गरेर च्यापिरहेकी थिइन्।

लप्टनले त्यस दुःखान्त नाटकमा महत्त्वपूर्ण भूमिका खेल्ने कालो कुकुरलाई सम्झिए र युवतीको स्कर्टवरपर नजर दौडाए। तर त्यसको अत्तोपत्तो थिएन। उनको अनुहारमा एक किसिमको अचम्मको मुस्कान

देखा पऱ्यो। उनले थकित सानो स्वरले भने, 'त्यसले हामीलाई नराम्ररी घुमाइदियो।'

युवतीले ओइलाइसकेको फूलको गुच्छा तल राखेर चाँदनीमा बिस्तारै हरियो स्कर्ट फुकालिन् र निर्वस्त्र उभिइन्। शरीरबाट चमकचमक गरी प्रकाश निस्किरहेको थियो। नदीभित्रको एउटा कार्प माछाजस्तै उनको शरीर चिसो देखिन्थ्यो।

लप्टनको मुटु अकस्मात् बेसरी धड्किन थाल्यो। एक किसिमको काँचो माछाको गन्धले उनलाई घेरेजस्तो लाग्यो। केही कारणै नभई त्यस बेला उनलाई पहिलोपटक जहाज चढ्दाको दृश्य याद आउन थाल्यो- एक जना छोई थर भएको ठुलो जिउडालको मान्छेले हातमा चम्किलो धातुको बम हातमा समाउँदै कपटपूर्ण पाराले भनेको थियो, 'होस गरेर समाउनुपर्छ, चिप्लेर गयो भने अवश्य पड्किन्छ।'

त्यो ठुलो जिउडाल भएको मान्छेको तामा रङको अनुहार त्यस युवतीको जिउको रङसँग एकदम मिल्ने खालको थियो। उनलाई थाहा छ, उनीप्रति उनको केही अभिरुचि छैन। तैपनि उनी हतारिएर अगाडि बढे र उनको निर्वस्त्र शरीरलाई अँगालो हाले। युवतीको चिसो जिब्रो लप्टनको मुखभित्र पस्यो। लप्टनलाई आफ्नो रगत सबै जमेजस्तो लाग्यो। थकित भएर युवतीसँगै उनी एकातिर ढल्न पुगे। अन्तिम घडीमा उनले एउटा कुकुर अन्धकारमा एकनासले दुःखी भएर भुकिरहेको अस्पष्ट रूपमा सुने।

भोलिपल्ट गाउँलेले लप्टन र युवती अँगालोमा कसिएर मरिरहेको देखे। उनीहरूको लास छुट्याउन मानिसले अत्यन्त निर्ममतापूर्वक उनीहरूको ओठ-जिब्रो बिगार्नुपऱ्यो, औँलाहरू काट्नुपऱ्यो।

आभार

मैले चीनमा चिकित्सा शिक्षा पढें। त्यहाँ पढ्दापढ्दा चिनियाँ भाषा र साहित्यमा मेरो रस पस्दै गयो। यो मैले चिनियाँ भाषाबाट नेपालीमा अनुवाद गरेको छैटौँ पुस्तक हो। चीनमा अनुवाद कति किताबभन्दा पनि कति शब्द भनेर गरिन्छ, मैले १७ लाख शब्द नेपालीमा अनुवाद गरिसकेको रहेछु।

नोबेल पुरस्कारबाट विभूषित मो यानका कथा र उपन्यासिका नेपालीमा अनुवाद गर्ने मौकाका लागि म लेखक मो यान र उहाँकी छोरी कुवान् स्याउस्याउप्रति आभारी छु।

यी रचना एउटै पुस्तकमा छैनन्। कति त पत्रिकामा मात्र छापिएका पनि छन्। अनुवाद गर्दा मैले लेखकको शैली यथावत् रहोस् भनेर हाल 'पोलिटिकल्ली इन्करेक्ट' जस्तो लाग्ने शब्द पनि उही रूपमा अनुवाद गरेको छु। भन्नैपर्दैन, साहित्य कल्पना हो। अझ मो यान त झन् स्वैरकाल्पनिक अर्थात् अतिशय कल्पनाका पर्याय।

संयोगले मेरो ससुराली र मो यानको गाउँ नजिकै छ। अनुवादमा मलाई श्रीमती चाङ् छीको पनि सदाझैं सहयोग छ। पुस्तक अनुवाद, सम्पादन तथा प्रकाशन यात्रामा सहयोग गर्ने सबैमा विशेष आभार। पब्लिकेसन नेपालयलाई धेरै धन्यवाद।

सर्वोत्तम श्रेष्ठ

२०८२ वैशाख १८

www.ingramcontent.com/pod-product-compliance
Ingram Content Group UK Ltd.
Pitfield, Milton Keynes, MK11 3LW, UK
UKHW042125021026
15589UKWH00003B/602

9 789937 984232

ನಿಗೂಢ ಲಕೋಟೆ

ಎಸ್.ಜಿ.ಶಿವಶಂಕರ್

ಪರಿವಿಡಿಗಳು

ಭಾಗದ 1

1

ಪ್ರಾರಂಭ!

ಅದು ಅಮಾವಾಸ್ಯೆಯ ಹಿಂದಿನ ದಿನ. ತಾನು ಈವರೆಗೆ ಕಂಡ ಅಮಾವಾಸ್ಯೆಗಳ ಮುನ್ನಾದಿನಗಳಿಗಿಂತಲೂ ಇಂದು ಕತ್ತಲು ಹೆಚ್ಚು ದಟ್ಟವಾಗಿದೆ ಎನ್ನಿಸಿತು ಅವನಿಗೆ. ರಾತ್ರಿ ಬಹಳ ಹೊತ್ತಾಗಿತ್ತು. ಮಧ್ಯರಾತ್ರಿಯನ್ನು ಮೀರಿತ್ತು. ಆದರೆ, ಬೆಳಗಾಗಲು ಇನ್ನೂ ತುಂಬಾ ಸಮಯವಿತ್ತು. ಆಕಾಶದ ತುಂಬಾ ಮೋಡಗಳು ದಟ್ಟವಾಗಿದ್ದವು. ಮುಂಗಾರಿನ ದಿನಗಳು ಬೇರೆ. ಮಳೆ ಬರುವ ಸೂಚನೆಯೂ ಸ್ಪಷ್ಟವಾಗಿತ್ತು.

ಸಂಜೆಯಿಂದಲೂ ಗಾಳಿ ಹುಯಿಲಿಡುತ್ತಿತ್ತು! ಮಳೆ ಯಾವಾಗಲಾದರೂ ಬರಬಹುದು ಎನಿಸುತ್ತಿತ್ತು. ಆದರೆ ಅದ್ಯಾವುದರ ಪರಿವೆ ಆ ಮನುಷ್ಯನಿಗೆ ಕಿಂಚಿತ್ತೂ ಇದ್ದಂತಿರಲಿಲ್ಲ. ತಾನಿರುವುದು ಸ್ಮಶಾನದಲ್ಲಿ ಎಂಬ ಅಳುಕಾಗಲೀ, ಭಯವಾಗಲೀ ಕಿಂಚಿತ್ತೂ ಇದ್ದಂತಿರಲಿಲ್ಲ! ಬಹುಶಃ ಅವನಿಗಿದ್ದ ಒಂದೇ ಭಯವೆಂದರೆ ತನ್ನ ಕೆಲಸವನ್ನು ಯಾರಾದರೂ ನೋಡಬಹುದು! ಅದರ ಪರಿಣಾಮವೇನಾದೀತು ಎನ್ನುವುದೊಂದೇ ಅವನಿಗಿದ್ದ ಭಯ! ಗುದ್ದಲಿ ಹಿಡಿದು ಒಂದೇ ಸಮನೆ ಸಮಾಧಿಯೊಂದನ್ನು ಅಗೆಯುತ್ತಿದ್ದ. ಅವನ ಉದ್ದೇಶ ಸ್ಪಷ್ಟವಾಗಿತ್ತು! ಒಳಗಿದ್ದ ಶವವನ್ನು ತೆಗೆಯಬೇಕು ಎನ್ನುವುದು! ಒಂದೇ ಸಮನೆ ಮಣ್ಣು ತೋಡಿ ಹಾಕುತ್ತಿದ್ದ. ಅವನು ಅಗೆಯುತ್ತಿದ್ದುದು ಕೆಲವೇ ದಿನಗಳ ಹಿಂದಿನ ಸಮಾಧಿ. ಮಣ್ಣು ಗಟ್ಟಿಯಾಗಿರಲಿಲ್ಲ! ಕೆಲಸ ಸುಲಭವೆನಿಸಿದರೂ ಆಯಾಸಗೊಳ್ಳುತ್ತಿದ್ದ. ತನ್ನ ಕೆಲಸವನ್ನು ಯಾರಾದರೂ ನೋಡುತ್ತಿರಬಹುದೆನ್ನುವ ಅನುಮಾನದಿಂದ ಹತ್ತು ನಿಮಿಷಗಳಿಗೊಮ್ಮೆ ತಲೆಯೆತ್ತಿ ಸುತ್ತಲೂ ನೋಡಿ, ಶಬ್ದವನ್ನು ಆಲಿಸಿ, ಯÁರೂ ತನ್ನನ್ನು ಗಮನಿಸುತ್ತಿಲ್ಲವೆಂದು ಖಾತ್ರಿ ಮಾಡಿಕೊಂಡು ಮತ್ತೆ ತನ್ನ ಕೆಲಸದಲ್ಲಿ ತೊಡಗುತ್ತಿದ್ದ.

ಅವನು ಸುಮಾರು ಮೂವತ್ತೈದರ ಹರೆಯದ ಗಂಡಸು. ಸಾಧಾರಣ ಮೈಕಟ್ಟು. ಲುಂಗಿಯನ್ನು ಮೊಣಕಾಲಿನ ಮೇಲೆ ಕಟ್ಟಿದ್ದ. ಷರಟಿನ ಅರ್ಧ ಗುಂಡಿಗಳನ್ನು ಬಿಚ್ಚಿದ್ದ. ಎದೆಯನ್ನು ಗಾಳಿಗೊಡ್ಡಲು ಮಾಡಿದ ಕೃತ್ಯವದು. ಆಗಾಗ್ಗೆ ಮಾಡುತ್ತಿದ್ದ ಕೆಲಸ ನಿಲ್ಲಿಸಿ ಹಣೆಯ ಬೆವರನ್ನು ಹೆಗಲ ಮೇಲಿನ ಟವೆಲ್ಲಿನಿಂದ ಒರೆಸಿಕೊಳ್ಳುತ್ತಿದ್ದ. ಅಂತ ಕೆಲಸ ಮಾಡಿ ಅವನಿಗೆ ಅಭ್ಯಾಸವಿಲ್ಲ ಎನ್ನುವುದು ಅವನು ಉಸಿರು ಬಿಡುವುದರಲ್ಲೇ ಗೊತ್ತಾಗುತ್ತಿತ್ತು. ಎಂದೂ ಮಾಡಿರದ ದಣಿವಾಗುವ ಕೆಲಸವನ್ನು ಕೈಗೊಂಡಿದ್ದ.

ದೂರದಲ್ಲೆಲ್ಲೋ ನಾಯಿಯೊಂದು ವಿಕಾರವಾಗಿ ಕೂಗಿತು! ಅದಕ್ಕೆ ಪ್ರತಿಯಾಗಿ ಇನ್ನೂ ಕೆಲವು ನಾಯಿಗಳು ಬೊಗಳಿದವು. ಸಮೂಹ ಸನ್ನಿಯಂತೆ ಎಲ್ಲವೂ ವಿಕಾರವಾಗಿ ಬೊಗಳತೊಡಗಿದವು.

ಕ್ಷಣಕಾಲ ಬೆಚ್ಚಿದ! ಶಬ್ದ ಬಂದೆಡೆಗೆ ನೋಡಿದ. ನಾಯಿಗಳು ತುಂಬಾ ದೂರ ಇವೆ, ಅವು ಬೊಗಳುತ್ತಿರುವುದು ತನ್ನನ್ನು ನೋಡಿ ಅಲ್ಲ! ಊರಿನಲ್ಲಿ ನಡೆದ ಯಾವುದೋ ಕ್ರಿಯೆಗೆ ಅಥವಾ ಆಗಂತುಕರನ್ನೋ ಕಂಡು ಹೀಗೆ ಬೊಗಳುತ್ತಿರಬೇಕು ಎಂದು ಧೈರ್ಯ ತಂದುಕೊಂಡು ಮತ್ತೆ ಅಗೆಯಲು ಶುರು ಮಾಡಿದ.

ಅವನಿಗೆ ಇದು ಸರಿಯಾದ ಸಮಯ ಎನಿಸಿದ್ದರೂ ತಾನು ಕೈಗೊಂಡಿರುವ ಕೆಲಸ ಸರಿಯೇ? ತಪ್ಪೇ? ಎಂಬ ಗೊಂದಲದಲ್ಲಿದ್ದ. ಇದನ್ನು ಬಿಟ್ಟು ತನಗೆ ಬೇರೆ ದಾರಿಯೇ ಇಲ್ಲ ಎನಿಸಿತ್ತು. ಮರುಕ್ಷಣವೇ ಮುಂದಾಗುವುದನ್ನು ಎದುರಿಸಲು ತಾನು ಸಿದ್ಧನಾಗಿದ್ದರೆ, ಈ ಶವ ಅಗೆಯುವ ಕೆಲಸ ಮಾಡಬೇಕಾಗಿರಲಿಲ್ಲ ಎನಿಸುತ್ತಿತ್ತು. ಈ ದ್ವಂದದಲ್ಲೇ ಕೆಲಸ ಮುಂದುವರಿಸಿದ್ದ.

ತಾನೆಷ್ಟು ಆಳ ತೆಗೆದಿದ್ದೇನೆ ಎಂದು ಪರೀಕ್ಷಿಸಲು ಸೊಂಟಕ್ಕೆ ಸಿಕ್ಕಿಸಿಕೊಂಡಿದ್ದ ಟಾರ್ಚಿನ ಬೆಳಕನ್ನು ತಾನು ತೋಡುತ್ತಿದ್ದ ಗುಂಡಿಯತ್ತ ಚೆಲ್ಲಿದ. ಮೊಣಕಾಲಿನವರೆಗೂ ಸಮಾಧಿ ಅಗೆದಿದ್ದ. ಶರೀರ ಸಿಗಲು ಇನ್ನೂ ತುಂಬ ಅಗೆಯಬೇಕು. ಇನ್ನೂ ತುಂಬಾ ಮಣ್ಣು ಗೋರಿ ಪಕ್ಕಕ್ಕೆ ಹಾಕಬೇಕು...ಅದಕ್ಕೆಷ್ಟು ಸಮಯ ಹಿಡಿಯಬಹುದು? ಅರ್ಧ ಗಂಟೆ ಸಾಕಾದೀತೆ? ಒಮ್ಮೆ ಶವ ಸಿಕ್ಕರೆ...ನೆಮ್ಮದಿ.

ಇಪ್ಪತ್ತು ಹೆಜ್ಜೆ ದೂರದಲ್ಲಿ ಮರಕ್ಕೆ ಕಟ್ಟಿದ್ದ ಕುದುರೆಯ ಕಣ್ಣುಗಳು ಬ್ಯಾಟರಿಗಳಂತೆ ಹೊಳೆದವು. ಕುದುರೆ ಕೆಳಗೆ ಹಾಕಿದ್ದ ಹುಲ್ಲನ್ನು ತಿನ್ನುತ್ತಿತ್ತು. ಕುದುರೆ ತಂದಿದ್ದು ಒಳ್ಳೆಯದಾಯಿತು. ಇಲ್ಲವಾದಲ್ಲಿ ಎಷ್ಟೊಂದು ಭಾರ ಹೊರಬೇಕಿತ್ತು! ಅದು ಸಾಧ್ಯವೂ ಆಗುತ್ತಿರಲಿಲ್ಲ. ದೊಡ್ಡ ಗೋಣಿಚೀಲ, ಹಗ್ಗ

ಎಲ್ಲವನ್ನೂ ಅವನು ತಂದಿದ್ದ. ಶವ ತೆಗೆದು ಅದನ್ನು ಚೀಲದಲ್ಲಿ ಹಾಕಿಕೊಂಡು ಕುದುರೆಯ ಮೇಲೆ ಹಾಕಿಕೊಂಡು ಹೋಗುವ ಉದ್ದೇಶ ಅವನದಾಗಿತ್ತು. ಅದೂ ತುಂಬಾ ದೂರಕ್ಕೆ ಒಯ್ಯಬೇಕಿತ್ತು.!

ತನ್ನ ಯೋಚನೆಗಳಿಗವನು ತತ್ಕಾಲಿಕ ವಿರಾಮ ಕೊಟ್ಟು ಮೊದಲಿಗಿಂತ ವೇಗವಾಗಿ ಗುಂಡಿ ತೋಡಲು ಪ್ರಾರಂಭಿಸಿದ. ಆದರೂ ಮನಸ್ಸು ಸುಮ್ಮನಿರಬೇಕಲ್ಲ? ಮತ್ತೆ ಮನಸ್ಸಿನಲ್ಲಿ ಶುರುವಾಯಿತು ಯೋಚನೆ!

ಮೂರು ದಿವಸದ ಹೆಣ ಹೇಗಿರಬಹುದು!?

ಅದೂ ಮಣ್ಣಿನಲ್ಲಿ ಹೂತಿರುವ ಶವ!

ಹುಳುಗಳು ಬಿದ್ದಿರಬಹುದು! ಕಿವಿ, ಮೂಗುಗಳಿಂದಂತೂ ಹುಳುಗಳು ಸಾಲಾಗಿ ಹರಿಯುತ್ತಿರುತ್ತಿವೆ. ಕಣ್ಣುಗಳನ್ನೂ ತಿಂದಿರುತ್ತವೆಯೇನೊ? ಅಲ್ಲಿ ತೂತು ಬಿದ್ದಿರುತ್ತದೆ. ಆದರೆ ಮೂರೇ ದಿವಸದಲ್ಲಿ ಅಷ್ಟೇಲ್ಲಾ ಆಗಿರುವ ಸಾಧ್ಯತೆಯಿದೆಯೆ? ಆದರೂ ಶವವನ್ನು ಮುಟ್ಟುವುದು..? ಮೈ ಜುಮ್ಮೆಂದಿತು! ಅದರ ಕಲ್ಪನೆ ಬರುತ್ತಲೇ ಥೂ...ಅಸಹ್ಯ ಎಂದುಕೊಂಡ! ಅವನು ಮುಖ ಅಸಹ್ಯದಿಂದ ಕಿವುಚಿಕೊಂಡಿತು. ಆದರೆ, ಹೆದರಿಕೆ ಅಷ್ಟಾಗಿ ಅವನನ್ನು ಕಾಡಿರಲಿಲ್ಲ. ಏಕಾಂಗಿಯಾಗಿ ಸ್ಮಶಾನದಲ್ಲಿ ಪಿಶಾಚಿಯಂತೆ ನಿಂತಿದ್ದ. ಅದಷ್ಟೇ ಅಲ್ಲ... ರಭಸದಿಂದ ಸಮಾದಿಯನ್ನು ಅಗೆಯುತ್ತಿದ್ದ! ಒಳಗಿರುವ ಶವ ತೆಗೆದು ಕುದುರೆಯ ಮೇಲೆ ಹಾಕಿಕೊಂಡು ಹೋಗಬೇಕು. ತುಂಬಾ ದೂರಕ್ಕೆ ಹೋಗಬೇಕು. ಅದೂ ಬೆಳಗಾಗುವುದರಲ್ಲಿ ಆ ಜಾಗ ತಲುಪಿ ಈ ಶವಕ್ಕೆ ಸ್ನಾನ ಮಾಡಿಸಿ, ಬಿಳಿ ಬಟ್ಟೆ ಹೊದಿಸಿ..ಓ ದೇವರೇ..ಇನ್ನೂ ಎಷ್ಟು ಕೆಲಸ? ಅದೂ ಅಪಾಯದ ಕೆಲಸ. ಈ ಕೆಲಸ ಮಾಡುತ್ತಿರುವಾಗ ಯಾರ ಕೈಲಾದರೂ ಸಿಕ್ಕಿಕೊಂಡರೆ? ಅ ಪರಿಸ್ಥಿತಿಯನ್ನು ಊಹಿಸಲೂ ಸಾಧ್ಯವಿಲ್ಲ! ಜೀವಿತವಿಡೀ ಜೈಲು!! ಈ ಕೆಲಸ ಮಾಡದಿದ್ದರೂ ಜೈಲು ಸೇರುವ ಅಪಾಯವೂ ಇದೆಯಲ್ಲ? ಅತ್ತ ದರಿ, ಇತ್ತ ಪುಲಿ!!

ಮತ್ತಷ್ಟು ಮಣ್ಣು ತೆಗೆದು ಟಾರ್ಚಿನ ಬೆಳಕಿನಲ್ಲಿ ಪರೀಕ್ಷಿಸಿದ. ಅಗೆಯುತ್ತಿದ್ದ ವೇಗಕ್ಕೆ ತೃಪ್ತಿ ಪಟ್ಟುಕೊಂಡ. ಮತ್ತೆ ಅಗೆಯುವ ಕೆಲಸದಲ್ಲಿ ತೊಡಗಿದ. ಅವನ ಕೆಲಸದ ವೇಗ ಇನ್ನೂ ಹೆಚ್ಚಿದಂತಿತ್ತು!

ಅರ್ಧ ಗಂಟೆಯ ನಂತರ ಅವನ ಕೆಲಸ ಒಂದು ಹಂತಕ್ಕೆ ಬಂದಿತ್ತು. ಪಿಕಾಸಿಗೆ ಮೆತ್ತಗಿನ ವಸ್ತು ಸಿಕ್ಕಿತು. ಅವನ ಮೈಯಲ್ಲಿ ಛಳುಕು!! ನಡುಗಿದ! ಸಾವರಿಸಿಕೊಂಡು ಟಾರ್ಚಿನ ಬೆಳಕು ಗುಂಡಿಗೆ ಬೀರಿ ಮೆಲ್ಲನೆ ಬಲಗೈಯಿಂದ ಮಣ್ಣು ಸರಿಸಿದ. ಶವದ ವಿಕಾರ ಮುಖ ನೋಡಲು ಕೊಂಚ ಅಳುಕಿದ. ಆದರೆ ಬೇರೆ ದಾರಿಯಿರಲಿಲ್ಲ. ಮಣ್ಣು ಸರಿಸಿದ. ಕೈಗೆ ಸಿಕ್ಕ ವಸ್ತು ಗುರುತಿಸಿ ಅವನು

ಸ್ಥಂಭೀಭೂತನಾದ!

ಪಿಕಾಸಿಗೆ ಸಿಕ್ಕಿದ್ದು ಶವವಾಗಿರಲಿಲ್ಲ! ಗುಂಡಿಯೊಳಗೆ ಶವವೇ ಇರಲಿಲ್ಲ!

ಉದ್ದನೆಯ ಒಂದು ಹತ್ತಿಯ ದಿಂಬು ಕಂಡಿತು!

ಪರಿಸ್ಥಿತಿ ತಾನು ಊಹಿಸಿದಕ್ಕಿಂತ ವಿಭಿನ್ನವಾಗಿತ್ತು! ವಿಚಿತ್ರವಾಗಿತ್ತು!

ವಿಕಾರವಾದ ಶವ ನೋಡಲು ಹೆದರಿದ್ದವನು, ಈಗ ಗುಂಡಿಯಲ್ಲಿ ಶವ ಕಾಣದೆ ಹೆದರಿದ್ದ!

ಹಣೆಯ ಮೇಲೆ ಹಳೆಯ ಬೆವರ ಹನಿಗಳ ಜೊತೆಗೆ ಹೊಸದಾಗಿ ಮೂಡಿದವೂ ಸೇರಿ ಮುಖದಿಂದ ಕೆಳಗಿಳಿದು ಕುತ್ತಿಗೆಯ ಬೆವರನ್ನೂ ಸೇರಿ, ಎದೆಯೆಡೆಗೆ ನದಿಯಾಗಿ ಹರಿದವು.

ಶವ ಏನಾಯಿತು? ಮೂರು ದಿವಸಗಳ ಹಿಂದೆ ಹೂತಿಟ್ಟಿದ್ದು ಏನಾಯಿತು? ಈಗ ಇಲ್ಲ ಎಂದರೆ? ಏನಿದರ ಅರ್ಥ?

ಶವ ಇದ್ದ ಜಾಗದಲ್ಲಿ ದಿಂಬು ಹೇಗೆ ಬಂತು? ಅದನ್ನು ಇಟ್ಟವರು ಯಾಕು? ಹಾಗದರೆ ಶವ?

ಯಾರೋ ಶವವನ್ನು ಅಪಹರಿಸಿದ್ದಾರೆ! ಶವ ತೆಗೆದಾಗ ಖಾಲಿಯಾದ ಜಾಗ ತುಂಬಲು ದಿಂಬು! ಯಾರಿಗೂ ಅನುಮಾನ ಬರದಿರಲಿ ಎಂದು ಆ ಜಾಗದಲ್ಲಿ ಈ ದಿಂಬನ್ನು ಇಟ್ಟು ಮತ್ತೆ ಗುಂಡಿ ಮುಚ್ಚಿದ್ದಾರೆ! ನೆನ್ನೆ ಮಳೆ ಬೇರೆ ಬಂದಿದೆ! ನೆನ್ನೆಯ ಮಳೆಗೆ ನೆನೆದ ಸಮಾಧಿಯ ಮಣ್ಣು ನೆನೆದು ಹಳೆಯದರಂತೆ ಕಾಣುತ್ತಿದೆ! ಈ ಯೋಚನೆಗಳು ಬಂದೊಡನೆಯೇ ಇದು ಯಾರ ಕೃತ್ಯ? ಯಾರು ಇಂತಾ ಕೆಲಸ ಮಾಡಿರಬಹುದು? ಯಾವ ಉದ್ದೇಶದಿಂದ ಈ ಕೆಲಸ ಮಾಡಿದ್ದಾರೆ? ಎಂಬ ಪ್ರಶ್ನೆಗಳು ಅವನಲ್ಲಿ ಹೆಡೆಯಾಡಿದವು.

ತನ್ನ ಪ್ರಶ್ನೆಗಳಿಗೆ ತಕ್ಷಣದಲ್ಲಿ ಉತ್ತರ ದೊರೆಯುವುದು ಸಾಧ್ಯವಿಲ್ಲ ಎನ್ನುವ ಅರಿವು ಅವನಿಗಿತ್ತು. ಆದರೆ ಒಂದು ವಿಷಯ ಸ್ಪಷ್ಟವಾಗಿತ್ತು! ತನಗೆ ಈ ಶವ ಬೇಕಾದಂತೆ ಬೇರೆ ಇನ್ನೊಬ್ಬರಿಗೂ ಬೇಕಾಗಿದೆ! ಅದಕ್ಕೇ ಅದನ್ನು ಸಮಾಧಿಯಿಂದ ಅಪಹರಿಸಿದ್ದಾರೆ! ತಾನು ಸರಿಯಾದ ಸಮಾಧಿಯನ್ನು ಅಗೆದಿರುವೆನೆ? ಇಲ್ಲಾ ತಪ್ಪಿ ಬೇರೊಂದು ಸಮಾಧಿಯನ್ನು ಅಗೆದೆನೆ? ಅನಮಾನದಿಂದ ಅವನು ಜಾಗವನ್ನು ಪರಿಶೀಲಿಸಿದ. ಎಲ್ಲೂ ಅವನು ತಪ್ಪಿರಲಿಲ್ಲ. ಆದರೆ ಶವ ಮಾತ್ರ ಮಾಯವಾಗಿತ್ತು. ಅಲ್ಲಿದ್ದ ಶವವನ್ನು ಯಾರೋ ಅಪಹರಿಸಿದ್ದರು! ಯಾರು? ಏಕೆ? ಈ ಪ್ರಶ್ನೆಗಳಿಗೆ ಅವನ ಹಣೆಯಲ್ಲಿ ಮೂಡಿದ್ದ ಗೆರೆಗಳು ಆಳವಾದುವು.

ಮುಂದೇನು? ಯೋಚಿಸುತ್ತ ಕೆಲವು ಕ್ಷಣ ನಿಂತ. ನಂತರ ಒಂದು ನಿರ್ಧಾರಕ್ಕೆ ಬಂದವನಂತೆ ಪಿಕಾಸಿಗೆ ಮತ್ತೆ ಕೈಹಚ್ಚಿದ.

***

ಆತ ಪ್ರೈವೇಟ್ ಡಿಟೆಕ್ಟೀವ್, ಹೆಸರು ಕ್ಯಾಪ್ಟನ್ ವಿಕ್ರಮ್. ಅವನ ಹೆಸರಿನ ಮುಂದೆ ಕ್ಯಾಪ್ಟನ್ ಎಂಬ ವಿಶೇಷಣ ಬರಲು ಕಾರಣವಿತ್ತು. ಆತ ಮಿಲಿಟರಿಯಲ್ಲಿ ಹತ್ತು ವರ್ಷ ಸೇವೆ ಸಲ್ಲಿಸಿದ್ದ. ಮಿಲಿಟರಿಯಲ್ಲಿ ಬೇಹುಗಾರಿಕೆಗಾಗಿ ವಿಶೇಷ ತರಬೇತಿ ಪಡೆದು, ಚೀನಾ ಮತ್ತು ಪಾಕಿಸ್ತಾನ ದೇಶಗಳಲ್ಲಿ ರಹಸ್ಯವಾಗಿ ಬೇಹುಗಾರಿಕೆ ಮಾಡಿದ್ದ. ಅಂತಾ ಒಂದು ಸಾಹಸದಲ್ಲೇ ಶತ್ರುಗಳ ಕೈಲಿ ಸಿಕ್ಕಿಕೊಂಡು ಗುಂಡೇಟು ತಿಂದಿದ್ದ. ಸೇವಾವಧಿಗೆ ಮುಂಚೆ ಮೆಡಿಕಲ್ ಗ್ರೌಂಡ್ಸಲ್ಲಿ ರಿಟೈರ್ಮೆಂಟ್ ತೆಗೆದುಕೊಂಡು ನಂತರದಲ್ಲಿ ಪ್ರೈವೇಟ್ ಇನ್ವೆಸ್ಟಿಗೇಶನ್ ಮಾಡುತ್ತಿದ್ದಾನೆ. ಮೂರು ವರ್ಷದ ಹಿಂದೆ ಬೆಂಗಳೂರಿನಲ್ಲಿ ಆಫೀಸ್ ಮಾಡ್ಕೊಂಡಿದ್ದಾನೆ. ವೃತ್ತಿಯಲ್ಲಿ ಸಾಕಷ್ಟು ಹೆಸರು ಹೆಸರು ಗಳಿಸಿದ್ದಾನೆ. ಸಮಸ್ಯೆಗಳನ್ನು ಚೆನ್ನಾಗಿ ಅರ್ಥಮಾಡಿಕೊಂಡು, ಸಮಸ್ಯೆಯ ಮೂಲಕ್ಕೆ ಹೋಗಿ ವಿಶ್ಲೇಷಣೆ ಮಾಡುವ ಜಾಣ್ಮೆ ಜನ್ಮಜಾತವಾಗಿ ವಿಕ್ರಮ್‌ಗ ಬಂದಂತಿತ್ತು! ಅನೇಕ ಸಲ ಪೋಲೀಸರಿಗೆ ಬಿಡಿಸಲಾಗಿರದ ರಹಸ್ಯಗಳನ್ನು ಬಿಡಿಸಿದ್ದ. ಪೋಲೀಸ್ ವಲಯದಲ್ಲೂ ಗೌರವ ಪಡೆದಿದ್ದ. ತನ್ನ ಶ್ರಮಕ್ಕೆ ಪೋಲೀಸ್ ಇಲಾಖೆಯಿಂದ ಯಾವುದೇ ಪ್ರತಿಫಲವನ್ನೂ ಬಯಸುತ್ತಿರಲಿಲ್ಲ.

ಡಿಟೆಕ್ಟೀವ್ ಕ್ಯಾಪ್ಟನ್ ವಿಕ್ರಮ್ ತನ್ನ ಆಫೀಸಿನೊಳಕ್ಕೆ ಬಂದ ವ್ಯಕ್ತಿಯನ್ನು ಕುತೂಹಲದಿಂದ ನೋಡಿದ. ಬಂದಾತನ ವಯಸ್ಸು ಸುಮಾರು ಮೂವತ್ತೈದರಿಂದ ನಲವತ್ತು ವರ್ಷದೊಳಗಿರಬಹುದು ಎಂಬ ಅಂದಾಜು ಮಾಡಿದ. ಮೆಟ್ಯಾಲಿಕ್ ಬ್ಲೂ ಕಲರಿನ ಸಫಾರಿ ಸೂಟ್ ಧರಿಸಿದ್ದ. ಹೆಚ್ಚು ಶ್ರಮವಿಲ್ಲದ ಶರೀರದಲ್ಲಿ ತುಸು ಬೊಜ್ಜು ಕಾಣಿಸಿತು. ಸುಮಾರು ಐದಡಿ ಎಂಟು ಇಂಚು ಎತ್ತರ. ತಲೆಯ ಮುಂಭಾಗದಲ್ಲಿ ಕೂದಲು ಕಡಿಮೆಯಾಗಿತ್ತು. ಆತ ಶೀಘ್ರದಲ್ಲಿ ಬಕ್ಕತಲೆಯವನಾಗಬಹುದು ಎನ್ನಿಸಿತು. ಮೈಬಣ್ಣ ಎಣ್ಣೆಗೆಂಪು. ಕೋಲು ಮುಖ. ದಪ್ಪಗೆ ಬ್ರಷ್‌ನಂತೆ ಬೆಳದಿದ್ದ ಮೀಸೆಯಿತ್ತು. ಆತನ ಮುಖದಲ್ಲಿ ತಿಳಿನಗೆಯಿತ್ತು.

ಆತ ವಿಕ್ರಮ್‌ಗ ನಮಸ್ಕಾರ ಹೇಳಿದ.

"ಕೂತ್ಕೊಳ್ಳಿ.."

"ನನ್ನ ಹೆಸರು ಮೂರ್ತಿ. ನನ್ನ ಪರಿಚಯ.."

ಆತನ ದನಿ ಸ್ವಲ್ಪ ಕೀರಲಾಗಿತ್ತು. ದೇಹಕ್ಕೂ ಸ್ವರಕ್ಕೂ ಹೊಂದಾಣಿಕೆ ಕಾಣಲಿಲ್ಲ.

"ನಿಮ್ಮ ಪರಿಚಯ ಹೇಳೋಕೆ ಮುಂಚೆ ನನ್ನ ಅಬ್ಸರ್ವೇಶನ್ ಕೇಳಿ, ಅದು ಸರಿಯೋ ತಪ್ಪೋ ಹೇಳಿ. ನೀವು ವೃತ್ತಿಯಲ್ಲಿ ಟೆಕ್ಸ್ಟೈಲ್ ಮರ್ಚೆಂಟ್, ಚಿಕ್ಕಪೇಟೇಲಿ ನಿಮ್ಮ ಅಂಗಡಿ"

ವಿಕ್ರಮ್ ತಾನಾಗೇ ಹೇಳಲು ಶುರು ಮಾಡಿದ.

"ಸಾರ್, ನೀವು ನಮ್ಮ ಅಂಗಡಿಗೆ ಬಂದಿದ್ರ್ರಾ?"

ಮೂರ್ತಿ ಅಚ್ಚರಿಯಿಂದ ಕೇಳಿದ.

"ಇಲ್ಲ. ನಿಮ್ಮ ಅಂಗಡಿಗೆ ಇದುವರೆಗೂ ಬಂದಿಲ್ಲ. ಆದ್ರೆ ಇದು ನನ್ನ ಅಬ್ಸರ್ವೇಶನ್ ಕೇಳಿ. ನೀವು ಕಾರಲ್ಲಿ ಬಂದಿದ್ದೀರಿ. ಎ.ಸಿ ಹಾಕಿಕ್ಕೊಳ್ಳದೆ ಡ್ರೈವ್ ಮಾಡ್ಕೊಂಡು ಬಂದಿದ್ದೀರಿ. ಬರೋದಕ್ಕೆ ಮುಂಚೆ ಟ್ರಾಫಿಕ್ ಪೋಲೀಸ್ ಕೇಸಾಗಿದೆ. ಸೀಟ್ ಬೆಲ್ಟ್ ಹಾಕಿಲ್ಲಾಂತ ಫೈನ್ ಕಟ್ಟಿದ್ದೀರಿ. ನಿಮ್ಮ ಕಾರು ಕ್ಲಾಸಿಕ್ ಮಾಲ್ ಮುಂದೆ ನಿಲ್ಲಿಸಿ ಬಂದಿದ್ದೀರಿ.."

ವಿಕ್ರಮ್ ಆತನನ್ನು ದಿಟ್ಟಿಸಿ ನೋಡುತ್ತಾ ಹೇಳುತ್ತಿದ್ದ.

ಅವನ ಅಸಿಸ್ಟೆಂಟ್ ಶರತ್ ಅಚ್ಚರಿಯಿಂದ ತನ್ನ ಸೀನಿಯರ್ ಮಾತುಗಳನ್ನು ಕೇಳುತ್ತಿದ್ದ. ಇಷ್ಟೆಲ್ಲಾ ಕೇವಲ ತಮ್ಮ ಅಬ್ಸರ್ವೇಶನ್ನಿಂದಾನೇ ಬಾಸ್ ಹೇಳ್ತಿದ್ದಾರಲ್ಲ? ತನಗೆ ಇಂತಾ ಟ್ಯಾಲೆಂಟ್ ಯಾವಾಗ ಬಂದೀತು?

"ಅದ್ಭುತ ಸಾರ್, ನೀವು ಹೇಳ್ತಿರೋದೆಲ್ಲಾ ನಿಜ. ನಿಮಗೆ ಹೇಗೆ ಗೊತ್ತಾಗುತ್ತೆ..? ಜ್ಯೋತಿಷ್ಯ ಏನಾದ್ರೂ ಕಲಿತಿದ್ದೀರಾ..?"

ಮೂರ್ತಿ ವಿಸ್ಮಯದಿಂದ ಕೇಳಿದ.

"ಇದಕ್ಕೆ ಜ್ಯೋತಿಷ್ಯ ಬೇಕಾಗಿಲ್ಲ ಮೂರ್ತಿಯವರೆ. ದೇವರು ನಮಗೆ ಕೊಟ್ಟಿರೋ ಪಂಚೇದ್ರಿಯಗಳನ್ನ ಸಮರ್ಪಕವಾಗಿ ಉಪಯೋಗಿಸಿದರೆ ಸಾಕು. ನಿಮ್ಮ ಸಫಾರಿಯಿಂದ ನೀವು ಟೆಕ್ಸ್ಟೈಲ್ ವ್ಯಾಪಾರಿ ಎನ್ನೋದು ಗೆಸ್ ಮಾಡಿದೆ. ಇನ್ನು ಎ.ಸಿ ಹಾಕಿಕೊಂಡು ಕಾರು ಡ್ರೈವ್ ಮಾಡಿದ್ದರೆ ತಲೆಗೂದಲು ನೀಟಾಗಿರುತ್ತಿತ್ತು. ತಲೆಗೂದಲು ಸ್ವಲ್ಪ ಕೆದರಿದೆ. ಅದು ಕಾರಿನ ವಿಂಡೋದಿಂದ ಬೀಸಿದ ಗಾಳಿಗೆ. ಅದಕ್ಕೇ ನೀವು ಎ.ಸಿ ಹಾಕದೆ ಡ್ರೈವ್ ಮಾಡ್ಕೊಂಡು ಬಂದಿದ್ದೀರಿ ಅಂತ ಹೇಳಿದೆ. ನೀವು ಸೀಟ್ ಬೆಲ್ಟ್ ಹಾಕಿದ್ದರೆ ನೀವು ಧರಿಸಿರೋ ಉಡುಪಿನ ಮೇಲೆ ಒಂದಿಷ್ಟು ಸುಕ್ಕಿರುತ್ತಿತ್ತು. ಅದೂ ಇಲ್ಲ. ಮುಖದಲ್ಲಿ ಸ್ವಲ್ಪ ಅಸಹನೆ ಇದೆ. ಅದು ಫೈನ್ ಕಟ್ಟಿರೋದನ್ನ ಇನ್ನೂ ಮರೆಯೋಕಾಗದೆ ಇರೋದಕ್ಕೆ. ಇಡೀ ಏರಿಯಾದಲ್ಲಿ ಪಾರ್ಕಿಂಗಿಗೆ ಜಾಗ ಸಿಗೋದು ಕ್ಲಾಸಿಕ್ ಮಾಲ್ ಮುಂದೆ. ಅದು ಬಿಟ್ಟು ಬೇರೆಲ್ಲೂ ಜಾಗ ಸಿಗೊಲ್ಲ. ಏನನ್ನುತ್ತೀರಿ ನನ್ನ ಅಬ್ಸರ್ವೇಶನ್ನಿಗೆ?"

"ಸೂಪರ್ ಸಾರ್! ಸಿಂಪ್ಲಿ ಸೂಪರ್! ಅದಕ್ಕೇ ನಾನು ನಿಮ್ಮ ಬಳಿ ಕೇಸ್ ತಗೊಂಡು ಬಂದಿರೋದು..ದಯವಿಟ್ಟು ಯಾವ ಕಾರಣಕ್ಕೂ ಇಲ್ಲಾ ಅನ್ನದೆ ನನ್ನ ಕೇಸು ತಗೋಬೇಕು"

"ಮಿಸ್ಟರ್ ಮೂರ್ತಿ, ಕೇಸು ಏನೂಂತ ಗೊತ್ತಿಲ್ಲದೆ ಹೇಗೆ ತೆಗೆದುಕ್ಕೊಳ್ಳಲೀ? ಮೊದಲು ಕೇಸ್ ಏನು ಅನ್ನೋದು ಹೇಳಿ. ನಿಮಗೆ ಗೊತ್ತಿರುವಷ್ಟು, ಹೇಳಬೇಕೂನ್ನಿಸುವಂತ ಎಲ್ಲಾ ಸಂಗತಿಗಳನ್ನೂ ಹೇಳಿ. ಯಾವುದನ್ನೂ ಬಿಡಬೇಡಿ. ಇದು ಅನಗತ್ಯ, ಇದನ್ನು ಹೇಳುವುದು ಬೇಡ ಎನ್ನುವ ಯೋಚನೆ ಬಿಟ್ಟು ಎಲ್ಲವನ್ನೂ ಹೇಳಿ. ಅದನ್ನು ಕೇಳಿದ ಮೇಲೆ ನಾನು ಕೇಸು ಒಪ್ಪಿಕ್ಕೊಳ್ಳಬೇಕಾ ಇಲ್ಲವಾ ಎಂದು ಹೇಳ್ತೀನಿ"

"ಇಲ್ಲ ಸಾರ್, ನೀವು ಕೇಸು ತಗೊಳ್ಳಲೇಬೇಕು. ಈ ಆಶ್ವಾಸನೆ ಕೊಟ್ಟರೆ ಮಾತ್ರ ಉಳಿದದ್ದು. ಏಕೆಂದರೆ ನಾನು ಹೇಳುವ ಮಾಹಿತಿ ಒಂದು ಸಂಸಾರದ ಘನತೆ, ಗೌರವಕ್ಕೆ ಸಂಬಂಧಿಸಿದ್ದು. ನಾನು ಇಡೀ ಕೇಸು ಒಪ್ಪಿಸಿದ ನಂತರ ನೀವು ಒಪ್ಪದಿದ್ದರೆ ನಾನು ತಪ್ಪಿತಸ್ಥನಾಗಿಬಿಡುತ್ತೇನೆ"

"ಅಂತಾ ಅಪನಂಬಿಕೆ ಇರಬಾರದು ಮಿಸ್ಟರ್ ಮೂರ್ತಿ. ಡಾಕ್ಟರ್ ಹತ್ರ ಮತ್ತು ಡಿಟೆಕ್ಟೀವ್ ಹತ್ರ ಯಾವ ಕಾರಣಕ್ಕೂ ವಿಷಯ ಮುಚ್ಚಿಡಬಾರದು"

ವಿಕ್ರಮ್ ಹೇಳಿದ.

"ಕೇಸ್ ತಗೋತಿನೀಂತ ಒಂದು ಆಶ್ವಾಸನೆ ಕೊಡಿ ಸಾರ್"

ಮೂರ್ತಿ ಗೋಗರೆದ.

"ಓ.ಕೆ ಮಿಸ್ಟರ್ ಮೂರ್ತಿ. ಅದೇ ಕೆಲಸ ನಮ್ಮದು. ನಿಮ್ಮ ಕೇಸು ತಗೋತೀನಿ. ಏನು ಕೇಸು ಹೇಳಿ"

"ಓ... ಥ್ಯಾಂಕ್ಯು ವೆರಿಮಚ್ ಮಿಸ್ಟರ್ ವಿಕ್ರಮ್..."

ಮೂರ್ತಿ ಉದ್ವೇಗದಿಂದ ನುಡಿದ.

"ದಟ್ ಈಜ್ ಅಲ್‌ರೈಟ್..." ವಿಕ್ರಮ್ ಪರವಾಗಿ ಶರತ್ ನುಡಿದ.

"ಐಯಾಮ್ ರಿಯಲೀ ಗ್ರೇಟ್‌ಫುಲ್ ಟು ಯೂ ಮಿಸ್ಟರ್ ವಿಕ್ರಮ್. ಮುಂಗಡವಾಗಿ ಮೂವತ್ತು ಸಾವಿರಕ್ಕೆ ಚೆಕ್ ಕೊಡಲ್?"

ಉದ್ವೇಗದಿಂದ ನುಡಿದ ಮೂರ್ತಿ.

"ಆಗಬಹುದು. ಮಧ್ಯದಲ್ಲಿ ಹಣದ ಅವಶ್ಯಕತೆ ಬಿದ್ದರೆ ನಾನೇ ಕೇಳ್ತೀನಿ. ಕೇಸು ಸಾಲ್ವ್ ಆದ್ಮೇಲೆ ಫೈನಲ್ ಬಿಲ್ ಕೊಡ್ತೀನಿ. ಆಗಬಹುದು ತಾನೆ?"

"ಖಂಡಿತವಾಗಿ"

"ಹಾಗಾದರೆ ನೀವು ಕೇಸಿನ ಬಗ್ಗೆ ಹೇಳಿ".

ಪತ್ತೇದಾರ ಕ್ಯಾಪ್ಟನ್ ವಿಕ್ರಮ್ ತನ್ನ ಸಹಾಯಕ ಶರತ್‌ಗೆ ಸನ್ನೆ ಮಾಡಿದ. ಶರತ್ ನೋಟ್ ಬುಕ್ಕು, ಪೆನ್ಸಿಲ್ ಹಿಡಿದು ಕೂತ. ಮೂರ್ತಿ ಹೇಳಲಿರುವ ಎಲ್ಲ ವಿಷಯವನ್ನೂ ಷಾರ್ಟ್ಹ್ಯಾಂಡ್‌ನಲ್ಲಿ ಬರೆದುಕೊಳ್ಳಲು ಸಿದ್ಧನಾದ.

"ಇಷ್ಟು ಸುಲಭದಲ್ಲಿ ನೀವು ನನ್ನ ಕೇಸು ತಗೊಳ್ತೀರೀಂತ ನಂಗೆ ನಂಬಿಕೇನೇ ಇರಲಿಲ್ಲ..."

ಅವನ ಮಾತನ್ನು ಅರ್ಧದಲ್ಲಿ ತಡೆಯಬೇಕೆನ್ನಿಸಿತು ವಿಕ್ರಮ್‌ಗೆ. ಆದರೆ ಮೂರ್ತಿಯ ಸ್ವಭಾವವೇ ಹಾಗೆ ಎಂದು ಸುಮ್ಮನಾದ. ಹೇಳಿದ್ದನ್ನೇ ಮತ್ತೆ ಮತ್ತೆ ಹೇಳುವ ಅಭ್ಯಾಸ ಮೂರ್ತಿಗೆ!

ಅವನು ಹೇಳುವುದನ್ನು ಮನಸ್ಸಿನಲ್ಲಿ ದಾಖಲಿಸಿಕ್ಕೊಳ್ಳುತ್ತಲೇ ಅದೇ ಸಮಯದಲ್ಲಿ ಮೂರ್ತಿಯನ್ನು ಕುತೂಹಲದಿಂದ ವೀಕ್ಷಿಸಿದ ವಿಕ್ರಮ್. ಆತನ ಶರೀರಕ್ಕೆ ಸ್ವರ ಸಣ್ಣದು! ನೋಡಲು ಒರಟನಂತೆ ಕಂಡರೂ ಸ್ವಭಾವ ಮೃದು.

"ದಯವಿಟ್ಟು ಬೇಗನೆ ಕೇಸಿಗೆ ಬನ್ನಿ. ಇನ್ನರ್ಧ ಗಂಟೆಯ ನಂತರ ಬೇರೆ ಅಪಾಯಿಂಟ್‌ಮೆಂಟಿದೆ".

ಮೂರ್ತಿ ಮೀನಮೇಷ ಎಣಿಸುತ್ತಿದ್ದುದನ್ನು ಕಂಡು ಶರತ್ ಬೇಸರದಿಂದ ಹೇಳಿದ.

"ಓ...ಸಾರಿ...ನಿಮ್ಮ ಸಮಯ ಹಾಳು ಮಾಡೋಲ್ಲ ಹೀಗಿದೆ ವಿಷಯ..."

"ಮಿಸ್ಟರ್ ಮೂರ್ತಿ...ನೇರವಾಗಿ ಕೇಸಿಗೆ ಬನ್ನಿ.."

ಪತ್ತೇದಾರ ದನಿಯಲ್ಲಿದ್ದ ಗಂಭೀರತೆ ಮೂರ್ತಿಗೆ ತಟ್ಟಿತು. ಒಂದು ನಿಮಿಷ ಪತ್ತೇದಾರರಿಬ್ಬರನ್ನು ನೋಡಿ ನಂತರ ಶುರು ಮಾಡಿದ.

"ಇವತ್ತಿಗೆ ಸರಿಯಾಗಿ ಒಂಬತ್ತು ದಿವಸಗಳ ಕೆಳಗೆ ನನ್ನ ಮಾವನವರ ತಂದೆ ತೀರಿಕೊಂಡರು. ಅವರಿಗೆ ಎಪ್ಪತ್ತು ವರ್ಷವಾಗಿತ್ತು. ಆರೋಗ್ಯ ಸಾಯುವ ಮುಂಚೆಯೂ ತುಂಬಾ ಚೆನ್ನಾಗಿತ್ತು. ಅವರು ಸಾಯೋಕೆ ಸರಿಯಾಗಿ ವಾರದ ಹಿಂದೆ ನಾನೂ ನನ್ನ ಹೆಂಡತಿ ಅವರಿರುವ ಊರಿಗೆ ಹೋಗಿ ನೋಡ್ಕೊಂಡು ಬಂದಿದ್ವೊ. ಅವರ ಸಾವು ನಮಗೆ ಆಶ್ಚರ್ಯವಾಗಿತ್ತು. ಏಕೆಂದರೆ ಅವರು ಇಷ್ಟು ಬೇಗ ಸಾಯ್ತಾರೆ ಅಂತ ನಮಗನ್ನಿಸಿಯೇ ಇರಲಿಲ್ಲ. ಅವರು ಸತ್ತ ಸುದ್ದಿ ಬಂದ ತಕ್ಷಣವೇ ಹೋದೆವು. ಸತ್ತ ಮಾರನೆಯ ದಿನವೇ ಅವರ ಅಂತ್ಯಕ್ರಿಯೇನೂ ಆಯಿತು. ಅದಾದ ಎರಡನೆಯ ದಿವಸವೇ ಅವರ ಸಾವಿನ ಬಗ್ಗೆ ಜನಗಳಿಗೆ ಅನುಮಾನಗಳು ಬಂದಿದ್ದವು. ನಾವು ಆಗ ಅದೇ ಊರಲ್ಲಿದ್ದೆವು. ನಮ್ಮ ಕಿವಿಗೂ ಈ ಸುದ್ದಿ ಬಿದ್ದು ಏನು ಮಾಡಬೇಕೆಂದು ತಿಳಿಯದೆ ಯೋಚನೆ ಮಾಡ್ತಿದ್ದೆವು. ಮಣ್ಣು ಮಾಡಿದ ಮೂರನೆಯ ದಿವಸ ಹಾಲು ತುಪ್ಪ ಬಿಡುವ ಕೆಲಸ ಮುಗಿಸಿದ್ದೆವು.

ಅಷ್ಟರಲ್ಲಿ ಈ ಸುದ್ದಿ ಪೋಲೀಸರಿಗೆ ಹೇಗೋ ಗೊತ್ತಾಯಿತು. ನಾಲ್ಕನೆಯ ದಿವಸ ಪೋಲೀಸರು ಊರಿಗೆ ಬಂದರು. ಸಮಾಧಿಯಿಂದ ಬಾಡಿ ತೆಗೆದ ವೈದ್ಯಕೀಯ ಪರೀಕ್ಷೆಗೆ ಕಳಿಸಬೇಕೆಂದು ನಮಗೆ ತಿಳಿಸಿದರು. ಯಶವಂತರಾಯರ ಸಾವು ಸ್ವಾಭಾವಿಕವಲ್ಲ, ಅದು ಕೊಲೆ ಎಂದು ಅವರಿಗೆ ಮೂಕರ್ಜಿಯೊಂದು ಬಂದಿತ್ತಂತೆ. ಪೋಲೀಸ್‌ನವರನ್ನು ನಾವು ತಡೆಯುವಂತಿರಲಿಲ್ಲ. ಒಟ್ಟಿನಲ್ಲಿ ಶವ ಸಂಸ್ಕಾರವಾದ ನಾಲ್ಕನೆಯ ದಿನ ಊರಿನ ಜನಗಳ ನೇತೃತ್ವದಲ್ಲಿ ಸಮಾಧಿಯನ್ನು ಅಗೆಯಲಾಯಿತು. ಆದರೆ ಅಲ್ಲಿ ಶವ ಇರಲಿಲ್ಲ!"

ಮೂರ್ತಿ ಒಂದು ನಿಮಿಷ ಮಾತು ನಿಲ್ಲಿಸಿ ವಿಕ್ರಮ್ ಮುಖ ನೋಡಿದ. ವಿಕ್ರಮ್ ಏಕಾಗ್ರತೆಯಿಂದ ಮೂರ್ತಿಯ ಮಾತು ಕೇಳುತ್ತಿದ್ದ. ಶರತ್ ತನ್ನ ಶಾರ್ಟ್ ಹ್ಯಾಂಡ್ ನೋಟ್ ಬುಕ್ಕಿನಲ್ಲಿ ಬರೆದುಕ್ಕೊಳ್ಳುತ್ತಿದ್ದ. ಅದರ ಜೊತೆಗೇ ಮೂರ್ತಿಯ ಮಾತುಗಳ ಧ್ವನಿಮುದ್ರಣವೂ ಆಗುತ್ತಿತ್ತು.

"ನಮಗೆಲ್ಲ ದಿಗ್ಭ್ರಮೆಯಾಗಿತ್ತು. ಯಾರೋ ಶವ ಕದ್ದಿದ್ದರು! ಕದ್ದಿದ್ದಾರೆ ಅಂದರೆ ಅದು ಕೊಲೆಯೇ ಇರಬೇಕು! ಶವ ಕದಿಯಲು ಕಾರಣ, ಆ ಶವದಲ್ಲಿ ಏನೋ ಗುರುತು ಬಿಟ್ಟಿರಬೇಕು! ಇಲ್ಲದಿದ್ದರೆ ಶವ ಯಾರಾದರೂ ಏಕೆ ಕದಿಯುತ್ತಾರೆ? ಅಂದರೆ ಯಾರೋ ಕೊಲೆ ಮಾಡಿದ್ದಾರೆ! ಬಹುಶಃ ಶವದಲ್ಲಿ ಕೊಲೆಗಾರ ಯವುದೋ ಗುರುತು ಉಳಿಸಿದ್ದಾನೆ! ಶವ ಸಿಕ್ಕರೆ ತಾನೂ ಸಿಕ್ಕಿಕ್ಕೊಳ್ಳುತ್ತೇನೆ ಎಂದು ಶವವನ್ನು ಅಪಹರಿಸಿದ್ದಾನೆ. ಎನ್ನುವುದು ಪೋಲೀಸರ ಒಂದು ಯೋಚನೆ. ಇನ್ನೊಂದು ಯೋಚನೆ ಪ್ರಕಾರ ವಾಮಾಚಾರಕ್ಕಾಗಿ ಯಾರೋ ತಾಂತ್ರಿಕರು ಶವ ಅಪಹರಿಸಿದ್ದಾರೆ. ತಾಂತ್ರಿಕರು ಏನೇನೋ ಸಿದ್ಧಿಗಾಗಿ ಇಂತಾ ಕೆಲಸ ಮಾಡುವುದುಂಟು! ಪೋಲೀಸರು ಹೇಳಿದ ಆ ಎರಡು ಸಾಧ್ಯತೆಗಳನ್ನೂ ನಾವು ತಳ್ಳಿಹಾಕುವಂತಿರಲಿಲ್ಲ! ಶವ ಸಿಕ್ಕರೆ ಕೊಲೆಗಾರ ಸಿಕ್ಕುವ ಸಾಧ್ಯತೆ ಇತ್ತು. ಶವದ ಅಪಹರಣವಾಗಿರುವುದರಿಂದ ಪೋಲೀಸರು ಯಶವಂತರಾಯರ ಸಾವು ಸ್ವಾಭಾವಿಕ ಸಾವಲ್ಲ, ಕೊಲೆ ಎಂಬ ನಿರ್ಧಾರಕ್ಕೆ ಬಂದರು. ಕೊಲೆ ಮಾಡಿದಾತನೇ ಶವವನ್ನು ಅಪಹರಿಸಿರುವನು ಎಂದು ಊಹಿಸಿದರು. ವೈದ್ಯಕೀಯ ಪರೀಕ್ಷೆಗೆ ಶವ ಸಿಕ್ಕಿದ್ದರೆ ಕೊಲೆಯ ವಿಷಯ ಸ್ಪಷ್ಟವಾಗುತ್ತಿದ್ದುದಷ್ಟೇ ಅಲ್ಲದೆ, ಕೊಲೆ ಮಾಡಿದ ವಿಧಾನವೂ ಗೊತ್ತಾಗಿ ಬಿಡುತ್ತಿತ್ತು. ಅದಕ್ಕಾಗಿಯೇ ಶವವನ್ನು ಅಪಹರಿಸಿ ಬೇರೊಂದು ಕಡೆಗೊಯ್ದು ಅಲ್ಲಿ ಹೂತಿರಬಹುದು ಇಲ್ಲವೆ ಶವವನ್ನು ನಾಶ ಮಾಡಲು ಪ್ರ್ರಯತ್ನಿಸಿರಬಹುದು. ಇದೂ ಅಲ್ಲದಿದ್ದರೆ ವಾಮಾಚಾರಿಗಳು ಶವ ಹೊತ್ತೊಯ್ದಿದ್ದಾರೆ ಎಂದು ಪೋಲೀಸಿನವರು ಊಹಿಸಿದರು"

"ಸೋ... ಈಗ ನಾವು ಶವ ಹುಡುಕಿಕೊಡಬೇಕೆ?"

ಮೂರ್ತಿಯನ್ನು ದಿಟ್ಟಿಸಿ ನೋಡುತ್ತಾ ಕೇಳಿದ ಶರತ್.

“ಅದಷ್ಟೇ ಅಲ್ಲ. ಶವ ಹುಡುಕೋದು ಒಂದು ಭಾಗ, ಜೊತೆಗೆ ಕೊಲೆ ಮಾಡಿದವನು ಯಾರೂಂತ ಪತ್ತೆ ಮಾಡಿ ಕೊಡಬೇಕು...”

“ಯಾಕೆ ಮಿಸ್ಟರ್ ಮೂರ್ತಿ? ಪೋಲೀಸು ಇಲಾಖೆ ಈ ಕೆಲಸ ಮಾಡ್ತಿರೋವಾಗ ನೀವು ನಮ್ಮನ್ನು ಕೇಳ್ತಿದೀರಿ?”

ವಿಕ್ರಮ್ ಕುತೂಹಲ ವ್ಯಕ್ತಪಡಿಸಿದ.

“ಇಲ್ಲಿಗೆ ಬರೋದಕ್ಕೆ ಮುಂಚೆ ನಾನು ಬಹಳ ಯೋಚನೆ ಮಾಡಿದ್ದೀನಿ. ಬಹಳ ಜನರನ್ನ ಕಾಂಟ್ಯಾಕ್ಟ್ ಮಾಡಿದ್ದೀನಿ. ಪೋಲೀಸಿನವರು ನಾವು ಹೇಳಿದ ಹಾಗೆ ಮಾಡೊಲ್ಲ. ಹಾಗೆ ಮಾಡೋಕೆ ಸಾಧ್ಯವೂ ಇಲ್ಲ. ಅವರಿಗೆ ಅವರದೇ ಆದ ಕಾನೂನು ಕಟ್ಟಳೆಗಳು ಇರುತ್ತವೆ. ಒಂದು ಸಿದ್ಧಪಡಿಸಿದ ಚೌಕಟ್ಟಿನಲ್ಲಿ ಅವರು ಕೆಲಸ ಮಾಡ್ತಾರೆ. ಇನ್ನು ನಾನು ಬಿಸಿನೆಸ್ ನೋಡಿಕ್ಕೊಳ್ಳಬೇಕು. ನಾವೆಲ್ಲಾ ಸಿನಿಮಾ ಹೀರೋಗಳ ತರಾ ಇರೋ ಕೆಲಸ ಎಲ್ಲ ಬಿಟ್ಟು ಇದನ್ನ ಹುಡುಕೋಕೆ ಆಗೊಲ್ಲ. ಹಾಗ್ಮಾಡೋಕೋದ್ರೆ ಪ್ರಾಣಾಪಾಯದಲ್ಲಿ ಸಿಕ್ಕಿಕೊಳ್ತೀವಿ. ನಾವು ಯಾರೂ ಸಿನಿಮಾ ಹೀರೋಗಳ ತರಾ ಹೊಡೆದಾಡಿ, ಬಡಿದಾಡಿ ರಹಸ್ಯವನ್ನ ಬಯಲಿಗೆಳೆಯೋಕೆ ಸಾಧ್ಯವಿಲ್ಲ.

ಸಾರ್, ನೀವು ತಪ್ಪು ತಿಳಿಯೊಲ್ಲ ಅಂದ್ರೆ ಹೇಳ್ತೀನಿ. ನಮ್ಮ ದೇಶದಲ್ಲಿ ಎಲ್ಲ ಸರ್ಕಾರಿ ಕೆಲಸಗಳೂ ಒಂದು ಚೌಕಟ್ಟಿನಲ್ಲಿ ನಡೆಯುತ್ತವೆ. ಅವರದೇ ಆದ ಒಂದು ರೀತಿ, ನೀತಿಗಳಿರುತ್ತವೆ. ಅವನ್ನು ಬಿಟ್ಟು ಬೇರೆ ರೀತಿಯಲ್ಲಿ ಅವರು ಯೋಚಿಸೊಲ್ಲ. ‘ಔಟ್ ಆಫ್ ದಿ ಬಾಕ್ಸ್’ ಅಂತಾರಲ್ಲ? ಆ ರೀತಿ ಯೋಚನೆ ಅವರು ಮಾಡೊಲ್ಲ. ಬಹುತೇಕ ಕೇಸುಗಳು ಈ ಕಾರಣದಿಂದಲೇ ಅಪೂರ್ಣವಾಗಿ ಉಳಿದಿವೆ. ಇದರ ಜೊತೆಗೆ ಅಪಾಯವನ್ನು ಎದುರಿಸಿ, ಮುತುವರ್ಜಿಯಿಂದ ಇಲಾಖೆ ಕೆಲಸವನ್ನ ಮಾಡೋ ಅಂತಾವರು ಬಹಳ ಕಮ್ಮಿ. ಅದಕ್ಕೇ ನಿಮ್ಮ ಹತ್ರ ಬಂದೆ. ಇದು ಅವರ ಕೈಲಾಗೊಲ್ಲಾಂತ ನಾನು ಹೇಳ್ತಿಲ್ಲ. ಆದರೆ ಬೇಗ ಮಾಡಲಾರರು. ನಾವು ಬಯಸುವ ವೇಗಕ್ಕೆ ಅವರು ಸ್ಪಂದಿಸೊಲ್ಲ. ಕೊಲೆ ಮಾಡಿರೋನು ಸಾಮಾನ್ಯನಲ್ಲಾಂತ ಅನ್ನಿಸುತ್ತೆ. ಈ ದೇಶದಲ್ಲಿ ಹಣಕ್ಕೆ ಮಹತ್ತರವಾದ ಸ್ಥಾನ ಇದೆ. ಹಣಕ್ಕಾಗಿ ಯಾರು... ಏನು ಮಾಡ್ತಾರೇಂತ ಹೇಳೋಕಾಗೊಲ್ಲ...”

“ನಾವೂ ಹಾಗೇ ಮಾಡಿದರೆ?”

ವಿಕ್ರಮ್ ನಗುತ್ತಾ ಕೇಳಿದ.

“ನೀವು ಹಾಗೆ ಮಾಡೊಲ್ಲಾಂತಾನೇ ಬಂದಿದೀನಿ... ಅಲ್ಲದೆ ನೀವು ಈ ಕ್ಷೇತ್ರದಲ್ಲಿ ಗಳಿಸಿರೊ ರೆಪ್ಯೂಟೇಶನ್ ಹಾಳು ಮಾಡ್ಕೊಳ್ಳೋಕೆ ನೀವು

ಇಚ್ಛಿಸಲಾರಿರಿ..."

"ಎನಿವೇ...ನಮ್ಮ ಮೇಲೆ ನಂಬಿಕೆಯಿದೆಯಲ್ಲ? ಸಂತೋಷ. ಈಗ ನನ್ನ ಪ್ರಶ್ನೆಗಳಿಗೆ ಉತ್ತರ ಹೇಳಿ..."

"ಕೇಳಿ ಸಾರ್..."

"ಮೊದಲಿಗೆ ನಿಮ್ಮ ಬಗ್ಗೆ. ಕೊಲೆಯಾದವರ ಮತ್ತು ನಿಮ್ಮ ಸಂಬಂಧ ಹೇಳಿ"

"ಯಶವಂತರಾಯರು ನನ್ನ ಹೆಂಡತಿಯ ತಂದೆಯ ತಂದೆ. ಅಂದರೆ ನನ್ನವಳ ತಾತ..."

"ನಿಮ್ಮ ಪತ್ನಿಯ ತಂದೆ ಅವರಾದರೆ ನಿಮ್ಮ ಮಾವನವರು?"

"ವಿಶ್ವನಾಥಯ್ಯ ಅಂತ. ಅವರು ತುಂಬಾ ಹಿಂದೇನೇ ತೀರಿಕೊಂಡರಂತೆ..."

"ನಿಮ್ಮ ಅತ್ತೆಯವರು?"

"ಅವರೂ ಅಷ್ಟೆ, ನಮ್ಮ ಮಾವ ಮತ್ತು ಅತ್ತೆ ಒಟ್ಟಿಗೆ ಸತ್ತರಂತೆ. ಆಂಧ್ರದಲ್ಲಿ ಯಾವುದೋ ಪುಣ್ಯಕ್ಷೇತ್ರದ ದರ್ಶನಕ್ಕೆ ಹೋಗಿದ್ದರಂತೆ. ಅಲ್ಲಿ ಕಾರು ಆಕ್ಸಿಡೆಂಟಲ್ಲಿ ನಮ್ಮ ಮಾವ, ಅತ್ತೆ ಮತ್ತೆ ಕಾರಿನ ಡ್ರೈವರ್ ಎಲ್ಲಾ ಆಕ್ಸಿಡೆಂಟಾದ ಸ್ಥಳದಲ್ಲೇ ಸತ್ತರಂತೆ. "

"ಇದು ನಡೆದು ಎಷ್ಟು ವರ್ಷ ಆಯ್ತು?"

"ಸುಮಾರು ಹದಿನೆಂಟು ವರ್ಷ ಆಗಿದೆ..."

"ನಿಮ್ಮ ಹೆಂಡತಿಯಿಂದ ನಿಮಗೆ ಈ ವಿಷಯ ತಿಳಿದಿದೆ...ಅಲ್ಲವೆ? ನಿಮ್ಮದು ಹೊಸ ಸಂಬಂಧ ಅಲ್ಲವೆ?"

"ನೀವು ಹೇಳಿದ್ದು ಸರಿ..."

"ನಿಮ್ಮ ಹೆಂಡತಿಯವರ ತಾತನ ವಿಷಯ ಹೇಳಿ..."

"ನನ್ನ ಹೆಂಡತಿಯ ತಾತನ ಹೆಸರು ಯಶವಂತರಾವ್. ತುಂಬಾ ಪ್ರಸಿದ್ಧರು. ತುಂಬಾ ಗಡಸು ಮನುಷ್ಯ. ಸರ್ಕಾರಿ ವಲಯದಲ್ಲಿ ತುಂಬಾ ಪ್ರಭಾವಶಾಲೀ ವ್ಯಕ್ತಿ, ಕೊಳೆಯೋ ಅಷ್ಟು ಆಸ್ತಿ ಇದೆ. ಅವರ ಪತ್ನಿ ಮದುವೆಯಾದ ಹತ್ತು ವರ್ಷಕ್ಕೆ ಹೆರಿಗೆಯಲ್ಲಿ ತೀರ್ಕೊಂಡರಂತೆ. ಊರಲ್ಲಿ ಒಳ್ಳೆ ಹೆಸರು ಗಳಿಸಿದ್ದರು. ದಾನ ಧರ್ಮದಲ್ಲಿ ಎತ್ತಿದ ಕೈ. ಆದ್ರೆ, ಅವರಿಗಿರೋ ಒಳ್ಳೆ ಹೆಸರನ್ನ ಉಳಿಸೋದರ ಬದಲು ಮಸಿ ಹಚ್ಚೋ ಜನವೇ ಹೆಚ್ಚಾಗಿದಾರೆ..."

"ಯಾರು?"

"ನನ್ನ ಭಾವ ಮೈದುನ ಮತ್ತು ನನ್ನ ಹೆಂಡತಿಯ ಸೋದರತ್ತೆ ಸಂಸಾರ..."

"ನಿಮ್ಮ ಭಾವ ಮೈದುನನ ಹೆಸರು?"

"ಕೃಷ್ಣ ಅಂತ"

"ಏನ್ಮಾಡ್ತಿದಾರೆ ಆತ?"

"ಕಲಿಯುಗದಲ್ಲಿ ಕೃಷ್ಣನ ಕೆಲಸ ಮಾಡ್ತಿದಾನೆ...?"

"ವಯಸ್ಸು?"

"ನನಗಿಂತ ಹತ್ತು ವರ್ಷ ಕಮ್ಮಿ..."

"ಆತ ಊರಲ್ಲೇ ಇದಾನ?"

"ನಾಲ್ಕು ದಿವಸ ಬೆಂಗಳೂರಲ್ಲಿ ಇದ್ದರೆ ಒಂದು ದಿವಸ ಊರಲ್ಲಿ ಇರ್ತಾನೆ..."

"ಬೆಂಗಳ್ಳೂರಲ್ಲಿ ಇರೋವಾಗ ನಿಮ್ಮ ಮನೇಲೇ ಇರ್ತಾರ?"

"ನಮ್ಮ ಮನೇಲಿದ್ದರೆ ಅವನ ಕಲ್ಯಾಣ ಕೆಲಸಗಳಿಗವಕಾಶ ಕಮ್ಮಿ. ಅವನಿಗೆ ಬೇಕಾದಷ್ಟು ಬೇರೆ ಮನೆಗಳಿವೆ. ಹಾಗಂದ್ರೆ ನಾನು ಬಿಡಿಸಿ ಹೇಳಬೇಕಾಗಿಲ್ಲ ಅಲ್ವೆ? ಇಲ್ಲಾಂದ್ರೆ ಯಾವುದಾದ್ರೂ ಹೋಟೆಲ್‌ನಲ್ಲಿ ಇರ್ತಾನೆ..."

"ಏನು ಓದಿದಾರೆ?"

"ಮೆಡಿಕಲ್ ಓದ್ತಾ ಇದಾನೆ...ಆದ್ರೆ ಮುಗಿದಿಲ್ಲ...ಮುಗಿಯೋದೂ ಇಲ್ಲ..."

"ಯಾಕೆ?"

"ಅವನು ಓದ್ತಿಲ್ಲ ಸಾರ್? ಊದ್ತಿದ್ದಾನೆ! ಅವನೆಲ್ಲಿ ಓದ್ತಾನೆ? ಕ್ಲಬ್ಬು, ಬಾರು, ಹುಡುಗೀಯರು, ಇಸ್ಪೀಟು, ಕುದುರೆ ಬಾಲ-ಇಂತಾ ಆಕರ್ಷಣಲ್ಲೇ ಅವನ ಮನಸ್ಸು! ಇಂತವುಗಳಲ್ಲೇ ಅವನ ಆಸಕ್ತಿ. ಇವುಗಳ ನಡುವೆ ಓದೋದಕ್ಕೆ ಟೈಮು ತಾನೆ ಎಲ್ಲಿ ಸಿಗಬೇಕು?"

"ನಿಮ್ಮ ಹೆಂಡತಿಯ ತಾತ ಸತ್ತ ದಿವಸ ಕೃಷ್ಣ ಎಲ್ಲಿದ್ದ?"

"ಊರಲ್ಲಂತೂ ಇರಲಿಲ್ಲ. ಬೆಂಗ್ಳೂರಲ್ಲೇ ಇದ್ದ"

"ಯಶವಂತರಾಯರು ಸತ್ತ ಸುದ್ದಿ ಅವರಿಗೆ ಹೇಗೆ ತಿಳಿಸಿದರು? ಯಾರು ತಿಳಿಸಿದರು?"

"ಊರಲ್ಲಿ ನನ್ನ ಹೆಂಡತಿ ಸೋದರತ್ತೆ ಮತ್ತು ಅವರ ಸಂಸಾರ ಇದೆ. ಅವರ ಗಂಡ ರಾಮಣ್ಣ ಅಂತ. ಅವರು ಕೃಷ್ಣನಿಗೆ ವಿಷಯ ತಿಳಿಸಿರಬಹುದು. ನಾನು, ನನ್ನ ಹೆಂಡತಿ ಬೆಂಗ್ಳೂರಿಂದ ಕೆ.ಜಿ ಹಳ್ಳಿಗೆ ಹೋದ ಮೇಲೆ ಅವನು ಬಂದ"

"ರಾಮಣ್ಣನವರ ಸಂಸಾರದ ಬಗ್ಗೆ ಹೇಳಿ..."

"ನಮ್ಮ ಮಾವನವರಿಗೆ ಸುಶೀಲಮ್ಮ ಒಬ್ಬರೇ ತಂಗಿ. ರಾಮಣ್ಣ ಮೊದಲಿಗೆ ದಾವಣಗೆರೆಯಲ್ಲಿ ಒಳ್ಳೇ ಬಿಸಿನೆಸ್ ಮಾಡ್ತಿದ್ದರಂತೆ. ಆದರೆ ಕ್ರಮೇಣ ನಷ್ಟವಾಗಿ ಕೊನೆಗೆ ಪಾಪರ್ ಆಗೋ ಸ್ಥಿತಿಗೆ ಬಂದಾಗ ಯಶವಂತರಾಯರು ತಂಗಿ ಮತ್ತು ಭಾವಮೈದುನನ್ನು ಕರೆಸಿಕೊಂಡು ತಮ್ಮ ಮನೇಲೇ ಇಟ್ಟುಕೊಂಡರು. ಅವಾಗಿನಿಂದಲೂ ಅವರ ಸಂಸಾರ ಊರಲ್ಲೇ ಇದೆ. ಅವರಿಗೆ ಮೂರು ಜನ

ಮಕ್ಕಳು. ಮೊದಲನೆಯವನು ಚೇತನ್, ಎರಡನೆಯಾಕೆ ಸುಮ ಮೂರನೆಯವಳು ಚಿತ್ರಾ..."

"ಅವರೆಲ್ಲ ಏನು ಮಾಡ್ಕೊಂಡಿದಾರೆ?"

ಮೊದಲನೆಯವನು ತನ್ನ ಮಾವ ಕೃಷ್ಣನ ಹಾದಿ ಹಿಡಿದಿದಾನೆ. ಎರಡನೆಯವಳಿಗೆ ಮದುವೆಯಾಗಿದೆ. ಗಂಡ ಬೆಳಗಾಂನಲ್ಲಿ ಇಂಜಿನಿಯರ್. ಮೂರನೆಯವಳು ಚಿತ್ರಾಳನ್ನ ಕೃಷ್ಣನಿಗೆ ಕೊಡಬೇಕೂಂತ ಸುಶೀಲಮ್ಮನಿಗೆ ಆಸೆ..."

"ಕೃಷ್ಣ ಏನಂತಾನೆ?"

"ತನ್ನ ಸ್ವೇಚ್ಛಾಚಾರಕ್ಕೆ ಮದುವೆ ಅಡ್ಡಿಯಾಗುತ್ತೆ ಅಂತ ಒಪ್ತಾ ಇಲ್ಲ! ಅದರೆ ಜೊತೆಗೆ ಅವನಿಗೆ ತನ್ನ ಅತ್ತೆ ಮಾವನ ಮೇಲೆ ಅನುಮಾನ! ಆಸ್ತಿ ಎಲ್ಲಾ ಅವರ ಹತೋಟಿಗೆ ಬರಬಹುದು, ತನ್ನನ್ನು ಮೂಲೆಗೆ ತಳ್ಳಿ ಎಲ್ಲಾ ಅವರೇ ಅನುಭವಿಸಬಹುದು ಅನ್ನೋ ಹೆದರಿಕೇನೂ ಇದೆ ..."

"ಮೂರ್ತಿ, ನಿಮ್ಮ ಸಂಸಾರದ ಬಗ್ಗೆ ಏನೂ ಹೇಳ್ಲೇ ಇಲ್ಲ?"

"ನನ್ನ ತಂದೆಗೆ ನಾನೊಬ್ಬನೇ ಮಗ. ನಮ್ಮದು ಟ್ರೆಡೆಶನಲ್ ಬಿಸಿನೆಸ್ ಫ್ಯಾಮಿಲಿ. ಚಿಕ್ಕಪೇಟೇಲಿ ನಮ್ಮ ಟೆಕ್ಸ್ಟೈಲ್ ಅಂಗಡಿ ಇದೆ. ತಂದೆ ನನ್ನ ಮದುವೆಯಾದ ಎರಡು ವರ್ಷದ ನಂತರ ತೀರ್ಕೊಂಡರು. ತಾಯಿ ಇದಾರೆ. ನನಗೆ ಎರಡು ಗಂಡು ಮಕ್ಕಳು..."

"ಯಶವಂತರಾಯ ಶ್ರೀಮಂತಿಕೆ ಎಷ್ಟು?"

"ಮಂಡ್ಯದ ನಾಲೆ ಬಯಲಲ್ಲಿ ಮೂವತ್ತೆಕರೆ ಗದ್ದೆ, ಕೆ.ಜಿ ಹಳ್ಳೀಲಿ ಐದೆಕರೆ ದ್ರಾಕ್ಷಿ ತೋಟ, ಐದು ಸಾವಿರ ತೆಂಗು, ನೂರಿನ್ನೂರು ಖುಷ್ಕಿ ಜಮೀನು, ಬಂಗಲೆಯಂತ ಮನೆ, ಬೆಂಗಳೂರಲ್ಲಿ ಹತ್ತು ಸೈಟುಗಳು... ಹೀಗೇ..."

"ಈಗ ಅವರ ಆಸ್ತಿಯೆಲ್ಲ ಯಾರಿಗೆ ಹೋಗತ್ತೆ?"

"ಕೃಷ್ಣನಿಗೆ"

"ಕೃಷ್ಣ ಮತ್ತು ಚಿತ್ರಾ ಮದ್ವೆಯಾದರೆ?"

"ಹೇಗೂ ಕೃಷ್ಣ ಬೇಜವಾಬ್ದಾರಿ ಗಂಡಸು. ಆಸ್ತಿ ರಾಮಣ್ಣ ಮತ್ತು ಸುಶೀಲಮ್ಮನಿಗೆ ಸೇರಿದ ಹಾಗೆ."

"ನಿಮಗೇನಾದರೂ ಬರಬಹುದೆ?"

"ಕಾನೂನು ಪ್ರಕಾರ ಒಂದು ಪಾಲು ನನ್ನ ಪತ್ನಿಗೆ ಬರಬೇಕು. ಅದಕ್ಕೆ ಕೃಷ್ಣ ಹೇಗೆ ಪ್ರತಿಕ್ರಿಯಿಸುತ್ತಾನೋ ಗೊತ್ತಿಲ್ಲ. ಅದಕ್ಕೆ ಪ್ರತಿರೋಧ ತೋರಿಸ್ತಾನೆ. ಅದರ ಬಗ್ಗೆ ನಾನು ಯಾವತ್ತೂ ಆಸೆ ಮಾಡಿಲ್ಲ. ಮದುವೇಲಿ ಯಶವಂತರಾಯರು

ಧಾರಾಳವಾಗೇ ಮಾಡಿದಾರೆ. ನನ್ನ ಇಬ್ಬರು ಮಕ್ಕಳಿಗೂ ಒಂದೊಂದು ಸೈಟು ಕೊಟ್ಟಿದ್ದಾರೆ. ಬಂಗಾರಾನೇ ಐದು ಲಕ್ಷದ ವರೆಗೂ ನನ್ನ ಹೆಂಡತಿ ಮೈಮೇಲಿದೆ. ಆಸ್ತಿಗೆ ನಾನು ಆಸೆ ಮಾಡಿಲ್ಲ..."

"ಇವತ್ತಿಗೆ ಇಷ್ಟು ಸುದ್ಧಿ ಸಾಕು ಮೂರ್ತಿಯವರೆ. ಆದಷ್ಟು ಬೇಗ ನಾನು ನಿಮ್ಮ ಊರಿಗೆ ಬರ್ತೀನಿ. ಬಂದು ಅಲ್ಲಿ ಎಲ್ಲರ ಜೊತೆ ಮಾತಾಡಿ ನಂತರ ತನಿಖೆ ಶುರು ಮಾಡ್ತೀನಿ..."

"ನೀವು ಆದಷ್ಟು ಬೇಗ ಬರಬೇಕು ಸಾರ್. ನನ್ನ ಹೆಂಡತೀನ ಚಿಕ್ಕ ವಯಸ್ಸಿಂದ ಬೆಳೆಸಿದೋರು ಯಶವಂತರಾಯರು. ಅವರ ದೇಹಾನಾ ಯಾರೋ ಅಪಹರಿಸಿದ್ದಾರೆ ಅನ್ನೋ ವಿಷಯ ಕೇಳಿ ನನ್ನ ಹೆಂಡತಿಗೆ ಷಾಕ್ ಆಗಿದೆ. ಮೊದಲು ಆ ದೇಹ ಪತ್ತೆ ಮಾಡಿ ಮತ್ತೆ ಸಂಸ್ಕಾರ ಮಾಡಬೇಕು..."

"ಅಷ್ಟೊಂದು ಅರ್ಜೆಂಟಂದ್ರೆ ನಾಳೆ ಬೆಳಿಗ್ಗೆ ನಾವು ಬರ್ತೀವಿ. ನಿಮ್ಮ ಊರಿಗೆ ಹೇಗೆ ಬರ್ಬೇಕೂಂತ ಪೇಪರಲ್ಲಿ ಗುರುತು ಹಾಕಿ ಕೊಡಿ...ಹಾಗೇ ಗೂಗಲ್ಲಿನ ಲೊಕೇಶನ್ ಅಡ್ರೆಸ್ ಕೊಡಿ"

"ಅದು ನನ್ನ ಊರಲ್ಲ ಸಾರ್. ನನ್ನ ಹೆಂಡತಿಯ ತವರು. ಮನೆ ಬೆಂಗ್ಳೂರಿಂದ ಮೂವತ್ತು ಮೈಲಿ ದೂರದಲ್ಲಿದೆ..ಮೈಸೂರು ರಸ್ತೇಲಿ ಬರಬೇಕು. ಲೊಕೇಶನ್ ಶೇರ್ ಮಾಡ್ತೀನಿ. ಅಲ್ಲಿಗೆ ಬರೋಕೆ ನಿಮಗೆ ಯಾವ ತೊಂದ್ರೇನೂ ಆಗೊಲ್ಲ. ಯಾರನ್ನೂ ದಾರಿ ಕೇಳಬೇಕಾಗಿಲ್ಲ"

ಶರತ್ ತನಗೆ ಕೊಟ್ಟ ನೋಟ್ ಬುಕ್ಕಿನಲ್ಲಿ ಮೂರ್ತಿ ವಿವರಗಳನ್ನು ಬರೆದು ಶರತ್ ಕೈಲ್ಲಿಟ್ಟ.

"ನಾನಿನ್ನು ಬರ್ತೇನೆ ಸಾರ್...ನಾಳೆ ನೀವು ಬರೋ ಸುದ್ದೀನ ಮನೇಲಿ ಎಲ್ರಿಗೂ ತಿಳಿಸ್ತೇನೆ..."

"ನಾವು ಬರೋವರೆಗೂ ಹೇಳಬೇಡಿ. ಬಂದ ಮೇಲೆ ಎಲ್ಲರಿಗೂ ಹೇಳಿ.."

"ನೀವು ಹೇಳಿದ ಹಾಗೇ ಮಾಡ್ತೀನಿ..ನಮಸ್ಕಾರ"

ಮೂರ್ತಿ ಆಚೆ ಹೋಗುವವರೆಗೂ ಪತ್ತೇದಾರರಿಬ್ಬರೂ ಮೌನದಿಂದಿದ್ದರು.

"ಮೂರ್ತಿ ಕೊಟ್ಟ ಊರಿನ ಡೀಟೈಲ್ಸ್ ಓದು ಶರತ್"

ವಿಕ್ರಮ್ ಹೇಳಿದ.

"ಯಶವಂತರಾವ್, ಲ್ಯಾಂಡ್ ಲಾರ್ಡ್, ಮಂದಾರ, ಕೆ.ಜಿ. ಹಳ್ಳಿ ಬಿಡದಿ ತಾಲ್ಲೋಕು.."

"ಶರತ್, ನಾವು ಯಾವಾಗಲಾದರೂ ಆ ಊರಿಗೆ ಹೋಗಿದೀವಾ?" ವಿಕ್ರಮ್ ಯೋಚಿಸುತ್ತಾ ಕೇಳಿದ.

"ಇಲ್ಲ ಸರ್. ಈಗಷ್ಟೆ ಹೋಗ್ತಿರೋದು"

"ಕೇಸ್ ಬಗ್ಗೆ ನಿನಗೇನನ್ನಿಸುತ್ತೆ?" ವಿಕ್ರಮ್ ತನ್ನ ಸಹಾಯಕ, ಇದೀಗ ಕೆಲವು ತಿಂಗಳಿಂದ ಪತ್ತೇದಾರಿಕೆಯಲ್ಲಿ ಪಳಗುತ್ತಿದ್ದ ಶರತ್ ಕೇಳಿದ.

"ಮೂರ್ತಿಯವರು ಹೇಳಿದ ವಿಷಯಗಳ ಪ್ರಕಾರ ಇದು ಆಸ್ತಿಗಾಗಿ ನಡೆದಿರೋ ಕೊಲೆ. ಮೊದಲನೆ ಸಸ್ಪೆಕ್ಟ್ ಕೃಷ್ಣ, ಅವರ ಮೊಮ್ಮಗ!"

"ಆದ್ರೆ ಶರತ್, ಅವರು ಕೊಲೆಯಾಗದೆ ಸ್ವಾಭಾವಿಕವಾಗಿ ಸತ್ತಿದ್ದರೂ ಆಸ್ತಿ ಕೃಷ್ಣನಿಗೇ ಸೇರುತ್ತೆ! ಅವನು ಏಕೆ ಕೊಲೆ ಮಾಡಿ ಜೈಲು ಸೇರುತ್ತಾನೆ?"

"ಮೂರ್ತಿ?" ಶರತ್ ತನ್ನ ಎರಡನೆ ಅಭಿಪ್ರಾಯ ಮುಂದಿಟ್ಟ.

"ಕಾನೂನು ಪ್ರಕಾರ ಮೂರ್ತಿಯ ಹೆಂಡತಿಗೆ ಒಂದು ಪಾಲು ಆಸ್ತಿ ಸಹಜವಾಗೇ ಸೇರುತ್ತೆ! ಮೂರ್ತಿ ಏಕೆ ಈ ರಿಸ್ಕ್ ತಗೋತಾನೆ?"

"ಮತ್ತೆ ನಿಮ್ಮ ಪ್ರಕಾರ ಯಾರು ಸಾರ್?"

"ಇದು ಅಷ್ಟು ಸುಲಭವಲ್ಲ. ಅಲ್ಲಿಗೆ ಹೋಗಿ ಎಲ್ಲಾ ಪರೀಕ್ಷೆ ಮಾಡಿ ನೋಡೊಣ. ಆಮೇಲಷ್ಟೇ ಏನಾದರೂ ತಿಳಿಯಬಹುದು. ನಾಳೆ ಪ್ರಯಾಣಕ್ಕೆ ಸಿದ್ಧ ಮಾಡು. ಅಲ್ಲಿ ಒಂದು ನಾಲ್ಕದು ದಿವಸ ಇರಬೇಕಾಗಬಹುದು..."

"ಸರಿ ಸರ್..."

***

ಬೆಳಿಗ್ಗೆ ಹತ್ತು ಗಂಟೆ ಸಮಯಕ್ಕೆ ಪತ್ತೇದಾರರಿಬ್ಬರೂ ವಿಕ್ರಮ್‌ನ ಮಿಲಿಟರಿ ಹಸಿರು ಬಣ್ಣದ ಜೀಪಿನಲ್ಲಿ ಬಿಡದಿ ದಾಟಿ ಮೈಸೂರು ರಸ್ತೆಯಲ್ಲಿ ಸಾಗಿ ರಾಮನಗರಕ್ಕೆ ಮುಂಚೆ ಬಲಕ್ಕೆ ತಿರುಗಿ ಹತ್ತು ಕಿಲೋಮೀಟರು ಒಳ ರಸ್ತೆಯಲ್ಲಿ ಸಾಗಿ, ಕೆ.ಜಿ. ಹಳ್ಳಿಯಲ್ಲಿದ್ದರು.

ಕರಿಗೊಂಡನ ಹಳ್ಳಿಯ ಸಂಕ್ಷಿಪ್ತ ಹೆಸರು ಕೆ.ಜಿ ಹಳ್ಳಿ. ಬಹುತೇಕರಿಗೆ ಆ ಊರಿನ ಮೂಲ ಹೆಸರು ಮರೆತುಹೋಗಿ ಕೆ.ಜಿ ಹಳ್ಳಿ ಎನ್ನುವುದೇ ತಮ್ಮೂರಿನ ಶಾಶ್ವತ ಹೆಸರು ಎನ್ನುವಂತ ಭಾವವಿತ್ತು. ಊರು ಸೇರುವ ಮುಂಚೆ ಬಿಡದಿಯ ತಟ್ಟೆ ಇಡ್ಲಿಯನ್ನು ಉಪಹಾರವಾಗಿ ಸವಿದು, ನಂತರ ಪೋಲೀಸ್ ಸ್ಟೇಶನ್ನಿನಲ್ಲಿ ಒಮ್ಮೆ ಇಣುಕಿ ನೋಡಿದರು. ಕೆ.ಜಿ ಹಳ್ಳಿ ಬಿಡದಿ ಪೋಲೀಸ್ ಸ್ಟೇಶನ್ ವ್ಯಾಪ್ತಿಯಲ್ಲಿ ಬರುತ್ತಿತ್ತು. ತಾವು ಹೊಸದಾಗಿ ಕೈಗೊಂಡಿರುವ ಕೇಸು ಇಲ್ಲೇ ದಾಖಲಾಗಿರುತ್ತದೆ. ಇಲ್ಲಿ ಕೇಸಿನ ಬಗೆಗೆ ಏನು ಮಾಹಿತಿ ಸಿಗುತ್ತದೋ ನೋಡೋಣ ಎನ್ನುವುದು ವಿಕ್ರಮ್‌ನ ಲೆಕ್ಕಾಚಾರವಾಗಿತ್ತು. ಆದರೆ ಇನ್ಸ್ಪೆಕ್ಟರ್ ಬೇರೆ ಯಾವುದೋ ಜಮೀನು ವಿಷಯದ ಹೊಡೆದಾಟದ ಕೇಸಿನ ಬಗ್ಗೆ ಹೊರಗೆ ಹೋಗಿದ್ದಾರೆನ್ನುವ ಮಾಹಿತಿ ಸಿಕ್ಕಿತು. ಅಲ್ಲಿಂದ ಸೀದಾ ಅವರು ತಲುಪಿದ್ದು ಕೆ.ಜಿ ಹಳ್ಳಿ.

ಯಶವಂತರಾಯರ 'ಮಂದಾರ' ಅ ಊರಿಗೆ ಭಾರೀಮನೆ. ಐದೆಕರೆ ದ್ರಾಕ್ಷಿ ತೋಟದಲ್ಲಿ ಮನೆ ಕಂಗೊಳಿಸುತ್ತಿತ್ತು. ಐದೆಕರೆ ದ್ರಾಕ್ಷಿ ತೋಟದ ಬೆಲೆ ಏನಿಲ್ಲವೆಂದರೂ ಇಪ್ಪತ್ತರಿಂದ ಮೂವತ್ತು ಕೋಟಿಗಳು. ಮನೆಯೇ ಈಗಿನ ಬೆಲೆ ಕನಿಷ್ಠ ಎರಡು ಕೋಟಿಗೂ ಮೀರುತ್ತದೆ ಎಂದು ವಿಕ್ರಮ್ ಊಹಿಸಿದ. ಮನೆಯ ನೆಲ ಅಂತಸ್ತೇ ಸಾಕಷ್ಟಿದ್ದರೂ ಸಹ ಮಹಡಿಯನ್ನು ಕಟ್ಟಿಸಲಾಗಿತ್ತು. ಪೋರ್ಟಿಕೋದಲ್ಲಿ ಒಂದು ತಿಳಿಹಳದಿಯ, ಮತ್ತೊಂದು ಚರ್ರಿ ಬಣ್ಣದ ಇನ್ನೋವಾ ಕಾರುಗಳು ನಿಂತಿದ್ದವು.

ವಿಕ್ರಮ್ ಜೀಪಿನ ಶಬ್ದ ಕೇಳಿ ಪೋರ್ಟಿಕೋದಲ್ಲಿ ಗೋಲಿಯಾಡುತ್ತಿದ್ದ ಇಬ್ಬರು ಹುಡುಗರು ಆಟ ನಿಲ್ಲಿಸಿ ಎದ್ದು ನಿಂತರು.

"ಮೂರ್ತಿಯವರು ಮನೇಲಿದಾರ?"

ಶರತ್ ಹುಡುಗರನ್ನು ಕೇಳಿದ.

"ಒಂದ್ನಿಮಿಷ... ಕರೀತೀನಿ..."

ಒಬ್ಬ ಹುಡುಗ ಒಳಗೆ ಓಡಿದ. ಉಳಿದೊಬ್ಬ ತಾನೊಬ್ಬನೇ ಗೋಲಿಯಾಟ ಮುಂದುವರಿಸಿದ.

"ಏನು ಶರತ್?"

ಮನೆ ವೀಕ್ಷಿಸುತ್ತಾ ಸಿಳ್ಳು ಹಾಕಿದ ತನ್ನ ಜೂನಿಯರ್ ಶರತ್‌ನನ್ನು ಕೇಳಿದ ವಿಕ್ರಮ್.

"ಭಾರೀ ಶ್ರೀಮಂತರು".

"ರೈಟ್, ಒಂದು ವೇಳೆ ಯಶವಂತರಾಯರ ಶವವನ್ನು ಕದ್ದಿದ್ದಾರೆ ಅಂದರೆ ಅದು ಸ್ವಭಾವಿಕ ಸಾವು ಖಂಡಿತಾ ಅಲ್ಲ! ಅವರ ಕೊಲೆ ಆಗಿದೆ! ಅದು ಬೆಳಕಿಗೆ ಬರುವ ಮುನ್ನವೇ ಶವ ಸಂಸ್ಕಾರ ಆಗಿದೆ. ಆನಂತರವೇ ಕೊಲೆಯ ಪಿಸು ಮಾತು ಹರಿದಾಡಿದೆ! ಪೋಲೀಸರು ಶವ ಪರೀಕ್ಷೆಗೆ ಬರುವ ಸುದ್ದಿ ತಿಳಿಯುತ್ತಲೇ ಕೊಲೆ ಮಾಡಿದವರು ಶವ ಅಪಹರಿಸಿದ್ದಾರೆ! ಶವ ಇನ್ನೇನು ಕುರುಹು ನೀಡುತ್ತಿತ್ತೋ ಗೊತ್ತಿಲ್ಲ. ಮೇಲಾಗಿ ಶವ ಈಚೆ ಬಂದರೆ ಪೋಸ್ಟ್ಮಾರ್ಟಂನಲ್ಲಿ ಕೊಲೆ ಸಾಬೀತಾಗುತ್ತದೆ. ಹಾಗಾಗಬಾರದು ಎಂದು ಶವದ ಅಪಹರಣ! ಇದು ಆಸ್ತಿಗಾಗಿ ನಡೆದಿರೋ ಹುನ್ನಾರ!".

"ಆದರೂ ಕೊಲೆಗಾರ ಆತುರಪಟ್ಟಿದ್ದಾನೆ..."

"ಎಲ್ಲ ಕೊಲೆಗಾರರೂ ಆತುರಪಟ್ಟೇ ಕೊಲೆ ಮಾಡ್ತಾರೆ ಶರತ್" ವಿಕ್ರಮ್ ನಕ್ಕು ನುಡಿದ.

"ಓಹೋ...ಬನ್ನಿ...ಬನ್ನಿ..."

ಮೂರ್ತಿ ಬಾಗಿಲಲ್ಲಿ ಕಾಣಿಸಿಕೊಂಡು, ಪರಿಚಯದ ನಗೆ ನಕ್ಕ.

ವಿಕ್ರಮ್ ಮತ್ತು ಶರತ್ ಮನೆಯ ಮೆಟ್ಟಿಲುಗಳನ್ನು ಹತ್ತಿದರು.

"ಜೀಪಲ್ಲಿ ಬಂದ್ಬಿಟ್ರಾ? ಒಂದು ಫೋನ್ ಮಾಡಿದ್ರೆ ಕಾರು ಕಳಿಸ್ತಿದ್ದೆ"

"ಹೌದು. ಮತ್ತೆ ನಮ್ಮ ಕೆಲಸ ಹೀಗೇಂತ ಹೇಳೋಕಾಗೊಲ್ಲ ಬೇರೆಬೇರೆ ಕೆಲಸಗಳಿದ್ದರೆ ಉಪಯೋಗಕ್ಕೆ ಬರುತ್ತೇಂತ ಜೀಪಲ್ಲೇ ಬಂದೊ".

ಮೂರ್ತಿ ಅವರನ್ನು ಒಳಕ್ಕೆ ಕರೆದೊಯ್ದ. ವರಾಂಡ ದಾಟಿದ ಮೇಲೆ ಸಿಕ್ಕ ಹಾಲು ತುಂಬಾ ವಿಶಾಲವಾಗಿತ್ತು. ಕಲ್ಯಾಣ ಮಂಟಪವನ್ನು ನೆನಪಿಸುವಂತಿತ್ತು! ಸುಮಾರು ನೂರು ಜನ ಒಟ್ಟಿಗೆ ಊಟಕ್ಕೆ ಕೂರಬಹುದಾದಷ್ಟು ದೊಡ್ಡ ಹಾಲ್. ಸಣ್ಣ ಸಮಾರಂಭಗಳನ್ನೇ ಇಲ್ಲಿ ಮಾಡಬಹುದು ಎನ್ನಿಸುವಂತಿತ್ತು. ಹಾಲಿನ ಮಧ್ಯದಲ್ಲಿ ಸೋಫಾಗಳನ್ನು ಜೋಡಿಸಿದ್ದರು; ಮಧ್ಯಭಾಗದಲ್ಲೇ ಮಹಡಿಗೆ ಮೆಟ್ಟಿಲು. ಮೆಟ್ಟಿಲಿನ ನಂತರ ಎರಡೂ ಭಾಗದಲ್ಲಿ ರೂಮುಗಳಿರಬಹುದು ಎಂದು ವಿಕ್ರಮ್ ಅಂದಾಜು ಮಾಡಿದ. ಅದೇ ರೀತಿಯಲ್ಲಿ ಮೆಟ್ಟಿಲಿನ ಕೆಳಭಾಗದ ಎರಡೂ ಪಕ್ಕಗಳಲ್ಲಿ ಅಡಿಗೆಮನೆ, ಬಾತ್ರೂಮ್, ಕೆಲವು ವಾಸದ ಕೋಣೆಗಳೂ ಇರಬಹುದೆನ್ನಿಸಿತು.

"ಕೂತ್ಕೊಳ್ಳಿ..."

ವಿಕ್ರಮ್ ಮತ್ತು ಶರತ್ ಸೋಫಾದಲ್ಲಿ ಕುಳಿತರು.

"ಮೊದಲು ಟಿಫನ್ ಮಾಡಿ. ಆಮೇಲೆ ಮಹಡೀಲಿ ಗೆಸ್ಟ್ ರೂಮುಗಳಿದಾವೆ. ಅಲ್ಲಿ ರೆಸ್ಟ್ ತಗೊಂಡು ಸಂಜೆ ಮೇಲೆ ನಿಮ್ಮ ಕೆಲಸ ಶುರು ಮಾಡಬಹುದು".

ಮೂರ್ತಿ ಹೇಳಿದ.

"ಮಿಸ್ಟರ್ ಮೂರ್ತಿ, ಬರೋಕೆ ಮುಂಚೇನೇ ಟಿಫನ್ ಮಾಡಿ ಬಂದಿದೀವಿ. ನಮ್ಮ ಲಗ್ಗೇಜು ರೂಮಿಗೆ ತಲುಪಿಸಿಬಿಡಿ. ಇನ್ನು ರೆಸ್ಟ್ ಅಂದರೆ ರಸ್ಟ್ ಅಂತ ನನ್ನ ಅಭಿಪ್ರಾಯಲ್ ಅದಕ್ಕೇ ನಮ್ಮ ಕೆಲಸ ಈಗಲೇ ಪ್ರಾರಂಭ ಮಾಡಿಬಿಡ್ತೀವಿ..."

ಮೊದಲು ಟಿಫನ್ ಮಾಡದೆ ಇದ್ರೆ ನಿಮಗೆ ಕೆಲಸ ಪ್ರಾರಂಭ ಮಾಡೋದಕ್ಕೆ ಅವಕಾಶ ಇಲ್ಲ..."

ಮೂರ್ತಿ ಆಗ್ರಸಿದ .

"ಹೋಗಲಿ ಕಾಫಿ ತರಿಸಿ ಸಾಕು..."

ವಿಕ್ರಮ್ ಸೂಚಿಸಿದ.

ಕಾಫಿ ವ್ಯವಸ್ಥೆ ಮಾಡಲು ಮೂರ್ತಿ ಎದ್ದು ಹೋದರು.

ಒಂದು ಮೂಲೆಯಲ್ಲಿ ಕಾರ್ನರ್ ಸ್ಟ್ಯಾಂಡ್, ಅದರ ಮೇಲೆ ಬೃಹತ್ ಸೈಜಿನ ಟೆಲಿವಿಷನ್, ಪಕ್ಕದಲ್ಲಿ ಫೋನು ಕಂಡವು. ಯಶವಂತರಾಯರು ಶ್ರೀಮಂತರಷ್ಟೇ

ಅಲ್ಲ, ಸಾಕಷ್ಟು ಸುಸಂಸ್ಕೃತರು ಎನಿಸಿತು. ವಿಕ್ರಮ್ ಮತ್ತು ಶರತ್ ಕೂತಿದ್ದ ಜಾಗಕ್ಕೆದುರಾಗಿಯೇ ಮೂರು ಗಾಜಿನ ಬಾಗಿಲಿನ ಪುಸ್ತಕದ ಬೀರುಗಳು. ಬೀರುಗಳ ತುಂಬ ಪುಸ್ತಕಗಳು. ಗಾಂಧಿ, ನೆಹರೂ, ರವೀಂದ್ರನಾಥ ಟಾಗೋರ್ ಮುಂತಾದವರ ಪುಸ್ತಕಗಳು. ಯಶವಂತರಾಯರು ರಾಷ್ಟ್ರಪ್ರಿಯರೂ, ದೇಶಭಕ್ತರೂ ಆಗಿದ್ದಿರಬೇಕು.

ಮೂರ್ತಿ ಬಂದಾಗ ಅವರ ಹಿಂದೆಯೇ ಟ್ರೇ ಹಿಡಿದ ಒಬ್ಬ ಕೆಲಸದಾಳು ಬಂದ. ಟ್ರೇನಲ್ಲಿ ಉಪ್ಪಿಟ್ಟಿನ ತಟ್ಟೆಗಳಿದ್ದವು.

"ಇದೆಲ್ಲಾ ಬೇಕಿರಲಿಲ್ಲ ಮೂರ್ತಿಯವರೆ".

ಶರತ್ ಆಕ್ಷೇಪಿಸಿದ.

"ಹೆಚ್ಚಿಗೇನೂ ತರಿಸಿಲ್ಲ...ಸ್ವಲ್ಪ ಅಷ್ಟೆ..."

ಮೂರ್ತಿಯಿಂದ ಹೆಚ್ಚು ಉಪಚಾರ ಹೇಳಿಸಿಕ್ಕೊಳ್ಳದೆ ಅವರು ತಿಂಡಿ ಮತ್ತು ಕಾಫಿ ಮುಗಿಸಿದರು. ಆ ಸಮಯದಲ್ಲಿ ಯಶವಂತರಾಯರ ಹವ್ಯಾಸಗಳ ಬಗ್ಗೆ ಪತ್ತೇದಾರರಿಬ್ಬರೂ ತಿಳಿದುಕೊಂಡರು.

"ನಾನು ಇವತ್ತು ಮಧ್ಯಾಹ್ನ ಹೋಗ್ತಿದ್ದೀನಿ. ಅಂಗಡಿ ಬಿಟ್ಟು ತುಂಬಾ ದಿವಸ ಆಯ್ತು".

ಮೂರ್ತಿ ಮೆಲ್ಲನೆ ನುಡಿದ.

"ಹಾಗಾದರೆ ಇಲ್ಲಿ ನಮ್ಮ ಕೆಲಸ?"

"ನಿಮ್ಮ ಕೆಲಸಕ್ಕೆ ಯಾವ ತೊಂದರೇನೂ ಆಗೊಲ್ಲ. ರಾಮಣ್ಣನವರಿಗೆ ಹೇಳಿ ಹೋಗ್ತೀನಿ. ನಿಮಗೆ ಎಲ್ಲಾ ಅನುಕೂಲ ಮಾಡಿಕೊಡ್ತಾರೆ".

"ಈವರೆಗಿನ ಸುದ್ದಿಯೇನು? ಶವ ಪತ್ತೆಯಾಯಿತೆ?"

"ಇಲ್ಲ. ಪೋಲೀಸ್‌ನವರು ಹರಸಾಹಸ ಮಾಡ್ತಿದ್ದಾರೆ. ಇನ್ನೂ ಯಾವ ಕ್ಲೂನೂ ಸಿಕ್ಕಿಲ್ಲ".

"ಮೊದಲಿಗೆ ನಾವು ಸಮಾಧಿಯಿದ್ದ ಜಾಗ ನೋಡ್ಕೊಂಡು ಬರೋಣ. ಆಮೇಲೆ ಮನೆಯವರೆಲ್ಲಾ ಭೇಟಿ ಮಾಡಬೇಕು".

"ಆಗಲಿ. ಅದಕ್ಕೇನೂ ತೊಂದ್ರೆಯಿಲ್ಲ. ಮಧ್ಯಾಹ್ನ ಊಟಕ್ಕೆ ಎಲ್ಲಾ ರ◌್ತಾರೆ. ಒಟ್ಟಿಗೆ ಎಲ್ಲರನ್ನೂ ನೋಡಬಹುದು".

"ಕೃಷ್ಣ?"

"ಅವನೂ ಇವತ್ತು ಇಲ್ಲೇ ಇದಾನೆ...."

"ಗುಡ್. ಹಾಗಾದ್ರೆ ಹೋಗೋಣವೇನು?"

ಆಚೆ ನಿಂತಿದ್ದ ಇನ್ನೋವಾ ಕಾರಿನಲ್ಲಿ ಅವರು ಸ್ಮಶಾನದ ಬಳಿ ಬಂದರು. ಹಳ್ಳಿಯ ರಸ್ತೆಗಳಲ್ಲಿ ಚಲಿಸುವಾಗ ಮಣ್ಣಿನ ರಸ್ತೆಗಳಲ್ಲಿ ಧೂಳು ಮೇಲೇಳುತ್ತಿತ್ತು.

ಕಾರಿಂದ ಇಳಿದು ವಿಕ್ರಮ್ ಸುತ್ತ ನೋಡಿದ. ವಿಶಾಲ ಬಯಲಿನ ಒಂದು ಕಡೆ ಮರಗಳಿಂದ ಆವೃತವಾಗಿತ್ತು ಸ್ಮಶಾನ. ಅದಕ್ಕೆ ಗೇಟು, ಬೇಲಿ ಯಾವುದೂ ಇರಲಿಲ್ಲ. ಕೆಲವು ಮರಗಳು ಮತ್ತು ಕಳ್ಳಿಗಿಡಗಳೇ ಸ್ಮಶಾನಕ್ಕೆ ಬೇಲಿಯನ್ನು ಸೃಷ್ಟಿಸಿದ್ದವು.

ವಿಕ್ರಮ್, ಶರತ್ ಮತ್ತು ಮೂರ್ತಿ ಮೂವರೂ ಸ್ಮಶಾನದೊಳಕ್ಕೆ ನಡೆದು ಬಂದರು. ಮೂರ್ತಿ ಅವರನ್ನು ಸಮಾಧಿಯಿದ್ದ ಜಾಗಕ್ಕೆ ಕರೆದು ತಂದ. ಪೋಲೀಸರು ಗುಂಡಿಯನ್ನು ತೆಗೆದ ನಂತರ ಗುಂಡಿಯನ್ನು ಮುಚ್ಚಿಸುವ ಗೋಜಿಗೆ ಯಾರೂ ಹೋಗಿರಲಿಲ್ಲ. ಸುಮಾರು ಎಂಟು ಅಡಿ ಆಳದ ಖಾಲಿ ಗುಂಡಿಯೊಳಗೆ ಪತ್ತೇದಾರರಿಬ್ಬರೂ ಇಣುಕಿದರು. ಅಲ್ಲಲ್ಲಿ ಅಂತ್ಯ ಸಂಸ್ಕಾರ ಸಮಯದಲ್ಲಿ ಉಪಯೋಗಿಸಿದ ಪೂಜೆಯ ಕೆಲವು ಕುರುಹುಗಳು ಮಣ್ಣಿನಿಂದ ಇಣುಕುತ್ತಿದ್ದವು. ಅವಲ್ಲಾ ಮಣ್ಣಿನಲ್ಲಿ ಕಲೆಸಿ ಹೋಗಿರುವುದು ಕಂಡಿತು.

"ಶರತ್...ಲೆಟ್ ಅಸ್ ಟೇಕ್ ಎ ಲುಕ್..ಅರೌಂಡ್."

ವಿಕ್ರಮ್ ಸ್ಮಶಾನದಲ್ಲಿ ಅಡ್ಡಾಡಲು ಪ್ರಾರಂಭಿಸಿದ. ಶರತ್ ತನ್ನ ಹಿರಿಯ ಪತ್ತೇದಾರನನ್ನು ಅನುಕರಿಸಿದ. ಇಬ್ಬರೂ ಸ್ಮಶಾನದ ಪ್ರತಿಯೊಂದು ಇಂಚು ಜಾಗವನ್ನೂ ಕೂಲಂಕುಷವಾಗಿ ಪರೀಕ್ಷಿಸಿದರು. ಆದರೆ ಅವರಿಗೆ ಯಶವಂತರಾಯರ ಶವ ಮಾಯವಾದುದರ ಬಗೆಗೆ ಯಾವ ಸುಳಿವೂ ಸಿಗಲಿಲ್ಲ.

"ಸಮಾಧೀನ ಪೋಲೀಸ್‌ನವರು ಅಗೀತಾರೇಂತ ಹೇಳಿದಾಗ ಹಳ್ಳಿಯವರು ತುಂಬಾ ಜನ ಸ್ಮಶಾನಕ್ಕೆ ಬಂದಿದ್ದರು ಅಲ್ಲವಾ?"

ವಿಕ್ರಮ್ ಮೂರ್ತಿಯನ್ನು ಕೇಳಿದ.

"ಹೌದು. ಅಲ್ಮೋಮೇಸ್ಟ್ ಇಡೀ ಹಳ್ಳೀನೇ ಬಂದಿತ್ತು. ಯಾಕೆ?"

"ಅವರೆಲ್ಲಾ ಬಂದಿದ್ದರಿಂದ ನಮಗೆ ಸಿಗಬಹುದಾಗಿದ್ದ ಚೂರುಪಾರು ಕ್ಲೂನೂ ಅಳಿಸಿ ಹೋಗಿದೆ".

"ಶರತ್..."

"ಸರ್...?"

"ಬಾ ಇಲ್ಲಿ..."

ಮರವೊಂದರ ಕಾಂಡವನ್ನು ನೋಡುತ್ತಾ ವಿಕ್ರಮ್ ಕರೆದ. ಶರತ್ ಕುತೂಹಲದಿಂದ ಹೋದ.

"ಇದು ಏನೂಂತ ಹೇಳ್ತೀಯ?"

ನೆಲದ ಮೇಲಿನ ಗುರುತುಗಳನ್ನು ತೋರಿಸುತ್ತಾ ಕೇಳಿದ.

"ಕುದುರೆ ಕಾಲಿನ ಗುರುತುಗಳು".

ಎಚ್ಚರಿಕೆಯಿಂದ ಮಣ್ಣಿನಲ್ಲಿ ಮೂಡಿದ್ದ ಅಸ್ಪಷ್ಟ ಆಕಾರವನ್ನು ನೋಡಿ ಹೇಳಿದ ಶರತ್.

"ಕರೆಕ್ಟ್, ಇವು ಕುದುರೆ ಹೆಜ್ಜೆ ಗುರುತುಗಳು. ಮಳೆ ಬಂದಿದ್ದರಿಂದ ಗುರುತು ಕ್ಷೀಣವಾಗಿ, ಅಸ್ಪಷ್ಟವಾಗಿವೆ. ಆದರೆ ಖಚಿತವಾಗಿ ಇವು ಕುದುರೆ ಹೆಜ್ಜೆ ಗುರುತುಗಳು. ಇಲ್ಲಿಗೆ ಯಾರೋ ಕುದುರೆಯನ್ನು ತಂದಿದ್ದರು. ಅದನ್ನು ಇಲ್ಲಿ ಕುದುರೆಯನ್ನು ಕಟ್ಟಿ ಏನೋ ಕೆಲಸ ಮಾಡಿರಬೇಕು. ಅದು ಇಲ್ಲೆಲ್ಲಾ ಓಡಾಡಿದೆ. ಆದರೆ ಏಕೆ ತಂದಿದರು? ಬಹುಶಃ ಸಮಾಧಿಯಿಂದ ಈಚೆ ತೆಗೆದ ಶವ ಸಾಗಿಸಲು?"

ಮತ್ತೆ ಎಸ್ನೆಲ್ಲಿಯಾದರೂ ಕುದುರೆಯ ಕಾಲಿನ ಗುರುತುಗಳೇನಾದರೂ ಸಿಗುತ್ತವೆಯೇನೋ ಎಂದು ಇಬ್ಬರೂ ಹುಡುಕಿದರು. ಆದರೆ ಬಹಳ ಜನ ಅಲ್ಲೆಲ್ಲಾ ಓಡಾಡಿದ್ದರಿಂದ ಹೆಜ್ಜೆಗಳ ಗುರುತುಗಳಿದ್ದರೂ ಅಳಿಸಿ ಹೋಗಿದೆಯೆಂದು ಊಹಿಸಿದರು. ಅಂದರೆ ಕುದುರೆ ಸ್ಮಶಾನಕ್ಕೆ ಬಂದಿದ್ದರೆ ಅದು ಪೋಲೀಸರು ಸಮಾಧಿಯನ್ನು ಅಗೆಯುವ ಮುಂಚೆಯೇ ಬಂದಿರಬೇಕು. ನಂತರ ಬಂದಿದ್ದರೆ ಹೆಜ್ಜೆಗಳು ಸ್ಪಷ್ಟವಾಗಿ ಮೂಡಿರಬೇಕಿತ್ತು.

"ಏನ್ಸಾರ್ ಕುದುರೆಗೂ ಇಲ್ಲಿನ ಸಮಾಧಿಗೂ..."

ಮೂರ್ತಿ ಅನುಮಾನದ ರಾಗ ಎಳೆದ.

"ಯಾವ ಸಂಬಂಧಾಂತೀರ? ಹೇಳೋಕಾಗೊಲ್ಲ...ಶವ ಅಪಹರಿಸಿದೋನು ಕುದುರೆ ಮೇಲೆ ಬಂದು ಶವ ಸಾಗಿಸಿಕೊಂಡು ಹೋಗಿರಬಹುದು. ಈ ಊರಲ್ಲಿ ಕುದುರೆ ಯಾರ ಹತ್ರ ಇದೆ ಹೇಳಿ".

"ಕುದುರೆ ಯಾರ ಹತ್ರಾನೂ ಇಲ್ಲ"

"ಯೋಚನೆ ಮಾಡಿ ಹೇಳಿ".

"ಊಹುಂ...ನನಗೆ ತಿಳಿದ ಹಾಗೆ ಯಾರತ್ರಾನೂ ಇಲ್ಲ. ಇದ್ರ ಮೇಲೆ ರಾಮಣ್ಣ ಇಲ್ಲಾ ಸುಶೀಲಮ್ಮ ಅವರನ್ನೂ ಕೇಳಬಹುದು. ಅವರಿಗೆ ಊರಿನವರ ಬಗ್ಗೆ ಹೆಚ್ಚು ಗೊತ್ತಿರುತ್ತೆ. ಈ ಊರಿನ ಜನಗಳ ಬಗ್ಗೆ ನನಗೆ ಹೆಚ್ಚಿಗೆ ಗೊತ್ತಿಲ್ಲ. ಯಾಕೇಂತೀರೋ ಈ ಊರಿನವನಲ್ಲ. ಈ ಊರಿನ ಅಳಿಯ ಅಷ್ಟೆ".

"ಹಾಗಾದ್ರೆ ಅವರನ್ನೇ ಕೇಳಿದ್ರಾಯ್ತು ಬಿಡಿ".

"ಊರಲ್ಲೆಲ್ಲಾ ಈ ಕೇಸಿನ ಬಗ್ಗೆ...ಅಂದರೆ ಯಶವಂತರಾಯರ ಶವ ಮಾಯವಾಗಿರೋದರ ಬಗ್ಗೆ ಏನು ಹೇಳ್ತಾರೆ?"

ವಿಕ್ರಮ್ ಕುತೂಹಲದಿಂದ ಕೇಳಿದ.

"ನಾನಾಗ್ಲೇ ಹೇಳಿದೆನಲ್ಲ. ಈ ಊರಲ್ಲಿ ನನಗೆ ಗೊತ್ತಿರೋರು ತುಂಬಾ ಕಮ್ಮಿ ಜನ. ಅದಕ್ಕೆ ಜನರು ನಮ್ಮ ಬಗ್ಗೆ ಏನು ಹೇಳ್ತಾರೇಂತ ತಿಳಿಯೋಕಾಗಿಲ್ಲ".

ಮೂರ್ತಿಯಿಂದ ತಮ್ಮ ತನಿಖೆಗೆ ಉಪಯೋಗವಾಗುವುದಿಲ್ಲ ಎನಿಸಿತು.

ವಿಕ್ರಮ್ ಕುತೂಹಲದಿಂದ ಮರವನ್ನು ಒಂದು ಸುತ್ತು ಹಾಕಿದ.

"ಶರತ್, ಕುದುರೆ ತಂದವನು ಈ ಮರಕ್ಕೆ ಅದನ್ನ ಕಟ್ಟಿದ್ದ. ನೋಡು, ಇಲ್ಲಿ ಮರದ ತೊಗಟೆ ಹಗ್ಗದ ಒತ್ತಡದಿಂದ ಎಷ್ಟು ಸವೆದಿದೆ? ಇಲ್ಲಿ ನೋಡು, ಕುದುರೆ ತಿನ್ನಲು ಹಾಕಿದ್ದ ಹುಲ್ಲಿನ ಕೆಲವು ಕಡ್ಡಿಗಳು! ಒಣಗಿವೆ..ಆದರೆ ಖಚಿತವಾಗಿ ಕುದುರೆಯನ್ನು ಕಟ್ಟಿದಾಗ ಅದು ತೆಪ್ಪಗಿದ್ದು ತಿನ್ನಲಿ ಎಂದು ಹಾಕಿದ್ದ ಹುಲ್ಲಿನಲ್ಲಿ ಉಳಿದಿರೋ ಕೆಲವು ಒಣಗಿವೆ"

ಶರತ್‌ಗ ತನ್ನ ಸೀನಿಯರ್ ವಿಶ್ಲೇಷಣೆ ಬಗೆಗೆ ಮೆಚ್ಚಿಗೆ!

"ಹೌದು ಸರ್..." ಪರೀಕ್ಷಿಸುತ್ತಾ ಶರತ್ ಹೇಳಿದ.

"ಮಿಸ್ಟರ್ ಮೂರ್ತಿ ಇಲ್ಲಿ ಕೆಲಸ ಮುಗೀತು, ವಾಪಸ್ಸು ಮನೆಗೆ ಹೋಗೋಣ..."

"ನಾನೇನೋ ಸಿದ್ಧನಾಗಿದೀನಿ ಸಾರ್..."

ಮೂವರೂ ಸ್ಮಶಾನದಿಂದ ಸ್ವಲ್ಪ ದೂರದಲ್ಲಿ ನಿಂತಿದ್ದ ಕಾರಿನ ಬಳಿಗೆ ನಡೆದರು.

***

ಮಧ್ಯಾಹ್ನ ಡೈನಿಂಗ್ ಟೇಬಲ್ ಬಳಿ ಮನೆಯವರೆಲ್ಲರೂ ಸೇರಿದ್ದರು. ಅದು ಮೂರ್ತಿ ಮಾಡಿದ ವ್ಯವಸ್ಥೆಯಿರಬೇಕೆಂದು ಪತ್ತೇದಾರರು ಯೋಚಿಸಿದರು. ಇಬ್ಬರು ಆಗಂತುಕರು, ಅದರಲ್ಲಿಯೂ ಪತ್ತೇದಾರರು ಬಂದುದರಿಂದ ಮನೆಯವರು ವಿಚಲಿತರಾಗಿದ್ದಂತೆ ಕಂಡಿತು. ಆದರೂ ಸ್ವಲ್ಪ ಸಮಯದಲ್ಲೇ ಅವರು ಮೈಚಳಿ ಬಿಟ್ಟು ಮಾಮೂಲಿನಂತೆ ಊಟ ಪ್ರಾರಂಭಿಸಿದರು.

ಮೂರ್ತಿ ಅದೇ ಸಮಯದಲ್ಲಿ ಪತ್ತೇದಾರರನ್ನು ಮನೆಯವರಿಗೂ ಮತ್ತು ಮನೆಯವರನ್ನು ಪತ್ತೇದಾರರಿಗೂ ಪರಿಚಯಿಸಿದ.

ಮೊದಲಿಗೆ ಕೃಷ್ಣ, ಆನಂತರ ತನ್ನ ಹೆಂಡತಿಯ ಪರಿಚಯ ಹೇಳಿದ ಮೂರ್ತಿ. ನಂತರ ರಾಮಣ್ಣ ತಾನು ಮತ್ತು ತನ್ನ ಪತ್ನಿ ಸುಶೀಲಮ್ಮ ಕೊನೆಗೆ ತನ್ನ ಮಕ್ಕಳು ಚೇತನ್, ಸುಮ ಹಾಗೂ ಚಿತ್ರಾರನ್ನು ಪರಿಚಯಿಸಿದ.

ತಮ್ಮ ನಡುವೆ ಪತ್ತೇದಾರರಿರುವುದರ ಅರಿವಿನಿಂದ ಅವರುಗಳು ತಮ್ಮಲ್ಲೇ ಮೆಲು ದನಿಯಲ್ಲಿ ಮಾತಾಡುತ್ತಾ, ಊಟ ಮುಗಿಸಿದರು. ಊಟದ ನಂತರ ಎಲ್ಲರೊಡನೆ ಸ್ವಲ್ಪ ಮಾತಾಡಬೇಕೆಂದು ಮೂರ್ತಿಗೆ ಮೊದಲೇ ಹೇಳಿದ್ದರಿಂದ

ಊಟ ಮುಗಿದರೂ ಯಾರೂ ಡೈನಿಂಗ್ ಟೇಬಲ್ ಬಿಟ್ಟು ಏಳಲಿಲ್ಲ.

ವಿಕ್ರಮ್ ಎದ್ದು ಎಲ್ಲರನ್ನೂ ಉದ್ದೇಶಿಸಿ ಮಾತು ಶುರು ಮಾಡಿದ.

"ನಾವು ಬಂದಿರೋ ಉದ್ದೇಶ ನಿಮಗಾಗಲೇ ಗೊತ್ತಾಗಿದೆ. ಯಶವಂತರಾಯರ ಕಾಣೆಯಾಗಿರೋ ದೇಹ ಹುಡುಕೋದಕ್ಕೆ ಬಂದಿದ್ದೀವಿ. ಅವರ ಸಾವು ಅಸಹಜ, ಯಾರೋ ಕೊಲೆ ಮಾಡಿದ್ದಾರೆ ಎನ್ನುವುದು ಸಹ ನಿಮಗೆಲ್ಲ ಗೊತ್ತಿದೆ. ಕೊಲೆ ಹೇಗಾಗಿದೆ ಮತ್ತು ಕೊಲೆ ಮಾಡಿದವರು ಯಾರು ಅನ್ನೋದನ್ನ ಪತ್ತೆಹಚ್ಚಬೇಕಾಗಿದೆ. ಇದಕ್ಕೆ ನಿಮ್ಮೆಲ್ಲರ ಸಹಕಾರ ಅವಶ್ಯಕ. ನಿಮಗೆ ಗೊತ್ತಿರೋ ಎಲ್ಲಾ ವಿಷಯಗಳನ್ನು, ಅವು ಎಷ್ಟೇ ಸಾಧಾರಣ ಎನ್ನಿಸಿದರೂ ಸಹ ಮುಚ್ಚು ಮರೆ ಇಲ್ಲದೆ ನಮಗೆ ತಿಳಿಸಬೇಕು. ಇಲ್ಲದಿದ್ದರೆ ನಮ್ಮ ಕೆಲಸ ಕಷ್ಟ, ಅಷ್ಟೇ ಅಲ್ಲ, ನಾವು ಮಾಡಬೇಕಾಗಿರೊ ಕೆಲಸವನ್ನು ಪೂರ್ತಿ ಮಾಡೋದಕ್ಕೆ ಸಾಧ್ಯವಾಗದೇನೇ ಹೋಗಬಹುದು..."

"ಎಲ್ಲರೂ ತಮಗೆ ತಿಳಿದರೊ ಎಲ್ಲಾ ವಿಷಯ ಹೇಳೇ ಹೇಳ್ತಾರೆ, ಅದರ ಬಗ್ಗೆ ನೀವೇನೋ ಯೋಚನೆ ಮಾಡಬೇಕಾಗಿಲ್ಲ"

ರಾಮಣ್ಣ ಎಲ್ಲರ ಪರವಾಗಿ ಹೇಳಿದರು.

"ಒಳ್ಳೆಯದು. ಯಶವಂತರಾಯರು ಸಾಯೋಕೆ ಮುಂಚೆ ಹೇಗಿದ್ದರು?"

ವಿಕ್ರಮ್‌ನ ಮೊದಲ ಪ್ರಶ್ನೆ.

"ಮಾಮೂಲಿನಂತೆ ಓಡಾಡಿಕೊಂಡೇ ಇದ್ದರು. ಸಂಜೆ ತೋಟದಲೆಲ್ಲಾ ಸುತ್ತಾಡಿ ಬಂದರು. ಆ ಮೇಲೆ ಕೂಲಿಗಳಿಗೆ ಬಟವಾಡೆ ಮಾಡಿದರು"

ವಿಕ್ರಮ್ ಪ್ರಶ್ನೆಗೆ ರಾಮಣ್ಣ ಉತ್ತರ ನೀಡಿದರು.

"ಯಾಕೆ ಯಾರೂ ಮ್ಯಾನೇಜರ್ ಇಟ್ಕೊಂಡಿಲ್ಲವೇನು?"

"ಇಲ್ಲ. ನಾನೇ ಎಲ್ಲಾ ಕೆಲಸಾನೂ ನೋಡೋದು. ಆದ್ರೆ ಆವತ್ತು ನಾನು ಬಟವಾಡೆ ಮಾಡಲಿಲ್ಲ".

"ಯಾಕೆ?"

"ದ್ರಾಕ್ಷಿ ಬಳ್ಳಿಗೆ ಕ್ರಿಮಿನಾಶಕ ಔಷಧ ತರಬೇಕಿತ್ತು. ಬಟವಾಡೆ ಕೆಲಸ ತಾವೇ ಮಾಡ್ತೀವೀಂತ ಭಾವನವರು ಒಪ್ಪಿಕೊಂಡರು. ಆಮೇಲೆ ನಾನು ಬೆಂಗ್ಳೂರಿಗೆ ಹೋಗಿ ಬಂದೆ..."

"ಎಷ್ಟೊತ್ತಿಗೆ ವಾಪಸ್ಸು ಬಂದ್ರಿ?"

"ರಾತ್ರಿ ಸುಮಾರು ಒಂಬತ್ತೂಕಾಲು"

"ಆಗ ಹೇಗಿದ್ದರು?"

"ಚೆನ್ನಾಗೇ ಇದ್ದರು. ಬಟವಾಡೆ ಮಾಡಿದ್ದು ಹೇಳಿದರು. ಒಬ್ಬ ಆಳನ್ನ ನಾಳೆಯಿಂದ ಕೆಲಸಕ್ಕೆ ತಗೋಬೇಡಾಂತ ಹೇಳಿದರು"

"ಕಾರಣ?"

"ನಮ್ಮ ಮಾವನವರ ಜೊತೆ ಯಾವುದೋ ಕಾರಣಕ್ಕೆ ಜಗಳ ಆಡಿದನಂತೆ. ಮಾತಿಗೆ ಮಾತು ಬೆಳದು, ಕೊನೆಗೆ ಬಾರುಕೋಲಲ್ಲಿ ಅವನಿಗೆ ನಾಲ್ಕೇಟೂ ಹಾಕಿದರಂತೆ. ಅವನಿಗೆ ಇನ್ನೂ ಶಿಕ್ಷೆಯಾಗಬೇಕು, ಅದಕ್ಕೆ ಅವನ್ನ ಕೆಲಸಕ್ಕೆ ಸಾರಿಸ್ಕೋಬೇಡ ಅಂತ ಹೇಳಿದರು. ಹಾಗೆ ಮಾಡಿದ್ರೆ ಅವನು ತೀರಾ ಎದುರು ಬೀಳ್ತಾನೇಂತ ನಾನು ಹೇಳಿದೆ. ಆದ್ರೂ ಅವನ್ನ ಕೆಲಸಕ್ಕೆ ಕರೀಬಾರದೂಂತ ಭಾವನವರು ಹಟ ಹಿಡಿದರು. ಕೊನೆಗೆ ಅವರ ಮಾತಿಗೆ ನಾನು ಒಪ್ಪಿದೆ"

"ಆ ಕೆಲಸದಾಳು ಎಲ್ಲಿದ್ದಾನೆ?"

"ಇದೇ ಊರಲ್ಲಿದ್ದಾನೆ"

"ಅವನು ಎಂತಾ ಮನುಷ್ಯ?"

"ಮನುಷ್ಯನೇನೋ ಒಳ್ಳೆಯವನೇ...ಆದ್ರೆ ಒರಟ, ಹಟವಾದಿ"

"ಅವನ ಹೆಸರು? ಆಮೇಲೇನು ನಡೀತು"

"ಅವನ ಹೆಸರು ಗಂಗಾಧರ. ಆಮೇಲೆ ಬೆಳಿಗ್ಗೆ ದ್ರಾಕ್ಷಿ ಬಳ್ಳಿಗಳಿಗೆ ಔಷಧ ಹೊಡೆಸೂಂತ ಹೇಳಿದರು... ನಾನು ಊಟ ಮಾಡಿ ಮಲಗಿದೆ"

"ಅವರು ಮಲಗೋದಕ್ಕೆ ಮುಂಚೆ ಅವರನ್ನು ನೋಡಿದೋರು ಯಾರು?"

ಎಲ್ಲರೂ ದೃಷ್ಟಿ ವಿನಿಮಯ ಮಾಡಿಕೊಂಡರು.

"ಮಲಗೋದಕ್ಕೆ ಮುಂಚೆ ಒಂದು ಲೋಟ ಹಾಲು ಕುಡೀತಿದ್ದರು. ಮಾಮೂಲಿನಂತೆ ಅಡಿಗೆಯ ಕೆಲಸದವಳ ಕೈಲಿ ಹಾಲು ಕಳಿಸಿದೆ"

ಸುಶೀಲಮ್ಮ, ರಾಮಣ್ಣನ ಪತ್ನಿ ಹೇಳಿದರು.

"ಯಾರು ಆಕೆ?"

"ಹೊನ್ನೀಂತ. ಈಗ ನಮಗೆ ಊಟ ಬಡಿಸ್ತಿದ್ದಳಲ್ಲ ಅವಳು. ಚಿಕ್ಕ ಹುಡುಗಿಯಾಗಿದ್ದಾಗಿನಿಂದ ನಮ್ಮ ಮನೇಲೇ ಕೆಲಸದಲ್ಲಿದಾಳೆ..."

"ಕರೀರಿ"

ರಾಮಣ್ಣನ ಕೊನೆಯ ಮಗಳು ಚಿತ್ರಾ, ಹೊನ್ನಿಯನ್ನು ಕರೆಯಲು ಹೋದಳು.

"ರಾಮಣ್ಣೋರೆ, ಯಶವಂತರಾಯರು ಸಾಯೋ ಹಿಂದಿನ ದಿವಸ ಕೆಲಸದವನ ಜೊತೆ ಜಗಳ ಆಡಿದರೂಂತ ಅಂದ್ರಲ್ಲ? ಅದು ಯಾವ ಮಟ್ಟದಲ್ಲಿ ನಡೀತು? ಅದನ್ನ ನೋಡಿದೋರು ಯಾರು?"

"ಗಲಾಟೆ ನಡೆದಾಗ ನಾನೇ ನೋಡಿದ್ದು. ಅಡಿಗೆಮನೇಲಿ ಕೆಲಸ ಮಾಡ್ತಿದ್ದೆ. ಆಚೆ ತುಂಬಾ ಜೋರುಜೋರು ಮಾತು ಕೇಳಿಸಿ ಈಚೆ ಬಂದೆ. ಹೊರಗೆ ಪೋರ್ಟಿಕೋದಲ್ಲಿ ಅಣ್ಣ ಕೂಲಿಗಳಿಗೆ ಬಟವಾಡೆ ಮಾಡ್ತಿದ್ದರು. ಏರು ದನಿಯಲ್ಲಿ ಅಣ್ಣ ಮತ್ತು ಗಂಗಾಧರ ಮಾತಾಡ್ತಿದ್ದರು. ಜಗಳ ತುಂಬಾ ಜೋರಾಗೇ ನಡೀತು. ಅವನು ಬಾಯಿಗೆ ಬಂದ್ಹಾಗೆಲ್ಲಾ ಅಣ್ಣನ್ನ ಬೈದ. ನಮ್ಮಣ್ಣನಿಗೆ ತುಂಬಾ ಕೋಪ ಬಂದು ಬಾರು ಕೋಲು ತಗೊಂಡು ಚೆನ್ನಾಗಿ ಚಚ್ಚಿದರು..." ಸುಶೀಲಮ್ಮ ಹೇಳಿದರು.

"ಈ ವಿಷಯ ಎಲ್ಲಾ ಪೋಲೀಸ್‌ನವರಿಗೆ ಗೊತ್ತಿದೆಯಾ?"

"ಗೊತ್ತಿದೆ. ಅವರೂ ಹೀಗೇ ಪ್ರಶ್ನೆ ಕೇಳಿ ಎಲ್ಲಾ ವಿಷಯಾನೂ ತಿಳಿದುಕೊಂಡರು".

"ಮಿಸ್ಟರ್ ಕೃಷ್ಣ? ನಿಮ್ಮ ತಾತನವರು ತೀರ್ಕೊಂಡ ದಿವಸ ಎಲ್ಲಿದ್ರಿ?"

"ಬೆಂಗ್ಳೂರಲ್ಲಿದ್ದೆ...ವಿಷಯ ಗೊತ್ತಾದ ತಕ್ಷಣ ಬಂದೆ"

"ನಿಮಗೆ ವಿಷಯ ತಿಳಿಸಿದವರು ಯಾರು?"

"ಅದು ನಿಮ್ಮ ತನಿಖೆಗೆ ಬೇಕಾದ ವಿಷಯ ಅಲ್ಲ!"

"ಅದನ್ನ ನೀವಲ್ಲ ಹೇಳೋದು. ಅದು ಬಿಡಿ, ಬೆಂಗಳೂರಲ್ಲಿ ಎಲ್ಲಿದ್ರಿ?"

"ಅದೆಲ್ಲಾ ನಿಮಗೆ ಯಾಕೆ?"

"ಮಿಸ್ಟರ್ ಕೃಷ್ಣ ನಾವು ನಿಮ್ಮ ತಾತನವರ ಕೊಲೆ ಬಗ್ಗೆ ತನಿಖೆ ಮಾಡೋಕೆ ಬಂದಿರೋರು..."

"ಅದಕ್ಕೂ ನಾನು ಬೆಂಗಳೂರಲ್ಲಿ ಇದ್ದುದಕ್ಕೂ ಏನು ಸಂಬಂಧ ಇದೆ?"

"ಸಂಬಂಧ ಇದೇಂತಾನೇ ಕೇಳ್ತಿರೋದು"

"ಇಂತಾ ಅಸಂಬದ್ಧ ಪ್ರಶ್ನೆಗೆ ನಾನು ಉತ್ತರ ಕೊಡೋದಿಲ್ಲ..."

"ಕೃಷ್ಣ, ಅವರು ನಮಗೆ ಸಹಾಯ ಮಾಡೋಕೇಂತ ಬಂದಿದಾರೆ..."

ಕೃಷ್ಣನ ಮಾವ ರಾಮಣ್ಣ ಹೇಳಿದರು.

"ಹೀಗೆಲ್ಲಾ ಮಾಡಿದ್ರೆ ಸತ್ತವರು ವಾಪಸ್ಸು ಬರ್ತಾರೇನು? ಇವರನ್ನ ಯಾತಕ್ಕೆ ಕರೆಸಿದ್ರಿ? ಯಾರು ಇವರನ್ನ ಕರೆಸಿದ್ದು? ಪೋಲೀಸಿನವರು ಈ ಕೆಲಸ ಮಾಡ್ತಿಲ್ಲವೆ? ಅವರಿಗೆ ಆಗದೆ ಇರೋದನ್ನ ಇವರು ಮಾಡ್ತಾರೇನು? ಇವರ ಅವಶ್ಯಕತೆ ಏನಿತ್ತು? ನೋಡಿ ನಮ್ಮನ್ನೇ ಅಪರಾಧಿಗಳ ಹಾಗೆ ಪ್ರಶ್ನೆ ಮಾಡ್ತಿದ್ದಾರೆ! ನಾವೇ ಕೊಲೆ ಮಾಡಿದ್ದೀವೀಂತ! ಇಂತಾ ಕೆಲಸ ನಾನೊಪ್ಪೋದಿಲ್ಲ..."

ಕೃಷ್ಣ ಎಲ್ಲರನ್ನೂ ಒಮ್ಮೆ ಕೆಕ್ಕರಿಸಿಕೊಂಡು ನೋಡಿ ಬಾಗಿಲಿನ ಕಡೆ ನಡೆದ.

"ಹೀಗೆಲ್ಲಾ ಮಾತಾಡಿದ್ರೆ ನಿನ್ನ ಮೇಲೇ ಅನುಮಾನ ಬರತ್ತೆ"

ಶರತ್ ಕೋಪದಿಂದ ನುಡಿದ.

"ಏನಾದ್ರೂ ತಿಳ್ಕೊಳ್ಳಿ! ಏನ್ಮಾಡ್ಕೋತೀರೋ ಮಾಡ್ಕೋ ಹೋಗಿ"

ಕೃಷ್ಣ ಬಿರುಗಾಳಿಯಂತೆ ಆಚೆ ಹೋದ,

ಉಳಿದವರೆಲ್ಲಾ ಕೃಷ್ಣನ ವರ್ತನೆಯಿಂದ ಸ್ಥಂಭೀಭೂತರಾಗಿದ್ದರು! ಕೃಷ್ಣ ಹಾಗೇಕೆ ಮಾಡಿದ ಎನ್ನುವುದು ಯಾರಿಗೂ ಅರ್ಥವಾಗಿರಲಿಲ್ಲ! ಎಲ್ಲರಿಗೂ ಅವನ ವರ್ತನೆ ಆಶ್ಚರ್ಯಕರವಾಗಿತ್ತು!

"ಐಯಾಮ್ ಸಾರಿ... ಕೃಷ್ಣ ಇಷ್ಟು ರ◌್ಯಾಶಾಗಿ ಬಿಹೇವ್ ಮಾಡ್ತಾನೇಂತ ನಾನಂದ್ಕೊಂಡಿರಲಿಲ್ಲ. ಅವನ ಪರವಾಗಿ ಕ್ಷಮೆ ಕೇಳ್ತೀನಿ..."

ಮೂರ್ತಿ ತಲೆ ತಗ್ಗಿಸಿದ.

"ಪರವಾಗಿಲ್ಲ ಬಿಡಿ. ನಮ್ಮ ವೃತ್ತಿಯಲ್ಲಿ ಇವೆಲ್ಲಾ ಮಾಮೂಲು"

ಕೃಷ್ಣನ ವರ್ತನೆಯನ್ನು ವಿಕ್ರಮ್ ಮನಸ್ಸಿಗೆ ಹಚ್ಚಿಕೊಂಡಿರಲಿಲ್ಲ.

"ಆದ್ರೂ ನೀವು ನಮ್ಮ ಅತಿಥಿಗಳು. ಕೃಷ್ಣನ ಪರ ನಾನೂ ಕ್ಷಮೆ ಬೇಡ್ತೀನಿ"

ರಾಮಣ್ಣ ನೊಂದು ನುಡಿದ.

"ಇದೇನಿದು? ಮನೆ ಮಂದಿಯೆಲ್ಲಾ ಕ್ಷಮೆ ಬೇಡ್ತಾ ಕೂತರೆ ನಮ್ಮ ತನಿಖೆ ಗತಿಯೇನು?"

ವಿಕ್ರಮ್ ನಕ್ಕು ಅವರೆಲ್ಲ ಆ ಸಂಗತಿ ಮರೆಯುವಂತೆ ಮಾಡಿದ.

"ಈಕೇನೇ ಹೊನ್ನಿ..."

ಒಳಗಿಂದ ಬಂದ ಚಿತ್ರಾ ಹೇಳಿದಳು. ಪತ್ತೇದಾರರಿಬ್ಬರೂ ತಿರುಗಿ ನೋಡಿದರು.

ಆಕೆ ಸುಮಾರು ಮೂವತ್ತರ ಸನಿಹದ ಹೆಂಗಸು. ಚೆನ್ನಾಗಿ ತಿಂದುಂಡು, ಕೆಲಸ ಮಾಡಿಕೊಂಡು ಪುಷ್ಟಿಯಾಗಿ ಬೆಳೆದಿದ್ದಳು; ಹಣೆ ಬರಿದಾಗಿತ್ತು, ನೋಡಲು ಅಂದವಾಗಿಲ್ಲದಿದ್ದರೂ ಕುರೂಪಿಯಲ್ಲ.

"ಎಷ್ಟು ವರ್ಷದಿಂದ ಇಲ್ಲಿ ಕೆಲಸ ಮಾಡ್ತಿದೀಯಮ್ಮ?"

"ಸುಮಾರು ಹತ್ತು ವರ್ಷದ ಹುಡ್ಗಿಯಾಗಿದ್ದಾಗಿಂದ ಇಲ್ಲೇ ಕೆಲ್ಸ ಮಾಡ್ತಿದೀನಿ"

"ಮದ್ವೆಯಾಗಿದೆಯಾ?"

"ಆಗಿತ್ತು. ಆದ್ರೆ ಗಂಡ ತೀರ್ಕೊಂಡಿದಾನೆ"

"ಯಾವ ಊರಿಗೆ ಕೊಟ್ಟು ಮದ್ವೆಯಾಗಿತ್ತು?"

"ಇಲ್ಲೆ ಬೆಂಗ್ಳೂರಿಗೇನೆ..."

"ಯಜಮಾನ ಏನು ಮಾಡ್ಕೊಂಡಿದ್ದ?"

"ರೈಲ್ವೆ ಡಿಪಾರ್ಟ್‌ಮೆಂಟ್ನಲ್ಲಿ ಸಿಗ್ನಲ್‌ಮ್ಯಾನ್ ಆಗಿದ್ದರು. ಹೋದ್ವರ್ಷವಷ್ಟೆ ತೀರ್ಕೊಂಡ್ರು. ನನಗೆ ದಿಕ್ಕಿಲ್ಲದ ಹಾಗೆ ಆಗಿತ್ತು. ನಾನು ಬಂದು ಯಜಮಾನ್ರನ್ನ ಕೇಳ್ಕೊಂಡೆ. ಅವಕಾಶ ಕೊಟ್ಟರು, ನಾನು ಮತ್ತೆ ಬಂದೆ"

"ಗಂಡನ ಹೆಸರು?"

"ಹನುಮಯ್ಯ"

"ಯಾವ ಸ್ಟೇಷನ್ನಾಗೆ ಇದ್ದರು?"

"ಕೃಷ್ಣರಾಜಪುರದಾಗಿದ್ರು"

"ಇಲ್ಲಿಗೆ ಮತ್ತೆ ಬಂದು ಎಷ್ಟು ತಿಂಗಳಾಯ್ತು?"

"ಒಂದು ವರ್ಷ ಆಯ್ತು"

"ಯಶವಂತರಾಯರು ಸಾಯೋ ದಿವಸ ರಾತ್ರಿ ನೀನೇ ತಾನೆ ಹಾಲು ತಗೊಂಡು ಹೋಗಿದ್ದು?"

"ಹೌದು... ನಾನೇ ಹೋಗಿದ್ದು. ಪ್ರತೀ ದಿವಸಾನೂ ನಾನೇ ಹೋಗಿ ಹಾಲು ಕೊಡ್ತಿದ್ದೆ".

"ಆವತ್ತು ಏನಾದ್ರೂ ಅವರ ದೇಹ ಪ್ರಕೃತೀಲಿ ಏನಾದ್ರೂ ಬದಲಾವಣೆ ಇತ್ತಾ?"

"ತಲೆ ನೋವು ಅಂತಿದ್ರು. ಅವರಿಗೆ ಆಗಾಗ್ಗೆ ಅರೆ ತಲೆ ನೋವು ಬರ್ತಿತ್ತು..."

"ಆಗೇನು ಮಾಡ್ತಿದ್ದರು?"

"ಮಾತ್ರೆ ತಗೊಂಡು ಮಲಗ್ತಾ ಇದ್ದರು"

"ಅವತ್ತೂ ಹಾಗೇ ಮಾತ್ರೆ ತಗೊಂಡ್ರು ಅಲ್ವೆ?"

"ಹೌದು. ಮಾಮೂಲಂಗೇ ಅವತ್ತೂ ಮಾತ್ರೆ ತಗೊಂಡು ಮಲಗಿದ್ರು"

"ಅವರು ಯಾವ ಮಾತ್ರೆ ತಗೋತಿದ್ರು ಗೊತ್ತಾ?"

"ಗೊತ್ತು. ನಂಗೆ ಓದಾಕೆ ಬರೊಲ್ಲ. ಅದ್ರೆ ಹೆಸ್ರು ನಂಗೊತ್ತಿಲ್ಲ. ನೀಲಿ ಬಣ್ಣದ ಪಟ್ಟೀಲಿರ್ತಿತ್ತು"

ಆಕೆ ಮೊದಲಿಗೆ ಉತ್ತರ ನೀಡಲು ಸಂಕೋಚಪಟ್ಟರೂ ಸಹ ಕ್ರಮೇಣ ನಿರ್ಭಿಡೆಯಿಂದ ಮಾತಾಡುತ್ತಿದ್ದಳು.

"ಅವರು ಉಪಯೋಗಿಸ್ತಿದ್ದ ಮಾತ್ರೆ ಇನ್ನು ಅವರ ರೂಮಲ್ಲೇ ಇರಬೇಕಲ್ಲವಾ?"

"ಇರಬಹುದು. ಅವರು ತೀರ್ಕೊಂಡ ಮೇಲೆ ಯಾರೂ ರೂಮಿನ ನಿಗಾ ನೋಡಿಲ್ಲ. ಪೋಲೀಸ್ನೋರು ಅಲ್ಲೆಲ್ಲಾ ಹೋಗಿ ಬಂದಿದ್ರು. ಅವತ್ನಿಂದ ನಾನೂ ರೂಮು ಕಿಲೀನ್ ಮಾಡೋಕೆ ಹೋಗಿಲ್ಲ"

"ಹಾಗಾದ್ರೆ ಹೊನ್ನಮ್ಮ ಒಂದು ಕೆಲಸ ಮಾಡು. ಅವರ ರೂಮಿಗೆ ಹೋಗಿ ಆ ಮಾತ್ರೆ ತಂದ್ಕೊಡು... ಶರತ್ ನೀನೂ ಜೊತೇಲಿ ಹೋಗು"

ವಿಕ್ರಮ್ ಮಾತಿನಿಂದ ರಾಮಣ್ಣ ಮತ್ತು ಮೂರ್ತಿ ಕೊಂಚ ವಿಚಲಿತರಾದಂತೆ ಕಂಡಿತು.

"ಅರೆ...ಅವರು ತಗೋತಿದ್ದ ಮಾತ್ರೆಯೆಲ್ಲಾ ನನಗೆ ಗೊತ್ತು. ನಾನೇ ಹೋಗಿ ತರ್ತೀನಿ. ಅಲ್ಲದೆ ಅವರ ಆರೋಗ್ಯ ಸರಿ ಇಲ್ದೆ ಇದ್ದಾಗೆಲ್ಲಾ ಬೆಂಗ್ಳೂರಿಗೆ ಬಂದು ನಮ್ಮ ಫ್ಯಾಮಿಲಿ ಡಾಕ್ಟರ್ ಹತ್ರಾನೆ ಮೆಡಿಸನ್ ತಗೋತಾ ಇದ್ದಿದು"

ಮೂರ್ತಿ ಆತುರದಿಂದ ಹೇಳಿದ.

"ಪರವಾಗಿಲ್ಲ ಮಿಸ್ಟರ್ ಮೂರ್ತಿ. ಹೊನ್ನಮ್ಮನಿಗೂ ಯಶವಂತರಾಯರು ತಗೋತಿದ್ದ ಮಾತ್ರೆ ವಿಷಯ ಚೆನ್ನಾಗಿ ಗೊತ್ತಂತಲ್ಲ? ನೀನು ಹೋಗಮ್ಮ, ಶರತ್...ನೀನೂ..."

ಹೊನ್ನಮ್ಮ ವಿಕ್ರಮ್ ಆಜ್ಞೆ ಪಾಲಿಸಲು ಮಹಡಿಯ ಮೆಟ್ಟಿಲುಗಳ ಹತ್ತಿರ ನಡೆದಳು. ಶರತ್ ಹಿಂಬಾಲಿಸಿದ.

"ಮೂರ್ತಿಯವರೆ, ನಿಮ್ಮ ಫ್ಯಾಮಿಲಿ ಡಾಕ್ಟರ್ ಯಾರು?"

"ರಮೇಶ್ ಅಂತ. ಬೆಂಗ್ಳೂರಲ್ಲಿ ರಾಜಾಜಿನಗರದ ನನ್ನ ಮನೆ ಹತ್ರಾನೆ ಇದಾರೆ"

"ಕ್ಲಿನಿಕ್ ಹೆಸರು?"

"ಕಮಲ ಕ್ಲಿನಿಕ್"

"ಯಶವಂತರಾಯರು ಆಗಾಗ್ಗೆ ಡಾಕ್ಟರ್ ಹತ್ರ ಬರ್ತಿದ್ದರೇನು?"

"ಬರ್ತಿದ್ರು. ಅವರಿಗಿದ್ದ ಒಂದೇ ಕಾಯಿಲೇಂದ್ರೆ ತಲೆ ನೋವು, ಅದು ಮೈಗ್ರೇನ್ ಅಂತೆ. ಬಹಳ ವರ್ಷದಿಂದ ನರಳ್ತಿದ್ರು. ಅದು ಬಿಟ್ಟು ಬೇರೆ ಯಾವ ಗಂಭೀರ ಖಾಯಿಲೇನೂ ಇರಲಿಲ್ಲ"

"ನಾನು ಅಗತ್ಯ ಬಿದ್ದ ಹಾಗೆ ಒಬ್ಬೊಬ್ಬರನ್ನೇ ಕಂಡು ಮಾತಾಡ್ತೀನಿ. ಎಲ್ಲಾ ಹೋಗಬಹುದು"

ವಿಕ್ರಮ್ ಎಲ್ಲರನ್ನೂ ಕುರಿತು ಹೇಳಿದ ಚೇತನ್, ಸುಮ, ಚಿತ್ರಾ, ಸುಶೀಲಮ್ಮ ಮತ್ತು ಮೂರ್ತಿಯ ಹೆಂಡತಿ ಸರಳಾ ಜೈಲಿನಿಂದ ಬಿಡುಗಡೆಯಾದ ನಿರಾಳತೆಯಲ್ಲಿ ಪರಸ್ಪರ ಮುಖ ನೋಡಿಕೊಂಡು ಚೆದುರಿದರು.

ಉಳಿದಿದ್ದವರು ರಾಮಣ್ಣ, ಮೂರ್ತಿ ಮತ್ತು ವಿಕ್ರಮ್ ಮಾತ್ರ.

"ಸಾರ್ ನಮಗೀಗ ಮುಖ್ಯವಾಗಿ ಬೇಕಾಗಿರೋದು ನಮ್ಮ ಮಾವನ ಕೊಲೆಗಾರ ಅಲ್ಲ...ಅವರ ಶವ. ಅದನ್ನ ಯಾರೋ ಎತ್ಕೊಂಡು ಹೋದಾಗ್ನಿಂದ

ನಮಗೆ ನೆಮ್ಮದೀನೆ ಇಲ್ಲ. ಸತ್ಯವಾಗಿ ಹೇಳ್ತೀನಿ ಸಾರ್ ಎರಡು ದಿವಸ ನಮ್ಮಾಕೆಯ ಕನಸಿಗೆ ಬಂದು ನನ್ನ ಶರೀರಾನ ನಾಯಿ ನರಿ ತಿನ್ನೋಕೆ ಬಿಟ್ಟಿದೀರಾ! ಅಂತ ಕೇಳಿದರಂತೆ! ನನ್ನ ಕನಸಲ್ಲೂ ಸಹ ನೆನ್ನೆ ರಾತ್ರಿ ಬಂದಿದ್ದರು"

ಕಳವಳ ವ್ಯಕ್ತಪಡಿಸುತ್ತಾ ಹೇಳಿದ ರಾಮಣ್ಣ.

"ಪ್ರಯತ್ನ ಪಡ್ತೀವಿ ರಾಮಣ್ಣೋರೆ. ಕೇಸು ಸುಲಭವಾಗಿಲ್ಲ. ನಿಮಗೆ ಬೇಜಾರಾಗಬಹುದು-ನನ್ನ ಮಾತು ಕೇಳಿ. ಆದರೆ ಒಂದು ವಿಷಯ ಯೋಚನೆ ಮಾಡಿ. ಶವಾನ ಸಮಾಧಿಯಿಂದ ಹಾರಿಸಿದೋನು ಅದರ ಗುರುತು ಪೂರಾ ಅಳಿಸಲೀಂತ ಪ್ರಯತ್ನ ಮಾಡಿರ್ತಾನೆ. ಒಂದೇ ಮಾತಲ್ಲಿ ಹೇಳ್ಬೇಕೂಂದ್ರೆ ಬಾಡೀನ ನಾಶ ಮಾಡೋಕೆ ಪ್ರಯತ್ನ ಮಾಡಿರ್ತಾನೆ. ಅದರಲ್ಲಿ ಅವನು ಯಶಸ್ವಿಯಾಗಿದ್ದರೆ ನಮಗೆ ಬಾಡಿ ಸಿಗೋದೇ ಇಲ್ಲ"

"ನೀವು ಪ್ರಯತ್ನ ಮಾಡಿದರೆ ಬಾಡಿ ಸಿಗಬಹುದು. ಅದನ್ನ ಮತ್ತೆ ಸಂಸ್ಕಾರ ಮಾಡಿ ಅದರ ಮೇಲೆ ಸಿಮೆಂಟಿನ ಸಮಾಧಿ ಕಟ್ಟಿಸಿದರೇನೇ ನಮಗೆ ಸಮಾಧಾನ"

ಮಹಡಿ ಮೆಟ್ಟಲಿನ ಹತ್ತಿರ ಹೆಜ್ಜೆಗಳ ಶಬ್ದ.

ಶರತ್ ಇಳಿಯುತ್ತಿದ್ದ. ಅವನ ಹಿಂದೆ ಹೊನ್ನಿ,

"ವಿಕ್ರಮ್ ಅವರೆ ನಾನು ಮೂರು ಗಂಟೆ ಮೇಲೆ ಹೊರಡಬೇಕು. ಬಿಸಿನೆಸ್ ನೋಡ್ಕೋಬೇಕಲ್ಲ? ನಿಮ್ಮ ಪ್ರಶ್ನೆಗಳು ಇನ್ನೂ ಏನಾದರೂ ಇದ್ದರೆ ಕೇಳಬಹುದು"

"ಸದ್ಯಕ್ಕೇನೂ ಇಲ್ಲ ಮೂರ್ತಿ. ನಾವು ಇಲ್ಲಿ ಇನ್ನೊಂದೆರಡು ದಿವಸ ಇರ್ತೀವಿ. ಅಗತ್ಯ ಬಿದ್ದರೆ ನಿಮಗೆ ಫೋನು ಮಾಡ್ತೀನಿ ಆಗ ಬರೋಕೆ ಆಗುತ್ತೆ ತಾನೆ?"

"ಖಂಡಿತವಾಗಿ ಬರ್ತೀನಿ. ಫೋನ್ ಮಾಡ್ಲೇಬೇಕೂಂತ ಇಲ್ಲ. ಒಂದು ಮೆಸೇಜ್ ಕೊಟ್ರೂ ಸಾಕು ನಾನು ಬರ್ತೀನಿ"

ಮೂರ್ತಿಯ ಮಾತು ಮುಗಿಯುವ ಸಮಯಕ್ಕೆ ಶರತ್ ಬಂದು ನಿಂತಿದ್ದ.

"ಇದೇ ಸ್ವಾಮಿಯೋರು ನುಂಗ್ತಾ ಇದ್ದ ಮಾತ್ರೆ"

ಹೊನ್ನಿ ಒಂದು ಸ್ಟ್ರಿಪ್ ಮಾತ್ರೆ ಕೊಟ್ಟಳು. ಹತ್ತು ಮಾತ್ರೆಗಳ ಸ್ಟ್ರಿಪ್ಪಿನಲ್ಲಿ ಮೂರು ಮಾತ್ರೆಗಳು ಇರಲ್ಲಿಲ್ಲ.

"ಯಾವಾಗಲೂ ಇವನ್ನೇ ತಗೋತಾ ಇದ್ರಾ?"

"ಹೌದು... ಹೌದು ಯಾವಾಗಲೂ ಅವರು ತಗೋತಾ ಇದ್ದುದು ಇದೇ ಮಾತ್ರೆ. ಹೊನ್ನಮ್ಮ ನಮಗೆಲ್ಲಾ ಟೀ ರೆಡಿ ಮಾಡು"

ಮೂರ್ತಿ ಹೊನ್ನಿಗೆ ಹೇಳಿದಾಗ ಆಕೆ ಆಗಲಿ ಎಂಬಂತೆ ತಲೆಯಾಡಿಸಿ ಅಡಿಗೆಮನೆ ಕಡೆ ಹೊರಟಳು.

ವಿಕ್ರಮ್ ಸೂಕ್ಷ್ಮವಾಗಿ ತಲೆಯಲುಗಿಸಿ ಶರತ್‌ನ ಕಡೆ ನೋಡಿದ. ಶರತ್ ಸಹ ಅಂತಹದೇ ಪ್ರತಿಕ್ರಿಯೆ ವ್ಯಕ್ತಪಡಿಸಿದ.

"ಆ ಮಾತ್ರೆಗಳನ್ನ ವಿಶ್ಲೇಷಣೆ ಮಾಡಿಸ್ತೀರೇನು? ನನ್ನ ಅಂಗಡಿ ಹತ್ತಿರದಲ್ಲೇ ಒಂದು ಲ್ಯಾಬ್ ಇದೆ. ಅಲ್ಲೇ ಟೆಸ್ಟ್ ಮಾಡಿಸಬಹುದು. ಬೇಗನೆ ರಿಸಲ್ಟ್ ಕೊಡ್ತಾರೆ".

"ಅದೂ ಒಳ್ಳೇ ಐಡಿಯಾ ಮೂರ್ತಿಯವರೆ. ಯಾಕೇಂತಿರೋ ನಾವು ಇಲ್ಲೇ ಇನ್ನೂ ಒಂದೆರಡು ದಿವಸ ಇರಬೇಕಾಗಬಹುದು. ಶರತ್ ಒಂದು ಮಾತ್ರೆ ಮೂರ್ತಿಯವರ ಕೈಗೆ ಕೊಡು. ನಾಳೆ ನಮಗೆ ರಿಸಲ್ಟ್ ಸಿಗಬಹುದೆ?"

ವಿಕ್ರಮ್ ಕೇಳಿದ. ಅವನ ತಲೆಯಲ್ಲಿ ಹಲವಾರು ಯೋಚನೆಗಳು. ಶರತ್ ತನ್ನ ಸೀನಿಯರ್‌ನ ಮಾತಿನಂತೆ ಒಂದು ಮಾತ್ರೆಯನ್ನು ಮೂರ್ತಿಯ ಕೈಗೆ ಹಾಕಿದ.

"ರಾಮಣ್ಣೋರೆ, ನಿಮ್ಮ ಹತ್ರ ಒಂದು ಮಾತು ಕೇಳಬೇಕಿತ್ತು".

"ಕೇಳಿ ಸಾರ್"

"ಈ ಊರಲ್ಲಿ ಕುದುರೆ ಯಾರು ಸಾಕಿದಾರೆ?"

"ಈ ಊರಲ್ಲ? ಯಾರೂ ಇಲ್ಲ ಸಾರ್, ಪಕ್ಕದಲ್ಲಿ ಒಂದ್ಮೂರು ಮೈಲಿ ದೂರದಲ್ಲಿ ಇನ್ನೊಂದು ಹಳ್ಳಿಯಿದೆ. ಅಲ್ಲಿ ಒಬ್ಬರು ಕುದುರೇನ ಕಟ್ಟಿದ್ದಾರೆ, ಯಾಕೆ?"

"ಅವನ ಹೆಸರು? ಅವನೇನು ಮಾಡ್ಕೊಂಡಿದಾನೆ?"

"ಮಲ್ಲಯ್ಯ ಅಂತ. ಗರಡಿ ಉಸ್ತಾದ್ ಅವನು. ಷೋಕಿಗೋಸ್ಕರ ಕುದುರೆ ಸಾಕಿದಾನೆ"

"ಯಶವಂತರಾಯರಿಗೆ ಅವನು ಗೊತ್ತೇನು?"

"ಯಾಕೆ ಗೊತ್ತಿಲ್ಲ. ಒಂದು ಸಲ ಜಾತ್ರೇಲಿ ನಡೆದ ಕುಸ್ತಿ ಸ್ಪರ್ಧೇಲಿ ಅವನ ಗೆದ್ದಿದ್ದಕ್ಕೆ ಒಂದು ಬಂಗಾರದ ಮೆಡಲ್ ಕೊಟ್ಟಿದ್ದರು."

"ಸಧ್ಯಕ್ಕೆ ಇಷ್ಟು ವಿಷಯ ಸಾಕು. ಮುಂದೇನಾದ್ರೂ ಬೇಕಾದ್ರೆ ಕೇಳ್ತೀನಿ"

ವಿಕ್ರಮ್ ಮಾತು ಮುಗಿಸಿದ. ಮೂರ್ತಿ ಮತ್ತು ರಾಮಣ್ಣ ಅಲ್ಲಿಂದ ಕದಲಿದರು.

ವಿಕ್ರಮ್ ಮತ್ತು ಶರತ್ ತಮಗಾಗಿ ಕಾದಿರಿಸಿದ್ದ ರೂಮಿಗೆ ಹೋದರು. ಸ್ವಲ್ಪ ಹೊತ್ತು ವಿಶ್ರಾಂತಿ ತೆಗೆದುಕೊಳ್ಳುವುದು ಮತ್ತು ಈವರೆಗೆ ಸಂಗ್ರಹಿಸಿದ ಮಾಹಿತಿಯನ್ನು ವಿಶ್ಲೇಷಣೆ ಮಾಡುವುದು ಅವರ ಉದ್ದೇಶವಾಗಿತ್ತು.

ಅವರಿಗೆ ಇಳಿದುಕೊಳ್ಳಲು ಕೊಟ್ಟಿದ್ದ ಗೆಸ್ಟ್ ರೂಮು ಮನೆಯ ಮಹಡಿಯಲಿತ್ತು. ಆ ಹಳ್ಳಿಯಲ್ಲಿ ಕೂಡ ಯಶವಂತರಾಯರು ತಮ್ಮ ಮನೆ ಬರುವ ಅತಿಥಿಗಳಿಗೆ ಎಲ್ಲ ಅನುಕೂಲಗಳನ್ನೂ ಒದಗಿಸಲು ಯೋಜಿಸಿದ್ದರು. ಗೆಸ್ಟ್ ರೂಮಿಗೆ ಅಟ್ಯಾಚ್ಡ್ ಬಾತ್ರೂಮ್ ಇತ್ತು. ಬಜರ್ ಒತ್ತಿದರೆ ಕೆಳಗೆ ರಿಂಗಾಗುತ್ತಿತ್ತು. ಅಲ್ಲಿಂದ ಕೆಲಸದಾಳುಗಳು ಯಾರಾದರೂ ಬರುತ್ತಿದ್ದರು. ರೂಮುಗಳಿಗೆ ಗಾಳಿ, ಬೆಳಕು

ಯಥೇಚ್ಛವಾಗಿ ಬರುತ್ತಿತ್ತು. ವಿಕ್ರಮ್ ತಮಗಾಗಿ ಓರಣ ಮಾಡಿದ್ದ ಮಂಚದ ಮೇಲುರುಳಿದ.

"ಶರತ್, ಏನನ್ನಿಸುತ್ತೆ?"

"ರೂಮು ಅನುಕೂಲವಾಗಿದೆ"

"ಅದಲ್ಲಯ್ಯ ಕೇಳಿದ್ದು. ಕೇಸಿನ ಬಗ್ಗೆ ಏನನ್ನಿಸುತ್ತೆ?"

"ಯಶವಂತರಾಯರ ದೇಹ ಸಮಾಧಿಯಿಂದ ಅದೃಶ್ಯವಾಗಿದೆ. ಅದ್ರಿಂದ ಅವರ ಸಾವು ಸ್ವಾಭಾವಿಕವಲ್ಲ ಕೊಲೆ, ಅನ್ನೋ ವಿಚಾರ ಸ್ಥಿರವಾಗುತ್ತೆ. ಯಾರು ಮಾಡಿರೋಕೆ ಸಾಧ್ಯ ಅಂತ ಹೇಳೋದಕ್ಕೆ ಅಥವಾ ಅನುಮಾನ ಪಡೋದಕ್ಕೆ ಇಷ್ಟು ಬೇಗ ಸಾಧ್ಯವಿಲ್ಲ. ಯಾರ ಮೇಲೇಂತ ಅನುಮಾನಿಸೋದಕ್ಕಾಗುತ್ತೆ?"

"ಯಾಕೆ?"

"ಎಲ್ಲರಿಗೂ ಕೊಲೆ ಮಾಡೋದಕ್ಕೆ ಕಾರಣ ಇದೆ ಅನ್ನಿಸುತ್ತೆ"

"ಹಾಗಾದ್ರೆ ಹೇಳು"

"ಮೊದಲು ಯಶವಂತರಾಯರು ಜಗಳ ಆಡಿದ್ರಲ್ಲ ಆ ಆಳು ಅವನು ಅವ್ರ ಮೇಲಿನ ಕೋಪಕ್ಕೆ ಕೊಲೆ ಮಾಡಿರಬಹುದು"

"ಬರೀ ಕೋಪಕ್ಕೆ ಯಾರಾದ್ರೂ ಕೊಲೆ ಮಾಡ್ತಾರ? ಮಣ್ಣು ಮಾಡಿದ ಶವ ಅಪಹರಿಸ್ತಾರಾ?"

ವಿಕ್ರಮ್ ಶರತ್ ಏನು ಉತ್ತರಿಸಬಹುದೆಂದು ಕುತೂಹಲದಿಂದ ಕೇಳಿದ.

"ಒಂದೇ ಜಗಳಕ್ಕೆ ಕೊಲೆ ಮಾಡಿರಲಾರ. ಇಂತಾ ಸುಮಾರು ಘಟನೆಗಳೂ ಆಗಿರಬಹುದು. ಅವೆಲ್ಲಾ ಒಟ್ಟಾಗಿ ಆ ಕೂಲಿಯಾಳು.."

"ಅವನ ಹೆಸರು ಗಂಗಾಧರ" ವಿಕ್ರಮ್ ನೆನಪು ಮಾಡಿಕೊಂಡು ಹೇಳಿದ.

"ಹಾ..ಗಂಗಾಧರನಿಗೂ ಯಾಶವಂತರಾಯರಿಗೂ ಕೆಲವು ಕಾಲದಿಂದಲೂ ಮನಸ್ತಾಪ ಇದ್ದಿರಬಹುದು. ಅದನ್ನು ನಾವು ತನಿಖೆ ಮಾಡಬೇಕು"

ಶರತ್ ತರ್ಕಿಸಿದ.

"ಓ.ಕೆ ಮುಂದಿನ ಸಸ್ಪೆಕ್ಟ್?"

"ತಾತ ಸತ್ತರೆ ಅಸ್ತಿಯೆಲ್ಲಾ ತನ್ನದೇ ಅನ್ನೋ ವಿಚಾರ ಕೃಷ್ಣನಿಗೆ ಸ್ಪಷ್ಟವಾಗಿ ಗೊತ್ತು. ಅದರೆ ಅದಕ್ಕಾಗಿ ತಾತ ಸಾಯುವವರೆಗೂ ಕಾಯಬೇಕು. ಯಶವಂತರಾಯರು ಸಾಕಷ್ಟು ಆರೋಗ್ಯದಿಂದ ಇದ್ದರು. ಅವರ ಸಾಯುವವರೆಗೆ ಕಾಯುವ ವ್ಯವಧಾನವಿಲ್ಲದೆ ಹಣಕ್ಕೋಸ್ಕರ ಕೃಷ್ಣ ಈ ಕೆಲಸ ಮಾಡಿರಬಹುದು. ಅಲ್ಲದೆ ಯಶವಂತರಾಯರು ಕೊನೆಯುಸಿರೆಳೆದ ದಿವಸ ಅವನು ಇಲ್ಲಿರಲಿಲ್ಲ. ಬೆಂಗ್ಳೂರಲ್ಲಿದ್ದೇಂತ ಸುಳ್ಳು ಹೇಳಿರಬಹುದು. ಬೆಂಗ್ಳೂರಿಂದ ವಾಪಸ್ಸು ಬಂದು,

ಕೊಲೆ ಮಾಡಿ ಬೆಂಗಳೂರಿಗೆ ಹೋಗಿರಬಹುದು"

"ಓ.ಕೆ...ಕೃಷ್ಣನ್ನ ಸಸ್ಪೆಕ್ಟ್ ನಂಬರ್ ಒಂದೂಂತ ಇಟ್ಕೊಬಹುದು. ಗಂಗಾಧರ ಸಸ್ಪೆಕ್ಟ್ ನಂಬರ್ ಟೂ..ಮುಂದೆ?"

"ಸಸ್ಪೆಕ್ಟ್ ನಂಬರ್ ಮೂರು: ರಾಮಣ್ಣ"

"ಹೇಗೆ?"

"ಕೃಷ್ಣ ಮತ್ತು ಚಿತ್ರರಿಗೆ ಮದುವೆ ಮಾಡಲೇಬೇಕೂನ್ನೋ ನಿರ್ಧಾರ ರಾಮಣ್ಣನದು. ಅದಕ್ಕೆ ಯಶವಂತರಾಯರು ಅಡ್ಡಿಯಾಗಿದ್ದಿರಬಹುದು. ತನ್ನ ಮಗಳು ಚಿತ್ರಾಳನ್ನು ಕೃಷ್ಣನಿಗೆ ಮದುವೆ ಮಾಡಿಸಿದರೆ ಆಸ್ತಿಯ ಮೇಲೆ ಪರೋಕ್ಷವಾಗಿ ತಮಗೆ ಹಕ್ಕು ಬರುತ್ತದೆ. ಅದಕ್ಕೆ ಯಶವಂತರಾಯರು ಅಡ್ಡಿ. ಅದಕ್ಕೆ ಯಶವಂತರಾಯರ ಉಸಿರು ಅಡಗಿಸಿರಬಹುದು"

"ಮುಂದುವರಿಸು"

"ನಂಬರ್ ನಾಲ್ಕು: ಮೂರ್ತಿ!"

"ಮೂರ್ತೀನೆ? ಅವನೇ ಕೇಸು ಸಾಲ್ವ್ ಮಾಡೀಂತ ನಮಗೆ ಹಣ ಕೊಟ್ಟಿದಾನೆ ಅಂತಾದ್ರಲ್ಲಿ ಅವನೇ ಈ ಕೊಲೆ ಮಾಡಿದಾನೇಂತೀಯ?"

"ಇರಬಹುದು. ಯಶವಂತರಾಯರ ಆಸ್ತಿಯೆಲ್ಲಾ ಮೊಮ್ಮಗ ಕೃಷ್ಣನಿಗೆ ಸೇರೋದು ಅನ್ನೋ ವಿಷಯ ಗೊತ್ತು. ಅದರಿಂದ ತನಗೇನೂ ಬರಲಾರದು ಎಂಬ ಅನುಮಾನ ಅವನಿಗಿದ್ದಿರಬಹುದು. ಯಶವಂತರಾಯರು ಸತ್ತರೆ ತನ್ನ ಹೆಂಡತಿ ಕಡೆಯಿಂದ ಆಸ್ತಿ ಕೇಳಬಹುದು. ನ್ಯಾಯಾಲಯಕ್ಕೆ ಹೋದರಂತೂ ಒಂದು ಪಾಲಂತೂ ಸಿಕ್ಕೇ ಸಿಗುತ್ತೆ. ಆದರೆ ಪೂರ್ತಿ ಸಿಗುವುದಿಲ್ಲ! ಕೃಷ್ಣ ಅದಕ್ಕೆ ಪ್ರತಿರೋಧ ಒಡ್ಡುತ್ತಾನೆ. ಪೂರಾ ಆಸ್ತಿಯ ಮೇಲೆ ಮೂರ್ತಿಯ ಗಮನ"

"ಇಲ್ಲ. ಈ ಯೋಚನೆ ತಪ್ಪು. ಯಶವಂತರಾಯರು ಸತ್ತರೂ ಕೃಷ್ಣ ಉಳಿಯುತ್ತಾನೆ. ಆಮೇಲೆ ಅವನನ್ನೂ ಮುಗಿಸಿದರೆ ಮಾತ್ರ ಆಸ್ತಿಯ ಪೂರಾ ಒಡೆತನ! ಅದು ಸರಿ, ಮೂರ್ತಿಯ ವಿಷಯದಲ್ಲಿ ನಿಂಗೆ ಅನುಮಾನ ಬರೋದಕ್ಕೆ ಕಾರಣ ಏನು?"

"ಯಶವಂತರಾಯರು ಸಾಯೋ ಹಿಂದಿನ ದಿವಸ ತಗೊಂಡ ಮಾತ್ರೆ ವಿಷಯ ಮಾತಾಡೋವಾಗ ಅವನು ಕೊಂಚ ಹೆದರಿದ್ದಂತೆ ಕಂಡಿತು"

"ಬರೀ ಅವರಷ್ಟೇ ಏಕೆ? ರಾಮಣ್ಣ ಕೂಡ ಹೆದರಿದ್ದಂತೆ ಇತ್ತು. ಇದೇ ವಿಷಯಕ್ಕೆ ರಾಮಣ್ಣನ ಮೇಲೂ ಅನುಮಾನ ಬರಬಹುದು"

"ಇಲ್ಲ, ಮಾತ್ರೆ ವಿಷಯ ಬಂದರೆ ಇಲ್ಲಿ ಮುಖ್ಯವಾದ ಗುಮಾನಿ ಬರೋದು ಮೂರ್ತಿಯ ಮೇಲೆ. ಮಾತ್ರೇನ ಕೆಮಿಕಲ್ ಅನಾಲಿಸಿಸ್ ತಾನೇ

ಮಾಡಿಸ್ತೀನೀಂತ ತಗೊಂಡಿದಾನೆ"

"ಹಾಗಾದರೆ ಲ್ಯಾಬ್ ರಿಪೋರ್ಟ್ ಮೂರ್ತಿ ಬದಲಾಯಿಸಿಕೊಂಡು ತರ್ತಾನೇಂತ ಅನ್ನಿಸುತ್ತೆ"

"ಅಷ್ಟಾದ್ರೆ ಯಶವಂತರಾಯರ ಸಾವಿನಲ್ಲಿ ಮೂರ್ತಿಯ ಹಸ್ತ ಇದೇನ್ನೋದು ಖಚಿತವಾಗುತ್ತೆ..."

ಇಬ್ಬರ ನಡುವೆ ಮಾತುಕತೆ ನಡೆಯುತ್ತಿರುವಾಗ ಬಾಗಿಲು ಬಡಿದ ಶಬ್ದ ಕೇಳಿಸಿತು. ವಿಕ್ರಮ್ ಶರತ್ ಕಡೆ ನೋಡಿದ..ಯಾರಿರಬಹುದು ಪ್ರಶ್ನೆ ಮೂಡಿತು?

ಶರತ್ ಎದ್ದುಹೋಗಿ ಬಾಗಿಲು ತೆರದ. ಬಂದವನನ್ನು ನೋಡಿ ಇಬ್ಬರಿಗೂ ಅಚ್ಚರಿ. ಬಂದಿದ್ದವನು ಕೃಷ್ಣ!

"ನನ್ನನ್ನು ನೋಡಿ ಆಶ್ಚರ್ಯ ಆಗಿರಬೇಕಲ್ಲ?" ಬಂದಾತ ಕೇಳಿದ.

"ಆಗಿರಬಹುದು, ಹೇಳಿ, ತಾವು ಬಂದ ಉದ್ದೇಶ?"

"ಒಳಗೆ ಬರಬಹುದೇ?" ಕೃಷ್ಣ ಅನುಮತಿ ಕೇಳಿದ

"ಇದು ನಿಮ್ಮ ಮನೆ. ಒಳಗೆ ಬರೋಕೆ ಅನುಮತಿ ಅವಶ್ಯಕತೆ ಇಲ್ಲ"

"ಥ್ಯಾಂಕ್ಸ್, ಸ್ವಲ್ಪ ಹೊತ್ತು ಮುಂಚೆ ಡೈನಿಂಗ್ ಹಾಲ್ನಲ್ಲಿ ನಾನು ಒರಟಾಗಿ ಮಾತಾಡಿದೆ. ಸಾರಿ ನಾನು ಹಾಗೆ ಮಾತಾಡಬಾರದಿತ್ತು. ಯಾವುದೋ ಮೂಡಲಿದ್ದೆ. ಹಾಗಾಗಿ ನೀವು ಪ್ರಶ್ನೆ ಕೇಳಿದಾಗ ಕೋಪ ಬಂದು ಹಾಗೆ ಮಾತಾಡಿದೆ"

ಕೃಷ್ಣನ ಹೊಸ ವರಸೆ ಪತ್ತೆದಾರರಿಬ್ಬರಿಗೂ ಅಚ್ಚರಿಯನ್ನುಂಟು ಮಾಡಿತು.

"ಪರವಾಗಿಲ್ಲ ಮಿಸ್ಟರ್ ಕೃಷ್ಣ, ಇಲ್ಲಿ ನಮಗೂ ನಿಮಗೂ ವೈಯುಕ್ತಿಕವಾಗಿ ಆಗಬೇಕಾದದ್ದು ಏನೂ ಇಲ್ಲ. ನಾವು ಪ್ರೊಫೆಷನಲ್ ಡಿಟೆಕ್ಟೀವ್ಸ್. ಇಂತಹ ಸನ್ನಿವೇಶಗಳು ನಮಗೆ ಹೊಸದೇನೂ ಅಲ್ಲ"

ವಿಕ್ರಮ್ ಸಮಾಧಾನದಿಂದ ಹೇಳಿದ.

"ನೋಡಿ, ನನ್ನಿಂದ ಈ ಕೇಸ್ ಸಾಲ್ವ್ ಮಾಡೋಕೆ ಎಷ್ಟು ಸಹಾಯ ಬೇಕೋ ಅದನ್ನೆಲ್ಲ ನಾನು ಮಾಡೋಕೆ ಸಿದ್ಧನಾಗಿದ್ದೇನೆ. ಆದರೆ ಒಂದು ವಿಷಯ: ನೀವು ಯಾವುದೇ ಕಾರಣಕ್ಕೂ ನನ್ನ ವೈಯಕ್ತಿಕ ಬದುಕಿನೊಳಗೆ ಪ್ರವೇಶಿಸಬಾರದು, ಅದು ನನಗೆ ಇಷ್ಟವಾಗುವುದಿಲ್ಲ. ಅದನ್ನು ಬಿಟ್ಟು ನೀವು ಏನೇ ಕೇಳಿದರೂ ನಾನು ಉತ್ತರಿಸೋಕೆ ಸಿದ್ಧನಾಗಿದ್ದೇನೆ"

ಕೃಷ್ಣ ಮಧ್ಯಾಹ್ನದ ಸಮಯದಲ್ಲಿ ಮಾತನಾಡಿದಷ್ಟು ಒರಟಾಗಿ ಉತ್ತರ ನೀಡದಿದ್ದರೂ ತನ್ನ ಖಾಸಗಿ ಜೀವನದಲ್ಲಿ ಯಾರೋ ಪ್ರವೇಶಿಸಬಾರದು ಎಂಬುದನ್ನು ಖಡಕ್ಕಾಗಿ ಹೇಳಿದ್ದ.

"ನೋಡಿ ಮಿಸ್ಟರ್ ಕೃಷ್ಣ, ನಿಮ್ಮ ಖಾಸಗಿ ಬದುಕನ್ನು ಪ್ರವೇಶಿಸಲೇಬಾರದು ಎಂದು ಹೇಳ್ತಿದ್ದೀರಿ. ಆದರೆ ಕೇಸಿಗೆ ಸಂಬಂಧಿಸಿದ ಕೆಲವು ವಿಚಾರಗಳನ್ನು ತಿಳಿಯಬೇಕಾದರೆ ಕೆಲವು ಸಲ ಖಾಸಗಿ ಬದುಕಿನ ಎಲ್ಲೆಯನ್ನೂ ದಾಟಬೇಕಾಗುತ್ತದೆ. ಅದನ್ನು ನಾವು ಬೇಕಾಗಿ ಮಾಡೋದಿಲ್ಲ. ಆದರೆ ಆ ರೀತಿ ಮಾಡಲೇಬೇಕಾಗಿ ಬಂದಾಗ, ನೀವು ತಪ್ಪು ತಿಳಿಯಬಾರದು.ನಾನು ನೇರವಾಗಿ ಹೇಳುತ್ತಿದ್ದೇನೆ"

ವಿಕ್ರಮ್ ನೇರವಾಗಿ ಹೇಳಿದ. ಮಾತಿನಲ್ಲಿ ಖಚಿತತೆ ಇತ್ತು!

"ಮತ್ತೆ ವಿಷಯ ಅಲ್ಲಿಗೇ ಬಂತಲ್ಲ? ಬ್ಯಾಕ್ ಟು ಸ್ಕ್ವೆಯೆರ್ ಒನ್ ಅಂತಾರಲ್ಲ ಹಾಗಾಯ್ತು. ನಾನು ಹೇಳಿದ್ದು ನಿಮಗೆ ಅರ್ಥವಾಗಲಿಲ್ಲವೇ? ಮತ್ತೊಮ್ಮೆ ಹೇಳುತ್ತಿದ್ದೇನೆ. ನನ್ನ ಖಾಸಗಿ ಬದುಕು ನನ್ನದು, ನನ್ನದು ಮಾತ್ರ! ಅದನ್ನು ಪ್ರಶ್ನಿಸುವ ಅಥವಾ ಕೆದಕುವ ಸ್ವಾತಂತ್ರವನ್ನು ತೆಗೆದುಕೊಳ್ಳಬೇಡಿ. ಅದರ ಪರಿಣಾಮ ಕೆಟ್ಟದಾಗಿರುತ್ತದೆ"

ಕೃಷ್ಣ ಖಡಕ್ಕಾಗಿ ಹೇಳಿದ. ಮೊದಲಿನ ಅವನ ಮೃದು ಸ್ವಭಾವ ಮಾಯವಾಗಿತ್ತು. ಬಹಳ ನಿಷ್ಠುರವಾಗಿ ನುಡಿದ.

"ಕೃಷ್ಣ, ನೀವು ಮಕ್ಕಳನ್ನು ಹೆದರಿಸಿದ ಹಾಗೆ ನಮ್ಮನ್ನು ಹೆದರಿಸುತ್ತಾ ಇದ್ದೀರಲ್ಲ?" ವಿಕ್ರಮ್ ನಸುನಗುತ್ತಾ ಕೇಳಿದ.

"ನೀವು ಏನಾದರೂ ತಿಳಿದುಕೊಳ್ಳಿ ಇದು ನನ್ನ ರೀತಿ"

ಇಷ್ಟು ಹೇಳಿದ ಕೃಷ್ಣ ವೇಗವಾಗಿ ಹಿಂತಿರುಗಿದ.

"ಶರತ್ ಬಾಗಿಲು ಹಾಕು" ವಿಕ್ರಮ್ ಆದೇಶಿಸಿದ.

ಶರತ್ ಬಾಗಿಲು ಹಾಕಿ ಬಂದ.

"ಏನ್ಸಾರ್? ಇವರು ಹೀಗೆ ಧಮಕೀ ಹಾಕ್ತಾರೆ?"

"ಕೆಲವರ ರೀತಿ ಹಾಗೇನೆ? ಐದು ಬೆರಳು ಒಂದೇ ಸಮ ಇರೋದಿಲ್ಲ"

"ಯಶವಂತರಾಯರ ಕೊಲೆಯಲ್ಲಿ ಕೃಷ್ಣನ ಪಾತ್ರ ಇರಬಹುದೇ?" ಶರತ್ ಕೇಳಿದ.

"ನಿನಗೆ ಏನನ್ನಿಸುತ್ತೆ?"

"ಕೃಷ್ಣ ಒರಟ. ಏನು ಮಾಡಲೂ ಹೇಸುವುದಿಲ್ಲ ಅನಿಸುತ್ತಿದೆ"

"ನೋಡೋಣ ಅದು ಬೇಗನೆ ಗೊತ್ತಾಗುತ್ತೆ. ಈಗ ನಾವು ನಮ್ಮ ಮುಂದಿನ ಕೆಲಸ ನೋಡೋಣ. ಶರತ್, ನಾವೀಗ ತುಂಬಾ ಚುರುಕಾಗಿ ಕೆಲಸ ಮಾಡ್ಬೇಕು. ಯಶವಂತರಾಯರ ಕೊಲೆಗಾರನ್ನ ಹಿಡಿಯೋದಕ್ಕಿಂತ ಮುಖ್ಯವಾದ ಕೆಲಸ ಅಂದ್ರೆ ದೇಹಾನ ಪತ್ತೆ ಹಚ್ಚೋದು. ನೀನು ರಹಸ್ಯವಾಗಿ ನಾನು ಹೇಳೋ

ಕೆಲಸಗಳನ್ನು ಮಾಡ್ಬೇಕು"

ವಿಕ್ರಮ್ ತನ್ನ ಜೂನಿಯರ್‌ಗ ಜವಾಬ್ದಾರಿಯುತವಾದ ಕೆಲವು ಕೆಲಸಗಳನ್ನ ವಹಿಸಿದ.

***

ಅದು, ಯಶವಂತರಾಯರ 'ಮಂದಾರ' ತೋಟದ ಮನೆಯಿಂದ ಒಂದು ಕಿಲೋಮೀಟರು ದೂರದಲ್ಲಿ ಶ್ರಮಿಕವರ್ಗದವರು ವಾಸಿಸಿಸುವ ಒಂದು ಸಣ್ಣ ಬಡಾವಣೆ. ಆ ಬಡಾವಣೆಗೆ ಅವರಿಟ್ಟುಕೊಂಡಿದ್ದ ಹೆಸರು ಗಾಂಧಿನಗರ. ಸುಮಾರು ಇಪ್ಪತ್ತಕ್ಕೂ ಹೆಚ್ಚು ಮನೆಗಳಿರಬಹುದು ಎಂದು ಶರತ್ ಅಂದಾಜು ಮಾಡಿದ. ಇಲ್ಲಿಯೇ ರಾಮಣ್ಣ ಹೇಳಿದ ಕೂಲಿಯಾಳು ಗಂಗಾಧರನ ವಾಸ.

ಅದು ಒಂದಂಕಣದ ಮನೆ. ಯಾವುದೋ ಸರ್ಕಾರದ ಯೋಜನೆಯಲ್ಲಿ ಬಡವರಿಗೆಂದು ಕಟ್ಟಿಕೊಟ್ಟಿದ್ದ ಮನೆ. ಮನೆ ಕಟ್ಟಿದಾಗ ಹೇಗೆ ಹಸ್ತಾಂತರಿಸಿದ್ದರೋ ಅದಾದ ನಂತರ ಅದಕ್ಕೆ ಸುಣ್ಣ ಬಣ್ಣ ಮುಂತಾದುವನ್ನು ಫಲಾನುಭವಿಗಳು ಮಾಡುವ ಗೋಜಿಗೆ ಹೋಗಿರಲಿಲ್ಲ. ಮನೆಗಳು ಶಿಥಿಲವಾಗುತ್ತಿದ್ದವು. ಸರ್ಕಾರದ ಯೋಜನೆಯನ್ನು ಅನುಷ್ಠಾನಗೊಳಿಸಿದ ಗುತ್ತಿಗೆದಾರ ಸಾಕಷ್ಟು ಹಣ ನುಂಗಿರುವುದನ್ನು ಮನೆಯ ಗುಣಮಟ್ಟ ಸಾರಿ ಹೇಳುತ್ತಿತ್ತು.

ಮೊದಲು ಸಿಕ್ಕ ಮನೆಯಲ್ಲಿ ಶರತ್ ವಿಚಾರಿಸಿದ. ಹಿಂದಿನ ಬೀದಿಯಲ್ಲಿ ಮೂರನೆಯ ಮನೆ ಗಂಗಾಧರನದು ಎಂದು ಮಾಹಿತಿ ಸಿಕ್ಕಿತು. ಶರತ್ ಆತ ನಿರ್ದೇಶಿಸಿದ ಜಾಗವನ್ನು ತಲುಪಿದ.

ಮನೆಯನ್ನು ಸಮೀಪಿಸುತ್ತಲೇ ಜೋರು ದನಿಯಲ್ಲಿ ಗಂಡಸು, ಹೆಂಗಸು ಜಗಳವಾಡುತ್ತಿರುವಂತ ಮಾತುಗಳು ಕೇಳಿದವು. ಬಾಗಿಲು ತೆರೆದಿತ್ತು. ಬಾಗಿಲಿಗೆ ಎದುರಿಗೆ ಕಂಡ ಗಂಡಸೇ ಗಂಗಾಧರ ಇರಬಹುದು ಎಂದು ಹೂಹಿಸಿದ ಶರತ್.

"ಉಸಿರೆತ್ತಿದ್ರೆ ಒದ್ದು ಆಚೆ ಹಾಕ್ತೀನಿ ಉಷಾರ್. ನಾನೂ ಬಾಳ ತಡಕೊಂಡಿವ್ನಿ. ಇನ್ನಾಗಾಕಿಲ್ಲ ಕಣಮ್ಮಿ.."

ಕಿರುಚುತ್ತಿದ್ದ ಗಂಡಸು ಬಾಗಿಲಾಚೆ ನಿಂತಿದ್ದ ಶರತ್ ನೋಡಿ ಕಿರಿಚಾಟ ನಿಲ್ಲಿಸಿದ.

"ಯಾಕಾ..ಸುಮ್ಕಾದೆ? ಬಿಕನಾಸಿ..ನಾಲ್ಕು ಕಾಸು ಸಂಪಾದ್ನೆ ಮಾಡೋ ಯೋಗ್ಯತೆ ಇಲ್ಲ..ನನ್ನ ಆಚೆಗಾಕ್ತೀಯ?" ಹೆಂಗಸಿನ ದನಿ ಕೇಳಿಸಿತು. ಆದರೆ ಆಕೆ ಕಾಣಿಸಲಿಲ್ಲ.

"ಯಾರೋ ಬಂದವ್ರೆ! ಬಾಯ್ಮುಚ್ಕಾ.." ಗಂಡಸು ಎಚ್ಚರಿಸಿ ಆಚೆ ಬಂದ.

"ಯರ್‌ಬೇಕಾಗಿತ್ತು...?" ಶರತ್‌ನನ್ನು ಕೇಳಿದ.

"ಗಂಗಾಧರ ಅನ್ನೋರನ್ನ ನೋಡ್ಬೇಕಿತ್ತು.." ಶರತ್ ತಾನು ಸರಿಯಾದ ಸಮಯಕ್ಕೆ ಬಂದಿಲ್ಲ ಎನ್ನುವುದನ್ನು ನೆನಪಿಟ್ಟುಕೊಂಡು ಹೇಳಿದ.

"ನಾನೇಯ ಗಂಗಾಧರ. ಏನ್ಬೇಕಿತ್ತು..?"

"ಸ್ವಲ್ಪ ಮಾತಾಡ್ಬೇಕಿತ್ತು.."

"ಮಾತಾಡಿ.."

"ಇಲ್ಬೇಡ..ಸ್ವಲ್ಪ ದೂರ ಹೋಗಿ ಮಾತಾಡೋಣ.."

"ಅಂಥಾದ್ದೇನು...?"

"ಬನ್ನಿ ಹೇಳ್ತೀನಿ.."

"ಲೇ..ಯಾರೋ ಬಂದವ್ರೆ..ನಾಕೆಜ್ಜೆ ಹೋಗಿ ಬತ್ತೀನಿ.."

ಒಳಗಿದ್ದ ಹೆಂಗಸಿಗೆ ಕೂಗಿ ಹೇಳಿದ.

"ಹಾಳಾಗಿ ಹೋಗು. ಮತ್ತೆ ಬಂದ್ಗಿಂದೀಯ..?"

ಒಳಗಿಂದ ಹೆಂಗಸು ಚೀರಿತು!

"ಬಂದಾಗ್ಯೆತೆ ನಿಂಗೆ ಮಾರಿ ಹಬ್ಬ..! ಏ..ನಡೀರಿ ಸಾರ್..ಇವ್ಳದ್ದು ದಿನಾ ಇದೇ ರಾಮಾಯಣ.."

ಎಂದಾತ ಮುಂದೆ ನಡೆಯತೊಡಗಿದ.

ಸುಮಾರು ಐವತ್ತು ಹೆಜ್ಜೆ ಅವರು ಮಾತಿಲ್ಲದೆ ನಡೆದರು. ಅಲ್ಲೊಂದು ಅರಳಿಕಟ್ಟೆ ಹತ್ತಿರ ಅವನು ನಿಂತ.

"ಇಲ್ಲೇ ಕುಂತ್ಕಳಿ. ಅದೇನೋ ಹೇಳಿ"

ಶರತ್ ಅವನು ಕೈತೋರಿಸಿದ ಕಡೆ ಕೂತು ಗಂಗಾಧರನ ಕಡೆ ನೋಡಿದ. ಅವನು ಕಟ್ಟುಮಸ್ತಾದ ಆಳು. ಕಡು ಕಪ್ಪು ಬಣ್ಣ, ಒಂದು ಹಳೆಯ ಜೀನ್ಸು, ಟೀ-ಷರ್ಟು ತೊಟ್ಟಿದ್ದ. ಟೀ ಷರ್ಟು ಚಿಕ್ಕದಾಗಿ ಬಿಗಿಯುತ್ತಿತ್ತು. ಅಂದರೆ ಅದು ಯಾರೋ ಕೊಟ್ಟಿರುವ ಟೀ-ಷರ್ಟು. ಬಹುಶಃ ಕೃಷ್ಣ ಕೊಟ್ಟಿರಬಹುದೆ. ಮಾತು ನೋಟದಲ್ಲಿ ಶುದ್ಧ ಒರಟ ಗಂಗಾಧರ.

"ಸಿಗ್ರೇಟು ಸೇದ್ತೀಯಾ..?"

ಶರತ್ ಜೇಬಿಂದ ಸಿಗರೇಟ್ ಪ್ಯಾಕ್ ತೆಗೆದು ಒಂದು ತಾನು ತೆಗೆದುಕೊಂಡು ಬಾಯಲ್ಲಿಟ್ಟುಕೊಂಡು ಉಳಿದ ಪ್ಯಾಕನ್ನು ಗಂಗಾಧರನ ಕೈಗಿತ್ತ.

"ಎಲ್ಲಾ ನಿಂಗೇ ತಗೋ.." ಪ್ಯಾಕಿನಲ್ಲಿ ಒಂದು ಸಿಗರೇಟು ಎತ್ತಿಕೊಂಡು ಉಳಿದದ್ದು ವಾಪಸ್ಸು ಕೊಡಲು ಬಂದ ಗಂಗಾಧರನಿಗೆ ಹೇಳಿದ ಶರತ್. ಗಂಗಾಧರನ ಮುಖ ಅರಳಿತು.

"ನೀವು ಯಶವಂತಪ್ಪನ ಹೆಣ ಹುಡುಕೋಕೆ ಬಂದವ್ರಲ್ವಾ..?"

ಗಂಗಾಧರ ತಾನಾಗೇ ಕೇಳಿದ.

"ಹೌದು. ನಿನಗೆ ಹೇಗೆ ಗೊತ್ತಾಯ್ತು?"

ಶರತ್ ಅಚ್ಚರಿಯಿಂದ ಕೇಳಿದ.

"ನಮ್ಮೂರಿಗೆ ಯಾರ್ಬಂದ್ರೂ ಗೊತ್ತಾಗ್ತೈತೆ. ಅದ್ರಾಗೆ ಯಶವಂತಪ್ಪನ ಇಶಯದಾಗೆ ನಡೆಯೋದೆಲ್ಲಾ ಗೊತ್ತಾಗಕಿಲ್ವಾ?" ಗಂಗಾಧರನ ಮಾತಿಗೆ ಶರತ್ ಬೆರಗಾದ.

"ಯಶವಂತರಾಯ್ರು ಸಾಯೋ ದಿನ ಅವರ ಜೊತೆ ನಿಂಗೆ ಜಗಳ ಆಯ್ತಂತೆ..?"

ಶರತ್ ತೀರಾ ಸಾಮಾನ್ಯ ವಿಷಯ ಕೇಳುವಂತೆ ಕೇಳಿದ.

"ಓ..ಅದ್ಕೇ..ನಾನೇ ಅವರ್ನ ಕೊಲೆ ಮಾಡ್ದೇಂತ ಬಂದಿದೀರಾ..? ಸತ್ಯಾಗ್ಲೂ ಹೇಳ್ತೀನಿ. ಆವಯ್ಯನ್ನ ಕೊಲೆ ಮಾಡ್ಬೇಕೂನ್ನಿಸಿತ್ತು. ಅದ್ಕೂ ಮುಂಚೆ ಯಾವನೋ ಕೊಲೆ ಮಾಡವ್ನೆ! ಈಟಕ್ಕೂ ಆವಯ್ಯನ್ನ ಸಾಯ್ಸಿದ್ರೆ ನಂಗೇನು ಸಿಕ್ಕಾತು..ಲೊಟ್ಟೆ!"

"ಇಲ್ಲ..ನೀನು ಕೊಲೆ ಮಾಡ್ದೇಂತ ನಾನು ಹೇಳಿದ್ನಾ..? ಇಲ್ವಲ್ಲ..? ಅದಿರ್ಲಿ..ಅವತ್ತು ನೀನೆಲ್ಲಿದ್ದೆ..?"

"ಇನ್ನೆಲ್ಹೋಗ್ಲಿ..ಇಲ್ಲೇ ನನ್ನ ಬಿಡಾರ್ದಾಗೇ ಬಿದ್ದಿದ್ದೆ"

"ಹೋಗ್ಲಿ..ಜಗಳ ಯಾಕಾಯ್ತು..?"

"ಇನ್ನೇನ್ಬುದ್ಧಿ..? ನಂಗೆ ಕೊಡೋ ಕೂಲೀನಾ ನನ್ನ ಕೈಲಿಕ್ದೆ ನೆನ್ನೆಂಡ್ರಿಗೆ ಕೊಡ್ತಿದ್ದ. ಅದ್ಕೇ ಜಗಳ..ನನ್ನ ಕೂಲಿ ದುಡ್ಡು ನಂಗ್ಕೊಡ್ಬಿಡು ಅಂತ"

ಗಂಗಾಧರ ಹೆಂಡತಿ ಜೊತೆಯಲ್ಲಿ ಜಗಳವಾಡಿದ್ದರ ಮೂಡಿಂದ ಹೊರಗೆ ಬಂದಿರಲಿಲ್ಲ.

ನಾನು ಬಂದ ಸಮಯ ಸರಿಯಾಗಿಲ್ಲ ಎಂದು ಶರತ್ ಪೇಚಾಡಿದ. ಒಳಗೆ ಜಗಳ ನಡೆಯುತ್ತಿರುವುದರ ಸೂಚನೆ ಸಿಕ್ಕ ತಕ್ಷಣ ಹಿಂದಿರುಗಿಬಿಡಬೇಕಿತ್ತು. ಇನ್ನೊಮ್ಮೆ ಬಂದು ಇವನನ್ನು ವಿಚಾರಿಸಬಹುದಿತ್ತು. ಗಂಗಾಧರ ಜಗಳಕ್ಕೆ ಕೊಟ್ಟ ಕಾರಣ ಕ್ಷುಲ್ಲಕವಾಗಿತ್ತು. ಬಹುಶಃ ಈ ಮನುಷ್ಯ ತಾನು ದುಡಿದದ್ದನ್ನ ಕುಡಿದು ಹಾಳ್ಮಾಡುತ್ತಿದ್ದಿರಬೇಕು. ಅದನ್ನು ಇವನ ಹೆಂಡತಿ ಯಶವಂತರಾಯರಲ್ಲಿ ಹೇಳಿರಬೇಕು. ಅದಕ್ಕೇ ಇವನ ಕೂಲಿ ಹಣ ಹೆಂಡತಿಗೆ ಸಿಗುವಂತೆ ಮಾಡಿರಬೇಕು. ಆ ಸಂಬಂಧದಲ್ಲಿ ಯಶವಂತರಾಯರ ಜೊತೆ ಇವನು ಜಗವಾಡಿದ್ದಾನೆ ಎನ್ನುವುದು ಸ್ಪಷ್ಟವಾಗಿತ್ತು.

"ಅಂದ್ರೆ..ನಿನ್ನ ಕೂಲಿ ಹಣ ನಿಂಗೆ ಕೊಡ್ತಿರಲಿಲ್ಲವೆ..? ಪಾಪ..ನಿಂಗೂ ತುಂಬಾ ಕಷ್ಟ ಇರಬೇಕು..ತಗೋ..ಈ ನೋಟಿಟ್ಕೋ"

ಶರತ್ ನೂರರ ಒಂದು ನೋಟನ್ನು ಅವನ ಮುಂದೆ ಹಿಡಿದ.

"ಏ..ಬ್ಯಾಡ್ರ..ನಂಕಷ್ಟಕ್ಕೆ ನೀವ್ಯಾಕೆ ತೊಂದ್ರೆ ತಕ್ಕೋತೀರಿ.."

ಎನ್ನುತ್ತಲೇ ನೋಟನ್ನು ಜೇಬಿನೊಳಕ್ಕೆ ಇಟ್ಟುಕೊಂಡು ಸಾವಕಾಶವಾಗಿ ಸಿಗರೇಟು ತುಟಿಯಲ್ಲಿಟ್ಟುಕೊಂಡು ಕಡ್ಡಿ ಕೊರೆದು ಹೊಗೆ ಊದಿದ.

"ಅದ್ನೇ ಬುದ್ಧಿ ನಾನು ಹೇಳಿದ್ದು. ಒಂದು ವಾರದ ಕೂಲಿ..ಕೊಡೊಲ್ಲ ನಿನ್ನ ಹೆಂಡ್ತಿಗೆ ಕಳಿಸ್ತೀನಿ ಅಂತ ಹೇಳಿದ್ರು. ನಂಗೆ ಶ್ಯಾನೆ ಕೋಪ ಬಂತು! ನೀನೇನು ನನ್ನೆಂಡ್ರು ಇಟ್ಕೊಂಡಿದ್ದೀಯಾಂದೆ! ಅದಕ್ಕೇ ಆವಯ್ಯಂಗೂ ಶಾನೆ ಕೋಪ ಬಂದಿತ್ತು! ಬಾರು ಕೋಲು ತಗೊಂಡು ಬೊಬ್ಬೆ ಬರೋ ಹಾಗೆ ಹೊಡೆದ! ನಾನು ಬಿಡ್ತೀನಾ..ಬಾರು ಕೋಲು ಕೈಗೆ ಕಿತ್ಕೊಂಡೆ! ನಾನೂ ನಾಕು ಇಕ್ಕಬೌದು. ಆದ್ರೆ ಮಾಡ್ನಿಲ್ಲ! ಪೋಲೀಸ್ ಕಂಪ್ಲೈಂಟು ಕೊಡ್ತೀನಿ ಅಂತ ಕಿರಿಚಿದೆ..ಅದಕ್ಕೆ ಕೊಂಚ ಹೆದರಿದ್ದ. 'ಲೇ..ನನ್ನ ಬಗ್ಗೆ ಸಮಾಜದಲ್ಲಿ ಎಂತಾ ಹೆಸರಿದೆ. ಧರ್ಮ ರತ್ನಾಕರ ಅಂತ ಬಿರುದು ಕೊಟ್ಟಿದ್ದಾರೆ. ನನ್ನ ಮೇಲೆ ಇಂತಾ ಕೆಟ್ಟ ಮಾತಾಡ್ತೀಯ..ನಾಳೆಯಿಂದ ನಿನಗೆ ನನ್ನ ತೋಟದಲ್ಲಿ ಕೆಲಸ ಇಲ್ಲ. ನಿನ್ನ ಸಂಸಾರಕ್ಕೆ ಒಳ್ಳೇದಾಗ್ಲೀ ಆ ಹೆಣ್ಮಗಳು ಉಪವಾಸ ಮಲ್ಗೋದು ಬ್ಯಾಡಾಂತ ನಾನು ನಿನ್ನ ಕೂಲಿ ಅವಳಿಗೆ ಕಳಿಸ್ತಿದ್ದೆ. ಇಷ್ಟಕ್ಕೂ ನಾನೇನು ನಿನ್ನ ಮನೆ ಬಾಗಿಲಿಗೆ ಬಂದಿಲ್ಲ. ಅಂತಾ ಹಲ್ಕಟ್ ಕೆಲ್ಸ ನಾನು ಮಾಡೊಲ್ಲ' ಅಂತ ಕಿರಿಚಾಡಿದ. ನಂಗ ಗೊತ್ತಿತ್ತು ಆಯಪ್ಪ ಅಂತಾವನಲ್ಲ ಅಂತ. ಆದ್ರೂ ಕೂಲಿ ವಸೂಲಿಯಾಗ್ಲೀಂತ ಅಂಗಂದೆ. ದಣಿದು ದುಡಿಯೋನಿಗೆ ಮೈಕೈನೋವು ಹೋಗಾಕೆ ಒಂದು ಪ್ಯಾಕೆಟ್ ಸಾರಾಯಿ ಹಾಕ್ಕೋಳ್ಳೋಕೂ ಕಾಸು ಸಿಗೊಲ್ಲ ಅಂದ್ಮಾಗೆ ಯಾಕೆ ದುಡೀಬೇಕು..ಆವಯ್ಯನ ಹತ್ರ..? ನಿನ್ನ ಸವಾಸ ಸಾಕು..ಈತನಕ ದುಡಿದಿರೋದು ಕೊಡೂಂದ್ರೂ ಆವಯ್ಯ ಜಗ್ಗಲಿಲ್ಲ. ಅದೆಂಗಾನ ಇರ್ಲಿ, ಈ ಜಗಳದ ಇಶ್ಯ ನಿಮಗ್ಯಾರು ಹೇಳಿದ್ದು..?"

ಗಂಗಾಧರ ತನ್ನ ಕೃತ್ಯಕ್ಕೆ ಸಮಜಾಯಿಸಿ ಕೊಟ್ಟಿದ್ದ.

"ಇನ್ಯಾರೋ..? ಆ ಮನೇಲಿರೋರು ಇಬ್ರು ಗಂಡಸರು.. ಅವರಲ್ಲೊಬ್ರು..ಹೇಳಿದ್ರು"

ಶರತ್ ಜಾಣತನದಿಂದ ಹೇಳಿದ. ರಾಮಣ್ಣನ ಹೆಸರಾಗಲೀ ಇಲ್ಲಾ ಕೃಷ್ಣನ ಹೆಸರನ್ನಾಗಲೀ ಹೇಳಲಿಲ್ಲ.

"ಆ ಮನೇಲಿರೋರು ಇಬ್ರಲ್ಲ ಮೂರ್ಜನ.." ಗಂಗಾಧರ ತಿದ್ದಿದ.

ತಾನು ಅಮಿಷವೊಡ್ಡಿದ ನೋಟು, ಸಿಗರೇಟು ಪ್ಯಾಕು ಕೆಲಸ ಮಾಡಿದೆ ಎಂದುಕೊಂಡ ಶರತ್.

"ಮೂರ್ಜನ ಯಾರೋ..?"

"ಏ..ನೀವು ಮೂರ್ತಪ್ಪನ್ನ ಬಿಟ್ಟೇಬಿಟ್ರಲ್ಲ..?"

"ಅವರು ಇಲ್ಲಿರೊಲ್ಲವಲ್ಲ..?"

"ಇಲ್ಲಾ ಹೆಚ್ಕಮ್ಮಿ ಇಲ್ಲೇ ಇರ್ತಾರೆ..ದೊಡ್ಡ ಗಂಟು ಯಾರಿಗ್ಬೇಡ..?"

"ಏನೋ ಹಂಗಂದ್ರೆ..?"

"ಏ..ಆಪಾಟಿ ಆಸ್ತಿಪಾಸ್ತಿ ಸುಮ್ಕೆ ಬಿಟ್ಟಾರಾ..?"

"ಅಂದ್ರೇನೋ..ನೀನು ಹೇಳೋದು..ಮೂರ್ತಿಗೆ ಆಸ್ತಿ ಮೇಲೆ ಕಣ್ಣಿದೆಯಾ..?"

"ಬುಟ್ಬುಟ್ಟಾರಾ..? ಮೂರ್ಜನಾನೂ ಹದ್ನಂಗೆ ಕಾದವ್ರೆ..ಮುದ್ಕ ಗೊಟಕ್ಕನ್ನಾದನ್ನ..ಮೂರ್ಜನದಾಗೇ ಯಾರೋ ಒಬ್ರು ಗುನ್ನ ಇಕ್ಕವ್ರೆ ಮುದ್ಕಂಗೆ.."

ಗಂಗಾಧರನ ವಿಚಾರ ಸುಳ್ಳು ಎನ್ನುವಂತಿರಲಿಲ್ಲ ಪರಿಸ್ಥಿತಿ. ಅವನ ಯೋಚನೆಯ ದಿಕ್ಕು ಸರಿಯಾಗೇ ಇತ್ತು. ಗಂಗಾಧರನ ಪಾತ್ರ ಯಶವಂತರಾಯರ ಕೊಲೆಯಲ್ಲಿ ಇಲ್ಲ ಎನ್ನುವುದು ಅವನ ಮಾತಿನಿಂದಲೇ ಸ್ಪಷ್ಟವಾಗಿತ್ತು.

'ಆವಯ್ಯನ್ನ ಸಾಯ್ಸಿದ್ರೆ ನಂಗೇನು ಸಿಕ್ಕಾತು..ಲೊಟ್ಟೆ!' ಎನ್ನುವ ಗಂಗಾಧರನ ಮಾತು ಕಿವಿಯಲ್ಲಿ ಮಾರ್ದನಿಸಿತು! ನಿಜ ಯಶವಂತರಾಯರು ಸತ್ತರೆ ಇವನಿಗೇನು ಸಿಕ್ಕೀತು? ಬರೀ ಅವರೊಂದಿಗೆ ಜಗಳವಾಡಿದ್ದ ಎನ್ನುವ ಒಂದೇ ಕಾರಣಕ್ಕೆ ಅವನು ಕೊಲೆ ಮಾಡುವ ಹಂತಕ್ಕೆ ಹೋಗುವುದಿಲ್ಲ ಎನಿಸಿತು. ಇಷ್ಟಕ್ಕೂ ಅವನೇನು ಸೇಡಿಗಾಗಿ, ಜಿದ್ದಿಗಾಗಿ ಕೊಲೆ ಮಾಡುವ ಮನುಷ್ಯನಾಗಿ ಕಾಣಲಿಲ್ಲ!

"ಆ ಮೂರ್ಜನದಲ್ಲಿ ಯಾರಾದ್ರೂ ಕೊಲೆ ಮಾಡಿದ್ದಾರೆ ಅಂತೀಯ..?"

ಗಂಗಾಧರನ ಬಾಯಿಂದ ಏನು ಬರಬಹುದು ಎಂದು ಶರತ್ ಕೇಳಿದ.

"ಏ..ನಾನಂಗೆಲ್ಲಾ ಏನೂ ಹೇಳಾಕಿಲ್ಲ.." ಗಂಗಾಧರ ಜಾಣನಂತೆ ಮಾತಾಡಿದ.

"ಊರಿನ ಜನ ಯಾರ್ಮೇಲೆ ಅನುಮಾನಪಡ್ತಿದ್ದಾರೆ..?"

ಶರತ್ ಅವನ ಬಾಯಿ ಬಿಡುಸುವ ಪ್ರಯತ್ನ ಮತ್ತೆ ಮಾಡಿದ.

"ಊರ್ಜನ ಏನೇಳ್ತಾರೆ ಅನ್ನೋದು ಬಿಟ್ಟಾಕಿ. ನೀವು ಹುಡ್ಕಿ..ಅದ್ಕೇ ಅಲ್ವವ್ರಾ ನೀವು ಬಂದಿರಾದು"

ಗಂಗಾಧರ ಒರಟನಂತಿದ್ದರೂ ಕಿಲಾಡಿತನವಿತ್ತು. ಯಶವಂತರಾಯರ ಬಳಿ ಅವನು ಜಗಳವಾಡಿ ರಾದ್ಧಾಂತ ಮಾಡಿದ್ದು ನಿಜವಾದ್ರೂ ಕೊಲೆ ಮಾಡುವಂತಾ ಕೆಲಸಕ್ಕೆ ಕೈಹಾಕಿಲ್ಲ ಎನ್ನುವುದು ಅವನ ಮಾತುಗಳಿಂದ ಶರತ್‌ಗೆ ಸ್ಪಷ್ಟವಾಯಿತು.

"ಹೋಗ್ಲಿ..ಅವರ ಮನೆಯವರಲ್ಲಿರೋ ಜನರ ಪೈಕಿ ಕೃಷ್ಣ ಎಂತ ಮನುಷ್ಯ?"

"ಆವಯ್ಯ ನಿಜವಾಗ್ಲೂ ಒಳ್ಳೇನೇ..ಆದ್ರೆ ಚಾಲು ಸರಿ ಇಲ್ಲ..ಅಂಗಂತಾ ಊರ ಜನ್ರಿಗೇನೂ ತೊಂದ್ರೆ ಮಾಡಿಲ್ಲ. ಅವ್ನ ಯವಾರ ಎಲ್ಲಾ ಊರ ಹೊರೀಕೆ..ಬಡಬಗ್ರೂಂದ್ರೆ ಧಾರಾಳವಾಗಿ ಕೈಬಿಚ್ತಾರೆ..ಒಂದ್ಸಲ ಅವನ ಕಾರು ಕೆಟ್ಹೋಗಿತ್ತು. ಮೂರು ಜನ ಸೇರ್ಕಂಡು ಮನೀತನಕ ತಳ್ಳಿದ್ದಕ್ಕೆ ಆವಯ್ಯ ತಲಾ ಐನೂರು ಕೊಟ್ಟಿದ್ದ! ವಾರ ಇಡೀ ಮಜಾ ಮಾಡಿದೆ! ಒಳ್ಳೇ ಮನ್ಸ "

ಕೃಷ್ಣನ ಬಗೆಗೆ ಗಂಗಾಧರ ಒಳ್ಳೇ ಸರ್ಟಿಫಿಕೇಟ್ ಕೊಟ್ಟ.

"ಅಂಗಾದ್ರೆ ಉಳಿದಿರೋರು ಇಬ್ರು..ಅವರಿಬ್ರಲ್ಲಿ ಒಬ್ಬರಿರಬಹುದೆ..?"

ಶರತ್ ಅವನ ಬಾಯಿ ಬಿಡಿಸಲು ಮತ್ತೊಂದು ಪ್ರಯತ್ನ ಮಾಡಿದ.

"ಮತ್ತೆ ತಿರ್ಗೊಂಡು ನನ್ನೇ ಕೇಳ್ತಿದ್ದೀರ..?" ಚಾಲಾಕುತನ ತೋರಿಸಿದ ಗಂಗಾಧರ.

"ಹೋಗ್ಲಿ ಬಿಡೋ..ನಿನಗೆ ಹೇಳೋಕೆ ಮನಸ್ಸಿಲ್ಲ. ಕೊನೇಪಕ್ಷ ಈ ಊರಲ್ಲಿ ಇನ್ಯಾರ ಹತ್ರಾನಾದ್ರೂ ಯಶವಂತರಾಯರಿಗೆ ಶತೃಗಳಿದ್ದಾರಾ..?"

"ದೊಡ್ಡ ಮನ್ಸುರಿಗೆ ಈ ಹಳ್ಳಿ ಸಣ್ಣದು. ಅವರ ದ್ವೇಶ ಕಟ್ಕೊಳ್ಳೋ ಅಂತಾವರು ಈ ಊರಾಗಿಲ್ಲ. ಹೊರಗೆ ಇದ್ರೂ ಇರಬೈದು. ಅವೆಲ್ಲಾ ನಂಗೆ ತಿಳ್ದಿಲ್ಲ"

"ಸರಿ ಗಂಗಾಧರ..ಈ ವಿಷಯದಲ್ಲಿ ಏನಾದ್ರೂ ಗೊತ್ತಾದ್ರೆ ನಂಗೊಂದು ಫೋನು ಮಾಡ್ತೀಯ..? ಇನಾಮೂ ಕೊಡ್ತೀನಿ..ತಗೋ ನನ್ನ ಫೋನ್ ನಂಬರು"

ಶರತ್ ಜೇಬಿಂದ ತನ್ನ ಕಾರ್ಡು ತೆಗೆದು ಗಂಗಾಧರನ ಕೈಗಿತ್ತ.

"ಇನ್ನೇನಾದ್ರೂ ಇದೆಯೇನೊ?"

ಕಾರ್ಡು ಕೈಲಿ ಹಿಡಿದು ತಲೆ ಕೆರೆದು ನಿಂತ ಗಂಗಾಧರನನ್ನು ನೋಡಿ ಶರತ್ ಕೇಳಿದ.

"ಇನ್ನೊಂದೈನೂರಿದ್ರೆ ಕೊಡಿ..ಮನೇಲಿ ಅಕ್ಕಿ ಬ್ಯಾಳೆ ಇಲ್ಲ. ಹೆಂಡ್ರು ಉಪಾಸ ಅವ್ಳೆ.."

"ಅಯ್ತು ಕೊಡ್ತೀನಿ..ಆದ್ರೆ ಎಲ್ಲಾ ಹೆಂಡಕ್ಕೇ ಸುರೀಬೇಡ. ಹೆಣ್ತಿ ಕೈಗೂ ಒಂದಿಷ್ಟು ಕೊಡು"

ಶರತ್ ಬುದ್ಧಿ ಹೇಳಿ ನೂರರ ಇನ್ನೆರಡು ನೋಟು ಅವನ ಕೈಗಿತ್ತ.

“ಏನಾದ್ರೂ ಸುದ್ದಿ ಸಿಕ್ಕಿದ್ರೆ, ಬೇರೆ ಇನ್ಯಾರಿಗೂ ಹೇಳ್ಬೇಡ ನೇರವಾಗಿ ನನಗೆ ತಿಳಿಸೋದು ಮರೀಬೇಡ”

ಮತ್ತೆ ಎಚ್ಚರಿಸಿದ.

“ಮರ್ಯಾರ್ಕಿಲ್ಲ. ಫೋನ್ ನಂಬರ್ ಐತಲ್ಲ..?”

ಗಂಗಾಧರ ಪೋಲೀಸಿನವರ ಹಾಗೆ ಸೆಲ್ಯೂಟ್ ಮಾಡಿದ. ಶರತ್ ನಗುತ್ತಾ ಹಿಂದೆ ತಿರುಗಿ ನಡೆಯತೊಡಗಿದ.

ಗಂಗಾಧರನನ್ನು ವಿಚಾರಿಸಿದ್ದು ಫಲಪ್ರದವಾಯಿತೆ? ತನ್ನ ಕೆಲಸ ತೃಪ್ತಿ ಕೊಟ್ಟಿತೆ? ಶರತ್ ತನ್ನನ್ನು ತಾನೇ ಕೇಳಿಕೊಂಡ!

"ಸಾರ್ ಒಂದು ನಿಮಿಷ"

ಶರತ್ ಹಿಂದೆ ತಿರುಗಿ ನೋಡಿದ. ತನ್ನ ಬೆನ್ನ ಹಿಂದೆ ಗಂಗಾಧರ ದನಿ ಕೇಳಿತು. ನಡೆಯುತ್ತಿದ್ದ ಶರತ್ ನಿಂತು ಹಿಂದೆ ತಿರುಗಿದ.

“ನಿಮ್ಗೆ ವೆಂಕಟರೆಡ್ಡಿ ಗೊತ್ತೆ?”

ಶರತ್ ಹತ್ತಿರಕ್ಕೆ ಬಂದು ಗಂಗಾಧರ ಕೇಳಿದ.

"ಯಾವ ವೆಂಕಟರೆಡ್ಡಿ? ನನಗೆ ಆ ಹೆಸರಿನೋರು ಯಾರೂ ಗೊತ್ತಿಲ್ಲ"

ಶರತ್ ಹೇಳಿದ.

"ಅವರ್ಯಾರೂ ನಿಮಗೆ ವೆಂಕಟರೆಡ್ಡಿ ವಿಷ್ಯ ಹೇಳಲೇ ಇಲ್ಲವಾ?"

ಗಂಗಾಧರ ಏನೋ ರಹಸ್ಯ ಹೇಳುವವರಂತೆ ದನಿ ತಗ್ಗಿಸಿ ಕೇಳಿದ.

"ಅವರೆಲ್ಲಾ ಅಂದ್ರೆ ಯಾರು? ವಿಷಯ ನೀನು ಹೇಳ್ತಿರೋದು?"

"ಅದೇ ಸಾರ್ ನನ್ನ ಮ್ಯಾಗೆ ಅನ್ಯಾನ ಬರೋಹಂಗೆ ಮಾಡಿ ನನ್ನತ್ರ ಕಳುಹಿಸಿದ್ರಲ್ಲ, ಅವರು?"

"ಯಾರೋ ನಿನ್ನ ಬಗ್ಗೆ ಹೇಳಿದಾರೆ ಅಂತ ನಿನಗೆ ಯಾಕೆ ಅನುಮಾನ?"

"ಇಲ್ಲದಿದ್ದರೆ ನೀವು ನನ್ನ ಹುಡುಕೊಂಡು ಬರ್ತಿದ್ರಾ ಈ ಕೊಂಪೆಗೆ?"

ಗಂಗಾಧರ ಮುಖದಲ್ಲಿ ಹುಸಿ ನಗೆ ಇತ್ತು. ಮಾತಿನಲ್ಲಿ ಕಿಚಾಯಿಸುವ ಪರಿ ಇತ್ತು.

"ಅದೆಲ್ಲ ಇರಲಿ, ನೀನು ವೆಂಕಟರೆಡ್ಡಿ ಬಗ್ಗೆ ಏನು ಹೇಳಬೇಕು ಅಂತಿದ್ದೀಯಾ ಅದನ್ನು ನೇರವಾಗಿ ಹೇಳು"

ಗಂಗಾಧರನ ಕೊಂಕು, ಸುತ್ತು ಬಳಸಿ ಮಾತನಾಡುವ ವಿಧಾನ ಶರತ್ ಸಹನ ಕಳೆದುಕೊಳ್ಳುವಂತಾಗಿತ್ತು.

"ವೆಂಕಟರೆಡ್ಡಿ ವಿಷಯ ನಿಮಗೆ ಹೇಳಿದರೆ ನಿಮಗೆ ಲಾಭವಾಗುತ್ತೆ! ನನಗೆ ಏನು ಸಿಗುತ್ತೆ?"

ಅವನ ಮಾತಿನ ಹಿಂದೆ ಇದ್ದ ಉದ್ದೇಶ ಶರತ್‌ಗ ಅರಿವಾಗಿತ್ತು. ಜೇಬಿನಿಂದ ಐನೂರು ರೂಪಾಯಿಯ ಒಂದು ನೋಟು ತೆಗೆದು ಗಂಗಾಧರನ ಮುಂದೆ ಹಿಡಿದ. ಒಂದಿಷ್ಟೂ ಸಂಕೋಚ ಪಡದೆ ಗಂಗಾಧರ ಅದನ್ನು ತೆಗೆದುಕೊಂಡು ತನ್ನ ಪ್ಯಾಂಟಿನ ಜೇಬಿಗೆ ಸೇರಿಸಿದ.

"ನಿನಗೆ ಲಾಭವಾಯಿತಲ್ಲ ಇನ್ನು ಹೇಳು ಯಾರು ವೆಂಕಟರೆಡ್ಡಿ? ಅವನಿಗೂ ಯಶವಂತರಾಯರಿಗೂ ಇರುವ ಸಂಬಂಧ ಏನು? ಕೇಸಲ್ಲಿ ಅವನ ಪಾತ್ರ ಏನು?"

"ವೆಂಕಟರೆಡ್ಡಿ ಮತ್ತು ಅವನ ತಂದೆ ತಾಯಿಗಳು ಹದಿನೈದು ವರ್ಷದ ಹಿಂದ ಆಂಧ್ರದ ಒಂದು ಕೊಂಪೆಯಿಂದ ಕೆಜಿ ಹಳ್ಳಿಗೆ ಬಂದ್ರು. ಅವರಾಗೆ ಬರಲಿಲ್ಲ, ಯಶವಂತಪ್ಪ ಅವರನ್ನು ಕರ್ಕೊಂಡು ಬಂದ. ದ್ರಾಕ್ಷಿ ತ್ವಾಟದಾಗೆ ಕೆಲಸ ಮಾಡಾಕೆ ಅವರನ್ನು ಇಟ್ಕುಕೊಂಡಿದ್ದ. ತ್ವಾಟದ ಒಂದು ಕಡೆ ಅವರಿಗೆ ಮನೆಗೆ ಕೂಡ ಕೊಟ್ಟಿದ್ದ. ಈ ಊರಿಗೆ ಬಂದಾಗ ವೆಂಕಟರೆಡ್ಡಿಗೆ ಹತ್ವಸ್ರ. ವೆಂಕಟರೆಡ್ಡಿ ತಂದೆ-ತಾಯಿ ನಿಯತ್ತಾಗಿ ಕೆಲಸ ಮಾಡ್ಕಂಡಿದ್ರು. ಇಲ್ಲಿಗೆ ಬಂದ ಐದು ವರ್ಸದಾಗೆ ವೆಂಕಟರೆಡ್ಡಿ ಅಪ್ಪ ಯಾವುದೋ ಕಾಯಿಲೇಲಿ ತೀರಿಕೊಂಡ. ಆಗ ವೆಂಕಟರೆಡ್ಡಿಗೆ ಸುಮಾರು ಹದಿನೈದು ವರ್ಸ. ವೆಂಕಟರೆಡ್ಡಿಗೆ ದ್ರಾಕ್ಷಿ ತ್ವಾಟದ ಕೆಲಸ ಇಷ್ಟ ಇರ್ನಿಲ್ಲ. ಆ ಸಮಯದಾಗೆ ನಮ್ಮೂರಿಗೆ ರೋಡ್ ಕೆಲ್ಸ ನಡೀತಿತ್ತು. ಲಕ್ಷ್ಮಯ್ಯ ಅಂತ ಒಬ್ಬ ಕಂಟ್ರಾಕ್ಟರ್ ರೋಡ್ ಕೆಲ್ಸ ಮಾಡುಸ್ತಿದ್ದ. ವೆಂಕಟರೆಡ್ಡಿ ಅವನತ್ರ ಕೆಲಸಕ್ಕೆ ಸೇರಿಕೊಂಡ. ಹುಡುಗ ಬ್ಯಾಗ್ನೆ ಸರ್ಕಾರಿ ಕಾಂಟ್ರಾಕ್ಟರಿನ ಎಲ್ಲಾ ಚಾಲು ತಿಳ್ಕೊಂಡ. ಆಮ್ಯಾಗೆ ಲಕ್ಷ್ಮಯ್ಯನ ಹತ್ತಿರ ತುಂಡು ಗುತ್ತಿಗೆ ಮಾಡೋಕೆ ಸುರು ಹಚ್ಕಂಡ. ಐದೇ ವರ್ಸದಾಗೆ ಕಾಸು ಓಡಾಡಿಸೋ ಹಂಗಾದ. ಆಮ್ಯಾಲೆ ಒಂದು ದೊಡ್ಡ ಗುತ್ತಿಗೆ ಹಿಡಿದು ದೊಡ್ಡ ಕುಳಾನೇ ಆದ"

ಇವನೇನೋ ದುಡ್ಡಿಗೋಸ್ಕರ ಯಾವುದೋ ಕೆಲಸಕ್ಕೆ ಬಾರದ ದೊಡ್ಡ ಕತೇನೇ ಹೇಳ್ತಿದಾನೆ ಅಂತ ಅನಿಸಿತು ಶರತ್‌ಗ.

"ಕಥೆ ದೊಡ್ಡದು ಮಾಡಬೇಡ, ಚಿಕ್ಕದಾಗಿ ಹೇಳು. ವೆಂಕಟರೆಡ್ಡಿಗೂ ಯಶ್ವಂತ್ರಾಯರಿಗೂ ಹೇಗೆ ಸಂಬಂಧ"

"ಅದನ್ನೇ ಹೇಳಾಕೆ ಹೊರಟಿದ್ದೆ ನೀವು ಆತುರ ಮಾಡಿದ್ರಿ. ಆತು ಚಿಕ್ಕದಾಗೇ ಹೇಳ್ತೀನಿ. ಕಾಂಟ್ರಾಕ್ಟ್ ಮಾಡೋಕೆ ಶುರುಮಾಡಿದ ಮ್ಯಾಲೆ ವೆಂಕಟರೆಡ್ಡಿ ಅವರಮ್ಮನ್ನ ತೋಟದ ಕೆಲಸದಿಂದ ಬಿಡಿಸಿ, ಊರೊಳಗೆ ಮನೆ ಕಟ್ಸಿಸಿ ಅಲ್ಲಿಗೆ ಕರ್ಕೊಂಡು ಹೋದ. ಇದ್ರಿಂದ ಯಶವಂತಪ್ಪಂಗೆ ಪೂರಾ ಇರ್ಸುಮುರ್ಸಾಗಿತ್ತು. ಇದರ ಜೊತೀಗೆ ಬಿಡದಿನಾಗೆ ಒಂದು ಸಹಕಾರಿ ಬ್ಯಾಂಕ್ ಐತೆ. ಐದು ವರ್ಸದಿಂದ ಯಶವಂತಪ್ಪ ಅದರ ಪ್ರೆಸಿಡೆಂಟ್ ಆಗಿದ್ದರು. ಈ ವರ್ಷ ವೆಂಕಟರೆಡ್ಡಿ ಪ್ರೆಸಿಡೆಂಟ್

ಪೋಸ್ಟಿಗೆ ಎದುರಿಗೆ ನಿಂತ. ಇದರಿಂದ ಯಶವಂತಪ್ಪನ ಪಿತ್ತ ನೆತ್ತಿಗ್ಯಾರಿತ್ತು. ನೀನು ಎಲೆಕ್ಷನ್ನಿಗೆ ನಿಂತ್ಕೋಬೇಡ ಇದು ನಿನ್ನ ತಕ್ಕದ್ದಲ್ಲ. ನೀನು ಏನಾಗಿದ್ದೆ ಅನ್ನೋದು ನೆನಪಿರಲಿ. ಜೊತೆಗೆ ನನ್ನ ಎದುರಾಳಿ ಆಗ್ತೀಯಾ. ಇದು ನಿನ್ನ ಆರೋಗ್ಯಕ್ಕೆ ಒಳ್ಳೆಯದಲ್ಲ ಅಂತ ನ್ಯಾರವಾಗಿ ಯಶವಂತಪ್ಪ ಯೋಳಿದ್ದರು. ಅಂಗೇ ನ್ಯಾರವಾಗಿ ವೆಂಕಟರೆಡ್ಡಿ ಯಶವಂತಪ್ಪಂಗೆ ತಿರುಗುತ್ತರ ಕೊಟ್ಟಿದ್ದ. ಸ್ವಾಮಿ ನಿಮ್ ಕಾಲ ಮುಗೀತು. ಈಗೇನಿದ್ದರೂ ನಮ್ಮ ಕಾಲ. ಪ್ರೆಸಿಡೆಂಟ್‌ಗಿರಿ ಸಾಸ್ವತವಾಗಿ ನಿಂದಾಗೋಕೆ ಸಾಧ್ಯವಿಲ್ಲ. ಇಷ್ಟು ವರ್ಷ ನೀವೇ ಪ್ರೆಸಿಡೆಂಟ್ ಆಗಿದ್ದಿರಿ, ಇನ್ನಾದರೂ ಕೆಳಗಿಳಿಯಿರಿ. ಇಷ್ಟಕ್ಕೂ ಪ್ರೆಸಿಡೆಂಟ್ ಆಗಿ ನೀವು ಮಾಡಿರೋ ಘನಕಾರ್ಯ ಅಷ್ಟರಲ್ಲೇ ಇದೆ. ಎಲೆಕ್ಷನ್ಗೆ ನಿಂತ್ಕೋಬ್ಯಾಡ ಅನ್ನೋ ಅಧಿಕಾರ ನಿಮಗಿಲ್ಲ"

ಇಷ್ಟೆಲ್ಲಾ ಆದಮೇಲೆ ಅವನ ಮೇಲೆ ಸೇಡು ತೀರಿಸಿಕೊಳ್ಳಲು ಯಶವಂತಪ್ಪ ಕಾಯುತ್ತಿದ್ದ. ಒಂದ್ಸಲ ನಮ್ಮೂರಿನ ಮಾರಿಹಬ್ಬ ಟೈಮ್ನಲ್ಲಿ ಯಶ್ವಂತಪ್ಪನ ಚೇಲಾಗಳು ಮತ್ತೆ ವೆಂಕಟರೆಡ್ಡಿ ಚೇಲಾಗಳು ಕೈಕೈ ಮಿಲಾಯಿಸಿದರು. ದೊಡ್ಡ ಹೊಡೆದಾಟ ಆಯ್ತು. ದೊಣ್ಣೆಗಳನ್ನ ತಗೊಂಡು ಬಡಿದಾಡಿದರು. ಇಬ್ರು ಸತ್ರು, ಹತ್ತು ಹದಿನೈದು ಜನಕ್ಕೆ ಶಾನೆ ಏಟಾಗಿತ್ತು. ಪೊಲೀಸ್ ಕೇಸ್ ನಡೀತಾ ಐತೆ. ಈ ಇಷ್ಯ ನಿಮಗೆ ಹೇಳಬೇಕು ಅಂತಿದ್ದೆ"

ಗಂಗಾಧರ ಮಾತು ಮುಗಿಸಿ ಶರತ್ ಮುಖ ನೋಡುತ್ತಿದ್ದ.

"ಅಂದರೆ ಈ ಕೊಲೆ ವೆಂಕಟರೆಡ್ಡಿ ಮಾಡಿರಬಹುದು ಅಂತ ನಿನ್ನ ಅನುಮಾನಾನ?"

"ನಾನಂಗೆ ಹೇಳಿದ್ನ? ಇಲ್ಲ. ನಾನು ಅಂತದೇನು ಹೇಳ್ಲಿಲ್ಲ. ನಾನು ಹೇಳಿದ್ದು ಊರಾಗ ನಡೆದಿದ್ದ ಒಂದು ಇಷ್ಯ. ಅವನು ಕೊಲೆಮಾಡಿದಾನೋ ಇಲ್ಲವೋ ಅನ್ನೋದು ತಿಳ್ಕೊಳ್ಳೋದು ನಿಮ್ಮ ಕೆಲಸ. ಇದಕ್ಕೆಲ್ಲ ನನ್ನ ಸಾಕ್ಷಿ ಅಂತಾ ಕರೆಯೋಕೆ ಸುರುಹಚ್ಕಬ್ಯಾಡಿ"

"ಸರಿ, ನಿನಗೆ ಲಾಭವಾಗ ಅಂತ ವಿಷಯ ಇನ್ನೇನಾದರೂ ಇದ್ದರೆ ಹೇಳು?"

"ಇಲ್ಲ...ನಂಗೆ ಗೊತ್ತಿರೋದು, ನಾನು ಹೇಳಬೇಕು ಅಂತಿದ್ದು ಇದಿಷ್ಟು ಮಾತ್ರ"

"ಇದನ್ನಾದರೂ ನನಗ್ಯಾಕೆ ಹೇಳಿದೆ? ನಿನ್ನ ಉದ್ದೇಶ ಏನಿತ್ತು? ವೆಂಕಟರೆಡ್ಡೀನ ಕಷ್ಟಕ್ಕೆ ಸಿಗಿಸಬೇಕು ಅಂತಾನ? ಅವನ ಮೇಲೆ ನಿನ್ನ ದ್ವೇಷ ಏನಾದರೂ ಇದ್ಯ? ಹೋಗ್ಲಿ ನೀನು ಯಾವ ಪಾರ್ಟಿಯವನು? ವೆಂಕಟರೆಡ್ಡಿ ಪಾರ್ಟೀನಾ ಇಲ್ಲ ಯಶವಂತರಾಯರ ಪಾರ್ಟಿನಾ?"

"ಹೋಗಿ ಸ್ವಾಮಿ, ನಿಂದೊಳ್ಳೆ ಕಥೆ ಆಯ್ತು. ಏನೋ? ನಿಮಗೆ ಗೊತ್ತಿಲ್ದೆ ಇರೋ ವಿಷಯ ಹೇಳೋಣ ಅಂತ ಹೋದರೆ ನನ್ನನ್ನು ಇದರಲ್ಲಿ ತಗಲಾಕ್ಕೊಸಕೆ ನೋಡ್ತಾ ಇದ್ದೀರಾ?"

"ಲೇ..ಯಾರ್ಯಾರನ್ನೋ ಯಾಕೆ ಸಿಗಿಸೋಕೆ ಹೋಗಲಿ? ತಪ್ಪು ಮಾಡಿದವರಿಗೆ ಶಿಕ್ಷೆ ಆಗುತ್ತೆ ಸುಮ್ಸುಮ್ನೆ ಯಾರ್ಯಾರಿಗೋ ತೊಂದರೆ ಕೊಡೋ ಉದ್ದೇಶ ನಮಗಿಲ್ಲ"

"ಆತೇಳಿ ನಿಮಗೆ ಹೇಳಬೇಕು ಅಂತಿದೆಲ್ಲಾ ಹೇಳಿದ್ದೀನಿ"

"ಮತ್ತೇನಾದರೂ ಹೊಸ ವಿಷಯ ಗೊತ್ತಾದರೆ ತಕ್ಷಣ ಫೋನ್ ಮಾಡಿ ಹೇಳು"

ಇಷ್ಟು ಹೇಳಿದ ಶರತ್ ಮತ್ತೆ ಗಂಗಾಧರನ ಮುಖ ನೋಡದೆ ಊರಿನ ಕಡೆ ಮುಖ ಮಾಡಿದ.

***

ಕೆ.ಜಿ ಹಳ್ಳಿಯಲ್ಲಿ ಒಂದು ಪುಟ್ಟ ಪೋಸ್ಟ್ ಆಫೀಸು ಸಹ ಇತ್ತು. ಅದು ಏಕ ವ್ಯಕ್ತಿ ಅಂಚೆ ಕಚೇರಿ. ಅಲ್ಲಿ ಕೆಲಸ ಮಾಡುತ್ತಿದ್ದವನು ಒಬ್ಬನೇ ವ್ಯಕ್ತಿ. ಅವನೇ ಅಲ್ಲಿನ ಆಫೀಸರ್, ಪೋಸ್ಟ್ ಮ್ಯಾನ್-ಎಲ್ಲ. ಪ್ರತಿದಿನವೂ ಪೋಸ್ಟ್ ಆಫೀಸು ತೆರೆಯಬೇಕು, ಇಂತದ್ದೇ ಸಮಯದಲ್ಲಿ ಪೋಸ್ಟ್ ಆಫೀಸು ವ್ಯವಹಾರ ಮಾಡಬೇಕೆಂಬ ಯಾವ ನಿಯಮವೂ ಅವನಿಗಿದ್ದಂತಿರ ಲಿಲ್ಲ. ಪೋಸ್ಟ್ಟೀಸಿನ ಎಲ್ಲಾ ಕೆಲಸಗಳು ಆತನಿಗೆ ತಿಳಿದಿತ್ತೋ ಇಲ್ಲವೋ? ಇಲ್ಲಾ ಬೇಕಂತಲೇ ಹಾಗೆ ಮಾಡುತ್ತಿರುವನೋ ಎಂದು ಕೆಲವರು ಆಶ್ಚರ್ಯ ಪಡುತ್ತಿದ್ದರು. ವಾರದ ಆರು ಕೆಲಸದ ದಿನಗಳಲ್ಲಿ ಎರಡು ದಿನ ಅವನು ಪೋಸ್ಟ್ ಆಫೀಸು ತೆರೆದರೆ ಹೆಚ್ಚು. ತೀರಾ ತುರ್ತಾಗಿ ಪೋಸ್ಟಾಫೀಸಿನ ಕೆಲಸ ಇದ್ದವರು ಅವನಿರುವ ಜಾಗ ತಿಳಿದುಕೊಂಡು ಅಲ್ಲಿಗೇ ಹೋಗುತ್ತಿದ್ದರು. ಅವನು ಅವರಿಗೆ ನಿರಾಸೆ ಮಾಡುತ್ತಿರಲಿಲ್ಲ! ತನ್ನನ್ನು ಹುಡುಕಿಕೊಂಡು ಬಂದವರನ್ನು ಆತ್ಮೀಯವಾಗಿ ಮಾತಾಡಿಸಿ, ಅವರ ಅಗತ್ಯಗಳನ್ನು ಪೂರೈಸಿ ಕಳಿಸುತ್ತಿದ್ದ. ಅವನ ಹೆಗಲಲ್ಲಿ ಸದಾ ಒಂದು ಚೀಲ ನೇತಾಡುತ್ತಿರುತ್ತಿತ್ತು. ಅದರಲ್ಲೇ ಒಂದು ಮಿನಿ ಪೋಸ್ಟ್ ಆಫೀಸು ಅಡಕವಾಗಿತ್ತು. ಅವನ ಹೆಸರು ಜಂಬಣ್ಣ. ಯಾವುದೇ ರೀತಿಯ ಜಂಭ ಇಲ್ಲದ ಅವನ ಹೆಸರು ಕೆಲವರಿಗೆ ವಿಚಿತ್ರವಾಗಿ ಕಾಣಿಸುತ್ತಿತ್ತು. ಅವನು ಸದಾ ಆ ಊರಿನಲ್ಲಿದ್ದ ಒಂದೇ ಒಂದು ಹೋಟೆಲು, ಲಕ್ಷ್ಮಿ ಟಿಫೆನ್ ರೂಮಿನಲ್ಲಿ ಕೂತು ಹರಟೆ ಕೊಚ್ಚಿ ಕಾಲ ಕಳೆಯುತ್ತಿದ್ದ.

ವಿಕ್ರಮ್ ಆ ಹೋಟೆಲಿನೊಳಗೆ ಹೋದಾಗ ಮಾಲೀಕ ವೆಂಕಯ್ಯನಿಗೆ ತನ್ನ ಹೋಟೆಲಿನ ಪರಿಸ್ಥಿತಿಯ ಬಗ್ಗೆ ನಾಚಿಕೆಯಾಗಿರಬೇಕು. ಆದರೂ ಅದನ್ನು

ಮುಚ್ಚಿಕ್ಕೊಳ್ಳಲು ಅಧಿಕಾರವಾಣಿಯಿಂದ ತನ್ನ ಹೋಟೆಲ್ ಮಾಣಿ, ಅಡಿಗೆಯವ ಮತ್ತು ಲೋಟ ತೊಳೆಯುವ ಏಕೈಕ ವ್ಯಕ್ತಿಯನ್ನು ಕೂಗಿದ.

"ಸುಬ್ಬ, ಗಿರಾಕಿ ಬಂದ್ಯೆತೆ ಟೇಬಲ್ ಕಿಲೀನ್ ಮಾಡೋ"

ವಿಕ್ರಮ್, ಜಂಬಣ್ಣ ಕೂತಿದ್ದ ಟೇಬಲ್ ಹತ್ತಿರವೇ ಹೋದ.

"ಬನ್ನಿ... ಕೂತ್ಕೊಳ್ಳಿ"

ಜಂಬಣ್ಣ ಕತ್ತೆತ್ತಿ ನೋಡಿ ತನ್ನ ಉಬ್ಬಿದ ಹಲ್ಲುಗಳನ್ನು ಪ್ರದರ್ಶಿಸಿದ.

"ಥ್ಯಾಂಕ್ಸ್, ನೀವು ಇಲ್ಲಿನ ಪೋಸ್ಟ್ ಮಾಸ್ಟರ್ ಅಂತ ಕಾಣ್ಸುತ್ತೆ"

ವಿಕ್ರಮ್ ಮರ್ಯಾದೆಯಿಂದ ಮಾತಾಡಿಸಿದೊಡನೆಯೇ ಜಂಬಣ್ಣ ಹಿಗ್ಗೀ ಹೀರೇಕಾಯಿಯಾದ.

"ನೀವು ಯಾರೋ ನನಗೆ ಗೊತ್ತಾಗಲಿಲ್ಲ"

ಹೇಳ್ತೀನಿ, ನನ್ನ ಹೆಸರು ವಿಕ್ರಮ್. ಬೆಂಗಳೂರಿಂದ ಬಂದಿದೀನಿ, ಒಬ್ಬರನ್ನ ನೋಡಬೇಕಾಗಿತ್ತು. ಹಾಗೇ ಪೋಸ್ಟಾಫೀಸಿನ ಅವಶ್ಯಕತೆ ಇತ್ತು. ಆದರೆ ನೀವು ಇಲ್ಲಿರ್ತೀರಾಂತ ಗೊತ್ತಾಯ್ತು"

"ಏನು ಕೊಡಲಿ ಸಾರ್?"

ಹೋಟೆಲ್ ಮಾಲೀಕ ವೆಂಕಯ್ಯ ತಾನಾಗಿಯೇ ಆರ್ಡರ್ ತೆಗೆದುಕೊಳ್ಳಲು ಬಂದ.

"ಎರಡು ಒಳ್ಳೆ ಟೀ ಮಾಡ್ಕೊಂಡು ಬನ್ನಿ. ಜಂಬಣ್ಣನವರೇ...ನೀವು ಟೀ ತಗೋತೀರಿ ತಾನೇ? ಇಲ್ಲಾ ಕಾಫಿ ಹೇಳಲೋ?"

"ಟೀನೇ ಇರಲಿ ಬಿಡಿ"

ಜಂಬಣ್ಣ ನಗುತ್ತಾ ಹೇಳಿದ. ಮರುಕ್ಷಣವೇ ತಾನು ಪೋಸ್ಟಾಫೀಸು ಮುಚ್ಚಿರುವ ವಿಷಯ ನೆನಪಾಯಿತು.

"ಪೋಸ್ಟಾಫೀಸು ಓಪನ್ ಮಾಡ್ಕೊಂಡು ಕೂತ್ರೆ ನೊಣ ಹೊಡೀತಾ ಕೂರಬೇಕು ಅಷ್ಟೆ ಸಾರ್. ಇಡೀ ದಿನ ಓಪನ್ ಮಾಡ್ಕೊಂಡು ಕೂತರೂ ಹತ್ತು ರೂಪಾಯಿ ವ್ಯವಹಾರ ಆಗೋದಿಲ್ಲ. ಅದಕ್ಕೆ ಸ್ವಲ್ಪ ಮುಂಚೇನೆ ಮುಚ್ಚಿ ಬಿಡ್ತೀನಿ. ಯರ್ಗಾದ್ರೂ ಅರ್ಜೆಂಟಾಗಿ ಏನಾದ್ರೂ ಬೇಕಾದ್ರೆ ಇಲ್ಲಿಗೆ...ಬಂದ್ರೆ ಕೊಡ್ತೀನಿ. ನಿಮಗೇನು ಬೇಕಾಗಿತ್ತು?"

"ಒಂದು ರಿಜಿಸ್ಟರ್ ಪೋಸ್ಟು ಮಾಡಬೇಕಿತ್ತು"

"ಟೈಮಾಗೋಯ್ತಲ್ಲ ಸಾರ್?"

"ಏನು ಜಂಬಣ್ಣೋರೆ ನೀವು ಸಹಾಯ ಮಾಡ್ತೀರಾಂತ ಬಂದ್ರೆ ಹೀಗಾಡೋದಾ?"

"ನಿಮಗೆ ಇಲ್ಲಾನ್ನೋಕೆ ಆಗುತ್ತಾ? ಕವರ್ ಕೊಡಿ. ನಾನು ಮಾಡ್ತೇನೆ"

ಅಷ್ಟೊತ್ತಿಗೆ ಟೀ ಬಂದಿತ್ತು.

"ತಗೊಳ್ಳಿ"

ವಿಕ್ರಮ್ ಮಾತಿಗೆ ತೀರಾ ಸಂಕೋಚದಿಂದ ಎಂಬಂತೆ ಟೀ ಕಪ್ಪು ಕೈಗೆ ತೆಗೆದುಕೊಂಡ ಜಂಬಣ್ಣ.

"ಟೀ ಕುಡಿದ ಮೇಲೆ ಆಫೀಸಿಗೆ ಹೋಗೋಣ ಅಲ್ಲೇ ಕವರ್ ಕೊಡ್ತೀನಿ"

ಸ್ವಲ್ಪ ಹೊತ್ತು ವಿಕ್ರಮ್ ಮತ್ತು ಜಂಬಣ್ಣ ಇಬ್ಬರೂ ಲೋಕಭಿರಾಮವಾಗಿ ಮಾತಾಡಿದರು.

ಅರ್ಧ ಗಂಟೆಯ ನಂತರ ಇಬ್ಬರೂ ಜಂಬಣ್ಣನ ಪೋಸ್ಟ್ ಆಫೀಸ್ ಕಮ್ ರೆಸಿಡೆನ್ಸ್ನಲ್ಲಿದ್ದರು.

"ಕವರ್ ಕೊಡಿ..."

ಜಂಬಣ್ಣ ಕುರ್ಚಿಯಲ್ಲಿ ಕೂತ ನಂತರ ವಿಕ್ರಮ್ ತನ್ನ ವಿಸಿಟಿಂಗ್ ಕಾರ್ಡ್ ನೀಡಿ ಕೇಳಿದ. ವಿಸಿಟಿಂಗ್ ಕಾರ್ಡು ನೋಡುತ್ತಲೇ ಜಂಬಣ್ಣನ ಮುಖ ವಿವರ್ಣವಾಯಿತು.

"ಸಾರ್, ನಾನು ಪೋಸ್ಟಾಫೀಸನ್ನ ಸರಿಯಾಗಿ ತೆಗೆಯೋದಿಲ್ಲ. ಅದು ನಿಜ, ಆದ್ರೆ ಅದನ್ನ ಮೇಲಿನೋರಿಗೆ ರಿಪೋರ್ಟು ಮಾಡ್ಬೇಡಿ ಸಾರ್, ನನ್ನ ಹೊಟ್ಟೆ ಮೇಲೆ ಹೊಡೀಬೇಡಿ ಬಡವ..."

ಜಂಬಣ್ಣ ಗೋಗರೆಯಲು ಶುರು ಮಾಡಿದ.

"ನನಗೆ ಒಂದು ಸುದ್ದಿ ಬೇಕು. ಅದನ್ನ ಹೇಳಿದ್ರೆ ನಿನ್ನ ಬಗ್ಗೆ ರಿಪೋರ್ಟು ಮಾಡೋದಿಲ್ಲ"

"ಅದೇನು ಕೇಳಿ"

"ಇಲ್ಲಿ ದಿನಾ ಎಷ್ಟು ವ್ಯಾಪಾರವಾಗುತ್ತೆ? ಯರ್‍ಯಾರು ಎಂತೆಂತಹ ಪೋಸ್ಟೆಲ್ ಸಾಮಗ್ರಿಗಳನ್ನ ತಗೋತಾರೆ ಹೇಳು"

ಜಂಬಣ್ಣ ಒಂದು ನಿಮಿಷ ಯೋಚಿಸಿ ಅನಂತರ ಮಾತು ಶುರು ಮಾಡಿದ.

"ಹೇಳೀ ಕೇಳಿ ಇದು ಹಳ್ಳಿ. ಹೆಚ್ಚಿಗೆ ಖರ್ಚಾಗೋದು ಕಾರ್ಡುಗಳು. ಅದು ಬಿಟ್ಟರೆ ಇನ್‌ಾಲ್‌ಯಂಡ್ ಲೆಟರ್‌ಗಳು. ಒಂದೊಂದು ಸಲ ಕವರ್ ಮತ್ತು ಸ್ಟ್ಯಾಂಪುಗಳೂ ಮಾರಾಟವಾಗ್ತವೆ"

"ಕವರ್ ಕೊಂಡುಕೊಳ್ಳೋರು ಕಮ್ಮಿ ಅಲ್ವಾ? ಈಗ್ಗೆ ಸುಮಾರು ವಾರದ ಹಿಂದಿಂದ ಕವರ್‌ಗಳನ್ನು ಯಾರ್‍ಯಾರು ತಗೊಂಡಿದಾರೆ ನೆನಪು ಮಾಡ್ಕೊಂಡು ಹೇಳು"

ಜಂಬಣ್ಣ ತಲೆ ತುರಿಸಿಕೊಂಡ.

"ಐದಾರು ದಿವಸದಿಂದ ಎರಡು ಕವರ್...? ಹಾ...ಸರಿ...ಎರಡು ಕವರ್ ಮಾರಾಟವಾಗಿದಾವೆ. ಒಂದು ನಮ್ಮ ಕವಿ ಸೀತಾಪತಿ ತಗೊಂಡೋದ. ಆಮೇಲೆ ಹಾ... ಕೃಷ್ಣ ತಗೊಂಡು ಹೋದ..."

"ಇಬ್ಬರೂ ಅವನ್ನ ಪೋಸ್ಟ್ ಮಾಡಿದರಾ?"

"ಹೂಂ... ಸೀತಾಪತಿಯಂತೂ ನನ್ನೆದುರಿಗೇ ಎರಡು ಹಾಳೆಯ ಒಂದು ಪದ್ಯಾನ ಅದ್ರೊಳಗೆ ಸೇರಿಸಿ ಗೋಂದು ಹಾಕಿ ಕೊಟ್ಟ. ಕೃಷ್ಣನೂ ರಾತ್ರಿ ನನ್ನ ಕೈಗೆ ಕವರ್ ಕೊಟ್ಟ"

"ಕೃಷ್ಣ ಅವರು ಕೊಟ್ಟ ಕವರ್ ಸೀಲಾಗಿತ್ತಲ್ವೆ?"

ಜಂಬಣ್ಣ ತಲೆಯಾಡಿಸಿದ.

"ಒಳಗೆಷ್ಟು ಪೇಪರ್ ಇದ್ದವು?"

"ಹ್ಹೆ... ಹ್ಹೆ... ಅದೆಂಗೇಳಾಕಾಗುತ್ತೆ ಸಾರ್?"

"ಹೋಗಲಿ, ತೂಕವಾಗಿತ್ತೋ ಇಲ್ಲ ಹಗುರವಾಗಿತ್ತೋ?"

"ಹಗುರವಾಗಿತ್ತೂಂತ ಕಾಣ್ಸುತ್ತೆ"

"ಯಾರ ವಿಳಾಸ ಅದರ ಮೇಲೆ ಬರೆದಿತ್ತು?"

"ಅದೆಲ್ಲಾ ನಾನು ನೋಡೋದಿಲ್ಲ. ಅದು ನಮ್ಮ ಪೋಸ್ಟಾಫೀಸಿನ ನಿಯಮಕ್ಕೆ ನಿಷಿದ್ಧ! ಬ್ಯಾಗ್ ಒಳಕ್ಕೆ ಹಾಕಿ ಸೀಲ್ ಮಾಡಿ ಸಂಜೆ ಬರೋ ಬಸ್ಸಲ್ಲಿ ಕಳಿಸಿಬಿಡ್ತೀನಿ".

"ಓ.ಕೆ. ಮಿಸ್ಟರ್ ಜಂಬಣ್ಣ... ಅದೆಷ್ಟೇ ವಿಷಯ ನಂಗೆ ಬೇಕಾಗಿದ್ದು"

ವಿಕ್ರಮ್ ಕುರ್ಚಿಯಿಂದೆದ್ದ

"ಸಾರ್ ಏನೋ ರಿಜಿಸ್ಟರ್ ಕವರ್ ಅಂದ್ರಿ?"

ಜಂಬಣ್ಣನ ಮಾತು ಮುಗಿಯುವುದರಲ್ಲಿ ವಿಕ್ರಮ್ ಪೋಸ್ಟಾಫಿಸಿನಾಚೆ ಹೋಗಿದ್ದ.

"ಸಾರ್... ನನ್ನ ಮೇಲೆ ರಿಪೋರ್ಟ್ ಮಾತ್ರ ಮಾಡ್ಬೇಡಿ ಸಾರ್?"

ಬಾಗಿಲಾಚೆ ಬಂದು ದೂರ ಹೋಗುತ್ತಿದ್ದ ವಿಕ್ರಮ್‌ಗ ಕೂಗಿ ಹೇಳಿದ ಜಂಬಣ್ಣ.

***

"ನಿಮ್ಮ ಹೆಸರು ರಾಣಿ ತಾನೆ?"

ಬಾಗಿಲು ತೆಗೆದ ಯುವತಿಯನ್ನು ಕೇಳಿದ.

"ಹೌದು, ನಾನೇ ರಾಣಿ...ನೀವು ಯಾರು?"

ಆಕೆ ಆಗಂತುಕನನ್ನು ಅನುಮಾನದಿಂದ ಕೇಳಿದಳು.

"ನಿಮ್ಮೊಂದಿಗೆ ಸ್ವಲ್ಪ ಮಾತಾಡಬೇಕು..."

"ಯಾವ ವಿಷಯದ ಬಗ್ಗೆ?"

"ಮಿಸ್ ರಾಣಿ ನನ್ನ ಬಗ್ಗೆ ನೀವು ಅನುಮಾನ ಪಡಬೇಕಾಗಿಲ್ಲ ಅಥವಾ ಹೆದರಬೇಕಾಗಿಲ್ಲ... ಅಲ್ಲದೆ ಬೀದೀಲಿ ಆ ವಿಷಯ ಮಾತಾಡೋಕೆ ಆಗೋದಿಲ್ಲ, ಒಳಗೆ ಬರಲೆ?"

"ನೀವು ಯಾರು ಮೊದಲು ಹೇಳಿ

ಆಕೆ ಹೆದರಲಿಲ್ಲ, ಗಡಸುಗಾತಿಯೆನ್ನಿಸಿತು. ಶರತ್ ತನ್ನ ಕಾರ್ಡು ಆಕೆಗೆ ನೀಡಿದ. ಆಕೆ ಅದನ್ನು ಓದಿದಳು. ಡಿಟೆಕ್ಟೀವ್ ಎಂದು ತಿಳಿದರೂ ಸ್ವಲ್ಪವೂ ವಿಚಲಿತಳಾಗಲಿಲ್ಲ.

"ಸರಿ, ಆದ್ರೆ ಯಾವ ವಿಷಯ? ಯಾರ ಬಗ್ಗೆ ಮಾತಾಡ್ಬೇಕೂನ್ನೊದಾದ್ರೂ ಹೇಳಿ"

"ಕೃಷ್ಣನ ಬಗ್ಗೆ"

ಶರತ್ ಅವಳ ಮುಖ ಭಾವವನ್ನೇ ಪರೀಕ್ಷಿಸುತ್ತಾ ಹೇಳಿದ. ಆಕೆಯ ಮುಖದಲ್ಲಿ ಯಾವ ಬದಲಾವಣೆಯೂ ಆಗಲಿಲ್ಲ,

"ಒಳಕ್ಕೆ ಬನ್ನಿ..."

ಶರತ್ ಅವಳ ಹಿಂದೆ ನಡೆದ.

ವರಾಂಡದಲ್ಲಿ ಸೋಫಾ ತೋರಿಸಿದಳು.

ಶರತ್ ಕುಳಿತು ಸುತ್ತ ದೃಷ್ಟಿ ಹಾಯಿಸಿ ನಂತರ ದೃಷ್ಟಿ ರಾಣಿಯೆಡೆಗೆ ತಿರುಗಿತು. ಕೃಷ್ಣನಂತ ಶ್ರೀಮಂತ ಯುವಕನನ್ನು ಆಕರ್ಷಿಸುವಷ್ಟು ಸೌಂದರ್ಯ ಅವಳಲ್ಲಿತ್ತು. ಗೌರವ ವರ್ಣದ ಆಕೆಯ ದೇಹ ಮಾಟವಾಗಿತ್ತು. ಮುಖದಲ್ಲಿ ಕಣ್ಣುಗಳು ಆರ್ಷಕವಾಗಿದ್ದವು. ಆದರೆ ಮುಖ ಮಾತ್ರ ಖಾಲಿ ತೆರೆಯಂತೆ! ಯಾವ ಭಾವವೂ ಅಲ್ಲಿ ಪ್ರಕಟವಾಗುವುದೇ ಇಲ್ಲವೇನೋ ಎಂಬಂತ ಮೇಣದ ಮುಖ!

"ನಾನು ಕೃಷ್ಣ ಅವರ ವಿಷಯ ಮಾತಾಡೋಕೆ ಬಂದಿದೀನಿ"

ಶರತ್ ಮಾತು ಪ್ರಾರಂಭಿಸಿದ.

"ಅದನ್ನಾಗಲೇ ಹೇಳಿದ್ರಲ್ಲ?"

ಆಕೆ ಮಾತುಗಳು ಮೊನಚಾಗಿದ್ದವು. ಇಷ್ಟು ಮೊನಚಾಗಿ, ಗಂಭೀರವಾಗಿ ಮಾತಾಡುವಾಕೆ ಕೃಷ್ಣನನ್ನು ಹೇಗೆ ಆಕರ್ಷಿಸಿದಳು? ಅಥವಾ ಅವನೇ ಇವಳ ಹಿಂದೆ ಬಿದ್ದನೋ?

"ಡಿಸೆಂಬರ್ ಇಪ್ಪತ್ತನೆಯ ತಾರೀಖು ಯಾವ ವಾರ ನೆನಪಿದೆಯೆ?"

ಶರತ್ ಕೇಳಿದ.

ಆಕೆ ತಲೆಯೆತ್ತಿ ಕ್ಯಾಲೆಂಡರ್ ನೋಡಿದಳು.

"ಶನಿವಾರ"

"ಅವತ್ತು ಕೃಷ್ಣ ಇಲ್ಲಿಗೆ ಬಂದಿದ್ದರೆ?"

"ಹೌದು ಬಂದಿದ್ದರು"

"ಅವತ್ತು ಏನಾಯ್ತು ಹೇಳ್ತೀರಾ?"

"ಮೊದಲಿಗೆ ನಾನು ನಿಮ್ಮ ಪ್ರಶ್ನೆಗೆ ಯಾಕೆ ಉತ್ತರ ಕೊಡಬೇಕು? ನೀವೇನೂ ಪೋಲಿಸ್ ಅಲ್ಲ. ನಿಮಗೆ ನನ್ನನ್ನ ಪ್ರಶ್ನೆ ಮಾಡೋದಕ್ಕೆ ಅಧಿಕಾರ ಇಲ್ಲ. ಕೃಷ್ಣ ಮತ್ತು ನನ್ನದು ವೈಯುಕ್ತಿಕ ವಿಚಾರ. ಕೃಷ್ಣನ ಬಗ್ಗೆ ನನ್ನ ಯಾಕೆ ಕೇಳ್ತಿದೀರಿ?"

ಆಕೆಯ ಸುಂದರ ಮುಖಕ್ಕೂ ಅವಳ ದನಿಗೂ ಹೊಂದಾಣಿಕೆಯಾಗಲಿಲ್ಲ.

"ಮಿಸ್.ರಾಣಿ, ನನ್ನ ಪ್ರಶ್ನೆಗೆ ನೀವು ಉತ್ತರ ಯಾಕೆ ಹೇಳಬೇಕೂಂದ್ರೆ ನಿಮಗೂ ಕೃಷ್ಣನಿಗೆ ಸಂಬಂಧವಿದೆ...ಕೃಷ್ಣನ ತಾತ ಅನುಮಾನಾಸ್ಪದವಾಗಿ ಸತ್ತಿದ್ದಾರೆ. ಅದರ ತನಿಖೆ ನಾವು ಮಾಡ್ತಿದ್ದೀವಿ. ಆದ್ದರಿಂದ ಕೃಷ್ಣನ ಬಗ್ಗೆ ನೀವು ಉತ್ತರ ಹೇಳಲೇಬೇಕು"

"ಹೇಳೋದಿಲ್ಲ ಅಂದರೆ?"

"ತೊಂದರೆಗೆ ಸಿಕ್ಕಿ ಹಾಕ್ಕೋತೀರಿ. ಕೃಷ್ಣನ ತಾತ ಯಶವಂತರಾವ್ ಅವರ ವಿಷಯ ನಿಮಗೆ ಈಗಾಗಲೇ ಸಾಕಷ್ಟು ಗೊತ್ತಿರಬಹುದೂಂತ ಭಾವಿಸ್ತೇನೆ. ಕೃಷ್ಣ ಆಸ್ತಿಗಾಗಿ ತನ್ನ ತಾತನ ಕೊಲೆ ಮಾಡಿರಬಹುದೂಂತ ಪೋಲೀಸರು ಅನುಮಾನ ಪಡ್ತಿದಾರೆ. ಕೃಷ್ಣ ತೊಂದರೇಲಿ ಸಿಕ್ಕಿಹಾಕೋತಾನೆ. ಇಲ್ಲೀವರೆಗೆ ಪೋಲೀಸಿನವರು ಹೆಚ್ಚಿಗೆ ತನಿಖೆ ಮಾಡಿಲ್ಲ. ನಿಮಗೂ ಅವನಿಗೂ ಸಂಬಂಧ ಇರೋ ವಿಷಯ ಗೊತ್ತಾದ್ರೆ ಪೋಲೀಸಿನೋರು ದಿನಾ ನಿಮ್ಮ ಮನೇ ಮುಂದೆ ಅಲೀತಾರೆ ಅದಕ್ಕೇ ನಿಮ್ಮ ಹತ್ರ ಬಂದಿಲ್ಲ. ಒಂದ್ಸಲ ನಿಮ್ಮ ವಿಷಯ ಅವರಿಗೆ ತಿಳಿದರೆ ಅವರು ಕೇಳೋ ಪ್ರಶ್ನೆಗಳಿಂದ ನಿಮಗೆ ತುಂಬಾ ಮುಜುಗರವಾಗೋದ್ರಲ್ಲಿ ಅನುಮಾನವೇ ಇಲ್ಲ. ಇರೋ ವಿಷಯ ಹೇಳಿದರೆ ಪೋಲೀಸಿಗೂ ನಿಮಗೂ ಮಧ್ಯೆ ನಾವು ಇರ್ತೀವಿ. ಆದ್ರಿಂದ ನಿಮಗೂ ಅನುಕೂಲವಾಗುತ್ತೆ, ಮುಜುಗರಗಳು ತಪ್ಪುತ್ತವೆ"

"ನನ್ನ ಬಗ್ಗೆ ನಿಮಗೆ ಯಾರು ಹೇಳಿದರು?"

"ಕೃಷ್ಣ"

"ಸುಳ್ಳು. ಅವರು ಎಲ್ಲೂ ನನ್ನ ಹೆಸರು ಎತ್ತೋದಿಲ್ಲ! ನೀವು ಸುಳ್ಳು ಹೇಳ್ತಿದೀರ..."

"ಅಷ್ಟು ಯಾಕೆ? ಬೇಕಾದ್ರೆ ಫೋನ್ ಮಾಡಿ ಅವರನ್ನೇ ಕೇಳಿ"

"ನಂಗೆ ಹೆಚ್ಚು ಸಮಯ ಇಲ್ಲ. ಏನು ಬೇಕೋ ಬೇಗ ಕೇಳಿ"

ಆ ಸಮಯಕ್ಕೆ ಸರಿಯಾಗಿ ಮನೆಯ ಒಳಭಾಗದಿಂದ ಸುಮಾರು ಐವತ್ತರ ಹೆಂಗಸೊಬ್ಬಳು ಬಾಗಿಲಲ್ಲಿ ಕಾಣಿಸಿದಳು. ಆಕೆ ಬಾಗಿಲನ್ನು ಹಿಡಿದು ಮಗಳು ಮತ್ತು ಶರತ್ ಕಡೆ ನೋಡಿದಳು. ಕಣ್ಣುಗಳ ಗುಡ್ಡೆಗಳು ಬೆಳ್ಳಗಿದ್ದವು! ಅಂದರೆ ಆಕೆ ಅಂಧಳೆ?

"ಯಾರು? ಕೃಷ್ಣನೇ..?"

ಆಕೆ ಕೇಳಿದಳು.

"ನೀನ್ಯಾಕಮ್ಮ ಈಚೆ ಬಂದೆ? ಒಳಗೆ ಹೋಗು"

ರಾಣಿ ಅಸಹನೆಯಿಂದ ಹೇಳಿದಳು.

"ಇಲ್ಲಾ..ಇವತ್ತು ಒಂದು ಮಾತು ಹೇಳಬೇಕು. ನೋಡಿ, ತುಂಬಾ ದಿವಸ ಹೀಗಿರೋದು ಸರಿಯಲ್ಲ. ಮದುವೆ ಬಗ್ಗೆ ಗಂಭೀರವಾಗಿ ಯೋಚ್ನೆ ಮಾಡಿ. ನನ್ನ ಮಗಳನ್ನ ಮದ್ವೆಯಾಗ್ತೀರಿ ಅನ್ನೋ ನಂಬಿಕೆಯಿಂದ ಜೀವ ಹಿಡ್ಕೊಂಡಿದ್ದೀನಿ..."

"ಅಮ್ಮಾ..ಇವರು ಕೃಷ್ಣ ಅಲ್ಲ! ಅದೆಲ್ಲಾ ಇವರತ್ರ ಯಾಕೆ ಮಾತು?"

"ಮತ್ತೆ ಇವರ್ಯಾರು?"

"ಕೃಷ್ಣ ಅವರ ಸ್ನೇಹಿತರು"

"ನೀನು ಸುಮ್ನಿರು ರಾಣಿ. ನೀನು ಸುಮ್ಮನೆ ಇರೋದಕ್ಕೇ ಇಲ್ಲೀವರೆಗೂ ಮದ್ವೆ ವಿಷಯ ತಳ್ಳಿಕೊಂಡು ಬಂದಿರೋದು. ಇವರು ಕೃಷ್ಣನ ಸ್ನೇಹಿತರು ಅಂದೆ ಒಳ್ಳೇದೇ ಆಯ್ತಲ್ಲ? ನೋಡಪ್ಪಾ, ನಿಮ್ಮೆಸರೇನೋ ನನಗೆ ಗೊತ್ತಿಲ್ಲ. ಆದ್ರೆ ನಿಮ್ಮ ಸ್ನೇಹಿತರಿಗೆ ಹೇಳಿ..ನಮ್ಮ ರಾಣಿಗೆ ಅನ್ಯಾಯವಾಗಬಾರದು! ಇವಳನ್ನ ಮದ್ವೆಯಾಗ್ತಾರೆ ಅನ್ನೋ ಭರವಸೆಯಿಂದ ಸುಮ್ಮನಿದ್ದೀನಿ.."

ಆಕೆಯ ಮಾತಿಗೆ ಶರತ್ ಮನಸ್ಸು ಕರಗಿತು. ಬಡತನ, ಅಸಹಾಯಕತೆ ಎಂತಾ ಸ್ಥಿತಿಗೆ ತಳ್ಳುತ್ತದೆ ಎನ್ನುವುದು ನೆನಸಿ ಮನಸ್ಸು ಮರುಗಿತು.

"ಅಮ್ಮಾ..ಪ್ಲೀಸ್..ಸುಮ್ಮನೆ ಒಳಗೆ ಹೋಗು. ನಾನು ಕೃಷ್ಣನ ಹತ್ರ ಮಾತಾಡ್ತೀನಿ.."

ರಾಣಿ ಬೇಡಿಕೊಂಡಳು.

"ಆಯ್ತಮ್ಮ ಹೋಗ್ತೀನಿ. ಆದ್ರೆ..ಇನ್ನು ಹೆಚ್ಚು ದಿನ ಇದೆಲ್ಲಾ ನಾನು ಸಹಿಸೋದಿಲ್ಲ..ಇದು ಚೆನ್ನಾಗಿ ತಿಳ್ಕೋ.."

"ಆಯ್ತಮ್ಮ..ನೀನೀಗ ಒಳಗೆ ಹೋಗು..ಇವರೇನೋ ಮಾತಾಡೋಕೆ ಬಂದಿದಾರೆ.."

ಆಕೆಯೇ ರಾಣಿಯ ತಾಯಿ ಎನ್ನುವುದು ಶರತ್ ತಿಳಿದುಕೊಂಡ. ಜೊತೆಗೆ ಆಕೆ ಅಂಧಳು ಎನ್ನುವುದೂ ಸ್ಪಷ್ಟವಾಗಿತ್ತು. ನಿಜವಾಗಿಯೂ ಕೃಷ್ಣ ರಾಣಿಯನ್ನು

ಮದುವೆಯಗುತ್ತಾನಾ..? ಇಲ್ಲಾ ಇವಳ ಬಡತನ, ತಾಯಿಯ ಅಂಧತ್ವದ ದುರುಪಯೋಗಪಡಿಸಿಕ್ಕೊಳ್ಳುತ್ತಿದ್ದಾನಾ? ಯೋಚನೆ ಇನ್ನೊಂದು ದಿಕ್ಕಿಗೆ ಹರಿಯುತ್ತಿರುವುದು ಅರಿವಾಯಿತು. ಅರೆ, ನನ್ನ ಕೆಲಸದಿಂದ ವಿಮುಖನಾಗುತ್ತಿದ್ದೇನಲ್ಲ? ಇದು ಸರಿಯಲ್ಲ..ನಾನು ಕೆಲಸದ ಬಗೆಗೆ ಗಮನ ಹರಿಸಬೇಕು ಎಂದು ತನ್ನನ್ನು ತಾನು ಎಚ್ಚರಿಸಿಕೊಂಡ.

"ಓ.ಕೆ. ರಾಣಿಯವರೆ, ಡಿಸೆಂಬರ್ ಇಪ್ಪತ್ತನೆಯ ತಾರೀಖು ಶನಿವಾರ ನಿಮ್ಮ ಮನೇಲಿ, ಆಂದ್ರೆ ಇಲ್ಲಿ ಕೃಷ್ಣ ಇದ್ದ. ಅವತ್ತು ಏನು ನಡೀತು ಹೇಳಿ..."

"ಬೆಳಿಗ್ಗೆ ಸುಮಾರು ಒಂಬತ್ತು ಗಂಟೆ ಸಮಯದಲ್ಲಿ ಅವರ ಊರಿಂದ ಯಾರೋ ಬಂದರು. ಅವರ ತಾತ ತೀರಿಕೊಂಡ ವಿಷಯ ಹೇಳಿದರು. ಹತ್ತು ನಿಮಿಷಗಳ ನಂತರ ಅವರ ಜೊತೆ ಕೃಷ್ಣ ಆಚೆ ಹೋದರು"

ಆಕೆ ಮೊದಲಿನ ಗಾಂಭರ್ಯದಿಂದಲೇ ಹೇಳಿದಳು. ಶರತ್ ಅವಳನ್ನು ಹೆದರಿಸಿದ್ದರೂ ಆಕೆ ಹೆದರಿರಲಿಲ್ಲ.

"ಬಂದಿದ್ದ ವ್ಯಕ್ತಿ ಹೇಗಿದ್ದ?"

ರಾಣಿ ಬಂದಿದ್ದ ವ್ಯಕ್ತಿಯ ಚಹರೆ ಹೇಳಿದಳು. ಅದು ಮೂರ್ತಿಯ ಹೋಲಿತು! ಅಂದರೆ ಕೃಷ್ಣ ಮತ್ತು ರಾಣಿಯ ಸಂಬಂಧ ಮೂರ್ತಿಗೆ ತಿಳಿದಿದೆ!

"ಆ ವ್ಯಕ್ತಿ ಹಿಂದೆ ನಿಮ್ಮ ಮನೆಗೆ ಬಂದಿದ್ದರೆ?"

"ಇಲ್ಲ. ಅದೇ ಮೊದಲನೆ ಸಲ ಬಂದಿದ್ದು"

"ಸುದ್ದಿ ಗೊತ್ತಾದಾಗ ಕೃಷ್ಣನ ಪ್ರತಿಕ್ರಿಯೆ ಹೇಗಿತ್ತು?"

"ಅಪ್‌ಸಟ್ ಆದರು. ಆದರೆ ಅತ್ತು ರಂಪ ಏನೂ ಮಾಡಲಿಲ್ಲ. ಮುಖ ಸಪ್ಪಗಾಗಿತ್ತು..."

"ಇನ್ನೊಂದು ಪ್ರಶ್ನೆ-ವೈಯಕ್ತಿಕವಾದದ್ದು. ಆದರೆ ನಿಮ್ಮ ಹರ್ಟ್ ಮಾಡಬೇಕೂನ್ನೋದು ನನ್ನ ಉದ್ದೇಶವಲ್ಲ. ಕೃಷ್ಣ ಮತ್ತು ನಿಮ್ಮ ಪರಿಚಯ ಹೇಗಾಯ್ತು?"

"ಅವರು ಪುರುಷ ನಾನು ಸ್ತ್ರೀ"

ಮೊದಲ ಸಲ ಅವಳು ತುಸು ನಕ್ಕಳು.

"ಅದೇನೋ ನಿಜ. ಪುರುಷ-ಸ್ತ್ರೀ, ಪ್ರಕೃತಿ-ಸಹಜವೇ. ಆದರೆ ಅವುಗಳ ಸಂಯೋಗಕ್ಕೆ ಅವಕಾಶ ಬೇಕಲ್ಲ?"

"ನಾನೊಂದು ಷಾಪಿಂಗ್ ಸೆಂಟರಿನಲ್ಲಿ ಸೇಲ್ಸ್ ಗರ್ಲ್ ಕೆಲಸದಲ್ಲಿದ್ದೆ. ಒಂದ್ಸಲ ಇವರು ಬಂದಿದ್ದರು. ಆಮೇಲೆ ಮತ್ತೆ ಮತ್ತೆ ನನ್ನ ಕೌಂಟರಿಗೇ ಬರುತ್ತಿದ್ದರು; ನನಗಾಗೇ ಬರುತ್ತಿದ್ದರು...ಮುಂದಿಂದು ಹೇಳಬೇಕಾಗಿಲ್ಲ"

"ಮನೇಲಿ ಎಷ್ಟು ಜನ ಇದೀರಿ?"

"ನಾನು, ನನ್ನ ತಾಯಿ ಇಬ್ಬರೇ"

"ನೀವೊಬ್ಬಳೇ ಮಗಳೇನು?"

"ಹೌದು. ನನ್ನ ತಾಯಿಗೆ ನಾನೊಬ್ಬಳೇ ಮಗಳು"

"ನಿಮ್ಮ ಮದುವೆ ಯಾವಾಗ?"

"ಕೃಷ್ಣನ್ನ ಕೇಳಬೇಕು"

"ಆಗ್ಲಿ, ಅವರನ್ನೇ ಕೇಳ್ತೀನಿ..ತಪ್ಪು ತಿಳೀಬೇಡಿ. ಒಂದು ಮಾತು ಕೇಳ್ತೀನಿ. ಅಕಸ್ಮಾತ್ ಕೃಷ್ಣ ನಿಮ್ಮನ್ನ ಒಪ್ಪದಿದ್ದರೆ..? ಏನ್ಮಾಡ್ತೀರಿ..? ನಿಮ್ಮ ಹತ್ರ ಏನು ಸಾಕ್ಷ ಇದೆ..?"

ಶರತ್ ಪ್ರಶ್ನೆಗೆ ಆಕೆಯ ಮುಖದಲ್ಲಿ ಚಿಂತೆಯ ಛಾಯೆ ಕಂಡಿತು. ಒಂದು ಕ್ಷಣ ವಿಚಲಿತಳಾದಳು.

"ಅವರ ಜೊತೆ ತೆಗೆಸಿಕೊಂಡಿರೋ ಫೋಟೋಗಳಿವೆ.."

"ಅದು ಪರಸ್ಪರ ಗೆಳೆತನವಷ್ಟೆ ಎಂದರೆ..?"

"ಅವರು ಬರೆದ ಒಂದು ಪತ್ರ ಇದೆ. ಅದರಲ್ಲಿ ಮದುವೆಯಾಗ್ತೀನಿ ಅನ್ನೋದು ಸ್ಪಷ್ಟವಾಗಿ ಬರೆದಿದ್ದಾರೆ"

"ಅದು ಕಾನೂನು ಒಪ್ಪುತ್ತಾ..?"

"ಖಂಡಿತಾ ಒಪ್ಪುತ್ತೆ..."

"ನನಗೆ ಅನುಮಾನ.."

"ಒಂದ್ನಿಮಿಷ ಆ ಪತ್ರ ತೋರಿಸ್ತೀನಿ.."

ಆಕೆಯ ಮುಖದಲ್ಲಿ ಕೋಪವಿತ್ತು. ಅಂದರೆ ಆ ಪತ್ರದಲ್ಲಿದ್ದುದು ಕೃಷ್ಣನನ್ನು ಕಾನೂನಿನಲ್ಲಿ ಸಿಕ್ಕಿಸಬಹುದಾದಂತಾದ್ದೆ..? ಅದು ಪ್ರೇಮಪತ್ರವಿದ್ದೀತು? ಆದರೆ ಅದನ್ನು ತೋರಿಸುವೆ ಎಂದಾಗ ತಾನೇಕೆ ಬೇಡ ಎನ್ನಲ್ಲಿ ಎನಿಸಿತು ಶರತ್‌ಗ.

ಐದು ನಿಮಿಷದಲ್ಲಿ ರಾಣಿ ಒಂದು ಪತ್ರ ತಂದಳು. ಅದನ್ನು ಒಂದು ಪಾರದರ್ಶಕ ಪ್ಲಾಸ್ಟಿಕ್ ಕವರಿನಲ್ಲಿ ಜತನ ಮಾಡಿದ್ದಳು. ಇಡೀ ಪತ್ರದ ಒಂದು ನೋಟ ಮಾತ್ರ ಸಿಕ್ಕಿತು. ಆಕೆ ಅದನ್ನು ಮಡಿಸಿ ಎರಡು ಸಾಲು ಮಾತ್ರ ಕಾಣುವಂತೆ ಶರತ್‌ಗ ತೋರಿಸಿದಳು.

'ನೀವು ಒಪ್ಪಿದರೆ ನಿಮ್ಮನ್ನು ಮದುವೆಯಾಗಲು ನಾನು ಪ್ರಿಪೇರ್ ಆಗಿದ್ದೇನೆ. ಪ್ಲೀಸ್ ಇಗ್ನೋರ್ ಮಾಡ್ಬೇಡಿ'

"ಓದಿ..ಸ್ಪಷ್ಟವಾಗಿಲ್ಲವೆ? ಇದು ಸಾಲದೆ..? ಇದರಿಂದ ಅವರು ಮದುವೆಯಾಗುವಂತೆ ಕಾನೂನಲ್ಲಿ ಕಟ್ಟಿಹಾಕ್ತೀನಿ.."

ಆಕೆಯ ಮಾತುಗಳಲ್ಲಿ ಗಟ್ಟಿತನವಿತ್ತು.

"ಓ...ಶೂರ್..ಇಷ್ಟು ಸಾಕು..ಅವರು ಎಸ್ಕೇಪಾಗಲು ಸಾಧ್ಯವಿಲ್ಲ. ಯೂ ಆರ್ ನಾಟ್ ಓನ್ಲೀ ಬ್ಯೂಟಿಫುಲ್..ಯೂ ಆರ್ ಅಲ್ಸೋ ಇಂಟೆಲಿಜೆಂಟ್"

ಶರತ್ ಮಾತಿಗೆ ರಾಣಿ ಉಬ್ಬಿದಳು.

"ನಿಮಗೆ ತೊಂದರೆಯಾಗೊಲ್ಲ ಎಂದರೆ ಒಂದು ಲೋಟ ಕಾಫಿ ಸಿಗಬಹುದೆ..?"

ಶರತ್ ಕೇಳಿದ. ಅವನಿಗೆ ಒಂದು ಕ್ಷಣ ಕಾಲಾವಕಾಶ ಬೇಕಾಗಿತ್ತು.

"ಆಫ್ ಕೋರ್ಸ್..ಐದು ನಿಮಿಷ"

ಶರತ್ ಹೊಗಳಿಕೆಯಿಂದ ಉಬ್ಬಿದ್ದ ಆಕೆ ನಸುನಗುತ್ತಾ ಒಳಗೆ ಹೋದಳು. ಕೃಷ್ಣ ಆಕೆಗೆ ಬರೆದಿದ್ದ ಪತ್ರ ಸೋಫಾ ಮೇಲಿಟ್ಟು ಹೋಗಿದ್ದಳು!

ಶರತ್ ತಕ್ಷಣ ಎದ್ದು ಮೊಬೈಲಿನಲ್ಲಿ ಆ ಪತ್ರದ ಫೋಟೋ ತೆಗೆದುಕೊಂಡು ಏನೂ ಆಗಿಲ್ಲದಂತೆ ತನ್ನ ಮೊಬೈಲ್ ನೋಡುತ್ತಾ ಕೂತಿದ್ದ.

ರಾಣಿ ಕಾಫಿ ತಂದಾಗ ಶರತ್ ಏನೂ ಆಗಿಲ್ಲದವನಂತೆ ತಣ್ಣಗೆ ಕೂತಿದ್ದ.

"ಥ್ಯಾಂಕ್ ಫಾರ್ ದಿ ಇನ್‌ಫರ್ಮೇಶನ್ ಅಂಡ್ ಕಾಫಿ"

ಶರತ್ ಮುಗುಳ್ನಗುತ್ತಾ ಕಾಫಿ ಕಪ್ಪು ಕೈಗೆ ತೆಗೆದುಕೊಂಡ.

"ಈಟ್ ಇಸ್ ಓ.ಕೆ"

ತಾನು ತಂದಿಟ್ಟಿದ್ದ ಲೆಟರ್ ಯಥಾಸ್ಥಿತಿಯಲ್ಲಿರುವುದು ನೋಡಿ ರಾಣಿ ನೆಮ್ಮದಿಯಿಂದ ನಕ್ಕಳು.

"ಮೆನಿ ಮೆನಿ ತ್ಯಾಂಕ್ಸ್ ಅಂಡ್ ವಿಷ್ ಯೂ ಆಲ್ ದಿ ಬೆಸ್ಟ್"

ಶರತ್ ಮುಗುಳ್ನಗುತ್ತಾ ಎದ್ದು ನಿಂತ. ಇನ್ನು ಈತ ತೊಲಗುವುದು ಗ್ಯಾರಂಟಿ ಎಂಬ ಕಾರಣದಿಂದಲೋ ಏನೋ? ಆಕೆಯೂ ನೆಮ್ಮದಿಯಿಂದ ನಕ್ಕಳು.

ಐದು ನಿಮಿಷದ ನಂತರ ಶರತ್ ಆಟೋದಲ್ಲಿ ಕುಳಿತಿದ್ದ. ತಲೆಯಲ್ಲಿ ಯಶವಂತರಾಯರ ಕೊಲೆಗಾರನ ಬಗೆಗೆ ಹತ್ತಾರು ಚಿಂತೆಗಳು. ಆತ ಯಾರು? ಎಲ್ಲಿರುವನು? ಏಕೆ ಕೊಲೆ ಮಾಡಿದ? ಕೊಲೆ ಮಾಡಿದವನು ತಮ್ಮ ನಡುವೆಯೇ ಇರುವನೋ? ನಮ್ಮ ನಡುವೆಯೇ ಇದ್ದರೆ ಯಾರವನು?

ಕೃಷ್ಣನೇ ಇರಬಹುದೇ? ಆಸ್ತಿಗಾಗಿ ಕೊಲೆ ಮಾಡಿರುವನೆ?

ರಾಮಣ್ಣನೆ? ಮಾವ ಸತ್ತರೆ ಆಸ್ತಿ ಕೃಷ್ಣನಿಗೆ. ಕೃಷ್ಣನಿಗೆ ಹೇಗಾದರೂ ಮಾಡಿ ಚಿತ್ರಾಳನ್ನ ಗಂಟು ಹಾಕಿದರೆ ಆಸ್ತಿ ತಮ್ಮದೇ ಆಗುವುದೆಂದೆ?

ಇಲ್ಲಾ ಮೂರ್ತಿಯೆ?! ಮೂರ್ತಿಗೆ ಯಶವಂತರಾಯರನ್ನು ಕೊಲೆ ಮಾಡಲು ಕಾರಣವೇ ಇಲ್ಲ. ಯಶವಂತರಾಯರು ಸತ್ತರೆ ತನ್ನ ಹೆಂಡತಿ ಸರಳಾಳಿಗೆ ಅರ್ಧ

ಆಸ್ತಿ ಮಾತ್ರ ಬರುತ್ತದೆ, ಆದರೆ ಪೂರ್ತಿ ಆಸ್ತಿ ಬರುವುದಿಲ್ಲ ಎಂದು ಗೊತ್ತು. ಆಸ್ತಿಯ ಸಿಂಹ ಪಾಲು ಕೃಷ್ಣನಿಗೇ ದಕ್ಕುತ್ತದೆ. ಹಾಗಿರುವಾಗ ಇಂತ ಹುಚ್ಚು ಕೆಲಸ ಮಾಡಿ ಮತ್ತೆ ಕೊಲೆಗಾರನನ್ನು ಹುಡುಕಿ ಎಂದು ತಮ್ಮ ಬಳಿಗೇ ಕೇಸು ತಂದೊಪ್ಪಿಸುತ್ತಿದ್ದನೆ?

ಆಟೋ ನಿಂತಿತು. ಅಲ್ಲೇ ಕಾಯುವಂತೆ ಆಟೋದವನಿಗೆ ಹೇಳಿ ಶರತ್ ಹತ್ತಿರದಲ್ಲಿದ್ದ ಲ್ಯಾಬೋರೇಟರಿಯನ್ನು ಪ್ರವೇಶಿಸಿದ. ಒಳಗೆ ಹೋಗಿ ಚೀಫ್ ಕೆಮಿಸ್ಟ್ನ ಭೇಟಿ ಮಾಡಿ ಒಂದು ರಿಪೋರ್ಟು ಪಡೆದ. ಅದನ್ನು ನೋಡಿ ಅವನ ಹುಬ್ಬುಗಳು ಗಂಟಿಕ್ಕಿದ್ದವು. ನಂತರ ಅದನ್ನು ತನ್ನ ಲೆದರ್ ಬ್ಯಾಗಿನಲ್ಲಿಟ್ಟುಕೊಂಡು ಈಚೆ ಬಂದು ಆಟೋದಲ್ಲಿ ಕುಳಿತ. ಆಟೋ ಹೊರಟಿತು.

ಇಷ್ಟಕ್ಕೂ ಯಶವಂತರಾಯರ ಶವ ಎಲ್ಲಿರಬಹುದು? ಹೇಗೆ ಮಾಯವಾಯಿತು? ಇದ್ದರೆ ಅದು ಯಾವ ಸ್ಥಿಯಲ್ಲಿದ್ದೀತು? ಅದನ್ನು ರಕ್ಷಣೆ ಖಂಡಿತಾ ಮಾಡಿರಲಾರರು. ಅದಕ್ಕೆ ಸೂಕ್ತ ರೀತಿಯ ರಕ್ಷಣಾ ರಾಸಾಯನಿಕಗಳು ಬೇಕು. ಕೊಲೆ ಮಾಡಿದವರು ಅದನ್ನು ಆದಷ್ಟು ಬೇಗನೆ ಬೇರೆಡೆ ಹೂತಿರುತ್ತಾರೆ! ಆ ಜಾಗ ಯಾರಿಗೂ ತಿಳಿಯದಂತೆ ಎಚ್ಚರವಹಿಸಿರುತ್ತಾರೆ. ಏಕೆಂದರೆ ಶವ ಕಾನೂನಿನ ಕೈಗಳಿಗೆ ಸಿಕ್ಕರೆ ತನ್ನ ಕೈಗೆ ಬೇಡಿ ಬೀಳುವುದು ಕೊಲೆಗಾರನಿಗೆ ಚೆನ್ನಾಗಿ ಗೊತ್ತು! ಇದು ಯಾರ ಕೆಲಸ ಇರಬಹುದು? ಕೊಲೆ ಮಾಡಿದವನು ಮತ್ತೆ ಶವ ಅಪಹರಿಸುವ ಕೆಲಸ ಯಾಕೆ ಮಾಡಿದ? ಅಪಹರಿಸಿ ಅದನ್ನೇನು ಮಾಡಿದ? ಶವವನ್ನು ಪತ್ತೆ ಹಚ್ಚುವುದಾದರೂ ಹೇಗೆ? ಶರತ್‌ನ ಯೋಚನೆ ವೇಗವಾಗಿತ್ತು. ಹಾಗೇ ಆಟೋ ಸಹ ವೇಗವಾಗಿ ಓಡುತ್ತಿತ್ತು.

ಆಟೋ ಚಿಕ್ಕಪೇಟೆ ಪ್ರವೇಶಿಸಿದಾಗ ಅಲ್ಲಿನ ಗದ್ದಲಕ್ಕೆ, ಜನಸಂದಣಿಗೆ ಆಟೋದವ ನಿಮಿಷಕ್ಕೊಂದು ಸಲ ಬ್ರೇಕ್ ಹಾಕುತ್ತಿದ್ದುದಕ್ಕೆ ಶರತ್‌ನ ಯೋಚನೆಗಳು ತುಂಡಾದುವು.

ಮೂರ್ತಿಯ ಅಂಗಡಿಗೆ ಸಮೀಪದಲ್ಲಿ ಆಟೋ ನಿಲ್ಲಿಸಿ ಶರತ್ ಆಟೋದಿಂದಿಳಿದು, ಡ್ರೈವರ್‌ಗ ಹಣ ಕೊಟ್ಟು ಅಂಗಡಿಯ ಕಡೆಗೆ ನಡೆದ.

"ಓಹೋ... ಬನ್ನಿ... ಬನ್ನಿ..."

ಮೂರ್ತಿ ಆದರದಿಂದ ಸ್ವಾಗತಿಸಿದ. ಅಂಗಡಿಯ ತುಂಬಾ ಗಿರಾಕಿಗಳಿದ್ದರು. ಇನ್ನು ಇವರಿಂದ ಬಿಡಿಸಿಕೊಳ್ಳೋಕೆ ಟೈಮಾಗಬಹುದು ಎಂದುಕೊಂಡ ಶರತ್.

"ಕೂತ್ಕೊಳ್ಳಿ. ಒಂದೈದೇ ನಿಮಿಷ...ಏಯ್...ಕಾಫಿ ತಗೊಂಡು ಬಾರೋ..."

ಹುಡುಗನಿಗೆ ಹೇಳಿದ.

"ಪರ್ವಾಗಿಲ್ಲ ಮೂರ್ತಿಯವರೆ. ನಂದಾಗಲೇ ಆಗಿದೆ".

"ಇರಲಿ ನನಗೆ ಕಂಪೆನಿ ಕೊಟ್ರಾಯ್ತು"

ಶರತ್ ಅಂಗಡಿಯನ್ನು ಅವಲೋಕಿಸುತ್ತಾ ಕುಳಿತು ಮೂರ್ತಿಗೆ ವ್ಯಾಪಾರ ಜೋರಾಗಿರೋ ಹಾಗಿದೆ. ಲಾಭ ಕೂಡ ಚೆನ್ನಾಗಿರಬಹುದು. ಯಶವಂತರಾಯರ ಸಾವಿನಿಂದ ಇವನಿಗೆ ಬರೋದು ಆಸ್ತಿ, ಹಣ ಗೌಣವೆ? ಹಾಗಿದ್ರೆ ಮೂರ್ತಿಯನ್ನು ಗುಮಾನಿಗಳ ಪಟ್ಟಿಯಿಂದ ಬಿಡಬಹುದೆ?

ಕಾಫಿ ಬರುವ ಸಮಯಕ್ಕೆ ಮೂರ್ತಿಯೂ ಬಿಡುವಾದ. ಒಂದು ಲೋಟ ಮೂರ್ತಿಯ ಕೈಗೆ ಕೊಟ್ಟು ತಾನೊಂದನ್ನು ಕೈಗೆ ತೆಗೆದುಕೊಂಡರು. ಕಾಫಿ ತಂದ ಹುಡುಗ ಕೇವಲ ಎರಡೇ ಎರಡು ತಂದಿರಲಿಲ್ಲ. ಒಟ್ಟು ಐದು ತಂದಿದ್ದ. ಇವರಿಬ್ಬರಿಗೆ ಕೊಟ್ಟು ಉಳಿದ ಮೂರನ್ನು ಅಂಗಡಿಯಲ್ಲಿ ಕೆಲಸ ಮಾಡುತ್ತಿದ್ದವರಿಗೆ ಕೊಡಲು ಹೋದ.

"ಊರಿಂದ ಯಾವಾಗ ಬಂದ್ರಿ?"

ಮೂರ್ತಿ ಕೇಳಿದ.

"ಸುಮಾರು ಹನ್ನೆರಡು ಗಂಟೆಗೆ ಬಂದೆ"

"ಏನಾದ್ರೂ ಪ್ರೋಗ್ರೆಸ್ ಆಯ್ತಾ?"

"ಇಲ್ಲ. ಇನ್ನೂ ಏನೂ ಖಚಿತವಾದ ಸುಳಿವು ಸಿಕ್ಕಿಲ್ಲ ..."

"ಹಾ! ನೀವು ಕೊಟ್ಟ ಮಾತ್ರೆ ಕೆಮಿಕಲ್ ಕಾಂಪೋಜಿಷನ್..."

ಮೂರ್ತಿ ಕ್ಯಾಷ್ ಬಾಕ್ಸಿನಿಂದ ಒಂದು ಕವರ್ ತೆಗೆದುಕೊಟ್ಟ. ಶರತ್ ಬಿಡಿಸಿ ಓದಿದ.

"ನನಗೇನೂ ಅರ್ಥವಾಗಲಿಲ್ಲ. ನಿಮಗರ್ಥವಾಗುತ್ತೇನೋ ನೋಡಿ" ಮೂರ್ತಿ ಕಾಫಿ ಹೀರುತ್ತಾ ಹೇಳಿದ.

ಮೂರ್ತಿ ಕೊಟ್ಟದ್ದು ಮತ್ತು ತಾನು ಮಾಡಿಸಿದ್ದು ಎರಡಕ್ಕೂ ತಾಳೆಯಾಗುತ್ತಿದೆಯಲ್ಲ ಎಂದು ಅಚ್ಚರಿಗೊಂಡ ಶರತ್! ಹಳ್ಳಿಯಲ್ಲಿ ಮಾತ್ರೆಯನ್ನು ಹೊನ್ನಿ ತಂದಾಗ, ಮೂರ್ತಿ ತಾನೇ ಅದರ ಕೆಮಿಕಲ್ ಅನಾಲಿಸಿಸ್ ಮಾಡಿಸ್ತೇನೆ ಎಂದು ಉತ್ಸಾಹ ತೋರಿದ್ದ. ಅದನ್ನು ನೋಡಿದಾಗ ಶರತ್‌ಗೆ ಬೇರೆ ಯೋಚನೆ ಬಂದಿತ್ತು. ಮೂರ್ತಿ ಅದರ ರಿಪೋರ್ಟು ಬದಲಾವಣೆ ಮಾಡಿಸಬಹುದು ಎನ್ನಿಸಿತ್ತು. ಆದರೆ ಹಾಗಾಗಿರಲಿಲ್ಲ. ಮೂರ್ತಿ ಅಸಲು ರಿಪೋರ್ಟನ್ನೇ ಕೊಟ್ಟಿದ್ದ. ಹಾಗಾದರೆ ಮೂರ್ತಿಯ ಮೇಲೆ ಅನುಮಾನಪಟ್ಟಿದ್ದು ತಪ್ಪೆ?

"ಹೌದು ಹೋಗಲೇಬೇಕಲ್ಲ? ಆದರೆ ಈಗಲೇ ಹೋಗೋಲ್ಲ. ಬೆಳಿಗ್ಗೆ ಹೋಗ್ತೀನಿ ರಿಪೋರ್ಟಿಗೆ ಥ್ಯಾಂಕ್ಸ್"

"ಅರೆ! ಇದಕ್ಕೆ ಥ್ಯಾಂಕ್ಸ್ ಯಾಕೆ? ಇದು ನನ್ನ ಕೆಲಸ. ನಾನು ಮಾಡದೆ ಇದ್ದರೆ ಹೇಗೆ?"

ಮೂರ್ತಿ ನಕ್ಕ.

"ಹಾ! ಇನ್ನೊಂದು ವಿಷಯ. ಯಶವಂತರಾಯರು ಸತ್ತ ಸುದ್ದಿ ನಿಮಗೆ ಮೊದಲು ತಿಳಿಸಿದವರು ಯಾರು?"

"ರಾಮಣ್ಣ....ಅವರೇ ಫೋನ್ ಮಾಡಿದ್ದರು"

"ಆಮೇಲೆ?"

"ಆಮೇಲೆ ಕೃಷ್ಣನಿಗೆ ವಿಷಯ ತಿಳಿಸಿಬೇಕು ಅಂತ ಹೇಳಿದರು. ಆದ್ರೆ ಕೃಷ್ಣ ಎಲ್ಲಿರ್ತಾನೆ, ಹೇಗೆ ಹುಡುಕೋದೂಂತ ಕೇಳಿದ್ದಕ್ಕೆ ನಾಲ್ಕು ವಿಳಾಸ ಕೊಟ್ಟರು. ಆ ನಾಲ್ಕು ವಿಳಾಸದಲ್ಲಿ ಒಂದು ಕಡೆ ಇರ್ತಾನೇಂತ ಹೇಳಿದರು.

"ಯಾಕೆ ಕೃಷ್ಣನ ಮೊಬೈಲಿಗೆ ಫೋನು ಮಾಡಬಹುದಿತ್ತಲ್ಲ?" ಶರತ್ ಒಮ್ಮೆಲೇ ಅನುಮಾನಿಸಿದ.

"ಅಷ್ಟು ಸುಲಭದಲ್ಲಿ ಮನೆಯವರಿಂದ ಫೋನನ್ನು ಅವನು ರಿಸೀವ್ ಮಾಡೋದಿಲ್ಲ! ಅದಕ್ಕೇ ಖುದ್ದಾಗಿ ಅವನಿಗೆ ತಿಳಿಸಬೇಕಾಗಿತ್ತು"

"ಆ ನಾಲ್ಕು ವಿಳಾಸ ಯಾವ್ಯಾವು?"

"ಒಂದು ಅವನು ಬೆಂಗಳೂರಲ್ಲಿರೋವಾಗ ಉಳಿದುಕ್ಕೊಳ್ಳೋ ಹೋಟೆಲ್. ಎರಡನೇದು ಒಂದು ಕ್ಲಬ್ಬುದ. ಅಲ್ಲಿ ಸದಾ ಇಸ್ಪೀಟಾಟ ನಡೆಯುತ್ತೆ. ಉಳಿದೆರಡು ಇಬ್ಬರು ಹುಡುಗಿಯರದು. ಹೋಟೆಲು ಮತ್ತು ಕ್ಲಬ್ಬಿಗ ಫೋನ್ ಮಾಡಿ ಕೇಳಿದೆ. ಕೃಷ್ಣ ಇರಲಿಲ್ಲ. ಈ ಹುಡುಗಿಯರ ವಿಳಾಸ ಹುಡುಕಿದೆ, ಮೊದಲನೆ ಮನೇಲೇ ಕೃಷ್ಣ ಸಿಕ್ಕಿದ".

"ಆಕೆ ಹೆಸರು?"

"ರಾಣಿ"

"ಕೃಷ್ಣನ ರಹಸ್ಯ ಜೀವನ ರಾಮಣ್ಣೋರಿಗೆ ಪೂರಾ ಗೊತ್ತಿರೊ ಹಾಗಿದೆ ಅಲ್ವಾ?"

"ಬೇರೆಯವರ ವ್ಯವಹಾರಕ್ಕೆ ನಾನು ತಲೆ ಹಾಕೋದಕ್ಕೆ ಹೋಗೋದಿಲ್ಲ".

"ಯಶವಂತರಾಯರಿಗೆ ತಮ್ಮ ಮೊಮ್ಮಗ ಕೃಷ್ಣನ ಸೀಕ್ರೆಟ್ ಲೈಫ್ ಗೊತ್ತಿತ್ತೆ?"

"ಅವರು ಬುದ್ಧಿವಂತರು ನೇರವಾಗಿ ತಿಳಿದುಕೊಳ್ಳೋದಕ್ಕೆ ಪ್ರಯತ್ನ ಪಡದೆ ಇದ್ದರೂ ಊಹಿಸಿರ್ತಾರೆ".

"ಥ್ಯಾಂಕ್ಸ್ ಫಾರ್ ದಿ ಇನ್‌ಫರ್ಮೇಷನ್".

"ಯೂ ಆರ್ ವೆಲ್ ಕಮ್".

"ಫ್ಯಾಮಿಲಿ ಕರ್ಕೊಂಡು ಬಂದ್ರಾ?"

"ಇಲ್ಲ. ಊರಲ್ಲೇ ಬಿಟ್ಟು ಬಂದಿದೀನಿ. ಹನ್ನೊಂದು ದಿವಸದ ಕೆಲಸ ಮುಗಿಸಿಕೊಂಡು ಬರಲೀಂತ".

"ಬೈ..."

ಶರತ್ ಮೂರ್ತಿಯ ಅಂಗಡಿಯಿಂದ ಈಚೆ ಬಂದ. ತಲೆ ಬಿಸಿಯಾಯಿತು. ಅವನ ಮತ್ತು ವಿಕ್ರಮ್ ಊಹೆ ತಲೆಕೆಳಗಾಗಿತ್ತು! ಮಾತ್ರೆಯ ಲ್ಯಾಬ್ ರಿಪೋರ್ಟನ್ನು ಮೂರ್ತಿ ತಿರುಚಿಸಬಹುದು ಎಂದುಕೊಂಡಿದ್ದರು. ಆದರೆ ಹಾಗಾಗಿರಲಿಲ್ಲ! ಮೂರ್ತಿ ಅವರ ಊಹೆಯನ್ನು ತಲೆಕೆಳಗು ಮಾಡಿದ್ದ. ಕೃಷ್ಣನ ಪ್ರೇಯಸಿ ರಾಣಿಯ ಮನೆಯ ವಿಳಾಸ ತಾನಾಗೇ ಹುಡುಕಿರಲಿಲ್ಲ. ಅದೂ ರಾಮಣ್ಣ ತಿಳಿಸಿದ್ದು!

***

ರಾಜಾಜಿನಗರದಲ್ಲಿ ಡಾಕ್ಟರ್ ರಮೇಶ್ ಅವರ ಕಮಲ ಕ್ಲಿನಿಕ್ ಹುಡುಕುವುದು ಶರತ್‌ಗ ಕಷ್ಟವಾಯಿತು. ಗೂಗಲ್ ಮ್ಯಾಪು ತೋರಿಸುತ್ತಿದ್ದ ಸ್ಪಾಟಿನ ಬಳಿ ಬಂದಿದ್ದರೂ ಕ್ಲಿನಿಕ್ಕು ಕಾಣಿಸುತ್ತಿರಲಿಲ್ಲ. ಅಥವಾ ಅದೆಲ್ಲಿದೆಯೋ ಅದನ್ನು ಗುರುತಿಸಲು ಶರತ್‌ಗ ಆಗಿರಲಿಲ್ಲ. ಎರಡು ಮೂರು ಸಲ ಸುತ್ತಾಡಿ, ಒಂದಿಬ್ಬರನ್ನು ಕೇಳಿದ ಮೇಲೆ ಸಿಕ್ಕಿತು ಕಮಲ ಕ್ಲಿನಿಕ್.

ಎರಡನೆ ಮುಖ್ಯರಸ್ತೆಯ ಹಳೆಯ ಎರಡು ಮಹಡಿ ಕಟ್ಟಡವೊಂದರಲ್ಲಿ ಕಮಲ ಕ್ಲಿನಿಕ್ ಬೋರ್ಡು ಮೊದಲನೆ ಕಂಡಿತು. ಮಹಡಿ ಮೆಟ್ಟಿಲುಗಳನ್ನು ಹತ್ತಿ ಕ್ಲಿನಿಕ್ ಪ್ರವೇಶಿಸಿದ ಶರತ್‌ನನ್ನು ಬಾಗಿಲಲ್ಲೇ ಯುವತಿಯೊಬ್ಬಳು ತಡೆದಳು.

"ಇವತ್ತು ಇನ್ನ್ಯಾರಿಗೂ ಟೋಕನ್ ಇಲ್ಲ. ನಾಳೆ ಬೆಳಿಗ್ಗೆ ಹನ್ನೊಂದು ಗಂಟೆಗೆ ಬನ್ನಿ"

ಮೇಜಿನ ಹಿಂದೆ ಕೂತಿದ್ದವಳು ಶರತ್‌ಗ ಹೇಳಿದಳು.

"ನಾನು ಪೇಷಂಟ್ ಅಲ್ಲಮ್ಮ. ಚಿಕ್ಕಪೇಟೆ ಟೆಕ್ಸ್ ಟೈಲ್ ಮರ್ಚೆಂಟ್ ಮೂರ್ತಿ ಅವರ ಕಡೆಯಿಂದ ಬಂದಿದ್ದೀನಿ. ಡಾಕ್ಟರ್ ಹತ್ರ ಮಾತಾಡ್ಬೇಕಾಗಿತ್ತು"

"ಇನ್ನು ಮೂರು ಜನ ಪೇಷಂಟ್ಸ್ ಇದ್ದಾರೆ ಅವರಾದ್ಮೇಲೆ ನೀವು ಡಾಕ್ಟರ್ ನೋಡಬಹುದು"

ಯುವತಿ ಹೇಳಿದಳು.

"ಮತ್ತೆ ಪೇಷಂಟ್ಸು ಬರ್ತಾನೇ ಇರ್ತಾರಲ್ವಾ?"

ಶರತ್ ಕೇಳಿದ.

"ಇಲ್ಲ, ಇನ್ನು ಯಾರಿಗೂ ಟೋಕನ್ ಕೊಡಬೇಡಾಂತ ಡಾಕ್ಟರು ಹೇಳಿದಾರೆ. ಅವರ ಮಗಳ ಬರ್ತ್ಡೇ ಇವತ್ತು. ಅದಕ್ಕೆ ಬೇಗ ಹೋಗ್ತಾರೆ. ಈ ಮೂರು ಜನ ಹೋದ್ಮೇಲೆ ನೀವು ಡಾಕ್ಟರ್ ನೋಡಬಹುದು"

ಶರತ್ ಕುರ್ಚಿಯ ಮೇಲೆ ಕುಳಿತು ಕಾಯತೊಡಗಿದ.

ಡಾಕ್ಟರ್ ರಮೇಶ್ ಅವರ ಕಮಲ ಕ್ಲಿನಿಕ್ ತುಂಬಾ ಹಳೆಯದಂತೆ ಕಾಣಿಸುತ್ತಿತ್ತು. ಬಹುಶಃ ರಮೇಶ್ ಕೂಡ ನಡು ವಯಸ್ಸು ದಾಟಿದವರೇ ಇರಬೇಕು ಎಂದುಕೊಂಡ ಶರತ್.

ಪೇಷಂಟ್‌ಗಳು ಕುಳಿತಿದ್ದ ಜಾಗ ಇಪ್ಪತ್ತು ಅಡಿ ಉದ್ದ ಮತ್ತು ಮೂವತ್ತು ಅಡಿ ಅಗಲವಿತ್ತು. ಅವನು ಕೂತಿದ್ದ ಜಾಗದ ಎದುರಿಗೆ ಒಂದು ಕ್ಯಾಬಿನ್ ಕಾಣಿಸುತ್ತಿತ್ತು. ಅದು ಡಾಕ್ಟರ್ ರಮೇಶ್ ಅವರು ರೋಗಿಗಳನ್ನು ಪರೀಕ್ಷಿಸಿ ಚಿಕಿತ್ಸೆ, ಸಲಹೆ ನೀಡುವ ಜಾಗ ಎಂದುಕೊಂಡ ಶರತ್.

ಸುಮಾರು ಇಪ್ಪತ್ತು ನಿಮಿಷಗಳಲ್ಲೇ ಅಲ್ಲಿದ್ದ ಎಲ್ಲಾ ಪೇಷಂಟುಗಳೂ ಡಾಕ್ಟರ್ ಜೊತೆ ತಮ್ಮ ಸಂದರ್ಶನ ಮುಗಿಸಿ ಈಚೆ ಬಂದಿದ್ದರು.

"ಇನ್ನು ಯಾರಾದರೂ ಪೇಷಂಟ್ಸ್ ಇದ್ದಾರ?"

ಒಳಗಿಂದ ಬಂದ ಧ್ವನಿ ಡಾಕ್ಟರ್ ರಮೇಶ್ ಅವರದ್ದೇ ಇರಬೇಕು ಎಂದು ಶರತ್ ಎದ್ದುನಿಂತ.

"ಇಲ್ಲ ಸರ್. ಮೂರ್ತಿ ಅವರ ಕಡೆಯಿಂದ ನಿಮ್ಮನ್ನು ನೋಡಬೇಕು ಅಂತ ಒಬ್ಬರು ಬಂದಿದ್ದಾರೆ"

ಒಳಗೆ ಹೋಗಿ ಯುವತಿ ಹೇಳಿದ್ದು ಶರತ್‌ಗ ಕೇಳಿಸಿತು.

"ಕಳಿಸು ಅವರನ್ನ"

ಆಕೆ ಈಚೆ ಬರುವ ಸಮಯಕ್ಕೆ ಶರತ್ ಆಗಲೇ ರಮೇಶ್ ಅವರ ಕ್ಯಾಬಿನ್ನಿನ ಪ್ರವೇಶದ ಬಳಿ ನಿಂತಿದ್ದ.

"ಸರ್ ಒಳಗೆ ಹೋಗಿ"

"ನಮಸ್ಕಾರ ಡಾಕ್ಟರ್"

ಶರತ್ ಕ್ಯಾಬಿನ್ ಒಳಗೆ ಪ್ರವೇಶಿಸಿದ.

ಎದುರಿಗೆ ಸಣ್ಣ ಟೇಬಲ್ಲಿನ ಹಿಂದೆ ಡಾಕ್ಟರ್ ರಮೇಶ್ ಕುಳಿತಿದ್ದರು. ಅವರ ಪಕ್ಕದಲ್ಲಿ ಪೇಷಂಟ್‌ಗಳು ಕುಳಿತುಕೊಳ್ಳಲು ಒಂದು ಸ್ಟೂಲ್, ಅದರಾಚೆ ಪೇಷಂಟ್‌ಗಳು ಮಲಗಿಕೊಳ್ಳಲು ಎತ್ತರದ ಒಂದು ಮಂಚವಿತ್ತು.

ಶರತ್ ಊಹಿಸಿದಂತೆ ಡಾಕ್ಟರ್ ರಮೇಶ್ ಸುಮಾರು ಐವತ್ತು ವರ್ಷ ವಯಸ್ಸಿನ ಚೂಪು ಮೂಗಿನ, ಅತೀವ ಚಟವಟಿಕೆಯ ವ್ಯಕ್ತಿ ಎನಿಸಿತು. ತಲೆಯ

ಮಧ್ಯಭಾಗದ ಕೂದಲುಗಳನ್ನು ಉದುರಿಹೋಗಿ ಎರಡು ಪಕ್ಕಗಳಲ್ಲಿ ಮಾತ್ರ ಕೂದಲಿತ್ತು ಅವರ ಚುರುಕು ಕಣ್ಣುಗಳು ಶರತನನ್ನು ತಿವಿಯುವಂತಿದ್ದವು.

"ಹೇಳಿ ನನ್ನ ಕಡೆಯಿಂದ ಏನಾಗಬೇಕು?" ಮಾತಿನಲ್ಲೂ ವೇಗವಿತ್ತು. ಆತುರದಲ್ಲಿ ಮಾತಾಡುವ ವ್ಯಕ್ತಿಯಂತೆ ಕಂಡರು ಡಾಕ್ಟರ್ ರಮೇಶ್.

"ನನ್ನ ಹೆಸರು ಶರತ್. ಪ್ರೈವೇಟ್ ಡಿಟೆಕ್ಟಿವ್. ಯಶವಂತರಾವ್ ಅವರ ಸಾವಿನ ಸಂಬಂಧದಲ್ಲಿ ಮೂರ್ತಿಯವರು ನಮ್ಮನ್ನು ಅಪಾಯಿಂಟ್ ಮಾಡಿದ್ದಾರೆ"

"ಓಹೋ ಹಾಗಾದ್ರೆ ಯಶವಂತರಾಯರ ಸಾವು ಇಷ್ಟಕ್ಕೆ ನಿಂತಿಲ್ಲ. ಸರಿ ನನ್ನಿಂದ ಏನಾಗಬೇಕು ಹೇಳಿ. ನಿಮಗೆ ಐದು ನಿಮಿಷ ಟೈಮ್ ಕೊಡ್ತೀನಿ ಅಷ್ಟೇ.."

"ತಮಗೆ ಅವರ ಸ್ಥಿತಿ ಬಗ್ಗೆ ಚೆನ್ನಾಗಿ ಗೊತ್ತಿತ್ತು. ಅವರಿಗೆ ಏನು ಕಾಯಿಲೆ ಇತ್ತು ಅವರು ಸಾಯೋದಕ್ಕೆ ಏನು ಕಾರಣ? ಅದು ಸಹಜವಾದ ಸಾವೇ ಇಲ್ಲ ಯಾರಾದರೂ ಕೊಲೆ ಮಾಡಿರುವ ಸಾಧ್ಯತೆ ಇದೆಯೇ? ಈ ಬಗ್ಗೆ ತಮ್ಮ ಅಭಿಪ್ರಾಯ ಬೇಕಾಗಿತ್ತು"

ಶರತ್ ವಿನಯದಿಂದ ಕೇಳಿದ.

“ಏನು ಕೊಲೇನಾ..? ನಿಮ್ಮ ತಲೆಗೆ ಈ ವಿಷಯ ಯಾರು ತುಂಬಿದರು?”

ಡಾಕ್ಟರ್ ರಮೇಶ್ ಅಚ್ಚರಿ ವ್ಯಕ್ತಪಡಿಸಿದರು.

“ಹೌದು ಸಾರ್. ಅವರ ಕೊಲೆಯಾಗಿದೆ ಅಂತ ಒಂದು ಮೂಕರ್ಜಿ ಪೋಲೀಸಿಗೆ ಕಳಿಸಿದ್ದಾರೆ. ಪೋಲೀಸ್ ಇಲಾಖೆ ಶವ ಪರೀಕ್ಷೆಗೆ ಸಮಾಧಿಯಿಂದ ತೆಗೆಯೋಕೆ ಹೋದಾಗ ಅಲ್ಲಿ ಶವ ಇರಲಿಲ್ಲ. ಇದನ್ನೆಲ್ಲಾ ನಿಮಗೆ ಮೂರ್ತಿಯವರು ಹೇಳಿರಬೇಕಲ್ಲ?”

“ಹೂ..ಹೇಳಿದಾರೆ..ಇದಕ್ಕೆ ನನ್ನಿಂದ ಏನಾಗಬೇಕು?”

“ಅವರು ನಿಮ್ಮ ಪೇಶಂಟಾಗಿದ್ದರು. ಅವರ ದೇಹಸ್ಥಿತಿ ತಮಗೆ ಗೊತ್ತು. ಅವರ ಸಾವಿನ ಬಗ್ಗೆ ನಿಮ್ಮ ಅಭಿಪ್ರಾಯ ಏನು ಅನ್ನೋದು ತಿಳಿಸಿ”

"ಯಶವಂತರಾಯರು ನನ್ನತ್ರ ಕನ್ಸಲ್ಟೇಶನ್‌ಗ ಬರುತ್ತಿದ್ದರು ಅವರಿಗೆ ರಕ್ತದೊತ್ತಡ ಇತ್ತು, ಶುಗರ್ ಇತ್ತು ಆಗ್ಗಾಗ್ಗೆ ಮೈಗ್ರೇನ್ ತಲೆನೋವು ಬರುತ್ತಿತ್ತು. ಆದ್ರೆ ಸಾಯೋ ಅಂತಾ ಯಾವ ಲಕ್ಷಣಗಳು? ಇರಲಿಲ್ಲ. ಆದರೆ ಸಾವಿನ ವಿಷಯ ಹೀಗೇಂತ ಹೇಳೋಕಾಗಿಲ್ಲ "

"ಅವರ ಕೊಲೆ ಯಾಗಿರಬಹುದಾ?"

“ಏನ್ರೀ..ನನ್ನ ಬಾಯಿಂದ ಹೀಗೆಲ್ಲಾ ಹೇಳಿ ಸಿಕ್ಕಿಸಬೇಕೂಂತಿದ್ದೀರಾ? ಯಾವ ಡಾಕ್ಟರು ಅವರು ಸತ್ತಾಗ ನೋಡಿದರೋ ಅವರನ್ನ ಹೋಗಿ ಕೇಳಿ. ಕೊಲೆ ಅನ್ನೋ ಅನುಮಾನ ಇದ್ರೆ ಪೋಸ್ಟ್ ಮಾರ್ಟಮ್ ಮಾಡಿಸಿ”

ರಮೇಶ್ ಒಮ್ಮೆಲೇ ರೇಗಿದರು.

"ಸಾರಿ ಡಾಕ್ಟರೇ..ನೀವು ಅವರ ಫ್ಯಾಮಿಲಿ ಡಾಕ್ಟರ್..ಅಂದ್ರೆ ಅವರು ಸತ್ತಾಗ ತಾವು ಅವರನ್ನ ನೋಡಲು ಹೋಗಲಿಲ್ಲವೆ?"

"ಕರೆದ್ರೆ ಹೋಗಬಹುದಿತ್ತು. ಕರೀದಿದ್ರೆ ನಾನ್ಯಾಕೆ ಮೂಗು ತೂರಿಸ್ಕೊಂಡು ಹೋಗಲಿ?"

"ಸಾರಿ, ತಾವು ಅವರ ಸಾವಿನ ಸಮಯದಲ್ಲಿದ್ದು ಅವರನ್ನ ಎಕ್ಸಾಮಿನ್ ಮಾಡಿದ್ದೀರಾಂತ ಕೇಳಿದೆ. ಹೋಗಲಿ..ಅವರ ಯಾವುದಾದರೂ ಅಭ್ಯಾಸಗಳು ಅವರು ಸಾಯೋದಕ್ಕೆ ಕಾರಣ ಆಗಿರಬಹುದೆ?

"ಅದನ್ನೆಲ್ಲಾ ನನ್ನನ್ನ ಯಾಕ್ರೀ ಕೇಳ್ತೀರಾ..? ಮೆಡಿಕಲ್ ರಿಪೋರ್ಟ್ ನೋಡಿ ತಿಳ್ಕೊಳ್ಳಿ.."

"ಸರಿ, ಡಾಕ್ಟರ್. ನಿಮಗೆ ಹೇಳೋಕೆ ಮನಸ್ಸಿದ್ದ ಹಾಗೆ ಕಾಣಿಸ್ತಿಲ್ಲ. ಯಶವಂತರಾಯರ ಕೇಸು ಸ್ವಲ್ಪ ಕಾಂಪ್ಲಿಕೇಟೆಡ್ಡೇ ಆಗೋ ತರಾ ಇದೆ. ನಾವು ಖಾಸಗಿ ಡಿಟೆಕ್ಟೀವ್ಸ್ ಅದಕ್ಕೇ ನಮ್ಮ ಪ್ರಶ್ನೆಗಳಿಗೆ ಉತ್ತರ ಹೇಳೋಕೆ ನೀವು ಮನಸ್ಸು ಮಾಡ್ತಿಲ್ಲ. ಇದು ಪೋಲೀಸ್ ಕಡೆಯಿಂದ ಬಂದ್ರೆ..? ಆಗಲೂ ನೀವು ರೆಫ್ಯೂಸ್ ಮಾಡೋಕಾಗೊಲ್ಲ.."

"ಏನ್ರೀ ಹೆದ್ರಿಸ್ತಿದ್ದೀರ?" ಡಾಕ್ಟರ್ ರಮೇಶ್ ಮತ್ತೆ ರೇಗಿದರು.

"ಹೆದ್ರಿಸ್ತಿಲ್ಲ ಸಾರ್..ನಮಗೆ ಬೇಕಾದ ಇನ್ಫರ್ಮೇಶನ್ ಪಡ್ಕೊಳ್ಳೋಕೆ ಇರೋ ದಾರಿ ಹೇಳಿದೆ. ನನ್ನ ಪ್ರಶ್ನೆಗೆ ನೀವು ಉತ್ತರಿಸೊಲ್ಲ ಅಂದ್ರೆ ನಾನು ಪೋಲೀಸ್ ಕಡೆಯಿಂದ ಬರ್ತೀನಿ.."

ಶರತ್ ಮಾತಿನಲ್ಲೇ ಚುರುಕು ಮುಟ್ಟಿಸಿದ.

"ಏನು? ಧಮಕೀನಾ..?"

"ಛೆ..ಛೆ..ಹಾಗ್ಯಾಕೆ ತಿಳೀತೀರ..? ರಿಕ್ವೆಸ್ಟು ಅಷ್ಟೆ"

ಶರತ್ ಡಾಕ್ಟರ್ ರಮೇಶ್ ಮನ ಒಲಿಸುವ ಪ್ರಯತ್ನ ಮಾಡಿದ. ರಮೇಶ್ ಬಿಗಿದಿದ್ದ ಮುಖ ಸಡಿಲವಾಯಿತು.

"ಅವರ ಹಾರ್ಟು ವೀಕಾಗಿತ್ತು. ಎಚ್ಚರಿಕೆಯಿಂದ ಇರೋಕೆ ಹೇಳಿದ್ದೆ. ಅವರಿಗೆ ಡ್ರಿಂಕ್ಸ್ ತಗೊಳ್ಳೋ ಅಭ್ಯಾಸ ಇತ್ತು. ರಮ್ಮು ಕುಡೀತಿದ್ರು. ಅದರ ಜೊತೇಲೇ ಟ್ಯಾಬ್ಲೆಟ್ಸ್ ಕೂಡ ತಗೋತಿದ್ದರು. ಒಂದೆರಡು ಸಲ ಅವುಗಳಿಂದ ರಿಯಾಕ್ಷನ್ ಆಗಿ ತೊಂದರೆಯಾಗಿತ್ತು. ಎರಡು ದಿವಸ ನರ್ಸಿಂಗ್ ಹೋಮಲ್ಲಿದ್ದರು. ಅಂತಾದ್ದೇ ಈ ಸಲ ಕೂಡ ಆಗಿರಬಹುದು. ಆದು ಕೊಲೆ ಅಂತ ಹೇಳೋಕೆ ನಾನಲ್ಲಿ ಇರಲಿಲ್ಲ. ಅವರ ಬಾಡಿ ಚೆಕಪ್ ಮಾಡಿಲ್ಲ. ಅವರ ಪೋಸ್ಟ್ ಮಾರ್ಟಮ್ ರಿಪೋರ್ಟು ಕೂಡ

ನೋಡಿಲ್ಲ. ನನ್ನ ಹಾಗಂದ ಮಾತ್ರಕ್ಕೆ ಅವರು ಕೊಲೆಯಾಗಿದ್ದಾರೆ ಅಂತ ಹೇಳೋದೂ ತಪ್ಪು. ರಕ್ತದೊತ್ತಡ ಇದ್ದಿದ್ದರಿಂದ ಅವರು ಹಾರ್ಟ್ ಅಟ್ಯಾಕ್ ಆಗಿರಬಹುದು. ಆಲ್ಕೋಹಾಲ್ ತಗೊಂಡು ಅಭ್ಯಾಸ ಅದರ ಜೊತೆಗೆ ಬೇರೆ ಔಷಧಿ ತಗೊಂಡಿದ್ರೆ ಅದು ಮೇಲೆ ಪರಿಣಾಮ ಸಾಧ್ಯತೆ ಇದೆ. ಇದಿಷ್ಟು ಮಾತ್ರ ನಾನು ಹೇಳಬಲ್ಲೆ. ಅದು ಕೊಲೆಯೋ ಅಲ್ಲವೋ..ಅದನ್ನ ನಾನು ಹೇಳಲಾರೆ.."

ಡಾಕ್ಟರ್ ರಮೇಶ್ ಈ ಸಲ ಉಢಾಫೆ ಮಾಡದೆ ಹೇಳಿದರು. ಅವ್ರ ಮಾತು ನಂಬಬಹುದು ಎನ್ನಿಸಿತು ಶರತ್‌ಗ.

"ಸಾರಿ, ಇವತ್ತು ನನ್ನ ಮಗಳ ಬರ್ತ್ಡೇ ಇದೆ..ಬೇಗ ಹೋಗಬೇಕು..ಬೇರೆ ಏನಾದ್ರೂ ಬೇಕಾದ್ರೆ ಫೋನ್ ಮಾಡಿ. ಛಾಯಾ..ಇವರಿಗೆ ನನ್ನ ಕಾರ್ಡ್ ಕೊಡು..ಮತ್ತೆ ಕ್ಲಿನ್ಕ್ ಕ್ಲೋಸ್ ಮಾಡ

ಎಂದು ಹೇಳಿದ ಡಾಕ್ಟರ್ ರಮೇಶ್ ಶರತ್ ಉತ್ತರಕ್ಕೂ ಕಾಯದೆ ಎದ್ದರು.

"ತ್ಯಾಂಕ್ಯು ಡಾಕ್ಟರ್..ಸಾರಿ, ನನ್ನಿಂದ ನೀವು ಮನೆಗೆ ಹೋಗೋದಕ್ಕೆ ಸ್ವಲ್ಪ ತೊಂದ್ರೆಯಾಯ್ತು"

"ಇಟ್ ಈಸ್ ಓಕೆ"

ಶರತ್ ಆಚೆ ಕೂತಿದ್ದ ಛಾಯಾಳಿಂದ ರಮೇಶ್ ಅವರ ವಿಸಿಟಿಂಗ್ ಕಾರ್ಡು ಪಡೆದು ಕ್ಲಿಲ್ಲಿಕ್ಕಿನ ಬಾಗಿಲಾಚೆ ಕಾಲಿಡುತ್ತಲೇ ಬಾಗಿಲಾಚೆ ನಿಂತದ್ದ ಒಬ್ಬ ವ್ಯಕ್ತಿಗೆ ಡಿಕ್ಕಿ ಹೊಡೆಯಲಿದ್ದ! ಸಾವರಿಸಿಕೊಂಡು ಪಕ್ಕಕ್ಕೆ ಸರಿದು ಆ ವ್ಯಕ್ತಿಯನ್ನು ಗದರಿದ ಶರತ್.

"ಸ್ವಲ್ಪ ಪಕ್ಕಕ್ಕೆ ಸರಿದು ನಿಲ್ಲಬಾರದೆ?"

"ಸಾರಿ ಸಾರ್"

ಎಂದವನೇ ಸರಸರನೆ ಮಹಡಿಯ ಮೆಟ್ಟಿಲುಗಳ ಕಡೆ ಧಾವಿಸಿದ.

ಶರತ್‌ಗ ಅವನ ವರ್ತನೆಯಲ್ಲಿ ಏನೋ ಅಸಹಜತೆ ಕಾಣಿಸಿತು. ಬಹುಶಃ ಆತ ಒಳಗಿನ ಮಾತುಗಳನ್ನು ಕೇಳಿಸಿಕ್ಕೊಳ್ಳುತ್ತಿದ್ದ ಎನಿಸಿತು. ಆದರೆ ಏಕೆ? ಯಾರಾತ? ಇದ್ದಕ್ಕಿದ್ದಂತೆ ಆ ವ್ಯಕ್ತಿಯನ್ನು ಎಲ್ಲೋ ನೋಡಿರುವೆ ಎನಿಸಿತು! ಎಲ್ಲಿ..? ಮಿಂಚಿನಂತೆ ಹೊಳೆಯಿತು! ಅವನು ಮೂರ್ತಿಯವರ ಅಂಗಡಿಯಲ್ಲಿ ಕಂಡಿದ್ದ. ಅಂದರೆ ಮೂರ್ತಿಯ ಅಂಗಡಿ ಕೆಲಸದವನು! ಅವನನ್ನು ಮೂರ್ತಿ ಕಳಿಸಿದ್ದರೆ? ತಾನು ಡಾಕ್ಟರ್ ಬಳಿ ಏನು ಮಾತಾಡುತ್ತಿದ್ದೆ ಎಂದು ಕೇಳಿಸಿಕ್ಕೊಳ್ಳಲು ಕಳಿಸಿದ್ದರೆ? ಅಂದರೆ ಮೂರ್ತಿ ಈ ಕೊಲೆಯಲ್ಲಿ ಭಾಗವಹಿಸಿರುವರೆ? ಆದರೆ ಅವರೇ ತಮಗೆ ಕೇಸು ಒಪ್ಪಿಸಿದ್ದಾರೆ..? ಏನಿದು ವಿಚಿತ್ರ? ಡಿಕ್ಕಿ ಹೊಡೆಯಲಿದ್ದವನು ಮೂರ್ತಿಯ ಕೆಲಸದವ ಎನ್ನುವುದು ಮಿಂಚುತ್ತಲೇ ಶರತ್ ಓಡುತ್ತಾ ಮೆಟ್ಟಿಲುಗಳನ್ನು ಇಳಿದು,

ಆ ವ್ಯಕ್ತಿಯನ್ನು ಹಿಡಿಯುವ ಪ್ರಯತ್ನ ಮಾಡಿದ. ಆದರೆ ತಡವಾಗಿತ್ತು! ಶರತ್ ಮೆಟ್ಟಿಲಿಳಿದಾಗ ಬೈಕ್ ಒಂದು ಅಗಾಧ ಶಬ್ದ ಮಾಡುತ್ತಾ ವೇಗವಾಗಿ ಬಿಲ್ಲಿನಿಂದ ಬಂದ ಬಾಣದಂತೆ ಚಿಮ್ಮಿ ರಸ್ತೆಯ ಕೊನೆಯ ತಿರುವಿನಲ್ಲಿ ಮಾಯವಾಯಿತು!

ಡಾಕ್ಟರ್ ರಮೇಶ್ ಭೇಟಿಯಿಂದ ಯಾವುದೇ ಅನುಕೂಲವಾಗಿರಲಿಲ್ಲ. ಅಡ್ಡಗೋಡೆಯ ಮೇಲೆ ದೀಪವಿಟ್ಟಂತೆ ಮಾತಾಡಿದ್ದರು. ಕೊಲೆಯೂ ಆಗಿರಬಹುದು, ಅವರ ರಮ್ಮು ಕುಡಿಯುವ ಚಟದೊಂದಿಗೆ ಇನ್ಯಾವುದಾದರೂ ಮಾತ್ರೆ ತೆಗೆದುಕೊಂಡಿದ್ದರೆ ಅದೂ ಅವರ ಸಾವಿಗೆ ಕಾರಣವಾಗಿರಬಹುದು ಎಂದಿದ್ದರು!

ಡಾಕ್ಟರ್ ರಮೇಶ್ ಭೇಟಿಯಿಂದಾಗದ ಲಾಭ ಮೂರ್ತಿಯ ಅಂಗಡಿ ಕೆಲಸದವನಿಂದ ಆಗಿತ್ತು!! ಯಶವಂತರಾಯರ ಕೊಲೆಯಲ್ಲಿ ಮೂರ್ತಿಯನ್ನು ಪ್ರಮುಖ ಅರೋಪಿಯ ಸ್ಥಾನದಲ್ಲಿ ನಿಲ್ಲಿಸಿತ್ತು!

***

"ಎಲ್ಲೋ ಹೋಗಿದ್ದ ಹಾಗಿತ್ತು?"

ರಾಮಣ್ಣ ಮನೆಯೊಳಕ್ಕೆ ಬಂದ ವಿಕ್ರಮ್‌ನನ್ನು ಕೇಳಿದ.

"ನಮ್ಮ ಕೆಲಸವೇ ಅದು! ಸಿಕ್ಕಿದ ಕಡೆ ತಿರುಗೋದು, ಯರ್‌ಯಾರಿಂದ ಏನೇನೆಲ್ಲಾ ತಿಳಿಯೋಕ್ಕೆ ಸಾಧ್ಯವೋ ಎಲ್ಲಾ ತಿಳ್ಕೊಂಡು ಕೊನೆಗೆ ಎಲ್ಲಾ ಒಟ್ಟು ಸೇರಿಸಿ ಒಂದು ನಿರ್ಧಾರಕ್ಕೆ ಬರೋದು"

ವಿಕ್ರಮ್ ನಗುತ್ತಾ ತನ್ನ ಕೆಲಸದ ಬಗೆಗೆ ಲಘುವಾಗಿ ಹೇಳಿದ.

"ಏನೋ? ನನಗಂತೂ ಒಂದೂ ಅರ್ಥವಾಗ್ತಾ ಇಲ್ಲ. ಯಜಮಾನ್ರು ಸತ್ತಾಗ ನಮಗಂಥಾ ದುಃಖ ಆಗಿರಲಿಲ್ಲ-ಸತ್ಯವಾಗಿ! ಸಾಕಷ್ಟು ಚೆನ್ನಾಗಿ ಬಾಳಿ ಬದುಕಿದ್ದರು. ಸಾವು ಬಂದಿದ್ದು ಆಶ್ಚರ್ಯವಾಗಿರಲಿಲ್ಲ. ಹಾರ್ಟ್ ಅಟ್ಯಾಕ್ ಅಂತ ಎಲ್ಲ ತಿಳ್ಕೊಂಡಿದ್ದೊ. ಅವರನ್ನ ಚೆಕ್ ಮಾಡಿದ ಡಾಕ್ಟರೂ ಅದನ್ನೇ ಹೇಳಿದ್ದರು. ಅದು ಕೊಲೇಂತ ಪೋಲೀಸ್ನೋರು ಬಂದು ಹೇಳಿದಾಗ ಷಾಕ್ ಆಯ್ತು! ಕೊನೆಗೆ ಶವಾನೂ ಇಲ್ಲ! ಇದೇನೂಂತಾನೇ ಅರ್ಥವಾಗ್ತಾ ಇಲ್ಲ".

ಸಂಜೆಯ ಕಾಫಿ ಹೀರುತ್ತಿದ್ದವರು ಮುಖ ಕಹಿ ಮಾಡಿಕೊಂಡರು.

"ಯೋಚ್ನೆ ಮಾಡಬೇಡಿ. ಇವತ್ತಿನವರೆಗೆ ಜಗತ್ತಿನಲ್ಲಿ ಆಗಿರೋ ಕೊಲೆಗಳಲ್ಲಿ ಶೇಕಡ ತೊಂಬತ್ತೊಂಬತ್ತು ಪತ್ತೆಯಾಗಿವೆ. ಪತ್ತೆಯಾಗದೆ ಉಳಿದಿರೋದು ಕೇವಲ ಒಂದು ಪರ್ಸೆಂಟ್ ಅಷ್ಟೆ"

ವಿಕ್ರಮ್ ಅವರೆದುರಿನ ಸೋಫಾದಲ್ಲಿ ಕುಳಿತು ಸಮಾಧಾನ ಹೇಳಿದ.

"ಕಾಫಿ ತರೋಕೆ ಹೇಳು"

ಅಲ್ಲೇ ಆಟವಾಡುತ್ತಿದ್ದ ಎಂಟು ವರ್ಷದ ಹುಡುಗನೊಬ್ಬನನ್ನು ಕುರಿತು ರಾಮಣ್ಣ ಹೇಳಿದರು. ಹುಡುಗ ಒಳಗೆ ಓಡಿದ.

"ಸಿಗರೇಟ್?"

ವಿಕ್ರಮ್ ಜೇಬಿಂದ ಸಿಗರೇಟು ಪ್ಯಾಕು ತೆಗೆದು ರಾಮಣ್ಣನ ಮುಂದೆ ಹಿಡಿದ.

"ಥ್ಯಾಂಕ್ಸ್..."

ರಾಮಣ್ಣ ಸಿಗರೇಟು ಎಳೆದುಕೊಂಡ. ವಿಕ್ರಮ್ ತಾನೊಂದನ್ನು ತುಟಿಯಲ್ಲಿಟ್ಟುಕೊಂಡು ನಂತರ ಗ್ಯಾಸ್ ಲೈಟರ್‌ನಿಂದ ಎರಡು ಸಿಗರೇಟುಗಳಿಗೂ ಬೆಂಕಿ ಮುಟ್ಟಿಸಿದ .

"ಪೋಲೀಸ್‌ನೋರು ಬಂದು ಯಾರೋ ಮೂಕರ್ಜಿ ಕೊಟ್ಟಿದ್ದಾರೆ, ಯಶವಂತರಾಯರದ್ದು ಸ್ವಾಭಾವಿಕ ಸಾವಲ್ಲ ಕೊಲೆ ಅಂತ ಹೇಳಿದರಂತೆ ಅಲ್ವಾ?"

"ಹೌದು. ನಮಗೆ ಸ್ವಲ್ಪ ಪರಿಚಯದೋರೆ ಸಬ್‌ಇನ್‌ಸ್‌ಪಕ್ಟರ್. ಹೆಸರು ದೀಪಕ್ ಅಂತ. ಅವರೇ ಕೇಸು ಇನ್‌ವಸ್ಟಿಗೇಷನ್‌ಗ ತಗೊಂಡಿದಾರೆ"

"ಯಾವ ಸ್ಟೇಷನ್?"

"ಇಲ್ಲೇ ಬಿಡದಿ ಜೂರಿಡಿಕ್ಷನ್‌ಗೇ ಬರುತ್ತೆ"

"ಮೂಕರ್ಜೀನ ಅವರು ತೋರಿಸಿದ್ರಾ?"

"ಇಲ್ಲ. ನಾವು ಕೇಳಲೂ ಇಲ್ಲ. ಅದನ್ನ ನೋಡಿದ್ರೂ ಅದನ್ನು ಬರೆದವರು ಯಾರೂಂತ ಗೊತ್ತಾಗ್ತಿರಲಿಲ್ಲ. ಅದು ಪೋಲೀಸರ ಕೆಲಸ. ಅದರ ಹ್ಯಾಂಡ್‌ರೈಟಿಂಗ್ ಹುಡುಕೋದು. ಅವರು ಹೇಳಿದ್ರಲ್ಲಿ ನಮಗೆ ಅನುಮಾನ ಬರಲಿಲ್ಲ. ಆ ಹುಡುಗ ಅಂದ್ರೆ ಆ ಸಬ್‌ಇನ್‌ಸ್‌ಪಕ್ಟರ್ ನಮಗೆ ದೂರದ ಸಂಬಂಧಿಕ ಕೂಡ"

"ದೀಪಕ್..." ಹೆಸರನ್ನು ಒಮ್ಮೆ ಹೇಳಿಕೊಂಡ ವಿಕ್ರಮ್. "ಅವರು ಎಲ್ಲಿ ವಾಸ ಇದ್ದಾರೆ ಹೇಳಿ?"

"ಬೆಂಗ್ಳೂರಲ್ಲೇ ಇರೋದು. ದಿವಸಾ ಬಿಡದಿಗೆ ಬಂದು ಹೋಗಿ ಮಾಡ್ತಾರೆ..."

ಅಷ್ಟೊತ್ತಿಗೆ ಕಾಫಿ ಬಂತು.

"ಅವರನ್ನು ನೋಡಬೇಕಾಗಿತ್ತೇನು? ಕಾಫಿ ತಗೊಳ್ಳಿ"

"ಈ ಕೇಸನ್ನು ಅವರೂ ಇನ್‌ವಸ್ಟಿಗೇಟ್ ಮಾಡ್ತಿರೋದ್ರಿಂದ ಒಂದ್ಸಲ ನೋಡಬೇಕು"

"ಸಾಮಾನ್ಯವಾಗಿ ಸಾಯಂಕಾಲ ಆರು ಗಂಟೆ ತನಕಾನೂ ಅವರು ಸ್ಟೇಷನ್‌ನಲ್ಲೆ ಇರ್ತಾರೆ. ಬೇಕಾದ್ರೆ ಹೋಗಿ ಬರೋಣ"

ರಾಮಣ್ಣ ಗಡಿಯಾರ ನೋಡುತ್ತಾ ಹೇಳಿದರು.

"ಛೆ... ನೀವ್ಯಾಕೆ? ನಿಮಗೆಷ್ಟು ಕೆಲಸ ಇದೆಯೋ ಏನೋ? ನಾನು ಹೋಗಿ ಬರ್ತೇನೆ ಬಿಡಿ"

"ನಿಮ್ಮೂರಲ್ಲಿ ಕುದುರೆ ಯಾರು ಸಾಕಿದಾರೆ?"

ವಿಕ್ರಮ್ ನೆನಪು ಮಾಡಿಕೊಂಡು ಕೇಳಿದ.

"ಯಾಕೆ?"

"ಬೇಕಾಗಿತ್ತು..."

"ಅದಕ್ಕೂ ಈ ಕೇಸಿಗೂ ಏನಾದ್ರೂ ಸಂಬಂಧ?"

"ಇದೇಂತಾನೇ ತಿಳ್ಕೊಳ್ಳಿ"

"ನಮ್ಮೂರಲ್ಲಿ ಒಬ್ಬ ಅಗಸ ಇದಾನೆ. ಮುನಿಯಪ್ಪ ಅಂತ. ಅವನು ಎಲ್ಲಾ-ಅಗಸರಿಗೂ ಅಪವಾದ. ಎಲ್ಲಾ ಕತ್ತೆ ಕಟ್ಟಿದರೆ ಇವನು ಕುದುರೆ ಕಟ್ಟಿದಾನೆ" ರಾಮಣ್ಣ ನಕ್ಕರು.

"ಮನುಷ್ಯ ಹೇಗೆ?"

"ಹೀಗೇಂತಾನೇ ಹೇಳೋಕಾಗೊಲ್ಲ, ಅವನ ನಿಜವಾದ ವ್ಯಕ್ತಿತ್ವ ಇನ್ನೂ ಯಾರಿಗೂ ಗೊತ್ತಿಲ್ಲ"

"ಯಾಕೆ?"

"ವಿಚಿತ್ರ ಮನುಷ್ಯ. ಸ್ವಲ್ಪ ತಲೆ ಕೆಟ್ಟಿರೋನ ಹಾಗೆ ಆಡ್ತನೆ. ಒಂದೊಂದ್ಸಲ ಇದಕ್ಕಿದ್ದಾಗೆ ಜಗಳ ಆಡ್ತಾನೆ. ಆದರೆ ವರ್ಷದಿಂದ ಕೆಲಸ ಮಾಡ್ಕೊಂಡು ಹೋಗ್ತಿದಾನೆ"

"ಹಿಂದೆ ಎಲ್ಲಿದ್ದನಂತೆ?"

"ರಾಯಚೂರು ಕಡೆ ಇದ್ದೇಂತ ಹೇಳ್ತಾನೆ..."

"ಹೆಂಡತಿ ಮಕ್ಕಳು?"

"ಅವನಿಗೆ ಯಾರೂ ಇಲ್ಲ. ಒಬ್ಬನೇ ಇದಾನೆ"

"ಸರಿ. ಮತ್ತೆ ಒಂದು ರೌಂಡು ಹೋಗಿ ಬರ್ತೀನಿ. ಕೆಲಸ ಹಿಡಿದ ಮೇಲೆ ಮುಗಿಸಬೇಕಲ್ಲ? ಅಂದ ಹಾಗೆ ಕೃಷ್ಣ ಎಲ್ಲಿ ಕಾಣ್ತಾ ಇಲ್ಲವಲ್ಲ?"

ಗೊತ್ತಿಲ್ಲ. ನಾನೂ ಬೆಳಗ್ಗೆಯಿಂದ ನೋಡಿಲ್ಲ. ಬೆಂಗ್ಳೂರಿಗೆ ಏನಾದ್ರೂ ಹೋದನೋ ಏನೋ? ನನ್ನ ಹೆಂಡ್ತಿನ ಕೇಳ್ತೀನಿ"

ರಾಮಣ್ಣ ಎದ್ದು ಹೋದ. ಈ ಹಿಂದೆ ರಾಮಣ್ಣ ನಮ್ಮೂರಿನಲ್ಲಿ ಕುದುರೆ ಸಾಕಿರುವವರು ಯಾರೂ ಇಲ್ಲ ಎಂದಿದ್ದು ವಿಕ್ರಮ್‌ಗ ನೆನಪಾಯಿತು. ಆಗ ಸುಳ್ಳು ಹೇಳಿದ ರಾಮಣ್ಣ ಈಗ ನಿಜ ಹೇಳಿದ್ದೇಕೆ? ಆಗ ಹೇಳಿದ್ದನ್ನು ಇವರು

ಮರೆತಿರಬಹುದೆ? ಆಗ ಬೇರೆ ಯೋಚನೆ ಇದ್ದು, ಅಂತಾ ಸುಳ್ಳು ಹೇಳಿದ್ದರೆ? ಈಗ ಆ ಅಭಿಪ್ರಾಯ ಬದಲಿಸಿರಬಹುದೆ? ಈ ಸಮಯದಲ್ಲಿ ಅವರು ಕುದುರೆ ಸಾಕಿರುವ ಮುನಿಯಪ್ಪನನ್ನು ಭೇಟಿ ಮಾಡಿ ಅವನಿಗೆ ಏನಾದರೂ ಸುದ್ದಿ ಕೊಟ್ಟಿರಬಹುದೆ? ಹುಷಾರಾಗಿರು ಎಂದು ಹೇಳಿರಬಹುದೆ? ಆಗ ನಮ್ಮೂರಲ್ಲಿ ಕುದುರೇನೇ ಇಲ್ಲ ಪಕ್ಕದೂರಿನಲ್ಲಿ ಒಬ್ಬ ಗರಡಿ ಉಸ್ತಾದ್ ಕಟ್ಟಿದಾನೆ ಎಂದಿದ್ದವರು ಇದೀಗ ಅಗಸ ಮುನಿಯಪ್ಪನ ವಿಷಯ ಹೇಳಿದ್ದೇಕೆ? ಮುನಿಯಪ್ಪ, ಕುದುರೆ ಮತ್ತು ರಾಮಣ್ಣ ಇವರ ನಡುವೆ ಏನು ನಡೆದಿದೆ? ಆಗ ಸುಳ್ಳು! ಈಗ ನಿಜ!

ಕುದುರೆಗೂ ಈ ಕೇಸಿಗೂ ಏನಾದರೂ ಸಂಬಂಧ ಇರಬಹುದೆ? ಇಲ್ಲಾ ಸುಮ್ಮನೆ ಹಸಿರು ತಿನ್ನೋಕೇನಾದ್ರೂ ಕುದುರೆ ಅಲ್ಲಿ ಅಡ್ಡಾಡಿರಬಹುದಾ? ಛೆ... ಅದು ಸಾಧ್ಯವಿಲ್ಲ. ಯಾಕೆಂದರೆ ಅಲ್ಲಿ ಹಸಿರಿರಲಿಲ್ಲ. ಆದರೆ ಯಾರೋ ಹುಲ್ಲು ತಂದು ಅಲ್ಲಿ ಹಾಕಿದ್ದರು. ಅಂದರೆ ಕುದುರೆ ಅದಾಗೇ ದಾರಿ ತಪ್ಪಿ ಬಂದಿಲ್ಲ. ಅಥವಾ ಹುಲ್ಲು ಹುಡುಕಿಕೊಂಡೂ ಬಂದಿಲ್ಲ. ಅಲ್ಲದೆ ಮರಕ್ಕೆ ಕುದುರೆ ಕಟ್ಟಿದ್ದ ಸ್ಪಷ್ಟವಾದ ಗುರುತು ಮರದ ತೊಗಟೆಯ ಮೇಲಿತ್ತು. ಕುದುರೆ ಸ್ಮಶಾನಲ್ಲಿದ್ದುದಕ್ಕೂ ಯಶವಂತರಾಯರ ಶವ ಮಾಯವಾದಕ್ಕೂ ಸಂಬಂಧವಿಲ್ಲದೆ ಇರಬಹುದು. ಆದರೆ ಕುದುರೆಯನ್ನ ಯಾರೋ ಆ ಮರಕ್ಕೆ ಕಟ್ಟಿದ್ದಂತೂ ನಿಜ.

ರಾಮಣ್ಣ ಬಂದು ನೇರವಾಗಿ ಮಾತಿಗಿಳಿದರು.

"ನನ್ನ ಹೆಂಡತೀಗೂ ಏನೂ ಗೊತ್ತಿಲ್ಲ. ಯಾರಿಗೂ ಹೇಳಿಲ್ಲ. ಕೃಷ್ಣನ ಹತ್ರ ಏನಾದ್ರೂ ಮಾತಾಡಬೇಕಿತ್ತೇನೂ?"

"ಹೂ..."

"ಶೇಖರ್ ಅಂತ ಅವನ ಸ್ನೇಹಿತ ಒಬ್ಬನಿದಾನೆ. ಅವನ ಮನೇಲಿ ಇರಬಹುದು".

"ಮನೆ ಎಲ್ಲಿದೆ?"

"ಪೋಸ್ಟಾಫೀಸು ಇದೆಯಲ್ಲ? ಅದರ ಮುಂದೇನೆ ಅರ್ಧ ಕಿಲೋಮೀಟರು ಹೋದರೆ ರಸ್ತೆ ಪಕ್ಕದಲ್ಲೇ ಒಂದು ಫಾರಮ್ ಸಿಗುತ್ತೆ. ಹೆಸರು 'ನೇಸರ' ಅಂತ. ಶೇಖರ್ ಮತ್ತು ಕೃಷ್ಣ ಪಿ.ಯು.ಸಿಯಲ್ಲಿ ಕ್ಲಾಸ್‌ಮೇಟ್ಸ್. ಶೇಖರ್ ಮುಂದೆ ಓದದೆ ಫಾರ್ಮಿಂಗ್ ಮಾಡ್ತಿದ್ದಾನೆ. ಚೆನ್ನಾಗಿ ತೋಟ ಅಭಿವೃದ್ಧಿ ಮಾಡಿದಾನೆ. ಕೃಷ್ಣ ಅಗಾಗ್ಗೆ ಅವನ ಮನೆಗೆ ಹೋಗ್ತಿರ್ತಾನೆ."

"ಸರಿ... ಥ್ಯಾಂಕ್ಸ್!"

ವಿಕ್ರಮ್ ಎದ್ದು ಮನೆಯಾಚೆ ಬಂದ.

ಪೋರ್ಟಿಕೋದಲ್ಲಿ ನಿಲ್ಲಿಸಿದ್ದ ಜೀಪಿನಲ್ಲಿ ಕುಳಿತು, ಸ್ಟಾರ್ಟ್ ಮಾಡಿ ಗೇರ್‌ಗೆ ಹಚ್ಚಿದಾಗ ಗಾಡಿ ಮುಂದೆ ಸರಿಯಿತು. ಈಗೆಲ್ಲಿಗೆ ಹೋಗಲಿ? ಕೃಷ್ಣನನ್ನು ಹುಡುಕಲೇ? ಅಗಸ ಮುನಿಯಪ್ಪನ ಮನೆಗೆ? ಇಲ್ಲ ದೀಪಕ್‌ನ ಪೋಲೀಸ್ ಠಾಣೆಗೆ?

ಮನೆಯಿಂದ ಐವತ್ತಡಿ ದೂರ ಕ್ರಮಿಸಿದಾಗ ವಿಕ್ರಮ್‌ಗೆ ವಿಚಿತ್ರ ಭಾವನೆ. ಯಾರೋ ಹಿಂಬಾಲಿಸುತ್ತಿರುವಂತೆ? ತಿರುಗಿ ನೋಡಿದ.

ಬಾಲ್ಕನಿಯಲ್ಲಿ ಒಬ್ಬಳು ಹೆಂಗಸು ನಿಂತು ಅವನನ್ನು ನೋಡುತ್ತಾ ಇದ್ದಳು!

ಯಾರಾಕೆ? ವಿಕ್ರಮ್ ತಲೆಯಲ್ಲಿ ಪ್ರಶ್ನೆಗಳು ರಿಂಗಣಿಸಿದವು!

***

ಎದುರಿನ ಕುರ್ಚಿಯಲ್ಲಿ ಕೂತಿದ್ದ ವ್ಯಕ್ತಿಯನ್ನು ಇನ್‌ಸ್ಪೆಕ್ಟರ್ ದೀಪಕ್ ಕುತೂಹಲ ಮಿಶ್ರಿತ ಗೌರವದಿಂದ ನೋಡುತ್ತಾ ವಿಕ್ರಮ್ ಮಾತುಗಳನ್ನು ಗಮನವಿಟ್ಟು ಕೇಳುತ್ತಿದ್ದ. ಜೊತೆಯಲ್ಲೇ ಅವನು ತನ್ನಲ್ಲೇ ಸಂಭಾಶಿಸುತ್ತಿದ್ದ. ಈತನೇ? ಈತನೇನಾ, ನಾನು ನೋಡಲು ಬಯಸಿದ್ದ ವ್ಯಕ್ತಿ? ಇನ್‌ಸ್ಪೆಕ್ಟರ್‌ಆಗಗಿ ಟ್ರೈನಿಂಗ್ ಪಡೆಯುತ್ತಿದ್ದಾಗ ಪ್ರತಿ ದಿನವೂ ಪೇಪರ್‌ನಲ್ಲಿ ಬರುತ್ತಿದ್ದ ಅತ್ಯಂತ ಸಮಸ್ಯಾತ್ಮಕವಾಗಿದ್ದ ರುಂಡವಿಲ್ಲದ ಶವದ ರಹಸ್ಯವನ್ನು ತನ್ನ ಅಸಾಧಾರಣ ತನಿಖೆ, ಮೇಧಾವಿತನದಿಂದ ಬಿಡಿಸಿದವನು?

ದೀಪಕ್ ತನ್ನನ್ನು ನೋಡುತ್ತಿದ್ದ ರೀತಿಯಲ್ಲೇ ವಿಕ್ರಮ್‌ಗೆ ಅದರಲ್ಲಿದ್ದ ಮೆಚ್ಚಿಗೆಯ ಭಾವವೂ ತಿಳಿಯಿತು.

“ವಿಷಯ ಎಲ್ಲಾ ನಿಮಗೆ ಹೇಳಿದೀನಿ ಇನ್‌ಸ್ಪೆಕ್ಟರ್. ಈಗ ನಿಮ್ಮ ಸಹಾಯ ನನಗೆ ಸಿಗುತ್ತೇಂತ ನಂಬಬಹುದಾ?”

ವಿಕ್ರಮ್ ಕೇಳಿದ.

“ಶ್ಯೂರ್, ನೀವು ಹಾಗೆ ನಂಬಬಹುದು. ಆದರೆ ಅದನ್ನು ನಾನು ಪುಕ್ಕಟೆ ಮಾತ್ರೆ ಕೊಡಲಾರೆ. ಅದಕ್ಕೆ ನೀವು ಏನಾದರೂ ನೀಡಬೇಕು”

ದೀಪಕ್‌ನ ಮಾತುಗಳಿಂದ ವಿಕ್ರಮ್‌ಗೆ ಗಲಬಿಲಿ! ಏನಿದು? ಈತ ತನ್ನಿಂದ ಲಂಚ ಅಪೇಕ್ಷಿಸುತ್ತಿರುವನೆ?

“ಯಾವ ರೀತಿಯಲ್ಲಿ?”

ವಿಕ್ರಮ್ ಸ್ಪಷ್ಟ ಉತ್ತರ ಬೇಕಿತ್ತು.

“ಆಟೋಗ್ರಾಫ್‌ಗೆ ಸಹಿ ಮಾಡಿಕೊಡಬೇಕು!”

ಯುವಕ ಸಬ್‌ಇನ್‌ಸ್ಪೆಕ್ಟರ್‌ನ ವಿಚಿತ್ರ ಆಸೆ!

ವಿಕ್ರಮ್ ಮುಖದಲ್ಲಿ ಪಕ್ಕನೆ ನಗು ಚಿಮ್ಮಿತು.

"ನಾನು ಕಾಲೇಜಲ್ಲಿದ್ದಾಗಿಂದ ನಿಮ್ಮದೇ ಸ್ಫೂರ್ತಿ, ನೀವು ಸಾಲ್ವ್ ಮಾಡಿರೋ ಎಲ್ಲಾ ಕೇಸುಗಳನ್ನು ಸ್ಟಡಿ ಮಾಡಿದೀನಿ"

ತನ್ನ ಮೆಚ್ಚಿನ ಸಿನಿಮಾ ನಟನ ಮುಂದೆ ಹೇಳುವ ಅಭಿಮಾನಿಯಂತೆ ದೀಪಕ್ ಉತ್ಸಾಹದಿಂದ ಹೇಳಿದ.

"ಥ್ಯಾಂಕ್ಯು ವೆರಿಮಚ್ ದೀಪಕ್. ನನ್ನ ಜೀವನ, ನನ್ನ ವೃತ್ತಿ ನಿನ್ನಂಥ ಒಂದಿಬ್ಬರಿಗೆ ಸ್ಫೂರ್ತಿ ತುಂಬಿದರೂ ಸಾಕು ಮಾಡಿದರೂ ನನ್ನ ಬದುಕು ಸಾರ್ಥಕ. ಈಗ ನಾನು ಯಶವಂತರಾಯರ ಕೇಸು ತಗೊಂಡಿದೀನಿ. ನೀನು ಸಹಾಯ ಮಾಡಬೇಕು"

"ಆಫ್‌ಕೋರ್ಸ್. ತ್ರೀ ಒನ್ ಫೈವ್..." ಒಬ್ಬ ಪಿ.ಸಿ. ಬಂದ. ಫೈಲು ನಂಬರ್ ಮೂವತ್ತೊಂದು ತಗೊಂಡ್ಬಾ"

"ಸರಿ ಸಾರ್..."

"ದೀಪಕ್, ಈ ಕೇಸಿನ ಬಗ್ಗೆ ನಿನ್ನ ಅಭಿಪ್ರಾಯವೇನು?"

ಐದಾರು ನಿಮಿಷ ಫೈಲು ಬರುವವರೆಗೂ ಇಬ್ಬರೂ ವಿಚಾರ ವಿನಿಮಯ ಮಾಡಿಕೊಂಡರು.

ಫೈಲು ಬಂದೊಡನೆ ಅದನ್ನು ವಿಕ್ರಮ್‌ನ ಕೈಗಿತ್ತ.

ವಿಕ್ರಮ್ ಹಾಳೆಗಳನ್ನು ತಿರುವಿದ.

ಅಲ್ಲೇ ಇತ್ತು ಮೂಕರ್ಜಿ!!

ಯಶವಂತರಾಯರದು ಸ್ವಾಭಾವಿಕವಾದ ಸಾವಲ್ಲ-ಕೊಲೆ. ಅದನ್ನು ಪೋಲೀಸರ ಕಣ್ಣಿಂದ ಮರೆ ಮಾಡಿದ್ದರೆ. ಅದನ್ನು ತಕ್ಷಣ ತನಿಖೆ ಮಾಡಬೇಕು, ಎಂಬ ಒಕ್ಕಣೆಯಿದ್ದ ಪತ್ರ. ವಿಕ್ರಮ್ ಪತ್ರವನ್ನು ಎರಡು ಸಲ ಓದಿ ಪ್ರತಿಯೊಂದು ಶಬ್ದವನ್ನೂ ನೆನಪಿನ ಉಗ್ರಾಣಕ್ಕೆ ಸೇರಿಸಿದ. ಬರವಣಿಗೆಯ ರೀತಿ, ಉಪಯೋಗಿಸಿದ ಕಾಗದ, ಇಂಕ್, ಬರವಣಿಗೆಯ ಶೈಲಿ ಎಲ್ಲವನ್ನೂ ತುಂಬಾ ಎಚ್ಚರಿಕೆಯಿಂದ ಗಮನಿಸಿದ. ಪತ್ರದ ಶೈಲಿಯಿಂದಲೇ ವ್ಯಕ್ತಿಯ ಬೌದ್ಧಿಕ ಮಟ್ಟವನ್ನು ಅಳೆಯಲು ಸಾಧ್ಯವಾಗಿತ್ತು. ಪತ್ರ ಬರೆದಾತ ವಿದ್ಯಾವಂತ, ಕಾಲೇಜಿನ ಹಂತದ ಬೌದ್ಧಿಕ ಮಟ್ಟ. ಪತ್ರ ಬರೆದದ್ದು ಒಂದು ನೋಟ್‌ಬುಕ್ಕಿನ ಹಾಳೆಯ ಮೇಲೆ. ಅದರಿಂದ ಎರಡು ಸಾಧ್ಯತೆಗಳಿವೆ. ಒಂದು, ಬರೆದಾತ ಇನ್ನೂ ಕಾಲೇಜು ವಿದ್ಯಾರ್ಥಿ ಇರಬಹುದು, ಎರಡು, ಆತ ಕಾಲೇಜು ವಿದ್ಯಾರ್ಥಿಯಲ್ಲದಿದ್ದರೂ ಮನೆಯಲ್ಲಿ ಓದುವ ಮಕ್ಕಳು ಹೆಚ್ಚಿರಬೇಕು. ಆತ ಮನೆಯಲ್ಲಿಯೇ ಅವಸರದಿಂದ ಪತ್ರ ಬರೆದಿರಬೇಕು.

"ನಿಮ್ಮ ಒಪೀನಿಯನ್ ಏನು ಸರ್?"

ದೀಪಕ್ ಕೇಳಿದ.

"ಇಂಥಾ ವಿಷಯಗಳಲ್ಲಿ ಏಕ್‌ದಂ ಹಾಗೆ ಅಭಿಪ್ರಾಯ ಹೇಳೋಕೆ ಆಗೊಲ್ಲ ದೀಪಕ್. ಸ್ವಲ್ಪ ಯೋಚನೆ ಮಾಡಬೇಕು. ಅಪರಾಧ ತನಿಖೆ ಕೆಲಸ ತುಂಬಾ ಪ್ರಯಾಸದ್ದು. ಅಖಂಡವಾದ ಸಹನೆಯಿರಬೇಕು. ಸೂಕ್ಷ್ಮ, ತಾರ್ಕಿಕ ಮನೋಭಾವ ಇರಬೇಕು..."

ದೀಪಕ್ ಹಾವಾಡಿಗನ ಪುಂಗಿಗೆ ಹೆಡೆಯಾಡಿಸುವ ನಾಗರ ಹಾವಿನಂತೆ ತಲೆದೂಗಿದ.

"ಈಗ ನನಗೆ ಈ ಮೂಕರ್ಜಿಯ ಒಂದು ಜೆರಾಕ್ಸ್ ಕಾಪಿ ಬೇಕು"

ವಿಕ್ರಮ್ ಕೇಳಿದ.

"ಇದು ಪೋಲೀಸ್ ರೆಕಾರ್ಡ್, ನಾನು ಕೊಡಬಾರದು, ಆದರೆ ನಿಮ್ಮ ಮೇಲಿನ ಅಭಿಮಾನದಿಂದ ಕೊಡ್ತೀನಿ"

ದೀಪಕ್ ಠಾಣೆಯ ನೌಕರನೊಬ್ಬನಿಗೆ ಅದರ ಕಾಪಿ ಮಾಡಿ ಕೊಡಲು ಹೇಳಿದ.

"ಮಾರಿ ಹಬ್ಬದ ಟೈಮಲ್ಲಿ ಒಂದು ಹೊಡೆದಾಟ ಆಯ್ತಂತಲ್ಲ? ಅದರ ಬಗ್ಗೆ ಏನು ತನಿಖೆ ನಡೆದಿದೆ..ಇನ್ಸ್ಪೆಕ್ಟರ್?"

ವಿಕ್ರಮ್ ನೆನಪು ಮಾಡಿಕೊಂಡು ಕೇಳಿದ.

"ಹಾ..ಎರಡು ಗುಂಪುಗಳ ಮಧ್ಯೆ ಹೊಡೆದಾಟ. ಅದಕ್ಕೆ ಹಿನ್ನೆಲೆ ಬಿಡದಿ ಒಂದು ಸಹಕಾರಿ ಬ್ಯಾಂಕಿನ ಎಲೆಕ್ಷನ್ನು"

ದೀಪಕ್ ಅದು ಸಾದಾರಣ ವಿಷಯ ಎನ್ನುವಂತೆ ಹೇಳಿದ.

"ಅದು ಯಶವಂತರಾವ್ ಮತ್ತೆ ವೆಂಕಟರೆಡ್ಡಿ ಗುಂಪುಗಳ ನಡುವೆ ನಡೆದಿದ್ದಲ್ಲವೆ?"

"ಹಾಗೇ ಕಾಣುತ್ತೆ. ಆದ್ರೆ ಯಾರೂ ಇಬ್ಬರು ನಾಯಕರ ಬಗ್ಗೆ ಉಸಿರೆತ್ತುತ್ತಿಲ್ಲ..ಮೆರವಣಿಗೆ ವಿಷಯಕ್ಕೆ ನಡೆದದ್ದು ಅಂತ ಎಲ್ಲ ಸಾಕ್ಷಿಗಳೂ ಹೇಳಿವೆ. ನೇರವಾಗಿ ಯಶವಂತರಾವ್ ಅಥವಾ ವೆಂಕಟರೆಡ್ಡಿ ಹೆಸರು ಬಂದಿಲ್ಲ. ನಮ್ಮ ತನಿಖೆ ಪೂರ್ತಿ ಮಾಡಿ ಕೇಸು ನ್ಯಾಯಾಲಯಕ್ಕೆ ಒಪ್ಪಿಸಿದ್ದೀವಿ..ತೀರ್ಪು ಬರಬೇಕು ಅಷ್ಟೆ"

ದೀಪಕ್‌ಗ ತನ್ನ ಪಾಲಿನ ಕರ್ತವ್ಯ ಮುಗಿಸಿರುವ ಬಗ್ಗೆ ನಿರಾಳತೆಯಿತ್ತು.

"ಅಲ್ಲಾ..ಯಶವಂತರಾವ್ ಅವರ ಮರಣ ಅನುಮಾನಾಸ್ಪದ! ಆಮೇಲೆ ಶವ ಕೂಡ ನಾಪತ್ತೆಯಾಗಿದೆ. ಇದಕ್ಕೂ ವೆಂಕಟರೆಡ್ಡಿಗೂ ಸಂಬಂಧ ಇರಬಹುದೆ..?"

"ಇಲ್ಲಾ ಸಾರ್. ವೆಂಕಟರೆಡ್ಡಿ ಆ ಸಮಯದಲ್ಲಿ ತಿರುಪತಿಯಲ್ಲಿದ್ದ. ಅದು ಅವನಿಗೆ ಸ್ಟ್ರಾಂಗ್ ಅಲಿಬಿ. ಇದ್ರಲ್ಲಿ ಅವನ ಪಾತ್ರ ಇಲ್ಲ"

ವೆಂಕಟರೆಡ್ಡಿ ತಿರುಪತಿಯಲ್ಲಿದ್ದುದ್ದನ್ನು ದೀಪಕ್ ತನಿಖೆ ಮಾಡಿದಂತಿತ್ತು!

ನನ್ನ ಮುಂದಿನ ಹೆಜ್ಜೆ ಯಾವುದು? ಯಾರನ್ನು ಭೇಟಿ ಮಾಡಿ ಇಂಟರಾಗೇಟ್ ಮಾಡಲಿ? ವಿಕ್ರಮ್ ಯೋಚಿಸುತ್ತಾ ಮೂಕರ್ಜಿಯ ಜೆರಾಕ್ಸ್ ಕಾಪಿಗೆ ಕಾದುನಿಂತ.

***

"ಏನ್ಸಾರ್ ತಮಾಷೆ ಮಾಡ್ತಿದೀರ?"

ಮುನಿಯಪ್ಪ ಅನುಮಾನದಿಂದ ಕೇಳಿದ.

"ತಮಾಷೆಯಲ್ಲಯ್ಯ. ನಿಜವಾಗಿ ಕೇಳ್ತಿದೀನಿ, ನನಗೆ ಕೆಲವು ಗಂಟೆ ಕುದುರೆ ಬೇಕು"

ವಿಕ್ರಮ್ ಅವನಿಗೆ ನಂಬಿಕೆ ಬರುವಂತೆ ಹೇಳಿದ.

"ಅಲ್ಲಾ ಸ್ವಾಮಿ, ಏನು ಕೆಲಸಕ್ಕೆ ಬೇಕು?"

ಮುನಿಯಪ್ಪ ಕುತೂಹಲದಿಂದ ಕೇಳಿದ.

"ಕುದ್ರೆ ಯಾರಾದ್ರೂ ಯಾತಕ್ಕೆ ಕೇಳ್ತಾರೆ?"

"ಅದು ನಂಗೆಂಗೆ ತಿಳೀಬೇಕು..?"

"ಸರಿ, ಒಂದು ಜಾಲಿ ರೈಡ್ ಮಾಡಬೇಕು"

"ನನ್ನ ಕುದುರೆ ಸವಾರಿ ಮಾಡೋಕಲ್ಲ. ಬಟ್ಟೆ ಹೊತ್ಕಂಡು ಬರೋದು ಅಷ್ಟೆ"

"ಸರಿ, ಬಟ್ಟೆ ತರೋವಾಗ ಅದರ ಮೇಲೆ ನೀನೂ ಕೂತಿರ್ತೀಯಲ್ಲ?"

"ಇರಬೌದು. ಅದು ನನ್ನ ಕುದ್ರೆ ಅದಕ್ಕೆ..ನಾನು ಭಾರವಲ್ಲ"

"ನಿನ್ನ ಹೊರೋ ಕುದುರೆ ನನ್ನನ್ನು ಹೊರಲಾರದ? ನನಗೂ ಕುದುರೆ ಸವಾರಿ ಗೊತ್ತು"

"ಅಭ್ಯಾಸ ಚೆನ್ನಾಗಿ ಐತಾ..?"

"ಚೆನ್ನಾಗಿದೆ. ನಾನು ಮಿಲಿಟರಿಯಲ್ಲಿ ಕಾಶ್ಮೀರದ ಬಾರ್ಡರ್‌ನಲ್ಲಿದ್ದೆ. ಅಲ್ಲಿ ಉಪಯೋಗಿಸ್ತಾ ಇದ್ದಿದ್ದು ಕುದುರೇನೆ. ಆ ಬೆಟ್ಟ ಪ್ರದೇಶದಲ್ಲಿ ಜೀಪು, ಕಾರು ಯಾವುದೂ ಉಪಯೋಗಕ್ಕೆ ಬರೋದಿಲ್ಲ"

"ಅಂಗಾದ್ರೆ ಸರಿ..ಆದ್ರೆ ಶಾನೆ ದೂರ ಹೋಗ್ಬಾರ್ದು.."

"ಇಲ್ಲಯ್ಯ...ನಿನ್ನ ಕುದ್ರೇನ ದಣಿಸೋದಿಲ್ಲ. ಇವತ್ತು ರಾತ್ರಿ ಎಂಟು ಗಂಟೆ ಮೇಲೆ ಕುದುರೆ ಬೇಕು. ಪುಕ್ಸಟ್ಟೆ ಏನೂ ಕೊಡಬೇಡ. ಹಣ ಕೊಡೋದಕ್ಕೆ ನಾನು ಸಿದ್ಧವಾಗಿದೀನಿ"

"ಸರಿ ಬುದ್ಧಿ. ನೀವಿಷ್ಟೊಂದು ಕೇಳಿದ ಮ್ಯಾಗೆ ಇಲ್ಲಾನ್ನೋದಕ್ಕೆ ಆಗೋದಿಲ್ಲ. ಕುದುರೆ ಕೊಡ್ತೀನಿ"

"ದುಡ್ಡೆಷ್ಟು ಕೊಡಬೇಕಯ್ಯ?"

"ನಿಮಗೆ ತೋಚಿದಷ್ಟು ಕೊಡಿ ಸ್ವಾಮಿ"

"ಅದೆಷ್ಟು ಕೇಳು. ಇಲ್ಲದಿದ್ದರೆ ನಮಗೆ ಹೇಗೆ ತಿಳೀಬೇಕು?"

"ಒಂದು ಐನೂರು ರೂಪಾಯಿ ಕೊಡಿ".

"ಜಾಸ್ತಿಯಾಯ್ತಲ್ಲ...? ಆದ್ರೂ ಕೊಡ್ತೀನಿ... ಹಾ! ಇನ್ನೊಂದು ಮಾತು. ರಾತ್ರಿ ಹೊತ್ತು ಕುದುರೆ ಕೆಲಸ ಮಾಡುತ್ತೆ ತಾನೆ? ಇಲ್ಲಾ ಸ್ಟ್ರೈಕ್ ಮಾಡ್ಕೊಂಡು ಮಲಕೊಂಡು ಬಿಡುತ್ತೋ?"

"ಛೆ... ಛೆ... ಹಂಗೆ ಮಾಡೋ ಹಾಗಿದ್ರೆ ನಾನೇ ಹೇಳ್ತಿರಲಿಲ್ಲವಾ?"

ಮುನಿಯಪ್ಪ, ಒಂದು ರಾತ್ರಿ ತನ್ನ ಕುದುರೆ ಬಾಡಿಗೆ ಕೊಡಲು ಈವರೆಗೆ ಮಾತಾಡಿದ್ದರೂ ಸಹ ವಿಕ್ರಮ್ ಬಗ್ಗೆ ಅನುಮಾನ ಹೋಗಿರಲಿಲ್ಲ. ಈತನ ವಿಚಿತ್ರ ಬೇಡಿಕೆಗೆ ಕಾರಣವೇನು? ಕುದುರೆ ತಗೊಂಡು ಹೋಗಿ ಈತ ಮಾಡೋ ಕೆಲಸವಾದರೂ ಏನು? ತನ್ನದು ಸವಾರಿ ಮಾಡಿ ಖುಷಿಪಡೋ ಕುದುರೆಯಂತೂ ಅಲ್ಲ!

"ಇತ್ತೀಚೆಗೆ ಯಾವತ್ತಾದರೂ ರಾತ್ರಿ ಹೊತ್ತು ಕುದುರೆ ಉಪಯೋಗಿಸಿದ್ದು ಉಂಟಾ...?"

"ಛೆ... ಇಲ್ಲ. ರಾತ್ರಿ ಹೊತ್ತು ನನ್ನ ಕೆಲಸ ಏನೂ ಇರೋದೇ ಇಲ್ಲ. ಹೊತ್ತು ಮುಳುಗೋದ್ರಲ್ಲಿ ನನ್ನ ಕೆಲ್ಸ ಮುಗುದೋಗುತ್ತೆ. ಕೆರೆಯಿಂದ ಒಗೆದ ಬಟ್ಟೇನೆಲ್ಲಾ ತಂದ ಮೇಲೆ ಕುದುರೆ ಕಟ್ಟಿ ಹಾಕೋದಷ್ಟೆ"

"ನನೆಪು ಮಾಡ್ಕೋ? ಈಚೆಗೆ ಕುದುರೇನೇ ರಾತ್ರೀಲಿ ಆಚೆ ಕರ್ಕೊಂಡು ಹೋಗಿರಲಿಲ್ಲವಾ?"

"ಒಳ್ಳೇ ಕತೆ ಇದು! ಅಂಗೇನಾದ್ರೂ ಇದ್ರೆ ನಾನು ಮರೀತೀನಾ? ಖಂಡಿತವಾಗ್ಲೂ ಮರೆಯೊಲ್ಲ"

"ಸರಿ, ಸಾಯಂಕಾಲ ಏಳ್ಗಂಟೆಗೆ ಯರ್ನಾದ್ರೂ ಕಳಿಸ್ತೀನಿ. ಕುದ್ರೆ ಬಿಚ್ಚಿಕೊಡು. ಇಗೋ ಇನ್ನೂರು ಅಡ್ವಾನ್ಸು"

ಮುನಿಯಪ್ಪ ತೆಗೆದುಕೊಂಡ. ಅವನು ವಿಕ್ರಮ್ ದೃಷ್ಟಿಯನ್ನು ತಪ್ಪಿಸಿಕೊಳ್ಳುತ್ತಿದ್ದ! ಅವನ ಮಾತಿನ ರೀತಿ ನೀತಿ ಹಾವ-ಭಾವ ನೋಡಿದಾಗ ಈತ ಏನನ್ನೋ ತನ್ನಿಂದ ಮುಚ್ಚಿಡಲು ಪ್ರಯತ್ನಿಸುತ್ತಿರುವನು ಎಂದು ವಿಕ್ರಮ್‌ಗೆ ಅನ್ನಿಸದಿರಲಿಲ್ಲ. ಆದರೂ ಮುನಿಯಪ್ಪನ ಮೇಲೆ ಒಮ್ಮೆಲೇ ಆರೋಪ ಹೊರಿಸಲು ಸಾಧ್ಯವಿರಲಿಲ್ಲ. ಮೊದಲು ಕುದುರೆಯ ಹೆಜ್ಜೆಯ ಗುರುತಿನ ಅಚ್ಚು ತೆಗೆದು, ಸ್ಮಷಾನದಲ್ಲಿ ಕಂಡದ್ದಕ್ಕೂ ಇದಕ್ಕೂ ಹೋಲಿಸಬೇಕು. ಎರಡೂ ಒಂದೇ ಆಗಿದ್ದಲ್ಲಿ ಆಮೇಲೆ ಮುನಿಯಪ್ಪನನ್ನು ದಬಾಯಿಸಬಹುದು. ಅಲ್ಲದೆ ಕೃಷ್ಣ ಇನ್ನೂ ಬಾಕಿಯಿದ್ದ! ಯಶವಂತರಾಯರ ಕೊಲೆಯಲ್ಲಿ ಅವನದು ಮುಖ್ಯವಾದ

ಪಾತ್ರವಿರಬಹುದು. ಅಷ್ಟೇಕೆ? ಆತನೇ ತನ್ನ ತಾತನ ಕೊಲೆ ಮಾಡಿರಬಹುದು!

ಮುನಿಯಪ್ಪನ ಕುದುರೆಯನ್ನೂ ಆ ದಿನ ರಾತ್ರಿ ಕೃಷ್ಣನೇ ಕರೆದುಕೊಂಡು ಹೋಗಿ ಶವವನ್ನು ಸ್ಥಳಾಂತರಿಸಿರಬಹುದು. ಹೇಳಿಕೇಳಿ ಬೇಜವಾಬುದಾರಿ ಯುವಕ! ಪ್ರಪಂಚದ ಎಲ್ಲ ಕೆಟ್ಟ ಹವ್ಯಾಸಗಳನ್ನೂ ಮೈಗೂಡಿಸಿಕೊಂಡಿದ್ದಾನೆ! ಅವನಿಗೆ ಹಣದ ತೀವ್ರ ಅವಶ್ಯಕತೆಯಿದೆ. ಯಶವಂತರಾಯರು ಮೊಮ್ಮಗನ ಈ ಹವ್ಯಾಸಗಳಿಗೆ ಧಾರಾಳವಾಗಿ ಹಣ ಕೊಟ್ಟಿರಲಾರರು! ಅವರು ಸತ್ತರೆ ಎಲ್ಲ ಆಸ್ತಿಯೂ ತನ್ನದೇ ಎಂಬ ಯೋಚನೆಯಿಂದ ಕೃಷ್ಣ ಒಂದಿಬ್ಬರ ಸಹಾಯದಿಂದ ಈ ಕೊಲೆ ಮಾಡಿರಬಹುದು. ಅಥವಾ ಒಬ್ಬನೇ ಮಾಡಿರಬಹುದು. ಅಲ್ಲದೆ ಪ್ರಶ್ನೆ ಕೇಳಲು ಹೋದಾಗ ಕೃಷ್ಣ ಒರಟಾಗಿ ಉತ್ತರಿಸಿದ್ದ. ಹೆದರಿದ್ದನೆ? ಹೆದರಿಕೆ ಆ ರೂಪದಲ್ಲಿ ಪ್ರಕಟವಾಗಿದೆಯೆ? ಅಥವಾ ಭಂಡನೆ? ಆದದ್ದಾಗಲಿ ಎಂಬ ಮನೋಭಾವದವನೆ?

ವಿಕ್ರಮ್ ಜೀಪಿನಲ್ಲಿ ಕುಳಿತು ಕೃಷ್ಣನ ಸ್ನೇಹಿತ ಶೇಖರ್ ಮನೆಯತ್ತ ಡ್ರೆöÊವ್ ಮಾಡಿದ. ರಸ್ತೆಯ ತಿರುವಿನಲ್ಲಿ ಜೀಪು ನಿಲ್ಲಿಸಿ ಹಿಂತುರಿಗಿ ನೋಡಿದ ವಿಕ್ರಮ್! ವಿಕ್ರಮನನ್ನೇ ನೋಡುತ್ತಿದ್ದ ಮುನಿಯಪ್ಪ! ಏಕೆ? ಅವನೂ ಯಶವಂತರಾಯರ ಕೊಲೆಯಲ್ಲಿ ಭಾಗೀದಾರನ? ಅವನ ಕುದುರೆಯೇ ಸ್ಮಶಾನದಲ್ಲಿ ಕಟ್ಟಿದ್ದು?

ಶೇಖರ್ ಮನೆಯಲ್ಲಿ ಕೃಷ್ಣ ಇರಬಹುದೆ? ಅಲ್ಲೇನಾದರೂ ಕೇಸಿನ ಸಿಕ್ಕು ಬಿಡಿಸಲು ಸುಳಿವು ಸಿಕ್ಕೀತಾ?

***

ಹಚ್ಚ ಹಸಿರಿನಿಂದ ಕಂಗೊಳಿಸುತ್ತಿತ್ತು ಶೇಖರನ 'ನೇಸರ' ಫಾರಮ್. ದೊಡ್ಡ ಕಬ್ಬಿಣದ ಗೇಟು ಫಾರಮ್ಮಿಗೆ ಭದ್ರತೆಯನ್ನು ನೀಡಿತ್ತು.

ಗೇಟಿನಿಂದ ಇಪ್ಪತ್ತು ಅಡಿ ದೂರದಲ್ಲಿ ಬಲಪಾರ್ಶ್ವದಲ್ಲಿ ಇತ್ತೀಚೆಗೆ ಕಟ್ಟಿಸಿದ ದೊಡ್ಡ ಮನೆ ಕಂಡಿತು. ವಿಕ್ರಮ್ ಗೇಟಿನ ಮುಂದೆ ಜೀಪು ನಿಲ್ಲಿಸಿದಾಗ ತಾರಸಿಯ ಮೇಲಿಂದ ಒಬ್ಬ ವ್ಯಕ್ತಿ ಎದ್ದು ನಿಂತು ನೋಡಿದ. ಆತನೇ ಶೇಖರ್ ಇರಬಹುದು ಎನ್ನಿಸಿತು.

"ಯಾರು ಬೇಕಿತ್ತು?"

ಮನೆಯೊಳಗಿಂದ ಓಡಿ ಬಂದ ಒಬ್ಬ ನಡು ವಯಸ್ಸಿನ ವ್ಯಕ್ತಿ ಕೇಳಿದ. ಬಹುಶಃ ಅವನು ಶೇಖರ್ ಫಾರಮ್ಮಿನಲ್ಲಿ ಕೆಲಸ ಮಾಡುವವರಲ್ಲಿ ಒಬ್ಬ ಎನಿಸಿತು.

"ಕೃಷ್ಣ ಅವರನ್ನ ನೋಡ್ಬೇಕಿತ್ತು"

"ತಾವ್ಯಾರೋ..?"

"ವಿಕ್ರಮ್ ಅಂತ"

"ಆಯ್ತು ಕೇಳ್ಕಂಡು ಬತ್ತೀನಿ" ಆತ ಒಳಗೆ ಹೋದ. ವಿಕ್ರಮ್ ಕಾಯುತ್ತಾ ನಿಂತ.

"ಆಯ್ತು ಬನ್ನಿ" ಐದು ನಿಮಿಷದ ನಂತರ ಆತ ಬಂದು ಗೇಟು ತೆಗೆದ. ವಿಕ್ರಮ್ ಸುತ್ತ ನೋಡುತ್ತಾ ಶೇಖರನ ಸಸ್ಯ ಪ್ರೇಮವನ್ನು ಮೆಚ್ಚುತ್ತಾ ಆ ವ್ಯಕ್ತಿಯ ಹಿಂದೆ ನಡೆದ.

ಮನೆಯ ಹೊರಭಾಗದಲ್ಲೇ ಇದ್ದ ಮಹಡಿಯ ಮೆಟ್ಟಿಲು ತೋರಿಸಿದ ವ್ಯಕ್ತಿ.

"ಮ್ಯಾಲೋಗಿ, ಶೇಖರಪ್ನೋರು ಮತ್ತೀಗ ಕೃಷ್ಣಪ್ನೋರು ಅಲ್ಲೇ ಕುಂತವ್ರೆ"

ವಿಕ್ರಮ್ ಮೆಟ್ಟಿಲುಗಳನ್ನು ಹತ್ತಿ ಮೇಲಿನ ತಾರಸಿಯ ಮೇಲೆ ಕೂತಿದ್ದ ಶೇಖರ್ ಮತ್ತು ಕೃಷ್ಣರ ಬಳಿಗೆ ನಡೆದ.

ಒಂದು ಟೀಪಾಯ್ ಸುತ್ತ ನಾಲ್ಕು ಬೆತ್ತದ ಕುರ್ಚಿಗಳಲ್ಲಿ ಎರಡರ ಮೇಲೆ ಶೇಖರ್ ಮತ್ತು ಕೃಷ್ಣ ಕುಳಿತಿದ್ದರು. ಟೀಪಾಯ್ ಮೇಲೆ ವಿಸ್ಕಿ ಬಾಟಲ್, ಸೋಡಾ, ಐಸ್‌ಬಕ್ಸ್, ತಟ್ಟೆಗಳಲ್ಲಿ ಚಿಪ್ಸ್ ಮತ್ತು ಖಾರಾ ಮಿಕ್ಸ್ಚರ್ ಅಲ್ಲಿ ಏನು ನಡಿಯುತ್ತಿದೆ ಎನ್ನುವುದನ್ನು ತಿಳಿಸಿತು. ಕೈಯಲ್ಲಿದ್ದ ಗ್ಲಾಸನ್ನು ಟೀಪಾಯ್ ಮೇಲಿಟ್ಟು ಕೃಷ್ಣ ದುರುಗುಟ್ಟಿ ಬಂದಾತನನ್ನು ಕೆಕ್ಕರಿಸಿ ನೋಡಿದ.

"ಇಲ್ಯಾಕೆ ಬರ್ಬೇಕಿತ್ತು? ಮನೇಲಿ ಕೇಳಿದ್ದು ಸಾಲಲಿಲ್ಲವೆ?"

ಕೃಷ್ಣ ರೇಗಿದ.

"ಇವರು ಯಾರು?"

ಶೇಖರ್ ಕೇಳಿದ.

"ಕೃಷ್ಣನಿಗೆ ನನ್ನ ಮೇಲೆ ಕೋಪ. ನನ್ನ ಪರಿಚಯ ಆತ ಖಂಡಿತಾ ಮಾಡಿಕೊಡೊಲ್ಲ. ನಾನೇ ಪರಿಚಯ ಮಾಡ್ಕೋತೀನಿ. ನನ್ನ ಹೆಸರು ವಿಕ್ರಮ್. ಪ್ರೈವೇಟ್ ಡಿಟೆಕ್ಟೀವ್"

ವಿಕ್ರಮ್ ಮುಗುಳು ನಗುತ್ತಾ ಹೇಳಿದ.

"ಅಷ್ಟು ಸಾಕು. ಮುಂದಿಂದು ಹೇಳೋ ಅವಶ್ಯಕತೆ ಇಲ್ಲ. ಶೇಖರ್‌ಗ ನಾನೆಲ್ಲಾ ಹೇಳಿದ್ದೀನಿ"

"ತ್ಯಾಂಕ್ಸ್. ನಾನು ಗಂಟಲು ಒಣಗಿಸಿಕ್ಕೊಳ್ಳೋದು ತಪ್ಪಿತು. ಸ್ನೇಹಿತರಿಬ್ಬರೂ ರಿಲ್ಯಾಕ್ಸಾಗಿ ಕೂತು ಆತ್ಮೀಯವಾಗಿ ಮಾತಾಡ್ತಿದ್ರಿ..ಸಾರಿ ನಿಮ್ಮ ಪರ್ಸನಲ್ ಸಮಯದಲ್ಲಿ ಅಡ್ಡಬಂದಿದ್ದೀನಿ.."

ವಿಕ್ರಮ್ ಕ್ಷಮೆ ಯಾಚಿಸಿದ.

ಆ ಮಾತು ಕೃಷ್ಣನನ್ನು ಕೆರಳಿಸಿತು. ತಾನು ವಿಸ್ಕಿ ಸೇವಿಸುತ್ತಿರುವುದನ್ನು ವ್ಯಂಗ್ಯವಾಗಿ ವಿಕ್ರಮ್ ಹೇಳುತ್ತಿದ್ದಾನೆ ಎಂದು ಭಾವಿಸಿದ.

"ನನಗೆ ಎಲ್ಲ ಕೆಟ್ಟ ಅಭ್ಯಾಸಗಳೂ ಇದಾವೆ. ನಾನು ಜಗತ್ತಿಗೆ ಕೆಟ್ಟ ಮನುಷ್ಯ. ಈ ದುರ್ಗುಣ ಎಲ್ಲಾ ನೋಡ್ಕೊಂಡು ನಾನೇ ಕೊಲೆ ಮಾಡಿದೀನೀಂತ ನಿಮಗನ್ನಿಸಿರಬಹುದು"

ವಿಸ್ಕಿಯನ್ನು ಗ್ಲಾಸನ್ನು ಕೈಗೆತ್ತಿಕೊಂಡು ಹೇಳಿದ ಕೃಷ್ಣ.

"ಇಲ್ಲ. ನೀನು ಕೊಲೆ ಮಾಡಿದೀಯಾಂತ ನಾನು ಭಾವಿಸಿಲ್ಲ"

ವಿಕ್ರಮ್ ಸಮಾಧಾನ ಚಿತ್ತದಿಂದ ಹೇಳಿದ.

"ಹಾಗಾದ್ರೆ ನನ್ನ ಬೆನ್ನು ಯಾಕೆ ಹತ್ತಿದೀರಿ?"

ವಿಸ್ಕಿ ಗುಟುಕರಿಸಿ ಕೇಳಿದ ಕೃಷ್ಣ.

"ಯಾಕೇಂದ್ರೆ ನಿಮ್ಮ ತಾತನ ಕೊಲೆಯನ್ನ ಪತ್ತೆ ಮಾಡಬೇಕೂಂತ ನೀನು ಬಯಸಿದೀಯ"

"ನಾನು! ನಾನು ಬಯಿಸಿದೀನಾ? ನಿಮ್ಮ ತಲೆ ಸರಿಯಾಗಿದೆ ತಾನೆ?"

"ಇಲ್ಲಿಯವರೆಗೆ ಕೆಟ್ಟಿಲ್ಲ"

"ಕೇಸು ನಿಮ್ಮ ಕೈಗೆ ಕೊಟ್ಟು ಹಣ ಕೊಟ್ಟಿರೋರು ನಮ್ಮ ಭಾವ"

"ಅಂದ್ರೆ ನೀನು ಈ ವಿಷಯದಲ್ಲಿ ಏನೂ ಮಾಡಿಲ್ಲವಾ..?"

"ಮಾಡಿದ್ರೆ ಹೇಳ್ತಿದ್ದೆ. ಅದನ್ನ ಹೇಳೋಕೆ ನನಗೆ ಭಯ ಇಲ್ಲ"

"ಆದ್ರೆ ಪೋಲೀಸ್‌ಗ ಮೂಕರ್ಜಿ ಬರೆದಿರೋನು ನೀನು!"

"ನಿಮಗೆ ತಲೆ ಕೆಟ್ಟಿದೆ"

"ಇಲ್ಲ. ನನ್ನ ತಲೆ ಸರಿಯಾಗಿದೆ. ವಿಸ್ಕಿ ಕುಡೀತಿರೋನು ನೀನು"

"ನಾನೇ ಅರ್ಜಿ ಬರೆದಿರೋದೂಂತ ಹೇಗೆ ಹೇಳ್ತೀರಿ?"

"ನಿನ್ನ ಹ್ಯಾಂಡ್‌ರೈಟಿಂಗ್, ಪೋಸ್ಟಾಫೀಸಲ್ಲಿ ತಗೊಂಡಿರೋ ಕವರ್...ಎಲ್ಲಾ ಹೇಳ್ತಾ ಇವೆ. ಆಧಾರ ಇಲ್ಲದೆ ನಾನು ಮಾತಾಡ್ತಾ ಇಲ್ಲ".

ಕೃಷ್ಣ ಪತ್ತೇದಾರನನ್ನು ನೋಡಿದ. ಜೇಬಿಂದ ಕರವಸ್ತ್ರ ತೆಗೆದು ಬೆವರಿದ್ದ ಮುಖ ಒರೆಸಿಕೊಂಡ.

"ಅದು ನಾನು ಬರೆದದ್ದು ಅಂತ ಹೇಗೆ ಹೇಳ್ತೀರಿ?"

"ಕೃಷ್ಣ ನಾನು ಡಿಟೆಕ್ಟೀವ್. ವಿದೇಶಗಳಲ್ಲಿ ಬೇಹುಗಾರಿಕೆ ಮಾಡಿದವನು. ನನ್ನ ಮೆಥೆಡ್ಸು ನೂರಕ್ಕೆ ನೂರು ಪಾಲು ನಿಜವಾಗಿವೆ. ಮೊದಲಿಗೆ ನಿನ್ನ ಬಳಿ ಒಂದು ಲೆಟರ್ ಪ್ಯಾಡ್ ಇದೆ. ಅದರಲ್ಲಿ ಕೇವಲ ಎರಡು ಹಾಳೆಗಳು ಮಾತ್ರ ಉಪಯೋಗವಾಗಿವೆ. ಅದರ ಬಲ ಭಾಗದಲ್ಲಿ ಒಂದು ಲೇಖನಿ ಮತ್ತು ಲೆಟರ್ ಪ್ಯಾಡಿನ ಸಣ್ಣ ಚಿತ್ರ ಇದೆ"

"ಅಂತಾದ್ದು ಸಾವಿರಗಟ್ಟಲೆ ಸ್ಟೇಶನರಿ ಅಂಗಡಿಯಲ್ಲಿ ಸಿಗುತ್ತವೆ. ಅದು ನನ್ನದೇ ಅಂತ ಹೇಗೆ ಹೇಳ್ತೀರಿ?"

ಕೃಷ್ಣ ಚಾಲೆಂಜ್ ಮಾಡಿದ.

"ಮೊದಲಿಗೆ ಆ ಮೂಕರ್ಜಿಯ ಹಾಳೆ ನಿನ್ನ ರೂಮಲ್ಲಿನ ಲೆಟರ್‌ಪ್ಯಾಡಿನದು..."

"ಅಷ್ಟಕ್ಕೇ ಆ ಪ್ಯಾಡಿನ ಹಾಳೆಯಲ್ಲಿ ಬರೆದ ಮೂಕರ್ಜಿ ನನ್ನದೇ ಅಂತ ಹೇಗೆ ಹೇಳ್ತೀರಿ?"

"ಹೇಳ್ತೀನಿ..ಎಲ್ಲಾ ಹೇಳ್ತೀನಿ. ಆ ಪ್ಯಾಡಿನಲ್ಲಿ ಎರಡೇ ಹಾಳೆ ಮಿಸ್ಸಾಗಿವೆ ಅಂತ ಹೇಳಿದೆನಲ್ಲ. ಅದರಲ್ಲಿ ಒಂದು ನಿಮ್ಮ ಪ್ರೇಯಸಿ ರಾಣಿ ಹತ್ರ ಇದೆ. ಆಕೆಗೆ ಅದನ್ನ ನಿಮ್ಮ ಪ್ರೇಮ ನಿವೇದನೆಗೆ ಬರೆದದ್ದು. ಇನ್ನೊಂದು ಹಾಳೆ ಪೋಲೀಸ್ ರೆಕಾರ್ಡ್ನಲ್ಲಿ ಮೂಕರ್ಜಿಯಾಗಿ ಫೈಲಾಗಿದೆ. ನಿಮ್ಮ ಪ್ರೇಯಸಿಗೆ ಪತ್ರ ಬರೆಯೋವಾಗ ಬಾಲ್ ಪೆನ್ನಲ್ಲಿ ಬರೆದಿದ್ದೀರಿ. ನಿಮಗೆ ಕನ್ನಡ ಚೆನ್ನಾಗಿ ಬರೆಯೋಕೆ ಬರೊಲ್ಲ. ಇಂಗ್ಲಿಷ್ ಪದಗಳ ಜೊತೆಗೆ ಕನ್ನಡ ಪದಗಳನ್ನ ಸೇರಿಸಿ ಬರೀತೀರಿ. ಒತ್ತಕ್ಷರಗಳು ಹೆಚ್ಚಾಗಿ ಬಂದರೆ ಇಂಗ್ಲಿಷ್ ಪದ ಬರೀತೀರಿ. ರಾಣಿಗೆ ಬರೆದ ಪತ್ರದ ಮಾರ್ಕು ಮೂರನೆ ಹಾಳೆಯಲ್ಲಿ ಇನ್ನೂ ಸ್ಪಷ್ಟವಾಗೇ ಇದೆ. ಆದರೆ ಮೂಕರ್ಜಿ ಬರಿಯೋವಾಗ ಲೆಟರ್‌ಪ್ಯಾಡಿನಿಂದ ಹಾಳೆ ಬೇರ್ಪಡಿಸಿ ಬರೆದಿದ್ದೀರಿ. ನಿಮ್ಮ ಮೂಕರ್ಜಿಯಲ್ಲಿ ಇನ್ಸ್ಪೆಕ್ಟರ್ ಪದವನ್ನು ಇಂಗ್ಲಿಷಿನಲ್ಲಿ ಬರೆದಿದ್ದೀರಿ. ಕಾರಣ ಆ ಪದವನ್ನು ಕನ್ನಡದಲ್ಲಿ ಬರೆಯಲು ಬರಲಿಲ್ಲ! ದಿನಾಂಕ ಎನ್ನುವ ಬದಲು ಡೇಟ್ ಅಂತ ಇಂಗ್ಲಿಷಲ್ಲಿ ಬರೆದಿದ್ದೀರಿ, ಕೊಲೆ ಅನ್ನೋದು ಬರದೆ ಮರ್ಡರ್ ಅಂತ ಬರೆದಿದ್ದೀರಿ..ಸಾಕೆ ಇನ್ನೂ ಬೇಕೆ?"

"ಸೊ, ನನ್ನ ಹ್ಯಾಂಡ್‌ರೈಟಿಂಗ್ ಕಂಪೇರ್ ಮಾಡಿದೀರಿ"

ಈಗ ಕೃಷ್ಣನ ಮಾತು ಮೃದುವಾಗಿತ್ತು.

"ಪಕ್ಕಾ! ಆದರೆ ಈ ಕ್ಲೂನ ಪೋಲೀಸರಿಗೆ ಕೊಟ್ಟಿಲ್ಲ. ಅರ್ಜಿ ಬರೆದೋರು ಯಾರೂಂತ ಕಂಡು ಹಿಡಿಯೋಕೆ ಪೋಲೀಸ್‌ನೋರು ಸರ್ಕಸ್ ಮಾಡ್ತಿದಾರೆ. ನೋಡು ಕೃಷ್ಣ, ನಿಮ್ಮ ತಾತನ ಕೊಲೆ ಯಾರು ಮಾಡಿದಾರೇಂತ ತಿಳಿಯೋ ಕುತೂಹಲ ನಿನಗಿದೆ ಅಲ್ವೆ? ಆದ್ರಿಂದಲೇ ಆ ಪತ್ರ ಬರೆದೆ. ನಿನಗೆ ಗೊತ್ತಿರೋ ವಿಷಯಗಳನ್ನ ತಿಳಿಸಿ, ತನಿಖೆಗೆ ನೀನು ಯಾಕೆ ಸಹಾಯ ಮಾಡಬಾರದು? ಬೇಗನೆ ನಿಮ್ಮ ತಾತನ ದೇಹ ಹುಡುಕಿ ಮತ್ತೆ ಮಣ್ಣು ಮಾಡೋದು ಒಳ್ಳೇದಲ್ವಾ!"

ವಿಕ್ರಮ್ ಅವನ ಮನ ಒಲಿಸಲು ಪ್ರಯತ್ನಿಸಿದ.

ಗ್ಲಾಸಿನಿಂದ ಇನ್ನೊಂದು ಗುಟುಕು ಕುಡಿದು ಮತ್ತೆ ಮುಖ ಒರೆಸಿಕೊಂಡ.

"ನೀವು ಹೇಳೋದು ನಿಜ. ಈಗ... ಉಹುಂ... ಒಂದು ಹೆಜ್ಜೆ ಇಟ್ಟಾಗಿದೆ. ಇದೆಲ್ಲಾ ನಿಜ. ಆದ್ರೆ ನಾನು ಕೊಲೆ ಮಾಡಿಲ್ಲ. ನನ್ನ ಮೇಲೆ ನೀವು ಅನುಮಾನ ಪಟ್ಟರೆ ತಪ್ಪು ದಾರಿ ಹಿಡಿದ ಹಾಗಾಗಾಗುತ್ತೆ. ನಿಜವಾದ ಕೊಲೆಗಾರನನ್ನ ಹುಡುಕಿ. ಅದಕ್ಕೆ ನನ್ನ ಸಹಾಯ ಇದೆ. ನಿಮಗೇನು ಬೇಕೋ ಕೇಳಿ. ಮುಚ್ಚು ಮರೆ ಇಲ್ಲದೆ ಹೇಳ್ತೀನಿ. ನಿಮ್ಮಿಂದ ಈ ಕೇಸು ಸಾಲ್ವ್ ಮಾಡೋದಕ್ಕೆ ಆಗೋಲ್ಲಾಂತಿದ್ದೆ. ಈಗ ನಿಮ್ಮ ಮೇಲೆ ನಂಬಿಕೆ ಬರ್ತಾ ಇದೆ. ಒಂದೇ ದಿವಸದಲ್ಲಿ ಇಷ್ಟೆಲ್ಲಾ ಮಾಡಿದೀರಿ... ಸರಿ... ಕೇಳಿ..."

"ನಿಮ್ಮ ತಾತನವರದ್ದು ಸ್ವಾಭಾವಿಕವಾದ ಸಾವಲ್ಲ ಅದು ಕೊಲೆ ಅಂತ ನಿಂಗೆ ಯಾಕೆ ಅನುಮಾನ ಬಂತು?

"ನನ್ನ ಮಾವ ಮತ್ತು ಭಾವ"

"ಅಂದರೆ?"

"ಮೇಲೆ ಕಾಣಿಸೋ ಅವರ ಮುಖಗಳಲ್ಲಿನ ನಗುವಿನ ಹಿಂದೆ ಅಡಗಿರೋ ಧೂರ್ತತನ ನಿಮಗೆ ಗೊತ್ತಿಲ್ಲ. ಗೊತ್ತಾಗೋದು ಅಷ್ಟೊಂದು ಸುಲಭಾನೂ ಅಲ್ಲ. ಅವರಿಬ್ಬರೂ ನನ್ನ ಆಸ್ತಿಗೆ ಹೊಂಚು ಹಾಕ್ತಾ ಇದಾರೆ. ಅದನ್ನ ಹೇಗಾದರೂ ಕಬಳಿಸಬೇಕೂಂತ ನಮ್ಮ ತಾತಂಗೆ ಟಿಕೆಟ್ ಕೊಡಿಸಿದಾರೆ..."

"ಅದರಿಂದ ಅವರಿಗಾಗೋ ಲಾಭ ಏನೂ ಇಲ್ಲ! ಈಗ ನಿಮ್ಮ ತಾತ ಸತ್ತರು. ಆದ್ರೆ ಆಸ್ತಿ ಅವರಿಗೆಲ್ಲಿ ದಕ್ಕುತ್ತೆ? ನಿನಗೆ ತಾನೆ ಸೇರೋದು?"

"ನಿಜ. ಆದರೆ ಅವರು ನನ್ನನ್ನೂ ಮುಗಿಸೋದಿಲ್ಲ ಅನ್ನೋ ನಂಬಿಕೆ ಏನಿದೆ? ತಾತನ್ನ ಸಾಯಿಸೋದು ಅವರ ಧೂರ್ತ ಹಂಚಿಕೆಯಲ್ಲಿ ಮೊದಲ ಹೆಜ್ಜೆ ಅಷ್ಟೆ..."

ಮದ್ಯ ಸೇವಿಸಿದ್ದುದರಿಂದಲೋ ಇಲ್ಲ ತನ್ನ ಭಾವ ಮತ್ತು ಮಾವನ ಮೇಲಿನ ಕೋಪದಿಂದಲೊ ಅವನ ಕಣ್ಣುಗಳು ಕೆಂಪಾಗಿದ್ದವು!

"ಹಾಗಾದರೆ ಅವರು ನಿನ್ನನ್ನೂ ಕೊಲೆ ಮಾಡ್ತಾರೇಂತ ನಿನ್ನ ಅಭಿಪ್ರಾಯವೆ?"

"ಬರೀ ಅಭಿಪ್ರಾಯವಲ್ಲ. ಅದನ್ನ ಅವರು ಮಾಡೇ ಮಾಡುತ್ತಾರೆ..."

"ಯಾಕೆ? ನೀನು ಬದುಕಿದ್ದರೂ ನಿನ್ನ ಆಸ್ತಿಯನ್ನು ಅವರು ಅನುಭವಿಸಬಹುದಲ್ಲ?"

"ಹೇಗೆ?"

"ಚಿತ್ರಾ?"

"ಓ...ಆ ವಿಷಯ! ಹೂ... ಚಿತ್ರಾನ ಮದ್ವೆಯಾಗೂಂತ ತಾತ ಬದುಕಿದ್ದಾಗಿನಿಂದಲೇ ಒತ್ತಾಯ ಶುರುವಾಗಿದೆ. ಆದರೆ ತಾತಂಗೆ ಅದು ಇಷ್ಟ ಇರಲಿಲ್ಲ".

"ಯಾಕೆ?"

"ನಮ್ಮ ತಾತ ಬುದ್ಧಿವಂತರು. ತಾನು ಮನೇಲಿ ಸಾಕಿರೋವು ಸರ್ಪಗಳೂಂತ ಗೊತ್ತಿತ್ತು. ಯಾವ ಕ್ಷಣದಲ್ಲಾದ್ರು ಕಚ್ಚುತಾವೇಂತಾನೂ ಗೊತ್ತಿತ್ತು. ಅದಕ್ಕೆ ಪುಂಗಿ ಹಿಡ್ಕೊಂಡು ಬಹಳ ದಿವಸ ಊದಿದರು. ಆದರೂ ಕೊನೆಗೆ ಒಂದು ದಿನ ಕಚ್ಚೇಬಿಟ್ಟವು!

"ಸ್ಪಷ್ಟವಾಗಿ ಹೇಳು ಕೃಷ್ಣ".

"ನನ್ನ ಕ್ಷಮಿಸಿ. ಇದು ಕೃಷ್ಣನ ತೀರಾ ವೈಯಕ್ತಿಕ ವಿಷಯ. ನಾನು ಆಚೆ ಹೋಗ್ತೀನಿ, ನೀವು ಮಾತಾಡಿ".

ಕೃಷ್ಣನ ಸ್ನೇಹಿತ ಶೇಖರ್ ಕುರ್ಚಿಯಿಂದೇಳಲು ಪ್ರಾರಂಭಿಸಿದ. ಇಲ್ಲಿಯವರೆಗವನು ಮೌನವಾಗಿ ಕುಳಿತು ವಿಸ್ಕಿ ಸೇವಿಸುತ್ತಿದ್ದ.

"ಏಯ್... ಕೂತ್ಕೊಳ್ಳೋ ಕಂಡಿದೀನಿ. ನಿನ್ನ ಹತ್ರ ನನ್ನ ಸೀಕ್ರೆಟ್ ಯಾವುದೂ ಇಲ್ಲ. ಸುಮ್ನೆ ಕೂತ್ಕೊ".

ಗೆಳೆಯನ ಕೈಹಿಡಿದು ಕೂರಿಸಿದ ಕೃಷ್ಣ. ಅವನಿಗೆ ನಶೆ ಏರಲು ಪ್ರಾರಂಭಿಸಿತ್ತು ಎಂಬುದನ್ನು ಅವನ ಹಾವ ಭಾವ, ಮಾತುಗಳಿಂದಲೇ ಗುರುತಿಸಬಹುದಾಗಿತ್ತು.

"ಹಾ... ಏನಂದ್ರಿ? ಸ್ಪಷ್ಟವಾಗಿ...ಹುಂ...ಮೇಧಾವಿ ಪತ್ತೇದಾರರಿಗೂ ನನ್ನ ಮಾತು ಅರ್ಥವಾಗ್ತಾ ಇಲ್ಲವೆ? ಕೃಷ್ಣ! ಯೂ ಆರ್ ಎ ಜೀನಿಯಸ್ ಬಾಸ್ಟರ್ಡ್ ಐ ಸೇ..." ತನಗೆ ತಾನೇ ಗಟ್ಟಿಯಾಗಿ ನಕ್ಕ.

"ಅಂದರೆ ನಿಮ್ಮ ಭಾವ ಮತ್ತು ಮಾವ ಇವರಿಬ್ಬರೂ ಅಥವಾ ಇಬ್ಬರಲ್ಲಿ ಒಬ್ಬರು ನಿನ್ನ ತಾತನ ಸಾವಿಗೆ ಕಾರಣ... ಅಲ್ಲವೇ? ಇಲ್ಲಿಯವರೆಗೂ ನಿಮ್ಮ ತಾತ ಅವರ ಅಗತ್ಯಗಳನ್ನು ಪೂರೈಸುತ್ತಾ ಬಂದರು. ಅದು ನಿಂತ ಮೇಲೆ ಅವರನ್ನು ಕೊಲೆ ಮಾಡಿದರು".

"ಯೂ ಆರ್ ಬ್ಲಡೀ ರೈಟ್! ನಮ್ಮ ತಾತ ಅವರ ಬೇಡಿಕೇನ ಈಡೇರಿಸ್ತಾನೇ ಇದ್ದ. ಕೊನೆಗೊಮ್ಮೆ ಎಲ್ಲಾ ಕಟ್ ಮಾಡಿ ಒಂದು ವಿಲ್ ಬರೆಯೋಕೆ ಸಿದ್ಧವಾದರು. ಅ ವಿಲ್ ಒಂದು ಆಗಿಬಿಟ್ಟಿದ್ದರೆ ಈ ನಾಯಿಗಳಿಗೆ ಒಂದೇ ಒಂದು ಎಂಜಲು ಕಾಸೂ ಸಹ ಸಿಕ್ತಾ ಇರಲಿಲ್ಲ. ಅದಕ್ಕೆ ಮುಂಚೆ... ಈ ಕೆಲಸ ಮಾಡಿ ಬಿಟ್ಟರು! ಬಾಸ್ಟರ್ಡ್ಸ್! ದೆ ಕಿಲ್ಡ್ ಮೈ ಗ್ರಾಂಡ್ ಫಾದರ್. ಸತ್ತಾಗಲೂ ನೆಮ್ಮದಿ ಸಿಗಲಿಲ್ಲ ನನ್ನ ತಾತಂಗೆ..ಆ ಪಾಪಿಗಳು ಕೊಂದ್ಬಿಟ್ರು..".

ಕೃಷ್ಣ ಮಗುವಿನಂತೆ ಬಿಕ್ಕಳಿಸಿ ಅಳತೊಡಗಿದ.

"ಸಮಾಧಾನ ಮಾಡ್ಕೋ ಕೃಷ್ಣ..ನಾನು ಬಂದಿದ್ದೀನಲ್ಲ? ಕೊಲೆಗಾರರನ್ನ ಹುಡುಕೋ ಭರವಸೆ ಕೊಡ್ತೀನಿ..ಬೇಗನೆ ಅವರನ್ನ ಹುಡುಕ್ತೀನಿ.."

ವಿಕ್ರಮ್ ಸಮಾಧಾನ ಮಾಡಲು ಪ್ರಯತ್ನಿಸಿದ.

"ನಿಮಗೆ ಗೊತ್ತಿಲ್ಲ..ಅವರೆಲ್ಲಾ ಏನೋ ಒಂದು ರಹಸ್ಯ ಇಟ್ಕೊಂಡಿದ್ದಾರೆ..ನಮ್ಮ ತಾತ ಅವರಿಗೆ ಯಾವತ್ತೂ ಬಗ್ಗಿರಲಿಲ್ಲ! ಅದ್ನೆಲ್ಲಾ ನೀವು ಹುಡುಕ್ತೀರಾ ಅನ್ನೋ ಭರವಸೆ ನನಗಿಲ್ಲ.."

ಕೃಷ್ಣ ಅಳುತ್ತಲೇ ಬಡಬಡಿಸಿದ.

ಏನಿರಬಹುದು ಕೃಷ್ಣನ ಮಾತಿನಲ್ಲಿ ಅಡಗಿರುವಂತಾದ್ದು? ಏನೋ ರಹಸ್ಯದ ಮಾತು ಹೇಳಿದನಲ್ಲ? ಅದು ಏನಿರಬಹುದು? ವಿಕ್ರಮ್ ಯೋಚಿಸತೊಡಗಿದ.

"ಏನದು ಕೃಷ್ಣ? ಅದೇನು ರಹಸ್ಯ? ಹೇಳು..ಅದು ನನ್ನ ತನಿಖೆಗೆ ಹೆಲ್ಪಾಗುತ್ತೆ. ಅದರಿಂದ ಕೇಸು ಬೇಗನೆ ಸಾಲ್ವಾಗುತ್ತೆ. ಕೊಲೆಗಾರ ಅಥವಾ ಕೊಲೆಗಾರರನ್ನ ಹಿಡಿದುಬಿಡ್ತೀನಿ.."

ವಿಕ್ರಮ್ ಕೃಷ್ಣನಿಂದ ಆ ರಹಸ್ಯವನ್ನು ತಿಳಿಯಲು ಪ್ರಯತ್ನಿಸಿದ.

"ಅದೇನು ಅನ್ನೋದು ಗೊತ್ತಿದ್ರೆ..ನಾನೇ ಪೋಲೀಸಿಗೆ ತಿಳಿಸಿಬಿಡ್ತಿದ್ದೆ! ಅದೇನು ಗೊತ್ತಿಲ್ಲ..ಆದ್ರೂ ಏನೋ ಇದೆ..ಖಂಡಿತಾ ಬಲವಾದದ್ದು ಇದೆ! ಅದರ ಬಲದಿಂದಲೇ ನಮ್ಮ ತಾತ ಇವರ ವಿಷಯದಲ್ಲಿ ಮೃದುವಾಗಿದ್ದರು.."

"ಅದೇನು ಹೇಳೋಕೆ ಪ್ರಯತ್ನವನ್ನಾದರೂ ಮಾಡು.." ವಿಕ್ರಮ್ ಹುರುದುಂಬಿಸಿದ.

"ಪ್ಲೀಸ್ ಇಲ್ಲಿಂದ ಹೊರಟು ಹೋಗಿ. ಸಾಕಷ್ಟು ನೋವು ಕೊಟ್ಟಿದ್ದೀರಿ..ನಾನು ಗೆಟ್ ಔಟ್ ಅನ್ನೋಕೆ ಮುಂಚೆ ಹೋಗಿ"

ನಶೆಯಲ್ಲಿ ತಾನೇನು ಮಾತಾಡುತ್ತಿದ್ದೇನೆ ಎನ್ನುವ ಅರಿವೂ ಕೃಷ್ಣನಿಗೆ ಇದೆಯೆ? ವಿಕ್ರಮ್ ಯೋಚಿಸುತ್ತಾ ಅಲ್ಲಿಂದ ಹೊರಟ.

ಕೃಷ್ಣ ಬಿಕ್ಕುತ್ತಲೇ ಇದ್ದ. ಶೇಖರ್ ಅವನ ಬೆನ್ನು ಸವರಿ ಸಂತೈಸಲು ಪ್ರಯತ್ನಿಸುತ್ತಿದ್ದ

***

ಬೆಳಿಗ್ಗೆ ಏಳು ಗಂಟೆಗೆ ಯಶವಂತರಾಯರ ಮನೆಯ ಆಳು ಕಾಫಿ ತಂದಾಗ ವಿಕ್ರಮ್ ಆಗಲೇ ಸ್ನಾನ ಮುಗಿಸಿದ್ದ. ಕಾಫಿ ಕುಡಿದು ಹಿಂದಿನ ದಿವಸದ ಘಟನೆಗಳನ್ನೆಲ್ಲಾ ನೆನಪಿಗೆ ತಂದುಕೊಳ್ಳಲೆತ್ನಿಸುತ್ತಿದ್ದ, ಹಾಗೇ ಅವುಗಳ ವಿಶ್ಲೇಷಣೆನ್ನೂ ಮಾಡುತ್ತಿದ್ದ.

ರಾತ್ರಿಯಂತೂ ಕುಡಿದ ಅಮಲಿನಲ್ಲಿದ್ದ ಕೃಷ್ಣನನ್ನು ತಡೆಯುವುದು ಕಷ್ಟವಾಗಿತ್ತು. ಆದರೂ ಕೃಷ್ಣನ ಮಾನಸಿಕ ತೊಳಲಾಟ ಕೊನೆಗೊಮ್ಮೆ ಮುಗಿದು ಚಿಲುಮೆಯಂತೆ ಸತ್ಯ ಮಾತಿನಲ್ಲಿ ಉಕ್ಕಿತ್ತು. ಯಶವಂತರಾಯರ ಕೊಲೆಗಾರನ ಚಿತ್ರಣ ಅಪೂರ್ಣವಾಗಿತ್ತು. ಕೃಷ್ಣನ ಪ್ರಕಾರ ಮೂರ್ತಿ, ಇಲ್ಲ ರಾಮಣ್ಣ ಅಥವಾ

ಇಬ್ಬರೂ ಯಶವಂತರಾಯರ ಕೊಲೆಗೆ ಕಾರಣ. ಅದೇನೋ ರಹಸ್ಯ ಎನ್ನುವ ಮಾತು ಹೇಳಿದ. ಆದರೆ ಅದರ ಸಂಪೂರ್ಣ ಚಿತ್ರಣ ನೀಡಲು ಅಸಮರ್ಥನಾಗಿದ್ದ. ಕೊಲೆ ವಿಷಯ ಏನೇ ಇದ್ದರೂ ವಿಚಿತ್ರ ಸಂಗತಿಯೆಂದರೆ ಯಶವಂತರಾಯರ ದೇಹದ ಮಾಯ!

ಅದೇಕೆ ಮಾಯವಾಯಿತು?

ಯಾರು ಕಾರಣ?

ಪೋಲೀಸರು ಬಂದು ಶವವನ್ನು ಹೊರ ತೆಗೆದು ವೈದ್ಯಕೀಯ ಪರೀಕ್ಷೆಗೊಳಪಡಿಸುವರೆಂದು ಸುದ್ದಿ ಬಂದೊಡನೆ ಕೊಲೆಗಾರ ಅಥವಾ ಕೊಲೆಗಾರರು ಜಾಗೃತರಾಗಿದ್ದಾರೆ! ಪೋಲೀಸರು ಬರುವುದಕ್ಕೆ ಮುಂಚೆಯೇ ಗುಪ್ತವಾಗಿ ಶವವನ್ನು ಸಾಗಿಸಿದ್ದಾರೆ! ಆದ್ದರಿಂದ ಎರಡು ವಿಷಯಗಳು ಖಾತ್ರಿಯಾಗುತ್ತವೆ. ಒಂದು ಯಶವಂತರಾಯರದು ಸ್ವಾಭಿಕವಾದ ಸಾವಲ್ಲ, ಕೊಲೆ! ಎರಡನೆಯದು ಕೊಲೆಗಾರ ಇದೇ ಊರಿನವನು. ಅಷ್ಟೇ ಅಲ್ಲ ಅವನು ಯಶವಂತರಾಯರ ಮನೆಯವನೇ ಆಗಿರಬಹುದು!

ಪೋಲೀಸರು ಈ ಕೇಸಿನಲ್ಲಿ ಎಡವಿರುವನು. ಕೊಲೆಯ ತಲೆ-ಬುಡ ಕಂಡು ಹಿಡಿಯಲು ಅವರಿಂದ ಸಾಧ್ಯವಾಗಿಲ್ಲ . ಸಮಾಧಿಯಿಂದ ಯಶವಂತರಾಯರ ಶವ ಈಚೆ ತೆಗೆಯುವ ವಿಷಯ ಹೇಳಿದ ಮೇಲೆ ಮಾರನೆಯ ದಿವಸದವರೆಗೂ ಅವರು ಕಾಯಬಾರದಿತ್ತು. ಅನಿವಾರ್ಯವಾಗಿ ಮಾರನೆ ದಿನ ಸಮಾಧಿ ಓಪನ್ ಮಾಡುವುದಿದ್ದರೆ ಸಮಾಧಿಯ ಬಳಿ ರಾತ್ರಿ ಪೋಲೀಸ್ ಕಾವಲಿರಬೇಕಿತ್ತು. ಈ ರೀತಿ ಪೋಲೀಸರು ಯೋಚಿಸಿಲ್ಲ. ಆದ್ದರಿಂದಲೇ ಕೇಸು ಗೋಜಲಾಗಿರುವುದು.

ಬಾಗಿಲ ಬಡಿದ ಶಬ್ದವಾಯಿತು.

ವಿಕ್ರಮ್ ನೋಟ್ ಪ್ಯಾಡಿನಲ್ಲಿ ಕೇಸಿನ ಬಗೆಗೆ ತನ್ನ ವಿಚಾರಗಳನ್ನು ಬರೆದಿದ್ದ! ಅಲ್ಲಿ ರಾಮಣ್ಣ, ಮೂರ್ತಿ, ಕೃಷ್ಣ ಮತ್ತು ಗಂಗಾಧರ ಅವರ ಹೆಸರುಗಳೂ ಅವರ ನಡುವೆ ನಡೆದಿರಬಹುದಾದ ಕ್ರಿಯೆ, ಪ್ರತಿಕ್ರಿಯೆ ಮುಂತಾದುವನ್ನು ಅಕ್ಷರ, ಗೆರೆ, ಬಾಣದ ಗುರುತು, ಪ್ರಶ್ನಾರ್ಥಕ ಚಿನ್ಹೆ ಮುಂತಾದುವನ್ನು ಬರೆದಿದ್ದ. ಅದನ್ನು ಬೇರೆಯವರು ನೋಡಬಾರದು. ತನಿಖೆ ಮುಗಿದು ಕೊಲೆಗಾರನನ್ನು ಬಂಧಿಸುವವರೆಗೆ ಆ ಎಲ್ಲಾ ವಿಷಯಗಳೂ ಗೋಪ್ಯವಾಗಿಯೇ ಇರಬೇಕು. ವಿಕ್ರಮ್ ಮೇಜಿನ ಮೇಲೆ ಹರಡಿದ್ದ ತನ್ನ ವಸ್ತುಗಳ ಮೇಲೆ ನ್ಯೂಸ್ ಪೇಪರ್ ಹರಡಿದ.

"ಯಾರದು?"

"ನಾನು...ಸರ್, ಶರತ್..."

ವಿಕ್ರಮ್ ಎದ್ದು ಬಾಗಿಲು ತೆರೆದ. ಶರತ್ ಒಳಕ್ಕೆ ಬರುತ್ತಲೇ ಬಾಗಿಲಿನ ಚಿಲಿಕ ಹಾಕಿದ.

"ಹೋದ ಕೆಲಸಗಳು ಏನಾದವು ಶರತ್?"

"ಸುಮಾರು ಇನ್ಫರ್ಮೇಶನ್ ಸಿಕ್ಕವು. ಆದರೆ ಅವುಗಳಿಂದ ಹೆಚ್ಚು ಉಪಯೋಗ ಆಗೋ ಹಾಗೆ ಕಾಣ್ತಿಲ್ಲ"

"ಮಾಡಿದ ತನಿಖೆ, ಕಲೆಕ್ಟ್ ಮಾಡಿದ ಮಾಹಿತಿ ಯಾವುವೂ ವ್ಯರ್ಥವಲ್ಲ ಶರತ್ ಹೇಳು..."

"ಗಂಗಾಧರನನ್ನ ಇಂಟರಾಗೇಟ್ ಮಾಡಿದೆ. ಅವನನ್ನು ನಾವು ಕೊಲೆಗಾರರ ಪಟ್ಟಿಯಿಂದ ಬಿಡಬಹುದು. ಅವನು ಯಶವಂತರಾಯರ ಬಳಿ ಜಗಳವಾಡಿದ್ದು, ಕೂಲಿಯ ಹಣದ ಬಗ್ಗೆ. ಅವನು ಹೆಂಡತಿಗೆ ಹಣ ಕೊಡದೆ ದುಡಿದದ್ದೆಲ್ಲಾ ಹೆಂಡಕ್ಕೆ ಸುರಿಯುತ್ತಿದ್ದ. ಅವನ ಹೆಂಡತಿ ಯಶವಂತರಾಯರ ಬಳಿ ಗೋಳು ಹೇಳಿಕೊಂಡಿದ್ದಳು. ಅದಕ್ಕೇ ಗಂಗಾಧರನ ದುಡಿಮೆಯ ಹಣವನ್ನು ನೇರವಾಗಿ ಅವನ ಹೆಂಡತಿಗೆ ಕೊಡುತ್ತಿದ್ದರು ಯಶವಂತರಾಯರು. ಇದರಿಂದ ಗಂಗಾಧರನ ಪಿತ್ತ ನೆತ್ತಿಗೇರಿತ್ತು. ಯಶವಂತರಾಯರ ಬಳಿ ಜಗಳವಾಡಿದ್ದ. ಇಷ್ಟಕ್ಕೂ ಯಶವಂತರಾಯರ ಸಾವಿನಿಂದ ಅವನಿಗೇನೂ ಲಾಭವಿಲ್ಲ! ಯಶವಂತರಾಯರ ಕೊಲೆಯಲ್ಲಿ ಅವನ ಪಾತ್ರ ಇಲ್ಲ ಎನ್ನುವುದು ಸ್ಪಷ್ಟ. ಇನ್ನು ಕೃಷ್ಣನ ಧಾರಾಳತನವನ್ನು ಅವನು ಮೆಚ್ಚುತ್ತಾನೆ.

ಮೂರ್ತಿಯಿಂದ ಟ್ಯಾಬ್ಲೆಟ್‌ನ ಲ್ಯಾಬ್ ರಿಪೋರ್ಟು ತಂದೆ. ಮತ್ತೆ ನಮ್ಮ ಲ್ಯಾಬಿನಿಂದಲೂ ರಿಪೋರ್ಟ್ ತಂದೆ ಎರಡೂ ತಾಳೆಯಾಗುತ್ತವೆ. ಮೂರ್ತಿ ನಮಗೆ ಮೋಸ ಮಾಡೋದಕ್ಕೆ ಪ್ರಯತ್ನ ಮಾಡಿಲ್ಲ. ಮೂರ್ತಿ ಲ್ಯಾಬ್ ರಿಪೋರ್ಟ್ ತಿರುಚಿಸಿಲ್ಲ"

ಶರತ್ ಲ್ಯಾಬ್‌ನ ರಿಪೋರ್ಟುಗಳನ್ನು ವಿಕ್ರಮ್ ಕೈಗಿತ್ತ. ವಿಕ್ರಮ್ ಕೂಲಂಕುಶವಾಗಿ ಎರಡನ್ನೂ ನೋಡಿದ. ಎರಡು ನಿಮಿಷದ ನಂತರ ಮಾತಾಡಿದ.

"ಸೋ...ಯಶವಂತರಾಯರು ಸಾಯುವ ಹಿಂದಿನ ದಿವಸ ತಗೊಂಡಿರೋದು ಕೇವಲ ಪ್ಯಾರಾಸಿಟೊಮಾಲ್! ಮೂರ್ತಿ ಮತ್ತು ರಾಮಣ್ಣ ಮತ್ತು ಗಂಗಾಧರ ಮೂವರೂ ಈಗ ಕೊಲೆಗಾರನ ಪಟ್ಟಿಯಿಂದ ಆಚೆ ಬಂದರು".

"ಇನ್ನೂ ಇಲ್ಲ ಸರ್"

ವಿಕ್ರಮ್ ಹುಬ್ಬು ಗಂಟಿಕ್ಕಿ ಜೂನಿಯರ್‌ನ ನೋಡಿದ. "ಹೌದು ಸರ್. ಮಾತ್ರೆ ಹಾಕೇ ಕೊಲೆ ಮಾಡಬೇಕೇನು? ಬೇರೆ ಬೇಕಾದಷ್ಟು ವಿಧಾನಗಳಿವೆ. ಅವರು ಹೇಗೆ

ಸತ್ತಿರಬಹುದೂಂತ ಹೇಳೋಕೆ ಯಾವ ಆಧಾರವೂ ಇಲ್ಲ. ಮೇಲಾಗಿ ನಾವು ಶವಾನೂ ನೋಡಿಲ್ಲ".

"ಯೂ ಆರ್ ರೈಟ್ ಶರತ್. ಕೊಲೆ ಯಾವ ರೀತಿಯಿಂದ ಬೇಕಾದರೂ ಮಾಡಿರಬಹುದು".

"ಆದ್ರಿಂದಾನೇ ಮೂರ್ತಿಯಾಗಲೀ ಇಲ್ಲಾ ರಾಮಣ್ಣನಾಗಲೀ ನಮ್ಮ ಲಿಸ್ಟಿನಿಂದ ಆಚೆ ಹೋಗೋದಿಲ್ಲ".

"ಮುಂದಿಂದು ಹೇಳು"

"ಗಂಗಾಧರ ಇನ್ನೊಂದು ಹೊಸ ವಿಷಯ ಹೇಳಿದ. ಈ ಕೇಸಿಗೆ ಹೊಸ ಪಾತ್ರ ಎಂಟ್ರಿ ಕೊಟ್ಟಿದೆ"

ಶರತ್ ಮಾತಿಗೆ ವಿಕ್ರಮ್ ಹುಬ್ಬು ಗಂಟಿಕ್ಕಿದ.

"ಎಸ್ ಸರ್! ಈ ಹೊಸ ಪಾತ್ರದ ಹೆಸರು ವೆಂಕಟರೆಡ್ಡಿ"

"ಶರತ್? ಈತನ ವಿಷಯ ಎಲ್ಲಿ ಸಿಕ್ತು?" ವಿಕ್ರಮ್ ಅಚ್ಚರಿಗೊಂಡಿದ್ದ.

"ಈ ಪಾತ್ರವನ್ನ ಕೇಸಿಗೆ ಎಂಟ್ರಿ ಮಾಡಿಸಿದ್ದು ಗಂಗಾಧರ"

"ವಾಟ್? ಗಂಗಾಧರನೆ..? ಇಂಟರೆಸ್ಟಿಂಗ್..ಹೇಳು..ಅವನ ಬಗ್ಗೆ ಏನು ಗುಮಾನಿ"

ಗಂಗಾಧರ ಹೇಳಿದ ಎಲ್ಲ ವಿಷಯವನ್ನೂ ಆದಷ್ಟೂ ಸಂಕ್ಷಿಪ್ತವಾಗಿ ಶರತ್ ತನ್ನ ಸೀನಿಯರ್‌ಗ ಹೇಳಿದ.

"ಸೋ..ಈ ಕೇಸಿನಲ್ಲಿ ಮತ್ತೊಬ್ಬ ಗುಮಾನಿ! ವೆಂಕಟರೆಡ್ಡಿ ಯಶವಂತರಾಯರನ್ನ ಹೇಗೆ ಕೊಲೆ ಮಾಡಿರಬಹುದು? ಅವನಿಗೂ ಯಶವಂತರಾಯರಿಗೂ ಮನಸ್ತಾಪ ಇತ್ತು ಅಂದರೆ ನೇರವಾಗಿ ಅವನು ವಿಷಪ್ರಾಶನ ಮಾಡಿರೋಕೆ ಸಾಧ್ಯವಿಲ್ಲ. ಅದಕ್ಕೆ ಈ ಮನೆಯ ಸದಸ್ಯರಲ್ಲಿ ಒಬ್ಬರಾದರೂ ಅವನಿಗೆ ಸಾಥ್ ಕೊಟ್ಟಿರುತ್ತಾರೆ! ಯಶವಂತರಾಯರು ಸತ್ತ ದಿನ, ಅದಕ್ಕೂ ಹಿಂದಿನ ದಿನ ಮತ್ತು ಸತ್ತ ನಂತರದ ಮೂರು ದಿನ ವೆಂಕಟರೆಡ್ಡಿ ಎಲ್ಲೆಲ್ಲಿದ್ದ? ಇದನ್ನೆಲ್ಲಾ ಪತ್ತೆ ಮಾಡಬೇಕು. ಆ ಕೆಲಸ ನಿನಗೆ ಬಿಟ್ಟಿದ್ದಿನಿ. ಅವನನ್ನ ಮುಖತಃ ಇಂಟರಾಗೇಟ್ ಮಾಡಬೇಕಾಗಿಲ್ಲ. ಸುತ್ತಲಿನವರಿಂದ ವಿಷಯ ತಿಳಿದುಕೊಂಡ್ರೆ ಸಾಕು..ವೆಂಕಟರೆಡ್ಡಿ ವಿಷಯ ರಾಮಣ್ಣ ಏಕೆ ಬಾಯಿಬಿಡಲಿಲ್ಲ?"

ವಿಕ್ರಮ್ ಅಚ್ಚರಿಯಿಂದ ಕೇಳಿದ"

"ವೆಂಕಟರೆಡ್ಡಿ ಮತ್ತು ರಾಮಣ್ಣನ ನಡುವೆ ಏನಾದ್ರೂ ಇರಬಹುದು ಸಾರ್. ನೀವೇ ಹೇಳಿದ್ರಲ್ಲ. ಮನೆ ಒಳಗಿನವರ ಸಾಥ್ ಇಲ್ಲದೆ ವೆಂಕಟರೆಡ್ಡಿ ಯಶವಂತರಾಯರ ಕೊಲೆ ಮಾಡಿರೋಕೆ ಸಾಧ್ಯವಿಲ್ಲ"

"ಎಸ್..ನಾವು ರಾಮಣ್ಣನ ಮೇಲೂ ಒಂದು ಕಣ್ಣಿಟ್ಟಿರಬೇಕು. ಸೋ..ಈಗ ವೆಂಕಟರೆಡ್ಡಿ ನಮ್ಮ ಸಸ್ಪೆಕ್ಟ್ ಲಿಸ್ಟ್ ಸೇರಿದ. ಮುಂದೆ..? ಇನ್ನೇನು ಪ್ರೊಗ್ರೆಸ್ ಶರತ್?" ವಿಕ್ರಮ್ ಕೇಳಿದ.

"ಕೃಷ್ಣನ ಲವರ್ ರಾಣಿಯನ್ನ ಮೀಟ್ ಮಾಡಿದ್ದೆ. ಆಕೆಗೂ ಕೃಷ್ಣನ ಆಸ್ತಿ ಮೇಲೆ ಕಣ್ಣಿರೋ ಹಾಗೆ ಕಾಣುತ್ತೆ..."

"ಯಶವಂತರಾಯರು ಸತ್ತ ದಿವಸ ಕೃಷ್ಣ ಅಲ್ಲೇ ಇದ್ದನೇನು?"

"ರಾಣಿ ಮನೆಯಲ್ಲೇ ಇದ್ದ. ನಾನು ಕ್ರಾಸ್ ಚೆಕ್ ಮಾಡಿದೆ...ಯಶವಂತರಾಯರು ಸತ್ತ ಸುದ್ದಿ ಹೇಳೋಕೆ ಅಲ್ಲಿಗೆ ಮೂರ್ತಿಯವರೇ ಹೋಗಿದ್ದರು. ಅದನ್ನ ಕೃಷ್ಣನ ಲವರ್ ಹೇಳಿದ ವಿವರಗಳಿಂದ ಗ್ರಹಿಸಿದೆ"

"ಹಾಗಾದ್ರೆ ಸಧ್ಯಕ್ಕೆ ಕೃಷ್ಣ ಗುಮಾನಿಗಳ ಪಟ್ಟಿಯಿಂದ ತಪ್ಪಿಸಿಕೊಂಡಿದಾನೆ ಅಲ್ವಾ? ಆದರೆ ಮೂರ್ತಿಯವರಿಗೆ ಕೃಷ್ಣನ ಲವರ್ ವಿಷಯ ಗೊತ್ತು. ಅವಳ ಮನೆ ಕೂಡ ಗೊತ್ತಿದೆ"

"ಹೌದು ಸರ್. ಇಲ್ಲಿ ವಿಷಯ?"

"ಇದೋ ನೋಡು"

"ಕುದುರೆ ಹೆಜ್ಜೆ ಗುರುತು!"

"ರೈಟ್. ನೋಡು ಎರಡೂ ತಾಳೆಯಾಗ್ತಿವೆ. ಇದು ಸ್ಮಶಾನದಲ್ಲಿ ತೆಗೆದುಕೊಂಡಿದ್ದು. ಇದು ಇಲ್ಲಿಯೇ-ಈ ಊರಿನಲ್ಲೇ ಸಿಕ್ಕ ಕುದುರೇದು"

"ಯಾರು ಸಾರ್ ಕುದುರೆ ಮಾಲೀಕ?"

"ಮುನಿಯಪ್ಪ ಅಂತ. ಅಗಸ, ರಾಯಚೂರಲ್ಲಿದ್ದನಂತೆ. ಒಂದು ವರ್ಷದ ಹಿಂದೆ ಬಂದನಂತೆ. ಮೂರ್ತಿ ನಮಗೆ ಸುಳ್ಳು ಹೇಳಿದ್ದಾರೆ. ಈ ಊರಿನಲ್ಲಿ ಯಾರೂ ಕುದುರೆಯನ್ನೇ ಕಟ್ಟಿಲ್ಲ ಎಂದಿದ್ದರು. ಆ ರೀತಿ ಸುಳ್ಳು ಹೇಳೋದಕ್ಕೆ ಏನಾದ್ರೂ ಕಾರಣ ಇದೆಯೆ?" ವಿಕ್ರಮ್ ಯೋಚಿಸಿದ.

"ಈ ಮನುಷ್ಯ, ಮುನಿಯಪ್ಪ ಹೇಗೆ?"

"ಈಗಲೇ ಏನೂ ಹೇಳೋಕಾಗೋದಿಲ್ಲ. ಕೃಷ್ಣನ ಜೊತೆ ಮಾತಾಡಿದೆ. ಪೋಲೀಸರಿಗೆ ಮೂಕರ್ಜಿ ಬರೆದೋನು ಅವನೇ"

"ಯಾಕಂತೆ?"

"ಅವನಿಗೆ ಭಾವ ಮತ್ತು ಮಾವನ ಮೇಲೆ ಅನುಮಾನ. ಅವರೇ ಕೊಲೆ ಮಾಡಿಸಿರೋದೂಂತ ಹೇಳ್ತಾನೆ. ಮತ್ತೆ ತನ್ನ ಕೊಲೆ ಕೂಡ ಇವರಿಬ್ಬರೂ ಸೇರಿ ಮಾಡಿದಾರೇಂತ ಹೇಳ್ತಾನೆ"

“ಹಾಗಾದ್ರೆ ಮೂರ್ತಿ ಮತ್ತು ರಾಮಣ್ಣ ಇಬ್ಬರ ಮೇಲೆ ಅನುಮಾನಗಳು ಕೂಡಿಕೊಂಡು ಬರ್ತಾ ಇವೆ. ಆದ್ರೆ ಯಶವಂತರಾಯರ ಶವ ಏನಾಗಿರಬಹುದು ಸರ್?”

“ಅದನ್ನೇ ಈಗ ಹುಡುಕಬೇಕು ಶರತ್. ನಮ್ಮ ಪ್ರೋಗ್ರೆಸ್ ಏನಿದ್ದರೂ ಬೇಗನೇ ತೋರಿಸಬೇಕು. ತಡ ಮಾಡಿದರೆ ನಾವು ಮಾಡಿದ್ದೆಲ್ಲಾ ವ್ಯರ್ಥ. ಶರೀರ ಡಿಕಂಪೋಸ್ ಆಗಿರುತ್ತೆ. ಬಹುಶಃ ಗುರುತು ಹಿಡಿಯೋದೂ ಕಷ್ಟವಾಗಬಹುದು. ಮತ್ತೆ ಡಿ.ಎನ್.ಎ ಟೆಸ್ಟ್ ಎಲ್ಲಾ ಕಾಂಪ್ಲಿಕೇಟೆಡ್ಡು! ಜೊತೆಗೆ ಲ್ಯಾಬ್ ರಿಪೋರ್ಟುಗಳನ್ನು ಎಷ್ಟು ನಂಬಬಹುದು ಅನ್ನೋ ಅನುಮಾನವೂ ಇರುತ್ತೆ..ಈಗಲೇ ಸಾಕಷ್ಟು ಸಮಯ ಕಳೆದು ಹೋಗಿದೆ”

“ನಮ್ಮ ನೆಕ್ಸ್ಟ್ ಮೂವ್ ಏನು ಸರ್?”

“ಇಲ್ಲಿ ಕೆಲಸ ನೀನು ನೋಡು. ನಾನು ಬೆಂಗಳೂರಿಗೆ ಹೋಗಿ ಬರ್ತೀನಿ”

“ನಾನು ಇಲ್ಲಿ ಮಾಡಬೇಕಾಗಿರೋದು?”

“ಹೇಳ್ತೀನಿ... ಮೊದಲಿಗೆ...”

ವಿಕ್ರಮ್ ತನ್ನ ಜೂನಿಯರ್‌ಗ ಕೂಲಂಕುಷವಾಗಿ ತನ್ನ ಪ್ಲಾನ್ ವಿವರಿಸಿದ. ಶರತ್ ಎಚ್ಚರಿಕೆಯಿಂದ ಎಲ್ಲವನ್ನೂ ಕೇಳಿದ. ಅನುಮಾನ ಬಂದ ಕಡೆ ಪ್ರಶ್ನೆ ಕೇಳಿ ಉತ್ತರ ಪಡೆದುಕೊಂಡ. ಇದ್ದಕ್ಕಿದ್ದಂತೆ ಯಾರೋ ಬಾಗಿಲಾಚೆ ತಮ್ಮ ಮಾತು ಕೇಳಿಸಿಕ್ಕೊಳ್ಳುತ್ತಿರುವರೆಂಬ ಅನುಮಾನ ಬಂತು. ಶರತ್ ಜೊತೆ ಮಾತಾಡುತ್ತಿರುವಂತೆಯೇ ಮೆಲ್ಲನೆ ಎದ್ದು ಹೋಗಿ ಒಮ್ಮೆಲೇ ರೂಮಿನ ಬಾಗಿಲು ತೆಗೆದ ವಿಕ್ರಮ್. ಆದರೆ ಆ ಸಮಯಕ್ಕೆ ಆಚೆ ಬಾಗಿಲಿಗೆ ಕಿವಿಯಿಟ್ಟು ಕೇಳಿಸಿಕೊಳ್ಳುತ್ತಿದ್ದ ವ್ಯಕ್ತಿ ಮರೆಯಾಗಿತ್ತು! ತಾನು ಮಾಡುವ ಕೆಲಸದಲ್ಲಿ ಯಾರಿಗೂ ಅನುಮಾನ ಬರಬಾರದು ಎಂದು ವಿಕ್ರಮ್ ಎಚ್ಚರಿಕೆ ವಹಿಸಿದ್ದ. ಅದಕ್ಕೇ ಎಲ್ಲವನ್ನೂ ಮುಚ್ಚಿದ ಬಾಗಿಲಿನಲ್ಲೇ ನಡೆಸುತ್ತಿದ್ದ. ಅವನ ಕೆಲಸ ಅಷ್ಟು ಗೋಪ್ಯವಾಗಿದ್ದಕ್ಕೇ ಯಶವಂತರಾಯರ ಕೊಲೆಯ ಭಾಗೀದಾರರು ಬಾಗಿಲ ಹಿಂದೆ ಎಲ್ಲ ಮಾತುಗಳನ್ನು ಕದ್ದು ಕೇಳಿಸಿಕೊಳ್ಳುತ್ತಿದ್ದುದು ಎನಿಸಿತು. ವಿಕ್ರಮ್ ಬರುವುದಕ್ಕೆ ಮುಂಚೆ ಕದ್ದು ಮಾತು ಕೇಳಿಸಿಕ್ಕೊಳ್ಳುತ್ತಿದ್ದವರು ಜಾಗ ಖಾಲಿ ಮಾಡಿದ್ದರು! ತಕ್ಷಣವೇ ಮರೆಯಾದ ವ್ಯಕ್ತಿಯ ಹಿಂದೆ ಓಡುವುದು ಮನೆಯವರ ಅನುಮಾನಕ್ಕೆ ಕಾರಣವಾಗುತ್ತದೆ ಎನಿಸಿತು. ಆದ್ದರಿಂದ ವೇಗವಾಗಿ ನಡೆದು ಆ ವ್ಯಕ್ತಿ ಯಾರೆಂದು ತಿಳಿಯಲು ಧಾವಿಸಿದಾಗ ಕಂಡಿದ್ದು: ಮೆಟ್ಟಿಲುಗಳ ಬಳಿ ಕೆಳಗಿಳಿಯುತ್ತಿದ್ದವರು ಇಬ್ಬರು ಮಹಿಳೆಯರು! ಅಂದರೆ...? ಅವರಿಬ್ಬರೂ ತಮ್ಮ ಮಾತುಗಳನ್ನು ಇವರಿಬ್ಬರು ಕೇಳಿಸಿಕೊಳ್ಳುತ್ತಿದ್ದರೆ? ಸಾಧ್ಯವಿಲ್ಲ! ಏಕೆಂದರೆ ಆ

ವ್ಯಕ್ತಿಗಳು ಹೊನ್ನಿ ಮತ್ತು ಮೂರ್ತಿಯ ಪತ್ನಿ ಸರಳಾ!!

ಛೆ... ಛೆ... ಸಾಧ್ಯವಿಲ್ಲ! ಈ ಇಬ್ಬರೂ ತನ್ನ ಮಾತುಗಳನ್ನು ಕೇಳಿಸಿಕೊಂಡಿರಲು ಕಾರಣವಿಲ್ಲ! ಇಷ್ಟಕ್ಕೂ ಅವರಿಗೆ ಯಶವಂತರಾಯರ ಕೊಲೆಯಾಗಲೀ, ಶವ ಕಾಣೆಯಾಗಿರುವುದರ ಬಗೆಗೆ ಹೆಚ್ಚಿನ ಚಿಂತೆ ಇರಲಾರದು.

ವಿಕ್ರಮ್ ಮತ್ತೆ ಮತ್ತೆ ನೋಡಿದ. ಮಹಡಿಯ ಮೆಟ್ಟಿಲೇರಿ ಬಂದರೆ ಎರಡೂ ಕಡೆಗೂ ರೂಮುಗಳಿದ್ದವು. ಎಡ ಹಾಗೂ ಬಲ ಬದಿಯಲ್ಲಿ ಉದ್ದಕ್ಕೆ ಓಣಿ. ಎರಡು ಭಾಗಗಳಲ್ಲೂ ಮೂರು ರೂಮುಗಳು. ಬಲ ಬದಿಯ ಕೊನೆಯ ರೂಮು ವಿಕ್ರಮ್ ಮತ್ತು ಶರತ್‌ಗ ತೆರವು ಮಾಡಿ ಕೊಟ್ಟಿದ್ದರು.

ಒಂದು ವ್ಯಕ್ತಿ ತನ್ನ ರೂಮಿನ ಬಾಗಿಲ ಹಿಂದೆ ನಿಂತಿದ್ದು, ಇನ್ನೊಂದು ವ್ಯಕ್ತಿ ಎಡ ಬದಿಯಿಂದ ಬಂದಿರಬಹುದು. ಇಬ್ಬರೂ ಮೆಟ್ಟಿಲಿಳಿಯುವ ಸಮಯ ಒಂದೇ ಆಗಿದೆ! ಅದಕ್ಕೇ ಮೆಟ್ಟಿಲಿನ ಮೇಲೆ ಇಬ್ಬರೂ ಒಟ್ಟಿಗೆ ಕಾಣುತ್ತಿರುವುದು.

ಅವರಿಬ್ಬರೂ ಮೆಟ್ಟಿಲಿಳಿದಿದ್ದರು. ನಂತರ ಮನೆಯ ಒಳಭಾಗಕ್ಕೆ ತೆರಳಿದರು. ಒಬ್ಬರಾದರೂ ಕತ್ತೆತ್ತಿ ಮೇಲೆ ನೋಡಲಿಲ್ಲ. ತಮ್ಮ ಮಾತು ಕೇಳಿಸಿಕೊಂವರು ಕತ್ತೆತ್ತಿ ಮೇಲೆ ನೋಡುವರೆಂದು ವಿಕ್ರಮ್ ನಿರೀಕ್ಷಿಸಿದ್ದ. ಆದರೆ ಹಾಗಾಗಿರಲಿಲ್ಲ.

ಬಲಬದಿಯ ಓಣಿಯಿಂದ ಬಂದವರು ಬಲ ಬದಿಯಲ್ಲಿಯೇ ಮೆಟ್ಟಿಲ ಮೇಲೆ ಇಳಿಯುವುದು ಸಹಜ. ಹಾಗೇ ಎಡಬದಿಯಿಂದ ಬಂದವರು ಮೆಟ್ಟಿಲಿನ ಎಡಗಡೆಯೇ ಇಳಿಯುತ್ತಾರೆ! ಅದು ಮೂಲಭೂತ ಮಾನವ ಮನಃಶಾಸ್ತ್ರ. ಹಾಗಾದರೆ ಈಗ ಮೆಟ್ಟಿಲಿಳಿದವರಿಬ್ಬರು ಮೆಟ್ಟಿಲಿನ ಯಾವ್ಯಾವ ಭಾಗದಲ್ಲಿದ್ದರು?

ಹಾ... ಹೊನ್ನಿ ಬಲಬದಿಯಲ್ಲಿದ್ದಳು!!

ಮೂರ್ತಿಯ ಪತ್ನಿ ಸರಳಾ ಎಡಬದಿಯಲ್ಲಿದ್ದಳು!

ಹಾಗಾದರೆ ತಮ್ಮ ಮಾತನ್ನು ಕದ್ದು ಕೇಳಿದವಳು ಹೊನ್ನಿಯೆ?! ಆದರೆ ಅವಳಿಗೂ ಯಶವಂತರಾಯರ ಕೊಲೆಗೂ ಏನು ಸಂಬಂಧವಿದ್ದೀತು? ಆಕೆ ಕೆಲಸದವಳು, ಅದೂ ಗಂಡ ಸತ್ತು ದಿಕ್ಕಿಲ್ಲದ ಹೆಣ್ಣು. ಇನ್ನೂ ಮೂರ್ತಿಯ ಹೆಂಡತಿ ತಮ್ಮ ಮಾತುಗಳನ್ನು ಕದ್ದು ಕೇಳಿಸಿಕೊಂಡಳೆಂದರೆ ನಂಬಲು ಸಾಧ್ಯವಿತ್ತು! ಮೂರ್ತಿಯ ಸಿಗಬಹುದಾದ ಆಸ್ತಿಯ ಸಿಂಹಪಾಲು ಯಶವಂತರಾಯರ ಕೊಲೆಯಲ್ಲಿರಬಹುದು! ಅದಕ್ಕೆ ಸರಳಾದ್ದೂ ಒಪ್ಪಿಗೆಯಿರಬಹುದು. ಮೂರ್ತಿಯಿಲ್ಲದ ಸಮಯದಲ್ಲಿ ಗಂಡನ ಪರವಾಗಿ ತಮ್ಮ ಮಾತುಗಳನ್ನು ಕದ್ದು ಕೇಳಿರಬಹುದೆ? ಈ ಲಾಜಿಕ್ ನಂಬಬಹುದು!

ಅಥವಾ... ಮೂಲಭೂತ ಮಾನವ ಸ್ವಭಾವದ ಬಗೆಗೆ ತನ್ನ ತಿಳುವಳಿಕೆಯೇ ತಪ್ಪಿರಬಹುದೆ? ಅಥವಾ... ಸರಳಾ ಮತ್ತು ಹೊನ್ನಿಯ ಜಾಗಗಳು ಬೇರಾವುದೋ

ಕಾರಣಕ್ಕೆ ಅದಲು ಬದಲಾಗಿವೆಯೋ? ನೆನ್ನೆಯ ದಿವಸ ತಾನು ಸಂಜೆ ಮನೆ ಬಿಟ್ಟು ಹೊರಟಾಗ ಬಾಲ್ಕನಿಯಿಂದ ಹೆಂಗಸೊಬ್ಬಳು ತನ್ನನ್ನೇ ಗಮನಿಸುತ್ತಿದ್ದಳು. ಈ ಇಬ್ಬರಲ್ಲಿ ಒಬ್ಬರು ನೆನ್ನೆ ತನ್ನನ್ನು ಗಮನಿಸುತ್ತಿದ್ದ ವ್ಯಕ್ತಿಯಾಗಿರಬಹುದಾ?

"ಏನು ಸರ್?"

ಹಿಂದಿಂದ ಬಂದ ಶರತ್ ಕೇಳಿದ.

"ಏನಿಲ್ಲ. ನಡಿ ರೂಮಿಗೆ"

ವಿಕ್ರಮ್ ರೂಮಿನತ್ತ ನಡೆದ.

ಒಂದು ವೇಳೆ ಮೂರ್ತಿಯೇ ಯಶವಂತರಾಯರ ಕೊಲೆಯನ್ನು ಮಾಡಿದ್ದರೆ... ಅಥವಾ ಮಾಡಿಸಿದ್ದರೆ... ತನ್ನ ಬಳಿಗೆ ಕೇಸು-ತಂದು ತನಿಖೆ ಮಾಡಿ ಕೊಲೆಗಾರನನ್ನು ಕಂಡು ಹಿಡಿಯಿರಿ ಎಂದು ಹೇಳುತ್ತಿದ್ದನೆ?!

ಕೇಸು ಮುಂದುವರಿಯುತ್ತಿಲ್ಲ.

ತನಿಖೆ ನಿರ್ದಿಷ್ಟವಾದ ಯಾವ ಸಂಗತಿಯನ್ನೂ ಈವರೆಗೆ ತೋರಿಸಿಲ್ಲ. ಗುಮಾನಿ, ಅನುಮಾನ-ಅಷ್ಟೆ. ಮೂರ್ತಿ, ರಾವiಣ್ಣ-ದೃಷ್ಟಿಯಲ್ಲಿದ್ದರು. ಆದರೆ ಮೂರ್ತಿ ತಾನಾಗೇ ಪತ್ತೇದಾರರನ್ನು ಕರೆಸಿ ತನಿಖೆ ಮಾಡಲು ಹೇಳಿ ಹಣ ನೀಡಿದ್ದ. ಅಲ್ಲದೆ ಅವನಿಗೆ ವಿಕ್ರಮ್‌ನ ಖ್ಯಾತಿಯ ಬಗೆಗೆ ತಿಳಿದಿತ್ತು. ಆದ್ದರಿಂದ ಮೂರ್ತಿ ತಾನಾಗಿಯೇ ತನ್ನ ಸಮಾಧಿ ತೋಡಿ ಕೊಂಡಿರಲಾರ! ಇನ್ನುಳಿದವನು ರಾಮಣ್ಣ ಅಷ್ಟೆ. ಅಲ್ಲದೆ ಮುನಿಯಪ್ಪನ ಕೈವಾಡ ಕೊಲೆಯಲ್ಲಿದೆಯೇ? ಈ ಮನೆಯಲ್ಲಿ ಒಂದು ಹೆಂಗಸು ಬೇರೆ ತಮ್ಮ ಮಾತುಗಳನ್ನು ಕದ್ದು ಕೇಳಿಸಿಕೊಂಡಿರುವಳು! ಆಕೆ ಯಾರಿರಬಹುದು? ಸರಳಾನೋ ಇಲ್ಲ ಹೊನ್ನಿಯೋ? ಮೂರ್ತಿಗೂ ಕೊಲೆಗೂ ಸಂಬಂಧವಿಲ್ಲವೆಂದರೆ ಸರಳ ತಮ್ಮ ಮಾತುಗಳನ್ನು ಕದ್ದು ಕೇಳಿಸಿಕೊಳ್ಳುವುದರಲ್ಲಿ ಯಾವ ಅರ್ಥವೂ ಇಲ್ಲ. ಉಳಿದವಳು ಹೊನ್ನಿ. ದಿಕ್ಕಿಲ್ಲದ ವಿಧವೆ. ಯಶವಂತರಾಯರ ಸಾವಿನಿಂದ ಆಕೆಗೆ ಸಿಗುತ್ತಿದ್ದುದಾದರೂ ಏನು? ಅಷ್ಟೊಂದು ಜನ ಬಂಧು ಬಳಗ! ಸ್ವಂತ ಮೊಮ್ಮಕ್ಕಳು! ಹೊನ್ನಿಗೆ ಕಿಲುಬು ಕಾಸೂ ಸಿಗುವುದಿಲ್ಲ. ಯಾರಾದರೂ ಕರುಣೆಯಿಂದ ಕೊಟ್ಟರಷ್ಟೆ ಉಳಿದೀತು. ವಿಷಯ ಹೀಗಿರುವಾಗ ಹೊನ್ನಿ ಯಶವಂತರಾಯರ ಕೊಲೆಯಲ್ಲಿ ಪಾಲು ತೆಗೆದುಕ್ಕೊಳ್ಳಲಾರಳು!

"ಯಾಕೆ ಸರ್? ನಮ್ಮ ಮಾತು ಯಾರಾದರೂ ಕದ್ದು ಕೇಳಿಸ್ಕೋತ್ತಿದ್ದಾರೇನು?"

"ಹೌದು. ಅದೂ ಒಂದು ಹೆಂಗಸು! ಯಾರೂಂತ ನೋಡೊಕೇ ಮೆಟ್ಟಿಲವರೆಗೆ ಹೋಗಿದ್ದೆ. ಆದರೆ ಆ ಸಮಯಕ್ಕೆ ಇಬ್ಬರು ಮೆಟ್ಟಿಲು ಇಳೀತಿದ್ದರು-ಹೊನ್ನಿ ಮತ್ತು

ಸರಳಾ. ಇದರಿಂದ ಮತ್ತಷ್ಟು ಕನ್‌ಫ್ಯುಶನ್ ಅಷ್ಟೆ"

"ಇನ್ನೊಂದಿಷ್ಟು ಸಮಯ ಗಮನಿಸಿದರೆ ಸಿಕ್ಕಿಹಾಕ್ಕೋತಾರೆ. ಅನುಮಾನ ಇಲ್ಲ. ಮುಂದಿನದು ಹೇಳಿ ಸರ್?"

"ನಡೆ ಹೋಗೋಣ"

"ಎಲ್ಲಿಗೆ ಸರ್?"

"ಮೊದಲು ಆಚೆ ಹೋಗೋಣ. ಈ ಮನೆಯಲ್ಲಿ ನಮಗೆ ಏಕಾಂತ ಸಿಗೋದಿಲ್ಲ ಅನ್ನಿಸುತ್ತೆ. ಅದ್ರಿಂದ ಮಾತಾಡೋದೇನಿದ್ದರೂ ಮನೆಯಿಂದಾಚೆ ಮಾತಡೋಣ"

"ಸರಿ ಸಾರ್"

ಶರತ್ ಬೇಗನೆ ಅರ್ಥ ಮಾಡಿಕೊಂಡ.

ಬೆಳಗಿನ ಉಪಹಾರ ಮಾಡಿ ಹೋಗಿ ಎಂದು ರಾಮಣ್ಣ ಬಲವಂತ ಮಾಡಿದರೂ ಸಹ ಕೇಳದೆ ಪತ್ತೇದಾರರಿಬ್ಬರು ಮನೆಯಿಂದಾಚೆ ಹೊರಟುಬಿಟ್ಟರು.

ಬೀಗ ಹಾಕಿದ ಮುನಿಯಪ್ಪನ ಮನೆ ಕಂಡು ಅವರ ಹುಬ್ಬುಗಳು ಗಂಟಿಕ್ಕಿದ್ದವು. ಎದುರು ಮನೆಯಲ್ಲಿ ವಿಚಾರಿಸಿದರು.

"ಬೆಂಗ್ಳೂರಿಗೆ ಹೋಗಿದಾನೆ. ರಾತ್ರೀಗೆ ಬರ್ತಾನೆ"

ಉತ್ತರ ಬಂತು.

ಇದ್ದಕ್ಕಿದ್ದ ಹಾಗೆ ಮುನಿಯಪ್ಪ ಬೆಂಗಳೂರಿಗೇಕೆ ಹೋದ?

ಇಬ್ಬರೂ ಮನಿಯಪ್ಪನ ಮನೆಯಿಂದ ಅಷ್ಟು ದೂರ ಬಂದಿದ್ದರು.

"ಸಾರ್ ಶವ ಎಲ್ಲಿದೇಂತ ಲೊಕೇಟ್ ಮಾಡೋಕೇ ಆಗ್ತಾ ಇಲ್ಲ"

ಶರತ್ ಆತಂಕದಿಂದ ಸೀನಿಯರ್‌ನ ಕೇಳಿದ.

"ಬರೀ ಬಾಡಿ ಹುಡುಕ್ತೀನೀಂತ ಹೋಗೋದು ವೇಸ್ಟ್ ಆಫ್ ಟೈಮ್. ಯಾಕೇಂದರೆ... ಬರೀ ಬಾಡಿ ಹುಡುಕೋದಕ್ಕೇಂತ ಹೋದರೆ ಯಾವ ಆಧಾರದ ಮೇಲೆ? ಎಲ್ಲೀಂತ ಹುಡುಕೋದು? ಕೊಲೆಗಾರನ್ನ ಹುಡುಕಿದರೆ? ಬಾಡಿ ಏನ್ಮಾಡಿದ್ದೀಯಾಂತ ಅವನಿಂದಲೇ ಬಾಯಿ ಬಿಡಿಸಬಹುದು! ನಾವು ಮಾಡಬೇಕಾಗಿರೋದೂ ಅದೇನೇ..."

"ಕುದುರೆ ಹೆಜ್ಜೆಗಳು ಹೋಲಿಸಿದಾಗ ಒಂದೇ ಕಾಣ್ತವೆ. ಅನುಮಾನವೆ ಉಳಿಯೋದಿಲ್ಲ. ಅದು ಖಂಡಿತವಾಗಿಯೂ ಮುನಿಯಪ್ಪನ ಕುದುರೆಯೇ! ಅದರ ಮೇಲೇನೇ ಶವ ಸಾಗಿಸಿರೋದು. ಮುನಿಯಪ್ಪನೀಗ ನಮಗೆ ವೈಟಲ್ ಕ್ಲೂ. ಅವನಿಂದ ಎಲ್ಲ ತಿಳಿಯಬಹುದು"

"ಆದರೆ ಇದೇ ಸಮಯದಲ್ಲಿ ಅವನೇ ಇಲ್ಲ!

***

ಬೆಂಗಳೂರು ತಲುಪಿದಾಗ ರಣರಣ ಬಿಸಿಲು.

ಈ ಡಿಸೆಂಬರ್ ತಿಂಗಳಲ್ಲಿ ಯಾಕಪ್ಪಾ ಇಂತಾ ಬಿಸಿಲು ಎಂದು ವಿಕ್ರಮ್ ಆಶ್ಚರ್ಯ ಪಟ್ಟ. ಕೆ.ಜಿ. ಹಳ್ಳಿಯ ಯಶವಂತರಾಯರ ಮನೆಯಲ್ಲಿ ಶರತ್ ಒಬ್ಬನನ್ನೇ ಬಿಟ್ಟು ಬೆಂಗಳೂರಿಗೆ ಬಂದಿದ್ದ.

ಯಾವುದೋ ಒಂದು ಮುಖ್ಯವಾದ ಎಳೆ ಸಿಕ್ಕುತ್ತಿಲ್ಲ ಎನಿಸಿತು.

ಅದೊಂದು ಸಿಕ್ಕಿದರೆ ಯಶವಂತರಾಯರ ಮಾಯವಾದ ಶವದ ಬಗ್ಗೆ ಎಲ್ಲವೂ ಸಿಕ್ಕಿ ಬಿಡುತ್ತದೆ. ಆದರೆ ಯಾವುದು ಆ ಎಳೆ? ಯಾರಿಗೆ ಸಂಬಂಧಿಸಿದ್ದು ಈ ಎಳೆ? ತಲೆ ಬಿಸಿಯಾಯಿತು.

ಆಫೀಸಿನ ಬಾಗಿಲು ತೆಗೆದು ತನ್ನ ಸೀಟಿನಲ್ಲಿ ಕುಳಿತ. ಸಿಗರೇಟು ಹಚ್ಚಿದ. ಮತ್ತೊಮ್ಮೆ ಎಲ್ಲ ಘಟನೆಗಳನ್ನೂ ಮನಸ್ಸಿನಲ್ಲಿ ತುಂಬಿಕೊಂಡ. ಪ್ರಯಾಸದಿಂದ ಮನಸ್ಸನ್ನು ಯಶವಂತರಾಯರ ಕೊಲೆಯ ಬಗ್ಗೆ ಕೇಂದ್ರೀಕರಿಸಲು ಪ್ರಯತ್ನಿಸಿದ.

ಮೊದಲಿಗೆ ಯಶವಂತರಾಯರ ಕೊಲೆ ಹೇಗಾಗಿರಬಹುದು...? ಶವ ಪರೀಕ್ಷೆ ಮಾಡಲೂ ಸಹ ಸಿಕ್ಕಿಲ್ಲ. ಆದರೆ ಯಶವಂತರಾಯರ ಶವ ವಿರೂಪವಾಗಿರಲಿಲ್ಲ. ಅದು ಹಳ್ಳಿಯ ಜನರ ಬಾಯಿಂದಲೇ ತಿಳಿಯಿತು. ಹಾಗಾದರೆ ಕೊಲೆ ಯಾವ ಆಯುಧದಿಂದಲೂ ಆಗಿಲ್ಲ. ವಿಷ ಪ್ರಯೋಗವಾಗಿರಬಹುದು. ಅಂದರೆ ಶರೀರ ಸ್ವಲ್ಪವಾದರೂ ಬಣ್ಣ ಬದಲಿಸಬೇಕು. ಆ ಬಗೆಗೂ ಏನೂ ತಿಳಿಯುತ್ತಿಲ್ಲ. ಕೊನೆಗೆ ಶವ ಸಿಕ್ಕಿ, ವೈದ್ಯಕೀಯ ಪರೀಕ್ಷೆಯಾಗುವವರೆಗೂ ಏನೂ ತಿಳಿಯಲಾಗದೆ? ಆದರೆ ಶವ ಸಿಕ್ಕುತ್ತದೆ ಎನ್ನುವುದೇ ಅನುಮಾನ!

ಪತ್ತೇದಾರ ಸಮಸ್ಯೆಯ...ಆಳಕ್ಕೆ ಇಳಿಯುತ್ತ ಹೋದ. ಒಂದು ಕ್ಷಣ ಏನೋ ಹೊಳೆದಂತಾಗಿ ತಕ್ಷಣವೇ ನಿಲುಕದಂತಾಗಿ ಸಮಯ ಜಾರಿತು.

ಹೊಟ್ಟೆ ಚುರುಗುಟ್ಟಿತು. ಮಧ್ಯಾಹ್ನ ಊಟ ಮಾಡಿಲ್ಲ ಎಂಬ ನೆನಪಾಗಿ ಎದ್ದು ಆಫೀಸಿನ ಬಾಗಿಲು ಹಾಕಿದ. ಹತ್ತಿರದ ಹೋಟೆಲೊಂದರಲ್ಲಿ ಊಟ ಮುಗಿಸಿದ ಮೇಲೆ ನೆಮ್ಮದಿ. ಆದರೆ ಊಟದ ನಡುವೆ ಸಹ ಕಣ್ಣಿಂದ ಕಾಣದ ವ್ಯಕ್ತಿ ಯಶವಂತರಾಯರದೇ ಯೋಚನೆ! ಊಟ ಮುಗಿಯುವ ಸಮಯದಲ್ಲಿ ಹೊಳೆದ ಒಂದು ಯೋಚನೆಯಿಂದ ವಿಕ್ರಮ್‌ನ ಮೈಯಲ್ಲಿ ಲವಲವಿಕೆಯುಂಟಾಯಿತು.

ಪೋಲೀಸ್ ಕಮಿಷನರ್ ಕಛೇರಿಗೆ ತೆರಳಿದ. ಹಿಂದೆ ಎಷ್ಟೋ ಸಲ ಅಲ್ಲಿಗೆ ಹೋಗಿದ್ದ. ಸೆಂಟ್ರಲ್ ರೆಕಾರ್ಡ್ ರೂಮಿನಲ್ಲಿ ಅಸಂಖ್ಯ ಖೈದಿಗಳು, ಕೊಲೆಗಡುಕರು-ಮುಂತಾದವರ ದಾಖಲೆಗಳನ್ನು ವ್ಯವಸ್ಥಿತವಾಗಿಡಲಾಗಿತ್ತು. ವಿಕ್ರಮ್‌ನ ವೃತ್ತಿಯಲ್ಲಿ ಅಂತ ದಾಖಲೆಗಳು ಅವಶ್ಯವಾಗುತ್ತದೆ. ಪೋಲೀಸ್ ವಲಯದಲ್ಲಿ ತನ್ನ ವರ್ಚಸ್ಸಿನಿಂದ, ತನ್ನ ಮಿಲಿಟರಿ ಹಿನ್ನೆಲೆಯಿಂದ, ಒಳ್ಳೆಯ ನಡುವಳಿಕೆಯಿಂದ ರೆಕಾರ್ಡ್ ರೂಮನ್ನು ಉಪಯೋಗಿಸಲು, ಅಲ್ಲಿನ ಸಂಪನ್ಮೂಲ

ಬಳಸಲು ವಿಶೇಷ ಅನುಮತಿ ಪಡೆದಿದ್ದ. ಇಂದು ಆ ರೆಕಾರ್ಡ್ ರೂಮಿನ ದಾಖಲೆಗಳ ಅವಶ್ಯಕತೆ ಒದಗಿಬಂದಿತ್ತು. ಅದಕ್ಕಾಗಿಯೇ ಬಂದಿದ್ದ ಸಂಬಂಧಪಟ್ಟ ಅಧಿಕಾರಿಗಳನ್ನು ಭೇಟಿ ಮಾಡಿದ ನಂತರ ರೆಕಾರ್ಡ್ ರೂಮನ್ನು ಪ್ರವೇಶಿಸಿ.

ಸಂಜೆ ಆರು ಗಂಟೆಯ ಹೊತ್ತಿಗೆ ವಿಕ್ರಮ್ ರೆಕಾರ್ಡ್ ರೂಮಿನಿಂದ ತನ್ನ ನೋಟ್ಸಿನೊಂದಿಗೆ ಈಚೆ ಬಂದ. ಸುಮಾರು ಎರಡೂ ಮುಕ್ಕಾಲು ಗಂಟೆಯ ಕಾಲ ಅಲ್ಲಿನ ಅಸಂಖ್ಯ ದಾಖಲೆಗಳ ನಡುವೆ ಕಾಲ ಕಳೆದಿದ್ದ. ಅಲ್ಲಿಂದ ಅವನು ಸಂಗ್ರಹಿಸಿದ ವಿಷಯ ಉಪಯುಕ್ತವೋ ಅಲ್ಲವೋ ಎಂಬುದರ ಬಗ್ಗೆ ಇನ್ನೂ ಖಚಿತವಾಗಿ ತಿಳಿದಿರಲಿಲ್ಲ!

ತನ್ನ ಜೀಪಿನ ಬಳಿಗೆ ಬಂದವನೇ ಕೈಯಲ್ಲಿನ ವಾಚು ನೋಡಿಕೊಂಡ. 'ಛೆ... ಲೇಟಾಯಿತು' ಎಂದು ಪೇಚಾಡಿಕೊಂಡ. ಜೀಪ್ ಸ್ಟಾರ್ಟ್ ಮಾಡಿ ವೇಗವಾಗಿ ರಸ್ತೆಯಲ್ಲಿ ಸಾಗಿದ.

ಕಮಿಷನರ್ ಆಫೀಸಿನ ಎದುರಿನಲ್ಲಿದ್ದ ರೆಸ್ಟುರಾಂಟಿನಲ್ಲಿದ್ದ ಮೂರ್ತಿ! ವಿಕ್ರಮ್ ಜೀಪು ಕಣ್ಣಿಂದ ಮರೆಯಾಗುವವರೆಗೂ ನೋಡುತ್ತಿದ್ದ!

***

"ನಿಮಗೆ ಯಾರ ಮೇಲಾದ್ರೂ ಅನುಮಾನವಿದೆಯೆ?"

ಕೆ.ಜಿ ಹಳ್ಳಿಯ ಮಂದಾರ ಮನೆಯಲ್ಲಿ, ರಾಮಣ್ಣನವರನ್ನ ಕೇಳಿದ ಶರತ್.

"ಮೊದಲು ಯಾರ ಮೇಲೂ, ಯಾವುದೇ ರೀತಿಯ ಅನುಮಾನವೂ ಇರಲಿಲ್ಲ. ಪೋಲೀಸ್‌ನವರು ಬಂದು ಸಮಾಧಿಯಿಂದ ದೇಹ ಈಚೆ ತೆಗೆಯಬೇಕು, ಶವಪರೀಕ್ಷೆ ಮಾಡಬೇಕೂಂತ ಹೇಳಿದಾಗ್ಲೂ ಅನುಮಾನ ಬರಲಿಲ್ಲ. ಆದ್ರೆ ದೇಹ ಸಮಾಧೀಲಿ ಇಲ್ಲದ್ದು ಕಂಡಾಗ ದಿಗ್ಭ್ರಮೆಯಾಯ್ತು. ಆಗಲೇ ಇದು ಕೊಲೆ, ಇದರ ಹಿಂದೆ ಯಾರೋ ಇದ್ದಾರೆ ಅನ್ನೋ ಅನುಮಾನ ಬಂದಿದ್ದು. ಈ ರೀತಿ ಆಗುತ್ತೇಂತ ಎಂತ ಕಲ್ಪನೇನೂ ಇರಲಿಲ್ಲ. ನಮ್ಮ ಭಾವನವರದ್ದು ಕೊಲೆ ಅಂತ ಅನುಮಾನ ಬಂದಿದ್ದು ಆಮೇಲೇನೆ"

ರಾಮಣ್ಣ ನಿಧಾನವಾಗಿ ಮಾತಾಡಿದ. ಮಾತಿನಲ್ಲಿ ಅಳುಕಿದೆಯೇ ಇಲ್ಲವೇ? ಶರತ್ ಎಚ್ಚರಿಕೆಯಿಂದ ಗಮನಿಸಿದ.

"ಕೊಲೆ ಮಾಡಿಸೋ ಅಂತಾವರು ಯಾರೂ ಇಲ್ಲ. ಅವರ ಮೇಲೆ ಕೆಲವರಿಗೆ ಕೋಪ ಇದ್ದಿರಬಹುದು, ಮನಸ್ತಾಪ ಇದ್ದಿರಬಹುದು. ಆದ್ರೆ ಕೊಲೆ ಮಾಡುವಂತವರು ಯಾರೂ ನನ್ನ ಗಮನದಲ್ಲಿ ಇಲ್ಲ"

"ಅಕಸ್ಮಾತ್ ಅನುಮಾನ ಪಡಬಹುದು ಅಂದರೆ ಯಾರ ಮೇಲೆ ಅನುಮಾನ ಬರುತ್ತೆ?"

"ಹಾಗೆ ಹೇಳೋಕಾಗೊಲ್ಲ"

"ಅಲ್ಲ..ಯಾರ ಮೇಲಾದರೂ ನಿಮಗೆ ಅನುಮಾನ ಬರೋ ಸಾಧ್ಯತೆ ಇದೆ. ಹಾಗೆ ನೀವು ಹೇಳಿದ ವ್ಯಕ್ತಿಯ ಹೆಸರನ್ನೇ ಫೈನಲ್ ಆಗಿ ನಾನು ತಗೊಳ್ಳೋದೂ ಇಲ್ಲ. ಅನುಮಾನವಷ್ಟೇ ಕೇಳಿದ್ದು. ಆಮೇಲೆ ಅದನ್ನು ವೆರಿಫೈ ಮಾಡ್ಲೇಬೇಕು. ಪರ್ವಾಗಿಲ್ಲ ಹೇಳಿ"

ಶರತ್ ಪುಸಲಾಯಿಸಿದ.

"ಇಲ್ಲ. ಸತ್ಯವಾಗ್ಲೂ ಕೊಲೆ ಮಾಡೋ ಅಂತಾ ದ್ವೇಶಾನ ಭಾವನವರು ಯಾರೊಂದಿಗೂ ಕಟ್ಕೊಂಡಿರಲಿಲ್ಲ. ಅನುಮಾನಿಸಬೇಕು ಎಂದರೆ ಸುಮಾರು ಐದಾರು ಜನರು ನೆನಪಿಗೆ ಬರುತ್ತಾರೆ. ಈ ಸಲ ಅವರು ಬಿಡದಿಯ ಕೊ-ಆಪರೇಟೀವ್ ಬ್ಯಾಂಕ್ ಎಲೆಕ್ಷನ್ನಿಗೆ ಭಾವನವರಿಗೆ ಎದುರಾಳಿಯಾಗಿ ವೆಂಕಟರೆಡ್ಡಿ ಅಂತ ಒಬ್ಬ ಕಂಟ್ರಾ÷◌್ಯಕ್ಟರ್ ನಿಂತಿದ್ದ. ಅವನು ಮೊದಲಿಗೆ ನಮ್ಮಲ್ಲೇ ಕೆಲ್ಸ ಮಾಡ್ತಿದ್ದ. ಆಮೇಲೆ ಕಾಂಟ್ರಾ÷◌್ಯಕ್ಟ್ ಮಾಡೋಕೆ ಶುರು ಮಾಡಿ ಚೆನ್ನಾಗಿ ಆಗಿದ್ದ. ಅವನ ಜೊತೆ ಹಲವು ಸಲ ಭಾವನವರು ಜಗಳ ಆಡಿದ್ದರು. ಅವನಲ್ಲದೆ ನಮ್ಮೂರಿನ ಕೆಲವು ರೈತರು ತಮ್ಮ ಆಸ್ತಿಗಳನ್ನು ಭಾವನವರಿಗೆ ಮಾರಿದ್ದು, ಕೆಲವು ವರ್ಷಗಳ ನಂತರ ವಾಪಸ್ಸು ಕೇಳಿದ್ದರು. ಅವರೆಲ್ಲರನ್ನೂ ಶತೃಗಳು ಎಂದು ಹೇಳಲಾಗೊಲ್ಲ. ಅನೇಕ ಸಲ ಕೆಲಸದಾಳುಗಳ ಜೊತೆ ಒರಟಾಗಿ ವರ್ತಿಸುತ್ತಿದ್ದರು. ಇತ್ತೀಚೆಗೆ ಗಂಗಾಧರ ಎನ್ನುವ ಕೆಲಸದಾಳನ್ನು ಬಾರ್ ಕೋಲಿನಿಂದ ಹೊಡೆದಿದ್ದರು..ಆದರೆ..ಅವರು ಯಾರೂ ಕೊಲೆ ಮಾಡುವ ಹಂತಕ್ಕೆ ಹೋಗುವಂತವರಲ್ಲ"

"ವೆಂಕಟರೆಡ್ಡಿ ಕಡೆಯವರಿಗೂ ನಿಮ್ಮ ಕಡೆಯವರಿಗೂ ಮಾರಿ ಹಬ್ಬದ ಟೈಮಲ್ಲಿ ಹೊಡೆದಾಟ ಆಗಿತ್ತಂತೆ? ಕೆಲವು ಜನ ಸತ್ತಿದ್ದರು, ಕೆಲವರಿಗೆ ಏಟಾಗಿತ್ತು ಅಲ್ವೆ?"

ಶರತ್ ಕುತೂಹಲದಿಂದ ಕೇಳಿದ.

"ಈ ವಿಷಯ ಯಾರು ಹೇಳಿದ್ದು?"

"ಗಂಗಾಧರ"

"ಅದೆಲ್ಲಾ ನಿಜ. ಆದ್ರೆ ಗಂಗಾಧರನ ಮಾತು ಕಟ್ಕೋಬೇಡಿ. ಕುಡಿಯೋಕೆ ಕಾಸು ಬೇಕಾಗಿದ್ರೆ ಇಲ್ಲದ್ದೆಲ್ಲ ಹೇಳಿಬಿಡ್ತಾನೆ.."

"ಆದ್ರೆ ಗಲಾಟೆ, ಹೊಡೆದಾಟ ಆಗಿದ್ದೆಲ್ಲಾ ನಿಜ.."

ಶರತ್ ಕೆಣಕಿದ.

"ಸುಳ್ಳು ಅಂತ ನಾನು ಹೇಳ್ಲಿಲ್ಲವಲ್ಲ?"

"ನಿಮಗೆ ವೆಂಕಟರೆಡ್ಡಿ ಪರಿಚಯಾನಾ..?"

"ನಮ್ಮಲ್ಲೇ ಕೆಲ್ಸ ಮಾಡ್ತಿದ್ದ ಅಂದ ಮೇಲೆ ಪರಿಚಯ ಇಲ್ಲದೆ ಇರೋಕಾಗುತ್ತಾ..?"

"ನಿಮ್ಮ ಭಾವನವರು ಸತ್ತ ದಿನ ವೆಂಕಟರೆಡ್ಡಿ ಊರಲ್ಲೇ ಇದ್ದನಾ..?"

"ಇಲ್ಲ..ಅವನು ಸಂಸಾರ ಸಮೇತ ತಿರುಪತಿಗೆ ಹೋಗಿದ್ದ. ಭಾವನವರು ಸತ್ತ ಮೂರು ದಿನದ ಮೇಲೆ ಊರಿಗೆ ಬಂದ"

"ಇದೆಲ್ಲಾ ನೀವು ಯಾಕೆ ತಿಳ್ಕೊಳ್ಳೋಕೆ ಹೋದ್ರಿ..?"

ಶರತ್ ಪ್ರಶ್ನೆಗೆ ರಾಮಣ್ಣನ ಕಣ್ಣುಗಳು ಅಗಲವಾದವು.

"ನಿಮಗೀಗ ಅನುಮಾನ ಬರೋ ಹಾಗೆ ನನಗೂ ವೆಂಕಟರೆಡ್ಡಿ ಮೇಲೆ ಅನುಮಾನ ಬಂದಿತ್ತು. ಆ ಅನುಮಾನ ಪರಿಹರಿಸಿಕ್ಕೊಳ್ಳೋಕೆ ಊರವರಿಂದ ಈ ವಿಷಯ ತಿಳ್ಕೊಂಡೆ"

ಶರತ್ ಕೆಲ ಕ್ಷಣಗಳು ಮೌನದಿಂದ ರಾಮಣ್ಣನ ಮಾತಿನಲ್ಲಿ ಸತ್ಯವಿರಬಹುದೆ ಎಂದು ಯೋಚಿಸಿದ.

"ಹಾಗೇ ಇನ್ನೊಂದು ವಿಷಯ. ತೀರಾ ವೈಯಕ್ತಿಕವಾದದದು, ಬೈಕೋಬೇಡಿ. ಆಸ್ತಿಗೋಸ್ಕರ ಯಾರಾದರೂ ಈ ಕೊಲೆ ಮಾಡಿರಬಹುದೆ?"

"ಅಂದರೆ...? ನಮ್ಮ ಮೇಲೇನೆ ಅನುಮಾನವೆ? ಈ ಆಸ್ತಿಯ ತೊಂಬತ್ತು ಭಾಗ ನಮ್ಮ ಭಾವನವರಿಗೆ ಪಿತ್ರಾರ್ಜಿತವಾಗಿ ಬಂದದ್ದು-ಬೆಂಗ್ಳೂರಲ್ಲಿನ ಕೆಲವು ಸೈಟುಗಳನ್ನ ಬಿಟ್ಟರೆ ಉಳಿದದ್ದೆಲ್ಲಾ ನೇರವಾಗಿ ಅವರ ಮೊಮ್ಮಕ್ಕಳಿಗೆ ಸೇರುತ್ತೆ. ಹೀಗಿರೋವಾಗ ನಾವು ಈ ಆಸ್ತಿಗೆ ಆಸೆ ಪಡೋದಕ್ಕೆ ಕಾರಣವೇ ಇಲ್ಲ"

"ಮೂರ್ತಿ ಹೇಗೆ?"

"ನಿಮ್ಮ ಮಾತು ನಂಗರ್ಥವಾಯ್ತು. ಸ್ವಾಮಿ, ಈ ಆಸ್ತೀಲಿ ನನಗಾಗಲೀ ಇಲ್ಲಾ ಮೂರ್ತಿಗಾಗಲೀ ಒಂದು ಕೀಲಿಬಿಲು ಕಾಸೂ ಕೇಳೋ ಪರಿಸ್ಥಿತಿ ಇಲ್ಲ, ಕೇಳೋದೂ ಇಲ್ಲ. ಜೊತೆಗೆ ಮೂರ್ತೀನೇ ನಿಮ್ಮ ಕೈಯಲ್ಲಿ ಕೇಸಿಟ್ಟು ಪತ್ತೆ ಮಾಡೋಕೆ ಹೇಳಿದಾರೆ..."

"ಆಫ್‌ಕೋರ್ಸ್ ಅದೇನೋ ನಿಜ. ಆದ್ರೆ ನಾವು ಎಲ್ಲರ ಮೇಲೂ ಅನುಮಾನ ಪಡ್ತೀವಿ. ನಮ್ಮ ಕೆಲಸವೇ ಅದು. ಯಾರ ಮೇಲೂ ನಾವು ಅನುಕಂಪ ತೋರಿಸೋಕಾಗೊಲ್ಲ. ಎಲ್ಲರ ಮೇಲೂ ಅನುಮಾನ, ಎಲ್ಲದರ ಮೇಲೂ ಅನುಮಾನ. ಈಗ ಹೇಳಿ ಮೂರ್ತಿಯವರ ಸ್ವಭಾವ ಹೇಗೆ?"

"ನನಗೆ ತಿಳಿದ ಹಾಗೆ ಒಳ್ಳೆ ಮನುಷ್ಯ. ಮರ್ಯಾದೆಗೆ ಅಂಜಿ ಬಾಳೋ ಅಂತಾವನು. ಆದ್ರೆ ಅವನ ಒಂದೇ ಒಂದು ವೀಕ್‌ನೆಸ್ ಅಂದ್ರೆ ಕೋಪ ಮತ್ತು ಹಟ. ಕೃಷ್ಣ ಅವನು ಇಬ್ಬರೂ ದೂರ ಆಗ್ತಿರೋದೇ ಅದಕ್ಕೆ..."

"ಅಂದ್ರೆ ಕೃಷ್ಣ ಮತ್ತು ಮೂರ್ತಿ ನಡುವಿನ ಸಂಬಂಧ ಚೆನ್ನಾಗಿಲ್ಲ ಅಂತೀರ"

"ಇಲ್ಲ, ಇವತ್ತೂ ಇಲ್ಲ ಅವತ್ತೂ ಇರಲಿಲ್ಲ "

"ಕಾರಣ?"

"ಮೂರ್ತಿ ಬೆಂಗ್ಳೂರಲ್ಲಿರೋದ್ರಿಂದ ಕೃಷ್ಣನ ವಿಷಯ ಎಲ್ಲಾ ಗೊತ್ತಾಗಿ ಬಿಡುತ್ತೆ. ನಮ್ಮ ಮಾವನವರು ಕೃಷ್ಣನ ಬಗ್ಗೆ ಕೇಳಿದಾಗ ಮೂರ್ತಿ ಇದ್ದ ವಿಷಯ ಇದ್ದ ಹಾಗೇ ಹೇಳಿಬಿಡ್ತಿದ್ದರು! ಅವಾಗೆಲ್ಲಾ ಕೃಷ್ಣನ ಮೇಲೆ ಅವರಿಗೆ ಭಯಂಕರ ಸಿಟ್ಟು ಬಂದು ಬೈತಾ ಇದ್ದರು. ಆಸ್ತೀಲಿ ಒಂದು ಚೂರೂ ನಿಂಗೆ ದಕ್ಕದ ಹಾಗೆ ವಿಲ್ ಮಾಡ್ತೀನೀಂತ ಕೂಗಾಡ್ತಿದ್ದರು".

"ಅಂದ್ರೆ? ಬೇರೆಯವರ ಹೆಸರಿಗೆ ಬರೀತೀನಿ ಅಂತಿದ್ರೇನು?"

"ಪಿತ್ರಾರ್ಜಿತ ಆಸ್ತಿ. ಅವರು ಬೇರೆಯವರಿಗೆ ಬರೆದರೂ ಅದು ಊರ್ಜಿತವಾಗೊಲ್ಲ ಅನ್ನೋದು ಅವರಿಗೂ ಗೊತ್ತಿತ್ತು"

"ಆದರೂ ಕೃಷ್ಣನ್ನ ಹೆದರಿಸ್ತಾ ಇದ್ರು, ಅಲ್ಲವೆ? ಅವರ ಐಡಿಯಾ ಹೀಗೂ ಇರಬಹುದು: ಹೇಗೂ ಆಸ್ತಿ ಅವನಿಗೇ ಸಿಗೋದು. ಆದರೂ ಅದಕ್ಕಾಗಿ ಕಷ್ಟ ಪಡಲಿ, ಹೋರಾಡಿ ಪಡೀಲೀಂತ ಬೇರೆಯವರ ಹೆಸರಿಗೆ ಬರೆದರೂ ಬರೀಬಹುದಿತ್ತು. ಕೃಷ್ಣ ಮತ್ತೆ ಕೋರ್ಟಿನ ಮೆಟ್ಟಿಲು ಹತ್ತಿ ಆಸ್ತೀನ ಹಿಂದೆ ಪಡೆಯಲಿ ಅನ್ನೋದು ಅವರ ಐಡಿಯಾ! ಹೇಗೆ?"

"ಇದ್ದರೂ ಇರಬಹುದು. ಈ ವಿಷಯ ಕೃಷ್ಣನ ಜೊತೆ ಮಾತ್ರ ಮಾತಾಡ್ತಿದ್ದರು"

"ಯಶವಂತರಾಯರು ಕೊನೆಯುಸಿರು ಎಳೆದ ದಿವಸ, ಅಂದರೆ ಡಿಸೆಂಬರ್ ಇಪ್ಪತ್ತನೆ ತಾರೀಖು, ಶನಿವಾರ ಕೃಷ್ಣ ಮನೇಲಿ ಇಲ್ಲಿರಲಿಲ್ಲವೆ?"

"ಇಲ್ಲ. ಅವರಿಗೆ ಈ ಸುದ್ದಿ ಮುಟ್ಟಿಸೋಕೆ ಮೂರ್ತಿಗೆ ಫೋನ್ ಮಾಡಿದೆ"

"ಮೂರ್ತೀನೂ ಇಲ್ಲಿರಲಿಲ್ಲ"

"ಇಲ್ಲ. ನಾನೂ ಸಹ ಇರಲಿಲ್ಲ. ನಾನೂ ಬೆಂಗ್ಳೂರಿಗೆ ಹೋಗಿದ್ದೆ. ಸಂಜೆ ವಾಪಸ್ಸು ಬಂದು ಮಾಮೂಲಿನ ಹಾಗೆ ಊಟ ಮಾಡಿ ಮಲಗಿದೆ."

"ಅವರ ವರ್ತನೇಲಿ ಏನಾದರೂ ಬದಲಾವಣೆಯಿತ್ತೆ?"

"ಮೇಲೆ ಕಾಣೋ ಹಾಗೇನೂ ಇರಲಿಲ್ಲ".

"ಅವರು ತೀರ್ಕೊಂಡ ಸುದ್ದಿ ಹೇಗೆ ಗೊತ್ತಾಗಿದ್ದು? ಬೆಳಿಗ್ಗೆ ಯಾರು ನೋಡಿದ್ದು?"

"ಹೊನ್ನಿ ರಾತ್ರಿ ಅವರ ರೂಮಿಗೆ ಒಂದು ಲೋಟ ಹಾಲು ತಗೊಂಡು ಹೋಗಿ ಕೊಟ್ಟು ಬಂದಳು. ಬೆಳಿಗ್ಗೆ ಎದ್ದ ಮೇಲೆ ಎಲ್ಲರ ರೂಮಿಗೂ ಬೆಡ್ ಕಾಫಿ ಕೊಡ್ತಾಳೆ, ಮೊದಲೇ ನಮ್ಮ ಮಾವನವರ ರೂಮಿಗೆ ಹೋದಳಂತೆ. ಕಾಫಿ ಟೀಪಾಯ್

ಮೇಲಿಟ್ಟು ಕೂಗಿದಳಂತೆ. ಅವರು ಏಳಲಿಲ್ಲ. ಅನುಮಾನ ಬಂದು ಇನ್ನೆರಡು ಸಲ ಕೂಗಿದಳು. ಆಗಲೂ ಬರಲಿಲ್ಲ. ಕೊನೆಗೆ ಮೈಮುಟ್ಟಿ, ಮೂಗಿನ ಹತ್ತಿರ ಕೈಯಿಟ್ಟು ಉಸಿರಾಡ್ತಿಲ್ಲ ಅನ್ನೋದು ಗಮನಿಸಿದಾಗ ಸತ್ತಿರೋದು ಗೊತ್ತಾಗಿದೆ. ಓಡುತ್ತಾ ಈಚೆ ಬಂದು ನಮಗೆ ವಿಷಯ ತಿಳಿಸಿದಳು".

ಶರತ್ ಕೆಲವು ಕ್ಷಣಗಳು ಚಿಂತಿಸಿದ.

"ಯಶವಂತರಾಯರು ಡ್ರಿಂಕ್ಸ್ ತಗೋತಿದ್ದರಾ..?"

"ರಮ್ ತಗೋತಿದ್ದರು. ಓಲ್ಡ್ ಮಾಂಕ್ ಅವರ ಫೇವರಿಟ್. ಆದ್ರೆ ಮಿತವಾಗಿ ತಗೋತಿದ್ದರು. ಅವರು ಮಿತಿಮೀರಿ ಕುಡಿದದ್ದು ನಾನು ನೋಡೇ ಇಲ್ಲ. ದಿನಾ ಊಟಕ್ಕೆ ಬರೋ ಹೊತ್ತಿಗೆ ಅವರ ರೂಮಲ್ಲೇ ಕೂತು ಒಂದು ಪೆಗ್ ತಗೊಂಡು ಬರ್ತಿದ್ದರು"

"ಸಾಯೋ ಹಿಂದಿನ ದಿನ ತಗೊಂಡಿದ್ದರಾ..?"

"ಗೊತ್ತಿಲ್ಲ. ಬಹುಶಃ ಅದು ದಿನನಿತ್ಯದ ಅಭ್ಯಾಸ. ತಗೊಂಡಿರಬಹುದು. ಅದನ್ನು ನಾವು ಯಾರೂ ಪ್ರಶ್ನೆ ಮಾಡ್ತಿರಲಿಲ್ಲ"

"ಅವರು ರಮ್ ಬಾಟಲ್ಲು ಎಲ್ಲಿಟ್ಟಿರುತ್ತಿದ್ದರು?"

"ಅವರ ರೂಮಲ್ಲೇ ಇರ್ತಿತ್ತು! ಹೊನ್ನಿ ಕೆಳಗೆ ಫ್ರಿಜ್ಜಿನಿಂದ ಐಸ್ ಕ್ಯೂಬ್, ಒಂದು ಬೌಲಲ್ಲಿ ಹಪ್ಪಳ, ಉಪ್ಪಿನ ಕಾಯಿ ತಗೊಂಡು ಹೋಗ್ತಿದ್ದಾಗ ನಮಗೆ ಗೊತ್ತಾಗ್ತಾ ಇದ್ದುದ್ದು ಅವರು ಕುಡಿಯೋಕೆ ಶುರು ಮಾಡಿದ್ದಾರೆ ಅಂತ"

ಈ ಪ್ರಶ್ನೆ ರಾಮಣ್ಣನನ್ನು ಚಿಂತೆಗೆ ಹಚ್ಚಿರಬೇಕು. ಆತ ಕೈಲಿದ್ದ ಸಿಗರೇಟಿನ ತುದಿಯನ್ನು ಆಷ್‌ಟ್ರೇಯಲ್ಲಿ ಹೊಸಕಿ ನಿಟ್ಟುಸಿರಿಟ್ಟ!

"ಇನ್ನೊಂದು ಪ್ರಶ್ನೆ. ತಪ್ಪು ತಿಳೀಬೇಡಿ. ನಿಮ್ಮ ಮಗಳನ್ನು ಕೃಷ್ಣ ಕೇಳಿದರೆ ಮದುವೆ ಮಾಡಿ ಕೊಡ್ತೀರಾ?"

ನೇರ ಪ್ರಶ್ನೆಯನ್ನು ತುಸು ಬಳಸಿ ಕೇಳಿದ ಶರತ್.

ರಾಮಣ್ಣನ ಹುಬ್ಬುಗಳು ಗಂಟಿಕ್ಕಿದ್ದವು.

"ಬೇಡಾಂತ ನಾನು ಹೇಳ್ತಿದೀನಿ. ನಂಗೆ ಮಾತ್ರ ಒಂದು ಚೂರೂ ಇಷ್ಟ ಇಲ್ಲ. ಅವನ ಬಗ್ಗೆ ಅಷ್ಟೆಲ್ಲಾ ಗೊತ್ತಿದ್ದು ಮಗಳನ್ನು ಕೊಡೋಕೆ ಮನಸ್ಸಾದರೂ ಹೇಗೆ ಬರುತ್ತೆ ಹೇಳಿ...? ಆದ್ರೆ ನನ್ನ ಹೆಂಡತಿ ಯೋಚ್ನೇನೇ ಬೇರೆ. ಸಂಬಂಧ ಬಿಟ್ಟು ಹೋಗುತ್ತೇಂತ ಹೇಳ್ತಾಳೆ".

ರಾಮಣ್ಣ ಖಿನ್ನನಾಗಿ ನುಡಿದ.

'ಸಂಬಂಧ ಬಿಟ್ಟು ಹೋಗುತ್ತೇಂತಾನೋ ಇಲ್ಲ ಆಸ್ತಿ ಬಿಟ್ಟು ಹೋಗುತ್ತೇಂತಾನೋ?' ಎನ್ನುವ ಮಾತು ಬಾಯಿ ತುದಿಗೆ ಬಂದರೂ ಶರತ್

ಕೇಳಲಿಲ್ಲ.

"ಅಕಸ್ಮಾತ್ ನಿಮ್ಮ ಹೆಂಡತಿ ಒತ್ತಾಯ ಮಾಡಿದರೂನ್ನಿ. ಮಗಳನ್ನ ಕೃಷ್ಣಂಗೇ ಕೊಡಬೇಕೂಂತ ಹಟ ಹಿಡಿದರೆ?"

ರಾಮಣ್ಣ ಭುಜ ಹಾರಿಸಿದ.

"ಅಂತಾ ಸ್ಥಿತಿ ಬಂದರೆ ನಾನು ಏನೂ ಮಾಡೋಕಾಗೊಲ್ಲ".

ಎಂದಷ್ಟೆ ಹೇಳಿ ಮುಖ ಕೆಳಗೆ ಹಾಕಿದ.

ಶರತ್ ಎರಡು ಕ್ಷಣ ಅವನ ಮುಖವನ್ನೇ ದಿಟ್ಟಿಸಿ ನೋಡಿದ. ಈತ ಹೇಳುತ್ತಿರುವುದು ನಿಜವೆ? ಎಂಬ ಅನುಮಾನ ಮೂಡಿತು. ಕೃಷ್ಣನ ವಿಷಯವಾಗಿ ಹೇಳಿದ್ದು ಕೃತಕವೆನ್ನಿಸಿತು. ಆಸ್ತಿಯನ್ನು ದಕ್ಕಿಸಿಕೊಳ್ಳಲು ಕೃಷ್ಣನಿಗೆ ತನ್ನ ಮಗಳನ್ನು ಕೊಡಲು ಸಿದ್ಧನಾಗಿರುವನು ಎನ್ನುವುದರಲ್ಲಿ ಯಾವ ಸಂಶಯವೂ ಉಳಿಯಲಿಲ್ಲ.

"ನೀವು ಇಷ್ಟೆಲ್ಲಾ ಕೇಳಿದ್ರಿ. ಆದ್ರೆ ನಾನು ಒಂದೇ ಒಂದು ಮಾತು ಕೇಳ್ಕೊಳ್ತೀನಿ. ಬೇಗನೆ ನಮ್ಮ ಭಾವನವರ ಶರೀರ ಹುಡುಕಿ. ಅದನ್ನ ಮತ್ತೆ ಸಂಸ್ಕಾರ ಮಾಡಬೇಕು. ಯಾವನೋ ಪಾಪಿ ಅದನ್ನ ಸಮಾಧಿಯಿಂದ ಎತ್ತಿದಾನೆ. ಅದು ಮತ್ತೆ ಮಣ್ಣು ಸೇರಬೇಕು".

ರಾಮಣ್ಣ ದೈನ್ಯದಿಂದ ಕೇಳಿದ.

ಅದರಲ್ಲಿ ಕೃತಕ ಭಾವವಿದೆಯೆ? ಅದು ನಾಟಕವೆ? ಶರತ್ ರಾಮಣ್ಣನ ಮುಖದಲ್ಲಿನ ಭಾವ ಗ್ರಹಿಸಲು ಯತ್ನಿಸಿದ.

***

ಕಮಿಷನರ್ ಕಛೇರಿಗಂಟಿಕೊಂಡ ರೆಕಾರ್ಡ್ ರೂಮಿನಿಂದೀಚೆ ಬಂದ ವಿಕ್ರಮ್ ರಾತ್ರಿ ಒಂಭತ್ತು ಗಂಟೆಯವರೆಗೂ ಬೆಂಗಳೂರಲ್ಲಿ ತುಂಬಾ ಓಡಾಡಿದ. ಆ ಓಡಾಟ ಪೂರ್ತಿಯಾಗಿ ಉಪಯುಕ್ತವೂ ಆಗಿರಲಿಲ್ಲ. ಅರ್ಧ ಸಮಯ ಪೂರಾ ವ್ಯರ್ಥ! ಆದರೂ ಮರಳಿ ಯತ್ನವನ್ನು ಮಾಡಲೇಬೇಕು. ಬೆಂಗಳೂರಲ್ಲಿ ಮಾಡಬೇಕಾದ ಕೆಲಸಕ್ಕೆ ಇನ್ನೂ ಬೆಳಗಿನವರೆಗೆ ಕಾಯಬೇಕೆಂದು ಗೊತ್ತಾದ ಕ್ಷಣ ವಿಕ್ರಮ್ ಜೀಪು ಕೆ.ಜಿ. ಹಳ್ಳಿಗೆ ಧಾವಿಸಿತು.

ಶರತ್ ಮತ್ತು ರಾಮಣ್ಣ ಆಗ ತಾನೆ ಊಟ ಮುಗಿಸಿದ್ದರು. ವಿಕ್ರಮ್ ಅವರ ಜೊತೆ ಕುಳಿತು ಜೇಬಿಂದ ಸಿಗರೇಟು ಪ್ಯಾಕು ಎಳೆದ.

"ಊಟದ ಸಮಯದಲ್ಲಿ ಸಿಗರೇಟು ಯಾಕೆ ಹಚ್ತೀರ? ಮೊದ್ಲು ಊಟ ಮುಗಿಸಿಬಿಡಿ".

ರಾಮಣ್ಣ ಬುದ್ಧಿವಾದ ಹೇಳಿದ.

"ಊಟ ಕೆಲವು ನಿಮಿಷ ಕಾಯಬಹುದಲ್ಲ? ನಿಮ್ಮನ್ನು ಒಂದು ಮಾತು ಕೇಳಬೇಕು".

ವಿಕ್ರಮ್ ನಕ್ಕು ಹೇಳಿದ.

"ಕೇಳಿ... ಕೇಳೀ... ನಿಮ್ಮ ಕಲೀಗ್ ಸಾವಿರ ಪ್ರಶ್ನೆ ಕೇಳಿ ಹಣ್ಣುಗಾಯಿ ನೀರುಗಾಯಿ ಮಾಡಿದಾರೆ. ಇನ್ನು ನಿಮ್ಮ ಒಂದು ಪ್ರಶ್ನೆ ಯಾವ ಮಹಾ! ಕೇಳಿ..."

ರಾಮಣ್ಣ ಸುಸ್ತಾದವನಂತೆ ನಟಿಸುತ್ತಾ ಹೇಳಿದ.

"ಗಾಂಧೀನಗರದ ಒಂದು ಬ್ಯಾಂಕ್‌ನಲ್ಲಿ ಯಶವಂತರಾಯರದ್ದು ಒಂದು ಸೇಫ್ಟಿ ಲಾಕರ್ ಇದೆಯಲ್ಲ?"

"ಹಾ... ಹೌದು..."

"ಅವರು ತೀರ್ಕೊಂಡ ಮೇಲೆ ಲಾಕರ್‌ನ ಇನ್ನೂ ತೆಗೆದಿಲ್ಲ ಅಲ್ವಾ?"

"ನಿಜ".

"ಈ ವಿಷಯ ನೀವು ಯಾಕೆ ತಿಳಿಸಲಿಲ್ಲ"

ವಿಕ್ರಮ್ ಧ್ವನಿ ಗಂಭೀರವಾಗಿತ್ತು.

ರಾಮಣ್ಣ ಒಂದು ಕ್ಷಣ ವಿಕ್ರಮ್ ಮಾತಿನಿಂದ ವಿಚಲಿತನಾದಂತೆ ಕಂಡರೂ ಮರುಕ್ಷಣ ಚೇತರಿಸಿಕೊಂಡ.

"ಲಾಕರ್ ವಿಷಯ ನಿಮಗೆ ಹೇಗೆ ಗೊತ್ತಾಯಿತು?" ರಾಮಣ್ಣ ಮರುಪ್ರಶ್ನೆ ಹಾಕಿದರು.

"ಅದೇ ನಮ್ಮ ಕೆಲಸ ಅಲ್ವೆ? ಪತ್ತೇದಾರ ಪತ್ತೆ ಮಾಡಬೇಕು. ಯಶವಂತರಾಯರ ಲಾಯರ್ ನಾಣಯ್ಯ ತಿಳಿಸಿದರು" ವಿಕ್ರಮ್ ಸಮಾಧಾನವಾಗಿ ಉತ್ತರಿಸಿದ.

"ನೋಡಿ ಸಾರ್, ನಿಮಗೇನು ಬೇಕು ಏನು ಬೇಡ ಅನ್ನೋ ವಿಷಯ ನಮಗೆ ಹೇಗೆ ತಿಳೀಬೇಕು? ಇದುವರೆಗೂ ನೀವು ಯಾವ ವಿಷಯ ಕೇಳಿದಿರೋ ವಿಷಯ ಎಲ್ಲಾ ತಿಳಿಸಿದೇವೆ. ಈಗ ಲಾಕರ್ ವಿಷಯ ಕೇಳಿದಿರಿ. ಆ ವಿಷಯ ಹೇಳ್ತೀನಿ. ಇಷ್ಟಕ್ಕೂ ಯಾವ ವಿಷಯಾನೇ ಆಗಲಿ ಮುಚ್ಚಿಟ್ಟು ನಮಗೆ ಆಗಬೇಕಾದ್ದಾದರೂ ಏನು ಹೇಳಿ?"

ರಾಮಣ್ಣನ ಮಾತಿಗೆ ವಿಕ್ರಮ್ ಪ್ರತಿಕ್ರಿಯಿಸಲು ಕೆಲವು ಕ್ಷಣಗಳ ಸಮಯ ತೆಗೆದುಕೊಂಡ.

"ಅದು ಯಶವಂತರಾಯರೊಬ್ಬರ ಹೆಸರಲ್ಲೇ ಇದೆಯೋ? ಅಥವಾ ಜಾಯಿಂಟಾಗಿ ಆಪರೇಟ್ ಮಾಡೋದೋ?"

"ಅದನ್ನ ಅವರೊಬ್ಬರೇ ಆಪರೇಟ್ ಮಾಡ್ತಾ ಇದ್ದರು".

"ಹಾಗಾದ್ರೆ ಈಗದನ್ನು ಓಪನ್ ಮಾಡಬೇಕು ಅಂದರೆ?"

"ನಾಣಯ್ಯ ಅಂತ ಹೈಕೋರ್ಟು ವಕೀಲರು, ನಮ್ಮ ಮಾವನವರ ಕಾನೂನಿಗೆ ಸಂಬಂಧಪಟ್ಟ ಎಲ್ಲ ವಿಷಯನೂ ನೋಡ್ಕೋತಾ ಇದ್ದರು. ನೀವೀಗಾಗಲೇ ನಾಣಯ್ಯನವರ ಹತ್ರ ಮಾತಾಡಿದ್ದೀರಿ. ತುಂಬಾ ಹಿಂದೆ ಯಾವಾಗಲೋ ಒಂದು ಸಲ ಒಂದು ವಿಲ್ ಬರೀತೀನೀಂತ ಹೇಳಿ ಕೃಷ್ಣನ್ನ ಹೆದ್ರಿಸ್ತಾ ಇದ್ದರು. ಎಲ್ಲಾ ವಿಷಯನೂ ನಾಣಯ್ಯನವರಿಗೆ ಗೊತ್ತಿರುತ್ತೆ".

"ಅವರ ಮನೆ ಎಲ್ಲಿದೆ?"

"ಮನೆ ಎಲ್ಲಿದೇಂತ ಗೊತ್ತಿಲ್ಲ. ಆದ್ರೆ ಆಫೀಸು ಗೊತ್ತಿದೆ. ರಿಚ್‌ಮಂಡ್ ರೋಡ್‌ನಲ್ಲಿದೆ"

ರಾಮಣ್ಣ ಹೇಳಿದ್ದನ್ನ ವಿಕ್ರಮ್ ಗುರುತು ಹಾಕಿಕೊಂಡ.

ಬಹುಶಃ ತಾನು ಹುಡುಕುತ್ತಿದ್ದ ಎಳೆ ಸೇಫ್ಟಿಲಾಕರ್‌ನಲ್ಲಿ ಸಿಗಬಹುದೆ? ವಿಕ್ರಮ್ ಯೋಚಿಸಿದ.

"ಊಟ ಮಾಡುವಿರಂತೆ ಏಳಿ"

ವಿಕ್ರಮ್‌ನನ್ನು ಊಟಕ್ಕೆಬ್ಬಿಸಿದ ರಾಮಣ್ಣ. ಅನ್ಯಮನಸ್ಕನಾಗಿ ವಿಕ್ರಮ್ ಊಟದ ಮೇಜಿನತ್ತ ನಡೆದ.

"ಮುನಿಯಪ್ಪ ಬಂದನೆ?"

ವಿಕ್ರಮ್ ತನ್ನ ಜೂನಿಯರ್‌ನ ಕೇಳಿದ.

"ಇನ್ನೂ ಬಂದಿಲ್ಲ. ಮನೆಗೆ ಬೀಗ ಹಾಕಿದೆ"

"ಮುನಿಯಪ್ಪನಾ? ಮುನಿಯಪ್ಪನನ್ನು ನೀವು ಹುಡುಕ್ತಾ ಇದ್ದೀರ? ಅವನಿಗೂ ಈ ಕೇಸಿಗೂ ಸಂಬಂಧ ಇದೆಯೆ?"

ರಾಮಣ್ಣನ ಪ್ರಶ್ನೆ.

"ಸ್ವಲ್ಪ ಎನ್‌ಕ್ವೈರಿ ಇದೆ. ಆ ವಿಷಯ ಆಮೇಲೆ ಹೇಳ್ತೀನಿ"

ರಾಮಣ್ಣ ಮತ್ತೆ ಕೆದಕಲಿಲ್ಲ. ಆದರೆ ಎದ್ದು ಒಳಗೆ ಹೋದ.

"ನೀವು ಮತ್ತೆ ಬೆಂಗ್ಳೂರಿಗೆ ಹೋಗ್ತೀರಾ?" ಶರತ್ ಕೇಳಿದ.

"ಹೌದು ಹೋಗಬೇಕು. ಯಶವಂತರಾಯರ ಬ್ಯಾಂಕ್ ಲಾಕರ್‌ನ ಓಪನ್ ಮಾಡಿ ನೋಡಬೇಕು. ಅಲ್ಲಿ ಏನಾದರೂ ಮುಖ್ಯವಾದ ಕ್ಲೂ ಸಿಗಬಹುದೂಂತ ನನ್ನ ಊಹೆ"

"ನನಗೆ ಏನು ಕೆಲಸ?"

"ಮುನಿಯಪ್ಪನ ಮೇಲೆ ಕಣ್ಣಿಡು. ಹೊನ್ನಿ ಮತ್ತು ಸರಳಾ ಇಬ್ಬರ ಮೂವ್‌ಮಂಟ್ಸ್ ವಾಚ್ ಮಾಡು. ಮುನಿಯಪ್ಪ ಬಂದ್ರೆ ತಕ್ಷಣ ಇನ್‌ಫರ್ಮೇಷನ್

ಕೊಡು. ಮೊಬೈಲಿಗೂ ಫೋನ್ ಮಾಡೋದು ಬೇಡ. ನಾನು ಎಲ್ಲಿರ್ತೀನೋ ಗೊತ್ತಿಲ್ಲ. ಆ ಜಾಗ ಫೋನ್ ರಿಸೀವ್ ಮಾಡೋಕೆ ಸೂಕ್ತವಾದ ಜಾಗ ಇಲ್ಲದೆ ಇರಬಹುದು. ಆಫೀಸಲ್ಲಿ ಇರೋದೂ ಅನುಮಾನ. ಅದಕ್ಕೇ ಒಂದು ಮೆಸೇಜ್ ಮಾಡು"

"ಸರಿ. ಮುನಿಯಪ್ಪ ಸಿಕ್ಕರೆ ಇಂಟರಾಗೇಟ್ ಮಾಡಲೆ?"

"ಬೇಡ. ನಾನು ಬಂದ ಮೇಲೆ ಇಬ್ಬರೂ ಒಟ್ಟಿಗೆ ಮುನಿಯಪ್ಪನ ಹತ್ರ ಹೋಗೋಣ"

"ಯಶವಂತರಾಯರು ಸತ್ತಾಗ ವೆಂಕಟರೆಡ್ಡಿ ತಿರುಪತಿಯಲ್ಲಿದ್ದನಂತೆ. ಮೂರು ದಿನಗಳ ನಂತರ ವಾಪಸ್ಸು ಊರಿಗೆ ಬಂದನಂತೆ. ಇದನ್ನ ರಾಮಣ್ಣ ಹೇಳಿದ್ದು. ವೆಂಕಟರೆಡ್ಡಿಯ ನಿಜಕ್ಕೂ ಊರಲ್ಲಿರಲಿಲ್ಲ ಅನ್ನೋದನ್ನ ಪತ್ತೆ ಮಾಡಲೆ?"

"ಅದ್ರಿಂದ ಏನೂ ಪ್ರಯೋಜನವಾಗೋದಿಲ್ಲ. ಸಧ್ಯಕ್ಕೆ ವೆಂಕಟರೆಡ್ಡಿಯನ್ನ ಮರೆತು ಮುಂದುವರಿಯೋಣ"

ಇಬ್ಬರೂ ಮೌನದಿಂದ ಕಾಫಿ ಮುಗಿಸಿದರು. ಇಬ್ಬರ ಮನಸ್ಸಲ್ಲೂ ಯೋಚನೆಗಳು ಹರಡಿಕೊಳ್ಳುತ್ತಿದ್ದವು, ಕಲ್ಪನೆಗಳು ಬೆಳೆಯುತ್ತಿದ್ದವು, ಯೋಜನೆಗಳು ರೂಪುಗೊಳ್ಳುತ್ತಿದ್ದವು!

ಯಶವಂತರಾಯರ ಮನೆಯ ಲ್ಯಾಂಡ್ ಲೈನ್ ಫೋನಿನ ಕರೆಗಂಟೆ ಬಾರಿಸಿತು. ಹತ್ತಿರದಲ್ಲಿ ಯಾರ ಇಲ್ಲದುದರಿಂದ ವಿಕ್ರಮ್ ಹೋಗಿ ಫೋನ್ ಎತ್ತಿಕೊಂಡ. ಅದು ಬೆಂಗಳೂರಿಂದ ಮೂರ್ತಿ ಮಾಡಿದ ಕಾಲ್.

"ಮಿ. ಮೂರ್ತಿ ನಾನು ವಿಕ್ರಮ್ ಮಾತಾಡ್ತಿರೋದು. ಹೇಗಿದೀರಾ?"

"ಚೆನ್ನಾಗಿದೀನಿ ಸಾರ್. ಎಲ್ಲಿಯವರೆಗೆ ಬಂತು ಇನ್ವೆಸ್ಟಿಗೇಶನ್?"

"ನಡೀತಾ ಇದೆ...ಆದ್ರೆ ಇನ್ನೂ ಏನೂ ಹೇಳೋಕೆ ಆಗ್ತಾ ಇಲ್ಲ..."

"ನಿಮಗೆ ಸಹಾಯ ಆಗಬಹುದೂಂತ ಇನ್ನೊಂದು ವಿಷಯ. ಯಶವಂತರಾಯರ ಅಟಾರ್ನಿ ನಾಣಯ್ಯ ಅನ್ನೋವರು ಸಿಕ್ಕಿದ್ದರು. ಇಲ್ಲಿ ಬೆಂಗಳೂರಲ್ಲಿನ ಬ್ಯಾಂಕ್ ಒಂದರಲ್ಲಿ ಸೇಫ್ಟಿಲಾಕರ್ ಇಟ್ಟಿದಾರೇಂತ ಹೇಳಿದರು. ನೀವು ಬಂದರೆ ಲಾಕರ್‌ನ ಓಪನ್ ಮಾಡಬಹುದು..."

"ಈ ವಿಷಯ ಮೊದಲೇ ನಿಮಗೆ ಗೊತ್ತಿರಲಿಲ್ಲವೆ"

"ಇಲ್ಲ. ಬೆಳಿಗ್ಗೆ ಅನಿರೀಕ್ಷಿತವಾಗಿ ನಾಣಯ್ಯ ಸಿಕ್ಕಿದ್ದರು. ಅವರು ಹೇಳಿದ ಮೇಲೇ ವಿಷಯ ಗೊತ್ತಾಗಿದ್ದು"

"ಆದ್ರೆ ಈ ವಿಷಯ ರಾಮಣ್ಣೋರಿಗೆ ಗೊತ್ತಿತ್ತು! ನಾನು ಬೆಳಿಗ್ಗೆ ಬರ್ತೀನಿ"

"ಹಾಗೆ ಮಾಡಿ. ನೀವು ಎಲ್ಲಿಗೆ ಬರ್ತೀರ ಹೇಳಿ"

"ನಿಮ್ಮ ಅಂಗಡಿಗೆ ಬರಲೆ?"

"ಆಗಲಿ ಬನ್ನಿ"

"ಇನ್ನೇನು ವಿಷಯ"

"ಏನಿಲ್ಲ. ಬರ್ತೀರಲ್ಲ..ಮಾತಾಡೋಣ"

"ಬರ್ತೀನಿ ರಾಮಣ್ಣನವರಿಗೆ ಫೋನ್ ಕೊಡಲೆ?"

"ಬೇಡ. ನಿಮ್ಮ ಹತ್ರ ಮಾತಾಡೋಕೇ ಫೋನ್ ಮಾಡಿದ್ದು. ನಿಮ್ಮ ಆಫೀಸಿಗೆ ಫೋನ್ ಮಾಡಿದ್ದೆ. ನೀವು ಅಲ್ಲಿರಲಿಲ್ಲ. ಇಲ್ಲೇ ಇರಬಹುದೂಂತ ಗೆಸ್ ಮಾಡಿ ಫೋನ್ ಮಾಡಿದೆ. ಎಷ್ಟೊತ್ತಿಗೆ ಬರ್ತೀರ?"

"ಹೆಚ್ಚೆಂದರೆ ಹತ್ತು ಗಂಟೆಯೊಳಗೆ"

ಫೋನ್ ಕೆಳಗಿಟ್ಟ.

ಶರತ್ ಪ್ರಶ್ನಾರ್ಥಕವಾಗಿ ವಿಕ್ರಮ್‌ನ ಮುಖ ನೋಡಿದ. ತನ್ನ ಜೊತೆಯೇ ಮಾತಾಡಬೇಕು ಎಂದಿದ್ದ ಮೂರ್ತಿ ತನ್ನ ಮೊಬೈಲಿಗೆ ಫೋನು ಮಾಡದೆ ಮನೆಯ ಲ್ಯಾಂಡ್‌ಲೈನಿಗೇಕೆ ಫೋನ್ ಮಾಡಿದರು? ನಿಜಕ್ಕೂ ತನ್ನ ಬಳಿ ಮಾತಾಡಬೇಕೆಂದಿದ್ದರೋ? ಇಲ್ಲಾ ರಾಮಣ್ಣ? ಇಲ್ಲಾ ಸರಳಾ..? ಅವರಿಗೂ ಮೊಬೈಲ್ ಫೋನುಗಳಿವೆಯಲ್ಲ? ಏಕೆ ಲ್ಯಾಂಡ್ ಲೈನಿಗೆ ಫೋನ್ ಮಾಡಿದ್ದು? ಅದರಲ್ಲೇನಾದರೂ ಬೇರೆ ಉದ್ದೇಶವಿದೆಯ? ವಿಕ್ರಮ್ ಗಾಢ ಯೋಚನೆಯಲ್ಲಿ ಮುಳುಗಿದ್ದ.

***

"ಗುಡ್ ಮಾರ್ನಿಂಗ್ ಇನ್‌ಸ್ಪೆಕ್ಟರ್"

ದೀಪಕ್ ಸ್ವಾಗತಿಸಿದ ವಿಕ್ರಮ್.

"ಗುಡ್ ಮಾರ್ನಿಂಗ್ ಸರ್" ತುಂಬು ಮರ್ಯಾದೆಯಿಂದ ಹೇಳಿದ ಎಸ್ಸೈ ದೀಪಕ್.

ಅಡ್ವೊಕೇಟ್ ನಾಣಯ್ಯ, ವಿಕ್ರಮ್, ಬ್ಯಾಂಕ್ ಮ್ಯಾನೇಜರ್, ಮೂರ್ತಿ ಮತ್ತು ಸಬ್‌ಇನ್‌ಸ್ಪೆಕ್ಟರ್ ಎಲ್ಲರೂ ಲಾಕರ್ ಮುಂದೆ ಸೇರಿದ್ದರು. ಯಶವಂತರಾಯರು ಲಾಕರ್‌ನ ಕೀಯನ್ನು ಮೂರ್ತಿ ಮನೆಯಲ್ಲೇ ಇಡುತ್ತಿದ್ದರಂತೆ. ಮೂರ್ತಿ ಅದನ್ನು ತಂದಿದ್ದರು. ಬ್ಯಾಂಕ್‌ನಲ್ಲಿ ಮ್ಯಾನೇಜರ್‌ರವರ ಬಳಿಯಲ್ಲಿ ಇನ್ನೊಂದು ಕೀ ಇತ್ತು.

ಎಲ್ಲರ ಸಮಕ್ಷಮದಲ್ಲಿ ಮೇನೇಜರ್ ಲಾಕರ್‌ನ ಓಪನ್ ಮಾಡಿದರು. ಅದರೊಳಗಿನ ವಸ್ತುಗಳನ್ನೆಲ್ಲಾ ಒಂದು ಮೇಜಿನ ಮೇಲೆ ಹರಡಲಾಯಿತು. ಎಲ್ಲರೂ ಕುತೂಹಲದಿಂದ ಆ ವಸ್ತುಗಳನ್ನು ನೋಡಿದರು.

ಒಂದು ವಜ್ರದ ನೆಕ್‌ಲೇಸು, ಎರಡು ವಜ್ರದ ಓಲೆಗಳು ಮೊದಲಿಗೆ ಎಲ್ಲರ ಗಮನಕ್ಕೆ ಬಿದ್ದವು. ಅವು ತುಂಬಾ ಬೆಲೆ ಬಾಳುವಂತವು ಎಂದು ವಿಕ್ರಮ್

ಊಹಿಸಿದ.

"ಆ ಒಡವೆಗಳು ಯಶವಂತರಾಯರ ಪತ್ನಿಯವರದ್ದು. ಮಗನ ಮದುವೆ ಕಾಲದಲ್ಲಿ ಸೊಸೆಗೆ ಕೊಟ್ಟಿದ್ದರು. ಅವರೂ ತೀರಿಕೊಂಡ ನಂತರ ಯಾರಿಗೂ ಅದನ್ನ ಯಶವಂತರಾಯರು ಕೊಡದೆ ಲಾಕರ್‌ನಲ್ಲಿಟ್ಟಿದ್ದರು"

ಮೂರ್ತಿ ವಿವರಿಸುತ್ತಿದ್ದ ಸಮಯಕ್ಕೆ ರಾಮಣ್ಣ ಬಂದು ಗುಂಪನ್ನು ಸೇರಿಕೊಂಡ.

ಒಂದು ದೊಡ್ಡ ಕವರಿನಲ್ಲಿ ಕೆಲವು ಕಾಗದ, ಪತ್ರಗಳಿದ್ದವು. ಅವೆಲ್ಲ ಯಶವಂತರಾಯರು ಆಸ್ತಿಗಳಿಗೆ ಸೇರಿದ್ದವು. ಬೆಂಗಳೂರಿನ ಸೈಟುಗಳ ರಿಜಿಸ್ಟ್ರೇಷನ್ ಪತ್ರಗಳಿದ್ದವು.

"ನಾವು ಈ ವಸ್ತುಗಳನ್ನು ನೋಡಬಹುದೆ?"

ವಿಕ್ರಮ್ ದೀಪಕ್ ಮತ್ತೆ ಮ್ಯಾನೇಜರರನ್ನು ಕುರಿತು ಕೇಳಿದ.

"ನೋಡಿ, ಅದಕ್ಕೇನೂ ಅಡ್ಡಿಯಿಲ್ಲ"

ದೀಪಕ್ ನುಡಿದ.

ವಿಕ್ರಮ್ ಮೊದಲು ವಜ್ರದ ನೆಕ್‌ಲೇಸ್ ಮತ್ತು ಓಲೆಗಳನ್ನು ಪರೀಕ್ಷಿಸಿದ. ಅವನ ನಂತರ ದೀಪಕ್ ಅವುಗಳನ್ನೆತ್ತಿಕೊಂಡ.

ಮ್ಯಾನೇಜರ್ ಒಂದೊಂದಾಗಿ ತೆಗೆದುಕೊಡುತ್ತಿದ್ದ ಪತ್ರಗಳನ್ನು ವಿಕ್ರಮ್ ನೋಡತೊಡಗಿದ. ಯಾವುದಾದರೂ ವಿಚಿತ್ರವಾದ ಚಿನ್ಹೆ, ಸಂಜ್ಞೆ ಏನಾದರೂ ಸಿಕ್ಕೀತಾ ಎಂದು ಅತಿ ಎಚ್ಚರಿಕೆಯಿಂದ ಪರೀಕ್ಷಿಸಿದ. ಆದರೆ ಅಂತದ್ದೇನೂ ಸಿಗಲಿಲ್ಲ.

ಫಿಕ್ಸೆಡ್ ಡಿಪಾಜಿಟ್‌ನಲ್ಲಿ ಯಶವಂತರಾಯರು ಐವತ್ತು ಲಕ್ಷ ಇಟ್ಟಿದ್ದರು. ಅವುಗಳ ರಶೀತಿಗಳು ಸಿಕ್ಕವು. ನಂತರ ಅವರ ಕರೆಂಟ್ ಅಕೌಂಟ್ ಖಾತೆಯ ಪಾಸ್‌ಬುಕ್ ಸಿಕ್ಕಿತು. ಬಾಕಿಯಿದ್ದ ಹಣ ಇಪ್ಪತ್ತು ಲಕ್ಷ ರೂಪಾಯಿಗಳು. ಒಂದು ತಿಂಗಳಿಂದೀಚೆಗೆ ಯಶವಂತರಾಯರು ಸುಮಾರು ಎಂಬತ್ತು ಸಾವಿರ ರೂಪಾಯಿ ತೆಗೆದಿದ್ದರು. ಅವರ ವ್ಯವಹಾರ ಬಹಳವಾಗಿ ಇದ್ದುದರಿಂದ ಎಂಬತ್ತು ಸಾವಿರ ರೂಪಾಯಿ ಅವರು ತೆಗೆದುದಕ್ಕೆ ಯಾರಿಗೂ ಅನುಮಾನ ಬರುವಂತೆ ಇರಲಿಲ್ಲ. ಆದರೆ ವಿಕ್ರಮ್ ಮಾತ್ರ ಮನಸ್ಸಿನಲ್ಲಿ ಅದನ್ನು ರೆಕಾರ್ಡ್ ಮಾಡಿಕೊಂಡ.

"ಮತ್ತೇನೂ ಕಾಣ್ತಿಲ್ಲ, ಐ ಥಿಂಕ್ ದಟ್ ಈಸ್ ಅಲ್"

ಮ್ಯಾನೇಜರ್ ಭುಜ ಕುಣಿಸಿದರು.

ವಿಕ್ರಮ್ ಕಾಗದ ಪತ್ರಗಳಿದ್ದ ಕವರ್ ಕೈಗೆತ್ತಿಕೊಂಡ. ಕವರ್‌ನ ಒಂದು ಮೂಲೆಯಲ್ಲಿ ಬಹಳ ಸಣ್ಣದಾಗಿ ಬರೆದಿದ್ದ ಕೆಲವು ಅಕ್ಷರಗಳು ಯಾವುದೋ ಗುಪ್ತ

ಭಾಷೆಯಂತೆ ಕಂಡಿತು. 'ಘ೨೦ ವೈಪಿಎಮ್-ಔ' ಎಂದು ಬರೆದಿತ್ತು. ಅದು ಯಾವ ಸ್ಪಷ್ಟ ಅರ್ಥವನ್ನೂ ಕೊಡಲಿಲ್ಲ. ಯಾವುದಾದರೂ ವೆಹಿಕಲ್ ನಂಬರ್ ಇರಬಹುದೆ? ಆ ಅಂಕೆಯ ಮೂರು ಅಕ್ಷರಗಳನ್ನು ಮತ್ತೆ ಮತ್ತೆ ಹೇಳಿಕೊಂಡ.

ಎಲ್ಲ ಮುಗಿಯುವ ಸಮಯಕ್ಕೆ ವಿಕ್ರಮ್ ಯೋಚನೆಯ ದಿಕ್ಕು ಬದಲಾಗಿತ್ತು. ಜೊತೆಯಲ್ಲಿದ್ದವರ ಮಾತುಗಳೂ ಸಹ ಅವನಿಗೆ ಕೇಳಿಸುತ್ತಿರಲಿಲ್ಲ!

'ಘ೨೦ ವೈಪಿಎಮ್- ಔ'

ಇದೇನಿದ್ದೀತು? ಯಾವ ಗುಪ್ತ ಭಾಷೆ? ವೈಪಿಎಮ್ ಅಕ್ಷರಗಳು ಇಂಗ್ಲೀಷ್‌ನಲ್ಲಿದ್ದವು. ಅಂಕೆಗಳು ಕನ್ನಡ ಅಕ್ಷರಗಳು! ಇದಕ್ಕೂ ಏನಾದರೂ ವಿಶೇಷವಿದ್ದೀತೆ? ಮುಂದಿನ ಬ್ಯಾಂಕಿನ ವ್ಯವಹಾರಗಳಲ್ಲಿ ಅವನಿಗೆ ಆಸಕ್ತಿ ಬರಲಿಲ್ಲ. ಅವನ ಯೋಚನೆಯಲ್ಲಿದ್ದುದು 'ಘ೨೦-ವೈಪಿಎಮ್-ಔ' ಅಕ್ಷರಗಳ ಹಿಂದಿರುವ ರಹಸ್ಯ. ಯಾವುದೋ ಕೋಡ್ ಅದು! ಅದನ್ನು ಹೇಗೆ ಬಿಡಿಸುವುದು? ಯಶವಂತರಾಯರು ಆ ಅಕ್ಷರಗಳನ್ನು ಬರೆಯುವಾಗ ಯಾವ ಉದ್ದೇಶ ಹೊಂದಿದ್ದರು? ಅದು ತಮಗಾಗಿಯೋ ಇಲ್ಲಾ..ನೆನಪು ಕೈಕೊಟ್ಟರೆ ಮತ್ತೆ ನೆನಪಿಸಲು ಬರೆದದ್ದೋ? ಅಥವಾ ಅವರ ಯೋಚನೆ ಇನ್ನೂ ಮುಂದೆ ಇದ್ದು..ಏನಾದರೂ ಅಚಾತುರ್ಯದಿಂದ ತಾನು ಸತ್ತರೆ ಅದು ಬೇರೆಯವರಿಗೆ ಗೊತ್ತಾಗಲಿ ಎಂದೇ..?

ಲಾಕರ್ ತೆಗೆದು ಪರೀಕ್ಷಿಸಿದ ಗುಂಪಿನಿಂದ ಬಿಡಿಸಿಕೊಂಡು ಈಚೆ ಬಂದು ಜೀಪಿನಲ್ಲಿ ಆಫೀಸು ತಲುಪಿದ! ಬ್ಯಾಂಕಿನಿಂದ ಈಚೆ ಬಂದಾಗ ಅಲ್ಲೊಂದು ಟೀ ಅಂಗಡಿಯಲ್ಲಿ ಚಹಾ ಸೇವಿಸುತ್ತಾ ಸಿಗರೇಟು ಸೇದುತ್ತಿದ್ದ ವ್ಯಕ್ತಿಯೊಬ್ಬ ವಿಕ್ರಮ್ ಜೀಪಿನಲ್ಲಿ ಹೋಗುವುದನ್ನೇ ಗಮನಿಸುತ್ತಿದ್ದ!

***

ಆಫೀಸಿನ ಬಾಗಿಲು ತೆಗೆದು ಕುರ್ಚಿಯಲ್ಲಿ ಕುಳಿತ ವಿಕ್ರಮ್ ತಲೆಯಲ್ಲಿ ಸುಳಿದಾಡುತ್ತಿತ್ತು 'ಘ೨೦-ವೈಪಿಎಮ್-ಔ'!

'ಘ೨೦ ವೈಪಿಎಮ್-ಔ? ಯಾವುದಾದರೂ ವೆಹಿಕಲ್ ನಂಬರ್ ಇರಬಹುದೆ? ತಕ್ಷಣ ಆಟೋ ಕನ್ಸಲ್ಟೆಂಟ್ ರವೀಂದ್ರನ ನೆನಪಾಯಿತು. ಮೊಬೈಲಿನಿಂದ ರವೀಂದ್ರನ ನಂಬರ್ ಡಯಲ್ ಮಾಡಿದ.

"ಹಲೋ? ರವೀಂದ್ರ ಆಟೋ ಕನ್ಸಲ್ಟೆಂಟ್"

ದನಿ ಹೇಳಿತು.

"ರವೀಂದ್ರ ಇಲ್ಲವೆ? ಅವರಿಗೆ ಫೋನು ಕೊಡಿ. ವಿಕ್ರಮ್ ಮಾತಾಡ್ತಿರೋದೂಂತ ಹೇಳಿ"

ವಿಕ್ರಮ್ ಅನ್ಯಮನಸ್ಕನಾಗಿ ಹೇಳಿದ.

"ಒಂದ್ನಿಮಿಷ ಸಾರ್, ಪ್ಲೀಸ್ ಹೋಲ್ಡ್ ದಿ ಲೈನ್"

ವಿಕ್ರಮ್ ಕಾದು ಕೂತ. ರವೀಂದ್ರನಿಗೆ ಈ ಕೋಡ್ ಬಿಡಿಸೋಕೆ ಸಾಧ್ಯ ಆದರೆ...?"

"ಹಲೋ? ರವೀಂದ್ರ ಹಿಯರ್"

"ರವೀಂದ್ರ, ನಾನು ವಿಕ್ರಮ್ ಮಾತಾಡ್ತಿರೋದು"

"ಓ... ನೀವಾ? ನಮಸ್ಕಾರ ಸಾರ್ ಹೇಗಿದೀರ?"

"ಚೆನ್ನಾಗಿದೀನಿ. ನಿಮ್ಮಿಂದ ಒಂದು ಉಪಕಾರವಾಗಬೇಕು"

"ಏನು ಕೇಳಿ ಸಾರ್"

"ವೈಪಿಎಮ್ ೫೨೦ ಅಂತ ನಂಬರ್ ಯಾವ ಸ್ಟೇಟ್ ರಿಜಿಸ್ಟ್ರೇಷನ್ ಹೇಳಿ?"

"ವೈಪಿಎಮ್? ಇಲ್ಲವಲ್ಲ? ಆ ರೀತಿ ರಿಜಿಸ್ಟ್ರೇಷನ್ ಅಕ್ಷರಗಳು ಯಾವ ಸ್ಟೇಟ್‌ಗಳಲ್ಲೂ ಕೊಡೋದಿಲ್ಲ"

"ಫಾರಿನ್‌ನಲ್ಲಿ?"

"ಫಾರಿನ್ ರಿಜಿಸ್ಟ್ರೇಷನ್ ಗಾಡಿ ಇಲ್ಲಿ ಓಡಿಸೋಕೆ ಸಾಧ್ಯನೇ ಇಲ್ಲ. ವಿದೇಶೀ ಕಾರು ಭಾರತಕ್ಕೆ ಬಂದ ಮೇಲೆ, ಭಾರತದ ರಸ್ತೆಗಳಲ್ಲಿ ಓಡಾಡೋಕೆ ಇಲ್ಲಿ ರಿಜಿಸ್ಟ್ರೇಷನ್ ಮಾಡಿಸಲೇಬೇಕು"

"ಹಾಗಾದ್ರೆ ಈ ನಂಬರ್ ಯಾವ ಅರ್ಥಾನೂ ಕೊಡೊಲ್ಲವಾ?"

"ನಮ್ಮ ಫೀಲ್ಡಲ್ಲಂತೂ ಯಾವ ಅರ್ಥಾನೂ ಕೊಡೋದಿಲ್ಲ"

"ಓ.ಕೆ. ರವೀಂದ್ರ ಥ್ಯಾಂಕ್ಯು"

"ಯೂ ಆರ್ ವೆಲ್‌ಕಮ್ ಸರ್. ಇತ್ತೀಚಿನ ಕೇಸು ಯಾವುದು ಸಾರ್? ನೀವು ನನಗೆ ಮಾಡಿದ ಸಹಾಯಾನಂತೂ ಎಂದಿಗೂ ಮರೆಯೋಕಾಗೊಲ್ಲ ಸಾರ್"

"ಅದನ್ನ ಸಹಾಯಾಂತ ತಿಳಿದಿರೋದು ನಿನ್ನ ದೊಡ್ಡ ಗುಣ ರವೀಂದ್ರ. ನಾನು ಫೀಜು ತಗೊಂಡು ಕೆಲಸ ಮಾಡಿದೆ ಅಷ್ಟೆ..."

"ಮಾತಿನಲ್ಲಿ ನಿಮ್ಮನ್ನ ಸೋಲಿಸೋದಕ್ಕೆ ಆಗೋಲ್ಲ"

"ಥ್ಯಾಂಕ್ಸ್ ಫಾರ್ ದಿ ಕಾಂಪ್ಲಿಮೆಂಟ್ಸ್... ಬೈ.."

ಫೋನ್ ಡಿಸ್‌ಕನೆಕ್ಟಾಯಿತು. ವಿಕ್ರಮ್ ತಲೆ ಬಿಸಿಯಾಯಿತು. '೫೨೦ ವೈಪಿಎಮ್-ಔ' ಈ ಅಕ್ಷರಗಳಿಗೆ ಯಾವ ಅರ್ಥವೂ ಇಲ್ಲವೆ? ಯಶವಂತರಾಯರು ಅದನ್ನೇಕೆ ಕವರ್‌ನ ಹಿಂಬದಿಯಲ್ಲಿ, ಸೂಕ್ಷ್ಂ್ಮವಾಗಿ ನೋಡಿದರೆ ಮಾತ್ರ ಕಾಣುವಷ್ಟು ಸಣ್ಣದಾಗಿ ಏಕೆ ಬರೆದಿದ್ದರು? ಅದು ಅವರಿಗೆ ಮರೆತು ಹೋದೀತೆಂದು ಬರೆದರೆ? ಅದನ್ನು ಒಂದು ಚೀಟಿಯಲ್ಲಿ ಬರೆದು ಪರ್ಸಿನಲ್ಲಿಟ್ಟುಕೊಳ್ಳಬಹುದಿತ್ತಲ್ಲ? ಅದನ್ನು ಲಾಕರ್‌ನಲ್ಲಿರುವ ಒಂದು ಕವರ್‌ನ ಹಿಂಬದಿಯಲ್ಲೇ ಏಕೆ ಬರೆದರು?

ಕೊನೆಯ ಒಂದಕ್ಷರ 'ಔ' ಏನಿರಬಹುದು?

ಬಹುಶಃ ಆ ಅಕ್ಷರಗಳಲ್ಲಿ ಯಾವುದೋ ರಹಸ್ಯವಿರಬೇಕು. ಆ ರಹಸ್ಯ ಯಾರಿಗೂ ತಿಳಿಯಬಾರದೆಂಬ ಉದ್ದೇಶದಿಂದ ಯಶವಂತರಾಯರು ಅದನ್ನು ಲಾಕರ್‌ನ ಕವರ್ ಮೇಲೆ ಬರೆದಿರುವರು!! ಇರಬಹುದು! ಈ ವಿಷಯ ನಿಜವಿದ್ದರೂ ಇರಬಹುದು. ಆದರೆ ಆ ಅಕ್ಷರಗಳಲ್ಲಿರುವ ಅರ್ಥವಾದರೂ ಯಾವುದು? ಅದೊಂದು ಮಾತ್ರ ಏನೆಂದು ತಿಳಿಯುತ್ತಿಲ್ಲ. ವಿಕ್ರಮ್ ಯೋಚಿಸಿ ಒದ್ದಾಡಿದ. ಆದರೆ ಕದಡಿದ ಮನಸ್ಸು ತಿಳಿಯಾಗಲೇ ಇಲ್ಲ.

ಕೆ.ಜಿ. ಹಳ್ಳಿಯಲ್ಲಿ ಯಶವಂತರಾಯರ ಮನೆಗೆ ಆಗ ತಾನೆ ಕಾಲಿಟ್ಟಿದ್ದ ಶರತ್ ಮೊಬೈಲು ರಿಂಗಾಯಿತು.

"ಶರತ್...? ನಾನು ವಿಕ್ರಮ್"

"ಗುಡ್‌ಮರ್ನಿಂಗ್ ಬಾಸ್"

"ವೆರಿ ಗುಡ್‌ಮರ್ನಿಂಗ್. ಎಲ್ಲಿದ್ದೀಯ?"

"ಮನೇಲಿ"

"ಹತ್ರ ಯಾರೂ ಇಲ್ಲ ತಾನೆ? ನಮ್ಮ ಮಾತು ಕೇಳಿಸಿಕ್ಕೊಳ್ಳೋ ಅಂತಾವರು?"

"ಇಲ್ಲ"

"ವಾಟ್ ಈಸ್ ದ ನ್ಯೂಸ್?"

"ಮುನಿಯಪ್ಪ ಇನ್ನೂ ಬಂದಿಲ್ಲ. ಅವನು ಬರೋದನ್ನೇ ಕಾಯ್ತಾ ಇದೀನಿ. ಇನ್ನಿಬ್ಬರು ಪಾರ್ಟಿಗಳ ವಿಚಾರ ಹೇಳಿದ್ರಲ್ಲ? ಹೊನ್ನಿ ಮತ್ತು ಸರಳಾ? ಅವರ ಚಲನವಲನ ನಾನು ಗಮನಿಸ್ತಾ ಇದೀನಿ. ಬಂದಾಗ ಎಲ್ಲಾ ತಿಳಿಸ್ತೀನಿ"

"ಏನಾದರೂ ಕ್ಲೂ ಸಿಗ್ತಾ?"

"ಏನೂ ಇಲ್ಲ. ಲಾಕರ್ ವಿಷಯ?"

"ಹಾ! ಒಂದು ಕೋಡ್‌ವರ್ಡ್ ಸಿಕ್ಕಿರೋ ಹಾಗಿದೆ. ಅದನ್ನ ಡೀ-ಕೋಡ್ ಮಾಡೋಕೆ ಟ್ರೆöÊಮಾಡ್ತಾ ಇದೀನಿ. ನೀನೀಗ ಇನ್ನೊಂದು ಕೆಲಸ ಮಾಡಬೇಕು"

"ಹೇಳಿ ಸರ್?"

"ಕೆ.ಜಿ. ಹಳ್ಳಿಗೆ ಎರಡು ಅಪ್ರೋಚ್ ರೋಡುಗಳಿವೆ . ಒಂದು ಬೆಂಗಳೂರು, ಇನ್ನೊಂದು ರಾಮನಗರ. ನನಗೆ ನಂಬಿಕೆ ಇದೆ. ಯಶವಂತರಾಯರ ಶರೀರಾನ ಕೊಲೆ ಮಾಡಿದೋರು ಈ ಎರಡು ದಾರಿಗಳಲ್ಲಿ ಒಂದ್ರಲ್ಲಿ ಸಾಗಿಸಿದಾರೆ. ಪೋಲೀಸರು ಶವ ತೆಗೀತೀನೀಂತ ಬಂದ ಹಿಂದಿನ ದಿವಸ ಏನಾದರೂ ಅನುಮಾನಾಸ್ಪದವಾದ ಮೂವ್‌ಮೆಂಟ್ಸ್ ಕುದುರೆ ಮೇಲೆ, ಗೂಡ್ಸ್ ಆಟೋದಲ್ಲಿ

ಅಥವಾ ಕಾರಿನಲ್ಲಿ ಕಂಡಿದ್ದವಾಂತ ಚೆಕ್ ಮಾಡಬೇಕು. ಅದು ಸುಲಭ ಅಲ್ಲ. ಬಟ್, ಇದನ್ನ ಮಾಡಲೇಬೇಕು. ಬಹುಶಃ ದಾರಿಯಲ್ಲಿ ಸಿಗೋ ಟೀ ಅಂಗಡಿಗಳಲ್ಲಿ ವಿಚಾರಿಸಬಹುದು. ಒಂದೇ ಸಲಕ್ಕೆ ಟೀ ಅಂಗಡಿಯವರು ಬಾಯಿ ಬಿಡುವುದಿಲ್ಲ. ಟೀ ಕುಡಿದು, ಅವರ ಸ್ನೇಹ ಬೆಳಸಿ ವಿಷ ಯ ತಿಳಿದುಕ್ಕೊಳ್ಳಬೇಕು"

"ಆ ಕೆಲಸ ಮಾಡ್ತೀನಿ ಸಾರ್. ಇದೋ ಹೊರಟೆ"

"ಸಂಜೆವರೆಗೂ ನಾನು ಆಫೀಸಲ್ಲಿ ಇರ್ತೀನಿ. ಸಾಧ್ಯವಾದರೆ ರಾತ್ರಿ ಕೆ.ಜಿ.ಹಳ್ಳಿಗೆ ಬರ್ತೀನಿ..."

"ಇಲ್ಲಿ ಪರಿಸ್ಥಿತಿ ಬದಲಾಯಿಸ್ತಾ ಇದೆ. ಚೇತನ್ ಮೈಸೂರಿಗೆ ಹೊರಟಿದಾನೆ. ಅವನ ಜೊತೆ ಚಿತ್ರಾ ಕೂಡ ಹೋಗ್ತಿದಾಳೆ...ಕೃಷ್ಣನೂ ಕಾಣ್ತಿಸ್ತಿಲ್ಲ. ಬೆಂಗಳೂರಿಗೆ ಬಂದಿರಬಹುದು"

"ಅವರಿಂದ ನಮಗೇನು ಸಹಾಯ ಆಗೋಲ್ಲ. ಅವರು ಮನೆಯಿಂದಾಚೆ ಹೋದ್ರೆ ತೊಂದರೇಯೇನೂ ಆಗೋದಿಲ್ಲ. ಹೋಗಲಿ ಬಿಡು"

"ಸರಿ ಸರ್"

"ಬೈ..."

ಫೋನ್ ಡಿಸ್ಕನೆಕ್ಟಾಯಿತು.

ಶರತ್ ರೂಮಿನಿಂದ ಈಚೆ ಬರುವಾಗ ಯಾರೋ ತನ್ನನ್ನು ಗಮನಿಸುತ್ತಿರುವ ಭಾವನೆ ಯಾರು? ಅದು ಗಂಡಸು! ಯಾರಿರಬಹುದು? ತಾನು ಮನೆಗೆ ಬಂದಾಗ ಚೇತನ್ ಕೆಳಗೆ ಸೋಫಾದಲ್ಲಿ ಕೂತು ತನ್ನ ಮೊಬೈಲಿನಲ್ಲಿ ತಲ್ಲೀನನಾಗಿದ್ದ. ಅವನೇ ತನ್ನನ್ನು ರೂಮಿನ ತನಕ ಹಿಂಭಾಲಿಸಿ ತನ್ನ ಮಾತು ಮತ್ತು ಚಲನಗಳನ್ನು ಗಮನಿಸುತ್ತಿರಬಹುದು.

ಮೆಟ್ಟಿಲಿಳಿಯುವ ಮುನ್ನ ಶರತ್ ಚಕ್ಕನೆ ಎಡಬದಿಗೆ ತಿರುಗಿ ನೋಡಿದ.

ಮಹಡಿಯ ಎಡಬದಿಯಲ್ಲಿ ಎರಡನೆಯ ರೂಮಿನ ಕರ್ಟನ್ ಹಿಂದೆ ವ್ಯಕ್ತಿಯೊಂದು ನಿಂತಿತ್ತು!

ಕರ್ಟನ್‌ನ ಕೆಳ ತುದಿಯಲ್ಲಿ ಹಿಂದೆ ನಿಂತಿದ್ದ ವ್ಯಕ್ತಿಯ ಕಾಲುಗಳೂ ಮತ್ತು ಸೀರೆಯಂಚು ಕಂಡಿತು! ಸೀರಿಯಂಚಿನ ಬಣ್ಣ ಮತ್ತು ಡಿಸೈನನ್ನು ಬೇಗನೆ ಗ್ರಹಿಸಿದ ಶರತ್.

ಅಂದರೆ... ತನ್ನನ್ನು ಗಮನಿಸುತ್ತಿರೋ ವ್ಯಕ್ತಿ ಹೆಣ್ಣು!

ಆ ವ್ಯಕ್ತಿಗೆ ತನ್ನನ್ನು ಶರತ್ ಗಮನಿಸುತ್ತಿದ್ದಾನೆ ಎನ್ನುವ ಅನುಮಾನ ಬಂದಿರಬೇಕು! ಚಕ್ಕನೆ ರೂಮಿನೊಳಗೆ ಸೇರಿತು ಹೆಂಗಸು!

ಕಾಲುಗಳು ಮರೆಯಾದವು! ಸೀರೆಯ ಅಂಚು, ಕಾಲುಗಳು, ಕಾಲುಗಳಲ್ಲಿದ್ದ ಚೈನಿನ ಒಡತಿ ಯಾರು?

ಶರತ್‌ಗೆ ತಾನು ಕಂಡ ಸೀರೆಯಂಚಿನ ಡಿಸೈನ್ ನೆನಪಿನಲ್ಲಿತ್ತು. ನೆನ್ನೆ ರೂಮಿನಲ್ಲಿ ತಾನೂ ಮತ್ತು ವಿಕ್ರಮ್ ಮಾತಾಡುವಾಗಲೂ ಯಾರೋ ಮಾತು ಕದ್ದು ಕೇಳಿಸಿಕೊಳ್ಳುತ್ತಿದ್ದರು! ಮೆಟ್ಟಿಲಿನ ಬಳಿ ಬಂದಾಗ ಸರಳಾ ಮತ್ತು ಹೊನ್ನಿ ಇಬ್ಬರು ಮೆಟ್ಟಿಲಿಳಿಯುತ್ತಿದ್ದರು!

ಇಬ್ಬರಲ್ಲಿ ಯಾರಾದರೊಬ್ಬರಿಗೆ ಯಶವಂತರಾಯರ ಸಾವಿನ ಸಂಬಂಧ ಇರಬಹುದೆ?!

ಮೊದಲಿಗೆ ಹೊನ್ನಿಯ ವಿಷಯ ಯೋಚಿಸಿದರೆ ಅನುಮಾನವೇ ಬಾರದು. ಹೇಳೀಕೇಳೀ ಅನಾಥೆ. ಮೇಲಾಗಿ ವಿಧವೆ. ಈ ಮನೆಯಲ್ಲಿ ಆಶ್ರಯ ಸಿಕ್ಕಿರುವುದೇ ತನ್ನ ಪುಣ್ಯವೆಂದುಕೊಂಡು ತನ್ನ ಪಾಡಿಗೆ ತಾನಿರುವಳು. ಅವಳಿಗೂ ಯಶವಂತರಾಯರ ಕೊಲೆಗೂ ಯಾವ ಸಂಬಂಧವೂ ಇರಲಾರದು. ಯಶವಂತರಾಯರ ಸಾವಿನಿಂದ ಅವಳಿಗೆ ಯಾವ ರೀತಿಯ ಲಾಭವೂ ಇರಲಿಲ್ಲ. ಅವರು ಬದುಕಿದ್ದರೇ ಅವಳಿಗೆ ಅನುಕೂಲವಾಗಬಹುದಿತ್ತು. ಚಿಕ್ಕ ಹುಡುಗಿಯಾಗಿದ್ದಾಗಿನಿಂದಲೂ ಇದೇ ಮನೆಯಲ್ಲಿ ಕೆಲಸ ಮಾಡುತ್ತ ಬೆಳೆದವಳು. ಯಶವಂತರಾಯರಿಗೆ ಅವಳ ಮೇಲೆ ಕೊಂಚವಾದರೂ ವಾತ್ಸಲ್ಯ ಮೂಡಿರಬಹುದು. ಹೊನ್ನಿಯನ್ನು ಅನುಮಾನಿಸುವಂತಿಲ್ಲ.

ಸರಳಾ...? ಮೂರ್ತಿಯ ಪತ್ನಿ. ಯಶವಂತರಾಯರ ಶವ ಪತ್ತೆ ಹಚ್ಚಬೇಕು, ಕೊಲೆಗಾರನನ್ನು ಕಂಡುಹಿಡಿಯಬೇಕೆಂದು ಕೇಸು ಕೊಟ್ಟು ಮುಂಗಡವಾಗಿ ಹಣ ನೀಡಿದ ಮೂರ್ತಿಯ ಧರ್ಮಪತ್ನಿ. ಯಶವಂತರಾಯರ ಸಾವಿನಿಂದ ಮೂರ್ತಿಗೆ ಯಾವ ರೀತಿ ಲಾಭವಿದೆ? ಯಶವಂತರಾಯರು ಲಿಖಿತ ಉಯಿಲು ಬಿಟ್ಟು ಹೋಗಿಲ್ಲ. ಆಸ್ತಿಯೆಲ್ಲ ಕೃಷ್ಣನಿಗೆ ಹೋಗುತ್ತದೆ. ಸರಳಾ ಮನಸ್ಸು ಮಾಡಿದರೆ ಆಸ್ತಿಯಲ್ಲಿ ಅರ್ಧ ಪಾಲು ಪಡೆಯಬಹುದು. ಆದರೆ ಅದಕ್ಕಾಗಿ ಯಶವಂತರಾಯರು ಸಾಯಲೇಬೇಕಾಗಿರಲಿಲ್ಲ. ಅವರು ಬದುಕಿದ್ದಾಗಲೇ ಅವರ ಮನ ಒಲಿಸಿ ತನಗೆ ಬೇಕಾದಷ್ಟನ್ನು ಪಡೆಯಬಹುದಿತ್ತು. ಸರಳಾ ಮತ್ತು ಕೃಷ್ಣ ಇಬ್ಬರೂ ಮೊಮ್ಮಕ್ಕಳೇ. ಈ ಪಾಶವೀ ಕೃತ್ಯಕ್ಕೆ ಗಂಡ-ಹೆಂಡತಿ ಇಳಿದಿರಬಹುದೆ? ಗಂಡ ಬೆಂಗಳೂರಲ್ಲಿರುವುದರಿಂದ ಈಕೆ ತಮ್ಮ ಮೇಲೆ ಕಣ್ಣಿಟ್ಟಿರಬಹುದೆ? ಆದರೆ ಒಂದು ಅನುಮಾನದಿಂದ ಮೂರ್ತಿ ಮತ್ತು ಸರಳಾ ಗುಮಾನಿಗಳ ಸಾಲಿನಿಂದೀಚೆ ಬರುತ್ತಾರೆ. ತಾವೇ ಯಶವಂತರಾಯರ ಸಾವಿಗೆ ಕಾರಣರಾಗಿದ್ದರೆ ಕೊಲೆಗಾರನನ್ನು ಹುಡುಕಿ ಎಂದು ತಮ್ಮ ಬಳಿ ಬರುತ್ತಿದ್ದರೆ?

ಶರತ್‌ನ ಬಲಗೈ ಗಡ್ಡವನ್ನು ತುರಿಸಿತು. ಮಹಡಿಯ ಮೆಟ್ಟಿಲುಗಳನ್ನು ಇಳಿಯಬೇಕೆಂದಿದ್ದವನು ಹಿಂದೆ ತಿರುಗಿದ. ಮತ್ತೆ ಮನಸ್ಸು ಬದಲಿಸಿ, ಮೆಟ್ಟಿಲಿಳಿದು ಲಿವಿಂಗ್ ರೂಮಿಗೆ ಬಂದ. ನಿರ್ಜನವಾಗಿದ್ದ ಲಿವಿಂಗ್ ರೂಮಿಗೆ ಯಾರಾದರೂ ಬಂದಾರೇನೋ ಎಂದು ಕಾದು ನಿಂತ. ಯಾರು ಬರಲಿಲ್ಲ. ಮೆಲ್ಲನೆ ಡೈನಿಂಗ್ ಹಾಲಿಗೆ ಬಂದು ಒಮ್ಮೆ ಕೆಮ್ಮಿದ. ಯಾರೂ ಉತ್ತರಿಸಲಿಲ್ಲ.

"ಒಳಗೆ ಯಾರಿದೀರಿ?"

ಶರತ್ ತುಸು ಗಟ್ಟಿಯಾಗಿ ಕೂಗಿದ.

"ಯಾರು?"

ಎಂಬ ಶಬ್ದದೊಡನೆಯೇ ಹೊನ್ನಿ ಮಹಡಿ ಮೆಟ್ಟಿಲಿಳಿದು ಕೆಳಗೆ ಬಂದಳು. ಅಂದರೆ ತನ್ನನ್ನು ಗಮನಿಸುತ್ತಿದ್ದವಳು ಹೊನ್ನಿಯೆ? ಪತ್ತೇದಾರನನ್ನು ನೋಡಿದೊಡನೆ ಅವಳ ಮುಖದಲ್ಲಿ ಭಯದ ಅಲೆಗಳೆದ್ದವು.

"ನಾನೇ ಕೂಗಿದ್ದು"

ಶರತ್ ಅವಳುಟ್ಟಿದ್ದ ಸೀರೆಯಂಚು ಮತ್ತು ಪಾದಗಳನ್ನು ಗಮನಿಸಿದ. ಅದು ಕೆಲವು ನಿಮಿಷಗಳ ಹಿಂದೆ ಕರ್ಟನ್‌ನ ಹಿಂದೆ ನಿಂತ ಹೆಂಗಸಿನ ಸೀರೆಯಂಚಲ್ಲ! ಕಾಲಿನಲ್ಲಿ ಚೈನು ಕೂಡ ಇರಲಿಲ್ಲ! ಅಂದರೆ ತನ್ನ ಚಲನವಲನ ಗಮನಿಸುತ್ತಿದ್ದವಳು ಹೊನ್ನಿಯಲ್ಲ! ಸೀರೆಯಂಚಾಗಲೀ ತಾನು ಕಂಡದ್ದಾಗಿರಲಿಲ್ಲ! ಅಥವಾ...ಆಕೆ ಸೀರೆ ಬದಲಾಯಿಸಿ ಬಂದಳೋ? ಅದು ಸಾಧ್ಯವೆ? ಇಷ್ಟು ಬೇಗನೆ? ಹೆಚ್ಚೆಂದರೆ ಏಳೆಂಟು ನಿಮಿಷಗಳಷ್ಟೆ! ಅದೂ ಮಹಡಿಯ ಮೇಲೆ! ಅಲ್ಲಿ ಅವಳು ವಾಸಿಸುತ್ತಿರಲ್ಲಿಲ್ಲ. ಬಂಗಲೆ ಹಿಂದಿನ ಸರ್ವೆಂಟ್ ಕ್ವಾಟರ್ಸಿನಲ್ಲಿದ್ದಳು. ಅವಳಿಗೆ ಮಹಡಿಯ ಮೇಲೆ ಸೀರೆ ಬದಲಿಸಲು ಸಾಧ್ಯವಿರಲಿಲ್ಲ!

"ಮೇಲೇನು ಮಾಡ್ತಿದ್ದೆ?"

"ರೂಮುಗಳನ್ನ ಕ್ಲೀನ್ ಮಾಡ್ತಿದ್ದೆ. ಏನು ಬೇಕಾಗಿತ್ತು ಬುದ್ಧಿ?"

ಹೊನ್ನಿ ಸುಧಾರಿಸಿಕೊಂಡು ನುಡಿದಳು.

"ಒಂದು ಲೋಟ ನೀರಷ್ಟೆ

"ನಿಮ್ರೂಮಾಗೇ ಇತ್ತಲ್ಲವ್ರಾ?"

"ಮುಗಿದಿತ್ತು.."

"ತರ್ತೀನಿ.."

ಜೈಲಿಂದ ಬಿಡುಗಡೆಯಾದಂತೆ ಹೊನ್ನಿ ಒಳಕ್ಕೆ ವೇಗವಾಗಿ ಹೋದಳು. ಅವಳ ಮುಖದಲ್ಲಿ ನೆಮ್ಮದಿಯಿದ್ದಂತಿತ್ತು!

ಹೊನ್ನಿ ತನ್ನನ್ನು ಕಂಡು ಹೆದರಿದಳೆ? ಕಾರಣ? ತಾನು ಫೋನು ಮಾಡುತ್ತಿದ್ದಾಗ ಬಾಗಿಲ ಹಿಂದೆ ಬಂದು ನಿಂತಿದ್ದಳೆ? ತಾನು ಈಚೆ ಬಂದಾಗ ರೂಮಿನ ಕರ್ಟನ್ ಹಿಂದೆ ನಿಂತು ಕದ್ದು ಮಾತುಗಳನ್ನು ಕೇಳಿಸಿಕೊಂಡಳೆ? ಆದರೆ ಆಕೆ ಉಟ್ಟಿದ್ದ ಸೀರೆಯಂಚು ಬೇರೆಯಾಗಿತ್ತು! ಅಂದರೆ ಅದು ಹೊನ್ನಿಯಲ್ಲ. ಹಾಗಾದರೆ ಅವಳ ಹೆದರಿಕೆಗೆ ಕಾರಣ?

ಶರತ್ ಗಲ್ಲವನ್ನು ತುರಿಸಿಕೊಳ್ಳುತ್ತಾ ಯೋಚಿಸುವಾಗ ಹೊನ್ನಿ ಒಂದು ಲೋಟಿ ನೀರಿನೊಂದಿಗೆ ಬಂದು ಅವನ ಕೈಗಿತ್ತು ಹಿಂತಿರುಗುವುದರಲ್ಲಿದ್ದಳು. ಶರತ್ ಅವಳನ್ನು ಕರೆದ.

"ಸ್ವಲ್ಪ ಸರಳಾ ಅವರನ್ನು ಕರಿ. ನಾನು ಹಾಲ್ನಲ್ಲಿ ಕೂತಿರ್ತಿನಿ".

"ಸರಿ..."

ಆಕೆ ಹೋದಳು.

ಶರತ್ ನೀರು ಗುಟುಕರಿಸಿ ಹಾಲ್‌ಗ ಬಂದ.

ಸರಳಾನ ಕರೆಸುವುದೇನೋ ಸರಿ. ಕರ್ಟನ್ ಹಿಂದೆ ತಾನು ಕಂಡ ಸೀರೆಯಂಚಿನ ಒಡತಿ ಅವಳೋ ಅಲ್ಲವೋ ನಿರ್ಧರಿಸುವುದು. ಆದರೆ ಕರೆಸಿದ್ದಕ್ಕೆ ಕಾರಣವೇನೆಂದು ಹೇಳುವುದು? ಏನಾದರೊಂದು ಹೇಳುವುದು. ಇಷ್ಟು ವರ್ಷ ಈ ವೃತ್ತಿಯಲ್ಲಿ ತೊಡಗಿ ಒಂದು ಸಣ್ಣ ಕತೆ ಕಟ್ಟಿ ಹೇಳಲಾಗುವುದಿಲ್ಲವೆ?

ಇದಾದ ನಂತರವೇ ಮತ್ತೆ ಮುನಿಯಪ್ಪನ ಕ್ರಾಸ್ ಚೆಕ್. ನಂತರ ಬೆಂಗಳೂರು ಮತ್ತು ರಾಮನಗರ ರೋಡ್‌ಗಳಲ್ಲಿರೋ ಟೀ ಅಂಗಡಿಗಳಲ್ಲಿ ವಿಚಾರಣೆ ಮಾಡಬೇಕು.

"ಇಲ್ಲೇ ಹಾಲ್‌ನಲ್ಲಿರ್ತೀನೀಂತ ಹೇಳಿದ್ರಮ್ಮ"

ಅದು ಹೊನ್ನಿಯ ದನಿ.

"ಯಾಕಂತೆ?"

ಎಂದು ಕೇಳುತ್ತಲೇ ಸರಳಾ ಹಾಲ್‌ಗ ಕಾಲಿಟ್ಟಳು.

ಶರತ್ ಚಕಿತನಾದ.

ಕರ್ಟನ್‌ನ ಕೆಳಗೆ ಕಂಡ ಸೀರೆಯಂಚಿನ ವಿನ್ಯಾಸ ಅವಳದಾಗಿರಲಿಲ್ಲ!! ಆಕೆಯ ಕಾಲುಗಳಲ್ಲಿ ಕೂಡ ಚೈನು ಇರಲಿಲ್ಲ! ಹಾಗಾದರೆ ಬೇರೆ ಯಾರು? ಈಕೆಯೇ ಸೀರೆ ಬದಲಿಸಿ ಬಂದಿರಬಹುದೆ? ಕಾಲಿನ ಚೈನು ಬಿಚ್ಚಿರಬಹುದೆ? 'ಮೈ ಗಾಡ್ ಇದು ತುಂಬಾ ಕಾಂಪ್ಲಿಕೇಟೆಡ್ ಕೇಸಾಗ್ತಾ ಇದೆ' ಶರತ್ ತನಗೆ ತಾನೇ ಹೇಳಿಕೊಂಡ.

"ಏನೋ ಹೇಳಿಕಳಿಸಿದ್ರಂತೆ?"

ಸರಳಾ ಶರತ್‌ನ ಕೇಳಿದಳು. ಅವಳ ಮುಖದಲ್ಲಿ ಭಯವಾಗಲೀ ಕುತೂಹಲವಾಗಲೀ ಇರಲಿಲ್ಲ.

"ಸಾರಿ, ನಿಮಗೆ ತೊಂದರೆ ಮಾಡಿದೆನೇನೋ?"

ಶರತ್ ಕ್ಷಮೆ ಯಾಚಿಸಿದ.

"ಇದರಲ್ಲಿ ತೊಂದರೆಯೇನಿದೆ? ನಿಜವಾಗಲೂ ತೊಂದ್ರೆ ಕೊಡ್ತಾ ಇರೋರು ನಾವೇನೇ..."

ಶರತ್ ಅವಳ ಮಾತಿಗೆ ಮುಗುಳ್ನಕ್ಕ.

"ಮೂರ್ತಿಯವರ ಅಂಗಡಿ ಫೋನ್ ನಂಬರ್ ಬೇಕಿತ್ತು"

"ಅವರ ಮೊಬೈಲ್ ನಂಬರೇ ನಿಮ್ಮತ್ರ ಇರ್ಬೇಕಲ್ಲ? ಅವರು ನಿಮಗಿನ್ನೂ ಹೇಳಿಲ್ಲವೆ? ನೋಡಿ ಅವರ ಕೆಲಸಾನ? ಎಷ್ಟು ಕೇರ್‌ಲಸ್ಸೂಂತ..."

"ಮೊಬೈಲ್ ನಂಬರ್ ಕೊಟ್ಟಿದಾರೆ. ಅದೇನೋ ನೆಟ್ವರ್ಕ್ ಸಿಗ್ತಿಲ್ಲ. ಅದಕ್ಕೇ ಆದ್ರೆ ಅಂಗಡಿ ಲ್ಯಾಂಡ್‌ಲೈನ್ ನಂಬರಿಗೆ ಮಾಡೋಣಾಂತ. ಆ ನಂಬರು ಅವರು ಕೊಟ್ಟಿಲ್ಲ".

"ಅದಕ್ಕೇ ಅವರನ್ನ ಕೇರ್‌ಲಸ್ಸೂಂತ ನಾನಂದಿದ್ದು. ಎಷ್ಟು ಮುಖ್ಯವಾದ ಕೆಲಸಾನ ನಿಮಗೊಪ್ಪಿಸಿದಾರೆ. ಆದ್ರೆ ಎಲ್ಲಿ ಯಾವಾಗ ಸಿಗ್ತಿನೀಂತ ಮಾತ್ರ ಹೇಳಿಲ್ಲ..."

"ಆಕೆ ಧೈರ್ಯದಿಂದ ಮಾತಾಡುತ್ತಿದ್ದಳು. ಹಾಗೆ ನೋಡಿದರೆ ಮೂರ್ತಿಗಿಂತ ಈಕೆಗೇ ಹೆಚ್ಚು ಧೈರ್ಯ ಎನ್ನಿಸಿತು. ಗಂಡನನ್ನೂ ಲೆಕ್ಕಕ್ಕಿಟ್ಟುಕೊಂಡಿಲ್ಲ ಎಂಬುದು ಅವಳ ಮಾತಿನಿಂದ ವ್ಯಕ್ತವಾಗುತ್ತಿತ್ತು. ಮಾತಿನ ಕೊನೆಯಲ್ಲಿ ಆಕೆ ತನ್ನ ಪತಿಯ ಅಂಗಡಿಯ ಫೋನ್ ನಂಬರ್ ಹೇಳಿದಳು.

ಮೂರ್ತಿಗೆ ಫೋನು ಮಾಡುವ ಅವಶ್ಯಕತೆ ಶರತ್‌ಗ ಇರಲಿಲ್ಲ. ಆದರೂ ಫೋನ್ ನಂಬರ್ ಕೇಳಿದ ತಪ್ಪಿಗೆ, ಅವಳಿಗೆ ನಂಬಿಕೆ ಬರಲಿ ಎಂಬ ಕಾರಣಕ್ಕೆ ಫೋನಿನ ಬಳಿಗೆ ಹೋಗಿ ನಂಬರ್ ಡಯಲ್ ಮಾಡಿದ.

"ಹಲೋ..." ಮೂರ್ತಿ ಇದಾರ?"

"ಯಸ್ ಮೂರ್ತಿ ಸ್ಪೀಕಿಂಗ್?"

ಆ ಸಮಯಕ್ಕೆ ಸರಳಾ ಅಲ್ಲಿರಲಿಲ್ಲ!!

***

'೫೨೦ ವೈಪಿಎಮ್-ಔ'

ಅದಿನ್ನೂ ಗುಪ್ತವಾದ ರಹಸ್ಯ ಭಾಷೆಯಾಗಿಯೇ ಉಳಿದಿತ್ತು!

ಆ ಅಕ್ಷರ ಸಮುಚ್ಛಯವನ್ನು ಬಿಡಿಸಲು ವಿಕ್ರಮ್‌ಗ ಸಾಧ್ಯವಾಗಿರಲಿಲ್ಲ. ಮೇಜಿನ ಮೇಲೆ ಆಷ್‌ಟ್ರೇಯಲ್ಲಿ ಸಿಗರೇಟು ತುಂಡುಗಳು ತುಂಬಿದ್ದವು.

ಮೂರನೆಯ ಪ್ಯಾಕ್‌ನಿಂದ ತೆಗೆದ ಸಿಗರೇಟು ವಿಕ್ರಮ್ ತುಟಿಯ ನಡುವೆ ನಿಗಿನಿಗಿ ಹೊಳೆಯಿತು.

ಮೇಜಿನ ಮೇಲೆ ಅನಾಥವಾಗಿ ಬಿದ್ದಿದ್ದ ಟೆಲಿಫೋನ್ ಡೈರೆಕ್ಟರಿಯಲ್ಲಿನ ಹಾಳೆಗಳನ್ನು ಯಾವ ಉದ್ದೇಶವೂ ಇಲ್ಲದೆ ತಿರುವುತ್ತಿದ್ದ. ರವೀಂದ್ರನ ಪ್ರಕಾರ ಅದು ಯಾವುದೇ ರಾಜ್ಯದ ವೆಹಿಕಲ್‌ನ ರಿಜಿಸ್ಟ್ರೇಷನ್ ನಂಬರ್ ಅಲ್ಲ. ಮತ್ತೇನಿದ್ದೀತು? ಯಾವುದಾದರೂ ಪೋಸ್ಟಾಫೀಸಿನಲ್ಲಿ ಪೋಸ್ಟ್ ಬಾಕ್ಸ್ ನಂಬರ್ ಇದ್ದೀತಾ? ಹಾಗಿದ್ದರೆ 'ವೈಪಿಎಮ್' ಅಕ್ಷರಗಳು ಬರುವುದಿಲ್ಲ. ಬರೀ ನಂಬರು ಮತ್ತು ಪೋಸ್ಟಾಫೀಸಿನ ವಿಳಾಸ ಇರಬೇಕು. ಅಥವಾ ತನ್ನ ಯೋಚನೆಯೆಲ್ಲಾ ವ್ಯರ್ಥವಾ? '೫೨೦ ವೈಪಿಎಮ್-ಔ'ಗೆ ಯಾವ ಅರ್ಥವೂ ಇಲ್ಲವಾ?

ಟೆಲಿಫೋನ್ ಡೈರೆಕ್ಟರಿಯ ಹಾಳೆ ತಿರುವುತ್ತಿದ್ದವನಿಗೆ ಪಕ್ಕನೆ ಏನೋ ಹೊಳೆಯಿತು!

ಕುರ್ಚಿ ಮುಂದೆಳೆದುಕೊಂಡು ತೆರೆದಿದ್ದ ಹಾಳೆಯಲ್ಲಿ ಕಣ್ಣು ಹಾಯಿಸಿದ.

ನಗರದ ಎಲ್ಲ ಬಡಾವಣೆಗಳನ್ನೂ ಎರಡು, ಮೂರು ಇಲ್ಲವೇ ನಾಲ್ಕು ಅಕ್ಷರಗಳಲ್ಲಿ ಸಂಕ್ಷಿಪ್ತವಾಗಿ ಸೂಚಿಸಲಾಗಿತ್ತು. ಎಸ್‌ಎಸ್‌ಎನ್‌ಆರ್ ಅಂದರೆ ಸದಾಶಿವನಗರ!! ಹಾಗೆಯೇ ವೈಪಿಎಂ ಅಂದರೆ?

ವಿಕ್ರಮ್ ಎದೆಬಡಿತ ಹೆಚ್ಚಾಯಿತು! ಏನೋ ಹೊಳೆಯಿತು! ವೈಪಿಎಂ ಡೀಕೋಡ್ ಮಾಡುವ ಕ್ಷಣ ಬಂದಿತು!! ಬೇಗಬೇಗನೆ ವೈನಿಂದ ಶುರುವಾಗುವ ಪೇಜು ತೆಗೆದ. ಅಲ್ಲಿಯೇ ಇತ್ತು! ಇಷ್ಟು ಕಾಲ ವಿಕ್ರಮ್ ತಲೆ ತಿಂದಿದ್ದ ರಹಸ್ಯ ಭಾಷೆ!! ವೈಪಿಎಂ ಎಂದರೆ ಸಂಕ್ಷಿಪ್ತವಾಗಿ ಯಶವಂತಪುರ!!

ವಿಕ್ರಮ್ ಕುರ್ಚಿ ಬಿಟ್ಟು ಜಗ್ಗನೆದ್ದ. ಈಗ ಸಮಯ ಬಹಳ ಅಮೂಲ್ಯ! ಬೇಗನೆ ಹೋಗಬೇಕು!

೫೨೦ ಯಶವಂತಪುರದಲ್ಲಿನ ಒಂದು ಮನೆ ನಂಬರ್! ಅಲ್ಲಿ ಯಶವಂತರಾಯರ ಕೊಲೆ ಸಂಬಂಧಿಸಿದ ರಹಸ್ಯ ದಾಖಲೆಯಿದೆ! ಅದೇನಿರಬಹುದು? ಈಗಲೇ ಅದನ್ನು ಹೇಳಲಾಗದು.

ಆಫೀಸಿಗೆ ಬೀಗ ಹಾಕಿ ತನ್ನ ಜೀಪು ನಿಲ್ಲಿಸಿದೆಡೆಗೆ ವಿಕ್ರಮ್ ಧಾವಿಸಿದ.

ಯಶವಂತಪುರದ ಮನೆ! ನಂಬರ್ ೫೨೦. ಅಲ್ಲಿ ಯಾರಿರಬಹುದು? ಅಲ್ಲೇನು ನಡೆಯುತ್ತಿರಬಹುದು.

ಹದಿನೈದು ನಿಮಿಷಗಳ ಪ್ರಯಾಣ. ವಿಕ್ರಮ್ ಯಶವಂತಪುರದ ಸರ್ಕಲ್ ಬಳಿ ಇದ್ದ. ಟ್ರಾಫಿಕ್ ಪೋಲೀಸ್‌ನ, ೫೨೦ ಮನೆ ನಂಬರ್ ಯಾವ ಕಡೆ ಬರುತ್ತೆಂದು ವಿಚಾರಿಸಿದ. ಆತ ಅಂದಾಜಾಗಿ ಹೇಳಿದ. ಅವನು ತೋರಿದತ್ತ ವಿಕ್ರಮ್ ಜೀಪು

ಧಾವಿಸಿತು.

ಮನೆ ಹುಡುಕುವುದು ಸುಲಭವಾಗಿರಲಿಲ್ಲ. ಮನೆ ನಂಬರುಗಳು ವ್ಯವಸ್ಥಿತವಾಗಿರಲಿಲ್ಲ. ಒಂದು ಬೀದಿಯ ಕೊನೆಯ ನಂಬರು ಮುಂದಿನ ಅಥವಾ ಹಿಂದಿನ ಬೀದಿಯಲ್ಲಿ ಮುಂದುವರಿದಿರಲಿಲ್ಲ! ಅಲ್ಲಿನ ವ್ಯವಸ್ಥೆ ಅರ್ಥವಾಗದೆ, ಅರ್ಧ ಗಂಟೆ ಹಿಂದು ಮುಂದಿನ ಬೀದಿಗಳಲ್ಲಿ ಓಡಾಡಿ, ಸುಮಾರು ಹತ್ತು ಜನರನ್ನು ಕೇಳಿದ ಮೇಲೆ ಮನೆ ಸಿಕ್ಕಿತು.

ನಂಬರ್ ೫೨೧೦ರಲ್ಲಿ ಕಂಡಿದ್ದು ದೊಡ್ಡ ಹಳೆಯ ಮನೆ. ಅದು ಕಾರ್ನರ್ ಮನೆ. ನೂರು ನೂರಿಪ್ಪತ್ತು ವಿಸ್ತೀರ್ಣದ ಸೈಟಿನಲ್ಲಿ ಕಟ್ಟಿದ ಮನೆ. ಅದು ಯಶವಂತರಾಯರ ರಹಸ್ಯ ಹಿಡಿದಿಟ್ಟರಲಾರದು. ಅದು ಸಾಕಷ್ಟು ಸ್ಥಿತಿವಂತರ ಮನೆ. ಜೊತೆಗೆ '೫೨೧೦ ವೈಪಿಎಮ್-ಔ' ಎನ್ನುವುದರಲ್ಲಿ 'ಔ' ಎನ್ನುವ ಒಂದಕ್ಷರ ಅದು ದೊಡ್ಡ ಮನೆಯಲ್ಲ ಎನ್ನುವುದು ಸ್ಪಷ್ಟಪಡಿಸಿತು. ದೊಡ್ಡ ಮನೆಯ ಪಕ್ಕದ ರಸ್ತೆಯಲ್ಲಿ ಸಾಗಿದರೆ ಮನೆಯ ಪಕ್ಕದಲ್ಲೂ ಒಂದು ಗೇಟು ಕಂಡಿತು! ಅದು ಹಿಂದಿದ್ದ ಔಟ್‌ಹಸ್‌ಗ ಪ್ರವೇಶ! ದೊಡ್ಡ ಮನೆಯವರು ಹಿಂದಿನ ಮನೆಯವರಿಗೆ ಮಾಡಿದ್ದ ಪ್ರತ್ಯೇಕ ವ್ಯವಸ್ಥೆ. '೫೨೧೦ ವೈಪಿಎಮ್-ಔ' ಎಂಬ ಕೋಡ್ ಈಗ ತನ್ನ ರಹಸ್ಯ ಕಳಚಿತ್ತು! ಅದು ಯಶವಂತಪುರದ ಮನೆ ನಂಬರು ೫೨೧೦ರ ಔಟ್ ಹೌಸ್! ಗೇಟು ತೆಗೆದು ಒಳಗೆ ಹೋಗಿ ನೋಡಿದಾಗ ಔಟ್ ಹೌಸ್‌ನ ರೂಪುರೇಷೆ ಕಂಡಿತು. ಸುಮಾರು ಹನ್ನೆರಡು ಅಡಿ ಅಗಲ ಮತ್ತು ಮೂವತ್ತು ಅಡಿ ಉದ್ದಕ್ಕಿದ್ದ ಮನೆ ಅದು. ನಿವೇಶನದ ಉಳಿದ ಭಾಗವನ್ನು ದೊಡ್ಡ ಮನೆ ಆಕ್ರಮಿಸಿಕೊಂಡಿತ್ತು.

ಔಟ್ ಹೌಸ್ ಮನೆಯ ಬಾಗಿಲು ತಳ್ಳಿದ ವಿಕ್ರಮ್. ಬಾಗಿಲಿಗೆ ಹಾಕಿದ್ದ ಡೋರ್‌ಲಕ್ ವಿಕ್ರ‍ಮ್‌ನನ್ನು ಅಣಕಿಸಿತು! ಅಂದರೆ ಮನೆಯಲ್ಲಿ ಯಾರೂ ಇಲ್ಲ! ಡೋರ್‌ಲಕ್ ಅದನ್ನು ಸ್ಪಷ್ಟಪಡಿಸಿತು. ಅಥವಾ ಮನೆಯ ಒಳಗಿದ್ದೂ ಒಳಗಿನಿಂದಲೇ ಡೋರ್‌ಲಕ್ ಮಾಡಿಕ್ಕೊಳ್ಳಬಹುದಲ್ಲ? ಮನೆಯಲ್ಲಿ ಯಾರಾದರೂ ಇದ್ದರೆ ಹೊರಗೆ ಬಂದಾರು ಎಂಬ ಲೆಕ್ಕಾಚಾರದೊಂದಿಗೆ ವಿಕ್ರಮ್ ಮೆಲ್ಲನೆ ಬಾಗಿಲ ಮೇಲೆ ಟ್ಯಾಪ್ ಮಾಡಿದ. ಕೆಲವು ನಿಮಿಷ ಮನೆಯೊಳಗೆ ಏನಾದರೂ ಶಬ್ದವಾದೀತಾ ಎಂದು ಕಾದು ನೋಡಿದ. ಮನೆಯೊಳಗೆ ಯಾರೂ ಇಲ್ಲ ಎನ್ನುವುದು ಖಾತ್ರಿಯಾಯಿತು. ಮತ್ತೊಮ್ಮೆ ಜೋರಾಗಿ ಬಾಗಿಲು ಬಡಿದ. ಆಗಲೂ ಒಳಗಿಂದ ಯಾವುದೇ ಪ್ರತಿಕ್ರಿಯೆ ಬರಲಿಲ್ಲ! ಕೊನೆಯ ಪ್ರಯತ್ನವನ್ನೂ ಮಾಡಿ ನೋಡೋಣ ಎನ್ನಿಸಿತು. ಅಕಸ್ಮಾತ್ ಮನೆಯೊಳಗಿಂದ ಯಾರು ಬಂದಾರು ಎಂದು ತಿಳಿಯುವುದು ಅವನ ಪ್ರಯತ್ನವಾಗಿತ್ತು.

ಸಾಮಾನ್ಯವಾಗಿ ಎಲ್ಲ ಮನೆಯ ಕಾಲಿಂಗ್ ಬೆಲ್ ಸ್ವಿಚ್ ಬಾಗಿಲ ಫ್ರೇಮ್ ಮೇಲೆ ಇರುತ್ತದೆ. ಅಂತಾದ್ದು ಏನಾದರೂ ಕಂಡೀತಾ ಎಂದು ವಿಕ್ರಮ್ ಹುಡುಕಿದ. ಬಾಗಿಲಿನ ಪಕ್ಕದ ಬಲ ಬದಿಯ ಗೋಡೆಯ ಮೇಲೆ ಕಾಲಿಂಗ್ ಬೆಲ್ ಸ್ವಿಚ್ ಕಂಡಿತು! ಕಾಲಿಂಗ್ ಬೆಲ್ ಸ್ವಿಚ್ ಒತ್ತಿ ಪ್ರತಿಕ್ರಿಯೆಗಾಗಿ ಕಾದ. ಆಗಲೂ ಒಳಗಿಂದ ಯಾವುದೇ ಪ್ರತಿಕ್ರಿಯೆ ಬರಲಿಲ್ಲ! ಅಂದರೆ ಮನೆಯೊಳಗೆ ಮನೆಯೊಡನಿಲ್ಲ! ವಿಕ್ರಮ್ ಸಮಯ ನೋಡಿಕೊಂಡ. ಆರು ಗಂಟೆ, 'ನನ್ನ ಪ್ರಯತ್ನ ವ್ಯರ್ಥವಲ್ಲ' ಎಂದು ತನ್ನಷ್ಟಕ್ಕೆ ತಾನೇ ಸಮಾಧಾನ ಹೇಳಿ ಕೊಂಡು ಈಚೆ ಬಂದ. ಮುಂದಿದ್ದ ಮನೆಯಲ್ಲಿ ವಿಚಾರಿಸಿದ. ಹದಿನೆಂಟು ವರ್ಷದ ಹುಡುಗನೊಬ್ಬ ವಿಕ್ರಮ್ ಪ್ರಶ್ನೆಗಳಗುತ್ತರಿಸಲು ಈಚೆ ಬಂದ.

"ಹಿಂದುಗಡೆ ಮನೆಯೋರು ಬಂದಿಲ್ವಾ?"

"ಅವರಾ? ಬೆಳಿಗ್ಗೆ ಇದ್ದರು...ಮತ್ತೆ ಯಾವಾಗ ಬರ್ತಾರೋ ಗೊತ್ತಿಲ್ಲ. ಸಾಮಾನ್ಯವಾಗಿ ಅವರು ಮನೇಲಿರೋದಿಲ್ಲ"

"ಹಾಗಾದರೆ ಅವರಲ್ಲಿ ವಾಸವಾಗಿಲ್ಲವಾ?"

"ಇಲ್ಲ. ವಾರಕ್ಕೊಂದು ಸಲವೋ ಇಲ್ಲಾ ಎರಡು ಸಲವೋ ಬಂದು ಒಂದು ರಾತ್ರಿ ಇದ್ದು ಹೋಗ್ತಾರೆ"

"ಅವರ ಹೆಸರು?"

ವಿಕ್ರಮ್ ಸ್ಪಷ್ಟ ಉತ್ತರ ಬೇಕಿತ್ತು.

"ನನಗೆ ಗೊತ್ತಿಲ್ಲ. ನಮ್ಮ ತಾತಂಗೆ ಗೊತ್ತು. ಅವರನ್ನ ಕರೀಲಾ..?"

"ಬೇಡ. ನೀವು ಹೇಳಿದ್ರಲ್ಲಾ ಅಷ್ಟು ಸಾಕು. ಅವರ ಜೊತೆ ಫ್ಯಾಮಿಲೀನು ಇದಾರಾ?" ಹುಡುಗನಿಗೆ ಅನುಮಾನ ಬರದಂತೆ ತೀರಾ ಸಾಮಾನ್ಯ ವಿಷಯ ಕೇಳುವಂತೆ ವಿಕ್ರಮ್ ಕೇಳಿದ,

"ಅವರೂ ಅಷ್ಟೆ. ಯಾವಾಗಲಾದರೊಮ್ಮೆ ಬಂದು ಹೋಗ್ತಾರೆ. ಅವರು ಸಧ್ಯಕ್ಕೆ ಯಾವುದೋ ಹಳ್ಳೀಲಿ ವಾಸ ಇದಾರಂತೆ..."

ವಿಕ್ರಮ್ ತಲೆಯಲ್ಲಿ ನೂರಾರು ಯೋಚನೆಗಳು.

"ಹಾಗಾದ್ರೆ ಇವತ್ತವರು ಮನೆಗೆ ಬರೋಲ್ಲವೆ?"

"ಮುಕ್ಕಾಲು ಪಾಲು ಬರೋದಿಲ್ಲ. ಏನಾದರೂ ಹೇಳ್ಬೇಕಾಗಿತ್ತೇನು?"

"ಏನೂ ಇಲ್ಲ. ನಾನೇ ಬಂದು ನೋಡ್ತೇನೆ..."

ವಿಕ್ರಮ್ ಕಾಂಪೌಂಡಿನಿಂದೀಚೆಗೆ ಬಂದ.

ಯಶವಂತರಾಯರ ಕೇಸು ಸ್ವಲ್ಪಸ್ವಲ್ಪವಾಗಿ ಬಿಡಿಸಿಕೊಳ್ಳಲಾರಂಭಿಸಿದೆ. ಇದೊಂದು ರಾತ್ರಿಯಲ್ಲಿ ಎಲ್ಲವನ್ನೂ ಕಂಡು ಹಿಡಿದು ಬಿಡುವೆನೆಂಬ ಉತ್ಸಾಹ

ಅವನಲ್ಲಿ ಮೂಡಿತು.

ಪೋಲೀಸ್, ಕೇಂದ್ರ ದಾಖಲೆಗಳ ಸಂಗ್ರಹದಿಂದ ತಾನು ಹೆಕ್ಕಿ ತೆಗೆದ ವಿಷಯಗಳನ್ನು ಮತ್ತೊಮ್ಮೆ ನೆನಪಿಗೆ ತಂದುಕೊಂಡ.

ಯಶವಂತಪುರದಿಂದ ಹೊರಟವನು ಸೀದಾ ವಿಲ್ಸನ್‌ಗಾರ್ಡನ್‌ಗ ತೆರಳಿದ. ಅಲ್ಲಿ ಕಾರ್ಪೊರೇಷನ್‌ಗ ಸಂಬಂಧಿಸಿದ ಒಂದು ಆಫೀಸಿನಲ್ಲಿ ಬಹಳ ಹೊತ್ತು ಕಳೆದ. ಅಲ್ಲಿ ಸಂಬಂಧಪಟ್ಟವರ ಜೊತೆ ವಿಚಾರಣೆ ನಡೆಸಿದ. ಎಂಟು ಗಂಟೆಯ ನಂತರ ಈಚೆ ಬಂದ.

ಆಫೀಸಿನಲ್ಲಿ ಕೂತು ಶರತ್ ಮೊಬೈಲಿಗೆ ಫೋನು ಮಾಡಿದ. ನೆಟ್ವರ್ಕ್ ಸಮಸ್ಯೆಯಿಂದ ಕನೆಕ್ಟಾಗಲಿಲ್ಲ. ಛೇ..ಎಂತಾ ಸಮಯದಲ್ಲಿ ಈ ಪ್ರಾಬ್ಲಮ್ಮು? ಲ್ಯಾಂಡ್‌ಲೈನು? ಎಸ್..! ಆದರೆ ಮನೆಯವರು ಯಾರಾದರೂ ಮಾತುಗಳನ್ನು ಕೇಳಬಹುದು! ನೋಡೋಣ ಹುಷಾರಾಗಿ ಮಾತಡಿದರೆ ಸಮಸ್ಯೆಯಾಗುವುದಿಲ್ಲ ಎನಿಸಿತು. ಲ್ಯಾಂಡ್‌ಲೈನಿಗೇ ಫೋನು ಮಾಡಿದ ವಿಕ್ರಮ್. ಅದೂ ಸಹ ಕನೆಕ್ಟ್ ಆಗಲಿಲ್ಲ. ಮೂರು ಸಲ ಪ್ರಯತ್ನಿಸಿದ ಮೇಲೆ ಕನೆಕ್ಟಾಯಿತು. ಆದರೆ ಫೋನು ರಿಸೀವ್ ಯಾರೂ ಮಾಡಲಿಲ್ಲ! ವಿಕ್ರಮ್ ಕಾದ ಹೆಂಚಿನ ಮೇಲೆ ನಿಂತವನಂತೆ ಚಡಪಡಿಸಿದ. ಈಗ ಸಮಯ ಅಮೂಲ್ಯ! ಒಂದೊಂದು ಸೆಕೆಂಡೂ ಸಹ ಬಹಳ ಮುಖ್ಯ. ತಡ ಮಾಡಿದರೆ ಯಶವಂತರಾಯರ ಕೊಲೆಗಾರ ಕಣ್ತಪ್ಪಿಸಿ ಹೋಗುವ ಸಾಧ್ಯತೆಯಿದೆ. ಇದುವರೆಗೂ ಕೊಲೆಗಾರ ಆಡಿದ ಕಣ್ಣು ಮಚ್ಚಾಲೆಯಾಟಕ್ಕೆ ಶೀಘ್ರದಲ್ಲಿಯೇ ಮಂಗಳ ಹಾಡುವ ಸಾಧ್ಯತೆಯಿದೆ!

ಕೊನೆಗೊಮ್ಮೆ ಕೆಜಿ ಹಳ್ಳಿಯಲ್ಲಿ ಯಶವಂತರಾಯರ ಮನೆಯಲ್ಲಿರುವ ಯಾರೋ ಫೋನ್ ರಿಸೀವ್ ಮಾಡಿದಾಗ ವಿಕ್ರಮ್ ಉದ್ವೇಗದಿಂದ ಕಂಪಿಸಿದ.

ಆಗತಾನೆ ಮನೆಗೆ ಬಂದಿದ್ದ ಶರತ್ ಲೈನಿನ ಮೇಲೆ ಬಂದಿದ್ದ.

“ಶರತ್?”

“ಯಸ್ ಬಾಸ್ ಶರತ್ ಸ್ಪೀಕಿಂಗ್”

“ಹತ್ರ ಯಾರಿದ್ದಾರೆ?”

“ಯಾರೂ ಇಲ್ಲ. ಮಾತಾಡಬಹುದು”

“ಹೇಗಿದೆ ಪರಿಸ್ಥಿತಿ?”

“ನಾಟ್ ಬ್ಯಾಡ್ ಬಾಸ್. ಮುನಿಯಪ್ಪ ಆರು ಗಂಟೆಗೆ ಊರಿಗೆ ಬಂದಿದಾನೆ. ಬಂದಾಗಿನಿಂದ ಅಂಗಡಿ ತೆಗೆದಿಲ್ಲ. ಒಳಗಿಂದ ಚಿಲಕ ಹಾಕೊಂಡಿದಾನೆ. ಏನ್ಮಾಡ್ತಿದಾನೇಂತ ಗೊತ್ತಿಲ್ಲ”

“ಇನ್ನೊಂದು ವಿಷಯ ಹೇಳಿದ್ದೆನಲ್ಲ?”

"ಅದೇ ರಸ್ತೆಗಳಲ್ಲಿನ ಟೀ ಅಂಗಡಿಗಳಲ್ಲಿ ವಿಚಾರಣೆ...ಅದೇನೋ ಯಾವ ರಿಸಲ್ಟೂ ಕೊಡಲಿಲ್ಲ. ಯಾರಿಗೂ ನೆನಪಿಲ್ಲ. ಆದ್ರೆ ಒಂದು ಟೀ ಅಂಗಡಿಯವನು ಒಂದು ಮುಖ್ಯವಾದ ವಿಷಯ ತಿಳಿಯಿತು"

"ಏನು?"

"ಫೋನಲ್ಲೇ ಹೇಳಲೆ?"

"ಬೇಡ. ಒಂದ್ಕೆಲಸ ಮಾಡು. ಸೀದಾ ನೀನು ಬೆಂಗಳೂರಿಗೆ ಬಾ. ನೇರ ಆಫೀಸಿಗೆ ಬರಬೇಕು. ಇನ್ನೊಂದು ಗಂಟೆ ಒಳಗೆ ಬರಬೇಕು. ಒಂದು ವೇಳೆ ನಾನಿಲ್ಲದಿದ್ದರೂ ಸಹ ನೀನು ಆಫೀಸಿನಲ್ಲೇ ನನಗೋಸ್ಕರ ಕಾಯ್ತಾ ಇರು"

"ಆದ್ರೆ...ಮುನಿಯಪ್ಪ?"

"ಸದ್ಯಕ್ಕೆ ಮುನಿಯಪ್ಪನ ಬಗ್ಗೆ ತಲೆ ಕೆಡಿಸಿಕೋಬೇಕಾಗಿಲ್ಲ. ಬೇಗ ಹೊರಡು"

"ಇಗೋ..ಹೊರಟೆ"

***

ತಮ್ಮ ಪತ್ನಿ ಸರಳಾಳಿಂದ ಫೋನು ಬಂದಾಗಿನಿಂದ ಮೂರ್ತಿ ಯೋಚನೆಯಲ್ಲಿ ಮುಳುಗಿದ್ದ. ವ್ಯಾಪಾರದಲ್ಲಿ ಮನಸ್ಸು ನಿಲ್ಲುತ್ತಿರಲಿಲ್ಲ. ಅವನ ಊಹೆಯೆಲ್ಲಾ ಸುಳ್ಳಾಗಿತ್ತು. ಕಲ್ಪನೆಗಳೆಲ್ಲಾ ತಲೆಕೆಳಗಾಗಿದ್ದವು. ಇಂತಾ ಘಟನೆ, ಹೀಗೆ ನಡೆಯಬಹುದೆಂದು ಅವನು ಚಿಂತಿಸಿಯೇ ಇರಲಿಲ್ಲ. ಇನ್ನು ತಡಮಾಡಬಾರದು. ಅ ಪತ್ತೇದಾರರಿಗೆ ಕೇಸು ಕೊಡ ಬಾರದಿತ್ತು. ಈಗದು ತನಗೇ ಮುಳುವಾಗುತ್ತಿದೆ!

ಪತ್ತೇದಾರರಿಬ್ಬರ ಸಾಮರ್ಥ್ಯ ತಾನು ತಪ್ಪಾಗಿ ಅಳೆದೆ!

ಈಗ ಬೇರೆ ದಾರಿಯಿಲ್ಲ. ಬೇಗನೆ ತಾನು ಕಾರ್ಯನಿರತನಾಗಬೇಕು.

ಮೂರ್ತಿಯ ಮನಸ್ಸಿನಲ್ಲಿ ನಡೆಯುತ್ತಿದ್ದ ಯೋಚನೆಗೂ ಮತ್ತು ಗೋಡೆಯ ಮೇಲಿನ ಗಡಿಯಾರಕ್ಕೂ ಯಾವ ಸಂಬಂಧವೂ ಇರಲಿಲ್ಲ. ಎರಡು ಸ್ವತಂತ್ರ ಘಟನೆಗಳಾಗಿ ಘಟಿಸುತ್ತಲೇ ಇದ್ದವು.

ಅಂಗಡಿಯ ನೌಕರರು ಐದು ನಿಮಿಷ ಕಾಲ ತಮ್ಮ ಮಾಲೀಕರ ವರ್ತನೆಯನ್ನು ಗಮನಿಸಿದರು. ಅವರು ಮೂರ್ತಿ ಗಾಢ ಚಿಂತೆಯಲ್ಲಿ ಮುಳುಗಿರೋದೂ ಮತ್ತು ಆ ಚಿಂತೆಯಲ್ಲಿ ಸಮಯವನ್ನು ಮರೆತಿರುವುದು ಸಹ ಬೇಗನೆ ತಿಳಿದುಕೊಂಡರು.

ತಮ್ಮಷ್ಟಕ್ಕೆ ನಾವು ಅಂಗಡಿಯ ಬಾಗಿಲುಗಳನ್ನು ಮುಚ್ಚುವ ಕೆಲಸದಲ್ಲಿ ತೊಡಗಿದರು.

ಆಗಷ್ಟೆ ಸಮಯ ಎಂಟೂವರೆಯಾಗಿರುವುದರ ಅರಿವು ಮೂರ್ತಿ ಗಾಯಿತು. 'ಈ ಸೋಂಬರಿಗಳಿಗೇನು? ಟೈಮಾಯ್ತು... ಬಾಗಿಲು ಮುಚ್ಚಿದರು' ಎಂದು ತಮ್ಮ ನೌಕರರನ್ನು ಬೈದುಕೊಂಡ. ಕ್ಯಾಷ್ ಬಾಕ್ಸ್ ಮುಚ್ಚಿ ಮತ್ತೊಮ್ಮೆ ಪೂಜೆ ಮಾಡಿ ಆ

ದಿನದ ವ್ಯವಹಾರವನ್ನು ಬಂದು ಮಾಡುವ ಕ್ರಿಯೆಯಲ್ಲಿ ತೊಡಗಿದ.

ತಿಳಿದೂ ತಿಳಿದೂ ಡಿಟೆಕ್ಟೀವ್ ವಿಕ್ರಮ್‌ನ ಬಳಿ ತಾನೇಕೆ ಹೋದೆ ತಾನಾಗಿಯೆ ಪತ್ತೆ ಮಾಡಿ ಎಂದು ಕೇಸು ಕೈಗಿಟ್ಟೆ! ಅದೇ ತಾನು ಮಾಡಿದ ತಪ್ಪು? ಆಗ ತನಗೆ ಕಲ್ಪನೆ ಇರಲಿಲ್ಲ ಹೀಗೆಲ್ಲಾ ಆದೀತು ಎಂದು!

ಇಷ್ಟಾದರೂ ಅವರಿಂದ ಮುಖ್ಯವಾದ ಕೆಲಸವನ್ನೇ ಮಾಡಲಾಗಿಲ್ಲ!

ಯಶವಂತರಾಯರ ಶರೀರ!!

ಅದನ್ನಿನ್ನೂ ಈ ಪತ್ತೇದಾರರು ಹುಡುಕಲಾಗಿಲ್ಲ! ಇನ್ನು ಕೊಲೆಗಾರನನ್ನು ಹುಡುಕುತ್ತಾರೆಯೆ? ಅನುಮಾನ! ಆದರೂ ಏನೋ ನಡೆಯುತ್ತಿದ್ದೆ. ತನಗೇ ಮುಳುವಾಗುವ ಪರಿಸ್ಥಿತಿ ಎದುರಾಗಬಹುದು!

ಸರಳಾಳ ಫೋನಿನ ಸುದ್ದಿ ಭಯ ಹುಟ್ಟಿಸುತ್ತದೆ! ಆದರೆ ಈ ಸ್ಥಿತಿಯಲ್ಲಿ ಹೆಚ್ಚೇನು ಮಾಡಲು ಸಾಧ್ಯ? ಎಲ್ಲವೂ ತನ್ನಂತೆಯೇ ಆಗಲಿ ಎಂದು ದೇವರನ್ನು ಬೇಡಿಕೊಳ್ಳಬೇಕಷ್ಟೆ!

ಅರೆ..ಹಾ! ರಾಮಣ್ಣ!!

ತಾನು ರಾಮಣ್ಣನೊಂದಿಗೆ ಈ ವಿಷಯ ಮಾತಾಡೇ ಇಲ್ಲ! ತಾನು ತಕ್ಷಣ ಮಾಡಬೇಕಾದ ಕೆಲಸವೇ ಅದು! ತಾನೇಕೆ ಅವರ ಬಗ್ಗೆ ಯೋಚಿಸಲೇ ಇಲ್ಲ? ಈ ಪತ್ತೇದಾರರ ಕೆಲಸಕ್ಕೂ ಒಂದು ಮಂಗಳವನ್ನು ಹಾಡಿಸಬಹುದು! ಆದರೆ ಒಂದೇ ಒಂದು ಅನುಮಾನ! ತಾನು ಯಶಸ್ವಿಯಾದೇನೆ?

ಅಂಗಡಿಯ ಆಳು ಬೀಗಗಳನ್ನು ಒಂದೊಂದಾಗಿ ಹಾಕಿದ ನಂತರ ಎರಡು ನಿಮಿಷ ಕಾದು ನಿಂತ. ಮೂರ್ತಿಗೆ ಕರ್ತವ್ಯ ಅರಿವಾಯಿತು. ಯಾಂತ್ರಿಕವಾಗಿ ಬಾಗಿಲಿನ ಬಳಿಗೆ ಹೋಗಿ ಪ್ರತಿಯೊಂದು ಬೀಗವನ್ನೂ ಎಳೆದು ನೋಡಿದ. ಎಲ್ಲವನ್ನೂ ಕೆಲಸದಾಳು ಸಮರ್ಪಕವಾಗಿ ಹಾಕಿದ್ದ. ಮಾಮೂಲಿನಂತೆ ಎಲ್ಲ ಸರಿಯಾಗಿದೆ ಎಂಬ ಭಾವದಲ್ಲಿ ತಲೆಯಲುಗಿಸಿದ. ಆದರೆ ಅವನ ಊಹೆ ತಪ್ಪಾಗಿತ್ತು! ಎಲ್ಲ ಸರಿಯಾಗಿರಲಿಲ್ಲ! ಕೊನೆಯ ಪಕ್ಷ ಯಶವಂತರಾಯರ ಸಾವಿನ ವಿಷಯದಲ್ಲಿ ಅವನ ಊಹೆ ತಪ್ಪಾಗಿತ್ತು.

ಅಂಗಡಿಯ ಆಳುಗಳೆಲ್ಲಾ ಹೋದರು. ಮೂರ್ತಿಯೊಬ್ಬನೇ ಎರಡು ನಿಮಿಷಗಳ ಕಾಲ ಅಂಗಡಿಯ ಮುಂದೆ ನಿಂತಿದ್ದವನು ಮತ್ತೇನೋ ನಿರ್ಧಾರ ತೆಗೆದುಕೊಂಡಂತೆ ತನ್ನ ಕಾರು ನಿಲ್ಲಿಸಿದ ಕಡೆಗೆ ನಡೆದ.

ಕಾರಿನ ಬಳಿಗೆ ಮೂರ್ತಿ ಬರುವುದಕ್ಕೂ ವಿಕ್ರಮ್ ಜೀಪು ಅಲ್ಲಿಗೆ ಬರುವುದಕ್ಕೂ ಸರಿಯಾಯಿತು!

ವಿಕ್ರಮ್ ಕಂಡೊಡನೆ ಮೂರ್ತಿಯ ಮುಖ ವಿವರ್ಣವಾಯಿತು!

***

"ಇವತ್ತು ನಿಂಗೆ ನಿದ್ರೆಯಿಲ್ಲ ಶರತ್"

ವಿಕ್ರಮ್ ಜೂನಿಯರ್‌ನ ಹೆದರಿಸಿದ.

"ಆಗಲಿ ಸಾರ್. ಎಲ್ಲಿ ಕೆಲಸ ಹೇಳಿ?"

"ನಾನೊಂದು ಜಾಗದಲ್ಲಿ ನಿನ್ನನ್ನು ಬಿಟ್ಟು ಬರ್ತೀನಿ. ಆದರೆ ಇಡೀ ರಾತ್ರಿ ಜಾಗರಣೆ. ನಮ್ಮ ಪಾರ್ಟಿ ಬರುತ್ತೆ. ಬಂದು ಮನೆ ಸೇರುತ್ತೆ ತಕ್ಷಣ ನಂಗೆ ರಿಂಗ್ ಮಾಡು. ಇವತ್ತು ರಾತ್ರಿ...ಆಫೀಸಲ್ಲೇ ನನ್ನ ಠಿಕಾಣಿ"

"ಆಗ್ಲಿ ಸಾರ್. ನಿದ್ದೆಗೆಟ್ಟು ಬಹಳ ಕಾಲ ಆಗಿದೆ. ಅದೊಂತರಾ ಅನುಭವ. ನಾವೆಷ್ಟು ಹೊತ್ತಿಗೆ ಹೋಗ್ಬೇಕು ಸಾರ್?"

"ಒಂಬತ್ತೂವರೆ ಮೇಲೆ"

"ಅಷ್ಟೊತ್ತಿಗೆ ಊಟವಾದ್ರೂ ಮುಗಿಸಬಹುದಲ್ಲ ಸಾರ್?"

"ರೈಟ್... ಎಲ್ಲಿಗೆ ಹೋಗೋಣ?"

"ನಿಮ್ಮ ಫೇವರಿಟ್ ಹೋಟೆಲಿಗೇ ಹೋಗೋಣ"

"ಹಾಗಾದ್ರೆ ಆ ಹೋಟಲ್ ಊಟ ನಿಂಗೂ ಇಷ್ಟ ಅಲ್ಲವಾ?"

ಶರತ್‌ನ ಮುಖದಲ್ಲಿ ನಗು ಮೂಡಿತು.

ಬೆಂಗಳೂರಿನ ಅತ್ಯುತ್ತಮವಾದ ಹೋಟೆಲಿಗೆ ಇಬ್ಬರೂ ಕಾಲಿಟ್ಟರು..

ಅವರಿಬ್ಬರೂ ತಾವು ಕೈಗೊಂಡಿರುವ ಕೇಸಿನ ಬಗೆಗೇ ಮಾತುಗಳನ್ನು ಆಡುತ್ತ ತಮಗೆ ಪ್ರಿಯವಾದ ಖಾದ್ಯಗಳನ್ನು ಸವಿಯುತ್ತಿದ್ದರು. ಈವರೆಗಿನ ತಮ್ಮ ತನಿಖೆಗಳನ್ನು ಒಂದೊಂದಾಗಿ ವಿಶ್ಲೇಷಣೆ ಮಾಡುತ್ತಿದ್ದರು. ಆ ತನಿಖೆಗಳಿಂದ ತಮಗಾದ ಅನುಕೂಲ, ದೊರೆತ ಮಾಹಿತಿ ಮುಂತಾದುವನ್ನು ಮೆಲುದನಿಯಲ್ಲಿ ಹೇಳಿಕೊಂಡರು.

ಮೊದಲಿಗೆ ಊಟ ಮುಗಿಸಿದವನೇ ವಿಕ್ರಮ್. ಕೈ ತೊಳೆದು ಸಿಗರೇಟ್ ಹಚ್ಚಿ ದೀರ್ಘವಾಗಿ ಹೊಗೆಯೆಳೆದುಕೊಂಡ ಸ್ವಲ್ಪ ದೂರದಲ್ಲಿ ಹೊಗುತ್ತಿದ್ದ ವ್ಯಕ್ತಿಯನ್ನು ನೋಡಿ ಆಶ್ಚರ್ಯದಿಂದ "ಮೈ ಗಾಡ್!" ಎಂದು ಉದ್ಗರಿಸಿದ.

ಶರತ್‌ಗ ಪ್ರತ್ಯೇಕ ವಿವರಣೆ ಬೇಕಾಗಿರಲಿಲ್ಲ. ಹಿಂದೆ ತಿರುಗಿ ವಿಕ್ರಮ್ ದೃಷ್ಟಿ ನೆಟ್ಟಿದ್ದ ಕಡೆ ನೋಡಿದ.

ಮುನಿಯಪ್ಪ!!

ಕೆ.ಜಿ ಹಳ್ಳಿಯ ಅಗಸ ಮುನಿಯಪ್ಪ ಬೆಂಗಳೂರಿನ ಹೋಟೆಲಲ್ಲಿ!! ಅದೂ ದುಬಾರಿ ಹೋಟೆಲಲ್ಲಿ!! ಖಂಡಿತವಾಗಿಯೂ ಅವನ ತಿಂಗಳ ಆದಾಯದಲ್ಲಿ ಅಂತಾ ಹೋಟೆಲಿನಲ್ಲಿ ನಾಲ್ಕು ದಿನವೂ ಊಟ ಮಾಡಲು ಸಾಧ್ಯವಿರಲಿಲ್ಲ! ಅಗಸ ಮುನಿಯಪ್ಪನಿಗೆ ಇನ್ನೊಂದು ಮುಖವಿದೆ! ಅದು ಬೆಂಗಳೂರಿನ ಬೇರೆ ಮುಖ!

ಮುನಿಯಪ್ಪ ಎರಡು ವ್ಯಕ್ತಿತ್ವವನ್ನು ಧಾರಣೆ ಮಾಡಲು ಏನು ಕಾರಣ? ಅದು ಯಶವಂತರಾಯರಿಗೆ ಸಂಬಂಧಿಸಿದ್ದೆ?

"ಬಾಸ್ ಈಗಲೇ ಅವನನ್ನು ನಿಲ್ಲಿಸಿ ಮಾತಾಡೋಣವೇ...?"

ಶರತ್ ಮೆಲುದನಿಯಲ್ಲಿ ಕೇಳಿದ.

"ಬೇಡ ಶರತ್! ಇದು ಸರಿಯಾದ ಸಮಯ ಅಲ್ಲ..."

ವಿಕ್ರಮ್ ತಡೆದ.

"ಬಾಸ್, ತಡ ಮಾಡಿದರೆ ಮುನಿಯಪ್ಪ ನಮ್ಮ ಕೈಗೆ ಸಿಗದಂತೆ ತಪ್ಪಿಸಿಕೊಂಡು ಹೋಗಬಹುದು"

ಶರತ್ ಆತಂಕ ವ್ಯಕ್ತಪಡಿಸಿದ.

"ಇಲ್ಲ ಶರತ್ ಹಾಗೇನೂ ಆಗೊಲ್ಲ. ನನ್ನ ಯೋಚನೆ ಸರಿಯಾದ ದಿಕ್ಕಲ್ಲಿದ್ದರೆ ಶೀಘ್ರದಲ್ಲಿ ಮುನಿಯಪ್ಪ ನಮ್ಮನ್ನ ಮುಖಾಮುಖಿಯಾಗ ಲೇಬೇಕು. ಸಧ್ಯಕ್ಕೆ ಅವನ ವಿಷಯ ಬೇಡ"

"ಸರಿ ಸಾರ್. ನೀವು ಹೇಳಿದಂತೇ ಆಗಲೀ ನಿಮ್ಮ ಪ್ಲಾನಿಂಗ್ ಇಲ್ಲಿವರೆಗೆ ಹುಸಿಯಾಗಿಲ್ಲ"

"ಈ ಸಾರಿ ಐ ಯಾಮ್ ನಾಟ್ ಶೂರ್! ಬಟ್ ಐ ಯಾಮ್ ಟೇಕಿಂಗ್ ಚಾನ್ಸಸ್"

ಅಷ್ಟರಲ್ಲಿ ಮುನಿಯಪ್ಪ ಹೋಟೆಲಿನಿಂದಾಚೆ ಹೋದ.

"ಸಾರ್, ನಾನು ಚೇಸ್ ಮಾಡಲೆ?"

"ಬೇಡ ಶರತ್. ಅದರ ಅವಶ್ಯಕತೆಯಿಲ್ಲ"

ಆಶ್ಚರ್ಯದಿಂದ ಸೀನಿಯರ್‌ನ ಮುಖ ನೋಡಿದ ಶರತ್.

***

"ಅಕಸ್ಮಾತ್ ಅವನು ಬಂದರೆ?"

ಶರತ್ ಅನುಮಾನಿಸುತ್ತ ಕೇಳಿದ.

"ಅಕಸ್ಮಾತ್ ಬಂದರೆ ಮೊಬೈಲ್ ಉಪಯೋಗಿಸು. ಜಸ್ಟ್ ಒಂದು ರಿಂಗ್ ಮಾಡಿದ್ರೂ ನಂಗೆ ವಿಷಯ ಗೊತ್ತಾಗುತ್ತೆ. ಮೊಬೈಲು ವೈಬ್ರೇಶನ್ ಮೋಡಲ್ಲಿಟ್ಟಿರ್ತೀನಿ. ಸೂಚನೆ ಸಿಕ್ಕ ತಕ್ಷಣ ಹೇಗೋ ಬಚಾವಾಗ್ತೀನಿ"

ಶರತ್‌ಗಿದ್ದ ಆತಂಕ ವಿಕ್ರಮ್‌ಗ ಇರಲಿಲ್ಲ .

"ಈಗ ಗಂಟೆ ಹನ್ನೆರಡು. ಹನ್ನೆರಡೂ ಕಾಲಿಗೆ ಒಂದು ಸಲ ರಿಂಗ್ ಮಾತಾಡ್ತೀನಿ. ಅಷ್ಟರೊಳಗೆ ಏನಾದರೂ ಎಮರ್ಜನ್ಸಿ ಒದಗಿದರೆ ಮಾತ್ರ ಮಾತಾಡ್ತೀನಿ. ಇಲ್ಲದಿದ್ದರೆ ಹತ್ತು ನಿಮಿಷಕ್ಕೊಮ್ಮೆ ರಿಂಗ್ ಕೊಡ್ತಿರ್ತೀನಿ"

ಶರತ್ ತನ್ನ ಕರ್ತವ್ಯ ನೆನಪು ಮಾಡಿಕ್ಕೊಳ್ಳುತ್ತಾ ಹೇಳಿದ.

“ದಟ್ ಈಸ್ ರೈಟ್. ಈಗ ನಾನು ಹೊರಡ್ತೀನಿ. ಅರ್ಧ ಗಂಟೆಯ ನಂತರ ನನ್ನಿಂದ ಯಾವ ಪ್ರತಿಕ್ರಿಯೆಯೂ ಬರದಿದ್ದರೆ ನೀನು ಮನೆಯನ್ನು ಪ್ರವೇಶಿಸಲು ಪ್ರಯತ್ನ ಮಾಡು”

ಕೊನೆಯ ಸೂಚನೆ ನೀಡಿ ವಿಕ್ರಮ್ ಜೀಪಿಂದ ಕೆಳಗಿಳಿದು ರಸ್ತೆಯ ಎರಡೂ ಕಡೆ ನೋಡಿದ. ಮಧ್ಯರಾತ್ರಿ ಸಮೀಪಿಸಿದ್ದರಿಂದ ರಸ್ತೆ ಪೂರಾ ನಿರ್ಜನವಾಗಿತ್ತು.

ವಿಕ್ರಮ್ ಮೆಲ್ಲನೆ ರಸ್ತೆಯಲ್ಲಿ ನಡೆಯಲಾರಂಭಿಸಿದ.

ಆ ಮನೆಯ ಮುಂದೆ ಬಂದಾಗ ಹಿಂದೆ ತಿರುಗಿ ರಸ್ತೆಯ ತುದಿಯಲ್ಲಿ ನಿಂತಿದ್ದ ಕಾರಿನತ್ತ ನೋಡಿದ. ಸ್ಪಷ್ಟವಾಗಿ ಕಾಣಲಿಲ್ಲ. ಯಾರೋ ಕಿಡಿಗೇಡಿಗಳು ರಸ್ತೆಯ ತುದಿಯಲ್ಲಿದ್ದ ಬೀದಿ ದೀಪದ ಬಲ್ಬಿಗೆ ಕಲ್ಲು ತೂರಿ ಒಡೆದಿದ್ದರು. ಇದೂ ತನ್ನ ಪಾಲಿಗೆ ಅನುಕೂಲವಾಯಿತು ಎಂದುಕೊಂಡ ವಿಕ್ರಮ್.

ಇದುವರೆಗೂ ರಹಸ್ಯವಾಗಿದ್ದ ಯಶವಂತರಾಯರ ಸಾವಿನ ರಹಸ್ಯ ತಿಳಿಯುವಲ್ಲಿ ಬಹಳ ಮುಖ್ಯವಾದ ಹಂತ! ಯಶವಂತರಾಯರ ಹಸ್ತಾಕ್ಷರದಲ್ಲಿ ಸಿಕ್ಕ ಗುಪ್ತ ಕೋಡ್ ’೫೨೦-ವೈ ಪಿ ಎಂ-ಔ!’ ಅದರಲ್ಲಿ ಏನಿರಬಹುದು? ವಿಕ್ರಮ್ ಆ ರಹಸ್ಯ ಸ್ಫೋಟಿಸಲು ಹೊರಟಿದ್ದ. ಮನೆಯೊಡೆಯ ಇನ್ನೂ ಬಂದಿಲ್ಲ. ಇದೇ ಸರಿಯಾದ ಸಮಯ ಎನಿಸಿತ್ತು. ಕಳ್ಳತನದಿಂದ ಮನೆ ಪ್ರವೇಶಿಸುವುದು ಅನಿವಾರ್ಯ. ಕಾನೂನಿನ ದೃಷ್ಟಿಯಿಂದ ಅಪರಾಧ. ಆದರೆ ಗತ್ಯಂತರವಿಲ್ಲ!

ವಿಕ್ರಮ್ ಕೈಗಳು ಚುರುಕಾಗಿದ್ದವು. ನಕಲಿ ಬೀಗದ ಕೈಗಳಿಂದ ಡೋರ್‌ಲಕ್ ತೆರೆಯಿತು!

ಬಾಗಿಲನ್ನು ಸದ್ದಾಗದಂತೆ ತಳ್ಳಿ ವಿಕ್ರಮ್ ಮನೆಯೊಳಗೆ ಸೇರಿ ಬಾಗಿಲು ಹಾಕಿಕೊಂಡ. ಜರ್ಕಿನ್‌ನ ಜೇಬಿನಿಂದ ಪೆನ್ ಟಾರ್ಚ್ ತೆಗೆದು ಅದರ ಸಣ್ಣದಾದ ಆದರೆ ಶಕ್ತಿಯುತವಾದ ಬೆಳಕನ್ನು ತಾನು ನಿಂತಿದ್ದ ರೂಮಿನ ಸುತ್ತ ಹರಡಿದ. ಅದೊಂದು ವರಾಂಡ-ತುಂಬಾ ಸಣ್ಣದು. ಪೂರ್ಣವಾಗಿ ಖಾಲಿಯಿತ್ತು .

ಬಾಗಿಲಿಗೆ ಒಳಗಿಂದ ಬೋಲ್ಟ್ ಹಾಕಿಕೊಂಡು ಒಳಗೆ ಪ್ರವೇಶಿಸಿದ ವಿಕ್ರಮ್.

ಹಾಲ್ ದೊಡ್ಡದಾಗಿತ್ತು. ಸೋಫಾ ಸೆಟ್, ನೆಲಕ್ಕೆ ಕಾರ್ಪೆಟ್, ಮೂಲೆಯೊಂದರಲ್ಲಿ ಸ್ಟೀಲ್ ಅಲ್ಮೆöÊರಾ ಕಂಡವು.

ಈ ಮನೆಯಲ್ಲಿ ತನಗೇನು ಸಿಗಬಹುದು? ಯಾವ ರೀತಿಯಲ್ಲಿ ಅದು ತನಗೆ ಸಹಾಯವಾಗಬಹುದು? ಕೆ.ಜಿ. ಹಳ್ಳಿಯ ಅಗಸ ಮುನಿಯಪ್ಪ ಬೆಂಗಳೂರಿನ ಪಾರ್ಕ್ ರೆಸ್ಟುರಾಂಟ್‌ನಲ್ಲಿ ಏನು ಮಾಡುತ್ತಿದ್ದ? ತನ್ನನ್ನು ಕಂಡು ಮೂರ್ತಿಯೇಕೆ ಹೆದರಿದ? ಈ ಮನೆ ಯಶವಂತರಾಯರ ಕೊಲೆಯ ರಹಸ್ಯವನ್ನು ಅಡಗಿಸಿಕೊಂಡಿದ್ದರೆ ಅದು ಯಾವ ರೀತಿಯದಿದ್ದೀತು? ಏನೇ ಇದ್ದರೂ ಅದು

ಭದ್ರವಾಗಿ, ಸುರಕ್ಷಿತವಾದ ಜಾಗದಲ್ಲಿಟ್ಟಿರುತ್ತಾರೆ! ಹಾಗೆಂದರೆ ಅದು ಕಬ್ಬಿಣದ ಬೀರುವಿನಲ್ಲೇ ಇರಬೇಕು. ಹಾಗಾದರೆ ತನ್ನ ಪ್ರಥಮ ಕರ್ತವ್ಯ ಎಂದರೆ ಬೀರುವಿನ ಬೀಗವನ್ನು ತೆರೆಯುವುದು!

ಯೋಚನೆಗೆ ದೇಹ ತಕ್ಷಣ ಸ್ಪಂದಿಸಿತು. ವಿಕ್ರಮ್ ಬೀರುವಿನ ಮುಂದೆ ನಿಂತು ಹ್ಯಾಂಡಲ್ ಎಳೆದ. ಬೀಗ ಹಾಕಿತ್ತು. ಕೈಗಳು ಜರ್ಕಿನ್ ತಡಕಾಡಿದವು. ಒಂದು ಬೀಗದ ಕೈಗಳ ಗೊಂಚಲು ಈಚೆ ಬಂತು. ಅವುಗಳನ್ನು ಉಪಯೋಗಿಸಿ ವಿಕ್ರಮ್ ಬೀರುವಿನ ಬೀಗದೊಂದಿಗೆ ಸೆಣಸಿದ. ಅವನ ಅನುಭವೀ ಕೈಗೆ ಮಾಮೂಲೀ ಬೀರು ಬೀಗ ಮೂರು ನಿಮಿಷಗಳಲ್ಲೇ ಸೋತಿತು!

ಒಂದು ಕೈಯಲ್ಲಿ ಟಾರ್ಚು ಹಿಡಿದು ಇನ್ನೊಂದು ಕೈನಿಂದ ಬೀರುವಿನ ವಸ್ತುಗಳನ್ನು ಪರೀಕ್ಷಿಸತೊಡಗಿದಾಗ ಮೊಬೈಲ್ ವೈಬ್ರೇಟ್ ಆಯಿತು. ಫೋನು ಕಿವಿಗಿಟ್ಟುಕೊಂಡಾಗ ಶರತ್ ದನಿ ಕೇಳಿತು.

"ಸಾರ್...?"

"ಹಲೋ ಶರತ್?"

"ಯಸ್ ಬಾಸ್, ಶರತ್. ಇಲ್ಲಿ ಎಲ್ಲ ಸೇಫ್. ಅನುಮಾನ ಬರೋ ಅಂತಾದ್ದೇನೂ ಇಲ್ಲ. ನಿಮ್ಮ ಪ್ರೋಗ್ರೆಸ್ ಹೇಗೆ?"

"ಎಲ್ಲಾ ಸ್ಮೂತಾಗಿ ನಡೀತಿದೆ. ಉಳಿದದ್ದು ಆಚೆ ಬಂದಾಗ"

ವಿಕ್ರಮ್ ಮೊಬೈಲು ಆಫ್ ಮಾಡಿ ಕೆಲಸ ಮುಂದುವರಿಸಿದ.

ಬೀರುವಿನಲ್ಲಿ ಸೀಕ್ರೆಟ್ ಲಾಕರ್ ಕಂಡಾಗ ವಿಕ್ರಮ್ ಅದರತ್ತ ಗಮನ ಹರಿಸಿದ. ಅದರ ಬೀಗಕ್ಕೆ ಐದು ನಿಮಿಷದಲ್ಲಿ ವಿಕ್ರಮ್ ಚಾಕಚಕ್ಯತೆಗೆ ಸೋತಿತು.

ಸಾಮಾನ್ಯವಾಗಿ ಅಂಥಹ ಲಾಕರ್‌ಗಳಲ್ಲಿ ಎಲ್ಲರೂ ಒಡವೆಗಳನ್ನು ಇಡುತ್ತಾರೆ. ಆದರೆ ಈ ಲಾಕರ್‌ನಲ್ಲಿ ಒಂದೇ ಒಂದು ಕಂದು ಬಣ್ಣದ ಕವರ್ ಸಿಕ್ಕಿತು! ಅದನ್ನು ಕೈಯಲ್ಲಿ ಹಿಡಿಯುತ್ತಲೇ ವಿಕ್ರಮ್‌ನಿಗೆ ಅದರೊಳಗೆ ಸಣ್ಣದೊಂದು ಬೀಗದ ಕೈ ಇರುವ ಅನುಮಾನ ಬಂತು. ಅದೊಂದು ಲಾಕರಿನ ಬೀಗದ ಕೈ ಇರಬಹುದೆ? ಕವರ್ ತೆರೆದು ಅಲ್ಲಾಡಿಸಿದಾಗ ಕೈಮೇಲೆ ಬಿತ್ತು ಒಂದು ವಸ್ತು. ಆದರೆ ಅದು ಬೀಗದ ಕೈ ಆಗಿರಲಿಲ್ಲ! ಅದೊಂದು ಪೆನ್ ಡ್ರೈವ್! ಅದನ್ನು ಕಂಪ್ಯೂಟರಿನ ದತ್ತಾಂಶ(ಡೇಟಾ) ಸಂಗ್ರಹಿಸಲು ಉಪಯೋಗಿಸುತ್ತಾರೆ! ಇಡೀ ಕವರಿನಲ್ಲಿ ಇದ್ದುದು ಅದೊಂದೇ! ಲಾಕರಿನಲ್ಲಿ ಇದು ಇರಬೇಕೆಂದರೆ ಇದರಲ್ಲಿ ಏನೋ ಮಹತ್ವದ್ದು ಇರಬೇಕು! ಅಂತಾದ್ದು ಏನಿದ್ದೀತು? ಅದನ್ನು ನೋಡಬೇಕಾದರೆ ಕಂಪ್ಯೂಟರ್ ಬೇಕು! ಇಲ್ಲವೇ ಮೊಬೈಲಿಗೆ ಅಳವಡಿಸಿ ನೋಡುವ ಒಟಿಜಿ ಅಡಾಪ್ಟರ್ ಬೇಕು! ಈಗ ಇದರಲ್ಲಿ ಏನಿದೆ ಎಂದು ನೋಡುವುದು ಸಾಧ್ಯವಿಲ್ಲ!

ಒಟಿಜಿ ಅಡಾಪ್ಟರಾಗಲೀ ಕಂಪ್ಯೂಟರಾಗಲಿ ಆ ತಕ್ಷಣಕ್ಕೆ ಸಿಗುವುದು ಸಾಧ್ಯವಿರಲಿಲ್ಲ! ಈ ಪೆನ್ ಡ್ರೈವ್ ಒಂದು ಗಟ್ಟಿ ಕವರಿನಲ್ಲಿ, ಸ್ಟೀಲ್ ಅಲ್ಮೈರಾದಲ್ಲಿ ಇಟ್ಟಿದ್ದಾರೆ... ಅಂದರೆ ಅದರಲ್ಲಿ ಯಾವುದೋ ರಹಸ್ಯ ಅಡಗಿರಲೇಬೇಕು! ಅದನ್ನು ಇಲ್ಲಿ ನೋಡುವುದು ಸಾಧ್ಯವಿಲ್ಲ!

ಬಹುಶಃ ಇದೇ ಯಶವಂತರಾಯರ ಕೊಲೆಯ ರಹಸ್ಯ ಬಿಡಿಸುವ ಮುಖ್ಯ ಸಾಧನವಾಗಬಹುದೆ? ವಿಕ್ರಮ್ ಯೋಚಿಸುತ್ತಾ ಪೆನ್‌ಡ್ರೈವ್ ಜರ್ಕಿನ್ ಜೇಬಿಗೆ ವರ್ಗಾಯಿಸಿದ. ಕಂದು ಬಣ್ಣದ ಕವರನ್ನು ಸ್ವಸ್ಥಾನದಲ್ಲಿರಿಸಿದ. ನಂತರ ಮನೆಯ ಒಳಗಿನ ಭಾಗಗಳನ್ನು ಪರೀಕ್ಷಿಸಿ ನೋಡಿದ.

ಮನೆಯೊಳಗೆ ಅತಿ ಹೆಚ್ಚಿಗೆ ಮತ್ತು ಬೆಲೆ ಬಾಳುವ ವಸ್ತುಗಳೇನೂ ಇಲ್ಲದಿದ್ದರೂ ಇಬ್ಬರು ವಾಸ ಮಾಡಲು ಅಗತ್ಯವಾಗುವಷ್ಟು ಪಾತ್ರೆ, ದಿನಸಿ ಮುಂತಾದುವು ಇದ್ದವು. ಬೀರುವಿನಲ್ಲಿ ಹೆಂಗಸು ಮತ್ತು ಗಂಡಸಿನ ಉಡುಪಿದ್ದುದನ್ನು ವಿಕ್ರಮ್ ಗಮನಿಸಿದ್ದ. ಅಂದರೆ ಇಲ್ಲಿ ವಾಸವಾಗಿರುವವರು ಯಾರು? ಒಂದಂತೂ ಮುನಿಯಪ್ಪ! ಹೆಂಗಸು? ಯಾರಾಕೆ? ಕೆ.ಜಿ ಹಳ್ಳಿಯ ಅಗಸ ಮುನಿಯಪ್ಪನ ಜೊತೆ ವಾಸವಾಗಿರುವವಳು ಯಾರು? ಮನೆಯ ಒಪ್ಪ, ಓರಣ ಅಷ್ಟೇನೂ ಚೆನ್ನಾಗಿರಲಿಲ್ಲ. ತನ್ನ ಕೆಲಸ ಇಲ್ಲಿಗೆ ಮುಗಿಯಿತು, ಇನ್ನು ತಾನು ಇಲ್ಲಿರುವುದು ಅನವಶ್ಯಕ ಎಂದು ವಿಕ್ರಮ್ ಮೆಲ್ಲನೆ ಬಂದ ರೀತಿಯಲ್ಲೇ ಮನೆಯಿಂದ ಆಚೆ ಹೋಗಲು ಅನುವಾದ.

ತಾನು ಆ ಮನೆಗೆ ಬಂದ ವಿಷಯ ಮನೆಯಾತನಿಗೆ ತಿಳಿಯದಿರಲು ಸಾಧ್ಯವಾದಷ್ಟು ಮಟ್ಟಿಗೆ ಶ್ರಮಿಸಿದ. ಯಾವ ಗುರುತೂ ಉಳಿಯಬಾರದು. ವಸ್ತುಗಳ್ಯಾವುವೂ ಸ್ಥಳ ಬದಲಿಸಬಾರದು. ಆದರೆ ಹಾಗೆ ಮಾಡುವುದು ಬಹಳ ಕಷ್ಟ ಎಂದೂ ಬಲ್ಲ ವಿಕ್ರಮ್. ಅದಕ್ಕೆ ಸಾಕಷ್ಟು ಎಚ್ಚರ ವಹಿಸಿ ಸಮಾಧಾನವಾದ ಮೇಲೆ ವಿಕ್ರಮ್ ಮನೆಯ ಬೀಗ ಹಾಕಿ ಈಚೆ ಬಂದು, ಅತ್ತಿತ್ತ ನೋಡುತ್ತಾ ತನ್ನ ಕೆಲಸವನ್ನು ಯಾರೂ ಗಮನಿಸಿಲ್ಲ ಎನ್ನುವುದನ್ನು ಖಚಿತಪಡಿಸಿಕೊಂಡು ಮೆಲ್ಲನೆ ನಡೆಯುತ್ತಾ ಜೀಪಿನ ಬಳಿ ಬಂದ.

"ಹೇಗಾಯ್ತು ಬಾಸ್?"

ಶರತ್ ಕುತೂಹಲದಿಂದ ಪ್ರಶ್ನಿಸಿದ.

"ನೋ ಪ್ರಾಬ್ಲಮ್. ಲೆಟ್ ಅಸ್ ಗೋ"

ವಿಕ್ರಮ್ ಅವಸರಿಸಿದ.

"ಇವತ್ತು ರಾತ್ರಿಯೆಲ್ಲಾ ಇಲ್ಲೇ ಇರಬೇಕೂಂತ ಹೇಳಿದ್ದಿರಿ?"

"ಓ... ಸಾರಿ, ವಿಷಯ ಮರೆತಿದ್ದೆ. ಹೌದು ಶರತ್. ನೀನು ಇಲ್ಲೇ ಇರಬೇಕು. ನಾನು ಪ್ರವೇಶಿಸಿದ ಮನೆಗೆ ಯಾರು ಬರ್ತಾರೆ ನೋಡ್ಕೊಂಡು ನಂತರ ವಾಪಸ್ಸಾಗು".

"ಬಂದವನ್ನ ಗುರುತಿಸೋದು ಹೇಗೆ? ಹೊಸಬನಾಗಿದ್ದರೆ?"

"ಶರತ್, ನಿನಗೆ ಅವನನ್ನು ಗುರುತಿಸೋಕೆ ಒಂದಿಷ್ಟೂ ಕಷ್ಟ ಆಗೋಲ್ಲ ಯಾಕೆಂದರೆ ಬರೋ ಅಂತವನು ನಮಗೆ ಗೊತ್ತಿರೋನೆ. ಕೆಲವು ಗಂಟೆಗಳ ಮುಂಚೆ ಅವನ್ನ ನಾವು ನೋಡಿದೀವಿ?"

"ಯಾರು ಬಾಸ್? ಯಾರವನು?"

"ಅಗಸ ಮುನಿಯಪ್ಪ!"

ವಿಕ್ರಮ್ ಮೆಲು ದನಿಯಲ್ಲಿ ಹೇಳಿದ.

"ಮುನಿಯಪ್ಪ?! ಈ ಮನೇಗೇ?!"

ಶರತ್ ಉದ್ಗರಿಸಿದ.

"ಎಸ್..ಇದು ನನ್ನ ಗೆಸ್‌ವರ್ಕ್! ಆದ್ರೆ ಕನ್ಫರ್ಮ್ ಮಾಡ್ಕೋಬೇಕು"

***

ಅವನು ಅಕ್ಷರಶಃ ತೂರಾಡುತ್ತಿದ್ದ. ಕುಡಿದದ್ದು ಹೆಚ್ಚಾಗಿತ್ತು ಹೆಜ್ಜೆಗಳು ಅಸ್ಥಿರವಾಗಿದ್ದುವು. ಅವನು ಯಾವ ಕ್ಷಣದಲ್ಲಾದರೂ ಬಿಟ್ಟುಬಿಡಬಹುದು ಎನ್ನುವುದು ಅವನ ನಡಿಗೆ ಸೂಚಿಸುತ್ತಿತ್ತು. ಆತ ಮುಂದೆ ನಾಲ್ಕು ಹೆಜ್ಜೆ ಮುಂದಿಟ್ಟಾಗ ಆಟೋದವನು ಕರೆದು ಕೇಳಿದ.

"ದುಡ್ಡು ಯಾರ್ ಕೊಡ್ತಾರೆ? ನಿಮ್ಮಪ್ಪನಾ?"

"ನಮ್ಮಪ್ಪ ಯಾಕಣ್ಣ? ನಾನಿಲ್ವಾ? ತಗೋ ನಿನ್ನ ದುಡ್ಡು"

ತೂರಾಡುತ್ತಿದ್ದವನು ಜೇಬಿಗೆ ಕೈ ಹಾಕಿ ಕೈಗೆ ಬಂದಷ್ಟು ದುಡ್ಡನ್ನು ಆಟೋದವನ ಕಡೆಗೆ ಚಾಚಿದ. ಆಟೋದವನು ಅದನ್ನು ಕೈಗೆ ಪಡೆಯುವ ಮುಂಚೆ ಐನೂರರ ನೋಟು ಕೆಳಗೆ ಬಿತ್ತು.

"ತತ್ ಕುಡುಕ ನನ್ಮಕ್ಕಳ ಸವಾಸ"

ಆಟೋ ಚಾಲಕ ಶಪಿಸಿ ಕೆಳಗೆ ಬಾಗಿ ನೋಟನ್ನು ಕೈಗೆತ್ತಿಕೊಂಡ.

"ಬೈಬೇಡ ಕಣಣ್ಣ ದುಡ್ಡು ಕೊಟ್ಟಿದೀನೋ ಇಲ್ವಾ? ಸುಮ್ಕೆ ಬಾಯಿ ಮುಚ್ಕೊಂಡು ಹೋಗ್ತಾ ಇರು. ನಿನ್ನ ದಾರಿ ನಿಂಗೆ ನನ್ ದಾರಿ ನನಗೆ" ಎಂದು ನಗುತ್ತಾ ನನ್ನ ನಡಿಗೆಯನ್ನು ಮುಂದುವರಿಸಿದ.

ಹೇಗೋ ನಡೆದು ಮನೆಯ ಬಾಗಿಲ ಮುಂದೆ ನಿಂತು ಜೇಬಿಂದ ಬೀಗದ ಕೈಯನ್ನು ತೆಗೆಯಲು ಒದ್ದಾಡಿದ. ಅವನ ಆ ಸ್ಥಿತಿಯಲ್ಲಿ ಜೇಬಿನಿಂದ ಬೀಗದ ಕೈ ತೆಗೆಯುವುದು ಕಷ್ಟವಾಗಿತ್ತು.

"ಥೂ ಎಷ್ಟು ಕಾಟ ಕೊಡುತ್ತಾರೆ?" ಯಾರನ್ನು ಶಪಿಸಿದ ಕೊನೆಗೆ ಬೀಗದ ಕೈ ಈಚೆ ಬಂತು. ಅದನ್ನು ಡೋರ್ ಲಾಕಿನ ರಂಧ್ರದಲ್ಲಿ ತೂರಿಸಿ ತಿರುಗಿಸಲು ಪ್ರಯತ್ನಿಸಿದ. ಆ ಸ್ಥಿತಿಯಲ್ಲಿ ಡೋರ್ ಲಾಕ್ ಓಪನ್ ಮಾಡುವುದು ಶ್ರಮದ ದೊಡ್ಡ ಕೆಲಸದಂತೆ ಕಂಡಿತು. ಕೊನೆಗೂ ಡೋರ್ಲಾಕ್ ತೆಗೆದು ಬಾಗಿಲನ್ನು ಮುಂದೆ ದೂಡುವಲ್ಲಿ ಆತ ಸಫಲನಾಗಿದ್ದ.

"ನಾನ್ಯಾವತ್ತು ಸೋತಿಲ್ಲ, ಸೋಲು ನನಗೆ ಇಲ್ಲವೇ ಇಲ್ಲ"

ಅದೇ ಅಸ್ಥಿರತೆಯಿಂದ ಮನೆಯೊಳಗೆ ಬಂದು ಬಾಗಿಲನ್ನು ತಳ್ಳಿ ಚಿಲಕ ಹಾಕಿ ನೇರವಾಗಿ ರೂಮಿನೊಳಗೆ ಪ್ರವೇಶಿಸಿ ಹಾಸಿಗೆ ಮೇಲೆ ದೊಪ್ಪನೆ ಬಿದ್ದ! ಕೆಲವೇ ಕ್ಷಣಗಳಲ್ಲಿ ಸೂರ್ ಹಾರುವಂತೆ ಗೊರಕೆ ಹೊಡೆಯತೊಡಗಿದ.

ಕೆಲವು ಗಂಟೆಗಳ ನಂತರ ಎಚ್ಚರವಾಗಿತ್ತು. ಗಂಟಲು ಒಣಗಿತ್ತು. ಎದ್ದುಹೋಗಿ ಟೀಪಾಯ್ ಮೇಲಿದ್ದ ನೀರಿನ ಬಾಟಲ್ ಎತ್ತಿಕೊಂಡು ಗಟಗಟನೆ ನೀರು ಕುಡಿದ.

ರಾತ್ರಿ ಕುಡಿದದ್ದು ಜಾಸ್ತಿಯಾಯಿತು. ತಿಂದಿದ್ದು ಅಷ್ಟೇ! ನೀರುಕುಡಿಯುತ್ತಲೇ ಗಂಟಲಿಂದ ಕಮರು ತೇಗು! ನಾನೇನು ತಿಂದಿದ್ದೆ ಮತ್ತೆ ನೆನಪು ಮಾಡಿಕೊಳ್ಳಲು ಪ್ರಯತ್ನಿಸಿದ. ಹಾ ಬಿರಿಯಾನಿ, ಕಬಾಬ್! ಅದಕ್ಕೂ ಮುಂಚೆ ವಿಸ್ಕಿ ಜೊತೆ ಚಿಪ್ಸ್, ಖಾರದ ಕಡ್ಲೆಕಾಯಿಬೀಜ! ಎಲ್ಲ ಸೇರ್ಕೊಂಡು ಎತ್ತಿ ಹಾಕಿದೆ. ನಾನು ಅಷ್ಟೊಂದು ಕುಡಿಯ ಬಾರದಿತ್ತು. ಗೋಡೆ ಗಡಿಯಾರದ ಮೇಲೆ ಸಮಯ ಒಂದು ಗಂಟೆಯನ್ನು ಸೂಚಿಸುತ್ತಿತ್ತು. ಹೊಟ್ಟೆಯುಬ್ಬರಿಸಿದಂತಾಯಿತು. ಇನ್ನು ಸ್ವಲ್ಪಹೊತ್ತು ಮಲಗಿದರೆ ಸರಿಯಾಗಬಹುದು ಎಂದು ಆತ ಮತ್ತೆ ಹಾಸಿಗೆಯ ಮೇಲುರುಳಿದ.

ಕುಡಿದಿದ್ದರ ಪ್ರಭಾವವೋ ಏನೋ ಅಥವಾ ಅವನ ಹೊಟ್ಟೆಯಲ್ಲಿ ತಾಳಮದ್ದಲೆ ಹಾಕುತ್ತಿದ್ದ ತಿನಿಸುಗಳು ಅವನನ್ನು ಆಗಾಗಿ ತೇಗುವಂತೆ ಮಾಡುತ್ತಾ, ಹೊಟ್ಟೆ ನೋವಿನಿಂದ ನರಳುವಂತೆ ಮಾಡಿದ್ದವು.

ಸಮಯ ಸರಿಯುತ್ತ ಕುಡಿದ ಅಮಲು ಸ್ವಲ್ಪ ಸ್ವಲ್ಪವಾಗಿ ಕಡಿಮೆಯಾಗುತ್ತಿತ್ತು . ಆಗಲೇ ಅವನಿಗೆ ಏನೋ ಒಂದು ರೀತಿಯ ಭಾವನೆ ಕಾಡಲಾರಂಭಿಸಿತು. ಬಾರಿನಲ್ಲಿ ತನ್ನನ್ನು ಯಾರೋ ಗಮನಿಸುತ್ತಿದ್ದರು! ಅಥವಾ ಅದು ತನ್ನ ಭ್ರಮೆಯೋ ? ಆ ಭಾವನೆ ಮತ್ತೆ ಮತ್ತೆ ಮರುಕಳಿಸಿತು. ಅದರ ಜೊತೆಗೆ ಇನ್ನೂ ಒಂದು ಅನುಮಾನ ಶುರುವಾಯಿತು. ತಾನಿಲ್ಲದ ವೇಳೆಯಲ್ಲಿ ಯಾರೋ ಮನೆಗೆ ಬಂದಿರಬಹುದೆ? ಅದು ಯಾರಿರಬಹುದು? ಆ ಪತ್ತೆದಾರರು ಏನಾದರೂ ನನ್ನ ಹಿಂದೆ ಬಿದ್ದಿದ್ದಾರೆಯೆ? ಆಗ, ನಾನು ಬಂದಾಗ ಡೋರ್ಲಾಕ್ ತೆಗೆಯಲು ಶ್ರಮ ಪಟ್ಟಿದ್ದು ನೆನಪಾಯಿತು. ಎಂದೂ ತಾನು, ಎಷ್ಟೇ ಕುಡಿದಿದ್ದರೂ ಡೋರ್ಲಾಕ್ ತೆಗೆಯಲು ಅಷ್ಟೊಂದು ಕಷ್ಟಪಟ್ಟಿರಲಿಲ್ಲ!. ಇವತ್ತೇಕೆ ಹಾಗಾಯಿತು?

ಯಾರಾದರೂ ನಕಲಿ ಕೀ ಬಳಸಿ ಮನೆಯನ್ನು ಪ್ರವೇಶಿಸುಸುವಾಗ ಲಾಕ್ ಕೆಟ್ಟಿದೆಯೆ? ಯಾರೋ ಡೋರ್ಲಾಕನ್ನು ಓಪನ್ ಮಾಡಲೆತ್ನಿಸಿದ್ದಾರೆ! ಅದಕ್ಕೇ ಅದು ಒರಿಜಿನಲ್ ಕೀಲಿಗೂ ತಕರಾರು ಮಾಡಿದೆ ಎನ್ನುವುದು ಸ್ಪಷ್ಟವಾಯಿತು.

ಇದೆಲ್ಲಾ ಮನಸ್ಸಿಗೆ ಬರುತ್ತಲೇ ಅವನಿಗೆ ಗಾಬರಿಯಾಯಿತು. ಖಂಡಿತವಾಗಿಯೂ ಆ ಇಬ್ಬರೂ ಪತ್ತೇದಾರರಲ್ಲಿ ಒಬ್ಬರು ತನ್ನ ಮನೆಗೆ ಬಂದಿದ್ದಾರೆ. ಬಂದು ಇಲ್ಲಿ ಹುಡುಕಿದ್ದಾರೆ. ಅವರಿಗೆ ಏನು ಸಿಕ್ಕಿರಬಹುದು? ಅವರಿಗೆ ಬೇಕಾದಂತಹ ಒಂದೇ ವಸ್ತು! ಅದಿರುವುದು ಬೀರುವಿನಲ್ಲಿ! ಯೋಚನೆ ಬರುತ್ತದೆ ಅವನು ನೇರ ಕಬ್ಬಿಣದ ಅಲ್ಮೈರಾ ಬಳಿ ಧಾವಿಸಿದ.

ಆಚೆ ಬೀಟ್ ಪೊಲೀಸ್ ವಿಷಲ್ ಕೇಳಿಸಿತು. ತಕ್ಷಣವೇ ಗಾಬರಿಯಾಯಿತು. ಲೈಟ್ ಆರಿಸಿ ತಟಸ್ಥನಾದ. ಮರುಕ್ಷಣವೇ ತನ್ನನ್ನು ತಾನು ಪ್ರಶ್ನಿಸಿಕೊಂಡ. ನಾನೇಕೆ ಅಷ್ಟೊಂದು ಹೆದರಿದೆ? ಲೈಟ್ ಇದ್ದ ಮಾತ್ರಕ್ಕೆ ಆ ಬೀಟ್ ಪೊಲೀಸ್ ಇಲ್ಲಿಗೆ ಬರ್ತಿರಲಿಲ್ಲ. ಆದರೆ ಹೆದರಿದೆ. ಹೇಗೂ ಲೈಟ್ ಆರಿಸಿಯಾಗಿತ್ತು. ಬೀಟ್ ಪೋಲಿಸನ ವಿಷಲ್ ಶಬ್ದವನ್ನು ಅಲಿಸುತ್ತಾ ಆತ ಕೆಲವು ನಿಮಿಷಗಳು ನಿಂತಲ್ಲಿಯೇ ನಿಂತಿದ್ದ. ವಿಷಲ್ ಶಬ್ದ ಕ್ಷೀಣವಾಗುತ್ತಲೆ ಆತ ಮತ್ತೆ ಬೀರುವಿನ ಬಳಿಸಾರಿ ರೂಮಿನ ಲೈಟ್ ಆನ್ ಮಾಡಿದ.

ನೇರ ಅಡಿಗೆಮನೆಗೆ ತೆರಳಿ. ಅಲ್ಲಿ ಒಂದು ಡಬ್ಬಿಯಲ್ಲಿ ರಹಸ್ಯವಾಗಿ ಇಟ್ಟಿದ್ದ ಬೀರುವಿನ ಬೀಗದ ಕೈಯನ್ನು ತೆಗೆದುಕೊಂಡು ಬಂದು ಮತ್ತೆ ಬೀರು ಬಳಿ ಬಂದು ಅದನ್ನು ತೆಗೆಯಲು ಪ್ರಯತ್ನಿಸಿದ. ಬೀರು ತೆಗೆಯಲು ತಕರಾರು ಮಾಡಿತು. ಅವನಿಗೆ ತಾನು ಡೋರ್ ಲಾಕ್ ತೆಗೆಯುವಾಗ ಆದ ಅನುಭವ ನೆನಪಾಯಿತು. ಯಾರೋ ಬೀರುವಿನ ಲಾಕ್ ಕೂಡ ಮೆಡಲ್ ಮಾಡಿದ್ದಾರೆ. ಬೀರು ತೆಗೆಯಲು ನಕಲಿ ಕೀ ಬಳಸಿದ್ದಾರೆ! ಈಗ ಈ ಕೀಗೆ ಬೀರು ತೆಗೆಯದಿದ್ದರೆ ಏನು ಮಾಡಲಿ? ಅವನ ಹಣೆಯಲ್ಲಿ ಬೆವರ ಹನಿಗಳು ಮೂಡಿದವು. ಮತ್ತೆ ಬೀಗದ ಕೈಯೊಂದಿಗೆ ಬೀರುವಿನ ಜೊತೆ ಸೆಣಸಾಟ ನಡೆಸಿದರು. ಪರಿಣಾಮ ಶೂನ್ಯ! ಬೀರುವಿನ ಬೀಗ ತೆಗೆಯದಿದ್ದರೆ ಬೀಗವನ್ನೇ ಒಡೆಯಬೇಕು. ಅದು ಮಾಡಲು ಹೋದರೆ ವಿಪರೀತ ಶಬ್ದವಾಗಿ ಅಕ್ಕಪಕ್ಕದವರಿಗೆ ಅನುಮಾನ ಬರುತ್ತದೆ. ಇಲ್ಲವಾದರೆ ಬೆಳಗಿನವರೆಗೂ ಕಾದು ಬೀಗ ತೆಗೆಯುವವರನ್ನು ಕರೆದುಕೊಂಡು ಬಂದು ಬೀರುವಿನ ಬೀಗ ತೆಗೆಯಬೇಕು. ಅಷ್ಟು ಸಮಯ ಈಗ ಇಲ್ಲ! ಒಂದಂತೂ ಸ್ಪಷ್ಟವಾಗಿದೆ. ಈ ಬೀರುವನ್ನು ಯಾರೋ ತೆಗೆದಿದ್ದಾರೆ! ಒಳಗಿನ ಲಾಕರ್ ಕೂಡ ತೆಗೆದು ಅದರೊಳಗಿರುವ ಕವರನ್ನು ತೆಗೆದುಕೊಂಡು ಹೋಗಿರುವ ಸಾಧ್ಯತೆ ಇದೆ!

ರಾತ್ರಿ ಕುಡಿದು ಮೋಜು ಮಾಡಿದ್ದೆಲ್ಲ ಜರ್ರನೆ ಇಳಿದು ಹೋಯಿತು. ಹಣೆ, ಕುತ್ತಿಗೆ, ಎದೆಯಲ್ಲಿ ಹರಿದ ಬೆವರಿನಿಂದ ಅವನ ಉಡುಪೆಲ್ಲ ತೋಯ್ದು ಹೋಯಿತು! ಕೋಪ ನೆತ್ತಿಗೇರಿ ಬೀರುವನ್ನು ಕಾಲಿನಿಂದ ಜೋರಾಗಿ ಒದ್ದ! ಸ್ಟೀಲ್ ಬೀರು ಅವನು ಒದೆದಿದ್ದಕ್ಕೆ ವಿಪರೀತ ಶಬ್ದ ಮಾಡಿತು! ಆ ಶಬ್ದಕ್ಕೆ ಸ್ವತಹ ಅವನೇ ಬೆಚ್ಚಿದ. ಈ ಶಬ್ದಕ್ಕೆ ಸುತ್ತಮುತ್ತ ಜನರು ಸುಮ್ಮನಿರುತ್ತಾರೆಯೇ? ಏನೋ ಅನಾಹುತವಾಗಿದೆಯೆಂದು ಹುಡುಕಿಕೊಂಡು ಬರಬಹುದು. ನಾನು ತಪ್ಪು ಮಾಡಿದೆ. ಅವನು ಪರಿತಪಿಸುತ್ತಿರುವಾಗಲೇ ಅಚ್ಚರಿ ಎನ್ನುವಂತೆ ಬೀರುವಿನ ಬೀಗದ ಕೈ ಸರಾಗವಾಗಿ ತಿರುಗಿ ಬೀರು ಬೀಗ ತೆರೆಯಿತು! ಆತನಿಗೆ ಪರಮಾಶ್ಚರ್ಯವಾಯಿತು! ಅಂತೂ ಹೇಗೋ ಬೀರು ತೆಗೆಯಲು ಸಾಧ್ಯವಾಯಿತಲ್ಲ ಇನ್ನು ಉಳಿದದ್ದು ಲಾಕರ್ ತೆಗೆಯುವುದು. ಲಾಕರ್‌ನ ಬೀಗದ ಕೈ ತೂರಿಸಿ ಪ್ರಯತ್ನಿಸಿದಾಗ ಅದು ಸಲೀಸಾಗಿ ತೆರೆಯಿತು. ಓ ದೇವರೇ ನೀನು ನನ್ನ ಕೈ ಬಿಡಲಿಲ್ಲ! ಎಲ್ಲರೂ ದೇವರನ್ನು ಗಟ್ಟಿಯಾಗಿ ಹಿಡಿದಿರುತ್ತಾರೆ! ಅವರು ಕಳ್ಳರು, ಸುಳ್ಳರು, ಕೊಲೆಗಡುಕರು, ಮೋಸಗಾರರು ಯಾರಾದರೂ ಸರಿ! ಎಲ್ಲರಿಗೂ ದೇವರು ಬೇಕು. ಎಲ್ಲರಿಗೂ ಅವರವರ ಕೆಲಸದಲ್ಲಿ ಸಹಾಯ ಮಾಡಬೇಕು ಎಂದೇ ನಿರೀಕ್ಷಿಸುತ್ತಾರೆ! ಜಗತ್ತಿನ ಪರಮಾಶ್ಚರ್ಯಗಳಲ್ಲಿ ಇದೂ ಒಂದು!!

ಆತುರದಿಂದ ಅವನು ಲಾಕರಿನಿಂದ ಕಂದುಬಣ್ಣದ ಕವರನ್ನು ಈಚೆ ತೆಗೆದುಕೊಂಡ. ಅದರಲ್ಲಿ ಪೆನ್ ಡ್ರೈವ್ ಇರುವಹಾಗೆ ಭಾಸವಾಯಿತು! ಅಂದರೆ ತಾನು ಈವರೆಗೆ ಅನುಭವಿಸಿದ ತಾಪತ್ರಯಗಳೆಲ್ಲಾ ತಾನು ಮಿತಿಮೀರಿ ಕುಡಿದಿದ್ದರ ಫಲ. ಹಾಗಾದರೆ ಈ ಮನೆಯೊಳಗೆ ಯಾರೋ ಬಂದಿಲ್ಲವೇ?

ಅವನು ಕವರಿನೊಳಗೆ ಪೆನ್‌ಡ್ರೈವಿನಂತೆ ಇದ್ದ ವಸ್ತುವನ್ನು ತೆಗೆದು ನೋಡಿದ. ಕೆಲವು ಕ್ಷಣಗಳ ಹಿಂದೆ ಅವನು ಮಾಡಿದ್ದ ನಿರೀಕ್ಷೆಗಳೆಲ್ಲಾ ತಲೆಕೆಳಗಾಗಿದ್ದವು! ಕೈಗೆ ಬಂದಿದ್ದು ಒಂದು ಮೌತ್ ಫ್ರೆಶ್ನರ್ ಟ್ಯಾಬ್ಲೆಟ್! ಅದನ್ನು ನೋಡುತ್ತಲೇ ಅವನಿಗೆ ಕಾಲ ಕೆಳಗಿನ ನೆಲ ಕುಸಿದ ಅನುಭವವಾಯಿತು!! ಹತಾಶನಾಗಿ ಹತ್ತಿರದಲ್ಲಿದ್ದ ಕುರ್ಚಿಯ ಮೇಲೆ ಕುಸಿದು ಕುಳಿತ! ತಲೆಯಮೇಲೆ ಕೈಹೊತ್ತು ಈಗ ತಾನು ಮಾಡಬೇಕಾದದ್ದು ಏನು ಎಂದು ಯೋಚಿಸಿದ!

ಏನೇ ಮಾಡಿದರು ಬೇಗನೆ ಮಾಡಬೇಕು. ಸಮಯ ಮಿಂಚಿ ಹೋಗುತ್ತಿದೆ! ಈ ತಕ್ಷಣವೇ ನಾನು ಕಾರ್ಯಪ್ರವೃತ್ತರಾಗಬೇಕು. ಯೋಚನೆ ಬರುತ್ತಲೇ ಅವನು ಮೊಬೈಲನ್ನು ಕೈಗೆ ಹಿಡಿದುಕೊಂಡು ಯಾವುದೋ ನಂಬರ್ ರಿಂಗ್ ಮಾಡಿದ. ಯಾರು ಫೋನನ್ನು ರಿಸೀವ್ ಮಾಡಲಿಲ್ಲ!

"ತತ್.." ಎಂದು ಅವನು ಯಾರನ್ನೋ ಶಪಿಸಿದ!

***

ತನ್ನ ಆಫೀಸು ಸೇರಿದ ವಿಕ್ರಮ್ ಲ್ಯಾಪ್ಟಾಪು ಸ್ವಿಚ್ ಆನ್ ಮಾಡಿದ. ಸ್ಕ್ರೀನ್ ಬೇಗನೆ ಮೂಡಿತು. ಆದರೆ ಅಷ್ಟೇ ಬೇಗನೆ ಸ್ಕ್ರೀನಿನ ಲಾಗಿನ್ ಪಾಸ್‌ವರ್ಡ್ ಮೂಡಲಿಲ್ಲ! ಅದು ಬರುವುದು ನಿಧಾನವಾದುದಕ್ಕೆ ವಿಕ್ರಮ್ ಚಡಪಡಿಸಿದ. ಕೊನೆಗೊಮ್ಮೆ ಸ್ಕ್ರೀನಿನ ಮೇಲೆ ಲಾಗಿನ್ ಪಾಸ್ವರ್ಡ್ ಅಕ್ಷರಗಳು ಮೂಡಿದವು. ಪಾಸ್‌ವರ್ಡ್ ಹಾಕಿ ಪೆನ್‌ಡ್ರೈವ್ ಕನೆಕ್ಟ್ ಮಾಡಿ ಓಪನ್ ಮಾಡಿದ.

ಇಪ್ಪತ್ತು ಫೋಟೋಗಳಿರುವ ಫೈಲುಗಳ ಹೆಸರುಗಳು ಸ್ಕ್ರೀನಿನ ಮೇಲೆ ಮೂಡಿದವು ಎಲ್ಲವೂ ಇಮೇಜ್ ಫೈಲುಗಳು! ಅಂದರೆ ಫೋಟೋಗಳು!! ಯಾರವು? ಅವು ಈ ಪೆನ್ ಡ್ರೈವಿನಲ್ಲಿ? ಕೆ.ಜಿ ಹಳ್ಳಿಯ ಅಗಸ ಮುನಿಯಪ್ಪ ಬೆಂಗಳೂರಿನ ಸೀಕ್ರೆಟ್ ಮನೆಯಲ್ಲಿ? ಎಷ್ಟು ಕಾಲದಿಂದ ಅಲ್ಲಿದ್ದಾನೆ? ಇಲ್ಲಿರುವುವು ಯಾರ ಫೋಟೋಗಳಿರಬಹುದು?

ಮೊದಲನೆಯ ಫೋಟೋ ತೆರೆಯಲು ಕಂಪ್ಯೂಟರ್ ಕೀಗಳನ್ನು ಒತ್ತಿ, ಸ್ಕ್ರೀನಿನ ಮೇಲೆ ಮೂಡಿದ ಫೋಟೋ ನೋಡಿ ವಿಕ್ರಮ್ ಬೆರಗಾದ!!

ಫೋಟೋದಲ್ಲಿದ್ದವರು ಯಶವಂತರಾಯರು ಮತ್ತು ಹೊನ್ನಿ!!

ಉತ್ಕಟ ಪ್ರಣಯ ಸನ್ನಿವೇಶಗಳಲ್ಲಿ!!!

ಅದು ಯಶವಂತರಾಯರೆ? ಒಂದು ಕ್ಷಣ ಅನುಮಾನ! ಕೆ.ಜಿ. ಹಳ್ಳಿಯ ಮನೆಯಲ್ಲಿ ನೋಡಿದ ಅವರ ಫೋಟೋ ನೆನಪು ಮಾಡಿಕೊಂಡ. ಅನುಮಾನ ಪರಿಹಾರವಾಯ್ತು. ಅದು ಯಶವಂತರಾಯರೆ! ಅನುಮಾನವೇ ಇಲ್ಲ. ಬಹಳ ಹಿಂದಿನ ಫೋಟೋ. ಸುಮಾರು ಹತ್ತು-ಹದಿನೈದು ವರ್ಷಗಳಷ್ಟು ಹಿಂದಿನದು. ಹೊನ್ನಿ ತುಂಬಾ ಚಿಕ್ಕವಳು. ಆಗ ತಾನೆ ಅವಳ ಮೈಯಲ್ಲಿ ಯೌವನ ಅರಳಿತ್ತು. ಯಶವಂತರಾಯರೂ ಸುಮಾರು ಐವತ್ತೈದರ ಅಂಚಿನಲ್ಲಿದ್ದಂತೆ ಕಂಡರು.

ವಿಕ್ರಮ್ ಉಳಿದ ಫೋಟೋಗಳನ್ನೂ ಒಂದೊಂದಾಗಿ ನೋಡಿದ.

ಎಲ್ಲ ಅಂತವೇ ಫೋಟೋಗಳು!

ಯಶವಂತರಾಯರು ಮತ್ತು ಹೊನ್ನಿಯ ವಿವಿಧ ಭಂಗಿಗಳ ಉತ್ಕಟ ಪ್ರಣಯ ಸನ್ನಿವೇಶಗಳು!

ವಿಕ್ರಮ್ ತಲೆ ಚುರುಕಾಗಿ ಓಡಿತು.

ಮುನಿಯಪ್ಪ ಯಶವಂತರಾಯರನ್ನ ಬ್ಲಾಕ್ ಮೈಲ್ ಮಾಡುತ್ತಿದ್ದ!! ಅದರಲ್ಲಿ ಸಂದೇಹವೇ ಇಲ್ಲ!! ಮುನಿಯಪ್ಪ ಯಶವಂತಪುರದಲ್ಲಿ ೫೨೦ನೇ ನಂಬರ್ ಔಟ್ ಹೌಸಿನ ಮನೆಯಲ್ಲಿ ಇರೋದು ಅವರಿಗೆ ಗೊತ್ತಿತ್ತು. ಬಹುಶಃ ನಿಯಮಿತವಾಗಿ ಅ ಮನೆಗೆ ಹೋಗಿ ಹಣ ಕೊಟ್ಟು ಬರುತ್ತಿದ್ದಿರಬಹುದೂಂತ ಕಾಣಿಸುತ್ತೆ.

ಆದರೆ ಈ ಫೋಟೋಗಳು ಮುನಿಯಪ್ಪನ ಕೈಗೆ ಹೇಗೆ ಬಂದವು? ಈ ಫೋಟೋಗಳನ್ನು ತೆಗೆದವರು ಯಾರು? ಈ ಕೆಲಸ ಹೊನ್ನಿಯ ಒಪ್ಪಿಗೆಯಿಲ್ಲದೆ ನಡೆದಿಲ್ಲ. ಆಕೆಯೂ ಈ ಸಂಚಿನಲ್ಲಿ ಸೇರಿರಬಹುದು! ಅಂದರೆ ಮುನಿಯಪ್ಪನಿಗೂ ಹೊನ್ನಿಗೂ ಯಾವುದೋ ರೀತಿಯ ಸಂಬಂಧ ಇರಬಹುದು! ಆದರೆ ಮುನಿಯಪ್ಪ ಕೆ.ಜಿ. ಹಳ್ಳಿಗೆ ಹೊಸಬ. ಹೊನ್ನಿ ಮದುವೆಯಾಗಿ ಗಂಡನೊಂದಿಗೆ ಹೋಗಿದ್ದವಳು ವರ್ಷದ ಹಿಂದೆಯಷ್ಟೆ ಕೆ.ಜಿ. ಹಳ್ಳಿಗೆ ಹಿಂತಿರುಗಿದ್ದಳು. ಹೊನ್ನಿ ಮತ್ತು ಯಶವಂತರಾಯರ ಫೋಟೋಗಳು ಈ ಪೆನ್ ಡ್ರೈವಿನಲ್ಲಿರಬೇಕಾದರೆ ಹೊನ್ನಿಗೂ ಮುನಿಯಪ್ಪನಿಗೂ ಏನಾದರೂ ಒಂದು ಸಂಬಂಧ ಇರಬೇಕು! ಆ ಸಂಬಂಧ ಯಾವುದು?

ಮುನಿಯಪ್ಪ ಮತ್ತು ಹೊನ್ನಿಯರೇ ಸೇರಿ ಯಶವಂತರಾಯರನ್ನು ಬ್ಲಾಕ್ ಮೈಲ್ ಮಾಡುತ್ತಿದ್ದಿರಬಹುದೆ?. ಯಾವುದೋ ಹಂತದಲ್ಲಿ ಯಶವಂತರಾಯರು ಹಣ ಕೊಡಲು ನಿರಾಕರಿಸಿರುವರು!! ಆ ಸೇಡಿಗೆ ಯಶವಂತರಾಯರ ಕೊಲೆಯೇ!?

ವಿಕ್ರಮ್ ಪೆನ್‌ಡ್‌ರೃವಿನ ಫೋಟೋಗಳಲ್ಲಿ ಕೆಲವನ್ನು ಪ್ರಿಂಟರಿನಲ್ಲಿ ಮುದ್ರಿಸಿದ. ಆ ಸಮಯಕ್ಕೆ ಮೊಬೈಲು ರಿಂಗಾಯಿತು. ವಿಕ್ರಮ್ ಪ್ರಿಂಟ್‌ಗಳನ್ನು ಟೇಬಲ್ ಮೇಲಿಟ್ಟು ಮೊಬೈಲು ಕಿವಿಗಿಟ್ಟುಕೊಂಡ.

"ಬಾಸ್, ಬಾಗಿಲು ತೆಗೀರಿ"

ಶರತ್ ಬಾಗಿಲು ತೆರೆದ.

ಆಚೆ ಶರತ್ ನಿಂತಿದ್ದ.

"ಬಾ... ಬಾ... ಯಶವಂತರಾಯರ ಕೊಲೆ ಕೇಸು. ಕೊನೆಗೂ ಸಾಲ್ವ್ ಆಗ್ತಿರೋ ಹಾಗಿದೆ"

ವಿಕ್ರಮ್ ತನ್ನ ಸೀಟಿನತ್ತ ನಡೆದ.

"ಒಳ್ಳೇದು ಸಾರ್. ಕೇಸ್ ಮುಗಿದರೆ ಒಂದಷ್ಟು ದಿವಸ ರಜಾ ಹಾಕಿ ಊರಿಗೆ ಹೋಗಬಹುದು"

ಶರತ್ ಖುಷಿಯನ್ನು ವ್ಯಕ್ತಪಡಿಸಿದ.

ಆಫೀಸಿನ ಗೋಡೆ ಗಡಿಯಾರ ಎರಡು ಗಂಟೆಯಾದುನ್ನು ಶಬ್ದ ಮಾಡಿ ಸೂಚಿಸಿತು.

"ಹೋದ ಕೆಲಸ ಏನಾಯಿತು?"

ವಿಕ್ರಮ್ ಕೇಳಿದ.

"ನಿಮ್ಮ ಮಾತು ನಿಜವಾಯಿತು. ಗಂಟೆ ಹಿಂದೆ ಮುನಿಯಪ್ಪ ಬಂದ. ನೀವು ಹೋಗಿದ್ದ ಮನೆ ಪ್ರವೇಶ ಮಾಡಿದ್ದು ಕನ್‌ಫರ್ಮ್ ಮಾಡ್ಕೊಂಡು ಬಂದೆ"

"ಗುಡ್, ಈ ಫೋಟೋಗಳನ್ನು ನೋಡು"

ವಿಕ್ರಮ್ ಫೋಟೋಗಳನ್ನು ಶರತ್‌ನತ್ತ ಚಾಚಿದ.

ಫೋಟೋಗಳನ್ನು ನೋಡಿ ಶರತ್ ಮೆಲ್ಲನೆ ಸಿಳ್ಳು ಹಾಕಿದ!

***

ಪತ್ತೇದಾರರಿಬ್ಬರೂ ಎದ್ದಾಗ ಆಚೆ ಬಿಸಿಲೇರಿತ್ತು.

ರಾತ್ರಿ ಬಹಳ ಹೊತ್ತು ಎಚ್ಚರದಿಂದ ಇದ್ದಿದ್ದರಿಂದ, ಇಬ್ಬರೂ ಬೆಳಿಗ್ಗೆ ಎಂಟು ಗಂಟೆಯವರೆಗೂ ಮೈ ತಿಳಿಯದೆ ಆಫೀಸಿನಲ್ಲೇ ನಿದ್ರಿಸಿದ್ದರು. ಇಂತಹ ಸಂದರ್ಭಗಳಲ್ಲಿ ಅನುಕೂಲವಾಗಲಿ ಎಂದು ಆಫೀಸಿನಲ್ಲಿಯೇ ಎರಡು ಸೋಫಾ ಕಮ್ ಬೆಡ್‌ಗಳನ್ನು ಆಫೀಸಿನ ಒಳಕೋಣೆಯಲ್ಲಿ ಸಿದ್ಧಪಡಿಸಿಕೊಂಡಿದ್ದ ವಿಕ್ರಮ್.

ಎಚ್ಚರವಾದ ಮೇಲೆ ಇಬ್ಬರೂ ಬೇಗನೆ ತಯಾರಾದರು. ಎದುರು ಹೋಟೆಲಿನಿಂದ ಕಾಫಿ ತರಿಸಿ ಕುಡಿದರು. ಹಿಂದಿನ ದಿನದ ಘಟನೆಗಳ ಪುನರಾವಲೋಕನವಾಯ್ತು.

"ಮುಂದಿನ ಕೆಲಸವೇನು ಬಾಸ್?"

"ಶರತ್, ಈ ತಕ್ಷಣವೇ ನೀನು ಕೆ.ಜಿ ಹಳ್ಳಿಗೆ ಹೋಗು. ಅಲ್ಲಿಗೆ ಯಾವ ಕ್ಷಣದಲ್ಲಾದರೂ ಮುನಿಯಪ್ಪ ಬರಬಹುದು. ಅಕಸ್ಮಾತ್ ಮುನಿಯಪ್ಪ ಅಲ್ಲಿಗೆ ಬರ್ಲಿಲಾಂತ ಇಟ್ಕೋ, ಹೊನ್ನೀನೇ ಅಲ್ಲಿಂದ ಹೊರಡಬಹುದು, ಅವಳು ಹೊರಟ ತಕ್ಷಣ ಇನ್ಸ್ಪೆಕ್ಟರ್ ದೀಪಕ್‌ಗೆ ಸುದ್ದಿ ತಿಳಿಸಿ 'ಯಶವಂತರಾಯರ ಕೊಲೆ ಕೇಸಲ್ಲಿ ಸಸ್ಪೆಕ್ಟ್ ಎಂದು' ಹೇಳಿ ಅರೆಸ್ಟ್ ಮಾಡಿಸು"

"ರೈಟ್ ಬಾಸ್. ನಾನು ಹೊರಡ್ತೀನಿ. ನೀವು?"

"ಇಲ್ಲಿ ನಾನು ಎರಡು ಮೂರು ಕೆಲಸಗಳನ್ನು ಮಾಡ್ಬೇಕು. ಜೊತೆಗೆ ಮುನಿಯಪ್ಪನ ಮೇಲೆ ಕಣ್ಣಿಡಬೇಕು. ಒಂದು ಸಮಯ ತನ್ನ ಬೀರುವಿನಿಂದ ಪೆನ್‌ಡ್ರೈವ್ ಮಿಸ್ ಆಗಿರೋದು ಅವನಿಗೆ ಗೊತ್ತಾದರೆ ಕಷ್ಟ. ಹಕ್ಕಿ ಹಾರಿ ಹೋಗಬಹುದು! ಆಗ ಬಹಳ ಹುಷಾರಾಗಿರಬೇಕು"

"ನೀವು ಯಾವಾಗ ಬರ್ತೀರ"

"ಹೇಳೋಕಾಗೊಲ್ಲ. ಯಾವ ಕ್ಷಣದಲ್ಲಾದರೂ ಬರ್ತೀನಿ. ಇನ್ನೂ ಒಂದೆರಡು ವಿಷಯ ಕನ್‌ಫರ್ಮ್ ಮಾಡ್ಕೋಬೇಕು"

"ಸರಿ ಬಾಸ್. ನಾನೀಗಲೇ ಕೆ.ಜಿ ಹಳ್ಳಿಗೆ ಹೊರಟೆ"

"ಗುಡ್. ಬಿ ಕೇರ್‌ಫುಲ್"

ಶರತ್ ತಲೆಯಾಡಿಸಿ ಹೊರಟ.

ಅವನು ಹೊರಟ ಹತ್ತು ನಿಮಿಷಗಳ ನಂತರ ಆಫೀಸಿನ ಬೀಗ ಹಾಕಿಕೊಂಡು ವಿಕ್ರಮ್ ಆಚೆ ಹೊರಟ.

ಸಮಯ ಹೆಚ್ಚಿಲ್ಲ ಎಂಬುದು ವಿಕ್ರಮ್ ತಿಳಿದಿದ್ದ. ತಾನೊಂದಿಷ್ಟು ತಡ ಮಾಡಿದರೂ ಮುನಿಯಪ್ಪ ಮತ್ತು ಹೊನ್ನಿ ಹಾರಿ ಹೋಗಬಹುದೆಂಬುದು ಅನುಮಾನ ಪ್ರಾರಂಭವಾಯ್ತು. ಆದರೆ, ತಕ್ಷಣವೇ ಅವರನ್ನು ಅರೆಸ್ಟ್ ಮಾಡಿಸಲೂ ಸಾಧ್ಯವಿರಲಿಲ್ಲ. ಪ್ಯಾಚ್ ಅಪ್ ಕೆಲಸ ಬಹಳ ಇತ್ತು. ಮೂರ್ತಿಗೂ ಯಶವಂತರಾಯರ ಕೊಲೆಗೂ ಒಂದಲ್ಲ ಒಂದು ರೀತಿಯಲ್ಲಿ ಸಂಬಂಧವಿದ್ದೇ ಇದೆ ಎನ್ನುವುದು ವಿಕ್ರಮ್‌ನ ಖಚಿತ ಅಭಿಪ್ರಾಯ. ಆದರೆ ಅದು ಹೇಗೆ? ಏನು? ಎಂಬುದು ಮಾತ್ರ ಗೊತ್ತಾಗಿರಲಿಲ್ಲ. ಇವತ್ತು ಸಾಯಂಕಾಲದೊಳಗೆ ಇಲ್ಲಿನ ಪ್ಯಾಚ್ ಅಪ್ ಕೆಲಸ ಮುಗಿಸಿ ಕೆ.ಜಿ ಹಳ್ಳಿಗೆ ಹೋಗಬೇಕು. ಚಾಣಕ್ಷತೆಯಿಂದ ಯಶವಂತರಾಯರ ಕೊಲೆ ಮಾಡಿ, ಶವವನ್ನೇ ಮಾಯ ಮಾಡಿದವರಿಗೆ ಯಾವ ಸುಳಿವೂ ಕೊಡದೆ ಬೆಂಗಳೂರಿಂದ ನುಣುಚಿಕೊಳ್ಳುವುದು ಕಷ್ಟವಲ್ಲ.

ವಿಕ್ರಮ್‌ನ ಜೀಪು ಹೊಗೆ ಕಾರಿತು.

ವಿಕ್ರಮ್ ಪ್ರಯಾಣಿಸುವಾಗ ತಲೆಯಲ್ಲಿ ನೂರು ತೆರನಾದ ಯೋಚನೆಗಳು. ಅವನ ಜೀಪಿಗೆ ತಾನು ಹೋಗಬೇಕಾದ ಜಾಗ ತಿಳಿದಿರುವಂತೆ ಇತ್ತು.

ಕೃಷ್ಣರಾಜಪುರಂ ರೈಲ್ವೆ ಸ್ಟೇಷನ್!

ವಿಕ್ರಮ್ ಅಲ್ಲಿಗೆ ಹೊರಟಿದ್ದ!

ಹೊನ್ನಿಯ ಗತಿಸಿದ ಗಂಡ ಅಲ್ಲಿ ಕೆಲಸ ಮಾಡುತ್ತಿದ್ದುದಾಗಿ ಹೊನ್ನಿ ತಿಳಿಸಿದ್ದಳು. ತನ್ನ ಗಂಡನ ಹೆಸರು ಹನುಮಯ್ಯ ಎಂದೂ ತಿಳಿಸಿದ್ದಳು.

ಅರೆ...ಮುನಿಯಪ್ಪನನ್ನು ಮರೆತೆನಲ್ಲಾ ಎನಿಸಿತು. ಜೀಪು ರಸ್ತೆ ಬದಿಯಲ್ಲಿ ನಿಲ್ಲಿಸಿ ಅಭ್ಯಾಸದಂತೆ ಸುತ್ತು ನೋಡಿದ.

ಅವನ ಬೆನ್ನ ಹಿಂದೆ ಯಾರೂ ಬಿದ್ದಿರಲಿಲ್ಲ. ಯಾರಿಗೂ ತನ್ನ ಮೇಲೆ ಅನುಮಾನವಿಲ್ಲ. ಯಾರೂ ತನ್ನನ್ನು ಫಾಲೋ ಮಾಡುತ್ತಿಲ್ಲ ಎನ್ನುವುದನ್ನು ಖಾತ್ರಿ ಮಾಡಿಕೊಂಡು ವಿಕ್ರಮ್, ಮೊಬೈಲು ಕೈಗೆತ್ತಿಕೊಂಡು ಯಾರದೋ ನಂಬರ್ ಹುಡುಕಿ ಫೋನಾಯಿಸಿದ.

"ಹಲೋ? ಪಾಲ್?"

"ಹೌದು ಪಾಲ್, ನೀವು ಯಾರು?"

"ನಾನು ವಿಕ್ರಮ್, ಏನ್ಮಾಡ್ತಾ ಇದೀಯ?"

"ಈಗ ತಾನೆ ಎದ್ದು ಆಕಳಿಸ್ತಾ ಕೂತಿದೀನಿ"

ಪಾಲ್ ಆಕಳಿಸುತ್ತಲೇ ಮಾತಾಡಿದಂತಿತ್ತು.

"ಮೊದ್ಲು ನಿದ್ರೆ ಮೂಡಿಂದ ಎಚ್ಚೆತ್ತುಕೋ. ನನ್ನದೊಂದಿಷ್ಟು ಕೆಲಸ ಮಾಡಿಕೊಡು. ತುಂಬಾ ಅರ್ಜೆಂಟು"

"ಓ.ಕೆ. ಹೇಳು"

"ಯಶವಂತಪುರದಲ್ಲಿ ಒಂದು ಮನೆ. ಅದರಲ್ಲಿ ನಮಗೆ ಬೇಕಾದ ಒಂದು ಪಾರ್ಟಿ ಇದೆ. ಅದು ತಪ್ಪಿಸ್ಕೊಂಡು ಆಚೆ ಹೋಗದ ಹಾಗೆ ನೋಡ್ಕೋ ಬೇಕು"

ವಿಕ್ರಮ್ ತನ್ನ ಗೆಳೆಯ, ಮತ್ತೊಂದು ಡಿಟೆಕ್ಟೀವ್ ಸಂಸ್ಥೆಯ ಪಾಲ್‌ಗ ವಿಷಯ ತಿಳಿಸಿದ. ಅವರ ವೃತ್ತಿಯಲ್ಲಿ ಅನಿವಾರ್ಯವಾದಾಗ ಒಬ್ಬರು ಇನ್ನೊಬ್ಬರ ಸಹಾಯ ಯಾಚಿಸುವುದು ಸಾಮಾನ್ಯವಾಗಿತ್ತು.

"ಓ.ಕೆ. ಒಂದ್ವೇಳೆ ಪಾರ್ಟಿ ಆಚೆ ಹೋದರೆ?"

ಪಾಲ್ ಸಂದೇಹವನ್ನು ಮುಂದಿಟ್ಟ.

"ಹಾಗೇನಾದರೂ ಆದರೆ ಅವನ್ನ ಫಾಲೋ ಮಾಡು. ಈ ಫೋನ್ ನಂಬರಿಗೆ ಆಗಿಂದಾಗ್ಗೆ ಸುದ್ದಿ ಕೊಡು. ಒಂದ್ವೇಳೆ ಅವನು ಊರು ಬಿಟ್ಟು ಹೋಗೋದಕ್ಕೆ ಪ್ರಯತ್ನಿಸಿದರೆ ಬಲವಂತವಾಗಿ ಒಂದು ರೂಮಲ್ಲಿ ಕೂಡಿಹಾಕು"

ರೈಟ್.. ಪಾರ್ಟಿ ಹೇಗಿದಾನೆ? ವಯಸ್ಸು? ವಿಳಾಸ?

"ಎಲ್ಲಾ ಡೀಟೈಲ್ಸ್ ನಿನ್ನ ಮೊಬೈಲಿಗೆ ಕಳಿಸ್ತೀನಿ..."

ವಿಕ್ರಮ್ ಮುನಿಯಪ್ಪನ ಫೋಟೋ, ವಿವರ, ವಿಳಾಸ ಮತ್ತು ಕೆ.ಜಿ ಹಳ್ಳಿಯಲ್ಲಿ ತನ್ನನ್ನು ಸಂಪರ್ಕಿಸಬೇಕಾದ ಫೋನ್ ನಂಬರ್ ಎಲ್ಲವನ್ನೂ ನೀಡಿದ. ಅಷ್ಟಾದ ಮೇಲೆ ಮುನಿಯಪ್ಪನನ್ನು ಮರೆತು ನಿಶ್ಚಿಂತೆಯಾಗಿ ಉಳಿದ ಕೆಲಸದ ಮೇಲೆ ಗಮನವಹಿಸಬಹುದೆಂದು ವಿಕ್ರಮ್‌ಗ ಸಮಾಧಾನವಾಯಿತು.

ಮತ್ತೆ ಜೀಪಿನ ಆಕ್ಸಿಲರೇಟರ್ ಮೇಲೆ ಒತ್ತಡ ಹಾಕಿ ಕೃಷ್ಣರಾಜಪುರದ ಕಡೆಗೆ ಪ್ರಯಾಣ ಬೆಳೆಸಿದ.

ಮುನಿಯಪ್ಪನನ್ನು ನೋಡಿಕೊಳ್ಳಲು ಪಾಲ್‌ನ ನೇಮಿಸಿದ್ದು, ಕೆ.ಜಿ. ಹಳ್ಳಿಗೆ ಶರತ್ ಕಳಿಸಿದ್ದು ಒಳ್ಳೆಯದಾಯಿತೆನಿಸಿತು.

***

ಕೆ.ಜಿ. ಹಳ್ಳಿಯಲ್ಲಿ ಯಶವಂತರಾಯರ ಮನೆಯ ಮುಂದೆ ವಿಕ್ರಮ್‌ನ ಜೀಪು ನಿಂತಾಗ ಸಂಜೆ ಆರುಗಂಟೆಯಾಗಿತ್ತು. ಎಷ್ಟೇ ಬೇಗ ಬೆಂಗಳೂರು ಬಿಡಬೇಕೆಂದರೂ ಸಹ ಆರು ಗಂಟೆಯಾಗಿತ್ತು. ಮೊದಲಿಗೆ ಕೃಷ್ಣರಾಜಪುರ ರೈಲ್ವೆ ನಿಲ್ದಾಣ. ನಂತರ ವಿಲ್ಸನ್ ಗಾರ್ಡನ್ ಕೇಂದ್ರೀಯ ದಾಖಲೆಗಳ ವಿಭಾಗ ಎಲ್ಲ ಕಡೆ ಸ್ವಲ್ಪ ಸ್ವಲ್ಪ ಸಮಯ ಕಳೆಯಲೇಬೇಕಾಗಿತ್ತು.

ಜೀಪ್ ನಿಲ್ಲಿಸಿ ಮೆಟ್ಟಿಲುಗಳನ್ನು ಹತ್ತುವಾಗಲೇ ರಾಮಣ್ಣ ಮನೆಯೊಳಗಿಂದ ಬಂದ. ಅವನ ಮುಖದ ಮೇಲಿನ ಆತಂಕ ಸ್ಪಷ್ಟವಾಗಿ ವ್ಯಕ್ತವಾಗುತ್ತಿತ್ತು.

"ಸಾರ್...ಹೊನ್ನಿ ಮಧ್ಯಾನ್ನ ಒಂದು ಗಂಟೆಯಿಂದ ಕಾಣಿಸ್ತಾ ಇಲ್ಲ..."

ಅವನು ಆತುರದಿಂದ ಹೇಳಿದ.

"ಶರತ್ ಎಲ್ಲಿ?"

"ಅವರೂ ಕೂಡ ಕಾಣಿಸ್ತಿಲ್ಲ"

"ಎಷ್ಟೊತ್ತಿಂದ?"

"ಮಧ್ಯಾನ್ಹ ಊಟವಾದ ಮೇಲೆ ಅವರನ್ನ ನೋಡಿಲ್ಲ"

***

ಕೆ.ಜಿ. ಹಳ್ಳಿಯಲ್ಲಿ ಮುನಿಯಪ್ಪನ ಮನೆ ಬಾಗಿಲಿಗೆ ಭದ್ರವಾದ ಬೀಗ ಹಾಕಿತ್ತು.

"ಮುನಿಯಪ್ಪ ಮನೇಲಿಲ್ಲವೆ?"

"ಇಲ್ಲ. ಬೀಗ ಹಾಕಿದೆ ಅಂದ್ಮೇಲೆ ಒಳಗಿಲ್ಲ"

ಪಕ್ಕದ ಮನೆಯವನು ಹೇಳಿದ.

"ಎಷ್ಟೊತ್ನಲ್ಲಿ ಆಚೆ ಹೋದ?"

"ನಾವು ನೋಡ್ಲಿಲ್ಲ"

"ರಾತ್ರಿ ಬಂದಾಗ ನೋಡಿದ್ರಾ?"

"ಇಲ್ಲ. ಬೆಳಗಿನ ಜಾವ ಯಾರೋ ಬಂದ ಹಾಗಿತ್ತು"

ಹಾಗಾದರೆ ಎಲ್ಲಿ ಏನು ನಡೆದಿರಬಹುದು? ಮುನಿಯಪ್ಪ ಕೆ.ಜಿ ಹಳ್ಳಿಯ ಮನೆಗೆ ಬಂದು ಹೋದನೆ? ಹಾಗಾದರೆ ಶರತ್ ಎಲ್ಲಿ? ಅವನ ನ್ನು ಹಿಂಬಾಲಿಸಿ ಹೋದನೆ? ಹಾಗಾದರೆ ಮುನಿಯಪ್ಪ ಇಲ್ಲಿಗೆ ಬಂದಿರಬಹುದು. ಜೊತೆಯಲ್ಲಿ ಹೊನ್ನಿಯನ್ನು ಕರೆದುಕೊಂಡು ಹೋಗಿರಬಹುದು! ತಾನು ತಪ್ಪು ಮಾಡಿದೆನೆ? ನೆನ್ನೆ ರಾತ್ರಿಯೇ ಮುನಿಯಪ್ಪನನ್ನು ಅರೆಸ್ಟ್ ಮಾಡಿಸಬೇಕಿತ್ತು! ಹಾಗೇ ಶರತ್ ಮೂಲಕ ಹೊನ್ನಿಯನ್ನೂ ಮನೆಯಿಂದ ಆಚೆ ಹೋಗದಂತೆ ತಡೆಯಬೇಕಾಗಿತ್ತು.

"ಇಲ್ಲಿಗೆ ಇನ್ಯಾರಾದ್ರೂ ಬಂದಿದ್ರಾ?"

"ಹೌದು ಒಬ್ಬರು ಬಂದಿದ್ದರು"

ಆತ ಶರತ್‌ನ ವಿವರಣೆ ನೀಡಿದ.

ಹಾಗಾದರೆ ಶರತ್ ಬಂದಿದ್ದ! ಇಲ್ಲಿಂದ ಮುಂದೆಲ್ಲಿಗೆ ಹೋದ?

"ಆಮೇಲೆ ಏನ್ಮಾಡಿದರು?"

"ಏನ್ಮಾಡಿದರು? ಎಲ್ಲಿ ಹೋದರೂಂತ ಗೊತ್ತಿಲ್ಲ ಸಾರ್. ಅವರು ಅಷ್ಟು ದೂರದಲ್ಲಿ ಬರ್ತಾ ಇದ್ದಾಗ್ಲೇ ನಾನು ಮನೆಯೊಳಕ್ಕೆ ಹೋದೆ"

ಅವನಿಂದ ತನಗೆ ಉಪಯೋಗವಾಗುವ ಇನ್ಯಾವ ಸಂಗತಿಯೂ ತಿಳಿಯಲಾರದೆನ್ನಿಸಿತು. ಏನೋ ಅನುಮಾನದಿಂದ ವಿಕ್ರಮ್ ಮನೆಯ ಪಕ್ಕಕ್ಕೆ ಬಂದ. ಉದ್ದಕ್ಕಿದ್ದ ಗೋಡೆಗೆ ಎರಡು ಕಿಟಕಿಗಳಿದ್ದವು. ವಿಕ್ರಮ್ ಮೊದಲನೆ

ಕಿಟಕಿಯನ್ನು ಕೈಯಿಂದ ತಳ್ಳಿ ಒಳಗೆ ಇಣುಕಿದ. ಒಳಗೆ ಬಟ್ಟೆಗಳೆಲ್ಲಾ ಚೆಲ್ಲಾ ಪಿಲ್ಲಿಯಾಗಿದ್ದ ವು! ಏನೋ ಗಲಾಟೆ ನಡೆದಿರೋ ಲಕ್ಷಣ! ಯಾರ ನಡುವೆ? ಆದರೆ ರೂಮು ಖಾಲಿಯಾಗಿತ್ತು.

ನಾಲ್ಕು ಹೆಜ್ಜೆ ಮುಂದೆ ಹೋಗಿ ವಿಕ್ರಮ್ ಉಳಿದಿದ್ದ ಇನ್ನೊಂದು ಕಿಟಕಿಯನ್ನೂ ತೆರೆದು ಒಳಗಿಣುಕಿದ.

ಒಳಗೆ ಕತ್ತಲೆಯಿತ್ತು. ಮೂಲೆಯಲ್ಲಿ ಮೂಟೆಯೊಂದು ಉರುಳಿ ಬಿದ್ದಿರುವಂತಿತ್ತು! ಸ್ವಲ್ಪ ಎಚ್ಚರಿಕೆಯಿಂದ ಗಮನಿಸಿದಾಗ ಅದು ಮಿಸುಕಾಡಿದಂತೆ ಕಂಡಿತು! ಅದು ಮೂಟೆಯೆ? ಮೂಟೆಯಾಗಿದ್ದರೆ ಅದು ಮಿಸುಕಾಡಿತೇಕೆ? ಅಥವಾ ಯಾರೋ ಉರುಳಿ ಬಿದ್ದಿದ್ದಾರೆಯೆ? ಮುನಿಯಪ್ಪ ಆಚೆ ಹೋಗಿದ್ದಾನೆ! ಒಳಗಿರುವ ಮೂಟೆಯಲ್ಲಿ ಚಲನೆಯಿದೆ! ಅಥವಾ..ಮುನಿಯಪ್ಪ ಯಾರನ್ನಾದರೂ ಕೈಕಾಲು ಕಟ್ಟಿ ಉರುಳಿಸಿರುವನೆ? ಅದು ಯಾರಿರಬಹುದು? ಥಕ್ಕನೆ ಶರತ್ ಬಹಳ ಸಮಯದಿಂದ ಕಂಡಿಲ್ಲ ಎಂದು ಮನೆ ಯಲ್ಲಿ ಹೇಳಿದ್ದು ನೆನಪಾಯಿತು! ಅಂದರೆ ಅದು ಶರತ್ ಇರಬಹುದೆ? ಬೇರೆ ಇನ್ಯಾರಿರಬಹುದು?

ಇನ್ನೂ ಎಚ್ಚರಿಕೆಯಿಂದ ನೋಡಿದಾಗ ತಿಳಿಯಿತು: ಧೂಳಿನಿಂದ ಬಟ್ಟೆಯೆಲ್ಲಾ ಕೊಳೆಯಾಗಿದ್ದ ಉರುಳಿದ್ದ ವ್ಯಕ್ತಿ ಶರತ್! ವಿಕ್ರಮ್ ಸುಲಭದಲ್ಲಿ ಗುರುತಿಸಿದ!

ಚಕ್ಕನೆ ಮನೆಯ ಮುಂದೆ ಬಂದ. ವಿಕ್ರಮ್ ಚಟುವಟಿಕೆಯನ್ನು ಅನುಮಾನದಿಂದ ನೋಡುತ್ತಿದ್ದ ಪಕ್ಕದ ಮನೆಯಾತ!

"ಮುನಿಯಪ್ಪ ಮನೆಯೊಳಗೆ ಯಾರನ್ನೋ ಕಟ್ಟಿ ಹಾಕಿದಾನೆ"

ವಿಕ್ರಮ್ ಅವನಿಗೆ ತಿಳಿಸಿದ.

"ಹೌದಾ? ಎರಡು ಗಂಟೆ ಹಿಂದೆ ಏನೋ ತುಂಬಾ ಶಬ್ದ ಬರ್ತಿತ್ತು"

ಆತ ಆಗಷ್ಟೇ ಬಾಯಿ ಬಿಟ್ಟ.

"ಬನ್ನಿ ಬಾಗಿಲು ತೆಗೆಯೋಣ. ಸಹಾಯ ಮಾಡಿ"

"ಆ ಮುನಿಯನ ಮನೆ ಹಾಳಾಗ! ಇಂಥಾ ಕೆಲಸಾನ ಮಾಡೋದು? ನಂಗೆ ಅನುಮಾನಾನೇ ಬರ್ಲಿಲ್ಲ ನೋಡಿ"

ಆತ ತನ್ನ ಮನೆಯ ಜಗುಲಿಯಿಳಿದು ವಿಕ್ರಮ್‌ನತ್ತ ಬಂದ.

ಇಬ್ಬರೂ ಸೇರಿ ಬಾಗಿಲಿಗೆ ಹಾಕಿದ್ದ ಬೀಗವನ್ನು ಒಡೆದ ಬಾಗಿಲು ತೆರೆದರು.

ಶರತ್ ಬಾಯಿಗೆ ಬಟ್ಟೆ ತುರುಕಿ ಗ್ಯಾಗ್ ಮಾಡಿ ಮೂಲೆಯಲ್ಲಿ ತಳ್ಳಿದ್ದರು! ಗ್ಯಾಗ್ ಮಾಡಿದ್ದರಿಂದ ಅವನಿಗೆ ಕೂಗಲೂ ಸಾಧ್ಯವಾಗಿರಲಿಲ್ಲ. ವಿಕ್ರಮ್ ಅವನ ಬಾಯಿಂದ ಬಟ್ಟೆ ತೆಗೆದ. ಪಕ್ಕದ ಮನೆಯವ ಶರತ್‌ನ ಕೈ, ಕಾಲುಗಳಿಗೆ ಕಟ್ಟಿದ್ದ ಹಗ್ಗವನ್ನು ಬಿಚ್ಚಿದ.

"ಐ ಯಾಮ್ ಸಾರಿ ಸರ್?"

ಶರತ್ ಕ್ಷಮೆ ಯಾಚಿಸಿದ. ಎದ್ದು ಬಟ್ಟೆಗಳನ್ನು ಕೊಡವಿಕೊಂಡ.

"ಕ್ಷಮೆ ಬೇಡೋದು ಆಮೇಲೆ. ಮುನಿಯಪ್ಪ, ಹೊನ್ನಿ ಎಲ್ಲಿ? ಇದು ಹೇಗಾಯಿತು?"

"ಮುನಿಯಪ್ಪ ತಪ್ಪಿಸಿಕೊಂಡು ಹೋಗ್ತಾ ಇದ್ದಾನೆ. ಹೊನ್ನಿ ಅವನ ಜೊತೆಯಲ್ಲಿ ಹೋಗಿರಬಹುದು. ಮಧ್ಯಾಹ್ನ ಸುಮಾರು ಹನ್ನೆರಡು ಗಂಟೆ ಟೈಂನಲ್ಲಿ ಮುನಿಯಪ್ಪ ಈ ಊರಿಗೆ ಬಂದ. ಅವಾಗಿನಿಂದ ನಾನವನನ್ನು ಗಮನಿಸ್ತಾ ಇದ್ದೆ. ಈ ಮನೆಯೊಳಕ್ಕೆ ಬಂದು ಚಿಲಕ ಹಾಕಿಕೊಂಡ. ಸುಮಾರು ಒಂದು ಅರ್ಧ ಗಂಟೆ ಮನೆಯೊಳಗಿಂದ ಯಾವ ಪ್ರತಿಕ್ರಿಯೇನೂ ಬರಲಿಲ್ಲ. ನಂಗೆ ಅನುಮಾನ ಬಂತು. ಒಂದು ವೇಳೆ ಹೆದರಿ ಆತ್ಮಹತ್ಯೆಗೆ ಪ್ರಯತ್ನ ಮಾಡಿದನೇನೋ ಅಂತ. ಅದಕ್ಕೆ ಶಬ್ದವಾಗದ ರೀತಿಯಲ್ಲಿ ಮನೆಯನ್ನ ಪ್ರವೇಶ ಮಾಡಿದೆ. ಬಾಗಿಲಿಗೆ ಚಿಲಕ ಹಾಕಿರಲಿಲ್ಲ. ಬೇಕಂತಲೇ ಹಾಗೇ ಬಿಟ್ಟಿದ್ದನೋ ಏನೋ? ಈ ರೂಮಿನ ಬಾಗಿಲು ತಳ್ಳಿ ಒಳಗೆ ತಲೆಯಿಟ್ಟಾಗ ಮರೆಯಿಂದ ಯಾರೋ ತಲೆಗೆ ಬಲವಾಗಿ ಹೊಡೆದರು. ಅದು ಮುನಿಯಪ್ಪನೇ ಇರಬೇಕು. ಒಂದು ಕ್ಷಣ ಏನೂ ತೋಚದಿದ್ದರೂ ಸಾವರಿಕೊಂಡು ಅವನೊಡನೆ ಗುದ್ದಾಡಿದೆ. ಕಣ್ಣು ಕತ್ತಲೆ ಬಂತು. ಆಗ ನನಗೆ ಪ್ರಜ್ಞೆ ತಪ್ಪಿರಬೇಕು. ಆ ಸ್ಥಿತಿಯಲ್ಲೇ ಮುನಿಯಪ್ಪ ನನ್ನ ಕೈ ಕಾಲುಗಳನ್ನು ಕಟ್ಟಿ ಬಾಯಿಗೆ ಬಟ್ಟೆ ತುರುಕಿರಬೇಕು. ಬೇಗನೆ ಎಚ್ಚರವಾಯ್ತು. ಆದರೆ ನಾನು ಅಸಹಾಯಕನಾಗಿದ್ದೆ"

ಶರತ್ ಮಾತು ಮುಗಿಸಿ ತಲೆ ತಗ್ಗಿಸಿದ.

"ಆ ಮುನಿಯಪ್ಪನ ಬಗ್ಗೆ ನಂಗೆ ಮೊದ್ಲಿಂದಾನೂ ಅನುಮಾನ. ಆದ್ರೆ ಯಾರೂ ನನ್ನ ಮಾತು ಕೇಳಾಕಿಲ್ಲ"

ಹಳ್ಳಿಯವನು ವಿಕ್ರಮ್‌ಗ ಹೇಳಿದ.

"ಕಮಾನ್ ಶರತ್, ನಾವೀಗ ಕ್ವಿಕ್ ಆಗಿರಬೇಕು. ಮುನಿಯಪ್ಪ ಮೊದಲು ಬೆಂಗಳೂರಿಗೆ ಹೋಗ್ತಾನೆ. ನಂತರ ಎಲ್ಲಿಗಾದರೂ ದೂರ ಹೋಗಿ ತಲೆ ಮರೆಸಿಕೋತಾನೆ. ಹೊನ್ನಿ ಮನೆಯಿಂದ ಕಾಣೆಯಾಗಿದಾಳೆ ಅಂದರೆ ಅವಳೂ ಅವನ ಜೊತೇಲೀ ಹೋಗಿದಾಳೆ"

"ಯಾಕೆ ಸಾರ್?"

"ಯಾಕೇಂದರೆ ಅವರಿಬ್ಬರೂ ಗಂಡ ಹೆಂಡತಿ!"

"ವಾಟ್? ಮೈಗಾಡ್!"

"ಎಸ್. ಹೊನ್ನಿ ಮತ್ತು ಮುನಿಯಪ್ಪ ಅಲಿಯಾಸ್ ಹನುಮಯ್ಯ ಗಂಡ ಹೆಂಡತಿ!"

"ಮತ್ತೆ, ತನ್ನ ಗಂಡ ಸತ್ತು ಹೋಗಿದಾನೇಂತ..."

"ಅದೇ ಅವರ ಸ್ಕೀಮು. ರೈಲ್ವೆ ಇಲಾಖೆಯಲ್ಲಿ ಒಬ್ಬ ಸಾಮಾನ್ಯ ಸಿಗ್ನಲ್‌ಮನ್ ಆಗಿ ಬದುಕೋದಕ್ಕೆ ಹನುಮಯ್ಯ ಉರುಫ್ ಮುನಿಯಪ್ಪನ ಮನಸ್ಸು ಒಪ್ಪಲಿಲ್ಲ. ಯಶವಂತರಾಯರ ಗುಟ್ಟು ತಿಳ್ಕೊಂಡ. ಅದುವರೆಗೂ ಯಶವಂತರಾಯರನ್ನ ಬ್ಲಾಕ್ ಮೈಲ್ ಮಾಡ್ತಿದ್ದ ಮೂರ್ತಿಯನ್ನು ಬೆದರಿಸಿ ಅವರಿಂದ, ಹೊನ್ನಿ ಯಶವಂತರಾಯರ ಪ್ರಣಯಕ್ಕೆ ಸಾಕ್ಷಿಯಾಗಿದ್ದ ಪೆನ್‌ಡ್ರೈವ್ ಪಡ್ಕೊಂಡ! ಒಂದು ಕಾಲದಲ್ಲಿ ತನ್ನ ಹೆಂಡತಿ ಹೊನ್ನಿಗೂ ಯಶವಂತರಾಯರಿಗೂ ಸಂಬಂಧ ಇದ್ದ ವಿಷಯ ಹೇಗೋ ತಿಳ್ಕೊಂಡು ಬ್ಲಾಕ್‌ಮೈಲ್ ಮಾಡೋಕೆ ಶುರು ಮಾಡಿದ. ಕೊನೆಗೊಂದು ದಿವಸ ಯಶವಂತರಾಯರನ್ನೂ ಮುಗಿಸಿದ"

"ಯಶವಂತರಾಯರು ಸತ್ತಿದ್ದರೆ ಅವರ ಶರೀರಕ್ಕೆ ಏನಾಯ್ತು?"

"ಯಶವಂತರಾಯರ ಮೇಲೆ ನಿದ್ರೆ ಮಾತ್ರೆಗಳನ್ನ ಪ್ರಯೋಗಿಸಿ ಕೊಲೆ ಮಾಡಿದ್ದಾರೆ. ನಿದ್ರೆ ಮಾತ್ರೆ ಹಾಕಿದವಳು ಹೊನ್ನಿ! ಅದನ್ನು ಹೊನ್ನಿಯ ಕೈಗೆ ಕೊಟ್ಟಿರುವುದು ಮುನಿಯಪ್ಪ! ರಾತ್ರಿ ಅವರು ಕುಡಿಯುವ ರಮ್ಮಿನ ಬಾಟಲಿಯಲ್ಲೇ! ರಮ್ಮಿನ ಜೊತೆಗೆ ನಿದ್ರೆ ಮಾತ್ರೆಗಳು ಡೇಂಜರಸ್! ಅದರಿಂದ ಯಶವಂತರಾಯರು ಸತ್ತಿದ್ದಾರೆ. ಸ್ವಾಭಾವಿಕ ಸಾವೂಂತ ಮಣ್ಣು ಮಾಡಿದ ಮೇಲೆ ನಿಶ್ಚಿಂತೆಯಿಂದ ಇರೋದಕ್ಕೆ ಮುನಿಯ ಮತ್ತು ಮೂರ್ತಿಗೆ ಸಾಧ್ಯವಾಗಿರೋಕೆ ಆಗಿರಲಿಲ್ಲ! ಪೋಲೀಸರು ಶವ ತೆಗೆದು ವೈದ್ಯಕೀಯ ಪರೀಕ್ಷೆ ಮಾಡೋದು ತಿಳಿದ ತಕ್ಷಣ ತಮ್ಮ ರಹಸ್ಯ ಈಚೆ ಬರುತ್ತೆ ಎಂದು ಸಮಾಧಿಯಿಂದ ಶವ ಹಾರಿಸಿಕೊಂಡು ಹೋಗಿದಾನೆ ಮುನಿಯ"

"ಎಲ್ಲಿಗೆ?"

ಶರತ್ ಕುತೂಹಲದಿಂದ ಕೇಳಿದ.

"ಅದನ್ನು ಹೇಳೋದಕ್ಕೆ ಈಗ ಸಮಯ ಇಲ್ಲ. ಮೊದಲಿಗೆ ಮುನಿಯಪ್ಪ ಮತ್ತು ಹೊನ್ನಿಯರನ್ನ ಹುಡುಕಿ ಅರೆಸ್ಟ್ ಮಾಡಿಸಬೇಕು. ಅವರೇ ಯಶವಂತರಾಯರ ಸಾವಿಗೆ ಕಾರಣಕರ್ತರು. ಅವರು ಮೊದಲಿಗೆ ಸಿಗಲಿ. ಈ ವಿಷಯ ಆಮೇಲೆ ಹೇಳ್ತೀನಿ"

ತಮಗೆ ಸಹಾಯ ಮಾಡಿದವನಿಗೆ ಕೃತಜ್ಞತೆಯರ್ಪಿಸಿ ಮನೆಯಿಂದಾಚೆ ಬಂದರು.

ಕೆ.ಜಿ. ಹಳ್ಳಿಯಲ್ಲಿ ಹೆಚ್ಚು ಸಮಯ ಕಳೆಯದೆ ಇಬ್ಬರೂ ಬೆಂಗಳೂರಿಗೆ ಧಾವಿಸಿ ಬಂದರು, ಪಾಲ್‌ನ ಫೋನಿನಲ್ಲಿ ಸಂಪರ್ಕಿಸಲು ವಿಕ್ರಮ್ ಪ್ರಯತ್ನಿಸಿದ. ಆದರೆ ಪಾಲ್ ಮನೆಯಲ್ಲಾಗಲೀ ಇಲ್ಲ ಆಫೀಸಿನಲ್ಲಾಗಲೀ ಸಿಗಲಿಲ್ಲ. ಕೊನೆ ಒಂದು ಪ್ರಯತ್ನ ಎಂದು ಯಶವಂತಪುರದಲ್ಲಿ ಮುನಿಯಪ್ಪನ ಮನೆಯ ಹತ್ತಿರ ಹೋದರು.

ಬೀದಿಯ ತುದಿಯಲ್ಲಿ ಸಿಗರೇಟು ಸೇದುತ್ತಾ ನಿಂತಿದ್ದ ಒಬ್ಬ ವ್ಯಕ್ತಿಯನ್ನು ವಿಕ್ರಮ್ ಗುರುತಿಸಿದ. ಪಾಲ್‌ನ ಕಡೆಯವನು.

"ಪಾಲ್ ಎಲ್ಲಿ?"

"ಗೊತ್ತಿಲ್ಲ ಸಾರ್. ಯಾವುದೋ ಒಂದು ಪಾರ್ಟಿ ಚೇಸ್ ಮಾಡ್ತಾ ಇರಬಹುದು"

"ನೀನು ಎಷ್ಟು ಹೊತ್ತಿಗೆ ಪೊಸಿಷನ್‌ಗ ಬಂದೆ?"

"ಆರು ಗಂಟೆಗೆ ಬಂದೆ"

"ನಿನಗೆ ಏನು ಹೇಳಿದಾನೆ?"

ಮುನಿಯಪ್ಪನ ಚಹರೆಯನ್ನು ಹೇಳಿ, ಆ ವ್ಯಕ್ತಿ ದೃಷ್ಟಿಂದ ತಪ್ಪಿಸಿಕೊಳ್ಳದ್ದಂತೆ ನಿಗಾ ಇಡುತ್ತಾ ಸುದ್ದಿ ತಿಳಿಸಬೇಕೆಂದು ತನಗೆ ನೀಡಿರುವ ಸೂಚನೆಯೆಂದಾತ ತಿಳಿಸಿದ. ಅವನು ಸುದ್ದಿ ತಿಳಿಸಬೇಕಾಗಿದ್ದ ಫೋನ್ ನಂಬರ್ ಕೇಳಿದ. ಅದು ಪಾಲ್‌ನ ಮನೆಯ ನಂಬರ್. ಆದ್ರೆ ಅವನು ಮನೆಯಲಿಲ್ಲ. ವಿಕ್ರಮ್ ಕೆಲವು ನಿಮಿಷಗಳ ಹಿಂದೆ ಫೋನ್ ಮಾಡಿದ್ದ.

"ನೀನು ಬಂದ ಮೇಲೆ ಏನು ನಡೀತು?"

"ನಾನು ಬಂದ ಮೇಲಂತೂ ಯಾರೂ ಬಂದಿಲ್ಲ. ನಾನು ಬರೋದಕ್ಕೆ ಮುಂಚೆ ಯಾರಾದರೂ ಬಂದು ಹೋಗಿದ್ದರೋ ಏನೋ ಗೊತ್ತಿಲ್ಲ"

"ಓ.ಕೆ. ನಾವು ಬರ್ತೀವಿ. ಅಕಸ್ಮಾತ್ ಪಾಲ್ ಈ ಕಡೆ ಬಂದರೆ ವಿಷಯ ತಿಳಿಸು"

ಎಂದು ಹೇಳಿ ವಿಕ್ರಮ್ ಜೀಪ್ ಸ್ಟಾರ್ಟ್ ಮಾಡಿದ.

"ಶರತ್? ಮುನಿಯಪ್ಪ ಏನು ಮಾಡಬಹುದು? ಗೆಸ್ ಮಾಡ್ತೀಯ?"

ಜೀಪು ಚಲನೆಯಲ್ಲಿದ್ದಾಗ ವಿಕ್ರಮ್ ಕೇಳಿದ.

"ತನ್ನ ಬೀರುನಲ್ಲಿರೋ ಪೆನ್‌ಡ್ರೈವ್ ಮಾಯವಾಗಿರೋದು ಗೊತ್ತಾದ ತಕ್ಷಣ ಮುನಿಯಪ್ಪನಿಗೆ ಅನುಮಾನ ಬಂದಿರುತ್ತೆ. ಕೆಜಿ ಹಳ್ಳಿಗೆ ಹೊನ್ನಿಯನ್ನ ಕರ್ಕೊಂಡು ಹೋಗೋದಕ್ಕೆ ಬಂದಿದಾನೆ. ನಾನು ಸಿಕ್ಕಿದ ಮೇಲಂತೂ ಅವನಿಗೆ ಪೂರ್ಣ ಅನುಮಾನ ಬಂದಿರುತ್ತೆ. ಇನ್ನು ಇಲ್ಲಿದ್ದರೆ ಅಪಾಯಾಂತ ಬೆಂಗಳೂರು ಬಿಟ್ಟು ದೂರ ಹೋಗೋಕೆ ಪ್ರಯತ್ನ ಮಾಡ್ತಾನೆ"

ಶರತ್ ಯೋಚಿಸುತ್ತ ಹೇಳಿದ.

"ಯೂ ಆರ್ ರೈಟ್.." ಶರತ್ ತರ್ಕವನ್ನು ಒಪ್ಪಿದ ವಿಕ್ರಮ್.

ವಿಕ್ರಮ್ ಜೀಪು ಬಸ್ ನಿಲ್ದಾಣದತ್ತ ಚಲಿಸಿತು. ದೇಶದ ವಿವಿಧ ಭಾಗಗಳಿಗೆ ಹೊರಟು ನಿಂತಿದ್ದ ಬಸ್ಸುಗಳನ್ನೆಲ್ಲಾ ಚೆಕ್ ಮಾಡಿ ಮುನಿಯಪ್ಪ ಮತ್ತು ಹೊನ್ನಿ ಬಸ್‌ಸ್ಟ್ಯಾಂಡಿನಲ್ಲಿ ಇಲ್ಲವೆಂದು ಖಾತ್ರಿ ಮಾಡಿಕೊಂಡರು.

"ಉಳಿದಿರೋದು ಒಂದೇ ಜಾಗ, ರೈಲ್ವೆ ಸ್ಟೇಷನ್. ನಡಿ ಅಲ್ಲಿಗೆ ಹೋಗೋಣ. ನನಗೆ ಆಶ್ಚರ್ಯವಾಗ್ತಾ ಇದೆ. ಪಾಲ್ ಎಲ್ಲಿಗೆ ಹೋದ? ಏನ್ಮಾಡ್ತಿದಾನೆ? ಯಾವ ಕೇಸಿನಲ್ಲೂ ಹೀಗೆ ಮಾಡಿರಲಿಲ್ಲವಲ್ಲ!"

"ಅವರ ಬಗ್ಗೆ ಯಾಕೆ ಯೋಚನೆ ಸಾರ್? ಬಹುಶಃ ಅವರೂ ನಮ್ಮ ತರಾನೇ ಮುನಿಯಪ್ಪ ಮತ್ತು ಹೊನ್ನೀನ ಲೊಕೇಟ್ ಮಾಡೋಕೆ ಟ್ರೈ ಮಾಡ್ತಿರಬಹುದು"

ವಿಕ್ರಮ್ ಮತ್ತು ಶರತ್ ಸಿಟಿ ರೈಲ್ವೇ ಸ್ಟೇಷನ್‌ಗ ಬಂದರು. ಇಷ್ಟಕ್ಕೂ ಅವರು ಯಾವ ಊರಿಗೆ, ಯಾವ ಟ್ರೈನಿಗೆ ಹೋರಟಿದಾರೇನ್ನೋದೂ ತಿಳಿದಿರಲಿಲ್ಲ. ರೈಲ್ವೇ ಸ್ಟೇಷನ್‌ನಲ್ಲಿ ಹೀಗೆ ಯಾವ ಮಾಹಿತಿಯೂ ಇಲ್ಲದೆ ವ್ಯಕ್ತಿಗಳನ್ನು ಹುಡುಕುವುದು ಸುಲಭದ ಕೆಲಸವಾಗಿರಲಿಲ್ಲ.

ಅವರು ರೈಲು ನಿಲ್ದಾಣ ಪ್ರವೇಶಿಸುವುದಕ್ಕೂ ಕರ್ನಾಟಕ ಎಕ್ಸ್ಪ್ರೆಸ್ ಹೊರಡುವುದಕ್ಕೂ ಸರಿಯಾಯಿತು. ವಿಕ್ರಮ್ ಓಡುತ್ತಾ ಹೋಗಿ ಪ್ಲಾಟ್‌ಫಾರಂ ತಲುಪಿದ. ಶರತ್ ಹಿಂದೆಯೇ ಓಡಿ ಬಂದಿದ್ದ. ನಿಧಾನಕ್ಕೆ ಚಲಿಸಲು ಪ್ರಾರಂಭಿಸಿದ ರೈಲಿನ ಒಂದು ಬೋಗಿಯ ಬಾಗಿಲಲ್ಲಿ ಪಾಲ್ ಕಾಣಿಸಿದ್ದು ವಿಕ್ರಮ್ ನಂಬಿಕೆ ಬಲಪಡಿಸಿತು. ಓಡುತ್ತಲೇ ಪಾಲ್ ನಿಂತಿದ್ದ ಬೋಗಿಯ ಬಾಗಿಲಿಗೆ ಬಂದ. ಪಾಲ್ ಕೈ ಹಾಕಿ ವಿಕ್ರಮ್‌ನನ್ನು ಎಳೆದುಕೊಂಡ.

ಶರತ್ ಅಷ್ಟು ವೇಗದಲ್ಲಿ ಓಡಲಾಗದೆ ಕೊನೆಯ ಬೋಗಿಯನ್ನು ಸಾಹಸದಿಂದ ಹತ್ತಿದ.

ಓಡಿ ಬಂದುದರಿಂದ ಏದುಸಿರುಬಿಡುತ್ತಿದ್ದ ವಿಕ್ರಮ್ ಬೆನ್ನನ್ನು ಮೆಲ್ಲನೆ ತಟ್ಟಿದ ಪಾಲ್. ಆಗಲೇ ವಿಕ್ರಮ್‌ಗ ಅರಿವಾಗಿತ್ತು. ತನ್ನ ಪಾರ್ಟಿ ಇದೇ ಟ್ರೈನಿನಲ್ಲಿ, ಪಾಲ್ ಇರುವ ಬೋಗಿಯಲ್ಲೇ ಇದೆ ಎಂದು.

"ಯೋಚ್ನೆ ಬೇಡ. ಹಕ್ಕಿ ಸುರಕ್ಷಿತವಾಗಿದೆ. ಬರೀ ಒಂದೇ ಅಲ್ಲ ಅದರ ಜೊತೆಗೆ ಇನ್ನೊಂದೂ ಬಂದಿದೆ..."

ಪಾಲ್ ವಿಕ್ರಮ್ ಕಿವಿಯಲ್ಲಿ ಉಸುರಿದ.

"ಎಲ್ಲಿ?"

"ಇದೇ ಬೋಗಿಯಲ್ಲಿ. ಅವನ ಜೊತೆ ಒಂದು ಹೆಂಗಸೂ ಬಂದಿದೆ! ಹೆಂಗಸು ಬುರ್ಖಾ ಹಾಕ್ಕೊಂಡಿದೆ. ಅವನು ಮೀಸೆ, ಗಡ್ಡ ಹಚ್ಕೊಂಡು ವೇಷ ಮರೆಸಿಕೊಂಡಿದ್ದಾನೆ"

"ನಾನು ಬಂದಿದ್ದು ನೋಡಿದನೇನು?"

"ನೋಡಿರೋಕೆ ಸಾಧ್ಯ ಇಲ್ಲ. ನೋಡಿದ್ದರೂ ಸಹ ಅವನಿಗೆ ತಪ್ಪಿಸ್ಕೊಳ್ಳೋಕೆ ಆಗೊಲ್ಲ. ನೆಕ್ಸ್ಟ್ ಸ್ಟಾಪ್ ತುಮಕೂರು. ಅಲ್ಲಿ ವಿಚಾರಿಸ್ಕೊಂಡ್ರೆ ಆಯ್ತು. ಅಂದ್ಹಾಗೆ ಶರತ್?"

"ಇನ್ನೊಂದು ಬೋಗಿ ಹತ್ತಿರಬೇಕು"

"ಅಲ್ಲಯ್ಯ ಇಲ್ಲಿವರೆಗೂ ಇವರನ್ನ ಯಾಕೆ ಬಿಟ್ಟೆ? ಬೆಂಗ್ಳೂರಲ್ಲೇ ಸ್ಟಾಪ್ ಮಾಡ್ಬೇಕಿತ್ತು"

ವಿಕ್ರಮ್ ಅಕ್ಷೇಪಿಸಿದ.

"ಚೆನ್ನಾಗಿ ಹೇಳ್ದೆ. ನಿನ್ನ ಫೋನ್ ಬಂದ ಮೇಲೆ ಯಶವಂತಪುರದ ಮನೆಗೆ ಹೋದ್ರೆ, ಪಾರ್ಟಿ ಮನೇಲಿರಲೇ ಇಲ್ಲ!"

"ಮತ್ತೆ?"

"ಮನೆಯಿಂದ ಹೋದವನು ಮತ್ತೆ ಮನೆಗೆ ಬರ್ಲೇಬೇಕೂಂತ ನನ್ನ ಕಡೆಯವನೊಬ್ಬನ್ನ ನಿಲ್ಲಿಸಿ ನಾನು ವಾಪಸ್ಸು ಆಫೀಸಿಗೆ ಬಂದು ನಿನ್ನ ಲೊಕೇಟ್ ಮಾಡೋಕೆ ಟ್ರೈ ಮಾಡಿದೆ. ನೀನು ಕೊಟ್ಟ ಎರಡು ನಂಬರ್‌ಗಳಲ್ಲೂ ನೀನು ಸಿಗಲೇ ಇಲ್ಲ. ಮೂರು ಗಂಟೆಗೆ ನನ್ನ ಕಡೆಯವನು ಸುದ್ದಿ ಕೊಟ್ಟ ತಕ್ಷಣ ಹೋದೆ. ಮನೆ ಪ್ರವೇಶ ಮಾಡಲಿಲ್ಲ. ಹೊರಗೇ ಕಾದು ನಿಂತೆ. ಸಾಯಂಕಾಲ ಆರು ಗಂಟೆಗೆ ನಿನ್ನ ಪಾರ್ಟಿ ಈಚೆಗೆ ಬಂತು. ಫಾಲೋ ಮಾಡಿದೆ. ಹೋಟೆಲ್ ಗೇಲಾರ್ಡ್ಗೆ ಹೋಯ್ತು ಪಾರ್ಟಿ. ಹೋಟೆಲಿಗೆ ಒಬ್ಬನೇ ಪ್ರವೇಶಿಸಿದ, ಈಚೆ ಬರೋವಾಗ ಇಬ್ಬರಾಗಿದ್ದರು! ಒಬ್ಬಳು ಸುಮಾರು ಮೂವತ್ತರ ಸಮೀಪದ ಹೆಂಗಸೂ ಸೇರಿತ್ತು. ಏನು ಕೇಸು? ಕಳ್ಳತನವೆ?"

ಪಾಲ್ ನಡೆದುದೆಲ್ಲಾ ಹೇಳಿದ.

"ಇಲ್ಲ, ಇದು ಕಳ್ಳತನದಲ್ಲ, ಕೊಲೆ ಕೇಸು. ಈಗ ತುಮಕೂರಲ್ಲಿ ಏನು ಮಾಡಬೇಕೂಂತ ಯೋಚ್ನೆ ಮಾಡೋಣ"

ಇಬ್ಬರೂ ಮೆಲು ದನಿಯಲ್ಲಿ ಸುತ್ತ ಇದ್ದವರಿಗೆ ಯಾವುದೇ ಅನುಮಾನ ಬರದ ರೀತಿಯಲ್ಲಿ ಮಾತಾಡಿದರು.

ವಿಕ್ರಮ್ ಒಮ್ಮೆ ಇಣುಕಿ ನೋಡಿದಾಗ ಗಡ್ಡ, ಮೀಸೆಗಳನ್ನು ಮುಖಕ್ಕೆ ಅಂಟಿಸಿ ಕೂತ ಮುನಿಯಪ್ಪ ಕಂಡ. ಪಾಲ್‌ನಂದ ಅವನ ವೇಷ ಬದಲಾವಣೆ ವಿಷಯ

ಪಾಲ್ ತಿಳಿಸದೆ ಇದ್ದಿದ್ದರೆ ಅವನನ್ನು ಗುರ್ತು ಹಿಡಿಯೋದು ವಿಕ್ರಮ್‌ಗೆ ಕೂಡ ಕಷ್ಟವಾಗುತ್ತಿತ್ತು. ಮುನಿಯಪ್ಪನ ಪಕ್ಕದಲ್ಲಿ ಬುರ್ಕಾಧಾರಿಣಿ ಹೆಣ್ಣೊಂದು ಕೂತಿತ್ತು, ಅದು ಹೊನ್ನಿ ಎಂದು ಊಹಿಸಿದ ವಿಕ್ರಮ್.

ತುಮಕೂರು ಬರುತ್ತಿದ್ದಂತೆ ಪಾಲ್‌ಗೆ ಮಾಡಬೇಕಾದ ಕೆಲಸವನ್ನು ವಿವರಿಸಿದ. ಟ್ರೈನ್ ನಿಲ್ಲುತ್ತಲೇ ಪಾಲ್ ಕೆಳಗಿಳಿದು ಹೋದ.

ತನ್ನ ಪ್ಲಾನ್ ಸರಿಯಾಗಿ ನಡೆಯುತ್ತಿಲ್ಲ ಎಂದು ಮುನಿಯಪ್ಪನಿಗೇ ಏನೋ ಅನುಮಾನ ಬಂದಿರಬಹುದು. ಅನುಮಾನದಿಂದ ಬುರ್ಕಾಧಾರಿಣಿ ಹೆಂಗಸನ್ನು ಎಬ್ಬಿಸಿಕೊಂಡು ಟ್ರೈನಿನಿಂದಿಳಿದ. ಅವರ ಬೆನ್ನ ಹಿಂದೆಯೇ ವಿಕ್ರಮ್ ಕೆಳಗಿಳಿದಿದ್ದ! ಕೆಳಗಿಳಿದು ಪ್ಲಾಟ್‌ಫಾರಂ ಮೇಲೆ ನಿಂತಾಗ ಮುನಿಯಪ್ಪನಿಗೆ ಮೊದಲು ಕಾಣಿಸಿದವನು ಶರತ್! ಕೆ.ಜಿ. ಹಳ್ಳಿಯಲ್ಲಿ ಕಟ್ಟಿ ಹಾಕಿ ಬಂದ ವ್ಯಕ್ತಿ ಇಲ್ಲದೆ ಹೇಗೆ ಬಂದ ಎಂಬ ಗೊಂದಲ ಕೆಲವು ಕ್ಷಣ ಮುನಿಯಪ್ಪನನ್ನು ಕಾಡಿತು. ಆದರೂ ತನ್ನ ಮತ್ತು ಹೊನ್ನಿಯ ವೇಷ ಬದಲಾಗಿರುವುದರ ಧೈರ್ಯದ ಮೇಲೆ ಗೇಟಿನ ಕಡೆಗೆ ನಡೆದ.

ವಿಕ್ರಮ್ ಕಣ್ಸನ್ನೆಯಿಂದ ಅದೇ ತಮ್ಮ ಪಾರ್ಟಿ ಎಂದು ಶರತ್‌ಗೆ ತಿಳಿಸಿದ. ಅಲ್ಲಿಯವರೆಗೆ ಶರತ್‌ಗೆ ಅವರನ್ನು ಗುರುತಿಸಲು ಸಾಧ್ಯವಾಗಿರಲಿಲ್ಲ.

ಮುನಿಯಪ್ಪ ಮತ್ತು ಬುರ್ಖಾ ಹೆಂಗಸು ಗೇಟಿನ ಬಳಿ ಬರುವಾಗ, ರೈಲ್ವೆ ಪೋಲೀಸರ ಜೊತೆಯಲ್ಲಿ ಪಾಲ್ ನಿಂತಿದ್ದ!

ಪೋಲೀಸರನ್ನು ನೋಡಿ ಮುನಿಯಪ್ಪನಿಗೆ ಅನುಮಾನ! ಅಲ್ಲದೆ ಸುಮಾರು ಹೊತ್ತು ತಮ್ಮ ಮನೆಯ ಮುಂದೆ ಠಳಾಯಿಸುತ್ತಿದ್ದ ವ್ಯಕ್ತಿ ಪಾಲ್ ಬೇರೆ ಅವರ ಜೊತೆ!

ಟ್ರೈನು ಮೆಲ್ಲನೆ ಚಲಿಸಲು ಪ್ರಾರಂಭಿಸಿತು.

ಮುನಿಯಪ್ಪ ಒಮ್ಮೆಲೇ ಹಿಂತಿರುಗಿ ಟ್ರೈನಿನತ್ತ ಓಡಲು ಪ್ರಯತ್ನಿಸಿದ. ಬುರ್ಖಾ ಹೆಂಗಸು ಅವನ ಹಿಂದೆ ಓಡಲು ಪ್ರಾರಂಭಿಸಿದಳು. ಹಿಂದ ಬರುತ್ತಿದ್ದ ವಿಕ್ರಮ್ ಮತ್ತು ಶರತ್ ಮುನಿಯಪ್ಪನ್ನು ಅಡ್ಡಗಟ್ಟಿದರು. ಹತಾಶನಾಗಿ ಮುನಿಯಪ್ಪ ಅವರನ್ನು ತಳ್ಳಿ ಮುಂದೆ ಹೋಗಲು ಪ್ರಯತ್ನಿಸಿದ. ಆದರೆ ವಿಕ್ರಮ್ ಮತ್ತು ಶರತ್ ಉಡದಂತೆ ಅವನನ್ನು ಹಿಡಿದಿದ್ದರು!!

ತುಮಕೂರು ರೈಲು ನಿಲ್ದಾಣದಲ್ಲಿ ಮುನಿಯಪ್ಪ ಮತ್ತು ಹೊನ್ನಿಯರನ್ನು ಬಂಧಿಸಲಾಯಿತು.

***

ವಿಕ್ರಮ್ ತನ್ನ ಆಫೀಸಿನಲ್ಲಿ ಕೂತು ಸಾವಕಾಶವಾಗಿ ಟೀ ಸವಿಯುತ್ತಿದ್ದ.

"ಸಾರ್ ಈ ಕೇಸಿನ ಪೂರ್ಣ ಚಿತ್ರ ನನಗೆ ಸಿಗಲೇ ಇಲ್ಲ"

ಶರತ್ ಸೀನಿಯರ್‌ನ ಕೇಳಿದ.

"ಯಾಕೆ?"

"ಯಶವಂತರಾಯರ ಶವ ಎಲ್ಲಿ?"

"ಅದು ವಿಲ್ಸನ್‌ಗಾರ್ಡ್ಸ್‌ನ ಇಲೆಕ್ಟ್ರಿಕ್ ಕ್ರಿಮೆಟೋರಿಯಂನಲ್ಲಿ ಸುಟ್ಟು ಬೂದಿಯಾಗಿದೆ! ಅದನ್ನ ಅಲ್ಲಿಗೆ ತೆಗೆದುಕೊಂಡು ಹೋದವರು ಯಾರು ಗೊತ್ತೆ? ಮುನಿಯಪ್ಪ ಮತ್ತು ಹೊನ್ನಿ!"

"ಅದು ಸರಿ ಸಾರ್. ಆದರೆ ಮೂರ್ತಿಯೇಕೆ ಅರೆಸ್ಟಾದರು"

"ಯಾಕೆಂದರೆ ಈ ಕೊಲೆ ಸ್ವತಃ ಮೂರ್ತಿ ಮಾಡದೇ ಇದ್ದರೂ ಸಹ ಅವನೇ ಕಾರಣ"

"ಅದ್ಹೇಗೆ ಸಾರ್?"

"ಇಡೀ ಕೇಸು ಯಾರಿಂದ ಪ್ರಾರಂಭವಾಯಿತೂಂತ ತಿಳಿದಿರುವೆ?"

"ಮೂರ್ತಿಯಿಂದಲೇ?"

"ನೋ...ಯೂ ಆರ್ ರಾಂಗ್! ಸರಳಾಳಿಂದ! ಹೌದು ಯಶವಂತರಾಯರ ಮೊಮ್ಮಗಳು ಸರಳಾಳಿಂದ. ತನ್ನ ತಾತ ಯಶವಂತರಾಯರು ಮತ್ತು ಎಳೆ ವಯಸ್ಸಿನ ಹೊನ್ನಿಯರ ನಡುವೆ ಅನೈತಿಕ ಸಂಬಂಧವಿರಬಹುದೆಂದು ಅನುಮಾನ ಬಂದು ಅದನ್ನ ಗಂಡನಿಗೆ ತಿಳಿಸಿದರು. ಮೂರ್ತಿಗೊಂದು ವಿಲಕ್ಷಣವಾದ ಯೋಚನೆ! ಮೂರ್ತಿ ತನ್ನ ಮಾವ ಮತ್ತು ಹೊನ್ನಿಯರ ಪ್ರಣಯ ಸನ್ನಿವೇಶಗಳನ್ನು ಗುಪ್ತವಾಗಿ ಫೋಟೋ ತೆಗೆದು, ನಂತರ ಮಾವನನ್ನು ಬ್ಲಾಕ್‌ಮೈಲ್ ಮಾಡುತ್ತಿದ್ದ! ಈ ವಿಷಯ ಹೊನ್ನಿಗೂ ತಿಳಿದಿತ್ತು.

ಹೊನ್ನಿ ಮದುವೆಯಾಗಿ ಬೆಂಗಳೂರಿಗೆ ಬಂದಳು. ಹೊನ್ನಿಯನ್ನು ಮದುವೆಯಾದ ಹನುಮಯ್ಯ ರೈಲ್ವೆಯಲ್ಲಿ ಸಿಗ್ನಲ್‌ಮನ್ ಜೊತೆಗೆ ಪುಡಿ ರೌಡಿಯೂ ಆಗಿದ್ದ. ಗಂಡ ಹೆಂಡತಿಯರಿಗೆ ಹೊಂದಾಣಿಕೆ ಬಂದಾಗ ಹೊನ್ನಿಗೆ ಬೇಗನೆ ಹಣ ಮಾಡುವ ಐಡಿಯಾ ಬಂದು ಗಂಡನಿಗೆ ಫೋಟೋ ವಿಷಯ ತಿಳಿಸಿದಳು.

ಗಂಡ-ಹೆಂಡತಿ ಬೆಂಗಳೂರಿಂದ ಅದೃಶ್ಯರಾದರು. ಗಂಡ ಸತ್ತ ಎಂದು ಹೊನ್ನಿ ಮತ್ತೆ ಕೆ.ಜಿ. ಹಳ್ಳಿ ಸೇರಿದಳು. ಹನುಮಯ್ಯ ಮುನಿಯಪ್ಪನಾಗಿ ಕೆ.ಜಿ ಹಳ್ಳಿಯಲ್ಲಿ ಅಗಸನಾದ. ತನ್ನ ಪತ್ನಿ ಮತ್ತು ಯಶವಂತರಾಯರ ಆತ್ಮೀಯ ದೃಶ್ಯಗಳನ್ನು ಫೋಟೋ ತೆಗೆದಿರುವುದನ್ನು ಕಾರಣವಾಗಿಟ್ಟುಕೊಂಡಿದ್ದ ಮೂರ್ತಿಯನ್ನು ಬೆದರಿಸಿ ಫೋಟೋಗಳಿರುವ ಪೆನ್‌ಡ್ರರöÊವನ್ನು ವಶಪಡಿಸಿಕೊಂಡು ತಾನೇ ಯಶವಂತರಾಯರನ್ನು ಸುಲಿಯಲು ಪ್ರಾರಂಭಿಸಿದ.

ಮೂರ್ತಿಯ ತಲೆಯಲ್ಲಿ ಬೇರೊಂದು ಯೋಚನೆ ರೂಪು ಪಡೆದಿತ್ತು. ತನಗೆ ಸಿಗುತ್ತಿದ್ದ ಹಣ ಇನ್ನೊಬ್ಬನ ಪಾಲಾಗಿತ್ತು. ಯಶವಂತರಾಯರು ಬದುಕಿದ್ದರೆ ತಾನೆ ಹನುಮಯ್ಯ ಅವರನ್ನು ಸುಲಿಯಲು ಸಾಧ್ಯ? ಅವರು ಸತ್ತರೆ? ಮುನಿಯಪ್ಪನ ಸುಲಿಗೆಗೆ ಅಂತಿಮ ಚರಣ ಹಾಡಲು ಯಶವಂತರಾಯರನ್ನೇ ಮುಗಿಸಿಬಿಡುವ ಯೋಜನೆ ಹಾಕಿದ.

ಯಶವಂತರಾಯರು ಸಾಯುವ ದಿವಸ ತೆಗೆದುಕೊಂಡ ಮಾತ್ರೆ ತಲೆ ನೋವಿನದಾಗಿರಲಿಲ್ಲ! ನಿದ್ರೆ ಮಾತ್ರೆ! ಹೊನ್ನಿಗೂ ಅದು ನಿದ್ರೆ ಮಾತ್ರೆ ಎನ್ನುವುದು ಗೊತ್ತಿರಲಿಲ್ಲ! ಯಶವಂತರಾಯರು ರಮ್ ಕುಡಿಯುವ ಮುಂಚೆ ನಿದ್ರೆ ಮಾತ್ರೆ ತೆಗೆದುಕೊಂಡಿದ್ದಾರೆ. ನಂತರ ರಮ್ ಕುಡಿದಿದ್ದಾರೆ. ಮೊದಲೇ ರಕ್ತದೊತ್ತಡವಿದ್ದದ್ದುರಿಂದ ಅದು ಮಿತಿಮೀರಿ, ಹಾರ್ಟ್‌ಅಟ್ಯಾಕಾಗಿ ಯಶವಂತರಾಯರು ಸತ್ತಿದ್ದಾರೆ! ಯಾರಿಗಾದರೂ ಅನುಮಾನ ಬರುವ ಮುಂಚೆಯೇ ಅಂತ್ಯಕ್ರಿಯೆಯನ್ನು ನಡೆಸಲು ಮೂರ್ತಿ ಮುತುವರ್ಜಿ ವಹಿಸಿದ.

ಯಶವಂತರಾಯರ ಸಾವು ಸ್ವಾಭಾವಿಕ ಎಂಬ ತಿಳುವಳಿಕೆಯೊಂದಿಗೆ ಅವರ ಅಂತ್ಯಕ್ರಿಯೆಯಾಯಿತು. ಆದರೆ ಅದು ಕೊಲೆಯೆಂದು ಮೂರ್ತಿ ಮತ್ತು ಮುನಿಯಪ್ಪನಿಗೆ ಮಾತ್ರ ತಿಳಿದಿತ್ತು.

ಕೃಷ್ಣನ ಮೂಕರ್ಜಿಗೆ ಪೋಲೀಸರು ಕ್ರಿಯಶೀಲರಾದರು. ಪೋಲೀಸರು ಶವ ತೆಗೆದು ಪರೀಕ್ಷೆ ಮಾಡುವರು ಎಂದು ತಿಳಿದಾಗ ಮೂರ್ತಿ ಮತ್ತು ಹೊನ್ನಿಗೆ ಗಾಬರಿಯಾಯ್ತು. ತಾನೇ ಅವರಿಗೆ ಮಾತ್ರೆ ಮತ್ತು ಹಾಲು ಕೊಟ್ಟೆ ಎಂದು ಹೇಳಿದಾಗ ಮುನಿಯಪ್ಪ ಬೇರೆ ಐಡಿಯಾ ಮಾಡಿದ. ತನ್ನ ಪತ್ನಿ ಸಿಕ್ಕಿಹಾಕಿಕೊಂಡಾಳೆಂದು ಹೆದರಿದ. ಹೊನ್ನಿ ಕೇಸಿನಲ್ಲಿ ಸಿಕ್ಕಿಕೊಂಡರೆ ತನ್ನ ಹೆಸರೂ ಈಚೆ ಬರುತ್ತದೆ. ತನಗೂ, ಹೊನ್ನಿಗೂ ಜೈಲಾಗುತ್ತದೆ ಎಂದು ಹೆದರಿ, ಯಶವಂತರಾಯರ ಶವ ಹಾರಿಸಿಕೊಂಡು ಬೆಂಗಳೂರಿಗೆ ಹೋದ. ಅದಕ್ಕೆ ಅವನು ಉಪಯೋಗಿಸಿದ್ದು ಕುದುರೆ ನಂತರ ಒಂದು ಟ್ಯಾಕ್ಸಿ! ಶವ ಸಾಗಿಸಿದ ಟ್ಯಾಕ್ಸಿಯನ್ನೂ ಲೊಕೇಟ್ ಮಾಡಿದೀನಿ. ಅದನ್ನು ಮುನಿಯಪ್ಪ ಯಾನೆ ಹನುಮಯ್ಯ ಕದ್ದು ಉಪಯೋಗಿಸಿದ. ನಕಲಿ ಮರಣದ ದಾಖಲೆಯೊಂದನ್ನು ತಂದು ಶವವನ್ನು ವಿಲ್ಸನ್‌ಗಾರ್ಡನ್ನಿನ ಎಲೆಕ್ಟ್ರಿಕ್ ಕ್ರಿಮೆಟೋರಿಯಮ್ಮಿನಲ್ಲಿ ಸುಟ್ಟು ಕೈ ತೊಳೆದುಕೊಂಡ. ಆಗಲೂ ಅವನು ಗಡ್ಡ, ಮೀಸೆ ಹಾಕಿ ವೇಷ ಧರಿಸಿದ್ದ.

ತಾನು ಕೇಸಿನಲ್ಲಿ ಸಿಕ್ಕಿಹಾಕಿಕ್ಕೊಳ್ಳುವ ಸಾಧ್ಯತೆಯನ್ನು ತಪ್ಪಿಸಿಕ್ಕೊಳ್ಳಲು ಮೂರ್ತಿ ಶವವನ್ನು ಬೇರೆಲ್ಲಾದರೂ ಸಾಗಿಸಲು ಸ್ಮಶಾನಕ್ಕೆ ಹೋಗಿ ಸಮಾಧಿ ಅಗೆದಾಗ ಅಲ್ಲಿ ಶವವೇ ಇರಲಿಲ್ಲ! ಕಾರಣ ಮುನಿಯಪ್ಪ ಆಗಲೇ ಶವವನ್ನು

ಸಾಗಿಸಿಬಿಟ್ಟಿದ್ದ! ಮೂರ್ತಿಗೆ ಇನ್ನಿಲ್ಲದ ಆತಂಕ ಶುರುವಾಗಿತ್ತು. ಆಗಲೇ ನನ್ನಲ್ಲಿ ಬಂದು ಕೇಸೊಪ್ಪಿಸಿದ್ದು.

ಮುನಿಯಪ್ಪ ತಾನು ಬ್ಲಾಕ್ ಮೈಲ್ ಮಾಡಲು ಸಾಧನವಾಗಿದ್ದ ಪೆನ್‌ಡ್ರೈವನ್ನು ನಾಶ ಮಾಡಲು ಮರೆತು ತಪ್ಪು ಮಾಡಿದ! ಮೂರ್ತಿ ನನ್ನ ಕೈಗೆ ಕೇಸೊಪ್ಪಿಸಿ ತಪ್ಪು ಮಾಡಿದ.

ಕೆ.ಜಿ. ಹಳ್ಳಿಯಲ್ಲಿ ನಮ್ಮ ಮೂವ್‌ಮೆಂಟ್ಸ್ ಮೇಲೆ ಸರಳಾ ಮತ್ತು ಹೊನ್ನಿ ಇಬ್ಬರೂ ಕಣ್ಣಿಟ್ಟಿದ್ದರು. ಸರಳಾ ಮೂರ್ತಿಗೆ ಸುದ್ದಿ ಕೊಟ್ಟರೆ, ಹೊನ್ನಿ ಮುನಿಯಪ್ಪನಿಗೆ ಕೊಡುತ್ತಿದ್ದಳು..."

"ಮುನಿಯಪ್ಪನ ವಿಷಯ ಹೇಗೆ ತಿಳ್ಕೊಂಡ್ರಿ?"

"ಪೋಲೀಸ್ ರೆಕಾರ್ಡ್ಸ್‌ನಿಂದ. ಇಷ್ಟಕ್ಕೂ ಅವನು ಮುನಿಯಪ್ಪ ಅಲ್ಲ. ಹನುಮಯ್ಯ, ಒಬ್ಬ ಪುಡಿ ರೌಡಿ. ಒಂದೆರಡು ಕಳ್ಳತನ, ಗ್ಯಾಂಗ್‌ಫೈಟ್‌ಗಳಲ್ಲಿ ಹಿಂದೆ ಸಿಕ್ಕಿಕೊಂಡಿದ್ದ. ನಂತರ ಸುಧಾರಿಸಿದ್ದ.. ರೈಲ್ವೆಯಲ್ಲಿ ಸಿಗ್ನಲ್‌ಮನ್ ಆಗಿ ಕೆಲಸ ಗಿಟ್ಟಿಸಿದ್ದ. ಕೆಲಸಕ್ಕೆ ಗೈರಾಗಿ, ಹನುಮಯ್ಯನು ಸತ್ತ ಎಂದು ಹೇಳಿ ಮುನಿಯಪ್ಪನ ಹೆಸರಲ್ಲಿ ಕೆ.ಜಿ. ಹಳ್ಳೀಲಿ ಅಗಸನಾದ"

"ಮೂರ್ತಿ ಈ ಕೇಸು ನಮ್ಮ ಕೈಯಲ್ಲಿಡೋಕೆ ಕಾರಣ ಏನು?"

"ತನ್ನ ಮೇಲೆ ಅಪವಾದ ಬರದೆ ಇರಲೀಂತ. ಶವ ಸಿಕ್ಕೋದೇ ಇಲ್ಲಾನ್ನೋ ನಂಬಿಕೆ ಅವನಿಗಿತ್ತು. ಏಕೆಂದರ ಶವ ಕಾಣೆಯಾಗಿರುವುದರ ಹಿಂದಿರುವವನು ಮುನಿಯಪ್ಪ ಅಲಿಯಾಸ್ ಹನುಮಯ್ಯ ಎನ್ನುವುದು ಅವನಿಗೆ ಗೊತ್ತಿತ್ತು. ಅಕಸ್ಮಾತ್ ಸಿಕ್ಕಿಕೊಂಡರೂ ಮುನಿಯಪ್ಪ ಸಿಕ್ಕಿಕೊಂಡಾನು ಎಂದುಕೊಂಡಿದ್ದ"

ವಿಕ್ರಮ್ ಎಳೆಎಳೆಯಾಗಿ ಕೇಸು ಬಿಡಿಸಿ ಹೇಳುತ್ತಿದ್ದ.

"ಸೋ..ರಾಮಣ್ಣ ಈ ಕೇಸಲ್ಲಿ ಕ್ಲಿಯರಾಗಿದ್ದಾರೆ.."

ಶರತ್ ತನ್ನ ಸಂಶಯಗಳನ್ನು ಪೂರಾ ನಿವಾರಿಸಿಕ್ಕೊಳ್ಳಲು ಕೇಳಿದ.

"ಯೂ ಆರ್ ರೈಟ್. ಯಶವಂತರಾಯರ ಕೊಲೆಯಲ್ಲಾಗಲೀ, ಶವ ಕಾಣೆಯಾಗಿರುವುದರಲ್ಲಾಗಲೀ ರಾಮಣ್ಣ ಸೇರಿಲ್ಲ! ಆದರೆ ಮಗಳನ್ನು ಕೃಷ್ಣನಿಗೆ ಕೊಟ್ಟು ಮದುವೆ ಮಾಡುವ ಯೋಜನೆಯನ್ನು ಕಾರ್ಯಗತಗೊಳಿಸುವ ಬಗ್ಗೆ ತೀವ್ರ ಪ್ರಯತ್ನ ಮಾಡುತ್ತಿದ್ದ.

"ಒಂದು ವೇಳೆ ಯಶವಂತರಾಯರು ಹೊನ್ನಿ ಜೊತೆಯಲ್ಲಿ ಸಂಬಂಧ ಇಟ್ಕೊಳ್ಳದೆ ಇದ್ದಿದ್ದರೆ ಈ ಕೇಸು ಉದ್ಭವವಾಗ್ತಾನೇ ಇರ್ಲಿಲ್ಲವೇನೋ?"

ಶರತ್ ತನಗೆ ತಾನೇ ಎಂಬಂತೆ ಹೇಳಿಕ್ಕೊಳ್ಳುವಾಗ ಬಾಗಿಲ ಬಳಿ ನಿಂತು ಯಾರೋ ಕಾಲಿಂಗ್ ಬೆಲ್ ಒತ್ತಿದರು.

"ಎಸ್, ಕಮಿನ್ ಪ್ಲೀಸ್"

ವಿಕ್ರಮ್ ಕಂಚಿನ ಕಂಠ ಕರೆಯಿತು.

ಬಂದವನು ಕೃಷ್ಣ!

ಯಶವಂತರಾಯರ ಮೊಮ್ಮಗ! ಅವನ ಮುಖದಲ್ಲಿ ಸಂತೋಷ ಉಕ್ಕಿತ್ತು.

"ನಮಸ್ಕಾರ. ನಿಮ್ಮಿಂದ ಈ ಕೆಲಸ ಸಾಧ್ಯವಾಗಬಹುದೂಂತ ನನಗೆ ಅನ್ನಿಸಿರಲಿಲ್ಲ"

ಕೃಷ್ಣ ಹೇಳಿದ.

"ನಮ್ಮ ವೃತ್ತೀನೆ ಅದಲ್ವಾ ಕೃಷ್ಣ! ಅದೂ ಸರಿಯಾಗಿ ಮಾಡ್ದೆ ಇದ್ರೆ ಹೇಗೆ?"

ವಿಕ್ರಮ್ ತಮಾಷೆಯಾಗಿ ಹೇಳಿದ.

"ನಿಮಗೆ ಕೃತಜ್ಞತೆ ಹೇಳೋಕೆ ಬಂದಿದೀನಿ. ನಮ್ಮ ತಾತನ ಸಾವು ಸ್ವಾಭಾವಿಕ ಅಲ್ಲ ಅನ್ನೋ ಅನುಮಾನವಿತ್ತು. ನಮ್ಮ ಭಾವ ಕಿರಾತಕ. ಹೊನ್ನಿ ಶೂರ್ಪನಖಿ. ಅಬ್ಬಾ! ಈಗ ನನಗೆ ನೆಮ್ಮದಿಯಾಯಿತು"

ಕೃಷ್ಣ ಮುಖ ಕೃತಜ್ಞತೆಯಿಂದ ತುಂಬಿತ್ತು.

"ಹಾಗೆ ನೋಡಿದರೆ ಕೃಷ್ಣ, ನಾವು ವಿಶ್ವಾಸ ದ್ರೋಹಿಗಳು. ಮೂರ್ತಿ ಬಂದು ಈ ಕೇಸು ನಮಗಿತ್ತರು. ನಾವು ಅವರನ್ನೇ ಅರೆಸ್ಟ್ ಮಾಡಿಸಿದ್ದೇವೆ."

"ಅದು ನ್ಯಾಯಕ್ಕೆ ಬೆಲೆ ಕೊಡೋ ನಿಮ್ಮ ಮನಸ್ಸನ್ನು ತೋರಿಸುತ್ತೆ. ತಾವು ತಪ್ಪು ತಿಳಿಯದೆ ಈ ಚೆಕ್ ಸ್ವೀಕರಿಸಬೇಕು."

ಐವತ್ತು ಸಾವಿರ ರೂಪಾಯಿಗೆ ಬರೆದ ಚೆಕ್ ವಿಕ್ರಮ್ ಕೈಯಲ್ಲಿಟ್ಟ ಕೃಷ್ಣ.

"ಥ್ಯಾಂಕ್ಸ್ ಕೃಷ್ಣ. ಈ ಸಮಯದಲ್ಲಿ ಒಂದು ಮಾತು ಹೇಳಿದರೆ ತಪ್ಪು ತಿಳಿಯೊಲ್ಲ ತಾನೆ?"

"ಖಂಡಿತಾ ಇಲ್ಲ."

"ಇನ್ನು ಮೇಲಾದರೂ ಶುದ್ಧ ಚಾರಿತ್ರ್ಯದಿಂದ ಬದುಕೋದು ಕಲಿ ಕೃಷ್ಣ. ಅದರಿಂದ ಮನಸ್ಸಿಗೆ ತುಂಬಾ ನೆಮ್ಮದಿ ಸಿಗುತ್ತೆ. ರಾಣಿ ಕೈಬಿಡಬೇಡ. ಪಾಪ ಅಂಥ ತಾಯಿ ಬೇರೆ! ನಿನ್ನನ್ನೇ ನಂಬಿಕೊಂಡಿದ್ದಾಳೆ ರಾಣಿ. ಮದ್ವೆಯಾಗಿ, ಜವಾಬ್ದಾರಿಯಿಂದ ಜೀವನ ನಡೆಸು. ಈಗ ನೀನು ಎಡವಿದರೆ ತಿದ್ದೋಕೆ ನಿಮ್ಮ ತಾತ ಇಲ್ಲ"

"ಥ್ಯಾಂಕ್ ಯೂ ಸರ್. ನಿಮ್ಮ ಮಾತಿಗೆ ಗೌರವ ಕೊಡ್ತೀನಿ. ಅದರಂತೆ ನಡೆಯೋಕೆ ಪ್ರಯತ್ನಿಸ್ತೀನಿ..."

ಕೃಷ್ಣ ಕಂಬನಿದುಂಬಿ ನುಡಿದು ಆಫೀಸಿನಿಂದಾಚೆ ಹೋದ.

ಸೂಕ್ತ ಸಮಯದಲ್ಲಿ ಪರಿಣಾಮಕಾರಿಯಾದ ನಾಲ್ಕು ಮಾತಾಡಿದ ವಿಕ್ರಮ್ ಕಡೆ ಶರತ್ ಮೆಚ್ಚುಗೆಯಿಂದ ನೋಡಿದ.

(ಮುಗಿಯಿತು)

ಪ್ರಾರಂಭ!

ಅದು ಅಮಾವಾಸ್ಯೆಯ ಹಿಂದಿನ ದಿನ. ತಾನು ಈವರೆಗೆ ಕಂಡ ಅಮಾವಾಸ್ಯೆಗಳ ಮುನ್ನಾದಿನಗಳಿಗಿಂತಲೂ ಇಂದು ಕತ್ತಲು ಹೆಚ್ಚು ದಟ್ಟವಾಗಿದೆ ಎನ್ನಿಸಿತು ಅವನಿಗೆ. ರಾತ್ರಿ ಬಹಳ ಹೊತ್ತಾಗಿತ್ತು. ಮಧ್ಯರಾತ್ರಿಯನ್ನು ಮೀರಿತ್ತು. ಆದರೆ, ಬೆಳಗಾಗಲು ಇನ್ನೂ ತುಂಬಾ ಸಮಯವಿತ್ತು. ಆಕಾಶದ ತುಂಬಾ ಮೋಡಗಳು ದಟ್ಟವಾಗಿದ್ದವು. ಮುಂಗಾರಿನ ದಿನಗಳು ಬೇರೆ. ಮಳೆ ಬರುವ ಸೂಚನೆಯೂ ಸ್ಪಷ್ಟವಾಗಿತ್ತು.

ಸಂಜೆಯಿಂದಲೂ ಗಾಳಿ ಹುಯಿಲಿಡುತ್ತಿತ್ತು! ಮಳೆ ಯಾವಾಗಲಾದರೂ ಬರಬಹುದು ಎನಿಸುತ್ತಿತ್ತು. ಆದರೆ ಅದ್ಯಾವುದರ ಪರಿವೆ ಆ ಮನುಷ್ಯನಿಗೆ ಕಿಂಚಿತ್ತೂ ಇದ್ದಂತಿರಲಿಲ್ಲ. ತಾನಿರುವುದು ಸ್ಮಶಾನದಲ್ಲಿ ಎಂಬ ಅಳುಕಾಗಲೀ, ಭಯವಾಗಲೀ ಕಿಂಚಿತ್ತೂ ಇದ್ದಂತಿರಲಿಲ್ಲ! ಬಹುಶಃ ಅವನಿಗಿದ್ದ ಒಂದೇ ಭಯವೆಂದರೆ ತನ್ನ ಕೆಲಸವನ್ನು ಯಾರಾದರೂ ನೋಡಬಹುದು! ಅದರ ಪರಿಣಾಮವೇನಾದೀತು ಎನ್ನುವುದೊಂದೇ ಅವನಿಗಿದ್ದ ಭಯ! ಗುದ್ದಲಿ ಹಿಡಿದು ಒಂದೇ ಸಮನೆ ಸಮಾಧಿಯೊಂದನ್ನು ಅಗೆಯುತ್ತಿದ್ದ. ಅವನ ಉದ್ದೇಶ ಸ್ಪಷ್ಟವಾಗಿತ್ತು! ಒಳಗಿದ್ದ ಶವವನ್ನು ತೆಗೆಯಬೇಕು ಎನ್ನುವುದು! ಒಂದೇ ಸಮನೆ ಮಣ್ಣು ತೋಡಿ ಹಾಕುತ್ತಿದ್ದ. ಅವನು ಅಗೆಯುತ್ತಿದ್ದುದು ಕೆಲವೇ ದಿನಗಳ ಹಿಂದಿನ ಸಮಾಧಿ. ಮಣ್ಣು ಗಟ್ಟಿಯಾಗಿರಲಿಲ್ಲ! ಕೆಲಸ ಸುಲಭವೆನಿಸಿದರೂ ಆಯಾಸಗೊಳ್ಳುತ್ತಿದ್ದ. ತನ್ನ ಕೆಲಸವನ್ನು ಯಾರಾದರೂ ನೋಡುತ್ತಿರಬಹುದೆನ್ನುವ ಅನುಮಾನದಿಂದ ಹತ್ತು ನಿಮಿಷಗಳಿಗೊಮ್ಮೆ ತಲೆಯೆತ್ತಿ ಸುತ್ತಲೂ ನೋಡಿ, ಶಬ್ದವನ್ನು ಆಲಿಸಿ, ಯÁರೂ ತನ್ನನ್ನು ಗಮನಿಸುತ್ತಿಲ್ಲವೆಂದು ಖಾತ್ರಿ ಮಾಡಿಕೊಂಡು ಮತ್ತೆ ತನ್ನ ಕೆಲಸದಲ್ಲಿ ತೊಡಗುತ್ತಿದ್ದ.

ಅವನು ಸುಮಾರು ಮೂವತ್ತೈದರ ಹರೆಯದ ಗಂಡಸು. ಸಾಧಾರಣ ಮೈಕಟ್ಟು. ಲುಂಗಿಯನ್ನು ಮೊಣಕಾಲಿನ ಮೇಲೆ ಕಟ್ಟಿದ್ದ. ಷರಟಿನ ಅರ್ಧ ಗುಂಡಿಗಳನ್ನು ಬಿಚ್ಚಿದ್ದ. ಎದೆಯನ್ನು ಗಾಳಿಗೊಡ್ಡಲು ಮಾಡಿದ ಕೃತ್ಯವದು. ಆಗಾಗ್ಗೆ ಮಾಡುತ್ತಿದ್ದ ಕೆಲಸ ನಿಲ್ಲಿಸಿ ಹಣೆಯ ಬೆವರನ್ನು ಹೆಗಲ ಮೇಲಿನ ಟವೆಲ್ಲಿನಿಂದ ಒರೆಸಿಕೊಳ್ಳುತ್ತಿದ್ದ. ಅಂತ ಕೆಲಸ ಮಾಡಿ ಅವನಿಗೆ ಅಭ್ಯಾಸವಿಲ್ಲ ಎನ್ನುವುದು

ಅವನು ಉಸಿರು ಬಿಡುವುದರಲ್ಲೇ ಗೊತ್ತಾಗುತ್ತಿತ್ತು. ಎಂದೂ ಮಾಡಿರದ ದಣಿವಾಗುವ ಕೆಲಸವನ್ನು ಕೈಗೊಂಡಿದ್ದ.

ದೂರದಲ್ಲೆಲ್ಲೋ ನಾಯಿಯೊಂದು ವಿಕಾರವಾಗಿ ಕೂಗಿತು! ಅದಕ್ಕೆ ಪ್ರತಿಯಾಗಿ ಇನ್ನೂ ಕೆಲವು ನಾಯಿಗಳು ಬೊಗಳಿದವು. ಸಮೂಹ ಸನ್ನಿಯಂತೆ ಎಲ್ಲವೂ ವಿಕಾರವಾಗಿ ಬೊಗಳತೊಡಗಿದವು.

ಕ್ಷಣಕಾಲ ಬೆಚ್ಚಿದ! ಶಬ್ದ ಬಂದೆಡೆಗೆ ನೋಡಿದ. ನಾಯಿಗಳು ತುಂಬಾ ದೂರ ಇವೆ, ಅವು ಬೊಗಳುತ್ತಿರುವುದು ತನ್ನನ್ನು ನೋಡಿ ಅಲ್ಲ! ಊರಿನಲ್ಲಿ ನಡೆದ ಯಾವುದೋ ಕ್ರಿಯೆಗೆ ಅಥವಾ ಆಗಂತುಕರನ್ನೋ ಕಂಡು ಹೀಗೆ ಬೊಗಳುತ್ತಿರಬೇಕು ಎಂದು ಧೈರ್ಯ ತಂದುಕೊಂಡು ಮತ್ತೆ ಅಗೆಯಲು ಶುರು ಮಾಡಿದ.

ಅವನಿಗೆ ಇದು ಸರಿಯಾದ ಸಮಯ ಎನಿಸಿದ್ದರೂ ತಾನು ಕೈಗೊಂಡಿರುವ ಕೆಲಸ ಸರಿಯೇ? ತಪ್ಪೇ? ಎಂಬ ಗೊಂದಲದಲ್ಲಿದ್ದ. ಇದನ್ನು ಬಿಟ್ಟು ತನಗೆ ಬೇರೆ ದಾರಿಯೇ ಇಲ್ಲ ಎನಿಸಿತ್ತು. ಮರುಕ್ಷಣವೇ ಮುಂದಾಗುವುದನ್ನು ಎದುರಿಸಲು ತಾನು ಸಿದ್ಧನಾಗಿದ್ದರೆ, ಈ ಶವ ಅಗೆಯುವ ಕೆಲಸ ಮಾಡಬೇಕಾಗಿರಲಿಲ್ಲ ಎನಿಸುತ್ತಿತ್ತು. ಈ ದ್ವಂದದಲ್ಲೇ ಕೆಲಸ ಮುಂದುವರಿಸಿದ್ದ.

ತಾನೆಷ್ಟು ಆಳ ತೆಗೆದಿದ್ದೇನೆ ಎಂದು ಪರೀಕ್ಷಿಸಲು ಸೊಂಟಕ್ಕೆ ಸಿಕ್ಕಿಸಿಕೊಂಡಿದ್ದ ಟಾರ್ಚಿನ ಬೆಳಕನ್ನು ತಾನು ತೋಡುತ್ತಿದ್ದ ಗುಂಡಿಯತ್ತ ಚೆಲ್ಲಿದ. ಮೊಣಕಾಲಿನವರೆಗೂ ಸಮಾಧಿ ಅಗೆದಿದ್ದ. ಶರೀರ ಸಿಗಲು ಇನ್ನೂ ತುಂಬ ಅಗೆಯಬೇಕು. ಇನ್ನೂ ತುಂಬಾ ಮಣ್ಣು ಗೋರಿ ಪಕ್ಕಕ್ಕೆ ಹಾಕಬೇಕು...ಅದಕ್ಕೆಷ್ಟು ಸಮಯ ಹಿಡಿಯಬಹುದು? ಅರ್ಧ ಗಂಟೆ ಸಾಕಾದೀತೆ? ಒಮ್ಮೆ ಶವ ಸಿಕ್ಕರೆ...ನೆಮ್ಮದಿ.

ಇಪ್ಪತ್ತು ಹೆಜ್ಜೆ ದೂರದಲ್ಲಿ ಮರಕ್ಕೆ ಕಟ್ಟಿದ್ದ ಕುದುರೆಯ ಕಣ್ಣುಗಳು ಬ್ಯಾಟರಿಗಳಂತೆ ಹೊಳೆದವು. ಕುದುರೆ ಕೆಳಗೆ ಹಾಕಿದ್ದ ಹುಲ್ಲನ್ನು ತಿನ್ನುತ್ತಿತ್ತು. ಕುದುರೆ ತಂದಿದ್ದು ಒಳ್ಳೆಯದಾಯಿತು. ಇಲ್ಲವಾದಲ್ಲಿ ಎಷ್ಟೊಂದು ಭಾರ ಹೊರಬೇಕಿತ್ತು! ಅದು ಸಾಧ್ಯವೂ ಆಗುತ್ತಿರಲಿಲ್ಲ. ದೊಡ್ಡ ಗೋಣಿಚೀಲ, ಹಗ್ಗ ಎಲ್ಲವನ್ನೂ ಅವನು ತಂದಿದ್ದ. ಶವ ತೆಗೆದು ಅದನ್ನು ಚೀಲದಲ್ಲಿ ಹಾಕಿಕೊಂಡು ಕುದುರೆಯ ಮೇಲೆ ಹಾಕಿಕೊಂಡು ಹೋಗುವ ಉದ್ದೇಶ ಅವನದಾಗಿತ್ತು. ಅದೂ ತುಂಬಾ ದೂರಕ್ಕೆ ಒಯ್ಯಬೇಕಿತ್ತು.!

ತನ್ನ ಯೋಚನೆಗಳಿಗವನು ತತ್ಕಾಲಿಕ ವಿರಾಮ ಕೊಟ್ಟು ಮೊದಲಿಗಿಂತ ವೇಗವಾಗಿ ಗುಂಡಿ ತೋಡಲು ಪ್ರಾರಂಭಿಸಿದ. ಆದರೂ ಮನಸ್ಸು

ಸುಮ್ಮನಿರಬೇಕಲ್ಲ? ಮತ್ತೆ ಮನಸ್ಸಿನಲ್ಲಿ ಶುರುವಾಯಿತು ಯೋಚನೆ!

ಮೂರು ದಿವಸದ ಹೆಣ ಹೇಗಿರಬಹುದು!?

ಅದೂ ಮಣ್ಣಿನಲ್ಲಿ ಹೂತಿರುವ ಶವ!

ಹುಳುಗಳು ಬಿದ್ದಿರಬಹುದು! ಕಿವಿ, ಮೂಗುಗಳಿಂದಂತೂ ಹುಳುಗಳು ಸಾಲಾಗಿ ಹರಿಯುತ್ತಿರುತ್ತಿವೆ. ಕಣ್ಣುಗಳನ್ನೂ ತಿಂದಿರುತ್ತವೆಯೇನೊ? ಅಲ್ಲಿ ತೂತು ಬಿದ್ದಿರುತ್ತದೆ. ಆದರೆ ಮೂರೇ ದಿವಸದಲ್ಲಿ ಅಷ್ಟೇಲ್ಲಾ ಆಗಿರುವ ಸಾಧ್ಯತೆಯಿದೆಯೆ? ಆದರೂ ಶವವನ್ನು ಮುಟ್ಟುವುದು..? ಮೈ ಜುಮ್ಮೆಂದಿತು! ಅದರ ಕಲ್ಪನೆ ಬರುತ್ತಲೇ ಥೂ...ಅಸಹ್ಯ ಎಂದುಕೊಂಡ! ಅವನು ಮುಖ ಅಸಹ್ಯದಿಂದ ಕಿವುಚಿಕೊಂಡಿತು. ಆದರೆ, ಹೆದರಿಕೆ ಅಷ್ಟಾಗಿ ಅವನನ್ನು ಕಾಡಿರಲಿಲ್ಲ. ಏಕಾಂಗಿಯಾಗಿ ಸ್ಮಶಾನದಲ್ಲಿ ಪಿಶಾಚಿಯಂತೆ ನಿಂತಿದ್ದ. ಅದಷ್ಟೇ ಅಲ್ಲ... ರಭಸದಿಂದ ಸಮಾದಿಯನ್ನು ಅಗೆಯುತ್ತಿದ್ದ! ಒಳಗಿರುವ ಶವ ತೆಗೆದು ಕುದುರೆಯ ಮೇಲೆ ಹಾಕಿಕೊಂಡು ಹೋಗಬೇಕು. ತುಂಬಾ ದೂರಕ್ಕೆ ಹೋಗಬೇಕು. ಅದೂ ಬೆಳಗಾಗುವುದರಲ್ಲಿ ಆ ಜಾಗ ತಲುಪಿ ಈ ಶವಕ್ಕೆ ಸ್ನಾನ ಮಾಡಿಸಿ, ಬಿಳಿ ಬಟ್ಟೆ ಹೊದಿಸಿ..ಓ ದೇವರೇ..ಇನ್ನೂ ಎಷ್ಟು ಕೆಲಸ? ಅದೂ ಅಪಾಯದ ಕೆಲಸ. ಈ ಕೆಲಸ ಮಾಡುತ್ತಿರುವಾಗ ಯಾರ ಕೈಲಾದರೂ ಸಿಕ್ಕಿಕೊಂಡರೆ? ಅ ಪರಿಸ್ಥಿತಿಯನ್ನು ಊಹಿಸಲೂ ಸಾಧ್ಯವಿಲ್ಲ! ಜೀವಿತವಿಡೀ ಜೈಲು!! ಈ ಕೆಲಸ ಮಾಡದಿದ್ದರೂ ಜೈಲು ಸೇರುವ ಅಪಾಯವೂ ಇದೆಯಲ್ಲ? ಅತ್ತ ದರಿ, ಇತ್ತ ಪುಲಿ!!

ಮತ್ತಷ್ಟು ಮಣ್ಣು ತೆಗೆದು ಟಾರ್ಚಿನ ಬೆಳಕಿನಲ್ಲಿ ಪರೀಕ್ಷಿಸಿದ. ಅಗೆಯುತ್ತಿದ್ದ ವೇಗಕ್ಕೆ ತೃಪ್ತಿ ಪಟ್ಟುಕೊಂಡ. ಮತ್ತೆ ಅಗೆಯುವ ಕೆಲಸದಲ್ಲಿ ತೊಡಗಿದ. ಅವನ ಕೆಲಸದ ವೇಗ ಇನ್ನೂ ಹೆಚ್ಚಿದಂತಿತ್ತು!

ಅರ್ಧ ಗಂಟೆಯ ನಂತರ ಅವನ ಕೆಲಸ ಒಂದು ಹಂತಕ್ಕೆ ಬಂದಿತ್ತು. ಪಿಕಾಸಿಗೆ ಮೆತ್ತಗಿನ ವಸ್ತು ಸಿಕ್ಕಿತು. ಅವನ ಮೈಯಲ್ಲಿ ಛಳುಕು!! ನಡುಗಿದ! ಸಾವರಿಸಿಕೊಂಡು ಟಾರ್ಚಿನ ಬೆಳಕು ಗುಂಡಿಗೆ ಬೀರಿ ಮೆಲ್ಲನೆ ಬಲಗೈಯಿಂದ ಮಣ್ಣು ಸರಿಸಿದ. ಶವದ ವಿಕಾರ ಮುಖ ನೋಡಲು ಕೊಂಚ ಅಳುಕಿದ. ಆದರೆ ಬೇರೆ ದಾರಿಯಿರಲಿಲ್ಲ. ಮಣ್ಣು ಸರಿಸಿದ. ಕೈಗೆ ಸಿಕ್ಕ ವಸ್ತು ಗುರುತಿಸಿ ಅವನು ಸ್ಥಂಭೀಭೂತನಾದ!

ಪಿಕಾಸಿಗೆ ಸಿಕ್ಕಿದ್ದು ಶವವಾಗಿರಲಿಲ್ಲ! ಗುಂಡಿಯೊಳಗೆ ಶವವೇ ಇರಲಿಲ್ಲ!

ಉದ್ದನೆಯ ಒಂದು ಹತ್ತಿಯ ದಿಂಬು ಕಂಡಿತು!

ಪರಿಸ್ಥಿತಿ ತಾನು ಹೂಹಿಸಿದಕ್ಕಿಂತ ವಿಭಿನ್ನವಾಗಿತ್ತು! ವಿಚಿತ್ರವಾಗಿತ್ತು!

ವಿಕಾರವಾದ ಶವ ನೋಡಲು ಹೆದರಿದ್ದವನು, ಈಗ ಗುಂಡಿಯಲ್ಲಿ ಶವ ಕಾಣದೆ ಹೆದರಿದ್ದ!

ಹಣೆಯ ಮೇಲೆ ಹಳೆಯ ಬೆವರ ಹನಿಗಳ ಜೊತೆಗೆ ಹೊಸದಾಗಿ ಮೂಡಿದವೂ ಸೇರಿ ಮುಖದಿಂದ ಕೆಳಗಿಳಿದು ಕುತ್ತಿಗೆಯ ಬೆವರನ್ನೂ ಸೇರಿ, ಎದೆಯೆಡೆಗೆ ನದಿಯಾಗಿ ಹರಿದವು.

ಶವ ಏನಾಯಿತು? ಮೂರು ದಿವಸಗಳ ಹಿಂದೆ ಹೂತಿಟ್ಟಿದ್ದು ಏನಾಯಿತು? ಈಗ ಇಲ್ಲ ಎಂದರೆ? ಏನಿದರ ಅರ್ಥ?

ಶವ ಇದ್ದ ಜಾಗದಲ್ಲಿ ದಿಂಬು ಹೇಗೆ ಬಂತು? ಅದನ್ನು ಇಟ್ಟವರು ಯಾಋ? ಹಾಗದರೆ ಶವ?

ಯಾರೋ ಶವವನ್ನು ಅಪಹರಿಸಿದ್ದಾರೆ! ಶವ ತೆಗೆದಾಗ ಖಾಲಿಯಾದ ಜಾಗ ತುಂಬಲು ದಿಂಬು! ಯಾರಿಗೂ ಅನುಮಾನ ಬರದಿರಲಿ ಎಂದು ಆ ಜಾಗದಲ್ಲಿ ಈ ದಿಂಬನ್ನು ಇಟ್ಟು ಮತ್ತೆ ಗುಂಡಿ ಮುಚ್ಚಿದ್ದಾರೆ! ನೆನ್ನೆ ಮಳೆ ಬೇರೆ ಬಂದಿದೆ! ನೆನ್ನೆಯ ಮಳೆಗೆ ನೆನೆದ ಸಮಾಧಿಯ ಮಣ್ಣು ನೆನೆದು ಹಳೆಯದರಂತೆ ಕಾಣುತ್ತಿದೆ! ಈ ಯೋಚನೆಗಳು ಬಂದೊಡನೆಯೇ ಇದು ಯಾರ ಕೃತ್ಯ? ಯಾರು ಇಂತಾ ಕೆಲಸ ಮಾಡಿರಬಹುದು? ಯಾವ ಉದ್ದೇಶದಿಂದ ಈ ಕೆಲಸ ಮಾಡಿದ್ದಾರೆ? ಎಂಬ ಪ್ರಶ್ನೆಗಳು ಅವನಲ್ಲಿ ಹೆಡೆಯಾಡಿದವು.

ತನ್ನ ಪ್ರಶ್ನೆಗಳಿಗೆ ತಕ್ಷಣದಲ್ಲಿ ಉತ್ತರ ದೊರೆಯುವುದು ಸಾಧ್ಯವಿಲ್ಲ ಎನ್ನುವ ಅರಿವು ಅವನಿಗಿತ್ತು. ಆದರೆ ಒಂದು ವಿಷಯ ಸ್ಪಷ್ಟವಾಗಿತ್ತು! ತನಗೆ ಈ ಶವ ಬೇಕಾದಂತೆ ಬೇರೆ ಇನ್ನೊಬ್ಬರಿಗೂ ಬೇಕಾಗಿದೆ! ಅದಕ್ಕೇ ಅದನ್ನು ಸಮಾಧಿಯಿಂದ ಅಪಹರಿಸಿದ್ದಾರೆ! ತಾನು ಸರಿಯಾದ ಸಮಾಧಿಯನ್ನು ಅಗೆದಿರುವೆನೆ? ಇಲ್ಲಾ ತಪ್ಪಿ ಬೇರೊಂದು ಸಮಾಧಿಯನ್ನು ಅಗೆದೆನೆ? ಅನಮಾನದಿಂದ ಅವನು ಜಾಗವನ್ನು ಪರಿಶೀಲಿಸಿದ. ಎಲ್ಲೂ ಅವನು ತಪ್ಪಿರಲಿಲ್ಲ. ಆದರೆ ಶವ ಮಾತ್ರ ಮಾಯವಾಗಿತ್ತು. ಅಲ್ಲಿದ್ದ ಶವವನ್ನು ಯಾರೋ ಅಪಹರಿಸಿದ್ದರು! ಯಾರು? ಏಕೆ? ಈ ಪ್ರಶ್ನೆಗಳಿಗೆ ಅವನ ಹಣೆಯಲ್ಲಿ ಮೂಡಿದ್ದ ಗೆರೆಗಳು ಆಳವಾದುವು.

ಮುಂದೇನು? ಯೋಚಿಸುತ್ತ ಕೆಲವು ಕ್ಷಣ ನಿಂತ. ನಂತರ ಒಂದು ನಿರ್ಧಾರಕ್ಕೆ ಬಂದವನಂತೆ ಪಿಕಾಸಿಗೆ ಮತ್ತೆ ಕೈಹಚ್ಚಿದ.

***

ಆತ ಪ್ರೈವೇಟ್ ಡಿಟೆಕ್ಟೀವ್, ಹೆಸರು ಕ್ಯಾಪ್ಟನ್ ವಿಕ್ರಮ್. ಅವನ ಹೆಸರಿನ ಮುಂದೆ ಕ್ಯಾಪ್ಟನ್ ಎಂಬ ವಿಶೇಷಣ ಬರಲು ಕಾರಣವಿತ್ತು. ಆತ ಮಿಲಿಟರಿಯಲ್ಲಿ ಹತ್ತು ವರ್ಷ ಸೇವೆ ಸಲ್ಲಿಸಿದ್ದ. ಮಿಲಿಟರಿಯಲ್ಲಿ ಬೇಹುಗಾರಿಕೆಗಾಗಿ ವಿಶೇಷ

ತರಬೇತಿ ಪಡೆದು, ಚೀನಾ ಮತ್ತು ಪಾಕಿಸ್ತಾನ ದೇಶಗಳಲ್ಲಿ ರಹಸ್ಯವಾಗಿ ಬೇಹುಗಾರಿಕೆ ಮಾಡಿದ್ದ. ಅಂತಾ ಒಂದು ಸಾಹಸದಲ್ಲೇ ಶತೃಗಳ ಕೈಲಿ ಸಿಕ್ಕಿಕೊಂಡು ಗುಂಡೇಟು ತಿಂದಿದ್ದ. ಸೇವಾವಧಿಗೆ ಮುಂಚೆ ಮೆಡಿಕಲ್ ಗ್ರೌಂಡ್ಸಲ್ಲಿ ರಿಟೈರ್ಮೆಂಟ್ ತೆಗೆದುಕೊಂಡು ನಂತರದಲ್ಲಿ ಪ್ರೈವೇಟ್ ಇನ್ವೆಸ್ಟಿಗೇಶನ್ ಮಾಡುತ್ತಿದ್ದಾನೆ. ಮೂರು ವರ್ಷದ ಹಿಂದೆ ಬೆಂಗಳೂರಿನಲ್ಲಿ ಆಫೀಸ್ ಮಾಡ್ಕೊಂಡಿದ್ದಾನೆ. ವೃತ್ತಿಯಲ್ಲಿ ಸಾಕಷ್ಟು ಹೆಸರು ಹೆಸರು ಗಳಿಸಿದ್ದಾನೆ. ಸಮಸ್ಯೆಗಳನ್ನು ಚೆನ್ನಾಗಿ ಅರ್ಥಮಾಡಿಕೊಂಡು, ಸಮಸ್ಯೆಯ ಮೂಲಕ್ಕೆ ಹೋಗಿ ವಿಶ್ಲೇಷಣೆ ಮಾಡುವ ಜಾಣ್ಮೆ ಜನ್ಮಜಾತವಾಗಿ ವಿಕ್ರಮ್‌ಗ ಬಂದಂತಿತ್ತು! ಅನೇಕ ಸಲ ಪೋಲೀಸರಿಗೆ ಬಿಡಿಸಲಾಗಿರದ ರಹಸ್ಯಗಳನ್ನು ಬಿಡಿಸಿದ್ದ. ಪೋಲೀಸ್ ವಲಯದಲ್ಲೂ ಗೌರವ ಪಡೆದಿದ್ದ. ತನ್ನ ಶ್ರಮಕ್ಕೆ ಪೋಲೀಸ್ ಇಲಾಖೆಯಿಂದ ಯಾವುದೇ ಪ್ರತಿಫಲವನ್ನೂ ಬಯಸುತ್ತಿರಲಿಲ್ಲ.

ಡಿಟೆಕ್ಟೀವ್ ಕ್ಯಾಪ್ಟನ್ ವಿಕ್ರಮ್ ತನ್ನ ಆಫೀಸಿನೊಳಕ್ಕೆ ಬಂದ ವ್ಯಕ್ತಿಯನ್ನು ಕುತೂಹಲದಿಂದ ನೋಡಿದ. ಬಂದಾತನ ವಯಸ್ಸು ಸುಮಾರು ಮೂವತ್ತೈದರಿಂದ ನಲವತ್ತು ವರ್ಷದೊಳಗಿರಬಹುದು ಎಂಬ ಅಂದಾಜು ಮಾಡಿದ. ಮೆಟ್ಯಾಲಿಕ್ ಬ್ಲೂ ಕಲರಿನ ಸಫಾರಿ ಸೂಟ್ ಧರಿಸಿದ್ದ. ಹೆಚ್ಚು ಶ್ರಮವಿಲ್ಲದ ಶರೀರದಲ್ಲಿ ತುಸು ಬೊಜ್ಜು ಕಾಣಿಸಿತು. ಸುಮಾರು ಐದಡಿ ಎಂಟು ಇಂಚು ಎತ್ತರ. ತಲೆಯ ಮುಂಭಾಗದಲ್ಲಿ ಕೂದಲು ಕಡಿಮೆಯಾಗಿತ್ತು. ಆತ ಶೀಘ್ರದಲ್ಲಿ ಬಕ್ಕತಲೆಯವನಾಗಬಹುದು ಎನ್ನಿಸಿತು. ಮೈಬಣ್ಣ ಎಣ್ಣೆಗೆಂಪು. ಕೋಲು ಮುಖ. ದಪ್ಪಗೆ ಬ್ರಷ್‌ನಂತೆ ಬೆಳದಿದ್ದ ಮೀಸೆಯಿತ್ತು. ಆತನ ಮುಖದಲ್ಲಿ ತಿಳಿನಗೆಯಿತ್ತು.

ಆತ ವಿಕ್ರಮ್‌ಗ ನಮಸ್ಕಾರ ಹೇಳಿದ.

"ಕೂತ್ಕೊಳ್ಳಿ.."

"ನನ್ನ ಹೆಸರು ಮೂರ್ತಿ. ನನ್ನ ಪರಿಚಯ.."

ಆತನ ದನಿ ಸ್ವಲ್ಪ ಕೀರಲಾಗಿತ್ತು. ದೇಹಕ್ಕೂ ಸ್ವರಕ್ಕೂ ಹೊಂದಾಣಿಕೆ ಕಾಣಲಿಲ್ಲ.

"ನಿಮ್ಮ ಪರಿಚಯ ಹೇಳೋಕೆ ಮುಂಚೆ ನನ್ನ ಅಬ್ಸರ್ವೇಶನ್ ಕೇಳಿ, ಅದು ಸರಿಯೋ ತಪ್ಪೋ ಹೇಳಿ. ನೀವು ವೃತ್ತಿಯಲ್ಲಿ ಟೆಕ್ಸ್ಟೈಲ್ ಮರ್ಚೆಂಟ್, ಚಿಕ್ಕಪೇಟೇಲಿ ನಿಮ್ಮ ಅಂಗಡಿ"

ವಿಕ್ರಮ್ ತಾನಾಗೇ ಹೇಳಲು ಶುರು ಮಾಡಿದ.

"ಸಾರ್, ನೀವು ನಮ್ಮ ಅಂಗಡಿಗೆ ಬಂದಿದ್ರ್‌ರಾ?"

ಮೂರ್ತಿ ಅಚ್ಚರಿಯಿಂದ ಕೇಳಿದ.

"ಇಲ್ಲ. ನಿಮ್ಮ ಅಂಗಡಿಗೆ ಇದುವರೆಗೂ ಬಂದಿಲ್ಲ. ಆದ್ರೆ ಇದು ನನ್ನ ಅಬ್ಸರ್ವೇಶನ್ ಕೇಳಿ. ನೀವು ಕಾರಲ್ಲಿ ಬಂದಿದ್ದೀರಿ. ಎ.ಸಿ ಹಾಕಿಕ್ಕೊಳ್ಳದೆ ಡ್ರೈವ್ ಮಾಡ್ಕೊಂಡು ಬಂದಿದ್ದೀರಿ. ಬರೋದಕ್ಕೆ ಮುಂಚೆ ಟ್ರಾಫಿಕ್ ಪೋಲೀಸ್ ಕೇಸಾಗಿದೆ. ಸೀಟ್ ಬೆಲ್ಟ್ ಹಾಕಿಲ್ಲಾಂತ ಫೈನ್ ಕಟ್ಟಿದ್ದೀರಿ. ನಿಮ್ಮ ಕಾರು ಕ್ಲಾಸಿಕ್ ಮಾಲ್ ಮುಂದೆ ನಿಲ್ಲಿಸಿ ಬಂದಿದ್ದೀರಿ.."

ವಿಕ್ರಮ್ ಆತನನ್ನು ದಿಟ್ಟಿಸಿ ನೋಡುತ್ತಾ ಹೇಳುತ್ತಿದ್ದ.

ಅವನ ಅಸಿಸ್ಟೆಂಟ್ ಶರತ್ ಅಚ್ಚರಿಯಿಂದ ತನ್ನ ಸೀನಿಯರ್ ಮಾತುಗಳನ್ನು ಕೇಳುತ್ತಿದ್ದ. ಇಷ್ಟೆಲ್ಲಾ ಕೇವಲ ತಮ್ಮ ಅಬ್ಸರ್ವೇಶನ್ನಿಂದಾನೇ ಬಾಸ್ ಹೇಳ್ತಿದ್ದಾರಲ್ಲ? ತನಗೆ ಇಂತಾ ಟ್ಯಾಲೆಂಟ್ ಯಾವಾಗ ಬಂದೀತು?

"ಅದ್ಭುತ ಸಾರ್, ನೀವು ಹೇಳ್ತಿರೋದೆಲ್ಲಾ ನಿಜ. ನಿಮಗೆ ಹೇಗೆ ಗೊತ್ತಾಗುತ್ತೆ..? ಜ್ಯೋತಿಷ್ಯ ಏನಾದ್ರೂ ಕಲಿತಿದ್ದೀರಾ..?"

ಮೂರ್ತಿ ವಿಸ್ಮಯದಿಂದ ಕೇಳಿದ.

"ಇದಕ್ಕೆ ಜ್ಯೋತಿಷ್ಯ ಬೇಕಾಗಿಲ್ಲ ಮೂರ್ತಿಯವರೆ. ದೇವರು ನಮಗೆ ಕೊಟ್ಟಿರೋ ಪಂಚೇದ್ರಿಯಗಳನ್ನ ಸಮರ್ಪಕವಾಗಿ ಉಪಯೋಗಿಸಿದರೆ ಸಾಕು. ನಿಮ್ಮ ಸಫಾರಿಯಿಂದ ನೀವು ಟೆಕ್ಸ್ಟೈಲ್ ವ್ಯಾಪಾರಿ ಎನ್ನೋದು ಗೆಸ್ ಮಾಡಿದೆ. ಇನ್ನು ಎ.ಸಿ ಹಾಕಿಕೊಂಡು ಕಾರು ಡ್ರೈವ್ ಮಾಡಿದ್ದರೆ ತಲೆಗೂದಲು ನೀಟಾಗಿರುತ್ತಿತ್ತು. ತಲೆಗೂದಲು ಸ್ವಲ್ಪ ಕೆದರಿದೆ. ಅದು ಕಾರಿನ ವಿಂಡೋದಿಂದ ಬೀಸಿದ ಗಾಳಿಗೆ. ಅದಕ್ಕೇ ನೀವು ಎ.ಸಿ ಹಾಕದೆ ಡ್ರೈವ್ ಮಾಡ್ಕೊಂಡು ಬಂದಿದ್ದೀರಿ ಅಂತ ಹೇಳಿದೆ. ನೀವು ಸೀಟ್ ಬೆಲ್ಟ್ ಹಾಕಿದ್ದರೆ ನೀವು ಧರಿಸಿರೋ ಉಡುಪಿನ ಮೇಲೆ ಒಂದಿಷ್ಟು ಸುಕ್ಕಿರುತ್ತಿತ್ತು. ಅದೂ ಇಲ್ಲ. ಮುಖದಲ್ಲಿ ಸ್ವಲ್ಪ ಅಸಹನೆ ಇದೆ. ಅದು ಫೈನ್ ಕಟ್ಟಿರೋದನ್ನ ಇನ್ನೂ ಮರೆಯೋಕಾಗದೆ ಇರೋದಕ್ಕೆ. ಇಡೀ ಏರಿಯಾದಲ್ಲಿ ಪಾರ್ಕಿಂಗಿಗೆ ಜಾಗ ಸಿಗೋದು ಕ್ಲಾಸಿಕ್ ಮಾಲ್ ಮುಂದೆ. ಅದು ಬಿಟ್ಟು ಬೇರೆಲ್ಲೂ ಜಾಗ ಸಿಗೊಲ್ಲ. ಏನನ್ನುತ್ತೀರಿ ನನ್ನ ಅಬ್ಸರ್ವೇಶನ್ನಿಗೆ?"

"ಸೂಪರ್ ಸಾರ್! ಸಿಂಪ್ಲಿ ಸೂಪರ್! ಅದಕ್ಕೇ ನಾನು ನಿಮ್ಮ ಬಳಿ ಕೇಸ್ ತಗೊಂಡು ಬಂದಿರೋದು..ದಯವಿಟ್ಟು ಯಾವ ಕಾರಣಕ್ಕೂ ಇಲ್ಲಾ ಅನ್ನದೆ ನನ್ನ ಕೇಸು ತಗೋಬೇಕು"

"ಮಿಸ್ಟರ್ ಮೂರ್ತಿ, ಕೇಸು ಏನೂಂತ ಗೊತ್ತಿಲ್ಲದೆ ಹೇಗೆ ತೆಗೆದುಕ್ಕೊಳ್ಳಲೀ? ಮೊದಲು ಕೇಸ್ ಏನು ಅನ್ನೋದು ಹೇಳಿ. ನಿಮಗೆ ಗೊತ್ತಿರುವಷ್ಟು, ಹೇಳಬೇಕೂನ್ನಿಸುವಂತ ಎಲ್ಲಾ ಸಂಗತಿಗಳನ್ನೂ ಹೇಳಿ. ಯಾವುದನ್ನೂ ಬಿಡಬೇಡಿ. ಇದು ಅನಗತ್ಯ, ಇದನ್ನು ಹೇಳುವುದು ಬೇಡ ಎನ್ನುವ ಯೋಚನೆ ಬಿಟ್ಟು

ಎಲ್ಲವನ್ನೂ ಹೇಳಿ. ಅದನ್ನು ಕೇಳಿದ ಮೇಲೆ ನಾನು ಕೇಸು ಒಪ್ಪಿಕ್ಕೊಳ್ಳಬೇಕಾ ಇಲ್ಲವಾ ಎಂದು ಹೇಳ್ತೀನಿ"

"ಇಲ್ಲ ಸಾರ್, ನೀವು ಕೇಸು ತಗೊಳ್ಳಲೇಬೇಕು. ಈ ಆಶ್ವಾಸನೆ ಕೊಟ್ಟರೆ ಮಾತ್ರ ಉಳಿದದ್ದು. ಏಕೆಂದರೆ ನಾನು ಹೇಳುವ ಮಾಹಿತಿ ಒಂದು ಸಂಸಾರದ ಘನತೆ, ಗೌರವಕ್ಕೆ ಸಂಬಂಧಿಸಿದ್ದು. ನಾನು ಇಡೀ ಕೇಸು ಒಪ್ಪಿಸಿದ ನಂತರ ನೀವು ಒಪ್ಪದಿದ್ದರೆ ನಾನು ತಪ್ಪಿತಸ್ಥನಾಗಿಬಿಡುತ್ತೇನೆ"

"ಅಂತಾ ಅಪನಂಬಿಕೆ ಇರಬಾರದು ಮಿಸ್ಟರ್ ಮೂರ್ತಿ. ಡಾಕ್ಟರ್ ಹತ್ರ ಮತ್ತು ಡಿಟೆಕ್ಟೀವ್ ಹತ್ರ ಯಾವ ಕಾರಣಕ್ಕೂ ವಿಷಯ ಮುಚ್ಚಿಡಬಾರದು"

ವಿಕ್ರಮ್ ಹೇಳಿದ.

"ಕೇಸ್ ತಗೋತಿನೀಂತ ಒಂದು ಆಶ್ವಾಸನೆ ಕೊಡಿ ಸಾರ್"

ಮೂರ್ತಿ ಗೋಗರೆದ.

"ಓ.ಕೆ ಮಿಸ್ಟರ್ ಮೂರ್ತಿ. ಅದೇ ಕೆಲಸ ನಮ್ಮದು. ನಿಮ್ಮ ಕೇಸು ತಗೋತೀನಿ. ಏನು ಕೇಸು ಹೇಳಿ"

"ಓ... ಥ್ಯಾಂಕ್ಯು ವೆರಿಮಚ್ ಮಿಸ್ಟರ್ ವಿಕ್ರಮ್..."

ಮೂರ್ತಿ ಉದ್ವೇಗದಿಂದ ನುಡಿದ.

"ದಟ್ ಈಜ್ ಅಲ್‌ರೈಟ್..." ವಿಕ್ರಮ್ ಪರವಾಗಿ ಶರತ್ ನುಡಿದ.

"ಐಯಾಮ್ ರಿಯಲೀ ಗ್ರೇಟ್‌ಫುಲ್ ಟು ಯೂ ಮಿಸ್ಟರ್ ವಿಕ್ರಮ್. ಮುಂಗಡವಾಗಿ ಮೂವತ್ತು ಸಾವಿರಕ್ಕೆ ಚೆಕ್ ಕೊಡಲ್?"

ಉದ್ವೇಗದಿಂದ ನುಡಿದ ಮೂರ್ತಿ.

"ಆಗಬಹುದು. ಮಧ್ಯದಲ್ಲಿ ಹಣದ ಅವಶ್ಯಕತೆ ಬಿದ್ದರೆ ನಾನೇ ಕೇಳ್ತೀನಿ. ಕೇಸು ಸಾಲ್ವ್ ಆದ್ಮೇಲೆ ಫೈನಲ್ ಬಿಲ್ ಕೊಡ್ತೀನಿ. ಆಗಬಹುದು ತಾನೆ?"

"ಖಂಡಿತವಾಗಿ"

"ಹಾಗಾದರೆ ನೀವು ಕೇಸಿನ ಬಗ್ಗೆ ಹೇಳಿ".

ಪತ್ತೇದಾರ ಕ್ಯಾಪ್ಟನ್ ವಿಕ್ರಮ್ ತನ್ನ ಸಹಾಯಕ ಶರತ್‌ಗೆ ಸನ್ನೆ ಮಾಡಿದ. ಶರತ್ ನೋಟ್ ಬುಕ್ಕು, ಪೆನ್ಸಿಲ್ ಹಿಡಿದು ಕೂತ. ಮೂರ್ತಿ ಹೇಳಲಿರುವ ಎಲ್ಲ ವಿಷಯವನ್ನೂ ಷಾರ್ಟ್‌ಹ್ಯಾಂಡ್‌ನಲ್ಲಿ ಬರೆದುಕೊಳ್ಳಲು ಸಿದ್ಧನಾದ.

"ಇಷ್ಟು ಸುಲಭದಲ್ಲಿ ನೀವು ನನ್ನ ಕೇಸು ತಗೊಳ್ತೀರೀಂತ ನಂಗೆ ನಂಬಿಕೇನೇ ಇರಲಿಲ್ಲ..."

ಅವನ ಮಾತನ್ನು ಅರ್ಧದಲ್ಲಿ ತಡೆಯಬೇಕೆನ್ನಿಸಿತು ವಿಕ್ರಮ್‌ಗೆ. ಆದರೆ ಮೂರ್ತಿಯ ಸ್ವಭಾವವೇ ಹಾಗೆ ಎಂದು ಸುಮ್ಮನಾದ. ಹೇಳಿದ್ದನ್ನೇ ಮತ್ತೆ ಮತ್ತೆ

ಹೇಳುವ ಅಭ್ಯಾಸ ಮೂರ್ತಿಗೆ!

ಅವನು ಹೇಳುವುದನ್ನು ಮನಸ್ಸಿನಲ್ಲಿ ದಾಖಲಿಸಿಕ್ಕೊಳ್ಳುತ್ತಲೇ ಅದೇ ಸಮಯದಲ್ಲಿ ಮೂರ್ತಿಯನ್ನು ಕುತೂಹಲದಿಂದ ವೀಕ್ಷಿಸಿದ ವಿಕ್ರಮ್. ಆತನ ಶರೀರಕ್ಕೆ ಸ್ವರ ಸಣ್ಣದು! ನೋಡಲು ಒರಟನಂತೆ ಕಂಡರೂ ಸ್ವಭಾವ ಮೃದು.

"ದಯವಿಟ್ಟು ಬೇಗನೆ ಕೇಸಿಗೆ ಬನ್ನಿ. ಇನ್ನರ್ಧ ಗಂಟೆಯ ನಂತರ ಬೇರೆ ಅಪಾಯಿಂಟ್‌ಮೆಂಟಿದೆ".

ಮೂರ್ತಿ ಮೀನಮೇಷ ಎಣಿಸುತ್ತಿದ್ದುದನ್ನು ಕಂಡು ಶರತ್ ಬೇಸರದಿಂದ ಹೇಳಿದ.

"ಓ...ಸಾರಿ...ನಿಮ್ಮ ಸಮಯ ಹಾಳು ಮಾಡೋಲ್ಲ ಹೀಗಿದೆ ವಿಷಯ..."

"ಮಿಸ್ಟರ್ ಮೂರ್ತಿ...ನೇರವಾಗಿ ಕೇಸಿಗೆ ಬನ್ನಿ.."

ಪತ್ತೇದಾರ ದನಿಯಲ್ಲಿದ್ದ ಗಂಭೀರತೆ ಮೂರ್ತಿಗೆ ತಟ್ಟಿತು. ಒಂದು ನಿಮಿಷ ಪತ್ತೇದಾರರಿಬ್ಬರನ್ನು ನೋಡಿ ನಂತರ ಶುರು ಮಾಡಿದ.

"ಇವತ್ತಿಗೆ ಸರಿಯಾಗಿ ಒಂಬತ್ತು ದಿವಸಗಳ ಕೆಳಗೆ ನನ್ನ ಮಾವನವರ ತಂದೆ ತೀರಿಕೊಂಡರು. ಅವರಿಗೆ ಎಪ್ಪತ್ತು ವರ್ಷವಾಗಿತ್ತು. ಆರೋಗ್ಯ ಸಾಯುವ ಮುಂಚೆಯೂ ತುಂಬಾ ಚೆನ್ನಾಗಿತ್ತು. ಅವರು ಸಾಯೋಕೆ ಸರಿಯಾಗಿ ವಾರದ ಹಿಂದೆ ನಾನೂ ನನ್ನ ಹೆಂಡತಿ ಅವರಿರುವ ಊರಿಗೆ ಹೋಗಿ ನೋಡ್ಕೊಂಡು ಬಂದಿದ್ವೊ. ಅವರ ಸಾವು ನಮಗೆ ಆಶ್ಚರ್ಯವಾಗಿತ್ತು. ಏಕೆಂದರೆ ಅವರು ಇಷ್ಟು ಬೇಗ ಸಾಯ್ತಾರೆ ಅಂತ ನಮಗನ್ನಿಸಿಯೇ ಇರಲಿಲ್ಲ. ಅವರು ಸತ್ತ ಸುದ್ದಿ ಬಂದ ತಕ್ಷಣವೇ ಹೋದೆವು. ಸತ್ತ ಮಾರನೆಯ ದಿನವೇ ಅವರ ಅಂತ್ಯಕ್ರಿಯೇನೂ ಆಯಿತು. ಅದಾದ ಎರಡನೆಯ ದಿವಸವೇ ಅವರ ಸಾವಿನ ಬಗ್ಗೆ ಜನಗಳಿಗೆ ಅನುಮಾನಗಳು ಬಂದಿದ್ದವು. ನಾವು ಆಗ ಅದೇ ಊರಲ್ಲಿದ್ದೆವು. ನಮ್ಮ ಕಿವಿಗೂ ಈ ಸುದ್ದಿ ಬಿದ್ದು ಏನು ಮಾಡಬೇಕೆಂದು ತಿಳಿಯದೆ ಯೋಚನೆ ಮಾಡ್ತಿದ್ದೆವು. ಮಣ್ಣು ಮಾಡಿದ ಮೂರನೆಯ ದಿವಸ ಹಾಲು ತುಪ್ಪ ಬಿಡುವ ಕೆಲಸ ಮುಗಿಸಿದ್ದೆವು. ಅಷ್ಟರಲ್ಲಿ ಈ ಸುದ್ದಿ ಪೋಲೀಸರಿಗೆ ಹೇಗೋ ಗೊತ್ತಾಯಿತು. ನಾಲ್ಕನೆಯ ದಿವಸ ಪೋಲೀಸರು ಊರಿಗೆ ಬಂದರು. ಸಮಾಧಿಯಿಂದ ಬಾಡಿ ತೆಗೆದ ವೈದ್ಯಕೀಯ ಪರೀಕ್ಷೆಗೆ ಕಳಿಸಬೇಕೆಂದು ನಮಗೆ ತಿಳಿಸಿದರು. ಯಶವಂತರಾಯರ ಸಾವು ಸ್ವಾಭಾವಿಕವಲ್ಲ, ಅದು ಕೊಲೆ ಎಂದು ಅವರಿಗೆ ಮೂಕರ್ಜಿಯೊಂದು ಬಂದಿತ್ತಂತೆ. ಪೋಲೀಸ್‌ನವರನ್ನು ನಾವು ತಡೆಯುವಂತಿರಲಿಲ್ಲ. ಒಟ್ಟಿನಲ್ಲಿ ಶವ ಸಂಸ್ಕಾರವಾದ ನಾಲ್ಕನೆಯ ದಿನ ಊರಿನ ಜನಗಳ ನೇತೃತ್ವದಲ್ಲಿ ಸಮಾಧಿಯನ್ನು ಅಗೆಯಲಾಯಿತು. ಆದರೆ ಅಲ್ಲಿ ಶವ ಇರಲಿಲ್ಲ!"

ಮೂರ್ತಿ ಒಂದು ನಿಮಿಷ ಮಾತು ನಿಲ್ಲಿಸಿ ವಿಕ್ರಮ್ ಮುಖ ನೋಡಿದ. ವಿಕ್ರಮ್ ಏಕಾಗ್ರತೆಯಿಂದ ಮೂರ್ತಿಯ ಮಾತು ಕೇಳುತ್ತಿದ್ದ. ಶರತ್ ತನ್ನ ಶಾರ್ಟ್ ಹ್ಯಾಂಡ್ ನೋಟ್ ಬುಕ್ಕಿನಲ್ಲಿ ಬರೆದುಕ್ಕೊಳ್ಳುತ್ತಿದ್ದ. ಅದರ ಜೊತೆಗೇ ಮೂರ್ತಿಯ ಮಾತುಗಳ ಧ್ವನಿಮುದ್ರಣವೂ ಆಗುತ್ತಿತ್ತು.

"ನಮಗೆಲ್ಲ ದಿಗ್ಭ್ರಮೆಯಾಗಿತ್ತು. ಯಾರೋ ಶವ ಕದ್ದಿದ್ದರು! ಕದ್ದಿದ್ದಾರೆ ಅಂದರೆ ಅದು ಕೊಲೆಯೇ ಇರಬೇಕು! ಶವ ಕದಿಯಲು ಕಾರಣ, ಆ ಶವದಲ್ಲಿ ಏನೋ ಗುರುತು ಬಿಟ್ಟಿರಬೇಕು! ಇಲ್ಲದಿದ್ದರೆ ಶವ ಯಾರಾದರೂ ಏಕೆ ಕದಿಯುತ್ತಾರೆ? ಅಂದರೆ ಯಾರೋ ಕೊಲೆ ಮಾಡಿದ್ದಾರೆ! ಬಹುಶಃ ಶವದಲ್ಲಿ ಕೊಲೆಗಾರ ಯವುದೋ ಗುರುತು ಉಳಿಸಿದ್ದಾನೆ! ಶವ ಸಿಕ್ಕರೆ ತಾನೂ ಸಿಕ್ಕಿಕ್ಕೊಳ್ಳುತ್ತೇನೆ ಎಂದು ಶವವನ್ನು ಅಪಹರಿಸಿದ್ದಾನೆ. ಎನ್ನುವುದು ಪೋಲೀಸರ ಒಂದು ಯೋಚನೆ. ಇನ್ನೊಂದು ಯೋಚನೆ ಪ್ರಕಾರ ವಾಮಾಚಾರಕ್ಕಾಗಿ ಯಾರೋ ತಾಂತ್ರಿಕರು ಶವ ಅಪಹರಿಸಿದ್ದಾರೆ. ತಾಂತ್ರಿಕರು ಏನೇನೋ ಸಿದ್ಧಿಗಾಗಿ ಇಂತಾ ಕೆಲಸ ಮಾಡುವುದುಂಟು! ಪೋಲೀಸರು ಹೇಳಿದ ಆ ಎರಡು ಸಾಧ್ಯತೆಗಳನ್ನೂ ನಾವು ತಳ್ಳಿಹಾಕುವಂತಿರಲಿಲ್ಲ! ಶವ ಸಿಕ್ಕರೆ ಕೊಲೆಗಾರ ಸಿಕ್ಕುವ ಸಾಧ್ಯತೆ ಇತ್ತು. ಶವದ ಅಪಹರಣವಾಗಿರುವುದರಿಂದ ಪೋಲೀಸರು ಯಶವಂತರಾಯರ ಸಾವು ಸ್ವಾಭಾವಿಕ ಸಾವಲ್ಲ, ಕೊಲೆ ಎಂಬ ನಿರ್ಧಾರಕ್ಕೆ ಬಂದರು. ಕೊಲೆ ಮಾಡಿದಾತನೇ ಶವವನ್ನು ಅಪಹರಿಸಿರುವನು ಎಂದು ಊಹಿಸಿದರು. ವೈದ್ಯಕೀಯ ಪರೀಕ್ಷೆಗೆ ಶವ ಸಿಕ್ಕಿದ್ದರೆ ಕೊಲೆಯ ವಿಷಯ ಸ್ಪಷ್ಟವಾಗುತ್ತಿದ್ದುದಷ್ಟೇ ಅಲ್ಲದೆ, ಕೊಲೆ ಮಾಡಿದ ವಿಧಾನವೂ ಗೊತ್ತಾಗಿ ಬಿಡುತ್ತಿತ್ತು. ಅದಕ್ಕಾಗಿಯೇ ಶವವನ್ನು ಅಪಹರಿಸಿ ಬೇರೊಂದು ಕಡೆಗೊಯ್ದು ಅಲ್ಲಿ ಹೂತಿರಬಹುದು ಇಲ್ಲವೆ ಶವವನ್ನು ನಾಶ ಮಾಡಲು ಪ್ರ◌ಿರಯತ್ನಿಸಿರಬಹುದು. ಇದೂ ಅಲ್ಲದಿದ್ದರೆ ವಾಮಾಚಾರಿಗಳು ಶವ ಹೊತ್ತೊಯ್ದಿದ್ದಾರೆ ಎಂದು ಪೋಲೀಸಿನವರು ಊಹಿಸಿದರು"

"ಸೋ... ಈಗ ನಾವು ಶವ ಹುಡುಕಿಕೊಡಬೇಕೆ?"

ಮೂರ್ತಿಯನ್ನು ದಿಟ್ಟಿಸಿ ನೋಡುತ್ತಾ ಕೇಳಿದ ಶರತ್.

"ಅದಷ್ಟೇ ಅಲ್ಲ. ಶವ ಹುಡುಕೋದು ಒಂದು ಭಾಗ, ಜೊತೆಗೆ ಕೊಲೆ ಮಾಡಿದವನು ಯಾರೂಂತ ಪತ್ತೆ ಮಾಡಿ ಕೊಡಬೇಕು..."

"ಯಾಕೆ ಮಿಸ್ಟರ್ ಮೂರ್ತಿ? ಪೋಲೀಸು ಇಲಾಖೆ ಈ ಕೆಲಸ ಮಾಡ್ತಿರೋವಾಗ ನೀವು ನಮ್ಮನ್ನು ಕೇಳ್ತಿದೀರಿ?"

ವಿಕ್ರಮ್ ಕುತೂಹಲ ವ್ಯಕ್ತಪಡಿಸಿದ.

"ಇಲ್ಲಿಗೆ ಬರೋದಕ್ಕೆ ಮುಂಚೆ ನಾನು ಬಹಳ ಯೋಚನೆ ಮಾಡಿದ್ದೀನಿ. ಬಹಳ ಜನರನ್ನ ಕಾಂಟ್ಯಾಕ್ಟ್ ಮಾಡಿದ್ದೀನಿ. ಪೋಲೀಸಿನವರು ನಾವು ಹೇಳಿದ ಹಾಗೆ ಮಾಡೊಲ್ಲ. ಹಾಗೆ ಮಾಡೋಕೆ ಸಾಧ್ಯವೂ ಇಲ್ಲ. ಅವರಿಗೆ ಅವರದೇ ಆದ ಕಾನೂನು ಕಟ್ಟಳೆಗಳು ಇರುತ್ತವೆ. ಒಂದು ಸಿದ್ಧಪಡಿಸಿದ ಚೌಕಟ್ಟಿನಲ್ಲಿ ಅವರು ಕೆಲಸ ಮಾಡ್ತಾರೆ. ಇನ್ನು ನಾನು ಬಿಸಿನೆಸ್ ನೋಡಿಕ್ಕೊಳ್ಳಬೇಕು. ನಾವೆಲ್ಲಾ ಸಿನಿಮಾ ಹೀರೋಗಳ ತರಾ ಇರೋ ಕೆಲಸ ಎಲ್ಲ ಬಿಟ್ಟು ಇದನ್ನ ಹುಡುಕೋಕೆ ಆಗೊಲ್ಲ. ಹಾಗ್ಮಾಡೋಕೋದ್ರೆ ಪ್ರಾಣಾಪಾಯದಲ್ಲಿ ಸಿಕ್ಕಿಕೊಳ್ತೀವಿ. ನಾವು ಯಾರೂ ಸಿನಿಮಾ ಹೀರೋಗಳ ತರಾ ಹೊಡೆದಾಡಿ, ಬಡಿದಾಡಿ ರಹಸ್ಯವನ್ನ ಬಯಲಿಗೆಳೆಯೋಕೆ ಸಾಧ್ಯವಿಲ್ಲ.

ಸಾರ್, ನೀವು ತಪ್ಪು ತಿಳಿಯೊಲ್ಲ ಅಂದ್ರೆ ಹೇಳ್ತೀನಿ. ನಮ್ಮ ದೇಶದಲ್ಲಿ ಎಲ್ಲ ಸರ್ಕಾರಿ ಕೆಲಸಗಳೂ ಒಂದು ಚೌಕಟ್ಟಿನಲ್ಲಿ ನಡೆಯುತ್ತವೆ. ಅವರದೇ ಆದ ಒಂದು ರೀತಿ, ನೀತಿಗಳಿರುತ್ತವೆ. ಅವನ್ನು ಬಿಟ್ಟು ಬೇರೆ ರೀತಿಯಲ್ಲಿ ಅವರು ಯೋಚಿಸೊಲ್ಲ. 'ಔಟ್ ಆಫ್ ದಿ ಬಾಕ್ಸ್' ಅಂತಾರಲ್ಲ? ಆ ರೀತಿ ಯೋಚನೆ ಅವರು ಮಾಡೊಲ್ಲ. ಬಹುತೇಕ ಕೇಸುಗಳು ಈ ಕಾರಣದಿಂದಲೇ ಅಪೂರ್ಣವಾಗಿ ಉಳಿದಿವೆ. ಇದರ ಜೊತೆಗೆ ಅಪಾಯವನ್ನು ಎದುರಿಸಿ, ಮುತುವರ್ಜಿಯಿಂದ ಇಲಾಖೆ ಕೆಲಸವನ್ನ ಮಾಡೋ ಅಂತಾವರು ಬಹಳ ಕಮ್ಮಿ. ಅದಕ್ಕೇ ನಿಮ್ಮ ಹತ್ರ ಬಂದೆ. ಇದು ಅವರ ಕೈಲಾಗೊಲ್ಲಾಂತ ನಾನು ಹೇಳ್ತಿಲ್ಲ. ಆದರೆ ಬೇಗ ಮಾಡಲಾರರು. ನಾವು ಬಯಸುವ ವೇಗಕ್ಕೆ ಅವರು ಸ್ಪಂದಿಸೊಲ್ಲ. ಕೊಲೆ ಮಾಡಿರೋನು ಸಾಮಾನ್ಯನಲ್ಲಾಂತ ಅನ್ನಿಸುತ್ತೆ. ಈ ದೇಶದಲ್ಲಿ ಹಣಕ್ಕೆ ಮಹತ್ತರವಾದ ಸ್ಥಾನ ಇದೆ. ಹಣಕ್ಕಾಗಿ ಯಾರು... ಏನು ಮಾಡ್ತಾರೇಂತ ಹೇಳೋಕಾಗೊಲ್ಲ..."

"ನಾವೂ ಹಾಗೇ ಮಾಡಿದರೆ?"

ವಿಕ್ರಮ್ ನಗುತ್ತಾ ಕೇಳಿದ.

"ನೀವು ಹಾಗೆ ಮಾಡೊಲ್ಲಾಂತಾನೇ ಬಂದಿದೀನಿ... ಅಲ್ಲದೆ ನೀವು ಈ ಕ್ಷೇತ್ರದಲ್ಲಿ ಗಳಿಸಿರೊ ರೆಪ್ಯೂಟೇಶನ್ ಹಾಳು ಮಾಡ್ಕೊಳ್ಳೋಕೆ ನೀವು ಇಚ್ಛಿಸಲಾರಿರಿ..."

"ಎನಿವೇ...ನಮ್ಮ ಮೇಲೆ ನಂಬಿಕೆಯಿದೆಯಲ್ಲ? ಸಂತೋಷ. ಈಗ ನನ್ನ ಪ್ರಶ್ನೆಗಳಿಗೆ ಉತ್ತರ ಹೇಳಿ..."

"ಕೇಳಿ ಸಾರ್..."

"ಮೊದಲಿಗೆ ನಿಮ್ಮ ಬಗ್ಗೆ. ಕೊಲೆಯಾದವರ ಮತ್ತು ನಿಮ್ಮ ಸಂಬಂಧ ಹೇಳಿ"

"ಯಶವಂತರಾಯರು ನನ್ನ ಹೆಂಡತಿಯ ತಂದೆಯ ತಂದೆ. ಅಂದರೆ ನನ್ನವಳ ತಾತ..."

"ನಿಮ್ಮ ಪತ್ನಿಯ ತಂದೆ ಅವರಾದರೆ ನಿಮ್ಮ ಮಾವನವರು?"

"ವಿಶ್ವನಾಥಯ್ಯ ಅಂತ. ಅವರು ತುಂಬಾ ಹಿಂದೇನೇ ತೀರಿಕೊಂಡರಂತೆ..."

"ನಿಮ್ಮ ಅತ್ತೆಯವರು?"

"ಅವರೂ ಅಷ್ಟೆ, ನಮ್ಮ ಮಾವ ಮತ್ತು ಅತ್ತೆ ಒಟ್ಟಿಗೆ ಸತ್ತರಂತೆ. ಆಂಧ್ರದಲ್ಲಿ ಯಾವುದೋ ಪುಣ್ಯಕ್ಷೇತ್ರದ ದರ್ಶನಕ್ಕೆ ಹೋಗಿದ್ದರಂತೆ. ಅಲ್ಲಿ ಕಾರು ಆಕ್ಸಿಡೆಂಟಲ್ಲಿ ನಮ್ಮ ಮಾವ, ಅತ್ತೆ ಮತ್ತೆ ಕಾರಿನ ಡ್ರೈವರ್ ಎಲ್ಲಾ ಆಕ್ಸಿಡೆಂಟಾದ ಸ್ಥಳದಲ್ಲೇ ಸತ್ತರಂತೆ. "

"ಇದು ನಡೆದು ಎಷ್ಟು ವರ್ಷ ಆಯ್ತು?"

"ಸುಮಾರು ಹದಿನೆಂಟು ವರ್ಷ ಆಗಿದೆ..."

"ನಿಮ್ಮ ಹೆಂಡತಿಯಿಂದ ನಿಮಗೆ ಈ ವಿಷಯ ತಿಳಿದಿದೆ...ಅಲ್ಲವೆ? ನಿಮ್ಮದು ಹೊಸ ಸಂಬಂಧ ಅಲ್ಲವೆ?"

"ನೀವು ಹೇಳಿದ್ದು ಸರಿ..."

"ನಿಮ್ಮ ಹೆಂಡತಿಯವರ ತಾತನ ವಿಷಯ ಹೇಳಿ..."

"ನನ್ನ ಹೆಂಡತಿಯ ತಾತನ ಹೆಸರು ಯಶವಂತರಾವ್. ತುಂಬಾ ಪ್ರಸಿದ್ಧರು. ತುಂಬಾ ಗಡಸು ಮನುಷ್ಯ. ಸರ್ಕಾರಿ ವಲಯದಲ್ಲಿ ತುಂಬಾ ಪ್ರಭಾವಶಾಲೀ ವ್ಯಕ್ತಿ, ಕೊಳೆಯೋ ಅಷ್ಟು ಆಸ್ತಿ ಇದೆ. ಅವರ ಪತ್ನಿ ಮದುವೆಯಾದ ಹತ್ತು ವರ್ಷಕ್ಕೆ ಹೆರಿಗೆಯಲ್ಲಿ ತೀರ್ಕೊಂಡರಂತೆ. ಊರಲ್ಲಿ ಒಳ್ಳೆ ಹೆಸರು ಗಳಿಸಿದ್ದರು. ದಾನ ಧರ್ಮದಲ್ಲಿ ಎತ್ತಿದ ಕೈ. ಆದ್ರೆ, ಅವರಿಗಿರೋ ಒಳ್ಳೆ ಹೆಸರನ್ನ ಉಳಿಸೋದರ ಬದಲು ಮಸಿ ಹಚ್ಚೋ ಜನವೇ ಹೆಚ್ಚಾಗಿದಾರೆ..."

"ಯಾರು?"

"ನನ್ನ ಭಾವ ಮೈದುನ ಮತ್ತು ನನ್ನ ಹೆಂಡತಿಯ ಸೋದರತ್ತೆ ಸಂಸಾರ..."

"ನಿಮ್ಮ ಭಾವ ಮೈದುನನ ಹೆಸರು?"

"ಕೃಷ್ಣ ಅಂತ"

"ಏನ್ಮಾಡ್ತಿದಾರೆ ಆತ?"

"ಕಲಿಯುಗದಲ್ಲಿ ಕೃಷ್ಣನ ಕೆಲಸ ಮಾಡ್ತಿದಾನೆ...?"

"ವಯಸ್ಸು?"

"ನನಗಿಂತ ಹತ್ತು ವರ್ಷ ಕಮ್ಮಿ..."

"ಆತ ಊರಲ್ಲೇ ಇದಾನ?"

"ನಾಲ್ಕು ದಿವಸ ಬೆಂಗಳೂರಲ್ಲಿ ಇದ್ದರೆ ಒಂದು ದಿವಸ ಊರಲ್ಲಿ ಇರ್ತಾನೆ..."

"ಬೆಂಗಳ್ಳೂರಲ್ಲಿ ಇರೋವಾಗ ನಿಮ್ಮ ಮನೇಲೇ ಇರ್ತಾರ?"

"ನಮ್ಮ ಮನೇಲಿದ್ದರೆ ಅವನ ಕಲ್ಯಾಣ ಕೆಲಸಗಳಿಗವಕಾಶ ಕಮ್ಮಿ. ಅವನಿಗೆ ಬೇಕಾದಷ್ಟು ಬೇರೆ ಮನೆಗಳಿವೆ. ಹಾಗಂದ್ರೆ ನಾನು ಬಿಡಿಸಿ ಹೇಳಬೇಕಾಗಿಲ್ಲ ಅಲ್ವೆ? ಇಲ್ಲಾಂದ್ರೆ ಯಾವುದಾದ್ರೂ ಹೋಟೆಲ್‌ನಲ್ಲಿ ಇರ್ತಾನೆ..."

"ಏನು ಓದಿದಾರೆ?"

"ಮೆಡಿಕಲ್ ಓದ್ತಾ ಇದಾನೆ...ಆದ್ರೆ ಮುಗಿದಿಲ್ಲ...ಮುಗಿಯೋದೂ ಇಲ್ಲ..."

"ಯಾಕೆ?"

"ಅವನು ಓದ್ತಿಲ್ಲ ಸಾರ್? ಊದ್ತಿದ್ದಾನೆ! ಅವನೆಲ್ಲಿ ಓದ್ತಾನೆ? ಕ್ಲಬ್ಬು, ಬಾರು, ಹುಡುಗೀಯರು, ಇಸ್ಪೀಟು, ಕುದುರೆ ಬಾಲ-ಇಂತಾ ಆಕರ್ಷಣಲ್ಲೇ ಅವನ ಮನಸ್ಸು! ಇಂತವುಗಳಲ್ಲೇ ಅವನ ಆಸಕ್ತಿ. ಇವುಗಳ ನಡುವೆ ಓದೋದಕ್ಕೆ ಟೈಮು ತಾನೆ ಎಲ್ಲಿ ಸಿಗಬೇಕು?"

"ನಿಮ್ಮ ಹೆಂಡತಿಯ ತಾತ ಸತ್ತ ದಿವಸ ಕೃಷ್ಣ ಎಲ್ಲಿದ್ದ?"

"ಊರಲ್ಲಂತೂ ಇರಲಿಲ್ಲ. ಬೆಂಗ್ಳೂರಲ್ಲೇ ಇದ್ದ"

"ಯಶವಂತರಾಯರು ಸತ್ತ ಸುದ್ದಿ ಅವರಿಗೆ ಹೇಗೆ ತಿಳಿಸಿದರು? ಯಾರು ತಿಳಿಸಿದರು?"

"ಊರಲ್ಲಿ ನನ್ನ ಹೆಂಡತಿ ಸೋದರತ್ತೆ ಮತ್ತು ಅವರ ಸಂಸಾರ ಇದೆ. ಅವರ ಗಂಡ ರಾಮಣ್ಣ ಅಂತ. ಅವರು ಕೃಷ್ಣನಿಗೆ ವಿಷಯ ತಿಳಿಸಿರಬಹುದು. ನಾನು, ನನ್ನ ಹೆಂಡತಿ ಬೆಂಗ್ಳೂರಿಂದ ಕೆ.ಜಿ ಹಳ್ಳಿಗೆ ಹೋದ ಮೇಲೆ ಅವನು ಬಂದ"

"ರಾಮಣ್ಣನವರ ಸಂಸಾರದ ಬಗ್ಗೆ ಹೇಳಿ..."

"ನಮ್ಮ ಮಾವನವರಿಗೆ ಸುಶೀಲಮ್ಮ ಒಬ್ಬರೇ ತಂಗಿ. ರಾಮಣ್ಣ ಮೊದಲಿಗೆ ದಾವಣಗೆರೆಯಲ್ಲಿ ಒಳ್ಳೇ ಬಿಸಿನೆಸ್ ಮಾಡ್ತಿದ್ದರಂತೆ. ಆದರೆ ಕ್ರಮೇಣ ನಷ್ಟವಾಗಿ ಕೊನೆಗೆ ಪಾಪರ್ ಆಗೋ ಸ್ಥಿತಿಗೆ ಬಂದಾಗ ಯಶವಂತರಾಯರು ತಂಗಿ ಮತ್ತು ಭಾವಮೈದುನನ್ನು ಕರೆಸಿಕೊಂಡು ತಮ್ಮ ಮನೇಲೇ ಇಟ್ಟುಕೊಂಡರು. ಅವಾಗಿನಿಂದಲೂ ಅವರ ಸಂಸಾರ ಊರಲ್ಲೇ ಇದೆ. ಅವರಿಗೆ ಮೂರು ಜನ ಮಕ್ಕಳು. ಮೊದಲನೆಯವನು ಚೇತನ್, ಎರಡನೆಯಾಕೆ ಸುಮ ಮೂರನೆಯವಳು ಚಿತ್ರಾ..."

"ಅವರೆಲ್ಲ ಏನು ಮಾಡ್ಕೊಂಡಿದಾರೆ?"

ಮೊದಲನೆಯವನು ತನ್ನ ಮಾವ ಕೃಷ್ಣನ ಹಾದಿ ಹಿಡಿದಿದಾನೆ. ಎರಡನೆಯವಳಿಗೆ ಮದುವೆಯಾಗಿದೆ. ಗಂಡ ಬೆಳಗಾಂನಲ್ಲಿ ಇಂಜಿನಿಯರ್.

ಮೂರನೆಯವಳು ಚಿತ್ರಾಳನ್ನ ಕೃಷ್ಣನಿಗೆ ಕೊಡಬೇಕೂಂತ ಸುಶೀಲಮ್ಮನಿಗೆ ಆಸೆ..."

"ಕೃಷ್ಣ ಏನಂತಾನೆ?"

"ತನ್ನ ಸ್ವೇಚ್ಛಾಚಾರಕ್ಕೆ ಮದುವೆ ಅಡ್ಡಿಯಾಗುತ್ತೆ ಅಂತ ಒಪ್ತಾ ಇಲ್ಲ! ಅದರ ಜೊತೆಗೆ ಅವನಿಗೆ ತನ್ನ ಅತ್ತೆ ಮಾವನ ಮೇಲೆ ಅನುಮಾನ! ಆಸ್ತಿ ಎಲ್ಲಾ ಅವರ ಹತೋಟಿಗೆ ಬರಬಹುದು, ತನ್ನನ್ನು ಮೂಲೆಗೆ ತಳ್ಳಿ ಎಲ್ಲಾ ಅವರೇ ಅನುಭವಿಸಬಹುದು ಅನ್ನೋ ಹೆದರಿಕೇನೂ ಇದೆ ..."

"ಮೂರ್ತಿ, ನಿಮ್ಮ ಸಂಸಾರದ ಬಗ್ಗೆ ಏನೂ ಹೇಳ್ಳೇ ಇಲ್ಲ?"

"ನನ್ನ ತಂದೆಗೆ ನಾನೊಬ್ಬನೇ ಮಗ. ನಮ್ಮದು ಟ್ರೆಡೆಶನಲ್ ಬಿಸಿನೆಸ್ ಫ್ಯಾಮಿಲಿ. ಚಿಕ್ಕಪೇಟೇಲಿ ನಮ್ಮ ಟೆಕ್ಸ್ಟೈಲ್ ಅಂಗಡಿ ಇದೆ. ತಂದೆ ನನ್ನ ಮದುವೆಯಾದ ಎರಡು ವರ್ಷದ ನಂತರ ತೀರ್ಕೊಂಡರು. ತಾಯಿ ಇದಾರೆ. ನನಗೆ ಎರಡು ಗಂಡು ಮಕ್ಕಳು..."

"ಯಶವಂತರಾಯ ಶ್ರೀಮಂತಿಕೆ ಎಷ್ಟು?"

"ಮಂಡ್ಯದ ನಾಲೆ ಬಯಲಲ್ಲಿ ಮೂವತ್ತೆಕರೆ ಗದ್ದೆ, ಕೆ.ಜಿ ಹಳ್ಳೀಲಿ ಐದೆಕರೆ ದ್ರಾಕ್ಷಿ ತೋಟ, ಐದು ಸಾವಿರ ತೆಂಗು, ನೂರಿನ್ನೂರು ಖುಷ್ಕಿ ಜಮೀನು, ಬಂಗಲೆಯಂತ ಮನೆ, ಬೆಂಗಳೂರಲ್ಲಿ ಹತ್ತು ಸೈಟುಗಳು... ಹೀಗೇ..."

"ಈಗ ಅವರ ಆಸ್ತಿಯೆಲ್ಲ ಯಾರಿಗೆ ಹೋಗತ್ತೆ?"

"ಕೃಷ್ಣನಿಗೆ"

"ಕೃಷ್ಣ ಮತ್ತು ಚಿತ್ರಾ ಮದ್ವೆಯಾದರೆ?"

"ಹೇಗೂ ಕೃಷ್ಣ ಬೇಜವಾಬ್ದಾರಿ ಗಂಡಸು. ಆಸ್ತಿ ರಾಮಣ್ಣ ಮತ್ತು ಸುಶೀಲಮ್ಮನಿಗೆ ಸೇರಿದ ಹಾಗೆ."

"ನಿಮಗೇನಾದರೂ ಬರಬಹುದೆ?"

"ಕಾನೂನು ಪ್ರಕಾರ ಒಂದು ಪಾಲು ನನ್ನ ಪತ್ನಿಗೆ ಬರಬೇಕು. ಅದಕ್ಕೆ ಕೃಷ್ಣ ಹೇಗೆ ಪ್ರತಿಕ್ರಿಯಿಸುತ್ತಾನೋ ಗೊತ್ತಿಲ್ಲ. ಅದಕ್ಕೆ ಪ್ರತಿರೋಧ ತೋರಿಸ್ತಾನೆ. ಅದರ ಬಗ್ಗೆ ನಾನು ಯಾವತ್ತೂ ಆಸೆ ಮಾಡಿಲ್ಲ. ಮದುವೇಲಿ ಯಶವಂತರಾಯರು ಧಾರಾಳವಾಗೇ ಮಾಡಿದಾರೆ. ನನ್ನ ಇಬ್ಬರು ಮಕ್ಕಳಿಗೂ ಒಂದೊಂದು ಸೈಟು ಕೊಟ್ಟಿದ್ದಾರೆ. ಬಂಗಾರಾನೇ ಐದು ಲಕ್ಷದ ವರೆಗೂ ನನ್ನ ಹೆಂಡತಿ ಮೈಮೇಲಿದೆ. ಆಸ್ತಿಗೆ ನಾನು ಆಸೆ ಮಾಡಿಲ್ಲ..."

"ಇವತ್ತಿಗೆ ಇಷ್ಟು ಸುದ್ಧಿ ಸಾಕು ಮೂರ್ತಿಯವರೆ. ಆದಷ್ಟು ಬೇಗ ನಾನು ನಿಮ್ಮ ಊರಿಗೆ ಬರ್ತೀನಿ. ಬಂದು ಅಲ್ಲಿ ಎಲ್ಲರ ಜೊತೆ ಮಾತಾಡಿ ನಂತರ ತನಿಖೆ ಶುರು

ಮಾಡ್ತೀನಿ..."

"ನೀವು ಆದಷ್ಟು ಬೇಗ ಬರಬೇಕು ಸಾರ್. ನನ್ನ ಹೆಂಡತೀನ ಚಿಕ್ಕ ವಯಸ್ಸಿಂದ ಬೆಳೆಸಿದೋರು ಯಶವಂತರಾಯರು. ಅವರ ದೇಹಾನಾ ಯಾರೋ ಅಪಹರಿಸಿದ್ದಾರೆ ಅನ್ನೋ ವಿಷಯ ಕೇಳಿ ನನ್ನ ಹೆಂಡತಿಗೆ ಷಾಕ್ ಆಗಿದೆ. ಮೊದಲು ಆ ದೇಹ ಪತ್ತೆ ಮಾಡಿ ಮತ್ತೆ ಸಂಸ್ಕಾರ ಮಾಡಬೇಕು..."

"ಅಷ್ಟೊಂದು ಅರ್ಜೆಂಟಂದ್ರೆ ನಾಳೆ ಬೆಳಿಗ್ಗೆ ನಾವು ಬರ್ತೀವಿ. ನಿಮ್ಮ ಊರಿಗೆ ಹೇಗೆ ಬರ್ಬೇಕೂಂತ ಪೇಪರಲ್ಲಿ ಗುರುತು ಹಾಕಿ ಕೊಡಿ...ಹಾಗೇ ಗೂಗಲ್ಲಿನ ಲೊಕೇಶನ್ ಅಡ್ರೆಸ್ ಕೊಡಿ"

"ಅದು ನನ್ನ ಊರಲ್ಲ ಸಾರ್. ನನ್ನ ಹೆಂಡತಿಯ ತವರು. ಮನೆ ಬೆಂಗ್ಳೂರಿಂದ ಮೂವತ್ತು ಮೈಲಿ ದೂರದಲ್ಲಿದೆ..ಮೈಸೂರು ರಸ್ತೇಲಿ ಬರಬೇಕು. ಲೊಕೇಶನ್ ಶೇರ್ ಮಾಡ್ತೀನಿ. ಅಲ್ಲಿಗೆ ಬರೋಕೆ ನಿಮಗೆ ಯಾವ ತೊಂದ್ರೇನೂ ಆಗೊಲ್ಲ. ಯಾರನ್ನೂ ದಾರಿ ಕೇಳಬೇಕಾಗಿಲ್ಲ"

ಶರತ್ ತನಗೆ ಕೊಟ್ಟ ನೋಟ್ ಬುಕ್ಕಿನಲ್ಲಿ ಮೂರ್ತಿ ವಿವರಗಳನ್ನು ಬರೆದು ಶರತ್ ಕೈಲ್ಲಿಟ್ಟ.

"ನಾನಿನ್ನು ಬರ್ತೇನೆ ಸಾರ್...ನಾಳೆ ನೀವು ಬರೋ ಸುದ್ದೀನ ಮನೇಲಿ ಎಲ್ರಿಗೂ ತಿಳಿಸ್ತೇನೆ..."

"ನಾವು ಬರೋವರೆಗೂ ಹೇಳಬೇಡಿ. ಬಂದ ಮೇಲೆ ಎಲ್ಲರಿಗೂ ಹೇಳಿ.."

"ನೀವು ಹೇಳಿದ ಹಾಗೇ ಮಾಡ್ತೀನಿ..ನಮಸ್ಕಾರ"

ಮೂರ್ತಿ ಆಚೆ ಹೋಗುವವರೆಗೂ ಪತ್ತೇದಾರರಿಬ್ಬರೂ ಮೌನದಿಂದಿದ್ದರು.

"ಮೂರ್ತಿ ಕೊಟ್ಟ ಊರಿನ ಡೀಟೈಲ್ಸ್ ಓದು ಶರತ್"

ವಿಕ್ರಮ್ ಹೇಳಿದ.

"ಯಶವಂತರಾವ್, ಲ್ಯಾಂಡ್ ಲಾರ್ಡ್, ಮಂದಾರ, ಕೆ.ಜಿ. ಹಳ್ಳಿ ಬಿಡದಿ ತಾಲ್ಲೋಕು.."

"ಶರತ್, ನಾವು ಯಾವಾಗಲಾದರೂ ಆ ಊರಿಗೆ ಹೋಗಿದೀವಾ?" ವಿಕ್ರಮ್ ಯೋಚಿಸುತ್ತಾ ಕೇಳಿದ.

"ಇಲ್ಲ ಸರ್. ಈಗಷ್ಟೆ ಹೋಗ್ತಿರೋದು"

"ಕೇಸ್ ಬಗ್ಗೆ ನಿನಗೇನನ್ನಿಸುತ್ತೆ?" ವಿಕ್ರಮ್ ತನ್ನ ಸಹಾಯಕ, ಇದೀಗ ಕೆಲವು ತಿಂಗಳಿಂದ ಪತ್ತೇದಾರಿಕೆಯಲ್ಲಿ ಪಳಗುತ್ತಿದ್ದ ಶರತ್ ಕೇಳಿದ.

"ಮೂರ್ತಿಯವರು ಹೇಳಿದ ವಿಷಯಗಳ ಪ್ರಕಾರ ಇದು ಆಸ್ತಿಗಾಗಿ ನಡೆದಿರೋ ಕೊಲೆ. ಮೊದಲನೆ ಸಸ್ಪೆಕ್ಟ್ ಕೃಷ್ಣ, ಅವರ ಮೊಮ್ಮಗ!"

"ಆದ್ರೆ ಶರತ್, ಅವರು ಕೊಲೆಯಾಗದೆ ಸ್ವಾಭಾವಿಕವಾಗಿ ಸತ್ತಿದ್ದರೂ ಆಸ್ತಿ ಕೃಷ್ಣನಿಗೇ ಸೇರುತ್ತೆ! ಅವನು ಏಕೆ ಕೊಲೆ ಮಾಡಿ ಜೈಲು ಸೇರುತ್ತಾನೆ?"

"ಮೂರ್ತಿ?" ಶರತ್ ತನ್ನ ಎರಡನೆ ಅಭಿಪ್ರಾಯ ಮುಂದಿಟ್ಟ.

"ಕಾನೂನು ಪ್ರಕಾರ ಮೂರ್ತಿಯ ಹೆಂಡತಿಗೆ ಒಂದು ಪಾಲು ಆಸ್ತಿ ಸಹಜವಾಗೇ ಸೇರುತ್ತೆ! ಮೂರ್ತಿ ಏಕೆ ಈ ರಿಸ್ಕ್ ತಗೋತಾನೆ?"

"ಮತ್ತೆ ನಿಮ್ಮ ಪ್ರಕಾರ ಯಾರು ಸಾರ್?"

"ಇದು ಅಷ್ಟು ಸುಲಭವಲ್ಲ. ಅಲ್ಲಿಗೆ ಹೋಗಿ ಎಲ್ಲಾ ಪರೀಕ್ಷೆ ಮಾಡಿ ನೋಡೊಣ. ಆಮೇಲಷ್ಟೇ ಏನಾದರೂ ತಿಳಿಯಬಹುದು. ನಾಳೆ ಪ್ರಯಾಣಕ್ಕೆ ಸಿದ್ಧ ಮಾಡು. ಅಲ್ಲಿ ಒಂದು ನಾಲ್ಕದು ದಿವಸ ಇರಬೇಕಾಗಬಹುದು..."

"ಸರಿ ಸರ್..."

***

ಬೆಳಿಗ್ಗೆ ಹತ್ತು ಗಂಟೆ ಸಮಯಕ್ಕೆ ಪತ್ತೇದಾರರಿಬ್ಬರೂ ವಿಕ್ರಮ್‌ನ ಮಿಲಿಟರಿ ಹಸಿರು ಬಣ್ಣದ ಜೀಪಿನಲ್ಲಿ ಬಿಡದಿ ದಾಟಿ ಮೈಸೂರು ರಸ್ತೆಯಲ್ಲಿ ಸಾಗಿ ರಾಮನಗರಕ್ಕೆ ಮುಂಚೆ ಬಲಕ್ಕೆ ತಿರುಗಿ ಹತ್ತು ಕಿಲೋಮೀಟರು ಒಳ ರಸ್ತೆಯಲ್ಲಿ ಸಾಗಿ, ಕೆ.ಜಿ. ಹಳ್ಳಿಯಲ್ಲಿದ್ದರು.

ಕರಿಗೊಂಡನ ಹಳ್ಳಿಯ ಸಂಕ್ಷಿಪ್ತ ಹೆಸರು ಕೆ.ಜಿ ಹಳ್ಳಿ. ಬಹುತೇಕರಿಗೆ ಆ ಊರಿನ ಮೂಲ ಹೆಸರು ಮರೆತುಹೋಗಿ ಕೆ.ಜಿ ಹಳ್ಳಿ ಎನ್ನುವುದೇ ತಮ್ಮೂರಿನ ಶಾಶ್ವತ ಹೆಸರು ಎನ್ನುವಂತ ಭಾವವಿತ್ತು. ಊರು ಸೇರುವ ಮುಂಚೆ ಬಿಡದಿಯ ತಟ್ಟೆ ಇಡ್ಲಿಯನ್ನು ಉಪಹಾರವಾಗಿ ಸವಿದು, ನಂತರ ಪೋಲೀಸ್ ಸ್ಟೇಶನ್ನಿನಲ್ಲಿ ಒಮ್ಮೆ ಇಣುಕಿ ನೋಡಿದರು. ಕೆ.ಜಿ ಹಳ್ಳಿ ಬಿಡದಿ ಪೋಲೀಸ್ ಸ್ಟೇಶನ್ ವ್ಯಾಪ್ತಿಯಲ್ಲಿ ಬರುತ್ತಿತ್ತು. ತಾವು ಹೊಸದಾಗಿ ಕೈಗೊಂಡಿರುವ ಕೇಸು ಇಲ್ಲೇ ದಾಖಲಾಗಿರುತ್ತದೆ. ಇಲ್ಲಿ ಕೇಸಿನ ಬಗೆಗೆ ಏನು ಮಾಹಿತಿ ಸಿಗುತ್ತದೋ ನೋಡೋಣ ಎನ್ನುವುದು ವಿಕ್ರಮ್‌ನ ಲೆಕ್ಕಾಚಾರವಾಗಿತ್ತು. ಆದರೆ ಇನ್ಸ್ಪೆಕ್ಟರ್ ಬೇರೆ ಯಾವುದೋ ಜಮೀನು ವಿಷಯದ ಹೊಡೆದಾಟದ ಕೇಸಿನ ಬಗ್ಗೆ ಹೊರಗೆ ಹೋಗಿದ್ದಾರೆನ್ನುವ ಮಾಹಿತಿ ಸಿಕ್ಕಿತು. ಅಲ್ಲಿಂದ ಸೀದಾ ಅವರು ತಲುಪಿದ್ದು ಕೆ.ಜಿ ಹಳ್ಳಿ.

ಯಶವಂತರಾಯರ 'ಮಂದಾರ' ಅ ಊರಿಗೆ ಭಾರೀಮನೆ. ಐದೆಕರೆ ದ್ರಾಕ್ಷಿ ತೋಟದಲ್ಲಿ ಮನೆ ಕಂಗೊಳಿಸುತ್ತಿತ್ತು. ಐದೆಕೆರೆ ದ್ರಾಕ್ಷಿ ತೋಟದ ಬೆಲೆ ಏನಿಲ್ಲವೆಂದರೂ ಇಪ್ಪತ್ತರಿಂದ ಮೂವತ್ತು ಕೋಟಿಗಳು. ಮನೆಯೇ ಈಗಿನ ಬೆಲೆ ಕನಿಷ್ಠ ಎರಡು ಕೋಟಿಗೂ ಮೀರುತ್ತದೆ ಎಂದು ವಿಕ್ರಮ್ ಊಹಿಸಿದ. ಮನೆಯ ನೆಲ ಅಂತಸ್ತೇ ಸಾಕಷ್ಟಿದ್ದರೂ ಸಹ ಮಹಡಿಯನ್ನು ಕಟ್ಟಿಸಲಾಗಿತ್ತು. ಪೋರ್ಟಿಕೋದಲ್ಲಿ ಒಂದು ತಿಳಿಹಳದಿಯ, ಮತ್ತೊಂದು ಚರ್ರಿ ಬಣ್ಣದ ಇನ್ನೋವಾ ಕಾರುಗಳು

ನಿಂತಿದ್ದವು.

ವಿಕ್ರಮ್ ಜೀಪಿನ ಶಬ್ದ ಕೇಳಿ ಪೋರ್ಟಿಕೋದಲ್ಲಿ ಗೋಲಿಯಾಡುತ್ತಿದ್ದ ಇಬ್ಬರು ಹುಡುಗರು ಆಟ ನಿಲ್ಲಿಸಿ ಎದ್ದು ನಿಂತರು.

"ಮೂರ್ತಿಯವರು ಮನೇಲಿದಾರ?"

ಶರತ್ ಹುಡುಗರನ್ನು ಕೇಳಿದ.

"ಒಂದ್ನಿಮಿಷ... ಕರೀತೀನಿ..."

ಒಬ್ಬ ಹುಡುಗ ಒಳಗೆ ಓಡಿದ. ಉಳಿದೊಬ್ಬ ತಾನೊಬ್ಬನೇ ಗೋಲಿಯಾಟ ಮುಂದುವರಿಸಿದ.

"ಏನು ಶರತ್?"

ಮನೆ ವೀಕ್ಷಿಸುತ್ತಾ ಸಿಳ್ಳು ಹಾಕಿದ ತನ್ನ ಜೂನಿಯರ್ ಶರತ್‌ನನ್ನು ಕೇಳಿದ ವಿಕ್ರಮ್.

"ಭಾರೀ ಶ್ರೀಮಂತರು".

"ರೈಟ್, ಒಂದು ವೇಳೆ ಯಶವಂತರಾಯರ ಶವವನ್ನು ಕದ್ದಿದ್ದಾರೆ ಅಂದರೆ ಅದು ಸ್ವಭಾವಿಕ ಸಾವು ಖಂಡಿತಾ ಅಲ್ಲ! ಅವರ ಕೊಲೆ ಆಗಿದೆ! ಅದು ಬೆಳಕಿಗೆ ಬರುವ ಮುನ್ನವೇ ಶವ ಸಂಸ್ಕಾರ ಆಗಿದೆ. ಆನಂತರವೇ ಕೊಲೆಯ ಪಿಸು ಮಾತು ಹರಿದಾಡಿದೆ! ಪೋಲೀಸರು ಶವ ಪರೀಕ್ಷೆಗೆ ಬರುವ ಸುದ್ದಿ ತಿಳಿಯುತ್ತಲೇ ಕೊಲೆ ಮಾಡಿದವರು ಶವ ಅಪಹರಿಸಿದ್ದಾರೆ! ಶವ ಇನ್ನೇನು ಕುರುಹು ನೀಡುತ್ತಿತ್ತೋ ಗೊತ್ತಿಲ್ಲ. ಮೇಲಾಗಿ ಶವ ಈಚೆ ಬಂದರೆ ಪೋಸ್ಟ್ಮಾರ್ಟಂನಲ್ಲಿ ಕೊಲೆ ಸಾಬೀತಾಗುತ್ತದೆ. ಹಾಗಾಗಬಾರದು ಎಂದು ಶವದ ಅಪಹರಣ! ಇದು ಆಸ್ತಿಗಾಗಿ ನಡೆದಿರೋ ಹುನ್ನಾರ!".

"ಆದರೂ ಕೊಲೆಗಾರ ಆತುರಪಟ್ಟಿದ್ದಾನೆ..."

"ಎಲ್ಲ ಕೊಲೆಗಾರರೂ ಆತುರಪಟ್ಟೇ ಕೊಲೆ ಮಾಡ್ತಾರೆ ಶರತ್" ವಿಕ್ರಮ್ ನಕ್ಕು ನುಡಿದ.

"ಓಹೋ...ಬನ್ನಿ...ಬನ್ನಿ..."

ಮೂರ್ತಿ ಬಾಗಿಲಲ್ಲಿ ಕಾಣಿಸಿಕೊಂಡು, ಪರಿಚಯದ ನಗೆ ನಕ್ಕ.

ವಿಕ್ರಮ್ ಮತ್ತು ಶರತ್ ಮನೆಯ ಮೆಟ್ಟಿಲುಗಳನ್ನು ಹತ್ತಿದರು.

"ಜೀಪಲ್ಲಿ ಬಂದ್ಬಿಟ್ರಾ? ಒಂದು ಫೋನ್ ಮಾಡಿದ್ರೆ ಕಾರು ಕಳಿಸ್ತಿದ್ದೆ"

"ಹೌದು. ಮತ್ತೆ ನಮ್ಮ ಕೆಲಸ ಹೀಗೇಂತ ಹೇಳೋಕಾಗೊಲ್ಲ ಬೇರೆಬೇರೆ ಕೆಲಸಗಳಿದ್ದರೆ ಉಪಯೋಗಕ್ಕೆ ಬರುತ್ತೇಂತ ಜೀಪಲ್ಲೇ ಬಂದೊ".

ಮೂರ್ತಿ ಅವರನ್ನು ಒಳಕ್ಕೆ ಕರೆದೊಯ್ದ. ವರಾಂಡ ದಾಟಿದ ಮೇಲೆ ಸಿಕ್ಕ ಹಾಲು ತುಂಬಾ ವಿಶಾಲವಾಗಿತ್ತು. ಕಲ್ಯಾಣ ಮಂಟಪವನ್ನು ನೆನಪಿಸುವಂತಿತ್ತು! ಸುಮಾರು ನೂರು ಜನ ಒಟ್ಟಿಗೆ ಊಟಕ್ಕೆ ಕೂರಬಹುದಾದಷ್ಟು ದೊಡ್ಡ ಹಾಲ್. ಸಣ್ಣ ಸಮಾರಂಭಗಳನ್ನೇ ಇಲ್ಲಿ ಮಾಡಬಹುದು ಎನ್ನಿಸುವಂತಿತ್ತು. ಹಾಲಿನ ಮಧ್ಯದಲ್ಲಿ ಸೋಫಾಗಳನ್ನು ಜೋಡಿಸಿದ್ದರು; ಮಧ್ಯಭಾಗದಲ್ಲೇ ಮಹಡಿಗೆ ಮೆಟ್ಟಿಲು. ಮೆಟ್ಟಿಲಿನ ನಂತರ ಎರಡೂ ಭಾಗದಲ್ಲಿ ರೂಮುಗಳಿರಬಹುದು ಎಂದು ವಿಕ್ರಮ್ ಅಂದಾಜು ಮಾಡಿದ. ಅದೇ ರೀತಿಯಲ್ಲಿ ಮೆಟ್ಟಿಲಿನ ಕೆಳಭಾಗದ ಎರಡೂ ಪಕ್ಕಗಳಲ್ಲಿ ಆಡಿಗೆಮನೆ, ಬಾತ್ರೂಮ್, ಕೆಲವು ವಾಸದ ಕೋಣೆಗಳೂ ಇರಬಹುದೆನ್ನಿಸಿತು.

"ಕೂತ್ಕೊಳ್ಳಿ..."

ವಿಕ್ರಮ್ ಮತ್ತು ಶರತ್ ಸೋಫಾದಲ್ಲಿ ಕುಳಿತರು.

"ಮೊದಲು ಟಿಫನ್ ಮಾಡಿ. ಆಮೇಲೆ ಮಹಡೀಲಿ ಗೆಸ್ಟ್ ರೂಮುಗಳಿದಾವೆ. ಅಲ್ಲಿ ರೆಸ್ಟ್ ತಗೊಂಡು ಸಂಜೆ ಮೇಲೆ ನಿಮ್ಮ ಕೆಲಸ ಶುರು ಮಾಡಬಹುದು".

ಮೂರ್ತಿ ಹೇಳಿದ.

"ಮಿಸ್ಟರ್ ಮೂರ್ತಿ, ಬರೋಕೆ ಮುಂಚೇನೇ ಟಿಫನ್ ಮಾಡಿ ಬಂದಿದೀವಿ. ನಮ್ಮ ಲಗ್ಗೇಜು ರೂಮಿಗೆ ತಲುಪಿಸಿಬಿಡಿ. ಇನ್ನು ರೆಸ್ಟ್ ಅಂದರೆ ರಸ್ಟ್ ಅಂತ ನನ್ನ ಅಭಿಪ್ರಾಯಲ್ ಅದಕ್ಕೇ ನಮ್ಮ ಕೆಲಸ ಈಗಲೇ ಪ್ರಾರಂಭ ಮಾಡಿಬಿಡ್ತೀವಿ..."

ಮೊದಲು ಟಿಫನ್ ಮಾಡದೆ ಇದ್ರೆ ನಿಮಗೆ ಕೆಲಸ ಪ್ರಾರಂಭ ಮಾಡೋದಕ್ಕೆ ಅವಕಾಶ ಇಲ್ಲ..."

ಮೂರ್ತಿ ಆಗ್ರಸಿದ .

"ಹೋಗಲಿ ಕಾಫಿ ತರಿಸಿ ಸಾಕು..."

ವಿಕ್ರಮ್ ಸೂಚಿಸಿದ.

ಕಾಫಿ ವ್ಯವಸ್ಥೆ ಮಾಡಲು ಮೂರ್ತಿ ಎದ್ದು ಹೋದರು.

ಒಂದು ಮೂಲೆಯಲ್ಲಿ ಕಾರ್ನರ್ ಸ್ಟ್ಯಾಂಡ್, ಅದರ ಮೇಲೆ ಬೃಹತ್ ಸೈಜಿನ ಟೆಲಿವಿಷನ್, ಪಕ್ಕದಲ್ಲಿ ಫೋನು ಕಂಡವು. ಯಶವಂತರಾಯರು ಶ್ರೀಮಂತರಷ್ಟೇ ಅಲ್ಲ, ಸಾಕಷ್ಟು ಸುಸಂಸ್ಕೃತರು ಎನಿಸಿತು. ವಿಕ್ರಮ್ ಮತ್ತು ಶರತ್ ಕೂತಿದ್ದ ಜಾಗಕ್ಕೆದುರಾಗಿಯೇ ಮೂರು ಗಾಜಿನ ಬಾಗಿಲಿನ ಪುಸ್ತಕದ ಬೀರುಗಳು. ಬೀರುಗಳ ತುಂಬ ಪುಸ್ತಕಗಳು. ಗಾಂಧಿ, ನೆಹರೂ, ರವೀಂದ್ರನಾಥ ಟಾಗೋರ್ ಮುಂತಾದವರ ಪುಸ್ತಕಗಳು. ಯಶವಂತರಾಯರು ರಾಷ್ಟ್ರಪ್ರಿಯರೂ, ದೇಶಭಕ್ತರೂ ಆಗಿದ್ದಿರಬೇಕು.

ಮೂರ್ತಿ ಬಂದಾಗ ಅವರ ಹಿಂದೆಯೇ ಟ್ರೇ ಹಿಡಿದ ಒಬ್ಬ ಕೆಲಸದಾಳು ಬಂದ. ಟ್ರೇನಲ್ಲಿ ಉಪ್ಪಿಟ್ಟಿನ ತಟ್ಟೆಗಳಿದ್ದವು.

"ಇದೆಲ್ಲಾ ಬೇಕಿರಲಿಲ್ಲ ಮೂರ್ತಿಯವರೆ".

ಶರತ್ ಆಕ್ಷೇಪಿಸಿದ.

"ಹೆಚ್ಚಿಗೇನೂ ತರಿಸಿಲ್ಲ...ಸ್ವಲ್ಪ ಅಷ್ಟೆ..."

ಮೂರ್ತಿಯಿಂದ ಹೆಚ್ಚು ಉಪಚಾರ ಹೇಳಿಸಿಕ್ಕೊಳ್ಳದೆ ಅವರು ತಿಂಡಿ ಮತ್ತು ಕಾಫಿ ಮುಗಿಸಿದರು. ಆ ಸಮಯದಲ್ಲಿ ಯಶವಂತರಾಯರ ಹವ್ಯಾಸಗಳ ಬಗ್ಗೆ ಪತ್ತೇದಾರರಿಬ್ಬರೂ ತಿಳಿದುಕೊಂಡರು.

"ನಾನು ಇವತ್ತು ಮಧ್ಯಾಹ್ನ ಹೋಗ್ತಿದ್ದೀನಿ. ಅಂಗಡಿ ಬಿಟ್ಟು ತುಂಬಾ ದಿವಸ ಆಯ್ತು".

ಮೂರ್ತಿ ಮೆಲ್ಲನೆ ನುಡಿದ.

"ಹಾಗಾದರೆ ಇಲ್ಲಿ ನಮ್ಮ ಕೆಲಸ?"

"ನಿಮ್ಮ ಕೆಲಸಕ್ಕೆ ಯಾವ ತೊಂದರೇನೂ ಆಗೊಲ್ಲ. ರಾಮಣ್ಣನವರಿಗೆ ಹೇಳಿ ಹೋಗ್ತೀನಿ. ನಿಮಗೆ ಎಲ್ಲಾ ಅನುಕೂಲ ಮಾಡಿಕೊಡ್ತಾರೆ".

"ಈವರೆಗಿನ ಸುದ್ದಿಯೇನು? ಶವ ಪತ್ತೆಯಾಯಿತೆ?"

"ಇಲ್ಲ. ಪೋಲೀಸ್‌ನವರು ಹರಸಾಹಸ ಮಾಡ್ತಿದ್ದಾರೆ. ಇನ್ನೂ ಯಾವ ಕ್ಲೂನೂ ಸಿಕ್ಕಿಲ್ಲ".

"ಮೊದಲಿಗೆ ನಾವು ಸಮಾಧಿಯಿದ್ದ ಜಾಗ ನೋಡ್ಕೊಂಡು ಬರೋಣ. ಆಮೇಲೆ ಮನೆಯವರೆಲ್ಲಾ ಭೇಟಿ ಮಾಡಬೇಕು".

"ಆಗಲಿ. ಅದಕ್ಕೇನೂ ತೊಂದ್ರೆಯಿಲ್ಲ. ಮಧ್ಯಾಹ್ನ ಊಟಕ್ಕೆ ಎಲ್ಲಾ ರ◌್ತಾರೆ. ಒಟ್ಟಿಗೆ ಎಲ್ಲರನ್ನೂ ನೋಡಬಹುದು".

"ಕೃಷ್ಣ?"

"ಅವನೂ ಇವತ್ತು ಇಲ್ಲೇ ಇದಾನೆ...."

"ಗುಡ್. ಹಾಗಾದ್ರೆ ಹೋಗೋಣವೇನು?"

ಆಚೆ ನಿಂತಿದ್ದ ಇನ್ನೋವಾ ಕಾರಿನಲ್ಲಿ ಅವರು ಸ್ಮಶಾನದ ಬಳಿ ಬಂದರು. ಹಳ್ಳಿಯ ರಸ್ತೆಗಳಲ್ಲಿ ಚಲಿಸುವಾಗ ಮಣ್ಣಿನ ರಸ್ತೆಗಳಲ್ಲಿ ಧೂಳು ಮೇಲೇಳುತ್ತಿತ್ತು.

ಕಾರಿಂದ ಇಳಿದು ವಿಕ್ರಮ್ ಸುತ್ತ ನೋಡಿದ. ವಿಶಾಲ ಬಯಲಿನ ಒಂದು ಕಡೆ ಮರಗಳಿಂದ ಆವೃತವಾಗಿತ್ತು ಸ್ಮಶಾನ. ಅದಕ್ಕೆ ಗೇಟು, ಬೇಲಿ ಯಾವುದೂ ಇರಲಿಲ್ಲ. ಕೆಲವು ಮರಗಳು ಮತ್ತು ಕಳ್ಳಿಗಿಡಗಳೇ ಸ್ಮಶಾನಕ್ಕೆ ಬೇಲಿಯನ್ನು ಸೃಷ್ಟಿಸಿದ್ದವು.

ವಿಕ್ರಮ್, ಶರತ್ ಮತ್ತು ಮೂರ್ತಿ ಮೂವರೂ ಸ್ಮಶಾನದೊಳಕ್ಕೆ ನಡೆದು ಬಂದರು. ಮೂರ್ತಿ ಅವರನ್ನು ಸಮಾಧಿಯಿದ್ದ ಜಾಗಕ್ಕೆ ಕರೆದು ತಂದ. ಪೋಲೀಸರು ಗುಂಡಿಯನ್ನು ತೆಗೆದ ನಂತರ ಗುಂಡಿಯನ್ನು ಮುಚ್ಚಿಸುವ ಗೋಜಿಗೆ ಯಾರೂ ಹೋಗಿರಲಿಲ್ಲ. ಸುಮಾರು ಎಂಟು ಅಡಿ ಆಳದ ಖಾಲಿ ಗುಂಡಿಯೊಳಗೆ ಪತ್ತೇದಾರರಿಬ್ಬರೂ ಇಣುಕಿದರು. ಅಲ್ಲಲ್ಲಿ ಅಂತ್ಯ ಸಂಸ್ಕಾರ ಸಮಯದಲ್ಲಿ ಉಪಯೋಗಿಸಿದ ಪೂಜೆಯ ಕೆಲವು ಕುರುಹುಗಳು ಮಣ್ಣಿನಿಂದ ಇಣುಕುತ್ತಿದ್ದವು. ಅವಲ್ಲಾ ಮಣ್ಣಿನಲ್ಲಿ ಕಲೆಸಿ ಹೋಗಿರುವುದು ಕಂಡಿತು.

"ಶರತ್...ಲೆಟ್ ಅಸ್ ಟೇಕ್ ಎ ಲುಕ್..ಅರೌಂಡ್."

ವಿಕ್ರಮ್ ಸ್ಮಶಾನದಲ್ಲಿ ಅಡ್ಡಾಡಲು ಪ್ರಾರಂಭಿಸಿದ. ಶರತ್ ತನ್ನ ಹಿರಿಯ ಪತ್ತೇದಾರನನ್ನು ಅನುಕರಿಸಿದ. ಇಬ್ಬರೂ ಸ್ಮಶಾನದ ಪ್ರತಿಯೊಂದು ಇಂಚು ಜಾಗವನ್ನೂ ಕೂಲಂಕುಷವಾಗಿ ಪರೀಕ್ಷಿಸಿದರು. ಆದರೆ ಅವರಿಗೆ ಯಶವಂತರಾಯರ ಶವ ಮಾಯವಾದುದರ ಬಗೆಗೆ ಯಾವ ಸುಳಿವೂ ಸಿಗಲಿಲ್ಲ.

"ಸಮಾಧೀನ ಪೋಲೀಸ್‌ನವರು ಅಗೀತಾರೇಂತ ಹೇಳಿದಾಗ ಹಳ್ಳಿಯವರು ತುಂಬಾ ಜನ ಸ್ಮಶಾನಕ್ಕೆ ಬಂದಿದ್ದರು ಅಲ್ಲವಾ?"

ವಿಕ್ರಮ್ ಮೂರ್ತಿಯನ್ನು ಕೇಳಿದ.

"ಹೌದು. ಅಲ್‌ಮೋಸ್ಟ್ ಇಡೀ ಹಳ್ಳೀನೇ ಬಂದಿತ್ತು. ಯಾಕೆ?"

"ಅವರೆಲ್ಲಾ ಬಂದಿದ್ದರಿಂದ ನಮಗೆ ಸಿಗಬಹುದಾಗಿದ್ದ ಚೂರುಪಾರು ಕ್ಲೂನೂ ಅಳಿಸಿ ಹೋಗಿದೆ".

"ಶರತ್..."

"ಸರ್...?"

"ಬಾ ಇಲ್ಲಿ..."

ಮರವೊಂದರ ಕಾಂಡವನ್ನು ನೋಡುತ್ತಾ ವಿಕ್ರಮ್ ಕರೆದ. ಶರತ್ ಕುತೂಹಲದಿಂದ ಹೋದ.

"ಇದು ಏನೂಂತ ಹೇಳ್ತೀಯ?"

ನೆಲದ ಮೇಲಿನ ಗುರುತುಗಳನ್ನು ತೋರಿಸುತ್ತಾ ಕೇಳಿದ.

"ಕುದುರೆ ಕಾಲಿನ ಗುರುತುಗಳು".

ಎಚ್ಚರಿಕೆಯಿಂದ ಮಣ್ಣಿನಲ್ಲಿ ಮೂಡಿದ್ದ ಅಸ್ಪಷ್ಟ ಆಕಾರವನ್ನು ನೋಡಿ ಹೇಳಿದ ಶರತ್.

"ಕರೆಕ್ಟ್, ಇವು ಕುದುರೆ ಹೆಜ್ಜೆ ಗುರುತುಗಳು. ಮಳೆ ಬಂದಿದ್ದರಿಂದ ಗುರುತು ಕ್ಷೀಣವಾಗಿ, ಅಸ್ಪಷ್ಟವಾಗಿವೆ. ಆದರೆ ಖಚಿತವಾಗಿ ಇವು ಕುದುರೆ ಹೆಜ್ಜೆ

ಗುರುತುಗಳು. ಇಲ್ಲಿಗೆ ಯಾರೋ ಕುದುರೆಯನ್ನು ತಂದಿದ್ದರು. ಅದನ್ನು ಇಲ್ಲಿ ಕುದುರೆಯನ್ನು ಕಟ್ಟಿ ಏನೋ ಕೆಲಸ ಮಾಡಿರಬೇಕು. ಅದು ಇಲ್ಲೆಲ್ಲಾ ಓಡಾಡಿದೆ. ಆದರೆ ಏಕೆ ತಂದಿದರು? ಬಹುಶಃ ಸಮಾಧಿಯಿಂದ ಈಚೆ ತೆಗೆದ ಶವ ಸಾಗಿಸಲು?"

ಮತ್ತೆ ಎಲ್ಲಿಯಾದರೂ ಕುದುರೆಯ ಕಾಲಿನ ಗುರುತುಗಳೇನಾದರೂ ಸಿಗುತ್ತವೆಯೇನೋ ಎಂದು ಇಬ್ಬರೂ ಹುಡುಕಿದರು. ಆದರೆ ಬಹಳ ಜನ ಅಲ್ಲೆಲ್ಲಾ ಓಡಾಡಿದ್ದರಿಂದ ಹೆಜ್ಜೆಗಳ ಗುರುತುಗಳಿದ್ದರೂ ಅಳಿಸಿ ಹೋಗಿದೆಯೆಂದು ಊಹಿಸಿದರು. ಅಂದರೆ ಕುದುರೆ ಸ್ಮಶಾನಕ್ಕೆ ಬಂದಿದ್ದರೆ ಅದು ಪೋಲೀಸರು ಸಮಾಧಿಯನ್ನು ಅಗೆಯುವ ಮುಂಚೆಯೇ ಬಂದಿರಬೇಕು. ನಂತರ ಬಂದಿದ್ದರೆ ಹೆಜ್ಜೆಗಳು ಸ್ಪಷ್ಟವಾಗಿ ಮೂಡಿರಬೇಕಿತ್ತು.

"ಏನ್ಸಾರ್ ಕುದುರೆಗೂ ಇಲ್ಲಿನ ಸಮಾಧಿಗೂ..."

ಮೂರ್ತಿ ಅನುಮಾನದ ರಾಗ ಎಳೆದ.

"ಯಾವ ಸಂಬಂಧಾಂತೀರ? ಹೇಳೋಕಾಗೊಲ್ಲ...ಶವ ಅಪಹರಿಸಿದೋನು ಕುದುರೆ ಮೇಲೆ ಬಂದು ಶವ ಸಾಗಿಸಿಕೊಂಡು ಹೋಗಿರಬಹುದು. ಈ ಊರಲ್ಲಿ ಕುದುರೆ ಯಾರ ಹತ್ರ ಇದೆ ಹೇಳಿ".

"ಕುದುರೆ ಯಾರ ಹತ್ರಾನೂ ಇಲ್ಲ"

"ಯೋಚನೆ ಮಾಡಿ ಹೇಳಿ".

"ಉಹುಂ...ನನಗೆ ತಿಳಿದ ಹಾಗೆ ಯಾರತ್ರಾನೂ ಇಲ್ಲ. ಇದ್ರ ಮೇಲೆ ರಾಮಣ್ಣ ಇಲ್ಲಾ ಸುಶೀಲಮ್ಮ ಅವರನ್ನೂ ಕೇಳಬಹುದು. ಅವರಿಗೆ ಊರಿನವರ ಬಗ್ಗೆ ಹೆಚ್ಚು ಗೊತ್ತಿರುತ್ತೆ. ಈ ಊರಿನ ಜನಗಳ ಬಗ್ಗೆ ನನಗೆ ಹೆಚ್ಚಿಗೆ ಗೊತ್ತಿಲ್ಲ. ಯಾಕೇಂತೀರೋ ಈ ಊರಿನವನಲ್ಲ. ಈ ಊರಿನ ಅಳಿಯ ಅಷ್ಟೆ".

"ಹಾಗಾದ್ರೆ ಅವರನ್ನೇ ಕೇಳಿದ್ರಾಯ್ತು ಬಿಡಿ".

"ಊರಲ್ಲೆಲ್ಲಾ ಈ ಕೇಸಿನ ಬಗ್ಗೆ...ಅಂದರೆ ಯಶವಂತರಾಯರ ಶವ ಮಾಯವಾಗಿರೋದರ ಬಗ್ಗೆ ಏನು ಹೇಳ್ತಾರೆ?"

ವಿಕ್ರಮ್ ಕುತೂಹಲದಿಂದ ಕೇಳಿದ.

"ನಾನಾಗ್ಲೇ ಹೇಳಿದೆನಲ್ಲ. ಈ ಊರಲ್ಲಿ ನನಗೆ ಗೊತ್ತಿರೋರು ತುಂಬಾ ಕಮ್ಮಿ ಜನ. ಅದಕ್ಕೆ ಜನರು ನಮ್ಮ ಬಗ್ಗೆ ಏನು ಹೇಳ್ತಾರೇಂತ ತಿಳಿಯೋಕಾಗಿಲ್ಲ".

ಮೂರ್ತಿಯಿಂದ ತಮ್ಮ ತನಿಖೆಗೆ ಉಪಯೋಗವಾಗುವುದಿಲ್ಲ ಎನಿಸಿತು.

ವಿಕ್ರಮ್ ಕುತೂಹಲದಿಂದ ಮರವನ್ನು ಒಂದು ಸುತ್ತು ಹಾಕಿದ.

"ಶರತ್, ಕುದುರೆ ತಂದವನು ಈ ಮರಕ್ಕೆ ಅದನ್ನ ಕಟ್ಟಿದ್ದ. ನೋಡು, ಇಲ್ಲಿ ಮರದ ತೊಗಟೆ ಹಗ್ಗದ ಒತ್ತಡದಿಂದ ಎಷ್ಟು ಸವೆದಿದೆ? ಇಲ್ಲಿ ನೋಡು, ಕುದುರೆ ತಿನ್ನಲು ಹಾಕಿದ್ದ ಹುಲ್ಲಿನ ಕೆಲವು ಕಡ್ಡಿಗಳು! ಒಣಗಿವೆ..ಆದರೆ ಖಚಿತವಾಗಿ ಕುದುರೆಯನ್ನು ಕಟ್ಟಿದಾಗ ಅದು ತೆಪ್ಪಗಿದ್ದು ತಿನ್ನಲಿ ಎಂದು ಹಾಕಿದ್ದ ಹುಲ್ಲಿನಲ್ಲಿ ಉಳಿದಿರೋ ಕೆಲವು ಒಣಗಿವೆ"

ಶರತ್‌ಗ ತನ್ನ ಸೀನಿಯರ್ ವಿಶ್ಲೇಷಣೆ ಬಗೆಗೆ ಮೆಚ್ಚಿಗೆ!

"ಹೌದು ಸರ್..." ಪರೀಕ್ಷಿಸುತ್ತಾ ಶರತ್ ಹೇಳಿದ.

"ಮಿಸ್ಟರ್ ಮೂರ್ತಿ ಇಲ್ಲಿ ಕೆಲಸ ಮುಗೀತು, ವಾಪಸ್ಸು ಮನೆಗೆ ಹೋಗೋಣ..."

"ನಾನೇನೋ ಸಿದ್ಧನಾಗಿದೀನಿ ಸಾರ್..."

ಮೂವರೂ ಸ್ಮಶಾನದಿಂದ ಸ್ವಲ್ಪ ದೂರದಲ್ಲಿ ನಿಂತಿದ್ದ ಕಾರಿನ ಬಳಿಗೆ ನಡೆದರು.

***

ಮಧ್ಯಾಹ್ನ ಡೈನಿಂಗ್ ಟೇಬಲ್ ಬಳಿ ಮನೆಯವರೆಲ್ಲರೂ ಸೇರಿದ್ದರು. ಅದು ಮೂರ್ತಿ ಮಾಡಿದ ವ್ಯವಸ್ಥೆಯಿರಬೇಕೆಂದು ಪತ್ತೇದಾರರು ಯೋಚಿಸಿದರು. ಇಬ್ಬರು ಆಗಂತುಕರು, ಅದರಲ್ಲಿಯೂ ಪತ್ತೇದಾರರು ಬಂದುದರಿಂದ ಮನೆಯವರು ವಿಚಲಿತರಾಗಿದ್ದಂತೆ ಕಂಡಿತು. ಆದರೂ ಸ್ವಲ್ಪ ಸಮಯದಲ್ಲೇ ಅವರು ಮೈಚಳಿ ಬಿಟ್ಟು ಮಾಮೂಲಿನಂತೆ ಊಟ ಪ್ರಾರಂಭಿಸಿದರು.

ಮೂರ್ತಿ ಅದೇ ಸಮಯದಲ್ಲಿ ಪತ್ತೇದಾರರನ್ನು ಮನೆಯವರಿಗೂ ಮತ್ತು ಮನೆಯವರನ್ನು ಪತ್ತೇದಾರರಿಗೂ ಪರಿಚಯಿಸಿದ.

ಮೊದಲಿಗೆ ಕೃಷ್ಣ, ಆನಂತರ ತನ್ನ ಹೆಂಡತಿಯ ಪರಿಚಯ ಹೇಳಿದ ಮೂರ್ತಿ. ನಂತರ ರಾಮಣ್ಣ ತಾನು ಮತ್ತು ತನ್ನ ಪತ್ನಿ ಸುಶೀಲಮ್ಮ ಕೊನೆಗೆ ತನ್ನ ಮಕ್ಕಳು ಚೇತನ್, ಸುಮ ಹಾಗೂ ಚಿತ್ರಾರನ್ನು ಪರಿಚಯಿಸಿದ.

ತಮ್ಮ ನಡುವೆ ಪತ್ತೇದಾರರಿರುವುದರ ಅರಿವಿನಿಂದ ಅವರುಗಳು ತಮ್ಮಲ್ಲೇ ಮೆಲು ದನಿಯಲ್ಲಿ ಮಾತಾಡುತ್ತಾ, ಊಟ ಮುಗಿಸಿದರು. ಊಟದ ನಂತರ ಎಲ್ಲರೊಡನೆ ಸ್ವಲ್ಪ ಮಾತಾಡಬೇಕೆಂದು ಮೂರ್ತಿಗೆ ಮೊದಲೇ ಹೇಳಿದ್ದರಿಂದ ಊಟ ಮುಗಿದರೂ ಯಾರೂ ಡೈನಿಂಗ್ ಟೇಬಲ್ ಬಿಟ್ಟು ಏಳಲಿಲ್ಲ.

ವಿಕ್ರಮ್ ಎದ್ದು ಎಲ್ಲರನ್ನೂ ಉದ್ದೇಶಿಸಿ ಮಾತು ಶುರು ಮಾಡಿದ.

"ನಾವು ಬಂದಿರೋ ಉದ್ದೇಶ ನಿಮಗಾಗಲೇ ಗೊತ್ತಾಗಿದೆ. ಯಶವಂತರಾಯರ ಕಾಣೆಯಾಗಿರೋ ದೇಹ ಹುಡುಕೋದಕ್ಕೆ ಬಂದಿದ್ದೀವಿ. ಅವರ ಸಾವು ಅಸಹಜ, ಯಾರೋ ಕೊಲೆ ಮಾಡಿದ್ದಾರೆ ಎನ್ನುವುದು ಸಹ ನಿಮಗೆಲ್ಲ

ಗೊತ್ತಿದೆ. ಕೊಲೆ ಹೇಗಾಗಿದೆ ಮತ್ತು ಕೊಲೆ ಮಾಡಿದವರು ಯಾರು ಅನ್ನೋದನ್ನ ಪತ್ತೆಹಚ್ಚಬೇಕಾಗಿದೆ. ಇದಕ್ಕೆ ನಿಮ್ಮೆಲ್ಲರ ಸಹಕಾರ ಅವಶ್ಯಕ. ನಿಮಗೆ ಗೊತ್ತಿರೋ ಎಲ್ಲಾ ವಿಷಯಗಳನ್ನು, ಅವು ಎಷ್ಟೇ ಸಾಧಾರಣ ಎನ್ನಿಸಿದರೂ ಸಹ ಮುಚ್ಚು ಮರೆ ಇಲ್ಲದೆ ನಮಗೆ ತಿಳಿಸಬೇಕು. ಇಲ್ಲದಿದ್ದರೆ ನಮ್ಮ ಕೆಲಸ ಕಷ್ಟ, ಅಷ್ಟೇ ಅಲ್ಲ, ನಾವು ಮಾಡಬೇಕಾಗಿರೊ ಕೆಲಸವನ್ನು ಪೂರ್ತಿ ಮಾಡೋದಕ್ಕೆ ಸಾಧ್ಯವಾಗದೇನೇ ಹೋಗಬಹುದು..."

"ಎಲ್ಲರೂ ತಮಗೆ ತಿಳಿದರೊ ಎಲ್ಲಾ ವಿಷಯ ಹೇಳೇ ಹೇಳ್ತಾರೆ, ಅದರ ಬಗ್ಗೆ ನೀವೇನೋ ಯೋಚನೆ ಮಾಡಬೇಕಾಗಿಲ್ಲ"

ರಾಮಣ್ಣ ಎಲ್ಲರ ಪರವಾಗಿ ಹೇಳಿದರು.

"ಒಳ್ಳೆಯದು. ಯಶವಂತರಾಯರು ಸಾಯೋಕೆ ಮುಂಚೆ ಹೇಗಿದ್ದರು?"

ವಿಕ್ರಮ್‌ನ ಮೊದಲ ಪ್ರಶ್ನೆ.

"ಮಾಮೂಲಿನಂತೆ ಓಡಾಡಿಕೊಂಡೇ ಇದ್ದರು. ಸಂಜೆ ತೋಟದಲೆಲ್ಲಾ ಸುತ್ತಾಡಿ ಬಂದರು. ಆ ಮೇಲೆ ಕೂಲಿಗಳಿಗೆ ಬಟವಾಡೆ ಮಾಡಿದರು"

ವಿಕ್ರಮ್ ಪ್ರಶ್ನೆಗೆ ರಾಮಣ್ಣ ಉತ್ತರ ನೀಡಿದರು.

"ಯಾಕೆ ಯಾರೂ ಮ್ಯಾನೇಜರ್ ಇಟ್ಕೊಂಡಿಲ್ಲವೇನು?"

"ಇಲ್ಲ. ನಾನೇ ಎಲ್ಲಾ ಕೆಲಸಾನೂ ನೋಡೋದು. ಆದ್ರೆ ಆವತ್ತು ನಾನು ಬಟವಾಡೆ ಮಾಡಲಿಲ್ಲ".

"ಯಾಕೆ?"

"ದ್ರಾಕ್ಷಿ ಬಳ್ಳಿಗೆ ಕ್ರಿಮಿನಾಶಕ ಔಷಧ ತರಬೇಕಿತ್ತು. ಬಟವಾಡೆ ಕೆಲಸ ತಾವೇ ಮಾಡ್ತೀವೀಂತ ಭಾವನವರು ಒಪ್ಪಿಕೊಂಡರು. ಆಮೇಲೆ ನಾನು ಬೆಂಗ್ಳೂರಿಗೆ ಹೋಗಿ ಬಂದೆ..."

"ಎಷ್ಟೊತ್ತಿಗೆ ವಾಪಸ್ಸು ಬಂದ್ರಿ?"

"ರಾತ್ರಿ ಸುಮಾರು ಒಂಬತ್ತೂಕಾಲು"

"ಆಗ ಹೇಗಿದ್ದರು?"

"ಚೆನ್ನಾಗೇ ಇದ್ದರು. ಬಟವಾಡೆ ಮಾಡಿದ್ದು ಹೇಳಿದರು. ಒಬ್ಬ ಆಳನ್ನ ನಾಳೆಯಿಂದ ಕೆಲಸಕ್ಕೆ ತಗೋಬೇಡಾಂತ ಹೇಳಿದರು"

"ಕಾರಣ?"

"ನಮ್ಮ ಮಾವನವರ ಜೊತೆ ಯಾವುದೋ ಕಾರಣಕ್ಕೆ ಜಗಳ ಆಡಿದನಂತೆ. ಮಾತಿಗೆ ಮಾತು ಬೆಳದು, ಕೊನೆಗೆ ಬಾರುಕೋಲಲ್ಲಿ ಅವನಿಗೆ ನಾಲ್ಕೇಟೂ ಹಾಕಿದರಂತೆ. ಅವನಿಗೆ ಇನ್ನೂ ಶಿಕ್ಷೆಯಾಗಬೇಕು, ಅದಕ್ಕೆ ಅವನ್ನ ಕೆಲಸಕ್ಕೆ

ಸಾರಿಸ್ಕೋಬೇಡ ಅಂತ ಹೇಳಿದರು. ಹಾಗೆ ಮಾಡಿದ್ರೆ ಅವನು ತೀರಾ ಎದುರು ಬೀಳ್ತಾನೇಂತ ನಾನು ಹೇಳಿದೆ. ಆದ್ರೂ ಅವನ್ನ ಕೆಲಸಕ್ಕೆ ಕರೀಬಾರದೂಂತ ಭಾವನವರು ಹಟ ಹಿಡಿದರು. ಕೊನೆಗೆ ಅವರ ಮಾತಿಗೆ ನಾನು ಒಪ್ಪಿದೆ"

"ಆ ಕೆಲಸದಾಳು ಎಲ್ಲಿದ್ದಾನೆ?"

"ಇದೇ ಊರಲ್ಲಿದ್ದಾನೆ"

"ಅವನು ಎಂತಾ ಮನುಷ್ಯ?"

"ಮನುಷ್ಯನೇನೋ ಒಳ್ಳೆಯವನೇ...ಆದ್ರೆ ಒರಟ, ಹಟವಾದಿ"

"ಅವನ ಹೆಸರು? ಆಮೇಲೇನು ನಡೀತು"

"ಅವನ ಹೆಸರು ಗಂಗಾಧರ. ಆಮೇಲೆ ಬೆಳಿಗ್ಗೆ ದ್ರಾಕ್ಷಿ ಬಳ್ಳಿಗಳಿಗೆ ಔಷಧ ಹೊಡೆಸೂಂತ ಹೇಳಿದರು... ನಾನು ಊಟ ಮಾಡಿ ಮಲಗಿದೆ"

"ಅವರು ಮಲಗೋದಕ್ಕೆ ಮುಂಚೆ ಅವರನ್ನು ನೋಡಿದೋರು ಯಾರು?"

ಎಲ್ಲರೂ ದೃಷ್ಟಿ ವಿನಿಮಯ ಮಾಡಿಕೊಂಡರು.

"ಮಲಗೋದಕ್ಕೆ ಮುಂಚೆ ಒಂದು ಲೋಟ ಹಾಲು ಕುಡೀತಿದ್ದರು. ಮಾಮೂಲಿನಂತೆ ಅಡಿಗೆಯ ಕೆಲಸದವಳ ಕೈಲಿ ಹಾಲು ಕಳಿಸಿದೆ"

ಸುಶೀಲಮ್ಮ, ರಾಮಣ್ಣನ ಪತ್ನಿ ಹೇಳಿದರು.

"ಯಾರು ಆಕೆ?"

"ಹೊನ್ನೀಂತ. ಈಗ ನಮಗೆ ಊಟ ಬಡಿಸ್ತಿದ್ದಳಲ್ಲ ಅವಳು. ಚಿಕ್ಕ ಹುಡುಗಿಯಾಗಿದ್ದಾಗಿನಿಂದ ನಮ್ಮ ಮನೇಲೇ ಕೆಲಸದಲ್ಲಿದಾಳೆ..."

"ಕರೀರಿ"

ರಾಮಣ್ಣನ ಕೊನೆಯ ಮಗಳು ಚಿತ್ರಾ, ಹೊನ್ನಿಯನ್ನು ಕರೆಯಲು ಹೋದಳು.

"ರಾಮಣ್ಣೋರೆ, ಯಶವಂತರಾಯರು ಸಾಯೋ ಹಿಂದಿನ ದಿವಸ ಕೆಲಸದವನ ಜೊತೆ ಜಗಳ ಆಡಿದರೂಂತ ಅಂದ್ರಲ್ಲ? ಅದು ಯಾವ ಮಟ್ಟದಲ್ಲಿ ನಡೀತು? ಅದನ್ನ ನೋಡಿದೋರು ಯಾರು?"

"ಗಲಾಟೆ ನಡೆದಾಗ ನಾನೇ ನೋಡಿದ್ದು. ಅಡಿಗೆಮನೇಲಿ ಕೆಲಸ ಮಾಡ್ತಿದ್ದೆ. ಆಚೆ ತುಂಬಾ ಜೋರುಜೋರು ಮಾತು ಕೇಳಿಸಿ ಈಚೆ ಬಂದೆ. ಹೊರಗೆ ಪೋರ್ಟಿಕೋದಲ್ಲಿ ಅಣ್ಣ ಕೂಲಿಗಳಿಗೆ ಬಟವಾಡೆ ಮಾಡ್ತಿದ್ದರು. ಏರು ದನಿಯಲ್ಲಿ ಅಣ್ಣ ಮತ್ತು ಗಂಗಾಧರ ಮಾತಾಡ್ತಿದ್ದರು. ಜಗಳ ತುಂಬಾ ಜೋರಾಗೇ ನಡೀತು. ಅವನು ಬಾಯಿಗೆ ಬಂದ್ಹಾಗೆಲ್ಲಾ ಅಣ್ಣನ್ನ ಬೈದ. ನಮ್ಮಣ್ಣನಿಗೆ ತುಂಬಾ ಕೋಪ ಬಂದು ಬಾರು ಕೋಲು ತಗೊಂಡು ಚೆನ್ನಾಗಿ ಚಚ್ಚಿದರು..." ಸುಶೀಲಮ್ಮ ಹೇಳಿದರು.

"ಈ ವಿಷಯ ಎಲ್ಲಾ ಪೋಲೀಸ್‌ನವರಿಗೆ ಗೊತ್ತಿದೆಯಾ?"

"ಗೊತ್ತಿದೆ. ಅವರೂ ಹೀಗೇ ಪ್ರಶ್ನೆ ಕೇಳಿ ಎಲ್ಲಾ ವಿಷಯಾನೂ ತಿಳಿದುಕೊಂಡರು".

"ಮಿಸ್ಟರ್ ಕೃಷ್ಣ? ನಿಮ್ಮ ತಾತನವರು ತೀರ್ಕೊಂಡ ದಿವಸ ಎಲ್ಲಿದ್ರಿ?"

"ಬೆಂಗ್ಳೂರಲ್ಲಿದ್ದೆ...ವಿಷಯ ಗೊತ್ತಾದ ತಕ್ಷಣ ಬಂದೆ"

"ನಿಮಗೆ ವಿಷಯ ತಿಳಿಸಿದವರು ಯಾರು?"

"ಅದು ನಿಮ್ಮ ತನಿಖೆಗೆ ಬೇಕಾದ ವಿಷಯ ಅಲ್ಲ!"

"ಅದನ್ನ ನೀವಲ್ಲ ಹೇಳೋದು. ಅದು ಬಿಡಿ, ಬೆಂಗಳೂರಲ್ಲಿ ಎಲ್ಲಿದ್ರಿ?"

"ಅದೆಲ್ಲಾ ನಿಮಗೆ ಯಾಕೆ?"

"ಮಿಸ್ಟರ್ ಕೃಷ್ಣ ನಾವು ನಿಮ್ಮ ತಾತನವರ ಕೊಲೆ ಬಗ್ಗೆ ತನಿಖೆ ಮಾಡೋಕೆ ಬಂದಿರೋರು..."

"ಅದಕ್ಕೂ ನಾನು ಬೆಂಗಳೂರಲ್ಲಿ ಇದ್ದುದಕ್ಕೂ ಏನು ಸಂಬಂಧ ಇದೆ?"

"ಸಂಬಂಧ ಇದೇಂತಾನೇ ಕೇಳ್ತಿರೋದು"

"ಇಂತಾ ಅಸಂಬದ್ಧ ಪ್ರಶ್ನೆಗೆ ನಾನು ಉತ್ತರ ಕೊಡೋದಿಲ್ಲ..."

"ಕೃಷ್ಣ, ಅವರು ನಮಗೆ ಸಹಾಯ ಮಾಡೋಕೇಂತ ಬಂದಿದಾರೆ..."

ಕೃಷ್ಣನ ಮಾವ ರಾಮಣ್ಣ ಹೇಳಿದರು.

"ಹೀಗೆಲ್ಲಾ ಮಾಡಿದ್ರೆ ಸತ್ತವರು ವಾಪಸ್ಸು ಬರ್ತಾರೇನು? ಇವರನ್ನ ಯಾತಕ್ಕೆ ಕರೆಸಿದ್ರಿ? ಯಾರು ಇವರನ್ನ ಕರೆಸಿದ್ದು? ಪೋಲೀಸಿನವರು ಈ ಕೆಲಸ ಮಾಡ್ತಿಲ್ಲವೆ? ಅವರಿಗೆ ಆಗದೆ ಇರೋದನ್ನ ಇವರು ಮಾಡ್ತಾರೇನು? ಇವರ ಅವಶ್ಯಕತೆ ಏನಿತ್ತು? ನೋಡಿ ನಮ್ಮನ್ನೇ ಅಪರಾಧಿಗಳ ಹಾಗೆ ಪ್ರಶ್ನೆ ಮಾಡ್ತಿದ್ದಾರೆ! ನಾವೇ ಕೊಲೆ ಮಾಡಿದ್ದೀವೀಂತ! ಇಂತಾ ಕೆಲಸ ನಾನೊಪ್ಪೋದಿಲ್ಲ..."

ಕೃಷ್ಣ ಎಲ್ಲರನ್ನೂ ಒಮ್ಮೆ ಕೆಕ್ಕರಿಸಿಕೊಂಡು ನೋಡಿ ಬಾಗಿಲಿನ ಕಡೆ ನಡೆದ.

"ಹೀಗೆಲ್ಲಾ ಮಾತಾಡಿದ್ರೆ ನಿನ್ನ ಮೇಲೇ ಅನುಮಾನ ಬರತ್ತೆ"

ಶರತ್ ಕೋಪದಿಂದ ನುಡಿದ.

"ಏನಾದ್ರೂ ತಿಳ್ಕೊಳ್ಳಿ! ಏನ್ಮಾಡ್ಕೋತೀರೋ ಮಾಡ್ಕೋ ಹೋಗಿ"

ಕೃಷ್ಣ ಬಿರುಗಾಳಿಯಂತೆ ಆಚೆ ಹೋದ,

ಉಳಿದವರೆಲ್ಲಾ ಕೃಷ್ಣನ ವರ್ತನೆಯಿಂದ ಸ್ಥಂಭೀಭೂತರಾಗಿದ್ದರು! ಕೃಷ್ಣ ಹಾಗೇಕೆ ಮಾಡಿದ ಎನ್ನುವುದು ಯಾರಿಗೂ ಅರ್ಥವಾಗಿರಲಿಲ್ಲ! ಎಲ್ಲರಿಗೂ ಅವನ ವರ್ತನೆ ಆಶ್ಚರ್ಯಕರವಾಗಿತ್ತು!

"ಐಯಾಮ್ ಸಾರಿ... ಕೃಷ್ಣ ಇಷ್ಟು ರ್ಯಾಶಾಗಿ ಬಿಹೇವ್ ಮಾಡ್ತಾನೇಂತ ನಾನಂದ್ಕೊಂಡಿರಲಿಲ್ಲ. ಅವನ ಪರವಾಗಿ ಕ್ಷಮೆ ಕೇಳ್ತೀನಿ..."

ಮೂರ್ತಿ ತಲೆ ತಗ್ಗಿಸಿದ.

"ಪರವಾಗಿಲ್ಲ ಬಿಡಿ. ನಮ್ಮ ವೃತ್ತಿಯಲ್ಲಿ ಇವೆಲ್ಲಾ ಮಾಮೂಲು"

ಕೃಷ್ಣನ ವರ್ತನೆಯನ್ನು ವಿಕ್ರಮ್ ಮನಸ್ಸಿಗೆ ಹಚ್ಚಿಕೊಂಡಿರಲಿಲ್ಲ.

"ಆದ್ರೂ ನೀವು ನಮ್ಮ ಅತಿಥಿಗಳು. ಕೃಷ್ಣನ ಪರ ನಾನೂ ಕ್ಷಮೆ ಬೇಡ್ತೀನಿ"

ರಾಮಣ್ಣ ನೊಂದು ನುಡಿದ.

"ಇದೇನಿದು? ಮನೆ ಮಂದಿಯೆಲ್ಲಾ ಕ್ಷಮೆ ಬೇಡ್ತಾ ಕೂತರೆ ನಮ್ಮ ತನಿಖೆ ಗತಿಯೇನು?"

ವಿಕ್ರಮ್ ನಕ್ಕು ಅವರೆಲ್ಲ ಆ ಸಂಗತಿ ಮರೆಯುವಂತೆ ಮಾಡಿದ.

"ಈಕೇನೇ ಹೊನ್ನಿ..."

ಒಳಗಿಂದ ಬಂದ ಚಿತ್ರಾ ಹೇಳಿದಳು. ಪತ್ತೇದಾರರಿಬ್ಬರೂ ತಿರುಗಿ ನೋಡಿದರು.

ಆಕೆ ಸುಮಾರು ಮೂವತ್ತರ ಸನಿಹದ ಹೆಂಗಸು. ಚೆನ್ನಾಗಿ ತಿಂದುಂಡು, ಕೆಲಸ ಮಾಡಿಕೊಂಡು ಪುಷ್ಟಿಯಾಗಿ ಬೆಳೆದಿದ್ದಳು; ಹಣೆ ಬರಿದಾಗಿತ್ತು, ನೋಡಲು ಅಂದವಾಗಿಲ್ಲದಿದ್ದರೂ ಕುರೂಪಿಯಲ್ಲ.

"ಎಷ್ಟು ವರ್ಷದಿಂದ ಇಲ್ಲಿ ಕೆಲಸ ಮಾಡ್ತಿದೀಯಮ್ಮ?"

"ಸುಮಾರು ಹತ್ತು ವರ್ಷದ ಹುಡ್ಗಿಯಾಗಿದ್ದಾಗಿಂದ ಇಲ್ಲೇ ಕೆಲ್ಸ ಮಾಡ್ತಿದೀನಿ"

"ಮದ್ವೆಯಾಗಿದೆಯಾ?"

"ಆಗಿತ್ತು. ಆದ್ರೆ ಗಂಡ ತೀರ್ಕೊಂಡಿದಾನೆ"

"ಯಾವ ಊರಿಗೆ ಕೊಟ್ಟು ಮದ್ವೆಯಾಗಿತ್ತು?"

"ಇಲ್ಲೆ ಬೆಂಗ್ಳೂರಿಗೇನೆ..."

"ಯಜಮಾನ ಏನು ಮಾಡ್ಕೊಂಡಿದ್ದ?"

"ರೈಲ್ವೆ ಡಿಪಾರ್ಟ್‌ಮೆಂಟ್ನಲ್ಲಿ ಸಿಗ್ನಲ್‌ಮ್ಯಾನ್ ಆಗಿದ್ದರು. ಹೋದ್ವರ್ಷವಷ್ಟೆ ತೀರ್ಕೊಂಡ್ರು. ನನಗೆ ದಿಕ್ಕಿಲ್ಲದ ಹಾಗೆ ಆಗಿತ್ತು. ನಾನು ಬಂದು ಯಜಮಾನ್ರನ್ನ ಕೇಳ್ಕೊಂಡೆ. ಅವಕಾಶ ಕೊಟ್ಟರು, ನಾನು ಮತ್ತೆ ಬಂದೆ"

"ಗಂಡನ ಹೆಸರು?"

"ಹನುಮಯ್ಯ"

"ಯಾವ ಸ್ಟೇಷನ್ನಾಗೆ ಇದ್ದರು?"

"ಕೃಷ್ಣರಾಜಪುರದಾಗಿದ್ರು"

"ಇಲ್ಲಿಗೆ ಮತ್ತೆ ಬಂದು ಎಷ್ಟು ತಿಂಗಳಾಯ್ತು?"

"ಒಂದು ವರ್ಷ ಆಯ್ತು"

"ಯಶವಂತರಾಯರು ಸಾಯೋ ದಿವಸ ರಾತ್ರಿ ನೀನೇ ತಾನೆ ಹಾಲು ತಗೊಂಡು ಹೋಗಿದ್ದು?"

"ಹೌದು... ನಾನೇ ಹೋಗಿದ್ದು. ಪ್ರತೀ ದಿವಸಾನೂ ನಾನೇ ಹೋಗಿ ಹಾಲು ಕೊಡ್ತಿದ್ದೆ".

"ಆವತ್ತು ಏನಾದ್ರೂ ಅವರ ದೇಹ ಪ್ರಕೃತೀಲಿ ಏನಾದ್ರೂ ಬದಲಾವಣೆ ಇತ್ತಾ?"

"ತಲೆ ನೋವು ಅಂತಿದ್ರು. ಅವರಿಗೆ ಆಗಾಗ್ಗೆ ಅರೆ ತಲೆ ನೋವು ಬರ್ತಿತ್ತು..."

"ಆಗೇನು ಮಾಡ್ತಿದ್ದರು?"

"ಮಾತ್ರೆ ತಗೊಂಡು ಮಲಗ್ತಾ ಇದ್ದರು"

"ಅವತ್ತೂ ಹಾಗೇ ಮಾತ್ರೆ ತಗೊಂಡ್ರು ಅಲ್ವೆ?"

"ಹೌದು. ಮಾಮೂಲಂಗೇ ಅವತ್ತೂ ಮಾತ್ರೆ ತಗೊಂಡು ಮಲಗಿದ್ರು"

"ಅವರು ಯಾವ ಮಾತ್ರೆ ತಗೋತಿದ್ರು ಗೊತ್ತಾ?"

"ಗೊತ್ತು. ನಂಗೆ ಓದಾಕೆ ಬರೊಲ್ಲ. ಅದ್ರೆ ಹೆಸ್ರು ನಂಗೊತ್ತಿಲ್ಲ. ನೀಲಿ ಬಣ್ಣದ ಪಟ್ಟೀಲಿರ್ತಿತ್ತು"

ಆಕೆ ಮೊದಲಿಗೆ ಉತ್ತರ ನೀಡಲು ಸಂಕೋಚಪಟ್ಟರೂ ಸಹ ಕ್ರಮೇಣ ನಿರ್ಭಿಡೆಯಿಂದ ಮಾತಾಡುತ್ತಿದ್ದಳು.

"ಅವರು ಉಪಯೋಗಿಸ್ತಿದ್ದ ಮಾತ್ರೆ ಇನ್ನು ಅವರ ರೂಮಲ್ಲೇ ಇರಬೇಕಲ್ಲವಾ?"

"ಇರಬಹುದು. ಅವರು ತೀರ್ಕೊಂಡ ಮೇಲೆ ಯಾರೂ ರೂಮಿನ ನಿಗಾ ನೋಡಿಲ್ಲ. ಪೋಲೀಸ್ನೋರು ಅಲ್ಲೆಲ್ಲಾ ಹೋಗಿ ಬಂದಿದ್ರು. ಅವತ್ನಿಂದ ನಾನೂ ರೂಮು ಕಿಲೀನ್ ಮಾಡೋಕೆ ಹೋಗಿಲ್ಲ"

"ಹಾಗಾದ್ರೆ ಹೊನ್ನಮ್ಮ ಒಂದು ಕೆಲಸ ಮಾಡು. ಅವರ ರೂಮಿಗೆ ಹೋಗಿ ಆ ಮಾತ್ರೆ ತಂದ್ಕೊಡು... ಶರತ್ ನೀನೂ ಜೊತೇಲಿ ಹೋಗು"

ವಿಕ್ರಮ್ ಮಾತಿನಿಂದ ರಾಮಣ್ಣ ಮತ್ತು ಮೂರ್ತಿ ಕೊಂಚ ವಿಚಲಿತರಾದಂತೆ ಕಂಡಿತು.

"ಅರೆ...ಅವರು ತಗೋತಿದ್ದ ಮಾತ್ರೆಯೆಲ್ಲಾ ನನಗೆ ಗೊತ್ತು. ನಾನೇ ಹೋಗಿ ತರ್ತೀನಿ. ಅಲ್ಲದೆ ಅವರ ಆರೋಗ್ಯ ಸರಿ ಇಲ್ದೆ ಇದ್ದಾಗೆಲ್ಲಾ ಬೆಂಗ್ಳೂರಿಗೆ ಬಂದು ನಮ್ಮ ಫ್ಯಾಮಿಲಿ ಡಾಕ್ಟರ್ ಹತ್ರಾನೆ ಮೆಡಿಸನ್ ತಗೋತಾ ಇದ್ದಿದು"

ಮೂರ್ತಿ ಆತುರದಿಂದ ಹೇಳಿದ.

"ಪರವಾಗಿಲ್ಲ ಮಿಸ್ಟರ್ ಮೂರ್ತಿ. ಹೊನ್ನಮ್ಮನಿಗೂ ಯಶವಂತರಾಯರು ತಗೋತಿದ್ದ ಮಾತ್ರೆ ವಿಷಯ ಚೆನ್ನಾಗಿ ಗೊತ್ತಂತಲ್ಲ? ನೀನು ಹೋಗಮ್ಮ, ಶರತ್...ನೀನೂ..."

ಹೊನ್ನಮ್ಮ ವಿಕ್ರಮ್ ಆಜ್ಞೆ ಪಾಲಿಸಲು ಮಹಡಿಯ ಮೆಟ್ಟಿಲುಗಳ ಹತ್ತಿರ ನಡೆದಳು. ಶರತ್ ಹಿಂಬಾಲಿಸಿದ.

"ಮೂರ್ತಿಯವರೆ, ನಿಮ್ಮ ಫ್ಯಾಮಿಲಿ ಡಾಕ್ಟರ್ ಯಾರು?"

"ರಮೇಶ್ ಅಂತ. ಬೆಂಗ್ಳೂರಲ್ಲಿ ರಾಜಾಜಿನಗರದ ನನ್ನ ಮನೆ ಹತ್ರಾನೆ ಇದಾರೆ"

"ಕ್ಲಿನಿಕ್ ಹೆಸರು?"

"ಕಮಲ ಕ್ಲಿನಿಕ್"

"ಯಶವಂತರಾಯರು ಆಗಾಗ್ಗೆ ಡಾಕ್ಟರ್ ಹತ್ರ ಬರ್ತಿದ್ದರೇನು?"

"ಬರ್ತಿದ್ರು. ಅವರಿಗಿದ್ದ ಒಂದೇ ಕಾಯಿಲೇಂದ್ರೆ ತಲೆ ನೋವು, ಅದು ಮೈಗ್ರೇನ್ ಅಂತೆ. ಬಹಳ ವರ್ಷದಿಂದ ನರಳ್ತಿದ್ರು. ಅದು ಬಿಟ್ಟು ಬೇರೆ ಯಾವ ಗಂಭೀರ ಖಾಯಿಲೇನೂ ಇರಲಿಲ್ಲ"

"ನಾನು ಅಗತ್ಯ ಬಿದ್ದ ಹಾಗೆ ಒಬ್ಬೊಬ್ಬರನ್ನೇ ಕಂಡು ಮಾತಾಡ್ತೀನಿ. ಎಲ್ಲಾ ಹೋಗಬಹುದು"

ವಿಕ್ರಮ್ ಎಲ್ಲರನ್ನೂ ಕುರಿತು ಹೇಳಿದ ಚೇತನ್, ಸುಮ, ಚಿತ್ರಾ, ಸುಶೀಲಮ್ಮ ಮತ್ತು ಮೂರ್ತಿಯ ಹೆಂಡತಿ ಸರಳಾ ಜೈಲಿನಿಂದ ಬಿಡುಗಡೆಯಾದ ನಿರಾಳತೆಯಲ್ಲಿ ಪರಸ್ಪರ ಮುಖ ನೋಡಿಕೊಂಡು ಚೆದುರಿದರು.

ಉಳಿದಿದ್ದವರು ರಾಮಣ್ಣ, ಮೂರ್ತಿ ಮತ್ತು ವಿಕ್ರಮ್ ಮಾತ್ರ.

"ಸಾರ್ ನಮಗೀಗ ಮುಖ್ಯವಾಗಿ ಬೇಕಾಗಿರೋದು ನಮ್ಮ ಮಾವನ ಕೊಲೆಗಾರ ಅಲ್ಲ...ಅವರ ಶವ. ಅದನ್ನ ಯಾರೋ ಎತ್ಕೊಂಡು ಹೋದಾಗ್ನಿಂದ ನಮಗೆ ನೆಮ್ಮದೀನೆ ಇಲ್ಲ. ಸತ್ಯವಾಗಿ ಹೇಳ್ತೀನಿ ಸಾರ್ ಎರಡು ದಿವಸ ನಮ್ಮಾಕೆಯ ಕನಸಿಗೆ ಬಂದು ನನ್ನ ಶರೀರಾನ ನಾಯಿ ನರಿ ತಿನ್ನೋಕೆ ಬಿಟ್ಟಿದೀರಾ! ಅಂತ ಕೇಳಿದರಂತೆ! ನನ್ನ ಕನಸಲ್ಲೂ ಸಹ ನೆನ್ನೆ ರಾತ್ರಿ ಬಂದಿದ್ದರು"

ಕಳವಳ ವ್ಯಕ್ತಪಡಿಸುತ್ತಾ ಹೇಳಿದ ರಾಮಣ್ಣ.

"ಪ್ರಯತ್ನ ಪಡ್ತೀವಿ ರಾಮಣ್ಣೋರೆ. ಕೇಸು ಸುಲಭವಾಗಿಲ್ಲ. ನಿಮಗೆ ಬೇಜಾರಾಗಬಹುದು-ನನ್ನ ಮಾತು ಕೇಳಿ. ಆದರೆ ಒಂದು ವಿಷಯ ಯೋಚನೆ ಮಾಡಿ. ಶವಾನ ಸಮಾಧಿಯಿಂದ ಹಾರಿಸಿದೋನು ಅದರ ಗುರುತು ಪೂರಾ

ಅಳಿಸಲೀಂತ ಪ್ರಯತ್ನ ಮಾಡಿರ್ತಾನೆ. ಒಂದೇ ಮಾತಲ್ಲಿ ಹೇಳ್ಬೇಕೂಂದ್ರೆ ಬಾಡೀನ ನಾಶ ಮಾಡೋಕೆ ಪ್ರಯತ್ನ ಮಾಡಿರ್ತಾನೆ. ಅದರಲ್ಲಿ ಅವನು ಯಶಸ್ವಿಯಾಗಿದ್ದರೆ ನಮಗೆ ಬಾಡಿ ಸಿಗೋದೇ ಇಲ್ಲ"

"ನೀವು ಪ್ರಯತ್ನ ಮಾಡಿದರೆ ಬಾಡಿ ಸಿಗಬಹುದು. ಅದನ್ನ ವìತ್ತೆ ಸಂಸ್ಕಾರ ಮಾಡಿ ಅದರ ಮೇಲೆ ಸಿಮೆಂಟಿನ ಸಮಾಧಿ ಕಟ್ಟಿಸಿದರೇನೇ ನಮಗೆ ಸಮಾಧಾನ"

ಮಹಡಿ ಮೆಟ್ಟಲಿನ ಹತ್ತಿರ ಹೆಜ್ಜೆಗಳ ಶಬ್ದ.

ಶರತ್ ಇಳಿಯುತ್ತಿದ್ದ. ಅವನ ಹಿಂದೆ ಹೊನ್ನಿ,

"ವಿಕ್ರಮ್ ಅವರೆ ನಾನು ಮೂರು ಗಂಟೆ ಮೇಲೆ ಹೊರಡಬೇಕು. ಬಿಸಿನೆಸ್ ನೋಡ್ಕೋಬೇಕಲ್ಲ? ನಿಮ್ಮ ಪ್ರಶ್ನೆಗಳು ಇನ್ನೂ ಏನಾದರೂ ಇದ್ದರೆ ಕೇಳಬಹುದು"

"ಸದ್ಯಕ್ಕೇನೂ ಇಲ್ಲ ಮೂರ್ತಿ. ನಾವು ಇಲ್ಲಿ ಇನ್ನೊಂದೆರಡು ದಿವಸ ಇರ್ತೀವಿ. ಅಗತ್ಯ ಬಿದ್ದರೆ ನಿಮಗೆ ಫೋನು ಮಾಡ್ತೀನಿ ಆಗ ಬರೋಕೆ ಆಗುತ್ತೆ ತಾನೆ?"

"ಖಂಡಿತವಾಗಿ ಬರ್ತೀನಿ. ಫೋನ್ ಮಾಡ್ಲೇಬೇಕೂಂತ ಇಲ್ಲ. ಒಂದು ಮೆಸೇಜ್ ಕೊಟ್ರೂ ಸಾಕು ನಾನು ಬರ್ತೀನಿ"

ಮೂರ್ತಿಯ ಮಾತು ಮುಗಿಯುವ ಸಮಯಕ್ಕೆ ಶರತ್ ಬಂದು ನಿಂತಿದ್ದ.

"ಇದೇ ಸ್ವಾಮಿಯೋರು ನುಂಗ್ತಾ ಇದ್ದ ಮಾತ್ರೆ"

ಹೊನ್ನಿ ಒಂದು ಸ್ಟ್ರಿಪ್ ಮಾತ್ರೆ ಕೊಟ್ಟಳು. ಹತ್ತು ಮಾತ್ರೆಗಳ ಸ್ಟ್ರಿಪ್ಪಿನಲ್ಲಿ ಮೂರು ಮಾತ್ರೆಗಳು ಇರಲಿಲ್ಲ.

"ಯಾವಾಗಲೂ ಇವನ್ನೇ ತಗೋತಾ ಇದ್ರಾ?"

"ಹೌದು... ಹೌದು ಯಾವಾಗಲೂ ಅವರು ತಗೋತಾ ಇದ್ದುದು ಇದೇ ಮಾತ್ರೆ. ಹೊನ್ನಮ್ಮ ನಮಗೆಲ್ಲಾ ಟೀ ರೆಡಿ ಮಾಡು"

ಮೂರ್ತಿ ಹೊನ್ನಿಗೆ ಹೇಳಿದಾಗ ಆಕೆ ಆಗಲಿ ಎಂಬಂತೆ ತಲೆಯಾಡಿಸಿ ಅಡಿಗೆಮನೆ ಕಡೆ ಹೊರಟಳು.

ವಿಕ್ರಮ್ ಸೂಕ್ಷö್ಮವಾಗಿ ತಲೆಯಲುಗಿಸಿ ಶರತ್‌ನ ಕಡೆ ನೋಡಿದ. ಶರತ್ ಸಹ ಅಂತಹದೇ ಪ್ರತಿಕ್ರಿಯೆ ವ್ಯಕ್ತಪಡಿಸಿದ.

"ಆ ಮಾತ್ರೆಗಳನ್ನ ವಿಶ್ಲೇಷಣೆ ಮಾಡಿಸ್ತೀರೇನು? ನನ್ನ ಅಂಗಡಿ ಹತ್ತಿರದಲ್ಲೇ ಒಂದು ಲ್ಯಾಬ್ ಇದೆ. ಅಲ್ಲೇ ಟೆಸ್ಟ್ ಮಾಡಿಸಬಹುದು. ಬೇಗನೆ ರಿಸಲ್ಟ್ ಕೊಡ್ತಾರೆ".

"ಅದೂ ಒಳ್ಳೇ ಐಡಿಯಾ ಮೂರ್ತಿಯವರೆ. ಯಾಕೇಂತಿರೋ ನಾವು ಇಲ್ಲೇ ಇನ್ನೂ ಒಂದೆರಡು ದಿವಸ ಇರಬೇಕಾಗಬಹುದು. ಶರತ್ ಒಂದು ಮಾತ್ರೆ ಮೂರ್ತಿಯವರ ಕೈಗೆ ಕೊಡು. ನಾಳೆ ನಮಗೆ ರಿಸಲ್ಟ್ ಸಿಗಬಹುದೆ?"

ವಿಕ್ರಮ್ ಕೇಳಿದ. ಅವನ ತಲೆಯಲ್ಲಿ ಹಲವಾರು ಯೋಚನೆಗಳು. ಶರತ್ ತನ್ನ ಸೀನಿಯರ್‌ನ ಮಾತಿನಂತೆ ಒಂದು ಮಾತ್ರೆಯನ್ನು ಮೂರ್ತಿಯ ಕೈಗೆ ಹಾಕಿದ.

"ರಾಮಣ್ಣೋರೆ, ನಿಮ್ಮ ಹತ್ರ ಒಂದು ಮಾತು ಕೇಳಬೇಕಿತ್ತು".

"ಕೇಳಿ ಸಾರ್"

"ಈ ಊರಲ್ಲಿ ಕುದುರೆ ಯಾರು ಸಾಕಿದಾರೆ?"

"ಈ ಊರಲ್ಲ? ಯಾರೂ ಇಲ್ಲ ಸಾರ್, ಪಕ್ಕದಲ್ಲಿ ಒಂದ್ಮೂರು ಮೈಲಿ ದೂರದಲ್ಲಿ ಇನ್ನೊಂದು ಹಳ್ಳಿಯಿದೆ. ಅಲ್ಲಿ ಒಬ್ಬರು ಕುದುರೇನ ಕಟ್ಟಿದ್ದಾರೆ, ಯಾಕೆ?"

"ಅವನ ಹೆಸರು? ಅವನೇನು ಮಾಡ್ಕೊಂಡಿದಾನೆ?"

"ಮಲ್ಲಯ್ಯ ಅಂತ. ಗರಡಿ ಉಸ್ತಾದ್ ಅವನು. ಷೋಕಿಗೋಸ್ಕರ ಕುದುರೆ ಸಾಕಿದಾನೆ"

"ಯಶವಂತರಾಯರಿಗೆ ಅವನು ಗೊತ್ತೇನು?"

"ಯಾಕೆ ಗೊತ್ತಿಲ್ಲ. ಒಂದು ಸಲ ಜಾತ್ರೇಲಿ ನಡೆದ ಕುಸ್ತಿ ಸ್ಪರ್ಧೇಲಿ ಅವನ ಗೆದ್ದಿದ್ದಕ್ಕೆ ಒಂದು ಬಂಗಾರದ ಮೆಡಲ್ ಕೊಟ್ಟಿದ್ದರು."

"ಸಧ್ಯಕ್ಕೆ ಇಷ್ಟು ವಿಷಯ ಸಾಕು. ಮುಂದೇನಾದ್ರೂ ಬೇಕಾದ್ರೆ ಕೇಳ್ತೀನಿ"

ವಿಕ್ರಮ್ ಮಾತು ಮುಗಿಸಿದ. ಮೂರ್ತಿ ಮತ್ತು ರಾಮಣ್ಣ ಅಲ್ಲಿಂದ ಕದಲಿದರು.

ವಿಕ್ರಮ್ ಮತ್ತು ಶರತ್ ತಮಗಾಗಿ ಕಾದಿರಿಸಿದ್ದ ರೂಮಿಗೆ ಹೋದರು. ಸ್ವಲ್ಪ ಹೊತ್ತು ವಿಶ್ರಾಂತಿ ತೆಗೆದುಕೊಳ್ಳುವುದು ಮತ್ತು ಈವರೆಗೆ ಸಂಗ್ರಹಿಸಿದ ಮಾಹಿತಿಯನ್ನು ವಿಶ್ಲೇಷಣೆ ಮಾಡುವುದು ಅವರ ಉದ್ದೇಶವಾಗಿತ್ತು.

ಅವರಿಗೆ ಇಳಿದುಕೊಳ್ಳಲು ಕೊಟ್ಟಿದ್ದ ಗೆಸ್ಟ್ ರೂಮು ಮನೆಯ ಮಹಡಿಯಲಿತ್ತು. ಆ ಹಳ್ಳಿಯಲ್ಲಿ ಕೂಡ ಯಶವಂತರಾಯರು ತಮ್ಮ ಮನೆ ಬರುವ ಅತಿಥಿಗಳಿಗೆ ಎಲ್ಲ ಅನುಕೂಲಗಳನ್ನೂ ಒದಗಿಸಲು ಯೋಜಿಸಿದ್ದರು. ಗೆಸ್ಟ್ ರೂಮಿಗೆ ಅಟ್ಯಾಚ್ಡ್ ಬಾತ್ರೂಮ್ ಇತ್ತು. ಬಜರ್ ಒತ್ತಿದರೆ ಕೆಳಗೆ ರಿಂಗಾಗುತ್ತಿತ್ತು. ಅಲ್ಲಿಂದ ಕೆಲಸದಾಳುಗಳು ಯಾರಾದರೂ ಬರುತ್ತಿದ್ದರು. ರೂಮುಗಳಿಗೆ ಗಾಳಿ, ಬೆಳಕು ಯಥೇಚ್ಛವಾಗಿ ಬರುತ್ತಿತ್ತು. ವಿಕ್ರಮ್ ತಮಗಾಗಿ ಓರಣ ಮಾಡಿದ್ದ ಮಂಚದ ಮೇಲುರುಳಿದ.

"ಶರತ್, ಏನನ್ನಿಸುತ್ತೆ?"

"ರೂಮು ಅನುಕೂಲವಾಗಿದೆ"

"ಅದಲ್ಲಯ್ಯ ಕೇಳಿದ್ದು. ಕೇಸಿನ ಬಗ್ಗೆ ಏನನ್ನಿಸುತ್ತೆ?"

"ಯಶವಂತರಾಯರ ದೇಹ ಸಮಾಧಿಯಿಂದ ಅದೃಶ್ಯವಾಗಿದೆ. ಅದ್ರಿಂದ ಅವರ ಸಾವು ಸ್ವಾಭಾವಿಕವಲ್ಲ ಕೊಲೆ, ಅನ್ನೋ ವಿಚಾರ ಸ್ಥಿರವಾಗುತ್ತೆ. ಯಾರು

ಮಾಡಿರೋಕೆ ಸಾಧ್ಯ ಅಂತ ಹೇಳೋದಕ್ಕೆ ಅಥವಾ ಅನುಮಾನ ಪಡೋದಕ್ಕೆ ಇಷ್ಟು ಬೇಗ ಸಾಧ್ಯವಿಲ್ಲ. ಯಾರ ಮೇಲೇಂತ ಅನುಮಾನಿಸೋದಕ್ಕಾಗುತ್ತೆ?"

"ಯಾಕೆ?"

"ಎಲ್ಲರಿಗೂ ಕೊಲೆ ಮಾಡೋದಕ್ಕೆ ಕಾರಣ ಇದೆ ಅನ್ನಿಸುತ್ತೆ"

"ಹಾಗಾದ್ರೆ ಹೇಳು"

"ಮೊದಲು ಯಶವಂತರಾಯರು ಜಗಳ ಆಡಿದ್ರಲ್ಲ ಆ ಆಳು ಅವನು ಅವ್ರ ಮೇಲಿನ ಕೋಪಕ್ಕೆ ಕೊಲೆ ಮಾಡಿರಬಹುದು"

"ಬರೀ ಕೋಪಕ್ಕೆ ಯಾರಾದ್ರೂ ಕೊಲೆ ಮಾಡ್ತಾರ? ಮಣ್ಣು ಮಾಡಿದ ಶವ ಅಪಹರಿಸ್ತಾರಾ?"

ವಿಕ್ರಮ್ ಶರತ್ ಏನು ಉತ್ತರಿಸಬಹುದೆಂದು ಕುತೂಹಲದಿಂದ ಕೇಳಿದ.

"ಒಂದೇ ಜಗಳಕ್ಕೆ ಕೊಲೆ ಮಾಡಿರಲಾರ. ಇಂತಾ ಸುಮಾರು ಘಟನೆಗಳೂ ಆಗಿರಬಹುದು. ಅವೆಲ್ಲಾ ಒಟ್ಟಾಗಿ ಆ ಕೂಲಿಯಾಳು.."

"ಅವನ ಹೆಸರು ಗಂಗಾಧರ" ವಿಕ್ರಮ್ ನೆನಪು ಮಾಡಿಕೊಂಡು ಹೇಳಿದ.

"ಹಾ..ಗಂಗಾಧರನಿಗೂ ಯಾಶವಂತರಾಯರಿಗೂ ಕೆಲವು ಕಾಲದಿಂದಲೂ ಮನಸ್ತಾಪ ಇದ್ದಿರಬಹುದು. ಅದನ್ನು ನಾವು ತನಿಖೆ ಮಾಡಬೇಕು"

ಶರತ್ ತರ್ಕಿಸಿದ.

"ಓ.ಕೆ ಮುಂದಿನ ಸಸ್ಪೆಕ್ಟ್?"

"ತಾತ ಸತ್ತರೆ ಅಸ್ತಿಯೆಲ್ಲಾ ತನ್ನದೇ ಅನ್ನೋ ವಿಚಾರ ಕೃಷ್ಣನಿಗೆ ಸ್ಪಷ್ಟವಾಗಿ ಗೊತ್ತು. ಅದರೆ ಅದಕ್ಕಾಗಿ ತಾತ ಸಾಯುವವರೆಗೂ ಕಾಯಬೇಕು. ಯಶವಂತರಾಯರು ಸಾಕಷ್ಟು ಆರೋಗ್ಯದಿಂದ ಇದ್ದರು. ಅವರ ಸಾಯುವವರೆಗೆ ಕಾಯುವ ವ್ಯವಧಾನವಿಲ್ಲದೆ ಹಣಕ್ಕೋಸ್ಕರ ಕೃಷ್ಣ ಈ ಕೆಲಸ ಮಾಡಿರಬಹುದು. ಅಲ್ಲದೆ ಯಶವಂತರಾಯರು ಕೊನೆಯುಸಿರೆಳೆದ ದಿವಸ ಅವನು ಇಲ್ಲಿರಲಿಲ್ಲ. ಬೆಂಗ್ಳೂರಲ್ಲಿದ್ದೇಂತ ಸುಳ್ಳು ಹೇಳಿರಬಹುದು. ಬೆಂಗ್ಳೂರಿಂದ ವಾಪಸ್ಸು ಬಂದು, ಕೊಲೆ ಮಾಡಿ ಬೆಂಗಳೂರಿಗೆ ಹೋಗಿರಬಹುದು"

"ಓ.ಕೆ...ಕೃಷ್ಣನ್ನ ಸಸ್ಪೆಕ್ಟ್ ನಂಬರ್ ಒಂದೂಂತ ಇಟ್ಕೋಬಹುದು. ಗಂಗಾಧರ ಸಸ್ಪೆಕ್ಟ್ ನಂಬರ್ ಟೂ..ಮುಂದೆ?"

"ಸಸ್ಪೆಕ್ಟ್ ನಂಬರ್ ಮೂರು: ರಾಮಣ್ಣ"

"ಹೇಗೆ?"

"ಕೃಷ್ಣ ಮತ್ತು ಚಿತ್ರರಿಗೆ ಮದುವೆ ಮಾಡಲೇಬೇಕೂನ್ನೋ ನಿರ್ಧಾರ ರಾಮಣ್ಣನದು. ಅದಕ್ಕೆ ಯಶವಂತರಾಯರು ಅಡ್ಡಿಯಾಗಿದ್ದಿರಬಹುದು. ತನ್ನ

ಮಗಳು ಚಿತ್ರಾಳನ್ನು ಕೃಷ್ಣನಿಗೆ ಮದುವೆ ಮಾಡಿಸಿದರೆ ಆಸ್ತಿಯ ಮೇಲೆ ಪರೋಕ್ಷವಾಗಿ ತಮಗೆ ಹಕ್ಕು ಬರುತ್ತದೆ. ಅದಕ್ಕೆ ಯಶವಂತರಾಯರು ಅಡ್ಡಿ. ಅದಕ್ಕೆ ಯಶವಂತರಾಯರ ಉಸಿರು ಅಡಗಿಸಿರಬಹುದು"

"ಮುಂದುವರಿಸು"

"ನಂಬರ್ ನಾಲ್ಕು: ಮೂರ್ತಿ!"

"ಮೂರ್ತೀನೆ? ಅವನೇ ಕೇಸು ಸಾಲ್ವ್ ಮಾಡೀಂತ ನಮಗೆ ಹಣ ಕೊಟ್ಟಿದಾನೆ ಅಂತಾದ್ರಲ್ಲಿ ಅವನೇ ಈ ಕೊಲೆ ಮಾಡಿದಾನೇಂತೀಯ?"

"ಇರಬಹುದು. ಯಶವಂತರಾಯರ ಆಸ್ತಿಯೆಲ್ಲಾ ಮೊಮ್ಮಗ ಕೃಷ್ಣನಿಗೆ ಸೇರೋದು ಅನ್ನೋ ವಿಷಯ ಗೊತ್ತು. ಅದರಿಂದ ತನಗೇನೂ ಬರಲಾರದು ಎಂಬ ಅನುಮಾನ ಅವನಿಗಿದ್ದಿರಬಹುದು. ಯಶವಂತರಾಯರು ಸತ್ತರೆ ತನ್ನ ಹೆಂಡತಿ ಕಡೆಯಿಂದ ಆಸ್ತಿ ಕೇಳಬಹುದು. ನ್ಯಾಯಾಲಯಕ್ಕೆ ಹೋದರಂತೂ ಒಂದು ಪಾಲಂತೂ ಸಿಕ್ಕೇ ಸಿಗುತ್ತೆ. ಆದರೆ ಪೂರ್ತಿ ಸಿಗುವುದಿಲ್ಲ! ಕೃಷ್ಣ ಅದಕ್ಕೆ ಪ್ರತಿರೋಧ ಒಡ್ಡುತ್ತಾನೆ. ಪೂರಾ ಆಸ್ತಿಯ ಮೇಲೆ ಮೂರ್ತಿಯ ಗಮನ"

"ಇಲ್ಲ. ಈ ಯೋಚನೆ ತಪ್ಪು. ಯಶವಂತರಾಯರು ಸತ್ತರೂ ಕೃಷ್ಣ ಉಳಿಯುತ್ತಾನೆ. ಆಮೇಲೆ ಅವನನ್ನೂ ಮುಗಿಸಿದರೆ ಮಾತ್ರ ಆಸ್ತಿಯ ಪೂರಾ ಒಡೆತನ! ಅದು ಸರಿ, ಮೂರ್ತಿಯ ವಿಷಯದಲ್ಲಿ ನಿಂಗೆ ಅನುಮಾನ ಬರೋದಕ್ಕೆ ಕಾರಣ ಏನು?"

"ಯಶವಂತರಾಯರು ಸಾಯೋ ಹಿಂದಿನ ದಿವಸ ತಗೊಂಡ ಮಾತ್ರೆ ವಿಷಯ ಮಾತಾಡೋವಾಗ ಅವನು ಕೊಂಚ ಹೆದರಿದ್ದಂತೆ ಕಂಡಿತು"

"ಬರೀ ಅವರಷ್ಟೇ ಏಕೆ? ರಾಮಣ್ಣ ಕೂಡ ಹೆದರಿದ್ದಂತೆ ಇತ್ತು. ಇದೇ ವಿಷಯಕ್ಕೆ ರಾಮಣ್ಣನ ಮೇಲೂ ಅನುಮಾನ ಬರಬಹುದು"

"ಇಲ್ಲ, ಮಾತ್ರೆ ವಿಷಯ ಬಂದರೆ ಇಲ್ಲಿ ಮುಖ್ಯವಾದ ಗುಮಾನಿ ಬರೋದು ಮೂರ್ತಿಯ ಮೇಲೆ. ಮಾತ್ರೇನ ಕೆಮಿಕಲ್ ಅನಾಲಿಸಿಸ್ ತಾನೇ ಮಾಡಿಸ್ತೀನೀಂತ ತಗೊಂಡಿದಾನೆ"

"ಹಾಗಾದರೆ ಲ್ಯಾಬ್ ರಿಪೋರ್ಟ್ ಮೂರ್ತಿ ಬದಲಾಯಿಸಿಕೊಂಡು ತರ್ತಾನೇಂತ ಅನ್ನಿಸುತ್ತೆ"

"ಅಷ್ಟಾದ್ರೆ ಯಶವಂತರಾಯರ ಸಾವಿನಲ್ಲಿ ಮೂರ್ತಿಯ ಹಸ್ತ ಇದೇನ್ನೋದು ಖಚಿತವಾಗುತ್ತೆ..."

ಇಬ್ಬರ ನಡುವೆ ಮಾತುಕತೆ ನಡೆಯುತ್ತಿರುವಾಗ ಬಾಗಿಲು ಬಡಿದ ಶಬ್ದ ಕೇಳಿಸಿತು. ವಿಕ್ರಮ್ ಶರತ್ ಕಡೆ ನೋಡಿದ..ಯಾರಿರಬಹುದು ಪ್ರಶ್ನೆ ಮೂಡಿತು?

ಶರತ್ ಎದ್ದುಹೋಗಿ ಬಾಗಿಲು ತೆರೆದ. ಬಂದವನನ್ನು ನೋಡಿ ಇಬ್ಬರಿಗೂ ಅಚ್ಚರಿ. ಬಂದಿದ್ದವನು ಕೃಷ್ಣ!

"ನನ್ನನ್ನು ನೋಡಿ ಆಶ್ಚರ್ಯ ಆಗಿರಬೇಕಲ್ಲ?" ಬಂದಾತ ಕೇಳಿದ.

"ಆಗಿರಬಹುದು, ಹೇಳಿ, ತಾವು ಬಂದ ಉದ್ದೇಶ?"

"ಒಳಗೆ ಬರಬಹುದೇ?" ಕೃಷ್ಣ ಅನುಮತಿ ಕೇಳಿದ

"ಇದು ನಿಮ್ಮ ಮನೆ. ಒಳಗೆ ಬರೋಕೆ ಅನುಮತಿ ಅವಶ್ಯಕತೆ ಇಲ್ಲ"

"ಥ್ಯಾಂಕ್ಸ್, ಸ್ವಲ್ಪ ಹೊತ್ತು ಮುಂಚೆ ಡೈನಿಂಗ್ ಹಾಲ್ನಲ್ಲಿ ನಾನು ಒರಟಾಗಿ ಮಾತಾಡಿದೆ. ಸಾರಿ ನಾನು ಹಾಗೆ ಮಾತಾಡಬಾರದಿತ್ತು. ಯಾವುದೋ ಮೂಡಲಿದ್ದೆ. ಹಾಗಾಗಿ ನೀವು ಪ್ರಶ್ನೆ ಕೇಳಿದಾಗ ಕೋಪ ಬಂದು ಹಾಗೆ ಮಾತಾಡಿದೆ"

ಕೃಷ್ಣನ ಹೊಸ ವರಸೆ ಪತ್ತೆದಾರರಿಬ್ಬರಿಗೂ ಅಚ್ಚರಿಯನ್ನುಂಟು ಮಾಡಿತು.

"ಪರವಾಗಿಲ್ಲ ಮಿಸ್ಟರ್ ಕೃಷ್ಣ, ಇಲ್ಲಿ ನಮಗೂ ನಿಮಗೂ ವೈಯುಕ್ತಿಕವಾಗಿ ಆಗಬೇಕಾದದ್ದು ಏನೂ ಇಲ್ಲ. ನಾವು ಪ್ರೊಫೆಷನಲ್ ಡಿಟೆಕ್ಟೀವ್ಸ್. ಇಂತಹ ಸನ್ನಿವೇಶಗಳು ನಮಗೆ ಹೊಸದೇನೂ ಅಲ್ಲ"

ವಿಕ್ರಮ್ ಸಮಾಧಾನದಿಂದ ಹೇಳಿದ.

"ನೋಡಿ, ನನ್ನಿಂದ ಈ ಕೇಸ್ ಸಾಲ್ವ್ ಮಾಡೋಕೆ ಎಷ್ಟು ಸಹಾಯ ಬೇಕೋ ಅದನ್ನೆಲ್ಲ ನಾನು ಮಾಡೋಕೆ ಸಿದ್ಧನಾಗಿದ್ದೇನೆ. ಆದರೆ ಒಂದು ವಿಷಯ: ನೀವು ಯಾವುದೇ ಕಾರಣಕ್ಕೂ ನನ್ನ ವೈಯಕ್ತಿಕ ಬದುಕಿನೊಳಗೆ ಪ್ರವೇಶಿಸಬಾರದು, ಅದು ನನಗೆ ಇಷ್ಟವಾಗುವುದಿಲ್ಲ. ಅದನ್ನು ಬಿಟ್ಟು ನೀವು ಏನೇ ಕೇಳಿದರೂ ನಾನು ಉತ್ತರಿಸೋಕೆ ಸಿದ್ಧನಾಗಿದ್ದೇನೆ"

ಕೃಷ್ಣ ಮಧ್ಯಾಹ್ನದ ಸಮಯದಲ್ಲಿ ಮಾತನಾಡಿದಷ್ಟು ಒರಟಾಗಿ ಉತ್ತರ ನೀಡದಿದ್ದರೂ ತನ್ನ ಖಾಸಗಿ ಜೀವನದಲ್ಲಿ ಯಾರೋ ಪ್ರವೇಶಿಸಬಾರದು ಎಂಬುದನ್ನು ಖಡಕ್ಕಾಗಿ ಹೇಳಿದ್ದ.

"ನೋಡಿ ಮಿಸ್ಟರ್ ಕೃಷ್ಣ, ನಿಮ್ಮ ಖಾಸಗಿ ಬದುಕನ್ನು ಪ್ರವೇಶಿಸಲೇಬಾರದು ಎಂದು ಹೇಳ್ತಿದ್ದೀರಿ. ಆದರೆ ಕೇಸಿಗೆ ಸಂಬಂಧಿಸಿದ ಕೆಲವು ವಿಚಾರಗಳನ್ನು ತಿಳಿಯಬೇಕಾದರೆ ಕೆಲವು ಸಲ ಖಾಸಗಿ ಬದುಕಿನ ಎಲ್ಲೆಯನ್ನೂ ದಾಟಬೇಕಾಗುತ್ತದೆ. ಅದನ್ನು ನಾವು ಬೇಕಾಗಿ ಮಾಡೋದಿಲ್ಲ. ಆದರೆ ಆ ರೀತಿ ಮಾಡಲೇಬೇಕಾಗಿ ಬಂದಾಗ, ನೀವು ತಪ್ಪು ತಿಳಿಯಬಾರದು.ನಾನು ನೇರವಾಗಿ ಹೇಳುತ್ತಿದ್ದೇನೆ"

ವಿಕ್ರಮ್ ನೇರವಾಗಿ ಹೇಳಿದ. ಮಾತಿನಲ್ಲಿ ಖಚಿತತೆ ಇತ್ತು!

"ಮತ್ತೆ ವಿಷಯ ಅಲ್ಲಿಗೇ ಬಂತಲ್ಲ? ಬ್ಯಾಕ್ ಟು ಸ್ಕ್ವೊಯೆರ್ ಒನ್ ಅಂತಾರಲ್ಲ ಹಾಗಾಯ್ತು. ನಾನು ಹೇಳಿದ್ದು ನಿಮಗೆ ಅರ್ಥವಾಗಲಿಲ್ಲವೇ? ಮತ್ತೊಮ್ಮೆ ಹೇಳುತ್ತಿದ್ದೇನೆ. ನನ್ನ ಖಾಸಗಿ ಬದುಕು ನನ್ನದು, ನನ್ನದು ಮಾತ್ರ! ಅದನ್ನು ಪ್ರಶ್ನಿಸುವ ಅಥವಾ ಕೆದಕುವ ಸ್ವಾತಂತ್ರವನ್ನು ತೆಗೆದುಕೊಳ್ಳಬೇಡಿ. ಅದರ ಪರಿಣಾಮ ಕೆಟ್ಟದಾಗಿರುತ್ತದೆ"

ಕೃಷ್ಣ ಖಡಕ್ಕಾಗಿ ಹೇಳಿದ. ಮೊದಲಿನ ಅವನ ಮೃದು ಸ್ವಭಾವ ಮಾಯವಾಗಿತ್ತು. ಬಹಳ ನಿಷ್ಠುರವಾಗಿ ನುಡಿದ.

"ಕೃಷ್ಣ, ನೀವು ಮಕ್ಕಳನ್ನು ಹೆದರಿಸಿದ ಹಾಗೆ ನಮ್ಮನ್ನು ಹೆದರಿಸುತ್ತಾ ಇದ್ದೀರಲ್ಲ?" ವಿಕ್ರಮ್ ನಸುನಗುತ್ತಾ ಕೇಳಿದ.

"ನೀವು ಏನಾದರೂ ತಿಳಿದುಕೊಳ್ಳಿ ಇದು ನನ್ನ ರೀತಿ"

ಇಷ್ಟು ಹೇಳಿದ ಕೃಷ್ಣ ವೇಗವಾಗಿ ಹಿಂತಿರುಗಿದ.

"ಶರತ್ ಬಾಗಿಲು ಹಾಕು" ವಿಕ್ರಮ್ ಆದೇಶಿಸಿದ.

ಶರತ್ ಬಾಗಿಲು ಹಾಕಿ ಬಂದ.

"ಏನ್ಸಾರ್? ಇವರು ಹೀಗೆ ಧಮಕೀ ಹಾಕ್ತಾರೆ?"

"ಕೆಲವರ ರೀತಿ ಹಾಗೇನೆ? ಐದು ಬೆರಳು ಒಂದೇ ಸಮ ಇರೋದಿಲ್ಲ"

"ಯಶವಂತರಾಯರ ಕೊಲೆಯಲ್ಲಿ ಕೃಷ್ಣನ ಪಾತ್ರ ಇರಬಹುದೇ?" ಶರತ್ ಕೇಳಿದ.

"ನಿನಗೆ ಏನನ್ನಿಸುತ್ತೆ?"

"ಕೃಷ್ಣ ಒರಟ. ಏನು ಮಾಡಲೂ ಹೇಸುವುದಿಲ್ಲ ಅನಿಸುತ್ತಿದೆ"

"ನೋಡೋಣ ಅದು ಬೇಗನೆ ಗೊತ್ತಾಗುತ್ತೆ. ಈಗ ನಾವು ನಮ್ಮ ಮುಂದಿನ ಕೆಲಸ ನೋಡೋಣ. ಶರತ್, ನಾವೀಗ ತುಂಬಾ ಚುರುಕಾಗಿ ಕೆಲಸ ಮಾಡ್ಬೇಕು. ಯಶವಂತರಾಯರ ಕೊಲೆಗಾರನ್ನ ಹಿಡಿಯೋದಕ್ಕಿಂತ ಮುಖ್ಯವಾದ ಕೆಲಸ ಅಂದ್ರೆ ದೇಹಾನ ಪತ್ತೆ ಹಚ್ಚೋದು. ನೀನು ರಹಸ್ಯವಾಗಿ ನಾನು ಹೇಳೋ ಕೆಲಸಗಳನ್ನು ಮಾಡ್ಬೇಕು"

ವಿಕ್ರಮ್ ತನ್ನ ಜೂನಿಯರ್‌ಗೆ ಜವಾಬ್ದಾರಿಯುತವಾದ ಕೆಲವು ಕೆಲಸಗಳನ್ನ ವಹಿಸಿದ.

***

ಅದು, ಯಶವಂತರಾಯರ 'ಮಂದಾರ' ತೋಟದ ಮನೆಯಿಂದ ಒಂದು ಕಿಲೋಮೀಟರು ದೂರದಲ್ಲಿ ಶ್ರಮಿಕವರ್ಗದವರು ವಾಸಿಸುವ ಒಂದು ಸಣ್ಣ ಬಡಾವಣೆ. ಆ ಬಡಾವಣೆಗೆ ಅವರಿಟ್ಟುಕೊಂಡಿದ್ದ ಹೆಸರು ಗಾಂಧಿನಗರ. ಸುಮಾರು ಇಪ್ಪತ್ತಕ್ಕೂ ಹೆಚ್ಚು ಮನೆಗಳಿರಬಹುದು ಎಂದು ಶರತ್ ಅಂದಾಜು ಮಾಡಿದ.

ಇಲ್ಲಿಯೇ ರಾಮಣ್ಣ ಹೇಳಿದ ಕೂಲಿಯಾಳು ಗಂಗಾಧರನ ವಾಸ.

ಅದು ಒಂದಂಕಣದ ಮನೆ. ಯಾವುದೋ ಸರ್ಕಾರದ ಯೋಜನೆಯಲ್ಲಿ ಬಡವರಿಗೆಂದು ಕಟ್ಟಿಕೊಟ್ಟಿದ್ದ ಮನೆ. ಮನೆ ಕಟ್ಟಿದಾಗ ಹೇಗೆ ಹಸ್ತಾಂತರಿಸಿದ್ದರೋ ಅದಾದ ನಂತರ ಅದಕ್ಕೆ ಸುಣ್ಣ ಬಣ್ಣ ಮುಂತಾದುವನ್ನು ಫಲಾನುಭವಿಗಳು ಮಾಡುವ ಗೋಜಿಗೆ ಹೋಗಿರಲಿಲ್ಲ. ಮನೆಗಳು ಶಿಥಿಲವಾಗುತ್ತಿದ್ದವು. ಸರ್ಕಾರದ ಯೋಜನೆಯನ್ನು ಅನುಷ್ಠಾನಗೊಳಿಸಿದ ಗುತ್ತಿಗೆದಾರ ಸಾಕಷ್ಟು ಹಣ ನುಂಗಿರುವುದನ್ನು ಮನೆಯ ಗುಣಮಟ್ಟ ಸಾರಿ ಹೇಳುತ್ತಿತ್ತು.

ಮೊದಲು ಸಿಕ್ಕ ಮನೆಯಲ್ಲಿ ಶರತ್ ವಿಚಾರಿಸಿದ. ಹಿಂದಿನ ಬೀದಿಯಲ್ಲಿ ಮೂರನೆಯ ಮನೆ ಗಂಗಾಧರನದು ಎಂದು ಮಾಹಿತಿ ಸಿಕ್ಕಿತು. ಶರತ್ ಆತ ನಿರ್ದೇಶಿಸಿದ ಜಾಗವನ್ನು ತಲುಪಿದ.

ಮನೆಯನ್ನು ಸಮೀಪಿಸುತ್ತಲೇ ಜೋರು ದನಿಯಲ್ಲಿ ಗಂಡಸು, ಹೆಂಗಸು ಜಗಳವಾಡುತ್ತಿರುವಂತ ಮಾತುಗಳು ಕೇಳಿದವು. ಬಾಗಿಲು ತೆರೆದಿತ್ತು. ಬಾಗಿಲಿಗೆ ಎದುರಿಗೆ ಕಂಡ ಗಂಡಸೇ ಗಂಗಾಧರ ಇರಬಹುದು ಎಂದು ಊಹಿಸಿದ ಶರತ್.

"ಉಸಿರೆತ್ತಿದ್ರೆ ಒದ್ದು ಆಚೆ ಹಾಕ್ತೀನಿ ಉಷಾರ್. ನಾನೂ ಬಾಳ ತಡಕೊಂಡಿವ್ನಿ. ಇನ್ನಾಗಾಕಿಲ್ಲ ಕಣಮ್ಮಿ.."

ಕಿರುಚುತ್ತಿದ್ದ ಗಂಡಸು ಬಾಗಿಲಾಚೆ ನಿಂತಿದ್ದ ಶರತ್ ನೋಡಿ ಕಿರಿಚಾಟ ನಿಲ್ಲಿಸಿದ.

"ಯಾಕಾ..ಸುಮ್ಕಾದೆ? ಬಿಕನಾಸಿ..ನಾಲ್ಕು ಕಾಸು ಸಂಪಾದ್ನೆ ಮಾಡೋ ಯೋಗ್ಯತೆ ಇಲ್ಲ..ನನ್ನ ಆಚೆಗಾಕ್ತೀಯ?" ಹೆಂಗಸಿನ ದನಿ ಕೇಳಿಸಿತು. ಆದರೆ ಆಕೆ ಕಾಣಿಸಲಿಲ್ಲ.

"ಯಾರೋ ಬಂದವ್ರೆ! ಬಾಯ್ಮುಚ್ಕಾ.." ಗಂಡಸು ಎಚ್ಚರಿಸಿ ಆಚೆ ಬಂದ.

"ಯರ್ ಬೇಕಾಗಿತ್ತು...?" ಶರತ್‌ನನ್ನು ಕೇಳಿದ.

"ಗಂಗಾಧರ ಅನ್ನೋರನ್ನ ನೋಡ್ಬೇಕಿತ್ತು.." ಶರತ್ ತಾನು ಸರಿಯಾದ ಸಮಯಕ್ಕೆ ಬಂದಿಲ್ಲ ಎನ್ನುವುದನ್ನು ನೆನಪಿಟ್ಟುಕೊಂಡು ಹೇಳಿದ.

"ನಾನೇಯ ಗಂಗಾಧರ. ಏನ್ಬೇಕಿತ್ತು..?"

"ಸ್ವಲ್ಪ ಮಾತಾಡ್ಬೇಕಿತ್ತು.."

"ಮಾತಾಡಿ.."

"ಇಲ್ಬೇಡ..ಸ್ವಲ್ಪ ದೂರ ಹೋಗಿ ಮಾತಾಡೋಣ.."

"ಅಂಥಾದ್ದೇನು...?"

"ಬನ್ನಿ ಹೇಳ್ತೀನಿ.."

“ಲೇ..ಯಾರೋ ಬಂದವ್ರೆ..ನಾಕೆಜ್ಜೆ ಹೋಗಿ ಬತ್ತೀನಿ..”

ಒಳಗಿದ್ದ ಹೆಂಗಸಿಗೆ ಕೂಗಿ ಹೇಳಿದ.

“ಹಾಳಾಗಿ ಹೋಗು. ಮತ್ತೆ ಬಂದ್ಗಿಂದೀಯ..?”

ಒಳಗಿಂದ ಹೆಂಗಸು ಚೀರಿತು!

“ಬಂದಾಗೈತೆ ನಿಂಗೆ ಮಾರಿ ಹಬ್ಬ..! ಏ..ನಡೀರಿ ಸಾರ್..ಇವೃದ್ದು ದಿನಾ ಇದೇ ರಾಮಾಯಣ..”

ಎಂದಾತ ಮುಂದೆ ನಡೆಯತೊಡಗಿದ.

ಸುಮಾರು ಐವತ್ತು ಹೆಜ್ಜೆ ಅವರು ಮಾತಿಲ್ಲದೆ ನಡೆದರು. ಅಲ್ಲೊಂದು ಅರಳಿಕಟ್ಟೆ ಹತ್ತಿರ ಅವನು ನಿಂತ.

“ಇಲ್ಲೇ ಕುಂತ್ಕಳಿ. ಅದೇನೋ ಹೇಳಿ”

ಶರತ್ ಅವನು ಕೈತೋರಿಸಿದ ಕಡೆ ಕೂತು ಗಂಗಾಧರನ ಕಡೆ ನೋಡಿದ. ಅವನು ಕಟ್ಟುಮಸ್ತಾದ ಆಳು. ಕಡು ಕಪ್ಪು ಬಣ್ಣ, ಒಂದು ಹಳೆಯ ಜೀನ್ಸು, ಟೀ-ಷರ್ಟು ತೊಟ್ಟಿದ್ದ. ಟೀ ಷರ್ಟು ಚಿಕ್ಕದಾಗಿ ಬಿಗಿಯುತ್ತಿತ್ತು. ಅಂದರೆ ಅದು ಯಾರೋ ಕೊಟ್ಟಿರುವ ಟೀ-ಷರ್ಟು. ಬಹುಶಃ ಕೃಷ್ಣ ಕೊಟ್ಟಿರಬಹುದೆ. ಮಾತು ನೋಟದಲ್ಲಿ ಶುದ್ಧ ಒರಟ ಗಂಗಾಧರ.

“ಸಿಗ್ರೇಟು ಸೇದ್ತೀಯಾ..?”

ಶರತ್ ಜೇಬಿಂದ ಸಿಗರೇಟ್ ಪ್ಯಾಕ್ ತೆಗೆದು ಒಂದು ತಾನು ತೆಗೆದುಕೊಂಡು ಬಾಯಲ್ಲಿಟ್ಟುಕೊಂಡು ಉಳಿದ ಪ್ಯಾಕನ್ನು ಗಂಗಾಧರನ ಕೈಗಿತ್ತ.

“ಎಲ್ಲಾ ನಿಂಗೇ ತಗೋ..” ಪ್ಯಾಕಿನಲ್ಲಿ ಒಂದು ಸಿಗರೇಟು ಎತ್ತಿಕೊಂಡು ಉಳಿದದ್ದು ವಾಪಸ್ಸು ಕೊಡಲು ಬಂದ ಗಂಗಾಧರನಿಗೆ ಹೇಳಿದ ಶರತ್. ಗಂಗಾಧರನ ಮುಖ ಅರಳಿತು.

“ನೀವು ಯಶವಂತಪ್ಪನ ಹೆಣ ಹುಡುಕೋಕೆ ಬಂದವ್ರಲ್ವಾ..?”

ಗಂಗಾಧರ ತಾನಾಗೇ ಕೇಳಿದ.

“ಹೌದು. ನಿನಗೆ ಹೇಗೆ ಗೊತ್ತಾಯ್ತು?”

ಶರತ್ ಅಚ್ಚರಿಯಿಂದ ಕೇಳಿದ.

“ನಮ್ಮೂರಿಗೆ ಯಾರ್ಬಂದ್ರೂ ಗೊತ್ತಾಗ್ತೈತೆ. ಅದ್ರಾಗೆ ಯಶವಂತಪ್ಪನ ಇಶಯದಾಗೆ ನಡೆಯೋದೆಲ್ಲಾ ಗೊತ್ತಾಗಕಿಲ್ವಾ?” ಗಂಗಾಧರನ ಮಾತಿಗೆ ಶರತ್ ಬೆರಗಾದ.

“ಯಶವಂತರಾಯ್ರು ಸಾಯೋ ದಿನ ಅವರ ಜೊತೆ ನಿಂಗೆ ಜಗಳ ಆಯ್ತಂತೆ..?”

ಶರತ್ ತೀರಾ ಸಾಮಾನ್ಯ ವಿಷಯ ಕೇಳುವಂತೆ ಕೇಳಿದ.

"ಓ..ಅದ್ಕೇ..ನಾನೇ ಅವರ್ನ ಕೊಲೆ ಮಾಡ್ದೇಂತ ಬಂದಿದೀರಾ..? ಸತ್ಯಾಗ್ಲೂ ಹೇಳ್ತೀನಿ. ಆವಯ್ಯನ್ನ ಕೊಲೆ ಮಾಡ್ಬೇಕೂನ್ನಿಸಿತ್ತು. ಅದ್ಕೂ ಮುಂಚೆ ಯಾವನೋ ಕೊಲೆ ಮಾಡವ್ನೆ! ಈಟಕ್ಕೂ ಆವಯ್ಯನ್ನ ಸಾಯ್ಸಿದ್ರೆ ನಂಗೇನು ಸಿಕ್ಕಾತು..ಲೊಟ್ಟೆ!"

"ಇಲ್ಲ..ನೀನು ಕೊಲೆ ಮಾಡ್ದೇಂತ ನಾನು ಹೇಳಿದ್ನಾ..? ಇಲ್ವಲ್ಲ..? ಅದಿರ್ಲಿ..ಅವತ್ತು ನೀನೆಲ್ಲಿದ್ದೆ..?"

"ಇನ್ನೆಲ್ಹೋಗ್ಲಿ..ಇಲ್ಲೇ ನನ್ನ ಬಿಡಾರ್ದಾಗೇ ಬಿದ್ದಿದ್ದೆ"

"ಹೋಗ್ಲಿ..ಜಗಳ ಯಾಕಾಯ್ತು..?"

"ಇನ್ನೇನ್ಬುದ್ಧಿ..? ನಂಗೆ ಕೊಡೋ ಕೂಲೀನಾ ನನ್ನ ಕೈಲಿಕ್ದೆ ನೆನ್ನೆಂಡ್ರಿಗೆ ಕೊಡ್ತಿದ್ದ. ಅದ್ಕೇ ಜಗಳ..ನನ್ನ ಕೂಲಿ ದುಡ್ಡು ನಂಗ್ಕೊಡ್ಬಿಡು ಅಂತ"

ಗಂಗಾಧರ ಹೆಂಡತಿ ಜೊತೆಯಲ್ಲಿ ಜಗಳವಾಡಿದ್ದರ ಮೂಡಿಂದ ಹೊರಗೆ ಬಂದಿರಲಿಲ್ಲ.

ನಾನು ಬಂದ ಸಮಯ ಸರಿಯಾಗಿಲ್ಲ ಎಂದು ಶರತ್ ಪೇಚಾಡಿದ. ಒಳಗೆ ಜಗಳ ನಡೆಯುತ್ತಿರುವುದರ ಸೂಚನೆ ಸಿಕ್ಕ ತಕ್ಷಣ ಹಿಂದಿರುಗಿಬಿಡಬೇಕಿತ್ತು. ಇನ್ನೊಮ್ಮೆ ಬಂದು ಇವನನ್ನು ವಿಚಾರಿಸಬಹುದಿತ್ತು. ಗಂಗಾಧರ ಜಗಳಕ್ಕೆ ಕೊಟ್ಟ ಕಾರಣ ಕ್ಷುಲ್ಲಕವಾಗಿತ್ತು. ಬಹುಶಃ ಈ ಮನುಷ್ಯ ತಾನು ದುಡಿದದ್ದನ್ನ ಕುಡಿದು ಹಾಳ್ಮಾಡುತ್ತಿದ್ದಿರಬೇಕು. ಅದನ್ನು ಇವನ ಹೆಂಡತಿ ಯಶವಂತರಾಯರಲ್ಲಿ ಹೇಳಿರಬೇಕು. ಅದಕ್ಕೇ ಇವನ ಕೂಲಿ ಹಣ ಹೆಂಡತಿಗೆ ಸಿಗುವಂತೆ ಮಾಡಿರಬೇಕು. ಆ ಸಂಬಂಧದಲ್ಲಿ ಯಶವಂತರಾಯರ ಜೊತೆ ಇವನು ಜಗವಾಡಿದ್ದಾನೆ ಎನ್ನುವುದು ಸ್ಪಷ್ಟವಾಗಿತ್ತು.

"ಅಂದ್ರೆ..ನಿನ್ನ ಕೂಲಿ ಹಣ ನಿಂಗೆ ಕೊಡ್ತಿರಲಿಲ್ಲವೆ..? ಪಾಪ..ನಿಂಗೂ ತುಂಬಾ ಕಷ್ಟ ಇರಬೇಕು..ತಗೋ..ಈ ನೋಟಿಟ್ಕೋ"

ಶರತ್ ನೂರರ ಒಂದು ನೋಟನ್ನು ಅವನ ಮುಂದೆ ಹಿಡಿದ.

"ಏ..ಬ್ಯಾಡ್ರು..ನಂಕಷ್ಟಕ್ಕೆ ನೀವ್ಯಾಕೆ ತೊಂದ್ರೆ ತಕ್ಕೋತೀರಿ.."

ಎನ್ನುತ್ತಲೇ ನೋಟನ್ನು ಜೇಬಿನೊಳಕ್ಕೆ ಇಟ್ಟುಕೊಂಡು ಸಾವಕಾಶವಾಗಿ ಸಿಗರೇಟು ತುಟಿಯಲ್ಲಿಟ್ಟುಕೊಂಡು ಕಡ್ಡಿ ಕೊರೆದು ಹೊಗೆ ಊದಿದ.

"ಅದ್ನೇ ಬುದ್ಧಿ ನಾನು ಹೇಳಿದ್ದು. ಒಂದು ವಾರದ ಕೂಲಿ..ಕೊಡೊಲ್ಲ ನಿನ್ನ ಹೆಂಡ್ತಿಗೆ ಕಳಿಸ್ತೀನಿ ಅಂತ ಹೇಳಿದ್ರು. ನಂಗೆ ಶ್ಯಾನೆ ಕೋಪ ಬಂತು! ನೀನೇನು ನನ್ನೆಂಡ್ರು ಇಟ್ಕೊಂಡಿದ್ದೀಯಾಂದೆ! ಅದಕ್ಕೇ ಆವಯ್ಯಂಗೂ ಶಾನೆ ಕೋಪ

ಬಂದಿತ್ತು! ಬಾರು ಕೋಲು ತಗೊಂಡು ಬೊಬ್ಬೆ ಬರೋ ಹಾಗೆ ಹೊಡೆದ! ನಾನು ಬಿಡ್ತೀನಾ..ಬಾರು ಕೋಲು ಕೈಗೆ ಕಿತ್ಕೊಂಡೆ! ನಾನೂ ನಾಕು ಇಕ್ಕಬೌದು. ಆದ್ರೆ ಮಾಡ್ಲಿಲ್ಲ! ಪೋಲೀಸ್ ಕಂಪ್ಲೈಂಟು ಕೊಡ್ತೀನಿ ಅಂತ ಕಿರಿಚಿದೆ..ಅದಕ್ಕೆ ಕೊಂಚ ಹೆದರಿದ್ದ. 'ಲೇ..ನನ್ನ ಬಗ್ಗೆ ಸಮಾಜದಲ್ಲಿ ಎಂತಾ ಹೆಸರಿದೆ. ಧರ್ಮ ರತ್ನಾಕರ ಅಂತ ಬಿರುದು ಕೊಟ್ಟಿದ್ದಾರೆ. ನನ್ನ ಮೇಲೆ ಇಂತಾ ಕೆಟ್ಟ ಮಾತಾಡ್ತೀಯ..ನಾಳೆಯಿಂದ ನಿನಗೆ ನನ್ನ ತೋಟದಲ್ಲಿ ಕೆಲಸ ಇಲ್ಲ. ನಿನ್ನ ಸಂಸಾರಕ್ಕೆ ಒಳ್ಳೇದಾಗ್ಲೀ ಆ ಹೆಣ್ಮಗಳು ಉಪವಾಸ ಮಲ್ಗೋದು ಬ್ಯಾಡಾಂತ ನಾನು ನಿನ್ನ ಕೂಲಿ ಅವಳಿಗೆ ಕಳಿಸ್ತಿದ್ದೆ. ಇಷ್ಟಕ್ಕೂ ನಾನೇನು ನಿನ್ನ ಮನೆ ಬಾಗಿಲಿಗೆ ಬಂದಿಲ್ಲ. ಅಂತಾ ಹಲ್ಕಟ್ ಕೆಲ್ಸ ನಾನು ಮಾಡೊಲ್ಲ' ಅಂತ ಕಿರಿಚಾಡಿದ. ನಂಗ ಗೊತ್ತಿತ್ತು ಆಯಪ್ಪ ಅಂತಾವನಲ್ಲ ಅಂತ. ಆದ್ರೂ ಕೂಲಿ ವಸೂಲಿಯಾಗ್ಲೀಂತ ಅಂಗಂದೆ. ದಣಿದು ದುಡಿಯೋನಿಗೆ ಮೈಕೈನೋವು ಹೋಗಾಕೆ ಒಂದು ಪ್ಯಾಕೆಟ್ ಸಾರಾಯಿ ಹಾಕ್ಕೋಳ್ಳೋಕೂ ಕಾಸು ಸಿಗೊಲ್ಲ ಅಂದ್ಮಾಗೆ ಯಾಕೆ ದುಡೀಬೇಕು..ಆವಯ್ಯನ ಹತ್ರ..? ನಿನ್ನ ಸವಾಸ ಸಾಕು..ಈತನಕ ದುಡಿದಿರೋದು ಕೊಡೂಂದ್ರೂ ಆವಯ್ಯ ಜಗ್ಗಲಿಲ್ಲ. ಅದೆಂಗಾನ ಇರ್ಲಿ, ಈ ಜಗಳದ ಇಶ್ಯ ನಿಮಗ್ಯಾರು ಹೇಳಿದ್ದು..?"

ಗಂಗಾಧರ ತನ್ನ ಕೃತ್ಯಕ್ಕೆ ಸಮಜಾಯಿಸಿ ಕೊಟ್ಟಿದ್ದ.

"ಇನ್ಯಾರೋ..? ಆ ಮನೇಲಿರೋರು ಇಬ್ರು ಗಂಡಸರು.. ಅವರಲ್ಲೊಬ್ರು..ಹೇಳಿದ್ರು"

ಶರತ್ ಜಾಣತನದಿಂದ ಹೇಳಿದ. ರಾಮಣ್ಣನ ಹೆಸರಾಗಲೀ ಇಲ್ಲಾ ಕೃಷ್ಣನ ಹೆಸರನ್ನಾಗಲೀ ಹೇಳಲಿಲ್ಲ.

"ಆ ಮನೇಲಿರೋರು ಇಬ್ರಲ್ಲ ಮೂರ್ಜನ.." ಗಂಗಾಧರ ತಿದ್ದಿದ.

ತಾನು ಅಮಿಷವೊಡ್ಡಿದ ನೋಟು, ಸಿಗರೇಟು ಪ್ಯಾಕು ಕೆಲಸ ಮಾಡಿದೆ ಎಂದುಕೊಂಡ ಶರತ್.

"ಮೂರ್ಜನ ಯಾರೋ..?"

"ಏ..ನೀವು ಮೂರ್ತಪ್ಪನ್ನ ಬಿಟ್ಟೇಬಿಟ್ರಲ್ಲ..?"

"ಅವರು ಇಲ್ಲಿರೊಲ್ಲವಲ್ಲ..?"

"ಇಲ್ಲಾ ಹೆಚ್ಚಮ್ಮಿ ಇಲ್ಲೇ ಇರ್ತಾರೆ..ದೊಡ್ಡ ಗಂಟು ಯಾರಿಗ್ಬೇಡ..?"

"ಏನೋ ಹಂಗಂದ್ರೆ..?"

"ಏ..ಆಪಾಟಿ ಆಸ್ತಿಪಾಸ್ತಿ ಸುಮ್ಕೆ ಬಿಟ್ಟಾರಾ..?"

"ಅಂದ್ರೇನೋ..ನೀನು ಹೇಳೋದು..ಮೂರ್ತಿಗೆ ಆಸ್ತಿ ಮೇಲೆ ಕಣ್ಣಿದೆಯಾ..?"

"ಬುಟ್ಬುಟ್ಟಾರಾ..? ಮೂರ್ಜನಾನೂ ಹದ್ನಂಗೆ ಕಾದವ್ರೆ..ಮುದ್ಕ ಗೊಟಕ್ಕನ್ನಾದನ್ನ..ಮೂರ್ಜನದಾಗೇ ಯಾರೋ ಒಬ್ರು ಗುನ್ನ ಇಕ್ಕವ್ರೆ ಮುದ್ಕಂಗೆ.."

ಗಂಗಾಧರನ ವಿಚಾರ ಸುಳ್ಳು ಎನ್ನುವಂತಿರಲಿಲ್ಲ ಪರಿಸ್ಥಿತಿ. ಅವನ ಯೋಚನೆಯ ದಿಕ್ಕು ಸರಿಯಾಗೇ ಇತ್ತು. ಗಂಗಾಧರನ ಪಾತ್ರ ಯಶವಂತರಾಯರ ಕೊಲೆಯಲ್ಲಿ ಇಲ್ಲ ಎನ್ನುವುದು ಅವನ ಮಾತಿನಿಂದಲೇ ಸ್ಪಷ್ಟವಾಗಿತ್ತು.

'ಆವಯ್ಯನ್ನ ಸಾಯ್ಸಿದ್ರೆ ನಂಗೇನು ಸಿಕ್ಕಾತು..ಲೊಟ್ಟೆ!' ಎನ್ನುವ ಗಂಗಾಧರನ ಮಾತು ಕಿವಿಯಲ್ಲಿ ಮಾರ್ದನಿಸಿತು! ನಿಜ ಯಶವಂತರಾಯರು ಸತ್ತರೆ ಇವನಿಗೇನು ಸಿಕ್ಕೀತು? ಬರೀ ಅವರೊಂದಿಗೆ ಜಗಳವಾಡಿದ್ದ ಎನ್ನುವ ಒಂದೇ ಕಾರಣಕ್ಕೆ ಅವನು ಕೊಲೆ ಮಾಡುವ ಹಂತಕ್ಕೆ ಹೋಗುವುದಿಲ್ಲ ಎನಿಸಿತು. ಇಷ್ಟಕ್ಕೂ ಅವನೇನು ಸೇಡಿಗಾಗಿ, ಜಿದ್ದಿಗಾಗಿ ಕೊಲೆ ಮಾಡುವ ಮನುಷ್ಯನಾಗಿ ಕಾಣಲಿಲ್ಲ!

"ಆ ಮೂರ್ಜನದಲ್ಲಿ ಯಾರಾದ್ರೂ ಕೊಲೆ ಮಾಡಿದ್ದಾರೆ ಅಂತೀಯ..?"

ಗಂಗಾಧರನ ಬಾಯಿಂದ ಏನು ಬರಬಹುದು ಎಂದು ಶರತ್ ಕೇಳಿದ.

"ಏ..ನಾನಂಗೆಲ್ಲಾ ಏನೂ ಹೇಳಾಕಿಲ್ಲ.." ಗಂಗಾಧರ ಜಾಣನಂತೆ ಮಾತಾಡಿದ.

"ಊರಿನ ಜನ ಯಾರ್ಮೇಲೆ ಅನುಮಾನಪಡ್ತಿದ್ದಾರೆ..?"

ಶರತ್ ಅವನ ಬಾಯಿ ಬಿಡುಸುವ ಪ್ರಯತ್ನ ಮತ್ತೆ ಮಾಡಿದ.

"ಊರ್ಜನ ಏನೇಳ್ತಾರೆ ಅನ್ನೋದು ಬಿಟ್ಟಾಕಿ. ನೀವು ಹುಡ್ಕಿ..ಅದ್ಕೇ ಅಲ್ವವ್ರಾ ನೀವು ಬಂದಿರಾದು"

ಗಂಗಾಧರ ಒರಟನಂತಿದ್ದರೂ ಕಿಲಾಡಿತನವಿತ್ತು. ಯಶವಂತರಾಯರ ಬಳಿ ಅವನು ಜಗಳವಾಡಿ ರಾದ್ಧಾಂತ ಮಾಡಿದ್ದು ನಿಜವಾದ್ರೂ ಕೊಲೆ ಮಾಡುವಂತಾ ಕೆಲಸಕ್ಕೆ ಕೈಹಾಕಿಲ್ಲ ಎನ್ನುವುದು ಅವನ ಮಾತುಗಳಿಂದ ಶರತ್‌ಗ ಸ್ಪಷ್ಟವಾಯಿತು.

"ಹೋಗ್ಲಿ..ಅವರ ಮನೆಯವರಲ್ಲಿರೋ ಜನರ ಪೈಕಿ ಕೃಷ್ಣ ಎಂತ ಮನುಷ್ಯ?"

"ಆವಯ್ಯ ನಿಜವಾಗ್ಲೂ ಒಳ್ಳೇನೇ..ಆದ್ರೆ ಚಾಲು ಸರಿ ಇಲ್ಲ..ಅಂಗಂತಾ ಊರ ಜನ್ರಿಗೇನೂ ತೊಂದ್ರೆ ಮಾಡಿಲ್ಲ. ಅವ್ನ ಯವಾರ ಎಲ್ಲಾ ಊರ ಹೊರೀಕೆ..ಬಡಬಗ್ರೂಂದ್ರೆ ಧಾರಾಳವಾಗಿ ಕೈಬಿಚ್ತಾರೆ..ಒಂದ್ಸಲ ಅವನ ಕಾರು ಕೆಟ್ಹೋಗಿತ್ತು. ಮೂರು ಜನ ಸೇರ್ಕಂಡು ಮನೀತನಕ ತಳ್ಳಿದ್ದಕ್ಕೆ ಆವಯ್ಯ ತಲಾ

ಐನೂರು ಕೊಟ್ಟಿದ್ದ! ವಾರ ಇಡೀ ಮಜಾ ಮಾಡಿದೆ! ಒಳ್ಳೇ ಮನ್ಸ "

ಕೃಷ್ಣನ ಬಗೆಗೆ ಗಂಗಾಧರ ಒಳ್ಳೇ ಸರ್ಟಿಫಿಕೇಟ್ ಕೊಟ್ಟ.

"ಅಂಗಾದ್ರೆ ಉಳಿದಿರೋರು ಇಬ್ರು..ಅವರಿಬ್ರಲ್ಲಿ ಒಬ್ಬರಿರಬಹುದೆ..?"

ಶರತ್ ಅವನ ಬಾಯಿ ಬಿಡಿಸಲು ಮತ್ತೊಂದು ಪ್ರಯತ್ನ ಮಾಡಿದ.

"ಮತ್ತೆ ತಿರ್ಗೊಂಡು ನನ್ನೇ ಕೇಳ್ತಿದ್ದೀರ..?" ಚಾಲಾಕುತನ ತೋರಿಸಿದ ಗಂಗಾಧರ.

"ಹೋಗ್ಲಿ ಬಿಡೋ..ನಿನಗೆ ಹೇಳೋಕೆ ಮನಸ್ಸಿಲ್ಲ. ಕೊನೇಪಕ್ಷ ಈ ಊರಲ್ಲಿ ಇನ್ಯಾರ ಹತ್ರಾನಾದ್ರೂ ಯಶವಂತರಾಯರಿಗೆ ಶತೃಗಳಿದ್ದಾರಾ..?"

"ದೊಡ್ಡ ಮನ್ಸುರಿಗೆ ಈ ಹಳ್ಳಿ ಸಣ್ಣದು. ಅವರ ದ್ವೇಶ ಕಟ್ಕೊಳ್ಳೋ ಅಂತಾವರು ಈ ಊರಾಗಿಲ್ಲ. ಹೊರಗೆ ಇದ್ರೂ ಇರಬೈದು. ಅವೆಲ್ಲಾ ನಂಗೆ ತಿಳ್ದಿಲ್ಲ"

"ಸರಿ ಗಂಗಾಧರ..ಈ ವಿಷಯದಲ್ಲಿ ಏನಾದ್ರೂ ಗೊತ್ತಾದ್ರೆ ನಂಗೊಂದು ಪೋನು ಮಾಡ್ತೀಯ..? ಇನಾಮೂ ಕೊಡ್ತೀನಿ..ತಗೋ ನನ್ನ ಫೋನ್ ನಂಬರು"

ಶರತ್ ಜೇಬಿಂದ ತನ್ನ ಕಾರ್ಡು ತೆಗೆದು ಗಂಗಾಧರನ ಕೈಗಿತ್ತ.

"ಇನ್ನೇನಾದ್ರೂ ಇದೆಯೇನೊ?"

ಕಾರ್ಡು ಕೈಲಿ ಹಿಡಿದು ತಲೆ ಕೆರೆದು ನಿಂತ ಗಂಗಾಧರನನ್ನು ನೋಡಿ ಶರತ್ ಕೇಳಿದ.

"ಇನ್ನೊಂದ್ನೈನೂರಿದ್ರೆ ಕೊಡಿ..ಮನೇಲಿ ಅಕ್ಕಿ ಬ್ಯಾಳೆ ಇಲ್ಲ. ಹೆಂಡ್ರು ಉಪಾಸ ಅವ್ಳೆ.."

"ಅಯ್ತು ಕೊಡ್ತೀನಿ..ಆದ್ರೆ ಎಲ್ಲಾ ಹೆಂಡಕ್ಕೇ ಸುರೀಬೇಡ. ಹೆಣ್ತಿ ಕೈಗೂ ಒಂದಿಷ್ಟು ಕೊಡು"

ಶರತ್ ಬುದ್ಧಿ ಹೇಳಿ ನೂರರ ಇನ್ನೆರಡು ನೋಟು ಅವನ ಕೈಗಿತ್ತ.

"ಏನಾದ್ರೂ ಸುದ್ದಿ ಸಿಕ್ಕಿದ್ರೆ, ಬೇರೆ ಇನ್ಯಾರಿಗೂ ಹೇಳ್ಬೇಡ ನೇರವಾಗಿ ನನಗೆ ತಿಳಿಸೋದು ಮರೀಬೇಡ"

ಮತ್ತೆ ಎಚ್ಚರಿಸಿದ.

"ಮರ್ಯೋಕಿಲ್ಲ. ಫೋನ್ ನಂಬರ್ ಐತಲ್ಲ..?"

ಗಂಗಾಧರ ಪೋಲೀಸಿನವರ ಹಾಗೆ ಸೆಲ್ಯೂಟ್ ಮಾಡಿದ. ಶರತ್ ನಗುತ್ತಾ ಹಿಂದೆ ತಿರುಗಿ ನಡೆಯತೊಡಗಿದ.

ಗಂಗಾಧರನನ್ನು ವಿಚಾರಿಸಿದ್ದು ಫಲಪ್ರದವಾಯಿತೆ? ತನ್ನ ಕೆಲಸ ತೃಪ್ತಿ ಕೊಟ್ಟಿತೆ? ಶರತ್ ತನ್ನನ್ನು ತಾನೇ ಕೇಳಿಕೊಂಡ!

"ಸಾರ್ ಒಂದು ನಿಮಿಷ"

ಶರತ್ ಹಿಂದೆ ತಿರುಗಿ ನೋಡಿದ. ತನ್ನ ಬೆನ್ನ ಹಿಂದೆ ಗಂಗಾಧರ ದನಿ ಕೇಳಿತು. ನಡೆಯುತ್ತಿದ್ದ ಶರತ್ ನಿಂತು ಹಿಂದೆ ತಿರುಗಿದ.

"ನಿಮ್ಗೆ ವೆಂಕಟರೆಡ್ಡಿ ಗೊತ್ತೆ?"

ಶರತ್ ಹತ್ತಿರಕ್ಕೆ ಬಂದು ಗಂಗಾಧರ ಕೇಳಿದ.

"ಯಾವ ವೆಂಕಟರೆಡ್ಡಿ? ನನಗೆ ಆ ಹೆಸರಿನೋರು ಯಾರೂ ಗೊತ್ತಿಲ್ಲ"

ಶರತ್ ಹೇಳಿದ.

"ಅವರ್ಯಾರೂ ನಿಮಗೆ ವೆಂಕಟರೆಡ್ಡಿ ವಿಷ್ಯ ಹೇಳಲೇ ಇಲ್ಲವಾ?"

ಗಂಗಾಧರ ಏನೋ ರಹಸ್ಯ ಹೇಳುವವರಂತೆ ದನಿ ತಗ್ಗಿಸಿ ಕೇಳಿದ.

"ಅವರೆಲ್ಲಾ ಅಂದ್ರೆ ಯಾರು? ವಿಷಯ ನೀನು ಹೇಳ್ತಿರೋದು?"

"ಅದೇ ಸಾರ್ ನನ್ನ ಮ್ಯಾಗೆ ಅನ್ಮಾನ ಬರೋಹಂಗೆ ಮಾಡಿ ನನ್ನತ್ರ ಕಳುಹಿಸಿದ್ರಲ್ಲ, ಅವರು?"

"ಯಾರೋ ನಿನ್ನ ಬಗ್ಗೆ ಹೇಳಿದಾರೆ ಅಂತ ನಿನಗೆ ಯಾಕೆ ಅನುಮಾನ?"

"ಇಲ್ಲದಿದ್ದರೆ ನೀವು ನನ್ನ ಹುಡುಕೊಂಡು ಬರ್ತಿದ್ರಾ ಈ ಕೊಂಪೆಗೆ?"

ಗಂಗಾಧರ ಮುಖದಲ್ಲಿ ಹುಸಿ ನಗೆ ಇತ್ತು. ಮಾತಿನಲ್ಲಿ ಕಿಚಾಯಿಸುವ ಪರಿ ಇತ್ತು.

"ಅದೆಲ್ಲ ಇರಲಿ, ನೀನು ವೆಂಕಟರೆಡ್ಡಿ ಬಗ್ಗೆ ಏನು ಹೇಳಬೇಕು ಅಂತಿದ್ದೀಯಾ ಅದನ್ನು ನೇರವಾಗಿ ಹೇಳು"

ಗಂಗಾಧರನ ಕೊಂಕು, ಸುತ್ತು ಬಳಸಿ ಮಾತನಾಡುವ ವಿಧಾನ ಶರತ್ ಸಹನ ಕಳೆದುಕೊಳ್ಳುವಂತಾಗಿತ್ತು.

"ವೆಂಕಟರೆಡ್ಡಿ ವಿಷಯ ನಿಮಗೆ ಹೇಳಿದರೆ ನಿಮಗೆ ಲಾಭವಾಗುತ್ತೆ! ನನಗೆ ಏನು ಸಿಗುತ್ತೆ?"

ಅವನ ಮಾತಿನ ಹಿಂದೆ ಇದ್ದ ಉದ್ದೇಶ ಶರತ್‌ಗ ಅರಿವಾಗಿತ್ತು. ಜೇಬಿನಿಂದ ಐನೂರು ರೂಪಾಯಿಯ ಒಂದು ನೋಟು ತೆಗೆದು ಗಂಗಾಧರನ ಮುಂದೆ ಹಿಡಿದ. ಒಂದಿಷ್ಟೂ ಸಂಕೋಚ ಪಡದೆ ಗಂಗಾಧರ ಅದನ್ನು ತೆಗೆದುಕೊಂಡು ತನ್ನ ಪ್ಯಾಂಟಿನ ಜೇಬಿಗೆ ಸೇರಿಸಿದ.

"ನಿನಗೆ ಲಾಭವಾಯಿತಲ್ಲ ಇನ್ನು ಹೇಳು ಯಾರು ವೆಂಕಟರೆಡ್ಡಿ? ಅವನಿಗೂ ಯಶವಂತರಾಯರಿಗೂ ಇರುವ ಸಂಬಂಧ ಏನು? ಕೇಸಲ್ಲಿ ಅವನ ಪಾತ್ರ ಏನು?"

"ವೆಂಕಟರೆಡ್ಡಿ ಮತ್ತು ಅವನ ತಂದೆ ತಾಯಿಗಳು ಹದಿನೈದು ವರ್ಷದ ಹಿಂದ ಆಂಧ್ರದ ಒಂದು ಕೊಂಪೆಯಿಂದ ಕೆಜಿ ಹಳ್ಳಿಗೆ ಬಂದ್ರು. ಅವರಾಗೆ ಬರಲಿಲ್ಲ, ಯಶವಂತಪ್ಪ ಅವರನ್ನು ಕರ್ಕೊಂಡು ಬಂದ. ದ್ರಾಕ್ಷಿ ತ್ವಾಟದಾಗೆ ಕೆಲಸ

ಮಾಡಾಕೆ ಅವರನ್ನು ಇಟ್ಟುಕೊಂಡಿದ್ದ. ತ್ವಾಟದ ಒಂದು ಕಡೆ ಅವರಿಗೆ ಮನೆಗೆ ಕೂಡ ಕೊಟ್ಟಿದ್ದ. ಈ ಊರಿಗೆ ಬಂದಾಗ ವೆಂಕಟರೆಡ್ಡಿಗೆ ಹತ್ವಸ್ರ. ವೆಂಕಟರೆಡ್ಡಿ ತಂದೆ-ತಾಯಿ ನಿಯತ್ತಾಗಿ ಕೆಲಸ ಮಾಡ್ಕಂಡಿದ್ರು. ಇಲ್ಲಿಗೆ ಬಂದ ಐದು ವರ್ಸದಾಗೆ ವೆಂಕಟರೆಡ್ಡಿ ಅಪ್ಪ ಯಾವುದೋ ಕಾಯಿಲೇಲಿ ತೀರಿಕೊಂಡ. ಆಗ ವೆಂಕಟರೆಡ್ಡಿಗೆ ಸುಮಾರು ಹದಿನೈದು ವರ್ಸ. ವೆಂಕಟರೆಡ್ಡಿಗೆ ದ್ರಾಕ್ಷಿ ತ್ವಾಟದ ಕೆಲಸ ಇಷ್ಟ ಇರ್ನಿಲ್ಲ. ಆ ಸಮಯದಾಗೆ ನಮ್ಮೂರಿಗೆ ರೋಡ್ ಕೆಲ್ಸ ನಡೀತಿತ್ತು. ಲಕ್ಷ್ಮಯ್ಯ ಅಂತ ಒಬ್ಬ ಕಂಟ್ರಾಕ್ಟರ್ ರೋಡ್ ಕೆಲ್ಸ ಮಾಡುಸ್ತಿದ್ದ. ವೆಂಕಟರೆಡ್ಡಿ ಅವನತ್ರ ಕೆಲಸಕ್ಕೆ ಸೇರಿಕೊಂಡ. ಹುಡುಗ ಬ್ಯಾಗ್ನೆ ಸರ್ಕಾರಿ ಕಾಂಟ್ರಾಕ್ಟರಿನ ಎಲ್ಲಾ ಚಾಲು ತಿಳ್ಕೊಂಡ. ಆಮ್ಯಾಗೆ ಲಕ್ಷ್ಮಯ್ಯನ ಹತ್ತಿರ ತುಂಡು ಗುತ್ತಿಗೆ ಮಾಡೋಕೆ ಸುರು ಹಚ್ಕಂಡ. ಐದೇ ವರ್ಸದಾಗೆ ಕಾಸು ಓಡಾಡಿಸೋ ಹಂಗಾದ. ಆಮ್ಯಾಲೆ ಒಂದು ದೊಡ್ಡ ಗುತ್ತಿಗೆ ಹಿಡಿದು ದೊಡ್ಡ ಕುಳಾನೇ ಆದ"

ಇವನೇನೋ ದುಡ್ಡಿಗೋಸ್ಕರ ಯಾವುದೋ ಕೆಲಸಕ್ಕೆ ಬಾರದ ದೊಡ್ಡ ಕತೇನೇ ಹೇಳ್ತಿದಾನೆ ಅಂತ ಅನಿಸಿತು ಶರತ್‌ಗ.

"ಕಥೆ ದೊಡ್ಡದು ಮಾಡಬೇಡ, ಚಿಕ್ಕದಾಗಿ ಹೇಳು. ವೆಂಕಟರೆಡ್ಡಿಗೂ ಯಶ್ವಂತ್ರಾಯರಿಗೂ ಹೇಗೆ ಸಂಬಂಧ"

"ಅದನ್ನೇ ಹೇಳಾಕೆ ಹೊರಟಿದ್ದೆ ನೀವು ಆತುರ ಮಾಡಿದ್ರಿ. ಆತು ಚಿಕ್ಕದಾಗೇ ಹೇಳ್ತೀನಿ. ಕಾಂಟ್ರಾಕ್ಟ್ ಮಾಡೋಕೆ ಶುರುಮಾಡಿದ ಮ್ಯಾಲೆ ವೆಂಕಟರೆಡ್ಡಿ ಅವರಮ್ಮನ್ನ ತೋಟದ ಕೆಲಸದಿಂದ ಬಿಡಿಸಿ, ಊರೊಳಗೆ ಮನೆ ಕಟ್ಟಿಸಿ ಅಲ್ಲಿಗೆ ಕರ್ಕೊಂಡು ಹೋದ. ಇದ್ರಿಂದ ಯಶವಂತಪ್ಪಂಗೆ ಪೂರಾ ಇರ್ಸುಮುರ್ಸಾಗಿತ್ತು. ಇದರ ಜೊತೀಗೆ ಬಿಡದಿನಾಗೆ ಒಂದು ಸಹಕಾರಿ ಬ್ಯಾಂಕ್ ಐತೆ. ಐದು ವರ್ಸದಿಂದ ಯಶವಂತಪ್ಪ ಅದರ ಪ್ರೆಸಿಡೆಂಟ್ ಆಗಿದ್ದರು. ಈ ವರ್ಷ ವೆಂಕಟರೆಡ್ಡಿ ಪ್ರೆಸಿಡೆಂಟ್ ಪೋಸ್ಟಿಗೆ ಎದುರಿಗೆ ನಿಂತ. ಇದರಿಂದ ಯಶವಂತಪ್ಪನ ಪಿತ್ತ ನೆತ್ತಿಗ್ಯಾರಿತ್ತು. ನೀನು ಎಲೆಕ್ಷನ್ನಿಗೆ ನಿಂತ್ಕೋಬೇಡ ಇದು ನಿನ್ನ ತಕ್ಕದ್ದಲ್ಲ. ನೀನು ಏನಾಗಿದ್ದೆ ಅನ್ನೋದು ನೆನಪಿರಲಿ. ಜೊತೆಗೆ ನನ್ನ ಎದುರಾಳಿ ಆಗ್ತೀಯಾ. ಇದು ನಿನ್ನ ಆರೋಗ್ಯಕ್ಕೆ ಒಳ್ಳೆಯದಲ್ಲ ಅಂತ ನ್ಯಾರವಾಗಿ ಯಶವಂತಪ್ಪ ಯೋಳಿದ್ದರು. ಅಂಗೇ ನ್ಯಾರವಾಗಿ ವೆಂಕಟರೆಡ್ಡಿ ಯಶವಂತಪ್ಪಂಗೆ ತಿರುಗುತ್ತರ ಕೊಟ್ಟಿದ್ದ. ಸ್ವಾಮಿ ನಿಮ್ ಕಾಲ ಮುಗೀತು. ಈಗೇನಿದ್ದರೂ ನಮ್ಮ ಕಾಲ. ಪ್ರೆಸಿಡೆಂಟ್‌ಗಿರಿ ಸಾಸ್ವತವಾಗಿ ನಿಂದಾಗೋಕೆ ಸಾಧ್ಯವಿಲ್ಲ. ಇಷ್ಟು ವರ್ಷ ನೀವೇ ಪ್ರೆಸಿಡೆಂಟ್ ಆಗಿದ್ದಿರಿ, ಇನ್ನಾದರೂ ಕೆಳಗಿಳಿಯಿರಿ. ಇಷ್ಟಕ್ಕೂ ಪ್ರೆಸಿಡೆಂಟ್ ಆಗಿ ನೀವು ಮಾಡಿರೋ ಘನಕಾರ್ಯ ಅಷ್ಟರಲ್ಲೇ ಇದೆ. ಎಲೆಕ್ಷನ್ಗೆ ನಿಂತ್ಕೋಬ್ಯಾಡ ಅನ್ನೋ

ಅಧಿಕಾರ ನಿಮಗಿಲ್ಲ"

ಇಷ್ಟೆಲ್ಲಾ ಆದಮೇಲೆ ಅವನ ಮೇಲೆ ಸೇಡು ತೀರಿಸಿಕೊಳ್ಳಲು ಯಶವಂತಪ್ಪ ಕಾಯುತ್ತಿದ್ದ. ಒಂದ್ಸಲ ನಮ್ಮೂರಿನ ಮಾರಿಹಬ್ಬ ಟೈಮ್ನಲ್ಲಿ ಯಶ್ವಂತಪ್ಪನ ಚೇಲಾಗಳು ಮತ್ತೆ ವೆಂಕಟರೆಡ್ಡಿ ಚೇಲಾಗಳು ಕೈಕೈ ಮಿಲಾಯಿಸಿದರು. ದೊಡ್ಡ ಹೊಡೆದಾಟ ಆಯ್ತು. ದೊಣ್ಣೆಗಳನ್ನ ತಗೊಂಡು ಬಡಿದಾಡಿದರು. ಇಬ್ರು ಸತ್ರು, ಹತ್ತು ಹದಿನೈದು ಜನಕ್ಕೆ ಶಾನೆ ಏಟಾಗಿತ್ತು. ಪೊಲೀಸ್ ಕೇಸ್ ನಡೀತಾ ಐತೆ. ಈ ಇಷ್ಯ ನಿಮಗೆ ಹೇಳಬೇಕು ಅಂತಿದ್ದೆ"

ಗಂಗಾಧರ ಮಾತು ಮುಗಿಸಿ ಶರತ್ ಮುಖ ನೋಡುತ್ತಿದ್ದ.

"ಅಂದರೆ ಈ ಕೊಲೆ ವೆಂಕಟರೆಡ್ಡಿ ಮಾಡಿರಬಹುದು ಅಂತ ನಿನ್ನ ಅನುಮಾನಾನ?"

"ನಾನಂಗೆ ಹೇಳಿದ್ನ? ಇಲ್ಲ. ನಾನು ಅಂತದೇನು ಹೇಳ್ಲಿಲ್ಲ. ನಾನು ಹೇಳಿದ್ದು ಊರಾಗ ನಡೆದಿದ್ದ ಒಂದು ಇಷ್ಯ. ಅವನು ಕೊಲೆಮಾಡಿದಾನೋ ಇಲ್ಲವೋ ಅನ್ನೋದು ತಿಳ್ಕೊಳ್ಳೋದು ನಿಮ್ಮ ಕೆಲಸ. ಇದಕ್ಕೆಲ್ಲ ನನ್ನ ಸಾಕ್ಷಿ ಅಂತಾ ಕರೆಯೋಕೆ ಸುರುಹಚ್ಕಬ್ಯಾಡಿ"

"ಸರಿ, ನಿನಗೆ ಲಾಭವಾಗ ಅಂತ ವಿಷಯ ಇನ್ನೇನಾದರೂ ಇದ್ದರೆ ಹೇಳು?"

"ಇಲ್ಲ...ನಂಗೆ ಗೊತ್ತಿರೋದು, ನಾನು ಹೇಳಬೇಕು ಅಂತಿದ್ದು ಇದಿಷ್ಟು ಮಾತ್ರ"

"ಇದನ್ನಾದರೂ ನನಗ್ಯಾಕೆ ಹೇಳಿದೆ? ನಿನ್ನ ಉದ್ದೇಶ ಏನಿತ್ತು? ವೆಂಕಟರೆಡ್ಡೀನ ಕಷ್ಟಕ್ಕೆ ಸಿಗಿಸಬೇಕು ಅಂತಾನ? ಅವನ ಮೇಲೆ ನಿನ್ನ ದ್ವೇಷ ಏನಾದರೂ ಇದ್ಯ? ಹೋಗ್ಲಿ ನೀನು ಯಾವ ಪಾರ್ಟಿಯವನು? ವೆಂಕಟರೆಡ್ಡಿ ಪಾರ್ಟೀನಾ ಇಲ್ಲ ಯಶವಂತರಾಯರ ಪಾರ್ಟಿನಾ?"

"ಹೋಗಿ ಸ್ವಾಮಿ, ನಿಂದೊಳ್ಳೆ ಕಥೆ ಆಯ್ತು. ಏನೋ? ನಿಮಗೆ ಗೊತ್ತಿಲ್ದೆ ಇರೋ ವಿಷಯ ಹೇಳೋಣ ಅಂತ ಹೋದರೆ ನನ್ನನ್ನು ಇದರಲ್ಲಿ ತಗಲಾಕ್ಕೋಕೆ ನೋಡ್ತಾ ಇದ್ದೀರಾ?"

"ಲೇ..ಯಾರ್ಯಾರನ್ನೋ ಯಾಕೆ ಸಿಗಿಸೋಕೆ ಹೋಗಲಿ? ತಪ್ಪು ಮಾಡಿದವರಿಗೆ ಶಿಕ್ಷೆ ಆಗುತ್ತೆ ಸುಮ್ಸುಮ್ನೆ ಯಾರ್ಯಾರಿಗೋ ತೊಂದರೆ ಕೊಡೋ ಉದ್ದೇಶ ನಮಗಿಲ್ಲ"

"ಆತೇಳಿ ನಿಮಗೆ ಹೇಳಬೇಕು ಅಂತಿದೆಲ್ಲಾ ಹೇಳಿದ್ದೀನಿ"

"ಮತ್ತೇನಾದರೂ ಹೊಸ ವಿಷಯ ಗೊತ್ತಾದರೆ ತಕ್ಷಣ ಫೋನ್ ಮಾಡಿ ಹೇಳು"

ಇಷ್ಟು ಹೇಳಿದ ಶರತ್ ಮತ್ತೆ ಗಂಗಾಧರನ ಮುಖ ನೋಡದೆ ಊರಿನ ಕಡೆ ಮುಖ ಮಾಡಿದ.

***

ಕೆ.ಜಿ ಹಳ್ಳಿಯಲ್ಲಿ ಒಂದು ಪುಟ್ಟ ಪೋಸ್ಟ್ ಆಫೀಸು ಸಹ ಇತ್ತು. ಅದು ಏಕ ವ್ಯಕ್ತಿ ಅಂಚೆ ಕಚೇರಿ. ಅಲ್ಲಿ ಕೆಲಸ ಮಾಡುತ್ತಿದ್ದವನು ಒಬ್ಬನೇ ವ್ಯಕ್ತಿ. ಅವನೇ ಅಲ್ಲಿನ ಆಫೀಸರ್, ಪೋಸ್ಟ್ ಮ್ಯಾನ್-ಎಲ್ಲ. ಪ್ರತಿದಿನವೂ ಪೋಸ್ಟ್ ಆಫೀಸು ತೆರೆಯಬೇಕು, ಇಂತದ್ದೇ ಸಮಯದಲ್ಲಿ ಪೋಸ್ಟ್ ಆಫೀಸು ವ್ಯವಹಾರ ಮಾಡಬೇಕೆಂಬ ಯಾವ ನಿಯಮವೂ ಅವನಿಗಿದ್ದಂತಿರ ಲಿಲ್ಲ. ಪೋಸ್ಟ್ಫೀಸಿನ ಎಲ್ಲಾ ಕೆಲಸಗಳು ಆತನಿಗೆ ತಿಳಿದಿತ್ತೋ ಇಲ್ಲವೋ? ಇಲ್ಲಾ ಬೇಕಂತಲೇ ಹಾಗೆ ಮಾಡುತ್ತಿರುವನೋ ಎಂದು ಕೆಲವರು ಆಶ್ಚರ್ಯ ಪಡುತ್ತಿದ್ದರು. ವಾರದ ಆರು ಕೆಲಸದ ದಿನಗಳಲ್ಲಿ ಎರಡು ದಿನ ಅವನು ಪೋಸ್ಟ್ ಆಫೀಸು ತೆರೆದರೆ ಹೆಚ್ಚು. ತೀರಾ ತುರ್ತಾಗಿ ಪೋಸ್ಟಾಫೀಸಿನ ಕೆಲಸ ಇದ್ದವರು ಅವನಿರುವ ಜಾಗ ತಿಳಿದುಕೊಂಡು ಅಲ್ಲಿಗೇ ಹೋಗುತ್ತಿದ್ದರು. ಅವನು ಅವರಿಗೆ ನಿರಾಸೆ ಮಾಡುತ್ತಿರಲಿಲ್ಲ! ತನ್ನನ್ನು ಹುಡುಕಿಕೊಂಡು ಬಂದವರನ್ನು ಆತ್ಮೀಯವಾಗಿ ಮಾತಾಡಿಸಿ, ಅವರ ಅಗತ್ಯಗಳನ್ನು ಪೂರೈಸಿ ಕಳಿಸುತ್ತಿದ್ದ. ಅವನ ಹೆಗಲಲ್ಲಿ ಸದಾ ಒಂದು ಚೀಲ ನೇತಾಡುತ್ತಿರುತ್ತಿತ್ತು. ಅದರಲ್ಲೇ ಒಂದು ಮಿನಿ ಪೋಸ್ಟ್ ಆಫೀಸು ಅಡಕವಾಗಿತ್ತು. ಅವನ ಹೆಸರು ಜಂಬಣ್ಣ. ಯಾವುದೇ ರೀತಿಯ ಜಂಭ ಇಲ್ಲದ ಅವನ ಹೆಸರು ಕೆಲವರಿಗೆ ವಿಚಿತ್ರವಾಗಿ ಕಾಣಿಸುತ್ತಿತ್ತು. ಅವನು ಸದಾ ಆ ಊರಿನಲ್ಲಿದ್ದ ಒಂದೇ ಒಂದು ಹೋಟೆಲು, ಲಕ್ಷ್ಮಿ ಟಿಫೆನ್ ರೂಮಿನಲ್ಲಿ ಕೂತು ಹರಟೆ ಕೊಚ್ಚಿ ಕಾಲ ಕಳೆಯುತ್ತಿದ್ದ.

ವಿಕ್ರಮ್ ಆ ಹೋಟೆಲಿನೊಳಗೆ ಹೋದಾಗ ಮಾಲೀಕ ವೆಂಕಯ್ಯನಿಗೆ ತನ್ನ ಹೋಟೆಲಿನ ಪರಿಸ್ಥಿತಿಯ ಬಗ್ಗೆ ನಾಚಿಕೆಯಾಗಿರಬೇಕು. ಆದರೂ ಅದನ್ನು ಮುಚ್ಚಿಕ್ಕೊಳ್ಳಲು ಅಧಿಕಾರವಾಣಿಯಿಂದ ತನ್ನ ಹೋಟೆಲ್ ಮಾಣಿ, ಅಡಿಗೆಯವ ಮತ್ತು ಲೋಟ ತೊಳೆಯುವ ಏಕೈಕ ವ್ಯಕ್ತಿಯನ್ನು ಕೂಗಿದ.

"ಸುಬ್ಬ, ಗಿರಾಕಿ ಬಂದೈತೆ ಟೇಬಲ್ ಕಿಲೀನ್ ಮಾಡೋ"

ವಿಕ್ರಮ್, ಜಂಬಣ್ಣ ಕೂತಿದ್ದ ಟೇಬಲ್ ಹತ್ತಿರವೇ ಹೋದ.

"ಬನ್ನಿ... ಕೂತ್ಕೊಳ್ಳಿ"

ಜಂಬಣ್ಣ ಕತ್ತೆತ್ತಿ ನೋಡಿ ತನ್ನ ಉಬ್ಬಿದ ಹಲ್ಲುಗಳನ್ನು ಪ್ರದರ್ಶಿಸಿದ.

"ಥ್ಯಾಂಕ್ಸ್, ನೀವು ಇಲ್ಲಿನ ಪೋಸ್ಟ್ ಮಾಸ್ಟರ್ ಅಂತ ಕಾಣ್ಸುತ್ತೆ"

ವಿಕ್ರಮ್ ಮರ್ಯಾದೆಯಿಂದ ಮಾತಾಡಿಸಿದೊಡನೆಯೇ ಜಂಬಣ್ಣ ಹಿಗ್ಗೀ ಹೀರೇಕಾಯಿಯಾದ.

"ನೀವು ಯಾರೋ ನನಗೆ ಗೊತ್ತಾಗಲಿಲ್ಲ"

ಹೇಳ್ತೀನಿ, ನನ್ನ ಹೆಸರು ವಿಕ್ರಮ್. ಬೆಂಗಳೂರಿಂದ ಬಂದಿದೀನಿ, ಒಬ್ಬರನ್ನ ನೋಡಬೇಕಾಗಿತ್ತು. ಹಾಗೇ ಪೋಸ್ಟಾಫೀಸಿನ ಅವಶ್ಯಕತೆ ಇತ್ತು. ಆದರೆ ನೀವು ಇಲ್ಲಿರ್ತೀರಾಂತ ಗೊತ್ತಾಯ್ತು"

"ಏನು ಕೊಡಲಿ ಸಾರ್?"

ಹೋಟೆಲ್ ಮಾಲೀಕ ವೆಂಕಯ್ಯ ತಾನಾಗಿಯೇ ಆರ್ಡರ್ ತೆಗೆದುಕೊಳ್ಳಲು ಬಂದ.

"ಎರಡು ಒಳ್ಳೆ ಟೀ ಮಾಡ್ಕೊಂಡು ಬನ್ನಿ. ಜಂಬಣ್ಣನವರೇ...ನೀವು ಟೀ ತಗೋತೀರಿ ತಾನೇ? ಇಲ್ಲಾ ಕಾಫಿ ಹೇಳಲೋ?"

"ಟೀನೇ ಇರಲಿ ಬಿಡಿ"

ಜಂಬಣ್ಣ ನಗುತ್ತಾ ಹೇಳಿದ. ಮರುಕ್ಷಣವೇ ತಾನು ಪೋಸ್ಟಾಫೀಸು ಮುಚ್ಚಿರುವ ವಿಷಯ ನೆನಪಾಯಿತು.

"ಪೋಸ್ಟಾಫೀಸು ಓಪನ್ ಮಾಡ್ಕೊಂಡು ಕೂತ್ರೆ ನೊಣ ಹೊಡೀತಾ ಕೂರಬೇಕು ಅಷ್ಟೆ ಸಾರ್. ಇಡೀ ದಿನ ಓಪನ್ ಮಾಡ್ಕೊಂಡು ಕೂತರೂ ಹತ್ತು ರೂಪಾಯಿ ವ್ಯವಹಾರ ಆಗೋದಿಲ್ಲ. ಅದಕ್ಕೆ ಸ್ವಲ್ಪ ಮುಂಚೇನೆ ಮುಚ್ಚಿ ಬಿಡ್ತೀನಿ. ಯರ್ಗಾದ್ರೂ ಅರ್ಜೆಂಟಾಗಿ ಏನಾದ್ರೂ ಬೇಕಾದ್ರೆ ಇಲ್ಲಿಗೆ...ಬಂದ್ರೆ ಕೊಡ್ತೀನಿ. ನಿಮಗೇನು ಬೇಕಾಗಿತ್ತು?"

"ಒಂದು ರಿಜಿಸ್ಟರ್ ಪೋಸ್ಟು ಮಾಡಬೇಕಿತ್ತು"

"ಟೈಮಾಗೋಯ್ತಲ್ಲ ಸಾರ್?"

"ಏನು ಜಂಬಣ್ಣೋರೆ ನೀವು ಸಹಾಯ ಮಾಡ್ತೀರಾಂತ ಬಂದ್ರೆ ಹೀಗಾಡೋದಾ?"

"ನಿಮಗೆ ಇಲ್ಲಾನ್ನೋಕೆ ಆಗುತ್ತಾ? ಕವರ್ ಕೊಡಿ. ನಾನು ಮಾಡ್ತೇನೆ"

ಅಷ್ಟೊತ್ತಿಗೆ ಟೀ ಬಂದಿತ್ತು.

"ತಗೊಳ್ಳಿ"

ವಿಕ್ರಮ್ ಮಾತಿಗೆ ತೀರಾ ಸಂಕೋಚದಿಂದ ಎಂಬಂತೆ ಟೀ ಕಪ್ಪು ಕೈಗೆ ತೆಗೆದುಕೊಂಡ ಜಂಬಣ್ಣ.

"ಟೀ ಕುಡಿದ ಮೇಲೆ ಆಫೀಸಿಗೆ ಹೋಗೋಣ ಅಲ್ಲೇ ಕವರ್ ಕೊಡ್ತೀನಿ"

ಸ್ವಲ್ಪ ಹೊತ್ತು ವಿಕ್ರಮ್ ಮತ್ತು ಜಂಬಣ್ಣ ಇಬ್ಬರೂ ಲೋಕಭಿರಾಮವಾಗಿ ಮಾತಾಡಿದರು.

ಅರ್ಧ ಗಂಟೆಯ ನಂತರ ಇಬ್ಬರೂ ಜಂಬಣ್ಣನ ಪೋಸ್ಟ್ ಆಫೀಸ್ ಕಮ್ ರೆಸಿಡೆನ್ಸ್‌ನಲ್ಲಿದ್ದರು.

“ಕವರ್ ಕೊಡಿ...”

ಜಂಬಣ್ಣ ಕುರ್ಚಿಯಲ್ಲಿ ಕೂತ ನಂತರ ವಿಕ್ರಮ್ ತನ್ನ ವಿಸಿಟಿಂಗ್ ಕಾರ್ಡ್ ನೀಡಿ ಕೇಳಿದ. ವಿಸಿಟಿಂಗ್ ಕಾರ್ಡು ನೋಡುತ್ತಲೇ ಜಂಬಣ್ಣನ ಮುಖ ವಿವರ್ಣವಾಯಿತು.

“ಸಾರ್, ನಾನು ಪೋಸ್ಟಾಫೀಸನ್ನ ಸರಿಯಾಗಿ ತೆಗೆಯೋದಿಲ್ಲ. ಅದು ನಿಜ, ಆದ್ರೆ ಅದನ್ನ ಮೇಲಿನೋರಿಗೆ ರಿಪೋರ್ಟು ಮಾಡ್ಬೇಡಿ ಸಾರ್, ನನ್ನ ಹೊಟ್ಟೆ ಮೇಲೆ ಹೊಡೀಬೇಡಿ ಬಡವ...”

ಜಂಬಣ್ಣ ಗೋಗರೆಯಲು ಶುರು ಮಾಡಿದ.

“ನನಗೆ ಒಂದು ಸುದ್ದಿ ಬೇಕು. ಅದನ್ನ ಹೇಳಿದ್ರೆ ನಿನ್ನ ಬಗ್ಗೆ ರಿಪೋರ್ಟು ಮಾಡೋದಿಲ್ಲ”

“ಅದೇನು ಕೇಳಿ”

“ಇಲ್ಲಿ ದಿನಾ ಎಷ್ಟು ವ್ಯಾಪಾರವಾಗುತ್ತೆ? ಯರ್ಯಾರು ಎಂತೆಂತಹ ಪೋಸ್ಟೆಲ್ ಸಾಮಗ್ರಿಗಳನ್ನ ತಗೋತಾರೆ ಹೇಳು”

ಜಂಬಣ್ಣ ಒಂದು ನಿಮಿಷ ಯೋಚಿಸಿ ಅನಂತರ ಮಾತು ಶುರು ಮಾಡಿದ.

“ಹೇಳೀ ಕೇಳಿ ಇದು ಹಳ್ಳಿ. ಹೆಚ್ಚಿಗೆ ಖರ್ಚಾಗೋದು ಕಾರ್ಡುಗಳು. ಅದು ಬಿಟ್ಟರೆ ಇನ್‌ಲ್ಯಾಂಡ್ ಲೆಟರ್‌ಗಳು. ಒಂದೊಂದು ಸಲ ಕವರ್ ಮತ್ತು ಸ್ಟ್ಯಾಂಪುಗಳೂ ಮಾರಾಟವಾಗ್ತವೆ”

“ಕವರ್ ಕೊಂಡುಕೊಳ್ಳೋರು ಕಮ್ಮಿ ಅಲ್ವಾ? ಈಗ್ಗೆ ಸುಮಾರು ವಾರದ ಹಿಂದಿಂದ ಕವರ್‌ಗಳನ್ನು ಯಾರ್ಯಾರು ತಗೊಂಡಿದಾರೆ ನೆನಪು ಮಾಡ್ಕೊಂಡು ಹೇಳು”

ಜಂಬಣ್ಣ ತಲೆ ತುರಿಸಿಕೊಂಡ.

“ಐದಾರು ದಿವಸದಿಂದ ಎರಡು ಕವರ್...? ಹಾ...ಸರಿ...ಎರಡು ಕವರ್ ಮಾರಾಟವಾಗಿದಾವೆ. ಒಂದು ನಮ್ಮ ಕವಿ ಸೀತಾಪತಿ ತಗೊಂಡೋದ. ಆಮೇಲೆ ಹಾ... ಕೃಷ್ಣ ತಗೊಂಡು ಹೋದ...”

“ಇಬ್ಬರೂ ಅವನ್ನ ಪೋಸ್ಟ್ ಮಾಡಿದರಾ?”

“ಹೂಂ... ಸೀತಾಪತಿಯಂತೂ ನನ್ನೆದುರಿಗೇ ಎರಡು ಹಾಳೆಯ ಒಂದು ಪದ್ಯಾನ ಅದ್ರೊಳಗೆ ಸೇರಿಸಿ ಗೋಂದು ಹಾಕಿ ಕೊಟ್ಟ. ಕೃಷ್ಣನೂ ರಾತ್ರಿ ನನ್ನ ಕೈಗೆ ಕವರ್ ಕೊಟ್ಟ”

“ಕೃಷ್ಣ ಅವರು ಕೊಟ್ಟ ಕವರ್ ಸೀಲಾಗಿತ್ತಲ್ವೆ?”

ಜಂಬಣ್ಣ ತಲೆಯಾಡಿಸಿದ.

"ಒಳಗೆಷ್ಟು ಪೇಪರ್ ಇದ್ದವು?"

"ಹ್ಞೆ... ಹ್ಞೆ... ಅದೆಂಗೇಳಾಕಾಗುತ್ತೆ ಸಾರ್?"

"ಹೋಗಲಿ, ತೂಕವಾಗಿತ್ತೋ ಇಲ್ಲ ಹಗುರವಾಗಿತ್ತೋ?"

"ಹಗುರವಾಗಿತ್ತೂಂತ ಕಾಣ್ಸುತ್ತೆ"

"ಯಾರ ವಿಳಾಸ ಅದರ ಮೇಲೆ ಬರೆದಿತ್ತು?"

"ಅದೆಲ್ಲಾ ನಾನು ನೋಡೋದಿಲ್ಲ. ಅದು ನಮ್ಮ ಪೋಸ್ಟಾಫೀಸಿನ ನಿಯಮಕ್ಕೆ ನಿಷಿದ್ಧ! ಬ್ಯಾಗ್ ಒಳಕ್ಕೆ ಹಾಕಿ ಸೀಲ್ ಮಾಡಿ ಸಂಜೆ ಬರೋ ಬಸ್ಸಲ್ಲಿ ಕಳಿಸಿಬಿಡ್ತೀನಿ".

"ಓ.ಕೆ. ಮಿಸ್ಟರ್ ಜಂಬಣ್ಣ... ಅದೆಷ್ಟೇ ವಿಷಯ ನಂಗೆ ಬೇಕಾಗಿದ್ದು"

ವಿಕ್ರಮ್ ಕುರ್ಚಿಯಿಂದೆದ್ದ

"ಸಾರ್ ಏನೋ ರಿಜಿಸ್ಟರ್ ಕವರ್ ಅಂದ್ರಿ?"

ಜಂಬಣ್ಣನ ಮಾತು ಮುಗಿಯುವುದರಲ್ಲಿ ವಿಕ್ರಮ್ ಪೋಸ್ಟಾಫಿಸಿನಾಚೆ ಹೋಗಿದ್ದ.

"ಸಾರ್... ನನ್ನ ಮೇಲೆ ರಿಪೋರ್ಟ್ ಮಾತ್ರ ಮಾಡ್ಬೇಡಿ ಸಾರ್?"

ಬಾಗಿಲಾಚೆ ಬಂದು ದೂರ ಹೋಗುತ್ತಿದ್ದ ವಿಕ್ರಮ್‌ಗ ಕೂಗಿ ಹೇಳಿದ ಜಂಬಣ್ಣ.

***

"ನಿಮ್ಮ ಹೆಸರು ರಾಣಿ ತಾನೆ?"

ಬಾಗಿಲು ತೆಗೆದ ಯುವತಿಯನ್ನು ಕೇಳಿದ.

"ಹೌದು, ನಾನೇ ರಾಣಿ...ನೀವು ಯಾರು?"

ಆಕೆ ಆಗಂತುಕನನ್ನು ಅನುಮಾನದಿಂದ ಕೇಳಿದಳು.

"ನಿಮ್ಮೊಂದಿಗೆ ಸ್ವಲ್ಪ ಮಾತಾಡಬೇಕು..."

"ಯಾವ ವಿಷಯದ ಬಗ್ಗೆ?"

"ಮಿಸ್ ರಾಣಿ ನನ್ನ ಬಗ್ಗೆ ನೀವು ಅನುಮಾನ ಪಡಬೇಕಾಗಿಲ್ಲ ಅಥವಾ ಹೆದರಬೇಕಾಗಿಲ್ಲ... ಅಲ್ಲದೆ ಬೀದೀಲಿ ಆ ವಿಷಯ ಮಾತಾಡೋಕೆ ಆಗೋದಿಲ್ಲ, ಒಳಗೆ ಬರಲೆ?"

"ನೀವು ಯಾರು ಮೊದಲು ಹೇಳಿ

ಆಕೆ ಹೆದರಲಿಲ್ಲ, ಗಡಸುಗಾತಿಯೆನ್ನಿಸಿತು. ಶರತ್ ತನ್ನ ಕಾರ್ಡು ಆಕೆಗೆ ನೀಡಿದ. ಆಕೆ ಅದನ್ನು ಓದಿದಳು. ಡಿಟೆಕ್ಟೀವ್ ಎಂದು ತಿಳಿದರೂ ಸ್ವಲ್ಪವೂ ವಿಚಲಿತಳಾಗಲಿಲ್ಲ.

"ಸರಿ, ಆದ್ರೆ ಯಾವ ವಿಷಯ? ಯಾರ ಬಗ್ಗೆ ಮಾತಾಡ್ಬೇಕೂನ್ನೊದಾದ್ರೂ ಹೇಳಿ"

"ಕೃಷ್ಣನ ಬಗ್ಗೆ"

ಶರತ್ ಅವಳ ಮುಖ ಭಾವವನ್ನೇ ಪರೀಕ್ಷಿಸುತ್ತಾ ಹೇಳಿದ. ಆಕೆಯ ಮುಖದಲ್ಲಿ ಯಾವ ಬದಲಾವಣೆಯೂ ಆಗಲಿಲ್ಲ,

"ಒಳಕ್ಕೆ ಬನ್ನಿ..."

ಶರತ್ ಅವಳ ಹಿಂದೆ ನಡೆದ.

ವರಾಂಡದಲ್ಲಿ ಸೋಫಾ ತೋರಿಸಿದಳು.

ಶರತ್ ಕುಳಿತು ಸುತ್ತ ದೃಷ್ಟಿ ಹಾಯಿಸಿ ನಂತರ ದೃಷ್ಟಿ ರಾಣಿಯೆಡೆಗೆ ತಿರುಗಿತು. ಕೃಷ್ಣನಂತ ಶ್ರೀಮಂತ ಯುವಕನನ್ನು ಆಕರ್ಷಿಸುವಷ್ಟು ಸೌಂದರ್ಯ ಅವಳಲ್ಲಿತ್ತು. ಗೌರವ ವರ್ಣದ ಆಕೆಯ ದೇಹ ಮಾಟವಾಗಿತ್ತು. ಮುಖದಲ್ಲಿ ಕಣ್ಣುಗಳು ಆರ್ಷಕವಾಗಿದ್ದವು. ಆದರೆ ಮುಖ ಮಾತ್ರ ಖಾಲಿ ತೆರೆಯಂತೆ! ಯಾವ ಭಾವವೂ ಅಲ್ಲಿ ಪ್ರಕಟವಾಗುವುದೇ ಇಲ್ಲವೇನೋ ಎಂಬಂತ ಮೇಣದ ಮುಖ!

"ನಾನು ಕೃಷ್ಣ ಅವರ ವಿಷಯ ಮಾತಾಡೋಕೆ ಬಂದಿದೀನಿ"

ಶರತ್ ಮಾತು ಪ್ರಾರಂಭಿಸಿದ.

"ಅದನ್ನಾಗಲೇ ಹೇಳಿದ್ರಲ್ಲ?"

ಆಕೆ ಮಾತುಗಳು ಮೊನಚಾಗಿದ್ದವು. ಇಷ್ಟು ಮೊನಚಾಗಿ, ಗಂಭೀರವಾಗಿ ಮಾತಾಡುವಾಕೆ ಕೃಷ್ಣನನ್ನು ಹೇಗೆ ಆಕರ್ಷಿಸಿದಳು? ಅಥವಾ ಅವನೇ ಇವಳ ಹಿಂದೆ ಬಿದ್ದನೋ?

"ಡಿಸೆಂಬರ್ ಇಪ್ಪತ್ತನೆಯ ತಾರೀಖು ಯಾವ ವಾರ ನೆನಪಿದೆಯೆ?"

ಶರತ್ ಕೇಳಿದ.

ಆಕೆ ತಲೆಯೆತ್ತಿ ಕ್ಯಾಲೆಂಡರ್ ನೋಡಿದಳು.

"ಶನಿವಾರ"

"ಅವತ್ತು ಕೃಷ್ಣ ಇಲ್ಲಿಗೆ ಬಂದಿದ್ದರೆ?"

"ಹೌದು ಬಂದಿದ್ದರು"

"ಅವತ್ತು ಏನಾಯ್ತು ಹೇಳ್ತೀರಾ?"

"ಮೊದಲಿಗೆ ನಾನು ನಿಮ್ಮ ಪ್ರಶ್ನೆಗೆ ಯಾಕೆ ಉತ್ತರ ಕೊಡಬೇಕು? ನೀವೇನೂ ಪೋಲಿಸ್ ಅಲ್ಲ. ನಿಮಗೆ ನನ್ನನ್ನ ಪ್ರಶ್ನೆ ಮಾಡೋದಕ್ಕೆ ಅಧಿಕಾರ ಇಲ್ಲ. ಕೃಷ್ಣ ಮತ್ತು ನನ್ನದು ವೈಯುಕ್ತಿಕ ವಿಚಾರ. ಕೃಷ್ಣನ ಬಗ್ಗೆ ನನ್ನ ಯಾಕೆ ಕೇಳ್ತಿದೀರಿ?"

ಆಕೆಯ ಸುಂದರ ಮುಖಕ್ಕೂ ಅವಳ ದನಿಗೂ ಹೊಂದಾಣಿಕೆಯಾಗಲಿಲ್ಲ.

"ಮಿಸ್.ರಾಣಿ, ನನ್ನ ಪ್ರಶ್ನೆಗೆ ನೀವು ಉತ್ತರ ಯಾಕೆ ಹೇಳಬೇಕೂಂದ್ರೆ ನಿಮಗೂ ಕೃಷ್ಣನಿಗೆ ಸಂಬಂಧವಿದೆ...ಕೃಷ್ಣನ ತಾತ ಅನುಮಾನಾಸ್ಪದವಾಗಿ ಸತ್ತಿದ್ದಾರೆ. ಅದರ ತನಿಖೆ ನಾವು ಮಾಡ್ತಿದ್ದೀವಿ. ಆದ್ದರಿಂದ ಕೃಷ್ಣನ ಬಗ್ಗೆ ನೀವು ಉತ್ತರ ಹೇಳಲೇಬೇಕು"

"ಹೇಳೋದಿಲ್ಲ ಅಂದರೆ?"

"ತೊಂದರೆಗೆ ಸಿಕ್ಕಿ ಹಾಕ್ಕೋತೀರಿ. ಕೃಷ್ಣನ ತಾತ ಯಶವಂತರಾವ್ ಅವರ ವಿಷಯ ನಿಮಗೆ ಈಗಾಗಲೇ ಸಾಕಷ್ಟು ಗೊತ್ತಿರಬಹುದೂಂತ ಭಾವಿಸ್ತೇನೆ. ಕೃಷ್ಣ ಆಸ್ತಿಗಾಗಿ ತನ್ನ ತಾತನ ಕೊಲೆ ಮಾಡಿರಬಹುದೂಂತ ಪೋಲೀಸರು ಅನುಮಾನ ಪಡ್ತಿದಾರೆ. ಕೃಷ್ಣ ತೊಂದರೇಲಿ ಸಿಕ್ಕಿಹಾಕೋತಾನೆ. ಇಲ್ಲೀವರೆಗೆ ಪೋಲೀಸಿನವರು ಹೆಚ್ಚಿಗೆ ತನಿಖೆ ಮಾಡಿಲ್ಲ. ನಿಮಗೂ ಅವನಿಗೂ ಸಂಬಂಧ ಇರೋ ವಿಷಯ ಗೊತ್ತಾದ್ರೆ ಪೋಲೀಸಿನೋರು ದಿನಾ ನಿಮ್ಮ ಮನೇ ಮುಂದೆ ಅಲೀತಾರೆ ಅದಕ್ಕೇ ನಿಮ್ಮ ಹತ್ರ ಬಂದಿಲ್ಲ. ಒಂದ್ಸಲ ನಿಮ್ಮ ವಿಷಯ ಅವರಿಗೆ ತಿಳಿದರೆ ಅವರು ಕೇಳೋ ಪ್ರಶ್ನೆಗಳಿಂದ ನಿಮಗೆ ತುಂಬಾ ಮುಜುಗರವಾಗೋದ್ರಲ್ಲಿ ಅನುಮಾನವೇ ಇಲ್ಲ. ಇರೋ ವಿಷಯ ಹೇಳಿದರೆ ಪೋಲೀಸಿಗೂ ನಿಮಗೂ ಮಧ್ಯೆ ನಾವು ಇರ್ತೀವಿ. ಆದ್ರಿಂದ ನಿಮಗೂ ಅನುಕೂಲವಾಗುತ್ತೆ, ಮುಜುಗರಗಳು ತಪ್ಪುತ್ತವೆ"

"ನನ್ನ ಬಗ್ಗೆ ನಿಮಗೆ ಯಾರು ಹೇಳಿದರು?"

"ಕೃಷ್ಣ"

"ಸುಳ್ಳು. ಅವರು ಎಲ್ಲೂ ನನ್ನ ಹೆಸರು ಎತ್ತೋದಿಲ್ಲ! ನೀವು ಸುಳ್ಳು ಹೇಳ್ತಿದೀರ..."

"ಅಷ್ಟು ಯಾಕೆ? ಬೇಕಾದ್ರೆ ಫೋನ್ ಮಾಡಿ ಅವರನ್ನೇ ಕೇಳಿ"

"ನಂಗೆ ಹೆಚ್ಚು ಸಮಯ ಇಲ್ಲ. ಏನು ಬೇಕೋ ಬೇಗ ಕೇಳಿ"

ಆ ಸಮಯಕ್ಕೆ ಸರಿಯಾಗಿ ಮನೆಯ ಒಳಭಾಗದಿಂದ ಸುಮಾರು ಐವತ್ತರ ಹೆಂಗಸೊಬ್ಬಳು ಬಾಗಿಲಲ್ಲಿ ಕಾಣಿಸಿದಳು. ಆಕೆ ಬಾಗಿಲನ್ನು ಹಿಡಿದು ಮಗಳು ಮತ್ತು ಶರತ್ ಕಡೆ ನೋಡಿದಳು. ಕಣ್ಣುಗಳ ಗುಡ್ಡೆಗಳು ಬೆಳ್ಳಗಿದ್ದವು! ಅಂದರೆ ಆಕೆ ಅಂಧಳೆ?

"ಯಾರು? ಕೃಷ್ಣನೇ..?"

ಆಕೆ ಕೇಳಿದಳು.

"ನೀನ್ಯಾಕಮ್ಮ ಈಚೆ ಬಂದೆ? ಒಳಗೆ ಹೋಗು"

ರಾಣಿ ಅಸಹನೆಯಿಂದ ಹೇಳಿದಳು.

"ಇಲ್ಲಾ..ಇವತ್ತು ಒಂದು ಮಾತು ಹೇಳಬೇಕು. ನೋಡಿ, ತುಂಬಾ ದಿವಸ ಹೀಗಿರೋದು ಸರಿಯಲ್ಲ. ಮದುವೆ ಬಗ್ಗೆ ಗಂಭೀರವಾಗಿ ಯೋಚ್ನೆ ಮಾಡಿ. ನನ್ನ ಮಗಳನ್ನ ಮದ್ವೆಯಾಗ್ತೀರಿ ಅನ್ನೋ ನಂಬಿಕೆಯಿಂದ ಜೀವ ಹಿಡ್ಕೊಂಡಿದ್ದೀನಿ..."

"ಅಮ್ಮಾ..ಇವರು ಕೃಷ್ಣ ಅಲ್ಲ! ಅದೆಲ್ಲಾ ಇವರತ್ರ ಯಾಕೆ ಮಾತು?"

"ಮತ್ತೆ ಇವರ್ಯಾರು?"

"ಕೃಷ್ಣ ಅವರ ಸ್ನೇಹಿತರು"

"ನೀನು ಸುಮ್ನಿರು ರಾಣಿ. ನೀನು ಸುಮ್ಮನೆ ಇರೋದಕ್ಕೇ ಇಲ್ಲೀವರೆಗೂ ಮದ್ವೆ ವಿಷಯ ತಳ್ಳಿಕೊಂಡು ಬಂದಿರೋದು. ಇವರು ಕೃಷ್ಣನ ಸ್ನೇಹಿತರು ಅಂದೆ ಒಳ್ಳೇದೇ ಆಯ್ತಲ್ಲ? ನೋಡಪ್ಪಾ, ನಿಮ್ಮೆಸರೇನೋ ನನಗೆ ಗೊತ್ತಿಲ್ಲ. ಆದ್ರೆ ನಿಮ್ಮ ಸ್ನೇಹಿತರಿಗೆ ಹೇಳಿ..ನಮ್ಮ ರಾಣಿಗೆ ಅನ್ಯಾಯವಾಗಬಾರದು! ಇವಳನ್ನ ಮದ್ವೆಯಾಗ್ತಾರೆ ಅನ್ನೋ ಭರವಸೆಯಿಂದ ಸುಮ್ಮನಿದ್ದೀನಿ.."

ಆಕೆಯ ಮಾತಿಗೆ ಶರತ್ ಮನಸ್ಸು ಕರಗಿತು. ಬಡತನ, ಅಸಹಾಯಕತೆ ಎಂತಾ ಸ್ಥಿತಿಗೆ ತಳ್ಳುತ್ತದೆ ಎನ್ನುವುದು ನೆನಸಿ ಮನಸ್ಸು ಮರುಗಿತು.

"ಅಮ್ಮಾ..ಪ್ಲೀಸ್..ಸುಮ್ಮನೆ ಒಳಗೆ ಹೋಗು. ನಾನು ಕೃಷ್ಣನ ಹತ್ರ ಮಾತಾಡ್ತೀನಿ.."

ರಾಣಿ ಬೇಡಿಕೊಂಡಳು.

"ಆಯ್ತಮ್ಮ ಹೋಗ್ತೀನಿ. ಆದ್ರೆ..ಇನ್ನು ಹೆಚ್ಚು ದಿನ ಇದೆಲ್ಲಾ ನಾನು ಸಹಿಸೋದಿಲ್ಲ..ಇದು ಚೆನ್ನಾಗಿ ತಿಳ್ಕೋ.."

"ಆಯ್ತಮ್ಮ..ನೀನೀಗ ಒಳಗೆ ಹೋಗು..ಇವರೇನೋ ಮಾತಾಡೋಕೆ ಬಂದಿದಾರೆ.."

ಆಕೆಯೇ ರಾಣಿಯ ತಾಯಿ ಎನ್ನುವುದು ಶರತ್ ತಿಳಿದುಕೊಂಡ. ಜೊತೆಗೆ ಆಕೆ ಅಂಧಳು ಎನ್ನುವುದೂ ಸ್ಪಷ್ಟವಾಗಿತ್ತು. ನಿಜವಾಗಿಯೂ ಕೃಷ್ಣ ರಾಣಿಯನ್ನು ಮದುವೆಯಗುತ್ತಾನಾ..? ಇಲ್ಲಾ ಇವಳ ಬಡತನ, ತಾಯಿಯ ಅಂಧತ್ವದ ದುರುಪಯೋಗಪಡಿಸಿಕ್ಕೊಳ್ಳುತ್ತಿದ್ದಾನಾ? ಯೋಚನೆ ಇನ್ನೊಂದು ದಿಕ್ಕಿಗೆ ಹರಿಯುತ್ತಿರುವುದು ಅರಿವಾಯಿತು. ಅರೆ, ನನ್ನ ಕೆಲಸದಿಂದ ವಿಮುಖನಾಗುತ್ತಿದ್ದೇನಲ್ಲ? ಇದು ಸರಿಯಲ್ಲ..ನಾನು ಕೆಲಸದ ಬಗೆಗೆ ಗಮನ ಹರಿಸಬೇಕು ಎಂದು ತನ್ನನ್ನು ತಾನು ಎಚ್ಚರಿಸಿಕೊಂಡ.

"ಓ.ಕೆ. ರಾಣಿಯವರೆ, ಡಿಸೆಂಬರ್ ಇಪ್ಪತ್ತನೆಯ ತಾರೀಖು ಶನಿವಾರ ನಿಮ್ಮ ಮನೇಲಿ, ಆಂದ್ರೆ ಇಲ್ಲಿ ಕೃಷ್ಣ ಇದ್ದ. ಅವತ್ತು ಏನು ನಡೀತು ಹೇಳಿ..."

"ಬೆಳಿಗ್ಗೆ ಸುಮಾರು ಒಂಬತ್ತು ಗಂಟೆ ಸಮಯದಲ್ಲಿ ಅವರ ಊರಿಂದ ಯಾರೋ ಬಂದರು. ಅವರ ತಾತ ತೀರಿಕೊಂಡ ವಿಷಯ ಹೇಳಿದರು. ಹತ್ತು ನಿಮಿಷಗಳ ನಂತರ ಅವರ ಜೊತೆ ಕೃಷ್ಣ ಆಚೆ ಹೋದರು"

ಆಕೆ ಮೊದಲಿನ ಗಾಂಭೀರ್ಯದಿಂದಲೇ ಹೇಳಿದಳು. ಶರತ್ ಅವಳನ್ನು ಹೆದರಿಸಿದ್ದರೂ ಆಕೆ ಹೆದರಿರಲಿಲ್ಲ.

"ಬಂದಿದ್ದ ವ್ಯಕ್ತಿ ಹೇಗಿದ್ದ?"

ರಾಣಿ ಬಂದಿದ್ದ ವ್ಯಕ್ತಿಯ ಚಹರೆ ಹೇಳಿದಳು. ಅದು ಮೂರ್ತಿಯ ಹೋಲಿತು! ಅಂದರೆ ಕೃಷ್ಣ ಮತ್ತು ರಾಣಿಯ ಸಂಬಂಧ ಮೂರ್ತಿಗೆ ತಿಳಿದಿದೆ!

"ಆ ವ್ಯಕ್ತಿ ಹಿಂದೆ ನಿಮ್ಮ ಮನೆಗೆ ಬಂದಿದ್ದರೆ?"

"ಇಲ್ಲ. ಅದೇ ಮೊದಲನೆ ಸಲ ಬಂದಿದ್ದು"

"ಸುದ್ದಿ ಗೊತ್ತಾದಾಗ ಕೃಷ್ಣನ ಪ್ರತಿಕ್ರಿಯೆ ಹೇಗಿತ್ತು?"

"ಅಪ್‌ಸೆಟ್ ಆದರು. ಆದರೆ ಅತ್ತು ರಂಪ ಏನೂ ಮಾಡಲಿಲ್ಲ. ಮುಖ ಸಪ್ಪಗಾಗಿತ್ತು..."

"ಇನ್ನೊಂದು ಪ್ರಶ್ನೆ-ವೈಯಕ್ತಿಕವಾದದ್ದು. ಆದರೆ ನಿಮ್ಮ ಹರ್ಟ್ ಮಾಡಬೇಕೂನ್ನೋದು ನನ್ನ ಉದ್ದೇಶವಲ್ಲ. ಕೃಷ್ಣ ಮತ್ತು ನಿಮ್ಮ ಪರಿಚಯ ಹೇಗಾಯ್ತು?"

"ಅವರು ಪುರುಷ ನಾನು ಸ್ತ್ರೀ"

ಮೊದಲ ಸಲ ಅವಳು ತುಸು ನಕ್ಕಳು.

"ಅದೇನೋ ನಿಜ. ಪುರುಷ-ಸ್ತ್ರೀ, ಪ್ರಕೃತಿ-ಸಹಜವೇ. ಆದರೆ ಅವುಗಳ ಸಂಯೋಗಕ್ಕೆ ಅವಕಾಶ ಬೇಕಲ್ಲ?"

"ನಾನೊಂದು ಷಾಪಿಂಗ್ ಸೆಂಟರಿನಲ್ಲಿ ಸೇಲ್ಸ್ ಗರ್ಲ್ ಕೆಲಸದಲ್ಲಿದ್ದೆ. ಒಂದ್ಸಲ ಇವರು ಬಂದಿದ್ದರು. ಆಮೇಲೆ ಮತ್ತೆ ಮತ್ತೆ ನನ್ನ ಕೌಂಟರಿಗೇ ಬರುತ್ತಿದ್ದರು; ನನಗಾಗೇ ಬರುತ್ತಿದ್ದರು...ಮುಂದಿಂದು ಹೇಳಬೇಕಾಗಿಲ್ಲ"

"ಮನೇಲಿ ಎಷ್ಟು ಜನ ಇದೀರಿ?"

"ನಾನು, ನನ್ನ ತಾಯಿ ಇಬ್ಬರೇ"

"ನೀವೊಬ್ಬಳೇ ಮಗಳೇನು?"

"ಹೌದು. ನನ್ನ ತಾಯಿಗೆ ನಾನೊಬ್ಬಳೇ ಮಗಳು"

"ನಿಮ್ಮ ಮದುವೆ ಯಾವಾಗ?"

"ಕೃಷ್ಣನ್ನ ಕೇಳಬೇಕು"

"ಆಗ್ಲಿ, ಅವರನ್ನೇ ಕೇಳ್ತೀನಿ..ತಪ್ಪು ತಿಳೀಬೇಡಿ. ಒಂದು ಮಾತು ಕೇಳ್ತೀನಿ. ಅಕಸ್ಮಾತ್ ಕೃಷ್ಣ ನಿಮ್ಮನ್ನ ಒಪ್ಪದಿದ್ದರೆ..? ಏನ್ಮಾಡ್ತೀರಿ..? ನಿಮ್ಮ ಹತ್ರ ಏನು ಸಾಕ್ಷ ಇದೆ..?"

ಶರತ್ ಪ್ರಶ್ನೆಗೆ ಆಕೆಯ ಮುಖದಲ್ಲಿ ಚಿಂತೆಯ ಛಾಯೆ ಕಂಡಿತು. ಒಂದು ಕ್ಷಣ ವಿಚಲಿತಳಾದಳು.

"ಅವರ ಜೊತೆ ತೆಗೆಸಿಕೊಂಡಿರೋ ಫೋಟೋಗಳಿವೆ.."

"ಅದು ಪರಸ್ಪರ ಗೆಳೆತನವಷ್ಟೆ ಎಂದರೆ..?"

"ಅವರು ಬರೆದ ಒಂದು ಪತ್ರ ಇದೆ. ಅದರಲ್ಲಿ ಮದುವೆಯಾಗ್ತೀನಿ ಅನ್ನೋದು ಸ್ಪಷ್ಟವಾಗಿ ಬರೆದಿದ್ದಾರೆ"

"ಅದು ಕಾನೂನು ಒಪ್ಪುತ್ತಾ..?"

"ಖಂಡಿತಾ ಒಪ್ಪುತ್ತೆ..."

"ನನಗೆ ಅನುಮಾನ.."

"ಒಂದ್ನಿಮಿಷ ಆ ಪತ್ರ ತೋರಿಸ್ತೀನಿ.."

ಆಕೆಯ ಮುಖದಲ್ಲಿ ಕೋಪವಿತ್ತು. ಅಂದರೆ ಆ ಪತ್ರದಲ್ಲಿದ್ದುದು ಕೃಷ್ಣನನ್ನು ಕಾನೂನಿನಲ್ಲಿ ಸಿಕ್ಕಿಸಬಹುದಾದಂತಾದ್ದೆ..? ಅದು ಪ್ರೇಮಪತ್ರವಿದ್ದೀತು? ಆದರೆ ಅದನ್ನು ತೋರಿಸುವೆ ಎಂದಾಗ ತಾನೇಕೆ ಬೇಡ ಎನ್ನಲ್ಲಿ ಎನಿಸಿತು ಶರತ್‌ಗ.

ಐದು ನಿಮಿಷದಲ್ಲಿ ರಾಣಿ ಒಂದು ಪತ್ರ ತಂದಳು. ಅದನ್ನು ಒಂದು ಪಾರದರ್ಶಕ ಪ್ಲಾಸ್ಟಿಕ್ ಕವರಿನಲ್ಲಿ ಜತನ ಮಾಡಿದ್ದಳು. ಇಡೀ ಪತ್ರದ ಒಂದು ನೋಟ ಮಾತ್ರ ಸಿಕ್ಕಿತು. ಆಕೆ ಅದನ್ನು ಮಡಿಸಿ ಎರಡು ಸಾಲು ಮಾತ್ರ ಕಾಣುವಂತೆ ಶರತ್‌ಗ ತೋರಿಸಿದಳು.

'ನೀವು ಒಪ್ಪಿದರೆ ನಿಮ್ಮನ್ನು ಮದುವೆಯಾಗಲು ನಾನು ಪ್ರಿಪೇರ್ ಆಗಿದ್ದೇನೆ. ಪ್ಲೀಸ್ ಇಗ್ನೋರ್ ಮಾಡ್ಬೇಡಿ'

"ಓದಿ..ಸ್ಪಷ್ಟವಾಗಿಲ್ಲವೆ? ಇದು ಸಾಲದೆ..? ಇದರಿಂದ ಅವರು ಮದುವೆಯಾಗುವಂತೆ ಕಾನೂನಲ್ಲಿ ಕಟ್ಟಿಹಾಕ್ತೀನಿ.."

ಆಕೆಯ ಮಾತುಗಳಲ್ಲಿ ಗಟ್ಟಿತನವಿತ್ತು.

"ಓ...ಶೂರ್..ಇಷ್ಟು ಸಾಕು..ಅವರು ಎಸ್ಕೇಪಾಗಲು ಸಾಧ್ಯವಿಲ್ಲ. ಯೂ ಆರ್ ನಾಟ್ ಓನ್ಲೀ ಬ್ಯೂಟಿಫುಲ್..ಯೂ ಆರ್ ಅಲ್ಸೋ ಇಂಟೆಲಿಜೆಂಟ್"

ಶರತ್ ಮಾತಿಗೆ ರಾಣಿ ಉಬ್ಬಿದಳು.

"ನಿಮಗೆ ತೊಂದರೆಯಾಗೊಲ್ಲ ಎಂದರೆ ಒಂದು ಲೋಟ ಕಾಫಿ ಸಿಗಬಹುದೆ..?"

ಶರತ್ ಕೇಳಿದ. ಅವನಿಗೆ ಒಂದು ಕ್ಷಣ ಕಾಲಾವಕಾಶ ಬೇಕಾಗಿತ್ತು.

"ಆಫ್ ಕೋರ್ಸ್..ಐದು ನಿಮಿಷ"

ಶರತ್ ಹೊಗಳಿಕೆಯಿಂದ ಉಬ್ಬಿದ್ದ ಆಕೆ ನಸುನಗುತ್ತಾ ಒಳಗೆ ಹೋದಳು. ಕೃಷ್ಣ ಆಕೆಗೆ ಬರೆದಿದ್ದ ಪತ್ರ ಸೋಫಾ ಮೇಲಿಟ್ಟು ಹೋಗಿದ್ದಳು!

ಶರತ್ ತಕ್ಷಣ ಎದ್ದು ಮೊಬೈಲಿನಲ್ಲಿ ಆ ಪತ್ರದ ಫೋಟೋ ತೆಗೆದುಕೊಂಡು ಏನೂ ಆಗಿಲ್ಲದಂತೆ ತನ್ನ ಮೊಬೈಲ್ ನೋಡುತ್ತಾ ಕೂತಿದ್ದ.

ರಾಣಿ ಕಾಫಿ ತಂದಾಗ ಶರತ್ ಎನೂ ಆಗಿಲ್ಲದವನಂತೆ ತಣ್ಣಗೆ ಕೂತಿದ್ದ.

"ಥ್ಯಾಂಕ್ ಫಾರ್ ದಿ ಇನ್‌ಫರ್ಮೇಶನ್ ಅಂಡ್ ಕಾಫಿ"

ಶರತ್ ಮುಗುಳ್ನಗುತ್ತಾ ಕಾಫಿ ಕಪ್ಪು ಕೈಗೆ ತೆಗೆದುಕೊಂಡ.

"ಈಟ್ ಇಸ್ ಓ.ಕೆ"

ತಾನು ತಂದಿಟ್ಟಿದ್ದ ಲೆಟರ್ ಯಥಾಸ್ಥಿತಿಯಲ್ಲಿರುವುದು ನೋಡಿ ರಾಣಿ ನೆಮ್ಮದಿಯಿಂದ ನಕ್ಕಳು.

"ಮೆನಿ ಮೆನಿ ತ್ಯಾಂಕ್ಸ್ ಅಂಡ್ ವಿಷ್ ಯೂ ಆಲ್ ದಿ ಬೆಸ್ಟ್"

ಶರತ್ ಮುಗುಳ್ನಗುತ್ತಾ ಎದ್ದು ನಿಂತ. ಇನ್ನು ಈತ ತೊಲಗುವುದು ಗ್ಯಾರಂಟಿ ಎಂಬ ಕಾರಣದಿಂದಲೋ ಏನೋ? ಆಕೆಯೂ ನೆಮ್ಮದಿಯಿಂದ ನಕ್ಕಳು.

ಐದು ನಿಮಿಷದ ನಂತರ ಶರತ್ ಆಟೋದಲ್ಲಿ ಕುಳಿತಿದ್ದ. ತಲೆಯಲ್ಲಿ ಯಶವಂತರಾಯರ ಕೊಲೆಗಾರನ ಬಗೆಗೆ ಹತ್ತಾರು ಚಿಂತೆಗಳು. ಆತ ಯಾರು? ಎಲ್ಲಿರುವನು? ಏಕೆ ಕೊಲೆ ಮಾಡಿದ? ಕೊಲೆ ಮಾಡಿದವನು ತಮ್ಮ ನಡುವೆಯೇ ಇರುವನೋ? ನಮ್ಮ ನಡುವೆಯೇ ಇದ್ದರೆ ಯಾರವನು?

ಕೃಷ್ಣನೇ ಇರಬಹುದೇ? ಆಸ್ತಿಗಾಗಿ ಕೊಲೆ ಮಾಡಿರುವನೆ?

ರಾಮಣ್ಣನೆ? ಮಾವ ಸತ್ತರೆ ಆಸ್ತಿ ಕೃಷ್ಣನಿಗೆ. ಕೃಷ್ಣನಿಗೆ ಹೇಗಾದರೂ ಮಾಡಿ ಚಿತ್ರಾಳನ್ನ ಗಂಟು ಹಾಕಿದರೆ ಆಸ್ತಿ ತಮ್ಮದೇ ಆಗುವುದೆಂದೆ?

ಇಲ್ಲಾ ಮೂರ್ತಿಯೆ?! ಮೂರ್ತಿಗೆ ಯಶವಂತರಾಯರನ್ನು ಕೊಲೆ ಮಾಡಲು ಕಾರಣವೇ ಇಲ್ಲ. ಯಶವಂತರಾಯರು ಸತ್ತರೆ ತನ್ನ ಹೆಂಡತಿ ಸರಳಾಳಿಗೆ ಅರ್ಧ ಆಸ್ತಿ ಮಾತ್ರ ಬರುತ್ತದೆ, ಆದರೆ ಪೂರ್ತಿ ಆಸ್ತಿ ಬರುವುದಿಲ್ಲ ಎಂದು ಗೊತ್ತು. ಆಸ್ತಿಯ ಸಿಂಹ ಪಾಲು ಕೃಷ್ಣನಿಗೇ ದಕ್ಕುತ್ತದೆ. ಹಾಗಿರುವಾಗ ಇಂತ ಹುಚ್ಚು ಕೆಲಸ ಮಾಡಿ ಮತ್ತೆ ಕೊಲೆಗಾರನನ್ನು ಹುಡುಕಿ ಎಂದು ತಮ್ಮ ಬಳಿಗೇ ಕೇಸು ತಂದೊಪ್ಪಿಸುತ್ತಿದ್ದನೆ?

ಆಟೋ ನಿಂತಿತು. ಅಲ್ಲೇ ಕಾಯುವಂತೆ ಆಟೋದವನಿಗೆ ಹೇಳಿ ಶರತ್ ಹತ್ತಿರದಲ್ಲಿದ್ದ ಲ್ಯಾಬೋರೇಟರಿಯನ್ನು ಪ್ರವೇಶಿಸಿದ. ಒಳಗೆ ಹೋಗಿ ಚೇಫ್

ಕೆಮಿಸ್ಟ್ನ ಭೇಟಿ ಮಾಡಿ ಒಂದು ರಿಪೋರ್ಟು ಪಡೆದ. ಅದನ್ನು ನೋಡಿ ಅವನ ಹುಬ್ಬುಗಳು ಗಂಟಿಕ್ಕಿದ್ದವು. ನಂತರ ಅದನ್ನು ತನ್ನ ಲೆದರ್ ಬ್ಯಾಗಿನಲ್ಲಿಟ್ಟುಕೊಂಡು ಈಚೆ ಬಂದು ಆಟೋದಲ್ಲಿ ಕುಳಿತ. ಆಟೋ ಹೊರಟಿತು.

ಇಷ್ಟಕ್ಕೂ ಯಶವಂತರಾಯರ ಶವ ಎಲ್ಲಿರಬಹುದು? ಹೇಗೆ ಮಾಯವಾಯಿತು? ಇದ್ದರೆ ಅದು ಯಾವ ಸ್ಥಿಯಲ್ಲಿದ್ದೀತು? ಅದನ್ನು ರಕ್ಷಣೆ ಖಂಡಿತಾ ಮಾಡಿರಲಾರರು. ಅದಕ್ಕೆ ಸೂಕ್ತ ರೀತಿಯ ರಕ್ಷಣಾ ರಾಸಾಯನಿಕಗಳು ಬೇಕು. ಕೊಲೆ ಮಾಡಿದವರು ಅದನ್ನು ಆದಷ್ಟು ಬೇಗನೆ ಬೇರೆಡೆ ಹೂತಿರುತ್ತಾರೆ! ಆ ಜಾಗ ಯಾರಿಗೂ ತಿಳಿಯದಂತೆ ಎಚ್ಚರವಹಿಸಿರುತ್ತಾರೆ. ಏಕೆಂದರೆ ಶವ ಕಾನೂನಿನ ಕೈಗಳಿಗೆ ಸಿಕ್ಕರೆ ತನ್ನ ಕೈಗೆ ಬೇಡಿ ಬೀಳುವುದು ಕೊಲೆಗಾರನಿಗೆ ಚೆನ್ನಾಗಿ ಗೊತ್ತು! ಇದು ಯಾರ ಕೆಲಸ ಇರಬಹುದು? ಕೊಲೆ ಮಾಡಿದವನು ಮತ್ತೆ ಶವ ಅಪಹರಿಸುವ ಕೆಲಸ ಯಾಕೆ ಮಾಡಿದ? ಅಪಹರಿಸಿ ಅದನ್ನೇನು ಮಾಡಿದ? ಶವವನ್ನು ಪತ್ತೆ ಹಚ್ಚುವುದಾದರೂ ಹೇಗೆ? ಶರತ್‌ನ ಯೋಚನೆ ವೇಗವಾಗಿತ್ತು. ಹಾಗೇ ಆಟೋ ಸಹ ವೇಗವಾಗಿ ಓಡುತ್ತಿತ್ತು.

ಆಟೋ ಚಿಕ್ಕಪೇಟೆ ಪ್ರವೇಶಿಸಿದಾಗ ಅಲ್ಲಿನ ಗದ್ದಲಕ್ಕೆ, ಜನಸಂದಣಿಗೆ ಆಟೋದವ ನಿಮಿಷಕ್ಕೊಂದು ಸಲ ಬ್ರೇಕ್ ಹಾಕುತ್ತಿದ್ದುದಕ್ಕೆ ಶರತ್‌ನ ಯೋಚನೆಗಳು ತುಂಡಾದುವು.

ಮೂರ್ತಿಯ ಅಂಗಡಿಗೆ ಸಮೀಪದಲ್ಲಿ ಆಟೋ ನಿಲ್ಲಿಸಿ ಶರತ್ ಆಟೋದಿಂದಿಳಿದು, ಡ್ರೈವರ್‌ಗ ಹಣ ಕೊಟ್ಟು ಅಂಗಡಿಯ ಕಡೆಗೆ ನಡೆದ.

"ಓಹೋ... ಬನ್ನಿ... ಬನ್ನಿ..."

ಮೂರ್ತಿ ಆದರದಿಂದ ಸ್ವಾಗತಿಸಿದ. ಅಂಗಡಿಯ ತುಂಬಾ ಗಿರಾಕಿಗಳಿದ್ದರು. ಇನ್ನು ಇವರಿಂದ ಬಿಡಿಸಿಕೊಳ್ಳೋಕೆ ಟೈಮಾಗಬಹುದು ಎಂದುಕೊಂಡ ಶರತ್.

"ಕೂತ್ಕೊಳ್ಳಿ. ಒಂದೈದೇ ನಿಮಿಷ...ಏಯ್...ಕಾಫಿ ತಗೊಂಡು ಬಾರೋ..."

ಹುಡುಗನಿಗೆ ಹೇಳಿದ.

"ಪರ್ವಾಗಿಲ್ಲ ಮೂರ್ತಿಯವರೆ. ನಂದಾಗಲೇ ಆಗಿದೆ".

"ಇರಲಿ ನನಗೆ ಕಂಪೆನಿ ಕೊಟ್ರಾಯ್ತು"

ಶರತ್ ಅಂಗಡಿಯನ್ನು ಅವಲೋಕಿಸುತ್ತಾ ಕುಳಿತು ಮೂರ್ತಿಗೆ ವ್ಯಾಪಾರ ಜೋರಾಗಿರೋ ಹಾಗಿದೆ. ಲಾಭ ಕೂಡ ಚೆನ್ನಾಗಿರಬಹುದು. ಯಶವಂತರಾಯರ ಸಾವಿನಿಂದ ಇವನಿಗೆ ಬರೋದು ಆಸ್ತಿ, ಹಣ ಗೌಣವೆ? ಹಾಗಿದ್ರೆ ಮೂರ್ತಿಯನ್ನು ಗುಮಾನಿಗಳ ಪಟ್ಟಿಯಿಂದ ಬಿಡಬಹುದೆ?

ಕಾಫಿ ಬರುವ ಸಮಯಕ್ಕೆ ಮೂರ್ತಿಯೂ ಬಿಡುವಾದ. ಒಂದು ಲೋಟ ಮೂರ್ತಿಯ ಕೈಗೆ ಕೊಟ್ಟು ತಾನೊಂದನ್ನು ಕೈಗೆ ತೆಗೆದುಕೊಂಡರು. ಕಾಫಿ ತಂದ ಹುಡುಗ ಕೇವಲ ಎರಡೇ ಎರಡು ತಂದಿರಲಿಲ್ಲ. ಒಟ್ಟು ಐದು ತಂದಿದ್ದ. ಇವರಿಬ್ಬರಿಗೆ ಕೊಟ್ಟು ಉಳಿದ ಮೂರನ್ನು ಅಂಗಡಿಯಲ್ಲಿ ಕೆಲಸ ಮಾಡುತ್ತಿದ್ದವರಿಗೆ ಕೊಡಲು ಹೋದ.

"ಊರಿಂದ ಯಾವಾಗ ಬಂದ್ರಿ?"

ಮೂರ್ತಿ ಕೇಳಿದ.

"ಸುಮಾರು ಹನ್ನೆರಡು ಗಂಟೆಗೆ ಬಂದೆ"

"ಏನಾದ್ರೂ ಪ್ರೋಗ್ರೆಸ್ ಆಯ್ತಾ?"

"ಇಲ್ಲ. ಇನ್ನೂ ಏನೂ ಖಚಿತವಾದ ಸುಳಿವು ಸಿಕ್ಕಿಲ್ಲ ..."

"ಹಾ! ನೀವು ಕೊಟ್ಟ ಮಾತ್ರೆ ಕೆಮಿಕಲ್ ಕಾಂಪೋಜಿಷನ್..."

ಮೂರ್ತಿ ಕ್ಯಾಷ್ ಬಾಕ್ಸಿನಿಂದ ಒಂದು ಕವರ್ ತೆಗೆದುಕೊಟ್ಟ. ಶರತ್ ಬಿಡಿಸಿ ಓದಿದ.

"ನನಗೇನೂ ಅರ್ಥವಾಗಲಿಲ್ಲ. ನಿಮಗರ್ಥವಾಗುತ್ತೇನೋ ನೋಡಿ" ಮೂರ್ತಿ ಕಾಫಿ ಹೀರುತ್ತಾ ಹೇಳಿದ.

ಮೂರ್ತಿ ಕೊಟ್ಟದ್ದು ಮತ್ತು ತಾನು ಮಾಡಿಸಿದ್ದು ಎರಡಕ್ಕೂ ತಾಳೆಯಾಗುತ್ತಿದೆಯಲ್ಲ ಎಂದು ಅಚ್ಚರಿಗೊಂಡ ಶರತ್! ಹಳ್ಳಿಯಲ್ಲಿ ಮಾತ್ರೆಯನ್ನು ಹೊನ್ನಿ ತಂದಾಗ, ಮೂರ್ತಿ ತಾನೇ ಅದರ ಕೆಮಿಕಲ್ ಅನಾಲಿಸಿಸ್ ಮಾಡಿಸ್ತೇನೆ ಎಂದು ಉತ್ಸಾಹ ತೋರಿದ್ದ. ಅದನ್ನು ನೋಡಿದಾಗ ಶರತ್‌ಗ ಬೇರೆ ಯೋಚನೆ ಬಂದಿತ್ತು. ಮೂರ್ತಿ ಅದರ ರಿಪೋರ್ಟು ಬದಲಾವಣೆ ಮಾಡಿಸಬಹುದು ಎನ್ನಿಸಿತ್ತು. ಆದರೆ ಹಾಗಾಗಿರಲಿಲ್ಲ. ಮೂರ್ತಿ ಅಸಲು ರಿಪೋರ್ಟನ್ನೇ ಕೊಟ್ಟಿದ್ದ. ಹಾಗಾದರೆ ಮೂರ್ತಿಯ ಮೇಲೆ ಅನುಮಾನಪಟ್ಟಿದ್ದು ತಪ್ಪೆ?

"ಹೌದು ಹೋಗಲೇಬೇಕಲ್ಲ? ಆದರೆ ಈಗಲೇ ಹೋಗೋಲ್ಲ. ಬೆಳಿಗ್ಗೆ ಹೋಗ್ತೀನಿ ರಿಪೋರ್ಟಿಗೆ ಥ್ಯಾಂಕ್ಸ್"

"ಅರೆ! ಇದಕ್ಕೆ ಥ್ಯಾಂಕ್ಸ್ ಯಾಕೆ? ಇದು ನನ್ನ ಕೆಲಸ. ನಾನು ಮಾಡದೆ ಇದ್ದರೆ ಹೇಗೆ?"

ಮೂರ್ತಿ ನಕ್ಕ.

"ಹಾ! ಇನ್ನೊಂದು ವಿಷಯ. ಯಶವಂತರಾಯರು ಸತ್ತ ಸುದ್ದಿ ನಿಮಗೆ ಮೊದಲು ತಿಳಿಸಿದವರು ಯಾರು?"

"ರಾಮಣ್ಣ....ಅವರೇ ಫೋನ್ ಮಾಡಿದ್ದರು"

"ಆಮೇಲೆ?"

"ಆಮೇಲೆ ಕೃಷ್ಣನಿಗೆ ವಿಷಯ ತಿಳಿಸಿಬೇಕು ಅಂತ ಹೇಳಿದರು. ಆದ್ರೆ ಕೃಷ್ಣ ಎಲ್ಲಿರ್ತಾನೆ, ಹೇಗೆ ಹುಡುಕೋದೂಂತ ಕೇಳಿದ್ದಕ್ಕೆ ನಾಲ್ಕು ವಿಳಾಸ ಕೊಟ್ಟರು. ಆ ನಾಲ್ಕು ವಿಳಾಸದಲ್ಲಿ ಒಂದು ಕಡೆ ಇರ್ತಾನೇಂತ ಹೇಳಿದರು.

"ಯಾಕೆ ಕೃಷ್ಣನ ಮೊಬೈಲಿಗೆ ಫೋನು ಮಾಡಬಹುದಿತ್ತಲ್ಲ?" ಶರತ್ ಒಮ್ಮಲೇ ಅನುಮಾನಿಸಿದ.

"ಅಷ್ಟು ಸುಲಭದಲ್ಲಿ ಮನೆಯವರಿಂದ ಫೋನನ್ನು ಅವನು ರಿಸೀವ್ ಮಾಡೋದಿಲ್ಲ! ಅದಕ್ಕೇ ಖುದ್ದಾಗಿ ಅವನಿಗೆ ತಿಳಿಸಬೇಕಾಗಿತ್ತು"

"ಆ ನಾಲ್ಕು ವಿಳಾಸ ಯಾವ್ಯಾವು?"

"ಒಂದು ಅವನು ಬೆಂಗಳೂರಲ್ಲಿರೋವಾಗ ಉಳಿದುಕ್ಕೊಳ್ಳೋ ಹೋಟೆಲ್. ಎರಡನೇದು ಒಂದು ಕ್ಲಬ್ಬುದ. ಅಲ್ಲಿ ಸದಾ ಇಸ್ಪೀಟಾಟ ನಡೆಯುತ್ತೆ. ಉಳಿದೆರಡು ಇಬ್ಬರು ಹುಡುಗಿಯರದು. ಹೋಟೆಲು ಮತ್ತು ಕ್ಲಬ್ಗ ಫೋನ್ ಮಾಡಿ ಕೇಳಿದೆ. ಕೃಷ್ಣ ಇರಲಿಲ್ಲ. ಈ ಹುಡುಗಿಯರ ವಿಳಾಸ ಹುಡುಕಿದೆ, ಮೊದಲನೆ ಮನೇಲೇ ಕೃಷ್ಣ ಸಿಕ್ಕಿದ".

"ಆಕೆ ಹೆಸರು?"

"ರಾಣಿ"

"ಕೃಷ್ಣನ ರಹಸ್ಯ ಜೀವನ ರಾಮಣ್ಣೋರಿಗೆ ಪೂರಾ ಗೊತ್ತಿರೊ ಹಾಗಿದೆ ಅಲ್ವಾ?"

"ಬೇರೆಯವರ ವ್ಯವಹಾರಕ್ಕೆ ನಾನು ತಲೆ ಹಾಕೋದಕ್ಕೆ ಹೋಗೋದಿಲ್ಲ".

"ಯಶವಂತರಾಯರಿಗೆ ತಮ್ಮ ಮೊಮ್ಮಗ ಕೃಷ್ಣನ ಸೀಕ್ರೆಟ್ ಲೈಫ್ ಗೊತ್ತಿತ್ತೆ?"

"ಅವರು ಬುದ್ಧಿವಂತರು ನೇರವಾಗಿ ತಿಳಿದುಕೊಳ್ಳೋದಕ್ಕೆ ಪ್ರಯತ್ನ ಪಡದೆ ಇದ್ದರೂ ಊಹಿಸಿರ್ತಾರೆ".

"ಥ್ಯಾಂಕ್ಸ್ ಫಾರ್ ದಿ ಇನ್‌ಫರ್ಮೇಷನ್".

"ಯೂ ಆರ್ ವೆಲ್ ಕಮ್".

"ಫ್ಯಾಮಿಲಿ ಕರ್ಕೊಂಡು ಬಂದ್ರಾ?"

"ಇಲ್ಲ. ಊರಲ್ಲೇ ಬಿಟ್ಟು ಬಂದಿದೀನಿ. ಹನ್ನೊಂದು ದಿವಸದ ಕೆಲಸ ಮುಗಿಸಿಕೊಂಡು ಬರಲೀಂತ".

"ಬೈ..."

ಶರತ್ ಮೂರ್ತಿಯ ಅಂಗಡಿಯಿಂದ ಈಚೆ ಬಂದ. ತಲೆ ಬಿಸಿಯಾಯಿತು. ಅವನ ಮತ್ತು ವಿಕ್ರಮ್ ಊಹೆ ತಲೆಕೆಳಗಾಗಿತ್ತು! ಮಾತ್ರೆಯ ಲ್ಯಾಬ್ ರಿಪೋರ್ಟನ್ನು ಮೂರ್ತಿ ತಿರುಚಿಸಬಹುದು ಎಂದುಕೊಂಡಿದ್ದರು. ಆದರೆ ಹಾಗಾಗಿರಲಿಲ್ಲ! ಮೂರ್ತಿ ಅವರ ಊಹೆಯನ್ನು ತಲೆಕೆಳಗು ಮಾಡಿದ್ದ. ಕೃಷ್ಣನ ಪ್ರೇಯಸಿ ರಾಣಿಯ ಮನೆಯ ವಿಳಾಸ ತಾನಾಗೇ ಹುಡುಕಿರಲಿಲ್ಲ. ಅದೂ ರಾಮಣ್ಣ ತಿಳಿಸಿದ್ದು!

***

ರಾಜಾಜಿನಗರದಲ್ಲಿ ಡಾಕ್ಟರ್ ರಮೇಶ್ ಅವರ ಕಮಲ ಕ್ಲಿನಿಕ್ ಹುಡುಕುವುದು ಶರತ್‌ಗ ಕಷ್ಟವಾಯಿತು. ಗೂಗಲ್ ಮ್ಯಾಪು ತೋರಿಸುತ್ತಿದ್ದ ಸ್ಪಾಟಿನ ಬಳಿ ಬಂದಿದ್ದರೂ ಕ್ಲಿನಿಕ್ಕು ಕಾಣಿಸುತ್ತಿರಲಿಲ್ಲ. ಅಥವಾ ಅದೆಲ್ಲಿದೆಯೋ ಅದನ್ನು ಗುರುತಿಸಲು ಶರತ್‌ಗ ಆಗಿರಲಿಲ್ಲ. ಎರಡು ಮೂರು ಸಲ ಸುತ್ತಾಡಿ, ಒಂದಿಬ್ಬರನ್ನು ಕೇಳಿದ ಮೇಲೆ ಸಿಕ್ಕಿತು ಕಮಲ ಕ್ಲಿನಿಕ್.

ಎರಡನೆ ಮುಖ್ಯರಸ್ತೆಯ ಹಳೆಯ ಎರಡು ಮಹಡಿ ಕಟ್ಟಡವೊಂದರಲ್ಲಿ ಕಮಲ ಕ್ಲಿನಿಕ್ ಬೋರ್ಡು ಮೊದಲನೆ ಕಂಡಿತು. ಮಹಡಿ ಮೆಟ್ಟಿಲುಗಳನ್ನು ಹತ್ತಿ ಕ್ಲಿನಿಕ್ ಪ್ರವೇಶಿಸಿದ ಶರತ್‌ನನ್ನು ಬಾಗಿಲಲ್ಲೇ ಯುವತಿಯೊಬ್ಬಳು ತಡೆದಳು.

“ಇವತ್ತು ಇನ್ಯಾರಿಗೂ ಟೋಕನ್ ಇಲ್ಲ. ನಾಳೆ ಬೆಳಿಗ್ಗೆ ಹನ್ನೊಂದು ಗಂಟೆಗೆ ಬನ್ನಿ”

ಮೇಜಿನ ಹಿಂದೆ ಕೂತಿದ್ದವಳು ಶರತ್‌ಗ ಹೇಳಿದಳು.

"ನಾನು ಪೇಷಂಟ್ ಅಲ್ಲಮ್ಮ. ಚಿಕ್ಕಪೇಟೆ ಟೆಕ್ಸ್ ಟೈಲ್ ಮರ್ಚೆಂಟ್ ಮೂರ್ತಿ ಅವರ ಕಡೆಯಿಂದ ಬಂದಿದ್ದೀನಿ. ಡಾಕ್ಟರ್ ಹತ್ರ ಮಾತಾಡ್ಬೇಕಾಗಿತ್ತು"

"ಇನ್ನು ಮೂರು ಜನ ಪೇಷಂಟ್ಸ್ ಇದ್ದಾರೆ ಅವರಾದ್ಮೇಲೆ ನೀವು ಡಾಕ್ಟರ್ ನೋಡಬಹುದು"

ಯುವತಿ ಹೇಳಿದಳು.

"ಮತ್ತೆ ಪೇಷಂಟ್ಸು ಬರ್ತಾನೇ ಇರ್ತಾರಲ್ವಾ?"

ಶರತ್ ಕೇಳಿದ.

"ಇಲ್ಲ, ಇನ್ನು ಯಾರಿಗೂ ಟೋಕನ್ ಕೊಡಬೇಡಾಂತ ಡಾಕ್ಟರು ಹೇಳಿದಾರೆ. ಅವರ ಮಗಳ ಬರ್ತ್ಡೇ ಇವತ್ತು. ಅದಕ್ಕೆ ಬೇಗ ಹೋಗ್ತಾರೆ. ಈ ಮೂರು ಜನ ಹೋದ್ಮೇಲೆ ನೀವು ಡಾಕ್ಟರ್ ನೋಡಬಹುದು"

ಶರತ್ ಕುರ್ಚಿಯ ಮೇಲೆ ಕುಳಿತು ಕಾಯತೊಡಗಿದ.

ಡಾಕ್ಟರ್ ರಮೇಶ್ ಅವರ ಕಮಲ ಕ್ಲಿನಿಕ್ ತುಂಬಾ ಹಳೆಯದಂತೆ ಕಾಣಿಸುತ್ತಿತ್ತು. ಬಹುಶಃ ರಮೇಶ್ ಕೂಡ ನಡು ವಯಸ್ಸು ದಾಟಿದವರೇ ಇರಬೇಕು

ಎಂದುಕೊಂಡ ಶರತ್.

ಪೇಷಂಟ್‌ಗಳು ಕುಳಿತಿದ್ದ ಜಾಗ ಇಪ್ಪತ್ತು ಅಡಿ ಉದ್ದ ಮತ್ತು ಮೂವತ್ತು ಅಡಿ ಅಗಲವಿತ್ತು. ಅವನು ಕೂತಿದ್ದ ಜಾಗದ ಎದುರಿಗೆ ಒಂದು ಕ್ಯಾಬಿನ್ ಕಾಣಿಸುತ್ತಿತ್ತು. ಅದು ಡಾಕ್ಟರ್ ರಮೇಶ್ ಅವರು ರೋಗಿಗಳನ್ನು ಪರೀಕ್ಷಿಸಿ ಚಿಕಿತ್ಸೆ, ಸಲಹೆ ನೀಡುವ ಜಾಗ ಎಂದುಕೊಂಡ ಶರತ್.

ಸುಮಾರು ಇಪ್ಪತ್ತು ನಿಮಿಷಗಳಲ್ಲೇ ಅಲ್ಲಿದ್ದ ಎಲ್ಲಾ ಪೇಷಂಟುಗಳೂ ಡಾಕ್ಟರ್ ಜೊತೆ ತಮ್ಮ ಸಂದರ್ಶನ ಮುಗಿಸಿ ಈಚೆ ಬಂದಿದ್ದರು.

"ಇನ್ನು ಯಾರಾದರೂ ಪೇಷಂಟ್ಸ್ ಇದ್ದಾರ?"

ಒಳಗಿಂದ ಬಂದ ಧ್ವನಿ ಡಾಕ್ಟರ್ ರಮೇಶ್ ಅವರದ್ದೇ ಇರಬೇಕು ಎಂದು ಶರತ್ ಎದ್ದುನಿಂತ.

"ಇಲ್ಲ ಸರ್. ಮೂರ್ತಿ ಅವರ ಕಡೆಯಿಂದ ನಿಮ್ಮನ್ನು ನೋಡಬೇಕು ಅಂತ ಒಬ್ಬರು ಬಂದಿದ್ದಾರೆ"

ಒಳಗೆ ಹೋಗಿ ಯುವತಿ ಹೇಳಿದ್ದು ಶರತ್‌ಗ ಕೇಳಿಸಿತು.

"ಕಳಿಸು ಅವರನ್ನ"

ಆಕೆ ಈಚೆ ಬರುವ ಸಮಯಕ್ಕೆ ಶರತ್ ಆಗಲೇ ರಮೇಶ್ ಅವರ ಕ್ಯಾಬಿನ್ನಿನ ಪ್ರವೇಶದ ಬಳಿ ನಿಂತಿದ್ದ.

"ಸರ್ ಒಳಗೆ ಹೋಗಿ"

"ನಮಸ್ಕಾರ ಡಾಕ್ಟರ್"

ಶರತ್ ಕ್ಯಾಬಿನ್ ಒಳಗೆ ಪ್ರವೇಶಿಸಿದ.

ಎದುರಿಗೆ ಸಣ್ಣ ಟೇಬಲ್ಲಿನ ಹಿಂದೆ ಡಾಕ್ಟರ್ ರಮೇಶ್ ಕುಳಿತಿದ್ದರು. ಅವರ ಪಕ್ಕದಲ್ಲಿ ಪೇಷಂಟ್‌ಗಳು ಕುಳಿತುಕೊಳ್ಳಲು ಒಂದು ಸ್ಟೂಲ್, ಅದರಾಚೆ ಪೇಷಂಟ್‌ಗಳು ಮಲಗಿಕೊಳ್ಳಲು ಎತ್ತರದ ಒಂದು ಮಂಚವಿತ್ತು.

ಶರತ್ ಊಹಿಸಿದಂತೆ ಡಾಕ್ಟರ್ ರಮೇಶ್ ಸುಮಾರು ಐವತ್ತು ವರ್ಷ ವಯಸ್ಸಿನ ಚೂಪು ಮೂಗಿನ, ಅತೀವ ಚಟವಟಿಕೆಯ ವ್ಯಕ್ತಿ ಎನಿಸಿತು. ತಲೆಯ ಮಧ್ಯಭಾಗದ ಕೂದಲುಗಳನ್ನು ಉದುರಿಹೋಗಿ ಎರಡು ಪಕ್ಕಗಳಲ್ಲಿ ಮಾತ್ರ ಕೂದಲಿತ್ತು ಅವರ ಚುರುಕು ಕಣ್ಣುಗಳು ಶರತನನ್ನು ತಿವಿಯುವಂತಿದ್ದವು.

"ಹೇಳಿ ನನ್ನ ಕಡೆಯಿಂದ ಏನಾಗಬೇಕು?" ಮಾತಿನಲ್ಲೂ ವೇಗವಿತ್ತು. ಆತುರದಲ್ಲಿ ಮಾತಾಡುವ ವ್ಯಕ್ತಿಯಂತೆ ಕಂಡರು ಡಾಕ್ಟರ್ ರಮೇಶ್.

"ನನ್ನ ಹೆಸರು ಶರತ್. ಪ್ರೈವೇಟ್ ಡಿಟೆಕ್ಟಿವ್. ಯಶವಂತರಾವ್ ಅವರ ಸಾವಿನ ಸಂಬಂಧದಲ್ಲಿ ಮೂರ್ತಿಯವರು ನಮ್ಮನ್ನು ಅಪಾಯಿಂಟ್ ಮಾಡಿದ್ದಾರೆ"

"ಓಹೋ ಹಾಗಾದ್ರೆ ಯಶವಂತರಾಯರ ಸಾವು ಇಷ್ಟಕ್ಕೆ ನಿಂತಿಲ್ಲ. ಸರಿ ನನ್ನಿಂದ ಏನಾಗಬೇಕು ಹೇಳಿ. ನಿಮಗೆ ಐದು ನಿಮಿಷ ಟೈಮ್ ಕೊಡ್ತೀನಿ ಅಷ್ಟೇ.."

"ತಮಗೆ ಅವರ ಸ್ಥಿತಿ ಬಗ್ಗೆ ಚೆನ್ನಾಗಿ ಗೊತ್ತಿತ್ತು. ಅವರಿಗೆ ಏನು ಕಾಯಿಲೆ ಇತ್ತು ಅವರು ಸಾಯೋದಕ್ಕೆ ಏನು ಕಾರಣ? ಅದು ಸಹಜವಾದ ಸಾವೇ ಇಲ್ಲ ಯಾರಾದರೂ ಕೊಲೆ ಮಾಡಿರುವ ಸಾಧ್ಯತೆ ಇದೆಯೇ? ಈ ಬಗ್ಗೆ ತಮ್ಮ ಅಭಿಪ್ರಾಯ ಬೇಕಾಗಿತ್ತು"

ಶರತ್ ವಿನಯದಿಂದ ಕೇಳಿದ.

"ಏನು ಕೊಲೇನಾ..? ನಿಮ್ಮ ತಲೆಗೆ ಈ ವಿಷಯ ಯಾರು ತುಂಬಿದರು?"

ಡಾಕ್ಟರ್ ರಮೇಶ್ ಅಚ್ಚರಿ ವ್ಯಕ್ತಪಡಿಸಿದರು.

"ಹೌದು ಸಾರ್. ಅವರ ಕೊಲೆಯಾಗಿದೆ ಅಂತ ಒಂದು ಮೂಕರ್ಜಿ ಪೋಲೀಸಿಗೆ ಕಳಿಸಿದ್ದಾರೆ. ಪೋಲೀಸ್ ಇಲಾಖೆ ಶವ ಪರೀಕ್ಷೆಗೆ ಸಮಾಧಿಯಿಂದ ತೆಗೆಯೋಕೆ ಹೋದಾಗ ಅಲ್ಲಿ ಶವ ಇರಲಿಲ್ಲ. ಇದನ್ನೆಲ್ಲಾ ನಿಮಗೆ ಮೂರ್ತಿಯವರು ಹೇಳಿರಬೇಕಲ್ಲ?"

"ಹೂ..ಹೇಳಿದಾರೆ..ಇದಕ್ಕೆ ನನ್ನಿಂದ ಏನಾಗಬೇಕು?"

"ಅವರು ನಿಮ್ಮ ಪೇಶಂಟಾಗಿದ್ದರು. ಅವರ ದೇಹಸ್ಥಿತಿ ತಮಗೆ ಗೊತ್ತು. ಅವರ ಸಾವಿನ ಬಗ್ಗೆ ನಿಮ್ಮ ಅಭಿಪ್ರಾಯ ಏನು ಅನ್ನೋದು ತಿಳಿಸಿ"

"ಯಶವಂತರಾಯರು ನನ್ನತ್ರ ಕನ್ಸಲ್ಟೇಶನ್‌ಗ ಬರುತ್ತಿದ್ದರು ಅವರಿಗೆ ರಕ್ತದೊತ್ತಡ ಇತ್ತು, ಶುಗರ್ ಇತ್ತು ಆಗ್ಗಾಗ್ಗೆ ಮೈಗ್ರೇನ್ ತಲೆನೋವು ಬರುತ್ತಿತ್ತು. ಆದ್ರೆ ಸಾಯೋ ಅಂತಾ ಯಾವ ಲಕ್ಷಣಗಳು? ಇರಲಿಲ್ಲ. ಆದರೆ ಸಾವಿನ ವಿಷಯ ಹೀಗೇಂತ ಹೇಳೋಕಾಗಿಲ್ಲ "

"ಅವರ ಕೊಲೆ ಯಾಗಿರಬಹುದಾ?"

"ಏನ್ರೀ..ನನ್ನ ಬಾಯಿಂದ ಹೀಗೆಲ್ಲಾ ಹೇಳಿ ಸಿಕ್ಕಿಸಬೇಕೂಂತಿದ್ದೀರಾ? ಯಾವ ಡಾಕ್ಟರು ಅವರು ಸತ್ತಾಗ ನೋಡಿದರೋ ಅವರನ್ನ ಹೋಗಿ ಕೇಳಿ. ಕೊಲೆ ಅನ್ನೋ ಅನುಮಾನ ಇದ್ರೆ ಪೋಸ್ಟ್ ಮಾರ್ಟಮ್ ಮಾಡಿಸಿ"

ರಮೇಶ್ ಒಮ್ಮೆಲೇ ರೇಗಿದರು.

"ಸಾರಿ ಡಾಕ್ಟರೇ..ನೀವು ಅವರ ಫ್ಯಾಮಿಲಿ ಡಾಕ್ಟರ್..ಅಂದ್ರೆ ಅವರು ಸತ್ತಾಗ ತಾವು ಅವರನ್ನ ನೋಡಲು ಹೋಗಲಿಲ್ಲವೆ?"

"ಕರೆದ್ರೆ ಹೋಗಬಹುದಿತ್ತು. ಕರೀದಿದ್ರೆ ನಾನ್ಯಾಕೆ ಮೂಗು ತೂರಿಸ್ಕೊಂಡು ಹೋಗಲಿ?"

"ಸಾರಿ, ತಾವು ಅವರ ಸಾವಿನ ಸಮಯದಲ್ಲಿದ್ದು ಅವರನ್ನ ಎಕ್ಸಾಮಿನ್ ಮಾಡಿದ್ದೀರಾಂತ ಕೇಳಿದೆ. ಹೋಗಲಿ..ಅವರ ಯಾವುದಾದರೂ ಅಭ್ಯಾಸಗಳು ಅವರು ಸಾಯೋದಕ್ಕೆ ಕಾರಣ ಆಗಿರಬಹುದೆ?

"ಅದನ್ನೆಲ್ಲಾ ನನ್ನನ್ನ ಯಾಕ್ರೀ ಕೇಳ್ತೀರಾ..? ಮೆಡಿಕಲ್ ರಿಪೋರ್ಟ್ ನೋಡಿ ತಿಳ್ಕೊಳ್ಳಿ.."

"ಸರಿ, ಡಾಕ್ಟರ್. ನಿಮಗೆ ಹೇಳೋಕೆ ಮನಸ್ಸಿದ್ದ ಹಾಗೆ ಕಾಣಿಸ್ತಿಲ್ಲ. ಯಶವಂತರಾಯರ ಕೇಸು ಸ್ವಲ್ಪ ಕಾಂಪ್ಲಿಕೇಟೆಡ್ಡೇ ಆಗೋ ತರಾ ಇದೆ. ನಾವು ಖಾಸಗಿ ಡಿಟೆಕ್ಟೀವ್ಸ್ ಅದಕ್ಕೇ ನಮ್ಮ ಪ್ರಶ್ನೆಗಳಿಗೆ ಉತ್ತರ ಹೇಳೋಕೆ ನೀವು ಮನಸ್ಸು ಮಾಡ್ತಿಲ್ಲ. ಇದು ಪೋಲೀಸ್ ಕಡೆಯಿಂದ ಬಂದ್ರೆ..? ಆಗಲೂ ನೀವು ರೆಫ್ಯೂಸ್ ಮಾಡೋಕಾಗೊಲ್ಲ.."

"ಏನ್ರೀ ಹೆದ್ರಿಸ್ತಿದ್ದೀರ?" ಡಾಕ್ಟರ್ ರಮೇಶ್ ಮತ್ತೆ ರೇಗಿದರು.

"ಹೆದ್ರಿಸ್ತಿಲ್ಲ ಸಾರ್..ನಮಗೆ ಬೇಕಾದ ಇನ್ಫರ್ಮೇಶನ್ ಪಡ್ಕೊಳ್ಳೋಕೆ ಇರೋ ದಾರಿ ಹೇಳಿದೆ. ನನ್ನ ಪ್ರಶ್ನೆಗೆ ನೀವು ಉತ್ತರಿಸೊಲ್ಲ ಅಂದ್ರೆ ನಾನು ಪೋಲೀಸ್ ಕಡೆಯಿಂದ ಬರ್ತೀನಿ.."

ಶರತ್ ಮಾತಿನಲ್ಲೇ ಚುರುಕು ಮುಟ್ಟಿಸಿದ.

"ಏನು? ಧಮಕೀನಾ..?"

"ಛೆ..ಛೆ..ಹಾಗ್ಯಾಕೆ ತಿಳೀತೀರ..? ರಿಕ್ವೆಸ್ಟು ಅಷ್ಟೆ"

ಶರತ್ ಡಾಕ್ಟರ್ ರಮೇಶ್ ಮನ ಒಲಿಸುವ ಪ್ರಯತ್ನ ಮಾಡಿದ. ರಮೇಶ್ ಬಿಗಿದಿದ್ದ ಮುಖ ಸಡಿಲವಾಯಿತು.

"ಅವರ ಹಾರ್ಟು ವೀಕಾಗಿತ್ತು. ಎಚ್ಚರಿಕೆಯಿಂದ ಇರೋಕೆ ಹೇಳಿದ್ದೆ. ಅವರಿಗೆ ಡ್ರಿಂಕ್ಸ್ ತಗೊಳ್ಳೋ ಅಭ್ಯಾಸ ಇತ್ತು. ರಮ್ಮು ಕುಡೀತಿದ್ರು. ಅದರ ಜೊತೇಲೇ ಟ್ಯಾಬ್ಲೆಟ್ಸ್ ಕೂಡ ತಗೋತಿದ್ದರು. ಒಂದೆರಡು ಸಲ ಅವುಗಳಿಂದ ರಿಯಾಕ್ಷನ್ ಆಗಿ ತೊಂದರೆಯಾಗಿತ್ತು. ಎರಡು ದಿವಸ ನರ್ಸಿಂಗ್ ಹೋಮಲ್ಲಿದ್ದರು. ಅಂತಾದ್ದೇ ಈ ಸಲ ಕೂಡ ಆಗಿರಬಹುದು. ಆದು ಕೊಲೆ ಅಂತ ಹೇಳೋಕೆ ನಾನಲ್ಲಿ ಇರಲಿಲ್ಲ. ಅವರ ಬಾಡಿ ಚೆಕಪ್ ಮಾಡಿಲ್ಲ. ಅವರ ಪೋಸ್ಟ್ ಮಾರ್ಟಮ್ ರಿಪೋರ್ಟು ಕೂಡ ನೋಡಿಲ್ಲ. ನನ್ನ ಹಾಗಂದ ಮಾತ್ರಕ್ಕೆ ಅವರು ಕೊಲೆಯಾಗಿದ್ದಾರೆ ಅಂತ ಹೇಳೋದೂ ತಪ್ಪು. ರಕ್ತದೊತ್ತಡ ಇದ್ದಿದ್ದರಿಂದ ಅವರು ಹಾರ್ಟ್ ಅಟ್ಯಾಕ್ ಆಗಿರಬಹುದು. ಆಲ್ಕೋಹಾಲ್ ತಗೊಂಡು ಅಭ್ಯಾಸ ಅದರ ಜೊತೆಗೆ ಬೇರೆ ಔಷಧಿ ತಗೊಂಡಿದ್ರೆ ಅದು ಮೇಲೆ ಪರಿಣಾಮ ಸಾಧ್ಯತೆ ಇದೆ. ಇದಿಷ್ಟು ಮಾತ್ರ ನಾನು ಹೇಳಬಲ್ಲೆ. ಅದು ಕೊಲೆಯೋ ಅಲ್ಲವೋ..ಅದನ್ನ ನಾನು ಹೇಳಲಾರೆ.."

ಡಾಕ್ಟರ್ ರಮೇಶ್ ಈ ಸಲ ಉಢಾಫೆ ಮಾಡದೆ ಹೇಳಿದರು. ಅವ್ರ ಮಾತು ನಂಬಬಹುದು ಎನ್ನಿಸಿತು ಶರತ್‌ಗೆ.

"ಸಾರಿ, ಇವತ್ತು ನನ್ನ ಮಗಳ ಬರ್ತ್ಡೇ ಇದೆ..ಬೇಗ ಹೋಗಬೇಕು..ಬೇರೆ ಏನಾದ್ರೂ ಬೇಕಾದ್ರೆ ಫೋನ್ ಮಾಡಿ. ಛಾಯಾ..ಇವರಿಗೆ ನನ್ನ ಕಾರ್ಡ್ ಕೊಡು..ಮತ್ತೆ ಕ್ಲಿನ್ಕ್ ಕ್ಲೋಸ್ ಮಾಡ

ಎಂದು ಹೇಳಿದ ಡಾಕ್ಟರ್ ರಮೇಶ್ ಶರತ್ ಉತ್ತರಕ್ಕೂ ಕಾಯದೆ ಎದ್ದರು.

"ತ್ಯಾಂಕ್ಯು ಡಾಕ್ಟರ್..ಸಾರಿ, ನನ್ನಿಂದ ನೀವು ಮನೆಗೆ ಹೋಗೋದಕ್ಕೆ ಸ್ವಲ್ಪ ತೊಂದ್ರೆಯಾಯ್ತು"

"ಇಟ್ ಈಸ್ ಓಕೆ"

ಶರತ್ ಆಚೆ ಕೂತಿದ್ದ ಛಾಯಾಳಿಂದ ರಮೇಶ್ ಅವರ ವಿಸಿಟಿಂಗ್ ಕಾರ್ಡು ಪಡೆದು ಕ್ಲಿಲ್ಲಿಕ್ಕಿನ ಬಾಗಿಲಾಚೆ ಕಾಲಿಡುತ್ತಲೇ ಬಾಗಿಲಾಚೆ ನಿಂತದ್ದ ಒಬ್ಬ ವ್ಯಕ್ತಿಗೆ ಡಿಕ್ಕಿ ಹೊಡೆಯಲಿದ್ದ! ಸಾವರಿಸಿಕೊಂಡು ಪಕ್ಕಕ್ಕೆ ಸರಿದು ಆ ವ್ಯಕ್ತಿಯನ್ನು ಗದರಿದ ಶರತ್.

"ಸ್ವಲ್ಪ ಪಕ್ಕಕ್ಕೆ ಸರಿದು ನಿಲ್ಲಬಾರದೆ?"

"ಸಾರಿ ಸಾರ್"

ಎಂದವನೇ ಸರಸರನೆ ಮಹಡಿಯ ಮೆಟ್ಟಿಲುಗಳ ಕಡೆ ಧಾವಿಸಿದ.

ಶರತ್‌ಗೆ ಅವನ ವರ್ತನೆಯಲ್ಲಿ ಏನೋ ಅಸಹಜತೆ ಕಾಣಿಸಿತು. ಬಹುಶಃ ಆತ ಒಳಗಿನ ಮಾತುಗಳನ್ನು ಕೇಳಿಸಿಕ್ಕೊಳ್ಳುತ್ತಿದ್ದ ಎನಿಸಿತು. ಆದರೆ ಏಕೆ? ಯಾರಾತ? ಇದ್ದಕ್ಕಿದ್ದಂತೆ ಆ ವ್ಯಕ್ತಿಯನ್ನು ಎಲ್ಲೋ ನೋಡಿರುವೆ ಎನಿಸಿತು! ಎಲ್ಲಿ..? ಮಿಂಚಿನಂತೆ ಹೊಳೆಯಿತು! ಅವನು ಮೂರ್ತಿಯವರ ಅಂಗಡಿಯಲ್ಲಿ ಕಂಡಿದ್ದ. ಅಂದರೆ ಮೂರ್ತಿಯ ಅಂಗಡಿ ಕೆಲಸದವನು! ಅವನನ್ನು ಮೂರ್ತಿ ಕಳಿಸಿದ್ದರೆ? ತಾನು ಡಾಕ್ಟರ್ ಬಳಿ ಏನು ಮಾತಾಡುತ್ತಿದ್ದೆ ಎಂದು ಕೇಳಿಸಿಕ್ಕೊಳ್ಳಲು ಕಳಿಸಿದ್ದರೆ? ಅಂದರೆ ಮೂರ್ತಿ ಈ ಕೊಲೆಯಲ್ಲಿ ಭಾಗವಹಿಸಿರುವರೆ? ಆದರೆ ಅವರೇ ತಮಗೆ ಕೇಸು ಒಪ್ಪಿಸಿದ್ದಾರೆ..? ಏನಿದು ವಿಚಿತ್ರ? ಡಿಕ್ಕಿ ಹೊಡೆಯಲಿದ್ದವನು ಮೂರ್ತಿಯ ಕೆಲಸದವ ಎನ್ನುವುದು ಮಿಂಚುತ್ತಲೇ ಶರತ್ ಓಡುತ್ತಾ ಮೆಟ್ಟಿಲುಗಳನ್ನು ಇಳಿದು, ಆ ವ್ಯಕ್ತಿಯನ್ನು ಹಿಡಿಯುವ ಪ್ರಯತ್ನ ಮಾಡಿದ. ಆದರೆ ತಡವಾಗಿತ್ತು! ಶರತ್ ಮೆಟ್ಟಿಲಿಳಿದಾಗ ಬೈಕ್ ಒಂದು ಅಗಾಧ ಶಬ್ದ ಮಾಡುತ್ತಾ ವೇಗವಾಗಿ ಬಿಲ್ಲಿನಿಂದ ಬಂದ ಬಾಣದಂತೆ ಚಿಮ್ಮಿ ರಸ್ತೆಯ ಕೊನೆಯ ತಿರುವಿನಲ್ಲಿ ಮಾಯವಾಯಿತು!

ಡಾಕ್ಟರ್ ರಮೇಶ್ ಭೇಟಿಯಿಂದ ಯಾವುದೇ ಅನುಕೂಲವಾಗಿರಲಿಲ್ಲ. ಅಡ್ಡಗೋಡೆಯ ಮೇಲೆ ದೀಪವಿಟ್ಟಂತೆ ಮಾತಾಡಿದ್ದರು. ಕೊಲೆಯೂ

ಆಗಿರಬಹುದು, ಅವರ ರಮ್ಮು ಕುಡಿಯುವ ಚಟದೊಂದಿಗೆ ಇನ್ಯಾವುದಾದರೂ ಮಾತ್ರೆ ತೆಗೆದುಕೊಂಡಿದ್ದರೆ ಅದೂ ಅವರ ಸಾವಿಗೆ ಕಾರಣವಾಗಿರಬಹುದು ಎಂದಿದ್ದರು!

ಡಾಕ್ಟರ್ ರಮೇಶ್ ಭೇಟಿಯಿಂದಾಗದ ಲಾಭ ಮೂರ್ತಿಯ ಅಂಗಡಿ ಕೆಲಸದವನಿಂದ ಆಗಿತ್ತು!! ಯಶವಂತರಾಯರ ಕೊಲೆಯಲ್ಲಿ ಮೂರ್ತಿಯನ್ನು ಪ್ರಮುಖ ಅರೋಪಿಯ ಸ್ಥಾನದಲ್ಲಿ ನಿಲ್ಲಿಸಿತ್ತು!

***

"ಎಲ್ಲೋ ಹೋಗಿದ್ದ ಹಾಗಿತ್ತು?"

ರಾಮಣ್ಣ ಮನೆಯೊಳಕ್ಕೆ ಬಂದ ವಿಕ್ರಮ್‌ನನ್ನು ಕೇಳಿದ.

"ನಮ್ಮ ಕೆಲಸವೇ ಅದು! ಸಿಕ್ಕಿದ ಕಡೆ ತಿರುಗೋದು, ಯರ್ಯಾರಿಂದ ಏನೇನೆಲ್ಲಾ ತಿಳಿಯೋಕ್ಕೆ ಸಾಧ್ಯವೋ ಎಲ್ಲಾ ತಿಳ್ಕೊಂಡು ಕೊನೆಗೆ ಎಲ್ಲಾ ಒಟ್ಟು ಸೇರಿಸಿ ಒಂದು ನಿರ್ಧಾರಕ್ಕೆ ಬರೋದು"

ವಿಕ್ರಮ್ ನಗುತ್ತಾ ತನ್ನ ಕೆಲಸದ ಬಗೆಗೆ ಲಘುವಾಗಿ ಹೇಳಿದ.

"ಏನೋ? ನನಗಂತೂ ಒಂದೂ ಅರ್ಥವಾಗ್ತಾ ಇಲ್ಲ. ಯಜಮಾನ್ರು ಸತ್ತಾಗ ನಮಗಂಥಾ ದುಃಖ ಆಗಿರಲಿಲ್ಲ-ಸತ್ಯವಾಗಿ! ಸಾಕಷ್ಟು ಚೆನ್ನಾಗಿ ಬಾಳಿ ಬದುಕಿದ್ದರು. ಸಾವು ಬಂದಿದ್ದು ಆಶ್ಚರ್ಯವಾಗಿರಲಿಲ್ಲ. ಹಾರ್ಟ್ ಅಟ್ಯಾಕ್ ಅಂತ ಎಲ್ಲ ತಿಳ್ಕೊಂಡಿದ್ವೊ. ಅವರನ್ನ ಚೆಕ್ ಮಾಡಿದ ಡಾಕ್ಟರೂ ಅದನ್ನೇ ಹೇಳಿದ್ದರು. ಅದು ಕೊಲೇಂತ ಪೋಲೀಸ್ನೋರು ಬಂದು ಹೇಳಿದಾಗ ಷಾಕ್ ಆಯ್ತು! ಕೊನೆಗೆ ಶವಾನೂ ಇಲ್ಲ! ಇದೇನೂಂತಾನೇ ಅರ್ಥವಾಗ್ತಾ ಇಲ್ಲ".

ಸಂಜೆಯ ಕಾಫಿ ಹೀರುತ್ತಿದ್ದವರು ಮುಖ ಕಹಿ ಮಾಡಿಕೊಂಡರು.

"ಯೋಚ್ನೆ ಮಾಡಬೇಡಿ. ಇವತ್ತಿನವರೆಗೆ ಜಗತ್ತಿನಲ್ಲಿ ಆಗಿರೋ ಕೊಲೆಗಳಲ್ಲಿ ಶೇಕಡ ತೊಂಬತ್ತೊಂಬತ್ತು ಪತ್ತೆಯಾಗಿವೆ. ಪತ್ತೆಯಾಗದೆ ಉಳಿದಿರೋದು ಕೇವಲ ಒಂದು ಪರ್ಸೆಂಟ್ ಅಷ್ಟೆ"

ವಿಕ್ರಮ್ ಅವರೆದುರಿನ ಸೋಫಾದಲ್ಲಿ ಕುಳಿತು ಸಮಾಧಾನ ಹೇಳಿದ.

"ಕಾಫಿ ತರೋಕೆ ಹೇಳು"

ಅಲ್ಲೇ ಆಟವಾಡುತ್ತಿದ್ದ ಎಂಟು ವರ್ಷದ ಹುಡುಗನೊಬ್ಬನನ್ನು ಕುರಿತು ರಾಮಣ್ಣ ಹೇಳಿದರು. ಹುಡುಗ ಒಳಗೆ ಓಡಿದ.

"ಸಿಗರೇಟ್?"

ವಿಕ್ರಮ್ ಜೇಬಿಂದ ಸಿಗರೇಟು ಪ್ಯಾಕು ತೆಗೆದು ರಾಮಣ್ಣನ ಮುಂದೆ ಹಿಡಿದ.

"ಥ್ಯಾಂಕ್ಸ್..."

ರಾಮಣ್ಣ ಸಿಗರೇಟು ಎಳೆದುಕೊಂಡ. ವಿಕ್ರಮ್ ತಾನೊಂದನ್ನು ತುಟಿಯಲ್ಲಿಟ್ಟುಕೊಂಡು ನಂತರ ಗ್ಯಾಸ್ ಲೈಟರ್‌ನಿಂದ ಎರಡು ಸಿಗರೇಟುಗಳಿಗೂ ಬೆಂಕಿ ಮುಟ್ಟಿಸಿದ .

"ಪೋಲೀಸ್‌ನೋರು ಬಂದು ಯಾರೋ ಮೂಕರ್ಜಿ ಕೊಟ್ಟಿದ್ದಾರೆ, ಯಶವಂತರಾಯರದ್ದು ಸ್ವಾಭಾವಿಕ ಸಾವಲ್ಲ ಕೊಲೆ ಅಂತ ಹೇಳಿದರಂತೆ ಅಲ್ವಾ?"

"ಹೌದು. ನಮಗೆ ಸ್ವಲ್ಪ ಪರಿಚಯದೋರೆ ಸಬ್‌ಇನ್ಸ್‌ಪೆಕ್ಟರ್. ಹೆಸರು ದೀಪಕ್ ಅಂತ. ಅವರೇ ಕೇಸು ಇನ್‌ವೆಸ್ಟಿಗೇಷನ್‌ಗೆ ತಗೊಂಡಿದಾರೆ"

"ಯಾವ ಸ್ಟೇಷನ್?"

"ಇಲ್ಲೇ ಬಿಡದಿ ಜೂರಿಡಿಕ್ಷನ್‌ಗೇ ಬರುತ್ತೆ"

"ಮೂಕರ್ಜೀನ ಅವರು ತೋರಿಸಿದ್ರಾ?"

"ಇಲ್ಲ. ನಾವು ಕೇಳಲೂ ಇಲ್ಲ. ಅದನ್ನ ನೋಡಿದ್ರೂ ಅದನ್ನು ಬರೆದವರು ಯಾರೂಂತ ಗೊತ್ತಾಗ್ತಿರಲಿಲ್ಲ. ಅದು ಪೋಲೀಸರ ಕೆಲಸ. ಅದರ ಹ್ಯಾಂಡ್‌ರೈಟಿಂಗ್ ಹುಡುಕೋದು. ಅವರು ಹೇಳಿದ್ರಲ್ಲಿ ನಮಗೆ ಅನುಮಾನ ಬರಲಿಲ್ಲ. ಆ ಹುಡುಗ ಅಂದ್ರೆ ಆ ಸಬ್‌ಇನ್ಸ್‌ಪೆಕ್ಟರ್ ನಮಗೆ ದೂರದ ಸಂಬಂಧಿಕ ಕೂಡ"

"ದೀಪಕ್..." ಹೆಸರನ್ನು ಒಮ್ಮೆ ಹೇಳಿಕೊಂಡ ವಿಕ್ರಮ್. "ಅವರು ಎಲ್ಲಿ ವಾಸ ಇದ್ದಾರೆ ಹೇಳಿ?"

"ಬೆಂಗ್ಳೂರಲ್ಲೇ ಇರೋದು. ದಿವಸಾ ಬಿಡದಿಗೆ ಬಂದು ಹೋಗಿ ಮಾಡ್ತಾರೆ..."

ಅಷ್ಟೊತ್ತಿಗೆ ಕಾಫಿ ಬಂತು.

"ಅವರನ್ನು ನೋಡಬೇಕಾಗಿತ್ತೇನು? ಕಾಫಿ ತಗೊಳ್ಳಿ"

"ಈ ಕೇಸನ್ನು ಅವರೂ ಇನ್‌ವೆಸ್ಟಿಗೇಟ್ ಮಾಡ್ತಿರೋದ್ರಿಂದ ಒಂದ್ಸಲ ನೋಡಬೇಕು"

"ಸಾಮಾನ್ಯವಾಗಿ ಸಾಯಂಕಾಲ ಆರು ಗಂಟೆ ತನಕಾನೂ ಅವರು ಸ್ಟೇಷನ್‌ನಲ್ಲೆ ಇರ್ತಾರೆ. ಬೇಕಾದ್ರೆ ಹೋಗಿ ಬರೋಣ"

ರಾಮಣ್ಣ ಗಡಿಯಾರ ನೋಡುತ್ತಾ ಹೇಳಿದರು.

"ಛೆ... ನೀವ್ಯಾಕೆ? ನಿಮಗೆಷ್ಟು ಕೆಲಸ ಇದೆಯೋ ಏನೋ? ನಾನು ಹೋಗಿ ಬರ್ತೇನೆ ಬಿಡಿ"

"ನಿಮ್ಮೂರಲ್ಲಿ ಕುದುರೆ ಯಾರು ಸಾಕಿದಾರೆ?"

ವಿಕ್ರಮ್ ನೆನಪು ಮಾಡಿಕೊಂಡು ಕೇಳಿದ.

"ಯಾಕೆ?"

"ಬೇಕಾಗಿತ್ತು..."

"ಅದಕ್ಕೂ ಈ ಕೇಸಿಗೂ ಏನಾದ್ರೂ ಸಂಬಂಧ?"

"ಇದೇಂತಾನೇ ತಿಳ್ಕೊಳ್ಳಿ"

"ನಮ್ಮೂರಲ್ಲಿ ಒಬ್ಬ ಅಗಸ ಇದಾನೆ. ಮುನಿಯಪ್ಪ ಅಂತ. ಅವನು ಎಲ್ಲಾ-ಅಗಸರಿಗೂ ಅಪವಾದ. ಎಲ್ಲಾ ಕತ್ತೆ ಕಟ್ಟಿದರೆ ಇವನು ಕುದುರೆ ಕಟ್ಟಿದಾನೆ" ರಾಮಣ್ಣ ನಕ್ಕರು.

"ಮನುಷ್ಯ ಹೇಗೆ?"

"ಹೀಗೇಂತಾನೇ ಹೇಳೋಕಾಗೊಲ್ಲ, ಅವನ ನಿಜವಾದ ವ್ಯಕ್ತಿತ್ವ ಇನ್ನೂ ಯಾರಿಗೂ ಗೊತ್ತಿಲ್ಲ"

"ಯಾಕೆ?"

"ವಿಚಿತ್ರ ಮನುಷ್ಯ. ಸ್ವಲ್ಪ ತಲೆ ಕೆಟ್ಟಿರೋನ ಹಾಗೆ ಆಡ್ತನೆ. ಒಂದೊಂದ್ಸಲ ಇದಕ್ಕಿದ್ದಾಗೆ ಜಗಳ ಆಡ್ತಾನೆ. ಆದರೆ ವರ್ಷದಿಂದ ಕೆಲಸ ಮಾಡ್ಕೊಂಡು ಹೋಗ್ತಿದಾನೆ"

"ಹಿಂದೆ ಎಲ್ಲಿದ್ದನಂತೆ?"

"ರಾಯಚೂರು ಕಡೆ ಇದ್ದೇಂತ ಹೇಳ್ತಾನೆ..."

"ಹೆಂಡತಿ ಮಕ್ಕಳು?"

"ಅವನಿಗೆ ಯಾರೂ ಇಲ್ಲ. ಒಬ್ಬನೇ ಇದಾನೆ"

"ಸರಿ. ಮತ್ತೆ ಒಂದು ರೌಂಡು ಹೋಗಿ ಬರ್ತೀನಿ. ಕೆಲಸ ಹಿಡಿದ ಮೇಲೆ ಮುಗಿಸಬೇಕಲ್ಲ? ಅಂದ ಹಾಗೆ ಕೃಷ್ಣ ಎಲ್ಲಿ ಕಾಣ್ತಾ ಇಲ್ಲವಲ್ಲ?"

ಗೊತ್ತಿಲ್ಲ. ನಾನೂ ಬೆಳಗ್ಗೆಯಿಂದ ನೋಡಿಲ್ಲ. ಬೆಂಗ್ಳೂರಿಗೆ ಏನಾದ್ರೂ ಹೋದನೋ ಏನೋ? ನನ್ನ ಹೆಂಡ್ತಿನ ಕೇಳ್ತೀನಿ"

ರಾಮಣ್ಣ ಎದ್ದು ಹೋದ. ಈ ಹಿಂದೆ ರಾಮಣ್ಣ ನಮ್ಮೂರಿನಲ್ಲಿ ಕುದುರೆ ಸಾಕಿರುವವರು ಯಾರೂ ಇಲ್ಲ ಎಂದಿದ್ದು ವಿಕ್ರಮ್‌ಗ ನೆನಪಾಯಿತು. ಆಗ ಸುಳ್ಳು ಹೇಳಿದ ರಾಮಣ್ಣ ಈಗ ನಿಜ ಹೇಳಿದ್ದೇಕೆ? ಆಗ ಹೇಳಿದ್ದನ್ನು ಇವರು ಮರೆತಿರಬಹುದೆ? ಆಗ ಬೇರೆ ಯೋಚನೆ ಇದ್ದು, ಅಂತಾ ಸುಳ್ಳು ಹೇಳಿದ್ದರೆ? ಈಗ ಆ ಅಭಿಪ್ರಾಯ ಬದಲಿಸಿರಬಹುದೆ? ಈ ಸಮಯದಲ್ಲಿ ಅವರು ಕುದುರೆ ಸಾಕಿರುವ ಮುನಿಯಪ್ಪನನ್ನು ಭೇಟಿ ಮಾಡಿ ಅವನಿಗೆ ಏನಾದರೂ ಸುದ್ದಿ ಕೊಟ್ಟಿರಬಹುದೆ? ಹುಷಾರಾಗಿರು ಎಂದು ಹೇಳಿರಬಹುದೆ? ಆಗ ನಮ್ಮೂರಲ್ಲಿ ಕುದುರೇನೇ ಇಲ್ಲ ಪಕ್ಕದೂರಿನಲ್ಲಿ ಒಬ್ಬ ಗರಡಿ ಉಸ್ತಾದ್ ಕಟ್ಟಿದಾನೆ ಎಂದಿದ್ದವರು ಇದೀಗ ಅಗಸ

ಮುನಿಯಪ್ಪನ ವಿಷಯ ಹೇಳಿದ್ದೇಕೆ? ಮುನಿಯಪ್ಪ, ಕುದುರೆ ಮತ್ತು ರಾಮಣ್ಣ ಇವರ ನಡುವೆ ಏನು ನಡೆದಿದೆ? ಆಗ ಸುಳ್ಳು! ಈಗ ನಿಜ!

ಕುದುರೆಗೂ ಈ ಕೇಸಿಗೂ ಏನಾದರೂ ಸಂಬಂಧ ಇರಬಹುದೆ? ಇಲ್ಲಾ ಸುಮ್ಮನೆ ಹಸಿರು ತಿನ್ನೋಕೇನಾದ್ರೂ ಕುದುರೆ ಅಲ್ಲಿ ಅಡ್ಡಾಡಿರಬಹುದಾ? ಛೆ... ಅದು ಸಾಧ್ಯವಿಲ್ಲ. ಯಾಕೆಂದರೆ ಅಲ್ಲಿ ಹಸಿರಿರಲಿಲ್ಲ. ಆದರೆ ಯಾರೋ ಹುಲ್ಲು ತಂದು ಅಲ್ಲಿ ಹಾಕಿದ್ದರು. ಅಂದರೆ ಕುದುರೆ ಅದಾಗೇ ದಾರಿ ತಪ್ಪಿ ಬಂದಿಲ್ಲ. ಅಥವಾ ಹುಲ್ಲು ಹುಡುಕಿಕೊಂಡೂ ಬಂದಿಲ್ಲ. ಅಲ್ಲದೆ ಮರಕ್ಕೆ ಕುದುರೆ ಕಟ್ಟಿದ್ದ ಸ್ಪಷ್ಟವಾದ ಗುರುತು ಮರದ ತೊಗಟೆಯ ಮೇಲಿತ್ತು. ಕುದುರೆ ಸ್ಮಶಾನದಲ್ಲಿದ್ದುದಕ್ಕೂ ಯಶವಂತರಾಯರ ಶವ ಮಾಯವಾದಕ್ಕೂ ಸಂಬಂಧವಿಲ್ಲದೆ ಇರಬಹುದು. ಆದರೆ ಕುದುರೆಯನ್ನ ಯಾರೋ ಆ ಮರಕ್ಕೆ ಕಟ್ಟಿದ್ದಂತೂ ನಿಜ.

ರಾಮಣ್ಣ ಬಂದು ನೇರವಾಗಿ ಮಾತಿಗಿಳಿದರು.

"ನನ್ನ ಹೆಂಡತೀಗೂ ಏನೂ ಗೊತ್ತಿಲ್ಲ. ಯಾರಿಗೂ ಹೇಳಿಲ್ಲ. ಕೃಷ್ಣನ ಹತ್ರ ಏನಾದ್ರೂ ಮಾತಾಡಬೇಕಿತ್ತೇನೂ?"

"ಹೂ..."

"ಶೇಖರ್ ಅಂತ ಅವನ ಸ್ನೇಹಿತ ಒಬ್ಬನಿದಾನೆ. ಅವನ ಮನೇಲಿ ಇರಬಹುದು".

"ಮನೆ ಎಲ್ಲಿದೆ?"

"ಪೋಸ್ಟಾಫೀಸು ಇದೆಯಲ್ಲ? ಅದರ ಮುಂದೇನೆ ಅರ್ಧ ಕಿಲೋಮೀಟರು ಹೋದರೆ ರಸ್ತೆ ಪಕ್ಕದಲ್ಲೇ ಒಂದು ಫಾರಮ್ ಸಿಗುತ್ತೆ. ಹೆಸರು 'ನೇಸರ' ಅಂತ. ಶೇಖರ್ ಮತ್ತು ಕೃಷ್ಣ ಪಿ.ಯು.ಸಿಯಲ್ಲಿ ಕ್ಲಾಸ್‌ಮೇಟ್ಸ್. ಶೇಖರ್ ಮುಂದೆ ಓದದೆ ಫಾರ್ಮಿಂಗ್ ಮಾಡ್ತಿದ್ದಾನೆ. ಚೆನ್ನಾಗಿ ತೋಟ ಅಭಿವೃದ್ಧಿ ಮಾಡಿದಾನೆ. ಕೃಷ್ಣ ಅಗಾಗ್ಗೆ ಅವನ ಮನೆಗೆ ಹೋಗ್ತಿರ್ತಾನೆ."

"ಸರಿ... ಥ್ಯಾಂಕ್ಸ್!"

ವಿಕ್ರಮ್ ಎದ್ದು ಮನೆಯಾಚೆ ಬಂದ.

ಪೋರ್ಟಿಕೋದಲ್ಲಿ ನಿಲ್ಲಿಸಿದ್ದ ಜೀಪಿನಲ್ಲಿ ಕುಳಿತು, ಸ್ಟಾರ್ಟ್ ಮಾಡಿ ಗೇರ್‌ಗೆ ಹಚ್ಚಿದಾಗ ಗಾಡಿ ಮುಂದೆ ಸರಿಯಿತು. ಈಗೆಲ್ಲಿಗೆ ಹೋಗಲಿ? ಕೃಷ್ಣನನ್ನು ಹುಡುಕಲೇ? ಅಗಸ ಮುನಿಯಪ್ಪನ ಮನೆಗೆ? ಇಲ್ಲ ದೀಪಕ್‌ನ ಪೋಲೀಸ್ ಠಾಣೆಗೆ?

ಮನೆಯಿಂದ ಐವತ್ತಡಿ ದೂರ ಕ್ರಮಿಸಿದಾಗ ವಿಕ್ರಮ್‌ಗೆ ವಿಚಿತ್ರ ಭಾವನೆ. ಯಾರೋ ಹಿಂಬಾಲಿಸುತ್ತಿರುವಂತೆ? ತಿರುಗಿ ನೋಡಿದ.

ಬಾಲ್ಕನಿಯಲ್ಲಿ ಒಬ್ಬಳು ಹೆಂಗಸು ನಿಂತು ಅವನನ್ನು ನೋಡುತ್ತಾ ಇದ್ದಳು!

ಯಾರಾಕೆ? ವಿಕ್ರಮ್ ತಲೆಯಲ್ಲಿ ಪ್ರಶ್ನೆಗಳು ರಿಂಗಣಿಸಿದವು!

***

ಎದುರಿನ ಕುರ್ಚಿಯಲ್ಲಿ ಕೂತಿದ್ದ ವ್ಯಕ್ತಿಯನ್ನು ಇನ್ಸ್‌ಪೆಕ್ಟರ್ ದೀಪಕ್ ಕುತೂಹಲ ಮಿಶ್ರಿತ ಗೌರವದಿಂದ ನೋಡುತ್ತಾ ವಿಕ್ರಮ್ ಮಾತುಗಳನ್ನು ಗಮನವಿಟ್ಟು ಕೇಳುತ್ತಿದ್ದ. ಜೊತೆಯಲ್ಲೇ ಅವನು ತನ್ನಲ್ಲೇ ಸಂಭಾಷಿಸುತ್ತಿದ್ದ. ಈತನೇ? ಈತನೇನಾ, ನಾನು ನೋಡಲು ಬಯಸಿದ್ದ ವ್ಯಕ್ತಿ? ಇನ್ಸ್‌ಪೆಕ್ಟರ್‌ಾಗಗಿ ಟ್ರೈನಿಂಗ್ ಪಡೆಯುತ್ತಿದ್ದಾಗ ಪ್ರತಿ ದಿನವೂ ಪೇಪರ್‌ನಲ್ಲಿ ಬರುತ್ತಿದ್ದ ಅತ್ಯಂತ ಸಮಸ್ಯಾತ್ಮಕವಾಗಿದ್ದ ರುಂಡವಿಲ್ಲದ ಶವದ ರಹಸ್ಯವನ್ನು ತನ್ನ ಅಸಾಧಾರಣ ತನಿಖೆ, ಮೇಧಾವಿತನದಿಂದ ಬಿಡಿಸಿದವನು?

ದೀಪಕ್ ತನ್ನನ್ನು ನೋಡುತ್ತಿದ್ದ ರೀತಿಯಲ್ಲೇ ವಿಕ್ರಮ್‌ಗ ಅದರಲ್ಲಿದ್ದ ಮೆಚ್ಚಿಗೆಯ ಭಾವವೂ ತಿಳಿಯಿತು.

“ವಿಷಯ ಎಲ್ಲಾ ನಿಮಗೆ ಹೇಳಿದೀನಿ ಇನ್ಸ್‌ಪೆಕ್ಟರ್. ಈಗ ನಿಮ್ಮ ಸಹಾಯ ನನಗೆ ಸಿಗುತ್ತೇಂತ ನಂಬಬಹುದಾ?”

ವಿಕ್ರಮ್ ಕೇಳಿದ.

“ಶೂರ್, ನೀವು ಹಾಗೆ ನಂಬಬಹುದು. ಆದರೆ ಅದನ್ನು ನಾನು ಪುಕ್ಕಟೆ ಮಾತ್ರೆ ಕೊಡಲಾರೆ. ಅದಕ್ಕೆ ನೀವು ಏನಾದರೂ ನೀಡಬೇಕು”

ದೀಪಕ್‌ನ ಮಾತುಗಳಿಂದ ವಿಕ್ರಮ್‌ಗ ಗಲಬಿಲಿ! ಏನಿದು? ಈತ ತನ್ನಿಂದ ಲಂಚ ಅಪೇಕ್ಷಿಸುತ್ತಿರುವನೆ?

“ಯಾವ ರೀತಿಯಲ್ಲಿ?”

ವಿಕ್ರಮ್ ಸ್ಪಷ್ಟ ಉತ್ತರ ಬೇಕಿತ್ತು.

“ಆಟೋಗ್ರಾಫ್‌ಗ ಸಹಿ ಮಾಡಿಕೊಡಬೇಕು!”

ಯುವಕ ಸಬ್‌ಇನ್ಸ್‌ಪೆಕ್ಟರ್‌ದ ವಿಚಿತ್ರ ಆಸೆ!

ವಿಕ್ರಮ್ ಮುಖದಲ್ಲಿ ಪಕ್ಕನೆ ನಗು ಚಿಮ್ಮಿತು.

“ನಾನು ಕಾಲೇಜಲ್ಲಿದ್ದಾಗಿಂದ ನಿಮ್ಮದೇ ಸ್ಫೂರ್ತಿ, ನೀವು ಸಾಲ್ವ್ ಮಾಡಿರೋ ಎಲ್ಲಾ ಕೇಸುಗಳನ್ನು ಸ್ಟಡಿ ಮಾಡಿದೀನಿ”

ತನ್ನ ಮೆಚ್ಚಿನ ಸಿನಿಮಾ ನಟನ ಮುಂದೆ ಹೇಳುವ ಅಭಿಮಾನಿಯಂತೆ ದೀಪಕ್ ಉತ್ಸಾಹದಿಂದ ಹೇಳಿದ.

“ಥ್ಯಾಂಕ್ಯು ವೆರಿಮಚ್ ದೀಪಕ್. ನನ್ನ ಜೀವನ, ನನ್ನ ವೃತ್ತಿ ನಿನ್ನಂಥ ಒಂದಿಬ್ಬರಿಗೆ ಸ್ಫೂರ್ತಿ ತುಂಬಿದರೂ ಸಾಕು ಮಾಡಿದರೂ ನನ್ನ ಬದುಕು ಸಾರ್ಥಕ. ಈಗ ನಾನು ಯಶವಂತರಾಯರ ಕೇಸು ತಗೊಂಡಿದೀನಿ. ನೀನು ಸಹಾಯ

ಮಾಡಬೇಕು"

"ಆಫ್ಕೋಕೇರ್ಸ್. ತ್ರೀ ಒನ್ ಫೈವ್..." ಒಬ್ಬ ಪಿ.ಸಿ. ಬಂದ. ಫೈಲು ನಂಬರ್ ಮೂವತ್ತೊಂದು ತಗೊಂಡ್ಬಾ"

"ಸರಿ ಸಾರ್..."

"ದೀಪಕ್, ಈ ಕೇಸಿನ ಬಗ್ಗೆ ನಿನ್ನ ಅಭಿಪ್ರಾಯವೇನು?"

ಐದಾರು ನಿಮಿಷ ಫೈಲು ಬರುವವರೆಗೂ ಇಬ್ಬರೂ ವಿಚಾರ ವಿನಿಮಯ ಮಾಡಿಕೊಂಡರು.

ಫೈಲು ಬಂದೊಡನೆ ಅದನ್ನು ವಿಕ್ರಮ್‌ನ ಕೈಗಿತ್ತ.

ವಿಕ್ರಮ್ ಹಾಳೆಗಳನ್ನು ತಿರುವಿದ.

ಅಲ್ಲೇ ಇತ್ತು ಮೂಕರ್ಜಿ!!

ಯಶವಂತರಾಯರದು ಸ್ವಾಭಾವಿಕವಾದ ಸಾವಲ್ಲ-ಕೊಲೆ. ಅದನ್ನು ಪೋಲೀಸರ ಕಣ್ಣಿಂದ ಮರೆ ಮಾಡಿದ್ದರೆ. ಅದನ್ನು ತಕ್ಷಣ ತನಿಖೆ ಮಾಡಬೇಕು, ಎಂಬ ಒಕ್ಕಣೆಯಿದ್ದ ಪತ್ರ. ವಿಕ್ರಮ್ ಪತ್ರವನ್ನು ಎರಡು ಸಲ ಓದಿ ಪ್ರತಿಯೊಂದು ಶಬ್ದವನ್ನೂ ನೆನಪಿನ ಉಗ್ರಾಣಕ್ಕೆ ಸೇರಿಸಿದ. ಬರವಣಿಗೆಯ ರೀತಿ, ಉಪಯೋಗಿಸಿದ ಕಾಗದ, ಇಂಕ್, ಬರವಣಿಗೆಯ ಶೈಲಿ ಎಲ್ಲವನ್ನೂ ತುಂಬಾ ಎಚ್ಚರಿಕೆಯಿಂದ ಗಮನಿಸಿದ. ಪತ್ರದ ಶೈಲಿಯಿಂದಲೇ ವ್ಯಕ್ತಿಯ ಬೌದ್ಧಿಕ ಮಟ್ಟವನ್ನು ಅಳೆಯಲು ಸಾಧ್ಯವಾಗಿತ್ತು. ಪತ್ರ ಬರೆದಾತ ವಿದ್ಯಾವಂತ, ಕಾಲೇಜಿನ ಹಂತದ ಬೌದ್ಧಿಕ ಮಟ್ಟ. ಪತ್ರ ಬರೆದದ್ದು ಒಂದು ನೋಟ್‌ಬುಕ್ಕಿನ ಹಾಳೆಯ ಮೇಲೆ. ಅದರಿಂದ ಎರಡು ಸಾಧ್ಯತೆಗಳಿವೆ. ಒಂದು, ಬರೆದಾತ ಇನ್ನೂ ಕಾಲೇಜು ವಿದ್ಯಾರ್ಥಿ ಇರಬಹುದು, ಎರಡು, ಆತ ಕಾಲೇಜು ವಿದ್ಯಾರ್ಥಿಯಲ್ಲದಿದ್ದರೂ ಮನೆಯಲ್ಲಿ ಓದುವ ಮಕ್ಕಳು ಹೆಚ್ಚಿರಬೇಕು. ಆತ ಮನೆಯಲ್ಲಿಯೇ ಅವಸರದಿಂದ ಪತ್ರ ಬರೆದಿರಬೇಕು.

"ನಿಮ್ಮ ಒಪೀನಿಯನ್ ಏನು ಸರ್?"

ದೀಪಕ್ ಕೇಳಿದ.

"ಇಂಥಾ ವಿಷಯಗಳಲ್ಲಿ ಏಕ್‌ದಂ ಹಾಗೆ ಅಭಿಪ್ರಾಯ ಹೇಳೋಕೆ ಆಗೊಲ್ಲ ದೀಪಕ್. ಸ್ವಲ್ಪ ಯೋಚನೆ ಮಾಡಬೇಕು. ಅಪರಾಧ ತನಿಖೆ ಕೆಲಸ ತುಂಬಾ ಪ್ರಯಾಸದ್ದು. ಅಖಂಡವಾದ ಸಹನೆಯಿರಬೇಕು. ಸೂಕ್ಷ್ಮ, ತಾರ್ಕಿಕ ಮನೋಭಾವ ಇರಬೇಕು..."

ದೀಪಕ್ ಹಾವಾಡಿಗನ ಪುಂಗಿಗೆ ಹೆಡೆಯಾಡಿಸುವ ನಾಗರ ಹಾವಿನಂತೆ ತಲೆದೂಗಿದ.

"ಈಗ ನನಗೆ ಈ ಮೂಕರ್ಜಿಯ ಒಂದು ಜೆರಾಕ್ಸ್ ಕಾಪಿ ಬೇಕು"

ವಿಕ್ರಮ್ ಕೇಳಿದ.

"ಇದು ಪೋಲೀಸ್ ರೆಕಾರ್ಡ್, ನಾನು ಕೊಡಬಾರದು, ಆದರೆ ನಿಮ್ಮ ಮೇಲಿನ ಅಭಿಮಾನದಿಂದ ಕೊಡ್ತೀನಿ"

ದೀಪಕ್ ಠಾಣೆಯ ನೌಕರನೊಬ್ಬನಿಗೆ ಅದರ ಕಾಪಿ ಮಾಡಿ ಕೊಡಲು ಹೇಳಿದ.

"ಮಾರಿ ಹಬ್ಬದ ಟೈಮಲ್ಲಿ ಒಂದು ಹೊಡೆದಾಟ ಆಯ್ತಂತಲ್ಲ? ಅದರ ಬಗ್ಗೆ ಏನು ತನಿಖೆ ನಡೆದಿದೆ..ಇನ್ಸ್ಪೆಕ್ಟರ್?"

ವಿಕ್ರಮ್ ನೆನಪು ಮಾಡಿಕೊಂಡು ಕೇಳಿದ.

"ಹಾ..ಎರಡು ಗುಂಪುಗಳ ಮಧ್ಯೆ ಹೊಡೆದಾಟ. ಅದಕ್ಕೆ ಹಿನ್ನೆಲೆ ಬಿಡದಿ ಒಂದು ಸಹಕಾರಿ ಬ್ಯಾಂಕಿನ ಎಲೆಕ್ಷನ್ನು"

ದೀಪಕ್ ಅದು ಸಾದಾರಣ ವಿಷಯ ಎನ್ನುವಂತೆ ಹೇಳಿದ.

"ಅದು ಯಶವಂತರಾವ್ ಮತ್ತೆ ವೆಂಕಟರೆಡ್ಡಿ ಗುಂಪುಗಳ ನಡುವೆ ನಡೆದಿದ್ದಲ್ಲವೆ?"

"ಹಾಗೇ ಕಾಣ್ಸುತ್ತೆ. ಆದ್ರೆ ಯಾರೂ ಇಬ್ಬರು ನಾಯಕರ ಬಗ್ಗೆ ಉಸಿರೆತ್ತುತ್ತಿಲ್ಲ..ಮೆರವಣಿಗೆ ವಿಷಯಕ್ಕೆ ನಡೆದದ್ದು ಅಂತ ಎಲ್ಲ ಸಾಕ್ಷಿಗಳೂ ಹೇಳಿವೆ. ನೇರವಾಗಿ ಯಶವಂತರಾವ್ ಅಥವಾ ವೆಂಕಟರೆಡ್ಡಿ ಹೆಸರು ಬಂದಿಲ್ಲ. ನಮ್ಮ ತನಿಖೆ ಪೂರ್ತಿ ಮಾಡಿ ಕೇಸು ನ್ಯಾಯಾಲಯಕ್ಕೆ ಒಪ್ಪಿಸಿದ್ದೀವಿ..ತೀರ್ಪು ಬರಬೇಕು ಅಷ್ಟೆ"

ದೀಪಕ್‌ಗ ತನ್ನ ಪಾಲಿನ ಕರ್ತವ್ಯ ಮುಗಿಸಿರುವ ಬಗ್ಗೆ ನಿರಾಳತೆಯಿತ್ತು.

"ಅಲ್ಲಾ..ಯಶವಂತರಾವ್ ಅವರ ಮರಣ ಅನುಮಾನಾಸ್ಪದ! ಆಮೇಲೆ ಶವ ಕೂಡ ನಾಪತ್ತೆಯಾಗಿದೆ. ಇದಕ್ಕೂ ವೆಂಕಟರೆಡ್ಡಿಗೂ ಸಂಬಂಧ ಇರಬಹುದೆ..?"

"ಇಲ್ಲಾ ಸಾರ್. ವೆಂಕಟರೆಡ್ಡಿ ಆ ಸಮಯದಲ್ಲಿ ತಿರುಪತಿಯಲ್ಲಿದ್ದ. ಅದು ಅವನಿಗೆ ಸ್ಟ್ರಾಂಗ್ ಅಲಿಬಿ. ಇದ್ರಲ್ಲಿ ಅವನ ಪಾತ್ರ ಇಲ್ಲ"

ವೆಂಕಟರೆಡ್ಡಿ ತಿರುಪತಿಯಲ್ಲಿದ್ದುದ್ದನ್ನು ದೀಪಕ್ ತನಿಖೆ ಮಾಡಿದಂತಿತ್ತು!

ನನ್ನ ಮುಂದಿನ ಹೆಜ್ಜೆ ಯಾವುದು? ಯಾರನ್ನು ಭೇಟಿ ಮಾಡಿ ಇಂಟರಾಗೇಟ್ ಮಾಡಲಿ? ವಿಕ್ರಮ್ ಯೋಚಿಸುತ್ತಾ ಮೂಕರ್ಜಿಯ ಜೆರಾಕ್ಸ್ ಕಾಪಿಗೆ ಕಾದುನಿಂತ.

***

"ಏನ್ಸಾರ್ ತಮಾಷೆ ಮಾಡ್ತಿದೀರ?"

ಮುನಿಯಪ್ಪ ಅನುಮಾನದಿಂದ ಕೇಳಿದ.

"ತಮಾಷೆಯಲ್ಲಯ್ಯ. ನಿಜವಾಗಿ ಕೇಳ್ತಿದೀನಿ, ನನಗೆ ಕೆಲವು ಗಂಟೆ ಕುದುರೆ ಬೇಕು"

ವಿಕ್ರಮ್ ಅವನಿಗೆ ನಂಬಿಕೆ ಬರುವಂತೆ ಹೇಳಿದ.

“ಅಲ್ಲಾ ಸ್ವಾಮಿ, ಏನು ಕೆಲಸಕ್ಕೆ ಬೇಕು?”

ಮುನಿಯಪ್ಪ ಕುತೂಹಲದಿಂದ ಕೇಳಿದ.

“ಕುದ್ರೆ ಯಾರಾದ್ರೂ ಯಾತಕ್ಕೆ ಕೇಳ್ತಾರೆ?”

“ಅದು ನಂಗೆಂಗೆ ತಿಳೀಬೇಕು..?”

“ಸರಿ, ಒಂದು ಜಾಲಿ ರೈಡ್ ಮಾಡಬೇಕು”

“ನನ್ನ ಕುದುರೆ ಸವಾರಿ ಮಾಡೋಕಲ್ಲ. ಬಟ್ಟೆ ಹೊತ್ಕಂಡು ಬರೋದು ಅಷ್ಟೆ”

“ಸರಿ, ಬಟ್ಟೆ ತರೋವಾಗ ಅದರ ಮೇಲೆ ನೀನೂ ಕೂತಿರ್ತೀಯಲ್ಲ?”

“ಇರಬೌದು. ಅದು ನನ್ನ ಕುದ್ರೆ ಅದಕ್ಕೆ..ನಾನು ಭಾರವಲ್ಲ”

“ನಿನ್ನ ಹೊರೋ ಕುದುರೆ ನನ್ನನ್ನು ಹೊರಲಾರದ? ನನಗೂ ಕುದುರೆ ಸವಾರಿ ಗೊತ್ತು”

“ಅಭ್ಯಾಸ ಚೆನ್ನಾಗಿ ಐತಾ..?”

“ಚೆನ್ನಾಗಿದೆ. ನಾನು ಮಿಲಿಟರಿಯಲ್ಲಿ ಕಾಶ್ಮೀರದ ಬಾರ್ಡರ್‌ನಲ್ಲಿದ್ದೆ. ಅಲ್ಲಿ ಉಪಯೋಗಿಸ್ತಾ ಇದ್ದಿದ್ದು ಕುದುರೇನೆ. ಆ ಬೆಟ್ಟ ಪ್ರದೇಶದಲ್ಲಿ ಜೀಪು, ಕಾರು ಯಾವುದೂ ಉಪಯೋಗಕ್ಕೆ ಬರೋದಿಲ್ಲ”

“ಅಂಗಾದ್ರೆ ಸರಿ..ಆದ್ರೆ ಶಾನೆ ದೂರ ಹೋಗ್ಬಾರ್ದು..”

“ಇಲ್ಲಯ್ಯ...ನಿನ್ನ ಕುದ್ರೇನ ದಣಿಸೋದಿಲ್ಲ. ಇವತ್ತು ರಾತ್ರಿ ಎಂಟು ಗಂಟೆ ಮೇಲೆ ಕುದುರೆ ಬೇಕು. ಪುಕ್ಸಟ್ಟೆ ಏನೂ ಕೊಡಬೇಡ. ಹಣ ಕೊಡೋದಕ್ಕೆ ನಾನು ಸಿದ್ಧವಾಗಿದೀನಿ”

“ಸರಿ ಬುದ್ಧಿ. ನೀವಿಷ್ಟೊಂದು ಕೇಳಿದ ಮ್ಯಾಗೆ ಇಲ್ಲಾನ್ನೋದಕ್ಕೆ ಆಗೋದಿಲ್ಲ. ಕುದುರೆ ಕೊಡ್ತೀನಿ”

“ದುಡ್ಡೆಷ್ಟು ಕೊಡಬೇಕಯ್ಯ?”

“ನಿಮಗೆ ತೋಚಿದಷ್ಟು ಕೊಡಿ ಸ್ವಾಮಿ”

“ಅದೆಷ್ಟು ಕೇಳು. ಇಲ್ಲದಿದ್ದರೆ ನಮಗೆ ಹೇಗೆ ತಿಳೀಬೇಕು?”

“ಒಂದು ಐನೂರು ರೂಪಾಯಿ ಕೊಡಿ”.

“ಜಾಸ್ತಿಯಾಯ್ತಲ್ಲ...? ಆದ್ರೂ ಕೊಡ್ತೀನಿ... ಹಾ! ಇನ್ನೊಂದು ಮಾತು. ರಾತ್ರಿ ಹೊತ್ತು ಕುದುರೆ ಕೆಲಸ ಮಾಡುತ್ತೆ ತಾನೆ? ಇಲ್ಲಾ ಸ್ಟ್ರೈಕ್ ಮಾಡ್ಕೊಂಡು ಮಲಕೊಂಡು ಬಿಡುತ್ತೋ?”

“ಛೆ... ಛೆ... ಹಂಗೆ ಮಾಡೋ ಹಾಗಿದ್ರೆ ನಾನೇ ಹೇಳ್ತಿರಲಿಲ್ಲವಾ?”

ಮುನಿಯಪ್ಪ, ಒಂದು ರಾತ್ರಿ ತನ್ನ ಕುದುರೆ ಬಾಡಿಗೆ ಕೊಡಲು ಈವರೆಗೆ ಮಾತಾಡಿದ್ದರೂ ಸಹ ವಿಕ್ರಮ್ ಬಗ್ಗೆ ಅನುಮಾನ ಹೋಗಿರಲಿಲ್ಲ. ಈತನ ವಿಚಿತ್ರ ಬೇಡಿಕೆಗೆ ಕಾರಣವೇನು? ಕುದುರೆ ತಗೊಂಡು ಹೋಗಿ ಈತ ಮಾಡೋ ಕೆಲಸವಾದರೂ ಏನು? ತನ್ನದು ಸವಾರಿ ಮಾಡಿ ಖುಷಿಪಡೋ ಕುದುರೆಯಂತೂ ಅಲ್ಲ!

"ಇತ್ತೀಚೆಗೆ ಯಾವತ್ತಾದರೂ ರಾತ್ರಿ ಹೊತ್ತು ಕುದುರೆ ಉಪಯೋಗಿಸಿದ್ದು ಉಂಟಾ...?"

"ಛೆ... ಇಲ್ಲ. ರಾತ್ರಿ ಹೊತ್ತು ನನ್ನ ಕೆಲಸ ಏನೂ ಇರೋದೇ ಇಲ್ಲ. ಹೊತ್ತು ಮುಳುಗೋದ್ರಲ್ಲಿ ನನ್ನ ಕೆಲ್ಸ ಮುಗುದೋಗುತ್ತೆ. ಕೆರೆಯಿಂದ ಒಗೆದ ಬಟ್ಟೇನೆಲ್ಲಾ ತಂದ ಮೇಲೆ ಕುದುರೆ ಕಟ್ಟಿ ಹಾಕೋದಷ್ಟೆ"

"ನನೆಪು ಮಾಡ್ಕೋ? ಈಚೆಗೆ ಕುದುರೇನೇ ರಾತ್ರೀಲಿ ಆಚೆ ಕರ್ಕೊಂಡು ಹೋಗಿರಲಿಲ್ಲವಾ?"

"ಒಳ್ಳೇ ಕತೆ ಇದು! ಅಂಗೇನಾದ್ರೂ ಇದ್ರೆ ನಾನು ಮರೀತೀನಾ? ಖಂಡಿತವಾಗ್ಲೂ ಮರೆಯೊಲ್ಲ"

"ಸರಿ, ಸಾಯಂಕಾಲ ಏಳ್ಗಂಟೆಗೆ ಯರ್ನಾದ್ರೂ ಕಳಿಸ್ತೀನಿ. ಕುದ್ರೆ ಬಿಚ್ಚಿಕೊಡು. ಇಗೋ ಇನ್ನೂರು ಅಡ್ವಾನ್ಸು"

ಮುನಿಯಪ್ಪ ತೆಗೆದುಕೊಂಡ. ಅವನು ವಿಕ್ರಮ್ ದೃಷ್ಟಿಯನ್ನು ತಪ್ಪಿಸಿಕೊಳ್ಳುತ್ತಿದ್ದ! ಅವನ ಮಾತಿನ ರೀತಿ ನೀತಿ ಹಾವ-ಭಾವ ನೋಡಿದಾಗ ಈತ ಏನನ್ನೋ ತನ್ನಿಂದ ಮುಚ್ಚಿಡಲು ಪ್ರಯತ್ನಿಸುತ್ತಿರುವನು ಎಂದು ವಿಕ್ರಮ್‌ಗ ಅನ್ನಿಸದಿರಲಿಲ್ಲ. ಆದರೂ ಮುನಿಯಪ್ಪನ ಮೇಲೆ ಒಮ್ಮೆಲೇ ಆರೋಪ ಹೊರಿಸಲು ಸಾಧ್ಯವಿರಲಿಲ್ಲ. ಮೊದಲು ಕುದುರೆಯ ಹೆಜ್ಜೆಯ ಗುರುತಿನ ಅಚ್ಚು ತೆಗೆದು, ಸ್ಮಶಾನದಲ್ಲಿ ಕಂಡದ್ದಕ್ಕೂ ಇದಕ್ಕೂ ಹೋಲಿಸಬೇಕು. ಎರಡೂ ಒಂದೇ ಆಗಿದ್ದಲ್ಲಿ ಆಮೇಲೆ ಮುನಿಯಪ್ಪನನ್ನು ದಬಾಯಿಸಬಹುದು. ಅಲ್ಲದೆ ಕೃಷ್ಣ ಇನ್ನೂ ಬಾಕಿಯಿದ್ದ! ಯಶವಂತರಾಯರ ಕೊಲೆಯಲ್ಲಿ ಅವನದು ಮುಖ್ಯವಾದ ಪಾತ್ರವಿರಬಹುದು. ಅಷ್ಟೇಕೆ? ಆತನೇ ತನ್ನ ತಾತನ ಕೊಲೆ ಮಾಡಿರಬಹುದು!

ಮುನಿಯಪ್ಪನ ಕುದುರೆಯನ್ನೂ ಆ ದಿನ ರಾತ್ರಿ ಕೃಷ್ಣನೇ ಕರೆದುಕೊಂಡು ಹೋಗಿ ಶವವನ್ನು ಸ್ಥಳಾಂತರಿಸಿರಬಹುದು. ಹೇಳಿಕೇಳಿ ಬೇಜವಾಬುದಾರಿ ಯುವಕ! ಪ್ರಪಂಚದ ಎಲ್ಲ ಕೆಟ್ಟ ಹವ್ಯಾಸಗಳನ್ನೂ ಮೈಗೂಡಿಸಿಕೊಂಡಿದ್ದಾನೆ! ಅವನಿಗೆ ಹಣದ ತೀವ್ರ ಅವಶ್ಯಕತೆಯಿದೆ. ಯಶವಂತರಾಯರು ಮೊಮ್ಮಗನ ಈ ಹವ್ಯಾಸಗಳಿಗೆ ಧಾರಾಳವಾಗಿ ಹಣ ಕೊಟ್ಟಿರಲಾರರು! ಅವರು ಸತ್ತರೆ ಎಲ್ಲ

ಆಸ್ತಿಯೂ ತನ್ನದೇ ಎಂಬ ಯೋಚನೆಯಿಂದ ಕೃಷ್ಣ ಒಂದಿಬ್ಬರ ಸಹಾಯದಿಂದ ಈ ಕೊಲೆ ಮಾಡಿರಬಹುದು. ಅಥವಾ ಒಬ್ಬನೇ ಮಾಡಿರಬಹುದು. ಅಲ್ಲದೆ ಪ್ರಶ್ನೆ ಕೇಳಲು ಹೋದಾಗ ಕೃಷ್ಣ ಒರಟಾಗಿ ಉತ್ತರಿಸಿದ್ದ. ಹೆದರಿದ್ದನೆ? ಹೆದರಿಕೆ ಆ ರೂಪದಲ್ಲಿ ಪ್ರಕಟವಾಗಿದೆಯೆ? ಅಥವಾ ಭಂಡನೆ? ಆದದ್ದಾಗಲಿ ಎಂಬ ಮನೋಭಾವದವನೆ?

ವಿಕ್ರಮ್ ಜೀಪಿನಲ್ಲಿ ಕುಳಿತು ಕೃಷ್ಣನ ಸ್ನೇಹಿತ ಶೇಖರ್ ಮನೆಯತ್ತ ಡ್ರೈöÊವ್ ಮಾಡಿದ. ರಸ್ತೆಯ ತಿರುವಿನಲ್ಲಿ ಜೀಪು ನಿಲ್ಲಿಸಿ ಹಿಂತುರಿಗಿ ನೋಡಿದ ವಿಕ್ರಮ್! ವಿಕ್ರಮನನ್ನೇ ನೋಡುತ್ತಿದ್ದ ಮುನಿಯಪ್ಪ! ಏಕೆ? ಅವನೂ ಯಶವಂತರಾಯರ ಕೊಲೆಯಲ್ಲಿ ಭಾಗೀದಾರನ? ಅವನ ಕುದುರೆಯೇ ಸ್ಮಾಷಾನದಲ್ಲಿ ಕಟ್ಟಿದ್ದು?

ಶೇಖರ್ ಮನೆಯಲ್ಲಿ ಕೃಷ್ಣ ಇರಬಹುದೆ? ಅಲ್ಲೇನಾದರೂ ಕೇಸಿನ ಸಿಕ್ಕು ಬಿಡಿಸಲು ಸುಳಿವು ಸಿಕ್ಕೀತಾ?

***

ಹಚ್ಚ ಹಸಿರಿನಿಂದ ಕಂಗೊಳಿಸುತ್ತಿತ್ತು ಶೇಖರನ 'ನೇಸರ' ಫಾರಮ್. ದೊಡ್ಡ ಕಬ್ಬಿಣದ ಗೇಟು ಫಾರಮ್ಮಿಗೆ ಭದ್ರತೆಯನ್ನು ನೀಡಿತ್ತು.

ಗೇಟಿನಿಂದ ಇಪ್ಪತ್ತು ಅಡಿ ದೂರದಲ್ಲಿ ಬಲಪಾರ್ಶ್ವದಲ್ಲಿ ಇತ್ತೀಚೆಗೆ ಕಟ್ಟಿಸಿದ ದೊಡ್ಡ ಮನೆ ಕಂಡಿತು. ವಿಕ್ರಮ್ ಗೇಟಿನ ಮುಂದೆ ಜೀಪು ನಿಲ್ಲಿಸಿದಾಗ ತಾರಸಿಯ ಮೇಲಿಂದ ಒಬ್ಬ ವ್ಯಕ್ತಿ ಎದ್ದು ನಿಂತು ನೋಡಿದ. ಆತನೇ ಶೇಖರ್ ಇರಬಹುದು ಎನ್ನಿಸಿತು.

"ಯಾರು ಬೇಕಿತ್ತು?"

ಮನೆಯೊಳಗಿಂದ ಓಡಿ ಬಂದ ಒಬ್ಬ ನಡು ವಯಸ್ಸಿನ ವ್ಯಕ್ತಿ ಕೇಳಿದ. ಬಹುಶಃ ಅವನು ಶೇಖರ್ ಫಾರಮ್ಮಿನಲ್ಲಿ ಕೆಲಸ ಮಾಡುವವರಲ್ಲಿ ಒಬ್ಬ ಎನಿಸಿತು.

"ಕೃಷ್ಣ ಅವರನ್ನ ನೋಡ್ಬೇಕಿತ್ತು"

"ತಾವ್ಯಾರೋ..?"

"ವಿಕ್ರಮ್ ಅಂತ"

"ಆಯ್ತು ಕೇಳ್ಕಂಡು ಬತ್ತೀನಿ" ಆತ ಒಳಗೆ ಹೋದ. ವಿಕ್ರಮ್ ಕಾಯುತ್ತಾ ನಿಂತ.

"ಆಯ್ತು ಬನ್ನಿ" ಐದು ನಿಮಿಷದ ನಂತರ ಆತ ಬಂದು ಗೇಟು ತೆಗೆದ. ವಿಕ್ರಮ್ ಸುತ್ತ ನೋಡುತ್ತಾ ಶೇಖರನ ಸಸ್ಯ ಪ್ರೇಮವನ್ನು ಮೆಚ್ಚುತ್ತಾ ಆ ವ್ಯಕ್ತಿಯ ಹಿಂದೆ ನಡೆದ.

ಮನೆಯ ಹೊರಭಾಗದಲ್ಲೇ ಇದ್ದ ಮಹಡಿಯ ಮೆಟ್ಟಿಲು ತೋರಿಸಿದ ವ್ಯಕ್ತಿ.

"ಮ್ಯಾಲೋಗಿ, ಶೇಖರಪ್ನೋರು ಮತ್ತೀಗ ಕೃಷ್ಣಪ್ನೋರು ಅಲ್ಲೇ ಕುಂತವ್ರೆ"

ವಿಕ್ರಮ್ ಮೆಟ್ಟಿಲುಗಳನ್ನು ಹತ್ತಿ ಮೇಲಿನ ತಾರಸಿಯ ಮೇಲೆ ಕೂತಿದ್ದ ಶೇಖರ್ ಮತ್ತು ಕೃಷ್ಣರ ಬಳಿಗೆ ನಡೆದ.

ಒಂದು ಟೀಪಾಯ್ ಸುತ್ತ ನಾಲ್ಕು ಬೆತ್ತದ ಕುರ್ಚಿಗಳಲ್ಲಿ ಎರಡರ ಮೇಲೆ ಶೇಖರ್ ಮತ್ತು ಕೃಷ್ಣ ಕುಳಿತಿದ್ದರು. ಟೀಪಾಯ್ ಮೇಲೆ ವಿಸ್ಕಿ ಬಾಟಲ್, ಸೋಡಾ, ಐಸ್‌ಬಕ್ಸ್, ತಟ್ಟೆಗಳಲ್ಲಿ ಚಿಪ್ಸ್ ಮತ್ತು ಖಾರಾ ಮಿಕ್ಸ್ಚರ್ ಅಲ್ಲಿ ಏನು ನಡಿಯುತ್ತಿದೆ ಎನ್ನುವುದನ್ನು ತಿಳಿಸಿತು. ಕೈಯಲ್ಲಿದ್ದ ಗ್ಲಾಸನ್ನು ಟೀಪಾಯ್ ಮೇಲಿಟ್ಟು ಕೃಷ್ಣ ದುರುಗುಟ್ಟಿ ಬಂದಾತನನ್ನು ಕೆಕ್ಕರಿಸಿ ನೋಡಿದ.

"ಇಲ್ಯಾಕೆ ಬರ್ಬೇಕಿತ್ತು? ಮನೇಲಿ ಕೇಳಿದ್ದು ಸಾಲಲಿಲ್ಲವೆ?"

ಕೃಷ್ಣ ರೇಗಿದ.

"ಇವರು ಯಾರು?"

ಶೇಖರ್ ಕೇಳಿದ.

"ಕೃಷ್ಣನಿಗೆ ನನ್ನ ಮೇಲೆ ಕೋಪ. ನನ್ನ ಪರಿಚಯ ಆತ ಖಂಡಿತಾ ಮಾಡಿಕೊಡೊಲ್ಲ. ನಾನೇ ಪರಿಚಯ ಮಾಡ್ಕೋತೀನಿ. ನನ್ನ ಹೆಸರು ವಿಕ್ರಮ್. ಪ್ರೈವೇಟ್ ಡಿಟೆಕ್ಟೀವ್"

ವಿಕ್ರಮ್ ಮುಗುಳು ನಗುತ್ತಾ ಹೇಳಿದ.

"ಅಷ್ಟು ಸಾಕು. ಮುಂದಿಂದು ಹೇಳೋ ಅವಶ್ಯಕತೆ ಇಲ್ಲ. ಶೇಖರ್‌ಗ ನಾನೆಲ್ಲಾ ಹೇಳಿದ್ದೀನಿ"

"ಥ್ಯಾಂಕ್ಸ್. ನಾನು ಗಂಟಲು ಒಣಗಿಸಿಕ್ಕೊಳ್ಳೋದು ತಪ್ಪಿತು. ಸ್ನೇಹಿತರಿಬ್ಬರೂ ರಿಲ್ಯಾಕ್ಸಾಗಿ ಕೂತು ಆತ್ಮೀಯವಾಗಿ ಮಾತಾಡ್ತಿದ್ರಿ..ಸಾರಿ ನಿಮ್ಮ ಪರ್ಸನಲ್ ಸಮಯದಲ್ಲಿ ಅಡ್ಡಬಂದಿದ್ದೀನಿ.."

ವಿಕ್ರಮ್ ಕ್ಷಮೆ ಯಾಚಿಸಿದ.

ಆ ಮಾತು ಕೃಷ್ಣನನ್ನು ಕೆರಳಿಸಿತು. ತಾನು ವಿಸ್ಕಿ ಸೇವಿಸುತ್ತಿರುವುದನ್ನು ವ್ಯಂಗ್ಯವಾಗಿ ವಿಕ್ರಮ್ ಹೇಳುತ್ತಿದ್ದಾನೆ ಎಂದು ಭಾವಿಸಿದ.

"ನನಗೆ ಎಲ್ಲ ಕೆಟ್ಟ ಅಭ್ಯಾಸಗಳೂ ಇದಾವೆ. ನಾನು ಜಗತ್ತಿಗೆ ಕೆಟ್ಟ ಮನುಷ್ಯ. ಈ ದುರ್ಗುಣ ಎಲ್ಲಾ ನೋಡ್ಕೊಂಡು ನಾನೇ ಕೊಲೆ ಮಾಡಿದೀನೀಂತ ನಿಮಗನ್ನಿಸಿರಬಹುದು"

ವಿಸ್ಕಿಯನ್ನು ಗ್ಲಾಸನ್ನು ಕೈಗೆತ್ತಿಕೊಂಡು ಹೇಳಿದ ಕೃಷ್ಣ.

"ಇಲ್ಲ. ನೀನು ಕೊಲೆ ಮಾಡಿದೀಯಾಂತ ನಾನು ಭಾವಿಸಿಲ್ಲ"

ವಿಕ್ರಮ್ ಸಮಾಧಾನ ಚಿತ್ತದಿಂದ ಹೇಳಿದ.

"ಹಾಗಾದ್ರೆ ನನ್ನ ಬೆನ್ನು ಯಾಕೆ ಹತ್ತಿದೀರಿ?"

ವಿಸ್ಕಿ ಗುಟುಕರಿಸಿ ಕೇಳಿದ ಕೃಷ್ಣ.

"ಯಾಕೇಂದ್ರೆ ನಿಮ್ಮ ತಾತನ ಕೊಲೆಯನ್ನ ಪತ್ತೆ ಮಾಡಬೇಕೂಂತ ನೀನು ಬಯಸಿದೀಯ"

"ನಾನು! ನಾನು ಬಯಿಸಿದೀನಾ? ನಿಮ್ಮ ತಲೆ ಸರಿಯಾಗಿದೆ ತಾನೆ?"

"ಇಲ್ಲಿಯವರೆಗೆ ಕೆಟ್ಟಿಲ್ಲ"

"ಕೇಸು ನಿಮ್ಮ ಕೈಗೆ ಕೊಟ್ಟು ಹಣ ಕೊಟ್ಟಿರೋರು ನಮ್ಮ ಭಾವ"

"ಅಂದ್ರೆ ನೀನು ಈ ವಿಷಯದಲ್ಲಿ ಏನೂ ಮಾಡಿಲ್ಲವಾ..?"

"ಮಾಡಿದ್ರೆ ಹೇಳ್ತಿದ್ದೆ. ಅದನ್ನ ಹೇಳೋಕೆ ನನಗೆ ಭಯ ಇಲ್ಲ"

"ಆದ್ರೆ ಪೋಲೀಸ್‌ಗ ಮೂಕರ್ಜಿ ಬರೆದಿರೋನು ನೀನು!"

"ನಿಮಗೆ ತಲೆ ಕೆಟ್ಟಿದೆ"

"ಇಲ್ಲ. ನನ್ನ ತಲೆ ಸರಿಯಾಗಿದೆ. ವಿಸ್ಕಿ ಕುಡೀತಿರೋನು ನೀನು"

"ನಾನೇ ಅರ್ಜಿ ಬರೆದಿರೋದೂಂತ ಹೇಗೆ ಹೇಳ್ತೀರಿ?"

"ನಿನ್ನ ಹ್ಯಾಂಡ್‌ರೈಟಿಂಗ್, ಪೋಸ್ಟಾಫೀಸಲ್ಲಿ ತಗೊಂಡಿರೋ ಕವರ್...ಎಲ್ಲಾ ಹೇಳ್ತಾ ಇವೆ. ಆಧಾರ ಇಲ್ಲದೆ ನಾನು ಮಾತಾಡ್ತಾ ಇಲ್ಲ".

ಕೃಷ್ಣ ಪತ್ತೇದಾರನನ್ನು ನೋಡಿದ. ಜೇಬಿಂದ ಕರವಸ್ತ್ರ ತೆಗೆದು ಬೆವರಿದ್ದ ಮುಖ ಒರೆಸಿಕೊಂಡ.

"ಅದು ನಾನು ಬರೆದದ್ದು ಅಂತ ಹೇಗೆ ಹೇಳ್ತೀರಿ?"

"ಕೃಷ್ಣ ನಾನು ಡಿಟೆಕ್ಟೀವ್. ವಿದೇಶಗಳಲ್ಲಿ ಬೇಹುಗಾರಿಕೆ ಮಾಡಿದವನು. ನನ್ನ ಮೆಥೆಡ್ಡು ನೂರಕ್ಕೆ ನೂರು ಪಾಲು ನಿಜವಾಗಿವೆ. ಮೊದಲಿಗೆ ನಿನ್ನ ಬಳಿ ಒಂದು ಲೆಟರ್ ಪ್ಯಾಡ್ ಇದೆ. ಅದರಲ್ಲಿ ಕೇವಲ ಎರಡು ಹಾಳೆಗಳು ಮಾತ್ರ ಉಪಯೋಗವಾಗಿವೆ. ಅದರ ಬಲ ಭಾಗದಲ್ಲಿ ಒಂದು ಲೇಖನಿ ಮತ್ತು ಲೆಟರ್ ಪ್ಯಾಡಿನ ಸಣ್ಣ ಚಿತ್ರ ಇದೆ"

"ಅಂತಾದ್ದು ಸಾವಿರಗಟ್ಟಲೆ ಸ್ಟೇಶನರಿ ಅಂಗಡಿಯಲ್ಲಿ ಸಿಗುತ್ತವೆ. ಅದು ನನ್ನದೇ ಅಂತ ಹೇಗೆ ಹೇಳ್ತೀರಿ?"

ಕೃಷ್ಣ ಚಾಲೆಂಜ್ ಮಾಡಿದ.

"ಮೊದಲಿಗೆ ಆ ಮೂಕರ್ಜಿಯ ಹಾಳೆ ನಿನ್ನ ರೂಮಲ್ಲಿನ ಲೆಟರ್‌ಪ್ಯಾಡಿನದು..."

"ಅಷ್ಟಕ್ಕೇ ಆ ಪ್ಯಾಡಿನ ಹಾಳೆಯಲ್ಲಿ ಬರೆದ ಮೂಕರ್ಜಿ ನನ್ನದೇ ಅಂತ ಹೇಗೆ ಹೇಳ್ತೀರಿ?"

"ಹೇಳ್ತೀನಿ..ಎಲ್ಲಾ ಹೇಳ್ತೀನಿ. ಆ ಪ್ಯಾಡಿನಲ್ಲಿ ಎರಡೇ ಹಾಳೆ ಮಿಸ್ಸಾಗಿವೆ ಅಂತ ಹೇಳಿದೆನಲ್ಲ. ಅದರಲ್ಲಿ ಒಂದು ನಿಮ್ಮ ಪ್ರೇಯಸಿ ರಾಣಿ ಹತ್ರ ಇದೆ. ಆಕೆಗೆ ಅದನ್ನ ನಿಮ್ಮ ಪ್ರೇಮ ನಿವೇದನೆಗೆ ಬರೆದದ್ದು. ಇನ್ನೊಂದು ಹಾಳೆ ಪೋಲೀಸ್ ರೆಕಾರ್ಡ್‌ನಲ್ಲಿ ಮೂಕರ್ಜಿಯಾಗಿ ಫೈಲಾಗಿದೆ. ನಿಮ್ಮ ಪ್ರೇಯಸಿಗೆ ಪತ್ರ ಬರೆಯೋವಾಗ ಬಾಲ್ ಪೆನ್ನಲ್ಲಿ ಬರೆದಿದ್ದೀರಿ. ನಿಮಗೆ ಕನ್ನಡ ಚೆನ್ನಾಗಿ ಬರೆಯೋಕೆ ಬರೊಲ್ಲ. ಇಂಗ್ಲಿಷ್ ಪದಗಳ ಜೊತೆಗೆ ಕನ್ನಡ ಪದಗಳನ್ನ ಸೇರಿಸಿ ಬರೀತೀರಿ. ಒತ್ತಕ್ಷರಗಳು ಹೆಚ್ಚಾಗಿ ಬಂದರೆ ಇಂಗ್ಲಿಷ್ ಪದ ಬರೀತೀರಿ. ರಾಣಿಗೆ ಬರೆದ ಪತ್ರದ ಮಾರ್ಕು ಮೂರನೆ ಹಾಳೆಯಲ್ಲಿ ಇನ್ನೂ ಸ್ಪಷ್ಟವಾಗೇ ಇದೆ. ಆದರೆ ಮೂಕರ್ಜಿ ಬರಿಯೋವಾಗ ಲೆಟರ್‌ಪ್ಯಾಡ್‌ಯಡಿನಿಂದ ಹಾಳೆ ಬೇರ್ಪಡಿಸಿ ಬರೆದಿದ್ದೀರಿ. ನಿಮ್ಮ ಮೂಕರ್ಜಿಯಲ್ಲಿ ಇನ್ಸ್‌ಪೆಕ್ಟರ್ ಪದವನ್ನು ಇಂಗ್ಲಿಷಿನಲ್ಲಿ ಬರೆದಿದ್ದೀರಿ. ಕಾರಣ ಆ ಪದವನ್ನು ಕನ್ನಡದಲ್ಲಿ ಬರೆಯಲು ಬರಲಿಲ್ಲ! ದಿನಾಂಕ ಎನ್ನುವ ಬದಲು ಡೇಟ್ ಅಂತ ಇಂಗ್ಲಿಷಲ್ಲಿ ಬರೆದಿದ್ದೀರಿ, ಕೊಲೆ ಅನ್ನೋದು ಬರದೆ ಮರ್ಡರ್ ಅಂತ ಬರೆದಿದ್ದೀರಿ..ಸಾಕೆ ಇನ್ನೂ ಬೇಕೆ?"

"ಸೊ, ನನ್ನ ಹ್ಯಾಂಡ್‌ರೈಟಿಂಗ್ ಕಂಪೇರ್ ಮಾಡಿದೀರಿ"

ಈಗ ಕೃಷ್ಣನ ಮಾತು ಮೃದುವಾಗಿತ್ತು.

"ಪಕ್ಕಾ! ಆದರೆ ಈ ಕ್ಲೂನ ಪೋಲೀಸರಿಗೆ ಕೊಟ್ಟಿಲ್ಲ. ಅರ್ಜಿ ಬರೆದೋರು ಯಾರೂಂತ ಕಂಡು ಹಿಡಿಯೋಕೆ ಪೋಲೀಸ್‌ನೋರು ಸರ್ಕಸ್ ಮಾಡ್ತಿದಾರೆ. ನೋಡು ಕೃಷ್ಣ, ನಿಮ್ಮ ತಾತನ ಕೊಲೆ ಯಾರು ಮಾಡಿದಾರೇಂತ ತಿಳಿಯೋ ಕುತೂಹಲ ನಿನಗಿದೆ ಅಲ್ವೆ? ಆದ್ರಿಂದಲೇ ಆ ಪತ್ರ ಬರೆದೆ. ನಿನಗೆ ಗೊತ್ತಿರೋ ವಿಷಯಗಳನ್ನ ತಿಳಿಸಿ, ತನಿಖೆಗೆ ನೀನು ಯಾಕೆ ಸಹಾಯ ಮಾಡಬಾರದು? ಬೇಗನೆ ನಿಮ್ಮ ತಾತನ ದೇಹ ಹುಡುಕಿ ಮತ್ತೆ ಮಣ್ಣು ಮಾಡೋದು ಒಳ್ಳೇದಲ್ವಾ!"

ವಿಕ್ರಮ್ ಅವನ ಮನ ಒಲಿಸಲು ಪ್ರಯತ್ನಿಸಿದ.

ಗ್ಲಾಸಿನಿಂದ ಇನ್ನೊಂದು ಗುಟುಕು ಕುಡಿದು ಮತ್ತೆ ಮುಖ ಒರೆಸಿಕೊಂಡ.

"ನೀವು ಹೇಳೋದು ನಿಜ. ಈಗ... ಉಹುಂ... ಒಂದು ಹೆಜ್ಜೆ ಇಟ್ಟಾಗಿದೆ. ಇದೆಲ್ಲಾ ನಿಜ. ಆದ್ರೆ ನಾನು ಕೊಲೆ ಮಾಡಿಲ್ಲ. ನನ್ನ ಮೇಲೆ ನೀವು ಅನುಮಾನ ಪಟ್ಟರೆ ತಪ್ಪು ದಾರಿ ಹಿಡಿದ ಹಾಗಾಗಾಗುತ್ತೆ. ನಿಜವಾದ ಕೊಲೆಗಾರನನ್ನ ಹುಡುಕಿ. ಅದಕ್ಕೆ ನನ್ನ ಸಹಾಯ ಇದೆ. ನಿಮಗೇನು ಬೇಕೋ ಕೇಳಿ. ಮುಚ್ಚು ಮರೆ ಇಲ್ಲದೆ ಹೇಳ್ತೀನಿ. ನಿಮ್ಮಿಂದ ಈ ಕೇಸು ಸಾಲ್ವ್ ಮಾಡೋದಕ್ಕೆ ಆಗೋಲ್ಲಾಂತಿದ್ದೆ. ಈಗ ನಿಮ್ಮ ಮೇಲೆ ನಂಬಿಕೆ ಬರ್ತಾ ಇದೆ. ಒಂದೇ ದಿವಸದಲ್ಲಿ ಇಷ್ಟೆಲ್ಲಾ ಮಾಡಿದೀರಿ... ಸರಿ... ಕೇಳಿ..."

"ನಿಮ್ಮ ತಾತನವರದ್ದು ಸ್ವಾಭಾವಿಕವಾದ ಸಾವಲ್ಲ ಅದು ಕೊಲೆ ಅಂತ ನಿಂಗೆ ಯಾಕೆ ಅನುಮಾನ ಬಂತು?

"ನನ್ನ ಮಾವ ಮತ್ತು ಭಾವ"

"ಅಂದರೆ?"

"ಮೇಲೆ ಕಾಣಿಸೋ ಅವರ ಮುಖಗಳಲ್ಲಿನ ನಗುವಿನ ಹಿಂದೆ ಅಡಗಿರೋ ಧೂರ್ತತನ ನಿಮಗೆ ಗೊತ್ತಿಲ್ಲ. ಗೊತ್ತಾಗೋದು ಅಷ್ಟೊಂದು ಸುಲಭಾನೂ ಅಲ್ಲ. ಅವರಿಬ್ಬರೂ ನನ್ನ ಆಸ್ತಿಗೆ ಹೊಂಚು ಹಾಕ್ತಾ ಇದಾರೆ. ಅದನ್ನ ಹೇಗಾದರೂ ಕಬಳಿಸಬೇಕೂಂತ ನಮ್ಮ ತಾತಂಗೆ ಟಿಕೆಟ್ ಕೊಡಿಸಿದಾರೆ..."

"ಅದರಿಂದ ಅವರಿಗಾಗೋ ಲಾಭ ಏನೂ ಇಲ್ಲ! ಈಗ ನಿಮ್ಮ ತಾತ ಸತ್ತರು. ಆದ್ರೆ ಆಸ್ತಿ ಅವರಿಗೆಲ್ಲಿ ದಕ್ಕುತ್ತೆ? ನಿನಗೆ ತಾನೆ ಸೇರೋದು?"

"ನಿಜ. ಆದರೆ ಅವರು ನನ್ನನ್ನೂ ಮುಗಿಸೋದಿಲ್ಲ ಅನ್ನೋ ನಂಬಿಕೆ ಏನಿದೆ? ತಾತನ್ನ ಸಾಯಿಸೋದು ಅವರ ಧೂರ್ತ ಹಂಚಿಕೆಯಲ್ಲಿ ಮೊದಲ ಹೆಜ್ಜೆ ಅಷ್ಟೆ..."

ಮಧ್ಯ ಸೇವಿಸಿದ್ದುದರಿಂದಲೋ ಇಲ್ಲ ತನ್ನ ಭಾವ ಮತ್ತು ಮಾವನ ಮೇಲಿನ ಕೋಪದಿಂದಲೊ ಅವನ ಕಣ್ಣುಗಳು ಕೆಂಪಾಗಿದ್ದವು!

"ಹಾಗಾದರೆ ಅವರು ನಿನ್ನನ್ನೂ ಕೊಲೆ ಮಾಡ್ತಾರೇಂತ ನಿನ್ನ ಅಭಿಪ್ರಾಯವೆ?"

"ಬರೀ ಅಭಿಪ್ರಾಯವಲ್ಲ. ಅದನ್ನ ಅವರು ಮಾಡೇ ಮಾಡುತ್ತಾರೆ..."

"ಯಾಕೆ? ನೀನು ಬದುಕಿದ್ದರೂ ನಿನ್ನ ಆಸ್ತಿಯನ್ನು ಅವರು ಅನುಭವಿಸಬಹುದಲ್ಲ?"

"ಹೇಗೆ?"

"ಚಿತ್ರಾ?"

"ಓ...ಆ ವಿಷಯ! ಹೂ... ಚಿತ್ರಾನ ಮದ್ವೆಯಾಗೂಂತ ತಾತ ಬದುಕಿದ್ದಾಗಿನಿಂದಲೇ ಒತ್ತಾಯ ಶುರುವಾಗಿದೆ. ಆದರೆ ತಾತಂಗೆ ಅದು ಇಷ್ಟ ಇರಲಿಲ್ಲ".

"ಯಾಕೆ?"

"ನಮ್ಮ ತಾತ ಬುದ್ಧಿವಂತರು. ತಾನು ಮನೇಲಿ ಸಾಕಿರೋವು ಸರ್ಪಗಳೂಂತ ಗೊತ್ತಿತ್ತು. ಯಾವ ಕ್ಷಣದಲ್ಲಾದ್ರು ಕಚ್ಚುತಾವೇಂತಾನೂ ಗೊತ್ತಿತ್ತು. ಅದಕ್ಕೆ ಪುಂಗಿ ಹಿಡ್ಕೊಂಡು ಬಹಳ ದಿವಸ ಊದಿದರು. ಆದರೂ ಕೊನೆಗೆ ಒಂದು ದಿನ ಕಚ್ಚೇಬಿಟ್ಟವು!

"ಸ್ಪಷ್ಟವಾಗಿ ಹೇಳು ಕೃಷ್ಣ".

"ನನ್ನ ಕ್ಷಮಿಸಿ. ಇದು ಕೃಷ್ಣನ ತೀರಾ ವೈಯಕ್ತಿಕ ವಿಷಯ. ನಾನು ಆಚೆ ಹೋಗ್ತೀನಿ, ನೀವು ಮಾತಾಡಿ".

ಕೃಷ್ಣನ ಸ್ನೇಹಿತ ಶೇಖರ್ ಕುರ್ಚಿಯಿಂದೇಳಲು ಪ್ರಾರಂಭಿಸಿದ. ಇಲ್ಲಿಯವರೆಗವನು ಮೌನವಾಗಿ ಕುಳಿತು ವಿಸ್ಕಿ ಸೇವಿಸುತ್ತಿದ್ದ.

"ಏಯ್... ಕೂತ್ಕೊಳ್ಳೋ ಕಂಡಿದೀನಿ. ನಿನ್ನ ಹತ್ರ ನನ್ನ ಸೀಕ್ರೆಟ್ ಯಾವುದೂ ಇಲ್ಲ. ಸುಮ್ನೆ ಕೂತ್ಕೊ".

ಗೆಳೆಯನ ಕೈಹಿಡಿದು ಕೂರಿಸಿದ ಕೃಷ್ಣ. ಅವನಿಗೆ ನಶೆ ಏರಲು ಪ್ರಾರಂಭಿಸಿತ್ತು ಎಂಬುದನ್ನು ಅವನ ಹಾವ ಭಾವ, ಮಾತುಗಳಿಂದಲೇ ಗುರುತಿಸಬಹುದಾಗಿತ್ತು.

"ಹಾ... ಏನಂದ್ರಿ? ಸ್ಪಷ್ಟವಾಗಿ...ಹುಂ...ಮೇಧಾವಿ ಪತ್ತೇದಾರರಿಗೂ ನನ್ನ ಮಾತು ಅರ್ಥವಾಗ್ತಾ ಇಲ್ಲವೆ? ಕೃಷ್ಣ! ಯೂ ಆರ್ ಎ ಜೀನಿಯಸ್ ಬಾಸ್ಟರ್ಡ್ ಐ ಸೇ..." ತನಗೆ ತಾನೇ ಗಟ್ಟಿಯಾಗಿ ನಕ್ಕ.

"ಅಂದರೆ ನಿಮ್ಮ ಭಾವ ಮತ್ತು ಮಾವ ಇವರಿಬ್ಬರೂ ಅಥವಾ ಇಬ್ಬರಲ್ಲಿ ಒಬ್ಬರು ನಿನ್ನ ತಾತನ ಸಾವಿಗೆ ಕಾರಣ... ಅಲ್ಲವೇ? ಇಲ್ಲಿಯವರೆಗೂ ನಿಮ್ಮ ತಾತ ಅವರ ಅಗತ್ಯಗಳನ್ನು ಪೂರೈಸುತ್ತಾ ಬಂದರು. ಅದು ನಿಂತ ಮೇಲೆ ಅವರನ್ನು ಕೊಲೆ ಮಾಡಿದರು".

"ಯೂ ಆರ್ ಬ್ಲಡೀ ರೈಟ್! ನಮ್ಮ ತಾತ ಅವರ ಬೇಡಿಕೇನ ಈಡೇರಿಸ್ತಾನೇ ಇದ್ದ. ಕೊನೆಗೊಮ್ಮೆ ಎಲ್ಲಾ ಕಟ್ ಮಾಡಿ ಒಂದು ವಿಲ್ ಬರೆಯೋಕೆ ಸಿದ್ಧವಾದರು. ಅ ವಿಲ್ ಒಂದು ಆಗಿಬಿಟ್ಟಿದ್ದರೆ ಈ ನಾಯಿಗಳಿಗೆ ಒಂದೇ ಒಂದು ಎಂಜಲು ಕಾಸೂ ಸಹ ಸಿಕ್ತಾ ಇರಲಿಲ್ಲ. ಅದಕ್ಕೆ ಮುಂಚೆ... ಈ ಕೆಲಸ ಮಾಡಿ ಬಿಟ್ಟರು! ಬಾಸ್ಟರ್ಡ್ಸ್! ದೆ ಕಿಲ್ಡ್ ಮೈ ಗ್ರಾಂಡ್ ಫಾದರ್. ಸತ್ತಾಗಲೂ ನೆಮ್ಮದಿ ಸಿಗಲಿಲ್ಲ ನನ್ನ ತಾತಂಗೆ..ಆ ಪಾಪಿಗಳು ಕೊಂದ್ಬಿಟ್ರು..".

ಕೃಷ್ಣ ಮಗುವಿನಂತೆ ಬಿಕ್ಕಳಿಸಿ ಅಳತೊಡಗಿದ.

"ಸಮಾಧಾನ ಮಾಡ್ಕೋ ಕೃಷ್ಣ..ನಾನು ಬಂದಿದ್ದೀನಲ್ಲ? ಕೊಲೆಗಾರರನ್ನ ಹುಡುಕೋ ಭರವಸೆ ಕೊಡ್ತೀನಿ..ಬೇಗನೆ ಅವರನ್ನ ಹುಡುಕ್ತೀನಿ.."

ವಿಕ್ರಮ್ ಸಮಾಧಾನ ಮಾಡಲು ಪ್ರಯತ್ನಿಸಿದ.

"ನಿಮಗೆ ಗೊತ್ತಿಲ್ಲ..ಅವರೆಲ್ಲಾ ಏನೋ ಒಂದು ರಹಸ್ಯ ಇಟ್ಕೊಂಡಿದ್ದಾರೆ..ನಮ್ಮ ತಾತ ಅವರಿಗೆ ಯಾವತ್ತೂ ಬಗ್ಗಿರಲಿಲ್ಲ! ಅದ್ನೆಲ್ಲಾ ನೀವು ಹುಡುಕ್ತೀರಾ ಅನ್ನೋ ಭರವಸೆ ನನಗಿಲ್ಲ.."

ಕೃಷ್ಣ ಅಳುತ್ತಲೇ ಬಡಬಡಿಸಿದ.

ಏನಿರಬಹುದು ಕೃಷ್ಣನ ಮಾತಿನಲ್ಲಿ ಅಡಗಿರುವಂತಾದ್ದು? ಏನೋ ರಹಸ್ಯದ ಮಾತು ಹೇಳಿದನಲ್ಲ? ಅದು ಏನಿರಬಹುದು? ವಿಕ್ರಮ್ ಯೋಚಿಸತೊಡಗಿದ.

"ಏನದು ಕೃಷ್ಣ? ಅದೇನು ರಹಸ್ಯ? ಹೇಳು..ಅದು ನನ್ನ ತನಿಖೆಗೆ ಹೆಲ್ಪಾಗುತ್ತೆ. ಅದರಿಂದ ಕೇಸು ಬೇಗನೆ ಸಾಲ್ವಾಗುತ್ತೆ. ಕೊಲೆಗಾರ ಅಥವಾ ಕೊಲೆಗಾರರನ್ನ ಹಿಡಿದುಬಿಡ್ತೀನಿ.."

ವಿಕ್ರಮ್ ಕೃಷ್ಣನಿಂದ ಆ ರಹಸ್ಯವನ್ನು ತಿಳಿಯಲು ಪ್ರಯತ್ನಿಸಿದ.

"ಅದೇನು ಅನ್ನೋದು ಗೊತ್ತಿದ್ರೆ..ನಾನೇ ಪೋಲೀಸಿಗೆ ತಿಳಿಸಿಬಿಡ್ತಿದ್ದೆ! ಅದೇನು ಗೊತ್ತಿಲ್ಲ..ಆದ್ರೂ ಏನೋ ಇದೆ..ಖಂಡಿತಾ ಬಲವಾದದ್ದು ಇದೆ! ಅದರ ಬಲದಿಂದಲೇ ನಮ್ಮ ತಾತ ಇವರ ವಿಷಯದಲ್ಲಿ ಮೃದುವಾಗಿದ್ದರು.."

"ಅದೇನು ಹೇಳೋಕೆ ಪ್ರಯತ್ನವನ್ನಾದರೂ ಮಾಡು.." ವಿಕ್ರಮ್ ಹುರುದುಂಬಿಸಿದ.

"ಪ್ಲೀಸ್ ಇಲ್ಲಿಂದ ಹೊರಟು ಹೋಗಿ. ಸಾಕಷ್ಟು ನೋವು ಕೊಟ್ಟಿದ್ದೀರಿ..ನಾನು ಗೆಟ್ ಔಟ್ ಅನ್ನೋಕೆ ಮುಂಚೆ ಹೋಗಿ"

ನಶೆಯಲ್ಲಿ ತಾನೇನು ಮಾತಾಡುತ್ತಿದ್ದೇನೆ ಎನ್ನುವ ಅರಿವೂ ಕೃಷ್ಣನಿಗೆ ಇದೆಯೆ? ವಿಕ್ರಮ್ ಯೋಚಿಸುತ್ತಾ ಅಲ್ಲಿಂದ ಹೊರಟ.

ಕೃಷ್ಣ ಬಿಕ್ಕುತ್ತಲೇ ಇದ್ದ. ಶೇಖರ್ ಅವನ ಬೆನ್ನು ಸವರಿ ಸಂತೈಸಲು ಪ್ರಯತ್ನಿಸುತ್ತಿದ್ದ

***

ಬೆಳಿಗ್ಗೆ ಏಳು ಗಂಟೆಗೆ ಯಶವಂತರಾಯರ ಮನೆಯ ಆಳು ಕಾಫಿ ತಂದಾಗ ವಿಕ್ರಮ್ ಆಗಲೇ ಸ್ನಾನ ಮುಗಿಸಿದ್ದ. ಕಾಫಿ ಕುಡಿದು ಹಿಂದಿನ ದಿವಸದ ಘಟನೆಗಳನ್ನೆಲ್ಲಾ ನೆನಪಿಗೆ ತಂದುಕೊಳ್ಳಲೆತ್ನಿಸುತ್ತಿದ್ದ, ಹಾಗೇ ಅವುಗಳ ವಿಶ್ಲೇಷಣೆನ್ನೂ ಮಾಡುತ್ತಿದ್ದ.

ರಾತ್ರಿಯಂತೂ ಕುಡಿದ ಅಮಲಿನಲ್ಲಿದ್ದ ಕೃಷ್ಣನನ್ನು ತಡೆಯುವುದು ಕಷ್ಟವಾಗಿತ್ತು. ಆದರೂ ಕೃಷ್ಣನ ಮಾನಸಿಕ ತೊಳಲಾಟ ಕೊನೆಗೊಮ್ಮೆ ಮುಗಿದು ಚಿಲುಮೆಯಂತೆ ಸತ್ಯ ಮಾತಿನಲ್ಲಿ ಉಕ್ಕಿತ್ತು. ಯಶವಂತರಾಯರ ಕೊಲೆಗಾರನ ಚಿತ್ರಣ ಅಪೂರ್ಣವಾಗಿತ್ತು. ಕೃಷ್ಣನ ಪ್ರಕಾರ ಮೂರ್ತಿ, ಇಲ್ಲ ರಾಮಣ್ಣ ಅಥವಾ ಇಬ್ಬರೂ ಯಶವಂತರಾಯರ ಕೊಲೆಗೆ ಕಾರಣ. ಅದೇನೋ ರಹಸ್ಯ ಎನ್ನುವ ಮಾತು ಹೇಳಿದ. ಆದರೆ ಅದರ ಸಂಪೂರ್ಣ ಚಿತ್ರಣ ನೀಡಲು ಅಸಮರ್ಥನಾಗಿದ್ದ. ಕೊಲೆ ವಿಷಯ ಏನೇ ಇದ್ದರೂ ವಿಚಿತ್ರ ಸಂಗತಿಯೆಂದರೆ ಯಶವಂತರಾಯರ ದೇಹದ ಮಾಯ!

ಅದೇಕೆ ಮಾಯವಾಯಿತು?

ಯಾರು ಕಾರಣ?

ಪೋಲೀಸರು ಬಂದು ಶವವನ್ನು ಹೊರ ತೆಗೆದು ವೈದ್ಯಕೀಯ ಪರೀಕ್ಷೆಗೊಳಪಡಿಸುವರೆಂದು ಸುದ್ದಿ ಬಂದೊಡನೆ ಕೊಲೆಗಾರ ಅಥವಾ ಕೊಲೆಗಾರರು ಜಾಗೃತರಾಗಿದ್ದಾರೆ! ಪೋಲೀಸರು ಬರುವುದಕ್ಕೆ ಮುಂಚೆಯೇ ಗುಪ್ತವಾಗಿ ಶವವನ್ನು ಸಾಗಿಸಿದ್ದಾರೆ! ಆದ್ದರಿಂದ ಎರಡು ವಿಷಯಗಳು ಖಾತ್ರಿಯಾಗುತ್ತವೆ. ಒಂದು ಯಶವಂತರಾಯರದು ಸ್ವಾಭಿಕವಾದ ಸಾವಲ್ಲ, ಕೊಲೆ! ಎರಡನೆಯದು ಕೊಲೆಗಾರ ಇದೇ ಊರಿನವನು. ಅಷ್ಟೇ ಅಲ್ಲ ಅವನು ಯಶವಂತರಾಯರ ಮನೆಯವನೇ ಆಗಿರಬಹುದು!

ಪೋಲೀಸರು ಈ ಕೇಸಿನಲ್ಲಿ ಎಡವಿರುವನು. ಕೊಲೆಯ ತಲೆ-ಬುಡ ಕಂಡು ಹಿಡಿಯಲು ಅವರಿಂದ ಸಾಧ್ಯವಾಗಿಲ್ಲ . ಸಮಾಧಿಯಿಂದ ಯಶವಂತರಾಯರ ಶವ ಈಚೆ ತೆಗೆಯುವ ವಿಷಯ ಹೇಳಿದ ಮೇಲೆ ಮಾರನೆಯ ದಿವಸದವರೆಗೂ ಅವರು ಕಾಯಬಾರದಿತ್ತು. ಅನಿವಾರ್ಯವಾಗಿ ಮಾರನೆ ದಿನ ಸಮಾಧಿ ಓಪನ್ ಮಾಡುವುದಿದ್ದರೆ ಸಮಾಧಿಯ ಬಳಿ ರಾತ್ರಿ ಪೋಲೀಸ್ ಕಾವಲಿರಬೇಕಿತ್ತು. ಈ ರೀತಿ ಪೋಲೀಸರು ಯೋಚಿಸಿಲ್ಲ. ಆದ್ದರಿಂದಲೇ ಕೇಸು ಗೋಜಲಾಗಿರುವುದು.

ಬಾಗಿಲ ಬಡಿದ ಶಬ್ದವಾಯಿತು.

ವಿಕ್ರಮ್ ನೋಟ್ ಪ್ಯಾಡಿನಲ್ಲಿ ಕೇಸಿನ ಬಗೆಗೆ ತನ್ನ ವಿಚಾರಗಳನ್ನು ಬರೆದಿದ್ದ! ಅಲ್ಲಿ ರಾಮಣ್ಣ, ಮೂರ್ತಿ, ಕೃಷ್ಣ ಮತ್ತು ಗಂಗಾಧರ ಅವರ ಹೆಸರುಗಳೂ ಅವರ ನಡುವೆ ನಡೆದಿರಬಹುದಾದ ಕ್ರಿಯೆ, ಪ್ರತಿಕ್ರಿಯೆ ಮುಂತಾದುವನ್ನು ಅಕ್ಷರ, ಗೆರೆ, ಬಾಣದ ಗುರುತು, ಪ್ರಶ್ನಾರ್ಥಕ ಚಿನ್ಹೆ ಮುಂತಾದುವನ್ನು ಬರೆದಿದ್ದ. ಅದನ್ನು ಬೇರೆಯವರು ನೋಡಬಾರದು. ತನಿಖೆ ಮುಗಿದು ಕೊಲೆಗಾರನನ್ನು ಬಂಧಿಸುವವರೆಗೆ ಆ ಎಲ್ಲಾ ವಿಷಯಗಳೂ ಗೋಪ್ಯವಾಗಿಯೇ ಇರಬೇಕು. ವಿಕ್ರಮ್ ಮೇಜಿನ ಮೇಲೆ ಹರಡಿದ್ದ ತನ್ನ ವಸ್ತುಗಳ ಮೇಲೆ ನ್ಯೂಸ್ ಪೇಪರ್ ಹರಡಿದ.

"ಯಾರದು?"

"ನಾನು...ಸರ್, ಶರತ್..."

ವಿಕ್ರಮ್ ಎದ್ದು ಬಾಗಿಲು ತೆರೆದ. ಶರತ್ ಒಳಕ್ಕೆ ಬರುತ್ತಲೇ ಬಾಗಿಲಿನ ಚಿಲಿಕ ಹಾಕಿದ.

"ಹೋದ ಕೆಲಸಗಳು ಏನಾದವು ಶರತ್?"

"ಸುಮಾರು ಇನ್ಫರ್ಮೇಶನ್ ಸಿಕ್ಕವು. ಆದರೆ ಅವುಗಳಿಂದ ಹೆಚ್ಚು ಉಪಯೋಗ ಆಗೋ ಹಾಗೆ ಕಾಣ್ತಿಲ್ಲ"

"ಮಾಡಿದ ತನಿಖೆ, ಕಲೆಕ್ಟ್ ಮಾಡಿದ ಮಾಹಿತಿ ಯಾವುವೂ ವ್ಯರ್ಥವಲ್ಲ ಶರತ್ ಹೇಳು..."

"ಗಂಗಾಧರನನ್ನ ಇಂಟರಾಗೇಟ್ ಮಾಡಿದೆ. ಅವನನ್ನು ನಾವು ಕೊಲೆಗಾರರ ಪಟ್ಟಿಯಿಂದ ಬಿಡಬಹುದು. ಅವನು ಯಶವಂತರಾಯರ ಬಳಿ ಜಗಳವಾಡಿದ್ದು, ಕೂಲಿಯ ಹಣದ ಬಗ್ಗೆ. ಅವನು ಹೆಂಡತಿಗೆ ಹಣ ಕೊಡದೆ ದುಡಿದದ್ದೆಲ್ಲಾ ಹೆಂಡಕ್ಕೆ ಸುರಿಯುತ್ತಿದ್ದ. ಅವನ ಹೆಂಡತಿ ಯಶವಂತರಾಯರ ಬಳಿ ಗೋಳು ಹೇಳಿಕೊಂಡಿದ್ದಳು. ಅದಕ್ಕೇ ಗಂಗಾಧರನ ದುಡಿಮೆಯ ಹಣವನ್ನು ನೇರವಾಗಿ ಅವನ ಹೆಂಡತಿಗೆ ಕೊಡುತ್ತಿದ್ದರು ಯಶವಂತರಾಯರು. ಇದರಿಂದ ಗಂಗಾಧರನ ಪಿತ್ತ ನೆತ್ತಿಗೇರಿತ್ತು. ಯಶವಂತರಾಯರ ಬಳಿ ಜಗಳವಾಡಿದ್ದ. ಇಷ್ಟಕ್ಕೂ ಯಶವಂತರಾಯರ ಸಾವಿನಿಂದ ಅವನಿಗೇನೂ ಲಾಭವಿಲ್ಲ! ಯಶವಂತರಾಯರ ಕೊಲೆಯಲ್ಲಿ ಅವನ ಪಾತ್ರ ಇಲ್ಲ ಎನ್ನುವುದು ಸ್ಪಷ್ಟ. ಇನ್ನು ಕೃಷ್ಣನ ಧಾರಾಳತನವನ್ನು ಅವನು ಮೆಚ್ಚುತ್ತಾನೆ.

ಮೂರ್ತಿಯಿಂದ ಟ್ಯಾಬ್ಲೆಟ್‌ನ ಲ್ಯಾಬ್ ರಿಪೋರ್ಟು ತಂದೆ. ಮತ್ತೆ ನಮ್ಮ ಲ್ಯಾಬಿನಿಂದಲೂ ರಿಪೋರ್ಟ್ ತಂದೆ ಎರಡೂ ತಾಳೆಯಾಗುತ್ತವೆ. ಮೂರ್ತಿ ನಮಗೆ ಮೋಸ ಮಾಡೋದಕ್ಕೆ ಪ್ರಯತ್ನ ಮಾಡಿಲ್ಲ. ಮೂರ್ತಿ ಲ್ಯಾಬ್ ರಿಪೋರ್ಟ್ ತಿರುಚಿಸಿಲ್ಲ"

ಶರತ್ ಲ್ಯಾಬ್‌ನ ರಿಪೋರ್ಟುಗಳನ್ನು ವಿಕ್ರಮ್ ಕೈಗಿತ್ತ. ವಿಕ್ರಮ್ ಕೂಲಂಕುಶವಾಗಿ ಎರಡನ್ನೂ ನೋಡಿದ. ಎರಡು ನಿಮಿಷದ ನಂತರ ಮಾತಾಡಿದ.

"ಸೋ...ಯಶವಂತರಾಯರು ಸಾಯುವ ಹಿಂದಿನ ದಿವಸ ತಗೊಂಡಿರೋದು ಕೇವಲ ಪ್ಯಾರಾಸಿಟೊಮಾಲ್! ಮೂರ್ತಿ ಮತ್ತು ರಾಮಣ್ಣ ಮತ್ತು ಗಂಗಾಧರ ಮೂವರೂ ಈಗ ಕೊಲೆಗಾರನ ಪಟ್ಟಿಯಿಂದ ಆಚೆ ಬಂದರು".

"ಇನ್ನೂ ಇಲ್ಲ ಸರ್"

ವಿಕ್ರಮ್ ಹುಬ್ಬು ಗಂಟಿಕ್ಕಿ ಜೂನಿಯರ್‌ನ ನೋಡಿದ. "ಹೌದು ಸರ್. ಮಾತ್ರೆ ಹಾಕೇ ಕೊಲೆ ಮಾಡಬೇಕೇನು? ಬೇರೆ ಬೇಕಾದಷ್ಟು ವಿಧಾನಗಳಿವೆ. ಅವರು ಹೇಗೆ ಸತ್ತಿರಬಹುದೂಂತ ಹೇಳೋಕೆ ಯಾವ ಆಧಾರವೂ ಇಲ್ಲ. ಮೇಲಾಗಿ ನಾವು ಶವಾನೂ ನೋಡಿಲ್ಲ".

"ಯೂ ಆರ್ ರೈಟ್ ಶರತ್. ಕೊಲೆ ಯಾವ ರೀತಿಯಿಂದ ಬೇಕಾದರೂ ಮಾಡಿರಬಹುದು".

"ಆದ್ರಿಂದಾನೇ ಮೂರ್ತಿಯಾಗಲೀ ಇಲ್ಲಾ ರಾಮಣ್ಣನಾಗಲೀ ನಮ್ಮ ಲಿಸ್ಟಿನಿಂದ ಆಚೆ ಹೋಗೋದಿಲ್ಲ".

"ಮುಂದಿಂದು ಹೇಳು"

"ಗಂಗಾಧರ ಇನ್ನೊಂದು ಹೊಸ ವಿಷಯ ಹೇಳಿದ. ಈ ಕೇಸಿಗೆ ಹೊಸ ಪಾತ್ರ ಎಂಟ್ರಿ ಕೊಟ್ಟಿದೆ"

ಶರತ್ ಮಾತಿಗೆ ವಿಕ್ರಮ್ ಹುಬ್ಬು ಗಂಟಿಕ್ಕಿದ.

"ಎಸ್ ಸರ್! ಈ ಹೊಸ ಪಾತ್ರದ ಹೆಸರು ವೆಂಕಟರೆಡ್ಡಿ"

"ಶರತ್? ಈತನ ವಿಷಯ ಎಲ್ಲಿ ಸಿಕ್ತು?" ವಿಕ್ರಮ್ ಅಚ್ಚರಿಗೊಂಡಿದ್ದ.

"ಈ ಪಾತ್ರವನ್ನ ಕೇಸಿಗೆ ಎಂಟ್ರಿ ಮಾಡಿಸಿದ್ದು ಗಂಗಾಧರ"

"ವಾಟ್? ಗಂಗಾಧರನೆ..? ಇಂಟರೆಸ್ಟಿಂಗ್..ಹೇಳು..ಅವನ ಬಗ್ಗೆ ಏನು ಗುಮಾನಿ"

ಗಂಗಾಧರ ಹೇಳಿದ ಎಲ್ಲ ವಿಷಯವನ್ನೂ ಆದಷ್ಟೂ ಸಂಕ್ಷಿಪ್ತವಾಗಿ ಶರತ್ ತನ್ನ ಸೀನಿಯರ್‌ಗ ಹೇಳಿದ.

"ಸೋ..ಈ ಕೇಸಿನಲ್ಲಿ ಮತ್ತೊಬ್ಬ ಗುಮಾನಿ! ವೆಂಕಟರೆಡ್ಡಿ ಯಶವಂತರಾಯರನ್ನ ಹೇಗೆ ಕೊಲೆ ಮಾಡಿರಬಹುದು? ಅವನಿಗೂ ಯಶವಂತರಾಯರಿಗೂ ಮನಸ್ತಾಪ ಇತ್ತು ಅಂದರೆ ನೇರವಾಗಿ ಅವನು ವಿಷಪ್ರಾಶನ ಮಾಡಿರೋಕೆ ಸಾಧ್ಯವಿಲ್ಲ. ಅದಕ್ಕೆ ಈ ಮನೆಯ ಸದಸ್ಯರಲ್ಲಿ ಒಬ್ಬರಾದರೂ ಅವನಿಗೆ ಸಾಥ್ ಕೊಟ್ಟಿರುತ್ತಾರೆ! ಯಶವಂತರಾಯರು ಸತ್ತ ದಿನ, ಅದಕ್ಕೂ ಹಿಂದಿನ ದಿನ ಮತ್ತು ಸತ್ತ ನಂತರದ ಮೂರು ದಿನ ವೆಂಕಟರೆಡ್ಡಿ ಎಲ್ಲೆಲ್ಲಿದ್ದ? ಇದನ್ನೆಲ್ಲಾ ಪತ್ತೆ ಮಾಡಬೇಕು. ಆ ಕೆಲಸ ನಿನಗೆ ಬಿಟ್ಟಿದ್ದಿನಿ. ಅವನನ್ನ ಮುಖತಃ ಇಂಟರಾಗೇಟ್ ಮಾಡಬೇಕಾಗಿಲ್ಲ. ಸುತ್ತಲಿನವರಿಂದ ವಿಷಯ ತಿಳಿದುಕೊಂಡ್ರೆ ಸಾಕು..ವೆಂಕಟರೆಡ್ಡಿ ವಿಷಯ ರಾಮಣ್ಣ ಏಕೆ ಬಾಯಿಬಿಡಲಿಲ್ಲ?"

ವಿಕ್ರಮ್ ಅಚ್ಚರಿಯಿಂದ ಕೇಳಿದ"

"ವೆಂಕಟರೆಡ್ಡಿ ಮತ್ತು ರಾಮಣ್ಣನ ನಡುವೆ ಏನಾದ್ರೂ ಇರಬಹುದು ಸಾರ್. ನೀವೇ ಹೇಳಿದ್ರಲ್ಲ. ಮನೆ ಒಳಗಿನವರ ಸಾಥ್ ಇಲ್ಲದೆ ವೆಂಕಟರೆಡ್ಡಿ ಯಶವಂತರಾಯರ ಕೊಲೆ ಮಾಡಿರೋಕೆ ಸಾಧ್ಯವಿಲ್ಲ"

"ಎಸ್..ನಾವು ರಾಮಣ್ಣನ ಮೇಲೂ ಒಂದು ಕಣ್ಣಿಟ್ಟಿರಬೇಕು. ಸೋ..ಈಗ ವೆಂಕಟರೆಡ್ಡಿ ನಮ್ಮ ಸಸ್ಪೆಕ್ಟ್ ಲಿಸ್ಟ್ ಸೇರಿದ. ಮುಂದೆ..? ಇನ್ನೇನು ಪ್ರೊಗ್ರೆಸ್ ಶರತ್?" ವಿಕ್ರಮ್ ಕೇಳಿದ.

"ಕೃಷ್ಣನ ಲವರ್ ರಾಣಿಯನ್ನ ಮೀಟ್ ಮಾಡಿದ್ದೆ. ಆಕೆಗೂ ಕೃಷ್ಣನ ಆಸ್ತಿ ಮೇಲೆ ಕಣ್ಣಿರೋ ಹಾಗೆ ಕಾಣುತ್ತೆ..."

"ಯಶವಂತರಾಯರು ಸತ್ತ ದಿವಸ ಕೃಷ್ಣ ಅಲ್ಲೇ ಇದ್ದನೇನು?"

"ರಾಣಿ ಮನೆಯಲ್ಲೇ ಇದ್ದ. ನಾನು ಕ್ರಾಸ್ ಚೆಕ್ ಮಾಡಿದೆ...ಯಶವಂತರಾಯರು ಸತ್ತ ಸುದ್ದಿ ಹೇಳೋಕೆ ಅಲ್ಲಿಗೆ ಮೂರ್ತಿಯವರೇ ಹೋಗಿದ್ದರು. ಅದನ್ನ ಕೃಷ್ಣನ ಲವರ್ ಹೇಳಿದ ವಿವರಗಳಿಂದ ಗ್ರಹಿಸಿದೆ"

"ಹಾಗಾದ್ರೆ ಸಧ್ಯಕ್ಕೆ ಕೃಷ್ಣ ಗುಮಾನಿಗಳ ಪಟ್ಟಿಯಿಂದ ತಪ್ಪಿಸಿಕೊಂಡಿದಾನೆ ಅಲ್ವಾ? ಆದರೆ ಮೂರ್ತಿಯವರಿಗೆ ಕೃಷ್ಣನ ಲವರ್ ವಿಷಯ ಗೊತ್ತು. ಅವಳ ಮನೆ ಕೂಡ ಗೊತ್ತಿದೆ"

"ಹೌದು ಸರ್. ಇಲ್ಲಿ ವಿಷಯ?"

"ಇದೋ ನೋಡು"

"ಕುದುರೆ ಹೆಜ್ಜೆ ಗುರುತು!"

"ರೈಟ್. ನೋಡು ಎರಡೂ ತಾಳೆಯಾಗ್ತಿವೆ. ಇದು ಸ್ಮಶಾನದಲ್ಲಿ ತೆಗೆದುಕೊಂಡಿದ್ದು. ಇದು ಇಲ್ಲಿಯೇ-ಈ ಊರಿನಲ್ಲೇ ಸಿಕ್ಕ ಕುದುರೇದು"

"ಯಾರು ಸಾರ್ ಕುದುರೆ ಮಾಲೀಕ?"

"ಮುನಿಯಪ್ಪ ಅಂತ. ಅಗಸ, ರಾಯಚೂರಲ್ಲಿದ್ದನಂತೆ. ಒಂದು ವರ್ಷದ ಹಿಂದೆ ಬಂದನಂತೆ. ಮೂರ್ತಿ ನಮಗೆ ಸುಳ್ಳು ಹೇಳಿದ್ದಾರೆ. ಈ ಊರಿನಲ್ಲಿ ಯಾರೂ ಕುದುರೆಯನ್ನೇ ಕಟ್ಟಿಲ್ಲ ಎಂದಿದ್ದರು. ಆ ರೀತಿ ಸುಳ್ಳು ಹೇಳೋದಕ್ಕೆ ಏನಾದ್ರೂ ಕಾರಣ ಇದೆಯೆ?" ವಿಕ್ರಮ್ ಯೋಚಿಸಿದ.

"ಈ ಮನುಷ್ಯ, ಮುನಿಯಪ್ಪ ಹೇಗೆ?"

"ಈಗಲೇ ಏನೂ ಹೇಳೋಕಾಗೋದಿಲ್ಲ. ಕೃಷ್ಣನ ಜೊತೆ ಮಾತಾಡಿದೆ. ಪೋಲೀಸರಿಗೆ ಮೂಕರ್ಜಿ ಬರೆದೋನು ಅವನೇ"

"ಯಾಕಂತೆ?"

"ಅವನಿಗೆ ಭಾವ ಮತ್ತು ಮಾವನ ಮೇಲೆ ಅನುಮಾನ. ಅವರೇ ಕೊಲೆ ಮಾಡಿಸಿರೋದೂಂತ ಹೇಳ್ತಾನೆ. ಮತ್ತೆ ತನ್ನ ಕೊಲೆ ಕೂಡ ಇವರಿಬ್ಬರೂ ಸೇರಿ ಮಾಡಿದಾರೇಂತ ಹೇಳ್ತಾನೆ"

"ಹಾಗಾದ್ರೆ ಮೂರ್ತಿ ಮತ್ತು ರಾಮಣ್ಣ ಇಬ್ಬರ ಮೇಲೆ ಅನುಮಾನಗಳು ಕೂಡಿಕೊಂಡು ಬರ್ತಾ ಇವೆ. ಆದ್ರೆ ಯಶವಂತರಾಯರ ಶವ ಏನಾಗಿರಬಹುದು ಸರ್?"

"ಅದನ್ನೇ ಈಗ ಹುಡುಕಬೇಕು ಶರತ್. ನಮ್ಮ ಪ್ರೋಗ್ರೆಸ್ ಏನಿದ್ದರೂ ಬೇಗನೇ ತೋರಿಸಬೇಕು. ತಡ ಮಾಡಿದರೆ ನಾವು ಮಾಡಿದ್ದೆಲ್ಲಾ ವ್ಯರ್ಥ. ಶರೀರ ಡಿಕಂಪೋಸ್ ಆಗಿರುತ್ತೆ. ಬಹುಶಃ ಗುರುತು ಹಿಡಿಯೋದೂ ಕಷ್ಟವಾಗಬಹುದು. ಮತ್ತೆ ಡಿ.ಎನ್.ಎ ಟೆಸ್ಟ್ ಎಲ್ಲಾ ಕಾಂಪ್ಲಿಕೇಟೆಡ್ಡು! ಜೊತೆಗೆ ಲ್ಯಾಬ್ ರಿಪೋರ್ಟುಗಳನ್ನು ಎಷ್ಟು ನಂಬಬಹುದು ಅನ್ನೋ ಅನುಮಾನವೂ ಇರುತ್ತೆ..ಈಗಲೇ ಸಾಕಷ್ಟು ಸಮಯ ಕಳೆದು ಹೋಗಿದೆ"

"ನಮ್ಮ ನೆಕ್ಸ್ಟ್ ಮೂವ್ ಏನು ಸರ್?"

"ಇಲ್ಲಿ ಕೆಲಸ ನೀನು ನೋಡು. ನಾನು ಬೆಂಗಳೂರಿಗೆ ಹೋಗಿ ಬರ್ತೀನಿ"

"ನಾನು ಇಲ್ಲಿ ಮಾಡಬೇಕಾಗಿರೋದು?"

"ಹೇಳ್ತೀನಿ... ಮೊದಲಿಗೆ..."

ವಿಕ್ರಮ್ ತನ್ನ ಜೂನಿಯರ್‌ಗೆ ಕೂಲಂಕುಷವಾಗಿ ತನ್ನ ಪ್ಲಾನ್ ವಿವರಿಸಿದ. ಶರತ್ ಎಚ್ಚರಿಕೆಯಿಂದ ಎಲ್ಲವನ್ನೂ ಕೇಳಿದ. ಅನುಮಾನ ಬಂದ ಕಡೆ ಪ್ರಶ್ನೆ ಕೇಳಿ ಉತ್ತರ ಪಡೆದುಕೊಂಡ. ಇದ್ದಕ್ಕಿದ್ದಂತೆ ಯಾರೋ ಬಾಗಿಲಾಚೆ ತಮ್ಮ ಮಾತು ಕೇಳಿಸಿಕ್ಕೊಳ್ಳುತ್ತಿರುವರೆಂಬ ಅನುಮಾನ ಬಂತು. ಶರತ್ ಜೊತೆ ಮಾತಾಡುತ್ತಿರುವಂತೆಯೇ ಮೆಲ್ಲನೆ ಎದ್ದು ಹೋಗಿ ಒಮ್ಮೆಲೇ ರೂಮಿನ ಬಾಗಿಲು ತೆಗೆದ ವಿಕ್ರಮ್. ಆದರೆ ಆ ಸಮಯಕ್ಕೆ ಆಚೆ ಬಾಗಿಲಿಗೆ ಕಿವಿಯಿಟ್ಟು ಕೇಳಿಸಿಕೊಳ್ಳುತ್ತಿದ್ದ ವ್ಯಕ್ತಿ ಮರೆಯಾಗಿತ್ತು! ತಾನು ಮಾಡುವ ಕೆಲಸದಲ್ಲಿ ಯಾರಿಗೂ ಅನುಮಾನ ಬರಬಾರದು ಎಂದು ವಿಕ್ರಮ್ ಎಚ್ಚರಿಕೆ ವಹಿಸಿದ್ದ. ಅದಕ್ಕೇ ಎಲ್ಲವನ್ನೂ ಮುಚ್ಚಿದ ಬಾಗಿಲಿನಲ್ಲೇ ನಡೆಸುತ್ತಿದ್ದ. ಅವನ ಕೆಲಸ ಅಷ್ಟು ಗೋಪ್ಯವಾಗಿದ್ದಕ್ಕೇ ಯಶವಂತರಾಯರ ಕೊಲೆಯ ಭಾಗೀದಾರರು ಬಾಗಿಲ ಹಿಂದೆ ಎಲ್ಲ ಮಾತುಗಳನ್ನು ಕದ್ದು ಕೇಳಿಸಿಕೊಳ್ಳುತ್ತಿದ್ದುದು ಎನಿಸಿತು. ವಿಕ್ರಮ್ ಬರುವುದಕ್ಕೆ ಮುಂಚೆ ಕದ್ದು ಮಾತು ಕೇಳಿಸಿಕ್ಕೊಳ್ಳುತ್ತಿದ್ದವರು ಜಾಗ ಖಾಲಿ ಮಾಡಿದ್ದರು! ತಕ್ಷಣವೇ ಮರೆಯಾದ ವ್ಯಕ್ತಿಯ ಹಿಂದೆ ಓಡುವುದು ಮನೆಯವರ ಅನುಮಾನಕ್ಕೆ ಕಾರಣವಾಗುತ್ತದೆ ಎನಿಸಿತು. ಆದ್ದರಿಂದ ವೇಗವಾಗಿ ನಡೆದು ಆ ವ್ಯಕ್ತಿ ಯಾರೆಂದು ತಿಳಿಯಲು ಧಾವಿಸಿದಾಗ ಕಂಡಿದ್ದು: ಮೆಟ್ಟಿಲುಗಳ ಬಳಿ ಕೆಳಗಿಳಿಯುತ್ತಿದ್ದವರು ಇಬ್ಬರು ಮಹಿಳೆಯರು! ಅಂದರೆ...? ಅವರಿಬ್ಬರೂ ತಮ್ಮ ಮಾತುಗಳನ್ನು ಇವರಿಬ್ಬರು ಕೇಳಿಸಿಕೊಳ್ಳುತ್ತಿದ್ದರೆ? ಸಾಧ್ಯವಿಲ್ಲ! ಏಕೆಂದರೆ ಆ ವ್ಯಕ್ತಿಗಳು ಹೊನ್ನಿ ಮತ್ತು ಮೂರ್ತಿಯ ಪತ್ನಿ ಸರಳಾ!!

ಛೆ... ಛೆ... ಸಾಧ್ಯವಿಲ್ಲ! ಈ ಇಬ್ಬರೂ ತನ್ನ ಮಾತುಗಳನ್ನು ಕೇಳಿಸಿಕೊಂಡಿರಲು ಕಾರಣವಿಲ್ಲ! ಇಷ್ಟಕ್ಕೂ ಅವರಿಗೆ ಯಶವಂತರಾಯರ

ಕೊಲೆಯಾಗಲೀ, ಶವ ಕಾಣೆಯಾಗಿರುವುದರ ಬಗೆಗೆ ಹೆಚ್ಚಿನ ಚಿಂತೆ ಇರಲಾರದು.

ವಿಕ್ರಮ್ ಮತ್ತೆ ಮತ್ತೆ ನೋಡಿದ. ಮಹಡಿಯ ಮೆಟ್ಟಿಲೇರಿ ಬಂದರೆ ಎರಡೂ ಕಡೆಗೂ ರೂಮುಗಳಿದ್ದವು. ಎಡ ಹಾಗೂ ಬಲ ಬದಿಯಲ್ಲಿ ಉದ್ದಕ್ಕೆ ಓಣಿ. ಎರಡು ಭಾಗಗಳಲ್ಲೂ ಮೂರು ರೂಮುಗಳು. ಬಲ ಬದಿಯ ಕೊನೆಯ ರೂಮು ವಿಕ್ರಮ್ ಮತ್ತು ಶರತ್‌ಗ ತೆರವು ಮಾಡಿ ಕೊಟ್ಟಿದ್ದರು.

ಒಂದು ವ್ಯಕ್ತಿ ತನ್ನ ರೂಮಿನ ಬಾಗಿಲ ಹಿಂದೆ ನಿಂತಿದ್ದು, ಇನ್ನೊಂದು ವ್ಯಕ್ತಿ ಎಡ ಬದಿಯಿಂದ ಬಂದಿರಬಹುದು. ಇಬ್ಬರೂ ಮೆಟ್ಟಿಲಿಳಿಯುವ ಸಮಯ ಒಂದೇ ಆಗಿದೆ! ಅದಕ್ಕೇ ಮೆಟ್ಟಿಲಿನ ಮೇಲೆ ಇಬ್ಬರೂ ಒಟ್ಟಿಗೆ ಕಾಣುತ್ತಿರುವುದು.

ಅವರಿಬ್ಬರೂ ಮೆಟ್ಟಿಲಿಳಿದಿದ್ದರು. ನಂತರ ಮನೆಯ ಒಳಭಾಗಕ್ಕೆ ತೆರಳಿದರು. ಒಬ್ಬರಾದರೂ ಕತ್ತೆತ್ತಿ ಮೇಲೆ ನೋಡಲಿಲ್ಲ. ತಮ್ಮ ಮಾತು ಕೇಳಿಸಿಕೊಂವರು ಕತ್ತೆತ್ತಿ ಮೇಲೆ ನೋಡುವರೆಂದು ವಿಕ್ರಮ್ ನಿರೀಕ್ಷಿಸಿದ್ದ. ಆದರೆ ಹಾಗಾಗಿರಲಿಲ್ಲ.

ಬಲಬದಿಯ ಓಣಿಯಿಂದ ಬಂದವರು ಬಲ ಬದಿಯಲ್ಲಿಯೇ ಮೆಟ್ಟಿಲ ಮೇಲೆ ಇಳಿಯುವುದು ಸಹಜ. ಹಾಗೇ ಎಡಬದಿಯಿಂದ ಬಂದವರು ಮೆಟ್ಟಿಲಿನ ಎಡಗಡೆಯೇ ಇಳಿಯುತ್ತಾರೆ! ಅದು ಮೂಲಭೂತ ಮಾನವ ಮನಃಶಾಸ್ತ್ರ. ಹಾಗಾದರೆ ಈಗ ಮೆಟ್ಟಿಲಿಳಿದವರಿಬ್ಬರು ಮೆಟ್ಟಿಲಿನ ಯಾವ್ಯಾವ ಭಾಗದಲ್ಲಿದ್ದರು?

ಹಾ... ಹೊನ್ನಿ ಬಲಬದಿಯಲ್ಲಿದ್ದಳು!!

ಮೂರ್ತಿಯ ಪತ್ನಿ ಸರಳಾ ಎಡಬದಿಯಲ್ಲಿದ್ದಳು!

ಹಾಗಾದರೆ ತಮ್ಮ ಮಾತನ್ನು ಕದ್ದು ಕೇಳಿದವಳು ಹೊನ್ನಿಯೆ?! ಆದರೆ ಅವಳಿಗೂ ಯಶವಂತರಾಯರ ಕೊಲೆಗೂ ಏನು ಸಂಬಂಧವಿದ್ದೀತು? ಆಕೆ ಕೆಲಸದವಳು, ಅದೂ ಗಂಡ ಸತ್ತು ದಿಕ್ಕಿಲ್ಲದ ಹೆಣ್ಣು. ಇನ್ನೂ ಮೂರ್ತಿಯ ಹೆಂಡತಿ ತಮ್ಮ ಮಾತುಗಳನ್ನು ಕದ್ದು ಕೇಳಿಸಿಕೊಂಡಳೆಂದರೆ ನಂಬಲು ಸಾಧ್ಯವಿತ್ತು! ಮೂರ್ತಿಯ ಸಿಗಬಹುದಾದ ಆಸ್ತಿಯ ಸಿಂಹಪಾಲು ಯಶವಂತರಾಯರ ಕೊಲೆಯಲ್ಲಿರಬಹುದು! ಅದಕ್ಕೆ ಸರಳಾದ್ದೂ ಒಪ್ಪಿಗೆಯಿರಬಹುದು. ಮೂರ್ತಿಯಿಲ್ಲದ ಸಮಯದಲ್ಲಿ ಗಂಡನ ಪರವಾಗಿ ತಮ್ಮ ಮಾತುಗಳನ್ನು ಕದ್ದು ಕೇಳಿರಬಹುದೆ? ಈ ಲಾಜಿಕ್ ನಂಬಬಹುದು!

ಅಥವಾ... ಮೂಲಭೂತ ಮಾನವ ಸ್ವಭಾವದ ಬಗೆಗೆ ತನ್ನ ತಿಳುವಳಿಕೆಯೇ ತಪ್ಪಿರಬಹುದೆ? ಅಥವಾ... ಸರಳಾ ಮತ್ತು ಹೊನ್ನಿಯ ಜಾಗಗಳು ಬೇರಾವುದೋ ಕಾರಣಕ್ಕೆ ಅದಲು ಬದಲಾಗಿವೆಯೋ? ನೆನ್ನೆಯ ದಿವಸ ತಾನು ಸಂಜೆ ಮನೆ ಬಿಟ್ಟು ಹೊರಟಾಗ ಬಾಲ್ಕನಿಯಿಂದ ಹೆಂಗಸೊಬ್ಬಳು ತನ್ನನ್ನೇ ಗಮನಿಸುತ್ತಿದ್ದಳು. ಈ ಇಬ್ಬರಲ್ಲಿ ಒಬ್ಬರು ನೆನ್ನೆ ತನ್ನನ್ನು ಗಮನಿಸುತ್ತಿದ್ದ ವ್ಯಕ್ತಿಯಾಗಿರಬಹುದಾ?

"ಏನು ಸರ್?"

ಹಿಂದಿಂದ ಬಂದ ಶರತ್ ಕೇಳಿದ.

"ಏನಿಲ್ಲ. ನಡಿ ರೂಮಿಗೆ"

ವಿಕ್ರಮ್ ರೂಮಿನತ್ತ ನಡೆದ.

ಒಂದು ವೇಳೆ ಮೂರ್ತಿಯೇ ಯಶವಂತರಾಯರ ಕೊಲೆಯನ್ನು ಮಾಡಿದ್ದರೆ... ಅಥವಾ ಮಾಡಿಸಿದ್ದರೆ... ತನ್ನ ಬಳಿಗೆ ಕೇಸು-ತಂದು ತನಿಖೆ ಮಾಡಿ ಕೊಲೆಗಾರನನ್ನು ಕಂಡು ಹಿಡಿಯಿರಿ ಎಂದು ಹೇಳುತ್ತಿದ್ದನೆ?!

ಕೇಸು ಮುಂದುವರಿಯುತ್ತಿಲ್ಲ.

ತನಿಖೆ ನಿರ್ದಿಷ್ಟವಾದ ಯಾವ ಸಂಗತಿಯನ್ನೂ ಈವರೆಗೆ ತೋರಿಸಿಲ್ಲ. ಗುಮಾನಿ, ಅನುಮಾನ-ಅಷ್ಟೆ. ಮೂರ್ತಿ, ರಾವiಣ್ಣ-ದೃಷ್ಟಿಯಲ್ಲಿದ್ದರು. ಆದರೆ ಮೂರ್ತಿ ತಾನಾಗೇ ಪತ್ತೇದಾರರನ್ನು ಕರೆಸಿ ತನಿಖೆ ಮಾಡಲು ಹೇಳಿ ಹಣ ನೀಡಿದ್ದ. ಅಲ್ಲದೆ ಅವನಿಗೆ ವಿಕ್ರಮ್‌ನ ಖ್ಯಾತಿಯ ಬಗೆಗೆ ತಿಳಿದಿತ್ತು. ಆದ್ದರಿಂದ ಮೂರ್ತಿ ತಾನಾಗಿಯೇ ತನ್ನ ಸಮಾಧಿ ತೋಡಿ ಕೊಂಡಿರಲಾರ! ಇನ್ನುಳಿದವನು ರಾಮಣ್ಣ ಅಷ್ಟೆ. ಅಲ್ಲದೆ ಮುನಿಯಪ್ಪನ ಕೈವಾಡ ಕೊಲೆಯಲ್ಲಿದೆಯೇ? ಈ ಮನೆಯಲ್ಲಿ ಒಂದು ಹೆಂಗಸು ಬೇರೆ ತಮ್ಮ ಮಾತುಗಳನ್ನು ಕದ್ದು ಕೇಳಿಸಿಕೊಂಡಿರುವಳು! ಆಕೆ ಯಾರಿರಬಹುದು? ಸರಳಾನೋ ಇಲ್ಲ ಹೊನ್ನಿಯೋ? ಮೂರ್ತಿಗೂ ಕೊಲೆಗೂ ಸಂಬಂಧವಿಲ್ಲವೆಂದರೆ ಸರಳ ತಮ್ಮ ಮಾತುಗಳನ್ನು ಕದ್ದು ಕೇಳಿಸಿಕೊಳ್ಳುವುದರಲ್ಲಿ ಯಾವ ಅರ್ಥವೂ ಇಲ್ಲ. ಉಳಿದವಳು ಹೊನ್ನಿ. ದಿಕ್ಕಿಲ್ಲದ ವಿಧವೆ. ಯಶವಂತರಾಯರ ಸಾವಿನಿಂದ ಆಕೆಗೆ ಸಿಗುತ್ತಿದ್ದುದಾದರೂ ಏನು? ಅಷ್ಟೊಂದು ಜನ ಬಂಧು ಬಳಗ! ಸ್ವಂತ ಮೊಮ್ಮಕ್ಕಳು! ಹೊನ್ನಿಗೆ ಕಿಲುಬು ಕಾಸೂ ಸಿಗುವುದಿಲ್ಲ. ಯಾರಾದರೂ ಕರುಣೆಯಿಂದ ಕೊಟ್ಟರಷ್ಟೆ ಉಳಿದೀತು. ವಿಷಯ ಹೀಗಿರುವಾಗ ಹೊನ್ನಿ ಯಶವಂತರಾಯರ ಕೊಲೆಯಲ್ಲಿ ಪಾಲು ತೆಗೆದುಕ್ಕೊಳ್ಳಲಾರಳು!

"ಯಾಕೆ ಸರ್? ನಮ್ಮ ಮಾತು ಯಾರಾದರೂ ಕದ್ದು ಕೇಳಿಸ್ಕೋತ್ತಿದ್ದಾರೇನು?"

"ಹೌದು. ಅದೂ ಒಂದು ಹೆಂಗಸು! ಯಾರೂಂತ ನೋಡೊಕೇ ಮೆಟ್ಟಿಲವರೆಗೆ ಹೋಗಿದ್ದೆ. ಆದರೆ ಆ ಸಮಯಕ್ಕೆ ಇಬ್ಬರು ಮೆಟ್ಟಿಲು ಇಳೀತಿದ್ದರು-ಹೊನ್ನಿ ಮತ್ತು ಸರಳಾ. ಇದರಿಂದ ಮತ್ತಷ್ಟು ಕನ್‌ಫ್ಯೂಶನ್ ಅಷ್ಟೆ"

"ಇನ್ನೊಂದಿಷ್ಟು ಸಮಯ ಗಮನಿಸಿದರೆ ಸಿಕ್ಕಿಹಾಕ್ಕೋತಾರೆ. ಅನುಮಾನ ಇಲ್ಲ. ಮುಂದಿನದು ಹೇಳಿ ಸರ್?"

"ನಡೆ ಹೋಗೋಣ"

"ಎಲ್ಲಿಗೆ ಸರ್?"

"ಮೊದಲು ಆಚೆ ಹೋಗೋಣ. ಈ ಮನೆಯಲ್ಲಿ ನಮಗೆ ಏಕಾಂತ ಸಿಗೋದಿಲ್ಲ ಅನ್ನಿಸುತ್ತೆ. ಅದ್ರಿಂದ ಮಾತಾಡೋದೇನಿದ್ದರೂ ಮನೆಯಿಂದಾಚೆ ಮಾತಡೋಣ"

"ಸರಿ ಸಾರ್"

ಶರತ್ ಬೇಗನೆ ಅರ್ಥ ಮಾಡಿಕೊಂಡ.

ಬೆಳಗಿನ ಉಪಹಾರ ಮಾಡಿ ಹೋಗಿ ಎಂದು ರಾಮಣ್ಣ ಬಲವಂತ ಮಾಡಿದರೂ ಸಹ ಕೇಳದೆ ಪತ್ತೇದಾರರಿಬ್ಬರು ಮನೆಯಿಂದಾಚೆ ಹೊರಟುಬಿಟ್ಟರು.

ಬೀಗ ಹಾಕಿದ ಮುನಿಯಪ್ಪನ ಮನೆ ಕಂಡು ಅವರ ಹುಬ್ಬುಗಳು ಗಂಟಿಕ್ಕಿದ್ದವು. ಎದುರು ಮನೆಯಲ್ಲಿ ವಿಚಾರಿಸಿದರು.

"ಬೆಂಗ್ಳೂರಿಗೆ ಹೋಗಿದಾನೆ. ರಾತ್ರೀಗೆ ಬರ್ತಾನೆ"

ಉತ್ತರ ಬಂತು.

ಇದ್ದಕ್ಕಿದ್ದ ಹಾಗೆ ಮುನಿಯಪ್ಪ ಬೆಂಗಳೂರಿಗೇಕೆ ಹೋದ?

ಇಬ್ಬರೂ ಮನಿಯಪ್ಪನ ಮನೆಯಿಂದ ಅಷ್ಟು ದೂರ ಬಂದಿದ್ದರು.

"ಸಾರ್ ಶವ ಎಲ್ಲಿದೇಂತ ಲೊಕೇಟ್ ಮಾಡೋಕೇ ಆಗ್ತಾ ಇಲ್ಲ"

ಶರತ್ ಆತಂಕದಿಂದ ಸೀನಿಯರ್‌ನ ಕೇಳಿದ.

"ಬರೀ ಬಾಡಿ ಹುಡುಕ್ತೀನೀಂತ ಹೋಗೋದು ವೇಸ್ಟ್ ಆಫ್ ಟೈಮ್. ಯಾಕೇಂದರೆ... ಬರೀ ಬಾಡಿ ಹುಡುಕೋದಕ್ಕೇಂತ ಹೋದರೆ ಯಾವ ಆಧಾರದ ಮೇಲೆ? ಎಲ್ಲೀಂತ ಹುಡುಕೋದು? ಕೊಲೆಗಾರನ್ನ ಹುಡುಕಿದರೆ? ಬಾಡಿ ಏನ್ಮಾಡಿದ್ದೀಯಾಂತ ಅವನಿಂದಲೇ ಬಾಯಿ ಬಿಡಿಸಬಹುದು! ನಾವು ಮಾಡಬೇಕಾಗಿರೋದೂ ಅದೇನೇ..."

"ಕುದುರೆ ಹೆಜ್ಜೆಗಳು ಹೋಲಿಸಿದಾಗ ಒಂದೇ ಕಾಣ್ತವೆ. ಅನುಮಾನವೆ ಉಳಿಯೋದಿಲ್ಲ. ಅದು ಖಂಡಿತವಾಗಿಯೂ ಮುನಿಯಪ್ಪನ ಕುದುರೆಯೇ! ಅದರ ಮೇಲೇನೇ ಶವ ಸಾಗಿಸಿರೋದು. ಮುನಿಯಪ್ಪನೀಗ ನಮಗೆ ವೈಟಲ್ ಕ್ಲೂ. ಅವನಿಂದ ಎಲ್ಲ ತಿಳಿಯಬಹುದು"

"ಆದರೆ ಇದೇ ಸಮಯದಲ್ಲಿ ಅವನೇ ಇಲ್ಲ!

***

ಬೆಂಗಳೂರು ತಲುಪಿದಾಗ ರಣರಣ ಬಿಸಿಲು.

ಈ ಡಿಸೆಂಬರ್ ತಿಂಗಳಲ್ಲಿ ಯಾಕಪ್ಪಾ ಇಂತಾ ಬಿಸಿಲು ಎಂದು ವಿಕ್ರಮ್ ಆಶ್ಚರ್ಯ ಪಟ್ಟ. ಕೆ.ಜಿ. ಹಳ್ಳಿಯ ಯಶವಂತರಾಯರ ಮನೆಯಲ್ಲಿ ಶರತ್ ಒಬ್ಬನನ್ನೇ ಬಿಟ್ಟು ಬೆಂಗಳೂರಿಗೆ ಬಂದಿದ್ದ.

ಯಾವುದೋ ಒಂದು ಮುಖ್ಯವಾದ ಎಳೆ ಸಿಕ್ಕುತ್ತಿಲ್ಲ ಎನಿಸಿತು.

ಅದೊಂದು ಸಿಕ್ಕಿದರೆ ಯಶವಂತರಾಯರ ಮಾಯವಾದ ಶವದ ಬಗ್ಗೆ ಎಲ್ಲವೂ ಸಿಕ್ಕಿ ಬಿಡುತ್ತದೆ. ಆದರೆ ಯಾವುದು ಆ ಎಳೆ? ಯಾರಿಗೆ ಸಂಬಂಧಿಸಿದ್ದು ಈ ಎಳೆ? ತಲೆ ಬಿಸಿಯಾಯಿತು.

ಆಫೀಸಿನ ಬಾಗಿಲು ತೆಗೆದು ತನ್ನ ಸೀಟಿನಲ್ಲಿ ಕುಳಿತ. ಸಿಗರೇಟು ಹಚ್ಚಿದ. ಮತ್ತೊಮ್ಮೆ ಎಲ್ಲ ಘಟನೆಗಳನ್ನೂ ಮನಸ್ಸಿನಲ್ಲಿ ತುಂಬಿಕೊಂಡ. ಪ್ರಯಾಸದಿಂದ ಮನಸ್ಸನ್ನು ಯಶವಂತರಾಯರ ಕೊಲೆಯ ಬಗ್ಗೆ ಕೇಂದ್ರೀಕರಿಸಲು ಪ್ರಯತ್ನಿಸಿದ.

ಮೊದಲಿಗೆ ಯಶವಂತರಾಯರ ಕೊಲೆ ಹೇಗಾಗಿರಬಹುದು...? ಶವ ಪರೀಕ್ಷೆ ಮಾಡಲೂ ಸಹ ಸಿಕ್ಕಿಲ್ಲ. ಆದರೆ ಯಶವಂತರಾಯರ ಶವ ವಿರೂಪವಾಗಿರಲಿಲ್ಲ. ಅದು ಹಳ್ಳಿಯ ಜನರ ಬಾಯಿಂದಲೇ ತಿಳಿಯಿತು. ಹಾಗಾದರೆ ಕೊಲೆ ಯಾವ ಆಯುಧದಿಂದಲೂ ಆಗಿಲ್ಲ. ವಿಷ ಪ್ರಯೋಗವಾಗಿರಬಹುದು. ಅಂದರೆ ಶರೀರ ಸ್ವಲ್ಪವಾದರೂ ಬಣ್ಣ ಬದಲಿಸಬೇಕು. ಆ ಬಗೆಗೂ ಏನೂ ತಿಳಿಯುತ್ತಿಲ್ಲ. ಕೊನೆಗೆ ಶವ ಸಿಕ್ಕಿ, ವೈದ್ಯಕೀಯ ಪರೀಕ್ಷೆಯಾಗುವವರೆಗೂ ಏನೂ ತಿಳಿಯಲಾಗದೆ? ಆದರೆ ಶವ ಸಿಕ್ಕುತ್ತದೆ ಎನ್ನುವುದೇ ಅನುಮಾನ!

ಪತ್ತೇದಾರ ಸಮಸ್ಯೆಯ...ಆಳಕ್ಕೆ ಇಳಿಯುತ್ತ ಹೋದ. ಒಂದು ಕ್ಷಣ ಏನೋ ಹೊಳೆದಂತಾಗಿ ತಕ್ಷಣವೇ ನಿಲುಕದಂತಾಗಿ ಸಮಯ ಜಾರಿತು.

ಹೊಟ್ಟೆ ಚುರುಗುಟ್ಟಿತು. ಮಧ್ಯಾಹ್ನ ಊಟ ಮಾಡಿಲ್ಲ ಎಂಬ ನೆನಪಾಗಿ ಎದ್ದು ಆಫೀಸಿನ ಬಾಗಿಲು ಹಾಕಿದ. ಹತ್ತಿರದ ಹೋಟೆಲೊಂದರಲ್ಲಿ ಊಟ ಮುಗಿಸಿದ ಮೇಲೆ ನೆಮ್ಮದಿ. ಆದರೆ ಊಟದ ನಡುವೆ ಸಹ ಕಣ್ಣೆಂದ ಕಾಣದ ವ್ಯಕ್ತಿ ಯಶವಂತರಾಯರದೇ ಯೋಚನೆ! ಊಟ ಮುಗಿಯುವ ಸಮಯದಲ್ಲಿ ಹೊಳೆದ ಒಂದು ಯೋಚನೆಯಿಂದ ವಿಕ್ರಮ್‌ನ ಮೈಯಲ್ಲಿ ಲವಲವಿಕೆಯುಂಟಾಯಿತು.

ಪೋಲೀಸ್ ಕಮಿಷನರ್ ಕಛೇರಿಗೆ ತೆರಳಿದ. ಹಿಂದೆ ಎಷ್ಟೋ ಸಲ ಅಲ್ಲಿಗೆ ಹೋಗಿದ್ದ. ಸೆಂಟ್ರಲ್ ರೆಕಾರ್ಡ್ ರೂಮಿನಲ್ಲಿ ಅಸಂಖ್ಯ ಖೈದಿಗಳು, ಕೊಲೆಗಡುಕರು-ಮುಂತಾದವರ ದಾಖಲೆಗಳನ್ನು ವ್ಯವಸ್ಥಿತವಾಗಿಡಲಾಗಿತ್ತು. ವಿಕ್ರಮ್‌ನ ವೃತ್ತಿಯಲ್ಲಿ ಅಂತ ದಾಖಲೆಗಳು ಅವಶ್ಯವಾಗುತ್ತದೆ. ಪೋಲೀಸ್ ವಲಯದಲ್ಲಿ ತನ್ನ ವರ್ಚಸ್ಸಿನಿಂದ, ತನ್ನ ಮಿಲಿಟರಿ ಹಿನ್ನೆಲೆಯಿಂದ, ಒಳ್ಳೆಯ ನಡುವಳಿಕೆಯಿಂದ ರೆಕಾರ್ಡ್ ರೂಮನ್ನು ಉಪಯೋಗಿಸಲು, ಅಲ್ಲಿನ ಸಂಪನ್ಮೂಲ ಬಳಸಲು ವಿಶೇಷ ಅನುಮತಿ ಪಡೆದಿದ್ದ. ಇಂದು ಆ ರೆಕಾರ್ಡ್ ರೂಮಿನ ದಾಖಲೆಗಳ ಅವಶ್ಯಕತೆ ಒದಗಿಬಂದಿತ್ತು. ಅದಕ್ಕಾಗಿಯೇ ಬಂದಿದ್ದ ಸಂಬಂಧಪಟ್ಟ ಅಧಿಕಾರಿಗಳನ್ನು ಭೇಟಿ ಮಾಡಿದ ನಂತರ ರೆಕಾರ್ಡ್ ರೂಮನ್ನು ಪ್ರವೇಶಿಸಿ.

ಸಂಜೆ ಆರು ಗಂಟೆಯ ಹೊತ್ತಿಗೆ ವಿಕ್ರಮ್ ರೆಕಾರ್ಡ್ ರೂಮಿನಿಂದ ತನ್ನ ನೋಟ್ಸಿನೊಂದಿಗೆ ಈಚೆ ಬಂದ. ಸುಮಾರು ಎರಡೂ ಮುಕ್ಕಾಲು ಗಂಟೆಯ ಕಾಲ ಅಲ್ಲಿನ ಅಸಂಖ್ಯ ದಾಖಲೆಗಳ ನಡುವೆ ಕಾಲ ಕಳೆದಿದ್ದ. ಅಲ್ಲಿಂದ ಅವನು ಸಂಗ್ರಹಿಸಿದ ವಿಷಯ ಉಪಯುಕ್ತವೋ ಅಲ್ಲವೋ ಎಂಬುದರ ಬಗ್ಗೆ ಇನ್ನೂ ಖಚಿತವಾಗಿ ತಿಳಿದಿರಲಿಲ್ಲ!

ತನ್ನ ಜೀಪಿನ ಬಳಿಗೆ ಬಂದವನೇ ಕೈಯಲ್ಲಿನ ವಾಚು ನೋಡಿಕೊಂಡ. 'ಛೆ... ಲೇಟಾಯಿತು' ಎಂದು ಪೇಚಾಡಿಕೊಂಡ. ಜೀಪ್ ಸ್ಟಾರ್ಟ್ ಮಾಡಿ ವೇಗವಾಗಿ ರಸ್ತೆಯಲ್ಲಿ ಸಾಗಿದ.

ಕಮಿಷನರ್ ಆಫೀಸಿನ ಎದುರಿನಲ್ಲಿದ್ದ ರೆಸ್ಟುರಾಂಟಿನಲ್ಲಿದ್ದ ಮೂರ್ತಿ! ವಿಕ್ರಮ್ ಜೀಪು ಕಣ್ಣಿಂದ ಮರೆಯಾಗುವವರೆಗೂ ನೋಡುತ್ತಿದ್ದ!

***

"ನಿಮಗೆ ಯಾರ ಮೇಲಾದ್ರೂ ಅನುಮಾನವಿದೆಯೆ?"

ಕೆ.ಜಿ ಹಳ್ಳಿಯ ಮಂದಾರ ಮನೆಯಲ್ಲಿ, ರಾಮಣ್ಣನವರನ್ನ ಕೇಳಿದ ಶರತ್.

"ಮೊದಲು ಯಾರ ಮೇಲೂ, ಯಾವುದೇ ರೀತಿಯ ಅನುಮಾನವೂ ಇರಲಿಲ್ಲ. ಪೋಲೀಸ್‌ನವರು ಬಂದು ಸಮಾಧಿಯಿಂದ ದೇಹ ಈಚೆ ತೆಗೆಯಬೇಕು, ಶವಪರೀಕ್ಷೆ ಮಾಡಬೇಕೂಂತ ಹೇಳಿದಾಗ್ಲೂ ಅನುಮಾನ ಬರಲಿಲ್ಲ. ಆದ್ರೆ ದೇಹ ಸಮಾಧೀಲಿ ಇಲ್ಲದ್ದು ಕಂಡಾಗ ದಿಗ್ಭ್ರಮೆಯಾಯ್ತು. ಆಗಲೇ ಇದು ಕೊಲೆ, ಇದರ ಹಿಂದೆ ಯಾರೋ ಇದ್ದಾರೆ ಅನ್ನೋ ಅನುಮಾನ ಬಂದಿದ್ದು. ಈ ರೀತಿ ಆಗುತ್ತೇಂತ ಎಂತ ಕಲ್ಪನೇನೂ ಇರಲಿಲ್ಲ. ನಮ್ಮ ಭಾವನವರದ್ದು ಕೊಲೆ ಅಂತ ಅನುಮಾನ ಬಂದಿದ್ದು ಆಮೇಲೇನೆ"

ರಾಮಣ್ಣ ನಿಧಾನವಾಗಿ ಮಾತಾಡಿದ. ಮಾತಿನಲ್ಲಿ ಅಳುಕಿದೆಯೇ ಇಲ್ಲವೇ? ಶರತ್ ಎಚ್ಚರಿಕೆಯಿಂದ ಗಮನಿಸಿದ.

"ಕೊಲೆ ಮಾಡಿಸೋ ಅಂತಾವರು ಯಾರೂ ಇಲ್ಲ. ಅವರ ಮೇಲೆ ಕೆಲವರಿಗೆ ಕೋಪ ಇದ್ದಿರಬಹುದು, ಮನಸ್ತಾಪ ಇದ್ದಿರಬಹುದು. ಆದ್ರೆ ಕೊಲೆ ಮಾಡುವಂತವರು ಯಾರೂ ನನ್ನ ಗಮನದಲ್ಲಿ ಇಲ್ಲ"

"ಅಕಸ್ಮಾತ್ ಅನುಮಾನ ಪಡಬಹುದು ಅಂದರೆ ಯಾರ ಮೇಲೆ ಅನುಮಾನ ಬರುತ್ತೆ?"

"ಹಾಗೆ ಹೇಳೋಕಾಗೊಲ್ಲ"

"ಅಲ್ಲ..ಯಾರ ಮೇಲಾದರೂ ನಿಮಗೆ ಅನುಮಾನ ಬರೋ ಸಾಧ್ಯತೆ ಇದೆ. ಹಾಗೆ ನೀವು ಹೇಳಿದ ವ್ಯಕ್ತಿಯ ಹೆಸರನ್ನೇ ಫೈನಲ್ ಆಗಿ ನಾನು ತಗೊಳ್ಳೋದೂ ಇಲ್ಲ. ಅನುಮಾನವಷ್ಟೇ ಕೇಳಿದ್ದು. ಆಮೇಲೆ ಅದನ್ನು ವೆರಿಫೈ ಮಾಡ್ಲೇಬೇಕು.

ಪರ್ವಾಗಿಲ್ಲ ಹೇಳಿ”

ಶರತ್ ಪುಸಲಾಯಿಸಿದ.

“ಇಲ್ಲ. ಸತ್ಯವಾಗ್ಲೂ ಕೊಲೆ ಮಾಡೋ ಅಂತಾ ದ್ವೇಶಾನ ಭಾವನವರು ಯಾರೊಂದಿಗೂ ಕಟ್ಕೊಂಡಿರಲಿಲ್ಲ. ಅನುಮಾನಿಸಬೇಕು ಎಂದರೆ ಸುಮಾರು ಐದಾರು ಜನರು ನೆನಪಿಗೆ ಬರುತ್ತಾರೆ. ಈ ಸಲ ಅವರು ಬಿಡದಿಯ ಕೊ-ಆಪರೇಟೀವ್ ಬ್ಯಾಂಕ್ ಎಲೆಕ್ಷನ್ನಿಗೆ ಭಾವನವರಿಗೆ ಎದುರಾಳಿಯಾಗಿ ವೆಂಕಟರೆಡ್ಡಿ ಅಂತ ಒಬ್ಬ ಕಂಟ್ರಾ÷◌್ಯಕ್ಟರ್ ನಿಂತಿದ್ದ. ಅವನು ಮೊದಲಿಗೆ ನಮ್ಮಲ್ಲೇ ಕೆಲ್ಸ ಮಾಡ್ತಿದ್ದ. ಆಮೇಲೆ ಕಾಂಟ್ರಾ÷◌್ಯಕ್ಟ್ ಮಾಡೋಕೆ ಶುರು ಮಾಡಿ ಚೆನ್ನಾಗಿ ಆಗಿದ್ದ. ಅವನ ಜೊತೆ ಹಲವು ಸಲ ಭಾವನವರು ಜಗಳ ಆಡಿದ್ದರು. ಅವನಲ್ಲದೆ ನಮ್ಮೂರಿನ ಕೆಲವು ರೈತರು ತಮ್ಮ ಆಸ್ತಿಗಳನ್ನು ಭಾವನವರಿಗೆ ಮಾರಿದ್ದು, ಕೆಲವು ವರ್ಷಗಳ ನಂತರ ವಾಪಸ್ಸು ಕೇಳಿದ್ದರು. ಅವರೆಲ್ಲರನ್ನೂ ಶತೃಗಳು ಎಂದು ಹೇಳಲಾಗೊಲ್ಲ. ಅನೇಕ ಸಲ ಕೆಲಸದಾಳುಗಳ ಜೊತೆ ಒರಟಾಗಿ ವರ್ತಿಸುತ್ತಿದ್ದರು. ಇತ್ತೀಚೆಗೆ ಗಂಗಾಧರ ಎನ್ನುವ ಕೆಲಸದಾಳನ್ನು ಬಾರ್ ಕೋಲಿನಿಂದ ಹೊಡೆದಿದ್ದರು..ಆದರೆ..ಅವರು ಯಾರೂ ಕೊಲೆ ಮಾಡುವ ಹಂತಕ್ಕೆ ಹೋಗುವಂತವರಲ್ಲ”

“ವೆಂಕಟರೆಡ್ಡಿ ಕಡೆಯವರಿಗೂ ನಿಮ್ಮ ಕಡೆಯವರಿಗೂ ಮಾರಿ ಹಬ್ಬದ ಟೈಮಲ್ಲಿ ಹೊಡೆದಾಟ ಆಗಿತ್ತಂತೆ? ಕೆಲವು ಜನ ಸತ್ತಿದ್ದರು, ಕೆಲವರಿಗೆ ಏಟಾಗಿತ್ತು ಅಲ್ವೆ?”

ಶರತ್ ಕುತೂಹಲದಿಂದ ಕೇಳಿದ.

“ಈ ವಿಷಯ ಯಾರು ಹೇಳಿದ್ದು?”

“ಗಂಗಾಧರ”

“ಅದೆಲ್ಲಾ ನಿಜ. ಆದ್ರೆ ಗಂಗಾಧರನ ಮಾತು ಕಟ್ಕೋಬೇಡಿ. ಕುಡಿಯೋಕೆ ಕಾಸು ಬೇಕಾಗಿದ್ರೆ ಇಲ್ಲದ್ದೆಲ್ಲ ಹೇಳಿಬಿಡ್ತಾನೆ..”

“ಆದ್ರೆ ಗಲಾಟೆ, ಹೊಡೆದಾಟ ಆಗಿದ್ದೆಲ್ಲಾ ನಿಜ..”

ಶರತ್ ಕೆಣಕಿದ.

“ಸುಳ್ಳು ಅಂತ ನಾನು ಹೇಳ್ಳಿಲ್ಲವಲ್ಲ?”

“ನಿಮಗೆ ವೆಂಕಟರೆಡ್ಡಿ ಪರಿಚಯಾನಾ..?”

“ನಮ್ಮಲ್ಲೇ ಕೆಲ್ಸ ಮಾಡ್ತಿದ್ದ ಅಂದ ಮೇಲೆ ಪರಿಚಯ ಇಲ್ಲದೆ ಇರೋಕಾಗುತ್ತಾ..?”

“ನಿಮ್ಮ ಭಾವನವರು ಸತ್ತ ದಿನ ವೆಂಕಟರೆಡ್ಡಿ ಊರಲ್ಲೇ ಇದ್ದನಾ..?”

"ಇಲ್ಲ..ಅವನು ಸಂಸಾರ ಸಮೇತ ತಿರುಪತಿಗೆ ಹೋಗಿದ್ದ. ಭಾವನವರು ಸತ್ತ ಮೂರು ದಿನದ ಮೇಲೆ ಊರಿಗೆ ಬಂದ"

"ಇದೆಲ್ಲಾ ನೀವು ಯಾಕೆ ತಿಳ್ಕೊಳ್ಳೋಕೆ ಹೋದ್ರಿ..?"

ಶರತ್ ಪ್ರಶ್ನೆಗೆ ರಾಮಣ್ಣನ ಕಣ್ಣುಗಳು ಅಗಲವಾದವು.

"ನಿಮಗೀಗ ಅನುಮಾನ ಬರೋ ಹಾಗೆ ನನಗೂ ವೆಂಕಟರೆಡ್ಡಿ ಮೇಲೆ ಅನುಮಾನ ಬಂದಿತ್ತು. ಆ ಅನುಮಾನ ಪರಿಹರಿಸಿಕ್ಕೊಳ್ಳೋಕೆ ಊರವರಿಂದ ಈ ವಿಷಯ ತಿಳ್ಕೊಂಡೆ"

ಶರತ್ ಕೆಲ ಕ್ಷಣಗಳು ಮೌನದಿಂದ ರಾಮಣ್ಣನ ಮಾತಿನಲ್ಲಿ ಸತ್ಯವಿರಬಹುದೆ ಎಂದು ಯೋಚಿಸಿದ.

"ಹಾಗೇ ಇನ್ನೊಂದು ವಿಷಯ. ತೀರಾ ವೈಯಕ್ತಿಕವಾದದದು, ಬೈಕೋಬೇಡಿ. ಆಸ್ತಿಗೋಸ್ಕರ ಯಾರಾದರೂ ಈ ಕೊಲೆ ಮಾಡಿರಬಹುದೆ?"

"ಅಂದರೆ...? ನಮ್ಮ ಮೇಲೇನೆ ಅನುಮಾನವೆ? ಈ ಆಸ್ತಿಯ ತೊಂಬತ್ತು ಭಾಗ ನಮ್ಮ ಭಾವನವರಿಗೆ ಪಿತ್ರಾರ್ಜಿತವಾಗಿ ಬಂದದ್ದು-ಬೆಂಗ್ಳೂರಲ್ಲಿನ ಕೆಲವು ಸೈಟುಗಳನ್ನ ಬಿಟ್ಟರೆ ಉಳಿದದ್ದೆಲ್ಲಾ ನೇರವಾಗಿ ಅವರ ಮೊಮ್ಮಕ್ಕಳಿಗೆ ಸೇರುತ್ತೆ. ಹೀಗಿರೋವಾಗ ನಾವು ಈ ಆಸ್ತಿಗೆ ಆಸೆ ಪಡೋದಕ್ಕೆ ಕಾರಣವೇ ಇಲ್ಲ"

"ಮೂರ್ತಿ ಹೇಗೆ?"

"ನಿಮ್ಮ ಮಾತು ನಂಗರ್ಥವಾಯ್ತು. ಸ್ವಾಮಿ, ಈ ಆಸ್ತೀಲಿ ನನಗಾಗಲೀ ಇಲ್ಲಾ ಮೂರ್ತಿಗಾಗಲೀ ಒಂದು ಕಿಲಿಬಿಲಿ ಕಾಸೂ ಕೇಳೋ ಪರಿಸ್ಥಿತಿ ಇಲ್ಲ, ಕೇಳೋದೂ ಇಲ್ಲ. ಜೊತೆಗೆ ಮೂರ್ತೀನೇ ನಿಮ್ಮ ಕೈಯಲ್ಲಿ ಕೇಸಿಟ್ಟು ಪತ್ತೆ ಮಾಡೋಕೆ ಹೇಳಿದಾರೆ..."

"ಆಫ್‌ಕೋರ್ಸ್ ಅದೇನೋ ನಿಜ. ಆದ್ರೆ ನಾವು ಎಲ್ಲರ ಮೇಲೂ ಅನುಮಾನ ಪಡ್ತೀವಿ. ನಮ್ಮ ಕೆಲಸವೇ ಅದು. ಯಾರ ಮೇಲೂ ನಾವು ಅನುಕಂಪ ತೋರಿಸೋಕಾಗೊಲ್ಲ. ಎಲ್ಲರ ಮೇಲೂ ಅನುಮಾನ, ಎಲ್ಲದರ ಮೇಲೂ ಅನುಮಾನ. ಈಗ ಹೇಳಿ ಮೂರ್ತಿಯವರ ಸ್ವಭಾವ ಹೇಗೆ?"

"ನನಗೆ ತಿಳಿದ ಹಾಗೆ ಒಳ್ಳೆ ಮನುಷ್ಯ. ಮರ್ಯಾದೆಗೆ ಅಂಜಿ ಬಾಳೋ ಅಂತಾವನು. ಆದ್ರೆ ಅವನ ಒಂದೇ ಒಂದು ವೀಕ್‌ನೆಸ್ ಅಂದ್ರೆ ಕೋಪ ಮತ್ತು ಹಟ. ಕೃಷ್ಣ ಅವನು ಇಬ್ಬರೂ ದೂರ ಆಗ್ತಿರೋದೇ ಅದಕ್ಕೆ..."

"ಅಂದ್ರೆ ಕೃಷ್ಣ ಮತ್ತು ಮೂರ್ತಿ ನಡುವಿನ ಸಂಬಂಧ ಚೆನ್ನಾಗಿಲ್ಲ ಅಂತೀರ"

"ಇಲ್ಲ, ಇವತ್ತೂ ಇಲ್ಲ ಅವತ್ತೂ ಇರಲಿಲ್ಲ"

"ಕಾರಣ?"

"ಮೂರ್ತಿ ಬೆಂಗ್ಳೂರಲ್ಲಿರೋದ್ರಿಂದ ಕೃಷ್ಣನ ವಿಷಯ ಎಲ್ಲಾ ಗೊತ್ತಾಗಿ ಬಿಡುತ್ತೆ. ನಮ್ಮ ಮಾವನವರು ಕೃಷ್ಣನ ಬಗ್ಗೆ ಕೇಳಿದಾಗ ಮೂರ್ತಿ ಇದ್ದ ವಿಷಯ ಇದ್ದ ಹಾಗೇ ಹೇಳಿಬಿಡ್ತಿದ್ದರು! ಅವಾಗೆಲ್ಲಾ ಕೃಷ್ಣನ ಮೇಲೆ ಅವರಿಗೆ ಭಯಂಕರ ಸಿಟ್ಟು ಬಂದು ಬೈತಾ ಇದ್ದರು. ಆಸ್ತೀಲಿ ಒಂದು ಚೂರೂ ನಿಂಗೆ ದಕ್ಕದ ಹಾಗೆ ವಿಲ್ ಮಾಡ್ತೀನೀಂತ ಕೂಗಾಡ್ತಿದ್ದರು".

"ಅಂದ್ರೆ? ಬೇರೆಯವರ ಹೆಸರಿಗೆ ಬರೀತೀನಿ ಅಂತಿದ್ರೇನು?"

"ಪಿತ್ರಾರ್ಜಿತ ಆಸ್ತಿ. ಅವರು ಬೇರೆಯವರಿಗೆ ಬರೆದರೂ ಅದು ಊರ್ಜಿತವಾಗೊಲ್ಲ ಅನ್ನೋದು ಅವರಿಗೂ ಗೊತ್ತಿತ್ತು"

"ಆದರೂ ಕೃಷ್ಣನ್ನ ಹೆದರಿಸ್ತಾ ಇದ್ರು, ಅಲ್ಲವೆ? ಅವರ ಐಡಿಯಾ ಹೀಗೂ ಇರಬಹುದು: ಹೇಗೂ ಆಸ್ತಿ ಅವನಿಗೇ ಸಿಗೋದು. ಆದರೂ ಅದಕ್ಕಾಗಿ ಕಷ್ಟ ಪಡಲಿ, ಹೋರಾಡಿ ಪಡೀಲೀಂತ ಬೇರೆಯವರ ಹೆಸರಿಗೆ ಬರೆದರೂ ಬರೀಬಹುದಿತ್ತು. ಕೃಷ್ಣ ಮತ್ತೆ ಕೋರ್ಟಿನ ಮೆಟ್ಟಿಲು ಹತ್ತಿ ಆಸ್ತೀನ ಹಿಂದೆ ಪಡೆಯಲಿ ಅನ್ನೋದು ಅವರ ಐಡಿಯಾ! ಹೇಗೆ?"

"ಇದ್ದರೂ ಇರಬಹುದು. ಈ ವಿಷಯ ಕೃಷ್ಣನ ಜೊತೆ ಮಾತ್ರ ಮಾತಾಡ್ತಿದ್ದರು"

"ಯಶವಂತರಾಯರು ಕೊನೆಯುಸಿರು ಎಳೆದ ದಿವಸ, ಅಂದರೆ ಡಿಸೆಂಬರ್ ಇಪ್ಪತ್ತನೆ ತಾರೀಖು, ಶನಿವಾರ ಕೃಷ್ಣ ಮನೇಲಿ ಇಲ್ಲಿರಲಿಲ್ಲವೆ?"

"ಇಲ್ಲ. ಅವರಿಗೆ ಈ ಸುದ್ದಿ ಮುಟ್ಟಿಸೋಕೆ ಮೂರ್ತಿಗೆ ಫೋನ್ ಮಾಡಿದೆ"

"ಮೂರ್ತೀನೂ ಇಲ್ಲಿರಲಿಲ್ಲ"

"ಇಲ್ಲ. ನಾನೂ ಸಹ ಇರಲಿಲ್ಲ. ನಾನೂ ಬೆಂಗ್ಳೂರಿಗೆ ಹೋಗಿದ್ದೆ. ಸಂಜೆ ವಾಪಸ್ಸು ಬಂದು ಮಾಮೂಲಿನ ಹಾಗೆ ಊಟ ಮಾಡಿ ಮಲಗಿದೆ."

"ಅವರ ವರ್ತನೇಲಿ ಏನಾದರೂ ಬದಲಾವಣೆಯಿತ್ತೆ?"

"ಮೇಲೆ ಕಾಣೋ ಹಾಗೇನೂ ಇರಲಿಲ್ಲ".

"ಅವರು ತೀರ್ಕೊಂಡ ಸುದ್ದಿ ಹೇಗೆ ಗೊತ್ತಾಗಿದ್ದು? ಬೆಳಿಗ್ಗೆ ಯಾರು ನೋಡಿದ್ದು?"

"ಹೊನ್ನಿ ರಾತ್ರಿ ಅವರ ರೂಮಿಗೆ ಒಂದು ಲೋಟ ಹಾಲು ತಗೊಂಡು ಹೋಗಿ ಕೊಟ್ಟು ಬಂದಳು. ಬೆಳಿಗ್ಗೆ ಎದ್ದ ಮೇಲೆ ಎಲ್ಲರ ರೂಮಿಗೂ ಬೆಡ್ ಕಾಫಿ ಕೊಡ್ತಾಳೆ, ಮೊದಲೇ ನಮ್ಮ ಮಾವನವರ ರೂಮಿಗೆ ಹೋದಳಂತೆ. ಕಾಫಿ ಟೀಪಾಯ್ ಮೇಲಿಟ್ಟು ಕೂಗಿದಳಂತೆ. ಅವರು ಏಳಲಿಲ್ಲ. ಅನುಮಾನ ಬಂದು ಇನ್ನೆರಡು ಸಲ ಕೂಗಿದಳು. ಆಗಲೂ ಬರಲಿಲ್ಲ. ಕೊನೆಗೆ ಮೈಮುಟ್ಟಿ, ಮೂಗಿನ ಹತ್ತಿರ ಕೈಯಿಟ್ಟು ಉಸಿರಾಡ್ತಿಲ್ಲ ಅನ್ನೋದು ಗಮನಿಸಿದಾಗ ಸತ್ತಿರೋದು ಗೊತ್ತಾಗಿದೆ. ಓಡುತ್ತಾ

ಈಚೆ ಬಂದು ನಮಗೆ ವಿಷಯ ತಿಳಿಸಿದಳು".

ಶರತ್ ಕೆಲವು ಕ್ಷಣಗಳು ಚಿಂತಿಸಿದ.

"ಯಶವಂತರಾಯರು ಡ್ರಿಂಕ್ಸ್ ತಗೋತಿದ್ದರಾ..?"

"ರಮ್ ತಗೋತಿದ್ದರು. ಓಲ್ಡ್ ಮಾಂಕ್ ಅವರ ಫೇವರಿಟ್. ಆದ್ರೆ ಮಿತವಾಗಿ ತಗೋತಿದ್ದರು. ಅವರು ಮಿತಿಮೀರಿ ಕುಡಿದದ್ದು ನಾನು ನೋಡೇ ಇಲ್ಲ. ದಿನಾ ಊಟಕ್ಕೆ ಬರೋ ಹೊತ್ತಿಗೆ ಅವರ ರೂಮಲ್ಲೇ ಕೂತು ಒಂದು ಪೆಗ್ ತಗೊಂಡು ಬರ್ತಿದ್ದರು"

"ಸಾಯೋ ಹಿಂದಿನ ದಿನ ತಗೊಂಡಿದ್ದರಾ..?"

"ಗೊತ್ತಿಲ್ಲ. ಬಹುಶಃ ಅದು ದಿನನಿತ್ಯದ ಅಭ್ಯಾಸ. ತಗೊಂಡಿರಬಹುದು. ಅದನ್ನು ನಾವು ಯಾರೂ ಪ್ರಶ್ನೆ ಮಾಡ್ತಿರಲಿಲ್ಲ"

"ಅವರು ರಮ್ ಬಾಟಲ್ಲು ಎಲ್ಲಿಟ್ಟಿರುತ್ತಿದ್ದರು?"

"ಅವರ ರೂಮಲ್ಲೇ ಇರ್ತಿತ್ತು! ಹೊನ್ನಿ ಕೆಳಗೆ ಫ್ರಿಜ್ಜಿನಿಂದ ಐಸ್ ಕ್ಯೂಬ್, ಒಂದು ಬೌಲಲ್ಲಿ ಹಪ್ಪಳ, ಉಪ್ಪಿನ ಕಾಯಿ ತಗೊಂಡು ಹೋಗ್ತಿದ್ದಾಗ ನಮಗೆ ಗೊತ್ತಾಗ್ತಾ ಇದ್ದುದ್ದು ಅವರು ಕುಡಿಯೋಕೆ ಶುರು ಮಾಡಿದ್ದಾರೆ ಅಂತ"

ಈ ಪ್ರಶ್ನೆ ರಾಮಣ್ಣನನ್ನು ಚಿಂತೆಗೆ ಹಚ್ಚಿರಬೇಕು. ಆತ ಕೈಲಿದ್ದ ಸಿಗರೇಟಿನ ತುದಿಯನ್ನು ಆಷ್‌ಟ್ರೇಯಲ್ಲಿ ಹೊಸಕಿ ನಿಟ್ಟುಸಿರಿಟ್ಟ!

"ಇನ್ನೊಂದು ಪ್ರಶ್ನೆ. ತಪ್ಪು ತಿಳೀಬೇಡಿ. ನಿಮ್ಮ ಮಗಳನ್ನು ಕೃಷ್ಣ ಕೇಳಿದರೆ ಮದುವೆ ಮಾಡಿ ಕೊಡ್ತೀರಾ?"

ನೇರ ಪ್ರಶ್ನೆಯನ್ನು ತುಸು ಬಳಸಿ ಕೇಳಿದ ಶರತ್.

ರಾಮಣ್ಣನ ಹುಬ್ಬುಗಳು ಗಂಟಿಕ್ಕಿದ್ದವು.

"ಬೇಡಾಂತ ನಾನು ಹೇಳ್ತಿದೀನಿ. ನಂಗೆ ಮಾತ್ರ ಒಂದು ಚೂರೂ ಇಷ್ಟ ಇಲ್ಲ. ಅವನ ಬಗ್ಗೆ ಅಷ್ಟೆಲ್ಲಾ ಗೊತ್ತಿದ್ದು ಮಗಳನ್ನು ಕೊಡೋಕೆ ಮನಸ್ಸಾದರೂ ಹೇಗೆ ಬರುತ್ತೆ ಹೇಳಿ...? ಆದ್ರೆ ನನ್ನ ಹೆಂಡತಿ ಯೋಚ್ನೇನೇ ಬೇರೆ. ಸಂಬಂಧ ಬಿಟ್ಟು ಹೋಗುತ್ತೇಂತ ಹೇಳ್ತಾಳೆ".

ರಾಮಣ್ಣ ಖಿನ್ನನಾಗಿ ನುಡಿದ.

'ಸಂಬಂಧ ಬಿಟ್ಟು ಹೋಗುತ್ತೇಂತಾನೋ ಇಲ್ಲ ಆಸ್ತಿ ಬಿಟ್ಟು ಹೋಗುತ್ತೇಂತಾನೋ?' ಎನ್ನುವ ಮಾತು ಬಾಯಿ ತುದಿಗೆ ಬಂದರೂ ಶರತ್ ಕೇಳಲಿಲ್ಲ.

"ಅಕಸ್ಮಾತ್ ನಿಮ್ಮ ಹೆಂಡತಿ ಒತ್ತಾಯ ಮಾಡಿದರೂನ್ನಿ. ಮಗಳನ್ನ ಕೃಷ್ಣಂಗೇ ಕೊಡಬೇಕೂಂತ ಹಟ ಹಿಡಿದರೆ?"

ರಾಮಣ್ಣ ಭುಜ ಹಾರಿಸಿದ.

"ಅಂತಾ ಸ್ಥಿತಿ ಬಂದರೆ ನಾನು ಏನೂ ಮಾಡೋಕಾಗೊಲ್ಲ".

ಎಂದಷ್ಟೆ ಹೇಳಿ ಮುಖ ಕೆಳಗೆ ಹಾಕಿದ.

ಶರತ್ ಎರಡು ಕ್ಷಣ ಅವನ ಮುಖವನ್ನೇ ದಿಟ್ಟಿಸಿ ನೋಡಿದ. ಈತ ಹೇಳುತ್ತಿರುವುದು ನಿಜವೆ? ಎಂಬ ಅನುಮಾನ ಮೂಡಿತು. ಕೃಷ್ಣನ ವಿಷಯವಾಗಿ ಹೇಳಿದ್ದು ಕೃತಕವೆನ್ನಿಸಿತು. ಆಸ್ತಿಯನ್ನು ದಕ್ಕಿಸಿಕೊಳ್ಳಲು ಕೃಷ್ಣನಿಗೆ ತನ್ನ ಮಗಳನ್ನು ಕೊಡಲು ಸಿದ್ಧನಾಗಿರುವನು ಎನ್ನುವುದರಲ್ಲಿ ಯಾವ ಸಂಶಯವೂ ಉಳಿಯಲಿಲ್ಲ.

"ನೀವು ಇಷ್ಟೆಲ್ಲಾ ಕೇಳಿದ್ರಿ. ಆದ್ರೆ ನಾನು ಒಂದೇ ಒಂದು ಮಾತು ಕೇಳ್ಕೋತೀನಿ. ಬೇಗನೆ ನಮ್ಮ ಭಾವನವರ ಶರೀರ ಹುಡುಕಿ. ಅದನ್ನ ಮತ್ತೆ ಸಂಸ್ಕಾರ ಮಾಡಬೇಕು. ಯಾವನೋ ಪಾಪಿ ಅದನ್ನ ಸಮಾಧಿಯಿಂದ ಎತ್ತಿದಾನೆ. ಅದು ಮತ್ತೆ ಮಣ್ಣು ಸೇರಬೇಕು".

ರಾಮಣ್ಣ ದೈನ್ಯದಿಂದ ಕೇಳಿದ.

ಅದರಲ್ಲಿ ಕೃತಕ ಭಾವವಿದೆಯೆ? ಅದು ನಾಟಕವೆ? ಶರತ್ ರಾಮಣ್ಣನ ಮುಖದಲ್ಲಿನ ಭಾವ ಗ್ರಹಿಸಲು ಯತ್ನಿಸಿದ.

***

ಕಮಿಷನರ್ ಕಛೇರಿಗಂಟಿಕೊಂಡ ರೆಕಾರ್ಡ್ ರೂಮಿನಿಂದೀಚೆ ಬಂದ ವಿಕ್ರಮ್ ರಾತ್ರಿ ಒಂಭತ್ತು ಗಂಟೆಯವರೆಗೂ ಬೆಂಗಳೂರಲ್ಲಿ ತುಂಬಾ ಓಡಾಡಿದ. ಆ ಓಡಾಟ ಪೂರ್ತಿಯಾಗಿ ಉಪಯುಕ್ತವೂ ಆಗಿರಲಿಲ್ಲ. ಅರ್ಧ ಸಮಯ ಪೂರಾ ವ್ಯರ್ಥ! ಆದರೂ ಮರಳಿ ಯತ್ನವನ್ನು ಮಾಡಲೇಬೇಕು. ಬೆಂಗಳೂರಲ್ಲಿ ಮಾಡಬೇಕಾದ ಕೆಲಸಕ್ಕೆ ಇನ್ನೂ ಬೆಳಗಿನವರೆಗೆ ಕಾಯಬೇಕೆಂದು ಗೊತ್ತಾದ ಕ್ಷಣ ವಿಕ್ರಮ್ ಜೀಪು ಕೆ.ಜಿ. ಹಳ್ಳಿಗೆ ಧಾವಿಸಿತು.

ಶರತ್ ಮತ್ತು ರಾಮಣ್ಣ ಆಗ ತಾನೆ ಊಟ ಮುಗಿಸಿದ್ದರು. ವಿಕ್ರಮ್ ಅವರ ಜೊತೆ ಕುಳಿತು ಜೇಬಿಂದ ಸಿಗರೇಟು ಪ್ಯಾಕು ಎಳೆದ.

"ಊಟದ ಸಮಯದಲ್ಲಿ ಸಿಗರೇಟು ಯಾಕೆ ಹಚ್ತೀರ? ಮೊದ್ಲು ಊಟ ಮುಗಿಸಿಬಿಡಿ".

ರಾಮಣ್ಣ ಬುದ್ಧಿವಾದ ಹೇಳಿದ.

"ಊಟ ಕೆಲವು ನಿಮಿಷ ಕಾಯಬಹುದಲ್ಲ? ನಿಮ್ಮನ್ನು ಒಂದು ಮಾತು ಕೇಳಬೇಕು".

ವಿಕ್ರಮ್ ನಕ್ಕು ಹೇಳಿದ.

"ಕೇಳಿ... ಕೇಳೀ... ನಿಮ್ಮ ಕಲೀಗ್ ಸಾವಿರ ಪ್ರಶ್ನೆ ಕೇಳಿ ಹಣ್ಣುಗಾಯಿ ನೀರುಗಾಯಿ ಮಾಡಿದಾರೆ. ಇನ್ನು ನಿಮ್ಮ ಒಂದು ಪ್ರಶ್ನೆ ಯಾವ ಮಹಾ! ಕೇಳಿ..."

ರಾಮಣ್ಣ ಸುಸ್ತಾದವನಂತೆ ನಟಿಸುತ್ತಾ ಹೇಳಿದ.

"ಗಾಂಧೀನಗರದ ಒಂದು ಬ್ಯಾಂಕ್‌ನಲ್ಲಿ ಯಶವಂತರಾಯರದ್ದು ಒಂದು ಸೇಫ್ಟಿ ಲಾಕರ್ ಇದೆಯಲ್ಲ?"

"ಹಾ... ಹೌದು..."

"ಅವರು ತೀರ್ಕೊಂಡ ಮೇಲೆ ಲಾಕರ್‌ನ ಇನ್ನೂ ತೆಗೆದಿಲ್ಲ ಅಲ್ವಾ?"

"ನಿಜ".

"ಈ ವಿಷಯ ನೀವು ಯಾಕೆ ತಿಳಿಸಲಿಲ್ಲ"

ವಿಕ್ರಮ್ ಧ್ವನಿ ಗಂಭೀರವಾಗಿತ್ತು.

ರಾಮಣ್ಣ ಒಂದು ಕ್ಷಣ ವಿಕ್ರಮ್ ಮಾತಿನಿಂದ ವಿಚಲಿತನಾದಂತೆ ಕಂಡರೂ ಮರುಕ್ಷಣ ಚೇತರಿಸಿಕೊಂಡ.

"ಲಾಕರ್ ವಿಷಯ ನಿಮಗೆ ಹೇಗೆ ಗೊತ್ತಾಯಿತು?" ರಾಮಣ್ಣ ಮರುಪ್ರಶ್ನೆ ಹಾಕಿದರು.

"ಅದೇ ನಮ್ಮ ಕೆಲಸ ಅಲ್ವೆ? ಪತ್ತೇದಾರ ಪತ್ತೆ ಮಾಡಬೇಕು. ಯಶವಂತರಾಯರ ಲಾಯರ್ ನಾಣಯ್ಯ ತಿಳಿಸಿದರು" ವಿಕ್ರಮ್ ಸಮಾಧಾನವಾಗಿ ಉತ್ತರಿಸಿದ.

"ನೋಡಿ ಸಾರ್, ನಿಮಗೇನು ಬೇಕು ಏನು ಬೇಡ ಅನ್ನೋ ವಿಷಯ ನಮಗೆ ಹೇಗೆ ತಿಳೀಬೇಕು? ಇದುವರೆಗೂ ನೀವು ಯಾವ ವಿಷಯ ಕೇಳಿದಿರೋ ವಿಷಯ ಎಲ್ಲಾ ತಿಳಿಸಿದೇವೆ. ಈಗ ಲಾಕರ್ ವಿಷಯ ಕೇಳಿದಿರಿ. ಆ ವಿಷಯ ಹೇಳ್ತೀನಿ. ಇಷ್ಟಕ್ಕೂ ಯಾವ ವಿಷಯಾನೇ ಆಗಲಿ ಮುಚ್ಚಿಟ್ಟು ನಮಗೆ ಆಗಬೇಕಾದ್ದಾದರೂ ಏನು ಹೇಳಿ?"

ರಾಮಣ್ಣನ ಮಾತಿಗೆ ವಿಕ್ರಮ್ ಪ್ರತಿಕ್ರಿಯಿಸಲು ಕೆಲವು ಕ್ಷಣಗಳ ಸಮಯ ತೆಗೆದುಕೊಂಡ.

"ಅದು ಯಶವಂತರಾಯರೊಬ್ಬರ ಹೆಸರಲ್ಲೇ ಇದೆಯೋ? ಅಥವಾ ಜಾಯಿಂಟಾಗಿ ಆಪರೇಟ್ ಮಾಡೋದೋ?"

"ಅದನ್ನ ಅವರೊಬ್ಬರೇ ಆಪರೇಟ್ ಮಾಡ್ತಾ ಇದ್ದರು".

"ಹಾಗಾದ್ರೆ ಈಗದನ್ನು ಓಪನ್ ಮಾಡಬೇಕು ಅಂದರೆ?"

"ನಾಣಯ್ಯ ಅಂತ ಹೈಕೋರ್ಟು ವಕೀಲರು, ನಮ್ಮ ಮಾವನವರ ಕಾನೂನಿಗೆ ಸಂಬಂಧಪಟ್ಟ ಎಲ್ಲ ವಿಷಯನೂ ನೋಡ್ಕೋತಾ ಇದ್ದರು. ನೀವೀಗಾಗಲೇ

ನಾಣಯ್ಯನವರ ಹತ್ರ ಮಾತಾಡಿದ್ದೀರಿ. ತುಂಬಾ ಹಿಂದೆ ಯಾವಾಗಲೋ ಒಂದು ಸಲ ಒಂದು ವಿಲ್ ಬರೀತೀನೀಂತ ಹೇಳಿ ಕೃಷ್ಣನ್ನ ಹೆದ್ರಿಸ್ತಾ ಇದ್ದರು. ಎಲ್ಲಾ ವಿಷಯನೂ ನಾಣಯ್ಯನವರಿಗೆ ಗೊತ್ತಿರುತ್ತೆ".

"ಅವರ ಮನೆ ಎಲ್ಲಿದೆ?"

"ಮನೆ ಎಲ್ಲಿದೇಂತ ಗೊತ್ತಿಲ್ಲ. ಆದ್ರೆ ಆಫೀಸು ಗೊತ್ತಿದೆ. ರಿಚ್‌ಮಂಡ್ ರೋಡ್‌ನಲ್ಲಿದೆ"

ರಾಮಣ್ಣ ಹೇಳಿದ್ದನ್ನ ವಿಕ್ರಮ್ ಗುರುತು ಹಾಕಿಕೊಂಡ.

ಬಹುಶಃ ತಾನು ಹುಡುಕುತ್ತಿದ್ದ ಎಳೆ ಸೇಫ್ಟಿಲಾಕರ್‌ನಲ್ಲಿ ಸಿಗಬಹುದೆ? ವಿಕ್ರಮ್ ಯೋಚಿಸಿದ.

"ಊಟ ಮಾಡುವಿರಂತೆ ಏಳಿ"

ವಿಕ್ರಮ್‌ನನ್ನು ಊಟಕ್ಕೆಬ್ಬಿಸಿದ ರಾಮಣ್ಣ. ಅನ್ಯಮನಸ್ಕನಾಗಿ ವಿಕ್ರಮ್ ಊಟದ ಮೇಜಿನತ್ತ ನಡೆದ.

"ಮುನಿಯಪ್ಪ ಬಂದನೆ?"

ವಿಕ್ರಮ್ ತನ್ನ ಜೂನಿಯರ್‌ನ ಕೇಳಿದ.

"ಇನ್ನೂ ಬಂದಿಲ್ಲ. ಮನೆಗೆ ಬೀಗ ಹಾಕಿದೆ"

"ಮುನಿಯಪ್ಪನಾ? ಮುನಿಯಪ್ಪನನ್ನು ನೀವು ಹುಡುಕ್ತಾ ಇದ್ದೀರ? ಅವನಿಗೂ ಈ ಕೇಸಿಗೂ ಸಂಬಂಧ ಇದೆಯೆ?"

ರಾಮಣ್ಣನ ಪ್ರಶ್ನೆ.

"ಸ್ವಲ್ಪ ಎನ್‌ಕ್ವೈರಿ ಇದೆ. ಆ ವಿಷಯ ಆಮೇಲೆ ಹೇಳ್ತೀನಿ"

ರಾಮಣ್ಣ ಮತ್ತೆ ಕೆದಕಲಿಲ್ಲ. ಆದರೆ ಎದ್ದು ಒಳಗೆ ಹೋದ.

"ನೀವು ಮತ್ತೆ ಬೆಂಗ್ಳೂರಿಗೆ ಹೋಗ್ತೀರಾ?" ಶರತ್ ಕೇಳಿದ.

"ಹೌದು ಹೋಗಬೇಕು. ಯಶವಂತರಾಯರ ಬ್ಯಾಂಕ್ ಲಾಕರ್‌ನ ಓಪನ್ ಮಾಡಿ ನೋಡಬೇಕು. ಅಲ್ಲಿ ಏನಾದರೂ ಮುಖ್ಯವಾದ ಕ್ಲೂ ಸಿಗಬಹುದೂಂತ ನನ್ನ ಊಹೆ"

"ನನಗೆ ಏನು ಕೆಲಸ?"

"ಮುನಿಯಪ್ಪನ ಮೇಲೆ ಕಣ್ಣಿಡು. ಹೊನ್ನಿ ಮತ್ತು ಸರಳಾ ಇಬ್ಬರ ಮೂವ್‌ಮೆಂಟ್ಸ್ ವಾಚ್ ಮಾಡು. ಮುನಿಯಪ್ಪ ಬಂದ್ರೆ ತಕ್ಷಣ ಇನ್‌ಫರ್ಮೇಷನ್ ಕೊಡು. ಮೊಬೈಲಿಗೂ ಫೋನ್ ಮಾಡೋದು ಬೇಡ. ನಾನು ಎಲ್ಲಿರ್ತೀನೋ ಗೊತ್ತಿಲ್ಲ. ಆ ಜಾಗ ಫೋನ್ ರಿಸೀವ್ ಮಾಡೋಕೆ ಸೂಕ್ತವಾದ ಜಾಗ ಇಲ್ಲದೆ ಇರಬಹುದು. ಆಫೀಸಲ್ಲಿ ಇರೋದೂ ಅನುಮಾನ. ಅದಕ್ಕೇ ಒಂದು ಮೆಸೇಜ್

ಮಾಡು"

"ಸರಿ. ಮುನಿಯಪ್ಪ ಸಿಕ್ಕರೆ ಇಂಟರಾಗೇಟ್ ಮಾಡಲೆ?"

"ಬೇಡ. ನಾನು ಬಂದ ಮೇಲೆ ಇಬ್ಬರೂ ಒಟ್ಟಿಗೆ ಮುನಿಯಪ್ಪನ ಹತ್ರ ಹೋಗೋಣ"

"ಯಶವಂತರಾಯರು ಸತ್ತಾಗ ವೆಂಕಟರೆಡ್ಡಿ ತಿರುಪತಿಯಲ್ಲಿದ್ದನಂತೆ. ಮೂರು ದಿನಗಳ ನಂತರ ವಾಪಸ್ಸು ಊರಿಗೆ ಬಂದನಂತೆ. ಇದನ್ನ ರಾಮಣ್ಣ ಹೇಳಿದ್ದು. ವೆಂಕಟರೆಡ್ಡಿಯ ನಿಜಕ್ಕೂ ಊರಲ್ಲಿರಲಿಲ್ಲ ಅನ್ನೋದನ್ನ ಪತ್ತೆ ಮಾಡಲೆ?"

"ಅದ್ರಿಂದ ಏನೂ ಪ್ರಯೋಜನವಾಗೋದಿಲ್ಲ. ಸಧ್ಯಕ್ಕೆ ವೆಂಕಟರೆಡ್ಡಿಯನ್ನ ಮರೆತು ಮುಂದುವರಿಯೋಣ"

ಇಬ್ಬರೂ ಮೌನದಿಂದ ಕಾಫಿ ಮುಗಿಸಿದರು. ಇಬ್ಬರ ಮನಸ್ಸಲ್ಲೂ ಯೋಚನೆಗಳು ಹರಡಿಕೊಳ್ಳುತ್ತಿದ್ದವು, ಕಲ್ಪನೆಗಳು ಬೆಳೆಯುತ್ತಿದ್ದವು, ಯೋಜನೆಗಳು ರೂಪುಗೊಳ್ಳುತ್ತಿದ್ದವು!

ಯಶವಂತರಾಯರ ಮನೆಯ ಲ್ಯಾಂಡ್ ಲೈನ್ ಫೋನಿನ ಕರೆಗಂಟೆ ಬಾರಿಸಿತು. ಹತ್ತಿರದಲ್ಲಿ ಯಾರ ಇಲ್ಲದುದರಿಂದ ವಿಕ್ರಮ್ ಹೋಗಿ ಫೋನ್ ಎತ್ತಿಕೊಂಡ. ಅದು ಬೆಂಗಳೂರಿಂದ ಮೂರ್ತಿ ಮಾಡಿದ ಕಾಲ್.

"ಮಿ. ಮೂರ್ತಿ ನಾನು ವಿಕ್ರಮ್ ಮಾತಾಡ್ತಿರೋದು. ಹೇಗಿದೀರಾ?"

"ಚೆನ್ನಾಗಿದೀನಿ ಸಾರ್. ಎಲ್ಲಿಯವರೆಗೆ ಬಂತು ಇನ್ವೆಸ್ಟಿಗೇಶನ್?"

"ನಡೀತಾ ಇದೆ...ಆದ್ರೆ ಇನ್ನೂ ಏನೂ ಹೇಳೋಕೆ ಆಗ್ತಾ ಇಲ್ಲ..."

"ನಿಮಗೆ ಸಹಾಯ ಆಗಬಹುದೂಂತ ಇನ್ನೊಂದು ವಿಷಯ. ಯಶವಂತರಾಯರ ಅಟಾರ್ನಿ ನಾಣಯ್ಯ ಅನ್ನೋವರು ಸಿಕ್ಕಿದ್ದರು. ಇಲ್ಲಿ ಬೆಂಗಳೂರಲ್ಲಿನ ಬ್ಯಾಂಕ್ ಒಂದರಲ್ಲಿ ಸೇಫ್ಟಿಲಾಕರ್ ಇಟ್ಟಿದಾರೇಂತ ಹೇಳಿದರು. ನೀವು ಬಂದರೆ ಲಾಕರ್‌ನ ಓಪನ್ ಮಾಡಬಹುದು..."

"ಈ ವಿಷಯ ಮೊದಲೇ ನಿಮಗೆ ಗೊತ್ತಿರಲಿಲ್ಲವೆ"

"ಇಲ್ಲ. ಬೆಳಿಗ್ಗೆ ಅನಿರೀಕ್ಷಿತವಾಗಿ ನಾಣಯ್ಯ ಸಿಕ್ಕಿದ್ದರು. ಅವರು ಹೇಳಿದ ಮೇಲೇ ವಿಷಯ ಗೊತ್ತಾಗಿದ್ದು"

"ಆದ್ರೆ ಈ ವಿಷಯ ರಾಮಣ್ಣೋರಿಗೆ ಗೊತ್ತಿತ್ತು! ನಾನು ಬೆಳಿಗ್ಗೆ ಬರ್ತೀನಿ"

"ಹಾಗೆ ಮಾಡಿ. ನೀವು ಎಲ್ಲಿಗೆ ಬರ್ತೀರ ಹೇಳಿ"

"ನಿಮ್ಮ ಅಂಗಡಿಗೆ ಬರಲೆ?"

"ಆಗಲಿ ಬನ್ನಿ"

"ಇನ್ನೇನು ವಿಷಯ"

"ಏನಿಲ್ಲ. ಬರ್ತೀರಲ್ಲ..ಮಾತಾಡೋಣ"

"ಬರ್ತೀನಿ ರಾಮಣ್ಣನವರಿಗೆ ಫೋನ್ ಕೊಡಲೆ?"

"ಬೇಡ. ನಿಮ್ಮ ಹತ್ರ ಮಾತಾಡೋಕೇ ಫೋನ್ ಮಾಡಿದ್ದು. ನಿಮ್ಮ ಆಫೀಸಿಗೆ ಫೋನ್ ಮಾಡಿದ್ದೆ. ನೀವು ಅಲ್ಲಿರಲಿಲ್ಲ. ಇಲ್ಲೇ ಇರಬಹುದೂಂತ ಗೆಸ್ ಮಾಡಿ ಫೋನ್ ಮಾಡಿದೆ. ಎಷ್ಟೊತ್ತಿಗೆ ಬರ್ತೀರ?"

"ಹೆಚ್ಚೆಂದರೆ ಹತ್ತು ಗಂಟೆಯೊಳಗೆ"

ಫೋನ್ ಕೆಳಗಿಟ್ಟ.

ಶರತ್ ಪ್ರಶ್ನಾರ್ಥಕವಾಗಿ ವಿಕ್ರಮ್‌ನ ಮುಖ ನೋಡಿದ. ತನ್ನ ಜೊತೆಯೇ ಮಾತಾಡಬೇಕು ಎಂದಿದ್ದ ಮೂರ್ತಿ ತನ್ನ ಮೊಬೈಲಿಗೆ ಫೋನು ಮಾಡದೆ ಮನೆಯ ಲ್ಯಾಂಡ್‌ಲೈನಿಗೇಕೆ ಫೋನ್ ಮಾಡಿದರು? ನಿಜಕ್ಕೂ ತನ್ನ ಬಳಿ ಮಾತಾಡಬೇಕೆಂದಿದ್ದರೋ? ಇಲ್ಲಾ ರಾಮಣ್ಣ? ಇಲ್ಲಾ ಸರಳಾ..? ಅವರಿಗೂ ಮೊಬೈಲ್ ಫೋನುಗಳಿವೆಯಲ್ಲ? ಏಕೆ ಲ್ಯಾಂಡ್ ಲೈನಿಗೆ ಫೋನ್ ಮಾಡಿದ್ದು? ಅದರಲ್ಲೇನಾದರೂ ಬೇರೆ ಉದ್ದೇಶವಿದೆಯ? ವಿಕ್ರಮ್ ಗಾಢ ಯೋಚನೆಯಲ್ಲಿ ಮುಳುಗಿದ್ದ.

***

"ಗುಡ್ ಮಾರ್ನಿಂಗ್ ಇನ್‌ಸ್ಪಕ್ಟರ್"

ದೀಪಕ್ ಸ್ವಾಗತಿಸಿದ ವಿಕ್ರಮ್.

"ಗುಡ್ ಮಾರ್ನಿಂಗ್ ಸರ್" ತುಂಬು ಮರ್ಯಾದೆಯಿಂದ ಹೇಳಿದ ಎಸ್ಸೈ ದೀಪಕ್.

ಅಡ್ವೊಕೇಟ್ ನಾಣಯ್ಯ, ವಿಕ್ರಮ್, ಬ್ಯಾಂಕ್ ಮ್ಯಾನೇಜರ್, ಮೂರ್ತಿ ಮತ್ತು ಸಬ್‌ಇನ್‌ಸ್ಪಕ್ಟರ್ ಎಲ್ಲರೂ ಲಾಕರ್ ಮುಂದೆ ಸೇರಿದ್ದರು. ಯಶವಂತರಾಯರು ಲಾಕರ್‌ನ ಕೀಯನ್ನು ಮೂರ್ತಿ ಮನೆಯಲ್ಲೇ ಇಡುತ್ತಿದ್ದರಂತೆ. ಮೂರ್ತಿ ಅದನ್ನು ತಂದಿದ್ದರು. ಬ್ಯಾಂಕ್‌ನಲ್ಲಿ ಮ್ಯಾನೇಜರ್‌ರವರ ಬಳಿಯಲ್ಲಿ ಇನ್ನೊಂದು ಕೀ ಇತ್ತು.

ಎಲ್ಲರ ಸಮಕ್ಷಮದಲ್ಲಿ ಮೇನೇಜರ್ ಲಾಕರ್‌ನ ಓಪನ್ ಮಾಡಿದರು. ಅದರೊಳಗಿನ ವಸ್ತುಗಳನ್ನೆಲ್ಲಾ ಒಂದು ಮೇಜಿನ ಮೇಲೆ ಹರಡಲಾಯಿತು. ಎಲ್ಲರೂ ಕುತೂಹಲದಿಂದ ಆ ವಸ್ತುಗಳನ್ನು ನೋಡಿದರು.

ಒಂದು ವಜ್ರದ ನೆಕ್‌ಲೇಸು, ಎರಡು ವಜ್ರದ ಓಲೆಗಳು ಮೊದಲಿಗೆ ಎಲ್ಲರ ಗಮನಕ್ಕೆ ಬಿದ್ದವು. ಅವು ತುಂಬಾ ಬೆಲೆ ಬಾಳುವಂತವು ಎಂದು ವಿಕ್ರಮ್ ಊಹಿಸಿದ.

"ಆ ಒಡವೆಗಳು ಯಶವಂತರಾಯರ ಪತ್ನಿಯವರದ್ದು. ಮಗನ ಮದುವೆ ಕಾಲದಲ್ಲಿ ಸೊಸೆಗೆ ಕೊಟ್ಟಿದ್ದರು. ಅವರೂ ತೀರಿಕೊಂಡ ನಂತರ ಯಾರಿಗೂ

ಅದನ್ನ ಯಶವಂತರಾಯರು ಕೊಡದೆ ಲಾಕರ್‌ನಲ್ಲಿಟ್ಟಿದ್ದರು”

ಮೂರ್ತಿ ವಿವರಿಸುತ್ತಿದ್ದ ಸಮಯಕ್ಕೆ ರಾಮಣ್ಣ ಬಂದು ಗುಂಪನ್ನು ಸೇರಿಕೊಂಡ.

ಒಂದು ದೊಡ್ಡ ಕವರಿನಲ್ಲಿ ಕೆಲವು ಕಾಗದ, ಪತ್ರಗಳಿದ್ದವು. ಅವೆಲ್ಲ ಯಶವಂತರಾಯರು ಆಸ್ತಿಗಳಿಗೆ ಸೇರಿದ್ದವು. ಬೆಂಗಳೂರಿನ ಸೈಟುಗಳ ರಿಜಿಸ್ಟ್ರೇಷನ್ ಪತ್ರಗಳಿದ್ದವು.

“ನಾವು ಈ ವಸ್ತುಗಳನ್ನು ನೋಡಬಹುದೆ?”

ವಿಕ್ರಮ್ ದೀಪಕ್ ಮತ್ತೆ ಮ್ಯಾನೇಜರರನ್ನು ಕುರಿತು ಕೇಳಿದ.

“ನೋಡಿ, ಅದಕ್ಕೇನೂ ಅಡ್ಡಿಯಿಲ್ಲ”

ದೀಪಕ್ ನುಡಿದ.

ವಿಕ್ರಮ್ ಮೊದಲು ವಜ್ರದ ನೆಕ್‌ಲೇಸ್ ಮತ್ತು ಓಲೆಗಳನ್ನು ಪರೀಕ್ಷಿಸಿದ. ಅವನ ನಂತರ ದೀಪಕ್ ಅವುಗಳನ್ನೆತ್ತಿಕೊಂಡ.

ಮ್ಯಾನೇಜರ್ ಒಂದೊಂದಾಗಿ ತೆಗೆದುಕೊಡುತ್ತಿದ್ದ ಪತ್ರಗಳನ್ನು ವಿಕ್ರಮ್ ನೋಡತೊಡಗಿದ. ಯಾವುದಾದರೂ ವಿಚಿತ್ರವಾದ ಚಿನ್ಹೆ, ಸಂಜ್ಞೆ ಏನಾದರೂ ಸಿಕ್ಕೀತಾ ಎಂದು ಅತಿ ಎಚ್ಚರಿಕೆಯಿಂದ ಪರೀಕ್ಷಿಸಿದ. ಆದರೆ ಅಂತದ್ದೇನೂ ಸಿಗಲಿಲ್ಲ.

ಫಿಕ್ಸೆಡ್ ಡಿಪಾಜಿಟ್‌ನಲ್ಲಿ ಯಶವಂತರಾಯರು ಐವತ್ತು ಲಕ್ಷ ಇಟ್ಟಿದ್ದರು. ಅವುಗಳ ರಶೀತಿಗಳು ಸಿಕ್ಕವು. ನಂತರ ಅವರ ಕರೆಂಟ್ ಅಕೌಂಟ್ ಖಾತೆಯ ಪಾಸ್‌ಬುಕ್ ಸಿಕ್ಕಿತು. ಬಾಕಿಯಿದ್ದ ಹಣ ಇಪ್ಪತ್ತು ಲಕ್ಷ ರೂಪಾಯಿಗಳು. ಒಂದು ತಿಂಗಳಿಂದೀಚೆಗೆ ಯಶವಂತರಾಯರು ಸುಮಾರು ಎಂಬತ್ತು ಸಾವಿರ ರೂಪಾಯಿ ತೆಗೆದಿದ್ದರು. ಅವರ ವ್ಯವಹಾರ ಬಹಳವಾಗಿ ಇದ್ದುದರಿಂದ ಎಂಬತ್ತು ಸಾವಿರ ರೂಪಾಯಿ ಅವರು ತೆಗೆದುದಕ್ಕೆ ಯಾರಿಗೂ ಅನುಮಾನ ಬರುವಂತೆ ಇರಲಿಲ್ಲ. ಆದರೆ ವಿಕ್ರಮ್ ಮಾತ್ರ ಮನಸ್ಸಿನಲ್ಲಿ ಅದನ್ನು ರೆಕಾರ್ಡ್ ಮಾಡಿಕೊಂಡ.

“ಮತ್ತೇನೂ ಕಾಣ್ತಿಲ್ಲ, ಐ ಥಿಂಕ್ ದಟ್ ಈಸ್ ಅಲ್”

ಮ್ಯಾನೇಜರ್ ಭುಜ ಕುಣಿಸಿದರು.

ವಿಕ್ರಮ್ ಕಾಗದ ಪತ್ರಗಳಿದ್ದ ಕವರ್ ಕೈಗೆತ್ತಿಕೊಂಡ. ಕವರ್‌ನ ಒಂದು ಮೂಲೆಯಲ್ಲಿ ಬಹಳ ಸಣ್ಣದಾಗಿ ಬರೆದಿದ್ದ ಕೆಲವು ಅಕ್ಷರಗಳು ಯಾವುದೋ ಗುಪ್ತ ಭಾಷೆಯಂತೆ ಕಂಡಿತು. ‘೫೨೦ ವೈಪಿಎಮ್-ಔ’ ಎಂದು ಬರೆದಿತ್ತು. ಅದು ಯಾವ ಸ್ಪಷ್ಟ ಅರ್ಥವನ್ನೂ ಕೊಡಲಿಲ್ಲ. ಯಾವುದಾದರೂ ವೆಹಿಕಲ್ ನಂಬರ್ ಇರಬಹುದೆ? ಆ ಅಂಕೆಯ ಮೂರು ಅಕ್ಷರಗಳನ್ನು ಮತ್ತೆ ಮತ್ತೆ ಹೇಳಿಕೊಂಡ.

ಎಲ್ಲ ಮುಗಿಯುವ ಸಮಯಕ್ಕೆ ವಿಕ್ರಮ್ ಯೋಚನೆಯ ದಿಕ್ಕು ಬದಲಾಗಿತ್ತು. ಜೊತೆಯಲ್ಲಿದ್ದವರ ಮಾತುಗಳೂ ಸಹ ಅವನಿಗೆ ಕೇಳಿಸುತ್ತಿರಲಿಲ್ಲ!

'೫೨೦ ವೈಪಿಎಮ್- ಔ'

ಇದೇನಿದ್ದೀತು? ಯಾವ ಗುಪ್ತ ಭಾಷೆ? ವೈಪಿಎಮ್ ಅಕ್ಷರಗಳು ಇಂಗ್ಲೀಷ್‌ನಲ್ಲಿದ್ದವು. ಅಂಕೆಗಳು ಕನ್ನಡ ಅಕ್ಷರಗಳು! ಇದಕ್ಕೂ ಏನಾದರೂ ವಿಶೇಷವಿದ್ದೀತೆ? ಮುಂದಿನ ಬ್ಯಾಂಕಿನ ವ್ಯವಹಾರಗಳಲ್ಲಿ ಅವನಿಗೆ ಆಸಕ್ತಿ ಬರಲಿಲ್ಲ. ಅವನ ಯೋಚನೆಯಲ್ಲಿದ್ದುದು '೫೨೦-ವೈಪಿಎಮ್-ಔ' ಅಕ್ಷರಗಳ ಹಿಂದಿರುವ ರಹಸ್ಯ. ಯಾವುದೋ ಕೋಡ್ ಅದು! ಅದನ್ನು ಹೇಗೆ ಬಿಡಿಸುವುದು? ಯಶವಂತರಾಯರು ಆ ಅಕ್ಷರಗಳನ್ನು ಬರೆಯುವಾಗ ಯಾವ ಉದ್ದೇಶ ಹೊಂದಿದ್ದರು? ಅದು ತಮಗಾಗಿಯೋ ಇಲ್ಲಾ..ನೆನಪು ಕೈಕೊಟ್ಟರೆ ಮತ್ತೆ ನೆನಪಿಸಲು ಬರೆದದ್ದೋ? ಅಥವಾ ಅವರ ಯೋಚನೆ ಇನ್ನೂ ಮುಂದೆ ಇದ್ದು..ಏನಾದರೂ ಅಚಾತುರ್ಯದಿಂದ ತಾನು ಸತ್ತರೆ ಅದು ಬೇರೆಯವರಿಗೆ ಗೊತ್ತಾಗಲಿ ಎಂದೇ..?

ಲಾಕರ್ ತೆಗೆದು ಪರೀಕ್ಷಿಸಿದ ಗುಂಪಿನಿಂದ ಬಿಡಿಸಿಕೊಂಡು ಈಚೆ ಬಂದು ಜೀಪಿನಲ್ಲಿ ಆಫೀಸು ತಲುಪಿದ! ಬ್ಯಾಂಕಿನಿಂದ ಈಚೆ ಬಂದಾಗ ಅಲ್ಲೊಂದು ಟೀ ಅಂಗಡಿಯಲ್ಲಿ ಚಹಾ ಸೇವಿಸುತ್ತಾ ಸಿಗರೇಟು ಸೇದುತ್ತಿದ್ದ ವ್ಯಕ್ತಿಯೊಬ್ಬ ವಿಕ್ರಮ್ ಜೀಪಿನಲ್ಲಿ ಹೋಗುವುದನ್ನೇ ಗಮನಿಸುತ್ತಿದ್ದ!

***

ಆಫೀಸಿನ ಬಾಗಿಲು ತೆಗೆದು ಕುರ್ಚಿಯಲ್ಲಿ ಕುಳಿತ ವಿಕ್ರಮ್ ತಲೆಯಲ್ಲಿ ಸುಳಿದಾಡುತ್ತಿತ್ತು '೫೨೦-ವೈಪಿಎಮ್-ಔ'!

'೫೨೦ ವೈಪಿಎಮ್-ಔ? ಯಾವುದಾದರೂ ವೆಹಿಕಲ್ ನಂಬರ್ ಇರಬಹುದೆ? ತಕ್ಷಣ ಆಟೋ ಕನ್ಸಲ್ಟೆಂಟ್ ರವೀಂದ್ರನ ನೆನಪಾಯಿತು. ಮೊಬೈಲಿನಿಂದ ರವೀಂದ್ರನ ನಂಬರ್ ಡಯಲ್ ಮಾಡಿದ.

"ಹಲೋ? ರವೀಂದ್ರ ಆಟೋ ಕನ್ಸಲ್ಟೆಂಟ್"

ದನಿ ಹೇಳಿತು.

"ರವೀಂದ್ರ ಇಲ್ಲವೆ? ಅವರಿಗೆ ಫೋನು ಕೊಡಿ. ವಿಕ್ರಮ್ ಮಾತಾಡ್ತಿರೋದೂಂತ ಹೇಳಿ"

ವಿಕ್ರಮ್ ಅನ್ಯಮನಸ್ಕನಾಗಿ ಹೇಳಿದ.

"ಒಂದ್ನಿಮಿಷ ಸಾರ್, ಪ್ಲೀಸ್ ಹೋಲ್ಡ್ ದಿ ಲೈನ್"

ವಿಕ್ರಮ್ ಕಾದು ಕೂತ. ರವೀಂದ್ರನಿಗೆ ಈ ಕೋಡ್ ಬಿಡಿಸೋಕೆ ಸಾಧ್ಯ ಆದರೆ...?"

"ಹಲೋ? ರವೀಂದ್ರ ಹಿಯರ್"

"ರವೀಂದ್ರ, ನಾನು ವಿಕ್ರಮ್ ಮಾತಾಡ್ತಿರೋದು"

"ಓ... ನೀವಾ? ನಮಸ್ಕಾರ ಸಾರ್ ಹೇಗಿದೀರ?"

"ಚೆನ್ನಾಗಿದೀನಿ. ನಿಮ್ಮಿಂದ ಒಂದು ಉಪಕಾರವಾಗಬೇಕು"

"ಏನು ಕೇಳಿ ಸಾರ್"

"ವೈಪಿಎಮ್ ೫೨೦ ಅಂತ ನಂಬರ್ ಯಾವ ಸ್ಟೇಟ್ ರಿಜಿಸ್ಟ್ರೇಷನ್ ಹೇಳಿ?"

"ವೈಪಿಎಮ್? ಇಲ್ಲವಲ್ಲ? ಆ ರೀತಿ ರಿಜಿಸ್ಟ್ರೇಷನ್ ಅಕ್ಷರಗಳು ಯಾವ ಸ್ಟೇಟ್‌ಗಳಲ್ಲೂ ಕೊಡೋದಿಲ್ಲ"

"ಫಾರಿನ್‌ನಲ್ಲಿ?"

"ಫಾರಿನ್ ರಿಜಿಸ್ಟ್ರೇಷನ್ ಗಾಡಿ ಇಲ್ಲಿ ಓಡಿಸೋಕೆ ಸಾಧ್ಯನೇ ಇಲ್ಲ. ವಿದೇಶೀ ಕಾರು ಭಾರತಕ್ಕೆ ಬಂದ ಮೇಲೆ, ಭಾರತದ ರಸ್ತೆಗಳಲ್ಲಿ ಓಡಾಡೋಕೆ ಇಲ್ಲಿ ರಿಜಿಸ್ಟ್ರೇಷನ್ ಮಾಡಿಸಲೇಬೇಕು"

"ಹಾಗಾದ್ರೆ ಈ ನಂಬರ್ ಯಾವ ಅರ್ಥಾನೂ ಕೊಡೊಲ್ಲವಾ?"

"ನಮ್ಮ ಫೀಲ್ಡಲ್ಲಂತೂ ಯಾವ ಅರ್ಥಾನೂ ಕೊಡೋದಿಲ್ಲ"

"ಓ.ಕೆ. ರವೀಂದ್ರ ಥ್ಯಾಂಕ್ಯು"

"ಯೂ ಆರ್ ವೆಲ್‌ಕಮ್ ಸರ್. ಇತ್ತೀಚಿನ ಕೇಸು ಯಾವುದು ಸಾರ್? ನೀವು ನನಗೆ ಮಾಡಿದ ಸಹಾಯಾನಂತೂ ಎಂದಿಗೂ ಮರೆಯೋಕಾಗೊಲ್ಲ ಸಾರ್"

"ಅದನ್ನ ಸಹಾಯಾಂತ ತಿಳಿದಿರೋದು ನಿನ್ನ ದೊಡ್ಡ ಗುಣ ರವೀಂದ್ರ. ನಾನು ಫೀಜು ತಗೊಂಡು ಕೆಲಸ ಮಾಡಿದೆ ಅಷ್ಟೆ..."

"ಮಾತಿನಲ್ಲಿ ನಿಮ್ಮನ್ನ ಸೋಲಿಸೋದಕ್ಕೆ ಆಗೋಲ್ಲ"

"ಥ್ಯಾಂಕ್ಸ್ ಫಾರ್ ದಿ ಕಾಂಪ್ಲಿಮೆಂಟ್ಸ್... ಬೈ.."

ಫೋನ್ ಡಿಸ್‌ಕನೆಕ್ಟಾಯಿತು. ವಿಕ್ರಮ್ ತಲೆ ಬಿಸಿಯಾಯಿತು. '೫೨೦ ವೈಪಿಎಮ್-ಔ' ಈ ಅಕ್ಷರಗಳಿಗೆ ಯಾವ ಅರ್ಥವೂ ಇಲ್ಲವೆ? ಯಶವಂತರಾಯರು ಅದನ್ನೇಕೆ ಕವರ್‌ನ ಹಿಂಬದಿಯಲ್ಲಿ, ಸೂಕ್ಷ್ಮವಾಗಿ ನೋಡಿದರೆ ಮಾತ್ರ ಕಾಣುವಷ್ಟು ಸಣ್ಣದಾಗಿ ಏಕೆ ಬರೆದಿದ್ದರು? ಅದು ಅವರಿಗೆ ಮರೆತು ಹೋದೀತೆಂದು ಬರೆದರೆ? ಅದನ್ನು ಒಂದು ಚೀಟಿಯಲ್ಲಿ ಬರೆದು ಪರ್ಸಿನಲ್ಲಿಟ್ಟುಕೊಳ್ಳಬಹುದಿತ್ತಲ್ಲ? ಅದನ್ನು ಲಾಕರ್‌ನಲ್ಲಿರುವ ಒಂದು ಕವರ್‌ನ ಹಿಂಬದಿಯಲ್ಲೇ ಏಕೆ ಬರೆದರು? ಕೊನೆಯ ಒಂದಕ್ಷರ 'ಔ' ಏನಿರಬಹುದು?

ಬಹುಶಃ ಆ ಅಕ್ಷರಗಳಲ್ಲಿ ಯಾವುದೋ ರಹಸ್ಯವಿರಬೇಕು. ಆ ರಹಸ್ಯ ಯಾರಿಗೂ ತಿಳಿಯಬಾರದೆಂಬ ಉದ್ದೇಶದಿಂದ ಯಶವಂತರಾಯರು ಅದನ್ನು

ಲಾಕರ್‌ನ ಕವರ್ ಮೇಲೆ ಬರೆದಿರುವರು!! ಇರಬಹುದು! ಈ ವಿಷಯ ನಿಜವಿದ್ದರೂ ಇರಬಹುದು. ಆದರೆ ಆ ಅಕ್ಷರಗಳಲ್ಲಿರುವ ಅರ್ಥವಾದರೂ ಯಾವುದು? ಅದೊಂದು ಮಾತ್ರ ಏನೆಂದು ತಿಳಿಯುತ್ತಿಲ್ಲ. ವಿಕ್ರಮ್ ಯೋಚಿಸಿ ಒದ್ದಾಡಿದ. ಆದರೆ ಕದಡಿದ ಮನಸ್ಸು ತಿಳಿಯಾಗಲೇ ಇಲ್ಲ.

ಕೆ.ಜಿ. ಹಳ್ಳಿಯಲ್ಲಿ ಯಶವಂತರಾಯರ ಮನೆಗೆ ಆಗ ತಾನೆ ಕಾಲಿಟ್ಟಿದ್ದ ಶರತ್ ಮೊಬೈಲು ರಿಂಗಾಯಿತು.

"ಶರತ್...? ನಾನು ವಿಕ್ರಮ್"

"ಗುಡ್‌ಮರ್ನಿಂಗ್ ಬಾಸ್"

"ವೆರಿ ಗುಡ್‌ಮರ್ನಿಂಗ್. ಎಲ್ಲಿದ್ದೀಯ?"

"ಮನೇಲಿ"

"ಹತ್ರ ಯಾರೂ ಇಲ್ಲ ತಾನೆ? ನಮ್ಮ ಮಾತು ಕೇಳಿಸಿಕ್ಕೊಳ್ಳೋ ಅಂತಾವರು?"

"ಇಲ್ಲ"

"ವಾಟ್ ಈಸ್ ದ ನ್ಯೂಸ್?"

"ಮುನಿಯಪ್ಪ ಇನ್ನೂ ಬಂದಿಲ್ಲ. ಅವನು ಬರೋದನ್ನೇ ಕಾಯ್ತಾ ಇದೀನಿ. ಇನ್ನಿಬ್ಬರು ಪಾರ್ಟಿಗಳ ವಿಚಾರ ಹೇಳಿದ್ರಲ್ಲ? ಹೊನ್ನಿ ಮತ್ತು ಸರಳಾ? ಅವರ ಚಲನವಲನ ನಾನು ಗಮನಿಸ್ತಾ ಇದೀನಿ. ಬಂದಾಗ ಎಲ್ಲಾ ತಿಳಿಸ್ತೀನಿ"

"ಏನಾದರೂ ಕ್ಲೂ ಸಿಗ್ತಾ?"

"ಏನೂ ಇಲ್ಲ. ಲಾಕರ್ ವಿಷಯ?"

"ಹಾ! ಒಂದು ಕೋಡ್‌ವರ್ಡ್ ಸಿಕ್ಕಿರೋ ಹಾಗಿದೆ. ಅದನ್ನ ಡೀ-ಕೋಡ್ ಮಾಡೋಕೆ ಟ್ರೆöÊಮಾಡ್ತಾ ಇದೀನಿ. ನೀನೀಗ ಇನ್ನೊಂದು ಕೆಲಸ ಮಾಡಬೇಕು"

"ಹೇಳಿ ಸರ್?"

"ಕೆ.ಜಿ. ಹಳ್ಳಿಗೆ ಎರಡು ಅಪ್ರೋಚ್ ರೋಡುಗಳಿವೆ . ಒಂದು ಬೆಂಗಳೂರು, ಇನ್ನೊಂದು ರಾಮನಗರ. ನನಗೆ ನಂಬಿಕೆ ಇದೆ. ಯಶವಂತರಾಯರ ಶರೀರಾನ ಕೊಲೆ ಮಾಡಿದೋರು ಈ ಎರಡು ದಾರಿಗಳಲ್ಲಿ ಒಂದ್ರಲ್ಲಿ ಸಾಗಿಸಿದಾರೆ. ಪೋಲೀಸರು ಶವ ತೆಗೀತೀನೀಂತ ಬಂದ ಹಿಂದಿನ ದಿವಸ ಏನಾದರೂ ಅನುಮಾನಾಸ್ಪದವಾದ ಮೂವ್‌ಮಂಟ್ಸ್ ಕುದುರೆ ಮೇಲೆ, ಗೂಡ್ಸ್ ಆಟೋದಲ್ಲಿ ಅಥವಾ ಕಾರಿನಲ್ಲಿ ಕಂಡಿದ್ದವಾಂತ ಚೆಕ್ ಮಾಡಬೇಕು. ಅದು ಸುಲಭ ಅಲ್ಲ. ಬಟ್, ಇದನ್ನ ಮಾಡಲೇಬೇಕು. ಬಹುಶಃ ದಾರಿಯಲ್ಲಿ ಸಿಗೋ ಟೀ ಅಂಗಡಿಗಳಲ್ಲಿ ವಿಚಾರಿಸಬಹುದು. ಒಂದೇ ಸಲಕ್ಕೆ ಟೀ ಅಂಗಡಿಯವರು ಬಾಯಿ ಬಿಡುವುದಿಲ್ಲ. ಟೀ

ಕುಡಿದು, ಅವರ ಸ್ನೇಹ ಬೆಳಸಿ ವಿಷ ಯ ತಿಳಿದುಕ್ಕೊಳ್ಳಬೇಕು"

"ಆ ಕೆಲಸ ಮಾಡ್ತೀನಿ ಸಾರ್. ಇದೋ ಹೊರಟೆ"

"ಸಂಜೆವರೆಗೂ ನಾನು ಆಫೀಸಲ್ಲಿ ಇರ್ತೀನಿ. ಸಾಧ್ಯವಾದರೆ ರಾತ್ರಿ ಕೆ.ಜಿ.ಹಳ್ಳಿಗೆ ಬರ್ತೀನಿ..."

"ಇಲ್ಲಿ ಪರಿಸ್ಥಿತಿ ಬದಲಾಯಿಸ್ತಾ ಇದೆ. ಚೇತನ್ ಮೈಸೂರಿಗೆ ಹೊರಟಿದಾನೆ. ಅವನ ಜೊತೆ ಚಿತ್ರಾ ಕೂಡ ಹೋಗ್ತಿದಾಳೆ...ಕೃಷ್ಣನೂ ಕಾಣ್ತಿಸ್ತಿಲ್ಲ. ಬೆಂಗಳೂರಿಗೆ ಬಂದಿರಬಹುದು"

"ಅವರಿಂದ ನಮಗೇನು ಸಹಾಯ ಆಗೋಲ್ಲ. ಅವರು ಮನೆಯಿಂದಾಚೆ ಹೋದ್ರೆ ತೊಂದರೇಯೇನೂ ಆಗೋದಿಲ್ಲ. ಹೋಗಲಿ ಬಿಡು"

"ಸರಿ ಸರ್"

"ಬೈ..."

ಫೋನ್ ಡಿಸ್ಕನೆಕ್ಟಾಯಿತು.

ಶರತ್ ರೂಮಿನಿಂದ ಈಚೆ ಬರುವಾಗ ಯಾರೋ ತನ್ನನ್ನು ಗಮನಿಸುತ್ತಿರುವ ಭಾವನೆ ಯಾರು? ಅದು ಗಂಡಸು! ಯಾರಿರಬಹುದು? ತಾನು ಮನೆಗೆ ಬಂದಾಗ ಚೇತನ್ ಕೆಳಗೆ ಸೋಫಾದಲ್ಲಿ ಕೂತು ತನ್ನ ಮೊಬೈಲಿನಲ್ಲಿ ತಲ್ಲೀನನಾಗಿದ್ದ. ಅವನೇ ತನ್ನನ್ನು ರೂಮಿನ ತನಕ ಹಿಂಭಾಲಿಸಿ ತನ್ನ ಮಾತು ಮತ್ತು ಚಲನಗಳನ್ನು ಗಮನಿಸುತ್ತಿರಬಹುದು.

ಮೆಟ್ಟಿಲಿಳಿಯುವ ಮುನ್ನ ಶರತ್ ಚಕ್ಕನೆ ಎಡಬದಿಗೆ ತಿರುಗಿ ನೋಡಿದ.

ಮಹಡಿಯ ಎಡಬದಿಯಲ್ಲಿ ಎರಡನೆಯ ರೂಮಿನ ಕರ್ಟನ್ ಹಿಂದೆ ವ್ಯಕ್ತಿಯೊಂದು ನಿಂತಿತ್ತು!

ಕರ್ಟನ್‌ನ ಕೆಳ ತುದಿಯಲ್ಲಿ ಹಿಂದೆ ನಿಂತಿದ್ದ ವ್ಯಕ್ತಿಯ ಕಾಲುಗಳೂ ಮತ್ತು ಸೀರೆಯಂಚು ಕಂಡಿತು! ಸೀರಿಯಂಚಿನ ಬಣ್ಣ ಮತ್ತು ಡಿಸೈನನ್ನು ಬೇಗನೆ ಗ್ರಹಿಸಿದ ಶರತ್.

ಅಂದರೆ... ತನ್ನನ್ನು ಗಮನಿಸುತ್ತಿರೋ ವ್ಯಕ್ತಿ ಹೆಣ್ಣು!

ಆ ವ್ಯಕ್ತಿಗೆ ತನ್ನನ್ನು ಶರತ್ ಗಮನಿಸುತ್ತಿದ್ದಾನೆ ಎನ್ನುವ ಅನುಮಾನ ಬಂದಿರಬೇಕು! ಚಕ್ಕನೆ ರೂಮಿನೊಳಗೆ ಸೇರಿತು ಹೆಂಗಸು!

ಕಾಲುಗಳು ಮರೆಯಾದವು! ಸೀರೆಯ ಅಂಚು, ಕಾಲುಗಳು, ಕಾಲುಗಳಲ್ಲಿದ್ದ ಚೈನಿನ ಒಡತಿ ಯಾರು?

ಶರತ್‌ಗ ತಾನು ಕಂಡ ಸೀರೆಯಂಚಿನ ಡಿಸೈನ್ ನೆನಪಿನಲ್ಲಿತ್ತು. ನೆನ್ನೆ ರೂಮಿನಲ್ಲಿ ತಾನೂ ಮತ್ತು ವಿಕ್ರಮ್ ಮಾತಾಡುವಾಗಲೂ ಯಾರೋ ಮಾತು

ಕದ್ದು ಕೇಳಿಸಿಕೊಳ್ಳುತ್ತಿದ್ದರು! ಮೆಟ್ಟಿಲಿನ ಬಳಿ ಬಂದಾಗ ಸರಳಾ ಮತ್ತು ಹೊನ್ನಿ ಇಬ್ಬರು ಮೆಟ್ಟಿಲಿಳಿಯುತ್ತಿದ್ದರು!

ಇಬ್ಬರಲ್ಲಿ ಯಾರಾದರೊಬ್ಬರಿಗೆ ಯಶವಂತರಾಯರ ಸಾವಿನ ಸಂಬಂಧ ಇರಬಹುದೆ?!

ಮೊದಲಿಗೆ ಹೊನ್ನಿಯ ವಿಷಯ ಯೋಚಿಸಿದರೆ ಅನುಮಾನವೇ ಬಾರದು. ಹೇಳೀಕೇಳೀ ಅನಾಥೆ. ಮೇಲಾಗಿ ವಿಧವೆ. ಈ ಮನೆಯಲ್ಲಿ ಆಶ್ರಯ ಸಿಕ್ಕಿರುವುದೇ ತನ್ನ ಪುಣ್ಯವೆಂದುಕೊಂಡು ತನ್ನ ಪಾಡಿಗೆ ತಾನಿರುವಳು. ಅವಳಿಗೂ ಯಶವಂತರಾಯರ ಕೊಲೆಗೂ ಯಾವ ಸಂಬಂಧವೂ ಇರಲಾರದು. ಯಶವಂತರಾಯರ ಸಾವಿನಿಂದ ಅವಳಿಗೆ ಯಾವ ರೀತಿಯ ಲಾಭವೂ ಇರಲಿಲ್ಲ. ಅವರು ಬದುಕಿದ್ದರೇ ಅವಳಿಗೆ ಅನುಕೂಲವಾಗಬಹುದಿತ್ತು. ಚಿಕ್ಕ ಹುಡುಗಿಯಾಗಿದ್ದಾಗಿನಿಂದಲೂ ಇದೇ ಮನೆಯಲ್ಲಿ ಕೆಲಸ ಮಾಡುತ್ತ ಬೆಳೆದವಳು. ಯಶವಂತರಾಯರಿಗೆ ಅವಳ ಮೇಲೆ ಕೊಂಚವಾದರೂ ವಾತ್ಸಲ್ಯ ಮೂಡಿರಬಹುದು. ಹೊನ್ನಿಯನ್ನು ಅನುಮಾನಿಸುವಂತಿಲ್ಲ.

ಸರಳಾ...? ಮೂರ್ತಿಯ ಪತ್ನಿ. ಯಶವಂತರಾಯರ ಶವ ಪತ್ತೆ ಹಚ್ಚಬೇಕು, ಕೊಲೆಗಾರನನ್ನು ಕಂಡುಹಿಡಿಯಬೇಕೆಂದು ಕೇಸು ಕೊಟ್ಟು ಮುಂಗಡವಾಗಿ ಹಣ ನೀಡಿದ ಮೂರ್ತಿಯ ಧರ್ಮಪತ್ನಿ. ಯಶವಂತರಾಯರ ಸಾವಿನಿಂದ ಮೂರ್ತಿಗೆ ಯಾವ ರೀತಿ ಲಾಭವಿದೆ? ಯಶವಂತರಾಯರು ಲಿಖಿತ ಉಯಿಲು ಬಿಟ್ಟು ಹೋಗಿಲ್ಲ. ಆಸ್ತಿಯೆಲ್ಲ ಕೃಷ್ಣನಿಗೆ ಹೋಗುತ್ತದೆ. ಸರಳಾ ಮನಸ್ಸು ಮಾಡಿದರೆ ಆಸ್ತಿಯಲ್ಲಿ ಅರ್ಧ ಪಾಲು ಪಡೆಯಬಹುದು. ಆದರೆ ಅದಕ್ಕಾಗಿ ಯಶವಂತರಾಯರು ಸಾಯಲೇಬೇಕಾಗಿರಲಿಲ್ಲ. ಅವರು ಬದುಕಿದ್ದಾಗಲೇ ಅವರ ಮನ ಒಲಿಸಿ ತನಗೆ ಬೇಕಾದಷ್ಟನ್ನು ಪಡೆಯಬಹುದಿತ್ತು. ಸರಳಾ ಮತ್ತು ಕೃಷ್ಣ ಇಬ್ಬರೂ ಮೊಮ್ಮಕ್ಕಳೇ. ಈ ಪಾಶವೀ ಕೃತ್ಯಕ್ಕೆ ಗಂಡ-ಹೆಂಡತಿ ಇಳಿದಿರಬಹುದೆ? ಗಂಡ ಬೆಂಗಳೂರಲ್ಲಿರುವುದರಿಂದ ಈಕೆ ತಮ್ಮ ಮೇಲೆ ಕಣ್ಣಿಟ್ಟಿರಬಹುದೆ? ಆದರೆ ಒಂದು ಅನುಮಾನದಿಂದ ಮೂರ್ತಿ ಮತ್ತು ಸರಳಾ ಗುಮಾನಿಗಳ ಸಾಲಿನಿಂದೀಚೆ ಬರುತ್ತಾರೆ. ತಾವೇ ಯಶವಂತರಾಯರ ಸಾವಿಗೆ ಕಾರಣರಾಗಿದ್ದರೆ ಕೊಲೆಗಾರನನ್ನು ಹುಡುಕಿ ಎಂದು ತಮ್ಮ ಬಳಿ ಬರುತ್ತಿದ್ದರೆ?

ಶರತ್‌ನ ಬಲಗೈ ಗಡ್ಡವನ್ನು ತುರಿಸಿತು. ಮಹಡಿಯ ಮೆಟ್ಟಿಲುಗಳನ್ನು ಇಳಿಯಬೇಕೆಂದಿದ್ದವನು ಹಿಂದೆ ತಿರುಗಿದ. ಮತ್ತೆ ಮನಸ್ಸು ಬದಲಿಸಿ, ಮೆಟ್ಟಿಲಿಳಿದು ಲಿವಿಂಗ್ ರೂಮಿಗೆ ಬಂದ. ನಿರ್ಜನವಾಗಿದ್ದ ಲಿವಿಂಗ್ ರೂಮಿಗೆ ಯಾರಾದರೂ ಬಂದಾರೇನೋ ಎಂದು ಕಾದು ನಿಂತ. ಯಾರು ಬರಲಿಲ್ಲ. ಮೆಲ್ಲನೆ ಡೈನಿಂಗ್

ಹಾಲಿಗೆ ಬಂದು ಒಮ್ಮೆ ಕೆಮ್ಮಿದ. ಯಾರೂ ಉತ್ತರಿಸಲಿಲ್ಲ.

"ಒಳಗೆ ಯಾರಿದೀರಿ?"

ಶರತ್ ತುಸು ಗಟ್ಟಿಯಾಗಿ ಕೂಗಿದ.

"ಯಾರು?"

ಎಂಬ ಶಬ್ದದೊಡನೆಯೇ ಹೊನ್ನಿ ಮಹಡಿ ಮೆಟ್ಟಿಲಿಳಿದು ಕೆಳಗೆ ಬಂದಳು. ಅಂದರೆ ತನ್ನನ್ನು ಗಮನಿಸುತ್ತಿದ್ದವಳು ಹೊನ್ನಿಯೆ? ಪತ್ತೇದಾರನನ್ನು ನೋಡಿದೊಡನೆ ಅವಳ ಮುಖದಲ್ಲಿ ಭಯದ ಅಲೆಗಳೆದ್ದವು.

"ನಾನೇ ಕೂಗಿದ್ದು"

ಶರತ್ ಅವಳುಟ್ಟಿದ್ದ ಸೀರೆಯಂಚು ಮತ್ತು ಪಾದಗಳನ್ನು ಗಮನಿಸಿದ. ಅದು ಕೆಲವು ನಿಮಿಷಗಳ ಹಿಂದೆ ಕರ್ಟನ್‌ನ ಹಿಂದೆ ನಿಂತ ಹೆಂಗಸಿನ ಸೀರೆಯಂಚಲ್ಲ! ಕಾಲಿನಲ್ಲಿ ಚೈನು ಕೂಡ ಇರಲಿಲ್ಲ! ಅಂದರೆ ತನ್ನ ಚಲನವಲನ ಗಮನಿಸುತ್ತಿದ್ದವಳು ಹೊನ್ನಿಯಲ್ಲ! ಸೀರೆಯಂಚಾಗಲೀ ತಾನು ಕಂಡದ್ದಾಗಿರಲಿಲ್ಲ! ಅಥವಾ...ಆಕೆ ಸೀರೆ ಬದಲಾಯಿಸಿ ಬಂದಳೋ? ಅದು ಸಾಧ್ಯವೆ? ಇಷ್ಟು ಬೇಗನೆ? ಹೆಚ್ಚೆಂದರೆ ಏಳೆಂಟು ನಿಮಿಷಗಳಷ್ಟೆ! ಅದೂ ಮಹಡಿಯ ಮೇಲೆ! ಅಲ್ಲಿ ಅವಳು ವಾಸಿಸುತ್ತಿರಲ್ಲಿಲ್ಲ. ಬಂಗಲೆ ಹಿಂದಿನ ಸರ್ವೆಂಟ್ ಕ್ವಾಟರ್ಸಿನಲ್ಲಿದ್ದಳು. ಅವಳಿಗೆ ಮಹಡಿಯ ಮೇಲೆ ಸೀರೆ ಬದಲಿಸಲು ಸಾಧ್ಯವಿರಲಿಲ್ಲ!

"ಮೇಲೇನು ಮಾಡ್ತಿದ್ದೆ?"

"ರೂಮುಗಳನ್ನ ಕ್ಲೀನ್ ಮಾಡ್ತಿದ್ದೆ. ಏನು ಬೇಕಾಗಿತ್ತು ಬುದ್ಧಿ?"

ಹೊನ್ನಿ ಸುಧಾರಿಸಿಕೊಂಡು ನುಡಿದಳು.

"ಒಂದು ಲೋಟ ನೀರಷ್ಟೆ

"ನಿಮ್ರೂಮಾಗೇ ಇತ್ತಲ್ಲವ್ರಾ?"

"ಮುಗಿದಿತ್ತು.."

"ತರ್ತೀನಿ.."

ಜೈಲಿಂದ ಬಿಡುಗಡೆಯಾದಂತೆ ಹೊನ್ನಿ ಒಳಕ್ಕೆ ವೇಗವಾಗಿ ಹೋದಳು. ಅವಳ ಮುಖದಲ್ಲಿ ನೆಮ್ಮದಿಯಿದ್ದಂತಿತ್ತು!

ಹೊನ್ನಿ ತನ್ನನ್ನು ಕಂಡು ಹೆದರಿದಳೆ? ಕಾರಣ? ತಾನು ಫೋನು ಮಾಡುತ್ತಿದ್ದಾಗ ಬಾಗಿಲ ಹಿಂದೆ ಬಂದು ನಿಂತಿದ್ದಳೆ? ತಾನು ಈಚೆ ಬಂದಾಗ ರೂಮಿನ ಕರ್ಟನ್ ಹಿಂದೆ ನಿಂತು ಕದ್ದು ಮಾತುಗಳನ್ನು ಕೇಳಿಸಿಕೊಂಡಳೆ? ಆದರೆ ಆಕೆ ಉಟ್ಟಿದ್ದ ಸೀರೆಯಂಚು ಬೇರೆಯಾಗಿತ್ತು! ಅಂದರೆ ಅದು ಹೊನ್ನಿಯಲ್ಲ. ಹಾಗಾದರೆ ಅವಳ ಹೆದರಿಕೆಗೆ ಕಾರಣ?

ಶರತ್ ಗಲ್ಲವನ್ನು ತುರಿಸಿಕೊಳ್ಳುತ್ತಾ ಯೋಚಿಸುವಾಗ ಹೊನ್ನಿ ಒಂದು ಲೋಟಿ ನೀರಿನೊಂದಿಗೆ ಬಂದು ಅವನ ಕೈಗಿತ್ತು ಹಿಂತಿರುಗುವುದರಲ್ಲಿದ್ದಳು. ಶರತ್ ಅವಳನ್ನು ಕರೆದ.

"ಸ್ವಲ್ಪ ಸರಳಾ ಅವರನ್ನು ಕರಿ. ನಾನು ಹಾಲ್ನಲ್ಲಿ ಕೂತಿರ್ತಿನಿ".

"ಸರಿ..."

ಆಕೆ ಹೋದಳು.

ಶರತ್ ನೀರು ಗುಟುಕರಿಸಿ ಹಾಲ್‌ಗ ಬಂದ.

ಸರಳಾನ ಕರೆಸುವುದೇನೋ ಸರಿ. ಕರ್ಟನ್ ಹಿಂದೆ ತಾನು ಕಂಡ ಸೀರೆಯಂಚಿನ ಒಡತಿ ಅವಳೋ ಅಲ್ಲವೋ ನಿರ್ಧರಿಸುವುದು. ಆದರೆ ಕರೆಸಿದ್ದಕ್ಕೆ ಕಾರಣವೇನೆಂದು ಹೇಳುವುದು? ಏನಾದರೊಂದು ಹೇಳುವುದು. ಇಷ್ಟು ವರ್ಷ ಈ ವೃತ್ತಿಯಲ್ಲಿ ತೊಡಗಿ ಒಂದು ಸಣ್ಣ ಕತೆ ಕಟ್ಟಿ ಹೇಳಲಾಗುವುದಿಲ್ಲವೆ?

ಇದಾದ ನಂತರವೇ ಮತ್ತೆ ಮುನಿಯಪ್ಪನ ಕ್ರಾಸ್ ಚೆಕ್. ನಂತರ ಬೆಂಗಳೂರು ಮತ್ತು ರಾಮನಗರ ರೋಡ್‌ಗಳಲ್ಲಿರೋ ಟೀ ಅಂಗಡಿಗಳಲ್ಲಿ ವಿಚಾರಣೆ ಮಾಡಬೇಕು.

"ಇಲ್ಲೇ ಹಾಲ್‌ನಲ್ಲಿರ್ತೀನೀಂತ ಹೇಳಿದ್ರಮ್ಮ"

ಅದು ಹೊನ್ನಿಯ ದನಿ.

"ಯಾಕಂತೆ?"

ಎಂದು ಕೇಳುತ್ತಲೇ ಸರಳಾ ಹಾಲ್‌ಗ ಕಾಲಿಟ್ಟಳು.

ಶರತ್ ಚಕಿತನಾದ.

ಕರ್ಟನ್‌ನ ಕೆಳಗೆ ಕಂಡ ಸೀರೆಯಂಚಿನ ವಿನ್ಯಾಸ ಅವಳದಾಗಿರಲಿಲ್ಲ!! ಆಕೆಯ ಕಾಲುಗಳಲ್ಲಿ ಕೂಡ ಚೈನು ಇರಲಿಲ್ಲ! ಹಾಗಾದರೆ ಬೇರೆ ಯಾರು? ಈಕೆಯೇ ಸೀರೆ ಬದಲಿಸಿ ಬಂದಿರಬಹುದೆ? ಕಾಲಿನ ಚೈನು ಬಿಚ್ಚಿರಬಹುದೆ? 'ಮೈ ಗಾಡ್ ಇದು ತುಂಬಾ ಕಾಂಪ್ಲಿಕೇಟೆಡ್ ಕೇಸಾಗ್ತಾ ಇದೆ' ಶರತ್ ತನಗೆ ತಾನೇ ಹೇಳಿಕೊಂಡ.

"ಏನೋ ಹೇಳಿಕಳಿಸಿದ್ರಂತೆ?"

ಸರಳಾ ಶರತ್‌ನ ಕೇಳಿದಳು. ಅವಳ ಮುಖದಲ್ಲಿ ಭಯವಾಗಲೀ ಕುತೂಹಲವಾಗಲೀ ಇರಲಿಲ್ಲ.

"ಸಾರಿ, ನಿಮಗೆ ತೊಂದರೆ ಮಾಡಿದೆನೇನೋ?"

ಶರತ್ ಕ್ಷಮೆ ಯಾಚಿಸಿದ.

“ಇದರಲ್ಲಿ ತೊಂದರೆಯೇನಿದೆ? ನಿಜವಾಗಲೂ ತೊಂದ್ರೆ ಕೊಡ್ತಾ ಇರೋರು ನಾವೇನೇ...”

ಶರತ್ ಅವಳ ಮಾತಿಗೆ ಮುಗುಳ್ನಕ್ಕ.

“ಮೂರ್ತಿಯವರ ಅಂಗಡಿ ಫೋನ್ ನಂಬರ್ ಬೇಕಿತ್ತು”

“ಅವರ ಮೊಬೈಲ್ ನಂಬರೇ ನಿಮ್ಮತ್ರ ಇರ್ಬೇಕಲ್ಲ? ಅವರು ನಿಮಗಿನ್ನೂ ಹೇಳಿಲ್ಲವೆ? ನೋಡಿ ಅವರ ಕೆಲಸಾನ? ಎಷ್ಟು ಕೇರ್‌ಲೆಸ್ಸೂಂತ...”

“ಮೊಬೈಲ್ ನಂಬರ್ ಕೊಟ್ಟಿದಾರೆ. ಅದೇನೋ ನೆಟ್ವರ್ಕ್ ಸಿಗ್ತಿಲ್ಲ. ಅದಕ್ಕೇ ಆದ್ರೆ ಅಂಗಡಿ ಲ್ಯಾಂಡ್‌ಲೈನ್ ನಂಬರಿಗೆ ಮಾಡೋಣಾಂತ. ಆ ನಂಬರು ಅವರು ಕೊಟ್ಟಿಲ್ಲ”.

“ಅದಕ್ಕೇ ಅವರನ್ನ ಕೇರ್‌ಲೆಸ್ಸೂಂತ ನಾನಂದಿದ್ದು. ಎಷ್ಟು ಮುಖ್ಯವಾದ ಕೆಲಸಾನ ನಿಮಗೊಪ್ಪಿಸಿದಾರೆ. ಆದ್ರೆ ಎಲ್ಲಿ ಯಾವಾಗ ಸಿಗ್ತಿನೀಂತ ಮಾತ್ರ ಹೇಳಿಲ್ಲ...”

“ಆಕೆ ಧೈರ್ಯದಿಂದ ಮಾತಾಡುತ್ತಿದ್ದಳು. ಹಾಗೆ ನೋಡಿದರೆ ಮೂರ್ತಿಗಿಂತ ಈಕೆಗೇ ಹೆಚ್ಚು ಧೈರ್ಯ ಎನ್ನಿಸಿತು. ಗಂಡನನ್ನೂ ಲೆಕ್ಕಕ್ಕಿಟ್ಟುಕೊಂಡಿಲ್ಲ ಎಂಬುದು ಅವಳ ಮಾತಿನಿಂದ ವ್ಯಕ್ತವಾಗುತ್ತಿತ್ತು. ಮಾತಿನ ಕೊನೆಯಲ್ಲಿ ಆಕೆ ತನ್ನ ಪತಿಯ ಅಂಗಡಿಯ ಫೋನ್ ನಂಬರ್ ಹೇಳಿದಳು.

ಮೂರ್ತಿಗೆ ಫೋನು ಮಾಡುವ ಅವಶ್ಯಕತೆ ಶರತ್‌ಗ ಇರಲಿಲ್ಲ. ಆದರೂ ಫೋನ್ ನಂಬರ್ ಕೇಳಿದ ತಪ್ಪಿಗೆ, ಅವಳಿಗೆ ನಂಬಿಕೆ ಬರಲಿ ಎಂಬ ಕಾರಣಕ್ಕೆ ಫೋನಿನ ಬಳಿಗೆ ಹೋಗಿ ನಂಬರ್ ಡಯಲ್ ಮಾಡಿದ.

“ಹಲೋ...” ಮೂರ್ತಿ ಇದಾರ?”

“ಯಸ್ ಮೂರ್ತಿ ಸ್ಪೀಕಿಂಗ್?”

ಆ ಸಮಯಕ್ಕೆ ಸರಳಾ ಅಲ್ಲಿರಲಿಲ್ಲ!!

***

‘೫೨೦ ವೈಪಿಎಮ್-ಔ’

ಅದಿನ್ನೂ ಗುಪ್ತವಾದ ರಹಸ್ಯ ಭಾಷೆಯಾಗಿಯೇ ಉಳಿದಿತ್ತು!

ಆ ಅಕ್ಷರ ಸಮುಚ್ಚಯವನ್ನು ಬಿಡಿಸಲು ವಿಕ್ರಮ್‌ಗ ಸಾಧ್ಯವಾಗಿರಲಿಲ್ಲ. ಮೇಜಿನ ಮೇಲೆ ಆಷ್‌ಟ್ರೇಯಲ್ಲಿ ಸಿಗರೇಟು ತುಂಡುಗಳು ತುಂಬಿದ್ದವು. ಮೂರನೆಯ ಪ್ಯಾಕ್‌ನಿಂದ ತೆಗೆದ ಸಿಗರೇಟು ವಿಕ್ರಮ್ ತುಟಿಯ ನಡುವೆ ನಿಗಿನಿಗಿ ಹೊಳೆಯಿತು.

ಮೇಜಿನ ಮೇಲೆ ಅನಾಥವಾಗಿ ಬಿದ್ದಿದ್ದ ಟೆಲಿಫೋನ್ ಡೈರೆಕ್ಟರಿಯಲ್ಲಿನ ಹಾಳೆಗಳನ್ನು ಯಾವ ಉದ್ದೇಶವೂ ಇಲ್ಲದೆ ತಿರುವುತ್ತಿದ್ದ. ರವೀಂದ್ರನ ಪ್ರಕಾರ

ಅದು ಯಾವುದೇ ರಾಜ್ಯದ ವೆಹಿಕಲ್‌ನ ರಿಜಿಸ್ಟ್ರೇಷನ್ ನಂಬರ್ ಅಲ್ಲ. ಮತ್ತೇನಿದ್ದೀತು? ಯಾವುದಾದರೂ ಪೋಸ್ಟಾಫೀಸಿನಲ್ಲಿ ಪೋಸ್ಟ್ ಬಾಕ್ಸ್ ನಂಬರ್ ಇದ್ದೀತಾ? ಹಾಗಿದ್ದರೆ 'ವೈಪಿಎಮ್' ಅಕ್ಷರಗಳು ಬರುವುದಿಲ್ಲ. ಬರೀ ನಂಬರು ಮತ್ತು ಪೋಸ್ಟಾಫೀಸಿನ ವಿಳಾಸ ಇರಬೇಕು. ಅಥವಾ ತನ್ನ ಯೋಚನೆಯೆಲ್ಲಾ ವ್ಯರ್ಥವಾ? '೫೨೦ ವೈಪಿಎಮ್-ಔ'ಗೆ ಯಾವ ಅರ್ಥವೂ ಇಲ್ಲವಾ?

ಟೆಲಿಫೋನ್ ಡೈರೆಕ್ಟರಿಯ ಹಾಳೆ ತಿರುವುತ್ತಿದ್ದವನಿಗೆ ಪಕ್ಕನೆ ಏನೋ ಹೊಳೆಯಿತು!

ಕುರ್ಚಿ ಮುಂದೆಳೆದುಕೊಂಡು ತೆರೆದಿದ್ದ ಹಾಳೆಯಲ್ಲಿ ಕಣ್ಣು ಹಾಯಿಸಿದ.

ನಗರದ ಎಲ್ಲ ಬಡಾವಣೆಗಳನ್ನೂ ಎರಡು, ಮೂರು ಇಲ್ಲವೇ ನಾಲ್ಕು ಅಕ್ಷರಗಳಲ್ಲಿ ಸಂಕ್ಷಿಪ್ತವಾಗಿ ಸೂಚಿಸಲಾಗಿತ್ತು. ಎಸ್‌ಎಸ್‌ಎನ್‌ಆರ್ ಅಂದರೆ ಸದಾಶಿವನಗರ!! ಹಾಗೆಯೇ ವೈಪಿಎಂ ಅಂದರೆ?

ವಿಕ್ರಮ್ ಎದೆಬಡಿತ ಹೆಚ್ಚಾಯಿತು! ಏನೋ ಹೊಳೆಯಿತು! ವೈಪಿಎಂ ಡೀಕೋಡ್ ಮಾಡುವ ಕ್ಷಣ ಬಂದಿತು!! ಬೇಗಬೇಗನೆ ವೈನಿಂದ ಶುರುವಾಗುವ ಪೇಜು ತೆಗೆದ. ಅಲ್ಲಿಯೇ ಇತ್ತು! ಇಷ್ಟು ಕಾಲ ವಿಕ್ರಮ್ ತಲೆ ತಿಂದಿದ್ದ ರಹಸ್ಯ ಭಾಷೆ!! ವೈಪಿಎಂ ಎಂದರೆ ಸಂಕ್ಷಿಪ್ತವಾಗಿ ಯಶವಂತಪುರ!!

ವಿಕ್ರಮ್ ಕುರ್ಚಿ ಬಿಟ್ಟು ಜಗ್ಗನೆದ್ದ. ಈಗ ಸಮಯ ಬಹಳ ಅಮೂಲ್ಯ! ಬೇಗನೆ ಹೋಗಬೇಕು!

೫೨೦ ಯಶವಂತಪುರದಲ್ಲಿನ ಒಂದು ಮನೆ ನಂಬರ್! ಅಲ್ಲಿ ಯಶವಂತರಾಯರ ಕೊಲೆ ಸಂಬಂಧಿಸಿದ ರಹಸ್ಯ ದಾಖಲೆಯಿದೆ! ಅದೇನಿರಬಹುದು? ಈಗಲೇ ಅದನ್ನು ಹೇಳಲಾಗದು.

ಆಫೀಸಿಗೆ ಬೀಗ ಹಾಕಿ ತನ್ನ ಜೀಪು ನಿಲ್ಲಿಸಿದೆಡೆಗೆ ವಿಕ್ರಮ್ ಧಾವಿಸಿದ.

ಯಶವಂತಪುರದ ಮನೆ! ನಂಬರ್ ೫೨೦. ಅಲ್ಲಿ ಯಾರಿರಬಹುದು? ಅಲ್ಲೇನು ನಡೆಯುತ್ತಿರಬಹುದು.

ಹದಿನೈದು ನಿಮಿಷಗಳ ಪ್ರಯಾಣ. ವಿಕ್ರಮ್ ಯಶವಂತಪುರದ ಸರ್ಕಲ್ ಬಳಿ ಇದ್ದ. ಟ್ರ್ಯಾಫಿಕ್ ಪೋಲೀಸ್‌ನ, ೫೨೦ ಮನೆ ನಂಬರ್ ಯಾವ ಕಡೆ ಬರುತ್ತೆಂದು ವಿಚಾರಿಸಿದ. ಆತ ಅಂದಾಜಾಗಿ ಹೇಳಿದ. ಅವನು ತೋರಿದತ್ತ ವಿಕ್ರಮ್ ಜೀಪು ಧಾವಿಸಿತು.

ಮನೆ ಹುಡುಕುವುದು ಸುಲಭವಾಗಿರಲಿಲ್ಲ. ಮನೆ ನಂಬರುಗಳು ವ್ಯವಸ್ಥಿತವಾಗಿರಲಿಲ್ಲ. ಒಂದು ಬೀದಿಯ ಕೊನೆಯ ನಂಬರು ಮುಂದಿನ ಅಥವಾ ಹಿಂದಿನ ಬೀದಿಯಲ್ಲಿ ಮುಂದುವರಿದಿರಲಿಲ್ಲ! ಅಲ್ಲಿನ ವ್ಯವಸ್ಥೆ ಅರ್ಥವಾಗದೆ, ಅರ್ಧ

ಗಂಟೆ ಹಿಂದು ಮುಂದಿನ ಬೀದಿಗಳಲ್ಲಿ ಓಡಾಡಿ, ಸುಮಾರು ಹತ್ತು ಜನರನ್ನು ಕೇಳಿದ ಮೇಲೆ ಮನೆ ಸಿಕ್ಕಿತು.

ನಂಬರ್ ೫೨೦ರಲ್ಲಿ ಕಂಡಿದ್ದು ದೊಡ್ಡ ಹಳೆಯ ಮನೆ. ಅದು ಕಾರ್ನರ್ ಮನೆ. ನೂರು ನೂರಿಪ್ಪತ್ತು ವಿಸ್ತೀರ್ಣದ ಸೈಟಿನಲ್ಲಿ ಕಟ್ಟಿದ ಮನೆ. ಅದು ಯಶವಂತರಾಯರ ರಹಸ್ಯ ಹಿಡಿದಿಟ್ಟಿರಲಾರದು. ಅದು ಸಾಕಷ್ಟು ಸ್ಥಿತಿವಂತರ ಮನೆ. ಜೊತೆಗೆ '೫೨೦ ವೈಪಿಎಮ್-ಔ' ಎನ್ನುವುದರಲ್ಲಿ 'ಔ' ಎನ್ನುವ ಒಂದಕ್ಷರ ಅದು ದೊಡ್ಡ ಮನೆಯಲ್ಲ ಎನ್ನುವುದು ಸ್ಪಷ್ಟಪಡಿಸಿತು. ದೊಡ್ಡ ಮನೆಯ ಪಕ್ಕದ ರಸ್ತೆಯಲ್ಲಿ ಸಾಗಿದರೆ ಮನೆಯ ಪಕ್ಕದಲ್ಲೂ ಒಂದು ಗೇಟು ಕಂಡಿತು! ಅದು ಹಿಂದಿದ್ದ ಔಟ್‌ಹಸ್‌ಗ ಪ್ರವೇಶ! ದೊಡ್ಡ ಮನೆಯವರು ಹಿಂದಿನ ಮನೆಯವರಿಗೆ ಮಾಡಿದ್ದ ಪ್ರತ್ಯೇಕ ವ್ಯವಸ್ಥೆ. '೫೨೦ ವೈಪಿಎಮ್-ಔ' ಎಂಬ ಕೋಡ್ ಈಗ ತನ್ನ ರಹಸ್ಯ ಕಳಚಿತ್ತು! ಅದು ಯಶವಂತಪುರದ ಮನೆ ನಂಬರು ೫೨೦ರ ಔಟ್ ಹೌಸ್! ಗೇಟು ತೆಗೆದು ಒಳಗೆ ಹೋಗಿ ನೋಡಿದಾಗ ಔಟ್ ಹೌಸ್‌ನ ರೂಪುರೇಷೆ ಕಂಡಿತು. ಸುಮಾರು ಹನ್ನೆರಡು ಅಡಿ ಅಗಲ ಮತ್ತು ಮೂವತ್ತು ಅಡಿ ಉದ್ದಕ್ಕಿದ್ದ ಮನೆ ಅದು. ನಿವೇಶನದ ಉಳಿದ ಭಾಗವನ್ನು ದೊಡ್ಡ ಮನೆ ಆಕ್ರಮಿಸಿಕೊಂಡಿತ್ತು.

ಔಟ್ ಹೌಸ್ ಮನೆಯ ಬಾಗಿಲು ತಳ್ಳಿದ ವಿಕ್ರಮ್. ಬಾಗಿಲಿಗೆ ಹಾಕಿದ್ದ ಡೋರ್‌ಲಕ್ ವಿಕ್ರ್‌ಮ್‌ನನ್ನು ಅಣಿಕಿಸಿತು! ಅಂದರೆ ಮನೆಯಲ್ಲಿ ಯಾರೂ ಇಲ್ಲ! ಡೋರ್‌ಲಕ್ ಅದನ್ನು ಸ್ಪಷ್ಟಪಡಿಸಿತು. ಅಥವಾ ಮನೆಯ ಒಳಗಿದ್ದೂ ಒಳಗಿನಿಂದಲೇ ಡೋರ್‌ಲಕ್ ಮಾಡಿಕ್ಕೊಳ್ಳಬಹುದಲ್ಲ? ಮನೆಯಲ್ಲಿ ಯಾರಾದರೂ ಇದ್ದರೆ ಹೊರಗೆ ಬಂದಾರು ಎಂಬ ಲೆಕ್ಕಾಚಾರದೊಂದಿಗೆ ವಿಕ್ರಮ್ ಮೆಲ್ಲನೆ ಬಾಗಿಲ ಮೇಲೆ ಟ್ಯಾಪ್ ಮಾಡಿದ. ಕೆಲವು ನಿಮಿಷ ಮನೆಯೊಳಗೆ ಏನಾದರೂ ಶಬ್ದವಾದೀತಾ ಎಂದು ಕಾದು ನೋಡಿದ. ಮನೆಯೊಳಗೆ ಯಾರೂ ಇಲ್ಲ ಎನ್ನುವುದು ಖಾತ್ರಿಯಾಯಿತು. ಮತ್ತೊಮ್ಮೆ ಜೋರಾಗಿ ಬಾಗಿಲು ಬಡಿದ. ಆಗಲೂ ಒಳಗಿಂದ ಯಾವುದೇ ಪ್ರತಿಕ್ರಿಯೆ ಬರಲಿಲ್ಲ! ಕೊನೆಯ ಪ್ರಯತ್ನವನ್ನೂ ಮಾಡಿ ನೋಡೋಣ ಎನ್ನಿಸಿತು. ಅಕಸ್ಮಾತ್ ಮನೆಯೊಳಗಿಂದ ಯಾರು ಬಂದಾರು ಎಂದು ತಿಳಿಯುವುದು ಅವನ ಪ್ರಯತ್ನವಾಗಿತ್ತು.

ಸಾಮಾನ್ಯವಾಗಿ ಎಲ್ಲ ಮನೆಯ ಕಾಲಿಂಗ್ ಬೆಲ್ ಸ್ವಿಚ್ ಬಾಗಿಲ ಫ್ರೇಮ್ ಮೇಲೆ ಇರುತ್ತದೆ. ಅಂತಾದ್ದು ಏನಾದರೂ ಕಂಡೀತಾ ಎಂದು ವಿಕ್ರಮ್ ಹುಡುಕಿದ. ಬಾಗಿಲಿನ ಪಕ್ಕದ ಬಲ ಬದಿಯ ಗೋಡೆಯ ಮೇಲೆ ಕಾಲಿಂಗ್ ಬೆಲ್ ಸ್ವಿಚ್ ಕಂಡಿತು! ಕಾಲಿಂಗ್ ಬೆಲ್ ಸ್ವಿಚ್ ಒತ್ತಿ ಪ್ರತಿಕ್ರಿಯೆಗಾಗಿ ಕಾದ. ಆಗಲೂ ಒಳಗಿಂದ ಯಾವುದೇ ಪ್ರತಿಕ್ರಿಯೆ ಬರಲಿಲ್ಲ! ಅಂದರೆ ಮನೆಯೊಳಗೆ ಮನೆಯೊಡನಿಲ್ಲ!

ವಿಕ್ರಮ್ ಸಮಯ ನೋಡಿಕೊಂಡ. ಆರು ಗಂಟೆ, 'ನನ್ನ ಪ್ರಯತ್ನ ವ್ಯರ್ಥವಲ್ಲ' ಎಂದು ತನ್ನಷ್ಟಕ್ಕೆ ತಾನೇ ಸಮಾಧಾನ ಹೇಳಿ ಕೊಂಡು ಈಚೆ ಬಂದ. ಮುಂದಿದ್ದ ಮನೆಯಲ್ಲಿ ವಿಚಾರಿಸಿದ. ಹದಿನೆಂಟು ವರ್ಷದ ಹುಡುಗನೊಬ್ಬ ವಿಕ್ರಮ್ ಪ್ರಶ್ನೆಗಳಗುತ್ತರಿಸಲು ಈಚೆ ಬಂದ.

"ಹಿಂದುಗಡೆ ಮನೆಯೋರು ಬಂದಿಲ್ವಾ?"

"ಅವರಾ? ಬೆಳಿಗ್ಗೆ ಇದ್ದರು...ಮತ್ತೆ ಯಾವಾಗ ಬರ್ತಾರೋ ಗೊತ್ತಿಲ್ಲ. ಸಾಮಾನ್ಯವಾಗಿ ಅವರು ಮನೇಲಿರೋದಿಲ್ಲ"

"ಹಾಗಾದರೆ ಅವರಲ್ಲಿ ವಾಸವಾಗಿಲ್ಲವಾ?"

"ಇಲ್ಲ. ವಾರಕ್ಕೊಂದು ಸಲವೋ ಇಲ್ಲಾ ಎರಡು ಸಲವೋ ಬಂದು ಒಂದು ರಾತ್ರಿ ಇದ್ದು ಹೋಗ್ತಾರೆ"

"ಅವರ ಹೆಸರು?"

ವಿಕ್ರಮ್ ಸ್ಪಷ್ಟ ಉತ್ತರ ಬೇಕಿತ್ತು.

"ನನಗೆ ಗೊತ್ತಿಲ್ಲ. ನಮ್ಮ ತಾತಂಗೆ ಗೊತ್ತು. ಅವರನ್ನ ಕರೀಲಾ..?"

"ಬೇಡ. ನೀವು ಹೇಳಿದ್ರಲ್ಲಾ ಅಷ್ಟು ಸಾಕು. ಅವರ ಜೊತೆ ಫ್ಯಾಮಿಲೀನು ಇದಾರಾ?" ಹುಡುಗನಿಗೆ ಅನುಮಾನ ಬರದಂತೆ ತೀರಾ ಸಾಮಾನ್ಯ ವಿಷಯ ಕೇಳುವಂತೆ ವಿಕ್ರಮ್ ಕೇಳಿದ,

"ಅವರೂ ಅಷ್ಟೆ. ಯಾವಾಗಲಾದರೊಮ್ಮೆ ಬಂದು ಹೋಗ್ತಾರೆ. ಅವರು ಸಧ್ಯಕ್ಕೆ ಯಾವುದೋ ಹಳ್ಳೀಲಿ ವಾಸ ಇದಾರಂತೆ..."

ವಿಕ್ರಮ್ ತಲೆಯಲ್ಲಿ ನೂರಾರು ಯೋಚನೆಗಳು.

"ಹಾಗಾದ್ರೆ ಇವತ್ತವರು ಮನೆಗೆ ಬರೋಲ್ಲವೆ?"

"ಮುಕ್ಕಾಲು ಪಾಲು ಬರೋದಿಲ್ಲ. ಏನಾದರೂ ಹೇಳ್ಬೇಕಾಗಿತ್ತೇನು?"

"ಏನೂ ಇಲ್ಲ. ನಾನೇ ಬಂದು ನೋಡ್ತೇನೆ..."

ವಿಕ್ರಮ್ ಕಾಂಪೌಂಡಿನಿಂದೀಚೆಗೆ ಬಂದ.

ಯಶವಂತರಾಯರ ಕೇಸು ಸ್ವಲ್ಪಸ್ವಲ್ಪವಾಗಿ ಬಿಡಿಸಿಕೊಳ್ಳಲಾರಂಭಿಸಿದೆ. ಇದೊಂದು ರಾತ್ರಿಯಲ್ಲಿ ಎಲ್ಲವನ್ನೂ ಕಂಡು ಹಿಡಿದು ಬಿಡುವೆನೆಂಬ ಉತ್ಸಾಹ ಅವನಲ್ಲಿ ಮೂಡಿತು.

ಪೋಲೀಸ್, ಕೇಂದ್ರ ದಾಖಲೆಗಳ ಸಂಗ್ರಹದಿಂದ ತಾನು ಹೆಕ್ಕಿ ತೆಗೆದ ವಿಷಯಗಳನ್ನು ಮತ್ತೊಮ್ಮೆ ನೆನಪಿಗೆ ತಂದುಕೊಂಡ.

ಯಶವಂತಪುರದಿಂದ ಹೊರಟವನು ಸೀದಾ ವಿಲ್ಸನ್‌ಗಾರ್ಡನ್‌ಗ ತೆರಳಿದ. ಅಲ್ಲಿ ಕಾರ್ಪೊರೇಷನ್‌ಗ ಸಂಬಂಧಿಸಿದ ಒಂದು ಆಫೀಸಿನಲ್ಲಿ ಬಹಳ ಹೊತ್ತು

ಕಳೆದ. ಅಲ್ಲಿ ಸಂಬಂಧಪಟ್ಟವರ ಜೊತೆ ವಿಚಾರಣೆ ನಡೆಸಿದ. ಎಂಟು ಗಂಟೆಯ ನಂತರ ಈಚೆ ಬಂದ.

ಆಫೀಸಿನಲ್ಲಿ ಕೂತು ಶರತ್ ಮೊಬೈಲಿಗೆ ಫೋನು ಮಾಡಿದ. ನೆಟ್ವರ್ಕ್ ಸಮಸ್ಯೆಯಿಂದ ಕನೆಕ್ಟಾಗಲಿಲ್ಲ. ಛೇ..ಎಂತಾ ಸಮಯದಲ್ಲಿ ಈ ಪ್ರಾಬ್ಲಮ್ಮು? ಲ್ಯಾಂಡ್‌ಲೈನು? ಎಸ್..! ಆದರೆ ಮನೆಯವರು ಯಾರಾದರೂ ಮಾತುಗಳನ್ನು ಕೇಳಬಹುದು! ನೋಡೋಣ ಹುಷಾರಾಗಿ ಮಾತಡಿದರೆ ಸಮಸ್ಯೆಯಾಗುವುದಿಲ್ಲ ಎನಿಸಿತು. ಲ್ಯಾಂಡ್‌ಲೈನಿಗೇ ಫೋನು ಮಾಡಿದ ವಿಕ್ರಮ್. ಅದೂ ಸಹ ಕನೆಕ್ಟ್ ಆಗಲಿಲ್ಲ. ಮೂರು ಸಲ ಪ್ರಯತ್ನಿಸಿದ ಮೇಲೆ ಕನೆಕ್ಟಾಯಿತು. ಆದರೆ ಫೋನು ರಿಸೀವ್ ಯಾರೂ ಮಾಡಲಿಲ್ಲ! ವಿಕ್ರಮ್ ಕಾದ ಹೆಂಚಿನ ಮೇಲೆ ನಿಂತವನಂತೆ ಚಡಪಡಿಸಿದ. ಈಗ ಸಮಯ ಅಮೂಲ್ಯ! ಒಂದೊಂದು ಸೆಕೆಂಡೂ ಸಹ ಬಹಳ ಮುಖ್ಯ. ತಡ ಮಾಡಿದರೆ ಯಶವಂತರಾಯರ ಕೊಲೆಗಾರ ಕಣ್ತಪ್ಪಿಸಿ ಹೋಗುವ ಸಾಧ್ಯತೆಯಿದೆ. ಇದುವರೆಗೂ ಕೊಲೆಗಾರ ಆಡಿದ ಕಣ್ಣು ಮಚ್ಚಾಲೆಯಾಟಕ್ಕೆ ಶೀಘ್ರದಲ್ಲಿಯೇ ಮಂಗಳ ಹಾಡುವ ಸಾಧ್ಯತೆಯಿದೆ!

ಕೊನೆಗೊಮ್ಮೆ ಕೆಜಿ ಹಳ್ಳಿಯಲ್ಲಿ ಯಶವಂತರಾಯರ ಮನೆಯಲ್ಲಿರುವ ಯಾರೋ ಫೋನ್ ರಿಸೀವ್ ಮಾಡಿದಾಗ ವಿಕ್ರಮ್ ಉದ್ವೇಗದಿಂದ ಕಂಪಿಸಿದ.

ಆಗತಾನೆ ಮನೆಗೆ ಬಂದಿದ್ದ ಶರತ್ ಲೈನಿನ ಮೇಲೆ ಬಂದಿದ್ದ.

"ಶರತ್?"

"ಯಸ್ ಬಾಸ್ ಶರತ್ ಸ್ಪೀಕಿಂಗ್"

"ಹತ್ರ ಯಾರಿದ್ದಾರೆ?"

"ಯಾರೂ ಇಲ್ಲ. ಮಾತಾಡಬಹುದು"

"ಹೇಗಿದೆ ಪರಿಸ್ಥಿತಿ?"

"ನಾಟ್ ಬ್ಯಾಡ್ ಬಾಸ್. ಮುನಿಯಪ್ಪ ಆರು ಗಂಟೆಗೆ ಊರಿಗೆ ಬಂದಿದಾನೆ. ಬಂದಾಗಿನಿಂದ ಅಂಗಡಿ ತೆಗೆದಿಲ್ಲ. ಒಳಗಿಂದ ಚಿಲಕ ಹಾಕೊಂಡಿದಾನೆ. ಏನ್ಮಾಡ್ತಿದಾನೇಂತ ಗೊತ್ತಿಲ್ಲ"

"ಇನ್ನೊಂದು ವಿಷಯ ಹೇಳಿದ್ದೆನಲ್ಲ?"

"ಅದೇ ರಸ್ತೆಗಳಲ್ಲಿನ ಟೀ ಅಂಗಡಿಗಳಲ್ಲಿ ವಿಚಾರಣೆ...ಅದೇನೋ ಯಾವ ರಿಸಲ್ಟೂ ಕೊಡಲಿಲ್ಲ. ಯಾರಿಗೂ ನೆನಪಿಲ್ಲ. ಆದ್ರೆ ಒಂದು ಟೀ ಅಂಗಡಿಯವನು ಒಂದು ಮುಖ್ಯವಾದ ವಿಷಯ ತಿಳಿಯಿತು"

"ಏನು?"

"ಫೋನಲ್ಲೇ ಹೇಳಲೆ?"

"ಬೇಡ. ಒಂದ್ಕೆಲಸ ಮಾಡು. ಸೀದಾ ನೀನು ಬೆಂಗಳೂರಿಗೆ ಬಾ. ನೇರ ಆಫೀಸಿಗೆ ಬರಬೇಕು. ಇನ್ನೊಂದು ಗಂಟೆ ಒಳಗೆ ಬರಬೇಕು. ಒಂದು ವೇಳೆ ನಾನಿಲ್ಲದಿದ್ದರೂ ಸಹ ನೀನು ಆಫೀಸಿನಲ್ಲೇ ನನಗೋಸ್ಕರ ಕಾಯ್ತಾ ಇರು"

"ಆದ್ರೆ...ಮುನಿಯಪ್ಪ?"

"ಸದ್ಯಕ್ಕೆ ಮುನಿಯಪ್ಪನ ಬಗ್ಗೆ ತಲೆ ಕೆಡಿಸಿಕೋಬೇಕಾಗಿಲ್ಲ. ಬೇಗ ಹೊರಡು"

"ಇಗೋ..ಹೊರಟೆ"

***

ತಮ್ಮ ಪತ್ನಿ ಸರಳಾಳಿಂದ ಫೋನು ಬಂದಾಗಿನಿಂದ ಮೂರ್ತಿ ಯೋಚನೆಯಲ್ಲಿ ಮುಳುಗಿದ್ದ. ವ್ಯಾಪಾರದಲ್ಲಿ ಮನಸ್ಸು ನಿಲ್ಲುತ್ತಿರಲಿಲ್ಲ. ಅವನ ಊಹೆಯೆಲ್ಲಾ ಸುಳ್ಳಾಗಿತ್ತು. ಕಲ್ಪನೆಗಳೆಲ್ಲಾ ತಲೆಕೆಳಗಾಗಿದ್ದವು. ಇಂತಾ ಘಟನೆ, ಹೀಗೆ ನಡೆಯಬಹುದೆಂದು ಅವನು ಚಿಂತಿಸಿಯೇ ಇರಲಿಲ್ಲ. ಇನ್ನು ತಡಮಾಡಬಾರದು. ಅ ಪತ್ತೇದಾರರಿಗೆ ಕೇಸು ಕೊಡ ಬಾರದಿತ್ತು. ಈಗದು ತನಗೇ ಮುಳುವಾಗುತ್ತಿದೆ!

ಪತ್ತೇದಾರರಿಬ್ಬರ ಸಾಮರ್ಥ್ಯ ತಾನು ತಪ್ಪಾಗಿ ಅಳೆದೆ!

ಈಗ ಬೇರೆ ದಾರಿಯಿಲ್ಲ. ಬೇಗನೆ ತಾನು ಕಾರ್ಯನಿರತನಾಗಬೇಕು.

ಮೂರ್ತಿಯ ಮನಸ್ಸಿನಲ್ಲಿ ನಡೆಯುತ್ತಿದ್ದ ಯೋಚನೆಗೂ ಮತ್ತು ಗೋಡೆಯ ಮೇಲಿನ ಗಡಿಯಾರಕ್ಕೂ ಯಾವ ಸಂಬಂಧವೂ ಇರಲಿಲ್ಲ. ಎರಡು ಸ್ವತಂತ್ರ ಘಟನೆಗಳಾಗಿ ಘಟಿಸುತ್ತಲೇ ಇದ್ದವು.

ಅಂಗಡಿಯ ನೌಕರರು ಐದು ನಿಮಿಷ ಕಾಲ ತಮ್ಮ ಮಾಲೀಕರ ವರ್ತನೆಯನ್ನು ಗಮನಿಸಿದರು. ಅವರು ಮೂರ್ತಿ ಗಾಢ ಚಿಂತೆಯಲ್ಲಿ ಮುಳುಗಿರೋದೂ ಮತ್ತು ಆ ಚಿಂತೆಯಲ್ಲಿ ಸಮಯವನ್ನು ಮರೆತಿರುವುದು ಸಹ ಬೇಗನೆ ತಿಳಿದುಕೊಂಡರು.

ತಮ್ಮಷ್ಟಕ್ಕೆ ನಾವು ಅಂಗಡಿಯ ಬಾಗಿಲುಗಳನ್ನು ಮುಚ್ಚುವ ಕೆಲಸದಲ್ಲಿ ತೊಡಗಿದರು.

ಆಗಷ್ಟೆ ಸಮಯ ಎಂಟೂವರೆಯಾಗಿರುವುದರ ಅರಿವು ಮೂರ್ತಿ ಗಾಯಿತು. 'ಈ ಸೋಂಬರಿಗಳಿಗೇನು? ಟೈಮಾಯ್ತು... ಬಾಗಿಲು ಮುಚ್ಚಿದರು' ಎಂದು ತಮ್ಮ ನೌಕರರನ್ನು ಬೈದುಕೊಂಡ. ಕ್ಯಾಷ್ ಬಾಕ್ಸ್ ಮುಚ್ಚಿ ಮತ್ತೊಮ್ಮೆ ಪೂಜೆ ಮಾಡಿ ಆ ದಿನದ ವ್ಯವಹಾರವನ್ನು ಬಂದು ಮಾಡುವ ಕ್ರಿಯೆಯಲ್ಲಿ ತೊಡಗಿದ.

ತಿಳಿದೂ ತಿಳಿದೂ ಡಿಟೆಕ್ಟೀವ್ ವಿಕ್ರಮ್‌ನ ಬಳಿ ತಾನೇಕೆ ಹೋದೆ ತಾನಾಗಿಯೆ ಪತ್ತೆ ಮಾಡಿ ಎಂದು ಕೇಸು ಕೈಗಿಟ್ಟ! ಅದೇ ತಾನು ಮಾಡಿದ ತಪ್ಪು? ಆಗ ತನಗೆ ಕಲ್ಪನೆ ಇರಲಿಲ್ಲ ಹೀಗೆಲ್ಲಾ ಆದೀತು ಎಂದು!

ಇಷ್ಟಾದರೂ ಅವರಿಂದ ಮುಖ್ಯವಾದ ಕೆಲಸವನ್ನೇ ಮಾಡಲಾಗಿಲ್ಲ!

ಯಶವಂತರಾಯರ ಶರೀರ!!

ಅದನ್ನಿನ್ನೂ ಈ ಪತ್ತೇದಾರರು ಹುಡುಕಲಾಗಿಲ್ಲ! ಇನ್ನು ಕೊಲೆಗಾರನನ್ನು ಹುಡುಕುತ್ತಾರೆಯೆ? ಅನುಮಾನ! ಆದರೂ ಏನೋ ನಡೆಯುತ್ತಿದ್ದೆ. ತನಗೇ ಮುಳುವಾಗುವ ಪರಿಸ್ಥಿತಿ ಎದುರಾಗಬಹುದು!

ಸರಳಾಳ ಫೋನಿನ ಸುದ್ದಿ ಭಯ ಹುಟ್ಟಿಸುತ್ತದೆ! ಆದರೆ ಈ ಸ್ಥಿತಿಯಲ್ಲಿ ಹೆಚ್ಚೇನು ಮಾಡಲು ಸಾಧ್ಯ? ಎಲ್ಲವೂ ತನ್ನಂತೆಯೇ ಆಗಲಿ ಎಂದು ದೇವರನ್ನು ಬೇಡಿಕೊಳ್ಳಬೇಕಷ್ಟೆ!

ಅರೆ..ಹಾ! ರಾಮಣ್ಣ!!

ತಾನು ರಾಮಣ್ಣನೊಂದಿಗೆ ಈ ವಿಷಯ ಮಾತಾಡೇ ಇಲ್ಲ! ತಾನು ತಕ್ಷಣ ಮಾಡಬೇಕಾದ ಕೆಲಸವೇ ಅದು! ತಾನೇಕೆ ಅವರ ಬಗ್ಗೆ ಯೋಚಿಸಲೇ ಇಲ್ಲ? ಈ ಪತ್ತೇದಾರರ ಕೆಲಸಕ್ಕೂ ಒಂದು ಮಂಗಳವನ್ನು ಹಾಡಿಸಬಹುದು! ಆದರೆ ಒಂದೇ ಒಂದು ಅನುಮಾನ! ತಾನು ಯಶಸ್ವಿಯಾದೇನೆ?

ಅಂಗಡಿಯ ಆಳು ಬೀಗಗಳನ್ನು ಒಂದೊಂದಾಗಿ ಹಾಕಿದ ನಂತರ ಎರಡು ನಿಮಿಷ ಕಾದು ನಿಂತ. ಮೂರ್ತಿಗೆ ಕರ್ತವ್ಯ ಅರಿವಾಯಿತು. ಯಾಂತ್ರಿಕವಾಗಿ ಬಾಗಿಲಿನ ಬಳಿಗೆ ಹೋಗಿ ಪ್ರತಿಯೊಂದು ಬೀಗವನ್ನೂ ಎಳೆದು ನೋಡಿದ. ಎಲ್ಲವನ್ನೂ ಕೆಲಸದಾಳು ಸಮರ್ಪಕವಾಗಿ ಹಾಕಿದ್ದ. ಮಾಮೂಲಿನಂತೆ ಎಲ್ಲ ಸರಿಯಾಗಿದೆ ಎಂಬ ಭಾವದಲ್ಲಿ ತಲೆಯಲುಗಿಸಿದ. ಆದರೆ ಅವನ ಊಹೆ ತಪ್ಪಾಗಿತ್ತು! ಎಲ್ಲ ಸರಿಯಾಗಿರಲಿಲ್ಲ! ಕೊನೆಯ ಪಕ್ಷ ಯಶವಂತರಾಯರ ಸಾವಿನ ವಿಷಯದಲ್ಲಿ ಅವನ ಊಹೆ ತಪ್ಪಾಗಿತ್ತು.

ಅಂಗಡಿಯ ಆಳುಗಳೆಲ್ಲಾ ಹೋದರು. ಮೂರ್ತಿಯೊಬ್ಬನೇ ಎರಡು ನಿಮಿಷಗಳ ಕಾಲ ಅಂಗಡಿಯ ಮುಂದೆ ನಿಂತಿದ್ದವನು ಮತ್ತೇನೋ ನಿರ್ಧಾರ ತೆಗೆದುಕೊಂಡಂತೆ ತನ್ನ ಕಾರು ನಿಲ್ಲಿಸಿದ ಕಡೆಗೆ ನಡೆದ.

ಕಾರಿನ ಬಳಿಗೆ ಮೂರ್ತಿ ಬರುವುದಕ್ಕೂ ವಿಕ್ರಮ್ ಜೀಪು ಅಲ್ಲಿಗೆ ಬರುವುದಕ್ಕೂ ಸರಿಯಾಯಿತು!

ವಿಕ್ರಮ್ ಕಂಡೊಡನೆ ಮೂರ್ತಿಯ ಮುಖ ವಿವರ್ಣವಾಯಿತು!

***

"ಇವತ್ತು ನಿಂಗೆ ನಿದ್ರೆಯಿಲ್ಲ ಶರತ್"

ವಿಕ್ರಮ್ ಜೂನಿಯರ್‌ನ ಹೆದರಿಸಿದ.

"ಆಗಲಿ ಸಾರ್. ಎಲ್ಲಿ ಕೆಲಸ ಹೇಳಿ?"

"ನಾನೊಂದು ಜಾಗದಲ್ಲಿ ನಿನ್ನನ್ನು ಬಿಟ್ಟು ಬರ್ತೀನಿ. ಆದರೆ ಇಡೀ ರಾತ್ರಿ ಜಾಗರಣೆ. ನಮ್ಮ ಪಾರ್ಟಿ ಬರುತ್ತೆ. ಬಂದು ಮನೆ ಸೇರುತ್ತೆ ತಕ್ಷಣ ನಂಗೆ ರಿಂಗ್

ಮಾಡು. ಇವತ್ತು ರಾತ್ರಿ...ಆಫೀಸಲ್ಲೇ ನನ್ನ ಠಿಕಾಣಿ"

"ಆಗ್ಲಿ ಸಾರ್. ನಿದ್ದೆಗೆಟ್ಟು ಬಹಳ ಕಾಲ ಆಗಿದೆ. ಅದೊಂತರಾ ಅನುಭವ. ನಾವೆಷ್ಟು ಹೊತ್ತಿಗೆ ಹೋಗ್ಬೇಕು ಸಾರ್?"

"ಒಂಬತ್ತೂವರೆ ಮೇಲೆ"

"ಅಷ್ಟೊತ್ತಿಗೆ ಊಟವಾದ್ರೂ ಮುಗಿಸಬಹುದಲ್ಲ ಸಾರ್?"

"ರೈಟ್... ಎಲ್ಲಿಗೆ ಹೋಗೋಣ?"

"ನಿಮ್ಮ ಫೇವರಿಟ್ ಹೋಟೆಲಿಗೇ ಹೋಗೋಣ"

"ಹಾಗಾದ್ರೆ ಆ ಹೋಟಲ್ ಊಟ ನಿಂಗೂ ಇಷ್ಟ ಅಲ್ಲವಾ?"

ಶರತ್‌ನ ಮುಖದಲ್ಲಿ ನಗು ಮೂಡಿತು.

ಬೆಂಗಳೂರಿನ ಅತ್ಯುತ್ತಮವಾದ ಹೋಟೆಲಿಗೆ ಇಬ್ಬರೂ ಕಾಲಿಟ್ಟರು..

ಅವರಿಬ್ಬರೂ ತಾವು ಕೈಗೊಂಡಿರುವ ಕೇಸಿನ ಬಗೆಗೇ ಮಾತುಗಳನ್ನು ಆಡುತ್ತ ತಮಗೆ ಪ್ರಿಯವಾದ ಖಾದ್ಯಗಳನ್ನು ಸವಿಯುತ್ತಿದ್ದರು. ಈವರೆಗಿನ ತಮ್ಮ ತನಿಖೆಗಳನ್ನು ಒಂದೊಂದಾಗಿ ವಿಶ್ಲೇಷಣೆ ಮಾಡುತ್ತಿದ್ದರು. ಆ ತನಿಖೆಗಳಿಂದ ತಮಗಾದ ಅನುಕೂಲ, ದೊರೆತ ಮಾಹಿತಿ ಮುಂತಾದುವನ್ನು ಮೆಲುದನಿಯಲ್ಲಿ ಹೇಳಿಕೊಂಡರು.

ಮೊದಲಿಗೆ ಊಟ ಮುಗಿಸಿದವನೇ ವಿಕ್ರಮ್. ಕೈ ತೊಳೆದು ಸಿಗರೇಟ್ ಹಚ್ಚಿ ದೀರ್ಘವಾಗಿ ಹೊಗೆಯೆಳೆದುಕೊಂಡ ಸ್ವಲ್ಪ ದೂರದಲ್ಲಿ ಹೊಗುತ್ತಿದ್ದ ವ್ಯಕ್ತಿಯನ್ನು ನೋಡಿ ಆಶ್ಚರ್ಯದಿಂದ "ಮೈ ಗಾಡ್!" ಎಂದು ಉದ್ಗರಿಸಿದ.

ಶರತ್‌ಗ ಪ್ರತ್ಯೇಕ ವಿವರಣೆ ಬೇಕಾಗಿರಲಿಲ್ಲ. ಹಿಂದೆ ತಿರುಗಿ ವಿಕ್ರಮ್ ದೃಷ್ಟಿ ನೆಟ್ಟಿದ್ದ ಕಡೆ ನೋಡಿದ.

ಮುನಿಯಪ್ಪ!!

ಕೆ.ಜಿ ಹಳ್ಳಿಯ ಅಗಸ ಮುನಿಯಪ್ಪ ಬೆಂಗಳೂರಿನ ಹೋಟೆಲಲ್ಲಿ!! ಅದೂ ದುಬಾರಿ ಹೋಟೆಲಲ್ಲಿ!! ಖಂಡಿತವಾಗಿಯೂ ಅವನ ತಿಂಗಳ ಆದಾಯದಲ್ಲಿ ಅಂತಾ ಹೋಟೆಲಿನಲ್ಲಿ ನಾಲ್ಕು ದಿನವೂ ಊಟ ಮಾಡಲು ಸಾಧ್ಯವಿರಲಿಲ್ಲ! ಅಗಸ ಮುನಿಯಪ್ಪನಿಗೆ ಇನ್ನೊಂದು ಮುಖವಿದೆ! ಅದು ಬೆಂಗಳೂರಿನ ಬೇರೆ ಮುಖ! ಮುನಿಯಪ್ಪ ಎರಡು ವ್ಯಕ್ತಿತ್ವವನ್ನು ಧಾರಣೆ ಮಾಡಲು ಏನು ಕಾರಣ? ಅದು ಯಶವಂತರಾಯರಿಗೆ ಸಂಬಂಧಿಸಿದ್ದೆ?

"ಬಾಸ್ ಈಗಲೇ ಅವನನ್ನು ನಿಲ್ಲಿಸಿ ಮಾತಾಡೋಣವೇ...?"

ಶರತ್ ಮೆಲುದನಿಯಲ್ಲಿ ಕೇಳಿದ.

"ಬೇಡ ಶರತ್! ಇದು ಸರಿಯಾದ ಸಮಯ ಅಲ್ಲ..."

ವಿಕ್ರಮ್ ತಡೆದ.

"ಬಾಸ್, ತಡ ಮಾಡಿದರೆ ಮುನಿಯಪ್ಪ ನಮ್ಮ ಕೈಗೆ ಸಿಗದಂತೆ ತಪ್ಪಿಸಿಕೊಂಡು ಹೋಗಬಹುದು"

ಶರತ್ ಆತಂಕ ವ್ಯಕ್ತಪಡಿಸಿದ.

"ಇಲ್ಲ ಶರತ್ ಹಾಗೇನೂ ಆಗೊಲ್ಲ. ನನ್ನ ಯೋಚನೆ ಸರಿಯಾದ ದಿಕ್ಕಲ್ಲಿದ್ದರೆ ಶೀಘ್ರದಲ್ಲಿ ಮುನಿಯಪ್ಪ ನಮ್ಮನ್ನ ಮುಖಾಮುಖಿಯಾಗ ಲೇಬೇಕು. ಸಧ್ಯಕ್ಕೆ ಅವನ ವಿಷಯ ಬೇಡ"

"ಸರಿ ಸಾರ್. ನೀವು ಹೇಳಿದಂತೇ ಆಗಲೀ ನಿಮ್ಮ ಪ್ಲಾನಿಂಗ್ ಇಲ್ಲಿವರೆಗೆ ಹುಸಿಯಾಗಿಲ್ಲ"

"ಈ ಸಾರಿ ಐ ಯಾಮ್ ನಾಟ್ ಶೂರ್! ಬಟ್ ಐ ಯಾಮ್ ಟೇಕಿಂಗ್ ಚಾನ್ಸಸ್"

ಅಷ್ಟರಲ್ಲಿ ಮುನಿಯಪ್ಪ ಹೋಟೆಲಿನಿಂದಾಚೆ ಹೋದ.

"ಸಾರ್, ನಾನು ಚೇಸ್ ಮಾಡಲೆ?"

"ಬೇಡ ಶರತ್. ಅದರ ಅವಶ್ಯಕತೆಯಿಲ್ಲ"

ಆಶ್ಚರ್ಯದಿಂದ ಸೀನಿಯರ್‌ನ ಮುಖ ನೋಡಿದ ಶರತ್.

***

"ಅಕಸ್ಮಾತ್ ಅವನು ಬಂದರೆ?"

ಶರತ್ ಅನುಮಾನಿಸುತ್ತ ಕೇಳಿದ.

"ಅಕಸ್ಮಾತ್ ಬಂದರೆ ಮೊಬೈಲ್ ಉಪಯೋಗಿಸು. ಜಸ್ಟ್ ಒಂದು ರಿಂಗ್ ಮಾಡಿದ್ರೂ ನಂಗೆ ವಿಷಯ ಗೊತ್ತಾಗುತ್ತೆ. ಮೊಬೈಲು ವೈಬ್ರೇಶನ್ ಮೋಡಲ್ಲಿಟ್ಟಿರ್ತೀನಿ. ಸೂಚನೆ ಸಿಕ್ಕ ತಕ್ಷಣ ಹೇಗೋ ಬಚಾವಾಗ್ತೀನಿ"

ಶರತ್‌ಗಿದ್ದ ಆತಂಕ ವಿಕ್ರಮ್‌ಗ ಇರಲಿಲ್ಲ .

"ಈಗ ಗಂಟೆ ಹನ್ನೆರಡು. ಹನ್ನೆರಡೂ ಕಾಲಿಗೆ ಒಂದು ಸಲ ರಿಂಗ್ ಮಾತಾಡ್ತೀನಿ. ಅಷ್ಟರೊಳಗೆ ಏನಾದರೂ ಎಮರ್ಜನ್ಸಿ ಒದಗಿದರೆ ಮಾತ್ರ ಮಾತಾಡ್ತೀನಿ. ಇಲ್ಲದಿದ್ದರೆ ಹತ್ತು ನಿಮಿಷಕ್ಕೊಮ್ಮೆ ರಿಂಗ್ ಕೊಡ್ತಿರ್ತೀನಿ"

ಶರತ್ ತನ್ನ ಕರ್ತವ್ಯ ನೆನಪು ಮಾಡಿಕ್ಕೊಳ್ಳುತ್ತಾ ಹೇಳಿದ.

"ದಟ್ ಈಸ್ ರೈಟ್. ಈಗ ನಾನು ಹೊರಡ್ತೀನಿ. ಅರ್ಧ ಗಂಟೆಯ ನಂತರ ನನ್ನಿಂದ ಯಾವ ಪ್ರತಿಕ್ರಿಯೆಯೂ ಬರದಿದ್ದರೆ ನೀನು ಮನೆಯನ್ನು ಪ್ರವೇಶಿಸಲು ಪ್ರಯತ್ನ ಮಾಡು"

ಕೊನೆಯ ಸೂಚನೆ ನೀಡಿ ವಿಕ್ರಮ್ ಜೀಪಿಂದ ಕೆಳಗಿಳಿದು ರಸ್ತೆಯ ಎರಡೂ ಕಡೆ ನೋಡಿದ. ಮಧ್ಯರಾತ್ರಿ ಸಮೀಪಿಸಿದ್ದರಿಂದ ರಸ್ತೆ ಪೂರಾ ನಿರ್ಜನವಾಗಿತ್ತು.

ವಿಕ್ರಮ್ ಮೆಲ್ಲನೆ ರಸ್ತೆಯಲ್ಲಿ ನಡೆಯಲಾರಂಭಿಸಿದ.

ಆ ಮನೆಯ ಮುಂದೆ ಬಂದಾಗ ಹಿಂದೆ ತಿರುಗಿ ರಸ್ತೆಯ ತುದಿಯಲ್ಲಿ ನಿಂತಿದ್ದ ಕಾರಿನತ್ತ ನೋಡಿದ. ಸ್ಪಷ್ಟವಾಗಿ ಕಾಣಲಿಲ್ಲ. ಯಾರೋ ಕಿಡಿಗೇಡಿಗಳು ರಸ್ತೆಯ ತುದಿಯಲ್ಲಿದ್ದ ಬೀದಿ ದೀಪದ ಬಲ್ಬಿಗೆ ಕಲ್ಲು ತೂರಿ ಒಡೆದಿದ್ದರು. ಇದೂ ತನ್ನ ಪಾಲಿಗೆ ಅನುಕೂಲವಾಯಿತು ಎಂದುಕೊಂಡ ವಿಕ್ರಮ್.

ಇದುವರೆಗೂ ರಹಸ್ಯವಾಗಿದ್ದ ಯಶವಂತರಾಯರ ಸಾವಿನ ರಹಸ್ಯ ತಿಳಿಯುವಲ್ಲಿ ಬಹಳ ಮುಖ್ಯವಾದ ಹಂತ! ಯಶವಂತರಾಯರ ಹಸ್ತಾಕ್ಷರದಲ್ಲಿ ಸಿಕ್ಕ ಗುಪ್ತ ಕೋಡ್ 'ಜಿ೨೦-ವೈ ಪಿ ಎಂ-ಔ!' ಅದರಲ್ಲಿ ಏನಿರಬಹುದು? ವಿಕ್ರಮ್ ಆ ರಹಸ್ಯ ಸ್ಫೋಟಿಸಲು ಹೊರಟಿದ್ದ. ಮನೆಯೊಡೆಯ ಇನ್ನೂ ಬಂದಿಲ್ಲ. ಇದೇ ಸರಿಯಾದ ಸಮಯ ಎನಿಸಿತ್ತು. ಕಳ್ಳತನದಿಂದ ಮನೆ ಪ್ರವೇಶಿಸುವುದು ಅನಿವಾರ್ಯ. ಕಾನೂನಿನ ದೃಷ್ಟಿಯಿಂದ ಅಪರಾಧ. ಆದರೆ ಗತ್ಯಂತರವಿಲ್ಲ!

ವಿಕ್ರಮ್ ಕೈಗಳು ಚುರುಕಾಗಿದ್ದವು. ನಕಲಿ ಬೀಗದ ಕೈಗಳಿಂದ ಡೋರ್‌ಲಾಕ್ ತೆರೆಯಿತು!

ಬಾಗಿಲನ್ನು ಸದ್ದಾಗದಂತೆ ತಳ್ಳಿ ವಿಕ್ರಮ್ ಮನೆಯೊಳಗೆ ಸೇರಿ ಬಾಗಿಲು ಹಾಕಿಕೊಂಡ. ಜರ್ಕಿನ್‌ನ ಜೇಬಿನಿಂದ ಪೆನ್ ಟಾರ್ಚ್ ತೆಗೆದು ಅದರ ಸಣ್ಣದಾದ ಆದರೆ ಶಕ್ತಿಯುತವಾದ ಬೆಳಕನ್ನು ತಾನು ನಿಂತಿದ್ದ ರೂಮಿನ ಸುತ್ತ ಹರಡಿದ. ಅದೊಂದು ವರಾಂಡ-ತುಂಬಾ ಸಣ್ಣದು. ಪೂರ್ಣವಾಗಿ ಖಾಲಿಯಿತ್ತು .

ಬಾಗಿಲಿಗೆ ಒಳಗಿಂದ ಬೋಲ್ಟ್ ಹಾಕಿಕೊಂಡು ಒಳಗೆ ಪ್ರವೇಶಿಸಿದ ವಿಕ್ರಮ್.

ಹಾಲ್ ದೊಡ್ಡದಾಗಿತ್ತು. ಸೋಫಾ ಸೆಟ್, ನೆಲಕ್ಕೆ ಕಾರ್ಪೆಟ್, ಮೂಲೆಯೊಂದರಲ್ಲಿ ಸ್ಟೀಲ್ ಅಲ್ಮೆöÊರಾ ಕಂಡವು.

ಈ ಮನೆಯಲ್ಲಿ ತನಗೇನು ಸಿಗಬಹುದು? ಯಾವ ರೀತಿಯಲ್ಲಿ ಅದು ತನಗೆ ಸಹಾಯವಾಗಬಹುದು? ಕೆ.ಜಿ. ಹಳ್ಳಿಯ ಅಗಸ ಮುನಿಯಪ್ಪ ಬೆಂಗಳೂರಿನ ಪಾರ್ಕ್ ರೆಸ್ಟುರಾಂಟ್‌ನಲ್ಲಿ ಏನು ಮಾಡುತ್ತಿದ್ದ? ತನ್ನನ್ನು ಕಂಡು ಮೂರ್ತಿಯೇಕೆ ಹೆದರಿದ? ಈ ಮನೆ ಯಶವಂತರಾಯರ ಕೊಲೆಯ ರಹಸ್ಯವನ್ನು ಅಡಗಿಸಿಕೊಂಡಿದ್ದರೆ ಅದು ಯಾವ ರೀತಿಯದಿದ್ದೀತು? ಏನೇ ಇದ್ದರೂ ಅದು ಭದ್ರವಾಗಿ, ಸುರಕ್ಷಿತವಾದ ಜಾಗದಲ್ಲಿಟ್ಟಿರುತ್ತಾರೆ! ಹಾಗೆಂದರೆ ಅದು ಕಬ್ಬಿಣದ ಬೀರುವಿನಲ್ಲೇ ಇರಬೇಕು. ಹಾಗಾದರೆ ತನ್ನ ಪ್ರಥಮ ಕರ್ತವ್ಯ ಎಂದರೆ ಬೀರುವಿನ ಬೀಗವನ್ನು ತೆರೆಯುವುದು!

ಯೋಚನೆಗೆ ದೇಹ ತಕ್ಷಣ ಸ್ಪಂದಿಸಿತು. ವಿಕ್ರಮ್ ಬೀರುವಿನ ಮುಂದೆ ನಿಂತು ಹ್ಯಾಂಡಲ್ ಎಳೆದ. ಬೀಗ ಹಾಕಿತ್ತು. ಕೈಗಳು ಜರ್ಕಿನ್ ತಡಕಾಡಿದವು. ಒಂದು

ಬೀಗದ ಕೈಗಳ ಗೊಂಚಲು ಈಚೆ ಬಂತು. ಅವುಗಳನ್ನು ಉಪಯೋಗಿಸಿ ವಿಕ್ರಮ್ ಬೀರುವಿನ ಬೀಗದೊಂದಿಗೆ ಸೆಣಸಿದ. ಅವನ ಅನುಭವೀ ಕೈಗೆ ಮಾಮೂಲೀ ಬೀರು ಬೀಗ ಮೂರು ನಿಮಿಷಗಳಲ್ಲೇ ಸೋತಿತು!

ಒಂದು ಕೈಯಲ್ಲಿ ಟಾರ್ಚು ಹಿಡಿದು ಇನ್ನೊಂದು ಕೈನಿಂದ ಬೀರುವಿನ ವಸ್ತುಗಳನ್ನು ಪರೀಕ್ಷಿಸತೊಡಗಿದಾಗ ಮೊಬೈಲ್ ವೈಬ್ರೇಟ್ ಆಯಿತು. ಫೋನು ಕಿವಿಗಿಟ್ಟುಕೊಂಡಾಗ ಶರತ್ ದನಿ ಕೇಳಿತು.

"ಸಾರ್...?"

"ಹಲೋ ಶರತ್?"

"ಯಸ್ ಬಾಸ್, ಶರತ್. ಇಲ್ಲಿ ಎಲ್ಲ ಸೇಫ್. ಅನುಮಾನ ಬರೋ ಅಂತಾದ್ದೇನೂ ಇಲ್ಲ. ನಿಮ್ಮ ಪ್ರೋಗ್ರೆಸ್ ಹೇಗೆ?"

"ಎಲ್ಲಾ ಸ್ಮೂತಾಗಿ ನಡೀತಿದೆ. ಉಳಿದದ್ದು ಆಚೆ ಬಂದಾಗ"

ವಿಕ್ರಮ್ ಮೊಬೈಲು ಆಫ್ ಮಾಡಿ ಕೆಲಸ ಮುಂದುವರಿಸಿದ.

ಬೀರುವಿನಲ್ಲಿ ಸೀಕ್ರೆಟ್ ಲಾಕರ್ ಕಂಡಾಗ ವಿಕ್ರಮ್ ಅದರತ್ತ ಗಮನ ಹರಿಸಿದ. ಅದರ ಬೀಗಕ್ಕೆ ಐದು ನಿಮಿಷದಲ್ಲಿ ವಿಕ್ರಮ್ ಚಾಕಚಕ್ಯತೆಗೆ ಸೋತಿತು.

ಸಾಮಾನ್ಯವಾಗಿ ಅಂಥಹ ಲಾಕರ್‌ಗಳಲ್ಲಿ ಎಲ್ಲರೂ ಒಡವೆಗಳನ್ನು ಇಡುತ್ತಾರೆ. ಆದರೆ ಈ ಲಾಕರ್‌ನಲ್ಲಿ ಒಂದೇ ಒಂದು ಕಂದು ಬಣ್ಣದ ಕವರ್ ಸಿಕ್ಕಿತು! ಅದನ್ನು ಕೈಯಲ್ಲಿ ಹಿಡಿಯುತ್ತಲೇ ವಿಕ್ರಮ್‌ನಗೆ ಅದರೊಳಗೆ ಸಣ್ಣದೊಂದು ಬೀಗದ ಕೈ ಇರುವ ಅನುಮಾನ ಬಂತು. ಅದೊಂದು ಲಾಕರಿನ ಬೀಗದ ಕೈ ಇರಬಹುದೆ? ಕವರ್ ತೆರೆದು ಅಲ್ಲಾಡಿಸಿದಾಗ ಕೈಮೇಲೆ ಬಿತ್ತು ಒಂದು ವಸ್ತು. ಆದರೆ ಅದು ಬೀಗದ ಕೈ ಆಗಿರಲಿಲ್ಲ! ಅದೊಂದು ಪೆನ್ ಡ್ರೈವ್! ಅದನ್ನು ಕಂಪ್ಯೂಟರಿನ ದತ್ತಾಂಶ(ಡೇಟಾ) ಸಂಗ್ರಹಿಸಲು ಉಪಯೋಗಿಸುತ್ತಾರೆ! ಇಡೀ ಕವರಿನಲ್ಲಿ ಇದ್ದುದು ಅದೊಂದೇ! ಲಾಕರಿನಲ್ಲಿ ಇದು ಇರಬೇಕೆಂದರೆ ಇದರಲ್ಲಿ ಏನೋ ಮಹತ್ವದ್ದು ಇರಬೇಕು! ಅಂತಾದ್ದು ಏನಿದ್ದೀತು? ಅದನ್ನು ನೋಡಬೇಕಾದರೆ ಕಂಪ್ಯೂಟರ್ ಬೇಕು! ಇಲ್ಲವೇ ಮೊಬೈಲಿಗೆ ಅಳವಡಿಸಿ ನೋಡುವ ಒಟಿಜಿ ಅಡಾಪ್ಟರ್ ಬೇಕು! ಈಗ ಇದರಲ್ಲಿ ಏನಿದೆ ಎಂದು ನೋಡುವುದು ಸಾಧ್ಯವಿಲ್ಲ! ಒಟಿಜಿ ಅಡಾಪ್ಟರಾಗಲೀ ಕಂಪ್ಯೂಟರಾಗಲಿ ಆ ತಕ್ಷಣಕ್ಕೆ ಸಿಗುವುದು ಸಾಧ್ಯವಿರಲಿಲ್ಲ! ಈ ಪೆನ್ ಡ್ರೈವ್ ಒಂದು ಗಟ್ಟಿ ಕವರಿನಲ್ಲಿ, ಸ್ಟೀಲ್ ಅಲ್ಮೈರಾದಲ್ಲಿ ಇಟ್ಟಿದ್ದಾರೆ... ಅಂದರೆ ಅದರಲ್ಲಿ ಯಾವುದೋ ರಹಸ್ಯ ಅಡಗಿರಲೇಬೇಕು! ಅದನ್ನು ಇಲ್ಲಿ ನೋಡುವುದು ಸಾಧ್ಯವಿಲ್ಲ!

ಬಹುಶಃ ಇದೇ ಯಶವಂತರಾಯರ ಕೊಲೆಯ ರಹಸ್ಯ ಬಿಡಿಸುವ ಮುಖ್ಯ ಸಾಧನವಾಗಬಹುದೆ? ವಿಕ್ರಮ್ ಯೋಚಿಸುತ್ತಾ ಪೆನ್‌ಡ್ರೈವ್ ಜರ್ಕಿನ್ ಜೇಬಿಗೆ ವರ್ಗಾಯಿಸಿದ. ಕಂದು ಬಣ್ಣದ ಕವರನ್ನು ಸ್ವಸ್ಥಾನದಲ್ಲಿರಿಸಿದ. ನಂತರ ಮನೆಯ ಒಳಗಿನ ಭಾಗಗಳನ್ನು ಪರೀಕ್ಷಿಸಿ ನೋಡಿದ.

ಮನೆಯೊಳಗೆ ಅತಿ ಹೆಚ್ಚಿಗೆ ಮತ್ತು ಬೆಲೆ ಬಾಳುವ ವಸ್ತುಗಳೇನೂ ಇಲ್ಲದಿದ್ದರೂ ಇಬ್ಬರು ವಾಸ ಮಾಡಲು ಅಗತ್ಯವಾಗುವಷ್ಟು ಪಾತ್ರೆ, ದಿನಸಿ ಮುಂತಾದುವು ಇದ್ದವು. ಬೀರುವಿನಲ್ಲಿ ಹೆಂಗಸು ಮತ್ತು ಗಂಡಸಿನ ಉಡುಪಿದ್ದುದನ್ನು ವಿಕ್ರಮ್ ಗಮನಿಸಿದ್ದ. ಅಂದರೆ ಇಲ್ಲಿ ವಾಸವಾಗಿರುವವರು ಯಾರು? ಒಂದಂತೂ ಮುನಿಯಪ್ಪ! ಹೆಂಗಸು? ಯಾರಾಕೆ? ಕೆ.ಜಿ ಹಳ್ಳಿಯ ಅಗಸ ಮುನಿಯಪ್ಪನ ಜೊತೆ ವಾಸವಾಗಿರುವವಳು ಯಾರು? ಮನೆಯ ಒಪ್ಪ, ಓರಣ ಅಷ್ಟೇನೂ ಚೆನ್ನಾಗಿರಲಿಲ್ಲ. ತನ್ನ ಕೆಲಸ ಇಲ್ಲಿಗೆ ಮುಗಿಯಿತು, ಇನ್ನು ತಾನು ಇಲ್ಲಿರುವುದು ಅನವಶ್ಯಕ ಎಂದು ವಿಕ್ರಮ್ ಮೆಲ್ಲನೆ ಬಂದ ರೀತಿಯಲ್ಲೇ ಮನೆಯಿಂದ ಆಚೆ ಹೋಗಲು ಅನುವಾದ.

ತಾನು ಆ ಮನೆಗೆ ಬಂದ ವಿಷಯ ಮನೆಯಾತನಿಗೆ ತಿಳಿಯದಿರಲು ಸಾಧ್ಯವಾದಷ್ಟು ಮಟ್ಟಿಗೆ ಶ್ರಮಿಸಿದ. ಯಾವ ಗುರುತೂ ಉಳಿಯಬಾರದು. ವಸ್ತುಗಳ್ಯಾವುವೂ ಸ್ಥಳ ಬದಲಿಸಬಾರದು. ಆದರೆ ಹಾಗೆ ಮಾಡುವುದು ಬಹಳ ಕಷ್ಟ ಎಂದೂ ಬಲ್ಲ ವಿಕ್ರಮ್. ಅದಕ್ಕೆ ಸಾಕಷ್ಟು ಎಚ್ಚರ ವಹಿಸಿ ಸಮಾಧಾನವಾದ ಮೇಲೆ ವಿಕ್ರಮ್ ಮನೆಯ ಬೀಗ ಹಾಕಿ ಈಚೆ ಬಂದು, ಅತ್ತಿತ್ತ ನೋಡುತ್ತಾ ತನ್ನ ಕೆಲಸವನ್ನು ಯಾರೂ ಗಮನಿಸಿಲ್ಲ ಎನ್ನುವುದನ್ನು ಖಚಿತಪಡಿಸಿಕೊಂಡು ಮೆಲ್ಲನೆ ನಡೆಯುತ್ತಾ ಜೀಪಿನ ಬಳಿ ಬಂದ.

"ಹೇಗಾಯ್ತು ಬಾಸ್?"

ಶರತ್ ಕುತೂಹಲದಿಂದ ಪ್ರಶ್ನಿಸಿದ.

"ನೋ ಪ್ರಾಬ್ಲಮ್. ಲೆಟ್ ಅಸ್ ಗೋ"

ವಿಕ್ರಮ್ ಅವಸರಿಸಿದ.

"ಇವತ್ತು ರಾತ್ರಿಯೆಲ್ಲಾ ಇಲ್ಲೇ ಇರಬೇಕೂಂತ ಹೇಳಿದ್ದಿರಿ?"

"ಓ... ಸಾರಿ, ವಿಷಯ ಮರೆತಿದ್ದೆ. ಹೌದು ಶರತ್. ನೀನು ಇಲ್ಲೇ ಇರಬೇಕು. ನಾನು ಪ್ರವೇಶಿಸಿದ ಮನೆಗೆ ಯಾರು ಬರ್ತಾರೆ ನೋಡ್ಕೊಂಡು ನಂತರ ವಾಪಸ್ಸಾಗು".

"ಬಂದವನ್ನ ಗುರುತಿಸೋದು ಹೇಗೆ? ಹೊಸಬನಾಗಿದ್ದರೆ?"

"ಶರತ್, ನಿನಗೆ ಅವನನ್ನು ಗುರುತಿಸೋಕೆ ಒಂದಿಷ್ಟೂ ಕಷ್ಟ ಆಗೋಲ್ಲ ಯಾಕೆಂದರೆ ಬರೋ ಅಂತವನು ನಮಗೆ ಗೊತ್ತಿರೋನೆ. ಕೆಲವು ಗಂಟೆಗಳ ಮುಂಚೆ ಅವನ್ನ ನಾವು ನೋಡಿದೀವಿ?"

"ಯಾರು ಬಾಸ್? ಯಾರವನು?"

"ಅಗಸ ಮುನಿಯಪ್ಪ!"

ವಿಕ್ರಮ್ ಮೆಲು ದನಿಯಲ್ಲಿ ಹೇಳಿದ.

"ಮುನಿಯಪ್ಪ?! ಈ ಮನೇಗೇ?!"

ಶರತ್ ಉದ್ಗರಿಸಿದ.

"ಎಸ್..ಇದು ನನ್ನ ಗೆಸ್‌ವರ್ಕ್! ಆದ್ರೆ ಕನ್ಫರ್ಮ್ ಮಾಡ್ಕೋಬೇಕು"

***

ಅವನು ಅಕ್ಷರಶಃ ತೂರಾಡುತ್ತಿದ್ದ. ಕುಡಿದದ್ದು ಹೆಚ್ಚಾಗಿತ್ತು ಹೆಜ್ಜೆಗಳು ಅಸ್ಥಿರವಾಗಿದ್ದುವು. ಅವನು ಯಾವ ಕ್ಷಣದಲ್ಲಾದರೂ ಬಿಟ್ಟುಬಿಡಬಹುದು ಎನ್ನುವುದು ಅವನ ನಡಿಗೆ ಸೂಚಿಸುತ್ತಿತ್ತು. ಆತ ಮುಂದೆ ನಾಲ್ಕು ಹೆಜ್ಜೆ ಮುಂದಿಟ್ಟಾಗ ಆಟೋದವನು ಕರೆದು ಕೇಳಿದ.

"ದುಡ್ಡು ಯಾರ್ ಕೊಡ್ತಾರೆ? ನಿಮ್ಮಪ್ಪನಾ?"

"ನಮ್ಮಪ್ಪ ಯಾಕಣ್ಣ? ನಾನಿಲ್ವಾ? ತಗೋ ನಿನ್ನ ದುಡ್ಡು"

ತೂರಾಡುತ್ತಿದ್ದವನು ಜೇಬಿಗೆ ಕೈ ಹಾಕಿ ಕೈಗೆ ಬಂದಷ್ಟು ದುಡ್ಡನ್ನು ಆಟೋದವನ ಕಡೆಗೆ ಚಾಚಿದ. ಆಟೋದವನು ಅದನ್ನು ಕೈಗೆ ಪಡೆಯುವ ಮುಂಚೆ ಐನೂರರ ನೋಟು ಕೆಳಗೆ ಬಿತ್ತು.

"ತತ್ ಕುಡುಕ ನನ್ಮಕ್ಕಳ ಸವಾಸ"

ಆಟೋ ಚಾಲಕ ಶಪಿಸಿ ಕೆಳಗೆ ಬಾಗಿ ನೋಟನ್ನು ಕೈಗೆತ್ತಿಕೊಂಡ.

"ಬೈಬೇಡ ಕಣಣ್ಣ ದುಡ್ಡು ಕೊಟ್ಟಿದೀನೋ ಇಲ್ವಾ? ಸುಮ್ಕೆ ಬಾಯಿ ಮುಚ್ಕೊಂಡು ಹೋಗ್ತಾ ಇರು. ನಿನ್ನ ದಾರಿ ನಿಂಗೆ ನನ್ ದಾರಿ ನನಗೆ" ಎಂದು ನಗುತ್ತಾ ನನ್ನ ನಡಿಗೆಯನ್ನು ಮುಂದುವರಿಸಿದ.

ಹೇಗೋ ನಡೆದು ಮನೆಯ ಬಾಗಿಲ ಮುಂದೆ ನಿಂತು ಜೇಬಿಂದ ಬೀಗದ ಕೈಯನ್ನು ತೆಗೆಯಲು ಒದ್ದಾಡಿದ. ಅವನ ಆ ಸ್ಥಿತಿಯಲ್ಲಿ ಜೇಬಿನಿಂದ ಬೀಗದ ಕೈ ತೆಗೆಯುವುದು ಕಷ್ಟವಾಗಿತ್ತು.

"ಥೂ ಎಷ್ಟು ಕಾಟ ಕೊಡುತ್ತಾರೆ?" ಯಾರನ್ನು ಶಪಿಸಿದ ಕೊನೆಗೆ ಬೀಗದ ಕೈ ಈಚೆ ಬಂತು. ಅದನ್ನು ಡೋರ್ ಲಾಕಿನ ರಂಧ್ರದಲ್ಲಿ ತೂರಿಸಿ ತಿರುಗಿಸಲು ಪ್ರಯತ್ನಿಸಿದ. ಆ ಸ್ಥಿತಿಯಲ್ಲಿ ಡೋರ್ ಲಾಕ್ ಓಪನ್ ಮಾಡುವುದು ಶ್ರಮದ ದೊಡ್ಡ ಕೆಲಸದಂತೆ ಕಂಡಿತು. ಕೊನೆಗೂ ಡೋರ್ಲಾಕ್ ತೆಗೆದು ಬಾಗಿಲನ್ನು ಮುಂದೆ

ದೂಡುವಲ್ಲಿ ಆತ ಸಫಲನಾಗಿದ್ದ.

"ನಾನ್ಯಾವತ್ತು ಸೋತಿಲ್ಲ, ಸೋಲು ನನಗೆ ಇಲ್ಲವೇ ಇಲ್ಲ"

ಅದೇ ಅಸ್ಥಿರತೆಯಿಂದ ಮನೆಯೊಳಗೆ ಬಂದು ಬಾಗಿಲನ್ನು ತಳ್ಳಿ ಚಿಲಕ ಹಾಕಿ ನೇರವಾಗಿ ರೂಮಿನೊಳಗೆ ಪ್ರವೇಶಿಸಿ ಹಾಸಿಗೆ ಮೇಲೆ ದೊಪ್ಪನೆ ಬಿದ್ದ! ಕೆಲವೇ ಕ್ಷಣಗಳಲ್ಲಿ ಸೂರ್ ಹಾರುವಂತೆ ಗೊರಕೆ ಹೊಡೆಯತೊಡಗಿದ.

ಕೆಲವು ಗಂಟೆಗಳ ನಂತರ ಎಚ್ಚರವಾಗಿತ್ತು. ಗಂಟಲು ಒಣಗಿತ್ತು. ಎದ್ದುಹೋಗಿ ಟೀಪಾಯ್ ಮೇಲಿದ್ದ ನೀರಿನ ಬಾಟಲ್ ಎತ್ತಿಕೊಂಡು ಗಟಗಟನೆ ನೀರು ಕುಡಿದ.

ರಾತ್ರಿ ಕುಡಿದದ್ದು ಜಾಸ್ತಿಯಾಯಿತು. ತಿಂದಿದ್ದು ಅಷ್ಟೇ! ನೀರುಕುಡಿಯುತ್ತಲೇ ಗಂಟಲಿಂದ ಕಮರು ತೇಗು! ನಾನೇನು ತಿಂದಿದ್ದೆ ಮತ್ತೆ ನೆನಪು ಮಾಡಿಕೊಳ್ಳಲು ಪ್ರಯತ್ನಿಸಿದ. ಹಾ ಬಿರಿಯಾನಿ, ಕಬಾಬ್! ಅದಕ್ಕೂ ಮುಂಚೆ ವಿಸ್ಕಿ ಜೊತೆ ಚಿಪ್ಸ್, ಖಾರದ ಕಡ್ಲೆಕಾಯಿಬೀಜ! ಎಲ್ಲ ಸೇರ್ಕೊಂಡು ಎತ್ತಿ ಹಾಕಿದೆ. ನಾನು ಅಷ್ಟೊಂದು ಕುಡಿಯ ಬಾರದಿತ್ತು. ಗೋಡೆ ಗಡಿಯಾರದ ಮೇಲೆ ಸಮಯ ಒಂದು ಗಂಟೆಯನ್ನು ಸೂಚಿಸುತ್ತಿತ್ತು. ಹೊಟ್ಟೆಯುಬ್ಬರಿಸಿದಂತಾಯಿತು. ಇನ್ನು ಸ್ವಲ್ಪಹೊತ್ತು ಮಲಗಿದರೆ ಸರಿಯಾಗಬಹುದು ಎಂದು ಆತ ಮತ್ತೆ ಹಾಸಿಗೆಯ ಮೇಲುರುಳಿದ.

ಕುಡಿದಿದ್ದರ ಪ್ರಭಾವವೋ ಏನೋ ಅಥವಾ ಅವನ ಹೊಟ್ಟೆಯಲ್ಲಿ ತಾಳಮದ್ದಲೆ ಹಾಕುತ್ತಿದ್ದ ತಿನಿಸುಗಳು ಅವನನ್ನು ಆಗಾಗಿ ತೇಗುವಂತೆ ಮಾಡುತ್ತಾ, ಹೊಟ್ಟೆ ನೋವಿನಿಂದ ನರಳುವಂತೆ ಮಾಡಿದ್ದವು.

ಸಮಯ ಸರಿಯುತ್ತ ಕುಡಿದ ಅಮಲು ಸ್ವಲ್ಪ ಸ್ವಲ್ಪವಾಗಿ ಕಡಿಮೆಯಾಗುತ್ತಿತ್ತು . ಆಗಲೇ ಅವನಿಗೆ ಏನೋ ಒಂದು ರೀತಿಯ ಭಾವನೆ ಕಾಡಲಾರಂಭಿಸಿತು. ಬಾರಿನಲ್ಲಿ ತನ್ನನ್ನು ಯಾರೋ ಗಮನಿಸುತ್ತಿದ್ದರು! ಅಥವಾ ಅದು ತನ್ನ ಭ್ರಮೆಯೋ ? ಆ ಭಾವನೆ ಮತ್ತೆ ಮತ್ತೆ ಮರುಕಳಿಸಿತು. ಅದರ ಜೊತೆಗೆ ಇನ್ನೂ ಒಂದು ಅನುಮಾನ ಶುರುವಾಯಿತು. ತಾನಿಲ್ಲದ ವೇಳೆಯಲ್ಲಿ ಯಾರೋ ಮನೆಗೆ ಬಂದಿರಬಹುದೆ? ಅದು ಯಾರಿರಬಹುದು? ಆ ಪತ್ತೆದಾರರು ಏನಾದರೂ ನನ್ನ ಹಿಂದೆ ಬಿದ್ದಿದ್ದಾರೆಯೆ? ಆಗ, ನಾನು ಬಂದಾಗ ಡೋರ್ಲಾಕ್ ತೆಗೆಯಲು ಶ್ರಮ ಪಟ್ಟಿದ್ದು ನೆನಪಾಯಿತು. ಎಂದೂ ತಾನು, ಎಷ್ಟೇ ಕುಡಿದಿದ್ದರೂ ಡೋರ್ಲಾಕ್ ತೆಗೆಯಲು ಅಷ್ಟೊಂದು ಕಷ್ಟಪಟ್ಟಿರಲಿಲ್ಲ!. ಇವತ್ತೇಕೆ ಹಾಗಾಯಿತು? ಯಾರಾದರೂ ನಕಲಿ ಕೀ ಬಳಸಿ ಮನೆಯನ್ನು ಪ್ರವೇಶಿಸುಸುವಾಗ ಲಾಕ್ ಕೆಟ್ಟಿದೆಯೆ? ಯಾರೋ ಡೋರ್ಲಾಕನ್ನು ಓಪನ್ ಮಾಡಲೆತ್ನಿಸಿದ್ದಾರೆ! ಅದಕ್ಕೇ ಅದು ಒರಿಜಿನಲ್ ಕೀಲಿಗೂ ತಕರಾರು ಮಾಡಿದೆ ಎನ್ನುವುದು ಸ್ಪಷ್ಟವಾಯಿತು.

ಇದೆಲ್ಲಾ ಮನಸ್ಸಿಗೆ ಬರುತ್ತಲೇ ಅವನಿಗೆ ಗಾಬರಿಯಾಯಿತು. ಖಂಡಿತವಾಗಿಯೂ ಆ ಇಬ್ಬರೂ ಪತ್ತೇದಾರರಲ್ಲಿ ಒಬ್ಬರು ತನ್ನ ಮನೆಗೆ ಬಂದಿದ್ದಾರೆ. ಬಂದು ಇಲ್ಲಿ ಹುಡುಕಿದ್ದಾರೆ. ಅವರಿಗೆ ಏನು ಸಿಕ್ಕಿರಬಹುದು? ಅವರಿಗೆ ಬೇಕಾದಂತಹ ಒಂದೇ ವಸ್ತು! ಅದಿರುವುದು ಬೀರುವಿನಲ್ಲಿ! ಯೋಚನೆ ಬರುತ್ತದೆ ಅವನು ನೇರ ಕಬ್ಬಿಣದ ಅಲ್ಮೈರಾ ಬಳಿ ಧಾವಿಸಿದ.

ಆಚೆ ಬೀಟ್ ಪೊಲೀಸ್ ವಿಷಲ್ ಕೇಳಿಸಿತು. ತಕ್ಷಣವೇ ಗಾಬರಿಯಾಯಿತು. ಲೈಟ್ ಆರಿಸಿ ತಟಸ್ಥನಾದ. ಮರುಕ್ಷಣವೇ ತನ್ನನ್ನು ತಾನು ಪ್ರಶ್ನಿಸಿಕೊಂಡ. ನಾನೇಕೆ ಅಷ್ಟೊಂದು ಹೆದರಿದೆ? ಲೈಟ್ ಇದ್ದ ಮಾತ್ರಕ್ಕೆ ಆ ಬೀಟ್ ಪೊಲೀಸ್ ಇಲ್ಲಿಗೆ ಬರ್ತಿರಲಿಲ್ಲ. ಆದರೆ ಹೆದರಿದೆ. ಹೇಗೂ ಲೈಟ್ ಆರಿಸಿಯಾಗಿತ್ತು. ಬೀಟ್ ಪೋಲಿಸನ ವಿಷಲ್ ಶಬ್ದವನ್ನು ಅಲಿಸುತ್ತಾ ಆತ ಕೆಲವು ನಿಮಿಷಗಳು ನಿಂತಲ್ಲಿಯೇ ನಿಂತಿದ್ದ. ವಿಷಲ್ ಶಬ್ದ ಕ್ಷೀಣವಾಗುತ್ತಲೆ ಆತ ಮತ್ತೆ ಬೀರುವಿನ ಬಳಿಸಾರಿ ರೂಮಿನ ಲೈಟ್ ಆನ್ ಮಾಡಿದ.

ನೇರ ಅಡಿಗೆಮನೆಗೆ ತೆರಳಿ. ಅಲ್ಲಿ ಒಂದು ಡಬ್ಬಿಯಲ್ಲಿ ರಹಸ್ಯವಾಗಿ ಇಟ್ಟಿದ್ದ ಬೀರುವಿನ ಬೀಗದ ಕೈಯನ್ನು ತೆಗೆದುಕೊಂಡು ಬಂದು ಮತ್ತೆ ಬೀರು ಬಳಿ ಬಂದು ಅದನ್ನು ತೆಗೆಯಲು ಪ್ರಯತ್ನಿಸಿದ. ಬೀರು ತೆಗೆಯಲು ತಕರಾರು ಮಾಡಿತು. ಅವನಿಗೆ ತಾನು ಡೋರ್ ಲಾಕ್ ತೆಗೆಯುವಾಗ ಆದ ಅನುಭವ ನೆನಪಾಯಿತು. ಯಾರೋ ಬೀರುವಿನ ಲಾಕ್ ಕೂಡ ಮೆಡಲ್ ಮಾಡಿದ್ದಾರೆ. ಬೀರು ತೆಗೆಯಲು ನಕಲಿ ಕೀ ಬಳಸಿದ್ದಾರೆ! ಈಗ ಈ ಕೀಗೆ ಬೀರು ತೆಗೆಯದಿದ್ದರೆ ಏನು ಮಾಡಲಿ? ಅವನ ಹಣೆಯಲ್ಲಿ ಬೆವರ ಹನಿಗಳು ಮೂಡಿದವು. ಮತ್ತೆ ಬೀಗದ ಕೈಯೊಂದಿಗೆ ಬೀರುವಿನ ಜೊತೆ ಸೆಣಸಾಟ ನಡೆಸಿದರು. ಪರಿಣಾಮ ಶೂನ್ಯ! ಬೀರುವಿನ ಬೀಗ ತೆಗೆಯದಿದ್ದರೆ ಬೀಗವನ್ನೇ ಒಡೆಯಬೇಕು. ಅದು ಮಾಡಲು ಹೋದರೆ ವಿಪರೀತ ಶಬ್ದವಾಗಿ ಅಕ್ಕಪಕ್ಕದವರಿಗೆ ಅನುಮಾನ ಬರುತ್ತದೆ. ಇಲ್ಲವಾದರೆ ಬೆಳಗಿನವರೆಗೂ ಕಾದು ಬೀಗ ತೆಗೆಯುವವರನ್ನು ಕರೆದುಕೊಂಡು ಬಂದು ಬೀರುವಿನ ಬೀಗ ತೆಗೆಯಬೇಕು. ಅಷ್ಟು ಸಮಯ ಈಗ ಇಲ್ಲ! ಒಂದಂತೂ ಸ್ಪಷ್ಟವಾಗಿದೆ. ಈ ಬೀರುವನ್ನು ಯಾರೋ ತೆಗೆದಿದ್ದಾರೆ! ಒಳಗಿನ ಲಾಕರ್ ಕೂಡ ತೆಗೆದು ಅದರೊಳಗಿರುವ ಕವರನ್ನು ತೆಗೆದುಕೊಂಡು ಹೋಗಿರುವ ಸಾಧ್ಯತೆ ಇದೆ!

ರಾತ್ರಿ ಕುಡಿದು ಮೋಜು ಮಾಡಿದ್ದೆಲ್ಲ ಜರ್ರನೆ ಇಳಿದು ಹೋಯಿತು. ಹಣೆ, ಕುತ್ತಿಗೆ, ಎದೆಯಲ್ಲಿ ಹರಿದ ಬೆವರಿನಿಂದ ಅವನ ಉಡುಪೆಲ್ಲ ತೋಯ್ದು ಹೋಯಿತು! ಕೋಪ ನೆತ್ತಿಗೇರಿ ಬೀರುವನ್ನು ಕಾಲಿನಿಂದ ಜೋರಾಗಿ ಒದ್ದ! ಸ್ಟೀಲ್ ಬೀರು ಅವನು ಒದೆದಿದ್ದಕ್ಕೆ ವಿಪರೀತ ಶಬ್ದ ಮಾಡಿತು! ಆ ಶಬ್ದಕ್ಕೆ ಸ್ವತಹ ಅವನೇ ಬೆಚ್ಚಿದ.

ಈ ಶಬ್ದಕ್ಕೆ ಸುತ್ತಮುತ್ತ ಜನರು ಸುಮ್ಮನಿರುತ್ತಾರೆಯೇ? ಏನೋ ಅನಾಹುತವಾಗಿದೆಯೆಂದು ಹುಡುಕಿಕೊಂಡು ಬರಬಹುದು. ನಾನು ತಪ್ಪು ಮಾಡಿದೆ. ಅವನು ಪರಿತಪಿಸುತ್ತಿರುವಾಗಲೇ ಅಚ್ಚರಿ ಎನ್ನುವಂತೆ ಬೀರುವಿನ ಬೀಗದ ಕೈ ಸರಾಗವಾಗಿ ತಿರುಗಿ ಬೀರು ಬೀಗ ತೆರೆಯಿತು! ಆತನಿಗೆ ಪರಮಾಶ್ಚರ್ಯವಾಯಿತು! ಅಂತೂ ಹೇಗೋ ಬೀರು ತೆಗೆಯಲು ಸಾಧ್ಯವಾಯಿತಲ್ಲ ಇನ್ನು ಉಳಿದದ್ದು ಲಾಕರ್ ತೆಗೆಯುವುದು. ಲಾಕರ್‌ನ ಬೀಗದ ಕೈ ತೂರಿಸಿ ಪ್ರಯತ್ನಿಸಿದಾಗ ಅದು ಸಲೀಸಾಗಿ ತೆರೆಯಿತು. ಓ ದೇವರೇ ನೀನು ನನ್ನ ಕೈ ಬಿಡಲಿಲ್ಲ! ಎಲ್ಲರೂ ದೇವರನ್ನು ಗಟ್ಟಿಯಾಗಿ ಹಿಡಿದಿರುತ್ತಾರೆ! ಅವರು ಕಳ್ಳರು, ಸುಳ್ಳರು, ಕೊಲೆಗಡುಕರು, ಮೋಸಗಾರರು ಯಾರಾದರೂ ಸರಿ! ಎಲ್ಲರಿಗೂ ದೇವರು ಬೇಕು. ಎಲ್ಲರಿಗೂ ಅವರವರ ಕೆಲಸದಲ್ಲಿ ಸಹಾಯ ಮಾಡಬೇಕು ಎಂದೇ ನಿರೀಕ್ಷಿಸುತ್ತಾರೆ! ಜಗತ್ತಿನ ಪರಮಾಶ್ಚರ್ಯಗಳಲ್ಲಿ ಇದೂ ಒಂದು!!

ಆತುರದಿಂದ ಅವನು ಲಾಕರಿನಿಂದ ಕಂದುಬಣ್ಣದ ಕವರನ್ನು ಈಚೆ ತೆಗೆದುಕೊಂಡ. ಅದರಲ್ಲಿ ಪೆನ್ ಡ್ರೈವ್ ಇರುವಹಾಗೆ ಭಾಸವಾಯಿತು! ಅಂದರೆ ತಾನು ಈವರೆಗೆ ಅನುಭವಿಸಿದ ತಾಪತ್ರಯಗಳೆಲ್ಲಾ ತಾನು ಮಿತಿಮೀರಿ ಕುಡಿದಿದ್ದರ ಫಲ. ಹಾಗಾದರೆ ಈ ಮನೆಯೊಳಗೆ ಯಾರೋ ಬಂದಿಲ್ಲವೇ?

ಅವನು ಕವರಿನೊಳಗೆ ಪೆನ್‌ಡ್ರ್ಯವಿನಂತೆ ಇದ್ದ ವಸ್ತುವನ್ನು ತೆಗೆದು ನೋಡಿದ. ಕೆಲವು ಕ್ಷಣಗಳ ಹಿಂದೆ ಅವನು ಮಾಡಿದ್ದ ನಿರೀಕ್ಷೆಗಳೆಲ್ಲಾ ತಲೆಕೆಳಗಾಗಿದ್ದವು! ಕೈಗೆ ಬಂದಿದ್ದು ಒಂದು ಮೌತ್ ಫ್ರೆಶ್ನರ್ ಟ್ಯಾಬ್ಲೆಟ್! ಅದನ್ನು ನೋಡುತ್ತಲೇ ಅವನಿಗೆ ಕಾಲ ಕೆಳಗಿನ ನೆಲ ಕುಸಿದ ಅನುಭವವಾಯಿತು!! ಹತಾಶನಾಗಿ ಹತ್ತಿರದಲ್ಲಿದ್ದ ಕುರ್ಚಿಯ ಮೇಲೆ ಕುಸಿದು ಕುಳಿತ! ತಲೆಯಮೇಲೆ ಕೈಹೊತ್ತು ಈಗ ತಾನು ಮಾಡಬೇಕಾದದ್ದು ಏನು ಎಂದು ಯೋಚಿಸಿದ!

ಏನೇ ಮಾಡಿದರು ಬೇಗನೆ ಮಾಡಬೇಕು. ಸಮಯ ಮಿಂಚಿ ಹೋಗುತ್ತಿದೆ! ಈ ತಕ್ಷಣವೇ ನಾನು ಕಾರ್ಯಪ್ರವೃತ್ತರಾಗಬೇಕು. ಯೋಚನೆ ಬರುತ್ತಲೇ ಅವನು ಮೊಬೈಲನ್ನು ಕೈಗೆ ಹಿಡಿದುಕೊಂಡು ಯಾವುದೋ ನಂಬರ್ ರಿಂಗ್ ಮಾಡಿದ. ಯಾರು ಫೋನನ್ನು ರಿಸೀವ್ ಮಾಡಲಿಲ್ಲ!

"ತತ್.." ಎಂದು ಅವನು ಯಾರನ್ನೋ ಶಪಿಸಿದ!

***

ತನ್ನ ಆಫೀಸು ಸೇರಿದ ವಿಕ್ರಮ್ ಲ್ಯಾಪ್ಟಾಪು ಸ್ವಿಚ್ ಆನ್ ಮಾಡಿದ. ಸ್ಕ್ರೀನ್ ಬೇಗನೆ ಮೂಡಿತು. ಆದರೆ ಅಷ್ಟೇ ಬೇಗನೆ ಸ್ಕ್ರೀನಿನ ಲಾಗಿನ್ ಪಾಸ್‌ವರ್ಡ್ ಮೂಡಲಿಲ್ಲ! ಅದು ಬರುವುದು ನಿಧಾನವಾದುದಕ್ಕೆ ವಿಕ್ರಮ್ ಚಡಪಡಿಸಿದ.

ಕೊನೆಗೊಮ್ಮೆ ಸ್ಕ್ರೀನಿನ ಮೇಲೆ ಲಾಗಿನ್ ಪಾಸ್ವರ್ಡ್ ಅಕ್ಷರಗಳು ಮೂಡಿದವು. ಪಾಸ್‌ವರ್ಡ್ ಹಾಕಿ ಪೆನ್‌ಡ್ರೈವ್ ಕನೆಕ್ಟ್ ಮಾಡಿ ಓಪನ್ ಮಾಡಿದ.

ಇಪ್ಪತ್ತು ಫೋಟೋಗಳಿರುವ ಫೈಲುಗಳ ಹೆಸರುಗಳು ಸ್ಕ್ರೀನಿನ ಮೇಲೆ ಮೂಡಿದವು ಎಲ್ಲವೂ ಇಮೇಜ್ ಫೈಲುಗಳು! ಅಂದರೆ ಫೋಟೋಗಳು!! ಯಾರವು? ಅವು ಈ ಪೆನ್ ಡ್ರೈವಿನಲ್ಲಿ? ಕೆ.ಜಿ ಹಳ್ಳಿಯ ಅಗಸ ಮುನಿಯಪ್ಪ ಬೆಂಗಳೂರಿನ ಸೀಕ್ರೆಟ್ ಮನೆಯಲ್ಲಿ? ಎಷ್ಟು ಕಾಲದಿಂದ ಅಲ್ಲಿದ್ದಾನೆ? ಇಲ್ಲಿರುವುವು ಯಾರ ಫೋಟೋಗಳಿರಬಹುದು?

ಮೊದಲನೆಯ ಫೋಟೋ ತೆರೆಯಲು ಕಂಪ್ಯೂಟರ್ ಕೀಗಳನ್ನು ಒತ್ತಿ, ಸ್ಕ್ರೀನಿನ ಮೇಲೆ ಮೂಡಿದ ಫೋಟೋ ನೋಡಿ ವಿಕ್ರಮ್ ಬೆರಗಾದ!!

ಫೋಟೋದಲ್ಲಿದ್ದವರು ಯಶವಂತರಾಯರು ಮತ್ತು ಹೊನ್ನಿ!!

ಉತ್ಕಟ ಪ್ರಣಯ ಸನ್ನಿವೇಶಗಳಲ್ಲಿ!!!

ಅದು ಯಶವಂತರಾಯರೆ? ಒಂದು ಕ್ಷಣ ಅನುಮಾನ! ಕೆ.ಜಿ. ಹಳ್ಳಿಯ ಮನೆಯಲ್ಲಿ ನೋಡಿದ ಅವರ ಫೋಟೋ ನೆನಪು ಮಾಡಿಕೊಂಡ. ಅನುಮಾನ ಪರಿಹಾರವಾಯ್ತು. ಅದು ಯಶವಂತರಾಯರೆ! ಅನುಮಾನವೇ ಇಲ್ಲ. ಬಹಳ ಹಿಂದಿನ ಫೋಟೋ. ಸುಮಾರು ಹತ್ತು-ಹದಿನೈದು ವರ್ಷಗಳಷ್ಟು ಹಿಂದಿನದು. ಹೊನ್ನಿ ತುಂಬಾ ಚಿಕ್ಕವಳು. ಆಗ ತಾನೆ ಅವಳ ಮೈಯಲ್ಲಿ ಯೌವನ ಅರಳಿತ್ತು. ಯಶವಂತರಾಯರೂ ಸುಮಾರು ಐವತ್ತೈದರ ಅಂಚಿನಲ್ಲಿದ್ದಂತೆ ಕಂಡರು.

ವಿಕ್ರಮ್ ಉಳಿದ ಫೋಟೋಗಳನ್ನೂ ಒಂದೊಂದಾಗಿ ನೋಡಿದ.

ಎಲ್ಲ ಅಂತವೇ ಫೋಟೋಗಳು!

ಯಶವಂತರಾಯರು ಮತ್ತು ಹೊನ್ನಿಯ ವಿವಿಧ ಭಂಗಿಗಳ ಉತ್ಕಟ ಪ್ರಣಯ ಸನ್ನಿವೇಶಗಳು!

ವಿಕ್ರಮ್ ತಲೆ ಚುರುಕಾಗಿ ಓಡಿತು.

ಮುನಿಯಪ್ಪ ಯಶವಂತರಾಯರನ್ನ ಬ್ಲಾಕ್ ಮೈಲ್ ಮಾಡುತ್ತಿದ್ದ!! ಅದರಲ್ಲಿ ಸಂದೇಹವೇ ಇಲ್ಲ!! ಮುನಿಯಪ್ಪ ಯಶವಂತಪುರದಲ್ಲಿ ೫೨೦ನೇ ನಂಬರ್ ಔಟ್ ಹೌಸಿನ ಮನೆಯಲ್ಲಿ ಇರೋದು ಅವರಿಗೆ ಗೊತ್ತಿತ್ತು. ಬಹುಶಃ ನಿಯಮಿತವಾಗಿ ಅ ಮನೆಗೆ ಹೋಗಿ ಹಣ ಕೊಟ್ಟು ಬರುತ್ತಿದ್ದಿರಬಹುದೂಂತ ಕಾಣಿಸುತ್ತೆ.

ಆದರೆ ಈ ಫೋಟೋಗಳು ಮುನಿಯಪ್ಪನ ಕೈಗೆ ಹೇಗೆ ಬಂದವು? ಈ ಫೋಟೋಗಳನ್ನು ತೆಗೆದವರು ಯಾರು? ಈ ಕೆಲಸ ಹೊನ್ನಿಯ ಒಪ್ಪಿಗೆಯಿಲ್ಲದೆ ನಡೆದಿಲ್ಲ. ಆಕೆಯೂ ಈ ಸಂಚಿನಲ್ಲಿ ಸೇರಿರಬಹುದು! ಅಂದರೆ ಮುನಿಯಪ್ಪನಿಗೂ ಹೊನ್ನಿಗೂ ಯಾವುದೋ ರೀತಿಯ ಸಂಬಂಧ ಇರಬಹುದು! ಆದರೆ ಮುನಿಯಪ್ಪ

ಕೆ.ಜಿ. ಹಳ್ಳಿಗೆ ಹೊಸಬ. ಹೊನ್ನಿ ಮದುವೆಯಾಗಿ ಗಂಡನೊಂದಿಗೆ ಹೋಗಿದ್ದವಳು ವರ್ಷದ ಹಿಂದೆಯಷ್ಟೆ ಕೆ.ಜಿ. ಹಳ್ಳಿಗೆ ಹಿಂತಿರುಗಿದ್ದಳು. ಹೊನ್ನಿ ಮತ್ತು ಯಶವಂತರಾಯರ ಫೋಟೋಗಳು ಈ ಪೆನ್ ಡ್ರೈವಿನಲ್ಲಿರಬೇಕಾದರೆ ಹೊನ್ನಿಗೂ ಮುನಿಯಪ್ಪನಿಗೂ ಏನಾದರೂ ಒಂದು ಸಂಬಂಧ ಇರಬೇಕು! ಆ ಸಂಬಂಧ ಯಾವುದು?

ಮುನಿಯಪ್ಪ ಮತ್ತು ಹೊನ್ನಿಯರೇ ಸೇರಿ ಯಶವಂತರಾಯರನ್ನು ಬ್ಲಾಕ್ ಮೈಲ್ ಮಾಡುತ್ತಿದ್ದಿರಬಹುದೆ?. ಯಾವುದೋ ಹಂತದಲ್ಲಿ ಯಶವಂತರಾಯರು ಹಣ ಕೊಡಲು ನಿರಾಕರಿಸಿರುವರು!! ಆ ಸೇಡಿಗೆ ಯಶವಂತರಾಯರ ಕೊಲೆಯೇ!?

ವಿಕ್ರಮ್ ಪೆನ್‌ಡ್ರ್ಯವಿನ ಫೋಟೋಗಳಲ್ಲಿ ಕೆಲವನ್ನು ಪ್ರಿಂಟರಿನಲ್ಲಿ ಮುದ್ರಿಸಿದ. ಆ ಸಮಯಕ್ಕೆ ಮೊಬೈಲು ರಿಂಗಾಯಿತು. ವಿಕ್ರಮ್ ಪ್ರಿಂಟ್‌ಗಳನ್ನು ಟೇಬಲ್ ಮೇಲಿಟ್ಟು ಮೊಬೈಲು ಕಿವಿಗಿಟ್ಟುಕೊಂಡ.

"ಬಾಸ್, ಬಾಗಿಲು ತೆಗೀರಿ"

ಶರತ್ ಬಾಗಿಲು ತೆರೆದ.

ಆಚೆ ಶರತ್ ನಿಂತಿದ್ದ.

"ಬಾ... ಬಾ... ಯಶವಂತರಾಯರ ಕೊಲೆ ಕೇಸು. ಕೊನೆಗೂ ಸಾಲ್ವ್ ಆಗ್ತಿರೋ ಹಾಗಿದೆ"

ವಿಕ್ರಮ್ ತನ್ನ ಸೀಟಿನತ್ತ ನಡೆದ.

"ಒಳ್ಳೇದು ಸಾರ್. ಕೇಸ್ ಮುಗಿದರೆ ಒಂದಷ್ಟು ದಿವಸ ರಜಾ ಹಾಕಿ ಊರಿಗೆ ಹೋಗಬಹುದು"

ಶರತ್ ಖುಷಿಯನ್ನು ವ್ಯಕ್ತಪಡಿಸಿದ.

ಆಫೀಸಿನ ಗೋಡೆ ಗಡಿಯಾರ ಎರಡು ಗಂಟೆಯಾದುನ್ನು ಶಬ್ದ ಮಾಡಿ ಸೂಚಿಸಿತು.

"ಹೋದ ಕೆಲಸ ಏನಾಯಿತು?"

ವಿಕ್ರಮ್ ಕೇಳಿದ.

"ನಿಮ್ಮ ಮಾತು ನಿಜವಾಯಿತು. ಗಂಟೆ ಹಿಂದೆ ಮುನಿಯಪ್ಪ ಬಂದ. ನೀವು ಹೋಗಿದ್ದ ಮನೆ ಪ್ರವೇಶ ಮಾಡಿದ್ದು ಕನ್‌ಫರ್ಮ್ ಮಾಡ್ಕೊಂಡು ಬಂದೆ"

"ಗುಡ್, ಈ ಫೋಟೋಗಳನ್ನು ನೋಡು"

ವಿಕ್ರಮ್ ಫೋಟೋಗಳನ್ನು ಶರತ್‌ನತ್ತ ಚಾಚಿದ.

ಫೋಟೋಗಳನ್ನು ನೋಡಿ ಶರತ್ ಮೆಲ್ಲನೆ ಸಿಳ್ಳು ಹಾಕಿದ!

***

ಪತ್ತೇದಾರರಿಬ್ಬರೂ ಎದ್ದಾಗ ಆಚೆ ಬಿಸಿಲೇರಿತ್ತು.

ರಾತ್ರಿ ಬಹಳ ಹೊತ್ತು ಎಚ್ಚರದಿಂದ ಇದ್ದಿದ್ದರಿಂದ, ಇಬ್ಬರೂ ಬೆಳಿಗ್ಗೆ ಎಂಟು ಗಂಟೆಯವರೆಗೂ ಮೈ ತಿಳಿಯದೆ ಆಫೀಸಿನಲ್ಲೇ ನಿದ್ರಿಸಿದ್ದರು. ಇಂತಹ ಸಂದರ್ಭಗಳಲ್ಲಿ ಅನುಕೂಲವಾಗಲಿ ಎಂದು ಆಫೀಸಿನಲ್ಲಿಯೇ ಎರಡು ಸೋಫಾ ಕಮ್ ಬೆಡ್‌ಗಳನ್ನು ಆಫೀಸಿನ ಒಳಕೋಣೆಯಲ್ಲಿ ಸಿದ್ಧಪಡಿಸಿಕೊಂಡಿದ್ದ ವಿಕ್ರಮ್.

ಎಚ್ಚರವಾದ ಮೇಲೆ ಇಬ್ಬರೂ ಬೇಗನೆ ತಯಾರಾದರು. ಎದುರು ಹೋಟೆಲಿನಿಂದ ಕಾಫಿ ತರಿಸಿ ಕುಡಿದರು. ಹಿಂದಿನ ದಿನದ ಘಟನೆಗಳ ಪುನರಾವಲೋಕನವಾಯ್ತು.

"ಮುಂದಿನ ಕೆಲಸವೇನು ಬಾಸ್?"

"ಶರತ್, ಈ ತಕ್ಷಣವೇ ನೀನು ಕೆ.ಜಿ ಹಳ್ಳಿಗೆ ಹೋಗು. ಅಲ್ಲಿಗೆ ಯಾವ ಕ್ಷಣದಲ್ಲಾದರೂ ಮುನಿಯಪ್ಪ ಬರಬಹುದು. ಅಕಸ್ಮಾತ್ ಮುನಿಯಪ್ಪ ಅಲ್ಲಿಗೆ ಬರ್ಲಿಲಾಂತ ಇಟ್ಕೋ, ಹೊನ್ನೀನೇ ಅಲ್ಲಿಂದ ಹೊರಡಬಹುದು, ಅವಳು ಹೊರಟ ತಕ್ಷಣ ಇನ್ಸ್ಪೆಕ್ಟರ್ ದೀಪಕ್‌ಗೆ ಸುದ್ದಿ ತಿಳಿಸಿ 'ಯಶವಂತರಾಯರ ಕೊಲೆ ಕೇಸಲ್ಲಿ ಸಸ್ಪೆಕ್ಟ್ ಎಂದು' ಹೇಳಿ ಅರೆಸ್ಟ್ ಮಾಡಿಸು"

"ರೈಟ್ ಬಾಸ್. ನಾನು ಹೊರಡ್ತೀನಿ. ನೀವು?"

"ಇಲ್ಲಿ ನಾನು ಎರಡು ಮೂರು ಕೆಲಸಗಳನ್ನು ಮಾಡ್ಬೇಕು. ಜೊತೆಗೆ ಮುನಿಯಪ್ಪನ ಮೇಲೆ ಕಣ್ಣಿಡಬೇಕು. ಒಂದು ಸಮಯ ತನ್ನ ಬೀರುವಿನಿಂದ ಪೆನ್‌ಡ್ರೈವ್ ಮಿಸ್ ಆಗಿರೋದು ಅವನಿಗೆ ಗೊತ್ತಾದರೆ ಕಷ್ಟ. ಹಕ್ಕಿ ಹಾರಿ ಹೋಗಬಹುದು! ಆಗ ಬಹಳ ಹುಷಾರಾಗಿರಬೇಕು"

"ನೀವು ಯಾವಾಗ ಬರ್ತೀರ"

"ಹೇಳೋಕಾಗೊಲ್ಲ. ಯಾವ ಕ್ಷಣದಲ್ಲಾದರೂ ಬರ್ತೀನಿ. ಇನ್ನೂ ಒಂದೆರಡು ವಿಷಯ ಕನ್‌ಫರ್ಮ್ ಮಾಡ್ಕೋಬೇಕು"

"ಸರಿ ಬಾಸ್. ನಾನೀಗಲೇ ಕೆ.ಜಿ ಹಳ್ಳಿಗೆ ಹೊರಟೆ"

"ಗುಡ್. ಬಿ ಕೇರ್‌ಫುಲ್"

ಶರತ್ ತಲೆಯಾಡಿಸಿ ಹೊರಟ.

ಅವನು ಹೊರಟ ಹತ್ತು ನಿಮಿಷಗಳ ನಂತರ ಆಫೀಸಿನ ಬೀಗ ಹಾಕಿಕೊಂಡು ವಿಕ್ರಮ್ ಆಚೆ ಹೊರಟ.

ಸಮಯ ಹೆಚ್ಚಿಲ್ಲ ಎಂಬುದು ವಿಕ್ರಮ್ ತಿಳಿದಿದ್ದ. ತಾನೊಂದಿಷ್ಟು ತಡ ಮಾಡಿದರೂ ಮುನಿಯಪ್ಪ ಮತ್ತು ಹೊನ್ನಿ ಹಾರಿ ಹೋಗಬಹುದೆಂಬುದು ಅನುಮಾನ ಪ್ರಾರಂಭವಾಯ್ತು. ಆದರೆ, ತಕ್ಷಣವೇ ಅವರನ್ನು ಅರೆಸ್ಟ್

ಮಾಡಿಸಲೂ ಸಾಧ್ಯವಿರಲಿಲ್ಲ. ಪ್ಯಾಚ್ ಅಪ್ ಕೆಲಸ ಬಹಳ ಇತ್ತು. ಮೂರ್ತಿಗೂ ಯಶವಂತರಾಯರ ಕೊಲೆಗೂ ಒಂದಲ್ಲ ಒಂದು ರೀತಿಯಲ್ಲಿ ಸಂಬಂಧವಿದ್ದೇ ಇದೆ ಎನ್ನುವುದು ವಿಕ್ರಮ್‌ನ ಖಚಿತ ಅಭಿಪ್ರಾಯ. ಆದರೆ ಅದು ಹೇಗೆ? ಏನು? ಎಂಬುದು ಮಾತ್ರ ಗೊತ್ತಾಗಿರಲಿಲ್ಲ. ಇವತ್ತು ಸಾಯಂಕಾಲದೊಳಗೆ ಇಲ್ಲಿನ ಪ್ಯಾಚ್ ಅಪ್ ಕೆಲಸ ಮುಗಿಸಿ ಕೆ.ಜಿ ಹಳ್ಳಿಗೆ ಹೋಗಬೇಕು. ಚಾಣಕ್ಷತೆಯಿಂದ ಯಶವಂತರಾಯರ ಕೊಲೆ ಮಾಡಿ, ಶವವನ್ನೇ ಮಾಯ ಮಾಡಿದವರಿಗೆ ಯಾವ ಸುಳಿವೂ ಕೊಡದೆ ಬೆಂಗಳೂರಿಂದ ನುಣುಚಿಕೊಳ್ಳುವುದು ಕಷ್ಟವಲ್ಲ.

ವಿಕ್ರಮ್‌ನ ಜೀಪು ಹೊಗೆ ಕಾರಿತು.

ವಿಕ್ರಮ್ ಪ್ರಯಾಣಿಸುವಾಗ ತಲೆಯಲ್ಲಿ ನೂರು ತೆರನಾದ ಯೋಚನೆಗಳು. ಅವನ ಜೀಪಿಗೆ ತಾನು ಹೋಗಬೇಕಾದ ಜಾಗ ತಿಳಿದಿರುವಂತೆ ಇತ್ತು.

ಕೃಷ್ಣರಾಜಪುರಂ ರೈಲ್ವೆ ಸ್ಟೇಷನ್!

ವಿಕ್ರಮ್ ಅಲ್ಲಿಗೆ ಹೊರಟಿದ್ದ!

ಹೊನ್ನಿಯ ಗತಿಸಿದ ಗಂಡ ಅಲ್ಲಿ ಕೆಲಸ ಮಾಡುತ್ತಿದ್ದುದಾಗಿ ಹೊನ್ನಿ ತಿಳಿಸಿದ್ದಳು. ತನ್ನ ಗಂಡನ ಹೆಸರು ಹನುಮಯ್ಯ ಎಂದೂ ತಿಳಿಸಿದ್ದಳು.

ಅರೆ...ಮುನಿಯಪ್ಪನನ್ನು ಮರೆತೆನಲ್ಲಾ ಎನಿಸಿತು. ಜೀಪು ರಸ್ತೆ ಬದಿಯಲ್ಲಿ ನಿಲ್ಲಿಸಿ ಅಭ್ಯಾಸದಂತೆ ಸುತ್ತು ನೋಡಿದ.

ಅವನ ಬೆನ್ನ ಹಿಂದೆ ಯಾರೂ ಬಿದ್ದಿರಲಿಲ್ಲ. ಯಾರಿಗೂ ತನ್ನ ಮೇಲೆ ಅನುಮಾನವಿಲ್ಲ. ಯಾರೂ ತನ್ನನ್ನು ಫಾಲೋ ಮಾಡುತ್ತಿಲ್ಲ ಎನ್ನುವುದನ್ನು ಖಾತ್ರಿ ಮಾಡಿಕೊಂಡು ವಿಕ್ರಮ್, ಮೊಬೈಲು ಕೈಗೆತ್ತಿಕೊಂಡು ಯಾರದೋ ನಂಬರ್ ಹುಡುಕಿ ಫೋನಾಯಿಸಿದ.

“ಹಲೋ? ಪಾಲ್?”

“ಹೌದು ಪಾಲ್, ನೀವು ಯಾರು?”

“ನಾನು ವಿಕ್ರಮ್, ಏನ್ಮಾಡ್ತಾ ಇದೀಯ?”

“ಈಗ ತಾನೆ ಎದ್ದು ಆಕಳಿಸ್ತಾ ಕೂತಿದೀನಿ”

ಪಾಲ್ ಆಕಳಿಸುತ್ತಲೇ ಮಾತಾಡಿದಂತಿತ್ತು.

“ಮೊದ್ಲು ನಿದ್ರೆ ಮೂಡಿಂದ ಎಚ್ಚೆತ್ತುಕೋ. ನನ್ನದೊಂದಿಷ್ಟು ಕೆಲಸ ಮಾಡಿಕೊಡು. ತುಂಬಾ ಅರ್ಜೆಂಟು”

“ಓ.ಕೆ. ಹೇಳು”

“ಯಶವಂತಪುರದಲ್ಲಿ ಒಂದು ಮನೆ. ಅದರಲ್ಲಿ ನಮಗೆ ಬೇಕಾದ ಒಂದು ಪಾರ್ಟಿ ಇದೆ. ಅದು ತಪ್ಪಿಸ್ಕೊಂಡು ಆಚೆ ಹೋಗದ ಹಾಗೆ ನೋಡ್ಕೋ ಬೇಕು”

ವಿಕ್ರಮ್ ತನ್ನ ಗೆಳೆಯ, ಮತ್ತೊಂದು ಡಿಟೆಕ್ಟೀವ್ ಸಂಸ್ಥೆಯ ಪಾಲ್‌ಗ ವಿಷಯ ತಿಳಿಸಿದ. ಅವರ ವೃತ್ತಿಯಲ್ಲಿ ಅನಿವಾರ್ಯವಾದಾಗ ಒಬ್ಬರು ಇನ್ನೊಬ್ಬರ ಸಹಾಯ ಯಾಚಿಸುವುದು ಸಾಮಾನ್ಯವಾಗಿತ್ತು.

"ಓ.ಕೆ. ಒಂದ್ವೇಳೆ ಪಾರ್ಟಿ ಆಚೆ ಹೋದರೆ?"

ಪಾಲ್ ಸಂದೇಹವನ್ನು ಮುಂದಿಟ್ಟ.

"ಹಾಗೇನಾದರೂ ಆದರೆ ಅವನ್ನ ಫಾಲೋ ಮಾಡು. ಈ ಫೋನ್ ನಂಬರಿಗೆ ಆಗಿಂದಾಗ್ಗೆ ಸುದ್ದಿ ಕೊಡು. ಒಂದ್ವೇಳೆ ಅವನು ಊರು ಬಿಟ್ಟು ಹೋಗೋದಕ್ಕೆ ಪ್ರಯತ್ನಿಸಿದರೆ ಬಲವಂತವಾಗಿ ಒಂದು ರೂಮಲ್ಲಿ ಕೂಡಿಹಾಕು"

ರೈಟ್.. ಪಾರ್ಟಿ ಹೇಗಿದ್ದಾನೆ? ವಯಸ್ಸು? ವಿಳಾಸ?

"ಎಲ್ಲಾ ಡೀಟೈಲ್ಸ್ ನಿನ್ನ ಮೊಬೈಲಿಗೆ ಕಳಿಸ್ತೀನಿ..."

ವಿಕ್ರಮ್ ಮುನಿಯಪ್ಪನ ಫೋಟೋ, ವಿವರ, ವಿಳಾಸ ಮತ್ತು ಕೆ.ಜಿ ಹಳ್ಳಿಯಲ್ಲಿ ತನ್ನನ್ನು ಸಂಪರ್ಕಿಸಬೇಕಾದ ಫೋನ್ ನಂಬರ್ ಎಲ್ಲವನ್ನೂ ನೀಡಿದ. ಅಷ್ಟಾದ ಮೇಲೆ ಮುನಿಯಪ್ಪನನ್ನು ಮರೆತು ನಿಶ್ಚಿಂತೆಯಾಗಿ ಉಳಿದ ಕೆಲಸದ ಮೇಲೆ ಗಮನವಹಿಸಬಹುದೆಂದು ವಿಕ್ರಮ್‌ಗ ಸಮಾಧಾನವಾಯಿತು.

ಮತ್ತೆ ಜೀಪಿನ ಆಕ್ಸಿಲರೇಟರ್ ಮೇಲೆ ಒತ್ತಡ ಹಾಕಿ ಕೃಷ್ಣರಾಜಪುರದ ಕಡೆಗೆ ಪ್ರಯಾಣ ಬೆಳೆಸಿದ.

ಮುನಿಯಪ್ಪನನ್ನು ನೋಡಿಕೊಳ್ಳಲು ಪಾಲ್‌ನ ನೇಮಿಸಿದ್ದು, ಕೆ.ಜಿ. ಹಳ್ಳಿಗೆ ಶರತ್ ಕಳಿಸಿದ್ದು ಒಳ್ಳೆಯದಾಯಿತೆನಿಸಿತು.

***

ಕೆ.ಜಿ. ಹಳ್ಳಿಯಲ್ಲಿ ಯಶವಂತರಾಯರ ಮನೆಯ ಮುಂದೆ ವಿಕ್ರಮ್‌ನ ಜೀಪು ನಿಂತಾಗ ಸಂಜೆ ಆರುಗಂಟೆಯಾಗಿತ್ತು. ಎಷ್ಟೇ ಬೇಗ ಬೆಂಗಳೂರು ಬಿಡಬೇಕೆಂದರೂ ಸಹ ಆರು ಗಂಟೆಯಾಗಿತ್ತು. ಮೊದಲಿಗೆ ಕೃಷ್ಣರಾಜಪುರ ರೈಲ್ವೆ ನಿಲ್ದಾಣ. ನಂತರ ವಿಲ್ಸನ್ ಗಾರ್ಡನ್ ಕೇಂದ್ರೀಯ ದಾಖಲೆಗಳ ವಿಭಾಗ ಎಲ್ಲ ಕಡೆ ಸ್ವಲ್ಪ ಸ್ವಲ್ಪ ಸಮಯ ಕಳೆಯಲೇಬೇಕಾಗಿತ್ತು.

ಜೀಪ್ ನಿಲ್ಲಿಸಿ ಮೆಟ್ಟಿಲುಗಳನ್ನು ಹತ್ತುವಾಗಲೇ ರಾಮಣ್ಣ ಮನೆಯೊಳಗಿಂದ ಬಂದ. ಅವನ ಮುಖದ ಮೇಲಿನ ಆತಂಕ ಸ್ಪಷ್ಟವಾಗಿ ವ್ಯಕ್ತವಾಗುತ್ತಿತ್ತು.

"ಸಾರ್...ಹೊನ್ನಿ ಮಧ್ಯಾನ್ನ ಒಂದು ಗಂಟೆಯಿಂದ ಕಾಣಿಸ್ತಾ ಇಲ್ಲ..."

ಅವನು ಆತುರದಿಂದ ಹೇಳಿದ.

"ಶರತ್ ಎಲ್ಲಿ?"

"ಅವರೂ ಕೂಡ ಕಾಣಿಸ್ತಿಲ್ಲ"

"ಎಷ್ಟೊತ್ತಿಂದ?"

"ಮಧ್ಯಾನ್ಹ ಊಟವಾದ ಮೇಲೆ ಅವರನ್ನ ನೋಡಿಲ್ಲ"

***

ಕೆ.ಜಿ. ಹಳ್ಳಿಯಲ್ಲಿ ಮುನಿಯಪ್ಪನ ಮನೆ ಬಾಗಿಲಿಗೆ ಭದ್ರವಾದ ಬೀಗ ಹಾಕಿತ್ತು.

"ಮುನಿಯಪ್ಪ ಮನೇಲಿಲ್ಲವೆ?"

"ಇಲ್ಲ. ಬೀಗ ಹಾಕಿದೆ ಅಂದ್ಮೇಲೆ ಒಳಗಿಲ್ಲ"

ಪಕ್ಕದ ಮನೆಯವನು ಹೇಳಿದ.

"ಎಷ್ಟೊತ್ನಲ್ಲಿ ಆಚೆ ಹೋದ?"

"ನಾವು ನೋಡ್ಲಿಲ್ಲ"

"ರಾತ್ರಿ ಬಂದಾಗ ನೋಡಿದ್ರಾ?"

"ಇಲ್ಲ. ಬೆಳಗಿನ ಜಾವ ಯಾರೋ ಬಂದ ಹಾಗಿತ್ತು"

ಹಾಗಾದರೆ ಎಲ್ಲಿ ಏನು ನಡೆದಿರಬಹುದು? ಮುನಿಯಪ್ಪ ಕೆ.ಜಿ ಹಳ್ಳಿಯ ಮನೆಗೆ ಬಂದು ಹೋದನೆ? ಹಾಗಾದರೆ ಶರತ್ ಎಲ್ಲಿ? ಅವನ ನ್ನು ಹಿಂಬಾಲಿಸಿ ಹೋದನೆ? ಹಾಗಾದರೆ ಮುನಿಯಪ್ಪ ಇಲ್ಲಿಗೆ ಬಂದಿರಬಹುದು. ಜೊತೆಯಲ್ಲಿ ಹೊನ್ನಿಯನ್ನು ಕರೆದುಕೊಂಡು ಹೋಗಿರಬಹುದು! ತಾನು ತಪ್ಪು ಮಾಡಿದೆನೆ? ನೆನ್ನೆ ರಾತ್ರಿಯೇ ಮುನಿಯಪ್ಪನನ್ನು ಅರೆಸ್ಟ್ ಮಾಡಿಸಬೇಕಿತ್ತು! ಹಾಗೇ ಶರತ್ ಮೂಲಕ ಹೊನ್ನಿಯನ್ನೂ ಮನೆಯಿಂದ ಆಚೆ ಹೋಗದಂತೆ ತಡೆಯಬೇಕಾಗಿತ್ತು.

"ಇಲ್ಲಿಗೆ ಇನ್ಯಾರಾದ್ರೂ ಬಂದಿದ್ರಾ?"

"ಹೌದು ಒಬ್ಬರು ಬಂದಿದ್ದರು"

ಆತ ಶರತ್‌ನ ವಿವರಣೆ ನೀಡಿದ.

ಹಾಗಾದರೆ ಶರತ್ ಬಂದಿದ್ದ! ಇಲ್ಲಿಂದ ಮುಂದೆಲ್ಲಿಗೆ ಹೋದ?

"ಆಮೇಲೆ ಏನ್ಮಾಡಿದರು?"

"ಏನ್ಮಾಡಿದರು? ಎಲ್ಲಿ ಹೋದರೂಂತ ಗೊತ್ತಿಲ್ಲ ಸಾರ್. ಅವರು ಅಷ್ಟು ದೂರದಲ್ಲಿ ಬರ್ತಾ ಇದ್ದಾಗ್ಲೇ ನಾನು ಮನೆಯೊಳಕ್ಕೆ ಹೋದೆ"

ಅವನಿಂದ ತನಗೆ ಉಪಯೋಗವಾಗುವ ಇನ್ಯಾವ ಸಂಗತಿಯೂ ತಿಳಿಯಲಾರದೆನ್ನಿಸಿತು. ಏನೋ ಅನುಮಾನದಿಂದ ವಿಕ್ರಮ್ ಮನೆಯ ಪಕ್ಕಕ್ಕೆ ಬಂದ. ಉದ್ದಕ್ಕಿದ್ದ ಗೋಡೆಗೆ ಎರಡು ಕಿಟಕಿಗಳಿದ್ದವು. ವಿಕ್ರಮ್ ಮೊದಲನೆ ಕಿಟಕಿಯನ್ನು ಕೈಯಿಂದ ತಳ್ಳಿ ಒಳಗೆ ಇಣುಕಿದ. ಒಳಗೆ ಬಟ್ಟೆಗಳೆಲ್ಲಾ ಚೆಲ್ಲಾ ಪಿಲ್ಲಿಯಾಗಿದ್ದ ವು! ಏನೋ ಗಲಾಟೆ ನಡೆದಿರೋ ಲಕ್ಷಣ! ಯಾರ ನಡುವೆ? ಆದರೆ ರೂಮು ಖಾಲಿಯಾಗಿತ್ತು.

ನಾಲ್ಕು ಹೆಜ್ಜೆ ಮುಂದೆ ಹೋಗಿ ವಿಕ್ರಮ್ ಉಳಿದಿದ್ದ ಇನ್ನೊಂದು ಕಿಟಕಿಯನ್ನೂ ತೆರೆದು ಒಳಗಿಣುಕಿದ.

ಒಳಗೆ ಕತ್ತಲೆಯಿತ್ತು. ಮೂಲೆಯಲ್ಲಿ ಮೂಟೆಯೊಂದು ಉರುಳಿ ಬಿದ್ದಿರುವಂತಿತ್ತು! ಸ್ವಲ್ಪ ಎಚ್ಚರಿಕೆಯಿಂದ ಗಮನಿಸಿದಾಗ ಅದು ಮಿಸುಕಾಡಿದಂತೆ ಕಂಡಿತು! ಅದು ಮೂಟೆಯೆ? ಮೂಟೆಯಾಗಿದ್ದರೆ ಅದು ಮಿಸುಕಾಡಿತೇಕೆ? ಅಥವಾ ಯಾರೋ ಉರುಳಿ ಬಿದ್ದಿದ್ದಾರೆಯೆ? ಮುನಿಯಪ್ಪ ಆಚೆ ಹೋಗಿದ್ದಾನೆ! ಒಳಗಿರುವ ಮೂಟೆಯಲ್ಲಿ ಚಲನೆಯಿದೆ! ಅಥವಾ..ಮುನಿಯಪ್ಪ ಯಾರನ್ನಾದರೂ ಕೈಕಾಲು ಕಟ್ಟಿ ಉರುಳಿಸಿರುವನೆ? ಅದು ಯಾರಿರಬಹುದು? ಫಕ್ಕನೆ ಶರತ್ ಬಹಳ ಸಮಯದಿಂದ ಕಂಡಿಲ್ಲ ಎಂದು ಮನೆ ಯಲ್ಲಿ ಹೇಳಿದ್ದು ನೆನಪಾಯಿತು! ಅಂದರೆ ಅದು ಶರತ್ ಇರಬಹುದೆ? ಬೇರೆ ಇನ್ಯಾರಿರಬಹುದು?

ಇನ್ನೂ ಎಚ್ಚರಿಕೆಯಿಂದ ನೋಡಿದಾಗ ತಿಳಿಯಿತು: ಧೂಳಿನಿಂದ ಬಟ್ಟೆಯೆಲ್ಲಾ ಕೊಳೆಯಾಗಿದ್ದ ಉರುಳಿದ್ದ ವ್ಯಕ್ತಿ ಶರತ್! ವಿಕ್ರಮ್ ಸುಲಭದಲ್ಲಿ ಗುರುತಿಸಿದ!

ಚಕ್ಕನೆ ಮನೆಯ ಮುಂದೆ ಬಂದ. ವಿಕ್ರಮ್ ಚಟುವಟಿಕೆಯನ್ನು ಅನುಮಾನದಿಂದ ನೋಡುತ್ತಿದ್ದ ಪಕ್ಕದ ಮನೆಯಾತ!

"ಮುನಿಯಪ್ಪ ಮನೆಯೊಳಗೆ ಯಾರನ್ನೋ ಕಟ್ಟಿ ಹಾಕಿದಾನೆ"

ವಿಕ್ರಮ್ ಅವನಿಗೆ ತಿಳಿಸಿದ.

"ಹೌದಾ? ಎರಡು ಗಂಟೆ ಹಿಂದೆ ಏನೋ ತುಂಬಾ ಶಬ್ದ ಬರ್ತಿತ್ತು"

ಆತ ಆಗಷ್ಟೇ ಬಾಯಿ ಬಿಟ್ಟ.

"ಬನ್ನಿ ಬಾಗಿಲು ತೆಗೆಯೋಣ. ಸಹಾಯ ಮಾಡಿ"

"ಆ ಮುನಿಯನ ಮನೆ ಹಾಳಾಗ! ಇಂಥಾ ಕೆಲಸಾನ ಮಾಡೋದು? ನಂಗೆ ಅನುಮಾನಾನೇ ಬರ್ಲಿಲ್ಲ ನೋಡಿ"

ಆತ ತನ್ನ ಮನೆಯ ಜಗುಲಿಯಿಳಿದು ವಿಕ್ರಮ್‌ನತ್ತ ಬಂದ.

ಇಬ್ಬರೂ ಸೇರಿ ಬಾಗಿಲಿಗೆ ಹಾಕಿದ್ದ ಬೀಗವನ್ನು ಒಡೆದ ಬಾಗಿಲು ತೆರೆದರು.

ಶರತ್ ಬಾಯಿಗೆ ಬಟ್ಟೆ ತುರುಕಿ ಗ್ಯಾಗ್ ಮಾಡಿ ಮೂಲೆಯಲ್ಲಿ ತಳ್ಳಿದ್ದರು! ಗ್ಯಾಗ್ ಮಾಡಿದ್ದರಿಂದ ಅವನಿಗೆ ಕೂಗಲೂ ಸಾಧ್ಯವಾಗಿರಲಿಲ್ಲ. ವಿಕ್ರಮ್ ಅವನ ಬಾಯಿಂದ ಬಟ್ಟೆ ತೆಗೆದ. ಪಕ್ಕದ ಮನೆಯವ ಶರತ್‌ನ ಕೈ, ಕಾಲುಗಳಿಗೆ ಕಟ್ಟಿದ್ದ ಹಗ್ಗವನ್ನು ಬಿಚ್ಚಿದ.

"ಐ ಯಾಮ್ ಸಾರಿ ಸರ್?"

ಶರತ್ ಕ್ಷಮೆ ಯಾಚಿಸಿದ. ಎದ್ದು ಬಟ್ಟೆಗಳನ್ನು ಕೊಡವಿಕೊಂಡ.

"ಕ್ಷಮೆ ಬೇಡೋದು ಆಮೇಲೆ. ಮುನಿಯಪ್ಪ, ಹೊನ್ನಿ ಎಲ್ಲಿ? ಇದು ಹೇಗಾಯಿತು?"

"ಮುನಿಯಪ್ಪ ತಪ್ಪಿಸಿಕೊಂಡು ಹೋಗ್ತಾ ಇದ್ದಾನೆ. ಹೊನ್ನಿ ಅವನ ಜೊತೆಯಲ್ಲಿ ಹೋಗಿರಬಹುದು. ಮಧ್ಯಾಹ್ನ ಸುಮಾರು ಹನ್ನೆರಡು ಗಂಟೆ ಟೈಂನಲ್ಲಿ ಮುನಿಯಪ್ಪ ಈ ಊರಿಗೆ ಬಂದ. ಅವಾಗಿನಿಂದ ನಾನವನನ್ನು ಗಮನಿಸ್ತಾ ಇದ್ದೆ. ಈ ಮನೆಯೊಳಕ್ಕೆ ಬಂದು ಚಿಲಕ ಹಾಕಿಕೊಂಡ. ಸುಮಾರು ಒಂದು ಅರ್ಧ ಗಂಟೆ ಮನೆಯೊಳಗಿಂದ ಯಾವ ಪ್ರತಿಕ್ರಿಯೇನೂ ಬರಲಿಲ್ಲ. ನಂಗೆ ಅನುಮಾನ ಬಂತು. ಒಂದು ವೇಳೆ ಹೆದರಿ ಆತ್ಮಹತ್ಯೆಗೆ ಪ್ರಯತ್ನ ಮಾಡಿದನೇನೋ ಅಂತ. ಅದಕ್ಕೆ ಶಬ್ದವಾಗದ ರೀತಿಯಲ್ಲಿ ಮನೆಯನ್ನ ಪ್ರವೇಶ ಮಾಡಿದೆ. ಬಾಗಿಲಿಗೆ ಚಿಲಕ ಹಾಕಿರಲಿಲ್ಲ. ಬೇಕಂತಲೇ ಹಾಗೇ ಬಿಟ್ಟಿದ್ದನೋ ಏನೋ? ಈ ರೂಮಿನ ಬಾಗಿಲು ತಳ್ಳಿ ಒಳಗೆ ತಲೆಯಿಟ್ಟಾಗ ಮರೆಯಿಂದ ಯಾರೋ ತಲೆಗೆ ಬಲವಾಗಿ ಹೊಡೆದರು. ಅದು ಮುನಿಯಪ್ಪನೇ ಇರಬೇಕು. ಒಂದು ಕ್ಷಣ ಏನೂ ತೋಚದಿದ್ದರೂ ಸಾವರಿಕೊಂಡು ಅವನೊಡನೆ ಗುದ್ದಾಡಿದೆ. ಕಣ್ಣು ಕತ್ತಲೆ ಬಂತು. ಆಗ ನನಗೆ ಪ್ರಜ್ಞೆ ತಪ್ಪಿರಬೇಕು. ಆ ಸ್ಥಿತಿಯಲ್ಲೇ ಮುನಿಯಪ್ಪ ನನ್ನ ಕೈ ಕಾಲುಗಳನ್ನು ಕಟ್ಟಿ ಬಾಯಿಗೆ ಬಟ್ಟೆ ತುರುಕಿರಬೇಕು. ಬೇಗನೆ ಎಚ್ಚರವಾಯ್ತು. ಆದರೆ ನಾನು ಅಸಹಾಯಕನಾಗಿದ್ದೆ"

ಶರತ್ ಮಾತು ಮುಗಿಸಿ ತಲೆ ತಗ್ಗಿಸಿದ.

"ಆ ಮುನಿಯಪ್ಪನ ಬಗ್ಗೆ ನಂಗೆ ಮೊದ್ಲಿಂದಾನೂ ಅನುಮಾನ. ಆದ್ರೆ ಯಾರೂ ನನ್ನ ಮಾತು ಕೇಳಾಕಿಲ್ಲ"

ಹಳ್ಳಿಯವನು ವಿಕ್ರಮ್‌ಗೆ ಹೇಳಿದ.

"ಕಮಾನ್ ಶರತ್, ನಾವೀಗ ಕ್ವಿಕ್ ಆಗಿರಬೇಕು. ಮುನಿಯಪ್ಪ ಮೊದಲು ಬೆಂಗಳೂರಿಗೆ ಹೋಗ್ತಾನೆ. ನಂತರ ಎಲ್ಲಿಗಾದರೂ ದೂರ ಹೋಗಿ ತಲೆ ಮರೆಸಿಕೋತಾನೆ. ಹೊನ್ನಿ ಮನೆಯಿಂದ ಕಾಣೆಯಾಗಿದಾಳೆ ಅಂದರೆ ಅವಳೂ ಅವನ ಜೊತೇಲೀ ಹೋಗಿದಾಳೆ"

"ಯಾಕೆ ಸಾರ್?"

"ಯಾಕೇಂದರೆ ಅವರಿಬ್ಬರೂ ಗಂಡ ಹೆಂಡತಿ!"

"ವಾಟ್? ಮೈಗಾಡ್!"

"ಎಸ್. ಹೊನ್ನಿ ಮತ್ತು ಮುನಿಯಪ್ಪ ಅಲಿಯಾಸ್ ಹನುಮಯ್ಯ ಗಂಡ ಹೆಂಡತಿ!"

"ಮತ್ತೆ, ತನ್ನ ಗಂಡ ಸತ್ತು ಹೋಗಿದಾನೇಂತ..."

"ಅದೇ ಅವರ ಸ್ಕೀಮು. ರೈಲ್ವೆ ಇಲಾಖೆಯಲ್ಲಿ ಒಬ್ಬ ಸಾಮಾನ್ಯ ಸಿಗ್ನಲ್‌ಮನ್ ಆಗಿ ಬದುಕೋದಕ್ಕೆ ಹನುಮಯ್ಯ ಉರುಫ್ ಮುನಿಯಪ್ಪನ ಮನಸ್ಸು ಒಪ್ಪಲಿಲ್ಲ.

ಯಶವಂತರಾಯರ ಗುಟ್ಟು ತಿಳ್ಕೊಂಡ. ಅದುವರೆಗೂ ಯಶವಂತರಾಯರನ್ನ ಬ್ಲಾಕ್ ಮೈಲ್ ಮಾಡ್ತಿದ್ದ ಮೂರ್ತಿಯನ್ನು ಬೆದರಿಸಿ ಅವರಿಂದ, ಹೊನ್ನಿ ಯಶವಂತರಾಯರ ಪ್ರಣಯಕ್ಕೆ ಸಾಕ್ಷಿಯಾಗಿದ್ದ ಪೆನ್‌ಡ್ರೈವ್ ಪಡ್ಕೊಂಡ! ಒಂದು ಕಾಲದಲ್ಲಿ ತನ್ನ ಹೆಂಡತಿ ಹೊನ್ನಿಗೂ ಯಶವಂತರಾಯರಿಗೂ ಸಂಬಂಧ ಇದ್ದ ವಿಷಯ ಹೇಗೋ ತಿಳ್ಕೊಂಡು ಬ್ಲಾಕ್‌ಮೈಲ್ ಮಾಡ್ತೋಕೆ ಶುರು ಮಾಡಿದ. ಕೊನೆಗೊಂದು ದಿವಸ ಯಶವಂತರಾಯರನ್ನೂ ಮುಗಿಸಿದ"

"ಯಶವಂತರಾಯರು ಸತ್ತಿದ್ದರೆ ಅವರ ಶರೀರಕ್ಕೆ ಏನಾಯ್ತು?"

"ಯಶವಂತರಾಯರ ಮೇಲೆ ನಿದ್ರೆ ಮಾತ್ರೆಗಳನ್ನ ಪ್ರಯೋಗಿಸಿ ಕೊಲೆ ಮಾಡಿದ್ದಾರೆ. ನಿದ್ರೆ ಮಾತ್ರೆ ಹಾಕಿದವಳು ಹೊನ್ನಿ! ಅದನ್ನು ಹೊನ್ನಿಯ ಕೈಗೆ ಕೊಟ್ಟಿರುವುದು ಮುನಿಯಪ್ಪ! ರಾತ್ರಿ ಅವರು ಕುಡಿಯುವ ರಮ್ಮಿನ ಬಾಟಲಿಯಲ್ಲೇ! ರಮ್ಮಿನ ಜೊತೆಗೆ ನಿದ್ರೆ ಮಾತ್ರೆಗಳು ಡೇಂಜರಸ್! ಅದರಿಂದ ಯಶವಂತರಾಯರು ಸತ್ತಿದ್ದಾರೆ. ಸ್ವಾಭಾವಿಕ ಸಾವೂಂತ ಮಣ್ಣು ಮಾಡಿದ ಮೇಲೆ ನಿಶ್ಚಿಂತೆಯಿಂದ ಇರೋದಕ್ಕೆ ಮುನಿಯ ಮತ್ತು ಮೂರ್ತಿಗೆ ಸಾಧ್ಯವಾಗಿರೋಕೆ ಆಗಿರಲಿಲ್ಲ! ಪೋಲೀಸರು ಶವ ತೆಗೆದು ವೈದ್ಯಕೀಯ ಪರೀಕ್ಷೆ ಮಾಡೋದು ತಿಳಿದ ತಕ್ಷಣ ತಮ್ಮ ರಹಸ್ಯ ಈಚೆ ಬರುತ್ತೆ ಎಂದು ಸಮಾಧಿಯಿಂದ ಶವ ಹಾರಿಸಿಕೊಂಡು ಹೋಗಿದಾನೆ ಮುನಿಯ"

"ಎಲ್ಲಿಗೆ?"

ಶರತ್ ಕುತೂಹಲದಿಂದ ಕೇಳಿದ.

"ಅದನ್ನು ಹೇಳೋದಕ್ಕೆ ಈಗ ಸಮಯ ಇಲ್ಲ. ಮೊದಲಿಗೆ ಮುನಿಯಪ್ಪ ಮತ್ತು ಹೊನ್ನಿಯರನ್ನ ಹುಡುಕಿ ಅರೆಸ್ಟ್ ಮಾಡಿಸಬೇಕು. ಅವರೇ ಯಶವಂತರಾಯರ ಸಾವಿಗೆ ಕಾರಣಕರ್ತರು. ಅವರು ಮೊದಲಿಗೆ ಸಿಗಲಿ. ಈ ವಿಷಯ ಆಮೇಲೆ ಹೇಳ್ತೀನಿ"

ತಮಗೆ ಸಹಾಯ ಮಾಡಿದವನಿಗೆ ಕೃತಜ್ಞತೆಯರ್ಪಿಸಿ ಮನೆಯಿಂದಾಚೆ ಬಂದರು.

ಕೆ.ಜಿ. ಹಳ್ಳಿಯಲ್ಲಿ ಹೆಚ್ಚು ಸಮಯ ಕಳೆಯದೆ ಇಬ್ಬರೂ ಬೆಂಗಳೂರಿಗೆ ಧಾವಿಸಿ ಬಂದರು, ಪಾಲ್‌ನ ಫೋನಿನಲ್ಲಿ ಸಂಪರ್ಕಿಸಲು ವಿಕ್ರಮ್ ಪ್ರಯತ್ನಿಸಿದ. ಆದರೆ ಪಾಲ್ ಮನೆಯಲ್ಲಾಗಲೀ ಇಲ್ಲ ಆಫೀಸಿನಲ್ಲಾಗಲೀ ಸಿಗಲಿಲ್ಲ. ಕೊನೆ ಒಂದು ಪ್ರಯತ್ನ ಎಂದು ಯಶವಂತಪುರದಲ್ಲಿ ಮುನಿಯಪ್ಪನ ಮನೆಯ ಹತ್ತಿರ ಹೋದರು.

ಬೀದಿಯ ತುದಿಯಲ್ಲಿ ಸಿಗರೇಟು ಸೇದುತ್ತಾ ನಿಂತಿದ್ದ ಒಬ್ಬ ವ್ಯಕ್ತಿಯನ್ನು ವಿಕ್ರಮ್ ಗುರುತಿಸಿದ. ಪಾಲ್‌ನ ಕಡೆಯವನು.

"ಪಾಲ್ ಎಲ್ಲಿ?"

"ಗೊತ್ತಿಲ್ಲ ಸಾರ್. ಯಾವುದೋ ಒಂದು ಪಾರ್ಟಿ ಚೇಸ್ ಮಾಡ್ತಾ ಇರಬಹುದು"

"ನೀನು ಎಷ್ಟು ಹೊತ್ತಿಗೆ ಪೊಸಿಷನ್‌ಗೆ ಬಂದೆ?"

"ಆರು ಗಂಟೆಗೆ ಬಂದೆ"

"ನಿನಗೆ ಏನು ಹೇಳಿದಾನೆ?"

ಮುನಿಯಪ್ಪನ ಚಹರೆಯನ್ನು ಹೇಳಿ, ಆ ವ್ಯಕ್ತಿ ದೃಷ್ಟಿಂದ ತಪ್ಪಿಸಿಕೊಳ್ಳದ್ದಂತೆ ನಿಗಾ ಇಡುತ್ತಾ ಸುದ್ದಿ ತಿಳಿಸಬೇಕೆಂದು ತನಗೆ ನೀಡಿರುವ ಸೂಚನೆಯೆಂದಾತ ತಿಳಿಸಿದ. ಅವನು ಸುದ್ದಿ ತಿಳಿಸಬೇಕಾಗಿದ್ದ ಫೋನ್ ನಂಬರ್ ಕೇಳಿದ. ಅದು ಪಾಲ್‌ನ ಮನೆಯ ನಂಬರ್. ಆದ್ರೆ ಅವನು ಮನೆಯಲಿಲ್ಲ. ವಿಕ್ರಮ್ ಕೆಲವು ನಿಮಿಷಗಳ ಹಿಂದೆ ಫೋನ್ ಮಾಡಿದ್ದ.

"ನೀನು ಬಂದ ಮೇಲೆ ಏನು ನಡೀತು?"

"ನಾನು ಬಂದ ಮೇಲಂತೂ ಯಾರೂ ಬಂದಿಲ್ಲ. ನಾನು ಬರೋದಕ್ಕೆ ಮುಂಚೆ ಯಾರಾದರೂ ಬಂದು ಹೋಗಿದ್ದರೋ ಏನೋ ಗೊತ್ತಿಲ್ಲ"

"ಓ.ಕೆ. ನಾವು ಬರ್ತೀವಿ. ಅಕಸ್ಮಾತ್ ಪಾಲ್ ಈ ಕಡೆ ಬಂದರೆ ವಿಷಯ ತಿಳಿಸು"

ಎಂದು ಹೇಳಿ ವಿಕ್ರಮ್ ಜೀಪ್ ಸ್ಟಾರ್ಟ್ ಮಾಡಿದ.

"ಶರತ್? ಮುನಿಯಪ್ಪ ಏನು ಮಾಡಬಹುದು? ಗೆಸ್ ಮಾಡ್ತೀಯ?"

ಜೀಪು ಚಲನೆಯಲ್ಲಿದ್ದಾಗ ವಿಕ್ರಮ್ ಕೇಳಿದ.

"ತನ್ನ ಬೀರುನಲ್ಲಿರೋ ಪೆನ್‌ಡ್ರೈವ್ ಮಾಯವಾಗಿರೋದು ಗೊತ್ತಾದ ತಕ್ಷಣ ಮುನಿಯಪ್ಪನಿಗೆ ಅನುಮಾನ ಬಂದಿರುತ್ತೆ. ಕೆಜಿ ಹಳ್ಳಿಗೆ ಹೊನ್ನಿಯನ್ನ ಕರ್ಕೊಂಡು ಹೋಗೋದಕ್ಕೆ ಬಂದಿದಾನೆ. ನಾನು ಸಿಕ್ಕಿದ ಮೇಲಂತೂ ಅವನಿಗೆ ಪೂರ್ಣ ಅನುಮಾನ ಬಂದಿರುತ್ತೆ. ಇನ್ನು ಇಲ್ಲಿದ್ದರೆ ಅಪಾಯಾಂತ ಬೆಂಗಳೂರು ಬಿಟ್ಟು ದೂರ ಹೋಗೋಕೆ ಪ್ರಯತ್ನ ಮಾಡ್ತಾನೆ"

ಶರತ್ ಯೋಚಿಸುತ್ತ ಹೇಳಿದ.

"ಯೂ ಆರ್ ರೈಟ್.." ಶರತ್ ತರ್ಕವನ್ನು ಒಪ್ಪಿದ ವಿಕ್ರಮ್.

ವಿಕ್ರಮ್ ಜೀಪು ಬಸ್ ನಿಲ್ದಾಣದತ್ತ ಚಲಿಸಿತು. ದೇಶದ ವಿವಿಧ ಭಾಗಗಳಿಗೆ ಹೊರಟು ನಿಂತಿದ್ದ ಬಸ್ಸುಗಳನ್ನೆಲ್ಲಾ ಚೆಕ್ ಮಾಡಿ ಮುನಿಯಪ್ಪ ಮತ್ತು ಹೊನ್ನಿ ಬಸ್‌ಸ್ಟ್ಯಾಂಡಿನಲ್ಲಿ ಇಲ್ಲವೆಂದು ಖಾತ್ರಿ ಮಾಡಿಕೊಂಡರು.

"ಉಳಿದಿರೋದು ಒಂದೇ ಜಾಗ, ರೈಲ್ವೆ ಸ್ಟೇಷನ್. ನಡಿ ಅಲ್ಲಿಗೆ ಹೋಗೋಣ. ನನಗೆ ಆಶ್ಚರ್ಯವಾಗ್ತಾ ಇದೆ. ಪಾಲ್ ಎಲ್ಲಿಗೆ ಹೋದ? ಏನ್ಮಾಡ್ತಿದಾನೆ? ಯಾವ ಕೇಸಿನಲ್ಲೂ ಹೀಗೆ ಮಾಡಿರಲಿಲ್ಲವಲ್ಲ!"

"ಅವರ ಬಗ್ಗೆ ಯಾಕೆ ಯೋಚನೆ ಸಾರ್? ಬಹುಶಃ ಅವರೂ ನಮ್ಮ ತರಾನೇ ಮುನಿಯಪ್ಪ ಮತ್ತು ಹೊನ್ನೀನ ಲೊಕೇಟ್ ಮಾಡೋಕೆ ಟ್ರೈ ಮಾಡ್ತಿರಬಹುದು"

ವಿಕ್ರಮ್ ಮತ್ತು ಶರತ್ ಸಿಟಿ ರೈಲ್ವೇ ಸ್ಟೇಷನ್‌ಗ ಬಂದರು. ಇಷ್ಟಕ್ಕೂ ಅವರು ಯಾವ ಊರಿಗೆ, ಯಾವ ಟ್ರೈನಿಗೆ ಹೋರಟಿದಾರೇನ್ನೋದೂ ತಿಳಿದಿರಲಿಲ್ಲ. ರೈಲ್ವೇ ಸ್ಟೇಷನ್‌ನಲ್ಲಿ ಹೀಗೆ ಯಾವ ಮಾಹಿತಿಯೂ ಇಲ್ಲದೆ ವ್ಯಕ್ತಿಗಳನ್ನು ಹುಡುಕುವುದು ಸುಲಭದ ಕೆಲಸವಾಗಿರಲಿಲ್ಲ.

ಅವರು ರೈಲು ನಿಲ್ದಾಣ ಪ್ರವೇಶಿಸುವುದಕ್ಕೂ ಕರ್ನಾಟಕ ಎಕ್ಸ್‌ಪ್ರೆಸ್ ಹೊರಡುವುದಕ್ಕೂ ಸರಿಯಾಯಿತು. ವಿಕ್ರಮ್ ಓಡುತ್ತಾ ಹೋಗಿ ಪ್ಲಾಟ್‌ಫಾರಂ ತಲುಪಿದ. ಶರತ್ ಹಿಂದೆಯೇ ಓಡಿ ಬಂದಿದ್ದ. ನಿಧಾನಕ್ಕೆ ಚಲಿಸಲು ಪ್ರಾರಂಭಿಸಿದ ರೈಲಿನ ಒಂದು ಬೋಗಿಯ ಬಾಗಿಲಲ್ಲಿ ಪಾಲ್ ಕಾಣಿಸಿದ್ದು ವಿಕ್ರಮ್ ನಂಬಿಕೆ ಬಲಪಡಿಸಿತು. ಓಡುತ್ತಲೇ ಪಾಲ್ ನಿಂತಿದ್ದ ಬೋಗಿಯ ಬಾಗಿಲಿಗೆ ಬಂದ. ಪಾಲ್ ಕೈ ಹಾಕಿ ವಿಕ್ರಮ್‌ನನ್ನು ಎಳೆದುಕೊಂಡ.

ಶರತ್ ಅಷ್ಟು ವೇಗದಲ್ಲಿ ಓಡಲಾಗದೆ ಕೊನೆಯ ಬೋಗಿಯನ್ನು ಸಾಹಸದಿಂದ ಹತ್ತಿದ.

ಓಡಿ ಬಂದುದರಿಂದ ಎದುಸಿರುಬಿಡುತ್ತಿದ್ದ ವಿಕ್ರಮ್ ಬೆನ್ನನ್ನು ಮೆಲ್ಲನೆ ತಟ್ಟಿದ ಪಾಲ್. ಆಗಲೇ ವಿಕ್ರಮ್‌ಗ ಅರಿವಾಗಿತ್ತು. ತನ್ನ ಪಾರ್ಟಿ ಇದೇ ಟ್ರೈನಿನಲ್ಲಿ, ಪಾಲ್ ಇರುವ ಬೋಗಿಯಲ್ಲೇ ಇದೆ ಎಂದು.

"ಯೋಚ್ನೆ ಬೇಡ. ಹಕ್ಕಿ ಸುರಕ್ಷಿತವಾಗಿದೆ. ಬರೀ ಒಂದೇ ಅಲ್ಲ ಅದರ ಜೊತೆಗೆ ಇನ್ನೊಂದೂ ಬಂದಿದೆ..."

ಪಾಲ್ ವಿಕ್ರಮ್ ಕಿವಿಯಲ್ಲಿ ಉಸುರಿದ.

"ಎಲ್ಲಿ?"

"ಇದೇ ಬೋಗಿಯಲ್ಲಿ. ಅವನ ಜೊತೆ ಒಂದು ಹೆಂಗಸೂ ಬಂದಿದೆ! ಹೆಂಗಸು ಬುರ್ಖಾ ಹಾಕ್ಕೊಂಡಿದೆ. ಅವನು ಮೀಸೆ, ಗಡ್ಡ ಹಚ್ಕೊಂಡು ವೇಷ ಮರೆಸಿಕೊಂಡಿದ್ದಾನೆ"

"ನಾನು ಬಂದಿದ್ದು ನೋಡಿದನೇನು?"

"ನೋಡಿರೋಕೆ ಸಾಧ್ಯ ಇಲ್ಲ. ನೋಡಿದ್ದರೂ ಸಹ ಅವನಿಗೆ ತಪ್ಪಿಸ್ಕೊಳ್ಳೋಕೆ ಆಗೊಲ್ಲ. ನೆಕ್ಸ್ಟ್ ಸ್ಟಾಪ್ ತುಮಕೂರು. ಅಲ್ಲಿ ವಿಚಾರಿಸ್ಕೊಂಡ್ರೆ ಆಯ್ತು. ಅಂದ್ಹಾಗೆ

ಶರತ್?"

"ಇನ್ನೊಂದು ಬೋಗಿ ಹತ್ತಿರಬೇಕು"

"ಅಲ್ಲಯ್ಯ ಇಲ್ಲಿವರೆಗೂ ಇವರನ್ನ ಯಾಕೆ ಬಿಟ್ಟೆ? ಬೆಂಗ್ಳೂರಲ್ಲೇ ಸ್ವಾಪ್ ಮಾಡ್ಬೇಕಿತ್ತು"

ವಿಕ್ರಮ್ ಅಕ್ಷೇಪಿಸಿದ.

"ಚೆನ್ನಾಗಿ ಹೇಳ್ದೆ. ನಿನ್ನ ಫೋನ್ ಬಂದ ಮೇಲೆ ಯಶವಂತಪುರದ ಮನೆಗೆ ಹೋದ್ರೆ, ಪಾರ್ಟಿ ಮನೇಲಿರಲೇ ಇಲ್ಲ!"

"ಮತ್ತೆ?"

"ಮನೆಯಿಂದ ಹೋದವನು ಮತ್ತೆ ಮನೆಗೆ ಬರ್ಲೇಬೇಕೂಂತ ನನ್ನ ಕಡೆಯವನೊಬ್ಬನ್ನ ನಿಲ್ಲಿಸಿ ನಾನು ವಾಪಸ್ಸು ಆಫೀಸಿಗೆ ಬಂದು ನಿನ್ನ ಲೊಕೇಟ್ ಮಾಡೋಕೆ ಟ್ರೈ ಮಾಡಿದೆ. ನೀನು ಕೊಟ್ಟ ಎರಡು ನಂಬರ್‌ಗಳಲ್ಲೂ ನೀನು ಸಿಗಲೇ ಇಲ್ಲ. ಮೂರು ಗಂಟೆಗೆ ನನ್ನ ಕಡೆಯವನು ಸುದ್ದಿ ಕೊಟ್ಟ ತಕ್ಷಣ ಹೋದೆ. ಮನೆ ಪ್ರವೇಶ ಮಾಡಲಿಲ್ಲ. ಹೊರಗೇ ಕಾದು ನಿಂತೆ. ಸಾಯಂಕಾಲ ಆರು ಗಂಟೆಗೆ ನಿನ್ನ ಪಾರ್ಟಿ ಈಚೆಗೆ ಬಂತು. ಫಾಲೋ ಮಾಡಿದೆ. ಹೋಟೆಲ್ ಗೇಲಾರ್ಡ್ಗೆ ಹೋಯ್ತು ಪಾರ್ಟಿ. ಹೋಟೆಲಿಗೆ ಒಬ್ಬನೇ ಪ್ರವೇಶಿಸಿದ, ಈಚೆ ಬರೋವಾಗ ಇಬ್ಬರಾಗಿದ್ದರು! ಒಬ್ಬಳು ಸುಮಾರು ಮೂವತ್ತರ ಸಮೀಪದ ಹೆಂಗಸೂ ಸೇರಿತ್ತು. ಏನು ಕೇಸು? ಕಳ್ಳತನವೆ?"

ಪಾಲ್ ನಡೆದುದೆಲ್ಲಾ ಹೇಳಿದ.

"ಇಲ್ಲ, ಇದು ಕಳ್ಳತನದಲ್ಲ, ಕೊಲೆ ಕೇಸು. ಈಗ ತುಮಕೂರಲ್ಲಿ ಏನು ಮಾಡಬೇಕೂಂತ ಯೋಚ್ನೆ ಮಾಡೋಣ"

ಇಬ್ಬರೂ ಮೆಲು ದನಿಯಲ್ಲಿ ಸುತ್ತ ಇದ್ದವರಿಗೆ ಯಾವುದೇ ಅನುಮಾನ ಬರದ ರೀತಿಯಲ್ಲಿ ಮಾತಾಡಿದರು.

ವಿಕ್ರಮ್ ಒಮ್ಮೆ ಇಣುಕಿ ನೋಡಿದಾಗ ಗಡ್ಡ, ಮೀಸೆಗಳನ್ನು ಮುಖಕ್ಕೆ ಅಂಟಿಸಿ ಕೂತ ಮುನಿಯಪ್ಪ ಕಂಡ. ಪಾಲ್‌ನಂದ ಅವನ ವೇಷ ಬದಲಾವಣೆ ವಿಷಯ ಪಾಲ್ ತಿಳಿಸದೆ ಇದ್ದಿದ್ದರೆ ಅವನನ್ನು ಗುರ್ತು ಹಿಡಿಯೋದು ವಿಕ್ರಮ್‌ಗ ಕೂಡ ಕಷ್ಟವಾಗುತ್ತಿತ್ತು. ಮುನಿಯಪ್ಪನ ಪಕ್ಕದಲ್ಲಿ ಬುರ್ಕಾಧಾರಿಣಿ ಹೆಣ್ಣೊಂದು ಕೂತಿತ್ತು, ಅದು ಹೊನ್ನಿ ಎಂದು ಊಹಿಸಿದ ವಿಕ್ರಮ್.

ತುಮಕೂರು ಬರುತ್ತಿದ್ದಂತೆ ಪಾಲ್‌ಗ ಮಾಡಬೇಕಾದ ಕೆಲಸವನ್ನು ವಿವರಿಸಿದ. ಟ್ರೈನ್ ನಿಲ್ಲುತ್ತಲೇ ಪಾಲ್ ಕೆಳಗಿಳಿದು ಹೋದ.

ತನ್ನ ಪ್ಲಾನ್ ಸರಿಯಾಗಿ ನಡೆಯುತ್ತಿಲ್ಲ ಎಂದು ಮುನಿಯಪ್ಪನಿಗೇ ಏನೋ ಅನುಮಾನ ಬಂದಿರಬಹುದು. ಅನುಮಾನದಿಂದ ಬುರ್ಕಾಧಾರಿಣಿ ಹೆಂಗಸನ್ನು ಎಬ್ಬಿಸಿಕೊಂಡು ಟ್ರೈನಿನಿಂದಿಳಿದ. ಅವರ ಬೆನ್ನ ಹಿಂದೆಯೇ ವಿಕ್ರಮ್ ಕೆಳಗಿಳಿದಿದ್ದ! ಕೆಳಗಿಳಿದು ಪ್ಲಾಟ್‌ಫಾರಂ ಮೇಲೆ ನಿಂತಾಗ ಮುನಿಯಪ್ಪನಿಗೆ ಮೊದಲು ಕಾಣಿಸಿದವನು ಶರತ್! ಕೆ.ಜಿ. ಹಳ್ಳಿಯಲ್ಲಿ ಕಟ್ಟಿ ಹಾಕಿ ಬಂದ ವ್ಯಕ್ತಿ ಇಲ್ಲದೆ ಹೇಗೆ ಬಂದ ಎಂಬ ಗೊಂದಲ ಕೆಲವು ಕ್ಷಣ ಮುನಿಯಪ್ಪನನ್ನು ಕಾಡಿತು. ಆದರೂ ತನ್ನ ಮತ್ತು ಹೊನ್ನಿಯ ವೇಷ ಬದಲಾಗಿರುವುದರ ಧೈರ್ಯದ ಮೇಲೆ ಗೇಟಿನ ಕಡೆಗೆ ನಡೆದ.

ವಿಕ್ರಮ್ ಕಣ್ಸನ್ನೆಯಿಂದ ಅದೇ ತಮ್ಮ ಪಾರ್ಟಿ ಎಂದು ಶರತ್‌ಗ ತಿಳಿಸಿದ. ಅಲ್ಲಿಯವರೆಗೆ ಶರತ್‌ಗ ಅವರನ್ನು ಗುರುತಿಸಲು ಸಾಧ್ಯವಾಗಿರಲಿಲ್ಲ.

ಮುನಿಯಪ್ಪ ಮತ್ತು ಬುರ್ಖಾ ಹೆಂಗಸು ಗೇಟಿನ ಬಳಿ ಬರುವಾಗ, ರೈಲ್ವೆ ಪೋಲೀಸರ ಜೊತೆಯಲ್ಲಿ ಪಾಲ್ ನಿಂತಿದ್ದ!

ಪೋಲೀಸರನ್ನು ನೋಡಿ ಮುನಿಯಪ್ಪನಿಗೆ ಅನುಮಾನ! ಅಲ್ಲದೆ ಸುಮಾರು ಹೊತ್ತು ತಮ್ಮ ಮನೆಯ ಮುಂದೆ ಠಳಾಯಿಸುತ್ತಿದ್ದ ವ್ಯಕ್ತಿ ಪಾಲ್ ಬೇರೆ ಅವರ ಜೊತೆ!

ಟ್ರೈನು ಮೆಲ್ಲನೆ ಚಲಿಸಲು ಪ್ರಾರಂಭಿಸಿತು.

ಮುನಿಯಪ್ಪ ಒಮ್ಮೆಲೇ ಹಿಂತಿರುಗಿ ಟ್ರೈನಿನತ್ತ ಓಡಲು ಪ್ರಯತ್ನಿಸಿದ. ಬುರ್ಖಾ ಹೆಂಗಸು ಅವನ ಹಿಂದೆ ಓಡಲು ಪ್ರಾರಂಭಿಸಿದಳು. ಹಿಂದ ಬರುತ್ತಿದ್ದ ವಿಕ್ರಮ್ ಮತ್ತು ಶರತ್ ಮುನಿಯಪ್ಪನ್ನು ಅಡ್ಡಗಟ್ಟಿದರು. ಹತಾಶನಾಗಿ ಮುನಿಯಪ್ಪ ಅವರನ್ನು ತಳ್ಳಿ ಮುಂದೆ ಹೋಗಲು ಪ್ರಯತ್ನಿಸಿದ. ಆದರೆ ವಿಕ್ರಮ್ ಮತ್ತು ಶರತ್ ಉಡದಂತೆ ಅವನನ್ನು ಹಿಡಿದಿದ್ದರು!!

ತುಮಕೂರು ರೈಲು ನಿಲ್ದಾಣದಲ್ಲಿ ಮುನಿಯಪ್ಪ ಮತ್ತು ಹೊನ್ನಿಯರನ್ನು ಬಂಧಿಸಲಾಯಿತು.

***

ವಿಕ್ರಮ್ ತನ್ನ ಆಫೀಸಿನಲ್ಲಿ ಕೂತು ಸಾವಕಾಶವಾಗಿ ಟೀ ಸವಿಯುತ್ತಿದ್ದ.

"ಸಾರ್ ಈ ಕೇಸಿನ ಪೂರ್ಣ ಚಿತ್ರ ನನಗೆ ಸಿಗಲೇ ಇಲ್ಲ"

ಶರತ್ ಸೀನಿಯರ್‌ನ ಕೇಳಿದ.

"ಯಾಕೆ?"

"ಯಶವಂತರಾಯರ ಶವ ಎಲ್ಲಿ?"

"ಅದು ವಿಲ್ಸನ್‌ಗಾರ್ಡ್ನ್‌ನ ಇಲೆಕ್ಟ್ರಿಕ್ ಕ್ರಿಮೆಟೋರಿಯಂನಲ್ಲಿ ಸುಟ್ಟು ಬೂದಿಯಾಗಿದೆ! ಅದನ್ನ ಅಲ್ಲಿಗೆ ತೆಗೆದುಕೊಂಡು ಹೋದವರು ಯಾರು ಗೊತ್ತೆ?

ಮುನಿಯಪ್ಪ ಮತ್ತು ಹೊನ್ನಿ!”

“ಅದು ಸರಿ ಸಾರ್. ಆದರೆ ಮೂರ್ತಿಯೇಕೆ ಅರೆಸ್ಟಾದರು”

“ಯಾಕೆಂದರೆ ಈ ಕೊಲೆ ಸ್ವತಃ ಮೂರ್ತಿ ಮಾಡದೇ ಇದ್ದರೂ ಸಹ ಅವನೇ ಕಾರಣ”

“ಅದ್ಹೇಗೆ ಸಾರ್?”

“ಇಡೀ ಕೇಸು ಯಾರಿಂದ ಪ್ರಾರಂಭವಾಯಿತೂಂತ ತಿಳಿದಿರುವೆ?”

“ಮೂರ್ತಿಯಿಂದಲೇ?”

“ನೋ...ಯೂ ಆರ್ ರಾಂಗ್! ಸರಳಾಳಿಂದ! ಹೌದು ಯಶವಂತರಾಯರ ಮೊಮ್ಮಗಳು ಸರಳಾಳಿಂದ. ತನ್ನ ತಾತ ಯಶವಂತರಾಯರು ಮತ್ತು ಎಳೆ ವಯಸ್ಸಿನ ಹೊನ್ನಿಯರ ನಡುವೆ ಅನೈತಿಕ ಸಂಬಂಧವಿರಬಹುದೆಂದು ಅನುಮಾನ ಬಂದು ಅದನ್ನ ಗಂಡನಿಗೆ ತಿಳಿಸಿದರು. ಮೂರ್ತಿಗೊಂದು ವಿಲಕ್ಷಣವಾದ ಯೋಚನೆ! ಮೂರ್ತಿ ತನ್ನ ಮಾವ ಮತ್ತು ಹೊನ್ನಿಯರ ಪ್ರಣಯ ಸನ್ನಿವೇಶಗಳನ್ನು ಗುಪ್ತವಾಗಿ ಫೋಟೋ ತೆಗೆದು, ನಂತರ ಮಾವನನ್ನು ಬ್ಲಾಕ್‌ಮ್ಯೈಲ್ ಮಾಡುತ್ತಿದ್ದ! ಈ ವಿಷಯ ಹೊನ್ನಿಗೂ ತಿಳಿದಿತ್ತು.

ಹೊನ್ನಿ ಮದುವೆಯಾಗಿ ಬೆಂಗಳೂರಿಗೆ ಬಂದಳು. ಹೊನ್ನಿಯನ್ನು ಮದುವೆಯಾದ ಹನುಮಯ್ಯ ರೈಲ್ವೆಯಲ್ಲಿ ಸಿಗ್ನಲ್‌ಮನ್ ಜೊತೆಗೆ ಪುಡಿ ರೌಡಿಯೂ ಆಗಿದ್ದ. ಗಂಡ ಹೆಂಡತಿಯರಿಗೆ ಹೊಂದಾಣಿಕೆ ಬಂದಾಗ ಹೊನ್ನಿಗೆ ಬೇಗನೆ ಹಣ ಮಾಡುವ ಐಡಿಯಾ ಬಂದು ಗಂಡನಿಗೆ ಫೋಟೋ ವಿಷಯ ತಿಳಿಸಿದಳು.

ಗಂಡ-ಹೆಂಡತಿ ಬೆಂಗಳೂರಿಂದ ಅದೃಶ್ಯರಾದರು. ಗಂಡ ಸತ್ತ ಎಂದು ಹೊನ್ನಿ ಮತ್ತೆ ಕೆ.ಜಿ. ಹಳ್ಳಿ ಸೇರಿದಳು. ಹನುಮಯ್ಯ ಮುನಿಯಪ್ಪನಾಗಿ ಕೆ.ಜಿ ಹಳ್ಳಿಯಲ್ಲಿ ಅಗಸನಾದ. ತನ್ನ ಪತ್ನಿ ಮತ್ತು ಯಶವಂತರಾಯರ ಆತ್ಮೀಯ ದೃಶ್ಯಗಳನ್ನು ಫೋಟೋ ತೆಗೆದಿರುವುದನ್ನು ಕಾರಣವಾಗಿಟ್ಟುಕೊಂಡಿದ್ದ ಮೂರ್ತಿಯನ್ನು ಬೆದರಿಸಿ ಫೋಟೋಗಳಿರುವ ಪೆನ್‌ಡ್ರöÊವನ್ನು ವಶಪಡಿಸಿಕೊಂಡು ತಾನೇ ಯಶವಂತರಾಯರನ್ನು ಸುಲಿಯಲು ಪ್ರಾರಂಭಿಸಿದ.

ಮೂರ್ತಿಯ ತಲೆಯಲ್ಲಿ ಬೇರೊಂದು ಯೋಚನೆ ರೂಪು ಪಡೆದಿತ್ತು. ತನಗೆ ಸಿಗುತ್ತಿದ್ದ ಹಣ ಇನ್ನೊಬ್ಬನ ಪಾಲಾಗಿತ್ತು. ಯಶವಂತರಾಯರು ಬದುಕಿದ್ದರೆ ತಾನೆ ಹನುಮಯ್ಯ ಅವರನ್ನು ಸುಲಿಯಲು ಸಾಧ್ಯ? ಅವರು ಸತ್ತರೆ? ಮುನಿಯಪ್ಪನ ಸುಲಿಗೆಗೆ ಅಂತಿಮ ಚರಣ ಹಾಡಲು ಯಶವಂತರಾಯರನ್ನೇ ಮುಗಿಸಿಬಿಡುವ ಯೋಜನೆ ಹಾಕಿದ.

ಯಶವಂತರಾಯರು ಸಾಯುವ ದಿವಸ ತೆಗೆದುಕೊಂಡ ಮಾತ್ರೆ ತಲೆ ನೋವಿನದಾಗಿರಲಿಲ್ಲ! ನಿದ್ರೆ ಮಾತ್ರೆ! ಹೊನ್ನಿಗೂ ಅದು ನಿದ್ರೆ ಮಾತ್ರೆ ಎನ್ನುವುದು ಗೊತ್ತಿರಲಿಲ್ಲ! ಯಶವಂತರಾಯರು ರಮ್ ಕುಡಿಯುವ ಮುಂಚೆ ನಿದ್ರೆ ಮಾತ್ರೆ ತೆಗೆದುಕೊಂಡಿದ್ದಾರೆ. ನಂತರ ರಮ್ ಕುಡಿದಿದ್ದಾರೆ. ಮೊದಲೇ ರಕ್ತದೊತ್ತಡವಿದ್ದದ್ದುರಿಂದ ಅದು ಮಿತಿಮೀರಿ, ಹಾರ್ಟ್‌ಅಟ್ಯಾಕಾಗಿ ಯಶವಂತರಾಯರು ಸತ್ತಿದ್ದಾರೆ! ಯಾರಿಗಾದರೂ ಅನುಮಾನ ಬರುವ ಮುಂಚೆಯೇ ಅಂತ್ಯಕ್ರಿಯೆಯನ್ನು ನಡೆಸಲು ಮೂರ್ತಿ ಮುತುವರ್ಜಿ ವಹಿಸಿದ.

ಯಶವಂತರಾಯರ ಸಾವು ಸ್ವಾಭಾವಿಕ ಎಂಬ ತಿಳುವಳಿಕೆಯೊಂದಿಗೆ ಅವರ ಅಂತ್ಯಕ್ರಿಯೆಯಾಯಿತು. ಆದರೆ ಅದು ಕೊಲೆಯೆಂದು ಮೂರ್ತಿ ಮತ್ತು ಮುನಿಯಪ್ಪನಿಗೆ ಮಾತ್ರ ತಿಳಿದಿತ್ತು.

ಕೃಷ್ಣನ ಮೂಕರ್ಜಿಗೆ ಪೋಲೀಸರು ಕ್ರಿಯಶೀಲರಾದರು. ಪೋಲೀಸರು ಶವ ತೆಗೆದು ಪರೀಕ್ಷೆ ಮಾಡುವರು ಎಂದು ತಿಳಿದಾಗ ಮೂರ್ತಿ ಮತ್ತು ಹೊನ್ನಿಗೆ ಗಾಬರಿಯಾಯ್ತು. ತಾನೇ ಅವರಿಗೆ ಮಾತ್ರೆ ಮತ್ತು ಹಾಲು ಕೊಟ್ಟೆ ಎಂದು ಹೇಳಿದಾಗ ಮುನಿಯಪ್ಪ ಬೇರೆ ಐಡಿಯಾ ಮಾಡಿದ. ತನ್ನ ಪತ್ನಿ ಸಿಕ್ಕಿಹಾಕಿಕೊಂಡಾಳೆಂದು ಹೆದರಿದ. ಹೊನ್ನಿ ಕೇಸಿನಲ್ಲಿ ಸಿಕ್ಕಿಕೊಂಡರೆ ತನ್ನ ಹೆಸರೂ ಈಚೆ ಬರುತ್ತದೆ. ತನಗೂ, ಹೊನ್ನಿಗೂ ಜೈಲಾಗುತ್ತದೆ ಎಂದು ಹೆದರಿ, ಯಶವಂತರಾಯರ ಶವ ಹಾರಿಸಿಕೊಂಡು ಬೆಂಗಳೂರಿಗೆ ಹೋದ. ಅದಕ್ಕೆ ಅವನು ಉಪಯೋಗಿಸಿದ್ದು ಕುದುರೆ ನಂತರ ಒಂದು ಟ್ಯಾಕ್ಸಿ! ಶವ ಸಾಗಿಸಿದ ಟ್ಯಾಕ್ಸಿಯನ್ನೂ ಲೊಕೇಟ್ ಮಾಡಿದೀನಿ. ಅದನ್ನು ಮುನಿಯಪ್ಪ ಯಾನೆ ಹನುಮಯ್ಯ ಕದ್ದು ಉಪಯೋಗಿಸಿದ. ನಕಲಿ ಮರಣದ ದಾಖಲೆಯೊಂದನ್ನು ತಂದು ಶವವನ್ನು ವಿಲ್ಸನ್‌ಗಾರ್ಡನ್ನಿನ ಎಲೆಕ್ಟ್ರಿಕ್ ಕ್ರಿಮೆಟೋರಿಯಮ್ಮಿನಲ್ಲಿ ಸುಟ್ಟು ಕೈ ತೊಳೆದುಕೊಂಡ. ಆಗಲೂ ಅವನು ಗಡ್ಡ, ಮೀಸೆ ಹಾಕಿ ವೇಷ ಧರಿಸಿದ್ದ.

ತಾನು ಕೇಸಿನಲ್ಲಿ ಸಿಕ್ಕಿಹಾಕಿಕ್ಕೊಳ್ಳುವ ಸಾಧ್ಯತೆಯನ್ನು ತಪ್ಪಿಸಿಕ್ಕೊಳ್ಳಲು ಮೂರ್ತಿ ಶವವನ್ನು ಬೇರೆಲ್ಲಾದರೂ ಸಾಗಿಸಲು ಸ್ಮಶಾನಕ್ಕೆ ಹೋಗಿ ಸಮಾಧಿ ಅಗೆದಾಗ ಅಲ್ಲಿ ಶವವೇ ಇರಲಿಲ್ಲ! ಕಾರಣ ಮುನಿಯಪ್ಪ ಆಗಲೇ ಶವವನ್ನು ಸಾಗಿಸಿಬಿಟ್ಟಿದ್ದ! ಮೂರ್ತಿಗೆ ಇನ್ನಿಲ್ಲದ ಆತಂಕ ಶುರುವಾಗಿತ್ತು. ಆಗಲೇ ನನ್ನಲ್ಲಿ ಬಂದು ಕೇಸೊಪ್ಪಿಸಿದ್ದು.

ಮುನಿಯಪ್ಪ ತಾನು ಬ್ಲಾಕ್ ಮೈಲ್ ಮಾಡಲು ಸಾಧನವಾಗಿದ್ದ ಪೆನ್‌ಡ್ರೈವನ್ನು ನಾಶ ಮಾಡಲು ಮರೆತು ತಪ್ಪು ಮಾಡಿದ! ಮೂರ್ತಿ ನನ್ನ ಕೈಗೆ ಕೇಸೊಪ್ಪಿಸಿ ತಪ್ಪು ಮಾಡಿದ.

ಕೆ.ಜಿ. ಹಳ್ಳಿಯಲ್ಲಿ ನಮ್ಮ ಮೂವ್‌ಮೆಂಟ್ಸ್ ಮೇಲೆ ಸರಳಾ ಮತ್ತು ಹೊನ್ನಿ ಇಬ್ಬರೂ ಕಣ್ಣಿಟ್ಟಿದ್ದರು. ಸರಳಾ ಮೂರ್ತಿಗೆ ಸುದ್ದಿ ಕೊಟ್ಟರೆ, ಹೊನ್ನಿ ಮುನಿಯಪ್ಪನಿಗೆ ಕೊಡುತ್ತಿದ್ದಳು..."

"ಮುನಿಯಪ್ಪನ ವಿಷಯ ಹೇಗೆ ತಿಳ್ಕೊಂಡ್ರಿ?"

"ಪೋಲೀಸ್ ರೆಕಾರ್ಡ್ಸ್‌ನಿಂದ. ಇಷ್ಟಕ್ಕೂ ಅವನು ಮುನಿಯಪ್ಪ ಅಲ್ಲ. ಹನುಮಯ್ಯ, ಒಬ್ಬ ಪುಡಿ ರೌಡಿ. ಒಂದೆರಡು ಕಳ್ಳತನ, ಗ್ಯಾಂಗ್‌ಫೈಟ್‌ಗಳಲ್ಲಿ ಹಿಂದೆ ಸಿಕ್ಕಿಕೊಂಡಿದ್ದ. ನಂತರ ಸುಧಾರಿಸಿದ್ದ.. ರೈಲ್ವೆಯಲ್ಲಿ ಸಿಗ್ನಲ್‌ಮನ್ ಆಗಿ ಕೆಲಸ ಗಿಟ್ಟಿಸಿದ್ದ. ಕೆಲಸಕ್ಕೆ ಗೈರಾಗಿ, ಹನುಮಯ್ಯನು ಸತ್ತ ಎಂದು ಹೇಳಿ ಮುನಿಯಪ್ಪನ ಹೆಸರಲ್ಲಿ ಕೆ.ಜಿ. ಹಳ್ಳೀಲಿ ಅಗಸನಾದ"

"ಮೂರ್ತಿ ಈ ಕೇಸು ನಮ್ಮ ಕೈಯಲ್ಲಿಡೋಕೆ ಕಾರಣ ಏನು?"

"ತನ್ನ ಮೇಲೆ ಅಪವಾದ ಬರದೆ ಇರಲೀಂತ. ಶವ ಸಿಕ್ಕೋದೇ ಇಲ್ಲಾನ್ನೋ ನಂಬಿಕೆ ಅವನಿಗಿತ್ತು. ಏಕೆಂದರ ಶವ ಕಾಣೆಯಾಗಿರುವುದರ ಹಿಂದಿರುವವನು ಮುನಿಯಪ್ಪ ಅಲಿಯಾಸ್ ಹನುಮಯ್ಯ ಎನ್ನುವುದು ಅವನಿಗೆ ಗೊತ್ತಿತ್ತು. ಅಕಸ್ಮಾತ್ ಸಿಕ್ಕಿಕೊಂಡರೂ ಮುನಿಯಪ್ಪ ಸಿಕ್ಕಿಕೊಂಡಾನು ಎಂದುಕೊಂಡಿದ್ದ"

ವಿಕ್ರಮ್ ಎಳೆಎಳೆಯಾಗಿ ಕೇಸು ಬಿಡಿಸಿ ಹೇಳುತ್ತಿದ್ದ.

"ಸೋ..ರಾಮಣ್ಣ ಈ ಕೇಸಲ್ಲಿ ಕ್ಲಿಯರಾಗಿದ್ದಾರೆ.."

ಶರತ್ ತನ್ನ ಸಂಶಯಗಳನ್ನು ಪೂರಾ ನಿವಾರಿಸಿಕ್ಕೊಳ್ಳಲು ಕೇಳಿದ.

"ಯೂ ಆರ್ ರೈಟ್. ಯಶವಂತರಾಯರ ಕೊಲೆಯಲ್ಲಾಗಲೀ, ಶವ ಕಾಣೆಯಾಗಿರುವುದರಲ್ಲಾಗಲೀ ರಾಮಣ್ಣ ಸೇರಿಲ್ಲ! ಆದರೆ ಮಗಳನ್ನು ಕೃಷ್ಣನಿಗೆ ಕೊಟ್ಟು ಮದುವೆ ಮಾಡುವ ಯೋಜನೆಯನ್ನು ಕಾರ್ಯಗತಗೊಳಿಸುವ ಬಗ್ಗೆ ತೀವ್ರ ಪ್ರಯತ್ನ ಮಾಡುತ್ತಿದ್ದ.

"ಒಂದು ವೇಳೆ ಯಶವಂತರಾಯರು ಹೊನ್ನಿ ಜೊತೆಯಲ್ಲಿ ಸಂಬಂಧ ಇಟ್ಕೊಳ್ಳದೆ ಇದ್ದಿದ್ದರೆ ಈ ಕೇಸು ಉದ್ಭವವಾಗ್ತಾನೇ ಇರ್ಲಿಲ್ಲವೇನೋ?"

ಶರತ್ ತನಗೆ ತಾನೇ ಎಂಬಂತೆ ಹೇಳಿಕ್ಕೊಳ್ಳುವಾಗ ಬಾಗಿಲ ಬಳಿ ನಿಂತು ಯಾರೋ ಕಾಲಿಂಗ್ ಬೆಲ್ ಒತ್ತಿದರು.

"ಎಸ್, ಕಮಿನ್ ಪ್ಲೀಸ್"

ವಿಕ್ರಮ್ ಕಂಚಿನ ಕಂಠ ಕರೆಯಿತು.

ಬಂದವನು ಕೃಷ್ಣ!

ಯಶವಂತರಾಯರ ಮೊಮ್ಮಗ! ಅವನ ಮುಖದಲ್ಲಿ ಸಂತೋಷ ಉಕ್ಕಿತ್ತು.

"ನಮಸ್ಕಾರ. ನಿಮ್ಮಿಂದ ಈ ಕೆಲಸ ಸಾಧ್ಯವಾಗಬಹುದೂಂತ ನನಗೆ ಅನ್ನಿಸಿರಲಿಲ್ಲ"

ಕೃಷ್ಣ ಹೇಳಿದ.

"ನಮ್ಮ ವೃತ್ತೀನೆ ಅದಲ್ವಾ ಕೃಷ್ಣ! ಅದೂ ಸರಿಯಾಗಿ ಮಾಡ್ದೆ ಇದ್ರೆ ಹೇಗೆ?"

ವಿಕ್ರಮ್ ತಮಾಷೆಯಾಗಿ ಹೇಳಿದ.

"ನಿಮಗೆ ಕೃತಜ್ಞತೆ ಹೇಳೋಕೆ ಬಂದಿದೀನಿ. ನಮ್ಮ ತಾತನ ಸಾವು ಸ್ವಾಭಾವಿಕ ಅಲ್ಲ ಅನ್ನೋ ಅನುಮಾನವಿತ್ತು. ನಮ್ಮ ಭಾವ ಕಿರಾತಕ. ಹೊನ್ನಿ ಶೂರ್ಪನಖಿ. ಅಬ್ಬಾ! ಈಗ ನನಗೆ ನೆಮ್ಮದಿಯಾಯಿತು"

ಕೃಷ್ಣ ಮುಖ ಕೃತಜ್ಞತೆಯಿಂದ ತುಂಬಿತ್ತು.

"ಹಾಗೆ ನೋಡಿದರೆ ಕೃಷ್ಣ, ನಾವು ವಿಶ್ವಾಸ ದ್ರೋಹಿಗಳು. ಮೂರ್ತಿ ಬಂದು ಈ ಕೇಸು ನಮಗಿತ್ತರು. ನಾವು ಅವರನ್ನೇ ಅರೆಸ್ಟ್ ಮಾಡಿಸಿದ್ದೇವೆ."

"ಅದು ನ್ಯಾಯಕ್ಕೆ ಬೆಲೆ ಕೊಡೋ ನಿಮ್ಮ ಮನಸ್ಸನ್ನು ತೋರಿಸುತ್ತೆ. ತಾವು ತಪ್ಪು ತಿಳಿಯದೆ ಈ ಚೆಕ್ ಸ್ವೀಕರಿಸಬೇಕು."

ಐವತ್ತು ಸಾವಿರ ರೂಪಾಯಿಗೆ ಬರೆದ ಚೆಕ್ ವಿಕ್ರಮ್ ಕೈಯಲ್ಲಿಟ್ಟ ಕೃಷ್ಣ.

"ಥ್ಯಾಂಕ್ಸ್ ಕೃಷ್ಣ. ಈ ಸಮಯದಲ್ಲಿ ಒಂದು ಮಾತು ಹೇಳಿದರೆ ತಪ್ಪು ತಿಳಿಯೊಲ್ಲ ತಾನೆ?"

"ಖಂಡಿತಾ ಇಲ್ಲ."

"ಇನ್ನು ಮೇಲಾದರೂ ಶುದ್ಧ ಚಾರಿತ್ರ್ಯದಿಂದ ಬದುಕೋದು ಕಲಿ ಕೃಷ್ಣ. ಅದರಿಂದ ಮನಸ್ಸಿಗೆ ತುಂಬಾ ನೆಮ್ಮದಿ ಸಿಗುತ್ತೆ. ರಾಣಿ ಕೈಬಿಡಬೇಡ. ಪಾಪ ಅಂಥ ತಾಯಿ ಬೇರೆ! ನಿನ್ನನ್ನೇ ನಂಬಿಕೊಂಡಿದ್ದಾಳೆ ರಾಣಿ. ಮದ್ವೆಯಾಗಿ, ಜವಾಬ್ದಾರಿಯಿಂದ ಜೀವನ ನಡೆಸು. ಈಗ ನೀನು ಎಡವಿದರೆ ತಿದ್ದೋಕೆ ನಿಮ್ಮ ತಾತ ಇಲ್ಲ"

"ಥ್ಯಾಂಕ್ ಯೂ ಸರ್. ನಿಮ್ಮ ಮಾತಿಗೆ ಗೌರವ ಕೊಡ್ತೀನಿ. ಅದರಂತೆ ನಡೆಯೋಕೆ ಪ್ರಯತ್ನಿಸ್ತೀನಿ..."

ಕೃಷ್ಣ ಕಂಬನಿದುಂಬಿ ನುಡಿದು ಆಫೀಸಿನಿಂದಾಚೆ ಹೋದ.

ಸೂಕ್ತ ಸಮಯದಲ್ಲಿ ಪರಿಣಾಮಕಾರಿಯಾದ ನಾಲ್ಕು ಮಾತಾಡಿದ ವಿಕ್ರಮ್ ಕಡೆ ಶರತ್ ಮೆಚ್ಚುಗೆಯಿಂದ ನೋಡಿದ.

ಪ್ರಾರಂಭ!

ಅದು ಅಮಾವಾಸ್ಯೆಯ ಹಿಂದಿನ ದಿನ. ತಾನು ಈವರೆಗೆ ಕಂಡ ಅಮಾವಾಸ್ಯೆಗಳ ಮುನ್ನಾದಿನಗಳಿಗಿಂತಲೂ ಇಂದು ಕತ್ತಲು ಹೆಚ್ಚು ದಟ್ಟವಾಗಿದೆ

ಎನ್ನಿಸಿತು ಅವನಿಗೆ. ರಾತ್ರಿ ಬಹಳ ಹೊತ್ತಾಗಿತ್ತು. ಮಧ್ಯರಾತ್ರಿಯನ್ನು ಮೀರಿತ್ತು. ಆದರೆ, ಬೆಳಗಾಗಲು ಇನ್ನೂ ತುಂಬಾ ಸಮಯವಿತ್ತು. ಆಕಾಶದ ತುಂಬಾ ಮೋಡಗಳು ದಟ್ಟವಾಗಿದ್ದವು. ಮುಂಗಾರಿನ ದಿನಗಳು ಬೇರೆ. ಮಳೆ ಬರುವ ಸೂಚನೆಯೂ ಸ್ಪಷ್ಟವಾಗಿತ್ತು.

ಸಂಜೆಯಿಂದಲೂ ಗಾಳಿ ಹುಯಿಲಿಡುತ್ತಿತ್ತು! ಮಳೆ ಯಾವಾಗಲಾದರೂ ಬರಬಹುದು ಎನಿಸುತ್ತಿತ್ತು. ಆದರೆ ಅದ್ಯಾವುದರ ಪರಿವೆ ಆ ಮನುಷ್ಯನಿಗೆ ಕಿಂಚಿತ್ತೂ ಇದ್ದಂತಿರಲಿಲ್ಲ. ತಾನಿರುವುದು ಸ್ಮಶಾನದಲ್ಲಿ ಎಂಬ ಅಳುಕಾಗಲೀ, ಭಯವಾಗಲೀ ಕಿಂಚಿತ್ತೂ ಇದ್ದಂತಿರಲಿಲ್ಲ! ಬಹುಶಃ ಅವನಿಗಿದ್ದ ಒಂದೇ ಭಯವೆಂದರೆ ತನ್ನ ಕೆಲಸವನ್ನು ಯಾರಾದರೂ ನೋಡಬಹುದು! ಅದರ ಪರಿಣಾಮವೇನಾದೀತು ಎನ್ನುವುದೊಂದೇ ಅವನಿಗಿದ್ದ ಭಯ! ಗುದ್ದಲಿ ಹಿಡಿದು ಒಂದೇ ಸಮನೆ ಸಮಾಧಿಯೊಂದನ್ನು ಅಗೆಯುತ್ತಿದ್ದ. ಅವನ ಉದ್ದೇಶ ಸ್ಪಷ್ಟವಾಗಿತ್ತು! ಒಳಗಿದ್ದ ಶವವನ್ನು ತೆಗೆಯಬೇಕು ಎನ್ನುವುದು! ಒಂದೇ ಸಮನೆ ಮಣ್ಣು ತೋಡಿ ಹಾಕುತ್ತಿದ್ದ. ಅವನು ಅಗೆಯುತ್ತಿದ್ದುದು ಕೆಲವೇ ದಿನಗಳ ಹಿಂದಿನ ಸಮಾಧಿ. ಮಣ್ಣು ಗಟ್ಟಿಯಾಗಿರಲಿಲ್ಲ! ಕೆಲಸ ಸುಲಭವೆನಿಸಿದರೂ ಆಯಾಸಗೊಳ್ಳುತ್ತಿದ್ದ. ತನ್ನ ಕೆಲಸವನ್ನು ಯಾರಾದರೂ ನೋಡುತ್ತಿರಬಹುದೆನ್ನುವ ಅನುಮಾನದಿಂದ ಹತ್ತು ನಿಮಿಷಗಳಿಗೊಮ್ಮೆ ತಲೆಯೆತ್ತಿ ಸುತ್ತಲೂ ನೋಡಿ, ಶಬ್ದವನ್ನು ಆಲಿಸಿ, ಯÁರೂ ತನ್ನನ್ನು ಗಮನಿಸುತ್ತಿಲ್ಲವೆಂದು ಖಾತ್ರಿ ಮಾಡಿಕೊಂಡು ಮತ್ತೆ ತನ್ನ ಕೆಲಸದಲ್ಲಿ ತೊಡಗುತ್ತಿದ್ದ.

ಅವನು ಸುಮಾರು ಮೂವತ್ತೈದರ ಹರೆಯದ ಗಂಡಸು. ಸಾಧಾರಣ ಮೈಕಟ್ಟು. ಲುಂಗಿಯನ್ನು ಮೊಣಕಾಲಿನ ಮೇಲೆ ಕಟ್ಟಿದ್ದ. ಷರಟಿನ ಅರ್ಧ ಗುಂಡಿಗಳನ್ನು ಬಿಚ್ಚಿದ್ದ. ಎದೆಯನ್ನು ಗಾಳಿಗೊಡ್ಡಲು ಮಾಡಿದ ಕೃತ್ಯವದು. ಆಗಾಗ್ಗೆ ಮಾಡುತ್ತಿದ್ದ ಕೆಲಸ ನಿಲ್ಲಿಸಿ ಹಣೆಯ ಬೆವರನ್ನು ಹೆಗಲ ಮೇಲಿನ ಟವೆಲ್ಲಿನಿಂದ ಒರೆಸಿಕೊಳ್ಳುತ್ತಿದ್ದ. ಅಂತ ಕೆಲಸ ಮಾಡಿ ಅವನಿಗೆ ಅಭ್ಯಾಸವಿಲ್ಲ ಎನ್ನುವುದು ಅವನು ಉಸಿರು ಬಿಡುವುದರಲ್ಲೇ ಗೊತ್ತಾಗುತ್ತಿತ್ತು. ಎಂದೂ ಮಾಡಿರದ ದಣಿವಾಗುವ ಕೆಲಸವನ್ನು ಕೈಗೊಂಡಿದ್ದ.

ದೂರದಲ್ಲೆಲ್ಲೋ ನಾಯಿಯೊಂದು ವಿಕಾರವಾಗಿ ಕೂಗಿತು! ಅದಕ್ಕೆ ಪ್ರತಿಯಾಗಿ ಇನ್ನೂ ಕೆಲವು ನಾಯಿಗಳು ಬೊಗಳಿದವು. ಸಮೂಹ ಸನ್ನಿಯಂತೆ ಎಲ್ಲವೂ ವಿಕಾರವಾಗಿ ಬೊಗಳತೊಡಗಿದವು.

ಕ್ಷಣಕಾಲ ಬೆಚ್ಚಿದ! ಶಬ್ದ ಬಂದೆಡೆಗೆ ನೋಡಿದ. ನಾಯಿಗಳು ತುಂಬಾ ದೂರ ಇವೆ, ಅವು ಬೊಗಳುತ್ತಿರುವುದು ತನ್ನನ್ನು ನೋಡಿ ಅಲ್ಲ! ಊರಿನಲ್ಲಿ ನಡೆದ ಯಾವುದೋ ಕ್ರಿಯೆಗೆ ಅಥವಾ ಆಗಂತುಕರನ್ನೋ ಕಂಡು ಹೀಗೆ ಬೊಗಳುತ್ತಿರಬೇಕು ಎಂದು ಧೈರ್ಯ ತಂದುಕೊಂಡು ಮತ್ತೆ ಅಗೆಯಲು ಶುರು ಮಾಡಿದ.

ಅವನಿಗೆ ಇದು ಸರಿಯಾದ ಸಮಯ ಎನಿಸಿದ್ದರೂ ತಾನು ಕೈಗೊಂಡಿರುವ ಕೆಲಸ ಸರಿಯೇ? ತಪ್ಪೇ? ಎಂಬ ಗೊಂದಲದಲ್ಲಿದ್ದ. ಇದನ್ನು ಬಿಟ್ಟು ತನಗೆ ಬೇರೆ ದಾರಿಯೇ ಇಲ್ಲ ಎನಿಸಿತ್ತು. ಮರುಕ್ಷಣವೇ ಮುಂದಾಗುವುದನ್ನು ಎದುರಿಸಲು ತಾನು ಸಿದ್ಧನಾಗಿದ್ದರೆ, ಈ ಶವ ಅಗೆಯುವ ಕೆಲಸ ಮಾಡಬೇಕಾಗಿರಲಿಲ್ಲ ಎನಿಸುತ್ತಿತ್ತು. ಈ ದ್ವಂದದಲ್ಲೇ ಕೆಲಸ ಮುಂದುವರಿಸಿದ್ದ.

ತಾನೆಷ್ಟು ಆಳ ತೆಗೆದಿದ್ದೇನೆ ಎಂದು ಪರೀಕ್ಷಿಸಲು ಸೊಂಟಕ್ಕೆ ಸಿಕ್ಕಿಸಿಕೊಂಡಿದ್ದ ಟಾರ್ಚಿನ ಬೆಳಕನ್ನು ತಾನು ತೋಡುತ್ತಿದ್ದ ಗುಂಡಿಯತ್ತ ಚೆಲ್ಲಿದ. ಮೊಣಕಾಲಿನವರೆಗೂ ಸಮಾಧಿ ಅಗೆದಿದ್ದ. ಶರೀರ ಸಿಗಲು ಇನ್ನೂ ತುಂಬ ಅಗೆಯಬೇಕು. ಇನ್ನೂ ತುಂಬಾ ಮಣ್ಣು ಗೋರಿ ಪಕ್ಕಕ್ಕೆ ಹಾಕಬೇಕು...ಅದಕ್ಕೆಷ್ಟು ಸಮಯ ಹಿಡಿಯಬಹುದು? ಅರ್ಧ ಗಂಟೆ ಸಾಕಾದೀತೆ? ಒಮ್ಮೆ ಶವ ಸಿಕ್ಕರೆ...ನೆಮ್ಮದಿ.

ಇಪ್ಪತ್ತು ಹೆಜ್ಜೆ ದೂರದಲ್ಲಿ ಮರಕ್ಕೆ ಕಟ್ಟಿದ್ದ ಕುದುರೆಯ ಕಣ್ಣುಗಳು ಬ್ಯಾಟರಿಗಳಂತೆ ಹೊಳೆದವು. ಕುದುರೆ ಕೆಳಗೆ ಹಾಕಿದ್ದ ಹುಲ್ಲನ್ನು ತಿನ್ನುತ್ತಿತ್ತು. ಕುದುರೆ ತಂದಿದ್ದು ಒಳ್ಳೆಯದಾಯಿತು. ಇಲ್ಲವಾದಲ್ಲಿ ಎಷ್ಟೊಂದು ಭಾರ ಹೊರಬೇಕಿತ್ತು! ಅದು ಸಾಧ್ಯವೂ ಆಗುತ್ತಿರಲಿಲ್ಲ. ದೊಡ್ಡ ಗೋಣಿಚೀಲ, ಹಗ್ಗ ಎಲ್ಲವನ್ನೂ ಅವನು ತಂದಿದ್ದ. ಶವ ತೆಗೆದು ಅದನ್ನು ಚೀಲದಲ್ಲಿ ಹಾಕಿಕೊಂಡು ಕುದುರೆಯ ಮೇಲೆ ಹಾಕಿಕೊಂಡು ಹೋಗುವ ಉದ್ದೇಶ ಅವನದಾಗಿತ್ತು. ಅದೂ ತುಂಬಾ ದೂರಕ್ಕೆ ಒಯ್ಯಬೇಕಿತ್ತು.!

ತನ್ನ ಯೋಚನೆಗಳಿಗವನು ತತ್ಕಾಲಿಕ ವಿರಾಮ ಕೊಟ್ಟು ಮೊದಲಿಗಿಂತ ವೇಗವಾಗಿ ಗುಂಡಿ ತೋಡಲು ಪ್ರಾರಂಭಿಸಿದ. ಆದರೂ ಮನಸ್ಸು ಸುಮ್ಮನಿರಬೇಕಲ್ಲ? ಮತ್ತೆ ಮನಸ್ಸಿನಲ್ಲಿ ಶುರುವಾಯಿತು ಯೋಚನೆ!

ಮೂರು ದಿವಸದ ಹೆಣ ಹೇಗಿರಬಹುದು!?

ಅದೂ ಮಣ್ಣಿನಲ್ಲಿ ಹೂತಿರುವ ಶವ!

ಹುಳುಗಳು ಬಿದ್ದಿರಬಹುದು! ಕಿವಿ, ಮೂಗುಗಳಿಂದಂತೂ ಹುಳುಗಳು ಸಾಲಾಗಿ ಹರಿಯುತ್ತಿರುತ್ತಿವೆ. ಕಣ್ಣುಗಳನ್ನೂ ತಿಂದಿರುತ್ತವೆಯೇನೊ? ಅಲ್ಲಿ ತೂತು

ಬಿದ್ದಿರುತ್ತದೆ. ಆದರೆ ಮೂರೇ ದಿವಸದಲ್ಲಿ ಅಷ್ಟೇಲ್ಲಾ ಆಗಿರುವ ಸಾಧ್ಯತೆಯಿದೆಯೆ? ಆದರೂ ಶವವನ್ನು ಮುಟ್ಟುವುದು..? ಮೈ ಜುಮ್ಮೆಂದಿತು! ಅದರ ಕಲ್ಪನೆ ಬರುತ್ತಲೇ ಥೂ...ಅಸಹ್ಯ ಎಂದುಕೊಂಡ! ಅವನು ಮುಖ ಅಸಹ್ಯದಿಂದ ಕಿವುಚಿಕೊಂಡಿತು. ಆದರೆ, ಹೆದರಿಕೆ ಅಷ್ಟಾಗಿ ಅವನನ್ನು ಕಾಡಿರಲಿಲ್ಲ. ಏಕಾಂಗಿಯಾಗಿ ಸ್ಮಶಾನದಲ್ಲಿ ಪಿಶಾಚಿಯಂತೆ ನಿಂತಿದ್ದ. ಅದಷ್ಟೇ ಅಲ್ಲ... ರಭಸದಿಂದ ಸಮಾದಿಯನ್ನು ಅಗೆಯುತ್ತಿದ್ದ! ಒಳಗಿರುವ ಶವ ತೆಗೆದು ಕುದುರೆಯ ಮೇಲೆ ಹಾಕಿಕೊಂಡು ಹೋಗಬೇಕು. ತುಂಬಾ ದೂರಕ್ಕೆ ಹೋಗಬೇಕು. ಅದೂ ಬೆಳಗಾಗುವುದರಲ್ಲಿ ಆ ಜಾಗ ತಲುಪಿ ಈ ಶವಕ್ಕೆ ಸ್ನಾನ ಮಾಡಿಸಿ, ಬಿಳಿ ಬಟ್ಟೆ ಹೊದಿಸಿ..ಓ ದೇವರೇ..ಇನ್ನೂ ಎಷ್ಟು ಕೆಲಸ? ಅದೂ ಅಪಾಯದ ಕೆಲಸ. ಈ ಕೆಲಸ ಮಾಡುತ್ತಿರುವಾಗ ಯಾರ ಕೈಲಾದರೂ ಸಿಕ್ಕಿಕೊಂಡರೆ? ಅ ಪರಿಸ್ಥಿತಿಯನ್ನು ಊಹಿಸಲೂ ಸಾಧ್ಯವಿಲ್ಲ! ಜೀವಿತವಿಡೀ ಜೈಲು!! ಈ ಕೆಲಸ ಮಾಡದಿದ್ದರೂ ಜೈಲು ಸೇರುವ ಅಪಾಯವೂ ಇದೆಯಲ್ಲ? ಅತ್ತ ದರಿ, ಇತ್ತ ಪುಲಿ!!

ಮತ್ತಷ್ಟು ಮಣ್ಣು ತೆಗೆದು ಟಾರ್ಚಿನ ಬೆಳಕಿನಲ್ಲಿ ಪರೀಕ್ಷಿಸಿದ. ಅಗೆಯುತ್ತಿದ್ದ ವೇಗಕ್ಕೆ ತೃಪ್ತಿ ಪಟ್ಟುಕೊಂಡ. ಮತ್ತೆ ಅಗೆಯುವ ಕೆಲಸದಲ್ಲಿ ತೊಡಗಿದ. ಅವನ ಕೆಲಸದ ವೇಗ ಇನ್ನೂ ಹೆಚ್ಚಿದಂತಿತ್ತು!

ಅರ್ಧ ಗಂಟೆಯ ನಂತರ ಅವನ ಕೆಲಸ ಒಂದು ಹಂತಕ್ಕೆ ಬಂದಿತ್ತು. ಪಿಕಾಸಿಗೆ ಮೆತ್ತಗಿನ ವಸ್ತು ಸಿಕ್ಕಿತು. ಅವನ ಮೈಯಲ್ಲಿ ಛಳುಕು!! ನಡುಗಿದ! ಸಾವರಿಸಿಕೊಂಡು ಟಾರ್ಚಿನ ಬೆಳಕು ಗುಂಡಿಗೆ ಬೀರಿ ಮೆಲ್ಲನೆ ಬಲಗೈಯಿಂದ ಮಣ್ಣು ಸರಿಸಿದ. ಶವದ ವಿಕಾರ ಮುಖ ನೋಡಲು ಕೊಂಚ ಅಳುಕಿದ. ಆದರೆ ಬೇರೆ ದಾರಿಯಿರಲಿಲ್ಲ. ಮಣ್ಣು ಸರಿಸಿದ. ಕೈಗೆ ಸಿಕ್ಕ ವಸ್ತು ಗುರುತಿಸಿ ಅವನು ಸ್ಥಂಭೀಭೂತನಾದ!

ಪಿಕಾಸಿಗೆ ಸಿಕ್ಕಿದ್ದು ಶವವಾಗಿರಲಿಲ್ಲ! ಗುಂಡಿಯೊಳಗೆ ಶವವೇ ಇರಲಿಲ್ಲ!

ಉದ್ದನೆಯ ಒಂದು ಹತ್ತಿಯ ದಿಂಬು ಕಂಡಿತು!

ಪರಿಸ್ಥಿತಿ ತಾನು ಹೂಹಿಸಿದಕ್ಕಿಂತ ವಿಭಿನ್ನವಾಗಿತ್ತು! ವಿಚಿತ್ರವಾಗಿತ್ತು!

ವಿಕಾರವಾದ ಶವ ನೋಡಲು ಹೆದರಿದ್ದವನು, ಈಗ ಗುಂಡಿಯಲ್ಲಿ ಶವ ಕಾಣದೆ ಹೆದರಿದ್ದ!

ಹಣೆಯ ಮೇಲೆ ಹಳೆಯ ಬೆವರ ಹನಿಗಳ ಜೊತೆಗೆ ಹೊಸದಾಗಿ ಮೂಡಿದವೂ ಸೇರಿ ಮುಖದಿಂದ ಕೆಳಗಿಳಿದು ಕುತ್ತಿಗೆಯ ಬೆವರನ್ನೂ ಸೇರಿ, ಎದೆಯೆಡೆಗೆ ನದಿಯಾಗಿ ಹರಿದವು.

ಶವ ಏನಾಯಿತು? ಮೂರು ದಿವಸಗಳ ಹಿಂದೆ ಹೂತಿಟ್ಟಿದ್ದು ಏನಾಯಿತು? ಈಗ ಇಲ್ಲ ಎಂದರೆ? ಏನಿದರ ಅರ್ಥ?

ಶವ ಇದ್ದ ಜಾಗದಲ್ಲಿ ದಿಂಬು ಹೇಗೆ ಬಂತು? ಅದನ್ನು ಇಟ್ಟವರು ಯಾಖು? ಹಾಗದರೆ ಶವ?

ಯಾರೋ ಶವವನ್ನು ಅಪಹರಿಸಿದ್ದಾರೆ! ಶವ ತೆಗೆದಾಗ ಖಾಲಿಯಾದ ಜಾಗ ತುಂಬಲು ದಿಂಬು! ಯಾರಿಗೂ ಅನುಮಾನ ಬರದಿರಲಿ ಎಂದು ಆ ಜಾಗದಲ್ಲಿ ಈ ದಿಂಬನ್ನು ಇಟ್ಟು ಮತ್ತೆ ಗುಂಡಿ ಮುಚ್ಚಿದ್ದಾರೆ! ನೆನ್ನೆ ಮಳೆ ಬೇರೆ ಬಂದಿದೆ! ನೆನ್ನೆಯ ಮಳೆಗೆ ನೆನೆದ ಸಮಾಧಿಯ ಮಣ್ಣು ನೆನೆದು ಹಳೆಯದರಂತೆ ಕಾಣುತ್ತಿದೆ! ಈ ಯೋಚನೆಗಳು ಬಂದೊಡನೆಯೇ ಇದು ಯಾರ ಕೃತ್ಯ? ಯಾರು ಇಂತಾ ಕೆಲಸ ಮಾಡಿರಬಹುದು? ಯಾವ ಉದ್ದೇಶದಿಂದ ಈ ಕೆಲಸ ಮಾಡಿದ್ದಾರೆ? ಎಂಬ ಪ್ರಶ್ನೆಗಳು ಅವನಲ್ಲಿ ಹೆಡೆಯಾಡಿದವು.

ತನ್ನ ಪ್ರಶ್ನೆಗಳಿಗೆ ತಕ್ಷಣದಲ್ಲಿ ಉತ್ತರ ದೊರೆಯುವುದು ಸಾಧ್ಯವಿಲ್ಲ ಎನ್ನುವ ಅರಿವು ಅವನಿಗಿತ್ತು. ಆದರೆ ಒಂದು ವಿಷಯ ಸ್ಪಷ್ಟವಾಗಿತ್ತು! ತನಗೆ ಈ ಶವ ಬೇಕಾದಂತೆ ಬೇರೆ ಇನ್ನೊಬ್ಬರಿಗೂ ಬೇಕಾಗಿದೆ! ಅದಕ್ಕೇ ಅದನ್ನು ಸಮಾಧಿಯಿಂದ ಅಪಹರಿಸಿದ್ದಾರೆ! ತಾನು ಸರಿಯಾದ ಸಮಾಧಿಯನ್ನು ಅಗೆದಿರುವೆನೆ? ಇಲ್ಲಾ ತಪ್ಪಿ ಬೇರೊಂದು ಸಮಾಧಿಯನ್ನು ಅಗೆದೆನೆ? ಅನಮಾನದಿಂದ ಅವನು ಜಾಗವನ್ನು ಪರಿಶೀಲಿಸಿದ. ಎಲ್ಲೂ ಅವನು ತಪ್ಪಿರಲಿಲ್ಲ. ಆದರೆ ಶವ ಮಾತ್ರ ಮಾಯವಾಗಿತ್ತು. ಅಲ್ಲಿದ್ದ ಶವವನ್ನು ಯಾರೋ ಅಪಹರಿಸಿದ್ದರು! ಯಾರು? ಏಕೆ? ಈ ಪ್ರಶ್ನೆಗಳಿಗೆ ಅವನ ಹಣೆಯಲ್ಲಿ ಮೂಡಿದ್ದ ಗೆರೆಗಳು ಆಳವಾದುವು.

ಮುಂದೇನು? ಯೋಚಿಸುತ್ತ ಕೆಲವು ಕ್ಷಣ ನಿಂತ. ನಂತರ ಒಂದು ನಿರ್ಧಾರಕ್ಕೆ ಬಂದವನಂತೆ ಪಿಕಾಸಿಗೆ ಮತ್ತೆ ಕೈಹಚ್ಚಿದ.

***

ಆತ ಪ್ರೈವೇಟ್ ಡಿಟೆಕ್ಟೀವ್, ಹೆಸರು ಕ್ಯಾಪ್ಟನ್ ವಿಕ್ರಮ್. ಅವನ ಹೆಸರಿನ ಮುಂದೆ ಕ್ಯಾಪ್ಟನ್ ಎಂಬ ವಿಶೇಷಣ ಬರಲು ಕಾರಣವಿತ್ತು. ಆತ ಮಿಲಿಟರಿಯಲ್ಲಿ ಹತ್ತು ವರ್ಷ ಸೇವೆ ಸಲ್ಲಿಸಿದ್ದ. ಮಿಲಿಟರಿಯಲ್ಲಿ ಬೇಹುಗಾರಿಕೆಗಾಗಿ ವಿಶೇಷ ತರಬೇತಿ ಪಡೆದು, ಚೀನಾ ಮತ್ತು ಪಾಕಿಸ್ತಾನ ದೇಶಗಳಲ್ಲಿ ರಹಸ್ಯವಾಗಿ ಬೇಹುಗಾರಿಕೆ ಮಾಡಿದ್ದ. ಅಂತಾ ಒಂದು ಸಾಹಸದಲ್ಲೇ ಶತೃಗಳ ಕೈಲಿ ಸಿಕ್ಕಿಕೊಂಡು ಗುಂಡೇಟು ತಿಂದಿದ್ದ. ಸೇವಾವಧಿಗೆ ಮುಂಚೆ ಮೆಡಿಕಲ್ ಗ್ರೌಂಡ್ಸಲ್ಲಿ ರಿಟೈರ್ಮೆಂಟ್ ತೆಗೆದುಕೊಂಡು ನಂತರದಲ್ಲಿ ಪ್ರೈವೇಟ್ ಇನ್ವೆಸ್ಟಿಗೇಶನ್ ಮಾಡುತ್ತಿದ್ದಾನೆ. ಮೂರು ವರ್ಷದ ಹಿಂದೆ ಬೆಂಗಳೂರಿನಲ್ಲಿ ಆಫೀಸ್

ಮಾಡ್ಕೊಂಡಿದ್ದಾನೆ. ವೃತ್ತಿಯಲ್ಲಿ ಸಾಕಷ್ಟು ಹೆಸರು ಹೆಸರು ಗಳಿಸಿದ್ದಾನೆ. ಸಮಸ್ಯೆಗಳನ್ನು ಚೆನ್ನಾಗಿ ಅರ್ಥಮಾಡಿಕೊಂಡು, ಸಮಸ್ಯೆಯ ಮೂಲಕ್ಕೆ ಹೋಗಿ ವಿಶ್ಲೇಷಣೆ ಮಾಡುವ ಜಾಣ್ಮೆ ಜನ್ಮಜಾತವಾಗಿ ವಿಕ್ರಮ್‌ಗ ಬಂದಂತಿತ್ತು! ಅನೇಕ ಸಲ ಪೋಲೀಸರಿಗೆ ಬಿಡಿಸಲಾಗಿರದ ರಹಸ್ಯಗಳನ್ನು ಬಿಡಿಸಿದ್ದ. ಪೋಲೀಸ್ ವಲಯದಲ್ಲೂ ಗೌರವ ಪಡೆದಿದ್ದ. ತನ್ನ ಶ್ರಮಕ್ಕೆ ಪೋಲೀಸ್ ಇಲಾಖೆಯಿಂದ ಯಾವುದೇ ಪ್ರತಿಫಲವನ್ನೂ ಬಯಸುತ್ತಿರಲಿಲ್ಲ.

ಡಿಟೆಕ್ಟೀವ್ ಕ್ಯಾಪ್ಟನ್ ವಿಕ್ರಮ್ ತನ್ನ ಆಫೀಸಿನೊಳಕ್ಕೆ ಬಂದ ವ್ಯಕ್ತಿಯನ್ನು ಕುತೂಹಲದಿಂದ ನೋಡಿದ. ಬಂದಾತನ ವಯಸ್ಸು ಸುಮಾರು ಮೂವತ್ತೈದರಿಂದ ನಲವತ್ತು ವರ್ಷದೊಳಗಿರಬಹುದು ಎಂಬ ಅಂದಾಜು ಮಾಡಿದ. ಮೆಟ್ಯಾಲಿಕ್ ಬ್ಲೂ ಕಲರಿನ ಸಫಾರಿ ಸೂಟ್ ಧರಿಸಿದ್ದ. ಹೆಚ್ಚು ಶ್ರಮವಿಲ್ಲದ ಶರೀರದಲ್ಲಿ ತುಸು ಬೊಜ್ಜು ಕಾಣಿಸಿತು. ಸುಮಾರು ಐದಡಿ ಎಂಟು ಇಂಚು ಎತ್ತರ. ತಲೆಯ ಮುಂಭಾಗದಲ್ಲಿ ಕೂದಲು ಕಡಿಮೆಯಾಗಿತ್ತು. ಆತ ಶೀಘ್ರದಲ್ಲಿ ಬಕ್ಕತಲೆಯವನಾಗಬಹುದು ಎನ್ನಿಸಿತು. ಮೈಬಣ್ಣ ಎಣ್ಣೆಗೆಂಪು. ಕೋಲು ಮುಖ. ದಪ್ಪಗೆ ಬ್ರಷ್‌ನಂತೆ ಬೆಳದಿದ್ದ ಮೀಸೆಯಿತ್ತು. ಆತನ ಮುಖದಲ್ಲಿ ತಿಳಿನಗೆಯಿತ್ತು.

ಆತ ವಿಕ್ರಮ್‌ಗ ನಮಸ್ಕಾರ ಹೇಳಿದ.

"ಕೂತ್ಕೊಳ್ಳಿ.."

"ನನ್ನ ಹೆಸರು ಮೂರ್ತಿ. ನನ್ನ ಪರಿಚಯ.."

ಆತನ ದನಿ ಸ್ವಲ್ಪ ಕೀರಲಾಗಿತ್ತು. ದೇಹಕ್ಕೂ ಸ್ವರಕ್ಕೂ ಹೊಂದಾಣಿಕೆ ಕಾಣಲಿಲ್ಲ.

"ನಿಮ್ಮ ಪರಿಚಯ ಹೇಳೋಕೆ ಮುಂಚೆ ನನ್ನ ಅಬ್ಸರ್ವೇಶನ್ ಕೇಳಿ, ಅದು ಸರಿಯೋ ತಪ್ಪೋ ಹೇಳಿ. ನೀವು ವೃತ್ತಿಯಲ್ಲಿ ಟೆಕ್ಸ್ಟೈಲ್ ಮರ್ಚೆಂಟ್, ಚಿಕ್ಕಪೇಟೇಲಿ ನಿಮ್ಮ ಅಂಗಡಿ"

ವಿಕ್ರಮ್ ತಾನಾಗೇ ಹೇಳಲು ಶುರು ಮಾಡಿದ.

"ಸಾರ್, ನೀವು ನಮ್ಮ ಅಂಗಡಿಗೆ ಬಂದಿದ್ರ್ರಾ?"

ಮೂರ್ತಿ ಅಚ್ಚರಿಯಿಂದ ಕೇಳಿದ.

"ಇಲ್ಲ. ನಿಮ್ಮ ಅಂಗಡಿಗೆ ಇದುವರೆಗೂ ಬಂದಿಲ್ಲ. ಆದ್ರೆ ಇದು ನನ್ನ ಅಬ್ಸರ್ವೇಶನ್ ಕೇಳಿ. ನೀವು ಕಾರಲ್ಲಿ ಬಂದಿದ್ದೀರಿ. ಎ.ಸಿ ಹಾಕಿಕ್ಕೊಳ್ಳದೆ ಡ್ರೈವ್ ಮಾಡ್ಕೊಂಡು ಬಂದಿದ್ದೀರಿ. ಬರೋದಕ್ಕೆ ಮುಂಚೆ ಟ್ರಾಫಿಕ್ ಪೋಲೀಸ್ ಕೇಸಾಗಿದೆ. ಸೀಟ್ ಬೆಲ್ಟ್ ಹಾಕಿಲ್ಲಾಂತ ಫೈನ್ ಕಟ್ಟಿದ್ದೀರಿ. ನಿಮ್ಮ ಕಾರು ಕ್ಲಾಸಿಕ್ ಮಾಲ್ ಮುಂದೆ ನಿಲ್ಲಿಸಿ ಬಂದಿದ್ದೀರಿ.."

ವಿಕ್ರಮ್ ಆತನನ್ನು ದಿಟ್ಟಿಸಿ ನೋಡುತ್ತಾ ಹೇಳುತ್ತಿದ್ದ.

ಅವನ ಅಸಿಸ್ಟೆಂಟ್ ಶರತ್ ಅಚ್ಚರಿಯಿಂದ ತನ್ನ ಸೀನಿಯರ್ ಮಾತುಗಳನ್ನು ಕೇಳುತ್ತಿದ್ದ. ಇಷ್ಟೆಲ್ಲಾ ಕೇವಲ ತಮ್ಮ ಅಬ್ಸರ್ವೇಶನ್ನಿಂದಾನೇ ಬಾಸ್ ಹೇಳ್ತಿದ್ದಾರಲ್ಲ? ತನಗೆ ಇಂತಾ ಟ್ಯಾಲೆಂಟ್ ಯಾವಾಗ ಬಂದೀತು?

“ಅದ್ಭುತ ಸಾರ್, ನೀವು ಹೇಳ್ತಿರೋದೆಲ್ಲಾ ನಿಜ. ನಿಮಗೆ ಹೇಗೆ ಗೊತ್ತಾಗುತ್ತೆ..? ಜ್ಯೋತಿಷ್ಯ ಏನಾದ್ರೂ ಕಲಿತಿದ್ದೀರಾ..?”

ಮೂರ್ತಿ ವಿಸ್ಮಯದಿಂದ ಕೇಳಿದ.

“ಇದಕ್ಕೆ ಜ್ಯೋತಿಷ್ಯ ಬೇಕಾಗಿಲ್ಲ ಮೂರ್ತಿಯವರೆ. ದೇವರು ನಮಗೆ ಕೊಟ್ಟಿರೋ ಪಂಚೇದ್ರಿಯಗಳನ್ನ ಸಮರ್ಪಕವಾಗಿ ಉಪಯೋಗಿಸಿದರೆ ಸಾಕು. ನಿಮ್ಮ ಸಫಾರಿಯಿಂದ ನೀವು ಟೆಕ್ಸ್ಟೈಲ್ ವ್ಯಾಪಾರಿ ಎನ್ನೋದು ಗೆಸ್ ಮಾಡಿದೆ. ಇನ್ನು ಎ.ಸಿ ಹಾಕಿಕೊಂಡು ಕಾರು ಡ್ರೈವ್ ಮಾಡಿದ್ದರೆ ತಲೆಗೂದಲು ನೀಟಾಗಿರುತ್ತಿತ್ತು. ತಲೆಗೂದಲು ಸ್ವಲ್ಪ ಕೆದರಿದೆ. ಅದು ಕಾರಿನ ವಿಂಡೋದಿಂದ ಬೀಸಿದ ಗಾಳಿಗೆ. ಅದಕ್ಕೇ ನೀವು ಎ.ಸಿ ಹಾಕದೆ ಡ್ರೈವ್ ಮಾಡ್ಕೊಂಡು ಬಂದಿದ್ದೀರಿ ಅಂತ ಹೇಳಿದೆ. ನೀವು ಸೀಟ್ ಬೆಲ್ಟ್ ಹಾಕಿದ್ದರೆ ನೀವು ಧರಿಸಿರೋ ಉಡುಪಿನ ಮೇಲೆ ಒಂದಿಷ್ಟು ಸುಕ್ಕಿರುತ್ತಿತ್ತು. ಅದೂ ಇಲ್ಲ. ಮುಖದಲ್ಲಿ ಸ್ವಲ್ಪ ಅಸಹನೆ ಇದೆ. ಅದು ಫೈನ್ ಕಟ್ಟಿರೋದನ್ನ ಇನ್ನೂ ಮರೆಯೋಕಾಗದೆ ಇರೋದಕ್ಕೆ. ಇಡೀ ಏರಿಯಾದಲ್ಲಿ ಪಾರ್ಕಿಂಗಿಗೆ ಜಾಗ ಸಿಗೋದು ಕ್ಲಾಸಿಕ್ ಮಾಲ್ ಮುಂದೆ. ಅದು ಬಿಟ್ಟು ಬೇರೆಲ್ಲೂ ಜಾಗ ಸಿಗೊಲ್ಲ. ಏನನ್ನುತ್ತೀರಿ ನನ್ನ ಅಬ್ಸರ್ವೇಶನ್ನಿಗೆ?”

“ಸೂಪರ್ ಸಾರ್! ಸಿಂಪ್ಲಿ ಸೂಪರ್! ಅದಕ್ಕೇ ನಾನು ನಿಮ್ಮ ಬಳಿ ಕೇಸ್ ತಗೊಂಡು ಬಂದಿರೋದು..ದಯವಿಟ್ಟು ಯಾವ ಕಾರಣಕ್ಕೂ ಇಲ್ಲಾ ಅನ್ನದೆ ನನ್ನ ಕೇಸು ತಗೋಬೇಕು”

“ಮಿಸ್ಟರ್ ಮೂರ್ತಿ, ಕೇಸು ಏನೂಂತ ಗೊತ್ತಿಲ್ಲದೆ ಹೇಗೆ ತೆಗೆದುಕ್ಕೊಳ್ಳಲೀ? ಮೊದಲು ಕೇಸ್ ಏನು ಅನ್ನೋದು ಹೇಳಿ. ನಿಮಗೆ ಗೊತ್ತಿರುವಷ್ಟು, ಹೇಳಬೇಕೂನ್ನಿಸುವಂತ ಎಲ್ಲಾ ಸಂಗತಿಗಳನ್ನೂ ಹೇಳಿ. ಯಾವುದನ್ನೂ ಬಿಡಬೇಡಿ. ಇದು ಅನಗತ್ಯ, ಇದನ್ನು ಹೇಳುವುದು ಬೇಡ ಎನ್ನುವ ಯೋಚನೆ ಬಿಟ್ಟು ಎಲ್ಲವನ್ನೂ ಹೇಳಿ. ಅದನ್ನು ಕೇಳಿದ ಮೇಲೆ ನಾನು ಕೇಸು ಒಪ್ಪಿಕ್ಕೊಳ್ಳಬೇಕಾ ಇಲ್ಲವಾ ಎಂದು ಹೇಳ್ತೀನಿ”

“ಇಲ್ಲ ಸಾರ್, ನೀವು ಕೇಸು ತಗೊಳ್ಳಲೇಬೇಕು. ಈ ಆಶ್ವಾಸನೆ ಕೊಟ್ಟರೆ ಮಾತ್ರ ಉಳಿದದ್ದು. ಏಕೆಂದರೆ ನಾನು ಹೇಳುವ ಮಾಹಿತಿ ಒಂದು ಸಂಸಾರದ ಘನತೆ, ಗೌರವಕ್ಕೆ ಸಂಬಂಧಿಸಿದ್ದು. ನಾನು ಇಡೀ ಕೇಸು ಒಪ್ಪಿಸಿದ ನಂತರ ನೀವು

ಒಪ್ಪದಿದ್ದರೆ ನಾನು ತಪ್ಪಿತಸ್ಥನಾಗಿಬಿಡುತ್ತೇನೆ"

"ಅಂತಾ ಅಪನಂಬಿಕೆ ಇರಬಾರದು ಮಿಸ್ಟರ್ ಮೂರ್ತಿ. ಡಾಕ್ಟರ್ ಹತ್ರ ಮತ್ತು ಡಿಟೆಕ್ಟೀವ್ ಹತ್ರ ಯಾವ ಕಾರಣಕ್ಕೂ ವಿಷಯ ಮುಚ್ಚಿಡಬಾರದು"

ವಿಕ್ರಮ್ ಹೇಳಿದ.

"ಕೇಸ್ ತಗೋತಿನೀಂತ ಒಂದು ಆಶ್ವಾಸನೆ ಕೊಡಿ ಸಾರ್"

ಮೂರ್ತಿ ಗೋಗರೆದ.

"ಓ.ಕೆ ಮಿಸ್ಟರ್ ಮೂರ್ತಿ. ಅದೇ ಕೆಲಸ ನಮ್ಮದು. ನಿಮ್ಮ ಕೇಸು ತಗೋತೀನಿ. ಏನು ಕೇಸು ಹೇಳಿ"

"ಓ... ಥ್ಯಾಂಕ್ಯು ವೆರಿಮಚ್ ಮಿಸ್ಟರ್ ವಿಕ್ರಮ್..."

ಮೂರ್ತಿ ಉದ್ವೇಗದಿಂದ ನುಡಿದ.

"ದಟ್ ಈಜ್ ಅಲ್‌ರೈಟ್..." ವಿಕ್ರಮ್ ಪರವಾಗಿ ಶರತ್ ನುಡಿದ.

"ಐಯಾಮ್ ರಿಯಲೀ ಗ್ರೇಟ್‌ಫಲ್ ಟು ಯೂ ಮಿಸ್ಟರ್ ವಿಕ್ರಮ್. ಮುಂಗಡವಾಗಿ ಮೂವತ್ತು ಸಾವಿರಕ್ಕೆ ಚೆಕ್ ಕೊಡಲ್?"

ಉದ್ವೇಗದಿಂದ ನುಡಿದ ಮೂರ್ತಿ.

"ಆಗಬಹುದು. ಮಧ್ಯದಲ್ಲಿ ಹಣದ ಅವಶ್ಯಕತೆ ಬಿದ್ದರೆ ನಾನೇ ಕೇಳ್ತೀನಿ. ಕೇಸು ಸಾಲ್ವ್ ಆದ್ಮೇಲೆ ಫೈನಲ್ ಬಿಲ್ ಕೊಡ್ತೀನಿ. ಆಗಬಹುದು ತಾನೆ?"

"ಖಂಡಿತವಾಗಿ"

"ಹಾಗಾದರೆ ನೀವು ಕೇಸಿನ ಬಗ್ಗೆ ಹೇಳಿ".

ಪತ್ತೇದಾರ ಕ್ಯಾಪ್ಟನ್ ವಿಕ್ರಮ್ ತನ್ನ ಸಹಾಯಕ ಶರತ್‌ಗ ಸನ್ನೆ ಮಾಡಿದ. ಶರತ್ ನೋಟ್ ಬುಕ್ಕು, ಪೆನ್ಸಿಲ್ ಹಿಡಿದು ಕೂತ. ಮೂರ್ತಿ ಹೇಳಲಿರುವ ಎಲ್ಲ ವಿಷಯವನ್ನೂ ಷಾರ್ಟ್ಹ್ಯಾಂಡ್‌ನಲ್ಲಿ ಬರೆದುಕೊಳ್ಳಲು ಸಿದ್ಧನಾದ.

"ಇಷ್ಟು ಸುಲಭದಲ್ಲಿ ನೀವು ನನ್ನ ಕೇಸು ತಗೊಳ್ತೀರೀಂತ ನಂಗೆ ನಂಬಿಕೇನೇ ಇರಲಿಲ್ಲ..."

ಅವನ ಮಾತನ್ನು ಅರ್ಧದಲ್ಲಿ ತಡೆಯಬೇಕೆನ್ನಿಸಿತು ವಿಕ್ರಮ್‌ಗ. ಆದರೆ ಮೂರ್ತಿಯ ಸ್ವಭಾವವೇ ಹಾಗೆ ಎಂದು ಸುಮ್ಮನಾದ. ಹೇಳಿದ್ದನ್ನೇ ಮತ್ತೆ ಮತ್ತೆ ಹೇಳುವ ಅಭ್ಯಾಸ ಮೂರ್ತಿಗೆ!

ಅವನು ಹೇಳುವುದನ್ನು ಮನಸ್ಸಿನಲ್ಲಿ ದಾಖಲಿಸಿಕ್ಕೊಳ್ಳುತ್ತಲೇ ಅದೇ ಸಮಯದಲ್ಲಿ ಮೂರ್ತಿಯನ್ನು ಕುತೂಹಲದಿಂದ ವೀಕ್ಷಿಸಿದ ವಿಕ್ರಮ್. ಆತನ ಶರೀರಕ್ಕೆ ಸ್ವರ ಸಣ್ಣದು! ನೋಡಲು ಒರಟನಂತೆ ಕಂಡರೂ ಸ್ವಭಾವ ಮೃದು.

"ದಯವಿಟ್ಟು ಬೇಗನೆ ಕೇಸಿಗೆ ಬನ್ನಿ. ಇನ್ನರ್ಧ ಗಂಟೆಯ ನಂತರ ಬೇರೆ ಅಪಾಯಿಂಟ್‌ಮೆಂಟಿದೆ".

ಮೂರ್ತಿ ಮೀನಮೇಷ ಎಣಿಸುತ್ತಿದ್ದುದನ್ನು ಕಂಡು ಶರತ್ ಬೇಸರದಿಂದ ಹೇಳಿದ.

"ಓ...ಸಾರಿ...ನಿಮ್ಮ ಸಮಯ ಹಾಳು ಮಾಡೋಲ್ಲ ಹೀಗಿದೆ ವಿಷಯ..."

"ಮಿಸ್ಟರ್ ಮೂರ್ತಿ...ನೇರವಾಗಿ ಕೇಸಿಗೆ ಬನ್ನಿ.."

ಪತ್ತೇದಾರ ದನಿಯಲ್ಲಿದ್ದ ಗಂಭೀರತೆ ಮೂರ್ತಿಗೆ ತಟ್ಟಿತು. ಒಂದು ನಿಮಿಷ ಪತ್ತೇದಾರರಿಬ್ಬರನ್ನು ನೋಡಿ ನಂತರ ಶುರು ಮಾಡಿದ.

"ಇವತ್ತಿಗೆ ಸರಿಯಾಗಿ ಒಂಬತ್ತು ದಿವಸಗಳ ಕೆಳಗೆ ನನ್ನ ಮಾವನವರ ತಂದೆ ತೀರಿಕೊಂಡರು. ಅವರಿಗೆ ಎಪ್ಪತ್ತು ವರ್ಷವಾಗಿತ್ತು. ಆರೋಗ್ಯ ಸಾಯುವ ಮುಂಚೆಯೂ ತುಂಬಾ ಚೆನ್ನಾಗಿತ್ತು. ಅವರು ಸಾಯೋಕೆ ಸರಿಯಾಗಿ ವಾರದ ಹಿಂದೆ ನಾನೂ ನನ್ನ ಹೆಂಡತಿ ಅವರಿರುವ ಊರಿಗೆ ಹೋಗಿ ನೋಡ್ಕೊಂಡು ಬಂದಿದ್ವೊ. ಅವರ ಸಾವು ನಮಗೆ ಆಶ್ಚರ್ಯವಾಗಿತ್ತು. ಏಕೆಂದರೆ ಅವರು ಇಷ್ಟು ಬೇಗ ಸಾಯ್ತಾರೆ ಅಂತ ನಮಗನ್ನಿಸಿಯೇ ಇರಲಿಲ್ಲ. ಅವರು ಸತ್ತ ಸುದ್ದಿ ಬಂದ ತಕ್ಷಣವೇ ಹೋದೆವು. ಸತ್ತ ಮಾರನೆಯ ದಿನವೇ ಅವರ ಅಂತ್ಯಕ್ರಿಯೇನೂ ಆಯಿತು. ಅದಾದ ಎರಡನೆಯ ದಿವಸವೇ ಅವರ ಸಾವಿನ ಬಗ್ಗೆ ಜನಗಳಿಗೆ ಅನುಮಾನಗಳು ಬಂದಿದ್ದವು. ನಾವು ಆಗ ಅದೇ ಊರಲ್ಲಿದ್ದೆವು. ನಮ್ಮ ಕಿವಿಗೂ ಈ ಸುದ್ದಿ ಬಿದ್ದು ಏನು ಮಾಡಬೇಕೆಂದು ತಿಳಿಯದೆ ಯೋಚನೆ ಮಾಡ್ತಿದ್ದೆವು. ಮಣ್ಣು ಮಾಡಿದ ಮೂರನೆಯ ದಿವಸ ಹಾಲು ತುಪ್ಪ ಬಿಡುವ ಕೆಲಸ ಮುಗಿಸಿದ್ದೆವು. ಅಷ್ಟರಲ್ಲಿ ಈ ಸುದ್ದಿ ಪೋಲೀಸರಿಗೆ ಹೇಗೋ ಗೊತ್ತಾಯಿತು. ನಾಲ್ಕನೆಯ ದಿವಸ ಪೋಲೀಸರು ಊರಿಗೆ ಬಂದರು. ಸಮಾಧಿಯಿಂದ ಬಾಡಿ ತೆಗೆದ ವೈದ್ಯಕೀಯ ಪರೀಕ್ಷೆಗೆ ಕಳಿಸಬೇಕೆಂದು ನಮಗೆ ತಿಳಿಸಿದರು. ಯಶವಂತರಾಯರ ಸಾವು ಸ್ವಾಭಾವಿಕವಲ್ಲ, ಅದು ಕೊಲೆ ಎಂದು ಅವರಿಗೆ ಮೂಕರ್ಜಿಯೊಂದು ಬಂದಿತ್ತಂತೆ. ಪೋಲೀಸ್‌ನವರನ್ನು ನಾವು ತಡೆಯುವಂತಿರಲಿಲ್ಲ. ಒಟ್ಟಿನಲ್ಲಿ ಶವ ಸಂಸ್ಕಾರವಾದ ನಾಲ್ಕನೆಯ ದಿನ ಊರಿನ ಜನಗಳ ನೇತೃತ್ವದಲ್ಲಿ ಸಮಾಧಿಯನ್ನು ಅಗೆಯಲಾಯಿತು. ಆದರೆ ಅಲ್ಲಿ ಶವ ಇರಲಿಲ್ಲ!"

ಮೂರ್ತಿ ಒಂದು ನಿಮಿಷ ಮಾತು ನಿಲ್ಲಿಸಿ ವಿಕ್ರಮ್ ಮುಖ ನೋಡಿದ. ವಿಕ್ರಮ್ ಏಕಾಗ್ರತೆಯಿಂದ ಮೂರ್ತಿಯ ಮಾತು ಕೇಳುತ್ತಿದ್ದ. ಶರತ್ ತನ್ನ ಶಾರ್ಟ್ ಹ್ಯಾಂಡ್ ನೋಟ್ ಬುಕ್ಕಿನಲ್ಲಿ ಬರೆದುಕ್ಕೊಳ್ಳುತ್ತಿದ್ದ. ಅದರ ಜೊತೆಗೇ ಮೂರ್ತಿಯ ಮಾತುಗಳ ಧ್ವನಿಮುದ್ರಣವೂ ಆಗುತ್ತಿತ್ತು.

"ನಮಗೆಲ್ಲ ದಿಗ್ಭ್ರಮೆಯಾಗಿತ್ತು. ಯಾರೋ ಶವ ಕದ್ದಿದ್ದರು! ಕದ್ದಿದ್ದಾರೆ ಅಂದರೆ ಅದು ಕೊಲೆಯೇ ಇರಬೇಕು! ಶವ ಕದಿಯಲು ಕಾರಣ, ಆ ಶವದಲ್ಲಿ ಏನೋ ಗುರುತು ಬಿಟ್ಟಿರಬೇಕು! ಇಲ್ಲದಿದ್ದರೆ ಶವ ಯಾರಾದರೂ ಏಕೆ ಕದಿಯುತ್ತಾರೆ? ಅಂದರೆ ಯಾರೋ ಕೊಲೆ ಮಾಡಿದ್ದಾರೆ! ಬಹುಶಃ ಶವದಲ್ಲಿ ಕೊಲೆಗಾರ ಯವುದೋ ಗುರುತು ಉಳಿಸಿದ್ದಾನೆ! ಶವ ಸಿಕ್ಕರೆ ತಾನೂ ಸಿಕ್ಕಿಕ್ಕೊಳ್ಳುತ್ತೇನೆ ಎಂದು ಶವವನ್ನು ಅಪಹರಿಸಿದ್ದಾನೆ. ಎನ್ನುವುದು ಪೋಲೀಸರ ಒಂದು ಯೋಚನೆ. ಇನ್ನೊಂದು ಯೋಚನೆ ಪ್ರಕಾರ ವಾಮಾಚಾರಕ್ಕಾಗಿ ಯಾರೋ ತಾಂತ್ರಿಕರು ಶವ ಅಪಹರಿಸಿದ್ದಾರೆ. ತಾಂತ್ರಿಕರು ಏನೇನೋ ಸಿದ್ಧಿಗಾಗಿ ಇಂತಾ ಕೆಲಸ ಮಾಡುವುದುಂಟು! ಪೋಲೀಸರು ಹೇಳಿದ ಆ ಎರಡು ಸಾಧ್ಯತೆಗಳನ್ನೂ ನಾವು ತಳ್ಳಿಹಾಕುವಂತಿರಲಿಲ್ಲ! ಶವ ಸಿಕ್ಕರೆ ಕೊಲೆಗಾರ ಸಿಕ್ಕುವ ಸಾಧ್ಯತೆ ಇತ್ತು. ಶವದ ಅಪಹರಣವಾಗಿರುವುದರಿಂದ ಪೋಲೀಸರು ಯಶವಂತರಾಯರ ಸಾವು ಸ್ವಾಭಾವಿಕ ಸಾವಲ್ಲ, ಕೊಲೆ ಎಂಬ ನಿರ್ಧಾರಕ್ಕೆ ಬಂದರು. ಕೊಲೆ ಮಾಡಿದಾತನೇ ಶವವನ್ನು ಅಪಹರಿಸಿರುವನು ಎಂದು ಊಹಿಸಿದರು. ವೈದ್ಯಕೀಯ ಪರೀಕ್ಷೆಗೆ ಶವ ಸಿಕ್ಕಿದ್ದರೆ ಕೊಲೆಯ ವಿಷಯ ಸ್ಪಷ್ಟವಾಗುತ್ತಿದ್ದುದಷ್ಟೇ ಅಲ್ಲದೆ, ಕೊಲೆ ಮಾಡಿದ ವಿಧಾನವೂ ಗೊತ್ತಾಗಿ ಬಿಡುತ್ತಿತ್ತು. ಅದಕ್ಕಾಗಿಯೇ ಶವವನ್ನು ಅಪಹರಿಸಿ ಬೇರೊಂದು ಕಡೆಗೊಯ್ದು ಅಲ್ಲಿ ಹೂತಿರಬಹುದು ಇಲ್ಲವೆ ಶವವನ್ನು ನಾಶ ಮಾಡಲು ಪ್ರ಼್ರಯತ್ನಿಸಿರಬಹುದು. ಇದೂ ಅಲ್ಲದಿದ್ದರೆ ವಾಮಾಚಾರಿಗಳು ಶವ ಹೊತ್ತೊಯ್ದಿದ್ದಾರೆ ಎಂದು ಪೋಲೀಸಿನವರು ಊಹಿಸಿದರು"

"ಸೋ... ಈಗ ನಾವು ಶವ ಹುಡುಕಿಕೊಡಬೇಕೆ?"

ಮೂರ್ತಿಯನ್ನು ದಿಟ್ಟಿಸಿ ನೋಡುತ್ತಾ ಕೇಳಿದ ಶರತ್.

"ಅದಷ್ಟೇ ಅಲ್ಲ. ಶವ ಹುಡುಕೋದು ಒಂದು ಭಾಗ, ಜೊತೆಗೆ ಕೊಲೆ ಮಾಡಿದವನು ಯಾರೂಂತ ಪತ್ತೆ ಮಾಡಿ ಕೊಡಬೇಕು..."

"ಯಾಕೆ ಮಿಸ್ಟರ್ ಮೂರ್ತಿ? ಪೋಲೀಸು ಇಲಾಖೆ ಈ ಕೆಲಸ ಮಾಡ್ತಿರೋವಾಗ ನೀವು ನಮ್ಮನ್ನು ಕೇಳ್ತಿದೀರಿ?"

ವಿಕ್ರಮ್ ಕುತೂಹಲ ವ್ಯಕ್ತಪಡಿಸಿದ.

"ಇಲ್ಲಿಗೆ ಬರೋದಕ್ಕೆ ಮುಂಚೆ ನಾನು ಬಹಳ ಯೋಚನೆ ಮಾಡಿದ್ದೀನಿ. ಬಹಳ ಜನರನ್ನ ಕಾಂಟ್ಯಾಕ್ಟ್ ಮಾಡಿದ್ದೀನಿ. ಪೋಲೀಸಿನವರು ನಾವು ಹೇಳಿದ ಹಾಗೆ ಮಾಡೊಲ್ಲ. ಹಾಗೆ ಮಾಡೋಕೆ ಸಾಧ್ಯವೂ ಇಲ್ಲ. ಅವರಿಗೆ ಅವರದೇ ಆದ ಕಾನೂನು ಕಟ್ಟಳೆಗಳು ಇರುತ್ತವೆ. ಒಂದು ಸಿದ್ಧಪಡಿಸಿದ ಚೌಕಟ್ಟಿನಲ್ಲಿ ಅವರು ಕೆಲಸ ಮಾಡ್ತಾರೆ. ಇನ್ನು ನಾನು ಬಿಸಿನೆಸ್ ನೋಡಿಕ್ಕೊಳ್ಳಬೇಕು. ನಾವೆಲ್ಲಾ

ಸಿನಿಮಾ ಹೀರೋಗಳ ತರಾ ಇರೋ ಕೆಲಸ ಎಲ್ಲ ಬಿಟ್ಟು ಇದನ್ನ ಹುಡುಕೋಕೆ ಆಗೊಲ್ಲ. ಹಾಗ್ಮಾಡೋಕೋದ್ರೆ ಪ್ರಾಣಾಪಾಯದಲ್ಲಿ ಸಿಕ್ಕಿಕೊಳ್ತೀವಿ. ನಾವು ಯಾರೂ ಸಿನಿಮಾ ಹೀರೋಗಳ ತರಾ ಹೊಡೆದಾಡಿ, ಬಡಿದಾಡಿ ರಹಸ್ಯವನ್ನ ಬಯಲಿಗೆಳೆಯೋಕೆ ಸಾಧ್ಯವಿಲ್ಲ.

ಸಾರ್, ನೀವು ತಪ್ಪು ತಿಳಿಯೊಲ್ಲ ಅಂದ್ರೆ ಹೇಳ್ತೀನಿ. ನಮ್ಮ ದೇಶದಲ್ಲಿ ಎಲ್ಲ ಸರ್ಕಾರಿ ಕೆಲಸಗಳೂ ಒಂದು ಚೌಕಟ್ಟಿನಲ್ಲಿ ನಡೆಯುತ್ತವೆ. ಅವರದೇ ಆದ ಒಂದು ರೀತಿ, ನೀತಿಗಳಿರುತ್ತವೆ. ಅವನ್ನು ಬಿಟ್ಟು ಬೇರೆ ರೀತಿಯಲ್ಲಿ ಅವರು ಯೋಚಿಸೊಲ್ಲ. 'ಔಟ್ ಆಫ್ ದಿ ಬಾಕ್ಸ್' ಅಂತಾರಲ್ಲ? ಆ ರೀತಿ ಯೋಚನೆ ಅವರು ಮಾಡೊಲ್ಲ. ಬಹುತೇಕ ಕೇಸುಗಳು ಈ ಕಾರಣದಿಂದಲೇ ಅಪೂರ್ಣವಾಗಿ ಉಳಿದಿವೆ. ಇದರ ಜೊತೆಗೆ ಅಪಾಯವನ್ನು ಎದುರಿಸಿ, ಮುತುವರ್ಜಿಯಿಂದ ಇಲಾಖೆ ಕೆಲಸವನ್ನ ಮಾಡೋ ಅಂತಾವರು ಬಹಳ ಕಮ್ಮಿ. ಅದಕ್ಕೇ ನಿಮ್ಮ ಹತ್ರ ಬಂದೆ. ಇದು ಅವರ ಕೈಲಾಗೊಲ್ಲಾಂತ ನಾನು ಹೇಳ್ತಿಲ್ಲ. ಆದರೆ ಬೇಗ ಮಾಡಲಾರರು. ನಾವು ಬಯಸುವ ವೇಗಕ್ಕೆ ಅವರು ಸ್ಪಂದಿಸೊಲ್ಲ. ಕೊಲೆ ಮಾಡಿರೋನು ಸಾಮಾನ್ಯನಲ್ಲಾಂತ ಅನ್ನಿಸುತ್ತೆ. ಈ ದೇಶದಲ್ಲಿ ಹಣಕ್ಕೆ ಮಹತ್ತರವಾದ ಸ್ಥಾನ ಇದೆ. ಹಣಕ್ಕಾಗಿ ಯಾರು... ಏನು ಮಾಡ್ತಾರೇಂತ ಹೇಳೋಕಾಗೊಲ್ಲ..."

"ನಾವೂ ಹಾಗೇ ಮಾಡಿದರೆ?"

ವಿಕ್ರಮ್ ನಗುತ್ತಾ ಕೇಳಿದ.

"ನೀವು ಹಾಗೆ ಮಾಡೊಲ್ಲಾಂತಾನೇ ಬಂದಿದೀನಿ... ಅಲ್ಲದೆ ನೀವು ಈ ಕ್ಷೇತ್ರದಲ್ಲಿ ಗಳಿಸಿರೊ ರೆಪ್ಯೂಟೇಶನ್ ಹಾಳು ಮಾಡ್ಕೊಳ್ಳೋಕೆ ನೀವು ಇಚ್ಚಿಸಲಾರಿರಿ..."

"ಎನಿವೇ...ನಮ್ಮ ಮೇಲೆ ನಂಬಿಕೆಯಿದೆಯಲ್ಲ? ಸಂತೋಷ. ಈಗ ನನ್ನ ಪ್ರಶ್ನೆಗಳಿಗೆ ಉತ್ತರ ಹೇಳಿ..."

"ಕೇಳಿ ಸಾರ್..."

"ಮೊದಲಿಗೆ ನಿಮ್ಮ ಬಗ್ಗೆ. ಕೊಲೆಯಾದವರ ಮತ್ತು ನಿಮ್ಮ ಸಂಬಂಧ ಹೇಳಿ"

"ಯಶವಂತರಾಯರು ನನ್ನ ಹೆಂಡತಿಯ ತಂದೆಯ ತಂದೆ. ಅಂದರೆ ನನ್ನವಳ ತಾತ..."

"ನಿಮ್ಮ ಪತ್ನಿಯ ತಂದೆ ಅವರಾದರೆ ನಿಮ್ಮ ಮಾವನವರು?"

"ವಿಶ್ವನಾಥಯ್ಯ ಅಂತ. ಅವರು ತುಂಬಾ ಹಿಂದೇನೇ ತೀರಿಕೊಂಡರಂತೆ..."

"ನಿಮ್ಮ ಅತ್ತೆಯವರು?"

"ಅವರೂ ಅಷ್ಟೆ, ನಮ್ಮ ಮಾವ ಮತ್ತು ಅತ್ತೆ ಒಟ್ಟಿಗೆ ಸತ್ತರಂತೆ. ಆಂಧ್ರದಲ್ಲಿ ಯಾವುದೋ ಪುಣ್ಯಕ್ಷೇತ್ರದ ದರ್ಶನಕ್ಕೆ ಹೋಗಿದ್ದರಂತೆ. ಅಲ್ಲಿ ಕಾರು ಆಕ್ಸಿಡೆಂಟಲ್ಲಿ ನಮ್ಮ ಮಾವ, ಅತ್ತೆ ಮತ್ತೆ ಕಾರಿನ ಡ್ರೈವರ್ ಎಲ್ಲಾ ಆಕ್ಸಿಡೆಂಟಾದ ಸ್ಥಳದಲ್ಲೇ ಸತ್ತರಂತೆ. "

"ಇದು ನಡೆದು ಎಷ್ಟು ವರ್ಷ ಆಯ್ತು?"

"ಸುಮಾರು ಹದಿನೆಂಟು ವರ್ಷ ಆಗಿದೆ..."

"ನಿಮ್ಮ ಹೆಂಡತಿಯಿಂದ ನಿಮಗೆ ಈ ವಿಷಯ ತಿಳಿದಿದೆ...ಅಲ್ಲವೆ? ನಿಮ್ಮದು ಹೊಸ ಸಂಬಂಧ ಅಲ್ಲವೆ?"

"ನೀವು ಹೇಳಿದ್ದು ಸರಿ..."

"ನಿಮ್ಮ ಹೆಂಡತಿಯವರ ತಾತನ ವಿಷಯ ಹೇಳಿ..."

"ನನ್ನ ಹೆಂಡತಿಯ ತಾತನ ಹೆಸರು ಯಶವಂತರಾವ್. ತುಂಬಾ ಪ್ರಸಿದ್ಧರು. ತುಂಬಾ ಗಡಸು ಮನುಷ್ಯ. ಸರ್ಕಾರಿ ವಲಯದಲ್ಲಿ ತುಂಬಾ ಪ್ರಭಾವಶಾಲೀ ವ್ಯಕ್ತಿ, ಕೊಳೆಯೋ ಅಷ್ಟು ಆಸ್ತಿ ಇದೆ. ಅವರ ಪತ್ನಿ ಮದುವೆಯಾದ ಹತ್ತು ವರ್ಷಕ್ಕೆ ಹೆರಿಗೆಯಲ್ಲಿ ತೀರ್ಕೊಂಡರಂತೆ. ಊರಲ್ಲಿ ಒಳ್ಳೆ ಹೆಸರು ಗಳಿಸಿದ್ದರು. ದಾನ ಧರ್ಮದಲ್ಲಿ ಎತ್ತಿದ ಕೈ. ಆದ್ರೆ, ಅವರಿಗಿರೋ ಒಳ್ಳೆ ಹೆಸರನ್ನ ಉಳಿಸೋದರ ಬದಲು ಮಸಿ ಹಚ್ಚೋ ಜನವೇ ಹೆಚ್ಚಾಗಿದಾರೆ..."

"ಯಾರು?"

"ನನ್ನ ಭಾವ ಮೈದುನ ಮತ್ತು ನನ್ನ ಹೆಂಡತಿಯ ಸೋದರತ್ತೆ ಸಂಸಾರ..."

"ನಿಮ್ಮ ಭಾವ ಮೈದುನನ ಹೆಸರು?"

"ಕೃಷ್ಣ ಅಂತ"

"ಏನ್ಮಾಡ್ತಿದಾರೆ ಆತ?"

"ಕಲಿಯುಗದಲ್ಲಿ ಕೃಷ್ಣನ ಕೆಲಸ ಮಾಡ್ತಿದಾನೆ...?"

"ವಯಸ್ಸು?"

"ನನಗಿಂತ ಹತ್ತು ವರ್ಷ ಕಮ್ಮಿ..."

"ಆತ ಊರಲ್ಲೇ ಇದಾನ?"

"ನಾಲ್ಕು ದಿವಸ ಬೆಂಗಳೂರಲ್ಲಿ ಇದ್ದರೆ ಒಂದು ದಿವಸ ಊರಲ್ಲಿ ಇರ್ತಾನೆ..."

"ಬೆಂಗಳ್ಳೂರಲ್ಲಿ ಇರೋವಾಗ ನಿಮ್ಮ ಮನೇಲೇ ಇರ್ತಾರ?"

"ನಮ್ಮ ಮನೇಲಿದ್ದರೆ ಅವನ ಕಲ್ಯಾಣ ಕೆಲಸಗಳಿಗವಕಾಶ ಕಮ್ಮಿ. ಅವನಿಗೆ ಬೇಕಾದಷ್ಟು ಬೇರೆ ಮನೆಗಳಿವೆ. ಹಾಗಂದ್ರೆ ನಾನು ಬಿಡಿಸಿ ಹೇಳಬೇಕಾಗಿಲ್ಲ ಅಲ್ವೆ? ಇಲ್ಲಾಂದ್ರೆ ಯಾವುದಾದ್ರೂ ಹೋಟೆಲ್‌ನಲ್ಲಿ ಇರ್ತಾನೆ..."

"ಏನು ಓದಿದಾರೆ?"

"ಮೆಡಿಕಲ್ ಓದ್ತಾ ಇದಾನೆ...ಆದ್ರೆ ಮುಗಿದಿಲ್ಲ...ಮುಗಿಯೋದೂ ಇಲ್ಲ..."

"ಯಾಕೆ?"

"ಅವನು ಓದ್ತಿಲ್ಲ ಸಾರ್? ಊದ್ತಿದ್ದಾನೆ! ಅವನೆಲ್ಲಿ ಓದ್ತಾನೆ? ಕ್ಲಬ್ಬು, ಬಾರು, ಹುಡುಗೀಯರು, ಇಸ್ಪೀಟು, ಕುದುರೆ ಬಾಲ-ಇಂತಾ ಆಕರ್ಷಣಲ್ಲೇ ಅವನ ಮನಸ್ಸು! ಇಂತವುಗಳಲ್ಲೇ ಅವನ ಆಸಕ್ತಿ. ಇವುಗಳ ನಡುವೆ ಓದೋದಕ್ಕೆ ಟೈಮು ತಾನೆ ಎಲ್ಲಿ ಸಿಗಬೇಕು?"

"ನಿಮ್ಮ ಹೆಂಡತಿಯ ತಾತ ಸತ್ತ ದಿವಸ ಕೃಷ್ಣ ಎಲ್ಲಿದ್ದ?"

"ಊರಲ್ಲಂತೂ ಇರಲಿಲ್ಲ. ಬೆಂಗ್ಳೂರಲ್ಲೇ ಇದ್ದ"

"ಯಶವಂತರಾಯರು ಸತ್ತ ಸುದ್ದಿ ಅವರಿಗೆ ಹೇಗೆ ತಿಳಿಸಿದರು? ಯಾರು ತಿಳಿಸಿದರು?"

"ಊರಲ್ಲಿ ನನ್ನ ಹೆಂಡತಿ ಸೋದರತ್ತೆ ಮತ್ತು ಅವರ ಸಂಸಾರ ಇದೆ. ಅವರ ಗಂಡ ರಾಮಣ್ಣ ಅಂತ. ಅವರು ಕೃಷ್ಣನಿಗೆ ವಿಷಯ ತಿಳಿಸಿರಬಹುದು. ನಾನು, ನನ್ನ ಹೆಂಡತಿ ಬೆಂಗ್ಳೂರಿಂದ ಕೆ.ಜಿ ಹಳ್ಳಿಗೆ ಹೋದ ಮೇಲೆ ಅವನು ಬಂದ"

"ರಾಮಣ್ಣನವರ ಸಂಸಾರದ ಬಗ್ಗೆ ಹೇಳಿ..."

"ನಮ್ಮ ಮಾವನವರಿಗೆ ಸುಶೀಲಮ್ಮ ಒಬ್ಬರೇ ತಂಗಿ. ರಾಮಣ್ಣ ಮೊದಲಿಗೆ ದಾವಣಗೆರೆಯಲ್ಲಿ ಒಳ್ಳೇ ಬಿಸಿನೆಸ್ ಮಾಡ್ತಿದ್ದರಂತೆ. ಆದರೆ ಕ್ರಮೇಣ ನಷ್ಟವಾಗಿ ಕೊನೆಗೆ ಪಾಪರ್ ಆಗೋ ಸ್ಥಿತಿಗೆ ಬಂದಾಗ ಯಶವಂತರಾಯರು ತಂಗಿ ಮತ್ತು ಭಾವಮೈದುನನ್ನು ಕರೆಸಿಕೊಂಡು ತಮ್ಮ ಮನೇಲೇ ಇಟ್ಟುಕೊಂಡರು. ಅವಾಗಿನಿಂದಲೂ ಅವರ ಸಂಸಾರ ಊರಲ್ಲೇ ಇದೆ. ಅವರಿಗೆ ಮೂರು ಜನ ಮಕ್ಕಳು. ಮೊದಲನೆಯವನು ಚೇತನ್, ಎರಡನೆಯಾಕೆ ಸುಮ ಮೂರನೆಯವಳು ಚಿತ್ರಾ..."

"ಅವರೆಲ್ಲ ಏನು ಮಾಡ್ಕೊಂಡಿದಾರೆ?"

ಮೊದಲನೆಯವನು ತನ್ನ ಮಾವ ಕೃಷ್ಣನ ಹಾದಿ ಹಿಡಿದಿದಾನೆ. ಎರಡನೆಯವಳಿಗೆ ಮದುವೆಯಾಗಿದೆ. ಗಂಡ ಬೆಳಗಾಂನಲ್ಲಿ ಇಂಜಿನಿಯರ್. ಮೂರನೆಯವಳು ಚಿತ್ರಾಳನ್ನ ಕೃಷ್ಣನಿಗೆ ಕೊಡಬೇಕೂಂತ ಸುಶೀಲಮ್ಮನಿಗೆ ಆಸೆ..."

"ಕೃಷ್ಣ ಏನಂತಾನೆ?"

"ತನ್ನ ಸ್ವೇಚ್ಛಾಚಾರಕ್ಕೆ ಮದುವೆ ಅಡ್ಡಿಯಾಗುತ್ತೆ ಅಂತ ಒಪ್ತಾ ಇಲ್ಲ! ಅದರ ಜೊತೆಗೆ ಅವನಿಗೆ ತನ್ನ ಅತ್ತೆ ಮಾವನ ಮೇಲೆ ಅನುಮಾನ! ಆಸ್ತಿ ಎಲ್ಲಾ ಅವರ

ಹತೋಟಿಗೆ ಬರಬಹುದು, ತನ್ನನ್ನು ಮೂಲೆಗೆ ತಳ್ಳಿ ಎಲ್ಲಾ ಅವರೇ ಅನುಭವಿಸಬಹುದು ಅನ್ನೋ ಹೆದರಿಕೇನೂ ಇದೆ ..."

"ಮೂರ್ತಿ, ನಿಮ್ಮ ಸಂಸಾರದ ಬಗ್ಗೆ ಏನೂ ಹೇಳ್ಲೇ ಇಲ್ಲ?"

"ನನ್ನ ತಂದೆಗೆ ನಾನೊಬ್ಬನೇ ಮಗ. ನಮ್ಮದು ಟ್ರೆಡೆಶನಲ್ ಬಿಸಿನೆಸ್ ಫ್ಯಾಮಿಲಿ. ಚಿಕ್ಕಪೇಟೇಲಿ ನಮ್ಮ ಟೆಕ್ಸ್ಟೈಲ್ ಅಂಗಡಿ ಇದೆ. ತಂದೆ ನನ್ನ ಮದುವೆಯಾದ ಎರಡು ವರ್ಷದ ನಂತರ ತೀರ್ಕೊಂಡರು. ತಾಯಿ ಇದಾರೆ. ನನಗೆ ಎರಡು ಗಂಡು ಮಕ್ಕಳು..."

"ಯಶವಂತರಾಯ ಶ್ರೀಮಂತಿಕೆ ಎಷ್ಟು?"

"ಮಂಡ್ಯದ ನಾಲೆ ಬಯಲಲ್ಲಿ ಮೂವತ್ತೆಕರೆ ಗದ್ದೆ, ಕೆ.ಜಿ ಹಳ್ಳೀಲಿ ಐದೆಕರೆ ದ್ರಾಕ್ಷಿ ತೋಟ, ಐದು ಸಾವಿರ ತೆಂಗು, ನೂರಿನ್ನೂರು ಖುಷ್ಕಿ ಜಮೀನು, ಬಂಗಲೆಯಂತ ಮನೆ, ಬೆಂಗಳೂರಲ್ಲಿ ಹತ್ತು ಸೈಟುಗಳು... ಹೀಗೇ..."

"ಈಗ ಅವರ ಆಸ್ತಿಯೆಲ್ಲ ಯಾರಿಗೆ ಹೋಗತ್ತೆ?"

"ಕೃಷ್ಣನಿಗೆ"

"ಕೃಷ್ಣ ಮತ್ತು ಚಿತ್ರಾ ಮದ್ವೆಯಾದರೆ?"

"ಹೇಗೂ ಕೃಷ್ಣ ಬೇಜವಾಬ್ದಾರಿ ಗಂಡಸು. ಆಸ್ತಿ ರಾಮಣ್ಣ ಮತ್ತು ಸುಶೀಲಮ್ಮನಿಗೆ ಸೇರಿದ ಹಾಗೆ."

"ನಿಮಗೇನಾದರೂ ಬರಬಹುದೆ?"

"ಕಾನೂನು ಪ್ರಕಾರ ಒಂದು ಪಾಲು ನನ್ನ ಪತ್ನಿಗೆ ಬರಬೇಕು. ಅದಕ್ಕೆ ಕೃಷ್ಣ ಹೇಗೆ ಪ್ರತಿಕ್ರಿಯಿಸುತ್ತಾನೋ ಗೊತ್ತಿಲ್ಲ. ಅದಕ್ಕೆ ಪ್ರತಿರೋಧ ತೋರಿಸ್ತಾನೆ. ಅದರ ಬಗ್ಗೆ ನಾನು ಯಾವತ್ತೂ ಆಸೆ ಮಾಡಿಲ್ಲ. ಮದುವೇಲಿ ಯಶವಂತರಾಯರು ಧಾರಾಳವಾಗೇ ಮಾಡಿದಾರೆ. ನನ್ನ ಇಬ್ಬರು ಮಕ್ಕಳಿಗೂ ಒಂದೊಂದು ಸೈಟು ಕೊಟ್ಟಿದ್ದಾರೆ. ಬಂಗಾರಾನೇ ಐದು ಲಕ್ಷದ ವರೆಗೂ ನನ್ನ ಹೆಂಡತಿ ಮೈಮೇಲಿದೆ. ಆಸ್ತಿಗೆ ನಾನು ಆಸೆ ಮಾಡಿಲ್ಲ..."

"ಇವತ್ತಿಗೆ ಇಷ್ಟು ಸುದ್ಧಿ ಸಾಕು ಮೂರ್ತಿಯವರೆ. ಆದಷ್ಟು ಬೇಗ ನಾನು ನಿಮ್ಮ ಊರಿಗೆ ಬರ್ತೀನಿ. ಬಂದು ಅಲ್ಲಿ ಎಲ್ಲರ ಜೊತೆ ಮಾತಾಡಿ ನಂತರ ತನಿಖೆ ಶುರು ಮಾಡ್ತೀನಿ..."

"ನೀವು ಆದಷ್ಟು ಬೇಗ ಬರಬೇಕು ಸಾರ್. ನನ್ನ ಹೆಂಡತೀನ ಚಿಕ್ಕ ವಯಸ್ಸಿಂದ ಬೆಳೆಸಿದೋರು ಯಶವಂತರಾಯರು. ಅವರ ದೇಹಾನಾ ಯಾರೋ ಅಪಹರಿಸಿದ್ದಾರೆ ಅನ್ನೋ ವಿಷಯ ಕೇಳಿ ನನ್ನ ಹೆಂಡತಿಗೆ ಷಾಕ್ ಆಗಿದೆ. ಮೊದಲು ಆ ದೇಹ ಪತ್ತೆ ಮಾಡಿ ಮತ್ತೆ ಸಂಸ್ಕಾರ ಮಾಡಬೇಕು..."

"ಅಷ್ಟೊಂದು ಅರ್ಜೆಂಟಂದ್ರೆ ನಾಳೆ ಬೆಳಿಗ್ಗೆ ನಾವು ಬರ್ತೀವಿ. ನಿಮ್ಮ ಊರಿಗೆ ಹೇಗೆ ಬರ್ಬೇಕೂಂತ ಪೇಪರಲ್ಲಿ ಗುರುತು ಹಾಕಿ ಕೊಡಿ...ಹಾಗೇ ಗೂಗಲ್ಲಿನ ಲೊಕೇಶನ್ ಅಡ್ರೆಸ್ ಕೊಡಿ"

"ಅದು ನನ್ನ ಊರಲ್ಲ ಸಾರ್. ನನ್ನ ಹೆಂಡತಿಯ ತವರು. ಮನೆ ಬೆಂಗ್ಳೂರಿಂದ ಮೂವತ್ತು ಮೈಲಿ ದೂರದಲ್ಲಿದೆ..ಮೈಸೂರು ರಸ್ತೇಲಿ ಬರಬೇಕು. ಲೊಕೇಶನ್ ಶೇರ್ ಮಾಡ್ತೀನಿ. ಅಲ್ಲಿಗೆ ಬರೋಕೆ ನಿಮಗೆ ಯಾವ ತೊಂದ್ರೇನೂ ಆಗೊಲ್ಲ. ಯಾರನ್ನೂ ದಾರಿ ಕೇಳಬೇಕಾಗಿಲ್ಲ"

ಶರತ್ ತನಗೆ ಕೊಟ್ಟ ನೋಟ್ ಬುಕ್ಕಿನಲ್ಲಿ ಮೂರ್ತಿ ವಿವರಗಳನ್ನು ಬರೆದು ಶರತ್ ಕೈಲ್ಲಿಟ್ಟ.

"ನಾನಿನ್ನು ಬರ್ತೀನೆ ಸಾರ್...ನಾಳೆ ನೀವು ಬರೋ ಸುದ್ದೀನ ಮನೇಲಿ ಎಲ್ರಿಗೂ ತಿಳಿಸ್ತೇನೆ..."

"ನಾವು ಬರೋವರೆಗೂ ಹೇಳಬೇಡಿ. ಬಂದ ಮೇಲೆ ಎಲ್ಲರಿಗೂ ಹೇಳಿ.."

"ನೀವು ಹೇಳಿದ ಹಾಗೇ ಮಾಡ್ತೀನಿ..ನಮಸ್ಕಾರ"

ಮೂರ್ತಿ ಆಚೆ ಹೋಗುವವರೆಗೂ ಪತ್ತೇದಾರರಿಬ್ಬರೂ ಮೌನದಿಂದಿದ್ದರು.

"ಮೂರ್ತಿ ಕೊಟ್ಟ ಊರಿನ ಡೀಟೈಲ್ಸ್ ಓದು ಶರತ್"

ವಿಕ್ರಮ್ ಹೇಳಿದ.

"ಯಶವಂತರಾವ್, ಲ್ಯಾಂಡ್ ಲಾರ್ಡ್, ಮಂದಾರ, ಕೆ.ಜಿ. ಹಳ್ಳಿ ಬಿಡದಿ ತಾಲ್ಲೋಕು.."

"ಶರತ್, ನಾವು ಯಾವಾಗಲಾದರೂ ಆ ಊರಿಗೆ ಹೋಗಿದೀವಾ?" ವಿಕ್ರಮ್ ಯೋಚಿಸುತ್ತಾ ಕೇಳಿದ.

"ಇಲ್ಲ ಸರ್. ಈಗಷ್ಟೆ ಹೋಗ್ತಿರೋದು"

"ಕೇಸ್ ಬಗ್ಗೆ ನಿನಗೇನನ್ನಿಸುತ್ತೆ?" ವಿಕ್ರಮ್ ತನ್ನ ಸಹಾಯಕ, ಇದೀಗ ಕೆಲವು ತಿಂಗಳಿಂದ ಪತ್ತೇದಾರಿಕೆಯಲ್ಲಿ ಪಳಗುತ್ತಿದ್ದ ಶರತ್ ಕೇಳಿದ.

"ಮೂರ್ತಿಯವರು ಹೇಳಿದ ವಿಷಯಗಳ ಪ್ರಕಾರ ಇದು ಆಸ್ತಿಗಾಗಿ ನಡೆದಿರೋ ಕೊಲೆ. ಮೊದಲನೆ ಸಸ್ಪೆಕ್ಟ್ ಕೃಷ್ಣ, ಅವರ ಮೊಮ್ಮಗ!"

"ಆದ್ರೆ ಶರತ್, ಅವರು ಕೊಲೆಯಾಗದೆ ಸ್ವಾಭಾವಿಕವಾಗಿ ಸತ್ತಿದ್ದರೂ ಆಸ್ತಿ ಕೃಷ್ಣನಿಗೇ ಸೇರುತ್ತೆ! ಅವನು ಏಕೆ ಕೊಲೆ ಮಾಡಿ ಜೈಲು ಸೇರುತ್ತಾನೆ?"

"ಮೂರ್ತಿ?" ಶರತ್ ತನ್ನ ಎರಡನೆ ಅಭಿಪ್ರಾಯ ಮುಂದಿಟ್ಟ.

"ಕಾನೂನು ಪ್ರಕಾರ ಮೂರ್ತಿಯ ಹೆಂಡತಿಗೆ ಒಂದು ಪಾಲು ಆಸ್ತಿ ಸಹಜವಾಗೇ ಸೇರುತ್ತೆ! ಮೂರ್ತಿ ಏಕೆ ಈ ರಿಸ್ಕ್ ತಗೋತಾನೆ?"

"ಮತ್ತೆ ನಿಮ್ಮ ಪ್ರಕಾರ ಯಾರು ಸಾರ್?"

"ಇದು ಅಷ್ಟು ಸುಲಭವಲ್ಲ. ಅಲ್ಲಿಗೆ ಹೋಗಿ ಎಲ್ಲಾ ಪರೀಕ್ಷೆ ಮಾಡಿ ನೋಡೋಣ. ಆಮೇಲಷ್ಟೇ ಏನಾದರೂ ತಿಳಿಯಬಹುದು. ನಾಳೆ ಪ್ರಯಾಣಕ್ಕೆ ಸಿದ್ಧ ಮಾಡು. ಅಲ್ಲಿ ಒಂದು ನಾಲ್ಕದು ದಿವಸ ಇರಬೇಕಾಗಬಹುದು..."

"ಸರಿ ಸರ್..."

***

ಬೆಳಿಗ್ಗೆ ಹತ್ತು ಗಂಟೆ ಸಮಯಕ್ಕೆ ಪತ್ತೇದಾರರಿಬ್ಬರೂ ವಿಕ್ರಮ್‌ನ ಮಿಲಿಟರಿ ಹಸಿರು ಬಣ್ಣದ ಜೀಪಿನಲ್ಲಿ ಬಿಡದಿ ದಾಟಿ ಮೈಸೂರು ರಸ್ತೆಯಲ್ಲಿ ಸಾಗಿ ರಾಮನಗರಕ್ಕೆ ಮುಂಚೆ ಬಲಕ್ಕೆ ತಿರುಗಿ ಹತ್ತು ಕಿಲೋಮೀಟರು ಒಳ ರಸ್ತೆಯಲ್ಲಿ ಸಾಗಿ, ಕೆ.ಜಿ. ಹಳ್ಳಿಯಲ್ಲಿದ್ದರು.

ಕರಿಗೊಂಡನ ಹಳ್ಳಿಯ ಸಂಕ್ಷಿಪ್ತ ಹೆಸರು ಕೆ.ಜಿ ಹಳ್ಳಿ. ಬಹುತೇಕರಿಗೆ ಆ ಊರಿನ ಮೂಲ ಹೆಸರು ಮರೆತುಹೋಗಿ ಕೆ.ಜಿ ಹಳ್ಳಿ ಎನ್ನುವುದೇ ತಮ್ಮೂರಿನ ಶಾಶ್ವತ ಹೆಸರು ಎನ್ನುವಂತ ಭಾವವಿತ್ತು. ಊರು ಸೇರುವ ಮುಂಚೆ ಬಿಡದಿಯ ತಟ್ಟೆ ಇಡ್ಲಿಯನ್ನು ಉಪಹಾರವಾಗಿ ಸವಿದು, ನಂತರ ಪೋಲೀಸ್ ಸ್ಟೇಶನ್ನಿನಲ್ಲಿ ಒಮ್ಮೆ ಇಣುಕಿ ನೋಡಿದರು. ಕೆ.ಜಿ ಹಳ್ಳಿ ಬಿಡದಿ ಪೋಲೀಸ್ ಸ್ಟೇಶನ್ ವ್ಯಾಪ್ತಿಯಲ್ಲಿ ಬರುತ್ತಿತ್ತು. ತಾವು ಹೊಸದಾಗಿ ಕೈಗೊಂಡಿರುವ ಕೇಸು ಇಲ್ಲೇ ದಾಖಲಾಗಿರುತ್ತದೆ. ಇಲ್ಲಿ ಕೇಸಿನ ಬಗೆಗೆ ಏನು ಮಾಹಿತಿ ಸಿಗುತ್ತದೋ ನೋಡೋಣ ಎನ್ನುವುದು ವಿಕ್ರಮ್‌ನ ಲೆಕ್ಕಾಚಾರವಾಗಿತ್ತು. ಆದರೆ ಇನ್ಸ್ಪೆಕ್ಟರ್ ಬೇರೆ ಯಾವುದೋ ಜಮೀನು ವಿಷಯದ ಹೊಡೆದಾಟದ ಕೇಸಿನ ಬಗ್ಗೆ ಹೊರಗೆ ಹೋಗಿದ್ದಾರೆನ್ನುವ ಮಾಹಿತಿ ಸಿಕ್ಕಿತು. ಅಲ್ಲಿಂದ ಸೀದಾ ಅವರು ತಲುಪಿದ್ದು ಕೆ.ಜಿ ಹಳ್ಳಿ.

ಯಶವಂತರಾಯರ 'ಮಂದಾರ' ಅ ಊರಿಗೆ ಭಾರೀಮನೆ. ಐದೆಕರೆ ದ್ರಾಕ್ಷಿ ತೋಟದಲ್ಲಿ ಮನೆ ಕಂಗೊಳಿಸುತ್ತಿತ್ತು. ಐದೆಕೆರೆ ದ್ರಾಕ್ಷಿ ತೋಟದ ಬೆಲೆ ಏನಿಲ್ಲವೆಂದರೂ ಇಪ್ಪತ್ತರಿಂದ ಮೂವತ್ತು ಕೋಟಿಗಳು. ಮನೆಯೇ ಈಗಿನ ಬೆಲೆ ಕನಿಷ್ಠ ಎರಡು ಕೋಟಿಗೂ ಮೀರುತ್ತದೆ ಎಂದು ವಿಕ್ರಮ್ ಊಹಿಸಿದ. ಮನೆಯ ನೆಲ ಅಂತಸ್ತೇ ಸಾಕಷ್ಟಿದ್ದರೂ ಸಹ ಮಹಡಿಯನ್ನು ಕಟ್ಟಿಸಲಾಗಿತ್ತು. ಪೋರ್ಟಿಕೋದಲ್ಲಿ ಒಂದು ತಿಳಿಹಳದಿಯ, ಮತ್ತೊಂದು ಚರ್ರಿ ಬಣ್ಣದ ಇನ್ನೋವಾ ಕಾರುಗಳು ನಿಂತಿದ್ದವು.

ವಿಕ್ರಮ್ ಜೀಪಿನ ಶಬ್ದ ಕೇಳಿ ಪೋರ್ಟಿಕೋದಲ್ಲಿ ಗೋಲಿಯಾಡುತ್ತಿದ್ದ ಇಬ್ಬರು ಹುಡುಗರು ಆಟ ನಿಲ್ಲಿಸಿ ಎದ್ದು ನಿಂತರು.

"ಮೂರ್ತಿಯವರು ಮನೇಲಿದಾರ?"

ಶರತ್ ಹುಡುಗರನ್ನು ಕೇಳಿದ.

"ಒಂದ್ನಿಮಿಷ... ಕರೀತೀನಿ..."

ಒಬ್ಬ ಹುಡುಗ ಒಳಗೆ ಓಡಿದ. ಉಳಿದೊಬ್ಬ ತಾನೊಬ್ಬನೇ ಗೋಲಿಯಾಟ ಮುಂದುವರಿಸಿದ.

"ಏನು ಶರತ್?"

ಮನೆ ವೀಕ್ಷಿಸುತ್ತಾ ಸಿಳ್ಳು ಹಾಕಿದ ತನ್ನ ಜೂನಿಯರ್ ಶರತ್‌ನನ್ನು ಕೇಳಿದ ವಿಕ್ರಮ್.

"ಭಾರೀ ಶ್ರೀಮಂತರು".

"ರೈಟ್, ಒಂದು ವೇಳೆ ಯಶವಂತರಾಯರ ಶವವನ್ನು ಕದ್ದಿದ್ದಾರೆ ಅಂದರೆ ಅದು ಸ್ವಭಾವಿಕ ಸಾವು ಖಂಡಿತಾ ಅಲ್ಲ! ಅವರ ಕೊಲೆ ಆಗಿದೆ! ಅದು ಬೆಳಕಿಗೆ ಬರುವ ಮುನ್ನವೇ ಶವ ಸಂಸ್ಕಾರ ಆಗಿದೆ. ಆನಂತರವೇ ಕೊಲೆಯ ಪಿಸು ಮಾತು ಹರಿದಾಡಿದೆ! ಪೋಲೀಸರು ಶವ ಪರೀಕ್ಷೆಗೆ ಬರುವ ಸುದ್ದಿ ತಿಳಿಯುತ್ತಲೇ ಕೊಲೆ ಮಾಡಿದವರು ಶವ ಅಪಹರಿಸಿದ್ದಾರೆ! ಶವ ಇನ್ನೇನು ಕುರುಹು ನೀಡುತ್ತಿತ್ತೋ ಗೊತ್ತಿಲ್ಲ. ಮೇಲಾಗಿ ಶವ ಈಚೆ ಬಂದರೆ ಪೋಸ್ಟ್ಮಾರ್ಟಂನಲ್ಲಿ ಕೊಲೆ ಸಾಬೀತಾಗುತ್ತದೆ. ಹಾಗಾಗಬಾರದು ಎಂದು ಶವದ ಅಪಹರಣ! ಇದು ಆಸ್ತಿಗಾಗಿ ನಡೆದಿರೋ ಹುನ್ನಾರ!".

"ಆದರೂ ಕೊಲೆಗಾರ ಆತುರಪಟ್ಟಿದ್ದಾನೆ..."

"ಎಲ್ಲ ಕೊಲೆಗಾರರೂ ಆತುರಪಟ್ಟೇ ಕೊಲೆ ಮಾಡ್ತಾರೆ ಶರತ್" ವಿಕ್ರಮ್ ನಕ್ಕು ನುಡಿದ.

"ಓಹೋ...ಬನ್ನಿ...ಬನ್ನಿ..."

ಮೂರ್ತಿ ಬಾಗಿಲಲ್ಲಿ ಕಾಣಿಸಿಕೊಂಡು, ಪರಿಚಯದ ನಗೆ ನಕ್ಕ.

ವಿಕ್ರಮ್ ಮತ್ತು ಶರತ್ ಮನೆಯ ಮೆಟ್ಟಿಲುಗಳನ್ನು ಹತ್ತಿದರು.

"ಜೀಪಲ್ಲಿ ಬಂದ್ಬಿಟ್ರಾ? ಒಂದು ಫೋನ್ ಮಾಡಿದ್ರೆ ಕಾರು ಕಳಿಸ್ತಿದ್ದೆ"

"ಹೌದು. ಮತ್ತೆ ನಮ್ಮ ಕೆಲಸ ಹೀಗೇಂತ ಹೇಳೋಕಾಗೊಲ್ಲ ಬೇರೆಬೇರೆ ಕೆಲಸಗಳಿದ್ದರೆ ಉಪಯೋಗಕ್ಕೆ ಬರುತ್ತೇಂತ ಜೀಪಲ್ಲೇ ಬಂದೊ".

ಮೂರ್ತಿ ಅವರನ್ನು ಒಳಕ್ಕೆ ಕರೆದೊಯ್ದ. ವರಾಂಡ ದಾಟಿದ ಮೇಲೆ ಸಿಕ್ಕ ಹಾಲು ತುಂಬಾ ವಿಶಾಲವಾಗಿತ್ತು. ಕಲ್ಯಾಣ ಮಂಟಪವನ್ನು ನೆನಪಿಸುವಂತಿತ್ತು! ಸುಮಾರು ನೂರು ಜನ ಒಟ್ಟಿಗೆ ಊಟಕ್ಕೆ ಕೂರಬಹುದಾದಷ್ಟು ದೊಡ್ಡ ಹಾಲ್. ಸಣ್ಣ ಸಮಾರಂಭಗಳನ್ನೇ ಇಲ್ಲಿ ಮಾಡಬಹುದು ಎನ್ನಿಸುವಂತಿತ್ತು. ಹಾಲಿನ ಮಧ್ಯದಲ್ಲಿ ಸೋಫಾಗಳನ್ನು ಜೋಡಿಸಿದ್ದರು; ಮಧ್ಯಭಾಗದಲ್ಲೇ ಮಹಡಿಗೆ ಮೆಟ್ಟಿಲು. ಮೆಟ್ಟಿಲಿನ ನಂತರ ಎರಡೂ ಭಾಗದಲ್ಲಿ ರೂಮುಗಳಿರಬಹುದು ಎಂದು ವಿಕ್ರಮ್

ಅಂದಾಜು ಮಾಡಿದ. ಅದೇ ರೀತಿಯಲ್ಲಿ ಮೆಟ್ಟಿಲಿನ ಕೆಳಭಾಗದ ಎರಡೂ ಪಕ್ಕಗಳಲ್ಲಿ ಆಡಿಗೆಮನೆ, ಬಾತ್ರೂಮ್, ಕೆಲವು ವಾಸದ ಕೋಣೆಗಳೂ ಇರಬಹುದೆನ್ನಿಸಿತು.

"ಕೂತ್ಕೊಳ್ಳಿ..."

ವಿಕ್ರಮ್ ಮತ್ತು ಶರತ್ ಸೋಫಾದಲ್ಲಿ ಕುಳಿತರು.

"ಮೊದಲು ಟಿಫನ್ ಮಾಡಿ. ಆಮೇಲೆ ಮಹಡೀಲಿ ಗೆಸ್ಟ್ ರೂಮುಗಳಿದಾವೆ. ಅಲ್ಲಿ ರೆಸ್ಟ್ ತಗೊಂಡು ಸಂಜೆ ಮೇಲೆ ನಿಮ್ಮ ಕೆಲಸ ಶುರು ಮಾಡಬಹುದು".

ಮೂರ್ತಿ ಹೇಳಿದ.

"ಮಿಸ್ಟರ್ ಮೂರ್ತಿ, ಬರೋಕೆ ಮುಂಚೇನೇ ಟಿಫನ್ ಮಾಡಿ ಬಂದಿದೀವಿ. ನಮ್ಮ ಲಗ್ಗೇಜು ರೂಮಿಗೆ ತಲುಪಿಸಿಬಿಡಿ. ಇನ್ನು ರೆಸ್ಟ್ ಅಂದರೆ ರಸ್ಟ್ ಅಂತ ನನ್ನ ಅಭಿಪ್ರಾಯಲ್ ಅದಕ್ಕೇ ನಮ್ಮ ಕೆಲಸ ಈಗಲೇ ಪ್ರಾರಂಭ ಮಾಡಿಬಿಡ್ತೀವಿ..."

ಮೊದಲು ಟಿಫನ್ ಮಾಡದೆ ಇದ್ರೆ ನಿಮಗೆ ಕೆಲಸ ಪ್ರಾರಂಭ ಮಾಡೋದಕ್ಕೆ ಅವಕಾಶ ಇಲ್ಲ..."

ಮೂರ್ತಿ ಆಗ್ರಸಿದ .

"ಹೋಗಲಿ ಕಾಫಿ ತರಿಸಿ ಸಾಕು..."

ವಿಕ್ರಮ್ ಸೂಚಿಸಿದ.

ಕಾಫಿ ವ್ಯವಸ್ಥೆ ಮಾಡಲು ಮೂರ್ತಿ ಎದ್ದು ಹೋದರು.

ಒಂದು ಮೂಲೆಯಲ್ಲಿ ಕಾರ್ನರ್ ಸ್ಟ್ಯಾಂಡ್, ಅದರ ಮೇಲೆ ಬೃಹತ್ ಸೈಜಿನ ಟೆಲಿವಿಷನ್, ಪಕ್ಕದಲ್ಲಿ ಫೋನು ಕಂಡವು. ಯಶವಂತರಾಯರು ಶ್ರೀಮಂತರಷ್ಟೇ ಅಲ್ಲ, ಸಾಕಷ್ಟು ಸುಸಂಸ್ಕೃತರು ಎನಿಸಿತು. ವಿಕ್ರಮ್ ಮತ್ತು ಶರತ್ ಕೂತಿದ್ದ ಜಾಗಕ್ಕೆದುರಾಗಿಯೇ ಮೂರು ಗಾಜಿನ ಬಾಗಿಲಿನ ಪುಸ್ತಕದ ಬೀರುಗಳು. ಬೀರುಗಳ ತುಂಬ ಪುಸ್ತಕಗಳು. ಗಾಂಧಿ, ನೆಹರೂ, ರವೀಂದ್ರನಾಥ ಟಾಗೋರ್ ಮುಂತಾದವರ ಪುಸ್ತಕಗಳು. ಯಶವಂತರಾಯರು ರಾಷ್ಟ್ರಪ್ರಿಯರೂ, ದೇಶಭಕ್ತರೂ ಆಗಿದ್ದಿರಬೇಕು.

ಮೂರ್ತಿ ಬಂದಾಗ ಅವರ ಹಿಂದೆಯೇ ಟ್ರೇ ಹಿಡಿದ ಒಬ್ಬ ಕೆಲಸದಾಳು ಬಂದ. ಟ್ರೇನಲ್ಲಿ ಉಪ್ಪಿಟ್ಟಿನ ತಟ್ಟೆಗಳಿದ್ದವು.

"ಇದೆಲ್ಲಾ ಬೇಕಿರಲಿಲ್ಲ ಮೂರ್ತಿಯವರೆ".

ಶರತ್ ಆಕ್ಷೇಪಿಸಿದ.

"ಹೆಚ್ಚಿಗೇನೂ ತರಿಸಿಲ್ಲ...ಸ್ವಲ್ಪ ಅಷ್ಟೆ..."

ಮೂರ್ತಿಯಿಂದ ಹೆಚ್ಚು ಉಪಚಾರ ಹೇಳಿಸಿಕ್ಕೊಳ್ಳದೆ ಅವರು ತಿಂಡಿ ಮತ್ತು ಕಾಫಿ ಮುಗಿಸಿದರು. ಆ ಸಮಯದಲ್ಲಿ ಯಶವಂತರಾಯರ ಹವ್ಯಾಸಗಳ ಬಗ್ಗೆ ಪತ್ತೇದಾರರಿಬ್ಬರೂ ತಿಳಿದುಕೊಂಡರು.

"ನಾನು ಇವತ್ತು ಮಧ್ಯಾಹ್ನ ಹೋಗ್ತಿದ್ದೀನಿ. ಅಂಗಡಿ ಬಿಟ್ಟು ತುಂಬಾ ದಿವಸ ಆಯ್ತು".

ಮೂರ್ತಿ ಮೆಲ್ಲನೆ ನುಡಿದ.

"ಹಾಗಾದರೆ ಇಲ್ಲಿ ನಮ್ಮ ಕೆಲಸ?"

"ನಿಮ್ಮ ಕೆಲಸಕ್ಕೆ ಯಾವ ತೊಂದರೇನೂ ಆಗೊಲ್ಲ. ರಾಮಣ್ಣನವರಿಗೆ ಹೇಳಿ ಹೋಗ್ತೀನಿ. ನಿಮಗೆ ಎಲ್ಲಾ ಅನುಕೂಲ ಮಾಡಿಕೊಡ್ತಾರೆ".

"ಈವರೆಗಿನ ಸುದ್ದಿಯೇನು? ಶವ ಪತ್ತೆಯಾಯಿತೆ?"

"ಇಲ್ಲ. ಪೋಲೀಸ್‌ನವರು ಹರಸಾಹಸ ಮಾಡ್ತಿದ್ದಾರೆ. ಇನ್ನೂ ಯಾವ ಕ್ಲೂನೂ ಸಿಕ್ಕಿಲ್ಲ".

"ಮೊದಲಿಗೆ ನಾವು ಸಮಾಧಿಯಿದ್ದ ಜಾಗ ನೋಡ್ಕೊಂಡು ಬರೋಣ. ಆಮೇಲೆ ಮನೆಯವರೆಲ್ಲಾ ಭೇಟಿ ಮಾಡಬೇಕು".

"ಆಗಲಿ. ಅದಕ್ಕೇನೂ ತೊಂದ್ರೆಯಿಲ್ಲ. ಮಧ್ಯಾಹ್ನ ಊಟಕ್ಕೆ ಎಲ್ಲಾ ರರ್ತಾರೆ. ಒಟ್ಟಿಗೆ ಎಲ್ಲರನ್ನೂ ನೋಡಬಹುದು".

"ಕೃಷ್ಣ?"

"ಅವನೂ ಇವತ್ತು ಇಲ್ಲೇ ಇದಾನೆ...."

"ಗುಡ್. ಹಾಗಾದ್ರೆ ಹೋಗೋಣವೇನು?"

ಆಚೆ ನಿಂತಿದ್ದ ಇನ್ನೋವಾ ಕಾರಿನಲ್ಲಿ ಅವರು ಸ್ಮಶಾನದ ಬಳಿ ಬಂದರು. ಹಳ್ಳಿಯ ರಸ್ತೆಗಳಲ್ಲಿ ಚಲಿಸುವಾಗ ಮಣ್ಣಿನ ರಸ್ತೆಗಳಲ್ಲಿ ಧೂಳು ಮೇಲೇಳುತ್ತಿತ್ತು.

ಕಾರಿಂದ ಇಳಿದು ವಿಕ್ರಮ್ ಸುತ್ತ ನೋಡಿದ. ವಿಶಾಲ ಬಯಲಿನ ಒಂದು ಕಡೆ ಮರಗಳಿಂದ ಆವೃತವಾಗಿತ್ತು ಸ್ಮಶಾನ. ಅದಕ್ಕೆ ಗೇಟು, ಬೇಲಿ ಯಾವುದೂ ಇರಲಿಲ್ಲ. ಕೆಲವು ಮರಗಳು ಮತ್ತು ಕಳ್ಳಿಗಿಡಗಳೇ ಸ್ಮಶಾನಕ್ಕೆ ಬೇಲಿಯನ್ನು ಸೃಷ್ಟಿಸಿದ್ದವು.

ವಿಕ್ರಮ್, ಶರತ್ ಮತ್ತು ಮೂರ್ತಿ ಮೂವರೂ ಸ್ಮಶಾನದೊಳಕ್ಕೆ ನಡೆದು ಬಂದರು. ಮೂರ್ತಿ ಅವರನ್ನು ಸಮಾಧಿಯಿದ್ದ ಜಾಗಕ್ಕೆ ಕರೆದು ತಂದ. ಪೋಲೀಸರು ಗುಂಡಿಯನ್ನು ತೆಗೆದ ನಂತರ ಗುಂಡಿಯನ್ನು ಮುಚ್ಚಿಸುವ ಗೋಜಿಗೆ ಯಾರೂ ಹೋಗಿರಲಿಲ್ಲ. ಸುಮಾರು ಎಂಟು ಅಡಿ ಆಳದ ಖಾಲಿ ಗುಂಡಿಯೊಳಗೆ ಪತ್ತೇದಾರರಿಬ್ಬರೂ ಇಣುಕಿದರು. ಅಲ್ಲಲ್ಲಿ ಅಂತ್ಯ ಸಂಸ್ಕಾರ ಸಮಯದಲ್ಲಿ

ಉಪಯೋಗಿಸಿದ ಪೂಜೆಯ ಕೆಲವು ಕುರುಹುಗಳು ಮಣ್ಣಿನಿಂದ ಇಣುಕುತ್ತಿದ್ದವು. ಅವೆಲ್ಲಾ ಮಣ್ಣಿನಲ್ಲಿ ಕಲೆಸಿ ಹೋಗಿರುವುದು ಕಂಡಿತು.

"ಶರತ್...ಲೆಟ್ ಅಸ್ ಟೇಕ್ ಎ ಲುಕ್..ಅರೌಂಡ್."

ವಿಕ್ರಮ್ ಸ್ಮಶಾನದಲ್ಲಿ ಅಡ್ಡಾಡಲು ಪ್ರಾರಂಭಿಸಿದ. ಶರತ್ ತನ್ನ ಹಿರಿಯ ಪತ್ತೇದಾರನನ್ನು ಅನುಕರಿಸಿದ. ಇಬ್ಬರೂ ಸ್ಮಶಾನದ ಪ್ರತಿಯೊಂದು ಇಂಚು ಜಾಗವನ್ನೂ ಕೂಲಂಕುಷವಾಗಿ ಪರೀಕ್ಷಿಸಿದರು. ಆದರೆ ಅವರಿಗೆ ಯಶವಂತರಾಯರ ಶವ ಮಾಯವಾದುದರ ಬಗೆಗೆ ಯಾವ ಸುಳಿವೂ ಸಿಗಲಿಲ್ಲ.

"ಸಮಾಧೀನ ಪೋಲೀಸ್‌ನವರು ಅಗೀತಾರೇಂತ ಹೇಳಿದಾಗ ಹಳ್ಳಿಯವರು ತುಂಬಾ ಜನ ಸ್ಮಶಾನಕ್ಕೆ ಬಂದಿದ್ದರು ಅಲ್ಲವಾ?"

ವಿಕ್ರಮ್ ಮೂರ್ತಿಯನ್ನು ಕೇಳಿದ.

"ಹೌದು. ಅಲ್‌ಮೋಸ್ಟ್ ಇಡೀ ಹಳ್ಳೀನೇ ಬಂದಿತ್ತು. ಯಾಕೆ?"

"ಅವರೆಲ್ಲಾ ಬಂದಿದ್ದರಿಂದ ನಮಗೆ ಸಿಗಬಹುದಾಗಿದ್ದ ಚೂರುಪಾರು ಕ್ಲೂನೂ ಅಳಿಸಿ ಹೋಗಿದೆ".

"ಶರತ್..."

"ಸರ್...?"

"ಬಾ ಇಲ್ಲಿ..."

ಮರವೊಂದರ ಕಾಂಡವನ್ನು ನೋಡುತ್ತಾ ವಿಕ್ರಮ್ ಕರೆದ. ಶರತ್ ಕುತೂಹಲದಿಂದ ಹೋದ.

"ಇದು ಏನೂಂತ ಹೇಳ್ತೀಯ?"

ನೆಲದ ಮೇಲಿನ ಗುರುತುಗಳನ್ನು ತೋರಿಸುತ್ತಾ ಕೇಳಿದ.

"ಕುದುರೆ ಕಾಲಿನ ಗುರುತುಗಳು".

ಎಚ್ಚರಿಕೆಯಿಂದ ಮಣ್ಣಿನಲ್ಲಿ ಮೂಡಿದ್ದ ಅಸ್ಪಷ್ಟ ಆಕಾರವನ್ನು ನೋಡಿ ಹೇಳಿದ ಶರತ್.

"ಕರೆಕ್ಟ್, ಇವು ಕುದುರೆ ಹೆಜ್ಜೆ ಗುರುತುಗಳು. ಮಳೆ ಬಂದಿದ್ದರಿಂದ ಗುರುತು ಕ್ಷೀಣವಾಗಿ, ಅಸ್ಪಷ್ಟವಾಗಿವೆ. ಆದರೆ ಖಚಿತವಾಗಿ ಇವು ಕುದುರೆ ಹೆಜ್ಜೆ ಗುರುತುಗಳು. ಇಲ್ಲಿಗೆ ಯಾರೋ ಕುದುರೆಯನ್ನು ತಂದಿದ್ದರು. ಅದನ್ನು ಇಲ್ಲಿ ಕುದುರೆಯನ್ನು ಕಟ್ಟಿ ಏನೋ ಕೆಲಸ ಮಾಡಿರಬೇಕು. ಅದು ಇಲ್ಲೆಲ್ಲಾ ಓಡಾಡಿದೆ. ಆದರೆ ಏಕೆ ತಂದಿದರು? ಬಹುಶಃ ಸಮಾಧಿಯಿಂದ ಈಚೆ ತೆಗೆದ ಶವ ಸಾಗಿಸಲು?"

ಮತ್ತೆ ಎನ್ನೆಲ್ಲಿಯಾದರೂ ಕುದುರೆಯ ಕಾಲಿನ ಗುರುತುಗಳೇನಾದರೂ ಸಿಗುತ್ತವೆಯೇನೋ ಎಂದು ಇಬ್ಬರೂ ಹುಡುಕಿದರು. ಆದರೆ ಬಹಳ ಜನ ಅಲ್ಲೆಲ್ಲಾ ಓಡಾಡಿದ್ದರಿಂದ ಹೆಜ್ಜೆಗಳ ಗುರುತುಗಳಿದ್ದರೂ ಅಳಿಸಿ ಹೋಗಿದೆಯೆಂದು ಊಹಿಸಿದರು. ಅಂದರೆ ಕುದುರೆ ಸ್ಮಶಾನಕ್ಕೆ ಬಂದಿದ್ದರೆ ಅದು ಪೋಲೀಸರು ಸಮಾಧಿಯನ್ನು ಅಗೆಯುವ ಮುಂಚೆಯೇ ಬಂದಿರಬೇಕು. ನಂತರ ಬಂದಿದ್ದರೆ ಹೆಜ್ಜೆಗಳು ಸ್ಪಷ್ಟವಾಗಿ ಮೂಡಿರಬೇಕಿತ್ತು.

"ಏನ್ಸಾರ್ ಕುದುರೆಗೂ ಇಲ್ಲಿನ ಸಮಾಧಿಗೂ..."

ಮೂರ್ತಿ ಅನುಮಾನದ ರಾಗ ಎಳೆದ.

"ಯಾವ ಸಂಬಂಧಾಂತೀರ? ಹೇಳೋಕಾಗೊಲ್ಲ...ಶವ ಅಪಹರಿಸಿದೋನು ಕುದುರೆ ಮೇಲೆ ಬಂದು ಶವ ಸಾಗಿಸಿಕೊಂಡು ಹೋಗಿರಬಹುದು. ಈ ಊರಲ್ಲಿ ಕುದುರೆ ಯಾರ ಹತ್ರ ಇದೆ ಹೇಳಿ".

"ಕುದುರೆ ಯಾರ ಹತ್ರಾನೂ ಇಲ್ಲ"

"ಯೋಚನೆ ಮಾಡಿ ಹೇಳಿ".

"ಉಹುಂ...ನನಗೆ ತಿಳಿದ ಹಾಗೆ ಯಾರತ್ರಾನೂ ಇಲ್ಲ. ಇದ್ರ ಮೇಲೆ ರಾಮಣ್ಣ ಇಲ್ಲಾ ಸುಶೀಲಮ್ಮ ಅವರನ್ನೂ ಕೇಳಬಹುದು. ಅವರಿಗೆ ಊರಿನವರ ಬಗ್ಗೆ ಹೆಚ್ಚು ಗೊತ್ತಿರುತ್ತೆ. ಈ ಊರಿನ ಜನಗಳ ಬಗ್ಗೆ ನನಗೆ ಹೆಚ್ಚಿಗೆ ಗೊತ್ತಿಲ್ಲ. ಯಾಕೇಂತೀರೋ ಈ ಊರಿನವನಲ್ಲ. ಈ ಊರಿನ ಅಳಿಯ ಅಷ್ಟೆ".

"ಹಾಗಾದ್ರೆ ಅವರನ್ನೇ ಕೇಳಿದ್ರಾಯ್ತು ಬಿಡಿ".

"ಊರಲ್ಲೆಲ್ಲಾ ಈ ಕೇಸಿನ ಬಗ್ಗೆ...ಅಂದರೆ ಯಶವಂತರಾಯರ ಶವ ಮಾಯವಾಗಿರೋದರ ಬಗ್ಗೆ ಏನು ಹೇಳ್ತಾರೆ?"

ವಿಕ್ರಮ್ ಕುತೂಹಲದಿಂದ ಕೇಳಿದ.

"ನಾನಾಗ್ಲೇ ಹೇಳಿದೆನಲ್ಲ. ಈ ಊರಲ್ಲಿ ನನಗೆ ಗೊತ್ತಿರೋರು ತುಂಬಾ ಕಮ್ಮಿ ಜನ. ಅದಕ್ಕೆ ಜನರು ನಮ್ಮ ಬಗ್ಗೆ ಏನು ಹೇಳ್ತಾರೇಂತ ತಿಳಿಯೋಕಾಗಿಲ್ಲ".

ಮೂರ್ತಿಯಿಂದ ತಮ್ಮ ತನಿಖೆಗೆ ಉಪಯೋಗವಾಗುವುದಿಲ್ಲ ಎನಿಸಿತು.

ವಿಕ್ರಮ್ ಕುತೂಹಲದಿಂದ ಮರವನ್ನು ಒಂದು ಸುತ್ತು ಹಾಕಿದ.

"ಶರತ್, ಕುದುರೆ ತಂದವನು ಈ ಮರಕ್ಕೆ ಅದನ್ನ ಕಟ್ಟಿದ್ದ. ನೋಡು, ಇಲ್ಲಿ ಮರದ ತೊಗಟೆ ಹಗ್ಗದ ಒತ್ತಡದಿಂದ ಎಷ್ಟು ಸವೆದಿದೆ? ಇಲ್ಲಿ ನೋಡು, ಕುದುರೆ ತಿನ್ನಲು ಹಾಕಿದ್ದ ಹುಲ್ಲಿನ ಕೆಲವು ಕಡ್ಡಿಗಳು! ಒಣಗಿವೆ..ಆದರೆ ಖಚಿತವಾಗಿ ಕುದುರೆಯನ್ನು ಕಟ್ಟಿದಾಗ ಅದು ತೆಪ್ಪಗಿದ್ದು ತಿನ್ನಲಿ ಎಂದು ಹಾಕಿದ್ದ ಹುಲ್ಲಿನಲ್ಲಿ ಉಳಿದಿರೋ ಕೆಲವು ಒಣಗಿವೆ"

ಶರತ್‌ಗ ತನ್ನ ಸೀನಿಯರ್ ವಿಶ್ಲೇಷಣೆ ಬಗೆಗೆ ಮೆಚ್ಚಿಗೆ!

"ಹೌದು ಸರ್..." ಪರೀಕ್ಷಿಸುತ್ತಾ ಶರತ್ ಹೇಳಿದ.

"ಮಿಸ್ಟರ್ ಮೂರ್ತಿ ಇಲ್ಲಿ ಕೆಲಸ ಮುಗೀತು, ವಾಪಸ್ಸು ಮನೆಗೆ ಹೋಗೋಣ..."

"ನಾನೇನೋ ಸಿದ್ಧನಾಗಿದೀನಿ ಸಾರ್..."

ಮೂವರೂ ಸ್ಮಶಾನದಿಂದ ಸ್ವಲ್ಪ ದೂರದಲ್ಲಿ ನಿಂತಿದ್ದ ಕಾರಿನ ಬಳಿಗೆ ನಡೆದರು.

***

ಮಧ್ಯಾಹ್ನ ಡೈನಿಂಗ್ ಟೇಬಲ್ ಬಳಿ ಮನೆಯವರೆಲ್ಲರೂ ಸೇರಿದ್ದರು. ಅದು ಮೂರ್ತಿ ಮಾಡಿದ ವ್ಯವಸ್ಥೆಯಿರಬೇಕೆಂದು ಪತ್ತೇದಾರರು ಯೋಚಿಸಿದರು. ಇಬ್ಬರು ಆಗಂತುಕರು, ಅದರಲ್ಲಿಯೂ ಪತ್ತೇದಾರರು ಬಂದುದರಿಂದ ಮನೆಯವರು ವಿಚಲಿತರಾಗಿದ್ದಂತೆ ಕಂಡಿತು. ಆದರೂ ಸ್ವಲ್ಪ ಸಮಯದಲ್ಲೇ ಅವರು ಮೈಚಳಿ ಬಿಟ್ಟು ಮಾಮೂಲಿನಂತೆ ಊಟ ಪ್ರಾರಂಭಿಸಿದರು.

ಮೂರ್ತಿ ಅದೇ ಸಮಯದಲ್ಲಿ ಪತ್ತೇದಾರರನ್ನು ಮನೆಯವರಿಗೂ ಮತ್ತು ಮನೆಯವರನ್ನು ಪತ್ತೇದಾರರಿಗೂ ಪರಿಚಯಿಸಿದ.

ಮೊದಲಿಗೆ ಕೃಷ್ಣ, ಆನಂತರ ತನ್ನ ಹೆಂಡತಿಯ ಪರಿಚಯ ಹೇಳಿದ ಮೂರ್ತಿ. ನಂತರ ರಾಮಣ್ಣ ತಾನು ಮತ್ತು ತನ್ನ ಪತ್ನಿ ಸುಶೀಲಮ್ಮ ಕೊನೆಗೆ ತನ್ನ ಮಕ್ಕಳು ಚೇತನ್, ಸುಮ ಹಾಗೂ ಚಿತ್ರಾರನ್ನು ಪರಿಚಯಿಸಿದ.

ತಮ್ಮ ನಡುವೆ ಪತ್ತೇದಾರರಿರುವುದರ ಅರಿವಿನಿಂದ ಅವರುಗಳು ತಮ್ಮಲ್ಲೇ ಮೆಲು ದನಿಯಲ್ಲಿ ಮಾತಾಡುತ್ತಾ, ಊಟ ಮುಗಿಸಿದರು. ಊಟದ ನಂತರ ಎಲ್ಲರೊಡನೆ ಸ್ವಲ್ಪ ಮಾತಾಡಬೇಕೆಂದು ಮೂರ್ತಿಗೆ ಮೊದಲೇ ಹೇಳಿದ್ದರಿಂದ ಊಟ ಮುಗಿದರೂ ಯಾರೂ ಡೈನಿಂಗ್ ಟೇಬಲ್ ಬಿಟ್ಟು ಏಳಲಿಲ್ಲ.

ವಿಕ್ರಮ್ ಎದ್ದು ಎಲ್ಲರನ್ನೂ ಉದ್ದೇಶಿಸಿ ಮಾತು ಶುರು ಮಾಡಿದ.

"ನಾವು ಬಂದಿರೋ ಉದ್ದೇಶ ನಿಮಗಾಗಲೇ ಗೊತ್ತಾಗಿದೆ. ಯಶವಂತರಾಯರ ಕಾಣೆಯಾಗಿರೋ ದೇಹ ಹುಡುಕೋದಕ್ಕೆ ಬಂದಿದ್ದೀವಿ. ಅವರ ಸಾವು ಅಸಹಜ, ಯಾರೋ ಕೊಲೆ ಮಾಡಿದ್ದಾರೆ ಎನ್ನುವುದು ಸಹ ನಿಮಗೆಲ್ಲ ಗೊತ್ತಿದೆ. ಕೊಲೆ ಹೇಗಾಗಿದೆ ಮತ್ತು ಕೊಲೆ ಮಾಡಿದವರು ಯಾರು ಅನ್ನೋದನ್ನ ಪತ್ತೆಹಚ್ಚಬೇಕಾಗಿದೆ. ಇದಕ್ಕೆ ನಿಮ್ಮೆಲ್ಲರ ಸಹಕಾರ ಅವಶ್ಯಕ. ನಿಮಗೆ ಗೊತ್ತಿರೋ ಎಲ್ಲಾ ವಿಷಯಗಳನ್ನು, ಅವು ಎಷ್ಟೇ ಸಾಧಾರಣ ಎನ್ನಿಸಿದರೂ ಸಹ ಮುಚ್ಚು ಮರೆ ಇಲ್ಲದೆ ನಮಗೆ ತಿಳಿಸಬೇಕು. ಇಲ್ಲದಿದ್ದರೆ ನಮ್ಮ ಕೆಲಸ ಕಷ್ಟ, ಅಷ್ಟೇ ಅಲ್ಲ, ನಾವು ಮಾಡಬೇಕಾಗಿರೊ ಕೆಲಸವನ್ನು ಪೂರ್ತಿ ಮಾಡೋದಕ್ಕೆ ಸಾಧ್ಯವಾಗದೇನೇ

ಹೋಗಬಹುದು..."

"ಎಲ್ಲರೂ ತಮಗೆ ತಿಳಿದರೊ ಎಲ್ಲಾ ವಿಷಯ ಹೇಳೇ ಹೇಳ್ತಾರೆ, ಅದರ ಬಗ್ಗೆ ನೀವೇನೋ ಯೋಚನೆ ಮಾಡಬೇಕಾಗಿಲ್ಲ"

ರಾಮಣ್ಣ ಎಲ್ಲರ ಪರವಾಗಿ ಹೇಳಿದರು.

"ಒಳ್ಳೆಯದು. ಯಶವಂತರಾಯರು ಸಾಯೋಕೆ ಮುಂಚೆ ಹೇಗಿದ್ದರು?"

ವಿಕ್ರಮ್‌ನ ಮೊದಲ ಪ್ರಶ್ನೆ.

"ಮಾಮೂಲಿನಂತೆ ಓಡಾಡಿಕೊಂಡೇ ಇದ್ದರು. ಸಂಜೆ ತೋಟದಲೆಲ್ಲಾ ಸುತ್ತಾಡಿ ಬಂದರು. ಆ ಮೇಲೆ ಕೂಲಿಗಳಿಗೆ ಬಟವಾಡೆ ಮಾಡಿದರು"

ವಿಕ್ರಮ್ ಪ್ರಶ್ನೆಗೆ ರಾಮಣ್ಣ ಉತ್ತರ ನೀಡಿದರು.

"ಯಾಕೆ ಯಾರೂ ಮ್ಯಾನೇಜರ್ ಇಟ್ಕೊಂಡಿಲ್ಲವೇನು?"

"ಇಲ್ಲ. ನಾನೇ ಎಲ್ಲಾ ಕೆಲಸಾನೂ ನೋಡೋದು. ಆದ್ರೆ ಆವತ್ತು ನಾನು ಬಟವಾಡೆ ಮಾಡಲಿಲ್ಲ".

"ಯಾಕೆ?"

"ದ್ರಾಕ್ಷಿ ಬಳ್ಳಿಗೆ ಕ್ರಿಮಿನಾಶಕ ಔಷಧ ತರಬೇಕಿತ್ತು. ಬಟವಾಡೆ ಕೆಲಸ ತಾವೇ ಮಾಡ್ತೀವೀಂತ ಭಾವನವರು ಒಪ್ಪಿಕೊಂಡರು. ಆಮೇಲೆ ನಾನು ಬೆಂಗ್ಳೂರಿಗೆ ಹೋಗಿ ಬಂದೆ..."

"ಎಷ್ಟೊತ್ತಿಗೆ ವಾಪಸ್ಸು ಬಂದ್ರಿ?"

"ರಾತ್ರಿ ಸುಮಾರು ಒಂಬತ್ತೂಕಾಲು"

"ಆಗ ಹೇಗಿದ್ದರು?"

"ಚೆನ್ನಾಗೇ ಇದ್ದರು. ಬಟವಾಡೆ ಮಾಡಿದ್ದು ಹೇಳಿದರು. ಒಬ್ಬ ಆಳನ್ನ ನಾಳೆಯಿಂದ ಕೆಲಸಕ್ಕೆ ತಗೋಬೇಡಾಂತ ಹೇಳಿದರು"

"ಕಾರಣ?"

"ನಮ್ಮ ಮಾವನವರ ಜೊತೆ ಯಾವುದೋ ಕಾರಣಕ್ಕೆ ಜಗಳ ಆಡಿದನಂತೆ. ಮಾತಿಗೆ ಮಾತು ಬೆಳದು, ಕೊನೆಗೆ ಬಾರುಕೋಲಲ್ಲಿ ಅವನಿಗೆ ನಾಲ್ಕೇಟೂ ಹಾಕಿದರಂತೆ. ಅವನಿಗೆ ಇನ್ನೂ ಶಿಕ್ಷೆಯಾಗಬೇಕು, ಅದಕ್ಕೆ ಅವನ್ನ ಕೆಲಸಕ್ಕೆ ಸಾರಿಸ್ಕೋಬೇಡ ಅಂತ ಹೇಳಿದರು. ಹಾಗೆ ಮಾಡಿದ್ರೆ ಅವನು ತೀರಾ ಎದುರು ಬೀಳ್ತಾನೇಂತ ನಾನು ಹೇಳಿದೆ. ಆದ್ರೂ ಅವನ್ನ ಕೆಲಸಕ್ಕೆ ಕರೀಬಾರದೂಂತ ಭಾವನವರು ಹಟ ಹಿಡಿದರು. ಕೊನೆಗೆ ಅವರ ಮಾತಿಗೆ ನಾನು ಒಪ್ಪಿದೆ"

"ಆ ಕೆಲಸದಾಳು ಎಲ್ಲಿದ್ದಾನೆ?"

"ಇದೇ ಊರಲ್ಲಿದ್ದಾನೆ"

"ಅವನು ಎಂತಾ ಮನುಷ್ಯ?"

"ಮನುಷ್ಯನೇನೋ ಒಳ್ಳೆಯವನೇ...ಆದ್ರೆ ಒರಟ, ಹಟವಾದಿ"

"ಅವನ ಹೆಸರು? ಆಮೇಲೇನು ನಡೀತು"

"ಅವನ ಹೆಸರು ಗಂಗಾಧರ. ಆಮೇಲೆ ಬೆಳಿಗ್ಗೆ ದ್ರಾಕ್ಷಿ ಬಳ್ಳಿಗಳಿಗೆ ಔಷಧ ಹೊಡೆಸೂಂತ ಹೇಳಿದರು... ನಾನು ಊಟ ಮಾಡಿ ಮಲಗಿದೆ"

"ಅವರು ಮಲಗೋದಕ್ಕೆ ಮುಂಚೆ ಅವರನ್ನು ನೋಡಿದೋರು ಯಾರು?"

ಎಲ್ಲರೂ ದೃಷ್ಟಿ ವಿನಿಮಯ ಮಾಡಿಕೊಂಡರು.

"ಮಲಗೋದಕ್ಕೆ ಮುಂಚೆ ಒಂದು ಲೋಟ ಹಾಲು ಕುಡೀತಿದ್ದರು. ಮಾಮೂಲಿನಂತೆ ಅಡಿಗೆಯ ಕೆಲಸದವಳ ಕೈಲಿ ಹಾಲು ಕಳಿಸಿದೆ"

ಸುಶೀಲಮ್ಮ, ರಾಮಣ್ಣನ ಪತ್ನಿ ಹೇಳಿದರು.

"ಯಾರು ಆಕೆ?"

"ಹೊನ್ನೀಂತ. ಈಗ ನಮಗೆ ಊಟ ಬಡಿಸ್ತಿದ್ದಳಲ್ಲ ಅವಳು. ಚಿಕ್ಕ ಹುಡುಗಿಯಾಗಿದ್ದಾಗಿನಿಂದ ನಮ್ಮ ಮನೇಲೇ ಕೆಲಸದಲ್ಲಿದಾಳೆ..."

"ಕರೀರಿ"

ರಾಮಣ್ಣನ ಕೊನೆಯ ಮಗಳು ಚಿತ್ರಾ, ಹೊನ್ನಿಯನ್ನು ಕರೆಯಲು ಹೋದಳು.

"ರಾಮಣ್ಣೋರೆ, ಯಶವಂತರಾಯರು ಸಾಯೋ ಹಿಂದಿನ ದಿವಸ ಕೆಲಸದವನ ಜೊತೆ ಜಗಳ ಆಡಿದರೂಂತ ಅಂದ್ರಲ್ಲ? ಅದು ಯಾವ ಮಟ್ಟದಲ್ಲಿ ನಡೀತು? ಅದನ್ನ ನೋಡಿದೋರು ಯಾರು?"

"ಗಲಾಟೆ ನಡೆದಾಗ ನಾನೇ ನೋಡಿದ್ದು. ಅಡಿಗೆಮನೇಲಿ ಕೆಲಸ ಮಾಡ್ತಿದ್ದೆ. ಆಚೆ ತುಂಬಾ ಜೋರುಜೋರು ಮಾತು ಕೇಳಿಸಿ ಈಚೆ ಬಂದೆ. ಹೊರಗೆ ಪೋರ್ಟಿಕೋದಲ್ಲಿ ಅಣ್ಣ ಕೂಲಿಗಳಿಗೆ ಬಟವಾಡೆ ಮಾಡ್ತಿದ್ದರು. ಏರು ದನಿಯಲ್ಲಿ ಅಣ್ಣ ಮತ್ತು ಗಂಗಾಧರ ಮಾತಾಡ್ತಿದ್ದರು. ಜಗಳ ತುಂಬಾ ಜೋರಾಗೇ ನಡೀತು. ಅವನು ಬಾಯಿಗೆ ಬಂದ್ಹಾಗೆಲ್ಲಾ ಅಣ್ಣನ್ನ ಬೈದ. ನಮ್ಮಣ್ಣನಿಗೆ ತುಂಬಾ ಕೋಪ ಬಂದು ಬಾರು ಕೋಲು ತಗೊಂಡು ಚೆನ್ನಾಗಿ ಚಚ್ಚಿದರು..." ಸುಶೀಲಮ್ಮ ಹೇಳಿದರು.

"ಈ ವಿಷಯ ಎಲ್ಲಾ ಪೋಲೀಸ್‌ನವರಿಗೆ ಗೊತ್ತಿದೆಯಾ?"

"ಗೊತ್ತಿದೆ. ಅವರೂ ಹೀಗೇ ಪ್ರಶ್ನೆ ಕೇಳಿ ಎಲ್ಲಾ ವಿಷಯಾನೂ ತಿಳಿದುಕೊಂಡರು".

"ಮಿಸ್ಟರ್ ಕೃಷ್ಣ? ನಿಮ್ಮ ತಾತನವರು ತೀರ್ಕೊಂಡ ದಿವಸ ಎಲ್ಲಿದ್ರಿ?"

"ಬೆಂಗ್ಳೂರಲ್ಲಿದ್ದೆ...ವಿಷಯ ಗೊತ್ತಾದ ತಕ್ಷಣ ಬಂದೆ"

"ನಿಮಗೆ ವಿಷಯ ತಿಳಿಸಿದವರು ಯಾರು?"

"ಅದು ನಿಮ್ಮ ತನಿಖೆಗೆ ಬೇಕಾದ ವಿಷಯ ಅಲ್ಲ!"

"ಅದನ್ನ ನೀವಲ್ಲ ಹೇಳೋದು. ಅದು ಬಿಡಿ, ಬೆಂಗಳೂರಲ್ಲಿ ಎಲ್ಲಿದ್ರಿ?"

"ಅದೆಲ್ಲಾ ನಿಮಗೆ ಯಾಕೆ?"

"ಮಿಸ್ಟರ್ ಕೃಷ್ಣ ನಾವು ನಿಮ್ಮ ತಾತನವರ ಕೊಲೆ ಬಗ್ಗೆ ತನಿಖೆ ಮಾಡೋಕೆ ಬಂದಿರೋರು..."

"ಅದಕ್ಕೂ ನಾನು ಬೆಂಗಳೂರಲ್ಲಿ ಇದ್ದುದಕ್ಕೂ ಏನು ಸಂಬಂಧ ಇದೆ?"

"ಸಂಬಂಧ ಇದೇಂತಾನೇ ಕೇಳ್ತಿರೋದು"

"ಇಂತಾ ಅಸಂಬದ್ಧ ಪ್ರಶ್ನೆಗೆ ನಾನು ಉತ್ತರ ಕೊಡೋದಿಲ್ಲ..."

"ಕೃಷ್ಣ, ಅವರು ನಮಗೆ ಸಹಾಯ ಮಾಡೋಕೇಂತ ಬಂದಿದಾರೆ..."

ಕೃಷ್ಣನ ಮಾವ ರಾಮಣ್ಣ ಹೇಳಿದರು.

"ಹೀಗೆಲ್ಲಾ ಮಾಡಿದ್ರೆ ಸತ್ತವರು ವಾಪಸ್ಸು ಬರ್ತಾರೇನು? ಇವರನ್ನ ಯಾತಕ್ಕೆ ಕರೆಸಿದ್ರಿ? ಯಾರು ಇವರನ್ನ ಕರೆಸಿದ್ದು? ಪೋಲೀಸಿನವರು ಈ ಕೆಲಸ ಮಾಡ್ತಿಲ್ಲವೆ? ಅವರಿಗೆ ಆಗದೆ ಇರೋದನ್ನ ಇವರು ಮಾಡ್ತಾರೇನು? ಇವರ ಅವಶ್ಯಕತೆ ಏನಿತ್ತು? ನೋಡಿ ನಮ್ಮನ್ನೇ ಅಪರಾಧಿಗಳ ಹಾಗೆ ಪ್ರಶ್ನೆ ಮಾಡ್ತಿದ್ದಾರೆ! ನಾವೇ ಕೊಲೆ ಮಾಡಿದ್ದೀವೀಂತ! ಇಂತಾ ಕೆಲಸ ನಾನೊಪ್ಪೋದಿಲ್ಲ..."

ಕೃಷ್ಣ ಎಲ್ಲರನ್ನೂ ಒಮ್ಮೆ ಕೆಕ್ಕರಿಸಿಕೊಂಡು ನೋಡಿ ಬಾಗಿಲಿನ ಕಡೆ ನಡೆದ.

"ಹೀಗೆಲ್ಲಾ ಮಾತಾಡಿದ್ರೆ ನಿನ್ನ ಮೇಲೇ ಅನುಮಾನ ಬರತ್ತೆ"

ಶರತ್ ಕೋಪದಿಂದ ನುಡಿದ.

"ಏನಾದ್ರೂ ತಿಳ್ಕೊಳ್ಳಿ! ಏನ್ಮಾಡ್ಕೋತೀರೋ ಮಾಡ್ಕೋ ಹೋಗಿ"

ಕೃಷ್ಣ ಬಿರುಗಾಳಿಯಂತೆ ಆಚೆ ಹೋದ,

ಉಳಿದವರೆಲ್ಲಾ ಕೃಷ್ಣನ ವರ್ತನೆಯಿಂದ ಸ್ಥಂಭೀಭೂತರಾಗಿದ್ದರು! ಕೃಷ್ಣ ಹಾಗೇಕೆ ಮಾಡಿದ ಎನ್ನುವುದು ಯಾರಿಗೂ ಅರ್ಥವಾಗಿರಲಿಲ್ಲ! ಎಲ್ಲರಿಗೂ ಅವನ ವರ್ತನೆ ಆಶ್ಚರ್ಯಕರವಾಗಿತ್ತು!

"ಐಯಾಮ್ ಸಾರಿ... ಕೃಷ್ಣ ಇಷ್ಟು ರ್ಯಾಶಾಗಿ ಬಿಹೇವ್ ಮಾಡ್ತಾನೇಂತ ನಾನಂದ್ಕೊಂಡಿರಲಿಲ್ಲ. ಅವನ ಪರವಾಗಿ ಕ್ಷಮೆ ಕೇಳ್ತೀನಿ..."

ಮೂರ್ತಿ ತಲೆ ತಗ್ಗಿಸಿದ.

"ಪರವಾಗಿಲ್ಲ ಬಿಡಿ. ನಮ್ಮ ವೃತ್ತಿಯಲ್ಲಿ ಇವೆಲ್ಲಾ ಮಾಮೂಲು"

ಕೃಷ್ಣನ ವರ್ತನೆಯನ್ನು ವಿಕ್ರಮ್ ಮನಸ್ಸಿಗೆ ಹಚ್ಚಿಕೊಂಡಿರಲಿಲ್ಲ.

"ಆದ್ರೂ ನೀವು ನಮ್ಮ ಅತಿಥಿಗಳು. ಕೃಷ್ಣನ ಪರ ನಾನೂ ಕ್ಷಮೆ ಬೇಡ್ತೀನಿ"

ರಾಮಣ್ಣ ನೊಂದು ನುಡಿದ.

"ಇದೇನಿದು? ಮನೆ ಮಂದಿಯೆಲ್ಲಾ ಕ್ಷಮೆ ಬೇಡ್ತಾ ಕೂತರೆ ನಮ್ಮ ತನಿಖೆ ಗತಿಯೇನು?"

ವಿಕ್ರಮ್ ನಕ್ಕು ಅವರೆಲ್ಲ ಆ ಸಂಗತಿ ಮರೆಯುವಂತೆ ಮಾಡಿದ.

"ಈಕೇನೇ ಹೊನ್ನಿ..."

ಒಳಗಿಂದ ಬಂದ ಚಿತ್ರಾ ಹೇಳಿದಳು. ಪತ್ತೇದಾರರಿಬ್ಬರೂ ತಿರುಗಿ ನೋಡಿದರು.

ಆಕೆ ಸುಮಾರು ಮೂವತ್ತರ ಸನಿಹದ ಹೆಂಗಸು. ಚೆನ್ನಾಗಿ ತಿಂದುಂಡು, ಕೆಲಸ ಮಾಡಿಕೊಂಡು ಪುಷ್ಟಿಯಾಗಿ ಬೆಳೆದಿದ್ದಳು; ಹಣೆ ಬರಿದಾಗಿತ್ತು, ನೋಡಲು ಅಂದವಾಗಿಲ್ಲದಿದ್ದರೂ ಕುರೂಪಿಯಲ್ಲ.

"ಎಷ್ಟು ವರ್ಷದಿಂದ ಇಲ್ಲಿ ಕೆಲಸ ಮಾಡ್ತಿದೀಯಮ್ಮ?"

"ಸುಮಾರು ಹತ್ತು ವರ್ಷದ ಹುಡ್ಗಿಯಾಗಿದ್ದಾಗಿಂದ ಇಲ್ಲೇ ಕೆಲ್ಸ ಮಾಡ್ತಿದೀನಿ"

"ಮದ್ವೆಯಾಗಿದೆಯಾ?"

"ಆಗಿತ್ತು. ಆದ್ರೆ ಗಂಡ ತೀರ್ಕೊಂಡಿದಾನೆ"

"ಯಾವ ಊರಿಗೆ ಕೊಟ್ಟು ಮದ್ವೆಯಾಗಿತ್ತು?"

"ಇಲ್ಲೆ ಬೆಂಗ್ಳೂರಿಗೇನೆ..."

"ಯಜಮಾನ ಏನು ಮಾಡ್ಕೊಂಡಿದ್ದ?"

"ರೈಲ್ವೆ ಡಿಪಾರ್ಟ್‌ಮೆಂಟ್ನಲ್ಲಿ ಸಿಗ್ನಲ್‌ಮ್ಯಾನ್ ಆಗಿದ್ದರು. ಹೋದ್ವರ್ಷವಷ್ಟೆ ತೀರ್ಕೊಂಡ್ರು. ನನಗೆ ದಿಕ್ಕಿಲ್ಲದ ಹಾಗೆ ಆಗಿತ್ತು. ನಾನು ಬಂದು ಯಜಮಾನ್ರನ್ನ ಕೇಳ್ಕೊಂಡೆ. ಅವಕಾಶ ಕೊಟ್ಟರು, ನಾನು ಮತ್ತೆ ಬಂದೆ"

"ಗಂಡನ ಹೆಸರು?"

"ಹನುಮಯ್ಯ"

"ಯಾವ ಸ್ಟೇಷನ್ನಾಗೆ ಇದ್ದರು?"

"ಕೃಷ್ಣರಾಜಪುರದಾಗಿದ್ರು"

"ಇಲ್ಲಿಗೆ ಮತ್ತೆ ಬಂದು ಎಷ್ಟು ತಿಂಗಳಾಯ್ತು?"

"ಒಂದು ವರ್ಷ ಆಯ್ತು"

"ಯಶವಂತರಾಯರು ಸಾಯೋ ದಿವಸ ರಾತ್ರಿ ನೀನೇ ತಾನೆ ಹಾಲು ತಗೊಂಡು ಹೋಗಿದ್ದು?"

"ಹೌದು... ನಾನೇ ಹೋಗಿದ್ದು. ಪ್ರತೀ ದಿವಸಾನೂ ನಾನೇ ಹೋಗಿ ಹಾಲು ಕೊಡ್ತಿದ್ದೆ".

"ಆವತ್ತು ಏನಾದ್ರೂ ಅವರ ದೇಹ ಪ್ರಕೃತೀಲಿ ಏನಾದ್ರೂ ಬದಲಾವಣೆ ಇತ್ತಾ?"

"ತಲೆ ನೋವು ಅಂತಿದ್ರು. ಅವರಿಗೆ ಆಗಾಗ್ಗೆ ಅರೆ ತಲೆ ನೋವು ಬರ್ತಿತ್ತು..."

"ಆಗೇನು ಮಾಡ್ತಿದ್ದರು?"

"ಮಾತ್ರೆ ತಗೊಂಡು ಮಲಗ್ತಾ ಇದ್ದರು"

"ಅವತ್ತೂ ಹಾಗೇ ಮಾತ್ರೆ ತಗೊಂಡ್ರು ಅಲ್ವೆ?"

"ಹೌದು. ಮಾಮೂಲಂಗೇ ಅವತ್ತೂ ಮಾತ್ರೆ ತಗೊಂಡು ಮಲಗಿದ್ರು"

"ಅವರು ಯಾವ ಮಾತ್ರೆ ತಗೋತಿದ್ರು ಗೊತ್ತಾ?"

"ಗೊತ್ತು. ನಂಗೆ ಓದಾಕೆ ಬರೊಲ್ಲ. ಅದ್ರೆ ಹೆಸ್ರು ನಂಗೊತ್ತಿಲ್ಲ. ನೀಲಿ ಬಣ್ಣದ ಪಟ್ಟೀಲಿರ್ತಿತ್ತು"

ಆಕೆ ಮೊದಲಿಗೆ ಉತ್ತರ ನೀಡಲು ಸಂಕೋಚಪಟ್ಟರೂ ಸಹ ಕ್ರಮೇಣ ನಿರ್ಭಿಡೆಯಿಂದ ಮಾತಾಡುತ್ತಿದ್ದಳು.

"ಅವರು ಉಪಯೋಗಿಸ್ತಿದ್ದ ಮಾತ್ರೆ ಇನ್ನು ಅವರ ರೂಮಲ್ಲೇ ಇರಬೇಕಲ್ಲವಾ?"

"ಇರಬಹುದು. ಅವರು ತೀರ್ಕೊಂಡ ಮೇಲೆ ಯಾರೂ ರೂಮಿನ ನಿಗಾ ನೋಡಿಲ್ಲ. ಪೋಲೀಸ್ನೋರು ಅಲ್ಲೆಲ್ಲಾ ಹೋಗಿ ಬಂದಿದ್ರು. ಅವತ್ನಿಂದ ನಾನೂ ರೂಮು ಕಿಲೀನ್ ಮಾಡೋಕೆ ಹೋಗಿಲ್ಲ"

"ಹಾಗಾದ್ರೆ ಹೊನ್ನಮ್ಮ ಒಂದು ಕೆಲಸ ಮಾಡು. ಅವರ ರೂಮಿಗೆ ಹೋಗಿ ಆ ಮಾತ್ರೆ ತಂದ್ಕೊಡು... ಶರತ್ ನೀನೂ ಜೊತೇಲಿ ಹೋಗು"

ವಿಕ್ರಮ್ ಮಾತಿನಿಂದ ರಾಮಣ್ಣ ಮತ್ತು ಮೂರ್ತಿ ಕೊಂಚ ವಿಚಲಿತರಾದಂತೆ ಕಂಡಿತು.

"ಅರೆ...ಅವರು ತಗೋತಿದ್ದ ಮಾತ್ರೆಯೆಲ್ಲಾ ನನಗೆ ಗೊತ್ತು. ನಾನೇ ಹೋಗಿ ತರ್ತೀನಿ. ಅಲ್ಲದೆ ಅವರ ಆರೋಗ್ಯ ಸರಿ ಇಲ್ದೆ ಇದ್ದಾಗೆಲ್ಲಾ ಬೆಂಗ್ಳೂರಿಗೆ ಬಂದು ನಮ್ಮ ಫ್ಯಾಮಿಲಿ ಡಾಕ್ಟರ್ ಹತ್ರಾನೆ ಮೆಡಿಸನ್ ತಗೋತಾ ಇದ್ದಿದು"

ಮೂರ್ತಿ ಆತುರದಿಂದ ಹೇಳಿದ.

"ಪರವಾಗಿಲ್ಲ ಮಿಸ್ಟರ್ ಮೂರ್ತಿ. ಹೊನ್ನಮ್ಮನಿಗೂ ಯಶವಂತರಾಯರು ತಗೋತಿದ್ದ ಮಾತ್ರೆ ವಿಷಯ ಚೆನ್ನಾಗಿ ಗೊತ್ತಂತಲ್ಲ? ನೀನು ಹೋಗಮ್ಮ, ಶರತ್...ನೀನೂ..."

ಹೊನ್ನಮ್ಮ ವಿಕ್ರಮ್ ಆಜ್ಞೆ ಪಾಲಿಸಲು ಮಹಡಿಯ ಮೆಟ್ಟಿಲುಗಳ ಹತ್ತಿರ ನಡೆದಳು. ಶರತ್ ಹಿಂಬಾಲಿಸಿದ.

"ಮೂರ್ತಿಯವರೆ, ನಿಮ್ಮ ಫ್ಯಾಮಿಲಿ ಡಾಕ್ಟರ್ ಯಾರು?"

"ರಮೇಶ್ ಅಂತ. ಬೆಂಗ್ಳೂರಲ್ಲಿ ರಾಜಾಜಿನಗರದ ನನ್ನ ಮನೆ ಹತ್ರಾನೆ ಇದಾರೆ"

"ಕ್ಲಿನಿಕ್ ಹೆಸರು?"

"ಕಮಲ ಕ್ಲಿನಿಕ್"

"ಯಶವಂತರಾಯರು ಆಗಾಗ್ಗೆ ಡಾಕ್ಟರ್ ಹತ್ರ ಬರ್ತಿದ್ದರೇನು?"

"ಬರ್ತಿದ್ರು. ಅವರಿಗಿದ್ದ ಒಂದೇ ಕಾಯಿಲೇಂದ್ರೆ ತಲೆ ನೋವು, ಅದು ಮೈಗ್ರೇನ್ ಅಂತೆ. ಬಹಳ ವರ್ಷದಿಂದ ನರಳ್ತಿದ್ರು. ಅದು ಬಿಟ್ಟು ಬೇರೆ ಯಾವ ಗಂಭೀರ ಖಾಯಿಲೇನೂ ಇರಲಿಲ್ಲ"

"ನಾನು ಅಗತ್ಯ ಬಿದ್ದ ಹಾಗೆ ಒಬ್ಬೊಬ್ಬರನ್ನೇ ಕಂಡು ಮಾತಾಡ್ತೀನಿ. ಎಲ್ಲಾ ಹೋಗಬಹುದು"

ವಿಕ್ರಮ್ ಎಲ್ಲರನ್ನೂ ಕುರಿತು ಹೇಳಿದ ಚೇತನ್, ಸುಮ, ಚಿತ್ರಾ, ಸುಶೀಲಮ್ಮ ಮತ್ತು ಮೂರ್ತಿಯ ಹೆಂಡತಿ ಸರಳಾ ಜೈಲಿನಿಂದ ಬಿಡುಗಡೆಯಾದ ನಿರಾಳತೆಯಲ್ಲಿ ಪರಸ್ಪರ ಮುಖ ನೋಡಿಕೊಂಡು ಚೆದುರಿದರು.

ಉಳಿದಿದ್ದವರು ರಾಮಣ್ಣ, ಮೂರ್ತಿ ಮತ್ತು ವಿಕ್ರಮ್ ಮಾತ್ರ.

"ಸಾರ್ ನಮಗೀಗ ಮುಖ್ಯವಾಗಿ ಬೇಕಾಗಿರೋದು ನಮ್ಮ ಮಾವನ ಕೊಲೆಗಾರ ಅಲ್ಲ...ಅವರ ಶವ. ಅದನ್ನ ಯಾರೋ ಎತ್ಕೊಂಡು ಹೋದಾಗ್ನಿಂದ ನಮಗೆ ನೆಮ್ಮದೀನೆ ಇಲ್ಲ. ಸತ್ಯವಾಗಿ ಹೇಳ್ತೀನಿ ಸಾರ್ ಎರಡು ದಿವಸ ನಮ್ಮಾಕೆಯ ಕನಸಿಗೆ ಬಂದು ನನ್ನ ಶರೀರಾನ ನಾಯಿ ನರಿ ತಿನ್ನೋಕೆ ಬಿಟ್ಟಿದೀರಾ! ಅಂತ ಕೇಳಿದರಂತೆ! ನನ್ನ ಕನಸಲ್ಲೂ ಸಹ ನೆನ್ನೆ ರಾತ್ರಿ ಬಂದಿದ್ದರು"

ಕಳವಳ ವ್ಯಕ್ತಪಡಿಸುತ್ತಾ ಹೇಳಿದ ರಾಮಣ್ಣ.

"ಪ್ರಯತ್ನ ಪಡ್ತೀವಿ ರಾಮಣ್ಣೋರೆ. ಕೇಸು ಸುಲಭವಾಗಿಲ್ಲ. ನಿಮಗೆ ಬೇಜಾರಾಗಬಹುದು-ನನ್ನ ಮಾತು ಕೇಳಿ. ಆದರೆ ಒಂದು ವಿಷಯ ಯೋಚನೆ ಮಾಡಿ. ಶವಾನ ಸಮಾಧಿಯಿಂದ ಹಾರಿಸಿದೋನು ಅದರ ಗುರುತು ಪೂರಾ ಅಳಿಸಲೀಂತ ಪ್ರಯತ್ನ ಮಾಡಿರ್ತಾನೆ. ಒಂದೇ ಮಾತಲ್ಲಿ ಹೇಳ್ಬೇಕೂಂದ್ರೆ ಬಾಡೀನ ನಾಶ ಮಾಡೋಕೆ ಪ್ರಯತ್ನ ಮಾಡಿರ್ತಾನೆ. ಅದರಲ್ಲಿ ಅವನು ಯಶಸ್ವಿಯಾಗಿದ್ದರೆ ನಮಗೆ ಬಾಡಿ ಸಿಗೋದೇ ಇಲ್ಲ"

"ನೀವು ಪ್ರಯತ್ನ ಮಾಡಿದರೆ ಬಾಡಿ ಸಿಗಬಹುದು. ಅದನ್ನ ಮತ್ತೆ ಸಂಸ್ಕಾರ ಮಾಡಿ ಅದರ ಮೇಲೆ ಸಿಮೆಂಟಿನ ಸಮಾಧಿ ಕಟ್ಟಿಸಿದರೇನೇ ನಮಗೆ ಸಮಾಧಾನ"

ಮಹಡಿ ಮೆಟ್ಟಲಿನ ಹತ್ತಿರ ಹೆಜ್ಜೆಗಳ ಶಬ್ದ.

ಶರತ್ ಇಳಿಯುತ್ತಿದ್ದ. ಅವನ ಹಿಂದೆ ಹೊನ್ನಿ,

“ವಿಕ್ರಮ್ ಅವರೆ ನಾನು ಮೂರು ಗಂಟೆ ಮೇಲೆ ಹೊರಡಬೇಕು. ಬಿಸಿನೆಸ್ ನೋಡ್ಕೊಬೇಕಲ್ಲ? ನಿಮ್ಮ ಪ್ರಶ್ನೆಗಳು ಇನ್ನೂ ಏನಾದರೂ ಇದ್ದರೆ ಕೇಳಬಹುದು”

“ಸದ್ಯಕ್ಕೇನೂ ಇಲ್ಲ ಮೂರ್ತಿ. ನಾವು ಇಲ್ಲಿ ಇನ್ನೊಂದೆರಡು ದಿವಸ ಇರ್ತೀವಿ. ಅಗತ್ಯ ಬಿದ್ದರೆ ನಿಮಗೆ ಫೋನು ಮಾಡ್ತೀನಿ ಆಗ ಬರೋಕೆ ಆಗುತ್ತೆ ತಾನೆ?”

“ಖಂಡಿತವಾಗಿ ಬರ್ತೀನಿ. ಫೋನ್ ಮಾಡ್ಲೇಬೇಕೂಂತ ಇಲ್ಲ. ಒಂದು ಮೆಸೇಜ್ ಕೊಟ್ರೂ ಸಾಕು ನಾನು ಬರ್ತೀನಿ”

ಮೂರ್ತಿಯ ಮಾತು ಮುಗಿಯುವ ಸಮಯಕ್ಕೆ ಶರತ್ ಬಂದು ನಿಂತಿದ್ದ .

“ಇದೇ ಸ್ವಾಮಿಯೋರು ನುಂಗ್ತಾ ಇದ್ದ ಮಾತ್ರೆ”

ಹೊನ್ನಿ ಒಂದು ಸ್ಟ್ರಿಪ್ ಮಾತ್ರೆ ಕೊಟ್ಟಳು. ಹತ್ತು ಮಾತ್ರೆಗಳ ಸ್ಟ್ರಿಪ್ಪಿನಲ್ಲಿ ಮೂರು ಮಾತ್ರೆಗಳು ಇರಲ್ಲಿಲ್ಲ.

“ಯಾವಾಗಲೂ ಇವನ್ನೇ ತಗೋತಾ ಇದ್ರಾ?”

“ಹೌದು... ಹೌದು ಯಾವಾಗಲೂ ಅವರು ತಗೋತಾ ಇದ್ದುದು ಇದೇ ಮಾತ್ರೆ. ಹೊನ್ನಮ್ಮ ನಮಗೆಲ್ಲಾ ಟೀ ರೆಡಿ ಮಾಡು”

ಮೂರ್ತಿ ಹೊನ್ನಿಗೆ ಹೇಳಿದಾಗ ಆಕೆ ಆಗಲಿ ಎಂಬಂತೆ ತಲೆಯಾಡಿಸಿ ಅಡಿಗೆಮನೆ ಕಡೆ ಹೊರಟಳು.

ವಿಕ್ರಮ್ ಸೂಕ್ಷ್ಮವಾಗಿ ತಲೆಯಲುಗಿಸಿ ಶರತ್‌ನ ಕಡೆ ನೋಡಿದ. ಶರತ್ ಸಹ ಅಂತಹದೇ ಪ್ರತಿಕ್ರಿಯೆ ವ್ಯಕ್ತಪಡಿಸಿದ.

“ಆ ಮಾತ್ರೆಗಳನ್ನ ವಿಶ್ಲೇಷಣೆ ಮಾಡಿಸ್ತೀರೇನು? ನನ್ನ ಅಂಗಡಿ ಹತ್ತಿರದಲ್ಲೇ ಒಂದು ಲ್ಯಾಬ್ ಇದೆ. ಅಲ್ಲೇ ಟೆಸ್ಟ್ ಮಾಡಿಸಬಹುದು. ಬೇಗನೆ ರಿಸಲ್ಟ್ ಕೊಡ್ತಾರೆ”.

“ಅದೂ ಒಳ್ಳೇ ಐಡಿಯಾ ಮೂರ್ತಿಯವರೆ. ಯಾಕೇಂತಿರೋ ನಾವು ಇಲ್ಲೇ ಇನ್ನೂ ಒಂದೆರಡು ದಿವಸ ಇರಬೇಕಾಗಬಹುದು. ಶರತ್ ಒಂದು ಮಾತ್ರೆ ಮೂರ್ತಿಯವರ ಕೈಗೆ ಕೊಡು. ನಾಳೆ ನಮಗೆ ರಿಸಲ್ಟ್ ಸಿಗಬಹುದೆ?”

ವಿಕ್ರಮ್ ಕೇಳಿದ. ಅವನ ತಲೆಯಲ್ಲಿ ಹಲವಾರು ಯೋಚನೆಗಳು. ಶರತ್ ತನ್ನ ಸೀನಿಯರ್‌ನ ಮಾತಿನಂತೆ ಒಂದು ಮಾತ್ರೆಯನ್ನು ಮೂರ್ತಿಯ ಕೈಗೆ ಹಾಕಿದ.

“ರಾಮಣ್ಣೋರೆ, ನಿಮ್ಮ ಹತ್ರ ಒಂದು ಮಾತು ಕೇಳಬೇಕಿತ್ತು”.

“ಕೇಳಿ ಸಾರ್”

“ಈ ಊರಲ್ಲಿ ಕುದುರೆ ಯಾರು ಸಾಕಿದಾರೆ?”

"ಈ ಊರಲ್ಲ? ಯಾರೂ ಇಲ್ಲ ಸಾರ್, ಪಕ್ಕದಲ್ಲಿ ಒಂದ್ಮೂರು ಮೈಲಿ ದೂರದಲ್ಲಿ ಇನ್ನೊಂದು ಹಳ್ಳಿಯಿದೆ. ಅಲ್ಲಿ ಒಬ್ಬರು ಕುದುರೇನ ಕಟ್ಟಿದ್ದಾರೆ, ಯಾಕೆ?"

"ಅವನ ಹೆಸರು? ಅವನೇನು ಮಾಡ್ಕೊಂಡಿದಾನೆ?"

"ಮಲ್ಲಯ್ಯ ಅಂತ. ಗರಡಿ ಉಸ್ತಾದ್ ಅವನು. ಷೋಕಿಗೋಸ್ಕರ ಕುದುರೆ ಸಾಕಿದಾನೆ"

"ಯಶವಂತರಾಯರಿಗೆ ಅವನು ಗೊತ್ತೇನು?"

"ಯಾಕೆ ಗೊತ್ತಿಲ್ಲ. ಒಂದು ಸಲ ಜಾತ್ರೇಲಿ ನಡೆದ ಕುಸ್ತಿ ಸ್ಪರ್ಧೇಲಿ ಅವನ ಗೆದ್ದಿದ್ದಕ್ಕೆ ಒಂದು ಬಂಗಾರದ ಮೆಡಲ್ ಕೊಟ್ಟಿದ್ದರು."

"ಸಧ್ಯಕ್ಕೆ ಇಷ್ಟು ವಿಷಯ ಸಾಕು. ಮುಂದೇನಾದ್ರೂ ಬೇಕಾದ್ರೆ ಕೇಳ್ತೀನಿ"

ವಿಕ್ರಮ್ ಮಾತು ಮುಗಿಸಿದ. ಮೂರ್ತಿ ಮತ್ತು ರಾಮಣ್ಣ ಅಲ್ಲಿಂದ ಕದಲಿದರು.

ವಿಕ್ರಮ್ ಮತ್ತು ಶರತ್ ತಮಗಾಗಿ ಕಾದಿರಿಸಿದ್ದ ರೂಮಿಗೆ ಹೋದರು. ಸ್ವಲ್ಪ ಹೊತ್ತು ವಿಶ್ರಾಂತಿ ತೆಗೆದುಕೊಳ್ಳುವುದು ಮತ್ತು ಈವರೆಗೆ ಸಂಗ್ರಹಿಸಿದ ಮಾಹಿತಿಯನ್ನು ವಿಶ್ಲೇಷಣೆ ಮಾಡುವುದು ಅವರ ಉದ್ದೇಶವಾಗಿತ್ತು.

ಅವರಿಗೆ ಇಳಿದುಕೊಳ್ಳಲು ಕೊಟ್ಟಿದ್ದ ಗೆಸ್ಟ್ ರೂಮು ಮನೆಯ ಮಹಡಿಯಲಿತ್ತು. ಆ ಹಳ್ಳಿಯಲ್ಲಿ ಕೂಡ ಯಶವಂತರಾಯರು ತಮ್ಮ ಮನೆ ಬರುವ ಅತಿಥಿಗಳಿಗೆ ಎಲ್ಲ ಅನುಕೂಲಗಳನ್ನೂ ಒದಗಿಸಲು ಯೋಜಿಸಿದ್ದರು. ಗೆಸ್ಟ್ ರೂಮಿಗೆ ಅಟ್ಯಾಚ್ಡ್ ಬಾತ್ರೂಮ್ ಇತ್ತು. ಬಜರ್ ಒತ್ತಿದರೆ ಕೆಳಗೆ ರಿಂಗಾಗುತ್ತಿತ್ತು. ಅಲ್ಲಿಂದ ಕೆಲಸದಾಳುಗಳು ಯಾರಾದರೂ ಬರುತ್ತಿದ್ದರು. ರೂಮುಗಳಿಗೆ ಗಾಳಿ, ಬೆಳಕು ಯಥೇಚ್ಛವಾಗಿ ಬರುತ್ತಿತ್ತು. ವಿಕ್ರಮ್ ತಮಗಾಗಿ ಓರಣ ಮಾಡಿದ್ದ ಮಂಚದ ಮೇಲುರುಳಿದ.

"ಶರತ್, ಏನನ್ನಿಸುತ್ತೆ?"

"ರೂಮು ಅನುಕೂಲವಾಗಿದೆ"

"ಅದಲ್ಲಯ್ಯ ಕೇಳಿದ್ದು. ಕೇಸಿನ ಬಗ್ಗೆ ಏನನ್ನಿಸುತ್ತೆ?"

"ಯಶವಂತರಾಯರ ದೇಹ ಸಮಾಧಿಯಿಂದ ಅದೃಶ್ಯವಾಗಿದೆ. ಅದ್ರಿಂದ ಅವರ ಸಾವು ಸ್ವಾಭಾವಿಕವಲ್ಲ ಕೊಲೆ, ಅನ್ನೋ ವಿಚಾರ ಸ್ಥಿರವಾಗುತ್ತೆ. ಯಾರು ಮಾಡಿರೋಕೆ ಸಾಧ್ಯ ಅಂತ ಹೇಳೋದಕ್ಕೆ ಅಥವಾ ಅನುಮಾನ ಪಡೋದಕ್ಕೆ ಇಷ್ಟು ಬೇಗ ಸಾಧ್ಯವಿಲ್ಲ. ಯಾರ ಮೇಲೇಂತ ಅನುಮಾನಿಸೋದಕ್ಕಾಗುತ್ತೆ?"

"ಯಾಕೆ?"

"ಎಲ್ಲರಿಗೂ ಕೊಲೆ ಮಾಡೋದಕ್ಕೆ ಕಾರಣ ಇದೆ ಅನ್ನಿಸುತ್ತೆ"

"ಹಾಗಾದ್ರೆ ಹೇಳು"

"ಮೊದಲು ಯಶವಂತರಾಯರು ಜಗಳ ಆಡಿದ್ರಲ್ಲ ಆ ಆಳು ಅವನು ಅವ್ರ ಮೇಲಿನ ಕೋಪಕ್ಕೆ ಕೊಲೆ ಮಾಡಿರಬಹುದು"

"ಬರೀ ಕೋಪಕ್ಕೆ ಯಾರಾದ್ರೂ ಕೊಲೆ ಮಾಡ್ತಾರ? ಮಣ್ಣು ಮಾಡಿದ ಶವ ಅಪಹರಿಸ್ತಾರಾ?"

ವಿಕ್ರಮ್ ಶರತ್ ಏನು ಉತ್ತರಿಸಬಹುದೆಂದು ಕುತೂಹಲದಿಂದ ಕೇಳಿದ.

"ಒಂದೇ ಜಗಳಕ್ಕೆ ಕೊಲೆ ಮಾಡಿರಲಾರ. ಇಂತಾ ಸುಮಾರು ಘಟನೆಗಳೂ ಆಗಿರಬಹುದು. ಅವೆಲ್ಲಾ ಒಟ್ಟಾಗಿ ಆ ಕೂಲಿಯಾಳು.."

"ಅವನ ಹೆಸರು ಗಂಗಾಧರ" ವಿಕ್ರಮ್ ನೆನಪು ಮಾಡಿಕೊಂಡು ಹೇಳಿದ.

"ಹಾ..ಗಂಗಾಧರನಿಗೂ ಯಾಶವಂತರಾಯರಿಗೂ ಕೆಲವು ಕಾಲದಿಂದಲೂ ಮನಸ್ತಾಪ ಇದ್ದಿರಬಹುದು. ಅದನ್ನು ನಾವು ತನಿಖೆ ಮಾಡಬೇಕು"

ಶರತ್ ತರ್ಕಿಸಿದ.

"ಓ.ಕೆ ಮುಂದಿನ ಸಸ್ಪೆಕ್ಟ್?"

"ತಾತ ಸತ್ತರೆ ಅಸ್ತಿಯೆಲ್ಲಾ ತನ್ನದೇ ಅನ್ನೋ ವಿಚಾರ ಕೃಷ್ಣನಿಗೆ ಸ್ಪಷ್ಟವಾಗಿ ಗೊತ್ತು. ಅದರೆ ಅದಕ್ಕಾಗಿ ತಾತ ಸಾಯುವವರೆಗೂ ಕಾಯಬೇಕು. ಯಶವಂತರಾಯರು ಸಾಕಷ್ಟು ಆರೋಗ್ಯದಿಂದ ಇದ್ದರು. ಅವರ ಸಾಯುವವರೆಗೆ ಕಾಯುವ ವ್ಯವಧಾನವಿಲ್ಲದೆ ಹಣಕ್ಕೋಸ್ಕರ ಕೃಷ್ಣ ಈ ಕೆಲಸ ಮಾಡಿರಬಹುದು. ಅಲ್ಲದೆ ಯಶವಂತರಾಯರು ಕೊನೆಯುಸಿರೆಳೆದ ದಿವಸ ಅವನು ಇಲ್ಲಿರಲಿಲ್ಲ. ಬೆಂಗ್ಳೂರಲ್ಲಿದ್ದೇಂತ ಸುಳ್ಳು ಹೇಳಿರಬಹುದು. ಬೆಂಗ್ಳೂರಿಂದ ವಾಪಸ್ಸು ಬಂದು, ಕೊಲೆ ಮಾಡಿ ಬೆಂಗಳೂರಿಗೆ ಹೋಗಿರಬಹುದು"

"ಓ.ಕೆ...ಕೃಷ್ಣನ್ನ ಸಸ್ಪೆಕ್ಟ್ ನಂಬರ್ ಒಂದೂಂತ ಇಟ್ಕೋಬಹುದು. ಗಂಗಾಧರ ಸಸ್ಪೆಕ್ಟ್ ನಂಬರ್ ಟೂ..ಮುಂದೆ?"

"ಸಸ್ಪೆಕ್ಟ್ ನಂಬರ್ ಮೂರು: ರಾಮಣ್ಣ"

"ಹೇಗೆ?"

"ಕೃಷ್ಣ ಮತ್ತು ಚಿತ್ರರಿಗೆ ಮದುವೆ ಮಾಡಲೇಬೇಕೂನ್ನೋ ನಿರ್ಧಾರ ರಾಮಣ್ಣನದು. ಅದಕ್ಕೆ ಯಶವಂತರಾಯರು ಅಡ್ಡಿಯಾಗಿದ್ದಿರಬಹುದು. ತನ್ನ ಮಗಳು ಚಿತ್ರಾಳನ್ನು ಕೃಷ್ಣನಿಗೆ ಮದುವೆ ಮಾಡಿಸಿದರೆ ಆಸ್ತಿಯ ಮೇಲೆ ಪರೋಕ್ಷವಾಗಿ ತಮಗೆ ಹಕ್ಕು ಬರುತ್ತದೆ. ಅದಕ್ಕೆ ಯಶವಂತರಾಯರು ಅಡ್ಡಿ. ಅದಕ್ಕೆ ಯಶವಂತರಾಯರ ಉಸಿರು ಅಡಗಿಸಿರಬಹುದು"

"ಮುಂದುವರಿಸು"

"ನಂಬರ್ ನಾಲ್ಕು: ಮೂರ್ತಿ!"

"ಮೂರ್ತೀನೆ? ಅವನೇ ಕೇಸು ಸಾಲ್ವ್ ಮಾಡೀಂತ ನಮಗೆ ಹಣ ಕೊಟ್ಟಿದಾನೆ ಅಂತಾದ್ರಲ್ಲಿ ಅವನೇ ಈ ಕೊಲೆ ಮಾಡಿದಾನೇಂತೀಯ?"

"ಇರಬಹುದು. ಯಶವಂತರಾಯರ ಆಸ್ತಿಯೆಲ್ಲಾ ಮೊಮ್ಮಗ ಕೃಷ್ಣನಿಗೆ ಸೇರೋದು ಅನ್ನೋ ವಿಷಯ ಗೊತ್ತು. ಅದರಿಂದ ತನಗೇನೂ ಬರಲಾರದು ಎಂಬ ಅನುಮಾನ ಅವನಿಗಿದ್ದಿರಬಹುದು. ಯಶವಂತರಾಯರು ಸತ್ತರೆ ತನ್ನ ಹೆಂಡತಿ ಕಡೆಯಿಂದ ಆಸ್ತಿ ಕೇಳಬಹುದು. ನ್ಯಾಯಾಲಯಕ್ಕೆ ಹೋದರಂತೂ ಒಂದು ಪಾಲಂತೂ ಸಿಕ್ಕೇ ಸಿಗುತ್ತೆ. ಆದರೆ ಪೂರ್ತಿ ಸಿಗುವುದಿಲ್ಲ! ಕೃಷ್ಣ ಅದಕ್ಕೆ ಪ್ರತಿರೋಧ ಒಡ್ಡುತ್ತಾನೆ. ಪೂರಾ ಆಸ್ತಿಯ ಮೇಲೆ ಮೂರ್ತಿಯ ಗಮನ"

"ಇಲ್ಲ. ಈ ಯೋಚನೆ ತಪ್ಪು. ಯಶವಂತರಾಯರು ಸತ್ತರೂ ಕೃಷ್ಣ ಉಳಿಯುತ್ತಾನೆ. ಆಮೇಲೆ ಅವನನ್ನೂ ಮುಗಿಸಿದರೆ ಮಾತ್ರ ಆಸ್ತಿಯ ಪೂರಾ ಒಡೆತನ! ಅದು ಸರಿ, ಮೂರ್ತಿಯ ವಿಷಯದಲ್ಲಿ ನಿಂಗೆ ಅನುಮಾನ ಬರೋದಕ್ಕೆ ಕಾರಣ ಏನು?"

"ಯಶವಂತರಾಯರು ಸಾಯೋ ಹಿಂದಿನ ದಿವಸ ತಗೊಂಡ ಮಾತ್ರೆ ವಿಷಯ ಮಾತಾಡೋವಾಗ ಅವನು ಕೊಂಚ ಹೆದರಿದ್ದಂತೆ ಕಂಡಿತು"

"ಬರೀ ಅವರಷ್ಟೇ ಏಕೆ? ರಾಮಣ್ಣ ಕೂಡ ಹೆದರಿದ್ದಂತೆ ಇತ್ತು. ಇದೇ ವಿಷಯಕ್ಕೆ ರಾಮಣ್ಣನ ಮೇಲೂ ಅನುಮಾನ ಬರಬಹುದು"

"ಇಲ್ಲ, ಮಾತ್ರೆ ವಿಷಯ ಬಂದರೆ ಇಲ್ಲಿ ಮುಖ್ಯವಾದ ಗುಮಾನಿ ಬರೋದು ಮೂರ್ತಿಯ ಮೇಲೆ. ಮಾತ್ರೇನ ಕೆಮಿಕಲ್ ಅನಾಲಿಸಿಸ್ ತಾನೇ ಮಾಡಿಸ್ತೇನೀಂತ ತಗೊಂಡಿದಾನೆ"

"ಹಾಗಾದರೆ ಲ್ಯಾಬ್ ರಿಪೋರ್ಟ್ ಮೂರ್ತಿ ಬದಲಾಯಿಸಿಕೊಂಡು ತರ್ತಾನೇಂತ ಅನ್ನಿಸುತ್ತೆ"

"ಅಷ್ಟಾದ್ರೆ ಯಶವಂತರಾಯರ ಸಾವಿನಲ್ಲಿ ಮೂರ್ತಿಯ ಹಸ್ತ ಇದೇನ್ನೋದು ಖಚಿತವಾಗುತ್ತೆ..."

ಇಬ್ಬರ ನಡುವೆ ಮಾತುಕತೆ ನಡೆಯುತ್ತಿರುವಾಗ ಬಾಗಿಲು ಬಡಿದ ಶಬ್ದ ಕೇಳಿಸಿತು. ವಿಕ್ರಮ್ ಶರತ್ ಕಡೆ ನೋಡಿದ..ಯಾರಿರಬಹುದು ಪ್ರಶ್ನೆ ಮೂಡಿತು?

ಶರತ್ ಎದ್ದುಹೋಗಿ ಬಾಗಿಲು ತೆರದ. ಬಂದವನನ್ನು ನೋಡಿ ಇಬ್ಬರಿಗೂ ಅಚ್ಚರಿ. ಬಂದಿದ್ದವನು ಕೃಷ್ಣ!

"ನನ್ನನ್ನು ನೋಡಿ ಆಶ್ಚರ್ಯ ಆಗಿರಬೇಕಲ್ಲ?" ಬಂದಾತ ಕೇಳಿದ.

"ಆಗಿರಬಹುದು, ಹೇಳಿ, ತಾವು ಬಂದ ಉದ್ದೇಶ?"

"ಒಳಗೆ ಬರಬಹುದೇ?" ಕೃಷ್ಣ ಅನುಮತಿ ಕೇಳಿದ

"ಇದು ನಿಮ್ಮ ಮನೆ. ಒಳಗೆ ಬರೋಕೆ ಅನುಮತಿ ಅವಶ್ಯಕತೆ ಇಲ್ಲ"

"ತ್ಯಾಂಕ್ಸ್, ಸ್ವಲ್ಪ ಹೊತ್ತು ಮುಂಚೆ ಡೈನಿಂಗ್ ಹಾಲ್ನಲ್ಲಿ ನಾನು ಒರಟಾಗಿ ಮಾತಾಡಿದೆ. ಸಾರಿ ನಾನು ಹಾಗೆ ಮಾತಾಡಬಾರದಿತ್ತು. ಯಾವುದೋ ಮೂಡಲಿದ್ದೆ. ಹಾಗಾಗಿ ನೀವು ಪ್ರಶ್ನೆ ಕೇಳಿದಾಗ ಕೋಪ ಬಂದು ಹಾಗೆ ಮಾತಾಡಿದೆ"

ಕೃಷ್ಣನ ಹೊಸ ವರಸೆ ಪತ್ತೆದಾರರಿಬ್ಬರಿಗೂ ಅಚ್ಚರಿಯನ್ನುಂಟು ಮಾಡಿತು.

"ಪರವಾಗಿಲ್ಲ ಮಿಸ್ಟರ್ ಕೃಷ್ಣ, ಇಲ್ಲಿ ನಮಗೂ ನಿಮಗೂ ವೈಯುಕ್ತಿಕವಾಗಿ ಆಗಬೇಕಾದದ್ದು ಏನೂ ಇಲ್ಲ. ನಾವು ಪ್ರೊಫೆಷನಲ್ ಡಿಟೆಕ್ಟೀವ್ಸ್. ಇಂತಹ ಸನ್ನಿವೇಶಗಳು ನಮಗೆ ಹೊಸದೇನೂ ಅಲ್ಲ"

ವಿಕ್ರಮ್ ಸಮಾಧಾನದಿಂದ ಹೇಳಿದ.

"ನೋಡಿ, ನನ್ನಿಂದ ಈ ಕೇಸ್ ಸಾಲ್ವ್ ಮಾಡೋಕೆ ಎಷ್ಟು ಸಹಾಯ ಬೇಕೋ ಅದನ್ನೆಲ್ಲ ನಾನು ಮಾಡೋಕೆ ಸಿದ್ಧನಾಗಿದ್ದೇನೆ. ಆದರೆ ಒಂದು ವಿಷಯ: ನೀವು ಯಾವುದೇ ಕಾರಣಕ್ಕೂ ನನ್ನ ವೈಯಕ್ತಿಕ ಬದುಕಿನೊಳಗೆ ಪ್ರವೇಶಿಸಬಾರದು, ಅದು ನನಗೆ ಇಷ್ಟವಾಗುವುದಿಲ್ಲ. ಅದನ್ನು ಬಿಟ್ಟು ನೀವು ಏನೇ ಕೇಳಿದರೂ ನಾನು ಉತ್ತರಿಸೋಕೆ ಸಿದ್ಧನಾಗಿದ್ದೇನೆ"

ಕೃಷ್ಣ ಮಧ್ಯಾಹ್ನದ ಸಮಯದಲ್ಲಿ ಮಾತನಾಡಿದಷ್ಟು ಒರಟಾಗಿ ಉತ್ತರ ನೀಡದಿದ್ದರೂ ತನ್ನ ಖಾಸಗಿ ಜೀವನದಲ್ಲಿ ಯಾರೋ ಪ್ರವೇಶಿಸಬಾರದು ಎಂಬುದನ್ನು ಖಡಕ್ಕಾಗಿ ಹೇಳಿದ್ದ.

"ನೋಡಿ ಮಿಸ್ಟರ್ ಕೃಷ್ಣ, ನಿಮ್ಮ ಖಾಸಗಿ ಬದುಕನ್ನು ಪ್ರವೇಶಿಸಲೇಬಾರದು ಎಂದು ಹೇಳ್ತಿದ್ದೀರಿ. ಆದರೆ ಕೇಸಿಗೆ ಸಂಬಂಧಿಸಿದ ಕೆಲವು ವಿಚಾರಗಳನ್ನು ತಿಳಿಯಬೇಕಾದರೆ ಕೆಲವು ಸಲ ಖಾಸಗಿ ಬದುಕಿನ ಎಲ್ಲೆಯನ್ನೂ ದಾಟಬೇಕಾಗುತ್ತದೆ. ಅದನ್ನು ನಾವು ಬೇಕಾಗಿ ಮಾಡೋದಿಲ್ಲ. ಆದರೆ ಆ ರೀತಿ ಮಾಡಲೇಬೇಕಾಗಿ ಬಂದಾಗ, ನೀವು ತಪ್ಪು ತಿಳಿಯಬಾರದು.ನಾನು ನೇರವಾಗಿ ಹೇಳುತ್ತಿದ್ದೇನೆ"

ವಿಕ್ರಮ್ ನೇರವಾಗಿ ಹೇಳಿದ. ಮಾತಿನಲ್ಲಿ ಖಚಿತತೆ ಇತ್ತು!

"ಮತ್ತೆ ವಿಷಯ ಅಲ್ಲಿಗೇ ಬಂತಲ್ಲ? ಬ್ಯಾಕ್ ಟು ಸ್ಕ್ವೈರ್ ಒನ್ ಅಂತಾರಲ್ಲ ಹಾಗಾಯ್ತು. ನಾನು ಹೇಳಿದ್ದು ನಿಮಗೆ ಅರ್ಥವಾಗಲಿಲ್ಲವೇ? ಮತ್ತೊಮ್ಮೆ ಹೇಳುತ್ತಿದ್ದೇನೆ. ನನ್ನ ಖಾಸಗಿ ಬದುಕು ನನ್ನದು, ನನ್ನದು ಮಾತ್ರ! ಅದನ್ನು ಪ್ರಶ್ನಿಸುವ ಅಥವಾ ಕೆದಕುವ ಸ್ವಾತಂತ್ರವನ್ನು ತೆಗೆದುಕೊಳ್ಳಬೇಡಿ. ಅದರ ಪರಿಣಾಮ ಕೆಟ್ಟದಾಗಿರುತ್ತದೆ"

ಕೃಷ್ಣ ಖಡಕ್ಕಾಗಿ ಹೇಳಿದ. ಮೊದಲಿನ ಅವನ ಮೃದು ಸ್ವಭಾವ ಮಾಯವಾಗಿತ್ತು. ಬಹಳ ನಿಷ್ಠುರವಾಗಿ ನುಡಿದ.

"ಕೃಷ್ಣ, ನೀವು ಮಕ್ಕಳನ್ನು ಹೆದರಿಸಿದ ಹಾಗೆ ನಮ್ಮನ್ನು ಹೆದರಿಸುತ್ತಾ ಇದ್ದೀರಲ್ಲ?" ವಿಕ್ರಮ್ ನಸುನಗುತ್ತಾ ಕೇಳಿದ.

"ನೀವು ಏನಾದರೂ ತಿಳಿದುಕೊಳ್ಳಿ ಇದು ನನ್ನ ರೀತಿ"

ಇಷ್ಟು ಹೇಳಿದ ಕೃಷ್ಣ ವೇಗವಾಗಿ ಹಿಂತಿರುಗಿದ.

"ಶರತ್ ಬಾಗಿಲು ಹಾಕು" ವಿಕ್ರಮ್ ಆದೇಶಿಸಿದ.

ಶರತ್ ಬಾಗಿಲು ಹಾಕಿ ಬಂದ.

"ಏನ್ಸಾರ್? ಇವರು ಹೀಗೆ ಧಮಕೀ ಹಾಕ್ತಾರೆ?"

"ಕೆಲವರ ರೀತಿ ಹಾಗೇನೆ? ಐದು ಬೆರಳು ಒಂದೇ ಸಮ ಇರೋದಿಲ್ಲ"

"ಯಶವಂತರಾಯರ ಕೊಲೆಯಲ್ಲಿ ಕೃಷ್ಣನ ಪಾತ್ರ ಇರಬಹುದೇ?" ಶರತ್ ಕೇಳಿದ.

"ನಿನಗೆ ಏನನ್ನಿಸುತ್ತೆ?"

"ಕೃಷ್ಣ ಒರಟ. ಏನು ಮಾಡಲೂ ಹೇಸುವುದಿಲ್ಲ ಅನಿಸುತ್ತಿದೆ"

"ನೋಡೋಣ ಅದು ಬೇಗನೆ ಗೊತ್ತಾಗುತ್ತೆ. ಈಗ ನಾವು ನಮ್ಮ ಮುಂದಿನ ಕೆಲಸ ನೋಡೋಣ. ಶರತ್, ನಾವೀಗ ತುಂಬಾ ಚುರುಕಾಗಿ ಕೆಲಸ ಮಾಡ್ಬೇಕು. ಯಶವಂತರಾಯರ ಕೊಲೆಗಾರನ್ನ ಹಿಡಿಯೋದಕ್ಕಿಂತ ಮುಖ್ಯವಾದ ಕೆಲಸ ಅಂದ್ರೆ ದೇಹಾನ ಪತ್ತೆ ಹಚ್ಚೋದು. ನೀನು ರಹಸ್ಯವಾಗಿ ನಾನು ಹೇಳೋ ಕೆಲಸಗಳನ್ನು ಮಾಡ್ಬೇಕು"

ವಿಕ್ರಮ್ ತನ್ನ ಜೂನಿಯರ್‌ಗ ಜವಾಬ್ದಾರಿಯುತವಾದ ಕೆಲವು ಕೆಲಸಗಳನ್ನ ವಹಿಸಿದ.

***

ಅದು, ಯಶವಂತರಾಯರ 'ಮಂದಾರ' ತೋಟದ ಮನೆಯಿಂದ ಒಂದು ಕಿಲೋಮೀಟರು ದೂರದಲ್ಲಿ ಶ್ರಮಿಕವರ್ಗದವರು ವಾಸಿಸಿಸುವ ಒಂದು ಸಣ್ಣ ಬಡಾವಣೆ. ಆ ಬಡಾವಣೆಗೆ ಅವರಿಟ್ಟುಕೊಂಡಿದ್ದ ಹೆಸರು ಗಾಂಧಿನಗರ. ಸುಮಾರು ಇಪ್ಪತ್ತಕ್ಕೂ ಹೆಚ್ಚು ಮನೆಗಳಿರಬಹುದು ಎಂದು ಶರತ್ ಅಂದಾಜು ಮಾಡಿದ. ಇಲ್ಲಿಯೇ ರಾಮಣ್ಣ ಹೇಳಿದ ಕೂಲಿಯಾಳು ಗಂಗಾಧರನ ವಾಸ.

ಅದು ಒಂದಂಕಣದ ಮನೆ. ಯಾವುದೋ ಸರ್ಕಾರದ ಯೋಜನೆಯಲ್ಲಿ ಬಡವರಿಗೆಂದು ಕಟ್ಟಿಕೊಟ್ಟಿದ್ದ ಮನೆ. ಮನೆ ಕಟ್ಟಿದಾಗ ಹೇಗೆ ಹಸ್ತಾಂತರಿಸಿದ್ದರೋ ಅದಾದ ನಂತರ ಅದಕ್ಕೆ ಸುಣ್ಣ ಬಣ್ಣ ಮುಂತಾದುವನ್ನು ಫಲಾನುಭವಿಗಳು ಮಾಡುವ ಗೋಜಿಗೆ ಹೋಗಿರಲಿಲ್ಲ. ಮನೆಗಳು ಶಿಥಿಲವಾಗುತ್ತಿದ್ದವು. ಸರ್ಕಾರದ

ಯೋಜನೆಯನ್ನು ಅನುಷ್ಠಾನಗೊಳಿಸಿದ ಗುತ್ತಿಗೆದಾರ ಸಾಕಷ್ಟು ಹಣ ನುಂಗಿರುವುದನ್ನು ಮನೆಯ ಗುಣಮಟ್ಟ ಸಾರಿ ಹೇಳುತ್ತಿತ್ತು.

ಮೊದಲು ಸಿಕ್ಕ ಮನೆಯಲ್ಲಿ ಶರತ್ ವಿಚಾರಿಸಿದ. ಹಿಂದಿನ ಬೀದಿಯಲ್ಲಿ ಮೂರನೆಯ ಮನೆ ಗಂಗಾಧರನದು ಎಂದು ಮಾಹಿತಿ ಸಿಕ್ಕಿತು. ಶರತ್ ಆತ ನಿರ್ದೇಶಿಸಿದ ಜಾಗವನ್ನು ತಲುಪಿದ.

ಮನೆಯನ್ನು ಸಮೀಪಿಸುತ್ತಲೇ ಜೋರು ದನಿಯಲ್ಲಿ ಗಂಡಸು, ಹೆಂಗಸು ಜಗಳವಾಡುತ್ತಿರುವಂತ ಮಾತುಗಳು ಕೇಳಿದವು. ಬಾಗಿಲು ತೆರೆದಿತ್ತು. ಬಾಗಿಲಿಗೆ ಎದುರಿಗೆ ಕಂಡ ಗಂಡಸೇ ಗಂಗಾಧರ ಇರಬಹುದು ಎಂದು ಹೂಹಿಸಿದ ಶರತ್.

"ಉಸಿರೆತ್ತಿದ್ರೆ ಒದ್ದು ಆಚೆ ಹಾಕ್ತೀನಿ ಉಷಾರ್. ನಾನೂ ಬಾಳ ತಡಕೊಂಡಿವ್ನಿ. ಇನ್ನಾಗಾಕಿಲ್ಲ ಕಣಮ್ಮಿ.."

ಕಿರುಚುತ್ತಿದ್ದ ಗಂಡಸು ಬಾಗಿಲಾಚೆ ನಿಂತಿದ್ದ ಶರತ್ ನೋಡಿ ಕಿರಿಚಾಟ ನಿಲ್ಲಿಸಿದ.

"ಯಾಕಾ..ಸುಮ್ಕಾದೆ? ಬಿಕನಾಸಿ..ನಾಲ್ಕು ಕಾಸು ಸಂಪಾದ್ನೆ ಮಾಡೋ ಯೋಗ್ಯತೆ ಇಲ್ಲ..ನನ್ನ ಆಚೆಗಾಕ್ತೀಯ?" ಹೆಂಗಸಿನ ದನಿ ಕೇಳಿಸಿತು. ಆದರೆ ಆಕೆ ಕಾಣಿಸಲಿಲ್ಲ.

"ಯಾರೋ ಬಂದವ್ರೆ! ಬಾಯ್ಮುಚ್ಕಾ.." ಗಂಡಸು ಎಚ್ಚರಿಸಿ ಆಚೆ ಬಂದ.

"ಯರ್‌ಬೇಕಾಗಿತ್ತು...?" ಶರತ್‌ನನ್ನು ಕೇಳಿದ.

"ಗಂಗಾಧರ ಅನ್ನೋರನ್ನ ನೋಡ್ಬೇಕಿತ್ತು.." ಶರತ್ ತಾನು ಸರಿಯಾದ ಸಮಯಕ್ಕೆ ಬಂದಿಲ್ಲ ಎನ್ನುವುದನ್ನು ನೆನಪಿಟ್ಟುಕೊಂಡು ಹೇಳಿದ.

"ನಾನೇಯ ಗಂಗಾಧರ. ಏನ್ಬೇಕಿತ್ತು..?"

"ಸ್ವಲ್ಪ ಮಾತಾಡ್ಬೇಕಿತ್ತು.."

"ಮಾತಾಡಿ.."

"ಇಲ್ಬೇಡ..ಸ್ವಲ್ಪ ದೂರ ಹೋಗಿ ಮಾತಾಡೋಣ.."

"ಅಂಥಾದ್ದೇನು...?"

"ಬನ್ನಿ ಹೇಳ್ತೀನಿ.."

"ಲೇ..ಯಾರೋ ಬಂದವ್ರೆ..ನಾಕೆಜ್ಜೆ ಹೋಗಿ ಬತ್ತೀನಿ.."

ಒಳಗಿದ್ದ ಹೆಂಗಸಿಗೆ ಕೂಗಿ ಹೇಳಿದ.

"ಹಾಳಾಗಿ ಹೋಗು. ಮತ್ತೆ ಬಂದ್ಗಿಂದೀಯ..?"

ಒಳಗಿಂದ ಹೆಂಗಸು ಚೀರಿತು!

"ಬಂದಾಗೈತೆ ನಿಂಗೆ ಮಾರಿ ಹಬ್ಬ..! ಏ..ನಡೀರಿ ಸಾರ್..ಇವ್ನದ್ದು ದಿನಾ ಇದೇ ರಾಮಾಯಣ.."

ಎಂದಾತ ಮುಂದೆ ನಡೆಯತೊಡಗಿದ.

ಸುಮಾರು ಐವತ್ತು ಹೆಜ್ಜೆ ಅವರು ಮಾತಿಲ್ಲದೆ ನಡೆದರು. ಅಲ್ಲೊಂದು ಅರಳಿಕಟ್ಟೆ ಹತ್ತಿರ ಅವನು ನಿಂತ.

"ಇಲ್ಲೇ ಕುಂತ್ಕಳಿ. ಅದೇನೋ ಹೇಳಿ"

ಶರತ್ ಅವನು ಕೈತೋರಿಸಿದ ಕಡೆ ಕೂತು ಗಂಗಾಧರನ ಕಡೆ ನೋಡಿದ. ಅವನು ಕಟ್ಟುಮಸ್ತಾದ ಆಳು. ಕಡು ಕಪ್ಪು ಬಣ್ಣ, ಒಂದು ಹಳೆಯ ಜೀನ್ಸು, ಟೀ-ಷರ್ಟು ತೊಟ್ಟಿದ್ದ. ಟೀ ಷರ್ಟು ಚಿಕ್ಕದಾಗಿ ಬಿಗಿಯುತ್ತಿತ್ತು. ಅಂದರೆ ಅದು ಯಾರೋ ಕೊಟ್ಟಿರುವ ಟೀ-ಷರ್ಟು. ಬಹುಶಃ ಕೃಷ್ಣ ಕೊಟ್ಟಿರಬಹುದೆ. ಮಾತು ನೋಟದಲ್ಲಿ ಶುದ್ಧ ಒರಟ ಗಂಗಾಧರ.

"ಸಿಗ್ರೇಟು ಸೇದ್ತೀಯಾ..?"

ಶರತ್ ಜೇಬಿಂದ ಸಿಗರೇಟ್ ಪ್ಯಾಕ್ ತೆಗೆದು ಒಂದು ತಾನು ತೆಗೆದುಕೊಂಡು ಬಾಯಲ್ಲಿಟ್ಟುಕೊಂಡು ಉಳಿದ ಪ್ಯಾಕನ್ನು ಗಂಗಾಧರನ ಕೈಗಿತ್ತ.

"ಎಲ್ಲಾ ನಿಂಗೇ ತಗೋ.." ಪ್ಯಾಕಿನಲ್ಲಿ ಒಂದು ಸಿಗರೇಟು ಎತ್ತಿಕೊಂಡು ಉಳಿದದ್ದು ವಾಪಸ್ಸು ಕೊಡಲು ಬಂದ ಗಂಗಾಧರನಿಗೆ ಹೇಳಿದ ಶರತ್. ಗಂಗಾಧರನ ಮುಖ ಅರಳಿತು.

"ನೀವು ಯಶವಂತಪ್ಪನ ಹೆಣ ಹುಡುಕೋಕೆ ಬಂದವ್ರಲ್ವಾ..?"

ಗಂಗಾಧರ ತಾನಾಗೇ ಕೇಳಿದ.

"ಹೌದು. ನಿನಗೆ ಹೇಗೆ ಗೊತ್ತಾಯ್ತು?"

ಶರತ್ ಅಚ್ಚರಿಯಿಂದ ಕೇಳಿದ.

"ನಮ್ಮೂರಿಗೆ ಯಾರ್ಬಂದ್ರೂ ಗೊತ್ತಾಗ್ತೈತೆ. ಅದ್ರಾಗೆ ಯಶವಂತಪ್ಪನ ಇಶಯದಾಗೆ ನಡೆಯೋದೆಲ್ಲಾ ಗೊತ್ತಾಗಕಿಲ್ವಾ?" ಗಂಗಾಧರನ ಮಾತಿಗೆ ಶರತ್ ಬೆರಗಾದ.

"ಯಶವಂತರಾಯ್ರು ಸಾಯೋ ದಿನ ಅವರ ಜೊತೆ ನಿಂಗೆ ಜಗಳ ಆಯ್ತಂತೆ..?"

ಶರತ್ ತೀರಾ ಸಾಮಾನ್ಯ ವಿಷಯ ಕೇಳುವಂತೆ ಕೇಳಿದ.

"ಓ..ಅದ್ಕೇ..ನಾನೇ ಅವರ್ನ ಕೊಲೆ ಮಾಡ್ದೇಂತ ಬಂದಿದೀರಾ..? ಸತ್ವಾಗ್ಲೂ ಹೇಳ್ತೀನಿ. ಆವಯ್ಯನ್ನ ಕೊಲೆ ಮಾಡ್ಬೇಕೂನ್ನಿಸಿತ್ತು. ಅದ್ಕೂ ಮುಂಚೆ ಯಾವನೋ ಕೊಲೆ ಮಾಡವ್ನೆ! ಈಟಕ್ಕೂ ಆವಯ್ಯನ್ನ ಸಾಯ್ಸಿದ್ರೆ ನಂಗೇನು

ಸಿಕ್ಕಾತು..ಲೊಟ್ಟೆ!"

"ಇಲ್ಲ..ನೀನು ಕೊಲೆ ಮಾಡ್ದೇಂತ ನಾನು ಹೇಳಿದ್ನಾ..? ಇಲ್ವಲ್ಲ..? ಅದಿರ್ಲಿ..ಅವತ್ತು ನೀನೆಲ್ಲಿದ್ದೆ..?"

"ಇನ್ನೆಲ್ಲೋಗ್ಲಿ..ಇಲ್ಲೇ ನನ್ನ ಬಿಡಾರ್ದಾಗೇ ಬಿದ್ದಿದ್ದೆ"

"ಹೋಗ್ಲಿ..ಜಗಳ ಯಾಕಾಯ್ತು..?"

"ಇನ್ನೇನ್ಬುದ್ಧಿ..? ನಂಗೆ ಕೊಡೋ ಕೂಲೀನಾ ನನ್ನ ಕೈಲಿಕ್ದೆ ನೆನ್ನೆಂಡ್ರಿಗೆ ಕೊಡ್ತಿದ್ದ. ಅದ್ಕೇ ಜಗಳ..ನನ್ನ ಕೂಲಿ ದುಡ್ಡು ನಂಗ್ಕೊಡ್ಬಿಡು ಅಂತ"

ಗಂಗಾಧರ ಹೆಂಡತಿ ಜೊತೆಯಲ್ಲಿ ಜಗಳವಾಡಿದ್ದರ ಮೂಡಿಂದ ಹೊರಗೆ ಬಂದಿರಲಿಲ್ಲ.

ನಾನು ಬಂದ ಸಮಯ ಸರಿಯಾಗಿಲ್ಲ ಎಂದು ಶರತ್ ಪೇಚಾಡಿದ. ಒಳಗೆ ಜಗಳ ನಡೆಯುತ್ತಿರುವುದರ ಸೂಚನೆ ಸಿಕ್ಕ ತಕ್ಷಣ ಹಿಂದಿರುಗಿಬಿಡಬೇಕಿತ್ತು. ಇನ್ನೊಮ್ಮೆ ಬಂದು ಇವನನ್ನು ವಿಚಾರಿಸಬಹುದಿತ್ತು. ಗಂಗಾಧರ ಜಗಳಕ್ಕೆ ಕೊಟ್ಟ ಕಾರಣ ಕ್ಷುಲ್ಲಕವಾಗಿತ್ತು. ಬಹುಶಃ ಈ ಮನುಷ್ಯ ತಾನು ದುಡಿದದ್ದನ್ನ ಕುಡಿದು ಹಾಳ್ಮಾಡುತ್ತಿದ್ದಿರಬೇಕು. ಅದನ್ನು ಇವನ ಹೆಂಡತಿ ಯಶವಂತರಾಯರಲ್ಲಿ ಹೇಳಿರಬೇಕು. ಅದಕ್ಕೇ ಇವನ ಕೂಲಿ ಹಣ ಹೆಂಡತಿಗೆ ಸಿಗುವಂತೆ ಮಾಡಿರಬೇಕು. ಆ ಸಂಬಂಧದಲ್ಲಿ ಯಶವಂತರಾಯರ ಜೊತೆ ಇವನು ಜಗವಾಡಿದ್ದಾನೆ ಎನ್ನುವುದು ಸ್ಪಷ್ಟವಾಗಿತ್ತು.

"ಅಂದ್ರೆ..ನಿನ್ನ ಕೂಲಿ ಹಣ ನಿಂಗೆ ಕೊಡ್ತಿರಲಿಲ್ಲವೆ..? ಪಾಪ..ನಿಂಗೂ ತುಂಬಾ ಕಷ್ಟ ಇರಬೇಕು..ತಗೋ..ಈ ನೋಟಿಟ್ಕೋ"

ಶರತ್ ನೂರರ ಒಂದು ನೋಟನ್ನು ಅವನ ಮುಂದೆ ಹಿಡಿದ.

"ಏ..ಬ್ಯಾಡ್ರ..ನಂಕಷ್ಟಕ್ಕೆ ನೀವ್ಯಾಕೆ ತೊಂದ್ರೆ ತಕ್ಕೋತೀರಿ.."

ಎನ್ನುತ್ತಲೇ ನೋಟನ್ನು ಜೇಬಿನೊಳಕ್ಕೆ ಇಟ್ಟುಕೊಂಡು ಸಾವಕಾಶವಾಗಿ ಸಿಗರೇಟು ತುಟಿಯಲ್ಲಿಟ್ಟುಕೊಂಡು ಕಡ್ಡಿ ಕೊರೆದು ಹೊಗೆ ಊದಿದ.

"ಅದ್ನೇ ಬುದ್ಧಿ ನಾನು ಹೇಳಿದ್ದು. ಒಂದು ವಾರದ ಕೂಲಿ..ಕೊಡೊಲ್ಲ ನಿನ್ನ ಹೆಂಡ್ತಿಗೆ ಕಳಿಸ್ತೀನಿ ಅಂತ ಹೇಳಿದ್ರು. ನಂಗೆ ಶ್ಯಾನೆ ಕೋಪ ಬಂತು! ನೀನೇನು ನನ್ನೆಂಡ್ರು ಇಟ್ಕೊಂಡಿದ್ದೀಯಾಂದೆ! ಅದಕ್ಕೇ ಆವಯ್ಯಂಗೂ ಶಾನೆ ಕೋಪ ಬಂದಿತ್ತು! ಬಾರು ಕೋಲು ತಗೊಂಡು ಬೊಬ್ಬೆ ಬರೋ ಹಾಗೆ ಹೊಡೆದ! ನಾನು ಬಿಡ್ತೀನಾ..ಬಾರು ಕೋಲು ಕೈಗೆ ಕಿತ್ಕೊಂಡೆ! ನಾನೂ ನಾಕು ಇಕ್ಕಬೌದು. ಆದ್ರೆ ಮಾಡ್ನಿಲ್ಲ! ಪೋಲೀಸ್ ಕಂಪ್ಲೈಂಟು ಕೊಡ್ತೀನಿ ಅಂತ ಕಿರಿಚಿದೆ..ಅದಕ್ಕೆ ಕೊಂಚ ಹೆದರಿದ್ದ. 'ಲೇ..ನನ್ನ ಬಗ್ಗೆ ಸಮಾಜದಲ್ಲಿ ಎಂತಾ ಹೆಸರಿದೆ. ಧರ್ಮ ರತ್ನಾಕರ

ಅಂತ ಬಿರುದು ಕೊಟ್ಟಿದ್ದಾರೆ. ನನ್ನ ಮೇಲೆ ಇಂತಾ ಕೆಟ್ಟ ಮಾತಾಡ್ತೀಯ..ನಾಳೆಯಿಂದ ನಿನಗೆ ನನ್ನ ತೋಟದಲ್ಲಿ ಕೆಲಸ ಇಲ್ಲ. ನಿನ್ನ ಸಂಸಾರಕ್ಕೆ ಒಳ್ಳೇದಾಗ್ಲೀ ಆ ಹೆಣ್ಮಗಳು ಉಪವಾಸ ಮಲ್ಗೋದು ಬ್ಯಾಡಾಂತ ನಾನು ನಿನ್ನ ಕೂಲಿ ಅವಳಿಗೆ ಕಳಿಸ್ತಿದ್ದೆ. ಇಷ್ಟಕ್ಕೂ ನಾನೇನು ನಿನ್ನ ಮನೆ ಬಾಗಿಲಿಗೆ ಬಂದಿಲ್ಲ. ಅಂತಾ ಹಲ್ಕಟ್ ಕೆಲ್ಸ ನಾನು ಮಾಡೊಲ್ಲ' ಅಂತ ಕಿರಿಚಾಡಿದ. ನಂಗ ಗೊತ್ತಿತ್ತು ಆಯಪ್ಪ ಅಂತಾವನಲ್ಲ ಅಂತ. ಆದ್ರೂ ಕೂಲಿ ವಸೂಲಿಯಾಗ್ಲೀಂತ ಅಂಗಂದೆ. ದಣಿದು ದುಡಿಯೋನಿಗೆ ಮೈಕೈನೋವು ಹೋಗಾಕೆ ಒಂದು ಪ್ಯಾಕೆಟ್ ಸಾರಾಯಿ ಹಾಕ್ಕೋಳ್ಳೋಕೂ ಕಾಸು ಸಿಗೊಲ್ಲ ಅಂದ್ಮಾಗೆ ಯಾಕೆ ದುಡೀಬೇಕು..ಆವಯ್ಯನ ಹತ್ರ..? ನಿನ್ನ ಸವಾಸ ಸಾಕು..ಈತನಕ ದುಡಿದಿರೋದು ಕೊಡೂಂದ್ರೂ ಆವಯ್ಯ ಜಗ್ಗಲಿಲ್ಲ. ಅದೆಂಗಾನ ಇರ್ಲಿ, ಈ ಜಗಳದ ಇಶ್ಯ ನಿಮಗ್ಯಾರು ಹೇಳಿದ್ದು..?"

ಗಂಗಾಧರ ತನ್ನ ಕೃತ್ಯಕ್ಕೆ ಸಮಜಾಯಿಸಿ ಕೊಟ್ಟಿದ್ದ.

"ಇನ್ಯಾರೋ..? ಆ ಮನೇಲಿರೋರು ಇಬ್ರು ಗಂಡಸರು.. ಅವರಲ್ಲೊಬ್ರು..ಹೇಳಿದ್ರು"

ಶರತ್ ಜಾಣತನದಿಂದ ಹೇಳಿದ. ರಾಮಣ್ಣನ ಹೆಸರಾಗಲೀ ಇಲ್ಲಾ ಕೃಷ್ಣನ ಹೆಸರನ್ನಾಗಲೀ ಹೇಳಲಿಲ್ಲ.

"ಆ ಮನೇಲಿರೋರು ಇಬ್ರಲ್ಲ ಮೂರ್ಜನ.." ಗಂಗಾಧರ ತಿದ್ದಿದ.

ತಾನು ಅಮಿಷವೊಡ್ಡಿದ ನೋಟು, ಸಿಗರೇಟು ಪ್ಯಾಕು ಕೆಲಸ ಮಾಡಿದೆ ಎಂದುಕೊಂಡ ಶರತ್.

"ಮೂರ್ಜನ ಯಾರೋ..?"

"ಏ..ನೀವು ಮೂರ್ತಪ್ಪನ್ನ ಬಿಟ್ಟೇಬಿಟ್ರಲ್ಲ..?"

"ಅವರು ಇಲ್ಲಿರೊಲ್ಲವಲ್ಲ..?"

"ಇಲ್ಲಾ ಹೆಚ್ಕಮ್ಮಿ ಇಲ್ಲೇ ಇರ್ತಾರೆ..ದೊಡ್ಡ ಗಂಟು ಯಾರಿಗ್ಬೇಡ..?"

"ಏನೋ ಹಂಗಂದ್ರೆ..?"

"ಏ..ಆಪಾಟಿ ಆಸ್ತಿಪಾಸ್ತಿ ಸುಮ್ಕೆ ಬಿಟ್ಟಾರಾ..?"

"ಅಂದ್ರೇನೋ..ನೀನು ಹೇಳೋದು..ಮೂರ್ತಿಗೆ ಆಸ್ತಿ ಮೇಲೆ ಕಣ್ಣಿದೆಯಾ..?"

"ಬುಟ್ಬುಟ್ಟಾರಾ..? ಮೂರ್ಜನಾನೂ ಹದ್ನಂಗೆ ಕಾದವ್ರೆ..ಮುದ್ಕ ಗೊಟಕ್ಕನ್ನಾದನ್ನ..ಮೂರ್ಜನದಾಗೇ ಯಾರೋ ಒಬ್ರು ಗುನ್ನ ಇಕ್ಕವ್ರೆ ಮುದ್ಕಂಗೆ.."

ಗಂಗಾಧರನ ವಿಚಾರ ಸುಳ್ಳು ಎನ್ನುವಂತಿರಲಿಲ್ಲ ಪರಿಸ್ಥಿತಿ. ಅವನ ಯೋಚನೆಯ ದಿಕ್ಕು ಸರಿಯಾಗೇ ಇತ್ತು. ಗಂಗಾಧರನ ಪಾತ್ರ ಯಶವಂತರಾಯರ ಕೊಲೆಯಲ್ಲಿ ಇಲ್ಲ ಎನ್ನುವುದು ಅವನ ಮಾತಿನಿಂದಲೇ ಸ್ಪಷ್ಟವಾಗಿತ್ತು.

'ಆವಯ್ಯನ್ನ ಸಾಯ್ಸಿದ್ರೆ ನಂಗೇನು ಸಿಕ್ಕಾತು..ಲೊಟ್ಟೆ!' ಎನ್ನುವ ಗಂಗಾಧರನ ಮಾತು ಕಿವಿಯಲ್ಲಿ ಮಾರ್ದನಿಸಿತು! ನಿಜ ಯಶವಂತರಾಯರು ಸತ್ತರೆ ಇವನಿಗೇನು ಸಿಕ್ಕೀತು? ಬರೀ ಅವರೊಂದಿಗೆ ಜಗಳವಾಡಿದ್ದ ಎನ್ನುವ ಒಂದೇ ಕಾರಣಕ್ಕೆ ಅವನು ಕೊಲೆ ಮಾಡುವ ಹಂತಕ್ಕೆ ಹೋಗುವುದಿಲ್ಲ ಎನಿಸಿತು. ಇಷ್ಟಕ್ಕೂ ಅವನೇನು ಸೇಡಿಗಾಗಿ, ಜಿದ್ದಿಗಾಗಿ ಕೊಲೆ ಮಾಡುವ ಮನುಷ್ಯನಾಗಿ ಕಾಣಲಿಲ್ಲ!

"ಆ ಮೂರ್ಜನದಲ್ಲಿ ಯಾರಾದ್ರೂ ಕೊಲೆ ಮಾಡಿದ್ದಾರೆ ಅಂತೀಯ..?"

ಗಂಗಾಧರನ ಬಾಯಿಂದ ಏನು ಬರಬಹುದು ಎಂದು ಶರತ್ ಕೇಳಿದ.

"ಏ..ನಾನಂಗೆಲ್ಲಾ ಏನೂ ಹೇಳಾಕಿಲ್ಲ.." ಗಂಗಾಧರ ಜಾಣನಂತೆ ಮಾತಾಡಿದ.

"ಊರಿನ ಜನ ಯಾರ್ಮೇಲೆ ಅನುಮಾನಪಡ್ತಿದ್ದಾರೆ..?"

ಶರತ್ ಅವನ ಬಾಯಿ ಬಿಡುಸುವ ಪ್ರಯತ್ನ ಮತ್ತೆ ಮಾಡಿದ.

"ಊರ್ಜನ ಏನೇಳ್ತಾರೆ ಅನ್ನೋದು ಬಿಟ್ಟಾಕಿ. ನೀವು ಹುಡ್ಕಿ..ಅದ್ಕೇ ಅಲ್ವವ್ರಾ ನೀವು ಬಂದಿರಾದು"

ಗಂಗಾಧರ ಒರಟನಂತಿದ್ದರೂ ಕಿಲಾಡಿತನವಿತ್ತು. ಯಶವಂತರಾಯರ ಬಳಿ ಅವನು ಜಗಳವಾಡಿ ರಾದ್ಧಾಂತ ಮಾಡಿದ್ದು ನಿಜವಾದ್ರೂ ಕೊಲೆ ಮಾಡುವಂತಾ ಕೆಲಸಕ್ಕೆ ಕೈಹಾಕಿಲ್ಲ ಎನ್ನುವುದು ಅವನ ಮಾತುಗಳಿಂದ ಶರತ್‌ಗ ಸ್ಪಷ್ಟವಾಯಿತು.

"ಹೋಗ್ಲಿ..ಅವರ ಮನೆಯವರಲ್ಲಿರೋ ಜನರ ಪೈಕಿ ಕೃಷ್ಣ ಎಂತ ಮನುಷ್ಯ?"

"ಆವಯ್ಯ ನಿಜವಾಗ್ಲೂ ಒಳ್ಳೇನೇ..ಆದ್ರೆ ಚಾಲು ಸರಿ ಇಲ್ಲ..ಅಂಗಂತಾ ಊರ ಜನ್ರಿಗೇನೂ ತೊಂದ್ರೆ ಮಾಡಿಲ್ಲ. ಅವ್ನ ಯವಾರ ಎಲ್ಲಾ ಊರ ಹೊರೀಕೆ..ಬಡಬಗ್ರೂಂದ್ರೆ ಧಾರಾಳವಾಗಿ ಕೈಬಿಚ್ತಾರೆ..ಒಂದ್ಸಲ ಅವನ ಕಾರು ಕೆಟ್ಟೋಗಿತ್ತು. ಮೂರು ಜನ ಸೇರ್ಕಂಡು ಮನೀತನಕ ತಳ್ಳಿದ್ದಕ್ಕೆ ಆವಯ್ಯ ತಲಾ ಐನೂರು ಕೊಟ್ಟಿದ್ದ! ವಾರ ಇಡೀ ಮಜಾ ಮಾಡಿದೆ! ಒಳ್ಳೇ ಮನ್ಸ "

ಕೃಷ್ಣನ ಬಗೆಗೆ ಗಂಗಾಧರ ಒಳ್ಳೇ ಸರ್ಟಿಫಿಕೇಟ್ ಕೊಟ್ಟ.

"ಅಂಗಾದ್ರೆ ಉಳಿದಿರೋರು ಇಬ್ರು..ಅವರಿಬ್ರಲ್ಲಿ ಒಬ್ಬರಿರಬಹುದೆ..?"

ಶರತ್ ಅವನ ಬಾಯಿ ಬಿಡಿಸಲು ಮತ್ತೊಂದು ಪ್ರಯತ್ನ ಮಾಡಿದ.

"ಮತ್ತೆ ತಿರ್ಗೊಂಡು ನನ್ನೇ ಕೇಳ್ತಿದ್ದೀರ..?" ಚಾಲಾಕುತನ ತೋರಿಸಿದ ಗಂಗಾಧರ.

"ಹೋಗ್ಲಿ ಬಿಡೋ..ನಿನಗೆ ಹೇಳೋಕೆ ಮನಸ್ಸಿಲ್ಲ. ಕೊನೇಪಕ್ಷ ಈ ಊರಲ್ಲಿ ಇನ್ಯಾರ ಹತ್ರಾನಾದ್ರೂ ಯಶವಂತರಾಯರಿಗೆ ಶತೃಗಳಿದ್ದಾರಾ..?"

"ದೊಡ್ಡ ಮನ್ಸುರಿಗೆ ಈ ಹಳ್ಳಿ ಸಣ್ಣದು. ಅವರ ದ್ವೇಶ ಕಟ್ಕೊಳ್ಳೋ ಅಂತಾವರು ಈ ಊರಾಗಿಲ್ಲ. ಹೊರಗೆ ಇದ್ರೂ ಇರಬ್ಬೈದು. ಅವೆಲ್ಲಾ ನಂಗೆ ತಿಳ್ದಿಲ್ಲ"

"ಸರಿ ಗಂಗಾಧರ..ಈ ವಿಷಯದಲ್ಲಿ ಏನಾದ್ರೂ ಗೊತ್ತಾದ್ರೆ ನಂಗೊಂದು ಪೋನು ಮಾಡ್ತೀಯ..? ಇನಾಮೂ ಕೊಡ್ತೀನಿ..ತಗೋ ನನ್ನ ಫೋನ್ ನಂಬರು"

ಶರತ್ ಜೇಬಿಂದ ತನ್ನ ಕಾರ್ಡು ತೆಗೆದು ಗಂಗಾಧರನ ಕೈಗಿತ್ತ.

"ಇನ್ನೇನಾದ್ರೂ ಇದೆಯೇನೊ?"

ಕಾರ್ಡು ಕೈಲಿ ಹಿಡಿದು ತಲೆ ಕೆರೆದು ನಿಂತ ಗಂಗಾಧರನನ್ನು ನೋಡಿ ಶರತ್ ಕೇಳಿದ.

"ಇನ್ನೊಂದ್ನೈನೂರಿದ್ರೆ ಕೊಡಿ..ಮನೇಲಿ ಅಕ್ಕಿ ಬ್ಯಾಳೆ ಇಲ್ಲ. ಹೆಂಡ್ರು ಉಪಾಸ ಅವ್ಳೆ.."

"ಅಯ್ತು ಕೊಡ್ತೀನಿ..ಆದ್ರೆ ಎಲ್ಲಾ ಹೆಂಡಕ್ಕೇ ಸುರೀಬೇಡ. ಹೆಣ್ತಿ ಕೈಗೂ ಒಂದಿಷ್ಟು ಕೊಡು"

ಶರತ್ ಬುದ್ಧಿ ಹೇಳಿ ನೂರರ ಇನ್ನೆರಡು ನೋಟು ಅವನ ಕೈಗಿತ್ತ.

"ಏನಾದ್ರೂ ಸುದ್ದಿ ಸಿಕ್ಕಿದ್ರೆ, ಬೇರೆ ಇನ್ಯಾರಿಗೂ ಹೇಳ್ಬೇಡ ನೇರವಾಗಿ ನನಗೆ ತಿಳಿಸೋದು ಮರೀಬೇಡ"

ಮತ್ತೆ ಎಚ್ಚರಿಸಿದ.

"ಮರ್ಯಾಕಿಲ್ಲ. ಫೋನ್ ನಂಬರ್ ಐತಲ್ಲ..?"

ಗಂಗಾಧರ ಪೋಲೀಸಿನವರ ಹಾಗೆ ಸೆಲ್ಯೂಟ್ ಮಾಡಿದ. ಶರತ್ ನಗುತ್ತಾ ಹಿಂದೆ ತಿರುಗಿ ನಡೆಯತೊಡಗಿದ.

ಗಂಗಾಧರನನ್ನು ವಿಚಾರಿಸಿದ್ದು ಫಲಪ್ರದವಾಯಿತೆ? ತನ್ನ ಕೆಲಸ ತೃಪ್ತಿ ಕೊಟ್ಟಿತೆ? ಶರತ್ ತನ್ನನ್ನು ತಾನೇ ಕೇಳಿಕೊಂಡ!

"ಸಾರ್ ಒಂದು ನಿಮಿಷ"

ಶರತ್ ಹಿಂದೆ ತಿರುಗಿ ನೋಡಿದ. ತನ್ನ ಬೆನ್ನ ಹಿಂದೆ ಗಂಗಾಧರ ದನಿ ಕೇಳಿತು. ನಡೆಯುತ್ತಿದ್ದ ಶರತ್ ನಿಂತು ಹಿಂದೆ ತಿರುಗಿದ.

"ನಿಮ್ಗೆ ವೆಂಕಟರೆಡ್ಡಿ ಗೊತ್ತೆ?"

ಶರತ್ ಹತ್ತಿರಕ್ಕೆ ಬಂದು ಗಂಗಾಧರ ಕೇಳಿದ.

"ಯಾವ ವೆಂಕಟರೆಡ್ಡಿ? ನನಗೆ ಆ ಹೆಸರಿನೋರು ಯಾರೂ ಗೊತ್ತಿಲ್ಲ"

ಶರತ್ ಹೇಳಿದ.

"ಅವರ್ಯಾರೂ ನಿಮಗೆ ವೆಂಕಟರೆಡ್ಡಿ ವಿಷ್ಯ ಹೇಳಲೇ ಇಲ್ಲವಾ?"

ಗಂಗಾಧರ ಏನೋ ರಹಸ್ಯ ಹೇಳುವವರಂತೆ ದನಿ ತಗ್ಗಿಸಿ ಕೇಳಿದ.

"ಅವರೆಲ್ಲಾ ಅಂದ್ರೆ ಯಾರು? ವಿಷಯ ನೀನು ಹೇಳ್ತಿರೋದು?"

"ಅದೇ ಸಾರ್ ನನ್ನ ಮ್ಯಾಗೆ ಅನ್ಮಾನ ಬರೋಹಂಗೆ ಮಾಡಿ ನನ್ನತ್ರ ಕಳುಹಿಸಿದ್ರಲ್ಲ, ಅವರು?"

"ಯಾರೋ ನಿನ್ನ ಬಗ್ಗೆ ಹೇಳಿದಾರೆ ಅಂತ ನಿನಗೆ ಯಾಕೆ ಅನುಮಾನ?"

"ಇಲ್ಲದಿದ್ದರೆ ನೀವು ನನ್ನ ಹುಡುಕೊಂಡು ಬರ್ತಿದ್ರಾ ಈ ಕೊಂಪೆಗೆ?"

ಗಂಗಾಧರ ಮುಖದಲ್ಲಿ ಹುಸಿ ನಗೆ ಇತ್ತು. ಮಾತಿನಲ್ಲಿ ಕಿಚಾಯಿಸುವ ಪರಿ ಇತ್ತು.

"ಅದೆಲ್ಲ ಇರಲಿ, ನೀನು ವೆಂಕಟರೆಡ್ಡಿ ಬಗ್ಗೆ ಏನು ಹೇಳಬೇಕು ಅಂತಿದ್ದೀಯಾ ಅದನ್ನು ನೇರವಾಗಿ ಹೇಳು"

ಗಂಗಾಧರನ ಕೊಂಕು, ಸುತ್ತು ಬಳಸಿ ಮಾತನಾಡುವ ವಿಧಾನ ಶರತ್ ಸಹನ ಕಳೆದುಕೊಳ್ಳುವಂತಾಗಿತ್ತು.

"ವೆಂಕಟರೆಡ್ಡಿ ವಿಷಯ ನಿಮಗೆ ಹೇಳಿದರೆ ನಿಮಗೆ ಲಾಭವಾಗುತ್ತೆ! ನನಗೆ ಏನು ಸಿಗುತ್ತೆ?"

ಅವನ ಮಾತಿನ ಹಿಂದೆ ಇದ್ದ ಉದ್ದೇಶ ಶರತ್‌ಗ ಅರಿವಾಗಿತ್ತು. ಜೇಬಿನಿಂದ ಐನೂರು ರೂಪಾಯಿಯ ಒಂದು ನೋಟು ತೆಗೆದು ಗಂಗಾಧರನ ಮುಂದೆ ಹಿಡಿದ. ಒಂದಿಷ್ಟೂ ಸಂಕೋಚ ಪಡದೆ ಗಂಗಾಧರ ಅದನ್ನು ತೆಗೆದುಕೊಂಡು ತನ್ನ ಪ್ಯಾಂಟಿನ ಜೇಬಿಗೆ ಸೇರಿಸಿದ.

"ನಿನಗೆ ಲಾಭವಾಯಿತಲ್ಲ ಇನ್ನು ಹೇಳು ಯಾರು ವೆಂಕಟರೆಡ್ಡಿ? ಅವನಿಗೂ ಯಶವಂತರಾಯರಿಗೂ ಇರುವ ಸಂಬಂಧ ಏನು? ಕೇಸಲ್ಲಿ ಅವನ ಪಾತ್ರ ಏನು?"

"ವೆಂಕಟರೆಡ್ಡಿ ಮತ್ತು ಅವನ ತಂದೆ ತಾಯಿಗಳು ಹದಿನೈದು ವರ್ಷದ ಹಿಂದ ಆಂಧ್ರದ ಒಂದು ಕೊಂಪೆಯಿಂದ ಕೆಜಿ ಹಳ್ಳಿಗೆ ಬಂದ್ರು. ಅವರಾಗೆ ಬರಲಿಲ್ಲ, ಯಶವಂತಪ್ಪ ಅವರನ್ನು ಕರ್ಕೊಂಡು ಬಂದ. ದ್ರಾಕ್ಷಿ ತ್ವಾಟದಾಗೆ ಕೆಲಸ ಮಾಡಾಕೆ ಅವರನ್ನು ಇಟ್ಟುಕೊಂಡಿದ್ದ. ತ್ವಾಟದ ಒಂದು ಕಡೆ ಅವರಿಗೆ ಮನೆಗೆ ಕೂಡ ಕೊಟ್ಟಿದ್ದ. ಈ ಊರಿಗೆ ಬಂದಾಗ ವೆಂಕಟರೆಡ್ಡಿಗೆ ಹತ್ವಸ್ರ. ವೆಂಕಟರೆಡ್ಡಿ ತಂದೆ-ತಾಯಿ ನಿಯತ್ತಾಗಿ ಕೆಲಸ ಮಾಡ್ಕಂಡಿದ್ರು. ಇಲ್ಲಿಗೆ ಬಂದ ಐದು ವರ್ಸದಾಗೆ

ವೆಂಕಟರೆಡ್ಡಿ ಅಪ್ಪ ಯಾವುದೋ ಕಾಯಿಲೇಲಿ ತೀರಿಕೊಂಡ. ಆಗ ವೆಂಕಟರೆಡ್ಡಿಗೆ ಸುಮಾರು ಹದಿನೈದು ವರ್ಸ. ವೆಂಕಟರೆಡ್ಡಿಗೆ ದ್ರಾಕ್ಷಿ ತ್ವಾಟದ ಕೆಲಸ ಇಷ್ಟ ಇರ್ನಿಲ್ಲ. ಆ ಸಮಯದಾಗೆ ನಮ್ಮೂರಿಗೆ ರೋಡ್ ಕೆಲ್ಸ ನಡೀತಿತ್ತು. ಲಕ್ಷ್ಮಯ್ಯ ಅಂತ ಒಬ್ಬ ಕಂಟ್ರಾಕ್ಟರ್ ರೋಡ್ ಕೆಲ್ಸ ಮಾಡುಸ್ತಿದ್ದ. ವೆಂಕಟರೆಡ್ಡಿ ಅವನತ್ರ ಕೆಲಸಕ್ಕೆ ಸೇರಿಕೊಂಡ. ಹುಡುಗ ಬ್ಯಾಗ್ನೆ ಸರ್ಕಾರಿ ಕಾಂಟ್ರಾಕ್ಟರಿನ ಎಲ್ಲಾ ಚಾಲು ತಿಳ್ಕೊಂಡ. ಆಮ್ಯಾಗೆ ಲಕ್ಷ್ಮಯ್ಯನ ಹತ್ತಿರ ತುಂಡು ಗುತ್ತಿಗೆ ಮಾಡೋಕೆ ಸುರು ಹಚ್ಕಂಡ. ಐದೇ ವರ್ಸದಾಗೆ ಕಾಸು ಓಡಾಡಿಸೋ ಹಂಗಾದ. ಆಮ್ಯಾಲೆ ಒಂದು ದೊಡ್ಡ ಗುತ್ತಿಗೆ ಹಿಡಿದು ದೊಡ್ಡ ಕುಳಾನೇ ಆದ"

ಇವನೇನೋ ದುಡ್ಡಿಗೋಸ್ಕರ ಯಾವುದೋ ಕೆಲಸಕ್ಕೆ ಬಾರದ ದೊಡ್ಡ ಕತೇನೇ ಹೇಳ್ತಿದಾನೆ ಅಂತ ಅನಿಸಿತು ಶರತ್‌ಗ.

"ಕಥೆ ದೊಡ್ಡದು ಮಾಡಬೇಡ, ಚಿಕ್ಕದಾಗಿ ಹೇಳು. ವೆಂಕಟರೆಡ್ಡಿಗೂ ಯಶ್ವಂತ್ರಾಯರಿಗೂ ಹೇಗೆ ಸಂಬಂಧ"

"ಅದನ್ನೇ ಹೇಳಾಕೆ ಹೊರಟಿದ್ದೆ ನೀವು ಆತುರ ಮಾಡಿದ್ರಿ. ಆತು ಚಿಕ್ಕದಾಗೇ ಹೇಳ್ತೀನಿ. ಕಾಂಟ್ರಾಕ್ಟ್ ಮಾಡೋಕೆ ಶುರುಮಾಡಿದ ಮ್ಯಾಲೆ ವೆಂಕಟರೆಡ್ಡಿ ಅವರಮ್ಮನ್ನ ತೋಟದ ಕೆಲಸದಿಂದ ಬಿಡಿಸಿ, ಊರೊಳಗೆ ಮನೆ ಕಟ್ಟಿಸಿ ಅಲ್ಲಿಗೆ ಕರ್ಕೊಂಡು ಹೋದ. ಇದ್ರಿಂದ ಯಶವಂತಪ್ಪಂಗೆ ಪೂರಾ ಇರ್ಸುಮುರ್ಸಾಗಿತ್ತು. ಇದರ ಜೊತೀಗೆ ಬಿಡದಿನಾಗೆ ಒಂದು ಸಹಕಾರಿ ಬ್ಯಾಂಕ್ ಐತೆ. ಐದು ವರ್ಸದಿಂದ ಯಶವಂತಪ್ಪ ಅದರ ಪ್ರೆಸಿಡೆಂಟ್ ಆಗಿದ್ದರು. ಈ ವರ್ಷ ವೆಂಕಟರೆಡ್ಡಿ ಪ್ರೆಸಿಡೆಂಟ್ ಪೋಸ್ಟಿಗೆ ಎದುರಿಗೆ ನಿಂತ. ಇದರಿಂದ ಯಶವಂತಪ್ಪನ ಪಿತ್ತ ನೆತ್ತಿಗ್ಯಾರಿತ್ತು. ನೀನು ಎಲೆಕ್ಷನ್ನಿಗೆ ನಿಂತ್ಕೋಬೇಡ ಇದು ನಿನ್ನ ತಕ್ಕದ್ದಲ್ಲ. ನೀನು ಏನಾಗಿದ್ದೆ ಅನ್ನೋದು ನೆನಪಿರಲಿ. ಜೊತೆಗೆ ನನ್ನ ಎದುರಾಳಿ ಆಗ್ತೀಯಾ. ಇದು ನಿನ್ನ ಆರೋಗ್ಯಕ್ಕೆ ಒಳ್ಳೆಯದಲ್ಲ ಅಂತ ನ್ಯಾರವಾಗಿ ಯಶವಂತಪ್ಪ ಯೋಳಿದ್ದರು. ಅಂಗೇ ನ್ಯಾರವಾಗಿ ವೆಂಕಟರೆಡ್ಡಿ ಯಶವಂತಪ್ಪಂಗೆ ತಿರುಗುತ್ತರ ಕೊಟ್ಟಿದ್ದ. ಸ್ವಾಮಿ ನಿಮ್ ಕಾಲ ಮುಗೀತು. ಈಗೇನಿದ್ದರೂ ನಮ್ಮ ಕಾಲ. ಪ್ರೆಸಿಡೆಂಟ್‌ಗಿರಿ ಸಾಸ್ವತವಾಗಿ ನಿಂದಾಗೋಕೆ ಸಾಧ್ಯವಿಲ್ಲ. ಇಷ್ಟು ವರ್ಷ ನೀವೇ ಪ್ರೆಸಿಡೆಂಟ್ ಆಗಿದ್ದಿರಿ, ಇನ್ನಾದರೂ ಕೆಳಗಿಳಿಯಿರಿ. ಇಷ್ಟಕ್ಕೂ ಪ್ರೆಸಿಡೆಂಟ್ ಆಗಿ ನೀವು ಮಾಡಿರೋ ಘನಕಾರ್ಯ ಅಷ್ಟರಲ್ಲೇ ಇದೆ. ಎಲೆಕ್ಷನ್ಗೆ ನಿಂತ್ಕೋಬ್ಯಾಡ ಅನ್ನೋ ಅಧಿಕಾರ ನಿಮಗಿಲ್ಲ"

ಇಷ್ಟೆಲ್ಲಾ ಆದಮೇಲೆ ಅವನ ಮೇಲೆ ಸೇಡು ತೀರಿಸಿಕೊಳ್ಳಲು ಯಶವಂತಪ್ಪ ಕಾಯುತ್ತಿದ್ದ. ಒಂದ್ಸಲ ನಮ್ಮೂರಿನ ಮಾರಿಹಬ್ಬ ಟೈಮ್ನಲ್ಲಿ ಯಶ್ವಂತಪ್ಪನ

ಚೇಲಾಗಳು ಮತ್ತೆ ವೆಂಕಟರೆಡ್ಡಿ ಚೇಲಾಗಳು ಕೈಕೈ ಮಿಲಾಯಿಸಿದರು. ದೊಡ್ಡ ಹೊಡೆದಾಟ ಆಯ್ತು. ದೊಣ್ಣೆಗಳನ್ನ ತಗೊಂಡು ಬಡಿದಾಡಿದರು. ಇಬ್ರು ಸತ್ರು, ಹತ್ತು ಹದಿನೈದು ಜನಕ್ಕೆ ಶಾನೆ ಏಟಾಗಿತ್ತು. ಪೊಲೀಸ್ ಕೇಸ್ ನಡೀತಾ ಐತೆ. ಈ ಇಷ್ಯ ನಿಮಗೆ ಹೇಳಬೇಕು ಅಂತಿದ್ದೆ"

ಗಂಗಾಧರ ಮಾತು ಮುಗಿಸಿ ಶರತ್ ಮುಖ ನೋಡುತ್ತಿದ್ದ.

"ಅಂದರೆ ಈ ಕೊಲೆ ವೆಂಕಟರೆಡ್ಡಿ ಮಾಡಿರಬಹುದು ಅಂತ ನಿನ್ನ ಅನುಮಾನಾನ?"

"ನಾನಂಗೆ ಹೇಳಿದ್ನ? ಇಲ್ಲ. ನಾನು ಅಂತದೇನು ಹೇಳ್ಲಿಲ್ಲ. ನಾನು ಹೇಳಿದ್ದು ಊರಾಗ ನಡೆದಿದ್ದ ಒಂದು ಇಷ್ಯ. ಅವನು ಕೊಲೆಮಾಡಿದಾನೋ ಇಲ್ಲವೋ ಅನ್ನೋದು ತಿಳ್ಕೊಳ್ಳೋದು ನಿಮ್ಮ ಕೆಲಸ. ಇದಕ್ಕೆಲ್ಲ ನನ್ನ ಸಾಕ್ಷಿ ಅಂತಾ ಕರೆಯೋಕೆ ಸುರುಹಚ್ಕಬ್ಯಾಡಿ"

"ಸರಿ, ನಿನಗೆ ಲಾಭವಾಗ ಅಂತ ವಿಷಯ ಇನ್ನೇನಾದರೂ ಇದ್ದರೆ ಹೇಳು?"

"ಇಲ್ಲ...ನಂಗೆ ಗೊತ್ತಿರೋದು, ನಾನು ಹೇಳಬೇಕು ಅಂತಿದ್ದು ಇದಿಷ್ಟು ಮಾತ್ರ"

"ಇದನ್ನಾದರೂ ನನಗ್ಯಾಕೆ ಹೇಳಿದೆ? ನಿನ್ನ ಉದ್ದೇಶ ಏನಿತ್ತು? ವೆಂಕಟರೆಡ್ಡೀನ ಕಷ್ಟಕ್ಕೆ ಸಿಗಿಸಬೇಕು ಅಂತಾನ? ಅವನ ಮೇಲೆ ನಿನ್ನ ದ್ವೇಷ ಏನಾದರೂ ಇದ್ಯ? ಹೋಗ್ಲಿ ನೀನು ಯಾವ ಪಾರ್ಟಿಯವನು? ವೆಂಕಟರೆಡ್ಡಿ ಪಾರ್ಟೀನಾ ಇಲ್ಲ ಯಶವಂತರಾಯರ ಪಾರ್ಟಿನಾ?"

"ಹೋಗಿ ಸ್ವಾಮಿ, ನಿಂದೊಳ್ಳೆ ಕಥೆ ಆಯ್ತು. ಏನೋ? ನಿಮಗೆ ಗೊತ್ತಿಲ್ದೆ ಇರೋ ವಿಷಯ ಹೇಳೋಣ ಅಂತ ಹೋದರೆ ನನ್ನನ್ನು ಇದರಲ್ಲಿ ತಗಲಾಕ್ಕೊಸಕೆ ನೋಡ್ತಾ ಇದ್ದೀರಾ?"

"ಲೇ..ಯಾರ್ಯಾರನ್ನೋ ಯಾಕೆ ಸಿಗಿಸೋಕೆ ಹೋಗಲಿ? ತಪ್ಪು ಮಾಡಿದವರಿಗೆ ಶಿಕ್ಷೆ ಆಗುತ್ತೆ ಸುಮ್ಸುಮ್ನೆ ಯಾರ್ಯಾರಿಗೋ ತೊಂದರೆ ಕೊಡೋ ಉದ್ದೇಶ ನಮಗಿಲ್ಲ"

"ಆತೇಳಿ ನಿಮಗೆ ಹೇಳಬೇಕು ಅಂತಿದೆಲ್ಲಾ ಹೇಳಿದ್ದೀನಿ"

"ಮತ್ತೇನಾದರೂ ಹೊಸ ವಿಷಯ ಗೊತ್ತಾದರೆ ತಕ್ಷಣ ಫೋನ್ ಮಾಡಿ ಹೇಳು"

ಇಷ್ಟು ಹೇಳಿದ ಶರತ್ ಮತ್ತೆ ಗಂಗಾಧರನ ಮುಖ ನೋಡದೆ ಊರಿನ ಕಡೆ ಮುಖ ಮಾಡಿದ.

***

ಕೆ.ಜಿ ಹಳ್ಳಿಯಲ್ಲಿ ಒಂದು ಪುಟ್ಟ ಪೋಸ್ಟ್ ಆಫೀಸು ಸಹ ಇತ್ತು. ಅದು ಏಕ ವ್ಯಕ್ತಿ ಅಂಚೆ ಕಚೇರಿ. ಅಲ್ಲಿ ಕೆಲಸ ಮಾಡುತ್ತಿದ್ದವನು ಒಬ್ಬನೇ ವ್ಯಕ್ತಿ. ಅವನೇ ಅಲ್ಲಿನ

ಆಫೀಸರ್, ಪೋಸ್ಟ್ ಮ್ಯಾನ್-ಎಲ್ಲ. ಪ್ರತಿದಿನವೂ ಪೋಸ್ಟ್ ಆಫೀಸು ತೆರೆಯಬೇಕು, ಇಂತದ್ದೇ ಸಮಯದಲ್ಲಿ ಪೋಸ್ಟ್ ಆಫೀಸು ವ್ಯವಹಾರ ಮಾಡಬೇಕೆಂಬ ಯಾವ ನಿಯಮವೂ ಅವನಿಗಿದ್ದಂತಿರ ಲಿಲ್ಲ. ಪೋಸ್ಟ್ಟೀಸಿನ ಎಲ್ಲಾ ಕೆಲಸಗಳು ಆತನಿಗೆ ತಿಳಿದಿತ್ತೋ ಇಲ್ಲವೋ? ಇಲ್ಲಾ ಬೇಕಂತಲೇ ಹಾಗೆ ಮಾಡುತ್ತಿರುವನೋ ಎಂದು ಕೆಲವರು ಆಶ್ಚರ್ಯ ಪಡುತ್ತಿದ್ದರು. ವಾರದ ಆರು ಕೆಲಸದ ದಿನಗಳಲ್ಲಿ ಎರಡು ದಿನ ಅವನು ಪೋಸ್ಟ್ ಆಫೀಸು ತೆರೆದರೆ ಹೆಚ್ಚು. ತೀರಾ ತುರ್ತಾಗಿ ಪೋಸ್ಟಾಫೀಸಿನ ಕೆಲಸ ಇದ್ದವರು ಅವನಿರುವ ಜಾಗ ತಿಳಿದುಕೊಂಡು ಅಲ್ಲಿಗೇ ಹೋಗುತ್ತಿದ್ದರು. ಅವನು ಅವರಿಗೆ ನಿರಾಸೆ ಮಾಡುತ್ತಿರಲಿಲ್ಲ! ತನ್ನನ್ನು ಹುಡುಕಿಕೊಂಡು ಬಂದವರನ್ನು ಆತ್ಮೀಯವಾಗಿ ಮಾತಾಡಿಸಿ, ಅವರ ಅಗತ್ಯಗಳನ್ನು ಪೂರೈಸಿ ಕಳಿಸುತ್ತಿದ್ದ. ಅವನ ಹೆಗಲಲ್ಲಿ ಸದಾ ಒಂದು ಚೀಲ ನೇತಾಡುತ್ತಿರುತ್ತಿತ್ತು. ಅದರಲ್ಲೇ ಒಂದು ಮಿನಿ ಪೋಸ್ಟ್ ಆಫೀಸು ಅಡಕವಾಗಿತ್ತು. ಅವನ ಹೆಸರು ಜಂಬಣ್ಣ. ಯಾವುದೇ ರೀತಿಯ ಜಂಭ ಇಲ್ಲದ ಅವನ ಹೆಸರು ಕೆಲವರಿಗೆ ವಿಚಿತ್ರವಾಗಿ ಕಾಣಿಸುತ್ತಿತ್ತು. ಅವನು ಸದಾ ಆ ಊರಿನಲ್ಲಿದ್ದ ಒಂದೇ ಒಂದು ಹೋಟೆಲು, ಲಕ್ಷ್ಮಿ ಟಿಫೆನ್ ರೂಮಿನಲ್ಲಿ ಕೂತು ಹರಟೆ ಕೊಚ್ಚಿ ಕಾಲ ಕಳೆಯುತ್ತಿದ್ದ.

ವಿಕ್ರಮ್ ಆ ಹೋಟೆಲಿನೊಳಗೆ ಹೋದಾಗ ಮಾಲೀಕ ವೆಂಕಯ್ಯನಿಗೆ ತನ್ನ ಹೋಟೆಲಿನ ಪರಿಸ್ಥಿತಿಯ ಬಗ್ಗೆ ನಾಚಿಕೆಯಾಗಿರಬೇಕು. ಆದರೂ ಅದನ್ನು ಮುಚ್ಚಿಕ್ಕೊಳ್ಳಲು ಅಧಿಕಾರವಾಣಿಯಿಂದ ತನ್ನ ಹೋಟೆಲ್ ಮಾಣಿ, ಅಡಿಗೆಯವ ಮತ್ತು ಲೋಟ ತೊಳೆಯುವ ಏಕೈಕ ವ್ಯಕ್ತಿಯನ್ನು ಕೂಗಿದ.

"ಸುಬ್ಬ, ಗಿರಾಕಿ ಬಂದ್ವೈತೆ ಟೇಬಲ್ ಕಿಲೀನ್ ಮಾಡೋ"

ವಿಕ್ರಮ್, ಜಂಬಣ್ಣ ಕೂತಿದ್ದ ಟೇಬಲ್ ಹತ್ತಿರವೇ ಹೋದ.

"ಬನ್ನಿ... ಕೂತ್ಕೊಳ್ಳಿ"

ಜಂಬಣ್ಣ ಕತ್ತೆತ್ತಿ ನೋಡಿ ತನ್ನ ಉಬ್ಬಿದ ಹಲ್ಲುಗಳನ್ನು ಪ್ರದರ್ಶಿಸಿದ.

"ಥ್ಯಾಂಕ್ಸ್, ನೀವು ಇಲ್ಲಿನ ಪೋಸ್ಟ್ ಮಾಸ್ಟರ್ ಅಂತ ಕಾಣ್ಸುತ್ತೆ"

ವಿಕ್ರಮ್ ಮರ್ಯಾದೆಯಿಂದ ಮಾತಾಡಿಸಿದೊಡನೆಯೇ ಜಂಬಣ್ಣ ಹಿಗ್ಗೀ ಹೀರೇಕಾಯಿಯಾದ.

"ನೀವು ಯಾರೋ ನನಗೆ ಗೊತ್ತಾಗಲಿಲ್ಲ"

ಹೇಳ್ತೀನಿ, ನನ್ನ ಹೆಸರು ವಿಕ್ರಮ್. ಬೆಂಗಳೂರಿಂದ ಬಂದಿದೀನಿ, ಒಬ್ಬರನ್ನ ನೋಡಬೇಕಾಗಿತ್ತು. ಹಾಗೇ ಪೋಸ್ಟಾಫೀಸಿನ ಅವಶ್ಯಕತೆ ಇತ್ತು. ಆದರೆ ನೀವು ಇಲ್ಲಿರ್ತೀರಾಂತ ಗೊತ್ತಾಯ್ತು"

"ಏನು ಕೊಡಲಿ ಸಾರ್?"

ಹೋಟೆಲ್ ಮಾಲೀಕ ವೆಂಕಯ್ಯ ತಾನಾಗಿಯೇ ಆರ್ಡರ್ ತೆಗೆದುಕೊಳ್ಳಲು ಬಂದ.

"ಎರಡು ಒಳ್ಳೆ ಟೀ ಮಾಡ್ಕೊಂಡು ಬನ್ನಿ. ಜಂಬಣ್ಣನವರೇ...ನೀವು ಟೀ ತಗೋತೀರಿ ತಾನೇ? ಇಲ್ಲಾ ಕಾಫಿ ಹೇಳಲೋ?"

"ಟೀನೇ ಇರಲಿ ಬಿಡಿ"

ಜಂಬಣ್ಣ ನಗುತ್ತಾ ಹೇಳಿದ. ಮರುಕ್ಷಣವೇ ತಾನು ಪೋಸ್ಟಾಫೀಸು ಮುಚ್ಚಿರುವ ವಿಷಯ ನೆನಪಾಯಿತು.

"ಪೋಸ್ಟಾಫೀಸು ಓಪನ್ ಮಾಡ್ಕೊಂಡು ಕೂತ್ರೆ ನೊಣ ಹೊಡೀತಾ ಕೂರಬೇಕು ಅಷ್ಟೆ ಸಾರ್. ಇಡೀ ದಿನ ಓಪನ್ ಮಾಡ್ಕೊಂಡು ಕೂತರೂ ಹತ್ತು ರೂಪಾಯಿ ವ್ಯವಹಾರ ಆಗೋದಿಲ್ಲ. ಅದಕ್ಕೆ ಸ್ವಲ್ಪ ಮುಂಚೇನೆ ಮುಚ್ಚಿ ಬಿಡ್ತೀನಿ. ಯರ್ಗಾದ್ರೂ ಅರ್ಜೆಂಟಾಗಿ ಏನಾದ್ರೂ ಬೇಕಾದ್ರೆ ಇಲ್ಲಿಗೆ...ಬಂದ್ರೆ ಕೊಡ್ತೀನಿ. ನಿಮಗೇನು ಬೇಕಾಗಿತ್ತು?"

"ಒಂದು ರಿಜಿಸ್ಟರ್ ಪೋಸ್ಟು ಮಾಡಬೇಕಿತ್ತು"

"ಟೈಮಾಗೋಯ್ತಲ್ಲ ಸಾರ್?"

"ಏನು ಜಂಬಣ್ಣೋರೆ ನೀವು ಸಹಾಯ ಮಾಡ್ತೀರಾಂತ ಬಂದ್ರೆ ಹೀಗಾಡೋದಾ?"

"ನಿಮಗೆ ಇಲ್ಲಾನ್ನೋಕೆ ಆಗುತ್ತಾ? ಕವರ್ ಕೊಡಿ. ನಾನು ಮಾಡ್ತೇನೆ"

ಅಷ್ಟೊತ್ತಿಗೆ ಟೀ ಬಂದಿತ್ತು.

"ತಗೊಳ್ಳಿ"

ವಿಕ್ರಮ್ ಮಾತಿಗೆ ತೀರಾ ಸಂಕೋಚದಿಂದ ಎಂಬಂತೆ ಟೀ ಕಪ್ಪು ಕೈಗೆ ತೆಗೆದುಕೊಂಡ ಜಂಬಣ್ಣ.

"ಟೀ ಕುಡಿದ ಮೇಲೆ ಆಫೀಸಿಗೆ ಹೋಗೋಣ ಅಲ್ಲೇ ಕವರ್ ಕೊಡ್ತೀನಿ"

ಸ್ವಲ್ಪ ಹೊತ್ತು ವಿಕ್ರಮ್ ಮತ್ತು ಜಂಬಣ್ಣ ಇಬ್ಬರೂ ಲೋಕಭಿರಾಮವಾಗಿ ಮಾತಾಡಿದರು.

ಅರ್ಧ ಗಂಟೆಯ ನಂತರ ಇಬ್ಬರೂ ಜಂಬಣ್ಣನ ಪೋಸ್ಟ್ ಆಫೀಸ್ ಕಮ್ ರೆಸಿಡೆನ್ಸ್ನಲ್ಲಿದ್ದರು.

"ಕವರ್ ಕೊಡಿ..."

ಜಂಬಣ್ಣ ಕುರ್ಚಿಯಲ್ಲಿ ಕೂತ ನಂತರ ವಿಕ್ರಮ್ ತನ್ನ ವಿಸಿಟಿಂಗ್ ಕಾರ್ಡ್ ನೀಡಿ ಕೇಳಿದ. ವಿಸಿಟಿಂಗ್ ಕಾರ್ಡು ನೋಡುತ್ತಲೇ ಜಂಬಣ್ಣನ ಮುಖ ವಿವರ್ಣವಾಯಿತು.

"ಸಾರ್, ನಾನು ಪೋಸ್ಟಾಫೀಸನ್ನ ಸರಿಯಾಗಿ ತೆಗೆಯೋದಿಲ್ಲ. ಅದು ನಿಜ, ಆದ್ರೆ ಅದನ್ನ ಮೇಲಿನೋರಿಗೆ ರಿಪೋರ್ಟು ಮಾಡ್ಬೇಡಿ ಸಾರ್, ನನ್ನ ಹೊಟ್ಟೆ ಮೇಲೆ ಹೊಡೀಬೇಡಿ ಬಡವ..."

ಜಂಬಣ್ಣ ಗೋಗರೆಯಲು ಶುರು ಮಾಡಿದ.

"ನನಗೆ ಒಂದು ಸುದ್ದಿ ಬೇಕು. ಅದನ್ನ ಹೇಳಿದ್ರೆ ನಿನ್ನ ಬಗ್ಗೆ ರಿಪೋರ್ಟು ಮಾಡೋದಿಲ್ಲ"

"ಅದೇನು ಕೇಳಿ"

"ಇಲ್ಲಿ ದಿನಾ ಎಷ್ಟು ವ್ಯಾಪಾರವಾಗುತ್ತೆ? ಯರ್ಯಾರು ಎಂತೆಂತಹ ಪೋಸ್ಟೆಲ್ ಸಾಮಗ್ರಿಗಳನ್ನ ತಗೋತಾರೆ ಹೇಳು"

ಜಂಬಣ್ಣ ಒಂದು ನಿಮಿಷ ಯೋಚಿಸಿ ಅನಂತರ ಮಾತು ಶುರು ಮಾಡಿದ.

"ಹೇಳೀ ಕೇಳಿ ಇದು ಹಳ್ಳಿ. ಹೆಚ್ಚಿಗೆ ಖರ್ಚಾಗೋದು ಕಾರ್ಡುಗಳು. ಅದು ಬಿಟ್ಟರೆ ಇನ್‌ಲ್ಯಾಂಡ್ ಲೆಟರ್‌ಗಳು. ಒಂದೊಂದು ಸಲ ಕವರ್ ಮತ್ತು ಸ್ಟ್ಯಾಂಪುಗಳೂ ಮಾರಾಟವಾಗ್ತವೆ"

"ಕವರ್ ಕೊಂಡುಕೊಳ್ಳೋರು ಕಮ್ಮಿ ಅಲ್ವಾ? ಈಗ್ಗೆ ಸುಮಾರು ವಾರದ ಹಿಂದಿಂದ ಕವರ್‌ಗಳನ್ನು ಯಾರ್ಯಾರು ತಗೊಂಡಿದಾರೆ ನೆನಪು ಮಾಡ್ಕೊಂಡು ಹೇಳು"

ಜಂಬಣ್ಣ ತಲೆ ತುರಿಸಿಕೊಂಡ.

"ಐದಾರು ದಿವಸದಿಂದ ಎರಡು ಕವರ್...? ಹಾ...ಸರಿ...ಎರಡು ಕವರ್ ಮಾರಾಟವಾಗಿದಾವೆ. ಒಂದು ನಮ್ಮ ಕವಿ ಸೀತಾಪತಿ ತಗೊಂಡೋದ. ಆಮೇಲೆ ಹಾ... ಕೃಷ್ಣ ತಗೊಂಡು ಹೋದ..."

"ಇಬ್ಬರೂ ಅವನ್ನ ಪೋಸ್ಟ್ ಮಾಡಿದರಾ?"

"ಹೂಂ... ಸೀತಾಪತಿಯಂತೂ ನನ್ನೆದುರಿಗೇ ಎರಡು ಹಾಳೆಯ ಒಂದು ಪದ್ಯಾನ ಅದ್ರೊಳಗೆ ಸೇರಿಸಿ ಗೋಂದು ಹಾಕಿ ಕೊಟ್ಟ. ಕೃಷ್ಣನೂ ರಾತ್ರಿ ನನ್ನ ಕೈಗೆ ಕವರ್ ಕೊಟ್ಟ"

"ಕೃಷ್ಣ ಅವರು ಕೊಟ್ಟ ಕವರ್ ಸೀಲಾಗಿತ್ತಲ್ವೆ?"

ಜಂಬಣ್ಣ ತಲೆಯಾಡಿಸಿದ.

"ಒಳಗೆಷ್ಟು ಪೇಪರ್ ಇದ್ದವು?"

"ಹ್ಞೆ... ಹ್ಞೆ... ಅದೆಂಗೇಳಾಕಾಗುತ್ತೆ ಸಾರ್?"

"ಹೋಗಲಿ, ತೂಕವಾಗಿತ್ತೋ ಇಲ್ಲ ಹಗುರವಾಗಿತ್ತೋ?"

"ಹಗುರವಾಗಿತ್ತೂಂತ ಕಾಣ್ಸುತ್ತೆ"

"ಯಾರ ವಿಳಾಸ ಅದರ ಮೇಲೆ ಬರೆದಿತ್ತು?"

"ಅದೆಲ್ಲಾ ನಾನು ನೋಡೋದಿಲ್ಲ. ಅದು ನಮ್ಮ ಪೋಸ್ಟಾಫೀಸಿನ ನಿಯಮಕ್ಕೆ ನಿಷಿದ್ಧ! ಬ್ಯಾಗ್ ಒಳಕ್ಕೆ ಹಾಕಿ ಸೀಲ್ ಮಾಡಿ ಸಂಜೆ ಬರೋ ಬಸ್ಸಲ್ಲಿ ಕಳಿಸಿಬಿಡ್ತೀನಿ".

"ಓ.ಕೆ. ಮಿಸ್ಟರ್ ಜಂಬಣ್ಣ... ಅದೆಷ್ಟೇ ವಿಷಯ ನಂಗೆ ಬೇಕಾಗಿದ್ದು"

ವಿಕ್ರಮ್ ಕುರ್ಚಿಯಿಂದೆದ್ದ

"ಸಾರ್ ಏನೋ ರಿಜಿಸ್ಟರ್ ಕವರ್ ಅಂದ್ರಿ?"

ಜಂಬಣ್ಣನ ಮಾತು ಮುಗಿಯುವುದರಲ್ಲಿ ವಿಕ್ರಮ್ ಪೋಸ್ಟಾಫಿಸಿನಾಚೆ ಹೋಗಿದ್ದ.

"ಸಾರ್... ನನ್ನ ಮೇಲೆ ರಿಪೋರ್ಟ್ ಮಾತ್ರ ಮಾಡ್ಬೇಡಿ ಸಾರ್?"

ಬಾಗಿಲಾಚೆ ಬಂದು ದೂರ ಹೋಗುತ್ತಿದ್ದ ವಿಕ್ರಮ್‌ಗ ಕೂಗಿ ಹೇಳಿದ ಜಂಬಣ್ಣ.

***

"ನಿಮ್ಮ ಹೆಸರು ರಾಣಿ ತಾನೆ?"

ಬಾಗಿಲು ತೆಗೆದ ಯುವತಿಯನ್ನು ಕೇಳಿದ.

"ಹೌದು, ನಾನೇ ರಾಣಿ...ನೀವು ಯಾರು?"

ಆಕೆ ಆಗಂತುಕನನ್ನು ಅನುಮಾನದಿಂದ ಕೇಳಿದಳು.

"ನಿಮ್ಮೊಂದಿಗೆ ಸ್ವಲ್ಪ ಮಾತಾಡಬೇಕು..."

"ಯಾವ ವಿಷಯದ ಬಗ್ಗೆ?"

"ಮಿಸ್ ರಾಣಿ ನನ್ನ ಬಗ್ಗೆ ನೀವು ಅನುಮಾನ ಪಡಬೇಕಾಗಿಲ್ಲ ಅಥವಾ ಹೆದರಬೇಕಾಗಿಲ್ಲ... ಅಲ್ಲದೆ ಬೀದೀಲಿ ಆ ವಿಷಯ ಮಾತಾಡೋಕೆ ಆಗೋದಿಲ್ಲ, ಒಳಗೆ ಬರಲೆ?"

"ನೀವು ಯಾರು ಮೊದಲು ಹೇಳಿ

ಆಕೆ ಹೆದರಲಿಲ್ಲ, ಗಡಸುಗಾತಿಯೆನ್ನಿಸಿತು. ಶರತ್ ತನ್ನ ಕಾರ್ಡು ಆಕೆಗೆ ನೀಡಿದ. ಆಕೆ ಅದನ್ನು ಓದಿದಳು. ಡಿಟೆಕ್ಟೀವ್ ಎಂದು ತಿಳಿದರೂ ಸ್ವಲ್ಪವೂ ವಿಚಲಿತಳಾಗಲಿಲ್ಲ.

"ಸರಿ, ಆದ್ರೆ ಯಾವ ವಿಷಯ? ಯಾರ ಬಗ್ಗೆ ಮಾತಾಡ್ಬೇಕೂನ್ನೊದಾದ್ರೂ ಹೇಳಿ"

"ಕೃಷ್ಣನ ಬಗ್ಗೆ"

ಶರತ್ ಅವಳ ಮುಖ ಭಾವವನ್ನೇ ಪರೀಕ್ಷಿಸುತ್ತಾ ಹೇಳಿದ. ಆಕೆಯ ಮುಖದಲ್ಲಿ ಯಾವ ಬದಲಾವಣೆಯೂ ಆಗಲಿಲ್ಲ,

"ಒಳಕ್ಕೆ ಬನ್ನಿ..."

ಶರತ್ ಅವಳ ಹಿಂದೆ ನಡೆದ.

ವರಾಂಡದಲ್ಲಿ ಸೋಫಾ ತೋರಿಸಿದಳು.

ಶರತ್ ಕುಳಿತು ಸುತ್ತ ದೃಷ್ಟಿ ಹಾಯಿಸಿ ನಂತರ ದೃಷ್ಟಿ ರಾಣಿಯೆಡೆಗೆ ತಿರುಗಿತು. ಕೃಷ್ಣನಂತ ಶ್ರೀಮಂತ ಯುವಕನನ್ನು ಆಕರ್ಷಿಸುವಷ್ಟು ಸೌಂದರ್ಯ ಅವಳಲ್ಲಿತ್ತು. ಗೌರವ ವರ್ಣದ ಆಕೆಯ ದೇಹ ಮಾಟವಾಗಿತ್ತು. ಮುಖದಲ್ಲಿ ಕಣ್ಣುಗಳು ಆರ್ಷಕವಾಗಿದ್ದವು. ಆದರೆ ಮುಖ ಮಾತ್ರ ಖಾಲಿ ತೆರೆಯಂತೆ! ಯಾವ ಭಾವವೂ ಅಲ್ಲಿ ಪ್ರಕಟವಾಗುವುದೇ ಇಲ್ಲವೇನೋ ಎಂಬಂತ ಮೇಣದ ಮುಖ!

"ನಾನು ಕೃಷ್ಣ ಅವರ ವಿಷಯ ಮಾತಾಡೋಕೆ ಬಂದಿದೀನಿ"

ಶರತ್ ಮಾತು ಪ್ರಾರಂಭಿಸಿದ.

"ಅದನ್ನಾಗಲೇ ಹೇಳಿದ್ರಲ್ಲ?"

ಆಕೆ ಮಾತುಗಳು ಮೊನಚಾಗಿದ್ದವು. ಇಷ್ಟು ಮೊನಚಾಗಿ, ಗಂಭೀರವಾಗಿ ಮಾತಾಡುವಾಕೆ ಕೃಷ್ಣನನ್ನು ಹೇಗೆ ಆಕರ್ಷಿಸಿದಳು? ಅಥವಾ ಅವನೇ ಇವಳ ಹಿಂದೆ ಬಿದ್ದನೋ?

"ಡಿಸೆಂಬರ್ ಇಪ್ಪತ್ತನೆಯ ತಾರೀಖು ಯಾವ ವಾರ ನೆನಪಿದೆಯೆ?"

ಶರತ್ ಕೇಳಿದ.

ಆಕೆ ತಲೆಯೆತ್ತಿ ಕ್ಯಾಲೆಂಡರ್ ನೋಡಿದಳು.

"ಶನಿವಾರ"

"ಅವತ್ತು ಕೃಷ್ಣ ಇಲ್ಲಿಗೆ ಬಂದಿದ್ದರೆ?"

"ಹೌದು ಬಂದಿದ್ದರು"

"ಅವತ್ತು ಏನಾಯ್ತು ಹೇಳ್ತೀರಾ?"

"ಮೊದಲಿಗೆ ನಾನು ನಿಮ್ಮ ಪ್ರಶ್ನೆಗೆ ಯಾಕೆ ಉತ್ತರ ಕೊಡಬೇಕು? ನೀವೇನೂ ಪೋಲಿಸ್ ಅಲ್ಲ. ನಿಮಗೆ ನನ್ನನ್ನ ಪ್ರಶ್ನೆ ಮಾಡೋದಕ್ಕೆ ಅಧಿಕಾರ ಇಲ್ಲ. ಕೃಷ್ಣ ಮತ್ತು ನನ್ನದು ವೈಯುಕ್ತಿಕ ವಿಚಾರ. ಕೃಷ್ಣನ ಬಗ್ಗೆ ನನ್ನ ಯಾಕೆ ಕೇಳ್ತಿದೀರಿ?"

ಆಕೆಯ ಸುಂದರ ಮುಖಕ್ಕೂ ಅವಳ ದನಿಗೂ ಹೊಂದಾಣಿಕೆಯಾಗಲಿಲ್ಲ.

"ಮಿಸ್.ರಾಣಿ, ನನ್ನ ಪ್ರಶ್ನೆಗೆ ನೀವು ಉತ್ತರ ಯಾಕೆ ಹೇಳಬೇಕೂಂದ್ರೆ ನಿಮಗೂ ಕೃಷ್ಣನಿಗೆ ಸಂಬಂಧವಿದೆ...ಕೃಷ್ಣನ ತಾತ ಅನುಮಾನಾಸ್ಪದವಾಗಿ ಸತ್ತಿದ್ದಾರೆ. ಅದರ ತನಿಖೆ ನಾವು ಮಾಡ್ತಿದ್ದೀವಿ. ಆದ್ದರಿಂದ ಕೃಷ್ಣನ ಬಗ್ಗೆ ನೀವು ಉತ್ತರ ಹೇಳಲೇಬೇಕು"

"ಹೇಳೋದಿಲ್ಲ ಅಂದರೆ?"

"ತೊಂದರೆಗೆ ಸಿಕ್ಕಿ ಹಾಕ್ಕೋತೀರಿ. ಕೃಷ್ಣನ ತಾತ ಯಶವಂತರಾವ್ ಅವರ ವಿಷಯ ನಿಮಗೆ ಈಗಾಗಲೇ ಸಾಕಷ್ಟು ಗೊತ್ತಿರಬಹುದೂಂತ ಭಾವಿಸ್ತೇನೆ. ಕೃಷ್ಣ ಆಸ್ತಿಗಾಗಿ ತನ್ನ ತಾತನ ಕೊಲೆ ಮಾಡಿರಬಹುದೂಂತ ಪೋಲೀಸರು ಅನುಮಾನ ಪಡ್ತಿದಾರೆ. ಕೃಷ್ಣ ತೊಂದರೇಲಿ ಸಿಕ್ಕಿಹಾಕೋತಾನೆ. ಇಲ್ಲೀವರೆಗೆ ಪೋಲೀಸಿನವರು ಹೆಚ್ಚಿಗೆ ತನಿಖೆ ಮಾಡಿಲ್ಲ. ನಿಮಗೂ ಅವನಿಗೂ ಸಂಬಂಧ ಇರೋ ವಿಷಯ ಗೊತ್ತಾದ್ರೆ ಪೋಲೀಸಿನೋರು ದಿನಾ ನಿಮ್ಮ ಮನೇ ಮುಂದೆ ಅಲೀತಾರೆ ಅದಕ್ಕೇ ನಿಮ್ಮ ಹತ್ರ ಬಂದಿಲ್ಲ. ಒಂದ್ಸಲ ನಿಮ್ಮ ವಿಷಯ ಅವರಿಗೆ ತಿಳಿದರೆ ಅವರು ಕೇಳೋ ಪ್ರಶ್ನೆಗಳಿಂದ ನಿಮಗೆ ತುಂಬಾ ಮುಜುಗರವಾಗೋದ್ರಲ್ಲಿ ಅನುಮಾನವೇ ಇಲ್ಲ. ಇರೋ ವಿಷಯ ಹೇಳಿದರೆ ಪೋಲೀಸಿಗೂ ನಿಮಗೂ ಮಧ್ಯೆ ನಾವು ಇರ್ತೀವಿ. ಆದ್ರಿಂದ ನಿಮಗೂ ಅನುಕೂಲವಾಗುತ್ತೆ, ಮುಜುಗರಗಳು ತಪ್ಪುತ್ತವೆ"

"ನನ್ನ ಬಗ್ಗೆ ನಿಮಗೆ ಯಾರು ಹೇಳಿದರು?"

"ಕೃಷ್ಣ"

"ಸುಳ್ಳು. ಅವರು ಎಲ್ಲೂ ನನ್ನ ಹೆಸರು ಎತ್ತೋದಿಲ್ಲ! ನೀವು ಸುಳ್ಳು ಹೇಳ್ತಿದೀರ..."

"ಅಷ್ಟು ಯಾಕೆ? ಬೇಕಾದ್ರೆ ಫೋನ್ ಮಾಡಿ ಅವರನ್ನೇ ಕೇಳಿ"

"ನಂಗೆ ಹೆಚ್ಚು ಸಮಯ ಇಲ್ಲ. ಏನು ಬೇಕೋ ಬೇಗ ಕೇಳಿ"

ಆ ಸಮಯಕ್ಕೆ ಸರಿಯಾಗಿ ಮನೆಯ ಒಳಭಾಗದಿಂದ ಸುಮಾರು ಐವತ್ತರ ಹೆಂಗಸೊಬ್ಬಳು ಬಾಗಿಲಲ್ಲಿ ಕಾಣಿಸಿದಳು. ಆಕೆ ಬಾಗಿಲನ್ನು ಹಿಡಿದು ಮಗಳು ಮತ್ತು ಶರತ್ ಕಡೆ ನೋಡಿದಳು. ಕಣ್ಣುಗಳ ಗುಡ್ಡೆಗಳು ಬೆಳ್ಳಗಿದ್ದವು! ಅಂದರೆ ಆಕೆ ಅಂಧಳೆ?

"ಯಾರು? ಕೃಷ್ಣನೇ..?"

ಆಕೆ ಕೇಳಿದಳು.

"ನೀನ್ಯಾಕಮ್ಮ ಈಚೆ ಬಂದೆ? ಒಳಗೆ ಹೋಗು"

ರಾಣಿ ಅಸಹನೆಯಿಂದ ಹೇಳಿದಳು.

"ಇಲ್ಲಾ..ಇವತ್ತು ಒಂದು ಮಾತು ಹೇಳಬೇಕು. ನೋಡಿ, ತುಂಬಾ ದಿವಸ ಹೀಗಿರೋದು ಸರಿಯಲ್ಲ. ಮದುವೆ ಬಗ್ಗೆ ಗಂಭೀರವಾಗಿ ಯೋಚ್ನೆ ಮಾಡಿ. ನನ್ನ ಮಗಳನ್ನ ಮದ್ವೆಯಾಗ್ತೀರಿ ಅನ್ನೋ ನಂಬಿಕೆಯಿಂದ ಜೀವ ಹಿಡ್ಕೊಂಡಿದ್ದೀನಿ..."

"ಅಮ್ಮಾ..ಇವರು ಕೃಷ್ಣ ಅಲ್ಲ! ಅದೆಲ್ಲಾ ಇವರತ್ರ ಯಾಕೆ ಮಾತು?"

"ಮತ್ತೆ ಇವರ್ಯಾರು?"

"ಕೃಷ್ಣ ಅವರ ಸ್ನೇಹಿತರು"

"ನೀನು ಸುಮ್ನಿರು ರಾಣಿ. ನೀನು ಸುಮ್ಮನೆ ಇರೋದಕ್ಕೇ ಇಲ್ಲೀವರೆಗೂ ಮದ್ವೆ ವಿಷಯ ತಳ್ಳಿಕೊಂಡು ಬಂದಿರೋದು. ಇವರು ಕೃಷ್ಣನ ಸ್ನೇಹಿತರು ಅಂದೆ ಒಳ್ಳೇದೇ ಆಯ್ತಲ್ಲ? ನೋಡಪ್ಪಾ, ನಿಮ್ಮೆಸರೇನೋ ನನಗೆ ಗೊತ್ತಿಲ್ಲ. ಆದ್ರೆ ನಿಮ್ಮ ಸ್ನೇಹಿತರಿಗೆ ಹೇಳಿ..ನಮ್ಮ ರಾಣಿಗೆ ಅನ್ಯಾಯವಾಗಬಾರದು! ಇವಳನ್ನ ಮದ್ವೆಯಾಗ್ತಾರೆ ಅನ್ನೋ ಭರವಸೆಯಿಂದ ಸುಮ್ಮನಿದ್ದೀನಿ.."

ಆಕೆಯ ಮಾತಿಗೆ ಶರತ್ ಮನಸ್ಸು ಕರಗಿತು. ಬಡತನ, ಅಸಹಾಯಕತೆ ಎಂತಾ ಸ್ಥಿತಿಗೆ ತಳ್ಳುತ್ತದೆ ಎನ್ನುವುದು ನೆನಸಿ ಮನಸ್ಸು ಮರುಗಿತು.

"ಅಮ್ಮಾ..ಪ್ಲೀಸ್..ಸುಮ್ಮನೆ ಒಳಗೆ ಹೋಗು. ನಾನು ಕೃಷ್ಣನ ಹತ್ರ ಮಾತಾಡ್ತೀನಿ.."

ರಾಣಿ ಬೇಡಿಕೊಂಡಳು.

"ಆಯ್ತಮ್ಮ ಹೋಗ್ತೀನಿ. ಆದ್ರೆ..ಇನ್ನು ಹೆಚ್ಚು ದಿನ ಇದೆಲ್ಲಾ ನಾನು ಸಹಿಸೋದಿಲ್ಲ..ಇದು ಚೆನ್ನಾಗಿ ತಿಳ್ಕೋ.."

"ಆಯ್ತಮ್ಮ..ನೀನೀಗ ಒಳಗೆ ಹೋಗು..ಇವರೇನೋ ಮಾತಾಡೋಕೆ ಬಂದಿದಾರೆ.."

ಆಕೆಯೇ ರಾಣಿಯ ತಾಯಿ ಎನ್ನುವುದು ಶರತ್ ತಿಳಿದುಕೊಂಡ. ಜೊತೆಗೆ ಆಕೆ ಅಂಧಳು ಎನ್ನುವುದೂ ಸ್ಪಷ್ಟವಾಗಿತ್ತು. ನಿಜವಾಗಿಯೂ ಕೃಷ್ಣ ರಾಣಿಯನ್ನು ಮದುವೆಯಗುತ್ತಾನಾ..? ಇಲ್ಲಾ ಇವಳ ಬಡತನ, ತಾಯಿಯ ಅಂಧತ್ವದ ದುರುಪಯೋಗಪಡಿಸಿಕ್ಕೊಳ್ಳುತ್ತಿದ್ದಾನಾ? ಯೋಚನೆ ಇನ್ನೊಂದು ದಿಕ್ಕಿಗೆ ಹರಿಯುತ್ತಿರುವುದು ಅರಿವಾಯಿತು. ಅರೆ, ನನ್ನ ಕೆಲಸದಿಂದ ವಿಮುಖನಾಗುತ್ತಿದ್ದೇನಲ್ಲ? ಇದು ಸರಿಯಲ್ಲ..ನಾನು ಕೆಲಸದ ಬಗೆಗೆ ಗಮನ ಹರಿಸಬೇಕು ಎಂದು ತನ್ನನ್ನು ತಾನು ಎಚ್ಚರಿಸಿಕೊಂಡ.

"ಓ.ಕೆ. ರಾಣಿಯವರೆ, ಡಿಸೆಂಬರ್ ಇಪ್ಪತ್ತನೆಯ ತಾರೀಖು ಶನಿವಾರ ನಿಮ್ಮ ಮನೇಲಿ, ಆಂದ್ರೆ ಇಲ್ಲಿ ಕೃಷ್ಣ ಇದ್ದ. ಅವತ್ತು ಏನು ನಡೀತು ಹೇಳಿ..."

"ಬೆಳಿಗ್ಗೆ ಸುಮಾರು ಒಂಬತ್ತು ಗಂಟೆ ಸಮಯದಲ್ಲಿ ಅವರ ಊರಿಂದ ಯಾರೋ ಬಂದರು. ಅವರ ತಾತ ತೀರಿಕೊಂಡ ವಿಷಯ ಹೇಳಿದರು. ಹತ್ತು ನಿಮಿಷಗಳ ನಂತರ ಅವರ ಜೊತೆ ಕೃಷ್ಣ ಆಚೆ ಹೋದರು"

ಆಕೆ ಮೊದಲಿನ ಗಾಂಭರ್ಯದಿಂದಲೇ ಹೇಳಿದಳು. ಶರತ್ ಅವಳನ್ನು ಹೆದರಿಸಿದ್ದರೂ ಆಕೆ ಹೆದರಿರಲಿಲ್ಲ.

"ಬಂದಿದ್ದ ವ್ಯಕ್ತಿ ಹೇಗಿದ್ದ?"

ರಾಣಿ ಬಂದಿದ್ದ ವ್ಯಕ್ತಿಯ ಚಹರೆ ಹೇಳಿದಳು. ಅದು ಮೂರ್ತಿಯ ಹೋಲಿತು! ಅಂದರೆ ಕೃಷ್ಣ ಮತ್ತು ರಾಣಿಯ ಸಂಬಂಧ ಮೂರ್ತಿಗೆ ತಿಳಿದಿದೆ!

"ಆ ವ್ಯಕ್ತಿ ಹಿಂದೆ ನಿಮ್ಮ ಮನೆಗೆ ಬಂದಿದ್ದರೆ?"

"ಇಲ್ಲ. ಅದೇ ಮೊದಲನೆ ಸಲ ಬಂದಿದ್ದು"

"ಸುದ್ದಿ ಗೊತ್ತಾದಾಗ ಕೃಷ್ಣನ ಪ್ರತಿಕ್ರಿಯೆ ಹೇಗಿತ್ತು?"

"ಅಪ್‌ಸೆಟ್ ಆದರು. ಆದರೆ ಅತ್ತು ರಂಪ ಏನೂ ಮಾಡಲಿಲ್ಲ. ಮುಖ ಸಪ್ಪಗಾಗಿತ್ತು..."

"ಇನ್ನೊಂದು ಪ್ರಶ್ನೆ-ವೈಯಕ್ತಿಕವಾದದ್ದು. ಆದರೆ ನಿಮ್ಮ ಹರ್ಟ್ ಮಾಡಬೇಕೂನ್ನೋದು ನನ್ನ ಉದ್ದೇಶವಲ್ಲ. ಕೃಷ್ಣ ಮತ್ತು ನಿಮ್ಮ ಪರಿಚಯ ಹೇಗಾಯ್ತು?"

"ಅವರು ಪುರುಷ ನಾನು ಸ್ತ್ರೀ"

ಮೊದಲ ಸಲ ಅವಳು ತುಸು ನಕ್ಕಳು.

"ಅದೇನೋ ನಿಜ. ಪುರುಷ-ಸ್ತ್ರೀ, ಪ್ರಕೃತಿ-ಸಹಜವೇ. ಆದರೆ ಅವುಗಳ ಸಂಯೋಗಕ್ಕೆ ಅವಕಾಶ ಬೇಕಲ್ಲ?"

"ನಾನೊಂದು ಷಾಪಿಂಗ್ ಸೆಂಟರಿನಲ್ಲಿ ಸೇಲ್ಸ್ ಗರ್ಲ್ ಕೆಲಸದಲ್ಲಿದ್ದೆ. ಒಂದ್ಸಲ ಇವರು ಬಂದಿದ್ದರು. ಆಮೇಲೆ ಮತ್ತೆ ಮತ್ತೆ ನನ್ನ ಕೌಂಟರಿಗೇ ಬರುತ್ತಿದ್ದರು; ನನಗಾಗೇ ಬರುತ್ತಿದ್ದರು...ಮುಂದಿಂದು ಹೇಳಬೇಕಾಗಿಲ್ಲ"

"ಮನೇಲಿ ಎಷ್ಟು ಜನ ಇದೀರಿ?"

"ನಾನು, ನನ್ನ ತಾಯಿ ಇಬ್ಬರೇ"

"ನೀವೊಬ್ಬಳೇ ಮಗಳೇನು?"

"ಹೌದು. ನನ್ನ ತಾಯಿಗೆ ನಾನೊಬ್ಬಳೇ ಮಗಳು"

"ನಿಮ್ಮ ಮದುವೆ ಯಾವಾಗ?"

"ಕೃಷ್ಣನ್ನ ಕೇಳಬೇಕು"

"ಆಗ್ಲಿ, ಅವರನ್ನೇ ಕೇಳ್ತೀನಿ..ತಪ್ಪು ತಿಳೀಬೇಡಿ. ಒಂದು ಮಾತು ಕೇಳ್ತೀನಿ. ಅಕಸ್ಮಾತ್ ಕೃಷ್ಣ ನಿಮ್ಮನ್ನ ಒಪ್ಪದಿದ್ದರೆ..? ಏನ್ಮಾಡ್ತೀರಿ..? ನಿಮ್ಮ ಹತ್ರ ಏನು ಸಾಕ್ಷ ಇದೆ..?"

ಶರತ್ ಪ್ರಶ್ನೆಗೆ ಆಕೆಯ ಮುಖದಲ್ಲಿ ಚಿಂತೆಯ ಛಾಯೆ ಕಂಡಿತು. ಒಂದು ಕ್ಷಣ ವಿಚಲಿತಳಾದಳು.

"ಅವರ ಜೊತೆ ತೆಗೆಸಿಕೊಂಡಿರೋ ಫೋಟೋಗಳಿವೆ.."

"ಅದು ಪರಸ್ಪರ ಗೆಳೆತನವಷ್ಟೆ ಎಂದರೆ..?"

"ಅವರು ಬರೆದ ಒಂದು ಪತ್ರ ಇದೆ. ಅದರಲ್ಲಿ ಮದುವೆಯಾಗ್ತೀನಿ ಅನ್ನೋದು ಸ್ಪಷ್ಟವಾಗಿ ಬರೆದಿದ್ದಾರೆ"

"ಅದು ಕಾನೂನು ಒಪ್ಪುತ್ತಾ..?"

"ಖಂಡಿತಾ ಒಪ್ಪುತ್ತೆ..."

"ನನಗೆ ಅನುಮಾನ.."

"ಒಂದ್ನಿಮಿಷ ಆ ಪತ್ರ ತೋರಿಸ್ತೀನಿ.."

ಆಕೆಯ ಮುಖದಲ್ಲಿ ಕೋಪವಿತ್ತು. ಅಂದರೆ ಆ ಪತ್ರದಲ್ಲಿದ್ದುದು ಕೃಷ್ಣನನ್ನು ಕಾನೂನಿನಲ್ಲಿ ಸಿಕ್ಕಿಸಬಹುದಾದಂತಾದ್ದೆ..? ಅದು ಪ್ರೇಮಪತ್ರವಿದ್ದೀತು? ಆದರೆ ಅದನ್ನು ತೋರಿಸುವೆ ಎಂದಾಗ ತಾನೇಕೆ ಬೇಡ ಎನ್ನಲ್ಲಿ ಎನಿಸಿತು ಶರತ್‌ಗ.

ಐದು ನಿಮಿಷದಲ್ಲಿ ರಾಣಿ ಒಂದು ಪತ್ರ ತಂದಳು. ಅದನ್ನು ಒಂದು ಪಾರದರ್ಶಕ ಪ್ಲಾಸ್ಟಿಕ್ ಕವರಿನಲ್ಲಿ ಜತನ ಮಾಡಿದ್ದಳು. ಇಡೀ ಪತ್ರದ ಒಂದು ನೋಟ ಮಾತ್ರ ಸಿಕ್ಕಿತು. ಆಕೆ ಅದನ್ನು ಮಡಿಸಿ ಎರಡು ಸಾಲು ಮಾತ್ರ ಕಾಣುವಂತೆ ಶರತ್‌ಗ ತೋರಿಸಿದಳು.

'ನೀವು ಒಪ್ಪಿದರೆ ನಿಮ್ಮನ್ನು ಮದುವೆಯಾಗಲು ನಾನು ಪ್ರಿಪೇರ್ ಆಗಿದ್ದೇನೆ. ಪ್ಲೀಸ್ ಇಗ್ನೋರ್ ಮಾಡ್ಬೇಡಿ'

"ಓದಿ..ಸ್ಪಷ್ಟವಾಗಿಲ್ಲವೆ? ಇದು ಸಾಲದೆ..? ಇದರಿಂದ ಅವರು ಮದುವೆಯಾಗುವಂತೆ ಕಾನೂನಲ್ಲಿ ಕಟ್ಟಿಹಾಕ್ತೀನಿ.."

ಆಕೆಯ ಮಾತುಗಳಲ್ಲಿ ಗಟ್ಟಿತನವಿತ್ತು.

"ಓ...ಶೂರ್..ಇಷ್ಟು ಸಾಕು..ಅವರು ಎಸ್ಕೇಪಾಗಲು ಸಾಧ್ಯವಿಲ್ಲ. ಯೂ ಆರ್ ನಾಟ್ ಓನ್ಲೀ ಬ್ಯೂಟಿಫುಲ್..ಯೂ ಆರ್ ಆಲ್ಸೋ ಇಂಟೆಲಿಜೆಂಟ್"

ಶರತ್ ಮಾತಿಗೆ ರಾಣಿ ಉಬ್ಬಿದಳು.

"ನಿಮಗೆ ತೊಂದರೆಯಾಗೊಲ್ಲ ಎಂದರೆ ಒಂದು ಲೋಟ ಕಾಫಿ ಸಿಗಬಹುದೆ..?"

ಶರತ್ ಕೇಳಿದ. ಅವನಿಗೆ ಒಂದು ಕ್ಷಣ ಕಾಲಾವಕಾಶ ಬೇಕಾಗಿತ್ತು.

"ಆಫ್ ಕೋರ್ಸ್..ಐದು ನಿಮಿಷ"

ಶರತ್ ಹೊಗಳಿಕೆಯಿಂದ ಉಬ್ಬಿದ್ದ ಆಕೆ ನಸುನಗುತ್ತಾ ಒಳಗೆ ಹೋದಳು. ಕೃಷ್ಣ ಆಕೆಗೆ ಬರೆದಿದ್ದ ಪತ್ರ ಸೋಫಾ ಮೇಲಿಟ್ಟು ಹೋಗಿದ್ದಳು!

ಶರತ್ ತಕ್ಷಣ ಎದ್ದು ಮೊಬೈಲಿನಲ್ಲಿ ಆ ಪತ್ರದ ಫೋಟೋ ತೆಗೆದುಕೊಂಡು ಏನೂ ಆಗಿಲ್ಲದಂತೆ ತನ್ನ ಮೊಬೈಲ್ ನೋಡುತ್ತಾ ಕೂತಿದ್ದ.

ರಾಣಿ ಕಾಫಿ ತಂದಾಗ ಶರತ್ ಏನೂ ಆಗಿಲ್ಲದವನಂತೆ ತಣ್ಣಗೆ ಕೂತಿದ್ದ.

"ಥ್ಯಾಂಕ್ ಫಾರ್ ದಿ ಇನ್‌ಫರ್ಮೇಶನ್ ಅಂಡ್ ಕಾಫಿ"

ಶರತ್ ಮುಗುಳ್ನಗುತ್ತಾ ಕಾಫಿ ಕಪ್ಪು ಕೈಗೆ ತೆಗೆದುಕೊಂಡ.

"ಈಟ್ ಇಸ್ ಓ.ಕೆ"

ತಾನು ತಂದಿಟ್ಟಿದ್ದ ಲೆಟರ್ ಯಥಾಸ್ಥಿತಿಯಲ್ಲಿರುವುದು ನೋಡಿ ರಾಣಿ ನೆಮ್ಮದಿಯಿಂದ ನಕ್ಕಳು.

"ಮೆನಿ ಮೆನಿ ತ್ಯಾಂಕ್ಸ್ ಅಂಡ್ ವಿಷ್ ಯೂ ಆಲ್ ದಿ ಬೆಸ್ಟ್"

ಶರತ್ ಮುಗುಳ್ನಗುತ್ತಾ ಎದ್ದು ನಿಂತ. ಇನ್ನು ಈತ ತೊಲಗುವುದು ಗ್ಯಾರಂಟಿ ಎಂಬ ಕಾರಣದಿಂದಲೋ ಏನೋ? ಆಕೆಯೂ ನೆಮ್ಮದಿಯಿಂದ ನಕ್ಕಳು.

ಐದು ನಿಮಿಷದ ನಂತರ ಶರತ್ ಆಟೋದಲ್ಲಿ ಕುಳಿತಿದ್ದ. ತಲೆಯಲ್ಲಿ ಯಶವಂತರಾಯರ ಕೊಲೆಗಾರನ ಬಗೆಗೆ ಹತ್ತಾರು ಚಿಂತೆಗಳು. ಆತ ಯಾರು? ಎಲ್ಲಿರುವನು? ಏಕೆ ಕೊಲೆ ಮಾಡಿದ? ಕೊಲೆ ಮಾಡಿದವನು ತಮ್ಮ ನಡುವೆಯೇ ಇರುವನೋ? ನಮ್ಮ ನಡುವೆಯೇ ಇದ್ದರೆ ಯಾರವನು?

ಕೃಷ್ಣನೇ ಇರಬಹುದೇ? ಆಸ್ತಿಗಾಗಿ ಕೊಲೆ ಮಾಡಿರುವನೆ?

ರಾಮಣ್ಣನೆ? ಮಾವ ಸತ್ತರೆ ಆಸ್ತಿ ಕೃಷ್ಣನಿಗೆ. ಕೃಷ್ಣನಿಗೆ ಹೇಗಾದರೂ ಮಾಡಿ ಚಿತ್ರಾಳನ್ನ ಗಂಟು ಹಾಕಿದರೆ ಆಸ್ತಿ ತಮ್ಮದೇ ಆಗುವುದೆಂದೆ?

ಇಲ್ಲಾ ಮೂರ್ತಿಯೆ?! ಮೂರ್ತಿಗೆ ಯಶವಂತರಾಯರನ್ನು ಕೊಲೆ ಮಾಡಲು ಕಾರಣವೇ ಇಲ್ಲ. ಯಶವಂತರಾಯರು ಸತ್ತರೆ ತನ್ನ ಹೆಂಡತಿ ಸರಳಾಳಿಗೆ ಅರ್ಧ ಆಸ್ತಿ ಮಾತ್ರ ಬರುತ್ತದೆ, ಆದರೆ ಪೂರ್ತಿ ಆಸ್ತಿ ಬರುವುದಿಲ್ಲ ಎಂದು ಗೊತ್ತು. ಆಸ್ತಿಯ ಸಿಂಹ ಪಾಲು ಕೃಷ್ಣನಿಗೇ ದಕ್ಕುತ್ತದೆ. ಹಾಗಿರುವಾಗ ಇಂತ ಹುಚ್ಚು ಕೆಲಸ ಮಾಡಿ ಮತ್ತೆ ಕೊಲೆಗಾರನನ್ನು ಹುಡುಕಿ ಎಂದು ತಮ್ಮ ಬಳಿಗೇ ಕೇಸು ತಂದೊಪ್ಪಿಸುತ್ತಿದ್ದನೆ?

ಆಟೋ ನಿಂತಿತು. ಅಲ್ಲೇ ಕಾಯುವಂತೆ ಆಟೋದವನಿಗೆ ಹೇಳಿ ಶರತ್ ಹತ್ತಿರದಲ್ಲಿದ್ದ ಲ್ಯಾಬೋರೇಟರಿಯನ್ನು ಪ್ರವೇಶಿಸಿದ. ಒಳಗೆ ಹೋಗಿ ಚೀಫ್ ಕೆಮಿಸ್ಟ್ನ ಭೇಟಿ ಮಾಡಿ ಒಂದು ರಿಪೋರ್ಟು ಪಡೆದ. ಅದನ್ನು ನೋಡಿ ಅವನ ಹುಬ್ಬುಗಳು ಗಂಟಿಕ್ಕಿದ್ದವು. ನಂತರ ಅದನ್ನು ತನ್ನ ಲೆದರ್ ಬ್ಯಾಗಿನಲ್ಲಿಟ್ಟುಕೊಂಡು ಈಚೆ ಬಂದು ಆಟೋದಲ್ಲಿ ಕುಳಿತ. ಆಟೋ ಹೊರಟಿತು.

ಇಷ್ಟಕ್ಕೂ ಯಶವಂತರಾಯರ ಶವ ಎಲ್ಲಿರಬಹುದು? ಹೇಗೆ ಮಾಯವಾಯಿತು? ಇದ್ದರೆ ಅದು ಯಾವ ಸ್ಥಿಯಲ್ಲಿದ್ದೀತು? ಅದನ್ನು ರಕ್ಷಣೆ ಖಂಡಿತಾ ಮಾಡಿರಲಾರರು. ಅದಕ್ಕೆ ಸೂಕ್ತ ರೀತಿಯ ರಕ್ಷಣಾ ರಾಸಾಯನಿಕಗಳು ಬೇಕು. ಕೊಲೆ ಮಾಡಿದವರು ಅದನ್ನು ಆದಷ್ಟು ಬೇಗನೆ ಬೇರೆಡೆ ಹೂತಿರುತ್ತಾರೆ!

ಆ ಜಾಗ ಯಾರಿಗೂ ತಿಳಿಯದಂತೆ ಎಚ್ಚರವಹಿಸಿರುತ್ತಾರೆ. ಏಕೆಂದರೆ ಶವ ಕಾನೂನಿನ ಕೈಗಳಿಗೆ ಸಿಕ್ಕರೆ ತನ್ನ ಕೈಗೆ ಬೇಡಿ ಬೀಳುವುದು ಕೊಲೆಗಾರನಿಗೆ ಚೆನ್ನಾಗಿ ಗೊತ್ತು! ಇದು ಯಾರ ಕೆಲಸ ಇರಬಹುದು? ಕೊಲೆ ಮಾಡಿದವನು ಮತ್ತೆ ಶವ ಅಪಹರಿಸುವ ಕೆಲಸ ಯಾಕೆ ಮಾಡಿದ? ಅಪಹರಿಸಿ ಅದನ್ನೇನು ಮಾಡಿದ? ಶವವನ್ನು ಪತ್ತೆ ಹಚ್ಚುವುದಾದರೂ ಹೇಗೆ? ಶರತ್‌ನ ಯೋಚನೆ ವೇಗವಾಗಿತ್ತು. ಹಾಗೇ ಆಟೋ ಸಹ ವೇಗವಾಗಿ ಓಡುತ್ತಿತ್ತು.

ಆಟೋ ಚಿಕ್ಕಪೇಟೆ ಪ್ರವೇಶಿಸಿದಾಗ ಅಲ್ಲಿನ ಗದ್ದಲಕ್ಕೆ, ಜನಸಂದಣಿಗೆ ಆಟೋದವ ನಿಮಿಷಕ್ಕೊಂದು ಸಲ ಬ್ರೇಕ್ ಹಾಕುತ್ತಿದ್ದುದಕ್ಕೆ ಶರತ್‌ನ ಯೋಚನೆಗಳು ತುಂಡಾದುವು.

ಮೂರ್ತಿಯ ಅಂಗಡಿಗೆ ಸಮೀಪದಲ್ಲಿ ಆಟೋ ನಿಲ್ಲಿಸಿ ಶರತ್ ಆಟೋದಿಂದಿಳಿದು, ಡ್ರೈವರ್‌ಗ ಹಣ ಕೊಟ್ಟು ಅಂಗಡಿಯ ಕಡೆಗೆ ನಡೆದ.

"ಓಹೋ... ಬನ್ನಿ... ಬನ್ನಿ..."

ಮೂರ್ತಿ ಆದರದಿಂದ ಸ್ವಾಗತಿಸಿದ. ಅಂಗಡಿಯ ತುಂಬಾ ಗಿರಾಕಿಗಳಿದ್ದರು. ಇನ್ನು ಇವರಿಂದ ಬಿಡಿಸಿಕೊಳ್ಳೋಕೆ ಟೈಮಾಗಬಹುದು ಎಂದುಕೊಂಡ ಶರತ್.

"ಕೂತ್ಕೊಳ್ಳಿ. ಒಂದ್ನೈದೇ ನಿಮಿಷ...ಏಯ್...ಕಾಫಿ ತಗೊಂಡು ಬಾರೋ..."

ಹುಡುಗನಿಗೆ ಹೇಳಿದ.

"ಪರ್ವಾಗಿಲ್ಲ ಮೂರ್ತಿಯವರೆ. ನಂದಾಗಲೇ ಆಗಿದೆ".

"ಇರಲಿ ನನಗೆ ಕಂಪೆನಿ ಕೊಟ್ರಾಯ್ತು"

ಶರತ್ ಅಂಗಡಿಯನ್ನು ಅವಲೋಕಿಸುತ್ತಾ ಕುಳಿತು ಮೂರ್ತಿಗೆ ವ್ಯಾಪಾರ ಜೋರಾಗಿರೋ ಹಾಗಿದೆ. ಲಾಭ ಕೂಡ ಚೆನ್ನಾಗಿರಬಹುದು. ಯಶವಂತರಾಯರ ಸಾವಿನಿಂದ ಇವನಿಗೆ ಬರೋದು ಆಸ್ತಿ, ಹಣ ಗೌಣವೆ? ಹಾಗಿದ್ರೆ ಮೂರ್ತಿಯನ್ನು ಗುಮಾನಿಗಳ ಪಟ್ಟಿಯಿಂದ ಬಿಡಬಹುದೆ?

ಕಾಫಿ ಬರುವ ಸಮಯಕ್ಕೆ ಮೂರ್ತಿಯೂ ಬಿಡುವಾದ. ಒಂದು ಲೋಟ ಮೂರ್ತಿಯ ಕೈಗೆ ಕೊಟ್ಟು ತಾನೊಂದನ್ನು ಕೈಗೆ ತೆಗೆದುಕೊಂಡರು. ಕಾಫಿ ತಂದ ಹುಡುಗ ಕೇವಲ ಎರಡೇ ಎರಡು ತಂದಿರಲಿಲ್ಲ. ಒಟ್ಟು ಐದು ತಂದಿದ್ದ. ಇವರಿಬ್ಬರಿಗೆ ಕೊಟ್ಟು ಉಳಿದ ಮೂರನ್ನು ಅಂಗಡಿಯಲ್ಲಿ ಕೆಲಸ ಮಾಡುತ್ತಿದ್ದವರಿಗೆ ಕೊಡಲು ಹೋದ.

"ಊರಿಂದ ಯಾವಾಗ ಬಂದ್ರಿ?"

ಮೂರ್ತಿ ಕೇಳಿದ.

"ಸುಮಾರು ಹನ್ನೆರಡು ಗಂಟೆಗೆ ಬಂದೆ"

"ಏನಾದ್ರೂ ಪ್ರೋಗ್ರೆಸ್ ಆಯ್ತಾ?"

"ಇಲ್ಲ. ಇನ್ನೂ ಏನೂ ಖಚಿತವಾದ ಸುಳಿವು ಸಿಕ್ಕಿಲ್ಲ ..."

"ಹಾ! ನೀವು ಕೊಟ್ಟ ಮಾತ್ರೆ ಕೆಮಿಕಲ್ ಕಾಂಪೋಜಿಷನ್..."

ಮೂರ್ತಿ ಕ್ಯಾಷ್ ಬಾಕ್ಸಿನಿಂದ ಒಂದು ಕವರ್ ತೆಗೆದುಕೊಟ್ಟ. ಶರತ್ ಬಿಡಿಸಿ ಓದಿದ.

"ನನಗೇನೂ ಅರ್ಥವಾಗಲಿಲ್ಲ. ನಿಮಗರ್ಥವಾಗುತ್ತೇನೋ ನೋಡಿ" ಮೂರ್ತಿ ಕಾಫಿ ಹೀರುತ್ತಾ ಹೇಳಿದ.

ಮೂರ್ತಿ ಕೊಟ್ಟದ್ದು ಮತ್ತು ತಾನು ಮಾಡಿಸಿದ್ದು ಎರಡಕ್ಕೂ ತಾಳೆಯಾಗುತ್ತಿದೆಯಲ್ಲ ಎಂದು ಅಚ್ಚರಿಗೊಂಡ ಶರತ್! ಹಳ್ಳಿಯಲ್ಲಿ ಮಾತ್ರೆಯನ್ನು ಹೊನ್ನಿ ತಂದಾಗ, ಮೂರ್ತಿ ತಾನೇ ಅದರ ಕೆಮಿಕಲ್ ಅನಾಲಿಸಿಸ್ ಮಾಡಿಸ್ತೇನೆ ಎಂದು ಉತ್ಸಾಹ ತೋರಿದ್ದ. ಅದನ್ನು ನೋಡಿದಾಗ ಶರತ್‌ಗ ಬೇರೆ ಯೋಚನೆ ಬಂದಿತ್ತು. ಮೂರ್ತಿ ಅದರ ರಿಪೋರ್ಟು ಬದಲಾವಣೆ ಮಾಡಿಸಬಹುದು ಎನ್ನಿಸಿತ್ತು. ಆದರೆ ಹಾಗಾಗಿರಲಿಲ್ಲ. ಮೂರ್ತಿ ಅಸಲು ರಿಪೋರ್ಟನ್ನೇ ಕೊಟ್ಟಿದ್ದ. ಹಾಗಾದರೆ ಮೂರ್ತಿಯ ಮೇಲೆ ಅನುಮಾನಪಟ್ಟಿದ್ದು ತಪ್ಪೆ?

"ಹೌದು ಹೋಗಲೇಬೇಕಲ್ಲ? ಆದರೆ ಈಗಲೇ ಹೋಗೋಲ್ಲ. ಬೆಳಿಗ್ಗೆ ಹೋಗ್ತೀನಿ ರಿಪೋರ್ಟಿಗೆ ಥ್ಯಾಂಕ್ಸ್"

"ಅರೆ! ಇದಕ್ಕೆ ಥ್ಯಾಂಕ್ಸ್ ಯಾಕೆ? ಇದು ನನ್ನ ಕೆಲಸ. ನಾನು ಮಾಡದೆ ಇದ್ದರೆ ಹೇಗೆ?"

ಮೂರ್ತಿ ನಕ್ಕ.

"ಹಾ! ಇನ್ನೊಂದು ವಿಷಯ. ಯಶವಂತರಾಯರು ಸತ್ತ ಸುದ್ದಿ ನಿಮಗೆ ಮೊದಲು ತಿಳಿಸಿದವರು ಯಾರು?"

"ರಾಮಣ್ಣ....ಅವರೇ ಫೋನ್ ಮಾಡಿದ್ದರು"

"ಆಮೇಲೆ?"

"ಆಮೇಲೆ ಕೃಷ್ಣನಿಗೆ ವಿಷಯ ತಿಳಿಸಿಬೇಕು ಅಂತ ಹೇಳಿದರು. ಆದ್ರೆ ಕೃಷ್ಣ ಎಲ್ಲಿರ್ತಾನೆ, ಹೇಗೆ ಹುಡುಕೋದೂಂತ ಕೇಳಿದ್ದಕ್ಕೆ ನಾಲ್ಕು ವಿಳಾಸ ಕೊಟ್ಟರು. ಆ ನಾಲ್ಕು ವಿಳಾಸದಲ್ಲಿ ಒಂದು ಕಡೆ ಇರ್ತಾನೇಂತ ಹೇಳಿದರು.

"ಯಾಕೆ ಕೃಷ್ಣನ ಮೊಬೈಲಿಗೆ ಫೋನು ಮಾಡಬಹುದಿತ್ತಲ್ಲ?" ಶರತ್ ಒಮ್ಮೆಲೇ ಅನುಮಾನಿಸಿದ.

"ಅಷ್ಟು ಸುಲಭದಲ್ಲಿ ಮನೆಯವರಿಂದ ಫೋನನ್ನು ಅವನು ರಿಸೀವ್ ಮಾಡೋದಿಲ್ಲ! ಅದಕ್ಕೇ ಖುದ್ದಾಗಿ ಅವನಿಗೆ ತಿಳಿಸಬೇಕಾಗಿತ್ತು"

"ಆ ನಾಲ್ಕು ವಿಳಾಸ ಯಾವ್ಯಾವು?"

"ಒಂದು ಅವನು ಬೆಂಗಳೂರಲ್ಲಿರೋವಾಗ ಉಳಿದುಕ್ಕೊಳ್ಳೋ ಹೋಟೆಲ್. ಎರಡನೇದು ಒಂದು ಕ್ಲಬ್ಬುದ. ಅಲ್ಲಿ ಸದಾ ಇಸ್ಪೀಟಾಟ ನಡೆಯುತ್ತೆ. ಉಳಿದೆರಡು ಇಬ್ಬರು ಹುಡುಗಿಯರದು. ಹೋಟೆಲು ಮತ್ತು ಕ್ಲಬ್‌ಗ ಫೋನ್ ಮಾಡಿ ಕೇಳಿದೆ. ಕೃಷ್ಣ ಇರಲಿಲ್ಲ. ಈ ಹುಡುಗಿಯರ ವಿಳಾಸ ಹುಡುಕಿದೆ, ಮೊದಲನೆ ಮನೇಲೇ ಕೃಷ್ಣ ಸಿಕ್ಕಿದ".

"ಆಕೆ ಹೆಸರು?"

"ರಾಣಿ"

"ಕೃಷ್ಣನ ರಹಸ್ಯ ಜೀವನ ರಾಮಣ್ಣೋರಿಗೆ ಪೂರಾ ಗೊತ್ತಿರೊ ಹಾಗಿದೆ ಅಲ್ವಾ?"

"ಬೇರೆಯವರ ವ್ಯವಹಾರಕ್ಕೆ ನಾನು ತಲೆ ಹಾಕೋದಕ್ಕೆ ಹೋಗೋದಿಲ್ಲ".

"ಯಶವಂತರಾಯರಿಗೆ ತಮ್ಮ ಮೊಮ್ಮಗ ಕೃಷ್ಣನ ಸೀಕ್ರೆಟ್ ಲೈಫ್ ಗೊತ್ತಿತ್ತೆ?"

"ಅವರು ಬುದ್ಧಿವಂತರು ನೇರವಾಗಿ ತಿಳಿದುಕೊಳ್ಳೋದಕ್ಕೆ ಪ್ರಯತ್ನ ಪಡದೆ ಇದ್ದರೂ ಊಹಿಸಿರ್ತಾರೆ".

"ಥ್ಯಾಂಕ್ಸ್ ಫಾರ್ ದಿ ಇನ್‌ಫರ್ಮೇಷನ್".

"ಯೂ ಆರ್ ವೆಲ್ ಕಮ್".

"ಫ್ಯಾಮಿಲಿ ಕರ್ಕೊಂಡು ಬಂದ್ರಾ?"

"ಇಲ್ಲ. ಊರಲ್ಲೇ ಬಿಟ್ಟು ಬಂದಿದೀನಿ. ಹನ್ನೊಂದು ದಿವಸದ ಕೆಲಸ ಮುಗಿಸಿಕೊಂಡು ಬರಲೀಂತ".

"ಬೈ..."

ಶರತ್ ಮೂರ್ತಿಯ ಅಂಗಡಿಯಿಂದ ಈಚೆ ಬಂದ. ತಲೆ ಬಿಸಿಯಾಯಿತು. ಅವನ ಮತ್ತು ವಿಕ್ರಮ್ ಊಹೆ ತಲೆಕೆಳಗಾಗಿತ್ತು! ಮಾತ್ರೆಯ ಲ್ಯಾಬ್ ರಿಪೋರ್ಟನ್ನು ಮೂರ್ತಿ ತಿರುಚಿಸಬಹುದು ಎಂದುಕೊಂಡಿದ್ದರು. ಆದರೆ ಹಾಗಾಗಿರಲಿಲ್ಲ! ಮೂರ್ತಿ ಅವರ ಊಹೆಯನ್ನು ತಲೆಕೆಳಗು ಮಾಡಿದ್ದ. ಕೃಷ್ಣನ ಪ್ರೇಯಸಿ ರಾಣಿಯ ಮನೆಯ ವಿಳಾಸ ತಾನಾಗೇ ಹುಡುಕಿರಲಿಲ್ಲ. ಅದೂ ರಾಮಣ್ಣ ತಿಳಿಸಿದ್ದು!

***

ರಾಜಾಜಿನಗರದಲ್ಲಿ ಡಾಕ್ಟರ್ ರಮೇಶ್ ಅವರ ಕಮಲ ಕ್ಲಿನಿಕ್ ಹುಡುಕುವುದು ಶರತ್‌ಗ ಕಷ್ಟವಾಯಿತು. ಗೂಗಲ್ ಮ್ಯಾಪು ತೋರಿಸುತ್ತಿದ್ದ ಸ್ಪಾಟಿನ ಬಳಿ ಬಂದಿದ್ದರೂ ಕ್ಲಿನಿಕ್ಕು ಕಾಣಿಸುತ್ತಿರಲಿಲ್ಲ. ಅಥವಾ ಅದೆಲ್ಲಿದೆಯೋ ಅದನ್ನು

ಗುರುತಿಸಲು ಶರತ್‌ಗೆ ಆಗಿರಲಿಲ್ಲ. ಎರಡು ಮೂರು ಸಲ ಸುತ್ತಾಡಿ, ಒಂದಿಬ್ಬರನ್ನು ಕೇಳಿದ ಮೇಲೆ ಸಿಕ್ಕಿತು ಕಮಲ ಕ್ಲಿನಿಕ್.

ಎರಡನೆ ಮುಖ್ಯರಸ್ತೆಯ ಹಳೆಯ ಎರಡು ಮಹಡಿ ಕಟ್ಟಡವೊಂದರಲ್ಲಿ ಕಮಲ ಕ್ಲಿನಿಕ್ ಬೋರ್ಡು ಮೊದಲನೆ ಕಂಡಿತು. ಮಹಡಿ ಮೆಟ್ಟಿಲುಗಳನ್ನು ಹತ್ತಿ ಕ್ಲಿನಿಕ್ ಪ್ರವೇಶಿಸಿದ ಶರತ್‌ನನ್ನು ಬಾಗಿಲಲ್ಲೇ ಯುವತಿಯೊಬ್ಬಳು ತಡೆದಳು.

“ಇವತ್ತು ಇನ್ಯಾರಿಗೂ ಟೋಕನ್ ಇಲ್ಲ. ನಾಳೆ ಬೆಳಿಗ್ಗೆ ಹನ್ನೊಂದು ಗಂಟೆಗೆ ಬನ್ನಿ”

ಮೇಜಿನ ಹಿಂದೆ ಕೂತಿದ್ದವಳು ಶರತ್‌ಗೆ ಹೇಳಿದಳು.

"ನಾನು ಪೇಷಂಟ್ ಅಲ್ಲಮ್ಮ. ಚಿಕ್ಕಪೇಟೆ ಟೆಕ್ಸ್ ಟೈಲ್ ಮರ್ಚೆಂಟ್ ಮೂರ್ತಿ ಅವರ ಕಡೆಯಿಂದ ಬಂದಿದ್ದೀನಿ. ಡಾಕ್ಟರ್ ಹತ್ರ ಮಾತಾಡ್ಬೇಕಾಗಿತ್ತು"

"ಇನ್ನು ಮೂರು ಜನ ಪೇಷಂಟ್ಸ್ ಇದ್ದಾರೆ ಅವರಾದ್ಮೇಲೆ ನೀವು ಡಾಕ್ಟರ್ ನೋಡಬಹುದು"

ಯುವತಿ ಹೇಳಿದಳು.

"ಮತ್ತೆ ಪೇಷಂಟ್ಸು ಬರ್ತಾನೇ ಇರ್ತಾರಲ್ವಾ?"

ಶರತ್ ಕೇಳಿದ.

"ಇಲ್ಲ, ಇನ್ನು ಯಾರಿಗೂ ಟೋಕನ್ ಕೊಡಬೇಡಾಂತ ಡಾಕ್ಟರು ಹೇಳಿದಾರೆ. ಅವರ ಮಗಳ ಬರ್ತ್ಡೇ ಇವತ್ತು. ಅದಕ್ಕೆ ಬೇಗ ಹೋಗ್ತಾರೆ. ಈ ಮೂರು ಜನ ಹೋದ್ಮೇಲೆ ನೀವು ಡಾಕ್ಟರ್ ನೋಡಬಹುದು"

ಶರತ್ ಕುರ್ಚಿಯ ಮೇಲೆ ಕುಳಿತು ಕಾಯತೊಡಗಿದ.

ಡಾಕ್ಟರ್ ರಮೇಶ್ ಅವರ ಕಮಲ ಕ್ಲಿನಿಕ್ ತುಂಬಾ ಹಳೆಯದಂತೆ ಕಾಣಿಸುತ್ತಿತ್ತು. ಬಹುಶಃ ರಮೇಶ್ ಕೂಡ ನಡು ವಯಸ್ಸು ದಾಟಿದವರೇ ಇರಬೇಕು ಎಂದುಕೊಂಡ ಶರತ್.

ಪೇಷಂಟ್‌ಗಳು ಕುಳಿತಿದ್ದ ಜಾಗ ಇಪ್ಪತ್ತು ಅಡಿ ಉದ್ದ ಮತ್ತು ಮೂವತ್ತು ಅಡಿ ಅಗಲವಿತ್ತು. ಅವನು ಕೂತಿದ್ದ ಜಾಗದ ಎದುರಿಗೆ ಒಂದು ಕ್ಯಾಬಿನ್ ಕಾಣಿಸುತ್ತಿತ್ತು. ಅದು ಡಾಕ್ಟರ್ ರಮೇಶ್ ಅವರು ರೋಗಿಗಳನ್ನು ಪರೀಕ್ಷಿಸಿ ಚಿಕಿತ್ಸೆ, ಸಲಹೆ ನೀಡುವ ಜಾಗ ಎಂದುಕೊಂಡ ಶರತ್.

ಸುಮಾರು ಇಪ್ಪತ್ತು ನಿಮಿಷಗಳಲ್ಲೇ ಅಲ್ಲಿದ್ದ ಎಲ್ಲಾ ಪೇಷಂಟುಗಳೂ ಡಾಕ್ಟರ್ ಜೊತೆ ತಮ್ಮ ಸಂದರ್ಶನ ಮುಗಿಸಿ ಈಚೆ ಬಂದಿದ್ದರು.

"ಇನ್ನು ಯಾರಾದರೂ ಪೇಷಂಟ್ಸ್ ಇದ್ದಾರ?"

ಒಳಗಿಂದ ಬಂದ ಧ್ವನಿ ಡಾಕ್ಟರ್ ರಮೇಶ್ ಅವರದ್ದೇ ಇರಬೇಕು ಎಂದು ಶರತ್ ಎದ್ದುನಿಂತ.

"ಇಲ್ಲ ಸರ್. ಮೂರ್ತಿ ಅವರ ಕಡೆಯಿಂದ ನಿಮ್ಮನ್ನು ನೋಡಬೇಕು ಅಂತ ಒಬ್ಬರು ಬಂದಿದ್ದಾರೆ"

ಒಳಗೆ ಹೋಗಿ ಯುವತಿ ಹೇಳಿದ್ದು ಶರತ್‌ಗ ಕೇಳಿಸಿತು.

"ಕಳಿಸು ಅವರನ್ನ"

ಆಕೆ ಈಚೆ ಬರುವ ಸಮಯಕ್ಕೆ ಶರತ್ ಆಗಲೇ ರಮೇಶ್ ಅವರ ಕ್ಯಾಬಿನ್ನಿನ ಪ್ರವೇಶದ ಬಳಿ ನಿಂತಿದ್ದ.

"ಸರ್ ಒಳಗೆ ಹೋಗಿ"

"ನಮಸ್ಕಾರ ಡಾಕ್ಟರ್"

ಶರತ್ ಕ್ಯಾಬಿನ್ ಒಳಗೆ ಪ್ರವೇಶಿಸಿದ.

ಎದುರಿಗೆ ಸಣ್ಣ ಟೇಬಲ್ಲಿನ ಹಿಂದೆ ಡಾಕ್ಟರ್ ರಮೇಶ್ ಕುಳಿತಿದ್ದರು. ಅವರ ಪಕ್ಕದಲ್ಲಿ ಪೇಷಂಟ್‌ಗಳು ಕುಳಿತುಕೊಳ್ಳಲು ಒಂದು ಸ್ಟೂಲ್, ಅದರಾಚೆ ಪೇಷಂಟ್‌ಗಳು ಮಲಗಿಕೊಳ್ಳಲು ಎತ್ತರದ ಒಂದು ಮಂಚವಿತ್ತು.

ಶರತ್ ಊಹಿಸಿದಂತೆ ಡಾಕ್ಟರ್ ರಮೇಶ್ ಸುಮಾರು ಐವತ್ತು ವರ್ಷ ವಯಸ್ಸಿನ ಚೂಪು ಮೂಗಿನ, ಅತೀವ ಚಟುವಟಿಕೆಯ ವ್ಯಕ್ತಿ ಎನಿಸಿತು. ತಲೆಯ ಮಧ್ಯಭಾಗದ ಕೂದಲುಗಳನ್ನು ಉದುರಿಹೋಗಿ ಎರಡು ಪಕ್ಕಗಳಲ್ಲಿ ಮಾತ್ರ ಕೂದಲಿತ್ತು ಅವರ ಚುರುಕು ಕಣ್ಣುಗಳು ಶರತನನ್ನು ತಿವಿಯುವಂತಿದ್ದವು.

"ಹೇಳಿ ನನ್ನ ಕಡೆಯಿಂದ ಏನಾಗಬೇಕು?" ಮಾತಿನಲ್ಲೂ ವೇಗವಿತ್ತು. ಆತುರದಲ್ಲಿ ಮಾತಾಡುವ ವ್ಯಕ್ತಿಯಂತೆ ಕಂಡರು ಡಾಕ್ಟರ್ ರಮೇಶ್.

"ನನ್ನ ಹೆಸರು ಶರತ್. ಪ್ರೈವೇಟ್ ಡಿಟೆಕ್ಟಿವ್. ಯಶವಂತರಾವ್ ಅವರ ಸಾವಿನ ಸಂಬಂಧದಲ್ಲಿ ಮೂರ್ತಿಯವರು ನಮ್ಮನ್ನು ಅಪಾಯಿಂಟ್ ಮಾಡಿದ್ದಾರೆ"

"ಓಹೋ ಹಾಗಾದ್ರೆ ಯಶವಂತರಾಯರ ಸಾವು ಇಷ್ಟಕ್ಕೆ ನಿಂತಿಲ್ಲ. ಸರಿ ನನ್ನಿಂದ ಏನಾಗಬೇಕು ಹೇಳಿ. ನಿಮಗೆ ಐದು ನಿಮಿಷ ಟೈಮ್ ಕೊಡ್ತೀನಿ ಅಷ್ಟೇ.."

"ತಮಗೆ ಅವರ ಸ್ಥಿತಿ ಬಗ್ಗೆ ಚೆನ್ನಾಗಿ ಗೊತ್ತಿತ್ತು. ಅವರಿಗೆ ಏನು ಕಾಯಿಲೆ ಇತ್ತು ಅವರು ಸಾಯೋದಕ್ಕೆ ಏನು ಕಾರಣ? ಅದು ಸಹಜವಾದ ಸಾವೇ ಇಲ್ಲ ಯಾರಾದರೂ ಕೊಲೆ ಮಾಡಿರುವ ಸಾಧ್ಯತೆ ಇದೆಯೇ? ಈ ಬಗ್ಗೆ ತಮ್ಮ ಅಭಿಪ್ರಾಯ ಬೇಕಾಗಿತ್ತು"

ಶರತ್ ವಿನಯದಿಂದ ಕೇಳಿದ.

“ಏನು ಕೊಲೇನಾ..? ನಿಮ್ಮ ತಲೆಗೆ ಈ ವಿಷಯ ಯಾರು ತುಂಬಿದರು?”

ಡಾಕ್ಟರ್ ರಮೇಶ್ ಅಚ್ಚರಿ ವ್ಯಕ್ತಪಡಿಸಿದರು.

“ಹೌದು ಸಾರ್. ಅವರ ಕೊಲೆಯಾಗಿದೆ ಅಂತ ಒಂದು ಮೂಕರ್ಜಿ ಪೋಲೀಸಿಗೆ ಕಳಿಸಿದ್ದಾರೆ. ಪೋಲೀಸ್ ಇಲಾಖೆ ಶವ ಪರೀಕ್ಷೆಗೆ ಸಮಾಧಿಯಿಂದ ತೆಗೆಯೋಕೆ ಹೋದಾಗ ಅಲ್ಲಿ ಶವ ಇರಲಿಲ್ಲ. ಇದನ್ನೆಲ್ಲಾ ನಿಮಗೆ ಮೂರ್ತಿಯವರು ಹೇಳಿರಬೇಕಲ್ಲ?”

“ಹೂ..ಹೇಳಿದಾರೆ..ಇದಕ್ಕೆ ನನ್ನಿಂದ ಏನಾಗಬೇಕು?”

“ಅವರು ನಿಮ್ಮ ಪೇಶಂಟಾಗಿದ್ದರು. ಅವರ ದೇಹಸ್ಥಿತಿ ತಮಗೆ ಗೊತ್ತು. ಅವರ ಸಾವಿನ ಬಗ್ಗೆ ನಿಮ್ಮ ಅಭಿಪ್ರಾಯ ಏನು ಅನ್ನೋದು ತಿಳಿಸಿ”

"ಯಶವಂತರಾಯರು ನನ್ನತ್ರ ಕನ್ಸಲ್ಟೇಶನ್‌ಗೆ ಬರುತ್ತಿದ್ದರು ಅವರಿಗೆ ರಕ್ತದೊತ್ತಡ ಇತ್ತು, ಶುಗರ್ ಇತ್ತು ಆಗ್ಗಾಗ್ಗೆ ಮೈಗ್ರೇನ್ ತಲೆನೋವು ಬರುತ್ತಿತ್ತು. ಆದ್ರೆ ಸಾಯೋ ಅಂತಾ ಯಾವ ಲಕ್ಷಣಗಳು? ಇರಲಿಲ್ಲ. ಆದರೆ ಸಾವಿನ ವಿಷಯ ಹೀಗೇಂತ ಹೇಳೋಕಾಗಿಲ್ಲ "

"ಅವರ ಕೊಲೆ ಯಾಗಿರಬಹುದಾ?"

“ಏನ್ರೀ..ನನ್ನ ಬಾಯಿಂದ ಹೀಗೆಲ್ಲಾ ಹೇಳಿ ಸಿಕ್ಕಿಸಬೇಕೂಂತಿದ್ದೀರಾ? ಯಾವ ಡಾಕ್ಟರು ಅವರು ಸತ್ತಾಗ ನೋಡಿದರೋ ಅವರನ್ನ ಹೋಗಿ ಕೇಳಿ. ಕೊಲೆ ಅನ್ನೋ ಅನುಮಾನ ಇದ್ರೆ ಪೋಸ್ಟ್ ಮಾರ್ಟಮ್ ಮಾಡಿಸಿ”

ರಮೇಶ್ ಒಮ್ಮೆಲೇ ರೇಗಿದರು.

“ಸಾರಿ ಡಾಕ್ಟರೇ..ನೀವು ಅವರ ಫ್ಯಾಮಿಲಿ ಡಾಕ್ಟರ್..ಅಂದ್ರೆ ಅವರು ಸತ್ತಾಗ ತಾವು ಅವರನ್ನ ನೋಡಲು ಹೋಗಲಿಲ್ಲವೆ?”

“ಕರೆದ್ರೆ ಹೋಗಬಹುದಿತ್ತು. ಕರೀದಿದ್ರೆ ನಾನ್ಯಾಕೆ ಮೂಗು ತೂರಿಸ್ಕೊಂಡು ಹೋಗಲಿ?”

“ಸಾರಿ, ತಾವು ಅವರ ಸಾವಿನ ಸಮಯದಲ್ಲಿದ್ದು ಅವರನ್ನ ಎಕ್ಸಾಮಿನ್ ಮಾಡಿದ್ದೀರಾಂತ ಕೇಳಿದೆ. ಹೋಗಲಿ..ಅವರ ಯಾವುದಾದರೂ ಅಭ್ಯಾಸಗಳು ಅವರು ಸಾಯೋದಕ್ಕೆ ಕಾರಣ ಆಗಿರಬಹುದೆ?

“ಅದನ್ನೆಲ್ಲಾ ನನ್ನನ್ನ ಯಾಕ್ರೀ ಕೇಳ್ತೀರಾ..? ಮೆಡಿಕಲ್ ರಿಪೋರ್ಟ್ ನೋಡಿ ತಿಳ್ಕೊಳ್ಳಿ..”

“ಸರಿ, ಡಾಕ್ಟರ್. ನಿಮಗೆ ಹೇಳೋಕೆ ಮನಸ್ಸಿದ್ದ ಹಾಗೆ ಕಾಣಿಸ್ತಿಲ್ಲ. ಯಶವಂತರಾಯರ ಕೇಸು ಸ್ವಲ್ಪ ಕಾಂಪ್ಲಿಕೇಟೆಡ್ಡೇ ಆಗೋ ತರಾ ಇದೆ. ನಾವು ಖಾಸಗಿ ಡಿಟೆಕ್ಟೀವ್ಸ್ ಅದಕ್ಕೇ ನಮ್ಮ ಪ್ರಶ್ನೆಗಳಿಗೆ ಉತ್ತರ ಹೇಳೋಕೆ ನೀವು ಮನಸ್ಸು ಮಾಡ್ತಿಲ್ಲ. ಇದು ಪೋಲೀಸ್ ಕಡೆಯಿಂದ ಬಂದ್ರೆ..? ಆಗಲೂ ನೀವು

ರೆಫ್ಯೂಸ್ ಮಾಡೋಕಾಗೊಲ್ಲ.."

"ಏನ್ರೀ ಹೆದ್ರಿಸ್ತಿದ್ದೀರ?" ಡಾಕ್ಟರ್ ರಮೇಶ್ ಮತ್ತೆ ರೇಗಿದರು.

"ಹೆದ್ರಿಸ್ತಿಲ್ಲ ಸಾರ್..ನಮಗೆ ಬೇಕಾದ ಇನ್ಫರ್ಮೇಶನ್ ಪಡ್ಕೊಳ್ಳೋಕೆ ಇರೋ ದಾರಿ ಹೇಳಿದೆ. ನನ್ನ ಪ್ರಶ್ನೆಗೆ ನೀವು ಉತ್ತರಿಸೊಲ್ಲ ಅಂದ್ರೆ ನಾನು ಪೋಲೀಸ್ ಕಡೆಯಿಂದ ಬರ್ತೀನಿ.."

ಶರತ್ ಮಾತಿನಲ್ಲೇ ಚುರುಕು ಮುಟ್ಟಿಸಿದ.

"ಏನು? ಧಮಕೀನಾ..?"

"ಛೆ..ಛೆ..ಹಾಗ್ಯಾಕೆ ತಿಳೀತೀರ..? ರಿಕ್ವೆಸ್ಟು ಅಷ್ಟೆ"

ಶರತ್ ಡಾಕ್ಟರ್ ರಮೇಶ್ ಮನ ಒಲಿಸುವ ಪ್ರಯತ್ನ ಮಾಡಿದ. ರಮೇಶ್ ಬಿಗಿದಿದ್ದ ಮುಖ ಸಡಿಲವಾಯಿತು.

"ಅವರ ಹಾರ್ಟು ವೀಕಾಗಿತ್ತು. ಎಚ್ಚರಿಕೆಯಿಂದ ಇರೋಕೆ ಹೇಳಿದ್ದೆ. ಅವರಿಗೆ ಡ್ರಿಂಕ್ಸ್ ತಗೊಳ್ಳೋ ಅಭ್ಯಾಸ ಇತ್ತು. ರಮ್ಮು ಕುಡೀತಿದ್ರು. ಅದರ ಜೊತೇಲೇ ಟ್ಯಾಬ್ಲೆಟ್ಸ್ ಕೂಡ ತಗೋತಿದ್ದರು. ಒಂದೆರಡು ಸಲ ಅವುಗಳಿಂದ ರಿಯಾಕ್ಷನ್ ಆಗಿ ತೊಂದರೆಯಾಗಿತ್ತು. ಎರಡು ದಿವಸ ನರ್ಸಿಂಗ್ ಹೋಮಲ್ಲಿದ್ದರು. ಅಂತಾದ್ದೇ ಈ ಸಲ ಕೂಡ ಆಗಿರಬಹುದು. ಆದು ಕೊಲೆ ಅಂತ ಹೇಳೋಕೆ ನಾನಲ್ಲಿ ಇರಲಿಲ್ಲ. ಅವರ ಬಾಡಿ ಚೆಕಪ್ ಮಾಡಿಲ್ಲ. ಅವರ ಪೋಸ್ಟ್ ಮಾರ್ಟಮ್ ರಿಪೋರ್ಟು ಕೂಡ ನೋಡಿಲ್ಲ. ನನ್ನ ಹಾಗಂದ ಮಾತ್ರಕ್ಕೆ ಅವರು ಕೊಲೆಯಾಗಿದ್ದಾರೆ ಅಂತ ಹೇಳೋದೂ ತಪ್ಪು. ರಕ್ತದೊತ್ತಡ ಇದ್ದಿದ್ದರಿಂದ ಅವರು ಹಾರ್ಟ್ ಅಟ್ಯಾಕ್ ಆಗಿರಬಹುದು. ಆಲ್ಕೋಹಾಲ್ ತಗೊಂಡು ಅಭ್ಯಾಸ ಅದರ ಜೊತೆಗೆ ಬೇರೆ ಔಷಧಿ ತಗೊಂಡಿದ್ರೆ ಅದು ಮೇಲೆ ಪರಿಣಾಮ ಸಾಧ್ಯತೆ ಇದೆ. ಇದಿಷ್ಟು ಮಾತ್ರ ನಾನು ಹೇಳಬಲ್ಲೆ. ಅದು ಕೊಲೆಯೋ ಅಲ್ಲವೋ..ಅದನ್ನ ನಾನು ಹೇಳಲಾರೆ.."

ಡಾಕ್ಟರ್ ರಮೇಶ್ ಈ ಸಲ ಉಢಾಫೆ ಮಾಡದೆ ಹೇಳಿದರು. ಅವ್ರ ಮಾತು ನಂಬಬಹುದು ಎನ್ನಿಸಿತು ಶರತ್‌ಗ.

"ಸಾರಿ, ಇವತ್ತು ನನ್ನ ಮಗಳ ಬರ್ತ್ಡೇ ಇದೆ..ಬೇಗ ಹೋಗಬೇಕು..ಬೇರೆ ಏನಾದ್ರೂ ಬೇಕಾದ್ರೆ ಫೋನ್ ಮಾಡಿ. ಛಾಯಾ..ಇವರಿಗೆ ನನ್ನ ಕಾರ್ಡ್ ಕೊಡು..ಮತ್ತೆ ಕ್ಲಿನ್ಕ್ ಕ್ಲೋಸ್ ಮಾಡ

ಎಂದು ಹೇಳಿದ ಡಾಕ್ಟರ್ ರಮೇಶ್ ಶರತ್ ಉತ್ತರಕ್ಕೂ ಕಾಯದೆ ಎದ್ದರು.

"ತ್ಯಾಂಕ್ಯು ಡಾಕ್ಟರ್..ಸಾರಿ, ನನ್ನಿಂದ ನೀವು ಮನೆಗೆ ಹೋಗೋದಕ್ಕೆ ಸ್ವಲ್ಪ ತೊಂದ್ರೆಯಾಯ್ತು"

"ಇಟ್ ಈಸ್ ಓಕೆ"

ಶರತ್ ಆಚೆ ಕೂತಿದ್ದ ಛಾಯಾಳಿಂದ ರಮೇಶ್ ಅವರ ವಿಸಿಟಿಂಗ್ ಕಾರ್ಡು ಪಡೆದು ಕ್ಲಿಲ್ಲಿಕ್ಕಿನ ಬಾಗಿಲಾಚೆ ಕಾಲಿಡುತ್ತಲೇ ಬಾಗಿಲಾಚೆ ನಿಂತದ್ದ ಒಬ್ಬ ವ್ಯಕ್ತಿಗೆ ಡಿಕ್ಕಿ ಹೊಡೆಯಲಿದ್ದ! ಸಾವರಿಸಿಕೊಂಡು ಪಕ್ಕಕ್ಕೆ ಸರಿದು ಆ ವ್ಯಕ್ತಿಯನ್ನು ಗದರಿದ ಶರತ್.

"ಸ್ವಲ್ಪ ಪಕ್ಕಕ್ಕೆ ಸರಿದು ನಿಲ್ಲಬಾರದೆ?"

"ಸಾರಿ ಸಾರ್"

ಎಂದವನೇ ಸರಸರನೆ ಮಹಡಿಯ ಮೆಟ್ಟಿಲುಗಳ ಕಡೆ ಧಾವಿಸಿದ.

ಶರತ್‌ಗ ಅವನ ವರ್ತನೆಯಲ್ಲಿ ಏನೋ ಅಸಹಜತೆ ಕಾಣಿಸಿತು. ಬಹುಶಃ ಆತ ಒಳಗಿನ ಮಾತುಗಳನ್ನು ಕೇಳಿಸಿಕ್ಕೊಳ್ಳುತ್ತಿದ್ದ ಎನಿಸಿತು. ಆದರೆ ಏಕೆ? ಯಾರಾತ? ಇದ್ದಕ್ಕಿದ್ದಂತೆ ಆ ವ್ಯಕ್ತಿಯನ್ನು ಎಲ್ಲೋ ನೋಡಿರುವೆ ಎನಿಸಿತು! ಎಲ್ಲಿ..? ಮಿಂಚಿನಂತೆ ಹೊಳೆಯಿತು! ಅವನು ಮೂರ್ತಿಯವರ ಅಂಗಡಿಯಲ್ಲಿ ಕಂಡಿದ್ದ. ಅಂದರೆ ಮೂರ್ತಿಯ ಅಂಗಡಿ ಕೆಲಸದವನು! ಅವನನ್ನು ಮೂರ್ತಿ ಕಳಿಸಿದ್ದರೆ? ತಾನು ಡಾಕ್ಟರ್ ಬಳಿ ಏನು ಮಾತಾಡುತ್ತಿದ್ದೆ ಎಂದು ಕೇಳಿಸಿಕ್ಕೊಳ್ಳಲು ಕಳಿಸಿದ್ದರೆ? ಅಂದರೆ ಮೂರ್ತಿ ಈ ಕೊಲೆಯಲ್ಲಿ ಭಾಗವಹಿಸಿರುವರೆ? ಆದರೆ ಅವರೇ ತಮಗೆ ಕೇಸು ಒಪ್ಪಿಸಿದ್ದಾರೆ..? ಏನಿದು ವಿಚಿತ್ರ? ಡಿಕ್ಕಿ ಹೊಡೆಯಲಿದ್ದವನು ಮೂರ್ತಿಯ ಕೆಲಸದವ ಎನ್ನುವುದು ಮಿಂಚುತ್ತಲೇ ಶರತ್ ಓಡುತ್ತಾ ಮೆಟ್ಟಿಲುಗಳನ್ನು ಇಳಿದು, ಆ ವ್ಯಕ್ತಿಯನ್ನು ಹಿಡಿಯುವ ಪ್ರಯತ್ನ ಮಾಡಿದ. ಆದರೆ ತಡವಾಗಿತ್ತು! ಶರತ್ ಮೆಟ್ಟಿಲಿಳಿದಾಗ ಬೈಕ್ ಒಂದು ಅಗಾಧ ಶಬ್ದ ಮಾಡುತ್ತಾ ವೇಗವಾಗಿ ಬಿಲ್ಲಿನಿಂದ ಬಂದ ಬಾಣದಂತೆ ಚಿಮ್ಮಿ ರಸ್ತೆಯ ಕೊನೆಯ ತಿರುವಿನಲ್ಲಿ ಮಾಯವಾಯಿತು!

ಡಾಕ್ಟರ್ ರಮೇಶ್ ಭೇಟಿಯಿಂದ ಯಾವುದೇ ಅನುಕೂಲವಾಗಿರಲಿಲ್ಲ. ಅದ್ದಗೋಡೆಯ ಮೇಲೆ ದೀಪವಿಟ್ಟಂತೆ ಮಾತಾಡಿದ್ದರು. ಕೊಲೆಯೂ ಆಗಿರಬಹುದು, ಅವರ ರಮ್ಮು ಕುಡಿಯುವ ಚಟದೊಂದಿಗೆ ಇನ್ಯಾವುದಾದರೂ ಮಾತ್ರೆ ತೆಗೆದುಕೊಂಡಿದ್ದರೆ ಅದೂ ಅವರ ಸಾವಿಗೆ ಕಾರಣವಾಗಿರಬಹುದು ಎಂದಿದ್ದರು!

ಡಾಕ್ಟರ್ ರಮೇಶ್ ಭೇಟಿಯಿಂದಾಗದ ಲಾಭ ಮೂರ್ತಿಯ ಅಂಗಡಿ ಕೆಲಸದವನಿಂದ ಆಗಿತ್ತು!! ಯಶವಂತರಾಯರ ಕೊಲೆಯಲ್ಲಿ ಮೂರ್ತಿಯನ್ನು ಪ್ರಮುಖ ಅರೋಪಿಯ ಸ್ಥಾನದಲ್ಲಿ ನಿಲ್ಲಿಸಿತ್ತು!

***

"ಎಲ್ಲೋ ಹೋಗಿದ್ದ ಹಾಗಿತ್ತು?"

ರಾಮಣ್ಣ ಮನೆಯೊಳಕ್ಕೆ ಬಂದ ವಿಕ್ರಮ್‌ನನ್ನು ಕೇಳಿದ.

"ನಮ್ಮ ಕೆಲಸವೇ ಅದು! ಸಿಕ್ಕಿದ ಕಡೆ ತಿರುಗೋದು, ಯಾರ್ಯಾರಿಂದ ಏನೇನೆಲ್ಲಾ ತಿಳಿಯೋಕ್ಕೆ ಸಾಧ್ಯವೋ ಎಲ್ಲಾ ತಿಳ್ಕೊಂಡು ಕೊನೆಗೆ ಎಲ್ಲಾ ಒಟ್ಟು ಸೇರಿಸಿ ಒಂದು ನಿರ್ಧಾರಕ್ಕೆ ಬರೋದು"

ವಿಕ್ರಮ್ ನಗುತ್ತಾ ತನ್ನ ಕೆಲಸದ ಬಗೆಗೆ ಲಘುವಾಗಿ ಹೇಳಿದ.

"ಏನೋ? ನನಗಂತೂ ಒಂದೂ ಅರ್ಥವಾಗ್ತಾ ಇಲ್ಲ. ಯಜಮಾನ್ರು ಸತ್ತಾಗ ನಮಗಂಥಾ ದುಃಖ ಆಗಿರಲಿಲ್ಲ-ಸತ್ಯವಾಗಿ! ಸಾಕಷ್ಟು ಚೆನ್ನಾಗಿ ಬಾಳಿ ಬದುಕಿದ್ದರು. ಸಾವು ಬಂದಿದ್ದು ಆಶ್ಚರ್ಯವಾಗಿರಲಿಲ್ಲ. ಹಾರ್ಟ್ ಅಟ್ಯಾಕ್ ಅಂತ ಎಲ್ಲ ತಿಳ್ಕೊಂಡಿದ್ದೊ. ಅವರನ್ನ ಚೆಕ್ ಮಾಡಿದ ಡಾಕ್ಟರೂ ಅದನ್ನೇ ಹೇಳಿದ್ದರು. ಅದು ಕೊಲೇಂತ ಪೋಲೀಸ್ನೋರು ಬಂದು ಹೇಳಿದಾಗ ಷಾಕ್ ಆಯ್ತು! ಕೊನೆಗೆ ಶವಾನೂ ಇಲ್ಲ! ಇದೇನೂಂತಾನೇ ಅರ್ಥವಾಗ್ತಾ ಇಲ್ಲ".

ಸಂಜೆಯ ಕಾಫಿ ಹೀರುತ್ತಿದ್ದವರು ಮುಖ ಕಹಿ ಮಾಡಿಕೊಂಡರು.

"ಯೋಚ್ನೆ ಮಾಡಬೇಡಿ. ಇವತ್ತಿನವರೆಗೆ ಜಗತ್ತಿನಲ್ಲಿ ಆಗಿರೋ ಕೊಲೆಗಳಲ್ಲಿ ಶೇಕಡ ತೊಂಬತ್ತೊಂಬತ್ತು ಪತ್ತೆಯಾಗಿವೆ. ಪತ್ತೆಯಾಗದೆ ಉಳಿದಿರೋದು ಕೇವಲ ಒಂದು ಪರ್ಸೆಂಟ್ ಅಷ್ಟೆ"

ವಿಕ್ರಮ್ ಅವರೆದುರಿನ ಸೋಫಾದಲ್ಲಿ ಕುಳಿತು ಸಮಾಧಾನ ಹೇಳಿದ.

"ಕಾಫಿ ತರೋಕೆ ಹೇಳು"

ಅಲ್ಲೇ ಆಟವಾಡುತ್ತಿದ್ದ ಎಂಟು ವರ್ಷದ ಹುಡುಗನೊಬ್ಬನನ್ನು ಕುರಿತು ರಾಮಣ್ಣ ಹೇಳಿದರು. ಹುಡುಗ ಒಳಗೆ ಓಡಿದ.

"ಸಿಗರೇಟ್?"

ವಿಕ್ರಮ್ ಜೇಬಿಂದ ಸಿಗರೇಟು ಪ್ಯಾಕು ತೆಗೆದು ರಾಮಣ್ಣನ ಮುಂದೆ ಹಿಡಿದ.

"ಥ್ಯಾಂಕ್ಸ್..."

ರಾಮಣ್ಣ ಸಿಗರೇಟು ಎಳೆದುಕೊಂಡ. ವಿಕ್ರಮ್ ತಾನೊಂದನ್ನು ತುಟಿಯಲ್ಲಿಟ್ಟುಕೊಂಡು ನಂತರ ಗ್ಯಾಸ್ ಲೈಟರ್ನಿಂದ ಎರಡು ಸಿಗರೇಟುಗಳಿಗೂ ಬೆಂಕಿ ಮುಟ್ಟಿಸಿದ .

"ಪೋಲೀಸ್ನೋರು ಬಂದು ಯಾರೋ ಮೂಕರ್ಜಿ ಕೊಟ್ಟಿದ್ದಾರೆ, ಯಶವಂತರಾಯರದ್ದು ಸ್ವಾಭಾವಿಕ ಸಾವಲ್ಲ ಕೊಲೆ ಅಂತ ಹೇಳಿದರಂತೆ ಅಲ್ವಾ?"

"ಹೌದು. ನಮಗೆ ಸ್ವಲ್ಪ ಪರಿಚಯದೋರೆ ಸಬ್ಇನ್ಸ್ಪೆಕ್ಟರ್. ಹೆಸರು ದೀಪಕ್ ಅಂತ. ಅವರೇ ಕೇಸು ಇನ್ವೆಸ್ಟಿಗೇಷನ್ಗೆ ತಗೊಂಡಿದಾರೆ"

"ಯಾವ ಸ್ಟೇಷನ್?"

"ಇಲ್ಲೇ ಬಿಡದಿ ಜೂರಿಡಿಕ್ಷನ್‌ಗೇ ಬರುತ್ತೆ"

"ಮೂಕರ್ಜೀನ ಅವರು ತೋರಿಸಿದ್ರಾ?"

"ಇಲ್ಲ. ನಾವು ಕೇಳಲೂ ಇಲ್ಲ. ಅದನ್ನ ನೋಡಿದ್ರೂ ಅದನ್ನು ಬರೆದವರು ಯಾರೂಂತ ಗೊತ್ತಾಗ್ತಿರಲಿಲ್ಲ. ಅದು ಪೋಲೀಸರ ಕೆಲಸ. ಅದರ ಹ್ಯಾಂಡ್‌ರೈಟಿಂಗ್ ಹುಡುಕೋದು. ಅವರು ಹೇಳಿದ್ರಲ್ಲಿ ನಮಗೆ ಅನುಮಾನ ಬರಲಿಲ್ಲ. ಆ ಹುಡುಗ ಅಂದ್ರೆ ಆ ಸಬ್‌ಇನ್‌ಸ್‌ಪಕ್ಟರ್ ನಮಗೆ ದೂರದ ಸಂಬಂಧಿಕ ಕೂಡ"

"ದೀಪಕ್..." ಹೆಸರನ್ನು ಒಮ್ಮೆ ಹೇಳಿಕೊಂಡ ವಿಕ್ರಮ್. "ಅವರು ಎಲ್ಲಿ ವಾಸ ಇದ್ದಾರೆ ಹೇಳಿ?"

"ಬೆಂಗ್ಳೂರಲ್ಲೇ ಇರೋದು. ದಿವಸಾ ಬಿಡದಿಗೆ ಬಂದು ಹೋಗಿ ಮಾಡ್ತಾರೆ..."

ಅಷ್ಟೊತ್ತಿಗೆ ಕಾಫಿ ಬಂತು.

"ಅವರನ್ನು ನೋಡಬೇಕಾಗಿತ್ತೇನು? ಕಾಫಿ ತಗೊಳ್ಳಿ"

"ಈ ಕೇಸನ್ನು ಅವರೂ ಇನ್‌ವಸ್ಟಿಗೇಟ್ ಮಾಡ್ತಿರೋದ್ರಿಂದ ಒಂದ್ಸಲ ನೋಡಬೇಕು"

"ಸಾಮಾನ್ಯವಾಗಿ ಸಾಯಂಕಾಲ ಆರು ಗಂಟೆ ತನಕಾನೂ ಅವರು ಸ್ಟೇಷನ್‌ನಲ್ಲೆ ಇರ್ತಾರೆ. ಬೇಕಾದ್ರೆ ಹೋಗಿ ಬರೋಣ"

ರಾಮಣ್ಣ ಗಡಿಯಾರ ನೋಡುತ್ತಾ ಹೇಳಿದರು.

"ಛೆ... ನೀವ್ಯಾಕೆ? ನಿಮಗೆಷ್ಟು ಕೆಲಸ ಇದೆಯೋ ಏನೋ? ನಾನು ಹೋಗಿ ಬರ್ತೇನೆ ಬಿಡಿ"

"ನಿಮ್ಮೂರಲ್ಲಿ ಕುದುರೆ ಯಾರು ಸಾಕಿದಾರೆ?"

ವಿಕ್ರಮ್ ನೆನಪು ಮಾಡಿಕೊಂಡು ಕೇಳಿದ.

"ಯಾಕೆ?"

"ಬೇಕಾಗಿತ್ತು..."

"ಅದಕ್ಕೂ ಈ ಕೇಸಿಗೂ ಏನಾದ್ರೂ ಸಂಬಂಧ?"

"ಇದೇಂತಾನೇ ತಿಳ್ಕೊಳ್ಳಿ"

"ನಮ್ಮೂರಲ್ಲಿ ಒಬ್ಬ ಅಗಸ ಇದಾನೆ. ಮುನಿಯಪ್ಪ ಅಂತ. ಅವನು ಎಲ್ಲಾ-ಅಗಸರಿಗೂ ಅಪವಾದ. ಎಲ್ಲಾ ಕತ್ತೆ ಕಟ್ಟಿದರೆ ಇವನು ಕುದುರೆ ಕಟ್ಟಿದಾನೆ" ರಾಮಣ್ಣ ನಕ್ಕರು.

"ಮನುಷ್ಯ ಹೇಗೆ?"

"ಹೀಗೇಂತಾನೇ ಹೇಳೋಕಾಗೊಲ್ಲ, ಅವನ ನಿಜವಾದ ವ್ಯಕ್ತಿತ್ವ ಇನ್ನೂ ಯಾರಿಗೂ ಗೊತ್ತಿಲ್ಲ"

"ಯಾಕೆ?"

"ವಿಚಿತ್ರ ಮನುಷ್ಯ. ಸ್ವಲ್ಪ ತಲೆ ಕೆಟ್ಟಿರೋನ ಹಾಗೆ ಆಡ್ತನೆ. ಒಂದೊಂದ್ಸಲ ಇದಕ್ಕಿದ್ದಾಗೆ ಜಗಳ ಆಡ್ತಾನೆ. ಆದರೆ ವರ್ಷದಿಂದ ಕೆಲಸ ಮಾಡ್ಕೊಂಡು ಹೋಗ್ತಿದಾನೆ"

"ಹಿಂದೆ ಎಲ್ಲಿದ್ದನಂತೆ?"

"ರಾಯಚೂರು ಕಡೆ ಇದ್ದೇಂತ ಹೇಳ್ತಾನೆ..."

"ಹೆಂಡತಿ ಮಕ್ಕಳು?"

"ಅವನಿಗೆ ಯಾರೂ ಇಲ್ಲ. ಒಬ್ಬನೇ ಇದಾನೆ"

"ಸರಿ. ಮತ್ತೆ ಒಂದು ರೌಂಡು ಹೋಗಿ ಬರ್ತೀನಿ. ಕೆಲಸ ಹಿಡಿದ ಮೇಲೆ ಮುಗಿಸಬೇಕಲ್ಲ? ಅಂದ ಹಾಗೆ ಕೃಷ್ಣ ಎಲ್ಲಿ ಕಾಣ್ತಾ ಇಲ್ಲವಲ್ಲ?"

ಗೊತ್ತಿಲ್ಲ. ನಾನೂ ಬೆಳಗ್ಗೆಯಿಂದ ನೋಡಿಲ್ಲ. ಬೆಂಗ್ಳೂರಿಗೆ ಏನಾದ್ರೂ ಹೋದನೋ ಏನೋ? ನನ್ನ ಹೆಂಡ್ತಿನ ಕೇಳ್ತೀನಿ"

ರಾಮಣ್ಣ ಎದ್ದು ಹೋದ. ಈ ಹಿಂದೆ ರಾಮಣ್ಣ ನಮ್ಮೂರಿನಲ್ಲಿ ಕುದುರೆ ಸಾಕಿರುವವರು ಯಾರೂ ಇಲ್ಲ ಎಂದಿದ್ದು ವಿಕ್ರಮ್‌ಗೆ ನೆನಪಾಯಿತು. ಆಗ ಸುಳ್ಳು ಹೇಳಿದ ರಾಮಣ್ಣ ಈಗ ನಿಜ ಹೇಳಿದ್ದೇಕೆ? ಆಗ ಹೇಳಿದ್ದನ್ನು ಇವರು ಮರೆತಿರಬಹುದೆ? ಆಗ ಬೇರೆ ಯೋಚನೆ ಇದ್ದು, ಅಂತಾ ಸುಳ್ಳು ಹೇಳಿದ್ದರೆ? ಈಗ ಆ ಅಭಿಪ್ರಾಯ ಬದಲಿಸಿರಬಹುದೆ? ಈ ಸಮಯದಲ್ಲಿ ಅವರು ಕುದುರೆ ಸಾಕಿರುವ ಮುನಿಯಪ್ಪನನ್ನು ಭೇಟಿ ಮಾಡಿ ಅವನಿಗೆ ಏನಾದರೂ ಸುದ್ದಿ ಕೊಟ್ಟಿರಬಹುದೆ? ಹುಷಾರಾಗಿರು ಎಂದು ಹೇಳಿರಬಹುದೆ? ಆಗ ನಮ್ಮೂರಲ್ಲಿ ಕುದುರೇನೇ ಇಲ್ಲ ಪಕ್ಕದೂರಿನಲ್ಲಿ ಒಬ್ಬ ಗರಡಿ ಉಸ್ತಾದ್ ಕಟ್ಟಿದಾನೆ ಎಂದಿದ್ದವರು ಇದೀಗ ಅಗಸ ಮುನಿಯಪ್ಪನ ವಿಷಯ ಹೇಳಿದ್ದೇಕೆ? ಮುನಿಯಪ್ಪ, ಕುದುರೆ ಮತ್ತು ರಾಮಣ್ಣ ಇವರ ನಡುವೆ ಏನು ನಡೆದಿದೆ? ಆಗ ಸುಳ್ಳು! ಈಗ ನಿಜ!

ಕುದುರೆಗೂ ಈ ಕೇಸಿಗೂ ಏನಾದರೂ ಸಂಬಂಧ ಇರಬಹುದೆ? ಇಲ್ಲಾ ಸುಮ್ಮನೆ ಹಸಿರು ತಿನ್ನೋಕೇನಾದ್ರೂ ಕುದುರೆ ಅಲ್ಲಿ ಅಡ್ಡಾಡಿರಬಹುದಾ? ಛೆ... ಅದು ಸಾಧ್ಯವಿಲ್ಲ. ಯಾಕೆಂದರೆ ಅಲ್ಲಿ ಹಸಿರಿರಲಿಲ್ಲ. ಆದರೆ ಯಾರೋ ಹುಲ್ಲು ತಂದು ಅಲ್ಲಿ ಹಾಕಿದ್ದರು. ಅಂದರೆ ಕುದುರೆ ಅದಾಗೇ ದಾರಿ ತಪ್ಪಿ ಬಂದಿಲ್ಲ. ಅಥವಾ ಹುಲ್ಲು ಹುಡುಕಿಕೊಂಡೂ ಬಂದಿಲ್ಲ. ಅಲ್ಲದೆ ಮರಕ್ಕೆ ಕುದುರೆ ಕಟ್ಟಿದ್ದ ಸ್ಪಷ್ಟವಾದ ಗುರುತು ಮರದ ತೊಗಟೆಯ ಮೇಲಿತ್ತು. ಕುದುರೆ ಸ್ಮಷಾನಲ್ಲಿದ್ದುದಕ್ಕೂ

ಯಶವಂತರಾಯರ ಶವ ಮಾಯವಾದಕ್ಕೂ ಸಂಬಂಧವಿಲ್ಲದೆ ಇರಬಹುದು. ಆದರೆ ಕುದುರೆಯನ್ನ ಯಾರೋ ಆ ಮರಕ್ಕೆ ಕಟ್ಟಿದ್ದಂತೂ ನಿಜ.

ರಾಮಣ್ಣ ಬಂದು ನೇರವಾಗಿ ಮಾತಿಗಿಳಿದರು.

"ನನ್ನ ಹೆಂಡತೀಗೂ ಏನೂ ಗೊತ್ತಿಲ್ಲ. ಯಾರಿಗೂ ಹೇಳಿಲ್ಲ. ಕೃಷ್ಣನ ಹತ್ರ ಏನಾದ್ರೂ ಮಾತಾಡಬೇಕಿತ್ತೇನೂ?"

"ಹೂ..."

"ಶೇಖರ್ ಅಂತ ಅವನ ಸ್ನೇಹಿತ ಒಬ್ಬನಿದಾನೆ. ಅವನ ಮನೇಲಿ ಇರಬಹುದು".

"ಮನೆ ಎಲ್ಲಿದೆ?"

"ಪೋಸ್ಟಾಫೀಸು ಇದೆಯಲ್ಲ? ಅದರ ಮುಂದೇನೆ ಅರ್ಧ ಕಿಲೋಮೀಟರು ಹೋದರೆ ರಸ್ತೆ ಪಕ್ಕದಲ್ಲೇ ಒಂದು ಫಾರಮ್ ಸಿಗುತ್ತೆ. ಹೆಸರು 'ನೇಸರ' ಅಂತ. ಶೇಖರ್ ಮತ್ತು ಕೃಷ್ಣ ಪಿ.ಯು.ಸಿಯಲ್ಲಿ ಕ್ಲಾಸ್‌ಮೇಟ್ಸ್. ಶೇಖರ್ ಮುಂದೆ ಓದದೆ ಫಾರ್ಮಿಂಗ್ ಮಾಡ್ತಿದ್ದಾನೆ. ಚೆನ್ನಾಗಿ ತೋಟ ಅಭಿವೃದ್ಧಿ ಮಾಡಿದಾನೆ. ಕೃಷ್ಣ ಅಗಾಗ್ಗೆ ಅವನ ಮನೆಗೆ ಹೋಗ್ತಿರ್ತಾನೆ."

"ಸರಿ... ಥ್ಯಾಂಕ್ಸ್!"

ವಿಕ್ರಮ್ ಎದ್ದು ಮನೆಯಾಚೆ ಬಂದ.

ಪೋರ್ಟಿಕೋದಲ್ಲಿ ನಿಲ್ಲಿಸಿದ್ದ ಜೀಪಿನಲ್ಲಿ ಕುಳಿತು, ಸ್ಟಾರ್ಟ್ ಮಾಡಿ ಗೇರ್‌ಗ ಹಚ್ಚಿದಾಗ ಗಾಡಿ ಮುಂದೆ ಸರಿಯಿತು. ಈಗೆಲ್ಲಿಗೆ ಹೋಗಲಿ? ಕೃಷ್ಣನನ್ನು ಹುಡುಕಲೇ? ಅಗಸ ಮುನಿಯಪ್ಪನ ಮನೆಗೆ? ಇಲ್ಲ ದೀಪಕ್‌ನ ಪೋಲೀಸ್ ಠಾಣೆಗೆ?

ಮನೆಯಿಂದ ಐವತ್ತಡಿ ದೂರ ಕ್ರಮಿಸಿದಾಗ ವಿಕ್ರಮ್‌ಗ ವಿಚಿತ್ರ ಭಾವನೆ. ಯಾರೋ ಹಿಂಬಾಲಿಸುತ್ತಿರುವಂತೆ? ತಿರುಗಿ ನೋಡಿದ.

ಬಾಲ್ಕನಿಯಲ್ಲಿ ಒಬ್ಬಳು ಹೆಂಗಸು ನಿಂತು ಅವನನ್ನು ನೋಡುತ್ತಾ ಇದ್ದಳು!

ಯಾರಾಕೆ? ವಿಕ್ರಮ್ ತಲೆಯಲ್ಲಿ ಪ್ರಶ್ನೆಗಳು ರಿಂಗಣಿಸಿದವು!

***

ಎದುರಿನ ಕುರ್ಚಿಯಲ್ಲಿ ಕೂತಿದ್ದ ವ್ಯಕ್ತಿಯನ್ನು ಇನ್‌ಸ್‌ಪಕ್ಟರ್ ದೀಪಕ್ ಕುತೂಹಲ ಮಿಶ್ರಿತ ಗೌರವದಿಂದ ನೋಡುತ್ತಾ ವಿಕ್ರಮ್ ಮಾತುಗಳನ್ನು ಗಮನವಿಟ್ಟು ಕೇಳುತ್ತಿದ್ದ. ಜೊತೆಯಲ್ಲೇ ಅವನು ತನ್ನಲ್ಲೇ ಸಂಭಾಶಿಸುತ್ತಿದ್ದ. ಈತನೇ? ಈತನೇನಾ, ನಾನು ನೋಡಲು ಬಯಸಿದ್ದ ವ್ಯಕ್ತಿ? ಇನ್‌ಸ್‌ಪಕ್ಟರ್‌ಾಗಗಿ ಟ್ರೈನಿಂಗ್ ಪಡೆಯುತ್ತಿದ್ದಾಗ ಪ್ರತಿ ದಿನವೂ ಪೇಪರ್‌ನಲ್ಲಿ ಬರುತ್ತಿದ್ದ ಅತ್ಯಂತ ಸಮಸ್ಯಾತ್ಮಕವಾಗಿದ್ದ ರುಂಡವಿಲ್ಲದ ಶವದ ರಹಸ್ಯವನ್ನು

ತನ್ನ ಅಸಾಧಾರಣ ತನಿಖೆ, ಮೇಧಾವಿತನದಿಂದ ಬಿಡಿಸಿದವನು?

ದೀಪಕ್ ತನ್ನನ್ನು ನೋಡುತ್ತಿದ್ದ ರೀತಿಯಲ್ಲೇ ವಿಕ್ರಮ್‌ಗ ಅದರಲ್ಲಿದ್ದ ಮೆಚ್ಚಿಗೆಯ ಭಾವವೂ ತಿಳಿಯಿತು.

"ವಿಷಯ ಎಲ್ಲಾ ನಿಮಗೆ ಹೇಳಿದೀನಿ ಇನ್‌ಸ್ಪಕ್ಟರ್. ಈಗ ನಿಮ್ಮ ಸಹಾಯ ನನಗೆ ಸಿಗುತ್ತೇಂತ ನಂಬಬಹುದಾ?"

ವಿಕ್ರಮ್ ಕೇಳಿದ.

"ಶೂರ್, ನೀವು ಹಾಗೆ ನಂಬಬಹುದು. ಆದರೆ ಅದನ್ನು ನಾನು ಪುಕ್ಕಟೆ ಮಾತ್ರೆ ಕೊಡಲಾರೆ. ಅದಕ್ಕೆ ನೀವು ಏನಾದರೂ ನೀಡಬೇಕು"

ದೀಪಕ್‌ನ ಮಾತುಗಳಿಂದ ವಿಕ್ರಮ್‌ಗ ಗಲಬಿಲಿ! ಏನಿದು? ಈತ ತನ್ನಿಂದ ಲಂಚ ಅಪೇಕ್ಷಿಸುತ್ತಿರುವನೆ?

"ಯಾವ ರೀತಿಯಲ್ಲಿ?"

ವಿಕ್ರಮ್ ಸ್ಪಷ್ಟ ಉತ್ತರ ಬೇಕಿತ್ತು.

"ಆಟೋಗ್ರಾಫ್‌ಗ ಸಹಿ ಮಾಡಿಕೊಡಬೇಕು!"

ಯುವಕ ಸಬ್‌ಇನ್‌ಸ್ಪಕ್ಟರ್‌ುದ ವಿಚಿತ್ರ ಆಸೆ!

ವಿಕ್ರಮ್ ಮುಖದಲ್ಲಿ ಪಕ್ಕನೆ ನಗು ಚಿಮ್ಮಿತು.

"ನಾನು ಕಾಲೇಜಲ್ಲಿದ್ದಾಗಿಂದ ನಿಮ್ಮದೇ ಸ್ಫೂರ್ತಿ, ನೀವು ಸಾಲ್ವ್ ಮಾಡಿರೋ ಎಲ್ಲಾ ಕೇಸುಗಳನ್ನು ಸ್ಟಡಿ ಮಾಡಿದೀನಿ"

ತನ್ನ ಮೆಚ್ಚಿನ ಸಿನಿಮಾ ನಟನ ಮುಂದೆ ಹೇಳುವ ಅಭಿಮಾನಿಯಂತೆ ದೀಪಕ್ ಉತ್ಸಾಹದಿಂದ ಹೇಳಿದ.

"ಥ್ಯಾಂಕ್ಯು ವೆರಿಮಚ್ ದೀಪಕ್. ನನ್ನ ಜೀವನ, ನನ್ನ ವೃತ್ತಿ ನಿನ್ನಂಥ ಒಂದಿಬ್ಬರಿಗೆ ಸ್ಫೂರ್ತಿ ತುಂಬಿದರೂ ಸಾಕು ಮಾಡಿದರೂ ನನ್ನ ಬದುಕು ಸಾರ್ಥಕ. ಈಗ ನಾನು ಯಶವಂತರಾಯರ ಕೇಸು ತಗೊಂಡಿದೀನಿ. ನೀನು ಸಹಾಯ ಮಾಡಬೇಕು"

"ಆಫ್‌ಕೋರ್ಸ್. ತ್ರೀ ಒನ್ ಫೈವ್..." ಒಬ್ಬ ಪಿ.ಸಿ. ಬಂದ. ಫೈಲು ನಂಬರ್ ಮೂವತ್ತೊಂದು ತಗೊಂಡ್ಬಾ"

"ಸರಿ ಸಾರ್..."

"ದೀಪಕ್, ಈ ಕೇಸಿನ ಬಗ್ಗೆ ನಿನ್ನ ಅಭಿಪ್ರಾಯವೇನು?"

ಐದಾರು ನಿಮಿಷ ಫೈಲು ಬರುವವರೆಗೂ ಇಬ್ಬರೂ ವಿಚಾರ ವಿನಿಮಯ ಮಾಡಿಕೊಂಡರು.

ಫೈಲು ಬಂದೊಡನೆ ಅದನ್ನು ವಿಕ್ರಮ್‌ನ ಕೈಗಿತ್ತ.

ವಿಕ್ರಮ್ ಹಾಳೆಗಳನ್ನು ತಿರುವಿದ.

ಅಲ್ಲೇ ಇತ್ತು ಮೂಕರ್ಜಿ!!

ಯಶವಂತರಾಯರದು ಸ್ವಾಭಾವಿಕವಾದ ಸಾವಲ್ಲ-ಕೊಲೆ. ಅದನ್ನು ಪೋಲೀಸರ ಕಣ್ಣಿಂದ ಮರೆ ಮಾಡಿದ್ದರೆ. ಅದನ್ನು ತಕ್ಷಣ ತನಿಖೆ ಮಾಡಬೇಕು, ಎಂಬ ಒಕ್ಕಣೆಯಿದ್ದ ಪತ್ರ. ವಿಕ್ರಮ್ ಪತ್ರವನ್ನು ಎರಡು ಸಲ ಓದಿ ಪ್ರತಿಯೊಂದು ಶಬ್ದವನ್ನೂ ನೆನಪಿನ ಉಗ್ರಾಣಕ್ಕೆ ಸೇರಿಸಿದ. ಬರವಣಿಗೆಯ ರೀತಿ, ಉಪಯೋಗಿಸಿದ ಕಾಗದ, ಇಂಕ್, ಬರವಣಿಗೆಯ ಶೈಲಿ ಎಲ್ಲವನ್ನೂ ತುಂಬಾ ಎಚ್ಚರಿಕೆಯಿಂದ ಗಮನಿಸಿದ. ಪತ್ರದ ಶೈಲಿಯಿಂದಲೇ ವ್ಯಕ್ತಿಯ ಬೌದ್ಧಿಕ ಮಟ್ಟವನ್ನು ಅಳೆಯಲು ಸಾಧ್ಯವಾಗಿತ್ತು. ಪತ್ರ ಬರೆದಾತ ವಿದ್ಯಾವಂತ, ಕಾಲೇಜಿನ ಹಂತದ ಬೌದ್ಧಿಕ ಮಟ್ಟ. ಪತ್ರ ಬರೆದದ್ದು ಒಂದು ನೋಟ್‌ಬಕ್ಕಿನ ಹಾಳೆಯ ಮೇಲೆ. ಅದರಿಂದ ಎರಡು ಸಾಧ್ಯತೆಗಳಿವೆ. ಒಂದು, ಬರೆದಾತ ಇನ್ನೂ ಕಾಲೇಜು ವಿದ್ಯಾರ್ಥಿ ಇರಬಹುದು, ಎರಡು, ಆತ ಕಾಲೇಜು ವಿದ್ಯಾರ್ಥಿಯಲ್ಲದಿದ್ದರೂ ಮನೆಯಲ್ಲಿ ಓದುವ ಮಕ್ಕಳು ಹೆಚ್ಚಿರಬೇಕು. ಆತ ಮನೆಯಲ್ಲಿಯೇ ಅವಸರದಿಂದ ಪತ್ರ ಬರೆದಿರಬೇಕು.

“ನಿಮ್ಮ ಒಪೀನಿಯನ್ ಏನು ಸರ್?”

ದೀಪಕ್ ಕೇಳಿದ.

“ಇಂಥಾ ವಿಷಯಗಳಲ್ಲಿ ಏಕ್‌ದಂ ಹಾಗೆ ಅಭಿಪ್ರಾಯ ಹೇಳೋಕೆ ಆಗೊಲ್ಲ ದೀಪಕ್. ಸ್ವಲ್ಪ ಯೋಚನೆ ಮಾಡಬೇಕು. ಅಪರಾಧ ತನಿಖೆ ಕೆಲಸ ತುಂಬಾ ಪ್ರಯಾಸದ್ದು. ಅಖಂಡವಾದ ಸಹನೆಯಿರಬೇಕು. ಸೂಕ್ಷ್ಮ, ತಾರ್ಕಿಕ ಮನೋಭಾವ ಇರಬೇಕು...”

ದೀಪಕ್ ಹಾವಾಡಿಗನ ಪುಂಗಿಗೆ ಹೆಡೆಯಾಡಿಸುವ ನಾಗರ ಹಾವಿನಂತೆ ತಲೆದೂಗಿದ.

“ಈಗ ನನಗೆ ಈ ಮೂಕರ್ಜಿಯ ಒಂದು ಜೆರಾಕ್ಸ್ ಕಾಪಿ ಬೇಕು”

ವಿಕ್ರಮ್ ಕೇಳಿದ.

“ಇದು ಪೋಲೀಸ್ ರೆಕಾರ್ಡ್, ನಾನು ಕೊಡಬಾರದು, ಆದರೆ ನಿಮ್ಮ ಮೇಲಿನ ಅಭಿಮಾನದಿಂದ ಕೊಡ್ತೀನಿ”

ದೀಪಕ್ ಠಾಣೆಯ ನೌಕರನೊಬ್ಬನಿಗೆ ಅದರ ಕಾಪಿ ಮಾಡಿ ಕೊಡಲು ಹೇಳಿದ.

“ಮಾರಿ ಹಬ್ಬದ ಟೈಮಲ್ಲಿ ಒಂದು ಹೊಡೆದಾಟ ಆಯ್ತುಂತಲ್ಲ? ಅದರ ಬಗ್ಗೆ ಏನು ತನಿಖೆ ನಡೆದಿದೆ..ಇನ್ಸ್ಪೆಕ್ಟರ್?”

ವಿಕ್ರಮ್ ನೆನಪು ಮಾಡಿಕೊಂಡು ಕೇಳಿದ.

"ಹಾ..ಎರಡು ಗುಂಪುಗಳ ಮಧ್ಯೆ ಹೊಡೆದಾಟ. ಅದಕ್ಕೆ ಹಿನ್ನೆಲೆ ಬಿಡದಿ ಒಂದು ಸಹಕಾರಿ ಬ್ಯಾಂಕಿನ ಎಲೆಕ್ಷನ್ನು"

ದೀಪಕ್ ಅದು ಸಾದಾರಣ ವಿಷಯ ಎನ್ನುವಂತೆ ಹೇಳಿದ.

"ಅದು ಯಶವಂತರಾವ್ ಮತ್ತೆ ವೆಂಕಟರೆಡ್ಡಿ ಗುಂಪುಗಳ ನಡುವೆ ನಡೆದಿದ್ದಲ್ಲವೆ?"

"ಹಾಗೇ ಕಾಣ್ಸುತ್ತೆ. ಆದ್ರೆ ಯಾರೂ ಇಬ್ಬರು ನಾಯಕರ ಬಗ್ಗೆ ಉಸಿರೆತ್ತುತ್ತಿಲ್ಲ..ಮೆರವಣಿಗೆ ವಿಷಯಕ್ಕೆ ನಡೆದದ್ದು ಅಂತ ಎಲ್ಲ ಸಾಕ್ಷಿಗಳೂ ಹೇಳಿವೆ. ನೇರವಾಗಿ ಯಶವಂತರಾವ್ ಅಥವಾ ವೆಂಕಟರೆಡ್ಡಿ ಹೆಸರು ಬಂದಿಲ್ಲ. ನಮ್ಮ ತನಿಖೆ ಪೂರ್ತಿ ಮಾಡಿ ಕೇಸು ನ್ಯಾಯಾಲಯಕ್ಕೆ ಒಪ್ಪಿಸಿದ್ದೀವಿ..ತೀರ್ಪು ಬರಬೇಕು ಅಷ್ಟೆ"

ದೀಪಕ್‌ಗೆ ತನ್ನ ಪಾಲಿನ ಕರ್ತವ್ಯ ಮುಗಿಸಿರುವ ಬಗ್ಗೆ ನಿರಾಳತೆಯಿತ್ತು.

"ಅಲ್ಲಾ..ಯಶವಂತರಾವ್ ಅವರ ಮರಣ ಅನುಮಾನಾಸ್ಪದ! ಆಮೇಲೆ ಶವ ಕೂಡ ನಾಪತ್ತೆಯಾಗಿದೆ. ಇದಕ್ಕೂ ವೆಂಕಟರೆಡ್ಡಿಗೂ ಸಂಬಂಧ ಇರಬಹುದೆ..?"

"ಇಲ್ಲಾ ಸಾರ್. ವೆಂಕಟರೆಡ್ಡಿ ಆ ಸಮಯದಲ್ಲಿ ತಿರುಪತಿಯಲ್ಲಿದ್ದ. ಅದು ಅವನಿಗೆ ಸ್ಟ್ರಾಂಗ್ ಅಲಿಬಿ. ಇದ್ರಲ್ಲಿ ಅವನ ಪಾತ್ರ ಇಲ್ಲ"

ವೆಂಕಟರೆಡ್ಡಿ ತಿರುಪತಿಯಲ್ಲಿದ್ದುದ್ದನ್ನು ದೀಪಕ್ ತನಿಖೆ ಮಾಡಿದಂತಿತ್ತು!

ನನ್ನ ಮುಂದಿನ ಹೆಜ್ಜೆ ಯಾವುದು? ಯಾರನ್ನು ಭೇಟಿ ಮಾಡಿ ಇಂಟರಾಗೇಟ್ ಮಾಡಲಿ? ವಿಕ್ರಮ್ ಯೋಚಿಸುತ್ತಾ ಮೂಕರ್ಜಿಯ ಜೆರಾಕ್ಸ್ ಕಾಪಿಗೆ ಕಾದುನಿಂತ.

***

"ಏನ್ಸಾರ್ ತಮಾಷೆ ಮಾಡ್ತಿದೀರ?"

ಮುನಿಯಪ್ಪ ಅನುಮಾನದಿಂದ ಕೇಳಿದ.

"ತಮಾಷೆಯಲ್ಲಯ್ಯ. ನಿಜವಾಗಿ ಕೇಳ್ತಿದೀನಿ, ನನಗೆ ಕೆಲವು ಗಂಟೆ ಕುದುರೆ ಬೇಕು"

ವಿಕ್ರಮ್ ಅವನಿಗೆ ನಂಬಿಕೆ ಬರುವಂತೆ ಹೇಳಿದ.

"ಅಲ್ಲಾ ಸ್ವಾಮಿ, ಏನು ಕೆಲಸಕ್ಕೆ ಬೇಕು?"

ಮುನಿಯಪ್ಪ ಕುತೂಹಲದಿಂದ ಕೇಳಿದ.

"ಕುದ್ರೆ ಯಾರಾದ್ರೂ ಯಾತಕ್ಕೆ ಕೇಳ್ತಾರೆ?"

"ಅದು ನಂಗೆಂಗೆ ತಿಳೀಬೇಕು..?"

"ಸರಿ, ಒಂದು ಜಾಲಿ ರೈಡ್ ಮಾಡಬೇಕು"

"ನನ್ನ ಕುದುರೆ ಸವಾರಿ ಮಾಡೋಕಲ್ಲ. ಬಟ್ಟೆ ಹೊತ್ಕಂಡು ಬರೋದು ಅಷ್ಟೆ"

"ಸರಿ, ಬಟ್ಟೆ ತರೋವಾಗ ಅದರ ಮೇಲೆ ನೀನೂ ಕೂತಿರ್ತೀಯಲ್ಲ?"

"ಇರಬೌದು. ಅದು ನನ್ನ ಕುದ್ರೆ ಅದಕ್ಕೆ..ನಾನು ಭಾರವಲ್ಲ"

"ನಿನ್ನ ಹೊರೋ ಕುದುರೆ ನನ್ನನ್ನು ಹೊರಲಾರದ? ನನಗೂ ಕುದುರೆ ಸವಾರಿ ಗೊತ್ತು"

"ಅಭ್ಯಾಸ ಚೆನ್ನಾಗಿ ಐತಾ..?"

"ಚೆನ್ನಾಗಿದೆ. ನಾನು ಮಿಲಿಟರಿಯಲ್ಲಿ ಕಾಶ್ಮೀರದ ಬಾರ್ಡರ್‌ನಲ್ಲಿದ್ದೆ. ಅಲ್ಲಿ ಉಪಯೋಗಿಸ್ತಾ ಇದ್ದಿದ್ದು ಕುದುರೇನೆ. ಆ ಬೆಟ್ಟ ಪ್ರದೇಶದಲ್ಲಿ ಜೀಪು, ಕಾರು ಯಾವುದೂ ಉಪಯೋಗಕ್ಕೆ ಬರೋದಿಲ್ಲ"

"ಅಂಗಾದ್ರೆ ಸರಿ..ಆದ್ರೆ ಶಾನೆ ದೂರ ಹೋಗ್ಬಾರ್ದು.."

"ಇಲ್ಲಯ್ಯ...ನಿನ್ನ ಕುದ್ರೇನ ದಣಿಸೋದಿಲ್ಲ. ಇವತ್ತು ರಾತ್ರಿ ಎಂಟು ಗಂಟೆ ಮೇಲೆ ಕುದುರೆ ಬೇಕು. ಪುಕ್ಸಟ್ಟೆ ಏನೂ ಕೊಡಬೇಡ. ಹಣ ಕೊಡೋದಕ್ಕೆ ನಾನು ಸಿದ್ಧವಾಗಿದೀನಿ"

"ಸರಿ ಬುದ್ಧಿ. ನೀವಿಷ್ಟೊಂದು ಕೇಳಿದ ಮ್ಯಾಗೆ ಇಲ್ಲಾನ್ನೋದಕ್ಕೆ ಆಗೋದಿಲ್ಲ. ಕುದುರೆ ಕೊಡ್ತೀನಿ"

"ದುಡ್ಡೆಷ್ಟು ಕೊಡಬೇಕಯ್ಯ?"

"ನಿಮಗೆ ತೋಚಿದಷ್ಟು ಕೊಡಿ ಸ್ವಾಮಿ"

"ಅದೆಷ್ಟು ಕೇಳು. ಇಲ್ಲದಿದ್ದರೆ ನಮಗೆ ಹೇಗೆ ತಿಳೀಬೇಕು?"

"ಒಂದು ಐನೂರು ರೂಪಾಯಿ ಕೊಡಿ".

"ಜಾಸ್ತಿಯಾಯ್ತಲ್ಲ...? ಆದ್ರೂ ಕೊಡ್ತೀನಿ... ಹಾ! ಇನ್ನೊಂದು ಮಾತು. ರಾತ್ರಿ ಹೊತ್ತು ಕುದುರೆ ಕೆಲಸ ಮಾಡುತ್ತೆ ತಾನೆ? ಇಲ್ಲಾ ಸ್ಟ್ರೈಕ್ ಮಾಡ್ಕೊಂಡು ಮಲಕೊಂಡು ಬಿಡುತ್ತೋ?"

"ಛೆ... ಛೆ... ಹಂಗೆ ಮಾಡೋ ಹಾಗಿದ್ರೆ ನಾನೇ ಹೇಳ್ತಿರಲಿಲ್ಲವಾ?"

ಮುನಿಯಪ್ಪ, ಒಂದು ರಾತ್ರಿ ತನ್ನ ಕುದುರೆ ಬಾಡಿಗೆ ಕೊಡಲು ಈವರೆಗೆ ಮಾತಾಡಿದ್ದರೂ ಸಹ ವಿಕ್ರಮ್ ಬಗ್ಗೆ ಅನುಮಾನ ಹೋಗಿರಲಿಲ್ಲ. ಈತನ ವಿಚಿತ್ರ ಬೇಡಿಕೆಗೆ ಕಾರಣವೇನು? ಕುದುರೆ ತಗೊಂಡು ಹೋಗಿ ಈತ ಮಾಡೋ ಕೆಲಸವಾದರೂ ಏನು? ತನ್ನದು ಸವಾರಿ ಮಾಡಿ ಖುಷಿಪಡೋ ಕುದುರೆಯಂತೂ ಅಲ್ಲ!

"ಇತ್ತೀಚೆಗೆ ಯಾವತ್ತಾದರೂ ರಾತ್ರಿ ಹೊತ್ತು ಕುದುರೆ ಉಪಯೋಗಿಸಿದ್ದು ಉಂಟಾ...?"

"ಛೆ... ಇಲ್ಲ. ರಾತ್ರಿ ಹೊತ್ತು ನನ್ನ ಕೆಲಸ ಏನೂ ಇರೋದೇ ಇಲ್ಲ. ಹೊತ್ತು ಮುಳುಗೋದ್ರಲ್ಲಿ ನನ್ನ ಕೆಲ್ಸ ಮುಗುದೋಗುತ್ತೆ. ಕೆರೆಯಿಂದ ಒಗೆದ ಬಟ್ಟೇನೆಲ್ಲಾ

ತಂದ ಮೇಲೆ ಕುದುರೆ ಕಟ್ಟಿ ಹಾಕೋದಷ್ಟೆ"

"ನನೆಪು ಮಾಡ್ಕೋ? ಈಚೆಗೆ ಕುದುರೇನೇ ರಾತ್ರೀಲಿ ಆಚೆ ಕರ್ಕೊಂಡು ಹೋಗಿರಲಿಲ್ಲವಾ?"

"ಒಳ್ಳೇ ಕತೆ ಇದು! ಅಂಗೇನಾದ್ರೂ ಇದ್ರೆ ನಾನು ಮರೀತೀನಾ? ಖಂಡಿತವಾಗ಼್ೂ ಮರೆಯೊಲ್ಲ"

"ಸರಿ, ಸಾಯಂಕಾಲ ಏಳ್ಗಂಟೆಗೆ ಯರ◌್ನಾದ್ರೂ ಕಳಿಸ್ತೀನಿ. ಕುದ್ರೆ ಬಿಚ್ಚಿಕೊಡು. ಇಗೋ ಇನ್ನೂರು ಅಡ್ವಾನ್ಸು"

ಮುನಿಯಪ್ಪ ತೆಗೆದುಕೊಂಡ. ಅವನು ವಿಕ್ರಮ್ ದೃಷ್ಟಿಯನ್ನು ತಪ್ಪಿಸಿಕೊಳ್ಳುತ್ತಿದ್ದ! ಅವನ ಮಾತಿನ ರೀತಿ ನೀತಿ ಹಾವ-ಭಾವ ನೋಡಿದಾಗ ಈತ ಏನನ್ನೋ ತನ್ನಿಂದ ಮುಚ್ಚಿಡಲು ಪ್ರಯತ್ನಿಸುತ್ತಿರುವವನು ಎಂದು ವಿಕ್ರಮ್‌ಗ ಅನ್ನಿಸದಿರಲಿಲ್ಲ. ಆದರೂ ಮುನಿಯಪ್ಪನ ಮೇಲೆ ಒಮ್ಮೆಲೇ ಆರೋಪ ಹೊರಿಸಲು ಸಾಧ್ಯವಿರಲಿಲ್ಲ. ಮೊದಲು ಕುದುರೆಯ ಹೆಜ್ಜೆಯ ಗುರುತಿನ ಅಚ್ಚು ತೆಗೆದು, ಸ್ಮಶಾನದಲ್ಲಿ ಕಂಡದ್ದಕ್ಕೂ ಇದಕ್ಕೂ ಹೋಲಿಸಬೇಕು. ಎರಡೂ ಒಂದೇ ಆಗಿದ್ದಲ್ಲಿ ಆಮೇಲೆ ಮುನಿಯಪ್ಪನನ್ನು ದಬಾಯಿಸಬಹುದು. ಅಲ್ಲದೆ ಕೃಷ್ಣ ಇನ್ನೂ ಬಾಕಿಯಿದ್ದ! ಯಶವಂತರಾಯರ ಕೊಲೆಯಲ್ಲಿ ಅವನದು ಮುಖ್ಯವಾದ ಪಾತ್ರವಿರಬಹುದು. ಅಷ್ಟೇಕೆ? ಆತನೇ ತನ್ನ ತಾತನ ಕೊಲೆ ಮಾಡಿರಬಹುದು!

ಮುನಿಯಪ್ಪನ ಕುದುರೆಯನ್ನೂ ಆ ದಿನ ರಾತ್ರಿ ಕೃಷ್ಣನೇ ಕರೆದುಕೊಂಡು ಹೋಗಿ ಶವವನ್ನು ಸ್ಥಳಾಂತರಿಸಿರಬಹುದು. ಹೇಳಿಕೇಳಿ ಬೇಜವಾಬುದಾರಿ ಯುವಕ! ಪ್ರಪಂಚದ ಎಲ್ಲ ಕೆಟ್ಟ ಹವ್ಯಾಸಗಳನ್ನೂ ಮೈಗೂಡಿಸಿಕೊಂಡಿದ್ದಾನೆ! ಅವನಿಗೆ ಹಣದ ತೀವ್ರ ಅವಶ್ಯಕತೆಯಿದೆ. ಯಶವಂತರಾಯರು ಮೊಮ್ಮಗನ ಈ ಹವ್ಯಾಸಗಳಿಗೆ ಧಾರಾಳವಾಗಿ ಹಣ ಕೊಟ್ಟಿರಲಾರರು! ಅವರು ಸತ್ತರೆ ಎಲ್ಲ ಆಸ್ತಿಯೂ ತನ್ನದೇ ಎಂಬ ಯೋಚನೆಯಿಂದ ಕೃಷ್ಣ ಒಂದಿಬ್ಬರ ಸಹಾಯದಿಂದ ಈ ಕೊಲೆ ಮಾಡಿರಬಹುದು. ಅಥವಾ ಒಬ್ಬನೇ ಮಾಡಿರಬಹುದು. ಅಲ್ಲದೆ ಪ್ರಶ್ನೆ ಕೇಳಲು ಹೋದಾಗ ಕೃಷ್ಣ ಒರಟಾಗಿ ಉತ್ತರಿಸಿದ್ದ. ಹೆದರಿದ್ದನೆ? ಹೆದರಿಕೆ ಆ ರೂಪದಲ್ಲಿ ಪ್ರಕಟವಾಗಿದೆಯೆ? ಅಥವಾ ಭಂಡನೆ? ಆದದ್ದಾಗಲಿ ಎಂಬ ಮನೋಭಾವದವನೆ?

ವಿಕ್ರಮ್ ಜೀಪಿನಲ್ಲಿ ಕುಳಿತು ಕೃಷ್ಣನ ಸ್ನೇಹಿತ ಶೇಖರ್ ಮನೆಯತ್ತ ಡ್ರೆöÊವ್ ಮಾಡಿದ. ರಸ್ತೆಯ ತಿರುವಿನಲ್ಲಿ ಜೀಪು ನಿಲ್ಲಿಸಿ ಹಿಂತುರಿಗಿ ನೋಡಿದ ವಿಕ್ರಮ್! ವಿಕ್ರಮನನ್ನೇ ನೋಡುತ್ತಿದ್ದ ಮುನಿಯಪ್ಪ! ಏಕೆ? ಅವನೂ ಯಶವಂತರಾಯರ ಕೊಲೆಯಲ್ಲಿ ಭಾಗೀದಾರನ? ಅವನ ಕುದುರೆಯೇ ಸ್ಮಶಾನದಲ್ಲಿ ಕಟ್ಟಿದ್ದು?

ಶೇಖರ್ ಮನೆಯಲ್ಲಿ ಕೃಷ್ಣ ಇರಬಹುದೆ? ಅಲ್ಲೇನಾದರೂ ಕೇಸಿನ ಸಿಕ್ಕು ಬಿಡಿಸಲು ಸುಳಿವು ಸಿಕ್ಕೀತಾ?

***

ಹಚ್ಚ ಹಸಿರಿನಿಂದ ಕಂಗೊಳಿಸುತ್ತಿತ್ತು ಶೇಖರನ 'ನೇಸರ' ಫಾರಮ್. ದೊಡ್ಡ ಕಬ್ಬಿಣದ ಗೇಟು ಫಾರಮ್ಮಿಗೆ ಭದ್ರತೆಯನ್ನು ನೀಡಿತ್ತು.

ಗೇಟಿನಿಂದ ಇಪ್ಪತ್ತು ಅಡಿ ದೂರದಲ್ಲಿ ಬಲಪಾರ್ಶ್ವದಲ್ಲಿ ಇತ್ತೀಚೆಗೆ ಕಟ್ಟಿಸಿದ ದೊಡ್ಡ ಮನೆ ಕಂಡಿತು. ವಿಕ್ರಮ್ ಗೇಟಿನ ಮುಂದೆ ಜೀಪು ನಿಲ್ಲಿಸಿದಾಗ ತಾರಸಿಯ ಮೇಲಿಂದ ಒಬ್ಬ ವ್ಯಕ್ತಿ ಎದ್ದು ನಿಂತು ನೋಡಿದ. ಆತನೇ ಶೇಖರ್ ಇರಬಹುದು ಎನ್ನಿಸಿತು.

"ಯಾರು ಬೇಕಿತ್ತು?"

ಮನೆಯೊಳಗಿಂದ ಓಡಿ ಬಂದ ಒಬ್ಬ ನಡು ವಯಸ್ಸಿನ ವ್ಯಕ್ತಿ ಕೇಳಿದ. ಬಹುಶಃ ಅವನು ಶೇಖರ್ ಫಾರಮ್ಮಿನಲ್ಲಿ ಕೆಲಸ ಮಾಡುವವರಲ್ಲಿ ಒಬ್ಬ ಎನಿಸಿತು.

"ಕೃಷ್ಣ ಅವರನ್ನ ನೋಡ್ಬೇಕಿತ್ತು"

"ತಾವ್ಯಾರೋ..?"

"ವಿಕ್ರಮ್ ಅಂತ"

"ಆಯ್ತು ಕೇಳ್ಕಂಡು ಬತ್ತೀನಿ" ಆತ ಒಳಗೆ ಹೋದ. ವಿಕ್ರಮ್ ಕಾಯುತ್ತಾ ನಿಂತ.

"ಆಯ್ತು ಬನ್ನಿ" ಐದು ನಿಮಿಷದ ನಂತರ ಆತ ಬಂದು ಗೇಟು ತೆಗೆದ. ವಿಕ್ರಮ್ ಸುತ್ತ ನೋಡುತ್ತಾ ಶೇಖರನ ಸಸ್ಯ ಪ್ರೇಮವನ್ನು ಮೆಚ್ಚುತ್ತಾ ಆ ವ್ಯಕ್ತಿಯ ಹಿಂದೆ ನಡೆದ.

ಮನೆಯ ಹೊರಭಾಗದಲ್ಲೇ ಇದ್ದ ಮಹಡಿಯ ಮೆಟ್ಟಿಲು ತೋರಿಸಿದ ವ್ಯಕ್ತಿ.

"ಮ್ಯಾಲೋಗಿ, ಶೇಖರಪ್ನೋರು ಮತ್ತೀಗ ಕೃಷ್ಣಪ್ನೋರು ಅಲ್ಲೇ ಕುಂತವ್ರೆ"

ವಿಕ್ರಮ್ ಮೆಟ್ಟಿಲುಗಳನ್ನು ಹತ್ತಿ ಮೇಲಿನ ತಾರಸಿಯ ಮೇಲೆ ಕೂತಿದ್ದ ಶೇಖರ್ ಮತ್ತು ಕೃಷ್ಣರ ಬಳಿಗೆ ನಡೆದ.

ಒಂದು ಟೀಪಾಯ್ ಸುತ್ತ ನಾಲ್ಕು ಬೆತ್ತದ ಕುರ್ಚಿಗಳಲ್ಲಿ ಎರಡರ ಮೇಲೆ ಶೇಖರ್ ಮತ್ತು ಕೃಷ್ಣ ಕುಳಿತಿದ್ದರು. ಟೀಪಾಯ್ ಮೇಲೆ ವಿಸ್ಕಿ ಬಾಟಲ್, ಸೋಡಾ, ಐಸ್‌ಬಕ್ಸ್, ತಟ್ಟೆಗಳಲ್ಲಿ ಚಿಪ್ಸ್ ಮತ್ತು ಖಾರಾ ಮಿಕ್ಸ್ಚರ್ ಅಲ್ಲಿ ಏನು ನಡಿಯುತ್ತಿದೆ ಎನ್ನುವುದನ್ನು ತಿಳಿಸಿತು. ಕೈಯಲ್ಲಿದ್ದ ಗ್ಲಾಸನ್ನು ಟೀಪಾಯ್ ಮೇಲಿಟ್ಟು ಕೃಷ್ಣ ದುರುಗುಟ್ಟಿ ಬಂದಾತನನ್ನು ಕೆಕ್ಕರಿಸಿ ನೋಡಿದ.

"ಇಲ್ಯಾಕೆ ಬರ್ಬೇಕಿತ್ತು? ಮನೇಲಿ ಕೇಳಿದ್ದು ಸಾಲಲಿಲ್ಲವೆ?"

ಕೃಷ್ಣ ರೇಗಿದ.

"ಇವರು ಯಾರು?"

ಶೇಖರ್ ಕೇಳಿದ.

"ಕೃಷ್ಣನಿಗೆ ನನ್ನ ಮೇಲೆ ಕೋಪ. ನನ್ನ ಪರಿಚಯ ಆತ ಖಂಡಿತಾ ಮಾಡಿಕೊಡೊಲ್ಲ. ನಾನೇ ಪರಿಚಯ ಮಾಡ್ಕೋತೀನಿ. ನನ್ನ ಹೆಸರು ವಿಕ್ರಮ್. ಪ್ರೈವೇಟ್ ಡಿಟೆಕ್ಟೀವ್"

ವಿಕ್ರಮ್ ಮುಗುಳು ನಗುತ್ತಾ ಹೇಳಿದ.

"ಅಷ್ಟು ಸಾಕು. ಮುಂದಿಂದು ಹೇಳೋ ಅವಶ್ಯಕತೆ ಇಲ್ಲ. ಶೇಖರ್‌ಗ ನಾನೆಲ್ಲಾ ಹೇಳಿದ್ದೀನಿ"

"ತ್ಯಾಂಕ್ಸ್. ನಾನು ಗಂಟಲು ಒಣಗಿಸಿಕ್ಕೊಳ್ಳೋದು ತಪ್ಪಿತು. ಸ್ನೇಹಿತರಿಬ್ಬರೂ ರಿಲ್ಯಾಕ್ಸಾಗಿ ಕೂತು ಆತ್ಮೀಯವಾಗಿ ಮಾತಾಡ್ತಿದ್ರಿ..ಸಾರಿ ನಿಮ್ಮ ಪರ್ಸನಲ್ ಸಮಯದಲ್ಲಿ ಅಡ್ಡಬಂದಿದ್ದೀನಿ.."

ವಿಕ್ರಮ್ ಕ್ಷಮೆ ಯಾಚಿಸಿದ.

ಆ ಮಾತು ಕೃಷ್ಣನನ್ನು ಕೆರಳಿಸಿತು. ತಾನು ವಿಸ್ಕಿ ಸೇವಿಸುತ್ತಿರುವುದನ್ನು ವ್ಯಂಗ್ಯವಾಗಿ ವಿಕ್ರಮ್ ಹೇಳುತ್ತಿದ್ದಾನೆ ಎಂದು ಭಾವಿಸಿದ.

"ನನಗೆ ಎಲ್ಲ ಕೆಟ್ಟ ಅಭ್ಯಾಸಗಳೂ ಇದಾವೆ. ನಾನು ಜಗತ್ತಿಗೆ ಕೆಟ್ಟ ಮನುಷ್ಯ. ಈ ದುರ್ಗುಣ ಎಲ್ಲಾ ನೋಡ್ಕೊಂಡು ನಾನೇ ಕೊಲೆ ಮಾಡಿದೀನೀಂತ ನಿಮಗನ್ನಿಸಿರಬಹುದು"

ವಿಸ್ಕಿಯನ್ನು ಗ್ಲಾಸನ್ನು ಕೈಗೆತ್ತಿಕೊಂಡು ಹೇಳಿದ ಕೃಷ್ಣ.

"ಇಲ್ಲ. ನೀನು ಕೊಲೆ ಮಾಡಿದೀಯಾಂತ ನಾನು ಭಾವಿಸಿಲ್ಲ"

ವಿಕ್ರಮ್ ಸಮಾಧಾನ ಚಿತ್ತದಿಂದ ಹೇಳಿದ.

"ಹಾಗಾದ್ರೆ ನನ್ನ ಬೆನ್ನು ಯಾಕೆ ಹತ್ತಿದೀರಿ?"

ವಿಸ್ಕಿ ಗುಟುಕರಿಸಿ ಕೇಳಿದ ಕೃಷ್ಣ.

"ಯಾಕೇಂದ್ರೆ ನಿಮ್ಮ ತಾತನ ಕೊಲೆಯನ್ನ ಪತ್ತೆ ಮಾಡಬೇಕೂಂತ ನೀನು ಬಯಸಿದೀಯ"

"ನಾನು! ನಾನು ಬಯಿಸಿದೀನಾ? ನಿಮ್ಮ ತಲೆ ಸರಿಯಾಗಿದೆ ತಾನೆ?"

"ಇಲ್ಲಿಯವರೆಗೆ ಕೆಟ್ಟಿಲ್ಲ"

"ಕೇಸು ನಿಮ್ಮ ಕೈಗೆ ಕೊಟ್ಟು ಹಣ ಕೊಟ್ಟಿರೋರು ನಮ್ಮ ಭಾವ"

"ಅಂದ್ರೆ ನೀನು ಈ ವಿಷಯದಲ್ಲಿ ಏನೂ ಮಾಡಿಲ್ಲವಾ..?"

"ಮಾಡಿದ್ರೆ ಹೇಳ್ತಿದ್ದೆ. ಅದನ್ನ ಹೇಳೋಕೆ ನನಗೆ ಭಯ ಇಲ್ಲ"

"ಆದ್ರೆ ಪೋಲೀಸ್‌ಗ ಮೂಕರ್ಜಿ ಬರೆದಿರೋನು ನೀನು!"

"ನಿಮಗೆ ತಲೆ ಕೆಟ್ಟಿದೆ"

"ಇಲ್ಲ. ನನ್ನ ತಲೆ ಸರಿಯಾಗಿದೆ. ವಿಸ್ಕಿ ಕುಡೀತಿರೋನು ನೀನು"

"ನಾನೇ ಅರ್ಜಿ ಬರೆದಿರೋದೂಂತ ಹೇಗೆ ಹೇಳ್ತೀರಿ?"

"ನಿನ್ನ ಹ್ಯಾಂಡ್‌ರೈಟಿಂಗ್, ಪೋಸ್ಟಾಫೀಸಲ್ಲಿ ತಗೊಂಡಿರೋ ಕವರ್...ಎಲ್ಲಾ ಹೇಳ್ತಾ ಇವೆ. ಆಧಾರ ಇಲ್ಲದೆ ನಾನು ಮಾತಾಡ್ತಾ ಇಲ್ಲ".

ಕೃಷ್ಣ ಪತ್ತೇದಾರನನ್ನು ನೋಡಿದ. ಜೇಬಿಂದ ಕರವಸ್ತ್ರ ತೆಗೆದು ಬೆವರಿದ್ದ ಮುಖ ಒರೆಸಿಕೊಂಡ.

"ಅದು ನಾನು ಬರೆದದ್ದು ಅಂತ ಹೇಗೆ ಹೇಳ್ತೀರಿ?"

"ಕೃಷ್ಣ ನಾನು ಡಿಟೆಕ್ಟೀವ್. ವಿದೇಶಗಳಲ್ಲಿ ಬೇಹುಗಾರಿಕೆ ಮಾಡಿದವನು. ನನ್ನ ಮೆಥೆಡ್ಡು ನೂರಕ್ಕೆ ನೂರು ಪಾಲು ನಿಜವಾಗಿವೆ. ಮೊದಲಿಗೆ ನಿನ್ನ ಬಳಿ ಒಂದು ಲೆಟರ್ ಪ್ಯಾಡ್ ಇದೆ. ಅದರಲ್ಲಿ ಕೇವಲ ಎರಡು ಹಾಳೆಗಳು ಮಾತ್ರ ಉಪಯೋಗವಾಗಿವೆ. ಅದರ ಬಲ ಭಾಗದಲ್ಲಿ ಒಂದು ಲೇಖನಿ ಮತ್ತು ಲೆಟರ್ ಪ್ಯಾಡಿನ ಸಣ್ಣ ಚಿತ್ರ ಇದೆ"

"ಅಂತಾದ್ದು ಸಾವಿರಗಟ್ಟಲೆ ಸ್ಟೇಶನರಿ ಅಂಗಡಿಯಲ್ಲಿ ಸಿಗುತ್ತವೆ. ಅದು ನನ್ನದೇ ಅಂತ ಹೇಗೆ ಹೇಳ್ತೀರಿ?"

ಕೃಷ್ಣ ಚಾಲೆಂಜ್ ಮಾಡಿದ.

"ಮೊದಲಿಗೆ ಆ ಮೂಕರ್ಜಿಯ ಹಾಳೆ ನಿನ್ನ ರೂಮಲ್ಲಿನ ಲೆಟರ್‌ಪ್ಯಾಡಿನದು..."

"ಅಷ್ಟಕ್ಕೇ ಆ ಪ್ಯಾಡಿನ ಹಾಳೆಯಲ್ಲಿ ಬರೆದ ಮೂಕರ್ಜಿ ನನ್ನದೇ ಅಂತ ಹೇಗೆ ಹೇಳ್ತೀರಿ?"

"ಹೇಳ್ತೀನಿ..ಎಲ್ಲಾ ಹೇಳ್ತೀನಿ. ಆ ಪ್ಯಾಡಿನಲ್ಲಿ ಎರಡೇ ಹಾಳೆ ಮಿಸ್ಸಾಗಿವೆ ಅಂತ ಹೇಳಿದೆನಲ್ಲ. ಅದರಲ್ಲಿ ಒಂದು ನಿಮ್ಮ ಪ್ರೇಯಸಿ ರಾಣಿ ಹತ್ರ ಇದೆ. ಆಕೆಗೆ ಅದನ್ನ ನಿಮ್ಮ ಪ್ರೇಮ ನಿವೇದನೆಗೆ ಬರೆದದ್ದು. ಇನ್ನೊಂದು ಹಾಳೆ ಪೋಲೀಸ್ ರೆಕಾರ್ಡಲ್ಲಿ ಮೂಕರ್ಜಿಯಾಗಿ ಫೈಲಾಗಿದೆ. ನಿಮ್ಮ ಪ್ರೇಯಸಿಗೆ ಪತ್ರ ಬರೆಯೋವಾಗ ಬಾಲ್ ಪೆನ್ನಲ್ಲಿ ಬರೆದಿದ್ದೀರಿ. ನಿಮಗೆ ಕನ್ನಡ ಚೆನ್ನಾಗಿ ಬರೆಯೋಕೆ ಬರೊಲ್ಲ. ಇಂಗ್ಲಿಷ್ ಪದಗಳ ಜೊತೆಗೆ ಕನ್ನಡ ಪದಗಳನ್ನ ಸೇರಿಸಿ ಬರೀತೀರಿ. ಒತ್ತಕ್ಷರಗಳು ಹೆಚ್ಚಾಗಿ ಬಂದರೆ ಇಂಗ್ಲಿಷ್ ಪದ ಬರೀತೀರಿ. ರಾಣಿಗೆ ಬರೆದ ಪತ್ರದ ಮಾರ್ಕು ಮೂರನೆ ಹಾಳೆಯಲ್ಲಿ ಇನ್ನೂ ಸ್ಪಷ್ಟವಾಗೇ ಇದೆ. ಆದರೆ ಮೂಕರ್ಜಿ ಬರಿಯೋವಾಗ ಲೆಟರ್‌ಪ್ಯಾಡಿನಿಂದ ಹಾಳೆ ಬೇರ್ಪಡಿಸಿ ಬರೆದಿದ್ದೀರಿ. ನಿಮ್ಮ ಮೂಕರ್ಜಿಯಲ್ಲಿ ಇನ್ಸ್ಪೆಕ್ಟರ್ ಪದವನ್ನು ಇಂಗ್ಲಿಷಿನಲ್ಲಿ ಬರೆದಿದ್ದೀರಿ. ಕಾರಣ ಆ ಪದವನ್ನು ಕನ್ನಡದಲ್ಲಿ

ಬರೆಯಲು ಬರಲಿಲ್ಲ! ದಿನಾಂಕ ಎನ್ನುವ ಬದಲು ಡೇಟ್ ಅಂತ ಇಂಗ್ಲಿಷಲ್ಲಿ ಬರೆದಿದ್ದೀರಿ, ಕೊಲೆ ಅನ್ನೋದು ಬರದೆ ಮರ್ಡರ್ ಅಂತ ಬರೆದಿದ್ದೀರಿ..ಸಾಕೆ ಇನ್ನೂ ಬೇಕೆ?"

"ಸೊ, ನನ್ನ ಹ್ಯಾಂಡ್‌ರೈಟಿಂಗ್ ಕಂಪೇರ್ ಮಾಡಿದೀರಿ"

ಈಗ ಕೃಷ್ಣನ ಮಾತು ಮೃದುವಾಗಿತ್ತು.

"ಪಕ್ಕಾ! ಆದರೆ ಈ ಕ್ಲೂನ ಪೋಲೀಸರಿಗೆ ಕೊಟ್ಟಿಲ್ಲ. ಅರ್ಜಿ ಬರೆದೋರು ಯಾರೂಂತ ಕಂಡು ಹಿಡಿಯೋಕೆ ಪೋಲೀಸ್ನೋನೇರು ಸರ್ಕಸ್ ಮಾಡ್ತಿದಾರೆ. ನೋಡು ಕೃಷ್ಣ, ನಿಮ್ಮ ತಾತನ ಕೊಲೆ ಯಾರು ಮಾಡಿದಾರೇಂತ ತಿಳಿಯೋ ಕುತೂಹಲ ನಿನಗಿದೆ ಅಲ್ವೆ? ಆದ್ರಿಂದಲೇ ಆ ಪತ್ರ ಬರೆದೆ. ನಿನಗೆ ಗೊತ್ತಿರೋ ವಿಷಯಗಳನ್ನ ತಿಳಿಸಿ, ತನಿಖೆಗೆ ನೀನು ಯಾಕೆ ಸಹಾಯ ಮಾಡಬಾರದು? ಬೇಗನೆ ನಿಮ್ಮ ತಾತನ ದೇಹ ಹುಡುಕಿ ಮತ್ತೆ ಮಣ್ಣು ಮಾಡೋದು ಒಳ್ಳೇದಲ್ವಾ!"

ವಿಕ್ರಮ್ ಅವನ ಮನ ಒಲಿಸಲು ಪ್ರಯತ್ನಿಸಿದ.

ಗ್ಲಾಸಿನಿಂದ ಇನ್ನೊಂದು ಗುಟುಕು ಕುಡಿದು ಮತ್ತೆ ಮುಖ ಒರೆಸಿಕೊಂಡ.

"ನೀವು ಹೇಳೋದು ನಿಜ. ಈಗ... ಉಹುಂ... ಒಂದು ಹೆಜ್ಜೆ ಇಟ್ಟಾಗಿದೆ. ಇದೆಲ್ಲಾ ನಿಜ. ಆದ್ರೆ ನಾನು ಕೊಲೆ ಮಾಡಿಲ್ಲ. ನನ್ನ ಮೇಲೆ ನೀವು ಅನುಮಾನ ಪಟ್ಟರೆ ತಪ್ಪು ದಾರಿ ಹಿಡಿದ ಹಾಗಾಗಾಗುತ್ತೆ. ನಿಜವಾದ ಕೊಲೆಗಾರನನ್ನ ಹುಡುಕಿ. ಅದಕ್ಕೆ ನನ್ನ ಸಹಾಯ ಇದೆ. ನಿಮಗೇನು ಬೇಕೋ ಕೇಳಿ. ಮುಚ್ಚು ಮರೆ ಇಲ್ಲದೆ ಹೇಳ್ತೀನಿ. ನಿಮ್ಮಿಂದ ಈ ಕೇಸು ಸಾಲ್ವ್ ಮಾಡೋದಕ್ಕೆ ಆಗೋಲ್ಲಾಂತಿದ್ದೆ. ಈಗ ನಿಮ್ಮ ಮೇಲೆ ನಂಬಿಕೆ ಬರ್ತಾ ಇದೆ. ಒಂದೇ ದಿವಸದಲ್ಲಿ ಇಷ್ಟೆಲ್ಲಾ ಮಾಡಿದೀರಿ... ಸರಿ... ಕೇಳಿ..."

"ನಿಮ್ಮ ತಾತನವರದ್ದು ಸ್ವಾಭಾವಿಕವಾದ ಸಾವಲ್ಲ ಅದು ಕೊಲೆ ಅಂತ ನಿಂಗೆ ಯಾಕೆ ಅನುಮಾನ ಬಂತು?

"ನನ್ನ ಮಾವ ಮತ್ತು ಭಾವ"

"ಅಂದರೆ?"

"ಮೇಲೆ ಕಾಣಿಸೋ ಅವರ ಮುಖಗಳಲ್ಲಿನ ನಗುವಿನ ಹಿಂದೆ ಅಡಗಿರೋ ಧೂರ್ತತನ ನಿಮಗೆ ಗೊತ್ತಿಲ್ಲ. ಗೊತ್ತಾಗೋದು ಅಷ್ಟೊಂದು ಸುಲಭಾನೂ ಅಲ್ಲ. ಅವರಿಬ್ಬರೂ ನನ್ನ ಆಸ್ತಿಗೆ ಹೊಂಚು ಹಾಕ್ತಾ ಇದಾರೆ. ಅದನ್ನ ಹೇಗಾದರೂ ಕಬಳಿಸಬೇಕೂಂತ ನಮ್ಮ ತಾತಂಗೆ ಟಿಕೆಟ್ ಕೊಡಿಸಿದಾರೆ..."

"ಅದರಿಂದ ಅವರಿಗಾಗೋ ಲಾಭ ಏನೂ ಇಲ್ಲ! ಈಗ ನಿಮ್ಮ ತಾತ ಸತ್ತರು. ಆದ್ರೆ ಆಸ್ತಿ ಅವರಿಗೆಲ್ಲಿ ದಕ್ಕುತ್ತೆ? ನಿನಗೆ ತಾನೆ ಸೇರೋದು?"

"ನಿಜ. ಆದರೆ ಅವರು ನನ್ನನ್ನೂ ಮುಗಿಸೋದಿಲ್ಲ ಅನ್ನೋ ನಂಬಿಕೆ ಏನಿದೆ? ತಾತನ್ನ ಸಾಯಿಸೋದು ಅವರ ಧೂರ್ತ ಹಂಚಿಕೆಯಲ್ಲಿ ಮೊದಲ ಹೆಜ್ಜೆ ಅಷ್ಟೆ..."

ಮಧ್ಯ ಸೇವಿಸಿದ್ದುದರಿಂದಲೋ ಇಲ್ಲ ತನ್ನ ಭಾವ ಮತ್ತು ಮಾವನ ಮೇಲಿನ ಕೋಪದಿಂದಲೊ ಅವನ ಕಣ್ಣುಗಳು ಕೆಂಪಾಗಿದ್ದವು!

"ಹಾಗಾದರೆ ಅವರು ನಿನ್ನನ್ನೂ ಕೊಲೆ ಮಾಡ್ತಾರೇಂತ ನಿನ್ನ ಅಭಿಪ್ರಾಯವೆ?"

"ಬರೀ ಅಭಿಪ್ರಾಯವಲ್ಲ. ಅದನ್ನ ಅವರು ಮಾಡೇ ಮಾಡುತ್ತಾರೆ..."

"ಯಾಕೆ? ನೀನು ಬದುಕಿದ್ದರೂ ನಿನ್ನ ಆಸ್ತಿಯನ್ನು ಅವರು ಅನುಭವಿಸಬಹುದಲ್ಲ?"

"ಹೇಗೆ?"

"ಚಿತ್ರಾ?"

"ಓ...ಆ ವಿಷಯ! ಹೂ... ಚಿತ್ರಾನ ಮದ್ವೆಯಾಗೂಂತ ತಾತ ಬದುಕಿದ್ದಾಗಿನಿಂದಲೇ ಒತ್ತಾಯ ಶುರುವಾಗಿದೆ. ಆದರೆ ತಾತಂಗೆ ಅದು ಇಷ್ಟ ಇರಲಿಲ್ಲ".

"ಯಾಕೆ?"

"ನಮ್ಮ ತಾತ ಬುದ್ಧಿವಂತರು. ತಾನು ಮನೇಲಿ ಸಾಕಿರೋವು ಸರ್ಪಗಳೂಂತ ಗೊತ್ತಿತ್ತು. ಯಾವ ಕ್ಷಣದಲ್ಲಾದ್ರು ಕಚ್ಚುತಾವೇಂತಾನೂ ಗೊತ್ತಿತ್ತು. ಅದಕ್ಕೆ ಪುಂಗಿ ಹಿಡ್ಕೊಂಡು ಬಹಳ ದಿವಸ ಊದಿದರು. ಆದರೂ ಕೊನೆಗೆ ಒಂದು ದಿನ ಕಚ್ಚೇಬಿಟ್ಟವು!

"ಸ್ಪಷ್ಟವಾಗಿ ಹೇಳು ಕೃಷ್ಣ".

"ನನ್ನ ಕ್ಷಮಿಸಿ. ಇದು ಕೃಷ್ಣನ ತೀರಾ ವೈಯಕ್ತಿಕ ವಿಷಯ. ನಾನು ಆಚೆ ಹೋಗ್ತೀನಿ, ನೀವು ಮಾತಾಡಿ".

ಕೃಷ್ಣನ ಸ್ನೇಹಿತ ಶೇಖರ್ ಕುರ್ಚಿಯಿಂದೇಳಲು ಪ್ರಾರಂಭಿಸಿದ. ಇಲ್ಲಿಯವರೆಗವನು ಮೌನವಾಗಿ ಕುಳಿತು ವಿಸ್ಕಿ ಸೇವಿಸುತ್ತಿದ್ದ.

"ಏಯ್... ಕೂತ್ಕೊಳ್ಳೋ ಕಂಡಿದೀನಿ. ನಿನ್ನ ಹತ್ರ ನನ್ನ ಸೀಕ್ರೆಟ್ ಯಾವುದೂ ಇಲ್ಲ. ಸುಮ್ನೆ ಕೂತ್ಕೊ".

ಗೆಳೆಯನ ಕೈಹಿಡಿದು ಕೂರಿಸಿದ ಕೃಷ್ಣ. ಅವನಿಗೆ ನಶೆ ಏರಲು ಪ್ರಾರಂಭಿಸಿತ್ತು ಎಂಬುದನ್ನು ಅವನ ಹಾವ ಭಾವ, ಮಾತುಗಳಿಂದಲೇ ಗುರುತಿಸಬಹುದಾಗಿತ್ತು.

"ಹಾ... ಏನಂದ್ರಿ? ಸ್ಪಷ್ಟವಾಗಿ...ಹುಂ...ಮೇಧಾವಿ ಪತ್ತೇದಾರರಿಗೂ ನನ್ನ ಮಾತು ಅರ್ಥವಾಗ್ತಾ ಇಲ್ಲವೆ? ಕೃಷ್ಣ! ಯೂ ಆರ್ ಎ ಜೀನಿಯಸ್ ಬಾಸ್ಟರ್ಡ್ ಐ ಸೇ..." ತನಗೆ ತಾನೇ ಗಟ್ಟಿಯಾಗಿ ನಕ್ಕ.

"ಅಂದರೆ ನಿಮ್ಮ ಭಾವ ಮತ್ತು ಮಾವ ಇವರಿಬ್ಬರೂ ಅಥವಾ ಇಬ್ಬರಲ್ಲಿ ಒಬ್ಬರು ನಿನ್ನ ತಾತನ ಸಾವಿಗೆ ಕಾರಣ... ಅಲ್ಲವೇ? ಇಲ್ಲಿಯವರೆಗೂ ನಿಮ್ಮ ತಾತ ಅವರ ಅಗತ್ಯಗಳನ್ನು ಪೂರೈಸುತ್ತಾ ಬಂದರು. ಅದು ನಿಂತ ಮೇಲೆ ಅವರನ್ನು ಕೊಲೆ ಮಾಡಿದರು".

"ಯೂ ಆರ್ ಬ್ಲಡೀ ರೈಟ್! ನಮ್ಮ ತಾತ ಅವರ ಬೇಡಿಕೇನ ಈಡೇರಿಸ್ತಾನೇ ಇದ್ದ. ಕೊನೆಗೊಮ್ಮೆ ಎಲ್ಲಾ ಕಟ್ ಮಾಡಿ ಒಂದು ವಿಲ್ ಬರೆಯೋಕೆ ಸಿದ್ಧವಾದರು. ಅ ವಿಲ್ ಒಂದು ಆಗಿಬಿಟ್ಟಿದ್ದರೆ ಈ ನಾಯಿಗಳಿಗೆ ಒಂದೇ ಒಂದು ಎಂಜಲು ಕಾಸೂ ಸಹ ಸಿಕ್ತಾ ಇರಲಿಲ್ಲ. ಅದಕ್ಕೆ ಮುಂಚೆ... ಈ ಕೆಲಸ ಮಾಡಿ ಬಿಟ್ಟರು! ಬಾಸ್ಟರ್ಡ್ಸ್! ದೆ ಕಿಲ್ಡ್ ಮೈ ಗ್ರಾಂಡ್ ಫಾದರ್. ಸತ್ತಾಗಲೂ ನೆಮ್ಮದಿ ಸಿಗಲಿಲ್ಲ ನನ್ನ ತಾತಂಗೆ..ಆ ಪಾಪಿಗಳು ಕೊಂದ್ಬಿಟ್ರು..".

ಕೃಷ್ಣ ಮಗುವಿನಂತೆ ಬಿಕ್ಕಳಿಸಿ ಅಳತೊಡಗಿದ.

"ಸಮಾಧಾನ ಮಾಡ್ಕೋ ಕೃಷ್ಣ..ನಾನು ಬಂದಿದ್ದೀನಲ್ಲ? ಕೊಲೆಗಾರರನ್ನ ಹುಡುಕೋ ಭರವಸೆ ಕೊಡ್ತೀನಿ..ಬೇಗನೆ ಅವರನ್ನ ಹುಡುಕ್ತೀನಿ.."

ವಿಕ್ರಮ್ ಸಮಾಧಾನ ಮಾಡಲು ಪ್ರಯತ್ನಿಸಿದ.

"ನಿಮಗೆ ಗೊತ್ತಿಲ್ಲ..ಅವರೆಲ್ಲಾ ಏನೋ ಒಂದು ರಹಸ್ಯ ಇಟ್ಕೊಂಡಿದ್ದಾರೆ..ನಮ್ಮ ತಾತ ಅವರಿಗೆ ಯಾವತ್ತೂ ಬಗ್ಗಿರಲಿಲ್ಲ! ಅದ್ನೆಲ್ಲಾ ನೀವು ಹುಡುಕ್ತೀರಾ ಅನ್ನೋ ಭರವಸೆ ನನಗಿಲ್ಲ.."

ಕೃಷ್ಣ ಅಳುತ್ತಲೇ ಬಡಬಡಿಸಿದ.

ಏನಿರಬಹುದು ಕೃಷ್ಣನ ಮಾತಿನಲ್ಲಿ ಅಡಗಿರುವಂತಾದ್ದು? ಏನೋ ರಹಸ್ಯದ ಮಾತು ಹೇಳಿದನಲ್ಲ? ಅದು ಏನಿರಬಹುದು? ವಿಕ್ರಮ್ ಯೋಚಿಸತೊಡಗಿದ.

"ಏನದು ಕೃಷ್ಣ? ಅದೇನು ರಹಸ್ಯ? ಹೇಳು..ಅದು ನನ್ನ ತನಿಖೆಗೆ ಹೆಲ್ಪಾಗುತ್ತೆ. ಅದರಿಂದ ಕೇಸು ಬೇಗನೆ ಸಾಲ್ವಾಗುತ್ತೆ. ಕೊಲೆಗಾರ ಅಥವಾ ಕೊಲೆಗಾರರನ್ನ ಹಿಡಿದುಬಿಡ್ತೀನಿ.."

ವಿಕ್ರಮ್ ಕೃಷ್ಣನಿಂದ ಆ ರಹಸ್ಯವನ್ನು ತಿಳಿಯಲು ಪ್ರಯತ್ನಿಸಿದ.

"ಅದೇನು ಅನ್ನೋದು ಗೊತ್ತಿದ್ರೆ..ನಾನೇ ಪೋಲೀಸಿಗೆ ತಿಳಿಸಿಬಿಡ್ತಿದ್ದೆ! ಅದೇನು ಗೊತ್ತಿಲ್ಲ..ಆದ್ರೂ ಏನೋ ಇದೆ..ಖಂಡಿತಾ ಬಲವಾದದ್ದು ಇದೆ! ಅದರ ಬಲದಿಂದಲೇ ನಮ್ಮ ತಾತ ಇವರ ವಿಷಯದಲ್ಲಿ ಮೃದುವಾಗಿದ್ದರು.."

"ಅದೇನು ಹೇಳೋಕೆ ಪ್ರಯತ್ನವನ್ನಾದರೂ ಮಾಡು.." ವಿಕ್ರಮ್ ಹುರುದುಂಬಿಸಿದ.

"ಪ್ಲೀಸ್ ಇಲ್ಲಿಂದ ಹೊರಟು ಹೋಗಿ. ಸಾಕಷ್ಟು ನೋವು ಕೊಟ್ಟಿದ್ದೀರಿ..ನಾನು ಗೆಟ್ ಔಟ್ ಅನ್ನೋಕೆ ಮುಂಚೆ ಹೋಗಿ"

ನಶೆಯಲ್ಲಿ ತಾನೇನು ಮಾತಾಡುತ್ತಿದ್ದೇನೆ ಎನ್ನುವ ಅರಿವೂ ಕೃಷ್ಣನಿಗೆ ಇದೆಯೆ? ವಿಕ್ರಮ್ ಯೋಚಿಸುತ್ತಾ ಅಲ್ಲಿಂದ ಹೊರಟ.

ಕೃಷ್ಣ ಬಿಕ್ಕುತ್ತಲೇ ಇದ್ದ. ಶೇಖರ್ ಅವನ ಬೆನ್ನು ಸವರಿ ಸಂತೈಸಲು ಪ್ರಯತ್ನಿಸುತ್ತಿದ್ದ

***

ಬೆಳಿಗ್ಗೆ ಏಳು ಗಂಟೆಗೆ ಯಶವಂತರಾಯರ ಮನೆಯ ಆಳು ಕಾಫಿ ತಂದಾಗ ವಿಕ್ರಮ್ ಆಗಲೇ ಸ್ನಾನ ಮುಗಿಸಿದ್ದ. ಕಾಫಿ ಕುಡಿದು ಹಿಂದಿನ ದಿವಸದ ಘಟನೆಗಳನ್ನೆಲ್ಲಾ ನೆನಪಿಗೆ ತಂದುಕೊಳ್ಳಲೆತ್ನಿಸುತ್ತಿದ್ದ, ಹಾಗೇ ಅವುಗಳ ವಿಶ್ಲೇಷಣೆನ್ನೂ ಮಾಡುತ್ತಿದ್ದ.

ರಾತ್ರಿಯಂತೂ ಕುಡಿದ ಅಮಲಿನಲ್ಲಿದ್ದ ಕೃಷ್ಣನನ್ನು ತಡೆಯುವುದು ಕಷ್ಟವಾಗಿತ್ತು. ಆದರೂ ಕೃಷ್ಣನ ಮಾನಸಿಕ ತೊಳಲಾಟ ಕೊನೆಗೊಮ್ಮೆ ಮುಗಿದು ಚಿಲುಮೆಯಂತೆ ಸತ್ಯ ಮಾತಿನಲ್ಲಿ ಉಕ್ಕಿತ್ತು. ಯಶವಂತರಾಯರ ಕೊಲೆಗಾರನ ಚಿತ್ರಣ ಅಪೂರ್ಣವಾಗಿತ್ತು. ಕೃಷ್ಣನ ಪ್ರಕಾರ ಮೂರ್ತಿ, ಇಲ್ಲ ರಾಮಣ್ಣ ಅಥವಾ ಇಬ್ಬರೂ ಯಶವಂತರಾಯರ ಕೊಲೆಗೆ ಕಾರಣ. ಅದೇನೋ ರಹಸ್ಯ ಎನ್ನುವ ಮಾತು ಹೇಳಿದ. ಆದರೆ ಅದರ ಸಂಪೂರ್ಣ ಚಿತ್ರಣ ನೀಡಲು ಅಸಮರ್ಥನಾಗಿದ್ದ. ಕೊಲೆ ವಿಷಯ ಏನೇ ಇದ್ದರೂ ವಿಚಿತ್ರ ಸಂಗತಿಯೆಂದರೆ ಯಶವಂತರಾಯರ ದೇಹದ ಮಾಯ!

ಅದೇಕೆ ಮಾಯವಾಯಿತು?

ಯಾರು ಕಾರಣ?

ಪೋಲೀಸರು ಬಂದು ಶವವನ್ನು ಹೊರ ತೆಗೆದು ವೈದ್ಯಕೀಯ ಪರೀಕ್ಷೆಗೊಳಪಡಿಸುವರೆಂದು ಸುದ್ದಿ ಬಂದೊಡನೆ ಕೊಲೆಗಾರ ಅಥವಾ ಕೊಲೆಗಾರರು ಜಾಗೃತರಾಗಿದ್ದಾರೆ! ಪೋಲೀಸರು ಬರುವುದಕ್ಕೆ ಮುಂಚೆಯೇ ಗುಪ್ತವಾಗಿ ಶವವನ್ನು ಸಾಗಿಸಿದ್ದಾರೆ! ಆದ್ದರಿಂದ ಎರಡು ವಿಷಯಗಳು ಖಾತ್ರಿಯಾಗುತ್ತವೆ. ಒಂದು ಯಶವಂತರಾಯರದು ಸ್ವಾಭಿಕವಾದ ಸಾವಲ್ಲ, ಕೊಲೆ! ಎರಡನೆಯದು ಕೊಲೆಗಾರ ಇದೇ ಊರಿನವನು. ಅಷ್ಟೇ ಅಲ್ಲ ಅವನು ಯಶವಂತರಾಯರ ಮನೆಯವನೇ ಆಗಿರಬಹುದು!

ಪೋಲೀಸರು ಈ ಕೇಸಿನಲ್ಲಿ ಎಡವಿರುವನು. ಕೊಲೆಯ ತಲೆ-ಬುಡ ಕಂಡು ಹಿಡಿಯಲು ಅವರಿಂದ ಸಾಧ್ಯವಾಗಿಲ್ಲ . ಸಮಾಧಿಯಿಂದ ಯಶವಂತರಾಯರ ಶವ ಈಚೆ ತೆಗೆಯುವ ವಿಷಯ ಹೇಳಿದ ಮೇಲೆ ಮಾರನೆಯ ದಿವಸದವರೆಗೂ ಅವರು

ಕಾಯಬಾರದಿತ್ತು. ಅನಿವಾರ್ಯವಾಗಿ ಮಾರನೆ ದಿನ ಸಮಾಧಿ ಓಪನ್ ಮಾಡುವುದಿದ್ದರೆ ಸಮಾಧಿಯ ಬಳಿ ರಾತ್ರಿ ಪೋಲೀಸ್ ಕಾವಲಿರಬೇಕಿತ್ತು. ಈ ರೀತಿ ಪೋಲೀಸರು ಯೋಚಿಸಿಲ್ಲ. ಆದ್ದರಿಂದಲೇ ಕೇಸು ಗೋಜಲಾಗಿರುವುದು.

ಬಾಗಿಲ ಬಡಿದ ಶಬ್ದವಾಯಿತು.

ವಿಕ್ರಮ್ ನೋಟ್ ಪ್ಯಾಡಿನಲ್ಲಿ ಕೇಸಿನ ಬಗೆಗೆ ತನ್ನ ವಿಚಾರಗಳನ್ನು ಬರೆದಿದ್ದ! ಅಲ್ಲಿ ರಾಮಣ್ಣ, ಮೂರ್ತಿ, ಕೃಷ್ಣ ಮತ್ತು ಗಂಗಾಧರ ಅವರ ಹೆಸರುಗಳೂ ಅವರ ನಡುವೆ ನಡೆದಿರಬಹುದಾದ ಕ್ರಿಯೆ, ಪ್ರತಿಕ್ರಿಯೆ ಮುಂತಾದುವನ್ನು ಅಕ್ಷರ, ಗೆರೆ, ಬಾಣದ ಗುರುತು, ಪ್ರಶ್ನಾರ್ಥಕ ಚಿನ್ಹೆ ಮುಂತಾದುವನ್ನು ಬರೆದಿದ್ದ. ಅದನ್ನು ಬೇರೆಯವರು ನೋಡಬಾರದು. ತನಿಖೆ ಮುಗಿದು ಕೊಲೆಗಾರನನ್ನು ಬಂಧಿಸುವವರೆಗೆ ಆ ಎಲ್ಲಾ ವಿಷಯಗಳೂ ಗೋಪ್ಯವಾಗಿಯೇ ಇರಬೇಕು. ವಿಕ್ರಮ್ ಮೇಜಿನ ಮೇಲೆ ಹರಡಿದ್ದ ತನ್ನ ವಸ್ತುಗಳ ಮೇಲೆ ನ್ಯೂಸ್ ಪೇಪರ್ ಹರಡಿದ.

"ಯಾರದು?"

"ನಾನು...ಸರ್, ಶರತ್..."

ವಿಕ್ರಮ್ ಎದ್ದು ಬಾಗಿಲು ತೆರೆದ. ಶರತ್ ಒಳಕ್ಕೆ ಬರುತ್ತಲೇ ಬಾಗಿಲಿನ ಚಿಲಿಕ ಹಾಕಿದ.

"ಹೋದ ಕೆಲಸಗಳು ಏನಾದವು ಶರತ್?"

"ಸುಮಾರು ಇನ್ಫರ್ಮೇಶನ್ ಸಿಕ್ಕವು. ಆದರೆ ಅವುಗಳಿಂದ ಹೆಚ್ಚು ಉಪಯೋಗ ಆಗೋ ಹಾಗೆ ಕಾಣ್ತಿಲ್ಲ"

"ಮಾಡಿದ ತನಿಖೆ, ಕಲೆಕ್ಟ್ ಮಾಡಿದ ಮಾಹಿತಿ ಯಾವುವೂ ವ್ಯರ್ಥವಲ್ಲ ಶರತ್ ಹೇಳು..."

"ಗಂಗಾಧರನನ್ನ ಇಂಟರಾಗೇಟ್ ಮಾಡಿದೆ. ಅವನನ್ನು ನಾವು ಕೊಲೆಗಾರರ ಪಟ್ಟಿಯಿಂದ ಬಿಡಬಹುದು. ಅವನು ಯಶವಂತರಾಯರ ಬಳಿ ಜಗಳವಾಡಿದ್ದು, ಕೂಲಿಯ ಹಣದ ಬಗ್ಗೆ. ಅವನು ಹೆಂಡತಿಗೆ ಹಣ ಕೊಡದೆ ದುಡಿದದ್ದೆಲ್ಲಾ ಹೆಂಡಕ್ಕೆ ಸುರಿಯುತ್ತಿದ್ದ. ಅವನ ಹೆಂಡತಿ ಯಶವಂತರಾಯರ ಬಳಿ ಗೋಳು ಹೇಳಿಕೊಂಡಿದ್ದಳು. ಅದಕ್ಕೇ ಗಂಗಾಧರನ ದುಡಿಮೆಯ ಹಣವನ್ನು ನೇರವಾಗಿ ಅವನ ಹೆಂಡತಿಗೆ ಕೊಡುತ್ತಿದ್ದರು ಯಶವಂತರಾಯರು. ಇದರಿಂದ ಗಂಗಾಧರನ ಪಿತ್ತ ನೆತ್ತಿಗೇರಿತ್ತು. ಯಶವಂತರಾಯರ ಬಳಿ ಜಗಳವಾಡಿದ್ದ. ಇಷ್ಟಕ್ಕೂ ಯಶವಂತರಾಯರ ಸಾವಿನಿಂದ ಅವನಿಗೇನೂ ಲಾಭವಿಲ್ಲ! ಯಶವಂತರಾಯರ ಕೊಲೆಯಲ್ಲಿ ಅವನ ಪಾತ್ರ ಇಲ್ಲ ಎನ್ನುವುದು ಸ್ಪಷ್ಟ. ಇನ್ನು ಕೃಷ್ಣನ ಧಾರಾಳತನವನ್ನು ಅವನು ಮೆಚ್ಚುತ್ತಾನೆ.

ಮೂರ್ತಿಯಿಂದ ಟ್ಯಾಬ್ಲೆಟ್‌ನ ಲ್ಯಾಬ್ ರಿಪೋರ್ಟು ತಂದೆ. ಮತ್ತೆ ನಮ್ಮ ಲ್ಯಾಬಿನಿಂದಲೂ ರಿಪೋರ್ಟ್ ತಂದೆ ಎರಡೂ ತಾಳೆಯಾಗುತ್ತವೆ. ಮೂರ್ತಿ ನಮಗೆ ಮೋಸ ಮಾಡೋದಕ್ಕೆ ಪ್ರಯತ್ನ ಮಾಡಿಲ್ಲ. ಮೂರ್ತಿ ಲ್ಯಾಬ್ ರಿಪೋರ್ಟ್ ತಿರುಚಿಸಿಲ್ಲ"

ಶರತ್ ಲ್ಯಾಬ್‌ನ ರಿಪೋರ್ಟುಗಳನ್ನು ವಿಕ್ರಮ್ ಕೈಗಿತ್ತ. ವಿಕ್ರಮ್ ಕೂಲಂಕುಶವಾಗಿ ಎರಡನ್ನೂ ನೋಡಿದ. ಎರಡು ನಿಮಿಷದ ನಂತರ ಮಾತಾಡಿದ.

"ಸೋ...ಯಶವಂತರಾಯರು ಸಾಯುವ ಹಿಂದಿನ ದಿವಸ ತಗೊಂಡಿರೋದು ಕೇವಲ ಪ್ಯಾರಾಸಿಟೊಮಾಲ್! ಮೂರ್ತಿ ಮತ್ತು ರಾಮಣ್ಣ ಮತ್ತು ಗಂಗಾಧರ ಮೂವರೂ ಈಗ ಕೊಲೆಗಾರನ ಪಟ್ಟಿಯಿಂದ ಆಚೆ ಬಂದರು".

"ಇನ್ನೂ ಇಲ್ಲ ಸರ್"

ವಿಕ್ರಮ್ ಹುಬ್ಬು ಗಂಟಿಕ್ಕಿ ಜೂನಿಯರ್‌ನ ನೋಡಿದ. "ಹೌದು ಸರ್. ಮಾತ್ರೆ ಹಾಕೇ ಕೊಲೆ ಮಾಡಬೇಕೇನು? ಬೇರೆ ಬೇಕಾದಷ್ಟು ವಿಧಾನಗಳಿವೆ. ಅವರು ಹೇಗೆ ಸತ್ತಿರಬಹುದೂಂತ ಹೇಳೋಕೆ ಯಾವ ಆಧಾರವೂ ಇಲ್ಲ. ಮೇಲಾಗಿ ನಾವು ಶವಾನೂ ನೋಡಿಲ್ಲ".

"ಯೂ ಆರ್ ರೈಟ್ ಶರತ್. ಕೊಲೆ ಯಾವ ರೀತಿಯಿಂದ ಬೇಕಾದರೂ ಮಾಡಿರಬಹುದು".

"ಆದ್ರಿಂದಾನೇ ಮೂರ್ತಿಯಾಗಲೀ ಇಲ್ಲಾ ರಾಮಣ್ಣನಾಗಲೀ ನಮ್ಮ ಲಿಸ್ಟಿನಿಂದ ಆಚೆ ಹೋಗೋದಿಲ್ಲ".

"ಮುಂದಿಂದು ಹೇಳು"

"ಗಂಗಾಧರ ಇನ್ನೊಂದು ಹೊಸ ವಿಷಯ ಹೇಳಿದ. ಈ ಕೇಸಿಗೆ ಹೊಸ ಪಾತ್ರ ಎಂಟ್ರಿ ಕೊಟ್ಟಿದೆ"

ಶರತ್ ಮಾತಿಗೆ ವಿಕ್ರಮ್ ಹುಬ್ಬು ಗಂಟಿಕ್ಕಿದ.

"ಎಸ್ ಸರ್! ಈ ಹೊಸ ಪಾತ್ರದ ಹೆಸರು ವೆಂಕಟರೆಡ್ಡಿ"

"ಶರತ್? ಈತನ ವಿಷಯ ಎಲ್ಲಿ ಸಿಕ್ತು?" ವಿಕ್ರಮ್ ಅಚ್ಚರಿಗೊಂಡಿದ್ದ.

"ಈ ಪಾತ್ರವನ್ನ ಕೇಸಿಗೆ ಎಂಟ್ರಿ ಮಾಡಿಸಿದ್ದು ಗಂಗಾಧರ"

"ವಾಟ್? ಗಂಗಾಧರನೆ..? ಇಂಟರೆಸ್ಟಿಂಗ್..ಹೇಳು..ಅವನ ಬಗ್ಗೆ ಏನು ಗುಮಾನಿ"

ಗಂಗಾಧರ ಹೇಳಿದ ಎಲ್ಲ ವಿಷಯವನ್ನೂ ಆದಷ್ಟೂ ಸಂಕ್ಷಿಪ್ತವಾಗಿ ಶರತ್ ತನ್ನ ಸೀನಿಯರ್‌ಗ ಹೇಳಿದ.

"ಸೋ..ಈ ಕೇಸಿನಲ್ಲಿ ಮತ್ತೊಬ್ಬ ಗುಮಾನಿ! ವೆಂಕಟರೆಡ್ಡಿ ಯಶವಂತರಾಯರನ್ನ ಹೇಗೆ ಕೊಲೆ ಮಾಡಿರಬಹುದು? ಅವನಿಗೂ ಯಶವಂತರಾಯರಿಗೂ ಮನಸ್ತಾಪ ಇತ್ತು ಅಂದರೆ ನೇರವಾಗಿ ಅವನು ವಿಷಪ್ರಾಶನ ಮಾಡಿರೋಕೆ ಸಾಧ್ಯವಿಲ್ಲ. ಅದಕ್ಕೆ ಈ ಮನೆಯ ಸದಸ್ಯರಲ್ಲಿ ಒಬ್ಬರಾದರೂ ಅವನಿಗೆ ಸಾಥ್ ಕೊಟ್ಟಿರುತ್ತಾರೆ! ಯಶವಂತರಾಯರು ಸತ್ತ ದಿನ, ಅದಕ್ಕೂ ಹಿಂದಿನ ದಿನ ಮತ್ತು ಸತ್ತ ನಂತರದ ಮೂರು ದಿನ ವೆಂಕಟರೆಡ್ಡಿ ಎಲ್ಲೆಲ್ಲಿದ್ದ? ಇದನ್ನೆಲ್ಲಾ ಪತ್ತೆ ಮಾಡಬೇಕು. ಆ ಕೆಲಸ ನಿನಗೆ ಬಿಟ್ಟಿದ್ದಿನಿ. ಅವನನ್ನ ಮುಖತಃ ಇಂಟರಾಗೇಟ್ ಮಾಡಬೇಕಾಗಿಲ್ಲ. ಸುತ್ತಲಿನವರಿಂದ ವಿಷಯ ತಿಳಿದುಕೊಂಡ್ರೆ ಸಾಕು..ವೆಂಕಟರೆಡ್ಡಿ ವಿಷಯ ರಾಮಣ್ಣ ಏಕೆ ಬಾಯಿಬಿಡಲಿಲ್ಲ?"

ವಿಕ್ರಮ್ ಅಚ್ಚರಿಯಿಂದ ಕೇಳಿದ"

"ವೆಂಕಟರೆಡ್ಡಿ ಮತ್ತು ರಾಮಣ್ಣನ ನಡುವೆ ಏನಾದ್ರೂ ಇರಬಹುದು ಸಾರ್. ನೀವೇ ಹೇಳಿದ್ರಲ್ಲ. ಮನೆ ಒಳಗಿನವರ ಸಾಥ್ ಇಲ್ಲದೆ ವೆಂಕಟರೆಡ್ಡಿ ಯಶವಂತರಾಯರ ಕೊಲೆ ಮಾಡಿರೋಕೆ ಸಾಧ್ಯವಿಲ್ಲ"

"ಎಸ್..ನಾವು ರಾಮಣ್ಣನ ಮೇಲೂ ಒಂದು ಕಣ್ಣಿಟ್ಟಿರಬೇಕು. ಸೋ..ಈಗ ವೆಂಕಟರೆಡ್ಡಿ ನಮ್ಮ ಸಸ್ಪೆಕ್ಟ್ ಲಿಸ್ಟ್ ಸೇರಿದ. ಮುಂದೆ..? ಇನ್ನೇನು ಪ್ರೊಗ್ರೆಸ್ ಶರತ್?" ವಿಕ್ರಮ್ ಕೇಳಿದ.

"ಕೃಷ್ಣನ ಲವರ್ ರಾಣಿಯನ್ನ ಮೀಟ್ ಮಾಡಿದ್ದೆ. ಆಕೆಗೂ ಕೃಷ್ಣನ ಆಸ್ತಿ ಮೇಲೆ ಕಣ್ಣಿರೋ ಹಾಗೆ ಕಾಣುತ್ತೆ..."

"ಯಶವಂತರಾಯರು ಸತ್ತ ದಿವಸ ಕೃಷ್ಣ ಅಲ್ಲೇ ಇದ್ದನೇನು?"

"ರಾಣಿ ಮನೆಯಲ್ಲೇ ಇದ್ದ. ನಾನು ಕ್ರಾಸ್ ಚೆಕ್ ಮಾಡಿದೆ...ಯಶವಂತರಾಯರು ಸತ್ತ ಸುದ್ದಿ ಹೇಳೋಕೆ ಅಲ್ಲಿಗೆ ಮೂರ್ತಿಯವರೇ ಹೋಗಿದ್ದರು. ಅದನ್ನ ಕೃಷ್ಣನ ಲವರ್ ಹೇಳಿದ ವಿವರಗಳಿಂದ ಗ್ರಹಿಸಿದೆ"

"ಹಾಗಾದ್ರೆ ಸಧ್ಯಕ್ಕೆ ಕೃಷ್ಣ ಗುಮಾನಿಗಳ ಪಟ್ಟಿಯಿಂದ ತಪ್ಪಿಸಿಕೊಂಡಿದಾನೆ ಅಲ್ವಾ? ಆದರೆ ಮೂರ್ತಿಯವರಿಗೆ ಕೃಷ್ಣನ ಲವರ್ ವಿಷಯ ಗೊತ್ತು. ಅವಳ ಮನೆ ಕೂಡ ಗೊತ್ತಿದೆ"

"ಹೌದು ಸರ್. ಇಲ್ಲಿ ವಿಷಯ?"

"ಇದೋ ನೋಡು"

"ಕುದುರೆ ಹೆಜ್ಜೆ ಗುರುತು!"

"ರೈಟ್. ನೋಡು ಎರಡೂ ತಾಳೆಯಾಗ್ತಿವೆ. ಇದು ಸ್ಮಶಾನದಲ್ಲಿ ತೆಗೆದುಕೊಂಡಿದ್ದು. ಇದು ಇಲ್ಲಿಯೇ-ಈ ಊರಿನಲ್ಲೇ ಸಿಕ್ಕ ಕುದುರೇದು"

"ಯಾರು ಸಾರ್ ಕುದುರೆ ಮಾಲೀಕ?"

"ಮುನಿಯಪ್ಪ ಅಂತ. ಅಗಸ, ರಾಯಚೂರಲ್ಲಿದ್ದನಂತೆ. ಒಂದು ವರ್ಷದ ಹಿಂದೆ ಬಂದನಂತೆ. ಮೂರ್ತಿ ನಮಗೆ ಸುಳ್ಳು ಹೇಳಿದ್ದಾರೆ. ಈ ಊರಿನಲ್ಲಿ ಯಾರೂ ಕುದುರೆಯನ್ನೇ ಕಟ್ಟಿಲ್ಲ ಎಂದಿದ್ದರು. ಆ ರೀತಿ ಸುಳ್ಳು ಹೇಳೋದಕ್ಕೆ ಏನಾದ್ರೂ ಕಾರಣ ಇದೆಯೆ?" ವಿಕ್ರಮ್ ಯೋಚಿಸಿದ.

"ಈ ಮನುಷ್ಯ, ಮುನಿಯಪ್ಪ ಹೇಗೆ?"

"ಈಗಲೇ ಏನೂ ಹೇಳೋಕಾಗೋದಿಲ್ಲ. ಕೃಷ್ಣನ ಜೊತೆ ಮಾತಾಡಿದೆ. ಪೋಲೀಸರಿಗೆ ಮೂಕರ್ಜಿ ಬರೆದೋನು ಅವನೇ"

"ಯಾಕಂತೆ?"

"ಅವನಿಗೆ ಭಾವ ಮತ್ತು ಮಾವನ ಮೇಲೆ ಅನುಮಾನ. ಅವರೇ ಕೊಲೆ ಮಾಡಿಸಿರೋದೂಂತ ಹೇಳ್ತಾನೆ. ಮತ್ತೆ ತನ್ನ ಕೊಲೆ ಕೂಡ ಇವರಿಬ್ಬರೂ ಸೇರಿ ಮಾಡಿದಾರೇಂತ ಹೇಳ್ತಾನೆ"

"ಹಾಗಾದ್ರೆ ಮೂರ್ತಿ ಮತ್ತು ರಾಮಣ್ಣ ಇಬ್ಬರ ಮೇಲೆ ಅನುಮಾನಗಳು ಕೂಡಿಕೊಂಡು ಬರ್ತಾ ಇವೆ. ಆದ್ರೆ ಯಶವಂತರಾಯರ ಶವ ಏನಾಗಿರಬಹುದು ಸರ್?"

"ಅದನ್ನೇ ಈಗ ಹುಡುಕಬೇಕು ಶರತ್. ನಮ್ಮ ಪ್ರೋಗ್ರೆಸ್ ಏನಿದ್ದರೂ ಬೇಗನೇ ತೋರಿಸಬೇಕು. ತಡ ಮಾಡಿದರೆ ನಾವು ಮಾಡಿದ್ದೆಲ್ಲಾ ವ್ಯರ್ಥ. ಶರೀರ ಡಿಕಂಪೋಸ್ ಆಗಿರುತ್ತೆ. ಬಹುಶಃ ಗುರುತು ಹಿಡಿಯೋದೂ ಕಷ್ಟವಾಗಬಹುದು. ಮತ್ತೆ ಡಿ.ಎನ್.ಎ ಟೆಸ್ಟ್ ಎಲ್ಲಾ ಕಾಂಪ್ಲಿಕೇಟೆಡ್ಡು! ಜೊತೆಗೆ ಲ್ಯಾಬ್ ರಿಪೋರ್ಟುಗಳನ್ನು ಎಷ್ಟು ನಂಬಬಹುದು ಅನ್ನೋ ಅನುಮಾನವೂ ಇರುತ್ತೆ..ಈಗಲೇ ಸಾಕಷ್ಟು ಸಮಯ ಕಳೆದು ಹೋಗಿದೆ"

"ನಮ್ಮ ನೆಕ್ಸ್ಟ್ ಮೂವ್ ಏನು ಸರ್?"

"ಇಲ್ಲಿ ಕೆಲಸ ನೀನು ನೋಡು. ನಾನು ಬೆಂಗಳೂರಿಗೆ ಹೋಗಿ ಬರ್ತೀನಿ"

"ನಾನು ಇಲ್ಲಿ ಮಾಡಬೇಕಾಗಿರೋದು?"

"ಹೇಳ್ತೀನಿ... ಮೊದಲಿಗೆ..."

ವಿಕ್ರಮ್ ತನ್ನ ಜೂನಿಯರ್‌ಗ ಕೂಲಂಕುಷವಾಗಿ ತನ್ನ ಪ್ಲಾನ್ ವಿವರಿಸಿದ. ಶರತ್ ಎಚ್ಚರಿಕೆಯಿಂದ ಎಲ್ಲವನ್ನೂ ಕೇಳಿದ. ಅನುಮಾನ ಬಂದ ಕಡೆ ಪ್ರಶ್ನೆ ಕೇಳಿ ಉತ್ತರ ಪಡೆದುಕೊಂಡ. ಇದ್ದಕ್ಕಿದ್ದಂತೆ ಯಾರೋ ಬಾಗಿಲಾಚೆ ತಮ್ಮ ಮಾತು ಕೇಳಿಸಿಕ್ಕೊಳ್ಳುತ್ತಿರುವರೆಂಬ ಅನುಮಾನ ಬಂತು. ಶರತ್ ಜೊತೆ ಮಾತಾಡುತ್ತಿರುವಂತೆಯೇ ಮೆಲ್ಲನೆ ಎದ್ದು ಹೋಗಿ ಒಮ್ಮೆಲೇ ರೂಮಿನ ಬಾಗಿಲು

ತೆಗೆದ ವಿಕ್ರಮ್. ಆದರೆ ಆ ಸಮಯಕ್ಕೆ ಆಚೆ ಬಾಗಿಲಿಗೆ ಕಿವಿಯಿಟ್ಟು ಕೇಳಿಸಿಕೊಳ್ಳುತ್ತಿದ್ದ ವ್ಯಕ್ತಿ ಮರೆಯಾಗಿತ್ತು! ತಾನು ಮಾಡುವ ಕೆಲಸದಲ್ಲಿ ಯಾರಿಗೂ ಅನುಮಾನ ಬರಬಾರದು ಎಂದು ವಿಕ್ರಮ್ ಎಚ್ಚರಿಕೆ ವಹಿಸಿದ್ದ. ಅದಕ್ಕೇ ಎಲ್ಲವನ್ನೂ ಮುಚ್ಚಿದ ಬಾಗಿಲಿನಲ್ಲೇ ನಡೆಸುತ್ತಿದ್ದ. ಅವನ ಕೆಲಸ ಅಷ್ಟು ಗೋಪ್ಯವಾಗಿದ್ದಕ್ಕೇ ಯಶವಂತರಾಯರ ಕೊಲೆಯ ಭಾಗೀದಾರರು ಬಾಗಿಲ ಹಿಂದೆ ಎಲ್ಲ ಮಾತುಗಳನ್ನು ಕದ್ದು ಕೇಳಿಸಿಕೊಳ್ಳುತ್ತಿದ್ದುದು ಎನಿಸಿತು. ವಿಕ್ರಮ್ ಬರುವುದಕ್ಕೆ ಮುಂಚೆ ಕದ್ದು ಮಾತು ಕೇಳಿಸಿಕ್ಕೊಳ್ಳುತ್ತಿದ್ದವರು ಜಾಗ ಖಾಲಿ ಮಾಡಿದ್ದರು! ತಕ್ಷಣವೇ ಮರೆಯಾದ ವ್ಯಕ್ತಿಯ ಹಿಂದೆ ಓಡುವುದು ಮನೆಯವರ ಅನುಮಾನಕ್ಕೆ ಕಾರಣವಾಗುತ್ತದೆ ಎನಿಸಿತು. ಆದ್ದರಿಂದ ವೇಗವಾಗಿ ನಡೆದು ಆ ವ್ಯಕ್ತಿ ಯಾರೆಂದು ತಿಳಿಯಲು ಧಾವಿಸಿದಾಗ ಕಂಡಿದ್ದು: ಮೆಟ್ಟಿಲುಗಳ ಬಳಿ ಕೆಳಗಿಳಿಯುತ್ತಿದ್ದವರು ಇಬ್ಬರು ಮಹಿಳೆಯರು! ಅಂದರೆ...? ಅವರಿಬ್ಬರೂ ತಮ್ಮ ಮಾತುಗಳನ್ನು ಇವರಿಬ್ಬರು ಕೇಳಿಸಿಕೊಳ್ಳುತ್ತಿದ್ದರೆ? ಸಾಧ್ಯವಿಲ್ಲ! ಏಕೆಂದರೆ ಆ ವ್ಯಕ್ತಿಗಳು ಹೊನ್ನಿ ಮತ್ತು ಮೂರ್ತಿಯ ಪತ್ನಿ ಸರಳಾ!!

ಛೆ... ಛೆ... ಸಾಧ್ಯವಿಲ್ಲ! ಈ ಇಬ್ಬರೂ ತನ್ನ ಮಾತುಗಳನ್ನು ಕೇಳಿಸಿಕೊಂಡಿರಲು ಕಾರಣವಿಲ್ಲ! ಇಷ್ಟಕ್ಕೂ ಅವರಿಗೆ ಯಶವಂತರಾಯರ ಕೊಲೆಯಾಗಲೀ, ಶವ ಕಾಣೆಯಾಗಿರುವುದರ ಬಗೆಗೆ ಹೆಚ್ಚಿನ ಚಿಂತೆ ಇರಲಾರದು.

ವಿಕ್ರಮ್ ಮತ್ತೆ ಮತ್ತೆ ನೋಡಿದ. ಮಹಡಿಯ ಮೆಟ್ಟಿಲೇರಿ ಬಂದರೆ ಎರಡೂ ಕಡೆಗೂ ರೂಮುಗಳಿದ್ದವು. ಎಡ ಹಾಗೂ ಬಲ ಬದಿಯಲ್ಲಿ ಉದ್ದಕ್ಕೆ ಓಣಿ. ಎರಡು ಭಾಗಗಳಲ್ಲೂ ಮೂರು ರೂಮುಗಳು. ಬಲ ಬದಿಯ ಕೊನೆಯ ರೂಮು ವಿಕ್ರಮ್ ಮತ್ತು ಶರತ್‌ಗ ತೆರವು ಮಾಡಿ ಕೊಟ್ಟಿದ್ದರು.

ಒಂದು ವ್ಯಕ್ತಿ ತನ್ನ ರೂಮಿನ ಬಾಗಿಲ ಹಿಂದೆ ನಿಂತಿದ್ದು, ಇನ್ನೊಂದು ವ್ಯಕ್ತಿ ಎಡ ಬದಿಯಿಂದ ಬಂದಿರಬಹುದು. ಇಬ್ಬರೂ ಮೆಟ್ಟಿಲಿಳಿಯುವ ಸಮಯ ಒಂದೇ ಆಗಿದೆ! ಅದಕ್ಕೇ ಮೆಟ್ಟಿಲಿನ ಮೇಲೆ ಇಬ್ಬರೂ ಒಟ್ಟಿಗೆ ಕಾಣುತ್ತಿರುವುದು.

ಅವರಿಬ್ಬರೂ ಮೆಟ್ಟಿಲಿಳಿದಿದ್ದರು. ನಂತರ ಮನೆಯ ಒಳಭಾಗಕ್ಕೆ ತೆರಳಿದರು. ಒಬ್ಬರಾದರೂ ಕತ್ತೆತ್ತಿ ಮೇಲೆ ನೋಡಲಿಲ್ಲ. ತಮ್ಮ ಮಾತು ಕೇಳಿಸಿಕೊಂವರು ಕತ್ತೆತ್ತಿ ಮೇಲೆ ನೋಡುವರೆಂದು ವಿಕ್ರಮ್ ನಿರೀಕ್ಷಿಸಿದ್ದ. ಆದರೆ ಹಾಗಾಗಿರಲಿಲ್ಲ.

ಬಲಬದಿಯ ಓಣಿಯಿಂದ ಬಂದವರು ಬಲ ಬದಿಯಲ್ಲಿಯೇ ಮೆಟ್ಟಿಲ ಮೇಲೆ ಇಳಿಯುವುದು ಸಹಜ. ಹಾಗೇ ಎಡಬದಿಯಿಂದ ಬಂದವರು ಮೆಟ್ಟಿಲಿನ ಎಡಗಡೆಯೇ ಇಳಿಯುತ್ತಾರೆ! ಅದು ಮೂಲಭೂತ ಮಾನವ ಮನಃಶಾಸ್ತ್ರ. ಹಾಗಾದರೆ ಈಗ ಮೆಟ್ಟಿಲಿಳಿದವರಿಬ್ಬರು ಮೆಟ್ಟಿಲಿನ ಯಾವ್ಯಾವ ಭಾಗದಲ್ಲಿದ್ದರು?

ಹಾ... ಹೊನ್ನಿ ಬಲಬದಿಯಲ್ಲಿದ್ದಳು!!

ಮೂರ್ತಿಯ ಪತ್ನಿ ಸರಳಾ ಎಡಬದಿಯಲ್ಲಿದ್ದಳು!

ಹಾಗಾದರೆ ತಮ್ಮ ಮಾತನ್ನು ಕದ್ದು ಕೇಳಿದವಳು ಹೊನ್ನಿಯೆ?! ಆದರೆ ಅವಳಿಗೂ ಯಶವಂತರಾಯರ ಕೊಲೆಗೂ ಏನು ಸಂಬಂಧವಿದ್ದೀತು? ಆಕೆ ಕೆಲಸದವಳು, ಅದೂ ಗಂಡ ಸತ್ತು ದಿಕ್ಕಿಲ್ಲದ ಹೆಣ್ಣು. ಇನ್ನೂ ಮೂರ್ತಿಯ ಹೆಂಡತಿ ತಮ್ಮ ಮಾತುಗಳನ್ನು ಕದ್ದು ಕೇಳಿಸಿಕೊಂಡಳೆಂದರೆ ನಂಬಲು ಸಾಧ್ಯವಿತ್ತು! ಮೂರ್ತಿಯ ಸಿಗಬಹುದಾದ ಆಸ್ತಿಯ ಸಿಂಹಪಾಲು ಯಶವಂತರಾಯರ ಕೊಲೆಯಲ್ಲಿರಬಹುದು! ಅದಕ್ಕೆ ಸರಳಾದ್ದೂ ಒಪ್ಪಿಗೆಯಿರಬಹುದು. ಮೂರ್ತಿಯಿಲ್ಲದ ಸಮಯದಲ್ಲಿ ಗಂಡನ ಪರವಾಗಿ ತಮ್ಮ ಮಾತುಗಳನ್ನು ಕದ್ದು ಕೇಳಿರಬಹುದೆ? ಈ ಲಾಜಿಕ್ ನಂಬಬಹುದು!

ಅಥವಾ... ಮೂಲಭೂತ ಮಾನವ ಸ್ವಭಾವದ ಬಗೆಗೆ ತನ್ನ ತಿಳುವಳಿಕೆಯೇ ತಪ್ಪಿರಬಹುದೆ? ಅಥವಾ... ಸರಳಾ ಮತ್ತು ಹೊನ್ನಿಯ ಜಾಗಗಳು ಬೇರಾವುದೋ ಕಾರಣಕ್ಕೆ ಅದಲು ಬದಲಾಗಿವೆಯೋ? ನೆನ್ನೆಯ ದಿವಸ ತಾನು ಸಂಜೆ ಮನೆ ಬಿಟ್ಟು ಹೊರಟಾಗ ಬಾಲ್ಕನಿಯಿಂದ ಹೆಂಗಸೊಬ್ಬಳು ತನ್ನನ್ನೇ ಗಮನಿಸುತ್ತಿದ್ದಳು. ಈ ಇಬ್ಬರಲ್ಲಿ ಒಬ್ಬರು ನೆನ್ನೆ ತನ್ನನ್ನು ಗಮನಿಸುತ್ತಿದ್ದ ವ್ಯಕ್ತಿಯಾಗಿರಬಹುದಾ?

"ಏನು ಸರ್?"

ಹಿಂದಿಂದ ಬಂದ ಶರತ್ ಕೇಳಿದ.

"ಏನಿಲ್ಲ. ನಡಿ ರೂಮಿಗೆ"

ವಿಕ್ರಮ್ ರೂಮಿನತ್ತ ನಡೆದ.

ಒಂದು ವೇಳೆ ಮೂರ್ತಿಯೇ ಯಶವಂತರಾಯರ ಕೊಲೆಯನ್ನು ಮಾಡಿದ್ದರೆ... ಅಥವಾ ಮಾಡಿಸಿದ್ದರೆ... ತನ್ನ ಬಳಿಗೆ ಕೇಸು-ತಂದು ತನಿಖೆ ಮಾಡಿ ಕೊಲೆಗಾರನನ್ನು ಕಂಡು ಹಿಡಿಯಿರಿ ಎಂದು ಹೇಳುತ್ತಿದ್ದನೆ?!

ಕೇಸು ಮುಂದುವರಿಯುತ್ತಿಲ್ಲ.

ತನಿಖೆ ನಿರ್ದಿಷ್ಟವಾದ ಯಾವ ಸಂಗತಿಯನ್ನೂ ಈವರೆಗೆ ತೋರಿಸಿಲ್ಲ. ಗುಮಾನಿ, ಅನುಮಾನ-ಅಷ್ಟೆ. ಮೂರ್ತಿ, ರಾವಣ್ಣ-ದೃಷ್ಟಿಯಲ್ಲಿದ್ದರು. ಆದರೆ ಮೂರ್ತಿ ತಾನಾಗೇ ಪತ್ತೇದಾರರನ್ನು ಕರೆಸಿ ತನಿಖೆ ಮಾಡಲು ಹೇಳಿ ಹಣ ನೀಡಿದ್ದ. ಅಲ್ಲದೆ ಅವನಿಗೆ ವಿಕ್ರಮ್‌ನ ಖ್ಯಾತಿಯ ಬಗೆಗೆ ತಿಳಿದಿತ್ತು. ಆದ್ದರಿಂದ ಮೂರ್ತಿ ತಾನಾಗಿಯೇ ತನ್ನ ಸಮಾಧಿ ತೋಡಿ ಕೊಂಡಿರಲಾರ! ಇನ್ನುಳಿದವನು ರಾಮಣ್ಣ ಅಷ್ಟೆ. ಅಲ್ಲದೆ ಮುನಿಯಪ್ಪನ ಕೈವಾಡ ಕೊಲೆಯಲ್ಲಿದೆಯೇ? ಈ ಮನೆಯಲ್ಲಿ ಒಂದು ಹೆಂಗಸು ಬೇರೆ ತಮ್ಮ ಮಾತುಗಳನ್ನು ಕದ್ದು

ಕೇಳಿಸಿಕೊಂಡಿರುವಳು! ಆಕೆ ಯಾರಿರಬಹುದು? ಸರಳಾನೋ ಇಲ್ಲ ಹೊನ್ನಿಯೋ? ಮೂರ್ತಿಗೂ ಕೊಲೆಗೂ ಸಂಬಂಧವಿಲ್ಲವೆಂದರೆ ಸರಳ ತಮ್ಮ ಮಾತುಗಳನ್ನು ಕದ್ದು ಕೇಳಿಸಿಕೊಳ್ಳುವುದರಲ್ಲಿ ಯಾವ ಅರ್ಥವೂ ಇಲ್ಲ. ಉಳಿದವಳು ಹೊನ್ನಿ. ದಿಕ್ಕಿಲ್ಲದ ವಿಧವೆ. ಯಶವಂತರಾಯರ ಸಾವಿನಿಂದ ಆಕೆಗೆ ಸಿಗುತ್ತಿದ್ದುದಾದರೂ ಏನು? ಅಷ್ಟೊಂದು ಜನ ಬಂಧು ಬಳಗ! ಸ್ವಂತ ಮೊಮ್ಮಕ್ಕಳು! ಹೊನ್ನಿಗೆ ಕಿಲುಬು ಕಾಸೂ ಸಿಗುವುದಿಲ್ಲ. ಯಾರಾದರೂ ಕರುಣೆಯಿಂದ ಕೊಟ್ಟರಷ್ಟೆ ಉಳಿದೀತು. ವಿಷಯ ಹೀಗಿರುವಾಗ ಹೊನ್ನಿ ಯಶವಂತರಾಯರ ಕೊಲೆಯಲ್ಲಿ ಪಾಲು ತೆಗೆದುಕ್ಕೊಳ್ಳಲಾರಳು!

"ಯಾಕೆ ಸರ್? ನಮ್ಮ ಮಾತು ಯಾರಾದರೂ ಕದ್ದು ಕೇಳಿಸ್ಕೋತ್ತಿದ್ದಾರೇನು?"

"ಹೌದು. ಅದೂ ಒಂದು ಹೆಂಗಸು! ಯಾರೂಂತ ನೋಡೊಕೇ ಮೆಟ್ಟಿಲವರೆಗೆ ಹೋಗಿದ್ದೆ. ಆದರೆ ಆ ಸಮಯಕ್ಕೆ ಇಬ್ಬರು ಮೆಟ್ಟಿಲು ಇಳೀತಿದ್ದರು-ಹೊನ್ನಿ ಮತ್ತು ಸರಳಾ. ಇದರಿಂದ ಮತ್ತಷ್ಟು ಕನ್‌ಫ್ಯೂಶನ್ ಅಷ್ಟೆ"

"ಇನ್ನೊಂದಿಷ್ಟು ಸಮಯ ಗಮನಿಸಿದರೆ ಸಿಕ್ಕಿಹಾಕ್ಕೋತಾರೆ. ಅನುಮಾನ ಇಲ್ಲ. ಮುಂದಿನದು ಹೇಳಿ ಸರ್?"

"ನಡೆ ಹೋಗೋಣ"

"ಎಲ್ಲಿಗೆ ಸರ್?"

"ಮೊದಲು ಆಚೆ ಹೋಗೋಣ. ಈ ಮನೆಯಲ್ಲಿ ನಮಗೆ ಏಕಾಂತ ಸಿಗೋದಿಲ್ಲ ಅನ್ನಿಸುತ್ತೆ. ಅದ್ರಿಂದ ಮಾತಾಡೋದೇನಿದ್ದರೂ ಮನೆಯಿಂದಾಚೆ ಮಾತಡೋಣ"

"ಸರಿ ಸಾರ್"

ಶರತ್ ಬೇಗನೆ ಅರ್ಥ ಮಾಡಿಕೊಂಡ.

ಬೆಳಗಿನ ಉಪಹಾರ ಮಾಡಿ ಹೋಗಿ ಎಂದು ರಾಮಣ್ಣ ಬಲವಂತ ಮಾಡಿದರೂ ಸಹ ಕೇಳದೆ ಪತ್ತೇದಾರರಿಬ್ಬರು ಮನೆಯಿಂದಾಚೆ ಹೊರಟುಬಿಟ್ಟರು.

ಬೀಗ ಹಾಕಿದ ಮುನಿಯಪ್ಪನ ಮನೆ ಕಂಡು ಅವರ ಹುಬ್ಬುಗಳು ಗಂಟಿಕ್ಕಿದ್ದವು. ಎದುರು ಮನೆಯಲ್ಲಿ ವಿಚಾರಿಸಿದರು.

"ಬೆಂಗ್ಳೂರಿಗೆ ಹೋಗಿದಾನೆ. ರಾತ್ರೀಗೆ ಬರ್ತಾನೆ"

ಉತ್ತರ ಬಂತು.

ಇದ್ದಕ್ಕಿದ್ದ ಹಾಗೆ ಮುನಿಯಪ್ಪ ಬೆಂಗಳೂರಿಗೇಕೆ ಹೋದ?

ಇಬ್ಬರೂ ಮನಿಯಪ್ಪನ ಮನೆಯಿಂದ ಅಷ್ಟು ದೂರ ಬಂದಿದ್ದರು.

"ಸಾರ್ ಶವ ಎಲ್ಲಿದೇಂತ ಲೊಕೇಟ್ ಮಾಡೋಕೇ ಆಗ್ತಾ ಇಲ್ಲ"

ಶರತ್ ಆತಂಕದಿಂದ ಸೀನಿಯರ್‌ನ ಕೇಳಿದ.

"ಬರೀ ಬಾಡಿ ಹುಡುಕ್ತೀನೀಂತ ಹೋಗೋದು ವೇಸ್ಟ್ ಆಫ್ ಟೈಮ್. ಯಾಕೇಂದರೆ... ಬರೀ ಬಾಡಿ ಹುಡುಕೋದಕ್ಕೇಂತ ಹೋದರೆ ಯಾವ ಆಧಾರದ ಮೇಲೆ? ಎಲ್ಲೀಂತ ಹುಡುಕೋದು? ಕೊಲೆಗಾರನ್ನ ಹುಡುಕಿದರೆ? ಬಾಡಿ ಏನ್ಮಾಡಿದ್ದೀಯಾಂತ ಅವನಿಂದಲೇ ಬಾಯಿ ಬಿಡಿಸಬಹುದು! ನಾವು ಮಾಡಬೇಕಾಗಿರೋದೂ ಅದೇನೇ..."

"ಕುದುರೆ ಹೆಜ್ಜೆಗಳು ಹೋಲಿಸಿದಾಗ ಒಂದೇ ಕಾಣ್ತವೆ. ಅನುಮಾನವೆ ಉಳಿಯೋದಿಲ್ಲ. ಅದು ಖಂಡಿತವಾಗಿಯೂ ಮುನಿಯಪ್ಪನ ಕುದುರೆಯೇ! ಅದರ ಮೇಲೇನೇ ಶವ ಸಾಗಿಸಿರೋದು. ಮುನಿಯಪ್ಪನೀಗ ನಮಗೆ ವೈಟಲ್ ಕ್ಲೂ. ಅವನಿಂದ ಎಲ್ಲ ತಿಳಿಯಬಹುದು"

"ಆದರೆ ಇದೇ ಸಮಯದಲ್ಲಿ ಅವನೇ ಇಲ್ಲ!

***

ಬೆಂಗಳೂರು ತಲುಪಿದಾಗ ರಣರಣ ಬಿಸಿಲು.

ಈ ಡಿಸೆಂಬರ್ ತಿಂಗಳಲ್ಲಿ ಯಾಕಪ್ಪಾ ಇಂತಾ ಬಿಸಿಲು ಎಂದು ವಿಕ್ರಮ್ ಆಶ್ಚರ್ಯ ಪಟ್ಟ. ಕೆ.ಜಿ. ಹಳ್ಳಿಯ ಯಶವಂತರಾಯರ ಮನೆಯಲ್ಲಿ ಶರತ್ ಒಬ್ಬನನ್ನೇ ಬಿಟ್ಟು ಬೆಂಗಳೂರಿಗೆ ಬಂದಿದ್ದ.

ಯಾವುದೋ ಒಂದು ಮುಖ್ಯವಾದ ಎಳೆ ಸಿಕ್ಕುತ್ತಿಲ್ಲ ಎನಿಸಿತು.

ಅದೊಂದು ಸಿಕ್ಕಿದರೆ ಯಶವಂತರಾಯರ ಮಾಯವಾದ ಶವದ ಬಗ್ಗೆ ಎಲ್ಲವೂ ಸಿಕ್ಕಿ ಬಿಡುತ್ತದೆ. ಆದರೆ ಯಾವುದು ಆ ಎಳೆ? ಯಾರಿಗೆ ಸಂಬಂಧಿಸಿದ್ದು ಈ ಎಳೆ? ತಲೆ ಬಿಸಿಯಾಯಿತು.

ಆಫೀಸಿನ ಬಾಗಿಲು ತೆಗೆದು ತನ್ನ ಸೀಟಿನಲ್ಲಿ ಕುಳಿತ. ಸಿಗರೇಟು ಹಚ್ಚಿದ. ಮತ್ತೊಮ್ಮೆ ಎಲ್ಲ ಘಟನೆಗಳನ್ನೂ ಮನಸ್ಸಿನಲ್ಲಿ ತುಂಬಿಕೊಂಡ. ಪ್ರಯಾಸದಿಂದ ಮನಸ್ಸನ್ನು ಯಶವಂತರಾಯರ ಕೊಲೆಯ ಬಗ್ಗೆ ಕೇಂದ್ರೀಕರಿಸಲು ಪ್ರಯತ್ನಿಸಿದ.

ಮೊದಲಿಗೆ ಯಶವಂತರಾಯರ ಕೊಲೆ ಹೇಗಾಗಿರಬಹುದು...? ಶವ ಪರೀಕ್ಷೆ ಮಾಡಲೂ ಸಹ ಸಿಕ್ಕಿಲ್ಲ. ಆದರೆ ಯಶವಂತರಾಯರ ಶವ ವಿರೂಪವಾಗಿರಲಿಲ್ಲ. ಅದು ಹಳ್ಳಿಯ ಜನರ ಬಾಯಿಂದಲೇ ತಿಳಿಯಿತು. ಹಾಗಾದರೆ ಕೊಲೆ ಯಾವ ಆಯುಧದಿಂದಲೂ ಆಗಿಲ್ಲ. ವಿಷ ಪ್ರಯೋಗವಾಗಿರಬಹುದು. ಅಂದರೆ ಶರೀರ ಸ್ವಲ್ಪವಾದರೂ ಬಣ್ಣ ಬದಲಿಸಬೇಕು. ಆ ಬಗೆಗೂ ಏನೂ ತಿಳಿಯುತ್ತಿಲ್ಲ. ಕೊನೆಗೆ ಶವ ಸಿಕ್ಕಿ, ವೈದ್ಯಕೀಯ ಪರೀಕ್ಷೆಯಾಗುವವರೆಗೂ ಏನೂ ತಿಳಿಯಲಾಗದೆ? ಆದರೆ ಶವ ಸಿಕ್ಕುತ್ತದೆ ಎನ್ನುವುದೇ ಅನುಮಾನ!

ಪತ್ತೇದಾರ ಸಮಸ್ಯೆಯ...ಆಳಕ್ಕೆ ಇಳಿಯುತ್ತ ಹೋದ. ಒಂದು ಕ್ಷಣ ಏನೋ ಹೊಳೆದಂತಾಗಿ ತಕ್ಷಣವೇ ನಿಲುಕದಂತಾಗಿ ಸಮಯ ಜಾರಿತು.

ಹೊಟ್ಟೆ ಚುರುಗುಟ್ಟಿತು. ಮಧ್ಯಾಹ್ನ ಊಟ ಮಾಡಿಲ್ಲ ಎಂಬ ನೆನಪಾಗಿ ಎದ್ದು ಆಫೀಸಿನ ಬಾಗಿಲು ಹಾಕಿದ. ಹತ್ತಿರದ ಹೋಟೆಲೊಂದರಲ್ಲಿ ಊಟ ಮುಗಿಸಿದ ಮೇಲೆ ನೆಮ್ಮದಿ. ಆದರೆ ಊಟದ ನಡುವೆ ಸಹ ಕಣ್ಣಿಂದ ಕಾಣದ ವ್ಯಕ್ತಿ ಯಶವಂತರಾಯರದೇ ಯೋಚನೆ! ಊಟ ಮುಗಿಯುವ ಸಮಯದಲ್ಲಿ ಹೊಳೆದ ಒಂದು ಯೋಚನೆಯಿಂದ ವಿಕ್ರಮ್‌ನ ಮೈಯಲ್ಲಿ ಲವಲವಿಕೆಯುಂಟಾಯಿತು.

ಪೋಲೀಸ್ ಕಮಿಷನರ್ ಕಛೇರಿಗೆ ತೆರಳಿದ. ಹಿಂದೆ ಎಷ್ಟೋ ಸಲ ಅಲ್ಲಿಗೆ ಹೋಗಿದ್ದ. ಸೆಂಟ್ರಲ್ ರೆಕಾರ್ಡ್ ರೂಮಿನಲ್ಲಿ ಅಸಂಖ್ಯ ಖೈದಿಗಳು, ಕೊಲೆಗಡುಕರು-ಮುಂತಾದವರ ದಾಖಲೆಗಳನ್ನು ವ್ಯವಸ್ಥಿತವಾಗಿಡಲಾಗಿತ್ತು. ವಿಕ್ರಮ್‌ನ ವೃತ್ತಿಯಲ್ಲಿ ಅಂತ ದಾಖಲೆಗಳು ಅವಶ್ಯವಾಗುತ್ತದೆ. ಪೋಲೀಸ್ ವಲಯದಲ್ಲಿ ತನ್ನ ವರ್ಚಸ್ಸಿನಿಂದ, ತನ್ನ ಮಿಲಿಟರಿ ಹಿನ್ನೆಲೆಯಿಂದ, ಒಳ್ಳೆಯ ನಡುವಳಿಕೆಯಿಂದ ರೆಕಾರ್ಡ್ ರೂಮನ್ನು ಉಪಯೋಗಿಸಲು, ಅಲ್ಲಿನ ಸಂಪನ್ಮೂಲ ಬಳಸಲು ವಿಶೇಷ ಅನುಮತಿ ಪಡೆದಿದ್ದ. ಇಂದು ಆ ರೆಕಾರ್ಡ್ ರೂಮಿನ ದಾಖಲೆಗಳ ಅವಶ್ಯಕತೆ ಒದಗಿಬಂದಿತ್ತು. ಅದಕ್ಕಾಗಿಯೇ ಬಂದಿದ್ದ ಸಂಬಂಧಪಟ್ಟ ಅಧಿಕಾರಿಗಳನ್ನು ಭೇಟಿ ಮಾಡಿದ ನಂತರ ರೆಕಾರ್ಡ್ ರೂಮನ್ನು ಪ್ರವೇಶಿಸಿ.

ಸಂಜೆ ಆರು ಗಂಟೆಯ ಹೊತ್ತಿಗೆ ವಿಕ್ರಮ್ ರೆಕಾರ್ಡ್ ರೂಮಿನಿಂದ ತನ್ನ ನೋಟ್ಸಿನೊಂದಿಗೆ ಈಚೆ ಬಂದ. ಸುಮಾರು ಎರಡೂ ಮುಕ್ಕಾಲು ಗಂಟೆಯ ಕಾಲ ಅಲ್ಲಿನ ಅಸಂಖ್ಯ ದಾಖಲೆಗಳ ನಡುವೆ ಕಾಲ ಕಳೆದಿದ್ದ. ಅಲ್ಲಿಂದ ಅವನು ಸಂಗ್ರಹಿಸಿದ ವಿಷಯ ಉಪಯುಕ್ತವೋ ಅಲ್ಲವೋ ಎಂಬುದರ ಬಗ್ಗೆ ಇನ್ನೂ ಖಚಿತವಾಗಿ ತಿಳಿದಿರಲಿಲ್ಲ!

ತನ್ನ ಜೀಪಿನ ಬಳಿಗೆ ಬಂದವನೇ ಕೈಯಲ್ಲಿನ ವಾಚು ನೋಡಿಕೊಂಡ. 'ಛೆ... ಲೇಟಾಯಿತು' ಎಂದು ಪೇಚಾಡಿಕೊಂಡ. ಜೀಪ್ ಸ್ಟಾರ್ಟ್ ಮಾಡಿ ವೇಗವಾಗಿ ರಸ್ತೆಯಲ್ಲಿ ಸಾಗಿದ.

ಕಮಿಷನರ್ ಆಫೀಸಿನ ಎದುರಿನಲ್ಲಿದ್ದ ರೆಸ್ಟುರಾಂಟಿನಲ್ಲಿದ್ದ ಮೂರ್ತಿ! ವಿಕ್ರಮ್ ಜೀಪು ಕಣ್ಣಿಂದ ಮರೆಯಾಗುವವರೆಗೂ ನೋಡುತ್ತಿದ್ದ!

***

"ನಿಮಗೆ ಯಾರ ಮೇಲಾದ್ರೂ ಅನುಮಾನವಿದೆಯೆ?"

ಕೆ.ಜಿ ಹಳ್ಳಿಯ ಮಂದಾರ ಮನೆಯಲ್ಲಿ, ರಾಮಣ್ಣನವರನ್ನ ಕೇಳಿದ ಶರತ್.

"ಮೊದಲು ಯಾರ ಮೇಲೂ, ಯಾವುದೇ ರೀತಿಯ ಅನುಮಾನವೂ ಇರಲಿಲ್ಲ. ಪೋಲೀಸ್‌ನವರು ಬಂದು ಸಮಾಧಿಯಿಂದ ದೇಹ ಈಚೆ ತೆಗೆಯಬೇಕು,

ಶವಪರೀಕ್ಷೆ ಮಾಡಬೇಕೂಂತ ಹೇಳಿದಾಗ್ಲೂ ಅನುಮಾನ ಬರಲಿಲ್ಲ. ಆದ್ರೆ ದೇಹ ಸಮಾಧೀಲಿ ಇಲ್ಲದ್ದು ಕಂಡಾಗ ದಿಗ್ಭ್ರಮೆಯಾಯ್ತು. ಆಗಲೇ ಇದು ಕೊಲೆ, ಇದರ ಹಿಂದೆ ಯಾರೋ ಇದ್ದಾರೆ ಅನ್ನೋ ಅನುಮಾನ ಬಂದಿದ್ದು. ಈ ರೀತಿ ಆಗುತ್ತೇಂತ ಎಂತ ಕಲ್ಪನೇನೂ ಇರಲಿಲ್ಲ. ನಮ್ಮ ಭಾವನವರದ್ದು ಕೊಲೆ ಅಂತ ಅನುಮಾನ ಬಂದಿದ್ದು ಆಮೇಲೇನೆ"

ರಾಮಣ್ಣ ನಿಧಾನವಾಗಿ ಮಾತಾಡಿದ. ಮಾತಿನಲ್ಲಿ ಅಳುಕಿದೆಯೇ ಇಲ್ಲವೇ? ಶರತ್ ಎಚ್ಚರಿಕೆಯಿಂದ ಗಮನಿಸಿದ.

"ಕೊಲೆ ಮಾಡಿಸೋ ಅಂತಾವರು ಯಾರೂ ಇಲ್ಲ. ಅವರ ಮೇಲೆ ಕೆಲವರಿಗೆ ಕೋಪ ಇದ್ದಿರಬಹುದು, ಮನಸ್ತಾಪ ಇದ್ದಿರಬಹುದು. ಆದ್ರೆ ಕೊಲೆ ಮಾಡುವಂತವರು ಯಾರೂ ನನ್ನ ಗಮನದಲ್ಲಿ ಇಲ್ಲ"

"ಅಕಸ್ಮಾತ್ ಅನುಮಾನ ಪಡಬಹುದು ಅಂದರೆ ಯಾರ ಮೇಲೆ ಅನುಮಾನ ಬರುತ್ತೆ?"

"ಹಾಗೆ ಹೇಳೋಕಾಗೊಲ್ಲ"

"ಅಲ್ಲ..ಯಾರ ಮೇಲಾದರೂ ನಿಮಗೆ ಅನುಮಾನ ಬರೋ ಸಾಧ್ಯತೆ ಇದೆ. ಹಾಗೆ ನೀವು ಹೇಳಿದ ವ್ಯಕ್ತಿಯ ಹೆಸರನ್ನೇ ಫೈನಲ್ ಆಗಿ ನಾನು ತಗೊಳ್ಳೋದೂ ಇಲ್ಲ. ಅನುಮಾನವಷ್ಟೇ ಕೇಳಿದ್ದು. ಆಮೇಲೆ ಅದನ್ನು ವೆರಿಫೈ ಮಾಡ್ಲೇಬೇಕು. ಪರ್ವಾಗಿಲ್ಲ ಹೇಳಿ"

ಶರತ್ ಪುಸಲಾಯಿಸಿದ.

"ಇಲ್ಲ. ಸತ್ಯವಾಗ್ಲೂ ಕೊಲೆ ಮಾಡೋ ಅಂತಾ ದ್ವೇಶಾನ ಭಾವನವರು ಯಾರೊಂದಿಗೂ ಕಟ್ಕೊಂಡಿರಲಿಲ್ಲ. ಅನುಮಾನಿಸಬೇಕು ಎಂದರೆ ಸುಮಾರು ಐದಾರು ಜನರು ನೆನಪಿಗೆ ಬರುತ್ತಾರೆ. ಈ ಸಲ ಅವರು ಬಿಡದಿಯ ಕೊ-ಆಪರೇಟೀವ್ ಬ್ಯಾಂಕ್ ಎಲೆಕ್ಷನ್ನಿಗೆ ಭಾವನವರಿಗೆ ಎದುರಾಳಿಯಾಗಿ ವೆಂಕಟರೆಡ್ಡಿ ಅಂತ ಒಬ್ಬ ಕಂಟ್ರಾ÷್ಯಕ್ಟರ್ ನಿಂತಿದ್ದ. ಅವನು ಮೊದಲಿಗೆ ನಮ್ಮಲ್ಲೇ ಕೆಲ್ಸ ಮಾಡ್ತಿದ್ದ. ಆಮೇಲೆ ಕಾಂಟ್ರಾ÷್ಯಕ್ಟ್ ಮಾಡೋಕೆ ಶುರು ಮಾಡಿ ಚೆನ್ನಾಗಿ ಆಗಿದ್ದ. ಅವನ ಜೊತೆ ಹಲವು ಸಲ ಭಾವನವರು ಜಗಳ ಆಡಿದ್ದರು. ಅವನಲ್ಲದೆ ನಮ್ಮೂರಿನ ಕೆಲವು ರೈತರು ತಮ್ಮ ಆಸ್ತಿಗಳನ್ನು ಭಾವನವರಿಗೆ ಮಾರಿದ್ದು, ಕೆಲವು ವರ್ಷಗಳ ನಂತರ ವಾಪಸ್ಸು ಕೇಳಿದ್ದರು. ಅವರೆಲ್ಲರನ್ನೂ ಶತೃಗಳು ಎಂದು ಹೇಳಲಾಗೊಲ್ಲ. ಅನೇಕ ಸಲ ಕೆಲಸದಾಳುಗಳ ಜೊತೆ ಒರಟಾಗಿ ವರ್ತಿಸುತ್ತಿದ್ದರು. ಇತ್ತೀಚೆಗೆ ಗಂಗಾಧರ ಎನ್ನುವ ಕೆಲಸದಾಳನ್ನು ಬಾರ್ ಕೋಲಿನಿಂದ ಹೊಡೆದಿದ್ದರು..ಆದರೆ..ಅವರು ಯಾರೂ ಕೊಲೆ ಮಾಡುವ ಹಂತಕ್ಕೆ

ಹೋಗುವಂತವರಲ್ಲ"

"ವೆಂಕಟರೆಡ್ಡಿ ಕಡೆಯವರಿಗೂ ನಿಮ್ಮ ಕಡೆಯವರಿಗೂ ಮಾರಿ ಹಬ್ಬದ ಟೈಮಲ್ಲಿ ಹೊಡೆದಾಟ ಆಗಿತ್ತಂತೆ? ಕೆಲವು ಜನ ಸತ್ತಿದ್ದರು, ಕೆಲವರಿಗೆ ಏಟಾಗಿತ್ತು ಅಲ್ವೆ?"

ಶರತ್ ಕುತೂಹಲದಿಂದ ಕೇಳಿದ.

"ಈ ವಿಷಯ ಯಾರು ಹೇಳಿದ್ದು?"

"ಗಂಗಾಧರ"

"ಅದೆಲ್ಲಾ ನಿಜ. ಆದ್ರೆ ಗಂಗಾಧರನ ಮಾತು ಕಟ್ಕೋಬೇಡಿ. ಕುಡಿಯೋಕೆ ಕಾಸು ಬೇಕಾಗಿದ್ರೆ ಇಲ್ಲದ್ದೆಲ್ಲ ಹೇಳಿಬಿಡ್ತಾನೆ.."

"ಆದ್ರೆ ಗಲಾಟೆ, ಹೊಡೆದಾಟ ಆಗಿದ್ದೆಲ್ಲಾ ನಿಜ.."

ಶರತ್ ಕೆಣಕಿದ.

"ಸುಳ್ಳು ಅಂತ ನಾನು ಹೇಳ್ಲಿಲ್ಲವಲ್ಲ?"

"ನಿಮಗೆ ವೆಂಕಟರೆಡ್ಡಿ ಪರಿಚಯಾನಾ..?"

"ನಮ್ಮಲ್ಲೇ ಕೆಲ್ಸ ಮಾಡ್ತಿದ್ದ ಅಂದ ಮೇಲೆ ಪರಿಚಯ ಇಲ್ಲದೆ ಇರೋಕಾಗುತ್ತಾ..?"

"ನಿಮ್ಮ ಭಾವನವರು ಸತ್ತ ದಿನ ವೆಂಕಟರೆಡ್ಡಿ ಊರಲ್ಲೇ ಇದ್ದನಾ..?"

"ಇಲ್ಲ..ಅವನು ಸಂಸಾರ ಸಮೇತ ತಿರುಪತಿಗೆ ಹೋಗಿದ್ದ. ಭಾವನವರು ಸತ್ತ ಮೂರು ದಿನದ ಮೇಲೆ ಊರಿಗೆ ಬಂದ"

"ಇದೆಲ್ಲಾ ನೀವು ಯಾಕೆ ತಿಳ್ಕೊಳ್ಳೋಕೆ ಹೋದ್ರಿ..?"

ಶರತ್ ಪ್ರಶ್ನೆಗೆ ರಾಮಣ್ಣನ ಕಣ್ಣುಗಳು ಅಗಲವಾದವು.

"ನಿಮಗೀಗ ಅನುಮಾನ ಬರೋ ಹಾಗೆ ನನಗೂ ವೆಂಕಟರೆಡ್ಡಿ ಮೇಲೆ ಅನುಮಾನ ಬಂದಿತ್ತು. ಆ ಅನುಮಾನ ಪರಿಹರಿಸಿಕ್ಕೊಳ್ಳೋಕೆ ಊರವರಿಂದ ಈ ವಿಷಯ ತಿಳ್ಕೊಂಡೆ"

ಶರತ್ ಕೆಲ ಕ್ಷಣಗಳು ಮೌನದಿಂದ ರಾಮಣ್ಣನ ಮಾತಿನಲ್ಲಿ ಸತ್ಯವಿರಬಹುದೆ ಎಂದು ಯೋಚಿಸಿದ.

"ಹಾಗೇ ಇನ್ನೊಂದು ವಿಷಯ. ತೀರಾ ವೈಯಕ್ತಿಕವಾದದದು, ಬೈಕೋಬೇಡಿ. ಆಸ್ತಿಗೋಸ್ಕರ ಯಾರಾದರೂ ಈ ಕೊಲೆ ಮಾಡಿರಬಹುದೆ?"

"ಅಂದರೆ...? ನಮ್ಮ ಮೇಲೇನೆ ಅನುಮಾನವೆ? ಈ ಆಸ್ತಿಯ ತೊಂಬತ್ತು ಭಾಗ ನಮ್ಮ ಭಾವನವರಿಗೆ ಪಿತ್ರಾರ್ಜಿತವಾಗಿ ಬಂದದ್ದು-ಬೆಂಗ್ಳೂರಲ್ಲಿನ ಕೆಲವು ಸೈಟುಗಳನ್ನ ಬಿಟ್ಟರೆ ಉಳಿದದ್ದೆಲ್ಲಾ ನೇರವಾಗಿ ಅವರ ಮೊಮ್ಮಕ್ಕಳಿಗೆ ಸೇರುತ್ತೆ.

ಹೀಗಿರೋವಾಗ ನಾವು ಈ ಆಸ್ತಿಗೆ ಆಸೆ ಪಡೋದಕ್ಕೆ ಕಾರಣವೇ ಇಲ್ಲ"

"ಮೂರ್ತಿ ಹೇಗೆ?"

"ನಿಮ್ಮ ಮಾತು ನಂಗರ್ಥವಾಯ್ತು. ಸ್ವಾಮಿ, ಈ ಆಸ್ತೀಲಿ ನನಗಾಗಲೀ ಇಲ್ಲಾ ಮೂರ್ತಿಗಾಗಲೀ ಒಂದು ಕೀಲಿಬಿಬು ಕಾಸೂ ಕೇಳೋ ಪರಿಸ್ಥಿತಿ ಇಲ್ಲ, ಕೇಳೋದೂ ಇಲ್ಲ. ಜೊತೆಗೆ ಮೂರ್ತೀನೇ ನಿಮ್ಮ ಕೈಯಲ್ಲಿ ಕೇಸಿಟ್ಟು ಪತ್ತೆ ಮಾಡೋಕೆ ಹೇಳಿದಾರೆ..."

"ಆಫ್‌ಕೋರ್ಸ್ ಅದೇನೋ ನಿಜ. ಆದ್ರೆ ನಾವು ಎಲ್ಲರ ಮೇಲೂ ಅನುಮಾನ ಪಡ್ತೀವಿ. ನಮ್ಮ ಕೆಲಸವೇ ಅದು. ಯಾರ ಮೇಲೂ ನಾವು ಅನುಕಂಪ ತೋರಿಸೋಕಾಗೊಲ್ಲ. ಎಲ್ಲರ ಮೇಲೂ ಅನುಮಾನ, ಎಲ್ಲದರ ಮೇಲೂ ಅನುಮಾನ. ಈಗ ಹೇಳಿ ಮೂರ್ತಿಯವರ ಸ್ವಭಾವ ಹೇಗೆ?"

"ನನಗೆ ತಿಳಿದ ಹಾಗೆ ಒಳ್ಳೆ ಮನುಷ್ಯ. ಮರ್ಯಾದೆಗೆ ಅಂಜಿ ಬಾಳೋ ಅಂತಾವನು. ಆದ್ರೆ ಅವನ ಒಂದೇ ಒಂದು ವೀಕ್‌ನೆಸ್ ಅಂದ್ರೆ ಕೋಪ ಮತ್ತು ಹಟ. ಕೃಷ್ಣ ಅವನು ಇಬ್ಬರೂ ದೂರ ಆಗ್ತಿರೋದೇ ಅದಕ್ಕೆ..."

"ಅಂದ್ರೆ ಕೃಷ್ಣ ಮತ್ತು ಮೂರ್ತಿ ನಡುವಿನ ಸಂಬಂಧ ಚೆನ್ನಾಗಿಲ್ಲ ಅಂತೀರ"

"ಇಲ್ಲ, ಇವತ್ತೂ ಇಲ್ಲ ಅವತ್ತೂ ಇರಲಿಲ್ಲ "

"ಕಾರಣ?"

"ಮೂರ್ತಿ ಬೆಂಗ್ಳೂರಲ್ಲಿರೋದ್ರಿಂದ ಕೃಷ್ಣನ ವಿಷಯ ಎಲ್ಲಾ ಗೊತ್ತಾಗಿ ಬಿಡುತ್ತೆ. ನಮ್ಮ ಮಾವನವರು ಕೃಷ್ಣನ ಬಗ್ಗೆ ಕೇಳಿದಾಗ ಮೂರ್ತಿ ಇದ್ದ ವಿಷಯ ಇದ್ದ ಹಾಗೇ ಹೇಳಿಬಿಡ್ತಿದ್ದರು! ಅವಾಗೆಲ್ಲಾ ಕೃಷ್ಣನ ಮೇಲೆ ಅವರಿಗೆ ಭಯಂಕರ ಸಿಟ್ಟು ಬಂದು ಬೈತಾ ಇದ್ದರು. ಆಸ್ತೀಲಿ ಒಂದು ಚೂರೂ ನಿಂಗೆ ದಕ್ಕದ ಹಾಗೆ ವಿಲ್ ಮಾಡ್ತೀನೀಂತ ಕೂಗಾಡ್ತಿದ್ದರು".

"ಅಂದ್ರೆ? ಬೇರೆಯವರ ಹೆಸರಿಗೆ ಬರೀತೀನಿ ಅಂತಿದ್ರೇನು?"

"ಪಿತ್ರಾರ್ಜಿತ ಆಸ್ತಿ. ಅವರು ಬೇರೆಯವರಿಗೆ ಬರೆದರೂ ಅದು ಊರ್ಜಿತವಾಗೊಲ್ಲ ಅನ್ನೋದು ಅವರಿಗೂ ಗೊತ್ತಿತ್ತು"

"ಆದರೂ ಕೃಷ್ಣನ್ನ ಹೆದರಿಸ್ತಾ ಇದ್ರು, ಅಲ್ಲವೆ? ಅವರ ಐಡಿಯಾ ಹೀಗೂ ಇರಬಹುದು: ಹೇಗೂ ಆಸ್ತಿ ಅವನಿಗೇ ಸಿಗೋದು. ಆದರೂ ಅದಕ್ಕಾಗಿ ಕಷ್ಟ ಪಡಲಿ, ಹೋರಾಡಿ ಪಡೀಲೀಂತ ಬೇರೆಯವರ ಹೆಸರಿಗೆ ಬರೆದರೂ ಬರೀಬಹುದಿತ್ತು. ಕೃಷ್ಣ ಮತ್ತೆ ಕೋರ್ಟಿನ ಮೆಟ್ಟಿಲು ಹತ್ತಿ ಆಸ್ತೀನ ಹಿಂದೆ ಪಡೆಯಲಿ ಅನ್ನೋದು ಅವರ ಐಡಿಯಾ! ಹೇಗೆ?"

"ಇದ್ದರೂ ಇರಬಹುದು. ಈ ವಿಷಯ ಕೃಷ್ಣನ ಜೊತೆ ಮಾತ್ರ ಮಾತಾಡ್ತಿದ್ದರು"

"ಯಶವಂತರಾಯರು ಕೊನೆಯುಸಿರು ಎಳೆದ ದಿವಸ, ಅಂದರೆ ಡಿಸೆಂಬರ್ ಇಪ್ಪತ್ತನೆ ತಾರೀಖು, ಶನಿವಾರ ಕೃಷ್ಣ ಮನೇಲಿ ಇಲ್ಲಿರಲಿಲ್ಲವೆ?"

"ಇಲ್ಲ. ಅವರಿಗೆ ಈ ಸುದ್ದಿ ಮುಟ್ಟಿಸೋಕೆ ಮೂರ್ತಿಗೆ ಫೋನ್ ಮಾಡಿದೆ"

"ಮೂರ್ತೀನೂ ಇಲ್ಲಿರಲಿಲ್ಲ"

"ಇಲ್ಲ. ನಾನೂ ಸಹ ಇರಲಿಲ್ಲ. ನಾನೂ ಬೆಂಗ್ಳೂರಿಗೆ ಹೋಗಿದ್ದೆ. ಸಂಜೆ ವಾಪಸ್ಸು ಬಂದು ಮಾಮೂಲಿನ ಹಾಗೆ ಊಟ ಮಾಡಿ ಮಲಗಿದೆ."

"ಅವರ ವರ್ತನೇಲಿ ಏನಾದರೂ ಬದಲಾವಣೆಯಿತ್ತೆ?"

"ಮೇಲೆ ಕಾಣೋ ಹಾಗೇನೂ ಇರಲಿಲ್ಲ".

"ಅವರು ತೀರ್ಕೊಂಡ ಸುದ್ದಿ ಹೇಗೆ ಗೊತ್ತಾಗಿದ್ದು? ಬೆಳಿಗ್ಗೆ ಯಾರು ನೋಡಿದ್ದು?"

"ಹೊನ್ನಿ ರಾತ್ರಿ ಅವರ ರೂಮಿಗೆ ಒಂದು ಲೋಟ ಹಾಲು ತಗೊಂಡು ಹೋಗಿ ಕೊಟ್ಟು ಬಂದಳು. ಬೆಳಿಗ್ಗೆ ಎದ್ದ ಮೇಲೆ ಎಲ್ಲರ ರೂಮಿಗೂ ಬೆಡ್ ಕಾಫಿ ಕೊಡ್ತಾಳೆ, ಮೊದಲೇ ನಮ್ಮ ಮಾವನವರ ರೂಮಿಗೆ ಹೋದಳಂತೆ. ಕಾಫಿ ಟೀಪಾಯ್ ಮೇಲಿಟ್ಟು ಕೂಗಿದಳಂತೆ. ಅವರು ಏಳಲಿಲ್ಲ. ಅನುಮಾನ ಬಂದು ಇನ್ನೆರಡು ಸಲ ಕೂಗಿದಳು. ಆಗಲೂ ಬರಲಿಲ್ಲ. ಕೊನೆಗೆ ಮೈಮುಟ್ಟಿ, ಮೂಗಿನ ಹತ್ತಿರ ಕೈಯಿಟ್ಟು ಉಸಿರಾಡ್ತಿಲ್ಲ ಅನ್ನೋದು ಗಮನಿಸಿದಾಗ ಸತ್ತಿರೋದು ಗೊತ್ತಾಗಿದೆ. ಓಡುತ್ತಾ ಈಚೆ ಬಂದು ನಮಗೆ ವಿಷಯ ತಿಳಿಸಿದಳು".

ಶರತ್ ಕೆಲವು ಕ್ಷಣಗಳು ಚಿಂತಿಸಿದ.

"ಯಶವಂತರಾಯರು ಡ್ರಿಂಕ್ಸ್ ತಗೋತಿದ್ದರಾ..?"

"ರಮ್ ತಗೋತಿದ್ದರು. ಓಲ್ಡ್ ಮಾಂಕ್ ಅವರ ಫೇವರಿಟ್. ಆದ್ರೆ ಮಿತವಾಗಿ ತಗೋತಿದ್ದರು. ಅವರು ಮಿತಿಮೀರಿ ಕುಡಿದದ್ದು ನಾನು ನೋಡೇ ಇಲ್ಲ. ದಿನಾ ಊಟಕ್ಕೆ ಬರೋ ಹೊತ್ತಿಗೆ ಅವರ ರೂಮಲ್ಲೇ ಕೂತು ಒಂದು ಪೆಗ್ ತಗೊಂಡು ಬರ್ತಿದ್ದರು"

"ಸಾಯೋ ಹಿಂದಿನ ದಿನ ತಗೊಂಡಿದ್ದರಾ..?"

"ಗೊತ್ತಿಲ್ಲ. ಬಹುಶಃ ಅದು ದಿನನಿತ್ಯದ ಅಭ್ಯಾಸ. ತಗೊಂಡಿರಬಹುದು. ಅದನ್ನು ನಾವು ಯಾರೂ ಪ್ರಶ್ನೆ ಮಾಡ್ತಿರಲಿಲ್ಲ"

"ಅವರು ರಮ್ ಬಾಟಲ್ಲು ಎಲ್ಲಿಟ್ಟಿರುತ್ತಿದ್ದರು?"

"ಅವರ ರೂಮಲ್ಲೇ ಇರ್ತಿತ್ತು! ಹೊನ್ನಿ ಕೆಳಗೆ ಫ್ರಿಜ್ಜಿನಿಂದ ಐಸ್ ಕ್ಯೂಬ್, ಒಂದು ಬೌಲಲ್ಲಿ ಹಪ್ಪಳ, ಉಪ್ಪಿನ ಕಾಯಿ ತಗೊಂಡು ಹೋಗ್ತಿದ್ದಾಗ ನಮಗೆ ಗೊತ್ತಾಗ್ತಾ ಇದ್ದುದ್ದು ಅವರು ಕುಡಿಯೋಕೆ ಶುರು ಮಾಡಿದ್ದಾರೆ ಅಂತ"

ಈ ಪ್ರಶ್ನೆ ರಾಮಣ್ಣನನ್ನು ಚಿಂತೆಗೆ ಹಚ್ಚಿರಬೇಕು. ಆತ ಕೈಲಿದ್ದ ಸಿಗರೇಟಿನ ತುದಿಯನ್ನು ಆಷ್‌ಟ್ರೇಯಲ್ಲಿ ಹೊಸಕಿ ನಿಟ್ಟುಸಿರಿಟ್ಟ!

"ಇನ್ನೊಂದು ಪ್ರಶ್ನೆ. ತಪ್ಪು ತಿಳೀಬೇಡಿ. ನಿಮ್ಮ ಮಗಳನ್ನು ಕೃಷ್ಣ ಕೇಳಿದರೆ ಮದುವೆ ಮಾಡಿ ಕೊಡ್ತೀರಾ?"

ನೇರ ಪ್ರಶ್ನೆಯನ್ನು ತುಸು ಬಳಸಿ ಕೇಳಿದ ಶರತ್.

ರಾಮಣ್ಣನ ಹುಬ್ಬುಗಳು ಗಂಟಿಕ್ಕಿದ್ದವು.

"ಬೇಡಾಂತ ನಾನು ಹೇಳ್ತಿದೀನಿ. ನಂಗೆ ಮಾತ್ರ ಒಂದು ಚೂರೂ ಇಷ್ಟ ಇಲ್ಲ. ಅವನ ಬಗ್ಗೆ ಅಷ್ಟೆಲ್ಲಾ ಗೊತ್ತಿದ್ದು ಮಗಳನ್ನು ಕೊಡೋಕೆ ಮನಸ್ಸಾದರೂ ಹೇಗೆ ಬರುತ್ತೆ ಹೇಳಿ...? ಆದ್ರೆ ನನ್ನ ಹೆಂಡತಿ ಯೋಚ್ನೇನೇ ಬೇರೆ. ಸಂಬಂಧ ಬಿಟ್ಟು ಹೋಗುತ್ತೇಂತ ಹೇಳ್ತಾಳೆ".

ರಾಮಣ್ಣ ಖಿನ್ನನಾಗಿ ನುಡಿದ.

'ಸಂಬಂಧ ಬಿಟ್ಟು ಹೋಗುತ್ತೇಂತಾನೋ ಇಲ್ಲ ಆಸ್ತಿ ಬಿಟ್ಟು ಹೋಗುತ್ತೇಂತಾನೋ?' ಎನ್ನುವ ಮಾತು ಬಾಯಿ ತುದಿಗೆ ಬಂದರೂ ಶರತ್ ಕೇಳಲಿಲ್ಲ.

"ಅಕಸ್ಮಾತ್ ನಿಮ್ಮ ಹೆಂಡತಿ ಒತ್ತಾಯ ಮಾಡಿದರೂನ್ನಿ. ಮಗಳನ್ನ ಕೃಷ್ಣಂಗೇ ಕೊಡಬೇಕೂಂತ ಹಟ ಹಿಡಿದರೆ?"

ರಾಮಣ್ಣ ಭುಜ ಹಾರಿಸಿದ.

"ಅಂತಾ ಸ್ಥಿತಿ ಬಂದರೆ ನಾನು ಏನೂ ಮಾಡೋಕಾಗೊಲ್ಲ".

ಎಂದಷ್ಟೆ ಹೇಳಿ ಮುಖ ಕೆಳಗೆ ಹಾಕಿದ.

ಶರತ್ ಎರಡು ಕ್ಷಣ ಅವನ ಮುಖವನ್ನೇ ದಿಟ್ಟಿಸಿ ನೋಡಿದ. ಈತ ಹೇಳುತ್ತಿರುವುದು ನಿಜವೆ? ಎಂಬ ಅನುಮಾನ ಮೂಡಿತು. ಕೃಷ್ಣನ ವಿಷಯವಾಗಿ ಹೇಳಿದ್ದು ಕೃತಕವೆನ್ನಿಸಿತು. ಆಸ್ತಿಯನ್ನು ದಕ್ಕಿಸಿಕೊಳ್ಳಲು ಕೃಷ್ಣನಿಗೆ ತನ್ನ ಮಗಳನ್ನು ಕೊಡಲು ಸಿದ್ಧನಾಗಿರುವನು ಎನ್ನುವುದರಲ್ಲಿ ಯಾವ ಸಂಶಯವೂ ಉಳಿಯಲಿಲ್ಲ.

"ನೀವು ಇಷ್ಟೆಲ್ಲಾ ಕೇಳಿದ್ರಿ. ಆದ್ರೆ ನಾನು ಒಂದೇ ಒಂದು ಮಾತು ಕೇಳ್ಕೊಳ್ತೀನಿ. ಬೇಗನೆ ನಮ್ಮ ಭಾವನವರ ಶರೀರ ಹುಡುಕಿ. ಅದನ್ನ ಮತ್ತೆ ಸಂಸ್ಕಾರ ಮಾಡಬೇಕು. ಯಾವನೋ ಪಾಪಿ ಅದನ್ನ ಸಮಾಧಿಯಿಂದ ಎತ್ತಿದಾನೆ. ಅದು ಮತ್ತೆ ಮಣ್ಣು ಸೇರಬೇಕು".

ರಾಮಣ್ಣ ದೈನ್ಯದಿಂದ ಕೇಳಿದ.

ಅದರಲ್ಲಿ ಕೃತಕ ಭಾವವಿದೆಯೆ? ಅದು ನಾಟಕವೆ? ಶರತ್ ರಾಮಣ್ಣನ ಮುಖದಲ್ಲಿನ ಭಾವ ಗ್ರಹಿಸಲು ಯತ್ನಿಸಿದ.

***

ಕಮಿಷನರ್ ಕಛೇರಿಗಂಟಿಕೊಂಡ ರೆಕಾರ್ಡ್ ರೂಮಿನಿಂದೀಚೆ ಬಂದ ವಿಕ್ರಮ್ ರಾತ್ರಿ ಒಂಭತ್ತು ಗಂಟೆಯವರೆಗೂ ಬೆಂಗಳೂರಲ್ಲಿ ತುಂಬಾ ಓಡಾಡಿದ. ಆ ಓಡಾಟ ಪೂರ್ತಿಯಾಗಿ ಉಪಯುಕ್ತವೂ ಆಗಿರಲಿಲ್ಲ. ಅರ್ಧ ಸಮಯ ಪೂರಾ ವ್ಯರ್ಥ! ಆದರೂ ಮರಳಿ ಯತ್ನವನ್ನು ಮಾಡಲೇಬೇಕು. ಬೆಂಗಳೂರಲ್ಲಿ ಮಾಡಬೇಕಾದ ಕೆಲಸಕ್ಕೆ ಇನ್ನೂ ಬೆಳಗಿನವರೆಗೆ ಕಾಯಬೇಕೆಂದು ಗೊತ್ತಾದ ಕ್ಷಣ ವಿಕ್ರಮ್ ಜೀಪು ಕೆ.ಜಿ. ಹಳ್ಳಿಗೆ ಧಾವಿಸಿತು.

ಶರತ್ ಮತ್ತು ರಾಮಣ್ಣ ಆಗ ತಾನೆ ಊಟ ಮುಗಿಸಿದ್ದರು. ವಿಕ್ರಮ್ ಅವರ ಜೊತೆ ಕುಳಿತು ಜೇಬಿಂದ ಸಿಗರೇಟು ಪ್ಯಾಕು ಎಳೆದ.

“ಊಟದ ಸಮಯದಲ್ಲಿ ಸಿಗರೇಟು ಯಾಕೆ ಹಚ್ತೀರ? ಮೊದ್ಲು ಊಟ ಮುಗಿಸಿಬಿಡಿ”.

ರಾಮಣ್ಣ ಬುದ್ಧಿವಾದ ಹೇಳಿದ.

“ಊಟ ಕೆಲವು ನಿಮಿಷ ಕಾಯಬಹುದಲ್ಲ? ನಿಮ್ಮನ್ನು ಒಂದು ಮಾತು ಕೇಳಬೇಕು”.

ವಿಕ್ರಮ್ ನಕ್ಕು ಹೇಳಿದ.

“ಕೇಳಿ... ಕೇಳೀ... ನಿಮ್ಮ ಕಲೀಗ್ ಸಾವಿರ ಪ್ರಶ್ನೆ ಕೇಳಿ ಹಣ್ಣುಗಾಯಿ ನೀರುಗಾಯಿ ಮಾಡಿದಾರೆ. ಇನ್ನು ನಿಮ್ಮ ಒಂದು ಪ್ರಶ್ನೆ ಯಾವ ಮಹಾ! ಕೇಳಿ...”

ರಾಮಣ್ಣ ಸುಸ್ತಾದವನಂತೆ ನಟಿಸುತ್ತಾ ಹೇಳಿದ.

“ಗಾಂಧೀನಗರದ ಒಂದು ಬ್ಯಾಂಕ್‌ನಲ್ಲಿ ಯಶವಂತರಾಯರದ್ದು ಒಂದು ಸೇಫ್ಟಿ ಲಾಕರ್ ಇದೆಯಲ್ಲ?”

“ಹಾ... ಹೌದು...”

“ಅವರು ತೀರ್ಕೊಂಡ ಮೇಲೆ ಲಾಕರ್‌ನ ಇನ್ನೂ ತೆಗೆದಿಲ್ಲ ಅಲ್ವಾ?”

“ನಿಜ”.

“ಈ ವಿಷಯ ನೀವು ಯಾಕೆ ತಿಳಿಸಲಿಲ್ಲ”

ವಿಕ್ರಮ್ ಧ್ವನಿ ಗಂಭೀರವಾಗಿತ್ತು.

ರಾಮಣ್ಣ ಒಂದು ಕ್ಷಣ ವಿಕ್ರಮ್ ಮಾತಿನಿಂದ ವಿಚಲಿತನಾದಂತೆ ಕಂಡರೂ ಮರುಕ್ಷಣ ಚೇತರಿಸಿಕೊಂಡ.

“ಲಾಕರ್ ವಿಷಯ ನಿಮಗೆ ಹೇಗೆ ಗೊತ್ತಾಯಿತು?” ರಾಮಣ್ಣ ಮರುಪ್ರಶ್ನೆ ಹಾಕಿದರು.

"ಅದೇ ನಮ್ಮ ಕೆಲಸ ಅಲ್ವೆ? ಪತ್ತೇದಾರ ಪತ್ತೆ ಮಾಡಬೇಕು. ಯಶವಂತರಾಯರ ಲಾಯರ್ ನಾಣಯ್ಯ ತಿಳಿಸಿದರು" ವಿಕ್ರಮ್ ಸಮಾಧಾನವಾಗಿ ಉತ್ತರಿಸಿದ.

"ನೋಡಿ ಸಾರ್, ನಿಮಗೇನು ಬೇಕು ಏನು ಬೇಡ ಅನ್ನೋ ವಿಷಯ ನಮಗೆ ಹೇಗೆ ತಿಳೀಬೇಕು? ಇದುವರೆಗೂ ನೀವು ಯಾವ ವಿಷಯ ಕೇಳಿದಿರೋ ವಿಷಯ ಎಲ್ಲಾ ತಿಳಿಸಿದೇವೆ. ಈಗ ಲಾಕರ್ ವಿಷಯ ಕೇಳಿದಿರಿ. ಆ ವಿಷಯ ಹೇಳ್ತೀನಿ. ಇಷ್ಟಕ್ಕೂ ಯಾವ ವಿಷಯಾನೇ ಆಗಲಿ ಮುಚ್ಚಿಟ್ಟು ನಮಗೆ ಆಗಬೇಕಾದ್ದಾದರೂ ಏನು ಹೇಳಿ?"

ರಾಮಣ್ಣನ ಮಾತಿಗೆ ವಿಕ್ರಮ್ ಪ್ರತಿಕ್ರಿಯಿಸಲು ಕೆಲವು ಕ್ಷಣಗಳ ಸಮಯ ತೆಗೆದುಕೊಂಡ.

"ಅದು ಯಶವಂತರಾಯರೊಬ್ಬರ ಹೆಸರಲ್ಲೇ ಇದೆಯೋ? ಅಥವಾ ಜಾಯಿಂಟಾಗಿ ಆಪರೇಟ್ ಮಾಡೋದೋ?"

"ಅದನ್ನ ಅವರೊಬ್ಬರೇ ಆಪರೇಟ್ ಮಾಡ್ತಾ ಇದ್ದರು".

"ಹಾಗಾದ್ರೆ ಈಗದನ್ನು ಓಪನ್ ಮಾಡಬೇಕು ಅಂದರೆ?"

"ನಾಣಯ್ಯ ಅಂತ ಹೈಕೋರ್ಟು ವಕೀಲರು, ನಮ್ಮ ಮಾವನವರ ಕಾನೂನಿಗೆ ಸಂಬಂಧಪಟ್ಟ ಎಲ್ಲ ವಿಷಯನೂ ನೋಡ್ಕೋತಾ ಇದ್ದರು. ನೀವೀಗಾಗಲೇ ನಾಣಯ್ಯನವರ ಹತ್ರ ಮಾತಾಡಿದ್ದೀರಿ. ತುಂಬಾ ಹಿಂದೆ ಯಾವಾಗಲೋ ಒಂದು ಸಲ ಒಂದು ವಿಲ್ ಬರೀತೀನೀಂತ ಹೇಳಿ ಕೃಷ್ಣನ್ನ ಹೆದ್ರಿಸ್ತಾ ಇದ್ದರು. ಎಲ್ಲಾ ವಿಷಯನೂ ನಾಣಯ್ಯನವರಿಗೆ ಗೊತ್ತಿರುತ್ತೆ".

"ಅವರ ಮನೆ ಎಲ್ಲಿದೆ?"

"ಮನೆ ಎಲ್ಲಿದೇಂತ ಗೊತ್ತಿಲ್ಲ. ಆದ್ರೆ ಆಫೀಸು ಗೊತ್ತಿದೆ. ರಿಚ್‌ಮಂಡ್ ರೋಡ್‌ನಲ್ಲಿದೆ"

ರಾಮಣ್ಣ ಹೇಳಿದ್ದನ್ನ ವಿಕ್ರಮ್ ಗುರುತು ಹಾಕಿಕೊಂಡ.

ಬಹುಶಃ ತಾನು ಹುಡುಕುತ್ತಿದ್ದ ಎಳೆ ಸೇಫ್ಟಿಲಾಕರ್‌ನಲ್ಲಿ ಸಿಗಬಹುದೆ? ವಿಕ್ರಮ್ ಯೋಚಿಸಿದ.

"ಊಟ ಮಾಡುವಿರಂತೆ ಏಳಿ"

ವಿಕ್ರಮ್‌ನನ್ನು ಊಟಕ್ಕೆಬ್ಬಿಸಿದ ರಾಮಣ್ಣ. ಅನ್ಯಮನಸ್ಕನಾಗಿ ವಿಕ್ರಮ್ ಊಟದ ಮೇಜಿನತ್ತ ನಡೆದ.

"ಮುನಿಯಪ್ಪ ಬಂದನೆ?"

ವಿಕ್ರಮ್ ತನ್ನ ಜೂನಿಯರ್‌ನ ಕೇಳಿದ.

"ಇನ್ನೂ ಬಂದಿಲ್ಲ. ಮನೆಗೆ ಬೀಗ ಹಾಕಿದೆ"

"ಮುನಿಯಪ್ಪನಾ? ಮುನಿಯಪ್ಪನನ್ನು ನೀವು ಹುಡುಕ್ತಾ ಇದ್ದೀರ? ಅವನಿಗೂ ಈ ಕೇಸಿಗೂ ಸಂಬಂಧ ಇದೆಯೆ?"

ರಾಮಣ್ಣನ ಪ್ರಶ್ನೆ.

"ಸ್ವಲ್ಪ ಎನ್‌ಕ್ವೈರಿ ಇದೆ. ಆ ವಿಷಯ ಆಮೇಲೆ ಹೇಳ್ತೀನಿ"

ರಾಮಣ್ಣ ಮತ್ತೆ ಕೆದಕಲಿಲ್ಲ. ಆದರೆ ಎದ್ದು ಒಳಗೆ ಹೋದ.

"ನೀವು ಮತ್ತೆ ಬೆಂಗ್ಳೂರಿಗೆ ಹೋಗ್ತೀರಾ?" ಶರತ್ ಕೇಳಿದ.

"ಹೌದು ಹೋಗಬೇಕು. ಯಶವಂತರಾಯರ ಬ್ಯಾಂಕ್ ಲಾಕರ್‌ನ ಓಪನ್ ಮಾಡಿ ನೋಡಬೇಕು. ಅಲ್ಲಿ ಏನಾದರೂ ಮುಖ್ಯವಾದ ಕ್ಲೂ ಸಿಗಬಹುದೂಂತ ನನ್ನ ಊಹೆ"

"ನನಗೆ ಏನು ಕೆಲಸ?"

"ಮುನಿಯಪ್ಪನ ಮೇಲೆ ಕಣ್ಣಿಡು. ಹೊನ್ನಿ ಮತ್ತು ಸರಳಾ ಇಬ್ಬರ ಮೂವ್‌ಮಂಟ್ಸ್ ವಾಚ್ ಮಾಡು. ಮುನಿಯಪ್ಪ ಬಂದ್ರೆ ತಕ್ಷಣ ಇನ್‌ಫರ್ಮೇಷನ್ ಕೊಡು. ಮೊಬೈಲಿಗೂ ಫೋನ್ ಮಾಡೋದು ಬೇಡ. ನಾನು ಎಲ್ಲಿರ್ತೀನೋ ಗೊತ್ತಿಲ್ಲ. ಆ ಜಾಗ ಫೋನ್ ರಿಸೀವ್ ಮಾಡೋಕೆ ಸೂಕ್ತವಾದ ಜಾಗ ಇಲ್ಲದೆ ಇರಬಹುದು. ಆಫೀಸಲ್ಲಿ ಇರೋದೂ ಅನುಮಾನ. ಅದಕ್ಕೇ ಒಂದು ಮೆಸೇಜ್ ಮಾಡು"

"ಸರಿ. ಮುನಿಯಪ್ಪ ಸಿಕ್ಕರೆ ಇಂಟರಾಗೇಟ್ ಮಾಡಲೆ?"

"ಬೇಡ. ನಾನು ಬಂದ ಮೇಲೆ ಇಬ್ಬರೂ ಒಟ್ಟಿಗೆ ಮುನಿಯಪ್ಪನ ಹತ್ರ ಹೋಗೋಣ"

"ಯಶವಂತರಾಯರು ಸತ್ತಾಗ ವೆಂಕಟರೆಡ್ಡಿ ತಿರುಪತಿಯಲ್ಲಿದ್ದನಂತೆ. ಮೂರು ದಿನಗಳ ನಂತರ ವಾಪಸ್ಸು ಊರಿಗೆ ಬಂದನಂತೆ. ಇದನ್ನ ರಾಮಣ್ಣ ಹೇಳಿದ್ದು. ವೆಂಕಟರೆಡ್ಡಿಯ ನಿಜಕ್ಕೂ ಊರಲ್ಲಿರಲಿಲ್ಲ ಅನ್ನೋದನ್ನ ಪತ್ತೆ ಮಾಡಲೆ?"

"ಅದ್ರಿಂದ ಏನೂ ಪ್ರಯೋಜನವಾಗೋದಿಲ್ಲ. ಸಧ್ಯಕ್ಕೆ ವೆಂಕಟರೆಡ್ಡಿಯನ್ನ ಮರೆತು ಮುಂದುವರಿಯೋಣ"

ಇಬ್ಬರೂ ಮೌನದಿಂದ ಕಾಫಿ ಮುಗಿಸಿದರು. ಇಬ್ಬರ ಮನಸ್ಸಲ್ಲೂ ಯೋಚನೆಗಳು ಹರಡಿಕೊಳ್ಳುತ್ತಿದ್ದವು, ಕಲ್ಪನೆಗಳು ಬೆಳೆಯುತ್ತಿದ್ದವು, ಯೋಜನೆಗಳು ರೂಪುಗೊಳ್ಳುತ್ತಿದ್ದವು!

ಯಶವಂತರಾಯರ ಮನೆಯ ಲ್ಯಾಂಡ್ ಲೈನ್ ಫೋನಿನ ಕರೆಗಂಟೆ ಬಾರಿಸಿತು. ಹತ್ತಿರದಲ್ಲಿ ಯಾರ ಇಲ್ಲದುದರಿಂದ ವಿಕ್ರಮ್ ಹೋಗಿ ಫೋನ್

ಎತ್ತಿಕೊಂಡ. ಅದು ಬೆಂಗಳೂರಿಂದ ಮೂರ್ತಿ ಮಾಡಿದ ಕಾಲ್.

"ಮಿ. ಮೂರ್ತಿ ನಾನು ವಿಕ್ರಮ್ ಮಾತಾಡ್ತಿರೋದು. ಹೇಗಿದೀರಾ?"

"ಚೆನ್ನಾಗಿದೀನಿ ಸಾರ್. ಎಲ್ಲಿಯವರೆಗೆ ಬಂತು ಇನ್ವೆಸ್ಟಿಗೇಶನ್?"

"ನಡೀತಾ ಇದೆ...ಆದ್ರೆ ಇನ್ನೂ ಏನೂ ಹೇಳೋಕೆ ಆಗ್ತಾ ಇಲ್ಲ..."

"ನಿಮಗೆ ಸಹಾಯ ಆಗಬಹುದೂಂತ ಇನ್ನೊಂದು ವಿಷಯ. ಯಶವಂತರಾಯರ ಅಟಾರ್ನಿ ನಾಣಯ್ಯ ಅನ್ನೋವರು ಸಿಕ್ಕಿದ್ದರು. ಇಲ್ಲಿ ಬೆಂಗಳೂರಲ್ಲಿನ ಬ್ಯಾಂಕ್ ಒಂದರಲ್ಲಿ ಸೇಫ್ಟಿ ಲಾಕರ್ ಇಟ್ಟಿದಾರೇಂತ ಹೇಳಿದರು. ನೀವು ಬಂದರೆ ಲಾಕರ್‌ನ ಓಪನ್ ಮಾಡಬಹುದು..."

"ಈ ವಿಷಯ ಮೊದಲೇ ನಿಮಗೆ ಗೊತ್ತಿರಲಿಲ್ಲವೆ"

"ಇಲ್ಲ. ಬೆಳಿಗ್ಗೆ ಅನಿರೀಕ್ಷಿತವಾಗಿ ನಾಣಯ್ಯ ಸಿಕ್ಕಿದ್ದರು. ಅವರು ಹೇಳಿದ ಮೇಲೇ ವಿಷಯ ಗೊತ್ತಾಗಿದ್ದು"

"ಆದ್ರೆ ಈ ವಿಷಯ ರಾಮಣ್ಣೋರಿಗೆ ಗೊತ್ತಿತ್ತು! ನಾನು ಬೆಳಿಗ್ಗೆ ಬರ್ತೀನಿ"

"ಹಾಗೆ ಮಾಡಿ. ನೀವು ಎಲ್ಲಿಗೆ ಬರ್ತೀರ ಹೇಳಿ"

"ನಿಮ್ಮ ಅಂಗಡಿಗೆ ಬರಲೆ?"

"ಆಗಲಿ ಬನ್ನಿ"

"ಇನ್ನೇನು ವಿಷಯ"

"ಏನಿಲ್ಲ. ಬರ್ತೀರಲ್ಲ..ಮಾತಾಡೋಣ"

"ಬರ್ತೀನಿ ರಾಮಣ್ಣನವರಿಗೆ ಫೋನ್ ಕೊಡಲೆ?"

"ಬೇಡ. ನಿಮ್ಮ ಹತ್ರ ಮಾತಾಡೋಕೇ ಫೋನ್ ಮಾಡಿದ್ದು. ನಿಮ್ಮ ಆಫೀಸಿಗೆ ಫೋನ್ ಮಾಡಿದ್ದೆ. ನೀವು ಅಲ್ಲಿರಲಿಲ್ಲ. ಇಲ್ಲೇ ಇರಬಹುದೂಂತ ಗೆಸ್ ಮಾಡಿ ಫೋನ್ ಮಾಡಿದೆ. ಎಷ್ಟೊತ್ತಿಗೆ ಬರ್ತೀರ?"

"ಹೆಚ್ಚೆಂದರೆ ಹತ್ತು ಗಂಟೆಯೊಳಗೆ"

ಫೋನ್ ಕೆಳಗಿಟ್ಟ.

ಶರತ್ ಪ್ರಶ್ನಾರ್ಥಕವಾಗಿ ವಿಕ್ರಮ್‌ನ ಮುಖ ನೋಡಿದ. ತನ್ನ ಜೊತೆಯೇ ಮಾತಾಡಬೇಕು ಎಂದಿದ್ದ ಮೂರ್ತಿ ತನ್ನ ಮೊಬೈಲಿಗೆ ಫೋನು ಮಾಡದೆ ಮನೆಯ ಲ್ಯಾಂಡ್‌ಲೈನಿಗೇಕೆ ಫೋನ್ ಮಾಡಿದರು? ನಿಜಕ್ಕೂ ತನ್ನ ಬಳಿ ಮಾತಾಡಬೇಕೆಂದಿದ್ದರೋ? ಇಲ್ಲಾ ರಾಮಣ್ಣ? ಇಲ್ಲಾ ಸರಳಾ..? ಅವರಿಗೂ ಮೊಬೈಲ್ ಫೋನುಗಳಿವೆಯಲ್ಲ? ಏಕೆ ಲ್ಯಾಂಡ್ ಲೈನಿಗೆ ಫೋನ್ ಮಾಡಿದ್ದು? ಅದರಲ್ಲೇನಾದರೂ ಬೇರೆ ಉದ್ದೇಶವಿದೆಯ? ವಿಕ್ರಮ್ ಗಾಢ ಯೋಚನೆಯಲ್ಲಿ ಮುಳುಗಿದ್ದ.

***

"ಗುಡ್ ಮಾರ್ನಿಂಗ್ ಇನ್‌ಸ್ಪಕ್ಟರ್"

ದೀಪಕ್ ಸ್ವಾಗತಿಸಿದ ವಿಕ್ರಮ್.

"ಗುಡ್ ಮಾರ್ನಿಂಗ್ ಸರ್" ತುಂಬು ಮರ್ಯಾದೆಯಿಂದ ಹೇಳಿದ ಎಸ್ಸೈ ದೀಪಕ್.

ಅಡ್ವೊಕೇಟ್ ನಾಣಯ್ಯ, ವಿಕ್ರಮ್, ಬ್ಯಾಂಕ್ ಮ್ಯಾನೇಜರ್, ಮೂರ್ತಿ ಮತ್ತು ಸಬ್‌ಇನ್‌ಸ್ಪಕ್ಟರ್ ಎಲ್ಲರೂ ಲಾಕರ್ ಮುಂದೆ ಸೇರಿದ್ದರು. ಯಶವಂತರಾಯರು ಲಾಕರ್‌ನ ಕೀಯನ್ನು ಮೂರ್ತಿ ಮನೆಯಲ್ಲೇ ಇಡುತ್ತಿದ್ದರಂತೆ. ಮೂರ್ತಿ ಅದನ್ನು ತಂದಿದ್ದರು. ಬ್ಯಾಂಕ್‌ನಲ್ಲಿ ಮ್ಯಾನೇಜರ್‌ರವರ ಬಳಿಯಲ್ಲಿ ಇನ್ನೊಂದು ಕೀ ಇತ್ತು.

ಎಲ್ಲರ ಸಮಕ್ಷಮದಲ್ಲಿ ಮೇನೇಜರ್ ಲಾಕರ್‌ನ ಓಪನ್ ಮಾಡಿದರು. ಅದರೊಳಗಿನ ವಸ್ತುಗಳನ್ನೆಲ್ಲಾ ಒಂದು ಮೇಜಿನ ಮೇಲೆ ಹರಡಲಾಯಿತು. ಎಲ್ಲರೂ ಕುತೂಹಲದಿಂದ ಆ ವಸ್ತುಗಳನ್ನು ನೋಡಿದರು.

ಒಂದು ವಜ್ರದ ನೆಕ್‌ಲೇಸು, ಎರಡು ವಜ್ರದ ಓಲೆಗಳು ಮೊದಲಿಗೆ ಎಲ್ಲರ ಗಮನಕ್ಕೆ ಬಿದ್ದವು. ಅವು ತುಂಬಾ ಬೆಲೆ ಬಾಳುವಂತವು ಎಂದು ವಿಕ್ರಮ್ ಊಹಿಸಿದ.

"ಆ ಒಡವೆಗಳು ಯಶವಂತರಾಯರ ಪತ್ನಿಯವರದ್ದು. ಮಗನ ಮದುವೆ ಕಾಲದಲ್ಲಿ ಸೊಸೆಗೆ ಕೊಟ್ಟಿದ್ದರು. ಅವರೂ ತೀರಿಕೊಂಡ ನಂತರ ಯಾರಿಗೂ ಅದನ್ನ ಯಶವಂತರಾಯರು ಕೊಡದೆ ಲಾಕರ್‌ನಲ್ಲಿಟ್ಟಿದ್ದರು"

ಮೂರ್ತಿ ವಿವರಿಸುತ್ತಿದ್ದ ಸಮಯಕ್ಕೆ ರಾಮಣ್ಣ ಬಂದು ಗುಂಪನ್ನು ಸೇರಿಕೊಂಡ.

ಒಂದು ದೊಡ್ಡ ಕವರಿನಲ್ಲಿ ಕೆಲವು ಕಾಗದ, ಪತ್ರಗಳಿದ್ದವು. ಅವೆಲ್ಲ ಯಶವಂತರಾಯರು ಆಸ್ತಿಗಳಿಗೆ ಸೇರಿದ್ದವು. ಬೆಂಗಳೂರಿನ ಸೈಟುಗಳ ರಿಜಿಸ್ಟ್ರೇಷನ್ ಪತ್ರಗಳಿದ್ದವು.

"ನಾವು ಈ ವಸ್ತುಗಳನ್ನು ನೋಡಬಹುದೆ?"

ವಿಕ್ರಮ್ ದೀಪಕ್ ಮತ್ತೆ ಮ್ಯಾನೇಜರರನ್ನು ಕುರಿತು ಕೇಳಿದ.

"ನೋಡಿ, ಅದಕ್ಕೇನೂ ಅಡ್ಡಿಯಿಲ್ಲ"

ದೀಪಕ್ ನುಡಿದ.

ವಿಕ್ರಮ್ ಮೊದಲು ವಜ್ರದ ನೆಕ್‌ಲೇಸ್ ಮತ್ತು ಓಲೆಗಳನ್ನು ಪರೀಕ್ಷಿಸಿದ. ಅವನ ನಂತರ ದೀಪಕ್ ಅವುಗಳನ್ನೆತ್ತಿಕೊಂಡ.

ಮ್ಯಾನೇಜರ್ ಒಂದೊಂದಾಗಿ ತೆಗೆದುಕೊಡುತ್ತಿದ್ದ ಪತ್ರಗಳನ್ನು ವಿಕ್ರಮ್ ನೋಡತೊಡಗಿದ. ಯಾವುದಾದರೂ ವಿಚಿತ್ರವಾದ ಚಿನ್ಹೆ, ಸಂಜ್ಞೆ ಏನಾದರೂ

ಸಿಕ್ಕೀತಾ ಎಂದು ಅತಿ ಎಚ್ಚರಿಕೆಯಿಂದ ಪರೀಕ್ಷಿಸಿದ. ಆದರೆ ಅಂತದ್ದೇನೂ ಸಿಗಲಿಲ್ಲ.

ಫಿಕ್ಸೆಡ್ ಡಿಪಾಜಿಟ್‌ನಲ್ಲಿ ಯಶವಂತರಾಯರು ಐವತ್ತು ಲಕ್ಷ ಇಟ್ಟಿದ್ದರು. ಅವುಗಳ ರಶೀತಿಗಳು ಸಿಕ್ಕವು. ನಂತರ ಅವರ ಕರೆಂಟ್ ಅಕೌಂಟ್ ಖಾತೆಯ ಪಾಸ್‌ಬಕ್ ಸಿಕ್ಕಿತು. ಬಾಕಿಯಿದ್ದ ಹಣ ಇಪ್ಪತ್ತು ಲಕ್ಷ ರೂಪಾಯಿಗಳು. ಒಂದು ತಿಂಗಳಿಂದೀಚೆಗೆ ಯಶವಂತರಾಯರು ಸುಮಾರು ಎಂಬತ್ತು ಸಾವಿರ ರೂಪಾಯಿ ತೆಗೆದಿದ್ದರು. ಅವರ ವ್ಯವಹಾರ ಬಹಳವಾಗಿ ಇದ್ದುದರಿಂದ ಎಂಬತ್ತು ಸಾವಿರ ರೂಪಾಯಿ ಅವರು ತೆಗೆದುದಕ್ಕೆ ಯಾರಿಗೂ ಅನುಮಾನ ಬರುವಂತೆ ಇರಲಿಲ್ಲ. ಆದರೆ ವಿಕ್ರಮ್ ಮಾತ್ರ ಮನಸ್ಸಿನಲ್ಲಿ ಅದನ್ನು ರೆಕಾರ್ಡ್ ಮಾಡಿಕೊಂಡ.

"ಮತ್ತೇನೂ ಕಾಣ್ತಿಲ್ಲ, ಐ ಥಿಂಕ್ ದಟ್ ಈಸ್ ಅಲ್"

ಮ್ಯಾನೇಜರ್ ಭುಜ ಕುಣಿಸಿದರು.

ವಿಕ್ರಮ್ ಕಾಗದ ಪತ್ರಗಳಿದ್ದ ಕವರ್ ಕೈಗೆತ್ತಿಕೊಂಡ. ಕವರ್‌ನ ಒಂದು ಮೂಲೆಯಲ್ಲಿ ಬಹಳ ಸಣ್ಣದಾಗಿ ಬರೆದಿದ್ದ ಕೆಲವು ಅಕ್ಷರಗಳು ಯಾವುದೋ ಗುಪ್ತ ಭಾಷೆಯಂತೆ ಕಂಡಿತು. '೫೨೦ ವೈಪಿಎಮ್-ಔ' ಎಂದು ಬರೆದಿತ್ತು. ಅದು ಯಾವ ಸ್ಪಷ್ಟ ಅರ್ಥವನ್ನೂ ಕೊಡಲಿಲ್ಲ. ಯಾವುದಾದರೂ ವೆಹಿಕಲ್ ನಂಬರ್ ಇರಬಹುದೆ? ಆ ಅಂಕೆಯ ಮೂರು ಅಕ್ಷರಗಳನ್ನು ಮತ್ತೆ ಮತ್ತೆ ಹೇಳಿಕೊಂಡ.

ಎಲ್ಲ ಮುಗಿಯುವ ಸಮಯಕ್ಕೆ ವಿಕ್ರಮ್ ಯೋಚನೆಯ ದಿಕ್ಕು ಬದಲಾಗಿತ್ತು. ಜೊತೆಯಲ್ಲಿದ್ದವರ ಮಾತುಗಳೂ ಸಹ ಅವನಿಗೆ ಕೇಳಿಸುತ್ತಿರಲಿಲ್ಲ!

'೫೨೦ ವೈಪಿಎಮ್- ಔ'

ಇದೇನಿದ್ದೀತು? ಯಾವ ಗುಪ್ತ ಭಾಷೆ? ವೈಪಿಎಮ್ ಅಕ್ಷರಗಳು ಇಂಗ್ಲೀಷ್‌ನಲ್ಲಿದ್ದವು. ಅಂಕೆಗಳು ಕನ್ನಡ ಅಕ್ಷರಗಳು! ಇದಕ್ಕೂ ಏನಾದರೂ ವಿಶೇಷವಿದ್ದೀತೆ? ಮುಂದಿನ ಬ್ಯಾಂಕಿನ ವ್ಯವಹಾರಗಳಲ್ಲಿ ಅವನಿಗೆ ಆಸಕ್ತಿ ಬರಲಿಲ್ಲ. ಅವನ ಯೋಚನೆಯಲ್ಲಿದ್ದುದು '೫೨೦-ವೈಪಿಎಮ್-ಔ' ಅಕ್ಷರಗಳ ಹಿಂದಿರುವ ರಹಸ್ಯ. ಯಾವುದೋ ಕೋಡ್ ಅದು! ಅದನ್ನು ಹೇಗೆ ಬಿಡಿಸುವುದು? ಯಶವಂತರಾಯರು ಆ ಅಕ್ಷರಗಳನ್ನು ಬರೆಯುವಾಗ ಯಾವ ಉದ್ದೇಶ ಹೊಂದಿದ್ದರು? ಅದು ತಮಗಾಗಿಯೋ ಇಲ್ಲಾ..ನೆನಪು ಕೈಕೊಟ್ಟರೆ ಮತ್ತೆ ನೆನಪಿಸಲು ಬರೆದದ್ದೋ? ಅಥವಾ ಅವರ ಯೋಚನೆ ಇನ್ನೂ ಮುಂದೆ ಇದ್ದು..ಏನಾದರೂ ಅಚಾತುರ್ಯದಿಂದ ತಾನು ಸತ್ತರೆ ಅದು ಬೇರೆಯವರಿಗೆ ಗೊತ್ತಾಗಲಿ ಎಂದೇ..?

ಲಾಕರ್ ತೆಗೆದು ಪರೀಕ್ಷಿಸಿದ ಗುಂಪಿನಿಂದ ಬಿಡಿಸಿಕೊಂಡು ಈಚೆ ಬಂದು ಜೀಪಿನಲ್ಲಿ ಆಫೀಸು ತಲುಪಿದ! ಬ್ಯಾಂಕಿನಿಂದ ಈಚೆ ಬಂದಾಗ ಅಲ್ಲೊಂದು ಟೀ ಅಂಗಡಿಯಲ್ಲಿ ಚಹಾ ಸೇವಿಸುತ್ತಾ ಸಿಗರೇಟು ಸೇದುತ್ತಿದ್ದ ವ್ಯಕ್ತಿಯೊಬ್ಬ ವಿಕ್ರಮ್ ಜೀಪಿನಲ್ಲಿ ಹೋಗುವುದನ್ನೇ ಗಮನಿಸುತ್ತಿದ್ದ!

***

ಆಫೀಸಿನ ಬಾಗಿಲು ತೆಗೆದು ಕುರ್ಚಿಯಲ್ಲಿ ಕುಳಿತ ವಿಕ್ರಮ್ ತಲೆಯಲ್ಲಿ ಸುಳಿದಾಡುತ್ತಿತ್ತು '೫೨೦-ವೈಪಿಎಮ್-ಔ'!

'೫೨೦ ವೈಪಿಎಮ್-ಔ? ಯಾವುದಾದರೂ ವೆಹಿಕಲ್ ನಂಬರ್ ಇರಬಹುದೆ? ತಕ್ಷಣ ಆಟೋ ಕನ್ಸಲ್ಟೆಂಟ್ ರವೀಂದ್ರನ ನೆನಪಾಯಿತು. ಮೊಬೈಲಿನಿಂದ ರವೀಂದ್ರನ ನಂಬರ್ ಡಯಲ್ ಮಾಡಿದ.

"ಹಲೋ? ರವೀಂದ್ರ ಆಟೋ ಕನ್ಸಲ್ಟೆಂಟ್"

ದನಿ ಹೇಳಿತು.

"ರವೀಂದ್ರ ಇಲ್ಲವೆ? ಅವರಿಗೆ ಫೋನು ಕೊಡಿ. ವಿಕ್ರಮ್ ಮಾತಾಡ್ತಿರೋದೂಂತ ಹೇಳಿ"

ವಿಕ್ರಮ್ ಅನ್ಯಮನಸ್ಕನಾಗಿ ಹೇಳಿದ.

"ಒಂದ್ನಿಮಿಷ ಸಾರ್, ಪ್ಲೀಸ್ ಹೋಲ್ಡ್ ದಿ ಲೈನ್"

ವಿಕ್ರಮ್ ಕಾದು ಕೂತ. ರವೀಂದ್ರನಿಗೆ ಈ ಕೋಡ್ ಬಿಡಿಸೋಕೆ ಸಾಧ್ಯ ಆದರೆ...?"

"ಹಲೋ? ರವೀಂದ್ರ ಹಿಯರ್"

"ರವೀಂದ್ರ, ನಾನು ವಿಕ್ರಮ್ ಮಾತಾಡ್ತಿರೋದು"

"ಓ... ನೀವಾ? ನಮಸ್ಕಾರ ಸಾರ್ ಹೇಗಿದೀರ?"

"ಚೆನ್ನಾಗಿದೀನಿ. ನಿಮ್ಮಿಂದ ಒಂದು ಉಪಕಾರವಾಗಬೇಕು"

"ಏನು ಕೇಳಿ ಸಾರ್"

"ವೈಪಿಎಮ್ ೫೨೦ ಅಂತ ನಂಬರ್ ಯಾವ ಸ್ಟೇಟ್ ರಿಜಿಸ್ಟ್ರೇಷನ್ ಹೇಳಿ?"

"ವೈಪಿಎಮ್? ಇಲ್ಲವಲ್ಲ? ಆ ರೀತಿ ರಿಜಿಸ್ಟ್ರೇಷನ್ ಅಕ್ಷರಗಳು ಯಾವ ಸ್ಟೇಟ್‌ಗಳಲ್ಲೂ ಕೊಡೋದಿಲ್ಲ"

"ಫಾರಿನ್‌ನಲ್ಲಿ?"

"ಫಾರಿನ್ ರಿಜಿಸ್ಟ್ರೇಷನ್ ಗಾಡಿ ಇಲ್ಲಿ ಓಡಿಸೋಕೆ ಸಾಧ್ಯನೇ ಇಲ್ಲ. ವಿದೇಶೀ ಕಾರು ಭಾರತಕ್ಕೆ ಬಂದ ಮೇಲೆ, ಭಾರತದ ರಸ್ತೆಗಳಲ್ಲಿ ಓಡಾಡೋಕೆ ಇಲ್ಲಿ ರಿಜಿಸ್ಟ್ರೇಷನ್ ಮಾಡಿಸಲೇಬೇಕು"

"ಹಾಗಾದ್ರೆ ಈ ನಂಬರ್ ಯಾವ ಅರ್ಥಾನೂ ಕೊಡೊಲ್ಲವಾ?"

"ನಮ್ಮ ಫೀಲ್ಡಲ್ಲಂತೂ ಯಾವ ಅರ್ಥಾನೂ ಕೊಡೋದಿಲ್ಲ"

"ಓ.ಕೆ. ರವೀಂದ್ರ ಥ್ಯಾಂಕ್ಯು"

"ಯೂ ಆರ್ ವೆಲ್‌ಕಮ್ ಸರ್. ಇತ್ತೀಚಿನ ಕೇಸು ಯಾವುದು ಸಾರ್? ನೀವು ನನಗೆ ಮಾಡಿದ ಸಹಾಯಾನಂತೂ ಎಂದಿಗೂ ಮರೆಯೋಕಾಗೊಲ್ಲ ಸಾರ್"

"ಅದನ್ನ ಸಹಾಯಾಂತ ತಿಳಿದಿರೋದು ನಿನ್ನ ದೊಡ್ಡ ಗುಣ ರವೀಂದ್ರ. ನಾನು ಫೀಜು ತಗೊಂಡು ಕೆಲಸ ಮಾಡಿದೆ ಅಷ್ಟೆ..."

"ಮಾತಿನಲ್ಲಿ ನಿಮ್ಮನ್ನ ಸೋಲಿಸೋದಕ್ಕೆ ಆಗೋಲ್ಲ"

"ಥ್ಯಾಂಕ್ಸ್ ಫಾರ್ ದಿ ಕಾಂಪ್ಲಿಮೆಂಟ್ಸ್... ಬೈ.."

ಫೋನ್ ಡಿಸ್‌ಕನೆಕ್ಟಾಯಿತು. ವಿಕ್ರಮ್ ತಲೆ ಬಿಸಿಯಾಯಿತು. '೫೨೦ ವೈಪಿಎಮ್-ಔ' ಈ ಅಕ್ಷರಗಳಿಗೆ ಯಾವ ಅರ್ಥವೂ ಇಲ್ಲವೆ? ಯಶವಂತರಾಯರು ಅದನ್ನೇಕೆ ಕವರ್‌ನ ಹಿಂಬದಿಯಲ್ಲಿ, ಸೂಕ್ಷ◌್ಮವಾಗಿ ನೋಡಿದರೆ ಮಾತ್ರ ಕಾಣುವಷ್ಟು ಸಣ್ಣದಾಗಿ ಏಕೆ ಬರೆದಿದ್ದರು? ಅದು ಅವರಿಗೆ ಮರೆತು ಹೋದೀತೆಂದು ಬರೆದರೆ? ಅದನ್ನು ಒಂದು ಚೀಟಿಯಲ್ಲಿ ಬರೆದು ಪರ್ಸಿನಲ್ಲಿಟ್ಟುಕೊಳ್ಳಬಹುದಿತ್ತಲ್ಲ? ಅದನ್ನು ಲಾಕರ್‌ನಲ್ಲಿರುವ ಒಂದು ಕವರ್‌ನ ಹಿಂಬದಿಯಲ್ಲೇ ಏಕೆ ಬರೆದರು? ಕೊನೆಯ ಒಂದಕ್ಷರ 'ಔ' ಏನಿರಬಹುದು?

ಬಹುಶಃ ಆ ಅಕ್ಷರಗಳಲ್ಲಿ ಯಾವುದೋ ರಹಸ್ಯವಿರಬೇಕು. ಆ ರಹಸ್ಯ ಯಾರಿಗೂ ತಿಳಿಯಬಾರದೆಂಬ ಉದ್ದೇಶದಿಂದ ಯಶವಂತರಾಯರು ಅದನ್ನು ಲಾಕರ್‌ನ ಕವರ್ ಮೇಲೆ ಬರೆದಿರುವರು!! ಇರಬಹುದು! ಈ ವಿಷಯ ನಿಜವಿದ್ದರೂ ಇರಬಹುದು. ಆದರೆ ಆ ಅಕ್ಷರಗಳಲ್ಲಿರುವ ಅರ್ಥವಾದರೂ ಯಾವುದು? ಅದೊಂದು ಮಾತ್ರ ಏನೆಂದು ತಿಳಿಯುತ್ತಿಲ್ಲ. ವಿಕ್ರಮ್ ಯೋಚಿಸಿ ಒದ್ದಾಡಿದ. ಆದರೆ ಕದಡಿದ ಮನಸ್ಸು ತಿಳಿಯಾಗಲೇ ಇಲ್ಲ.

ಕೆ.ಜಿ. ಹಳ್ಳಿಯಲ್ಲಿ ಯಶವಂತರಾಯರ ಮನೆಗೆ ಆಗ ತಾನೆ ಕಾಲಿಟ್ಟಿದ್ದ ಶರತ್ ಮೊಬೈಲು ರಿಂಗಾಯಿತು.

"ಶರತ್...? ನಾನು ವಿಕ್ರಮ್"

"ಗುಡ್‌ಮಾರ್ನಿಂಗ್ ಬಾಸ್"

"ವೆರಿ ಗುಡ್‌ಮಾರ್ನಿಂಗ್. ಎಲ್ಲಿದ್ದೀಯ?"

"ಮನೇಲಿ"

"ಹತ್ರ ಯಾರೂ ಇಲ್ಲ ತಾನೆ? ನಮ್ಮ ಮಾತು ಕೇಳಿಸಿಕ್ಕೊಳ್ಳೋ ಅಂತಾವರು?"

"ಇಲ್ಲ"

"ವಾಟ್ ಈಸ್ ದ ನ್ಯೂಸ್?"

"ಮುನಿಯಪ್ಪ ಇನ್ನೂ ಬಂದಿಲ್ಲ. ಅವನು ಬರೋದನ್ನೇ ಕಾಯ್ತಾ ಇದೀನಿ. ಇನ್ನಿಬ್ಬರು ಪಾರ್ಟಿಗಳ ವಿಚಾರ ಹೇಳಿದ್ರಲ್ಲ? ಹೊನ್ನಿ ಮತ್ತು ಸರಳಾ? ಅವರ ಚಲನವಲನ ನಾನು ಗಮನಿಸ್ತಾ ಇದೀನಿ. ಬಂದಾಗ ಎಲ್ಲಾ ತಿಳಿಸ್ತೀನಿ"

"ಏನಾದರೂ ಕ್ಲೂ ಸಿಗ್ತಾ?"

"ಏನೂ ಇಲ್ಲ. ಲಾಕರ್ ವಿಷಯ?"

"ಹಾ! ಒಂದು ಕೋಡ್‌ವರ್ಡ್ ಸಿಕ್ಕಿರೋ ಹಾಗಿದೆ. ಅದನ್ನ ಡೀ-ಕೋಡ್ ಮಾಡೋಕೆ ಟ್ರೆöÊಮಾಡ್ತಾ ಇದೀನಿ. ನೀನೀಗ ಇನ್ನೊಂದು ಕೆಲಸ ಮಾಡಬೇಕು"

"ಹೇಳಿ ಸರ್?"

"ಕೆ.ಜಿ. ಹಳ್ಳಿಗೆ ಎರಡು ಅಪ್ರೋಚ್ ರೋಡುಗಳಿವೆ . ಒಂದು ಬೆಂಗಳೂರು, ಇನ್ನೊಂದು ರಾಮನಗರ. ನನಗೆ ನಂಬಿಕೆ ಇದೆ. ಯಶವಂತರಾಯರ ಶರೀರಾನ ಕೊಲೆ ಮಾಡಿದೋರು ಈ ಎರಡು ದಾರಿಗಳಲ್ಲಿ ಒಂದ್ರಲ್ಲಿ ಸಾಗಿಸಿದಾರೆ. ಪೋಲೀಸರು ಶವ ತೆಗೀತೀನೀಂತ ಬಂದ ಹಿಂದಿನ ದಿವಸ ಏನಾದರೂ ಅನುಮಾನಾಸ್ಪದವಾದ ಮೂವ್‌ಮಂಟ್ಸ್ ಕುದುರೆ ಮೇಲೆ, ಗೂಡ್ಸ್ ಆಟೋದಲ್ಲಿ ಅಥವಾ ಕಾರಿನಲ್ಲಿ ಕಂಡಿದ್ದವಾಂತ ಚೆಕ್ ಮಾಡಬೇಕು. ಅದು ಸುಲಭ ಅಲ್ಲ. ಬಟ್, ಇದನ್ನ ಮಾಡಲೇಬೇಕು. ಬಹುಶಃ ದಾರಿಯಲ್ಲಿ ಸಿಗೋ ಟೀ ಅಂಗಡಿಗಳಲ್ಲಿ ವಿಚಾರಿಸಬಹುದು. ಒಂದೇ ಸಲಕ್ಕೆ ಟೀ ಅಂಗಡಿಯವರು ಬಾಯಿ ಬಿಡುವುದಿಲ್ಲ. ಟೀ ಕುಡಿದು, ಅವರ ಸ್ನೇಹ ಬೆಳಸಿ ವಿಷ ಯ ತಿಳಿದುಕ್ಕೊಳ್ಳಬೇಕು"

"ಆ ಕೆಲಸ ಮಾಡ್ತೀನಿ ಸಾರ್. ಇದೋ ಹೊರಟೆ"

"ಸಂಜೆವರೆಗೂ ನಾನು ಆಫೀಸಲ್ಲಿ ಇರ್ತೀನಿ. ಸಾಧ್ಯವಾದರೆ ರಾತ್ರಿ ಕೆ.ಜಿ.ಹಳ್ಳಿಗೆ ಬರ್ತೀನಿ..."

"ಇಲ್ಲಿ ಪರಿಸ್ಥಿತಿ ಬದಲಾಯಿಸ್ತಾ ಇದೆ. ಚೇತನ್ ಮೈಸೂರಿಗೆ ಹೊರಟಿದಾನೆ. ಅವನ ಜೊತೆ ಚಿತ್ರಾ ಕೂಡ ಹೋಗ್ತಿದಾಳೆ...ಕೃಷ್ಣನೂ ಕಾಣ್ತಿಸ್ತಿಲ್ಲ. ಬೆಂಗಳೂರಿಗೆ ಬಂದಿರಬಹುದು"

"ಅವರಿಂದ ನಮಗೇನು ಸಹಾಯ ಆಗೋಲ್ಲ. ಅವರು ಮನೆಯಿಂದಾಚೆ ಹೋದ್ರೆ ತೊಂದರೇಯೇನೂ ಆಗೋದಿಲ್ಲ. ಹೋಗಲಿ ಬಿಡು"

"ಸರಿ ಸರ್"

"ಬೈ..."

ಫೋನ್ ಡಿಸ್ಕನೆಕ್ಟಾಯಿತು.

ಶರತ್ ರೂಮಿನಿಂದ ಈಚೆ ಬರುವಾಗ ಯಾರೋ ತನ್ನನ್ನು ಗಮನಿಸುತ್ತಿರುವ ಭಾವನೆ ಯಾರು? ಅದು ಗಂಡಸು! ಯಾರಿರಬಹುದು? ತಾನು ಮನೆಗೆ ಬಂದಾಗ ಚೇತನ್ ಕೆಳಗೆ ಸೋಫಾದಲ್ಲಿ ಕೂತು ತನ್ನ ಮೊಬೈಲಿನಲ್ಲಿ ತಲ್ಲೀನನಾಗಿದ್ದ. ಅವನೇ ತನ್ನನ್ನು ರೂಮಿನ ತನಕ ಹಿಂಭಾಲಿಸಿ ತನ್ನ ಮಾತು ಮತ್ತು ಚಲನಗಳನ್ನು ಗಮನಿಸುತ್ತಿರಬಹುದು.

ಮೆಟ್ಟಿಲಿಳಿಯುವ ಮುನ್ನ ಶರತ್ ಚಕ್ಕನೆ ಎಡಬದಿಗೆ ತಿರುಗಿ ನೋಡಿದ.

ಮಹಡಿಯ ಎಡಬದಿಯಲ್ಲಿ ಎರಡನೆಯ ರೂಮಿನ ಕರ್ಟನ್ ಹಿಂದೆ ವ್ಯಕ್ತಿಯೊಂದು ನಿಂತಿತ್ತು!

ಕರ್ಟನ್‌ನ ಕೆಳ ತುದಿಯಲ್ಲಿ ಹಿಂದೆ ನಿಂತಿದ್ದ ವ್ಯಕ್ತಿಯ ಕಾಲುಗಳೂ ಮತ್ತು ಸೀರೆಯಂಚು ಕಂಡಿತು! ಸೀರಿಯಂಚಿನ ಬಣ್ಣ ಮತ್ತು ಡಿಸೈನನ್ನು ಬೇಗನೆ ಗ್ರಹಿಸಿದ ಶರತ್.

ಅಂದರೆ... ತನ್ನನ್ನು ಗಮನಿಸುತ್ತಿರೋ ವ್ಯಕ್ತಿ ಹೆಣ್ಣು!

ಆ ವ್ಯಕ್ತಿಗೆ ತನ್ನನ್ನು ಶರತ್ ಗಮನಿಸುತ್ತಿದ್ದಾನೆ ಎನ್ನುವ ಅನುಮಾನ ಬಂದಿರಬೇಕು! ಚಕ್ಕನೆ ರೂಮಿನೊಳಗೆ ಸೇರಿತು ಹೆಂಗಸು!

ಕಾಲುಗಳು ಮರೆಯಾದವು! ಸೀರೆಯ ಅಂಚು, ಕಾಲುಗಳು, ಕಾಲುಗಳಲ್ಲಿದ್ದ ಚೈನಿನ ಒಡತಿ ಯಾರು?

ಶರತ್‌ಗ ತಾನು ಕಂಡ ಸೀರೆಯಂಚಿನ ಡಿಸೈನ್ ನೆನಪಿನಲ್ಲಿತ್ತು. ನೆನ್ನೆ ರೂಮಿನಲ್ಲಿ ತಾನೂ ಮತ್ತು ವಿಕ್ರಮ್ ಮಾತಾಡುವಾಗಲೂ ಯಾರೋ ಮಾತು ಕದ್ದು ಕೇಳಿಸಿಕೊಳ್ಳುತ್ತಿದ್ದರು! ಮೆಟ್ಟಿಲಿನ ಬಳಿ ಬಂದಾಗ ಸರಳಾ ಮತ್ತು ಹೊನ್ನಿ ಇಬ್ಬರು ಮೆಟ್ಟಿಲಿಳಿಯುತ್ತಿದ್ದರು!

ಇಬ್ಬರಲ್ಲಿ ಯಾರಾದರೊಬ್ಬರಿಗೆ ಯಶವಂತರಾಯರ ಸಾವಿನ ಸಂಬಂಧ ಇರಬಹುದೆ?!

ಮೊದಲಿಗೆ ಹೊನ್ನಿಯ ವಿಷಯ ಯೋಚಿಸಿದರೆ ಅನುಮಾನವೇ ಬಾರದು. ಹೇಳೀಕೇಳೀ ಅನಾಥೆ. ಮೇಲಾಗಿ ವಿಧವೆ. ಈ ಮನೆಯಲ್ಲಿ ಆಶ್ರಯ ಸಿಕ್ಕಿರುವುದೇ ತನ್ನ ಪುಣ್ಯವೆಂದುಕೊಂಡು ತನ್ನ ಪಾಡಿಗೆ ತಾನಿರುವಳು. ಅವಳಿಗೂ ಯಶವಂತರಾಯರ ಕೊಲೆಗೂ ಯಾವ ಸಂಬಂಧವೂ ಇರಲಾರದು. ಯಶವಂತರಾಯರ ಸಾವಿನಿಂದ ಅವಳಿಗೆ ಯಾವ ರೀತಿಯ ಲಾಭವೂ ಇರಲಿಲ್ಲ. ಅವರು ಬದುಕಿದ್ದರೇ ಅವಳಿಗೆ ಅನುಕೂಲವಾಗಬಹುದಿತ್ತು. ಚಿಕ್ಕ ಹುಡುಗಿಯಾಗಿದ್ದಾಗಿನಿಂದಲೂ ಇದೇ ಮನೆಯಲ್ಲಿ ಕೆಲಸ ಮಾಡುತ್ತ ಬೆಳೆದವಳು. ಯಶವಂತರಾಯರಿಗೆ ಅವಳ ಮೇಲೆ ಕೊಂಚವಾದರೂ ವಾತ್ಸಲ್ಯ

ಮೂಡಿರಬಹುದು. ಹೊನ್ನಿಯನ್ನು ಅನುಮಾನಿಸುವಂತಿಲ್ಲ.

ಸರಳಾ...? ಮೂರ್ತಿಯ ಪತ್ನಿ. ಯಶವಂತರಾಯರ ಶವ ಪತ್ತೆ ಹಚ್ಚಬೇಕು, ಕೊಲೆಗಾರನನ್ನು ಕಂಡುಹಿಡಿಯಬೇಕೆಂದು ಕೇಸು ಕೊಟ್ಟು ಮುಂಗಡವಾಗಿ ಹಣ ನೀಡಿದ ಮೂರ್ತಿಯ ಧರ್ಮಪತ್ನಿ. ಯಶವಂತರಾಯರ ಸಾವಿನಿಂದ ಮೂರ್ತಿಗೆ ಯಾವ ರೀತಿ ಲಾಭವಿದೆ? ಯಶವಂತರಾಯರು ಲಿಖಿತ ಉಯಿಲು ಬಿಟ್ಟು ಹೋಗಿಲ್ಲ. ಆಸ್ತಿಯೆಲ್ಲ ಕೃಷ್ಣನಿಗೆ ಹೋಗುತ್ತದೆ. ಸರಳಾ ಮನಸ್ಸು ಮಾಡಿದರೆ ಆಸ್ತಿಯಲ್ಲಿ ಅರ್ಧ ಪಾಲು ಪಡೆಯಬಹುದು. ಆದರೆ ಅದಕ್ಕಾಗಿ ಯಶವಂತರಾಯರು ಸಾಯಲೇಬೇಕಾಗಿರಲಿಲ್ಲ. ಅವರು ಬದುಕಿದ್ದಾಗಲೇ ಅವರ ಮನ ಒಲಿಸಿ ತನಗೆ ಬೇಕಾದಷ್ಟನ್ನು ಪಡೆಯಬಹುದಿತ್ತು. ಸರಳಾ ಮತ್ತು ಕೃಷ್ಣ ಇಬ್ಬರೂ ಮೊಮ್ಮಕ್ಕಳೇ. ಈ ಪಾಶವೀ ಕೃತ್ಯಕ್ಕೆ ಗಂಡ-ಹೆಂಡತಿ ಇಳಿದಿರಬಹುದೆ? ಗಂಡ ಬೆಂಗಳೂರಲ್ಲಿರುವುದರಿಂದ ಈಕೆ ತಮ್ಮ ಮೇಲೆ ಕಣ್ಣಿಟ್ಟಿರಬಹುದೆ? ಆದರೆ ಒಂದು ಅನುಮಾನದಿಂದ ಮೂರ್ತಿ ಮತ್ತು ಸರಳಾ ಗುಮಾನಿಗಳ ಸಾಲಿನಿಂದೀಚೆ ಬರುತ್ತಾರೆ. ತಾವೇ ಯಶವಂತರಾಯರ ಸಾವಿಗೆ ಕಾರಣರಾಗಿದ್ದರೆ ಕೊಲೆಗಾರನನ್ನು ಹುಡುಕಿ ಎಂದು ತಮ್ಮ ಬಳಿ ಬರುತ್ತಿದ್ದರೆ?

ಶರತ್‌ನ ಬಲಗೈ ಗಡ್ಡವನ್ನು ತುರಿಸಿತು. ಮಹಡಿಯ ಮೆಟ್ಟಿಲುಗಳನ್ನು ಇಳಿಯಬೇಕೆಂದಿದ್ದವನು ಹಿಂದೆ ತಿರುಗಿದ. ಮತ್ತೆ ಮನಸ್ಸು ಬದಲಿಸಿ, ಮೆಟ್ಟಿಲಿಳಿದು ಲಿವಿಂಗ್ ರೂಮಿಗೆ ಬಂದ. ನಿರ್ಜನವಾಗಿದ್ದ ಲಿವಿಂಗ್ ರೂಮಿಗೆ ಯಾರಾದರೂ ಬಂದಾರೇನೋ ಎಂದು ಕಾದು ನಿಂತ. ಯಾರು ಬರಲಿಲ್ಲ. ಮೆಲ್ಲನೆ ಡೈನಿಂಗ್ ಹಾಲಿಗೆ ಬಂದು ಒಮ್ಮೆ ಕೆಮ್ಮಿದ. ಯಾರೂ ಉತ್ತರಿಸಲಿಲ್ಲ.

"ಒಳಗೆ ಯಾರಿದೀರಿ?"

ಶರತ್ ತುಸು ಗಟ್ಟಿಯಾಗಿ ಕೂಗಿದ.

"ಯಾರು?"

ಎಂಬ ಶಬ್ದದೊಡನೆಯೇ ಹೊನ್ನಿ ಮಹಡಿ ಮೆಟ್ಟಿಲಿಳಿದು ಕೆಳಗೆ ಬಂದಳು. ಅಂದರೆ ತನ್ನನ್ನು ಗಮನಿಸುತ್ತಿದ್ದವಳು ಹೊನ್ನಿಯೆ? ಪತ್ತೇದಾರನನ್ನು ನೋಡಿದೊಡನೆ ಅವಳ ಮುಖದಲ್ಲಿ ಭಯದ ಅಲೆಗಳೆದ್ದವು.

"ನಾನೇ ಕೂಗಿದ್ದು"

ಶರತ್ ಅವಳುಟ್ಟಿದ್ದ ಸೀರೆಯಂಚು ಮತ್ತು ಪಾದಗಳನ್ನು ಗಮನಿಸಿದ. ಅದು ಕೆಲವು ನಿಮಿಷಗಳ ಹಿಂದೆ ಕರ್ಟನ್‌ನ ಹಿಂದೆ ನಿಂತ ಹೆಂಗಸಿನ ಸೀರೆಯಂಚಲ್ಲ! ಕಾಲಿನಲ್ಲಿ ಚೈನು ಕೂಡ ಇರಲಿಲ್ಲ! ಅಂದರೆ ತನ್ನ ಚಲನವಲನ ಗಮನಿಸುತ್ತಿದ್ದವಳು ಹೊನ್ನಿಯಲ್ಲ! ಸೀರೆಯಂಚಾಗಲೀ ತಾನು ಕಂಡದ್ದಾಗಿರಲಿಲ್ಲ!

ಅಥವಾ...ಆಕೆ ಸೀರೆ ಬದಲಾಯಿಸಿ ಬಂದಳೋ? ಅದು ಸಾಧ್ಯವೆ? ಇಷ್ಟು ಬೇಗನೆ? ಹೆಚ್ಚೆಂದರೆ ಏಳೆಂಟು ನಿಮಿಷಗಳಷ್ಟೆ! ಅದೂ ಮಹಡಿಯ ಮೇಲೆ! ಅಲ್ಲಿ ಅವಳು ವಾಸಿಸುತ್ತಿರಲ್ಲಿಲ್ಲ. ಬಂಗಲೆ ಹಿಂದಿನ ಸರ್ವಂಟ್ ಕ್ವಾಟರ್ಸಿನಲ್ಲಿದ್ದಳು. ಅವಳಿಗೆ ಮಹಡಿಯ ಮೇಲೆ ಸೀರೆ ಬದಲಿಸಲು ಸಾಧ್ಯವಿರಲಿಲ್ಲ!

"ಮೇಲೇನು ಮಾಡ್ತಿದ್ದೆ?"

"ರೂಮುಗಳನ್ನ ಕ್ಲೀನ್ ಮಾಡ್ತಿದ್ದೆ. ಏನು ಬೇಕಾಗಿತ್ತು ಬುದ್ಧಿ?"

ಹೊನ್ನಿ ಸುಧಾರಿಸಿಕೊಂಡು ನುಡಿದಳು.

"ಒಂದು ಲೋಟ ನೀರಷ್ಟೆ

"ನಿಮ್ರೂಮಾಗೇ ಇತ್ತಲ್ಲವ್ರಾ?"

"ಮುಗಿದಿತ್ತು.."

"ತರ್ತೀನಿ.."

ಜೈಲಿಂದ ಬಿಡುಗಡೆಯಾದಂತೆ ಹೊನ್ನಿ ಒಳಕ್ಕೆ ವೇಗವಾಗಿ ಹೋದಳು. ಅವಳ ಮುಖದಲ್ಲಿ ನೆಮ್ಮದಿಯಿದ್ದಂತಿತ್ತು!

ಹೊನ್ನಿ ತನ್ನನ್ನು ಕಂಡು ಹೆದರಿದಳೆ? ಕಾರಣ? ತಾನು ಫೋನು ಮಾಡುತ್ತಿದ್ದಾಗ ಬಾಗಿಲ ಹಿಂದೆ ಬಂದು ನಿಂತಿದ್ದಳೆ? ತಾನು ಈಚೆ ಬಂದಾಗ ರೂಮಿನ ಕರ್ಟನ್ ಹಿಂದೆ ನಿಂತು ಕದ್ದು ಮಾತುಗಳನ್ನು ಕೇಳಿಸಿಕೊಂಡಳೆ? ಆದರೆ ಆಕೆ ಉಟ್ಟಿದ್ದ ಸೀರೆಯಂಚು ಬೇರೆಯಾಗಿತ್ತು! ಅಂದರೆ ಅದು ಹೊನ್ನಿಯಲ್ಲ. ಹಾಗಾದರೆ ಅವಳ ಹೆದರಿಕೆಗೆ ಕಾರಣ?

ಶರತ್ ಗಲ್ಲವನ್ನು ತುರಿಸಿಕೊಳ್ಳುತ್ತಾ ಯೋಚಿಸುವಾಗ ಹೊನ್ನಿ ಒಂದು ಲೋಟಿ ನೀರಿನೊಂದಿಗೆ ಬಂದು ಅವನ ಕೈಗಿತ್ತು ಹಿಂತಿರುಗುವುದರಲ್ಲಿದ್ದಳು. ಶರತ್ ಅವಳನ್ನು ಕರೆದ.

"ಸ್ವಲ್ಪ ಸರಳಾ ಅವರನ್ನು ಕರಿ. ನಾನು ಹಾಲ್ನಲ್ಲಿ ಕೂತಿರ್ತೀನಿ".

"ಸರಿ..."

ಆಕೆ ಹೋದಳು.

ಶರತ್ ನೀರು ಗುಟುಕರಿಸಿ ಹಾಲ್‌ಗ ಬಂದ.

ಸರಳಾನ ಕರೆಸುವುದೇನೋ ಸರಿ. ಕರ್ಟನ್ ಹಿಂದೆ ತಾನು ಕಂಡ ಸೀರೆಯಂಚಿನ ಒಡತಿ ಅವಳೋ ಅಲ್ಲವೋ ನಿರ್ಧರಿಸುವುದು. ಆದರೆ ಕರೆಸಿದ್ದಕ್ಕೆ ಕಾರಣವೇನೆಂದು ಹೇಳುವುದು? ಏನಾದರೊಂದು ಹೇಳುವುದು. ಇಷ್ಟು ವರ್ಷ ಈ ವೃತ್ತಿಯಲ್ಲಿ ತೊಡಗಿ ಒಂದು ಸಣ್ಣ ಕತೆ ಕಟ್ಟಿ ಹೇಳಲಾಗುವುದಿಲ್ಲವೆ?

ಇದಾದ ನಂತರವೇ ಮತ್ತೆ ಮುನಿಯಪ್ಪನ ಕ್ರಾಸ್ ಚೆಕ್. ನಂತರ ಬೆಂಗಳೂರು ಮತ್ತು ರಾಮನಗರ ರೋಡ್‌ಗಳಲ್ಲಿರೋ ಟೀ ಅಂಗಡಿಗಳಲ್ಲಿ ವಿಚಾರಣೆ ಮಾಡಬೇಕು.

"ಇಲ್ಲೇ ಹಾಲ್‌ನಲ್ಲಿರ್ತೀನೀಂತ ಹೇಳಿದ್ರಮ್ಮ"

ಅದು ಹೊನ್ನಿಯ ದನಿ.

"ಯಾಕಂತೆ?"

ಎಂದು ಕೇಳುತ್ತಲೇ ಸರಳಾ ಹಾಲ್‌ಗೆ ಕಾಲಿಟ್ಟಳು.

ಶರತ್ ಚಕಿತನಾದ.

ಕರ್ಟನ್‌ನ ಕೆಳಗೆ ಕಂಡ ಸೀರೆಯಂಚಿನ ವಿನ್ಯಾಸ ಅವಳದಾಗಿರಲಿಲ್ಲ!! ಆಕೆಯ ಕಾಲುಗಳಲ್ಲಿ ಕೂಡ ಚೈನು ಇರಲಿಲ್ಲ! ಹಾಗಾದರೆ ಬೇರೆ ಯಾರು? ಈಕೆಯೇ ಸೀರೆ ಬದಲಿಸಿ ಬಂದಿರಬಹುದೆ? ಕಾಲಿನ ಚೈನು ಬಿಚ್ಚಿರಬಹುದೆ? 'ಮೈ ಗಾಡ್ ಇದು ತುಂಬಾ ಕಾಂಪ್ಲಿಕೇಟೆಡ್ ಕೇಸಾಗ್ತಾ ಇದೆ' ಶರತ್ ತನಗೆ ತಾನೇ ಹೇಳಿಕೊಂಡ.

"ಏನೋ ಹೇಳಿಕಳಿಸಿದ್ರಂತೆ?"

ಸರಳಾ ಶರತ್‌ನ ಕೇಳಿದಳು. ಅವಳ ಮುಖದಲ್ಲಿ ಭಯವಾಗಲೀ ಕುತೂಹಲವಾಗಲೀ ಇರಲಿಲ್ಲ.

"ಸಾರಿ, ನಿಮಗೆ ತೊಂದರೆ ಮಾಡಿದೆನೇನೋ?"

ಶರತ್ ಕ್ಷಮೆ ಯಾಚಿಸಿದ.

"ಇದರಲ್ಲಿ ತೊಂದರೆಯೇನಿದೆ? ನಿಜವಾಗಲೂ ತೊಂದ್ರೆ ಕೊಡ್ತಾ ಇರೋರು ನಾವೇನೇ..."

ಶರತ್ ಅವಳ ಮಾತಿಗೆ ಮುಗುಳ್ನಕ್ಕ.

"ಮೂರ್ತಿಯವರ ಅಂಗಡಿ ಫೋನ್ ನಂಬರ್ ಬೇಕಿತ್ತು"

"ಅವರ ಮೊಬೈಲ್ ನಂಬರೇ ನಿಮ್ಮತ್ರ ಇರ್ಬೇಕಲ್ಲ? ಅವರು ನಿಮಗಿನ್ನೂ ಹೇಳಿಲ್ಲವೆ? ನೋಡಿ ಅವರ ಕೆಲಸಾನ? ಎಷ್ಟು ಕೇರ್‌ಲೆಸ್ಸೂಂತ..."

"ಮೊಬೈಲ್ ನಂಬರ್ ಕೊಟ್ಟಿದಾರೆ. ಅದೇನೋ ನೆಟ್ವರ್ಕ್ ಸಿಗ್ತಿಲ್ಲ. ಅದಕ್ಕೇ ಆದ್ರೆ ಅಂಗಡಿ ಲ್ಯಾಂಡ್‌ಲೈನ್ ನಂಬರಿಗೆ ಮಾಡೋಣಾಂತ. ಆ ನಂಬರು ಅವರು ಕೊಟ್ಟಿಲ್ಲ".

"ಅದಕ್ಕೇ ಅವರನ್ನ ಕೇರ್‌ಲೆಸ್ಸೂಂತ ನಾನಂದಿದ್ದು. ಎಷ್ಟು ಮುಖ್ಯವಾದ ಕೆಲಸಾನ ನಿಮಗೊಪ್ಪಿಸಿದಾರೆ. ಆದ್ರೆ ಎಲ್ಲಿ ಯಾವಾಗ ಸಿಗ್ತೀನೀಂತ ಮಾತ್ರ ಹೇಳಿಲ್ಲ..."

"ಆಕೆ ಧೈರ್ಯದಿಂದ ಮಾತಾಡುತ್ತಿದ್ದಳು. ಹಾಗೆ ನೋಡಿದರೆ ಮೂರ್ತಿಗಿಂತ ಈಕೆಗೇ ಹೆಚ್ಚು ಧೈರ್ಯ ಎನ್ನಿಸಿತು. ಗಂಡನನ್ನೂ ಲೆಕ್ಕಕ್ಕಿಟ್ಟುಕೊಂಡಿಲ್ಲ ಎಂಬುದು ಅವಳ ಮಾತಿನಿಂದ ವ್ಯಕ್ತವಾಗುತ್ತಿತ್ತು. ಮಾತಿನ ಕೊನೆಯಲ್ಲಿ ಆಕೆ ತನ್ನ ಪತಿಯ ಅಂಗಡಿಯ ಫೋನ್ ನಂಬರ್ ಹೇಳಿದಳು.

ಮೂರ್ತಿಗೆ ಫೋನು ಮಾಡುವ ಅವಶ್ಯಕತೆ ಶರತ್‌ಗ ಇರಲಿಲ್ಲ. ಆದರೂ ಫೋನ್ ನಂಬರ್ ಕೇಳಿದ ತಪ್ಪಿಗೆ, ಅವಳಿಗೆ ನಂಬಿಕೆ ಬರಲಿ ಎಂಬ ಕಾರಣಕ್ಕೆ ಫೋನಿನ ಬಳಿಗೆ ಹೋಗಿ ನಂಬರ್ ಡಯಲ್ ಮಾಡಿದ.

"ಹಲೋ..." ಮೂರ್ತಿ ಇದಾರ?"

"ಯಸ್ ಮೂರ್ತಿ ಸ್ಪೀಕಿಂಗ್?"

ಆ ಸಮಯಕ್ಕೆ ಸರಳಾ ಅಲ್ಲಿರಲಿಲ್ಲ!!

***

'೫೨೦ ವೈಪಿಎಮ್-ಔ'

ಅದಿನ್ನೂ ಗುಪ್ತವಾದ ರಹಸ್ಯ ಭಾಷೆಯಾಗಿಯೇ ಉಳಿದಿತ್ತು!

ಆ ಅಕ್ಷರ ಸಮುಚ್ಚಯವನ್ನು ಬಿಡಿಸಲು ವಿಕ್ರಮ್‌ಗ ಸಾಧ್ಯವಾಗಿರಲಿಲ್ಲ. ಮೇಜಿನ ಮೇಲೆ ಆಷ್‌ಟ್ರೇಯಲ್ಲಿ ಸಿಗರೇಟು ತುಂಡುಗಳು ತುಂಬಿದ್ದವು. ಮೂರನೆಯ ಪ್ಯಾಕ್‌ನಿಂದ ತೆಗೆದ ಸಿಗರೇಟು ವಿಕ್ರಮ್ ತುಟಿಯ ನಡುವೆ ನಿಗಿನಿಗಿ ಹೊಳೆಯಿತು.

ಮೇಜಿನ ಮೇಲೆ ಅನಾಥವಾಗಿ ಬಿದ್ದಿದ್ದ ಟೆಲಿಫೋನ್ ಡೈರೆಕ್ಟರಿಯಲ್ಲಿನ ಹಾಳೆಗಳನ್ನು ಯಾವ ಉದ್ದೇಶವೂ ಇಲ್ಲದೆ ತಿರುವುತ್ತಿದ್ದ. ರವೀಂದ್ರನ ಪ್ರಕಾರ ಅದು ಯಾವುದೇ ರಾಜ್ಯದ ವೆಹಿಕಲ್‌ನ ರಿಜಿಸ್ಟ್ರೇಷನ್ ನಂಬರ್ ಅಲ್ಲ. ಮತ್ತೇನಿದ್ದೀತು? ಯಾವುದಾದರೂ ಪೋಸ್ಟಾಫೀಸಿನಲ್ಲಿ ಪೋಸ್ಟ್ ಬಾಕ್ಸ್ ನಂಬರ್ ಇದ್ದೀತಾ? ಹಾಗಿದ್ದರೆ 'ವೈಪಿಎಮ್' ಅಕ್ಷರಗಳು ಬರುವುದಿಲ್ಲ. ಬರೀ ನಂಬರು ಮತ್ತು ಪೋಸ್ಟಾಫೀಸಿನ ವಿಳಾಸ ಇರಬೇಕು. ಅಥವಾ ತನ್ನ ಯೋಚನೆಯೆಲ್ಲಾ ವ್ಯರ್ಥವಾ? '೫೨೦ ವೈಪಿಎಮ್-ಔ'ಗೆ ಯಾವ ಅರ್ಥವೂ ಇಲ್ಲವಾ?

ಟೆಲಿಫೋನ್ ಡೈರೆಕ್ಟರಿಯ ಹಾಳೆ ತಿರುವುತ್ತಿದ್ದವನಿಗೆ ಪಕ್ಕನೆ ಏನೋ ಹೊಳೆಯಿತು!

ಕುರ್ಚಿ ಮುಂದೆಳೆದುಕೊಂಡು ತೆರೆದಿದ್ದ ಹಾಳೆಯಲ್ಲಿ ಕಣ್ಣು ಹಾಯಿಸಿದ.

ನಗರದ ಎಲ್ಲ ಬಡಾವಣೆಗಳನ್ನೂ ಎರಡು, ಮೂರು ಇಲ್ಲವೇ ನಾಲ್ಕು ಅಕ್ಷರಗಳಲ್ಲಿ ಸಂಕ್ಷಿಪ್ತವಾಗಿ ಸೂಚಿಸಲಾಗಿತ್ತು. ಎಸ್‌ಎಸ್‌ಎನ್‌ಆರ್ ಅಂದರೆ ಸದಾಶಿವನಗರ!! ಹಾಗೆಯೇ ವೈಪಿಎಂ ಅಂದರೆ?

ವಿಕ್ರಮ್ ಎದೆಬಡಿತ ಹೆಚ್ಚಾಯಿತು! ಏನೋ ಹೊಳೆಯಿತು! ವೈಪಿಎಂ ಡೀಕೋಡ್ ಮಾಡುವ ಕ್ಷಣ ಬಂದಿತು!! ಬೇಗಬೇಗನೆ ವೈನಿಂದ ಶುರುವಾಗುವ ಪೇಜು ತೆಗೆದ. ಅಲ್ಲಿಯೇ ಇತ್ತು! ಇಷ್ಟು ಕಾಲ ವಿಕ್ರಮ್ ತಲೆ ತಿಂದಿದ್ದ ರಹಸ್ಯ ಭಾಷೆ!! ವೈಪಿಎಂ ಎಂದರೆ ಸಂಕ್ಷಿಪ್ತವಾಗಿ ಯಶವಂತಪುರ!!

ವಿಕ್ರಮ್ ಕುರ್ಚಿ ಬಿಟ್ಟು ಜಗ್ಗನೆದ್ದ. ಈಗ ಸಮಯ ಬಹಳ ಅಮೂಲ್ಯ! ಬೇಗನೆ ಹೋಗಬೇಕು!

೫೨೦ ಯಶವಂತಪುರದಲ್ಲಿನ ಒಂದು ಮನೆ ನಂಬರ್! ಅಲ್ಲಿ ಯಶವಂತರಾಯರ ಕೊಲೆ ಸಂಬಂಧಿಸಿದ ರಹಸ್ಯ ದಾಖಲೆಯಿದೆ! ಅದೇನಿರಬಹುದು? ಈಗಲೇ ಅದನ್ನು ಹೇಳಲಾಗದು.

ಆಫೀಸಿಗೆ ಬೀಗ ಹಾಕಿ ತನ್ನ ಜೀಪು ನಿಲ್ಲಿಸಿದೆಡೆಗೆ ವಿಕ್ರಮ್ ಧಾವಿಸಿದ.

ಯಶವಂತಪುರದ ಮನೆ! ನಂಬರ್ ೫೨೦. ಅಲ್ಲಿ ಯಾರಿರಬಹುದು? ಅಲ್ಲೇನು ನಡೆಯುತ್ತಿರಬಹುದು.

ಹದಿನೈದು ನಿಮಿಷಗಳ ಪ್ರಯಾಣ. ವಿಕ್ರಮ್ ಯಶವಂತಪುರದ ಸರ್ಕಲ್ ಬಳಿ ಇದ್ದ. ಟ್ರ್ಯಾಫಿಕ್ ಪೋಲೀಸ್‌ನ, ೫೨೦ ಮನೆ ನಂಬರ್ ಯಾವ ಕಡೆ ಬರುತ್ತೆಂದು ವಿಚಾರಿಸಿದ. ಆತ ಅಂದಾಜಾಗಿ ಹೇಳಿದ. ಅವನು ತೋರಿದತ್ತ ವಿಕ್ರಮ್ ಜೀಪು ಧಾವಿಸಿತು.

ಮನೆ ಹುಡುಕುವುದು ಸುಲಭವಾಗಿರಲಿಲ್ಲ. ಮನೆ ನಂಬರುಗಳು ವ್ಯವಸ್ಥಿತವಾಗಿರಲಿಲ್ಲ. ಒಂದು ಬೀದಿಯ ಕೊನೆಯ ನಂಬರು ಮುಂದಿನ ಅಥವಾ ಹಿಂದಿನ ಬೀದಿಯಲ್ಲಿ ಮುಂದುವರಿದಿರಲಿಲ್ಲ! ಅಲ್ಲಿನ ವ್ಯವಸ್ಥೆ ಅರ್ಥವಾಗದೆ, ಅರ್ಧ ಗಂಟೆ ಹಿಂದು ಮುಂದಿನ ಬೀದಿಗಳಲ್ಲಿ ಓಡಾಡಿ, ಸುಮಾರು ಹತ್ತು ಜನರನ್ನು ಕೇಳಿದ ಮೇಲೆ ಮನೆ ಸಿಕ್ಕಿತು.

ನಂಬರ್ ೫೨೦ರಲ್ಲಿ ಕಂಡಿದ್ದು ದೊಡ್ಡ ಹಳೆಯ ಮನೆ. ಅದು ಕಾರ್ನರ್ ಮನೆ. ನೂರು ನೂರಿಪ್ಪತ್ತು ವಿಸ್ತೀರ್ಣದ ಸೈಟಿನಲ್ಲಿ ಕಟ್ಟಿದ ಮನೆ. ಅದು ಯಶವಂತರಾಯರ ರಹಸ್ಯ ಹಿಡಿದಿಟ್ಟಿರಲಾರದು. ಅದು ಸಾಕಷ್ಟು ಸ್ಥಿತಿವಂತರ ಮನೆ. ಜೊತೆಗೆ '೫೨೦ ವೈಪಿಎಮ್-ಔ' ಎನ್ನುವುದರಲ್ಲಿ 'ಔ' ಎನ್ನುವ ಒಂದಕ್ಷರ ಅದು ದೊಡ್ಡ ಮನೆಯಲ್ಲ ಎನ್ನುವುದು ಸ್ಪಷ್ಟಪಡಿಸಿತು. ದೊಡ್ಡ ಮನೆಯ ಪಕ್ಕದ ರಸ್ತೆಯಲ್ಲಿ ಸಾಗಿದರೆ ಮನೆಯ ಪಕ್ಕದಲ್ಲೂ ಒಂದು ಗೇಟು ಕಂಡಿತು! ಅದು ಹಿಂದಿದ್ದ ಔಟ್‌ಹೌಸ್‌ಗೆ ಪ್ರವೇಶ! ದೊಡ್ಡ ಮನೆಯವರು ಹಿಂದಿನ ಮನೆಯವರಿಗೆ ಮಾಡಿದ್ದ ಪ್ರತ್ಯೇಕ ವ್ಯವಸ್ಥೆ. '೫೨೦ ವೈಪಿಎಮ್-ಔ' ಎಂಬ ಕೋಡ್ ಈಗ ತನ್ನ ರಹಸ್ಯ ಕಳಚಿತ್ತು! ಅದು ಯಶವಂತಪುರದ ಮನೆ ನಂಬರು ೫೨೦ರ ಔಟ್ ಹೌಸ್! ಗೇಟು

ತೆಗೆದು ಒಳಗೆ ಹೋಗಿ ನೋಡಿದಾಗ ಔಟ್ ಹೌಸ್‌ನ ರೂಪುರೇಷೆ ಕಂಡಿತು. ಸುಮಾರು ಹನ್ನೆರಡು ಅಡಿ ಅಗಲ ಮತ್ತು ಮೂವತ್ತು ಅಡಿ ಉದ್ದಕ್ಕಿದ್ದ ಮನೆ ಅದು. ನಿವೇಶನದ ಉಳಿದ ಭಾಗವನ್ನು ದೊಡ್ಡ ಮನೆ ಆಕ್ರಮಿಸಿಕೊಂಡಿತ್ತು.

ಔಟ್ ಹೌಸ್ ಮನೆಯ ಬಾಗಿಲು ತಳ್ಳಿದ ವಿಕ್ರಮ್. ಬಾಗಿಲಿಗೆ ಹಾಕಿದ್ದ ಡೋರ್‌ಲಾಕ್ ವಿಕ್ರಮ್‌ನನ್ನು ಅಣಕಿಸಿತು! ಅಂದರೆ ಮನೆಯಲ್ಲಿ ಯಾರೂ ಇಲ್ಲ! ಡೋರ್‌ಲಾಕ್ ಅದನ್ನು ಸ್ಪಷ್ಟಪಡಿಸಿತು. ಅಥವಾ ಮನೆಯ ಒಳಗಿದ್ದೂ ಒಳಗಿನಿಂದಲೇ ಡೋರ್‌ಲಾಕ್ ಮಾಡಿಕ್ಕೊಳ್ಳಬಹುದಲ್ಲ? ಮನೆಯಲ್ಲಿ ಯಾರಾದರೂ ಇದ್ದರೆ ಹೊರಗೆ ಬಂದಾರು ಎಂಬ ಲೆಕ್ಕಾಚಾರದೊಂದಿಗೆ ವಿಕ್ರಮ್ ಮೆಲ್ಲನೆ ಬಾಗಿಲ ಮೇಲೆ ಟ್ಯಾಪ್ ಮಾಡಿದ. ಕೆಲವು ನಿಮಿಷ ಮನೆಯೊಳಗೆ ಏನಾದರೂ ಶಬ್ದವಾದೀತಾ ಎಂದು ಕಾದು ನೋಡಿದ. ಮನೆಯೊಳಗೆ ಯಾರೂ ಇಲ್ಲ ಎನ್ನುವುದು ಖಾತ್ರಿಯಾಯಿತು. ಮತ್ತೊಮ್ಮೆ ಜೋರಾಗಿ ಬಾಗಿಲು ಬಡಿದ. ಆಗಲೂ ಒಳಗಿಂದ ಯಾವುದೇ ಪ್ರತಿಕ್ರಿಯೆ ಬರಲಿಲ್ಲ! ಕೊನೆಯ ಪ್ರಯತ್ನವನ್ನೂ ಮಾಡಿ ನೋಡೋಣ ಎನ್ನಿಸಿತು. ಅಕಸ್ಮಾತ್ ಮನೆಯೊಳಗಿಂದ ಯಾರು ಬಂದಾರು ಎಂದು ತಿಳಿಯುವುದು ಅವನ ಪ್ರಯತ್ನವಾಗಿತ್ತು.

ಸಾಮಾನ್ಯವಾಗಿ ಎಲ್ಲ ಮನೆಯ ಕಾಲಿಂಗ್ ಬೆಲ್ ಸ್ವಿಚ್ ಬಾಗಿಲ ಫ್ರೇಮ್ ಮೇಲೆ ಇರುತ್ತದೆ. ಅಂತಾದ್ದು ಏನಾದರೂ ಕಂಡೀತಾ ಎಂದು ವಿಕ್ರಮ್ ಹುಡುಕಿದ. ಬಾಗಿಲಿನ ಪಕ್ಕದ ಬಲ ಬದಿಯ ಗೋಡೆಯ ಮೇಲೆ ಕಾಲಿಂಗ್ ಬೆಲ್ ಸ್ವಿಚ್ ಕಂಡಿತು! ಕಾಲಿಂಗ್ ಬೆಲ್ ಸ್ವಿಚ್ ಒತ್ತಿ ಪ್ರತಿಕ್ರಿಯೆಗಾಗಿ ಕಾದ. ಆಗಲೂ ಒಳಗಿಂದ ಯಾವುದೇ ಪ್ರತಿಕ್ರಿಯೆ ಬರಲಿಲ್ಲ! ಅಂದರೆ ಮನೆಯೊಳಗೆ ಮನೆಯೊಡನಿಲ್ಲ! ವಿಕ್ರಮ್ ಸಮಯ ನೋಡಿಕೊಂಡ. ಆರು ಗಂಟೆ, 'ನನ್ನ ಪ್ರಯತ್ನ ವ್ಯರ್ಥವಲ್ಲ' ಎಂದು ತನ್ನಷ್ಟಕ್ಕೆ ತಾನೇ ಸಮಾಧಾನ ಹೇಳಿ ಕೊಂಡು ಈಚೆ ಬಂದ. ಮುಂದಿದ್ದ ಮನೆಯಲ್ಲಿ ವಿಚಾರಿಸಿದ. ಹದಿನೆಂಟು ವರ್ಷದ ಹುಡುಗನೊಬ್ಬ ವಿಕ್ರಮ್ ಪ್ರಶ್ನೆಗಳಗುತ್ತರಿಸಲು ಈಚೆ ಬಂದ.

"ಹಿಂದುಗಡೆ ಮನೆಯೋರು ಬಂದಿಲ್ವಾ?"

"ಅವರಾ? ಬೆಳಿಗ್ಗೆ ಇದ್ದರು...ಮತ್ತೆ ಯಾವಾಗ ಬರ್ತಾರೋ ಗೊತ್ತಿಲ್ಲ. ಸಾಮಾನ್ಯವಾಗಿ ಅವರು ಮನೇಲಿರೋದಿಲ್ಲ"

"ಹಾಗಾದರೆ ಅವರಲ್ಲಿ ವಾಸವಾಗಿಲ್ಲವಾ?"

"ಇಲ್ಲ. ವಾರಕ್ಕೊಂದು ಸಲವೋ ಇಲ್ಲಾ ಎರಡು ಸಲವೋ ಬಂದು ಒಂದು ರಾತ್ರಿ ಇದ್ದು ಹೋಗ್ತಾರೆ"

"ಅವರ ಹೆಸರು?"

ವಿಕ್ರಮ್ ಸ್ಪಷ್ಟ ಉತ್ತರ ಬೇಕಿತ್ತು.

"ನನಗೆ ಗೊತ್ತಿಲ್ಲ. ನಮ್ಮ ತಾತಂಗೆ ಗೊತ್ತು. ಅವರನ್ನ ಕರೀಲಾ..?"

"ಬೇಡ. ನೀವು ಹೇಳಿದ್ರಲ್ಲಾ ಅಷ್ಟು ಸಾಕು. ಅವರ ಜೊತೆ ಫ್ಯಾಮಿಲೀನು ಇದಾರಾ?" ಹುಡುಗನಿಗೆ ಅನುಮಾನ ಬರದಂತೆ ತೀರಾ ಸಾಮಾನ್ಯ ವಿಷಯ ಕೇಳುವಂತೆ ವಿಕ್ರಮ್ ಕೇಳಿದ,

"ಅವರೂ ಅಷ್ಟೆ. ಯಾವಾಗಲಾದರೊಮ್ಮೆ ಬಂದು ಹೋಗ್ತಾರೆ. ಅವರು ಸಧ್ಯಕ್ಕೆ ಯಾವುದೋ ಹಳ್ಳೀಲಿ ವಾಸ ಇದಾರಂತೆ..."

ವಿಕ್ರಮ್ ತಲೆಯಲ್ಲಿ ನೂರಾರು ಯೋಚನೆಗಳು.

"ಹಾಗಾದ್ರೆ ಇವತ್ತವರು ಮನೆಗೆ ಬರೋಲ್ಲವೆ?"

"ಮುಕ್ಕಾಲು ಪಾಲು ಬರೋದಿಲ್ಲ. ಏನಾದರೂ ಹೇಳ್ಬೇಕಾಗಿತ್ತೇನು?"

"ಏನೂ ಇಲ್ಲ. ನಾನೇ ಬಂದು ನೋಡ್ತೇನೆ..."

ವಿಕ್ರಮ್ ಕಾಂಪೌಂಡಿನಿಂದೀಚೆಗೆ ಬಂದ.

ಯಶವಂತರಾಯರ ಕೇಸು ಸ್ವಲ್ಪಸ್ವಲ್ಪವಾಗಿ ಬಿಡಿಸಿಕೊಳ್ಳಲಾರಂಭಿಸಿದೆ. ಇದೊಂದು ರಾತ್ರಿಯಲ್ಲಿ ಎಲ್ಲವನ್ನೂ ಕಂಡು ಹಿಡಿದು ಬಿಡುವೆನೆಂಬ ಉತ್ಸಾಹ ಅವನಲ್ಲಿ ಮೂಡಿತು.

ಪೋಲೀಸ್, ಕೇಂದ್ರ ದಾಖಲೆಗಳ ಸಂಗ್ರಹದಿಂದ ತಾನು ಹೆಕ್ಕಿ ತೆಗೆದ ವಿಷಯಗಳನ್ನು ಮತ್ತೊಮ್ಮೆ ನೆನಪಿಗೆ ತಂದುಕೊಂಡ.

ಯಶವಂತಪುರದಿಂದ ಹೊರಟವನು ಸೀದಾ ವಿಲ್ಸನ್‌ಗಾರ್ಡನ್‌ಗೆ ತೆರಳಿದ. ಅಲ್ಲಿ ಕಾರ್ಪೊರೇಷನ್‌ಗೆ ಸಂಬಂಧಿಸಿದ ಒಂದು ಆಫೀಸಿನಲ್ಲಿ ಬಹಳ ಹೊತ್ತು ಕಳೆದ. ಅಲ್ಲಿ ಸಂಬಂಧಪಟ್ಟವರ ಜೊತೆ ವಿಚಾರಣೆ ನಡೆಸಿದ. ಎಂಟು ಗಂಟೆಯ ನಂತರ ಈಚೆ ಬಂದ.

ಆಫೀಸಿನಲ್ಲಿ ಕೂತು ಶರತ್ ಮೊಬೈಲಿಗೆ ಫೋನು ಮಾಡಿದ. ನೆಟ್ವರ್ಕ್ ಸಮಸ್ಯೆಯಿಂದ ಕನೆಕ್ಟಾಗಲಿಲ್ಲ. ಛೇ..ಎಂತಾ ಸಮಯದಲ್ಲಿ ಈ ಪ್ರಾಬ್ಲಮ್ಮು? ಲ್ಯಾಂಡ್‌ಲೈನು? ಎಸ್..! ಆದರೆ ಮನೆಯವರು ಯಾರಾದರೂ ಮಾತುಗಳನ್ನು ಕೇಳಬಹುದು! ನೋಡೋಣ ಹುಷಾರಾಗಿ ಮಾತಡಿದರೆ ಸಮಸ್ಯೆಯಾಗುವುದಿಲ್ಲ ಎನಿಸಿತು. ಲ್ಯಾಂಡ್‌ಲೈನಿಗೇ ಫೋನು ಮಾಡಿದ ವಿಕ್ರಮ್. ಅದೂ ಸಹ ಕನೆಕ್ಟ್ ಆಗಲಿಲ್ಲ. ಮೂರು ಸಲ ಪ್ರಯತ್ನಿಸಿದ ಮೇಲೆ ಕನೆಕ್ಟಾಯಿತು. ಆದರೆ ಫೋನು ರಿಸೀವ್ ಯಾರೂ ಮಾಡಲಿಲ್ಲ! ವಿಕ್ರಮ್ ಕಾದ ಹೆಂಚಿನ ಮೇಲೆ ನಿಂತವನಂತೆ ಚಡಪಡಿಸಿದ. ಈಗ ಸಮಯ ಅಮೂಲ್ಯ! ಒಂದೊಂದು ಸೆಕೆಂಡೂ ಸಹ ಬಹಳ ಮುಖ್ಯ. ತಡ ಮಾಡಿದರೆ ಯಶವಂತರಾಯರ ಕೊಲೆಗಾರ ಕಣ್ತಪ್ಪಿಸಿ ಹೋಗುವ

ಸಾಧ್ಯತೆಯಿದೆ. ಇದುವರೆಗೂ ಕೊಲೆಗಾರ ಆಡಿದ ಕಣ್ಣು ಮಚ್ಚಾಲೆಯಾಟಕ್ಕೆ ಶೀಘ್ರದಲ್ಲಿಯೇ ಮಂಗಳ ಹಾಡುವ ಸಾಧ್ಯತೆಯಿದೆ!

ಕೊನೆಗೊಮ್ಮೆ ಕೆಜಿ ಹಳ್ಳಿಯಲ್ಲಿ ಯಶವಂತರಾಯರ ಮನೆಯಲ್ಲಿರುವ ಯಾರೋ ಫೋನ್ ರಿಸೀವ್ ಮಾಡಿದಾಗ ವಿಕ್ರಮ್ ಉದ್ವೇಗದಿಂದ ಕಂಪಿಸಿದ.

ಆಗತಾನೆ ಮನೆಗೆ ಬಂದಿದ್ದ ಶರತ್ ಲೈನಿನ ಮೇಲೆ ಬಂದಿದ್ದ.

"ಶರತ್?"

"ಯಸ್ ಬಾಸ್ ಶರತ್ ಸ್ಪೀಕಿಂಗ್"

"ಹತ್ರ ಯಾರಿದ್ದಾರೆ?"

"ಯಾರೂ ಇಲ್ಲ. ಮಾತಾಡಬಹುದು"

"ಹೇಗಿದೆ ಪರಿಸ್ಥಿತಿ?"

"ನಾಟ್ ಬ್ಯಾಡ್ ಬಾಸ್. ಮುನಿಯಪ್ಪ ಆರು ಗಂಟೆಗೆ ಊರಿಗೆ ಬಂದಿದಾನೆ. ಬಂದಾಗಿನಿಂದ ಅಂಗಡಿ ತೆಗೆದಿಲ್ಲ. ಒಳಗಿಂದ ಚಿಲಕ ಹಾಕೊಂಡಿದಾನೆ. ಏನ್ಮಾಡ್ತಿದಾನೇಂತ ಗೊತ್ತಿಲ್ಲ"

"ಇನ್ನೊಂದು ವಿಷಯ ಹೇಳಿದ್ದೆನಲ್ಲ?"

"ಅದೇ ರಸ್ತೆಗಳಲ್ಲಿನ ಟೀ ಅಂಗಡಿಗಳಲ್ಲಿ ವಿಚಾರಣೆ...ಅದೇನೋ ಯಾವ ರಿಸಲ್ಟೂ ಕೊಡಲಿಲ್ಲ. ಯಾರಿಗೂ ನೆನಪಿಲ್ಲ. ಆದ್ರೆ ಒಂದು ಟೀ ಅಂಗಡಿಯವನು ಒಂದು ಮುಖ್ಯವಾದ ವಿಷಯ ತಿಳಿಯಿತು"

"ಏನು?"

"ಫೋನಲ್ಲೇ ಹೇಳಲೆ?"

"ಬೇಡ. ಒಂದ್ಕೆಲಸ ಮಾಡು. ಸೀದಾ ನೀನು ಬೆಂಗಳೂರಿಗೆ ಬಾ. ನೇರ ಆಫೀಸಿಗೆ ಬರಬೇಕು. ಇನ್ನೊಂದು ಗಂಟೆ ಒಳಗೆ ಬರಬೇಕು. ಒಂದು ವೇಳೆ ನಾನಿಲ್ಲದಿದ್ದರೂ ಸಹ ನೀನು ಆಫೀಸಿನಲ್ಲೇ ನನಗೋಸ್ಕರ ಕಾಯ್ತಾ ಇರು"

"ಆದ್ರೆ...ಮುನಿಯಪ್ಪ?"

"ಸದ್ಯಕ್ಕೆ ಮುನಿಯಪ್ಪನ ಬಗ್ಗೆ ತಲೆ ಕೆಡಿಸಿಕೋಬೇಕಾಗಿಲ್ಲ. ಬೇಗ ಹೊರಡು"

"ಇಗೋ..ಹೊರಟೆ"

***

ತಮ್ಮ ಪತ್ನಿ ಸರಳಾಳಿಂದ ಫೋನು ಬಂದಾಗಿನಿಂದ ಮೂರ್ತಿ ಯೋಚನೆಯಲ್ಲಿ ಮುಳುಗಿದ್ದ. ವ್ಯಾಪಾರದಲ್ಲಿ ಮನಸ್ಸು ನಿಲ್ಲುತ್ತಿರಲಿಲ್ಲ. ಅವನ ಊಹೆಯೆಲ್ಲಾ ಸುಳ್ಳಾಗಿತ್ತು. ಕಲ್ಪನೆಗಳೆಲ್ಲಾ ತಲೆಕೆಳಗಾಗಿದ್ದವು. ಇಂತಾ ಘಟನೆ, ಹೀಗೆ ನಡೆಯಬಹುದೆಂದು ಅವನು ಚಿಂತಿಸಿಯೇ ಇರಲಿಲ್ಲ. ಇನ್ನು ತಡಮಾಡಬಾರದು. ಅ ಪತ್ತೇದಾರರಿಗೆ ಕೇಸು ಕೊಡ ಬಾರದಿತ್ತು. ಈಗದು ತನಗೇ ಮುಳುವಾಗುತ್ತಿದೆ!

ಪತ್ತೇದಾರರಿಬ್ಬರ ಸಾಮರ್ಥ್ಯ ತಾನು ತಪ್ಪಾಗಿ ಅಳೆದೆ!

ಈಗ ಬೇರೆ ದಾರಿಯಿಲ್ಲ. ಬೇಗನೆ ತಾನು ಕಾರ್ಯನಿರತನಾಗಬೇಕು.

ಮೂರ್ತಿಯ ಮನಸ್ಸಿನಲ್ಲಿ ನಡೆಯುತ್ತಿದ್ದ ಯೋಚನೆಗೂ ಮತ್ತು ಗೋಡೆಯ ಮೇಲಿನ ಗಡಿಯಾರಕ್ಕೂ ಯಾವ ಸಂಬಂಧವೂ ಇರಲಿಲ್ಲ. ಎರಡು ಸ್ವತಂತ್ರ ಘಟನೆಗಳಾಗಿ ಘಟಿಸುತ್ತಲೇ ಇದ್ದವು.

ಅಂಗಡಿಯ ನೌಕರರು ಐದು ನಿಮಿಷ ಕಾಲ ತಮ್ಮ ಮಾಲೀಕರ ವರ್ತನೆಯನ್ನು ಗಮನಿಸಿದರು. ಅವರು ಮೂರ್ತಿ ಗಾಢ ಚಿಂತೆಯಲ್ಲಿ ಮುಳುಗಿರೋದೂ ಮತ್ತು ಆ ಚಿಂತೆಯಲ್ಲಿ ಸಮಯವನ್ನು ಮರೆತಿರುವುದು ಸಹ ಬೇಗನೆ ತಿಳಿದುಕೊಂಡರು.

ತಮ್ಮಷ್ಟಕ್ಕೆ ನಾವು ಅಂಗಡಿಯ ಬಾಗಿಲುಗಳನ್ನು ಮುಚ್ಚುವ ಕೆಲಸದಲ್ಲಿ ತೊಡಗಿದರು.

ಆಗಷ್ಟೆ ಸಮಯ ಎಂಟೂವರೆಯಾಗಿರುವುದರ ಅರಿವು ಮೂರ್ತಿ ಗಾಯಿತು. 'ಈ ಸೋಂಬರಿಗಳಿಗೇನು? ಟೈಮಾಯ್ತು... ಬಾಗಿಲು ಮುಚ್ಚಿದರು' ಎಂದು ತಮ್ಮ ನೌಕರರನ್ನು ಬೈದುಕೊಂಡ. ಕ್ಯಾಷ್ ಬಾಕ್ಸ್ ಮುಚ್ಚಿ ಮತ್ತೊಮ್ಮೆ ಪೂಜೆ ಮಾಡಿ ಆ ದಿನದ ವ್ಯವಹಾರವನ್ನು ಬಂದು ಮಾಡುವ ಕ್ರಿಯೆಯಲ್ಲಿ ತೊಡಗಿದ.

ತಿಳಿದೂ ತಿಳಿದೂ ಡಿಟೆಕ್ಟೀವ್ ವಿಕ್ರಮ್‌ನ ಬಳಿ ತಾನೇಕೆ ಹೋದೆ ತಾನಾಗಿಯೆ ಪತ್ತೆ ಮಾಡಿ ಎಂದು ಕೇಸು ಕೈಗಿಟ್ಟ! ಅದೇ ತಾನು ಮಾಡಿದ ತಪ್ಪು? ಆಗ ತನಗೆ ಕಲ್ಪನೆ ಇರಲಿಲ್ಲ ಹೀಗೆಲ್ಲಾ ಆದೀತು ಎಂದು!

ಇಷ್ಟಾದರೂ ಅವರಿಂದ ಮುಖ್ಯವಾದ ಕೆಲಸವನ್ನೇ ಮಾಡಲಾಗಿಲ್ಲ!

ಯಶವಂತರಾಯರ ಶರೀರ!!

ಅದನ್ನಿನ್ನೂ ಈ ಪತ್ತೇದಾರರು ಹುಡುಕಲಾಗಿಲ್ಲ! ಇನ್ನು ಕೊಲೆಗಾರನನ್ನು ಹುಡುಕುತ್ತಾರೆಯೆ? ಅನುಮಾನ! ಆದರೂ ಏನೋ ನಡೆಯುತ್ತಿದ್ದೆ. ತನಗೇ ಮುಳುವಾಗುವ ಪರಿಸ್ಥಿತಿ ಎದುರಾಗಬಹುದು!

ಸರಳಾಳ ಫೋನಿನ ಸುದ್ದಿ ಭಯ ಹುಟ್ಟಿಸುತ್ತದೆ! ಆದರೆ ಈ ಸ್ಥಿತಿಯಲ್ಲಿ ಹೆಚ್ಚೇನು ಮಾಡಲು ಸಾಧ್ಯ? ಎಲ್ಲವೂ ತನ್ನಂತೆಯೇ ಆಗಲಿ ಎಂದು ದೇವರನ್ನು ಬೇಡಿಕೊಳ್ಳಬೇಕಷ್ಟೆ!

ಅರೆ..ಹಾ! ರಾಮಣ್ಣ!!

ತಾನು ರಾಮಣ್ಣನೊಂದಿಗೆ ಈ ವಿಷಯ ಮಾತಾಡೇ ಇಲ್ಲ! ತಾನು ತಕ್ಷಣ ಮಾಡಬೇಕಾದ ಕೆಲಸವೇ ಅದು! ತಾನೇಕೆ ಅವರ ಬಗ್ಗೆ ಯೋಚಿಸಲೇ ಇಲ್ಲ? ಈ ಪತ್ತೇದಾರರ ಕೆಲಸಕ್ಕೂ ಒಂದು ಮಂಗಳವನ್ನು ಹಾಡಿಸಬಹುದು! ಆದರೆ ಒಂದೇ

ಒಂದು ಅನುಮಾನ! ತಾನು ಯಶಸ್ವಿಯಾದೇನೆ?

ಅಂಗಡಿಯ ಆಳು ಬೀಗಗಳನ್ನು ಒಂದೊಂದಾಗಿ ಹಾಕಿದ ನಂತರ ಎರಡು ನಿಮಿಷ ಕಾದು ನಿಂತ. ಮೂರ್ತಿಗೆ ಕರ್ತವ್ಯ ಅರಿವಾಯಿತು. ಯಾಂತ್ರಿಕವಾಗಿ ಬಾಗಿಲಿನ ಬಳಿಗೆ ಹೋಗಿ ಪ್ರತಿಯೊಂದು ಬೀಗವನ್ನೂ ಎಳೆದು ನೋಡಿದ. ಎಲ್ಲವನ್ನೂ ಕೆಲಸದಾಳು ಸಮರ್ಪಕವಾಗಿ ಹಾಕಿದ್ದ. ಮಾಮೂಲಿನಂತೆ ಎಲ್ಲ ಸರಿಯಾಗಿದೆ ಎಂಬ ಭಾವದಲ್ಲಿ ತಲೆಯಲುಗಿಸಿದ. ಆದರೆ ಅವನ ಊಹೆ ತಪ್ಪಾಗಿತ್ತು! ಎಲ್ಲ ಸರಿಯಾಗಿರಲಿಲ್ಲ! ಕೊನೆಯ ಪಕ್ಷ ಯಶವಂತರಾಯರ ಸಾವಿನ ವಿಷಯದಲ್ಲಿ ಅವನ ಊಹೆ ತಪ್ಪಾಗಿತ್ತು.

ಅಂಗಡಿಯ ಆಳುಗಳೆಲ್ಲಾ ಹೋದರು. ಮೂರ್ತಿಯೊಬ್ಬನೇ ಎರಡು ನಿಮಿಷಗಳ ಕಾಲ ಅಂಗಡಿಯ ಮುಂದೆ ನಿಂತಿದ್ದವನು ಮತ್ತೇನೋ ನಿರ್ಧಾರ ತೆಗೆದುಕೊಂಡಂತೆ ತನ್ನ ಕಾರು ನಿಲ್ಲಿಸಿದ ಕಡೆಗೆ ನಡೆದ.

ಕಾರಿನ ಬಳಿಗೆ ಮೂರ್ತಿ ಬರುವುದಕ್ಕೂ ವಿಕ್ರಮ್ ಜೀಪು ಅಲ್ಲಿಗೆ ಬರುವುದಕ್ಕೂ ಸರಿಯಾಯಿತು!

ವಿಕ್ರಮ್ ಕಂಡೊಡನೆ ಮೂರ್ತಿಯ ಮುಖ ವಿವರ್ಣವಾಯಿತು!

***

"ಇವತ್ತು ನಿಂಗೆ ನಿದ್ರೆಯಿಲ್ಲ ಶರತ್"

ವಿಕ್ರಮ್ ಜೂನಿಯರ್‌ನ ಹೆದರಿಸಿದ.

"ಆಗಲಿ ಸಾರ್. ಎಲ್ಲಿ ಕೆಲಸ ಹೇಳಿ?"

"ನಾನೊಂದು ಜಾಗದಲ್ಲಿ ನಿನ್ನನ್ನು ಬಿಟ್ಟು ಬರ್ತೀನಿ. ಆದರೆ ಇಡೀ ರಾತ್ರಿ ಜಾಗರಣೆ. ನಮ್ಮ ಪಾರ್ಟಿ ಬರುತ್ತೆ. ಬಂದು ಮನೆ ಸೇರುತ್ತೆ ತಕ್ಷಣ ನಂಗೆ ರಿಂಗ್ ಮಾಡು. ಇವತ್ತು ರಾತ್ರಿ...ಆಫೀಸಲ್ಲೇ ನನ್ನ ಠಿಕಾಣಿ"

"ಆಗ್ಲಿ ಸಾರ್. ನಿದ್ದೆಗೆಟ್ಟು ಬಹಳ ಕಾಲ ಆಗಿದೆ. ಅದೊಂತರಾ ಅನುಭವ. ನಾವೆಷ್ಟು ಹೊತ್ತಿಗೆ ಹೋಗ್ಬೇಕು ಸಾರ್?"

"ಒಂಬತ್ತೂವರೆ ಮೇಲೆ"

"ಅಷ್ಟೊತ್ತಿಗೆ ಊಟವಾದ್ರೂ ಮುಗಿಸಬಹುದಲ್ಲ ಸಾರ್?"

"ರೈಟ್... ಎಲ್ಲಿಗೆ ಹೋಗೋಣ?"

"ನಿಮ್ಮ ಫೇವರಿಟ್ ಹೋಟೆಲಿಗೇ ಹೋಗೋಣ"

"ಹಾಗಾದ್ರೆ ಆ ಹೋಟಲ್ ಊಟ ನಿಂಗೂ ಇಷ್ಟ ಅಲ್ಲವಾ?"

ಶರತ್‌ನ ಮುಖದಲ್ಲಿ ನಗು ಮೂಡಿತು.

ಬೆಂಗಳೂರಿನ ಅತ್ಯುತ್ತಮವಾದ ಹೋಟೆಲಿಗೆ ಇಬ್ಬರೂ ಕಾಲಿಟ್ಟರು..

ಅವರಿಬ್ಬರೂ ತಾವು ಕೈಗೊಂಡಿರುವ ಕೇಸಿನ ಬಗೆಗೇ ಮಾತುಗಳನ್ನು ಆಡುತ್ತ ತಮಗೆ ಪ್ರಿಯವಾದ ಖಾದ್ಯಗಳನ್ನು ಸವಿಯುತ್ತಿದ್ದರು. ಈವರೆಗಿನ ತಮ್ಮ ತನಿಖೆಗಳನ್ನು ಒಂದೊಂದಾಗಿ ವಿಶ್ಲೇಷಣೆ ಮಾಡುತ್ತಿದ್ದರು. ಆ ತನಿಖೆಗಳಿಂದ ತಮಗಾದ ಅನುಕೂಲ, ದೊರೆತ ಮಾಹಿತಿ ಮುಂತಾದುವನ್ನು ಮೆಲುದನಿಯಲ್ಲಿ ಹೇಳಿಕೊಂಡರು.

ಮೊದಲಿಗೆ ಊಟ ಮುಗಿಸಿದವನೇ ವಿಕ್ರಮ್. ಕೈ ತೊಳೆದು ಸಿಗರೇಟ್ ಹಚ್ಚಿ ದೀರ್ಘವಾಗಿ ಹೊಗೆಯೆಳೆದುಕೊಂಡ ಸ್ವಲ್ಪ ದೂರದಲ್ಲಿ ಹೊಗುತ್ತಿದ್ದ ವ್ಯಕ್ತಿಯನ್ನು ನೋಡಿ ಆಶ್ಚರ್ಯದಿಂದ “ಮೈ ಗಾಡ್!” ಎಂದು ಉದ್ಗರಿಸಿದ.

ಶರತ್‌ಗ ಪ್ರತ್ಯೇಕ ವಿವರಣೆ ಬೇಕಾಗಿರಲಿಲ್ಲ. ಹಿಂದೆ ತಿರುಗಿ ವಿಕ್ರಮ್ ದೃಷ್ಟಿ ನೆಟ್ಟಿದ್ದ ಕಡೆ ನೋಡಿದ.

ಮುನಿಯಪ್ಪ!!

ಕೆ.ಜಿ ಹಳ್ಳಿಯ ಅಗಸ ಮುನಿಯಪ್ಪ ಬೆಂಗಳೂರಿನ ಹೋಟೆಲಲ್ಲಿ!! ಅದೂ ದುಬಾರಿ ಹೋಟೆಲಲ್ಲಿ!! ಖಂಡಿತವಾಗಿಯೂ ಅವನ ತಿಂಗಳ ಆದಾಯದಲ್ಲಿ ಅಂತಾ ಹೋಟೆಲಿನಲ್ಲಿ ನಾಲ್ಕು ದಿನವೂ ಊಟ ಮಾಡಲು ಸಾಧ್ಯವಿರಲಿಲ್ಲ! ಅಗಸ ಮುನಿಯಪ್ಪನಿಗೆ ಇನ್ನೊಂದು ಮುಖವಿದೆ! ಅದು ಬೆಂಗಳೂರಿನ ಬೇರೆ ಮುಖ! ಮುನಿಯಪ್ಪ ಎರಡು ವ್ಯಕ್ತಿತ್ವವನ್ನು ಧಾರಣೆ ಮಾಡಲು ಏನು ಕಾರಣ? ಅದು ಯಶವಂತರಾಯರಿಗೆ ಸಂಬಂಧಿಸಿದ್ದೆ?

“ಬಾಸ್ ಈಗಲೇ ಅವನನ್ನು ನಿಲ್ಲಿಸಿ ಮಾತಾಡೋಣವೇ...?”

ಶರತ್ ಮೆಲುದನಿಯಲ್ಲಿ ಕೇಳಿದ.

“ಬೇಡ ಶರತ್! ಇದು ಸರಿಯಾದ ಸಮಯ ಅಲ್ಲ...”

ವಿಕ್ರಮ್ ತಡೆದ.

“ಬಾಸ್, ತಡ ಮಾಡಿದರೆ ಮುನಿಯಪ್ಪ ನಮ್ಮ ಕೈಗೆ ಸಿಗದಂತೆ ತಪ್ಪಿಸಿಕೊಂಡು ಹೋಗಬಹುದು”

ಶರತ್ ಆತಂಕ ವ್ಯಕ್ತಪಡಿಸಿದ.

“ಇಲ್ಲ ಶರತ್ ಹಾಗೇನೂ ಆಗೊಲ್ಲ. ನನ್ನ ಯೋಚನೆ ಸರಿಯಾದ ದಿಕ್ಕಲ್ಲಿದ್ದರೆ ಶೀಘ್ರದಲ್ಲಿ ಮುನಿಯಪ್ಪ ನಮ್ಮನ್ನ ಮುಖಾಮುಖಿಯಾಗ ಲೇಬೇಕು. ಸಧ್ಯಕ್ಕೆ ಅವನ ವಿಷಯ ಬೇಡ”

“ಸರಿ ಸಾರ್. ನೀವು ಹೇಳಿದಂತೇ ಆಗಲೀ ನಿಮ್ಮ ಪ್ಲಾನಿಂಗ್ ಇಲ್ಲಿವರೆಗೆ ಹುಸಿಯಾಗಿಲ್ಲ”

"ಈ ಸಾರಿ ಐ ಯಾಮ್ ನಾಟ್ ಶೂರ್! ಬಟ್ ಐ ಯಾಮ್ ಟೇಕಿಂಗ್ ಚಾನ್ಸಸ್"

ಅಷ್ಟರಲ್ಲಿ ಮುನಿಯಪ್ಪ ಹೋಟೆಲಿನಿಂದಾಚೆ ಹೋದ.

"ಸಾರ್, ನಾನು ಚೇಸ್ ಮಾಡಲೆ?"

"ಬೇಡ ಶರತ್. ಅದರ ಅವಶ್ಯಕತೆಯಿಲ್ಲ"

ಆಶ್ಚರ್ಯದಿಂದ ಸೀನಿಯರ್‌ನ ಮುಖ ನೋಡಿದ ಶರತ್.

***

"ಅಕಸ್ಮಾತ್ ಅವನು ಬಂದರೆ?"

ಶರತ್ ಅನುಮಾನಿಸುತ್ತ ಕೇಳಿದ.

"ಅಕಸ್ಮಾತ್ ಬಂದರೆ ಮೊಬೈಲ್ ಉಪಯೋಗಿಸು. ಜಸ್ಟ್ ಒಂದು ರಿಂಗ್ ಮಾಡಿದ್ರೂ ನಂಗೆ ವಿಷಯ ಗೊತ್ತಾಗುತ್ತೆ. ಮೊಬೈಲು ವೈಬ್ರೇಶನ್ ಮೋಡಲ್ಲಿಟ್ಟಿರ್ತೀನಿ. ಸೂಚನೆ ಸಿಕ್ಕ ತಕ್ಷಣ ಹೇಗೋ ಬಚಾವಾಗ್ತೀನಿ"

ಶರತ್‌ಗಿದ್ದ ಆತಂಕ ವಿಕ್ರಮ್‌ಗ ಇರಲಿಲ್ಲ .

"ಈಗ ಗಂಟೆ ಹನ್ನೆರಡು. ಹನ್ನೆರಡೂ ಕಾಲಿಗೆ ಒಂದು ಸಲ ರಿಂಗ್ ಮಾತಾಡ್ತೀನಿ. ಅಷ್ಟರೊಳಗೆ ಏನಾದರೂ ಎಮರ್ಜನ್ಸಿ ಒದಗಿದರೆ ಮಾತ್ರ ಮಾತಾಡ್ತೀನಿ. ಇಲ್ಲದಿದ್ದರೆ ಹತ್ತು ನಿಮಿಷಕ್ಕೊಮ್ಮೆ ರಿಂಗ್ ಕೊಡ್ತಿರ್ತೀನಿ"

ಶರತ್ ತನ್ನ ಕರ್ತವ್ಯ ನೆನಪು ಮಾಡಿಕ್ಕೊಳ್ಳುತ್ತಾ ಹೇಳಿದ.

"ದಟ್ ಈಸ್ ರೈಟ್. ಈಗ ನಾನು ಹೊರಡ್ತೀನಿ. ಅರ್ಧ ಗಂಟೆಯ ನಂತರ ನನ್ನಿಂದ ಯಾವ ಪ್ರತಿಕ್ರಿಯೆಯೂ ಬರದಿದ್ದರೆ ನೀನು ಮನೆಯನ್ನು ಪ್ರವೇಶಿಸಲು ಪ್ರಯತ್ನ ಮಾಡು"

ಕೊನೆಯ ಸೂಚನೆ ನೀಡಿ ವಿಕ್ರಮ್ ಜೀಪಿಂದ ಕೆಳಗಿಳಿದು ರಸ್ತೆಯ ಎರಡೂ ಕಡೆ ನೋಡಿದ. ಮಧ್ಯರಾತ್ರಿ ಸಮೀಪಿಸಿದ್ದರಿಂದ ರಸ್ತೆ ಪೂರಾ ನಿರ್ಜನವಾಗಿತ್ತು.

ವಿಕ್ರಮ್ ಮೆಲ್ಲನೆ ರಸ್ತೆಯಲ್ಲಿ ನಡೆಯಲಾರಂಭಿಸಿದ.

ಆ ಮನೆಯ ಮುಂದೆ ಬಂದಾಗ ಹಿಂದೆ ತಿರುಗಿ ರಸ್ತೆಯ ತುದಿಯಲ್ಲಿ ನಿಂತಿದ್ದ ಕಾರಿನತ್ತ ನೋಡಿದ. ಸ್ಪಷ್ಟವಾಗಿ ಕಾಣಲಿಲ್ಲ. ಯಾರೋ ಕಿಡಿಗೇಡಿಗಳು ರಸ್ತೆಯ ತುದಿಯಲ್ಲಿದ್ದ ಬೀದಿ ದೀಪದ ಬಲ್ಬಿಗೆ ಕಲ್ಲು ತೂರಿ ಒಡೆದಿದ್ದರು. ಇದೂ ತನ್ನ ಪಾಲಿಗೆ ಅನುಕೂಲವಾಯಿತು ಎಂದುಕೊಂಡ ವಿಕ್ರಮ್.

ಇದುವರೆಗೂ ರಹಸ್ಯವಾಗಿದ್ದ ಯಶವಂತರಾಯರ ಸಾವಿನ ರಹಸ್ಯ ತಿಳಿಯುವಲ್ಲಿ ಬಹಳ ಮುಖ್ಯವಾದ ಹಂತ! ಯಶವಂತರಾಯರ ಹಸ್ತಾಕ್ಷರದಲ್ಲಿ ಸಿಕ್ಕ ಗುಪ್ತ ಕೋಡ್ 'ಇ೨೦-ವೈ ಪಿ ಎಂ-ಔ!' ಅದರಲ್ಲಿ ಏನಿರಬಹುದು? ವಿಕ್ರಮ್ ಆ ರಹಸ್ಯ ಸ್ಫೋಟಿಸಲು ಹೊರಟಿದ್ದ. ಮನೆಯೊಡೆಯ ಇನ್ನೂ ಬಂದಿಲ್ಲ. ಇದೇ

ಸರಿಯಾದ ಸಮಯ ಎನಿಸಿತ್ತು. ಕಳ್ಳತನದಿಂದ ಮನೆ ಪ್ರವೇಶಿಸುವುದು ಅನಿವಾರ್ಯ. ಕಾನೂನಿನ ದೃಷ್ಟಿಯಿಂದ ಅಪರಾಧ. ಆದರೆ ಗತ್ಯಂತರವಿಲ್ಲ!

ವಿಕ್ರಮ್ ಕೈಗಳು ಚುರುಕಾಗಿದ್ದವು. ನಕಲಿ ಬೀಗದ ಕೈಗಳಿಂದ ಡೋರ್‌ಲಾಕ್ ತೆರೆಯಿತು!

ಬಾಗಿಲನ್ನು ಸದ್ದಾಗದಂತೆ ತಳ್ಳಿ ವಿಕ್ರಮ್ ಮನೆಯೊಳಗೆ ಸೇರಿ ಬಾಗಿಲು ಹಾಕಿಕೊಂಡ. ಜರ್ಕಿನ್‌ನ ಜೇಬಿನಿಂದ ಪೆನ್ ಟಾರ್ಚ್ ತೆಗೆದು ಅದರ ಸಣ್ಣದಾದ ಆದರೆ ಶಕ್ತಿಯುತವಾದ ಬೆಳಕನ್ನು ತಾನು ನಿಂತಿದ್ದ ರೂಮಿನ ಸುತ್ತ ಹರಡಿದ. ಅದೊಂದು ವರಾಂಡ-ತುಂಬಾ ಸಣ್ಣದು. ಪೂರ್ಣವಾಗಿ ಖಾಲಿಯಿತ್ತು .

ಬಾಗಿಲಿಗೆ ಒಳಗಿಂದ ಬೋಲ್ಟ್ ಹಾಕಿಕೊಂಡು ಒಳಗೆ ಪ್ರವೇಶಿಸಿದ ವಿಕ್ರಮ್.

ಹಾಲ್ ದೊಡ್ಡದಾಗಿತ್ತು. ಸೋಫಾ ಸೆಟ್, ನೆಲಕ್ಕೆ ಕಾರ್ಪೆಟ್, ಮೂಲೆಯೊಂದರಲ್ಲಿ ಸ್ಟೀಲ್ ಅಲ್ಮ್öÊರಾ ಕಂಡವು.

ಈ ಮನೆಯಲ್ಲಿ ತನಗೇನು ಸಿಗಬಹುದು? ಯಾವ ರೀತಿಯಲ್ಲಿ ಅದು ತನಗೆ ಸಹಾಯವಾಗಬಹುದು? ಕೆ.ಜಿ. ಹಳ್ಳಿಯ ಅಗಸ ಮುನಿಯಪ್ಪ ಬೆಂಗಳೂರಿನ ಪಾರ್ಕ್ ರೆಸ್ಟುರಾಂಟ್‌ನಲ್ಲಿ ಏನು ಮಾಡುತ್ತಿದ್ದ? ತನ್ನನ್ನು ಕಂಡು ಮೂರ್ತಿಯೇಕೆ ಹೆದರಿದ? ಈ ಮನೆ ಯಶವಂತರಾಯರ ಕೊಲೆಯ ರಹಸ್ಯವನ್ನು ಅಡಗಿಸಿಕೊಂಡಿದ್ದರೆ ಅದು ಯಾವ ರೀತಿಯದಿದ್ದೀತು? ಏನೇ ಇದ್ದರೂ ಅದು ಭದ್ರವಾಗಿ, ಸುರಕ್ಷಿತವಾದ ಜಾಗದಲ್ಲಿಟ್ಟಿರುತ್ತಾರೆ! ಹಾಗೆಂದರೆ ಅದು ಕಬ್ಬಿಣದ ಬೀರುವಿನಲ್ಲೇ ಇರಬೇಕು. ಹಾಗಾದರೆ ತನ್ನ ಪ್ರಥಮ ಕರ್ತವ್ಯ ಎಂದರೆ ಬೀರುವಿನ ಬೀಗವನ್ನು ತೆರೆಯುವುದು!

ಯೋಚನೆಗೆ ದೇಹ ತಕ್ಷಣ ಸ್ಪಂದಿಸಿತು. ವಿಕ್ರಮ್ ಬೀರುವಿನ ಮುಂದೆ ನಿಂತು ಹ್ಯಾಂಡಲ್ ಎಳೆದ. ಬೀಗ ಹಾಕಿತ್ತು. ಕೈಗಳು ಜರ್ಕಿನ್ ತಡಕಾಡಿದವು. ಒಂದು ಬೀಗದ ಕೈಗಳ ಗೊಂಚಲು ಈಚೆ ಬಂತು. ಅವುಗಳನ್ನು ಉಪಯೋಗಿಸಿ ವಿಕ್ರಮ್ ಬೀರುವಿನ ಬೀಗದೊಂದಿಗೆ ಸೆಣಸಿದ. ಅವನ ಅನುಭವೀ ಕೈಗೆ ಮಾಮೂಲೀ ಬೀರು ಬೀಗ ಮೂರು ನಿಮಿಷಗಳಲ್ಲೇ ಸೋತಿತು!

ಒಂದು ಕೈಯಲ್ಲಿ ಟಾರ್ಚು ಹಿಡಿದು ಇನ್ನೊಂದು ಕೈನಿಂದ ಬೀರುವಿನ ವಸ್ತುಗಳನ್ನು ಪರೀಕ್ಷಿಸತೊಡಗಿದಾಗ ಮೊಬೈಲ್ ವೈಬ್ರೇಟ್ ಆಯಿತು. ಫೋನು ಕಿವಿಗಿಟ್ಟುಕೊಂಡಾಗ ಶರತ್ ದನಿ ಕೇಳಿತು.

"ಸಾರ್...?"

"ಹಲೋ ಶರತ್?"

"ಯಸ್ ಬಾಸ್, ಶರತ್. ಇಲ್ಲಿ ಎಲ್ಲ ಸೇಫ್. ಅನುಮಾನ ಬರೋ ಅಂತಾದ್ದೇನೂ ಇಲ್ಲ. ನಿಮ್ಮ ಪ್ರೋಗ್ರೆಸ್ ಹೇಗೆ?"

"ಎಲ್ಲಾ ಸ್ಮೂತಾಗಿ ನಡೀತಿದೆ. ಉಳಿದದ್ದು ಆಚೆ ಬಂದಾಗ"

ವಿಕ್ರಮ್ ಮೊಬೈಲು ಆಫ್ ಮಾಡಿ ಕೆಲಸ ಮುಂದುವರಿಸಿದ.

ಬೀರುವಿನಲ್ಲಿ ಸೀಕ್ರೆಟ್ ಲಾಕರ್ ಕಂಡಾಗ ವಿಕ್ರಮ್ ಅದರತ್ತ ಗಮನ ಹರಿಸಿದ. ಅದರ ಬೀಗಕ್ಕೆ ಐದು ನಿಮಿಷದಲ್ಲಿ ವಿಕ್ರಮ್ ಚಾಕಚಕ್ಯತೆಗೆ ಸೋತಿತು.

ಸಾಮಾನ್ಯವಾಗಿ ಅಂಥಹ ಲಾಕರ್‌ಗಳಲ್ಲಿ ಎಲ್ಲರೂ ಒಡವೆಗಳನ್ನು ಇಡುತ್ತಾರೆ. ಆದರೆ ಈ ಲಾಕರ್‌ನಲ್ಲಿ ಒಂದೇ ಒಂದು ಕಂದು ಬಣ್ಣದ ಕವರ್ ಸಿಕ್ಕಿತು! ಅದನ್ನು ಕೈಯಲ್ಲಿ ಹಿಡಿಯುತ್ತಲೇ ವಿಕ್ರಮ್‌ನಿಗೆ ಅದರೊಳಗೆ ಸಣ್ಣದೊಂದು ಬೀಗದ ಕೈ ಇರುವ ಅನುಮಾನ ಬಂತು. ಅದೊಂದು ಲಾಕರಿನ ಬೀಗದ ಕೈ ಇರಬಹುದೆ? ಕವರ್ ತೆರೆದು ಅಲ್ಲಾಡಿಸಿದಾಗ ಕೈಮೇಲೆ ಬಿತ್ತು ಒಂದು ವಸ್ತು. ಆದರೆ ಅದು ಬೀಗದ ಕೈ ಆಗಿರಲಿಲ್ಲ! ಅದೊಂದು ಪೆನ್ ಡ್ರೈವ್! ಅದನ್ನು ಕಂಪ್ಯೂಟರಿನ ದತ್ತಾಂಶ(ಡೇಟಾ) ಸಂಗ್ರಹಿಸಲು ಉಪಯೋಗಿಸುತ್ತಾರೆ! ಇಡೀ ಕವರಿನಲ್ಲಿ ಇದ್ದುದು ಅದೊಂದೇ! ಲಾಕರಿನಲ್ಲಿ ಇದು ಇರಬೇಕೆಂದರೆ ಇದರಲ್ಲಿ ಏನೋ ಮಹತ್ವದ್ದು ಇರಬೇಕು! ಅಂತಾದ್ದು ಏನಿದ್ದೀತು? ಅದನ್ನು ನೋಡಬೇಕಾದರೆ ಕಂಪ್ಯೂಟರ್ ಬೇಕು! ಇಲ್ಲವೇ ಮೊಬೈಲಿಗೆ ಅಳವಡಿಸಿ ನೋಡುವ ಒಟಿಜಿ ಅಡಾಪ್ಟರ್ ಬೇಕು! ಈಗ ಇದರಲ್ಲಿ ಏನಿದೆ ಎಂದು ನೋಡುವುದು ಸಾಧ್ಯವಿಲ್ಲ! ಒಟಿಜಿ ಅಡಾಪ್ಟರಾಗಲೀ ಕಂಪ್ಯೂಟರಾಗಲಿ ಆ ತಕ್ಷಣಕ್ಕೆ ಸಿಗುವುದು ಸಾಧ್ಯವಿರಲಿಲ್ಲ! ಈ ಪೆನ್ ಡ್ರೈವ್ ಒಂದು ಗಟ್ಟಿ ಕವರಿನಲ್ಲಿ, ಸ್ಟೀಲ್ ಅಲ್ಮೈರಾದಲ್ಲಿ ಇಟ್ಟಿದ್ದಾರೆ... ಅಂದರೆ ಅದರಲ್ಲಿ ಯಾವುದೋ ರಹಸ್ಯ ಅಡಗಿರಲೇಬೇಕು! ಅದನ್ನು ಇಲ್ಲಿ ನೋಡುವುದು ಸಾಧ್ಯವಿಲ್ಲ!

ಬಹುಶಃ ಇದೇ ಯಶವಂತರಾಯರ ಕೊಲೆಯ ರಹಸ್ಯ ಬಿಡಿಸುವ ಮುಖ್ಯ ಸಾಧನವಾಗಬಹುದೆ? ವಿಕ್ರಮ್ ಯೋಚಿಸುತ್ತಾ ಪೆನ್‌ಡ್‌ರೈವ್ ಜರ್ಕಿನ್ ಜೇಬಿಗೆ ವರ್ಗಾಯಿಸಿದ. ಕಂದು ಬಣ್ಣದ ಕವರನ್ನು ಸ್ವಸ್ಥಾನದಲ್ಲಿರಿಸಿದ. ನಂತರ ಮನೆಯ ಒಳಗಿನ ಭಾಗಗಳನ್ನು ಪರೀಕ್ಷಿಸಿ ನೋಡಿದ.

ಮನೆಯೊಳಗೆ ಅತಿ ಹೆಚ್ಚಿಗೆ ಮತ್ತು ಬೆಲೆ ಬಾಳುವ ವಸ್ತುಗಳೇನೂ ಇಲ್ಲದಿದ್ದರೂ ಇಬ್ಬರು ವಾಸ ಮಾಡಲು ಅಗತ್ಯವಾಗುವಷ್ಟು ಪಾತ್ರೆ, ದಿನಸಿ ಮುಂತಾದುವು ಇದ್ದವು. ಬೀರುವಿನಲ್ಲಿ ಹೆಂಗಸು ಮತ್ತು ಗಂಡಸಿನ ಉಡುಪಿದ್ದುದನ್ನು ವಿಕ್ರಮ್ ಗಮನಿಸಿದ್ದ. ಅಂದರೆ ಇಲ್ಲಿ ವಾಸವಾಗಿರುವವರು ಯಾರು? ಒಂದಂತೂ ಮುನಿಯಪ್ಪ! ಹೆಂಗಸು? ಯಾರಾಕೆ? ಕೆ.ಜಿ ಹಳ್ಳಿಯ ಅಗಸ

ಮುನಿಯಪ್ಪನ ಜೊತೆ ವಾಸವಾಗಿರುವವಳು ಯಾರು? ಮನೆಯ ಒಪ್ಪ, ಓರಣ ಅಷ್ಟೇನೂ ಚೆನ್ನಾಗಿರಲಿಲ್ಲ. ತನ್ನ ಕೆಲಸ ಇಲ್ಲಿಗೆ ಮುಗಿಯಿತು, ಇನ್ನು ತಾನು ಇಲ್ಲಿರುವುದು ಅನವಶ್ಯಕ ಎಂದು ವಿಕ್ರಮ್ ಮೆಲ್ಲನೆ ಬಂದ ರೀತಿಯಲ್ಲೇ ಮನೆಯಿಂದ ಆಚೆ ಹೋಗಲು ಅನುವಾದ.

ತಾನು ಆ ಮನೆಗೆ ಬಂದ ವಿಷಯ ಮನೆಯಾತನಿಗೆ ತಿಳಿಯದಿರಲು ಸಾಧ್ಯವಾದಷ್ಟು ಮಟ್ಟಿಗೆ ಶ್ರಮಿಸಿದ. ಯಾವ ಗುರುತೂ ಉಳಿಯಬಾರದು. ವಸ್ತುಗಳ್ಯಾವುವೂ ಸ್ಥಳ ಬದಲಿಸಬಾರದು. ಆದರೆ ಹಾಗೆ ಮಾಡುವುದು ಬಹಳ ಕಷ್ಟ ಎಂದೂ ಬಲ್ಲ ವಿಕ್ರಮ್. ಅದಕ್ಕೆ ಸಾಕಷ್ಟು ಎಚ್ಚರ ವಹಿಸಿ ಸಮಾಧಾನವಾದ ಮೇಲೆ ವಿಕ್ರಮ್ ಮನೆಯ ಬೀಗ ಹಾಕಿ ಈಚೆ ಬಂದು, ಅತ್ತಿತ್ತ ನೋಡುತ್ತಾ ತನ್ನ ಕೆಲಸವನ್ನು ಯಾರೂ ಗಮನಿಸಿಲ್ಲ ಎನ್ನುವುದನ್ನು ಖಚಿತಪಡಿಸಿಕೊಂಡು ಮೆಲ್ಲನೆ ನಡೆಯುತ್ತಾ ಜೀಪಿನ ಬಳಿ ಬಂದ.

"ಹೇಗಾಯ್ತು ಬಾಸ್?"

ಶರತ್ ಕುತೂಹಲದಿಂದ ಪ್ರಶ್ನಿಸಿದ.

"ನೋ ಪ್ರಾಬ್ಲಮ್. ಲೆಟ್ ಅಸ್ ಗೋ"

ವಿಕ್ರಮ್ ಅವಸರಿಸಿದ.

"ಇವತ್ತು ರಾತ್ರಿಯೆಲ್ಲಾ ಇಲ್ಲೇ ಇರಬೇಕೂಂತ ಹೇಳಿದ್ದಿರಿ?"

"ಓ... ಸಾರಿ, ವಿಷಯ ಮರೆತಿದ್ದೆ. ಹೌದು ಶರತ್. ನೀನು ಇಲ್ಲೇ ಇರಬೇಕು. ನಾನು ಪ್ರವೇಶಿಸಿದ ಮನೆಗೆ ಯಾರು ಬರ್ತಾರೆ ನೋಡ್ಕೊಂಡು ನಂತರ ವಾಪಸ್ಸಾಗು".

"ಬಂದವನ್ನ ಗುರುತಿಸೋದು ಹೇಗೆ? ಹೊಸಬನಾಗಿದ್ದರೆ?"

"ಶರತ್, ನಿನಗೆ ಅವನನ್ನು ಗುರುತಿಸೋಕೆ ಒಂದಿಷ್ಟೂ ಕಷ್ಟ ಆಗೋಲ್ಲ ಯಾಕೆಂದರೆ ಬರೋ ಅಂತವನು ನಮಗೆ ಗೊತ್ತಿರೋನೆ. ಕೆಲವು ಗಂಟೆಗಳ ಮುಂಚೆ ಅವನ್ನ ನಾವು ನೋಡಿದೀವಿ?"

"ಯಾರು ಬಾಸ್? ಯಾರವನು?"

"ಅಗಸ ಮುನಿಯಪ್ಪ!"

ವಿಕ್ರಮ್ ಮೆಲು ದನಿಯಲ್ಲಿ ಹೇಳಿದ.

"ಮುನಿಯಪ್ಪ?! ಈ ಮನೇಗೇ?!"

ಶರತ್ ಉದ್ಗರಿಸಿದ.

"ಎಸ್..ಇದು ನನ್ನ ಗೆಸ್‌ವರ್ಕ್! ಆದ್ರೆ ಕನ್ಫರ್ಮ್ ಮಾಡ್ಕೋಬೇಕು"

***

ಅವನು ಅಕ್ಷರಶಃ ತೂರಾಡುತ್ತಿದ್ದ. ಕುಡಿದದ್ದು ಹೆಚ್ಚಾಗಿತ್ತು ಹೆಜ್ಜೆಗಳು ಅಸ್ಥಿರವಾಗಿದ್ದುವು. ಅವನು ಯಾವ ಕ್ಷಣದಲ್ಲಾದರೂ ಬಿಟ್ಟುಬಿಡಬಹುದು ಎನ್ನುವುದು ಅವನ ನಡಿಗೆ ಸೂಚಿಸುತ್ತಿತ್ತು. ಆತ ಮುಂದೆ ನಾಲ್ಕು ಹೆಜ್ಜೆ ಮುಂದಿಟ್ಟಾಗ ಆಟೋದವನು ಕರೆದು ಕೇಳಿದ.

"ದುಡ್ಡು ಯಾರ್ ಕೊಡ್ತಾರೆ? ನಿಮ್ಮಪ್ಪನಾ?"

"ನಮ್ಮಪ್ಪ ಯಾಕಣ್ಣ? ನಾನಿಲ್ವಾ? ತಗೋ ನಿನ್ನ ದುಡ್ಡು"

ತೂರಾಡುತ್ತಿದ್ದವನು ಜೇಬಿಗೆ ಕೈ ಹಾಕಿ ಕೈಗೆ ಬಂದಷ್ಟು ದುಡ್ಡನ್ನು ಆಟೋದವನ ಕಡೆಗೆ ಚಾಚಿದ. ಆಟೋದವನು ಅದನ್ನು ಕೈಗೆ ಪಡೆಯುವ ಮುಂಚೆ ಐನೂರರ ನೋಟು ಕೆಳಗೆ ಬಿತ್ತು.

"ತತ್ ಕುಡುಕ ನನ್ಮಕ್ಕಳ ಸವಾಸ"

ಆಟೋ ಚಾಲಕ ಶಪಿಸಿ ಕೆಳಗೆ ಬಾಗಿ ನೋಟನ್ನು ಕೈಗೆತ್ತಿಕೊಂಡ.

"ಬೈಬೇಡ ಕಣಣ್ಣ ದುಡ್ಡು ಕೊಟ್ಟಿದೀನೋ ಇಲ್ವಾ? ಸುಮ್ಕೆ ಬಾಯಿ ಮುಚ್ಕೊಂಡು ಹೋಗ್ತಾ ಇರು. ನಿನ್ನ ದಾರಿ ನಿಂಗೆ ನನ್ ದಾರಿ ನನಗೆ" ಎಂದು ನಗುತ್ತಾ ನನ್ನ ನಡಿಗೆಯನ್ನು ಮುಂದುವರಿಸಿದ.

ಹೇಗೋ ನಡೆದು ಮನೆಯ ಬಾಗಿಲ ಮುಂದೆ ನಿಂತು ಜೇಬಿಂದ ಬೀಗದ ಕೈಯನ್ನು ತೆಗೆಯಲು ಒದ್ದಾಡಿದ. ಅವನ ಆ ಸ್ಥಿತಿಯಲ್ಲಿ ಜೇಬಿನಿಂದ ಬೀಗದ ಕೈ ತೆಗೆಯುವುದು ಕಷ್ಟವಾಗಿತ್ತು.

"ಥೂ ಎಷ್ಟು ಕಾಟ ಕೊಡುತ್ತಾರೆ?" ಯಾರನ್ನು ಶಪಿಸಿದ ಕೊನೆಗೆ ಬೀಗದ ಕೈ ಈಚೆ ಬಂತು. ಅದನ್ನು ಡೋರ್ ಲಾಕಿನ ರಂಧ್ರದಲ್ಲಿ ತೂರಿಸಿ ತಿರುಗಿಸಲು ಪ್ರಯತ್ನಿಸಿದ. ಆ ಸ್ಥಿತಿಯಲ್ಲಿ ಡೋರ್ ಲಾಕ್ ಓಪನ್ ಮಾಡುವುದು ಶ್ರಮದ ದೊಡ್ಡ ಕೆಲಸದಂತೆ ಕಂಡಿತು. ಕೊನೆಗೂ ಡೋರ್ಲಾಕ್ ತೆಗೆದು ಬಾಗಿಲನ್ನು ಮುಂದೆ ದೂಡುವಲ್ಲಿ ಆತ ಸಫಲನಾಗಿದ್ದ.

"ನಾನ್ಯಾವತ್ತು ಸೋತಿಲ್ಲ, ಸೋಲು ನನಗೆ ಇಲ್ಲವೇ ಇಲ್ಲ"

ಅದೇ ಅಸ್ಥಿರತೆಯಿಂದ ಮನೆಯೊಳಗೆ ಬಂದು ಬಾಗಿಲನ್ನು ತಳ್ಳಿ ಚಿಲಕ ಹಾಕಿ ನೇರವಾಗಿ ರೂಮಿನೊಳಗೆ ಪ್ರವೇಶಿಸಿ ಹಾಸಿಗೆ ಮೇಲೆ ದೊಪ್ಪನೆ ಬಿದ್ದ! ಕೆಲವೇ ಕ್ಷಣಗಳಲ್ಲಿ ಸೂರ್ ಹಾರುವಂತೆ ಗೊರಕೆ ಹೊಡೆಯತೊಡಗಿದ.

ಕೆಲವು ಗಂಟೆಗಳ ನಂತರ ಎಚ್ಚರವಾಗಿತ್ತು. ಗಂಟಲು ಒಣಗಿತ್ತು. ಎದ್ದುಹೋಗಿ ಟೀಪಾಯ್ ಮೇಲಿದ್ದ ನೀರಿನ ಬಾಟಲ್ ಎತ್ತಿಕೊಂಡು ಗಟಗಟನೆ ನೀರು ಕುಡಿದ.

ರಾತ್ರಿ ಕುಡಿದದ್ದು ಜಾಸ್ತಿಯಾಯಿತು. ತಿಂದಿದ್ದು ಅಷ್ಟೇ! ನೀರುಕುಡಿಯುತ್ತಲೇ ಗಂಟಲಿಂದ ಕಮರು ತೇಗು! ನಾನೇನು ತಿಂದಿದ್ದೆ ಮತ್ತೆ ನೆನಪು ಮಾಡಿಕೊಳ್ಳಲು

ಪ್ರಯತ್ನಿಸಿದ. ಹಾ ಬಿರಿಯಾನಿ, ಕಬಾಬ್! ಅದಕ್ಕೂ ಮುಂಚೆ ವಿಸ್ಕಿ ಜೊತೆ ಚಿಪ್ಸ್, ಖಾರದ ಕಡ್ಲೆಕಾಯಿಬೀಜ! ಎಲ್ಲ ಸೇರ್ಕೊಂಡು ಎತ್ತಿ ಹಾಕಿದೆ. ನಾನು ಅಷ್ಟೊಂದು ಕುಡಿಯ ಬಾರದಿತ್ತು. ಗೋಡೆ ಗಡಿಯಾರದ ಮೇಲೆ ಸಮಯ ಒಂದು ಗಂಟೆಯನ್ನು ಸೂಚಿಸುತ್ತಿತ್ತು. ಹೊಟ್ಟೆಯುಬ್ಬರಿಸಿದಂತಾಯಿತು. ಇನ್ನು ಸ್ವಲ್ಪಹೊತ್ತು ಮಲಗಿದರೆ ಸರಿಯಾಗಬಹುದು ಎಂದು ಆತ ಮತ್ತೆ ಹಾಸಿಗೆಯ ಮೇಲುರುಳಿದ.

ಕುಡಿದಿದ್ದರ ಪ್ರಭಾವವೋ ಏನೋ ಅಥವಾ ಅವನ ಹೊಟ್ಟೆಯಲ್ಲಿ ತಾಳಮದ್ದಲೆ ಹಾಕುತ್ತಿದ್ದ ತಿನಿಸುಗಳು ಅವನನ್ನು ಆಗಾಗಿ ತೇಗುವಂತೆ ಮಾಡುತ್ತಾ, ಹೊಟ್ಟೆ ನೋವಿನಿಂದ ನರಳುವಂತೆ ಮಾಡಿದ್ದವು.

ಸಮಯ ಸರಿಯುತ್ತ ಕುಡಿದ ಅಮಲು ಸ್ವಲ್ಪ ಸ್ವಲ್ಪವಾಗಿ ಕಡಿಮೆಯಾಗುತ್ತಿತ್ತು . ಆಗಲೇ ಅವನಿಗೆ ಏನೋ ಒಂದು ರೀತಿಯ ಭಾವನೆ ಕಾಡಲಾರಂಭಿಸಿತು. ಬಾರಿನಲ್ಲಿ ತನ್ನನ್ನು ಯಾರೋ ಗಮನಿಸುತ್ತಿದ್ದರು! ಅಥವಾ ಅದು ತನ್ನ ಭ್ರಮೆಯೋ ? ಆ ಭಾವನೆ ಮತ್ತೆ ಮತ್ತೆ ಮರುಕಳಿಸಿತು. ಅದರ ಜೊತೆಗೆ ಇನ್ನೂ ಒಂದು ಅನುಮಾನ ಶುರುವಾಯಿತು. ತಾನಿಲ್ಲದ ವೇಳೆಯಲ್ಲಿ ಯಾರೋ ಮನೆಗೆ ಬಂದಿರಬಹುದೆ? ಅದು ಯಾರಿರಬಹುದು? ಆ ಪತ್ತೆದಾರರು ಏನಾದರೂ ನನ್ನ ಹಿಂದೆ ಬಿದ್ದಿದ್ದಾರೆಯೆ? ಆಗ, ನಾನು ಬಂದಾಗ ಡೋರ್ಲಾಕ್ ತೆಗೆಯಲು ಶ್ರಮ ಪಟ್ಟಿದ್ದು ನೆನಪಾಯಿತು. ಎಂದೂ ತಾನು, ಎಷ್ಟೇ ಕುಡಿದಿದ್ದರೂ ಡೋರ್ಲಾಕ್ ತೆಗೆಯಲು ಅಷ್ಟೊಂದು ಕಷ್ಟಪಟ್ಟಿರಲಿಲ್ಲ!. ಇವತ್ತೇಕೆ ಹಾಗಾಯಿತು? ಯಾರಾದರೂ ನಕಲಿ ಕೀ ಬಳಸಿ ಮನೆಯನ್ನು ಪ್ರವೇಶಿಸುಸುವಾಗ ಲಾಕ್ ಕೆಟ್ಟಿದೆಯೆ? ಯಾರೋ ಡೋರ್ಲಾಕನ್ನು ಓಪನ್ ಮಾಡಲೆತ್ನಿಸಿದ್ದಾರೆ! ಅದಕ್ಕೇ ಅದು ಒರಿಜಿನಲ್ ಕೀಲಿಗೂ ತಕರಾರು ಮಾಡಿದೆ ಎನ್ನುವುದು ಸ್ಪಷ್ಟವಾಯಿತು.

ಇದೆಲ್ಲಾ ಮನಸ್ಸಿಗೆ ಬರುತ್ತಲೇ ಅವನಿಗೆ ಗಾಬರಿಯಾಯಿತು. ಖಂಡಿತವಾಗಿಯೂ ಆ ಇಬ್ಬರೂ ಪತ್ತೇದಾರರಲ್ಲಿ ಒಬ್ಬರು ತನ್ನ ಮನೆಗೆ ಬಂದಿದ್ದಾರೆ. ಬಂದು ಇಲ್ಲಿ ಹುಡುಕಿದ್ದಾರೆ. ಅವರಿಗೆ ಏನು ಸಿಕ್ಕಿರಬಹುದು? ಅವರಿಗೆ ಬೇಕಾದಂತಹ ಒಂದೇ ವಸ್ತು! ಅದಿರುವುದು ಬೀರುವಿನಲ್ಲಿ! ಯೋಚನೆ ಬರುತ್ತದೆ ಅವನು ನೇರ ಕಬ್ಬಿಣದ ಅಲ್ಮೈರಾ ಬಳಿ ಧಾವಿಸಿದ.

ಆಚೆ ಬೀಟ್ ಪೊಲೀಸ್ ವಿಷಲ್ ಕೇಳಿಸಿತು. ತಕ್ಷಣವೇ ಗಾಬರಿಯಾಯಿತು. ಲೈಟ್ ಆರಿಸಿ ತಟಸ್ಥನಾದ. ಮರುಕ್ಷಣವೇ ತನ್ನನ್ನು ತಾನು ಪ್ರಶ್ನಿಸಿಕೊಂಡ. ನಾನೇಕೆ ಅಷ್ಟೊಂದು ಹೆದರಿದೆ? ಲೈಟ್ ಇದ್ದ ಮಾತ್ರಕ್ಕೆ ಆ ಬೀಟ್ ಪೊಲೀಸ್ ಇಲ್ಲಿಗೆ ಬರ್ತಿರಲಿಲ್ಲ. ಆದರೆ ಹೆದರಿದೆ. ಹೇಗೂ ಲೈಟ್ ಆರಿಸಿಯಾಗಿತ್ತು. ಬೀಟ್ ಪೋಲಿಸನ ವಿಷಲ್ ಶಬ್ದವನ್ನು ಆಲಿಸುತ್ತಾ ಆತ ಕೆಲವು ನಿಮಿಷಗಳು ನಿಂತಲ್ಲಿಯೇ

ನಿಂತಿದ್ದ. ವಿಷಲ್ ಶಬ್ದ ಕ್ಷೀಣವಾಗುತ್ತಲೆ ಆತ ಮತ್ತೆ ಬೀರುವಿನ ಬಳಿಸಾರಿ ರೂಮಿನ ಲೈಟ್ ಆನ್ ಮಾಡಿದ.

ನೇರ ಅಡಿಗೆಮನೆಗೆ ತೆರಳಿ. ಅಲ್ಲಿ ಒಂದು ಡಬ್ಬಿಯಲ್ಲಿ ರಹಸ್ಯವಾಗಿ ಇಟ್ಟಿದ್ದ ಬೀರುವಿನ ಬೀಗದ ಕೈಯನ್ನು ತೆಗೆದುಕೊಂಡು ಬಂದು ಮತ್ತೆ ಬೀರು ಬಳಿ ಬಂದು ಅದನ್ನು ತೆಗೆಯಲು ಪ್ರಯತ್ನಿಸಿದ. ಬೀರು ತೆಗೆಯಲು ತಕರಾರು ಮಾಡಿತು. ಅವನಿಗೆ ತಾನು ಡೋರ್ ಲಾಕ್ ತೆಗೆಯುವಾಗ ಆದ ಅನುಭವ ನೆನಪಾಯಿತು. ಯಾರೋ ಬೀರುವಿನ ಲಾಕ್ ಕೂಡ ಮೆಡಲ್ ಮಾಡಿದ್ದಾರೆ. ಬೀರು ತೆಗೆಯಲು ನಕಲಿ ಕೀ ಬಳಸಿದ್ದಾರೆ! ಈಗ ಈ ಕೀಗೆ ಬೀರು ತೆಗೆಯದಿದ್ದರೆ ಏನು ಮಾಡಲಿ? ಅವನ ಹಣೆಯಲ್ಲಿ ಬೆವರ ಹನಿಗಳು ಮೂಡಿದವು. ಮತ್ತೆ ಬೀಗದ ಕೈಯೊಂದಿಗೆ ಬೀರುವಿನ ಜೊತೆ ಸೆಣಸಾಟ ನಡೆಸಿದರು. ಪರಿಣಾಮ ಶೂನ್ಯ! ಬೀರುವಿನ ಬೀಗ ತೆಗೆಯದಿದ್ದರೆ ಬೀಗವನ್ನೇ ಒಡೆಯಬೇಕು. ಅದು ಮಾಡಲು ಹೋದರೆ ವಿಪರೀತ ಶಬ್ದವಾಗಿ ಅಕ್ಕಪಕ್ಕದವರಿಗೆ ಅನುಮಾನ ಬರುತ್ತದೆ. ಇಲ್ಲವಾದರೆ ಬೆಳಗಿನವರೆಗೂ ಕಾದು ಬೀಗ ತೆಗೆಯುವವರನ್ನು ಕರೆದುಕೊಂಡು ಬಂದು ಬೀರುವಿನ ಬೀಗ ತೆಗೆಯಬೇಕು. ಅಷ್ಟು ಸಮಯ ಈಗ ಇಲ್ಲ! ಒಂದಂತೂ ಸ್ಪಷ್ಟವಾಗಿದೆ. ಈ ಬೀರುವನ್ನು ಯಾರೋ ತೆಗೆದಿದ್ದಾರೆ! ಒಳಗಿನ ಲಾಕರ್ ಕೂಡ ತೆಗೆದು ಅದರೊಳಗಿರುವ ಕವರನ್ನು ತೆಗೆದುಕೊಂಡು ಹೋಗಿರುವ ಸಾಧ್ಯತೆ ಇದೆ!

ರಾತ್ರಿ ಕುಡಿದು ಮೋಜು ಮಾಡಿದ್ದೆಲ್ಲ ಜರ್ರನೆ ಇಳಿದು ಹೋಯಿತು. ಹಣೆ, ಕುತ್ತಿಗೆ, ಎದೆಯಲ್ಲಿ ಹರಿದ ಬೆವರಿನಿಂದ ಅವನ ಉಡುಪೆಲ್ಲ ತೋಯ್ದು ಹೋಯಿತು! ಕೋಪ ನೆತ್ತಿಗೇರಿ ಬೀರುವನ್ನು ಕಾಲಿನಿಂದ ಜೋರಾಗಿ ಒದ್ದ! ಸ್ಟೀಲ್ ಬೀರು ಅವನು ಒದೆದಿದ್ದಕ್ಕೆ ವಿಪರೀತ ಶಬ್ದ ಮಾಡಿತು! ಆ ಶಬ್ದಕ್ಕೆ ಸ್ವತಹ ಅವನೇ ಬೆಚ್ಚಿದ. ಈ ಶಬ್ದಕ್ಕೆ ಸುತ್ತಮುತ್ತ ಜನರು ಸುಮ್ಮನಿರುತ್ತಾರೆಯೇ? ಏನೋ ಅನಾಹುತವಾಗಿದೆಯೆಂದು ಹುಡುಕಿಕೊಂಡು ಬರಬಹುದು. ನಾನು ತಪ್ಪು ಮಾಡಿದೆ. ಅವನು ಪರಿತಪಿಸುತ್ತಿರುವಾಗಲೇ ಅಚ್ಚರಿ ಎನ್ನುವಂತೆ ಬೀರುವಿನ ಬೀಗದ ಕೈ ಸರಾಗವಾಗಿ ತಿರುಗಿ ಬೀರು ಬೀಗ ತೆರೆಯಿತು! ಆತನಿಗೆ ಪರಮಾಶ್ಚರ್ಯವಾಯಿತು! ಅಂತೂ ಹೇಗೋ ಬೀರು ತೆಗೆಯಲು ಸಾಧ್ಯವಾಯಿತಲ್ಲ ಇನ್ನು ಉಳಿದದ್ದು ಲಾಕರ್ ತೆಗೆಯುವುದು. ಲಾಕರ್‌ನ ಬೀಗದ ಕೈ ತೂರಿಸಿ ಪ್ರಯತ್ನಿಸಿದಾಗ ಅದು ಸಲೀಸಾಗಿ ತೆರೆಯಿತು. ಓ ದೇವರೇ ನೀನು ನನ್ನ ಕೈ ಬಿಡಲಿಲ್ಲ! ಎಲ್ಲರೂ ದೇವರನ್ನು ಗಟ್ಟಿಯಾಗಿ ಹಿಡಿದಿರುತ್ತಾರೆ! ಅವರು ಕಳ್ಳರು, ಸುಳ್ಳರು, ಕೊಲೆಗಡುಕರು, ಮೋಸಗಾರರು ಯಾರಾದರೂ ಸರಿ! ಎಲ್ಲರಿಗೂ ದೇವರು ಬೇಕು. ಎಲ್ಲರಿಗೂ ಅವರವರ ಕೆಲಸದಲ್ಲಿ ಸಹಾಯ

ಮಾಡಬೇಕು ಎಂದೇ ನಿರೀಕ್ಷಿಸುತ್ತಾರೆ! ಜಗತ್ತಿನ ಪರಮಾಶ್ಚರ್ಯಗಳಲ್ಲಿ ಇದೂ ಒಂದು!!

ಆತುರದಿಂದ ಅವನು ಲಾಕರಿನಿಂದ ಕಂದುಬಣ್ಣದ ಕವರನ್ನು ಈಚೆ ತೆಗೆದುಕೊಂಡ. ಅದರಲ್ಲಿ ಪೆನ್ ಡ್ರೈವ್ ಇರುವಹಾಗೆ ಭಾಸವಾಯಿತು! ಅಂದರೆ ತಾನು ಈವರೆಗೆ ಅನುಭವಿಸಿದ ತಾಪತ್ರಯಗಳೆಲ್ಲಾ ತಾನು ಮಿತಿಮೀರಿ ಕುಡಿದಿದ್ದರ ಫಲ. ಹಾಗಾದರೆ ಈ ಮನೆಯೊಳಗೆ ಯಾರೋ ಬಂದಿಲ್ಲವೇ?

ಅವನು ಕವರಿನೊಳಗೆ ಪೆನ್‌ಡ್ರೈವಿನಂತೆ ಇದ್ದ ವಸ್ತುವನ್ನು ತೆಗೆದು ನೋಡಿದ. ಕೆಲವು ಕ್ಷಣಗಳ ಹಿಂದೆ ಅವನು ಮಾಡಿದ್ದ ನಿರೀಕ್ಷೆಗಳೆಲ್ಲಾ ತಲೆಕೆಳಗಾಗಿದ್ದವು! ಕೈಗೆ ಬಂದಿದ್ದು ಒಂದು ಮೌತ್ ಫ್ರೆಶ್ನರ್ ಟ್ಯಾಬ್ಲೆಟ್! ಅದನ್ನು ನೋಡುತ್ತಲೇ ಅವನಿಗೆ ಕಾಲ ಕೆಳಗಿನ ನೆಲ ಕುಸಿದ ಅನುಭವವಾಯಿತು!! ಹತಾಶನಾಗಿ ಹತ್ತಿರದಲ್ಲಿದ್ದ ಕುರ್ಚಿಯ ಮೇಲೆ ಕುಸಿದು ಕುಳಿತ! ತಲೆಯಮೇಲೆ ಕೈಹೊತ್ತು ಈಗ ತಾನು ಮಾಡಬೇಕಾದದ್ದು ಏನು ಎಂದು ಯೋಚಿಸಿದ!

ಏನೇ ಮಾಡಿದರು ಬೇಗನೆ ಮಾಡಬೇಕು. ಸಮಯ ಮಿಂಚಿ ಹೋಗುತ್ತಿದೆ! ಈ ತಕ್ಷಣವೇ ನಾನು ಕಾರ್ಯಪ್ರವೃತ್ತರಾಗಬೇಕು. ಯೋಚನೆ ಬರುತ್ತಲೇ ಅವನು ಮೊಬೈಲನ್ನು ಕೈಗೆ ಹಿಡಿದುಕೊಂಡು ಯಾವುದೋ ನಂಬರ್ ರಿಂಗ್ ಮಾಡಿದ. ಯಾರು ಫೋನನ್ನು ರಿಸೀವ್ ಮಾಡಲಿಲ್ಲ!

"ತತ್.." ಎಂದು ಅವನು ಯಾರನ್ನೋ ಶಪಿಸಿದ!

***

ತನ್ನ ಆಫೀಸು ಸೇರಿದ ವಿಕ್ರಮ್ ಲ್ಯಾಪ್ಟಾಪು ಸ್ವಿಚ್ ಆನ್ ಮಾಡಿದ. ಸ್ಕ್ರೀನ್ ಬೇಗನೆ ಮೂಡಿತು. ಆದರೆ ಅಷ್ಟೇ ಬೇಗನೆ ಸ್ಕ್ರೀನಿನ ಲಾಗಿನ್ ಪಾಸ್‌ವರ್ಡ್ ಮೂಡಲಿಲ್ಲ! ಅದು ಬರುವುದು ನಿಧಾನವಾದುದಕ್ಕೆ ವಿಕ್ರಮ್ ಚಡಪಡಿಸಿದ. ಕೊನೆಗೊಮ್ಮೆ ಸ್ಕ್ರೀನಿನ ಮೇಲೆ ಲಾಗಿನ್ ಪಾಸ್ವರ್ಡ್ ಅಕ್ಷರಗಳು ಮೂಡಿದವು. ಪಾಸ್‌ವರ್ಡ್ ಹಾಕಿ ಪೆನ್‌ಡ್ರೈವ್ ಕನೆಕ್ಟ್ ಮಾಡಿ ಓಪನ್ ಮಾಡಿದ.

ಇಪ್ಪತ್ತು ಫೋಟೋಗಳಿರುವ ಫೈಲುಗಳ ಹೆಸರುಗಳು ಸ್ಕ್ರೀನಿನ ಮೇಲೆ ಮೂಡಿದವು ಎಲ್ಲವೂ ಇಮೇಜ್ ಫೈಲುಗಳು! ಅಂದರೆ ಫೋಟೋಗಳು!! ಯಾರವು? ಅವು ಈ ಪೆನ್ ಡ್ರೈವಿನಲ್ಲಿ? ಕೆ.ಜಿ ಹಳ್ಳಿಯ ಅಗಸ ಮುನಿಯಪ್ಪ ಬೆಂಗಳೂರಿನ ಸೀಕ್ರೆಟ್ ಮನೆಯಲ್ಲಿ? ಎಷ್ಟು ಕಾಲದಿಂದ ಅಲ್ಲಿದ್ದಾನೆ? ಇಲ್ಲಿರುವುವು ಯಾರ ಫೋಟೋಗಳಿರಬಹುದು?

ಮೊದಲನೆಯ ಫೋಟೋ ತೆರೆಯಲು ಕಂಪ್ಯೂಟರ್ ಕೀಗಳನ್ನು ಒತ್ತಿ, ಸ್ಕ್ರೀನಿನ ಮೇಲೆ ಮೂಡಿದ ಫೋಟೋ ನೋಡಿ ವಿಕ್ರಮ್ ಬೆರಗಾದ!!

ಫೋಟೋದಲ್ಲಿದ್ದವರು ಯಶವಂತರಾಯರು ಮತ್ತು ಹೊನ್ನಿ!!

ಉತ್ಕಟ ಪ್ರಣಯ ಸನ್ನಿವೇಶಗಳಲ್ಲಿ!!!

ಅದು ಯಶವಂತರಾಯರೆ? ಒಂದು ಕ್ಷಣ ಅನುಮಾನ! ಕೆ.ಜಿ. ಹಳ್ಳಿಯ ಮನೆಯಲ್ಲಿ ನೋಡಿದ ಅವರ ಫೋಟೋ ನೆನಪು ಮಾಡಿಕೊಂಡ. ಅನುಮಾನ ಪರಿಹಾರವಾಯ್ತು. ಅದು ಯಶವಂತರಾಯರೆ! ಅನುಮಾನವೇ ಇಲ್ಲ. ಬಹಳ ಹಿಂದಿನ ಫೋಟೋ. ಸುಮಾರು ಹತ್ತು-ಹದಿನೈದು ವರ್ಷಗಳಷ್ಟು ಹಿಂದಿನದು. ಹೊನ್ನಿ ತುಂಬಾ ಚಿಕ್ಕವಳು. ಆಗ ತಾನೆ ಅವಳ ಮೈಯಲ್ಲಿ ಯೌವನ ಅರಳಿತ್ತು. ಯಶವಂತರಾಯರೂ ಸುಮಾರು ಐವತ್ತೈದರ ಅಂಚಿನಲ್ಲಿದ್ದಂತೆ ಕಂಡರು.

ವಿಕ್ರಮ್ ಉಳಿದ ಫೋಟೋಗಳನ್ನೂ ಒಂದೊಂದಾಗಿ ನೋಡಿದ.

ಎಲ್ಲ ಅಂತವೇ ಫೋಟೋಗಳು!

ಯಶವಂತರಾಯರು ಮತ್ತು ಹೊನ್ನಿಯ ವಿವಿಧ ಭಂಗಿಗಳ ಉತ್ಕಟ ಪ್ರಣಯ ಸನ್ನಿವೇಶಗಳು!

ವಿಕ್ರಮ್ ತಲೆ ಚುರುಕಾಗಿ ಓಡಿತು.

ಮುನಿಯಪ್ಪ ಯಶವಂತರಾಯರನ್ನ ಬ್ಲಾಕ್ ಮೈಲ್ ಮಾಡುತ್ತಿದ್ದ!! ಅದರಲ್ಲಿ ಸಂದೇಹವೇ ಇಲ್ಲ!! ಮುನಿಯಪ್ಪ ಯಶವಂತಪುರದಲ್ಲಿ ೫೨೦ನೇ ನಂಬರ್ ಔಟ್ ಹೌಸಿನ ಮನೆಯಲ್ಲಿ ಇರೋದು ಅವರಿಗೆ ಗೊತ್ತಿತ್ತು. ಬಹುಶಃ ನಿಯಮಿತವಾಗಿ ಅ ಮನೆಗೆ ಹೋಗಿ ಹಣ ಕೊಟ್ಟು ಬರುತ್ತಿದ್ದಿರಬಹುದೂಂತ ಕಾಣಿಸುತ್ತೆ.

ಆದರೆ ಈ ಫೋಟೋಗಳು ಮುನಿಯಪ್ಪನ ಕೈಗೆ ಹೇಗೆ ಬಂದವು? ಈ ಫೋಟೋಗಳನ್ನು ತೆಗೆದವರು ಯಾರು? ಈ ಕೆಲಸ ಹೊನ್ನಿಯ ಒಪ್ಪಿಗೆಯಿಲ್ಲದೆ ನಡೆದಿಲ್ಲ. ಆಕೆಯೂ ಈ ಸಂಚಿನಲ್ಲಿ ಸೇರಿರಬಹುದು! ಅಂದರೆ ಮುನಿಯಪ್ಪನಿಗೂ ಹೊನ್ನಿಗೂ ಯಾವುದೋ ರೀತಿಯ ಸಂಬಂಧ ಇರಬಹುದು! ಆದರೆ ಮುನಿಯಪ್ಪ ಕೆ.ಜಿ. ಹಳ್ಳಿಗೆ ಹೊಸಬ. ಹೊನ್ನಿ ಮದುವೆಯಾಗಿ ಗಂಡನೊಂದಿಗೆ ಹೋಗಿದ್ದವಳು ವರ್ಷದ ಹಿಂದೆಯಷ್ಟೆ ಕೆ.ಜಿ. ಹಳ್ಳಿಗೆ ಹಿಂತಿರುಗಿದ್ದಳು. ಹೊನ್ನಿ ಮತ್ತು ಯಶವಂತರಾಯರ ಫೋಟೋಗಳು ಈ ಪೆನ್ ಡ್ರೈವಿನಲ್ಲಿರಬೇಕಾದರೆ ಹೊನ್ನಿಗೂ ಮುನಿಯಪ್ಪನಿಗೂ ಏನಾದರೂ ಒಂದು ಸಂಬಂಧ ಇರಬೇಕು! ಆ ಸಂಬಂಧ ಯಾವುದು?

ಮುನಿಯಪ್ಪ ಮತ್ತು ಹೊನ್ನಿಯರೇ ಸೇರಿ ಯಶವಂತರಾಯರನ್ನು ಬ್ಲಾಕ್ ಮೈಲ್ ಮಾಡುತ್ತಿದ್ದಿರಬಹುದೆ?. ಯಾವುದೋ ಹಂತದಲ್ಲಿ ಯಶವಂತರಾಯರು ಹಣ ಕೊಡಲು ನಿರಾಕರಿಸಿರುವರು!! ಆ ಸೇಡಿಗೆ ಯಶವಂತರಾಯರ ಕೊಲೆಯೇ!?

ವಿಕ್ರಮ್ ಪೆನ್‌ಡ್ರೈವಿನ ಫೋಟೋಗಳಲ್ಲಿ ಕೆಲವನ್ನು ಪ್ರಿಂಟರಿನಲ್ಲಿ ಮುದ್ರಿಸಿದ. ಆ ಸಮಯಕ್ಕೆ ಮೊಬೈಲು ರಿಂಗಾಯಿತು. ವಿಕ್ರಮ್ ಪ್ರಿಂಟ್‌ಗಳನ್ನು ಟೇಬಲ್ ಮೇಲಿಟ್ಟು ಮೊಬೈಲು ಕಿವಿಗಿಟ್ಟುಕೊಂಡ.

"ಬಾಸ್, ಬಾಗಿಲು ತೆಗೀರಿ"

ಶರತ್ ಬಾಗಿಲು ತೆರೆದ.

ಆಚೆ ಶರತ್ ನಿಂತಿದ್ದ.

"ಬಾ... ಬಾ... ಯಶವಂತರಾಯರ ಕೊಲೆ ಕೇಸು. ಕೊನೆಗೂ ಸಾಲ್ವ್ ಆಗ್ತಿರೋ ಹಾಗಿದೆ"

ವಿಕ್ರಮ್ ತನ್ನ ಸೀಟಿನತ್ತ ನಡೆದ.

"ಒಳ್ಳೇದು ಸಾರ್. ಕೇಸ್ ಮುಗಿದರೆ ಒಂದಷ್ಟು ದಿವಸ ರಜಾ ಹಾಕಿ ಊರಿಗೆ ಹೋಗಬಹುದು"

ಶರತ್ ಖುಷಿಯನ್ನು ವ್ಯಕ್ತಪಡಿಸಿದ.

ಆಫೀಸಿನ ಗೋಡೆ ಗಡಿಯಾರ ಎರಡು ಗಂಟೆಯಾದುನ್ನು ಶಬ್ದ ಮಾಡಿ ಸೂಚಿಸಿತು.

"ಹೋದ ಕೆಲಸ ಏನಾಯಿತು?"

ವಿಕ್ರಮ್ ಕೇಳಿದ.

"ನಿಮ್ಮ ಮಾತು ನಿಜವಾಯಿತು. ಗಂಟೆ ಹಿಂದೆ ಮುನಿಯಪ್ಪ ಬಂದ. ನೀವು ಹೋಗಿದ್ದ ಮನೆ ಪ್ರವೇಶ ಮಾಡಿದ್ದು ಕನ್‌ಫರ್ಮ್ ಮಾಡ್ಕೊಂಡು ಬಂದೆ"

"ಗುಡ್, ಈ ಫೋಟೋಗಳನ್ನು ನೋಡು"

ವಿಕ್ರಮ್ ಫೋಟೋಗಳನ್ನು ಶರತ್‌ನತ್ತ ಚಾಚಿದ.

ಫೋಟೋಗಳನ್ನು ನೋಡಿ ಶರತ್ ಮೆಲ್ಲನೆ ಸಿಳ್ಳು ಹಾಕಿದ!

***

ಪತ್ತೇದಾರರಿಬ್ಬರೂ ಎದ್ದಾಗ ಆಚೆ ಬಿಸಿಲೇರಿತ್ತು.

ರಾತ್ರಿ ಬಹಳ ಹೊತ್ತು ಎಚ್ಚರದಿಂದ ಇದ್ದಿದ್ದರಿಂದ, ಇಬ್ಬರೂ ಬೆಳಿಗ್ಗೆ ಎಂಟು ಗಂಟೆಯವರೆಗೂ ಮೈ ತಿಳಿಯದೆ ಆಫೀಸಿನಲ್ಲೇ ನಿದ್ರಿಸಿದ್ದರು. ಇಂತಹ ಸಂದರ್ಭಗಳಲ್ಲಿ ಅನುಕೂಲವಾಗಲಿ ಎಂದು ಆಫೀಸಿನಲ್ಲಿಯೇ ಎರಡು ಸೋಫಾ ಕಮ್ ಬೆಡ್‌ಗಳನ್ನು ಆಫೀಸಿನ ಒಳಕೋಣೆಯಲ್ಲಿ ಸಿದ್ಧಪಡಿಸಿಕೊಂಡಿದ್ದ ವಿಕ್ರಮ್.

ಎಚ್ಚರವಾದ ಮೇಲೆ ಇಬ್ಬರೂ ಬೇಗನೆ ತಯಾರಾದರು. ಎದುರು ಹೋಟೆಲಿನಿಂದ ಕಾಫಿ ತರಿಸಿ ಕುಡಿದರು. ಹಿಂದಿನ ದಿನದ ಘಟನೆಗಳ ಪುನರಾವಲೋಕನವಾಯ್ತು.

"ಮುಂದಿನ ಕೆಲಸವೇನು ಬಾಸ್?"

"ಶರತ್, ಈ ತಕ್ಷಣವೇ ನೀನು ಕೆ.ಜಿ ಹಳ್ಳಿಗೆ ಹೋಗು. ಅಲ್ಲಿಗೆ ಯಾವ ಕ್ಷಣದಲ್ಲಾದರೂ ಮುನಿಯಪ್ಪ ಬರಬಹುದು. ಅಕಸ್ಮಾತ್ ಮುನಿಯಪ್ಪ ಅಲ್ಲಿಗೆ ಬರ್ಲಿಲಾಂತ ಇಟ್ಕೋ, ಹೊನ್ನೀನೇ ಅಲ್ಲಿಂದ ಹೊರಡಬಹುದು, ಅವಳು ಹೊರಟ ತಕ್ಷಣ ಇನ್ಸ್ಪೆಕ್ಟರ್ ದೀಪಕ್‌ಗೆ ಸುದ್ದಿ ತಿಳಿಸಿ 'ಯಶವಂತರಾಯರ ಕೊಲೆ ಕೇಸಲ್ಲಿ ಸಸ್ಪೆಕ್ಟ್ ಎಂದು' ಹೇಳಿ ಅರೆಸ್ಟ್ ಮಾಡಿಸು"

"ರೈಟ್ ಬಾಸ್. ನಾನು ಹೊರಡ್ತೀನಿ. ನೀವು?"

"ಇಲ್ಲಿ ನಾನು ಎರಡು ಮೂರು ಕೆಲಸಗಳನ್ನು ಮಾಡ್ಬೇಕು. ಜೊತೆಗೆ ಮುನಿಯಪ್ಪನ ಮೇಲೆ ಕಣ್ಣಿಡಬೇಕು. ಒಂದು ಸಮಯ ತನ್ನ ಬೀರುವಿನಿಂದ ಪೆನ್‌ಡ್ರೈವ್ ಮಿಸ್ ಆಗಿರೋದು ಅವನಿಗೆ ಗೊತ್ತಾದರೆ ಕಷ್ಟ. ಹಕ್ಕಿ ಹಾರಿ ಹೋಗಬಹುದು! ಆಗ ಬಹಳ ಹುಷಾರಾಗಿರಬೇಕು"

"ನೀವು ಯಾವಾಗ ಬರ್ತೀರ"

"ಹೇಳೋಕಾಗೊಲ್ಲ. ಯಾವ ಕ್ಷಣದಲ್ಲಾದರೂ ಬರ್ತೀನಿ. ಇನ್ನೂ ಒಂದೆರಡು ವಿಷಯ ಕನ್‌ಫರ್ಮ್ ಮಾಡ್ಕೋಬೇಕು"

"ಸರಿ ಬಾಸ್. ನಾನೀಗಲೇ ಕೆ.ಜಿ ಹಳ್ಳಿಗೆ ಹೊರಟೆ"

"ಗುಡ್. ಬಿ ಕೇರ್‌ಫುಲ್"

ಶರತ್ ತಲೆಯಾಡಿಸಿ ಹೊರಟ.

ಅವನು ಹೊರಟ ಹತ್ತು ನಿಮಿಷಗಳ ನಂತರ ಆಫೀಸಿನ ಬೀಗ ಹಾಕಿಕೊಂಡು ವಿಕ್ರಮ್ ಆಚೆ ಹೊರಟ.

ಸಮಯ ಹೆಚ್ಚಿಲ್ಲ ಎಂಬುದು ವಿಕ್ರಮ್ ತಿಳಿದಿದ್ದ. ತಾನೊಂದಿಷ್ಟು ತಡ ಮಾಡಿದರೂ ಮುನಿಯಪ್ಪ ಮತ್ತು ಹೊನ್ನಿ ಹಾರಿ ಹೋಗಬಹುದೆಂಬುದು ಅನುಮಾನ ಪ್ರಾರಂಭವಾಯ್ತು. ಆದರೆ, ತಕ್ಷಣವೇ ಅವರನ್ನು ಅರೆಸ್ಟ್ ಮಾಡಿಸಲೂ ಸಾಧ್ಯವಿರಲಿಲ್ಲ. ಪ್ಯಾಚ್ ಅಪ್ ಕೆಲಸ ಬಹಳ ಇತ್ತು. ಮೂರ್ತಿಗೂ ಯಶವಂತರಾಯರ ಕೊಲೆಗೂ ಒಂದಲ್ಲ ಒಂದು ರೀತಿಯಲ್ಲಿ ಸಂಬಂಧವಿದ್ದೇ ಇದೆ ಎನ್ನುವುದು ವಿಕ್ರಮ್‌ನ ಖಚಿತ ಅಭಿಪ್ರಾಯ. ಆದರೆ ಅದು ಹೇಗೆ? ಏನು? ಎಂಬುದು ಮಾತ್ರ ಗೊತ್ತಾಗಿರಲಿಲ್ಲ. ಇವತ್ತು ಸಾಯಂಕಾಲದೊಳಗೆ ಇಲ್ಲಿನ ಪ್ಯಾಚ್ ಅಪ್ ಕೆಲಸ ಮುಗಿಸಿ ಕೆ.ಜಿ ಹಳ್ಳಿಗೆ ಹೋಗಬೇಕು. ಚಾಣಕ್ಷತೆಯಿಂದ ಯಶವಂತರಾಯರ ಕೊಲೆ ಮಾಡಿ, ಶವವನ್ನೇ ಮಾಯ ಮಾಡಿದವರಿಗೆ ಯಾವ ಸುಳಿವೂ ಕೊಡದೆ ಬೆಂಗಳೂರಿಂದ ನುಣುಚಿಕೊಳ್ಳುವುದು ಕಷ್ಟವಲ್ಲ.

ವಿಕ್ರಮ್‌ನ ಜೀಪು ಹೊಗೆ ಕಾರಿತು.

ವಿಕ್ರಮ್ ಪ್ರಯಾಣಿಸುವಾಗ ತಲೆಯಲ್ಲಿ ನೂರು ತೆರನಾದ ಯೋಚನೆಗಳು. ಅವನ ಜೀಪಿಗೆ ತಾನು ಹೋಗಬೇಕಾದ ಜಾಗ ತಿಳಿದಿರುವಂತೆ ಇತ್ತು.

ಕೃಷ್ಣರಾಜಪುರಂ ರೈಲ್ವೆ ಸ್ಟೇಷನ್!

ವಿಕ್ರಮ್ ಅಲ್ಲಿಗೆ ಹೊರಟಿದ್ದ!

ಹೊನ್ನಿಯ ಗತಿಸಿದ ಗಂಡ ಅಲ್ಲಿ ಕೆಲಸ ಮಾಡುತ್ತಿದ್ದುದಾಗಿ ಹೊನ್ನಿ ತಿಳಿಸಿದ್ದಳು. ತನ್ನ ಗಂಡನ ಹೆಸರು ಹನುಮಯ್ಯ ಎಂದೂ ತಿಳಿಸಿದ್ದಳು.

ಅರೆ...ಮುನಿಯಪ್ಪನನ್ನು ಮರೆತೆನಲ್ಲಾ ಎನಿಸಿತು. ಜೀಪು ರಸ್ತೆ ಬದಿಯಲ್ಲಿ ನಿಲ್ಲಿಸಿ ಅಭ್ಯಾಸದಂತೆ ಸುತ್ತು ನೋಡಿದ.

ಅವನ ಬೆನ್ನ ಹಿಂದೆ ಯಾರೂ ಬಿದ್ದಿರಲಿಲ್ಲ. ಯಾರಿಗೂ ತನ್ನ ಮೇಲೆ ಅನುಮಾನವಿಲ್ಲ. ಯಾರೂ ತನ್ನನ್ನು ಫಾಲೋ ಮಾಡುತ್ತಿಲ್ಲ ಎನ್ನುವುದನ್ನು ಖಾತ್ರಿ ಮಾಡಿಕೊಂಡು ವಿಕ್ರಮ್, ಮೊಬೈಲು ಕೈಗೆತ್ತಿಕೊಂಡು ಯಾರದೋ ನಂಬರ್ ಹುಡುಕಿ ಫೋನಾಯಿಸಿದ.

"ಹಲೋ? ಪಾಲ್?"

"ಹೌದು ಪಾಲ್, ನೀವು ಯಾರು?"

"ನಾನು ವಿಕ್ರಮ್, ಏನ್ಮಾಡ್ತಾ ಇದೀಯ?"

"ಈಗ ತಾನೆ ಎದ್ದು ಆಕಳಿಸ್ತಾ ಕೂತಿದೀನಿ"

ಪಾಲ್ ಆಕಳಿಸುತ್ತಲೇ ಮಾತಾಡಿದಂತಿತ್ತು.

"ಮೊದ್ಲು ನಿದ್ರೆ ಮೂಡಿಂದ ಎಚ್ಚೆತ್ತುಕೋ. ನನ್ನದೊಂದಿಷ್ಟು ಕೆಲಸ ಮಾಡಿಕೊಡು. ತುಂಬಾ ಅರ್ಜೆಂಟು"

"ಓ.ಕೆ. ಹೇಳು"

"ಯಶವಂತಪುರದಲ್ಲಿ ಒಂದು ಮನೆ. ಅದರಲ್ಲಿ ನಮಗೆ ಬೇಕಾದ ಒಂದು ಪಾರ್ಟಿ ಇದೆ. ಅದು ತಪ್ಪಿಸ್ಕೊಂಡು ಆಚೆ ಹೋಗದ ಹಾಗೆ ನೋಡ್ಕೋ ಬೇಕು"

ವಿಕ್ರಮ್ ತನ್ನ ಗೆಳೆಯ, ಮತ್ತೊಂದು ಡಿಟೆಕ್ಟೀವ್ ಸಂಸ್ಥೆಯ ಪಾಲ್‌ಗ ವಿಷಯ ತಿಳಿಸಿದ. ಅವರ ವೃತ್ತಿಯಲ್ಲಿ ಅನಿವಾರ್ಯವಾದಾಗ ಒಬ್ಬರು ಇನ್ನೊಬ್ಬರ ಸಹಾಯ ಯಾಚಿಸುವುದು ಸಾಮಾನ್ಯವಾಗಿತ್ತು.

"ಓ.ಕೆ. ಒಂದ್ವೇಳೆ ಪಾರ್ಟಿ ಆಚೆ ಹೋದರೆ?"

ಪಾಲ್ ಸಂದೇಹವನ್ನು ಮುಂದಿಟ್ಟ.

"ಹಾಗೇನಾದರೂ ಆದರೆ ಅವನ್ನ ಫಾಲೋ ಮಾಡು. ಈ ಫೋನ್ ನಂಬರಿಗೆ ಆಗಿಂದಾಗ್ಗೆ ಸುದ್ದಿ ಕೊಡು. ಒಂದ್ವೇಳೆ ಅವನು ಊರು ಬಿಟ್ಟು ಹೋಗೋದಕ್ಕೆ ಪ್ರಯತ್ನಿಸಿದರೆ ಬಲವಂತವಾಗಿ ಒಂದು ರೂಮಲ್ಲಿ ಕೂಡಿಹಾಕು"

ರೈಟ್.. ಪಾರ್ಟಿ ಹೇಗಿದ್ದಾನೆ? ವಯಸ್ಸು? ವಿಳಾಸ?

"ಎಲ್ಲಾ ಡೀಟೈಲ್ಸ್ ನಿನ್ನ ಮೊಬೈಲಿಗೆ ಕಳಿಸ್ತೀನಿ..."

ವಿಕ್ರಮ್ ಮುನಿಯಪ್ಪನ ಫೋಟೋ, ವಿವರ, ವಿಳಾಸ ಮತ್ತು ಕೆ.ಜಿ ಹಳ್ಳಿಯಲ್ಲಿ ತನ್ನನ್ನು ಸಂಪರ್ಕಿಸಬೇಕಾದ ಫೋನ್ ನಂಬರ್ ಎಲ್ಲವನ್ನೂ ನೀಡಿದ. ಅಷ್ಟಾದ ಮೇಲೆ ಮುನಿಯಪ್ಪನನ್ನು ಮರೆತು ನಿಶ್ಚಿಂತೆಯಾಗಿ ಉಳಿದ ಕೆಲಸದ ಮೇಲೆ ಗಮನವಹಿಸಬಹುದೆಂದು ವಿಕ್ರಮ್‌ಗ ಸಮಾಧಾನವಾಯಿತು.

ಮತ್ತೆ ಜೀಪಿನ ಆಕ್ಸಿಲರೇಟರ್ ಮೇಲೆ ಒತ್ತಡ ಹಾಕಿ ಕೃಷ್ಣರಾಜಪುರದ ಕಡೆಗೆ ಪ್ರಯಾಣ ಬೆಳೆಸಿದ.

ಮುನಿಯಪ್ಪನನ್ನು ನೋಡಿಕೊಳ್ಳಲು ಪಾಲ್‌ನ ನೇಮಿಸಿದ್ದು, ಕೆ.ಜಿ. ಹಳ್ಳಿಗೆ ಶರತ್ ಕಳಿಸಿದ್ದು ಒಳ್ಳೆಯದಾಯಿತೆನಿಸಿತು.

***

ಕೆ.ಜಿ. ಹಳ್ಳಿಯಲ್ಲಿ ಯಶವಂತರಾಯರ ಮನೆಯ ಮುಂದೆ ವಿಕ್ರಮ್‌ನ ಜೀಪು ನಿಂತಾಗ ಸಂಜೆ ಆರುಗಂಟೆಯಾಗಿತ್ತು. ಎಷ್ಟೇ ಬೇಗ ಬೆಂಗಳೂರು ಬಿಡಬೇಕೆಂದರೂ ಸಹ ಆರು ಗಂಟೆಯಾಗಿತ್ತು. ಮೊದಲಿಗೆ ಕೃಷ್ಣರಾಜಪುರ ರೈಲ್ವೆ ನಿಲ್ದಾಣ. ನಂತರ ವಿಲ್ಸನ್ ಗಾರ್ಡನ್ ಕೇಂದ್ರೀಯ ದಾಖಲೆಗಳ ವಿಭಾಗ ಎಲ್ಲ ಕಡೆ ಸ್ವಲ್ಪ ಸ್ವಲ್ಪ ಸಮಯ ಕಳೆಯಲೇಬೇಕಾಗಿತ್ತು.

ಜೀಪ್ ನಿಲ್ಲಿಸಿ ಮೆಟ್ಟಿಲುಗಳನ್ನು ಹತ್ತುವಾಗಲೇ ರಾಮಣ್ಣ ಮನೆಯೊಳಗಿಂದ ಬಂದ. ಅವನ ಮುಖದ ಮೇಲಿನ ಆತಂಕ ಸ್ಪಷ್ಟವಾಗಿ ವ್ಯಕ್ತವಾಗುತ್ತಿತ್ತು.

"ಸಾರ್...ಹೊನ್ನಿ ಮಧ್ಯಾನ್ನ ಒಂದು ಗಂಟೆಯಿಂದ ಕಾಣಿಸ್ತಾ ಇಲ್ಲ..."

ಅವನು ಆತುರದಿಂದ ಹೇಳಿದ.

"ಶರತ್ ಎಲ್ಲಿ?"

"ಅವರೂ ಕೂಡ ಕಾಣಿಸ್ತಿಲ್ಲ"

"ಎಷ್ಟೊತ್ತಿನಿಂದ?"

"ಮಧ್ಯಾನ್ಹ ಊಟವಾದ ಮೇಲೆ ಅವರನ್ನ ನೋಡಿಲ್ಲ"

***

ಕೆ.ಜಿ. ಹಳ್ಳಿಯಲ್ಲಿ ಮುನಿಯಪ್ಪನ ಮನೆ ಬಾಗಿಲಿಗೆ ಭದ್ರವಾದ ಬೀಗ ಹಾಕಿತ್ತು.

"ಮುನಿಯಪ್ಪ ಮನೇಲಿಲ್ಲವೆ?"

"ಇಲ್ಲ. ಬೀಗ ಹಾಕಿದೆ ಅಂದ್ಮೇಲೆ ಒಳಗಿಲ್ಲ"

ಪಕ್ಕದ ಮನೆಯವನು ಹೇಳಿದ.

"ಎಷ್ಟೊತ್ನಲ್ಲಿ ಆಚೆ ಹೋದ?"

"ನಾವು ನೋಡ್ಲಿಲ್ಲ"

"ರಾತ್ರಿ ಬಂದಾಗ ನೋಡಿದ್ರಾ?"

"ಇಲ್ಲ. ಬೆಳಗಿನ ಜಾವ ಯಾರೋ ಬಂದ ಹಾಗಿತ್ತು"

ಹಾಗಾದರೆ ಎಲ್ಲಿ ಏನು ನಡೆದಿರಬಹುದು? ಮುನಿಯಪ್ಪ ಕೆ.ಜಿ ಹಳ್ಳಿಯ ಮನೆಗೆ ಬಂದು ಹೋದನೆ? ಹಾಗಾದರೆ ಶರತ್ ಎಲ್ಲಿ? ಅವನ ನ್ನು ಹಿಂಬಾಲಿಸಿ ಹೋದನೆ? ಹಾಗಾದರೆ ಮುನಿಯಪ್ಪ ಇಲ್ಲಿಗೆ ಬಂದಿರಬಹುದು. ಜೊತೆಯಲ್ಲಿ ಹೊನ್ನಿಯನ್ನು ಕರೆದುಕೊಂಡು ಹೋಗಿರಬಹುದು! ತಾನು ತಪ್ಪು ಮಾಡಿದೆನೆ? ನೆನ್ನೆ ರಾತ್ರಿಯೇ ಮುನಿಯಪ್ಪನನ್ನು ಅರೆಸ್ಟ್ ಮಾಡಿಸಬೇಕಿತ್ತು! ಹಾಗೇ ಶರತ್ ಮೂಲಕ ಹೊನ್ನಿಯನ್ನೂ ಮನೆಯಿಂದ ಆಚೆ ಹೋಗದಂತೆ ತಡೆಯಬೇಕಾಗಿತ್ತು.

"ಇಲ್ಲಿಗೆ ಇನ್ಯಾರಾದ್ರೂ ಬಂದಿದ್ರಾ?"

"ಹೌದು ಒಬ್ಬರು ಬಂದಿದ್ದರು"

ಆತ ಶರತ್‌ನ ವಿವರಣೆ ನೀಡಿದ.

ಹಾಗಾದರೆ ಶರತ್ ಬಂದಿದ್ದ! ಇಲ್ಲಿಂದ ಮುಂದೆಲ್ಲಿಗೆ ಹೋದ?

"ಆಮೇಲೆ ಏನ್ಮಾಡಿದರು?"

"ಏನ್ಮಾಡಿದರು? ಎಲ್ಲಿ ಹೋದರೂಂತ ಗೊತ್ತಿಲ್ಲ ಸಾರ್. ಅವರು ಅಷ್ಟು ದೂರದಲ್ಲಿ ಬರ್ತಾ ಇದ್ದಾಗ್ಲೇ ನಾನು ಮನೆಯೊಳಕ್ಕೆ ಹೋದೆ"

ಅವನಿಂದ ತನಗೆ ಉಪಯೋಗವಾಗುವ ಇನ್ಯಾವ ಸಂಗತಿಯೂ ತಿಳಿಯಲಾರದೆನ್ನಿಸಿತು. ಏನೋ ಅನುಮಾನದಿಂದ ವಿಕ್ರಮ್ ಮನೆಯ ಪಕ್ಕಕ್ಕೆ ಬಂದ. ಉದ್ದಕ್ಕಿದ್ದ ಗೋಡೆಗೆ ಎರಡು ಕಿಟಕಿಗಳಿದ್ದವು. ವಿಕ್ರಮ್ ಮೊದಲನೆ ಕಿಟಕಿಯನ್ನು ಕೈಯಿಂದ ತಳ್ಳಿ ಒಳಗೆ ಇಣುಕಿದ. ಒಳಗೆ ಬಟ್ಟೆಗಳೆಲ್ಲಾ ಚೆಲ್ಲಾ ಪಿಲ್ಲಿಯಾಗಿದ್ದ ವು! ಏನೋ ಗಲಾಟೆ ನಡೆದಿರೋ ಲಕ್ಷಣ! ಯಾರ ನಡುವೆ? ಆದರೆ ರೂಮು ಖಾಲಿಯಾಗಿತ್ತು.

ನಾಲ್ಕು ಹೆಜ್ಜೆ ಮುಂದೆ ಹೋಗಿ ವಿಕ್ರಮ್ ಉಳಿದಿದ್ದ ಇನ್ನೊಂದು ಕಿಟಕಿಯನ್ನೂ ತೆರೆದು ಒಳಗಿಣುಕಿದ.

ಒಳಗೆ ಕತ್ತಲೆಯಿತ್ತು. ಮೂಲೆಯಲ್ಲಿ ಮೂಟೆಯೊಂದು ಉರುಳಿ ಬಿದ್ದಿರುವಂತಿತ್ತು! ಸ್ವಲ್ಪ ಎಚ್ಚರಿಕೆಯಿಂದ ಗಮನಿಸಿದಾಗ ಅದು ಮಿಸುಕಾಡಿದಂತೆ ಕಂಡಿತು! ಅದು ಮೂಟೆಯೆ? ಮೂಟೆಯಾಗಿದ್ದರೆ ಅದು ಮಿಸುಕಾಡಿತೇಕೆ? ಅಥವಾ ಯಾರೋ ಉರುಳಿ ಬಿದ್ದಿದ್ದಾರೆಯೆ? ಮುನಿಯಪ್ಪ ಆಚೆ ಹೋಗಿದ್ದಾನೆ! ಒಳಗಿರುವ ಮೂಟೆಯಲ್ಲಿ ಚಲನೆಯಿದೆ! ಅಥವಾ..ಮುನಿಯಪ್ಪ ಯಾರನ್ನಾದರೂ ಕೈಕಾಲು ಕಟ್ಟಿ ಉರುಳಿಸಿರುವನೆ? ಅದು ಯಾರಿರಬಹುದು? ಥಕ್ಕನೆ ಶರತ್ ಬಹಳ ಸಮಯದಿಂದ ಕಂಡಿಲ್ಲ ಎಂದು ಮನೆ ಯಲ್ಲಿ ಹೇಳಿದ್ದು ನೆನಪಾಯಿತು! ಅಂದರೆ

ಅದು ಶರತ್ ಇರಬಹುದೆ? ಬೇರೆ ಇನ್ಯಾರಿರಬಹುದು?

ಇನ್ನೂ ಎಚ್ಚರಿಕೆಯಿಂದ ನೋಡಿದಾಗ ತಿಳಿಯಿತು: ಧೂಳಿನಿಂದ ಬಟ್ಟೆಯೆಲ್ಲಾ ಕೊಳೆಯಾಗಿದ್ದ ಉರುಳಿದ್ದ ವ್ಯಕ್ತಿ ಶರತ್! ವಿಕ್ರಮ್ ಸುಲಭದಲ್ಲಿ ಗುರುತಿಸಿದ!

ಚಕ್ಕನೆ ಮನೆಯ ಮುಂದೆ ಬಂದ. ವಿಕ್ರಮ್ ಚಟುವಟಿಕೆಯನ್ನು ಅನುಮಾನದಿಂದ ನೋಡುತ್ತಿದ್ದ ಪಕ್ಕದ ಮನೆಯಾತ!

"ಮುನಿಯಪ್ಪ ಮನೆಯೊಳಗೆ ಯಾರನ್ನೋ ಕಟ್ಟಿ ಹಾಕಿದಾನೆ"

ವಿಕ್ರಮ್ ಅವನಿಗೆ ತಿಳಿಸಿದ.

"ಹೌದಾ? ಎರಡು ಗಂಟೆ ಹಿಂದೆ ಏನೋ ತುಂಬಾ ಶಬ್ದ ಬರ್ತಿತ್ತು"

ಆತ ಆಗಷ್ಟೇ ಬಾಯಿ ಬಿಟ್ಟ.

"ಬನ್ನಿ ಬಾಗಿಲು ತೆಗೆಯೋಣ. ಸಹಾಯ ಮಾಡಿ"

"ಆ ಮುನಿಯನ ಮನೆ ಹಾಳಾಗ! ಇಂಥಾ ಕೆಲಸಾನ ಮಾಡೋದು? ನಂಗೆ ಅನುಮಾನಾನೇ ಬರ್ಲಿಲ್ಲ ನೋಡಿ"

ಆತ ತನ್ನ ಮನೆಯ ಜಗುಲಿಯಿಳಿದು ವಿಕ್ರಮ್‌ನತ್ತ ಬಂದ.

ಇಬ್ಬರೂ ಸೇರಿ ಬಾಗಿಲಿಗೆ ಹಾಕಿದ್ದ ಬೀಗವನ್ನು ಒಡೆದ ಬಾಗಿಲು ತೆರೆದರು.

ಶರತ್ ಬಾಯಿಗೆ ಬಟ್ಟೆ ತುರುಕಿ ಗ್ಯಾಗ್ ಮಾಡಿ ಮೂಲೆಯಲ್ಲಿ ತಳ್ಳಿದ್ದರು! ಗ್ಯಾಗ್ ಮಾಡಿದ್ದರಿಂದ ಅವನಿಗೆ ಕೂಗಲೂ ಸಾಧ್ಯವಾಗಿರಲಿಲ್ಲ. ವಿಕ್ರಮ್ ಅವನ ಬಾಯಿಂದ ಬಟ್ಟೆ ತೆಗೆದ. ಪಕ್ಕದ ಮನೆಯವ ಶರತ್‌ನ ಕೈ, ಕಾಲುಗಳಿಗೆ ಕಟ್ಟಿದ್ದ ಹಗ್ಗವನ್ನು ಬಿಚ್ಚಿದ.

"ಐ ಯಾಮ್ ಸಾರಿ ಸರ್?"

ಶರತ್ ಕ್ಷಮೆ ಯಾಚಿಸಿದ. ಎದ್ದು ಬಟ್ಟೆಗಳನ್ನು ಕೊಡವಿಕೊಂಡ.

"ಕ್ಷಮೆ ಬೇಡೋದು ಆಮೇಲೆ. ಮುನಿಯಪ್ಪ, ಹೊನ್ನಿ ಎಲ್ಲಿ? ಇದು ಹೇಗಾಯಿತು?"

"ಮುನಿಯಪ್ಪ ತಪ್ಪಿಸಿಕೊಂಡು ಹೋಗ್ತಾ ಇದ್ದಾನೆ. ಹೊನ್ನಿ ಅವನ ಜೊತೆಯಲ್ಲಿ ಹೋಗಿರಬಹುದು. ಮಧ್ಯಾನ್ಹ ಸುಮಾರು ಹನ್ನೆರಡು ಗಂಟೆ ಟೈಂನಲ್ಲಿ ಮುನಿಯಪ್ಪ ಈ ಊರಿಗೆ ಬಂದ. ಅವಾಗಿನಿಂದ ನಾನವನನ್ನು ಗಮನಿಸ್ತಾ ಇದ್ದೆ. ಈ ಮನೆಯೊಳಕ್ಕೆ ಬಂದು ಚಿಲಕ ಹಾಕಿಕೊಂಡ. ಸುಮಾರು ಒಂದು ಅರ್ಧ ಗಂಟೆ ಮನೆಯೊಳಗಿಂದ ಯಾವ ಪ್ರತಿಕ್ರಿಯೇನೂ ಬರಲಿಲ್ಲ. ನಂಗೆ ಅನುಮಾನ ಬಂತು. ಒಂದು ವೇಳೆ ಹೆದರಿ ಆತ್ಮಹತ್ಯೆಗೆ ಪ್ರಯತ್ನ ಮಾಡಿದನೇನೋ ಅಂತ. ಅದಕ್ಕೆ ಶಬ್ದವಾಗದ ರೀತಿಯಲ್ಲಿ ಮನೆಯನ್ನ ಪ್ರವೇಶ ಮಾಡಿದೆ. ಬಾಗಿಲಿಗೆ ಚಿಲಕ ಹಾಕಿರಲಿಲ್ಲ. ಬೇಕಂತಲೇ ಹಾಗೇ ಬಿಟ್ಟಿದ್ದನೋ ಏನೋ? ಈ ರೂಮಿನ ಬಾಗಿಲು

ತಳ್ಳಿ ಒಳಗೆ ತಲೆಯಿಟ್ಟಾಗ ಮರೆಯಿಂದ ಯಾರೋ ತಲೆಗೆ ಬಲವಾಗಿ ಹೊಡೆದರು. ಅದು ಮುನಿಯಪ್ಪನೇ ಇರಬೇಕು. ಒಂದು ಕ್ಷಣ ಏನೂ ತೋಚದಿದ್ದರೂ ಸಾವರಿಕೊಂಡು ಅವನೊಡನೆ ಗುದ್ದಾಡಿದೆ. ಕಣ್ಣು ಕತ್ತಲೆ ಬಂತು. ಆಗ ನನಗೆ ಪ್ರಜ್ಞೆ ತಪ್ಪಿರಬೇಕು. ಆ ಸ್ಥಿತಿಯಲ್ಲೇ ಮುನಿಯಪ್ಪ ನನ್ನ ಕೈ ಕಾಲುಗಳನ್ನು ಕಟ್ಟಿ ಬಾಯಿಗೆ ಬಟ್ಟೆ ತುರುಕಿರಬೇಕು. ಬೇಗನೆ ಎಚ್ಚರವಾಯ್ತು. ಆದರೆ ನಾನು ಅಸಹಾಯಕನಾಗಿದ್ದೆ"

ಶರತ್ ಮಾತು ಮುಗಿಸಿ ತಲೆ ತಗ್ಗಿಸಿದ.

"ಆ ಮುನಿಯಪ್ಪನ ಬಗ್ಗೆ ನಂಗೆ ಮೊದ್ಲಿಂದಾನೂ ಅನುಮಾನ. ಆದ್ರೆ ಯಾರೂ ನನ್ನ ಮಾತು ಕೇಳಾಕಿಲ್ಲ"

ಹಳ್ಳಿಯವನು ವಿಕ್ರಮ್‌ಗೆ ಹೇಳಿದ.

"ಕಮಾನ್ ಶರತ್, ನಾವೀಗ ಕ್ವಿಕ್ ಆಗಿರಬೇಕು. ಮುನಿಯಪ್ಪ ಮೊದಲು ಬೆಂಗಳೂರಿಗೆ ಹೋಗ್ತಾನೆ. ನಂತರ ಎಲ್ಲಿಗಾದರೂ ದೂರ ಹೋಗಿ ತಲೆ ಮರೆಸಿಕೋತಾನೆ. ಹೊನ್ನಿ ಮನೆಯಿಂದ ಕಾಣೆಯಾಗಿದಾಳೆ ಅಂದರೆ ಅವಳೂ ಅವನ ಜೊತೇಲೀ ಹೋಗಿದಾಳೆ"

"ಯಾಕೆ ಸಾರ್?"

"ಯಾಕೇಂದರೆ ಅವರಿಬ್ಬರೂ ಗಂಡ ಹೆಂಡತಿ!"

"ವಾಟ್? ಮೈಗಾಡ್!"

"ಎಸ್. ಹೊನ್ನಿ ಮತ್ತು ಮುನಿಯಪ್ಪ ಅಲಿಯಾಸ್ ಹನುಮಯ್ಯ ಗಂಡ ಹೆಂಡತಿ!"

"ಮತ್ತೆ, ತನ್ನ ಗಂಡ ಸತ್ತು ಹೋಗಿದಾನೇಂತ..."

"ಅದೇ ಅವರ ಸ್ಕೀಮು. ರೈಲ್ವೆ ಇಲಾಖೆಯಲ್ಲಿ ಒಬ್ಬ ಸಾಮಾನ್ಯ ಸಿಗ್ನಲ್‌ಮನ್ ಆಗಿ ಬದುಕೋದಕ್ಕೆ ಹನುಮಯ್ಯ ಉರುಫ್ ಮುನಿಯಪ್ಪನ ಮನಸ್ಸು ಒಪ್ಪಲಿಲ್ಲ. ಯಶವಂತರಾಯರ ಗುಟ್ಟು ತಿಳ್ಕೊಂಡ. ಅದುವರೆಗೂ ಯಶವಂತರಾಯರನ್ನ ಬ್ಲಾಕ್ ಮೈಲ್ ಮಾಡ್ತಿದ್ದ ಮೂರ್ತಿಯನ್ನು ಬೆದರಿಸಿ ಅವರಿಂದ, ಹೊನ್ನಿ ಯಶವಂತರಾಯರ ಪ್ರಣಯಕ್ಕೆ ಸಾಕ್ಷಿಯಾಗಿದ್ದ ಪೆನ್‌ಡ್ರೈವ್ ಪಡ್ಕೊಂಡ! ಒಂದು ಕಾಲದಲ್ಲಿ ತನ್ನ ಹೆಂಡತಿ ಹೊನ್ನಿಗೂ ಯಶವಂತರಾಯರಿಗೂ ಸಂಬಂಧ ಇದ್ದ ವಿಷಯ ಹೇಗೋ ತಿಳ್ಕೊಂಡು ಬ್ಲಾಕ್‌ಮೈಲ್ ಮಾಡೋಕೆ ಶುರು ಮಾಡಿದ. ಕೊನೆಗೊಂದು ದಿವಸ ಯಶವಂತರಾಯರನ್ನೂ ಮುಗಿಸಿದ"

"ಯಶವಂತರಾಯರು ಸತ್ತಿದ್ದರೆ ಅವರ ಶರೀರಕ್ಕೆ ಏನಾಯ್ತು?"

"ಯಶವಂತರಾಯರ ಮೇಲೆ ನಿದ್ರೆ ಮಾತ್ರೆಗಳನ್ನ ಪ್ರಯೋಗಿಸಿ ಕೊಲೆ ಮಾಡಿದ್ದಾರೆ. ನಿದ್ರೆ ಮಾತ್ರೆ ಹಾಕಿದವಳು ಹೊನ್ನಿ! ಅದನ್ನು ಹೊನ್ನಿಯ ಕೈಗೆ ಕೊಟ್ಟಿರುವುದು ಮುನಿಯಪ್ಪ! ರಾತ್ರಿ ಅವರು ಕುಡಿಯುವ ರಮ್ಮಿನ ಬಾಟಲಿಯಲ್ಲೇ! ರಮ್ಮಿನ ಜೊತೆಗೆ ನಿದ್ರೆ ಮಾತ್ರೆಗಳು ಡೇಂಜರಸ್! ಅದರಿಂದ ಯಶವಂತರಾಯರು ಸತ್ತಿದ್ದಾರೆ. ಸ್ವಾಭಾವಿಕ ಸಾವೂಂತ ಮಣ್ಣು ಮಾಡಿದ ಮೇಲೆ ನಿಶ್ಚಿಂತೆಯಿಂದ ಇರೋದಕ್ಕೆ ಮುನಿಯ ಮತ್ತು ಮೂರ್ತಿಗೆ ಸಾಧ್ಯವಾಗಿರೋಕೆ ಆಗಿರಲಿಲ್ಲ! ಪೋಲೀಸರು ಶವ ತೆಗೆದು ವೈದ್ಯಕೀಯ ಪರೀಕ್ಷೆ ಮಾಡೋದು ತಿಳಿದ ತಕ್ಷಣ ತಮ್ಮ ರಹಸ್ಯ ಈಚೆ ಬರುತ್ತೆ ಎಂದು ಸಮಾಧಿಯಿಂದ ಶವ ಹಾರಿಸಿಕೊಂಡು ಹೋಗಿದಾನೆ ಮುನಿಯ"

"ಎಲ್ಲಿಗೆ?"

ಶರತ್ ಕುತೂಹಲದಿಂದ ಕೇಳಿದ.

"ಅದನ್ನು ಹೇಳೋದಕ್ಕೆ ಈಗ ಸಮಯ ಇಲ್ಲ. ಮೊದಲಿಗೆ ಮುನಿಯಪ್ಪ ಮತ್ತು ಹೊನ್ನಿಯರನ್ನ ಹುಡುಕಿ ಅರೆಸ್ಟ್ ಮಾಡಿಸಬೇಕು. ಅವರೇ ಯಶವಂತರಾಯರ ಸಾವಿಗೆ ಕಾರಣಕರ್ತರು. ಅವರು ಮೊದಲಿಗೆ ಸಿಗಲಿ. ಈ ವಿಷಯ ಆಮೇಲೆ ಹೇಳ್ತೀನಿ"

ತಮಗೆ ಸಹಾಯ ಮಾಡಿದವನಿಗೆ ಕೃತಜ್ಞತೆಯರ್ಪಿಸಿ ಮನೆಯಿಂದಾಚೆ ಬಂದರು.

ಕೆ.ಜಿ. ಹಳ್ಳಿಯಲ್ಲಿ ಹೆಚ್ಚು ಸಮಯ ಕಳೆಯದೆ ಇಬ್ಬರೂ ಬೆಂಗಳೂರಿಗೆ ಧಾವಿಸಿ ಬಂದರು, ಪಾಲ್‌ನ ಫೋನಿನಲ್ಲಿ ಸಂಪರ್ಕಿಸಲು ವಿಕ್ರಮ್ ಪ್ರಯತ್ನಿಸಿದ. ಆದರೆ ಪಾಲ್ ಮನೆಯಲ್ಲಾಗಲೀ ಇಲ್ಲ ಆಫೀಸಿನಲ್ಲಾಗಲೀ ಸಿಗಲಿಲ್ಲ. ಕೊನೆ ಒಂದು ಪ್ರಯತ್ನ ಎಂದು ಯಶವಂತಪುರದಲ್ಲಿ ಮುನಿಯಪ್ಪನ ಮನೆಯ ಹತ್ತಿರ ಹೋದರು.

ಬೀದಿಯ ತುದಿಯಲ್ಲಿ ಸಿಗರೇಟು ಸೇದುತ್ತಾ ನಿಂತಿದ್ದ ಒಬ್ಬ ವ್ಯಕ್ತಿಯನ್ನು ವಿಕ್ರಮ್ ಗುರುತಿಸಿದ. ಪಾಲ್‌ನ ಕಡೆಯವನು.

"ಪಾಲ್ ಎಲ್ಲಿ?"

"ಗೊತ್ತಿಲ್ಲ ಸಾರ್. ಯಾವುದೋ ಒಂದು ಪಾರ್ಟಿ ಚೇಸ್ ಮಾಡ್ತಾ ಇರಬಹುದು"

"ನೀನು ಎಷ್ಟು ಹೊತ್ತಿಗೆ ಪೊಸಿಷನ್‌ಗೆ ಬಂದೆ?"

"ಆರು ಗಂಟೆಗೆ ಬಂದೆ"

"ನಿನಗೆ ಏನು ಹೇಳಿದಾನೆ?"

ಮುನಿಯಪ್ಪನ ಚಹರೆಯನ್ನು ಹೇಳಿ, ಆ ವ್ಯಕ್ತಿ ದೃಷ್ಟಿಂದ ತಪ್ಪಿಸಿಕೊಳ್ಳದ್ದಂತೆ ನಿಗಾ ಇಡುತ್ತಾ ಸುದ್ದಿ ತಿಳಿಸಬೇಕೆಂದು ತನಗೆ ನೀಡಿರುವ ಸೂಚನೆಯೆಂದಾತ ತಿಳಿಸಿದ. ಅವನು ಸುದ್ದಿ ತಿಳಿಸಬೇಕಾಗಿದ್ದ ಫೋನ್ ನಂಬರ್ ಕೇಳಿದ. ಅದು ಪಾಲ್‌ನ ಮನೆಯ ನಂಬರ್. ಆದ್ರೆ ಅವನು ಮನೆಯಲಿಲ್ಲ. ವಿಕ್ರಮ್ ಕೆಲವು ನಿಮಿಷಗಳ ಹಿಂದೆ ಫೋನ್ ಮಾಡಿದ್ದ.

"ನೀನು ಬಂದ ಮೇಲೆ ಏನು ನಡೀತು?"

"ನಾನು ಬಂದ ಮೇಲಂತೂ ಯಾರೂ ಬಂದಿಲ್ಲ. ನಾನು ಬರೋದಕ್ಕೆ ಮುಂಚೆ ಯಾರಾದರೂ ಬಂದು ಹೋಗಿದ್ದರೋ ಏನೋ ಗೊತ್ತಿಲ್ಲ"

"ಓ.ಕೆ. ನಾವು ಬರ್ತೀವಿ. ಅಕಸ್ಮಾತ್ ಪಾಲ್ ಈ ಕಡೆ ಬಂದರೆ ವಿಷಯ ತಿಳಿಸು"

ಎಂದು ಹೇಳಿ ವಿಕ್ರಮ್ ಜೀಪ್ ಸ್ಟಾರ್ಟ್ ಮಾಡಿದ.

"ಶರತ್? ಮುನಿಯಪ್ಪ ಏನು ಮಾಡಬಹುದು? ಗೆಸ್ ಮಾಡ್ತೀಯ?"

ಜೀಪು ಚಲನೆಯಲ್ಲಿದ್ದಾಗ ವಿಕ್ರಮ್ ಕೇಳಿದ.

"ತನ್ನ ಬೀರುನಲ್ಲಿರೋ ಪೆನ್‌ಡ್ರೈವ್ ಮಾಯವಾಗಿರೋದು ಗೊತ್ತಾದ ತಕ್ಷಣ ಮುನಿಯಪ್ಪನಿಗೆ ಅನುಮಾನ ಬಂದಿರುತ್ತೆ. ಕೆಜಿ ಹಳ್ಳಿಗೆ ಹೊನ್ನಿಯನ್ನ ಕರ್ಕೊಂಡು ಹೋಗೋದಕ್ಕೆ ಬಂದಿದಾನೆ. ನಾನು ಸಿಕ್ಕಿದ ಮೇಲಂತೂ ಅವನಿಗೆ ಪೂರ್ಣ ಅನುಮಾನ ಬಂದಿರುತ್ತೆ. ಇನ್ನು ಇಲ್ಲಿದ್ದರೆ ಅಪಾಯಾಂತ ಬೆಂಗಳೂರು ಬಿಟ್ಟು ದೂರ ಹೋಗೋಕೆ ಪ್ರಯತ್ನ ಮಾಡ್ತಾನೆ"

ಶರತ್ ಯೋಚಿಸುತ್ತ ಹೇಳಿದ.

"ಯೂ ಆರ್ ರೈಟ್.." ಶರತ್ ತರ್ಕವನ್ನು ಒಪ್ಪಿದ ವಿಕ್ರಮ್.

ವಿಕ್ರಮ್ ಜೀಪು ಬಸ್ ನಿಲ್ದಾಣದತ್ತ ಚಲಿಸಿತು. ದೇಶದ ವಿವಿಧ ಭಾಗಗಳಿಗೆ ಹೊರಟು ನಿಂತಿದ್ದ ಬಸ್ಸುಗಳನ್ನೆಲ್ಲಾ ಚೆಕ್ ಮಾಡಿ ಮುನಿಯಪ್ಪ ಮತ್ತು ಹೊನ್ನಿ ಬಸ್‌ಸ್ಟ್ಯಾಂಡಿನಲ್ಲಿ ಇಲ್ಲವೆಂದು ಖಾತ್ರಿ ಮಾಡಿಕೊಂಡರು.

"ಉಳಿದಿರೋದು ಒಂದೇ ಜಾಗ, ರೈಲ್ವೆ ಸ್ಟೇಷನ್. ನಡಿ ಅಲ್ಲಿಗೆ ಹೋಗೋಣ. ನನಗೆ ಆಶ್ಚರ್ಯವಾಗ್ತಾ ಇದೆ. ಪಾಲ್ ಎಲ್ಲಿಗೆ ಹೋದ? ಏನ್ಮಾಡ್ತಿದಾನೆ? ಯಾವ ಕೇಸಿನಲ್ಲೂ ಹೀಗೆ ಮಾಡಿರಲಿಲ್ಲವಲ್ಲ!"

"ಅವರ ಬಗ್ಗೆ ಯಾಕೆ ಯೋಚನೆ ಸಾರ್? ಬಹುಶಃ ಅವರೂ ನಮ್ಮ ತರಾನೇ ಮುನಿಯಪ್ಪ ಮತ್ತು ಹೊನ್ನೀನ ಲೊಕೇಟ್ ಮಾಡೋಕೆ ಟ್ರೈ ಮಾಡ್ತಿರಬಹುದು"

ವಿಕ್ರಮ್ ಮತ್ತು ಶರತ್ ಸಿಟಿ ರೈಲ್ವೇ ಸ್ಟೇಷನ್‌ಗ ಬಂದರು. ಇಷ್ಟಕ್ಕೂ ಅವರು ಯಾವ ಊರಿಗೆ, ಯಾವ ಟ್ರೈನಿಗೆ ಹೋರಟಿದಾರೇನ್ನೋದೂ ತಿಳಿದಿರಲಿಲ್ಲ.

ರೈಲ್ವೇ ಸ್ಟೇಷನ್‌ನಲ್ಲಿ ಹೀಗೆ ಯಾವ ಮಾಹಿತಿಯೂ ಇಲ್ಲದೆ ವ್ಯಕ್ತಿಗಳನ್ನು ಹುಡುಕುವುದು ಸುಲಭದ ಕೆಲಸವಾಗಿರಲಿಲ್ಲ.

ಅವರು ರೈಲು ನಿಲ್ದಾಣ ಪ್ರವೇಶಿಸುವುದಕ್ಕೂ ಕರ್ನಾಟಕ ಎಕ್ಸ್‌ಪ್ರೆಸ್ ಹೊರಡುವುದಕ್ಕೂ ಸರಿಯಾಯಿತು. ವಿಕ್ರಮ್ ಓಡುತ್ತಾ ಹೋಗಿ ಪ್ಲಾಟ್‌ಫಾರಂ ತಲುಪಿದ. ಶರತ್ ಹಿಂದೆಯೇ ಓಡಿ ಬಂದಿದ್ದ. ನಿಧಾನಕ್ಕೆ ಚಲಿಸಲು ಪ್ರಾರಂಭಿಸಿದ ರೈಲಿನ ಒಂದು ಬೋಗಿಯ ಬಾಗಿಲಲ್ಲಿ ಪಾಲ್ ಕಾಣಿಸಿದ್ದು ವಿಕ್ರಮ್ ನಂಬಿಕೆ ಬಲಪಡಿಸಿತು. ಓಡುತ್ತಲೇ ಪಾಲ್ ನಿಂತಿದ್ದ ಬೋಗಿಯ ಬಾಗಿಲಿಗೆ ಬಂದ. ಪಾಲ್ ಕೈ ಹಾಕಿ ವಿಕ್ರಮ್‌ನನ್ನು ಎಳೆದುಕೊಂಡ.

ಶರತ್ ಅಷ್ಟು ವೇಗದಲ್ಲಿ ಓಡಲಾಗದೆ ಕೊನೆಯ ಬೋಗಿಯನ್ನು ಸಾಹಸದಿಂದ ಹತ್ತಿದ.

ಓಡಿ ಬಂದುದರಿಂದ ಎದುಸಿರುಬಿಡುತ್ತಿದ್ದ ವಿಕ್ರಮ್ ಬೆನ್ನನ್ನು ಮೆಲ್ಲನೆ ತಟ್ಟಿದ ಪಾಲ್. ಆಗಲೇ ವಿಕ್ರಮ್‌ಗ ಅರಿವಾಗಿತ್ತು. ತನ್ನ ಪಾರ್ಟಿ ಇದೇ ಟ್ರೈನಿನಲ್ಲಿ, ಪಾಲ್ ಇರುವ ಬೋಗಿಯಲ್ಲೇ ಇದೆ ಎಂದು.

"ಯೋಚ್ನೆ ಬೇಡ. ಹಕ್ಕಿ ಸುರಕ್ಷಿತವಾಗಿದೆ. ಬರೀ ಒಂದೇ ಅಲ್ಲ ಅದರ ಜೊತೆಗೆ ಇನ್ನೊಂದೂ ಬಂದಿದೆ..."

ಪಾಲ್ ವಿಕ್ರಮ್ ಕಿವಿಯಲ್ಲಿ ಉಸುರಿದ.

"ಎಲ್ಲಿ?"

"ಇದೇ ಬೋಗಿಯಲ್ಲಿ. ಅವನ ಜೊತೆ ಒಂದು ಹೆಂಗಸೂ ಬಂದಿದೆ! ಹೆಂಗಸು ಬುರ್ಖಾ ಹಾಕ್ಕೊಂಡಿದೆ. ಅವನು ಮೀಸೆ, ಗಡ್ಡ ಹಚ್ಕೊಂಡು ವೇಷ ಮರೆಸಿಕೊಂಡಿದ್ದಾನೆ"

"ನಾನು ಬಂದಿದ್ದು ನೋಡಿದನೇನು?"

"ನೋಡಿರೋಕೆ ಸಾಧ್ಯ ಇಲ್ಲ. ನೋಡಿದ್ದರೂ ಸಹ ಅವನಿಗೆ ತಪ್ಪಿಸ್ಕೊಳ್ಳೋಕೆ ಆಗೊಲ್ಲ. ನೆಕ್ಸ್ಟ್ ಸ್ಟಾಪ್ ತುಮಕೂರು. ಅಲ್ಲಿ ವಿಚಾರಿಸ್ಕೊಂಡ್ರೆ ಆಯ್ತು. ಅಂದ್ಹಾಗೆ ಶರತ್?"

"ಇನ್ನೊಂದು ಬೋಗಿ ಹತ್ತಿರಬೇಕು"

"ಅಲ್ಲಯ್ಯ ಇಲ್ಲಿವರೆಗೂ ಇವರನ್ನ ಯಾಕೆ ಬಿಟ್ಟೆ? ಬೆಂಗ್ಳೂರಲ್ಲೇ ಸ್ಟಾಪ್ ಮಾಡ್ಬೇಕಿತ್ತು"

ವಿಕ್ರಮ್ ಅಕ್ಷೇಪಿಸಿದ.

"ಚೆನ್ನಾಗಿ ಹೇಳ್ದೆ. ನಿನ್ನ ಫೋನ್ ಬಂದ ಮೇಲೆ ಯಶವಂತಪುರದ ಮನೆಗೆ ಹೋದ್ರೆ, ಪಾರ್ಟಿ ಮನೇಲಿರಲೇ ಇಲ್ಲ!"

"ಮತ್ತೆ?"

"ಮನೆಯಿಂದ ಹೋದವನು ಮತ್ತೆ ಮನೆಗೆ ಬರ್ಲೇಬೇಕೂಂತ ನನ್ನ ಕಡೆಯವನೊಬ್ಬನ್ನ ನಿಲ್ಲಿಸಿ ನಾನು ವಾಪಸ್ಸು ಆಫೀಸಿಗೆ ಬಂದು ನಿನ್ನ ಲೊಕೇಟ್ ಮಾಡೋಕೆ ಟ್ರೈ ಮಾಡಿದೆ. ನೀನು ಕೊಟ್ಟ ಎರಡು ನಂಬರ್‌ಗಳಲ್ಲೂ ನೀನು ಸಿಗಲೇ ಇಲ್ಲ. ಮೂರು ಗಂಟೆಗೆ ನನ್ನ ಕಡೆಯವನು ಸುದ್ದಿ ಕೊಟ್ಟ ತಕ್ಷಣ ಹೋದೆ. ಮನೆ ಪ್ರವೇಶ ಮಾಡಲಿಲ್ಲ. ಹೊರಗೇ ಕಾದು ನಿಂತೆ. ಸಾಯಂಕಾಲ ಆರು ಗಂಟೆಗೆ ನಿನ್ನ ಪಾರ್ಟಿ ಈಚೆಗೆ ಬಂತು. ಫಾಲೋ ಮಾಡಿದೆ. ಹೋಟೆಲ್ ಗೇಲಾರ್ಡ್ಗೆ ಹೋಯ್ತು ಪಾರ್ಟಿ. ಹೋಟೆಲಿಗೆ ಒಬ್ಬನೇ ಪ್ರವೇಶಿಸಿದ, ಈಚೆ ಬರೋವಾಗ ಇಬ್ಬರಾಗಿದ್ದರು! ಒಬ್ಬಳು ಸುಮಾರು ಮೂವತ್ತರ ಸಮೀಪದ ಹೆಂಗಸೂ ಸೇರಿತ್ತು. ಏನು ಕೇಸು? ಕಳ್ಳತನವೆ?"

ಪಾಲ್ ನಡೆದುದೆಲ್ಲಾ ಹೇಳಿದ.

"ಇಲ್ಲ, ಇದು ಕಳ್ಳತನದಲ್ಲ, ಕೊಲೆ ಕೇಸು. ಈಗ ತುಮಕೂರಲ್ಲಿ ಏನು ಮಾಡಬೇಕೂಂತ ಯೋಚ್ನೆ ಮಾಡೋಣ"

ಇಬ್ಬರೂ ಮೆಲು ದನಿಯಲ್ಲಿ ಸುತ್ತ ಇದ್ದವರಿಗೆ ಯಾವುದೇ ಅನುಮಾನ ಬರದ ರೀತಿಯಲ್ಲಿ ಮಾತಾಡಿದರು.

ವಿಕ್ರಮ್ ಒಮ್ಮೆ ಇಣುಕಿ ನೋಡಿದಾಗ ಗಡ್ಡ, ಮೀಸೆಗಳನ್ನು ಮುಖಕ್ಕೆ ಅಂಟಿಸಿ ಕೂತ ಮುನಿಯಪ್ಪ ಕಂಡ. ಪಾಲ್‌ನಿಂದ ಅವನ ವೇಷ ಬದಲಾವಣೆ ವಿಷಯ ಪಾಲ್ ತಿಳಿಸದೆ ಇದ್ದಿದ್ದರೆ ಅವನನ್ನು ಗುರ್ತು ಹಿಡಿಯೋದು ವಿಕ್ರಮ್‌ಗ ಕೂಡ ಕಷ್ಟವಾಗುತ್ತಿತ್ತು. ಮುನಿಯಪ್ಪನ ಪಕ್ಕದಲ್ಲಿ ಬುರ್ಕಾಧಾರಿಣಿ ಹೆಣ್ಣೊಂದು ಕೂತಿತ್ತು, ಅದು ಹೊನ್ನಿ ಎಂದು ಊಹಿಸಿದ ವಿಕ್ರಮ್.

ತುಮಕೂರು ಬರುತ್ತಿದ್ದಂತೆ ಪಾಲ್‌ಗ ಮಾಡಬೇಕಾದ ಕೆಲಸವನ್ನು ವಿವರಿಸಿದ. ಟ್ರೈನ್ ನಿಲ್ಲುತ್ತಲೇ ಪಾಲ್ ಕೆಳಗಿಳಿದು ಹೋದ.

ತನ್ನ ಪ್ಲಾನ್ ಸರಿಯಾಗಿ ನಡೆಯುತ್ತಿಲ್ಲ ಎಂದು ಮುನಿಯಪ್ಪನಿಗೇ ಏನೋ ಅನುಮಾನ ಬಂದಿರಬಹುದು. ಅನುಮಾನದಿಂದ ಬುರ್ಕಾಧಾರಿಣಿ ಹೆಂಗಸನ್ನು ಎಬ್ಬಿಸಿಕೊಂಡು ಟ್ರೈನಿನಿಂದಿಳಿದ. ಅವರ ಬೆನ್ನ ಹಿಂದೆಯೇ ವಿಕ್ರಮ್ ಕೆಳಗಿಳಿದಿದ್ದ! ಕೆಳಗಿಳಿದು ಪ್ಲಾಟ್‌ಫಾರಂ ಮೇಲೆ ನಿಂತಾಗ ಮುನಿಯಪ್ಪನಿಗೆ ಮೊದಲು ಕಾಣಿಸಿದವನು ಶರತ್! ಕೆ.ಜಿ. ಹಳ್ಳಿಯಲ್ಲಿ ಕಟ್ಟಿ ಹಾಕಿ ಬಂದ ವ್ಯಕ್ತಿ ಇಲ್ಲದೆ ಹೇಗೆ ಬಂದ ಎಂಬ ಗೊಂದಲ ಕೆಲವು ಕ್ಷಣ ಮುನಿಯಪ್ಪನನ್ನು ಕಾಡಿತು. ಆದರೂ ತನ್ನ ಮತ್ತು ಹೊನ್ನಿಯ ವೇಷ ಬದಲಾಗಿರುವುದರ ಧೈರ್ಯದ ಮೇಲೆ ಗೇಟಿನ ಕಡೆಗೆ ನಡೆದ.

ವಿಕ್ರಮ್ ಕಣ್ಸನ್ನೆಯಿಂದ ಅದೇ ತಮ್ಮ ಪಾರ್ಟಿ ಎಂದು ಶರತ್‌ಗೆ ತಿಳಿಸಿದ. ಅಲ್ಲಿಯವರೆಗೆ ಶರತ್‌ಗ ಅವರನ್ನು ಗುರುತಿಸಲು ಸಾಧ್ಯವಾಗಿರಲಿಲ್ಲ.

ಮುನಿಯಪ್ಪ ಮತ್ತು ಬುರ್ಖಾ ಹೆಂಗಸು ಗೇಟಿನ ಬಳಿ ಬರುವಾಗ, ರೈಲ್ವೆ ಪೋಲೀಸರ ಜೊತೆಯಲ್ಲಿ ಪಾಲ್ ನಿಂತಿದ್ದ!

ಪೋಲೀಸರನ್ನು ನೋಡಿ ಮುನಿಯಪ್ಪನಿಗೆ ಅನುಮಾನ! ಅಲ್ಲದೆ ಸುಮಾರು ಹೊತ್ತು ತಮ್ಮ ಮನೆಯ ಮುಂದೆ ಠಳಾಯಿಸುತ್ತಿದ್ದ ವ್ಯಕ್ತಿ ಪಾಲ್ ಬೇರೆ ಅವರ ಜೊತೆ!

ಟ್ರೈನು ಮೆಲ್ಲನೆ ಚಲಿಸಲು ಪ್ರಾರಂಭಿಸಿತು.

ಮುನಿಯಪ್ಪ ಒಮ್ಮೆಲೇ ಹಿಂತಿರುಗಿ ಟ್ರೈನಿನತ್ತ ಓಡಲು ಪ್ರಯತ್ನಿಸಿದ. ಬುರ್ಖಾ ಹೆಂಗಸು ಅವನ ಹಿಂದೆ ಓಡಲು ಪ್ರಾರಂಭಿಸಿದಳು. ಹಿಂದ ಬರುತ್ತಿದ್ದ ವಿಕ್ರಮ್ ಮತ್ತು ಶರತ್ ಮುನಿಯಪ್ಪನ್ನು ಅಡ್ಡಗಟ್ಟಿದರು. ಹತಾಶನಾಗಿ ಮುನಿಯಪ್ಪ ಅವರನ್ನು ತಳ್ಳಿ ಮುಂದೆ ಹೋಗಲು ಪ್ರಯತ್ನಿಸಿದ. ಆದರೆ ವಿಕ್ರಮ್ ಮತ್ತು ಶರತ್ ಉಡದಂತೆ ಅವನನ್ನು ಹಿಡಿದಿದ್ದರು!!

ತುಮಕೂರು ರೈಲು ನಿಲ್ದಾಣದಲ್ಲಿ ಮುನಿಯಪ್ಪ ಮತ್ತು ಹೊನ್ನಿಯರನ್ನು ಬಂಧಿಸಲಾಯಿತು.

***

ವಿಕ್ರಮ್ ತನ್ನ ಆಫೀಸಿನಲ್ಲಿ ಕೂತು ಸಾವಕಾಶವಾಗಿ ಟೀ ಸವಿಯುತ್ತಿದ್ದ.

"ಸಾರ್ ಈ ಕೇಸಿನ ಪೂರ್ಣ ಚಿತ್ರ ನನಗೆ ಸಿಗಲೇ ಇಲ್ಲ"

ಶರತ್ ಸೀನಿಯರ್‌ನ ಕೇಳಿದ.

"ಯಾಕೆ?"

"ಯಶವಂತರಾಯರ ಶವ ಎಲ್ಲಿ?"

"ಅದು ವಿಲ್ಸನ್‌ಗಾರ್ಡ್ನ್‌ರ್ನ ಇಲೆಕ್ಟ್ರಿಕ್ ಕ್ರಿಮೆಟೋರಿಯಂನಲ್ಲಿ ಸುಟ್ಟು ಬೂದಿಯಾಗಿದೆ! ಅದನ್ನ ಅಲ್ಲಿಗೆ ತೆಗೆದುಕೊಂಡು ಹೋದವರು ಯಾರು ಗೊತ್ತೆ? ಮುನಿಯಪ್ಪ ಮತ್ತು ಹೊನ್ನಿ!"

"ಅದು ಸರಿ ಸಾರ್. ಆದರೆ ಮೂರ್ತಿಯೇಕೆ ಅರೆಸ್ಟಾದರು"

"ಯಾಕೆಂದರೆ ಈ ಕೊಲೆ ಸ್ವತಃ ಮೂರ್ತಿ ಮಾಡದೇ ಇದ್ದರೂ ಸಹ ಅವನೇ ಕಾರಣ"

"ಅದ್ಹೇಗೆ ಸಾರ್?"

"ಇಡೀ ಕೇಸು ಯಾರಿಂದ ಪ್ರಾರಂಭವಾಯಿತೂಂತ ತಿಳಿದಿರುವೆ?"

"ಮೂರ್ತಿಯಿಂದಲೇ?"

"ನೋ...ಯೂ ಆರ್ ರಾಂಗ್! ಸರಳಾಳಿಂದ! ಹೌದು ಯಶವಂತರಾಯರ ಮೊಮ್ಮಗಳು ಸರಳಾಳಿಂದ. ತನ್ನ ತಾತ ಯಶವಂತರಾಯರು ಮತ್ತು ಎಳೆ ವಯಸ್ಸಿನ ಹೊನ್ನಿಯರ ನಡುವೆ ಅನೈತಿಕ ಸಂಬಂಧವಿರಬಹುದೆಂದು ಅನುಮಾನ ಬಂದು ಅದನ್ನ ಗಂಡನಿಗೆ ತಿಳಿಸಿದರು. ಮೂರ್ತಿಗೊಂದು ವಿಲಕ್ಷಣವಾದ ಯೋಚನೆ! ಮೂರ್ತಿ ತನ್ನ ಮಾವ ಮತ್ತು ಹೊನ್ನಿಯರ ಪ್ರಣಯ ಸನ್ನಿವೇಶಗಳನ್ನು ಗುಪ್ತವಾಗಿ ಫೋಟೋ ತೆಗೆದು, ನಂತರ ಮಾವನನ್ನು ಬ್ಲಾಕ್‌ಮೈಲ್ ಮಾಡುತ್ತಿದ್ದ! ಈ ವಿಷಯ ಹೊನ್ನಿಗೂ ತಿಳಿದಿತ್ತು.

ಹೊನ್ನಿ ಮದುವೆಯಾಗಿ ಬೆಂಗಳೂರಿಗೆ ಬಂದಳು. ಹೊನ್ನಿಯನ್ನು ಮದುವೆಯಾದ ಹನುಮಯ್ಯ ರೈಲ್ವೆಯಲ್ಲಿ ಸಿಗ್ನಲ್‌ಮನ್ ಜೊತೆಗೆ ಪುಡಿ ರೌಡಿಯೂ ಆಗಿದ್ದ. ಗಂಡ ಹೆಂಡತಿಯರಿಗೆ ಹೊಂದಾಣಿಕೆ ಬಂದಾಗ ಹೊನ್ನಿಗೆ ಬೇಗನೆ ಹಣ ಮಾಡುವ ಐಡಿಯಾ ಬಂದು ಗಂಡನಿಗೆ ಫೋಟೋ ವಿಷಯ ತಿಳಿಸಿದಳು.

ಗಂಡ-ಹೆಂಡತಿ ಬೆಂಗಳೂರಿಂದ ಅದೃಶ್ಯರಾದರು. ಗಂಡ ಸತ್ತ ಎಂದು ಹೊನ್ನಿ ಮತ್ತೆ ಕೆ.ಜಿ. ಹಳ್ಳಿ ಸೇರಿದಳು. ಹನುಮಯ್ಯ ಮುನಿಯಪ್ಪನಾಗಿ ಕೆ.ಜಿ ಹಳ್ಳಿಯಲ್ಲಿ ಅಗಸನಾದ. ತನ್ನ ಪತ್ನಿ ಮತ್ತು ಯಶವಂತರಾಯರ ಆತ್ಮೀಯ ದೃಶ್ಯಗಳನ್ನು ಫೋಟೋ ತೆಗೆದಿರುವುದನ್ನು ಕಾರಣವಾಗಿಟ್ಟುಕೊಂಡಿದ್ದ ಮೂರ್ತಿಯನ್ನು ಬೆದರಿಸಿ ಫೋಟೋಗಳಿರುವ ಪೆನ್‌ಡ್ರöÊವನ್ನು ವಶಪಡಿಸಿಕೊಂಡು ತಾನೇ ಯಶವಂತರಾಯರನ್ನು ಸುಲಿಯಲು ಪ್ರಾರಂಭಿಸಿದ.

ಮೂರ್ತಿಯ ತಲೆಯಲ್ಲಿ ಬೇರೊಂದು ಯೋಚನೆ ರೂಪು ಪಡೆದಿತ್ತು. ತನಗೆ ಸಿಗುತ್ತಿದ್ದ ಹಣ ಇನ್ನೊಬ್ಬನ ಪಾಲಾಗಿತ್ತು. ಯಶವಂತರಾಯರು ಬದುಕಿದ್ದರೆ ತಾನೆ ಹನುಮಯ್ಯ ಅವರನ್ನು ಸುಲಿಯಲು ಸಾಧ್ಯ? ಅವರು ಸತ್ತರೆ? ಮುನಿಯಪ್ಪನ ಸುಲಿಗೆಗೆ ಅಂತಿಮ ಚರಣ ಹಾಡಲು ಯಶವಂತರಾಯರನ್ನೇ ಮುಗಿಸಿಬಿಡುವ ಯೋಜನೆ ಹಾಕಿದ.

ಯಶವಂತರಾಯರು ಸಾಯುವ ದಿವಸ ತೆಗೆದುಕೊಂಡ ಮಾತ್ರೆ ತಲೆ ನೋವಿನದಾಗಿರಲಿಲ್ಲ! ನಿದ್ರೆ ಮಾತ್ರೆ! ಹೊನ್ನಿಗೂ ಅದು ನಿದ್ರೆ ಮಾತ್ರೆ ಎನ್ನುವುದು ಗೊತ್ತಿರಲಿಲ್ಲ! ಯಶವಂತರಾಯರು ರಮ್ ಕುಡಿಯುವ ಮುಂಚೆ ನಿದ್ರೆ ಮಾತ್ರೆ ತೆಗೆದುಕೊಂಡಿದ್ದಾರೆ. ನಂತರ ರಮ್ ಕುಡಿದಿದ್ದಾರೆ. ಮೊದಲೇ ರಕ್ತದೊತ್ತಡವಿದ್ದದ್ದುರಿಂದ ಅದು ಮಿತಿಮೀರಿ, ಹಾರ್ಟ್‌ಅಟ್ಯಾಕಾಗಿ ಯಶವಂತರಾಯರು ಸತ್ತಿದ್ದಾರೆ! ಯಾರಿಗಾದರೂ ಅನುಮಾನ ಬರುವ ಮುಂಚೆಯೇ ಅಂತ್ಯಕ್ರಿಯೆಯನ್ನು ನಡೆಸಲು ಮೂರ್ತಿ ಮುತುವರ್ಜಿ ವಹಿಸಿದ.

ಯಶವಂತರಾಯರ ಸಾವು ಸ್ವಾಭಾವಿಕ ಎಂಬ ತಿಳುವಳಿಕೆಯೊಂದಿಗೆ ಅವರ ಅಂತ್ಯಕ್ರಿಯೆಯಾಯಿತು. ಆದರೆ ಅದು ಕೊಲೆಯೆಂದು ಮೂರ್ತಿ ಮತ್ತು ಮುನಿಯಪ್ಪನಿಗೆ ಮಾತ್ರ ತಿಳಿದಿತ್ತು.

ಕೃಷ್ಣನ ಮೂಕರ್ಜಿಗೆ ಪೋಲೀಸರು ಕ್ರಿಯಶೀಲರಾದರು. ಪೋಲೀಸರು ಶವ ತೆಗೆದು ಪರೀಕ್ಷೆ ಮಾಡುವರು ಎಂದು ತಿಳಿದಾಗ ಮೂರ್ತಿ ಮತ್ತು ಹೊನ್ನಿಗೆ ಗಾಬರಿಯಾಯ್ತು. ತಾನೇ ಅವರಿಗೆ ಮಾತ್ರೆ ಮತ್ತು ಹಾಲು ಕೊಟ್ಟೆ ಎಂದು ಹೇಳಿದಾಗ ಮುನಿಯಪ್ಪ ಬೇರೆ ಐಡಿಯಾ ಮಾಡಿದ. ತನ್ನ ಪತ್ನಿ ಸಿಕ್ಕಿಹಾಕಿಕೊಂಡಾಳೆಂದು ಹೆದರಿದ. ಹೊನ್ನಿ ಕೇಸಿನಲ್ಲಿ ಸಿಕ್ಕಿಕೊಂಡರೆ ತನ್ನ ಹೆಸರೂ ಈಚೆ ಬರುತ್ತದೆ. ತನಗೂ, ಹೊನ್ನಿಗೂ ಜೈಲಾಗುತ್ತದೆ ಎಂದು ಹೆದರಿ, ಯಶವಂತರಾಯರ ಶವ ಹಾರಿಸಿಕೊಂಡು ಬೆಂಗಳೂರಿಗೆ ಹೋದ. ಅದಕ್ಕೆ ಅವನು ಉಪಯೋಗಿಸಿದ್ದು ಕುದುರೆ ನಂತರ ಒಂದು ಟ್ಯಾಕ್ಸಿ! ಶವ ಸಾಗಿಸಿದ ಟ್ಯಾಕ್ಸಿಯನ್ನೂ ಲೊಕೇಟ್ ಮಾಡಿದೀನಿ. ಅದನ್ನು ಮುನಿಯಪ್ಪ ಯಾನೆ ಹನುಮಯ್ಯ ಕದ್ದು ಉಪಯೋಗಿಸಿದ. ನಕಲಿ ಮರಣದ ದಾಖಲೆಯೊಂದನ್ನು ತಂದು ಶವವನ್ನು ವಿಲ್ಸನ್‌ಗಾರ್ಡನ್ನಿನ ಎಲೆಕ್ಟ್ರಿಕ್ ಕ್ರಿಮೆಟೋರಿಯಮ್ಮಿನಲ್ಲಿ ಸುಟ್ಟು ಕೈ ತೊಳೆದುಕೊಂಡ. ಆಗಲೂ ಅವನು ಗಡ್ಡ, ಮೀಸೆ ಹಾಕಿ ವೇಷ ಧರಿಸಿದ್ದ.

ತಾನು ಕೇಸಿನಲ್ಲಿ ಸಿಕ್ಕಿಹಾಕಿಕ್ಕೊಳ್ಳುವ ಸಾಧ್ಯತೆಯನ್ನು ತಪ್ಪಿಸಿಕ್ಕೊಳ್ಳಲು ಮೂರ್ತಿ ಶವವನ್ನು ಬೇರೆಲ್ಲಾದರೂ ಸಾಗಿಸಲು ಸ್ಮಶಾನಕ್ಕೆ ಹೋಗಿ ಸಮಾಧಿ ಅಗೆದಾಗ ಅಲ್ಲಿ ಶವವೇ ಇರಲಿಲ್ಲ! ಕಾರಣ ಮುನಿಯಪ್ಪ ಆಗಲೇ ಶವವನ್ನು ಸಾಗಿಸಿಬಿಟ್ಟಿದ್ದ! ಮೂರ್ತಿಗೆ ಇನ್ನಿಲ್ಲದ ಆತಂಕ ಶುರುವಾಗಿತ್ತು. ಆಗಲೇ ನನ್ನಲ್ಲಿ ಬಂದು ಕೇಸೊಪ್ಪಿಸಿದ್ದು.

ಮುನಿಯಪ್ಪ ತಾನು ಬ್ಲಾಕ್ ಮೈಲ್ ಮಾಡಲು ಸಾಧನವಾಗಿದ್ದ ಪೆನ್‌ಡ್ರ್‌ೈವನ್ನು ನಾಶ ಮಾಡಲು ಮರೆತು ತಪ್ಪು ಮಾಡಿದ! ಮೂರ್ತಿ ನನ್ನ ಕೈಗೆ ಕೇಸೊಪ್ಪಿಸಿ ತಪ್ಪು ಮಾಡಿದ.

ಕೆ.ಜಿ. ಹಳ್ಳಿಯಲ್ಲಿ ನಮ್ಮ ಮೂವ್‌ಮಂಟ್ಸ್ ಮೇಲೆ ಸರಳಾ ಮತ್ತು ಹೊನ್ನಿ ಇಬ್ಬರೂ ಕಣ್ಣಿಟ್ಟಿದ್ದರು. ಸರಳಾ ಮೂರ್ತಿಗೆ ಸುದ್ದಿ ಕೊಟ್ಟರೆ, ಹೊನ್ನಿ ಮುನಿಯಪ್ಪನಿಗೆ ಕೊಡುತ್ತಿದ್ದಳು..."

"ಮುನಿಯಪ್ಪನ ವಿಷಯ ಹೇಗೆ ತಿಳ್ಕೊಂಡ್ರಿ?"

"ಪೋಲೀಸ್ ರೆಕಾರ್ಡ್ಸ್‌ನಿಂದ. ಇಷ್ಟಕ್ಕೂ ಅವನು ಮುನಿಯಪ್ಪ ಅಲ್ಲ. ಹನುಮಯ್ಯ, ಒಬ್ಬ ಪುಡಿ ರೌಡಿ. ಒಂದೆರಡು ಕಳ್ಳತನ, ಗ್ಯಾಂಗ್‌ಫೈಟ್‌ಗಳಲ್ಲಿ ಹಿಂದೆ ಸಿಕ್ಕಿಕೊಂಡಿದ್ದ. ನಂತರ ಸುಧಾರಿಸಿದ್ದ.. ರೈಲ್ವೆಯಲ್ಲಿ ಸಿಗ್ನಲ್‌ಮನ್ ಆಗಿ

ಕೆಲಸ ಗಿಟ್ಟಿಸಿದ್ದ. ಕೆಲಸಕ್ಕೆ ಗೈರಾಗಿ, ಹನುಮಯ್ಯನು ಸತ್ತ ಎಂದು ಹೇಳಿ ಮುನಿಯಪ್ಪನ ಹೆಸರಲ್ಲಿ ಕೆ.ಜಿ. ಹಳ್ಳೀಲಿ ಅಗಸನಾದ"

"ಮೂರ್ತಿ ಈ ಕೇಸು ನಮ್ಮ ಕೈಯಲ್ಲಿಡೋಕೆ ಕಾರಣ ಏನು?"

"ತನ್ನ ಮೇಲೆ ಅಪವಾದ ಬರದೆ ಇರಲೀಂತ. ಶವ ಸಿಕ್ಕೋದೇ ಇಲ್ಲಾನ್ನೋ ನಂಬಿಕೆ ಅವನಿಗಿತ್ತು. ಏಕೆಂದರ ಶವ ಕಾಣೆಯಾಗಿರುವುದರ ಹಿಂದಿರುವವನು ಮುನಿಯಪ್ಪ ಅಲಿಯಾಸ್ ಹನುಮಯ್ಯ ಎನ್ನುವುದು ಅವನಿಗೆ ಗೊತ್ತಿತ್ತು. ಅಕಸ್ಮಾತ್ ಸಿಕ್ಕಿಕೊಂಡರೂ ಮುನಿಯಪ್ಪ ಸಿಕ್ಕಿಕೊಂಡಾನು ಎಂದುಕೊಂಡಿದ್ದ"

ವಿಕ್ರಮ್ ಎಳೆಎಳೆಯಾಗಿ ಕೇಸು ಬಿಡಿಸಿ ಹೇಳುತ್ತಿದ್ದ.

"ಸೋ..ರಾಮಣ್ಣ ಈ ಕೇಸಲ್ಲಿ ಕ್ಲಿಯರಾಗಿದ್ದಾರೆ.."

ಶರತ್ ತನ್ನ ಸಂಶಯಗಳನ್ನು ಪೂರಾ ನಿವಾರಿಸಿಕ್ಕೊಳ್ಳಲು ಕೇಳಿದ.

"ಯೂ ಆರ್ ರೈಟ್. ಯಶವಂತರಾಯರ ಕೊಲೆಯಲ್ಲಾಗಲೀ, ಶವ ಕಾಣೆಯಾಗಿರುವುದರಲ್ಲಾಗಲೀ ರಾಮಣ್ಣ ಸೇರಿಲ್ಲ! ಆದರೆ ಮಗಳನ್ನು ಕೃಷ್ಣನಿಗೆ ಕೊಟ್ಟು ಮದುವೆ ಮಾಡುವ ಯೋಜನೆಯನ್ನು ಕಾರ್ಯಗತಗೊಳಿಸುವ ಬಗ್ಗೆ ತೀವ್ರ ಪ್ರಯತ್ನ ಮಾಡುತ್ತಿದ್ದ.

"ಒಂದು ವೇಳೆ ಯಶವಂತರಾಯರು ಹೊನ್ನಿ ಜೊತೆಯಲ್ಲಿ ಸಂಬಂಧ ಇಟ್ಕೊಳ್ಳದೆ ಇದ್ದಿದ್ದರೆ ಈ ಕೇಸು ಉದ್ಭವವಾಗ್ತಾನೇ ಇರ್ಲಿಲ್ಲವೇನೋ?"

ಶರತ್ ತನಗೆ ತಾನೇ ಎಂಬಂತೆ ಹೇಳಿಕ್ಕೊಳ್ಳುವಾಗ ಬಾಗಿಲ ಬಳಿ ನಿಂತು ಯಾರೋ ಕಾಲಿಂಗ್ ಬೆಲ್ ಒತ್ತಿದರು.

"ಎಸ್, ಕಮಿನ್ ಪ್ಲೀಸ್"

ವಿಕ್ರಮ್ ಕಂಚಿನ ಕಂಠ ಕರೆಯಿತು.

ಬಂದವನು ಕೃಷ್ಣ!

ಯಶವಂತರಾಯರ ಮೊಮ್ಮಗ! ಅವನ ಮುಖದಲ್ಲಿ ಸಂತೋಷ ಉಕ್ಕಿತ್ತು.

"ನಮಸ್ಕಾರ. ನಿಮ್ಮಿಂದ ಈ ಕೆಲಸ ಸಾಧ್ಯವಾಗಬಹುದೂಂತ ನನಗೆ ಅನ್ನಿಸಿರಲಿಲ್ಲ"

ಕೃಷ್ಣ ಹೇಳಿದ.

"ನಮ್ಮ ವೃತ್ತೀನೆ ಅದಲ್ವಾ ಕೃಷ್ಣ! ಅದೂ ಸರಿಯಾಗಿ ಮಾಡ್ದೆ ಇದ್ರೆ ಹೇಗೆ?"

ವಿಕ್ರಮ್ ತಮಾಷೆಯಾಗಿ ಹೇಳಿದ.

"ನಿಮಗೆ ಕೃತಜ್ಞತೆ ಹೇಳೋಕೆ ಬಂದಿದೀನಿ. ನಮ್ಮ ತಾತನ ಸಾವು ಸ್ವಾಭಾವಿಕ ಅಲ್ಲ ಅನ್ನೋ ಅನುಮಾನವಿತ್ತು. ನಮ್ಮ ಭಾವ ಕಿರಾತಕ. ಹೊನ್ನಿ ಶೂರ್ಪನಖಿ. ಅಬ್ಬಾ! ಈಗ ನನಗೆ ನೆಮ್ಮದಿಯಾಯಿತು"

ಕೃಷ್ಣ ಮುಖ ಕೃತಜ್ಞತೆಯಿಂದ ತುಂಬಿತ್ತು.

"ಹಾಗೆ ನೋಡಿದರೆ ಕೃಷ್ಣ, ನಾವು ವಿಶ್ವಾಸ ದ್ರೋಹಿಗಳು. ಮೂರ್ತಿ ಬಂದು ಈ ಕೇಸು ನಮಗಿತ್ತರು. ನಾವು ಅವರನ್ನೇ ಅರೆಸ್ಟ್ ಮಾಡಿಸಿದ್ದೇವೆ."

"ಅದು ನ್ಯಾಯಕ್ಕೆ ಬೆಲೆ ಕೊಡೋ ನಿಮ್ಮ ಮನಸ್ಸನ್ನು ತೋರಿಸುತ್ತೆ. ತಾವು ತಪ್ಪು ತಿಳಿಯದೆ ಈ ಚೆಕ್ ಸ್ವೀಕರಿಸಬೇಕು."

ಐವತ್ತು ಸಾವಿರ ರೂಪಾಯಿಗೆ ಬರೆದ ಚೆಕ್ ವಿಕ್ರಮ್ ಕೈಯಲ್ಲಿಟ್ಟ ಕೃಷ್ಣ.

"ಥ್ಯಾಂಕ್ಸ್ ಕೃಷ್ಣ. ಈ ಸಮಯದಲ್ಲಿ ಒಂದು ಮಾತು ಹೇಳಿದರೆ ತಪ್ಪು ತಿಳಿಯೊಲ್ಲ ತಾನೆ?"

"ಖಂಡಿತಾ ಇಲ್ಲ."

"ಇನ್ನು ಮೇಲಾದರೂ ಶುದ್ಧ ಚಾರಿತ್ರ್ಯದಿಂದ ಬದುಕೋದು ಕಲಿ ಕೃಷ್ಣ. ಅದರಿಂದ ಮನಸ್ಸಿಗೆ ತುಂಬಾ ನೆಮ್ಮದಿ ಸಿಗುತ್ತೆ. ರಾಣಿ ಕೈಬಿಡಬೇಡ. ಪಾಪ ಅಂಥ ತಾಯಿ ಬೇರೆ! ನಿನ್ನನ್ನೇ ನಂಬಿಕೊಂಡಿದ್ದಾಳೆ ರಾಣಿ. ಮದ್ವೆಯಾಗಿ, ಜವಾಬ್ದಾರಿಯಿಂದ ಜೀವನ ನಡೆಸು. ಈಗ ನೀನು ಎಡವಿದರೆ ತಿದ್ದೋಕೆ ನಿಮ್ಮ ತಾತ ಇಲ್ಲ"

"ಥ್ಯಾಂಕ್ ಯೂ ಸರ್. ನಿಮ್ಮ ಮಾತಿಗೆ ಗೌರವ ಕೊಡ್ತೀನಿ. ಅದರಂತೆ ನಡೆಯೋಕೆ ಪ್ರಯತ್ನಿಸ್ತೀನಿ..."

ಕೃಷ್ಣ ಕಂಬನಿದುಂಬಿ ನುಡಿದು ಆಫೀಸಿನಿಂದಾಚೆ ಹೋದ.

ಸೂಕ್ತ ಸಮಯದಲ್ಲಿ ಪರಿಣಾಮಕಾರಿಯಾದ ನಾಲ್ಕು ಮಾತಾಡಿದ ವಿಕ್ರಮ್ ಕಡೆ ಶರತ್ ಮೆಚ್ಚುಗೆಯಿಂದ ನೋಡಿದ.

(ಮುಗಿಯಿತು)

(ಮುಗಿಯಿತು)

2

www.ingramcontent.com/pod-product-compliance
Ingram Content Group UK Ltd.
Pitfield, Milton Keynes, MK11 3LW, UK
UKHW040619041026
15589UKWH00011B/37